Rohracher · Einführung in die Psychologie

Einführung in die Psychologie

von
Prof. Dr. Hubert Rohracher

13., neu ausgestattete Auflage

mit 97 Abbildungen
und einem Anhang
»Einführung in die Psychologie« –
Zum Image eines Buches

Psychologie Verlags Union
München · Weinheim 1988

CIP-Kurztitelaufnahme der Deutschen Bibliothek

Rohracher, Hubert
Einführung in die Psychologie / Hubert Rohracher. - 13., neu ausgestattete Aufl. - München; Weinheim: Psychologie Verlags Union, 1988.
ISBN 3-621-27038-8

bis 12. Auflage im Verl. Urban & Schwarzenberg, München

1. Auflage 1946
2. Auflage 1947
3. Auflage 1948
4. Auflage 1951
5. Auflage 1953
6. Auflage 1958
7. Auflage 1960
8. Auflage 1963
9. Auflage 1965
10. Auflage 1971
11. Auflage 1976
12. Auflage 1984 ISBN 3-541-05012-8 (Urban & Schwarzenberg)
13. Auflage 1988 ISBN 3-621-27038-8 (Psychologie Verlags Union)

Druck und Bindung: WB-Druck GmbH, Rieden bei Füssen

ISBN 3-621-27038-8

Vorwort zur elften Auflage

Der Verlag Urban & Schwarzenberg trat nach dem Tod des Verfassers an mich, als einen Schüler und früheren Mitarbeiter, mit der Bitte heran, die zukünftigen Neuauflagen dieses Buches vorzunehmen. Ich stimmte vorerst mit Freuden zu. Trotz aller Abneigung gegenüber den üblichen posthumen Glorifizierungen des Lehrer-Schüler-Verhältnisses bedeutete diese Aufgabe mehr als nur die Neuauflage eines bekannten und erfolgreichen Lehrbuches des eigenen verehrten Lehrers: Die »Einführung« – wie sie meist kurz genannt wird – hat gemeinsam mit der Persönlichkeit seines Autors das Denken und die Arbeit der Studierenden stärker beeinflußt, als dies im gegenwärtigen Universitätsbetrieb üblich ist. Die Ursache für diesen – im positiven Sinn des Wortes – prägenden Einfluß ist schwer zu beschreiben. – Ich möchte hier die eigene Erfahrung anführen, die sich – so hoffe ich – nicht wesentlich von der Erfahrung der meisten Studierenden unterschied.

Wir kamen als Studenten mit unklaren, meist tiefenpsychologisch gefärbten Wunschvorstellungen über die Verstehbarkeit und die Änderbarkeit des Menschen im allgemeinen und die Modifikation des eigenen Verhaltens im besonderen an das Psychologiestudium. Unsere erste Begegnung mit der Psychologie war die »Einführung«, die gleichnamige Vorlesung und das Buch. Die Reaktion der Studierenden auf diese erste Konfrontation war unterschiedlich: Ablehnung bei einer kleinen Minderheit, Gleichgültigkeit bei einer in ihrer Größe nicht abzuschätzenden Gruppe und höchstes Interesse bis Faszination; die letztgenannte Gruppe war größer als die Zahl jener Studenten, die »diese« Psychologie ablehnten und es häufig vorzogen, im nebeligen Dunst ihrer Wunschvorstellungen zu verbleiben. Die wesentliche Ursache des starken Einflusses war und ist wohl die sprachliche Prägnanz und damit die Verständlichkeit, mit denen die experimentell orientierte allgemeine Psychologie gelehrt und beschrieben wird. Obwohl die allgemeine Psychologie soviel Eigenfaszination wie wohl kaum eine andere Wissenschaft aufweist, gelingt es vielen Autoren und Lehrern, diese dem Gegenstand eigene Faszination durch unklare Formulierungen oder extrem komplizierende Darstellung zu zerstören. Was bei der Darstellungsweise von Rohracher hinzukam, war die feste und ehrliche Überzeugung von der Richtigkeit des erfahrungswissenschaftlichen Weges der Psychologie (der »erfahrungswissenschaftliche Weg« der Psychologie schließt bei Rohracher die systematische Selbstbeobachtung im Experiment als wesentlichsten Zugang zum psychischen Erleben mit ein). Diese Überzeugung steht hinter jedem Satz, hinter jeder Definition dieses Buches. Ich gebrauche hier bewußt das Attribut »ehrlich«: dem Autor und seiner »Einführung« fehlten jede opportunistische Anpassung an Zeitströmungen, ohne deshalb neue Entwicklungen zu ignorieren oder sie ohne sorgfältige Prüfung zu verwerfen. Was manchen heute in einer »Einführung in die Psychologie« als notwendige Inhalte erscheinen, u. a. die Darstellung klinisch-psychologischer und sozialpsychologischer Ergebnisse, wird hier bewußt nicht einbezogen: die allgemeine Psychologie (psychische Kräfte und psychische Funktionen) stellt auch die Grundlage der Analyse des Sozialverhaltens und gestörten menschlichen Verhaltens dar. Es war mir klar, daß eine Neuauflage der »Einführung« eine schwierige Aufgabe darstellt; die Bewältigung dieser Schwierigkeiten schien aber anfänglich möglich. Wir hofften, daß der Autor noch zu Lebzeiten die 11. Auflage vorbereitet hatte. Dies war wohl mit Sicherheit der Fall, aber es existieren nur wenige Notizen.* Wir prüften danach wiederholt die einzelnen Abschnitte, um festzustellen, was zu ändern und auf den neuesten Stand der Literatur zu bringen sei. Bei der systematischen Lektüre wurde zunehmend deutlich, daß es nur zwei Wege für den Bearbeiter gab:

Das Buch in seiner jetzigen Form zu belassen oder aber eine komprimierte Darstellung der inzwischen veröffentlichten Ergebnisse zu geben, die mit der »Einführung« wenig gemeinsam hätte. Diese »Einführung« wäre eine Zusammenfassung der wichtigsten Ergebnisse und Theorien der allgemeinen Psychologie geworden, wie sie sowohl im deutschen als auch im angloamerikanischen Sprachraum bereits existiert. Rohrachers »Einführung« ist aber nicht nur eine Darstellung oder Beschreibung von neuesten Ergebnissen, sondern die Formulierung einer eigenen Theorie bzw. einer Gruppe von theoretischen Vorstellungen der psychischen Kräfte und Funktionen auf der Grundlage der Tätigkeit des Nervensystems. Aus der unübersehbaren Fülle der Ergebnisse wurden von Rohracher ganz bewußt beispielhaft einige Resultate und Theorien ausgewählt, die im Rahmen seines allgemeinen theoretischen Konzeptes einer »experimentellen Erlebenspsychologie« logisch sinnvoll sind und die Verständlichkeit des Zusammenhanges nicht stören. Jede Veränderung des Textes hätte die Intention des Autors und die Klarheit der Darstellungsweise empfindlich beeinträchtigt. Experimentelle Befunde sind von anderen replizierbar – oder sollten es zumindest sein – originelle theoretische Konzepte sind dies nicht, jeder Fremdeingriff verändert die Bedeutung des Gedankengebäudes.

Wir haben es daher unterlassen, Änderungen vorzunehmen. Diese Entscheidung fiel leichter als erwartet, denn dieses Buch wird auch ohne Ergänzung der neuesten Literatur noch lange Zeit mit demselben Interesse gelesen werden.

Tübingen, im April 1976 *N. Birbaumer*

* Wir danken Frau Dr. T. Rohracher für die freundliche Unterstützung

Inhaltsverzeichnis

Grundbegriffe, Gegenstand und Aufgabe der Psychologie

Versucht man, das gesamte, bisher bekanntgewordene Geschehen in der Natur in große Bereiche einzuteilen, so ergeben sich drei Arten von Naturvorgängen: materielle, organische und psychische Prozesse. Die *materiellen* Prozesse umfassen die Bewegungen der Atome und Moleküle sowie aller aus ihnen zusammengesetzten Körper, aber auch die dadurch entstehenden unkörperlichen Energien wie magnetische und elektrische Schwingungen. Die *organischen* Prozesse unterscheiden sich von den materiellen Prozessen dadurch, daß sie sich in einem relativ geschlossenen System — dem Organismus — abspielen und neue, im Bereich der Materie nicht vorkommende Wirkungen erzeugen: Fortpflanzung, Entwicklung, Stoffwechsel und Regeneration. Diese Vorgänge, die man als physiologische Prozesse bezeichnet, sorgen für die Selbsterhaltung der Organismen und für das Weiterbestehen der Lebewesen.

Ganz etwas anderes als das materielle und organische Geschehen sind die *psychischen* Vorgänge; sie umfassen die *bewußten Erlebnisse*. Ein solches bewußtes Erlebnis ist z. B. das Lesen dieser Zeilen und das Verstehen ihres Sinnes. Dieser Vorgang besteht nicht aus Bewegungen von Atomen oder Molekülen und auch nicht aus chemischen Prozessen in den Zellen unseres Körpers, sondern er ist unkörperlich. Bewußte Erlebnisse — Empfindungen, Wahrnehmungen, Denkvorgänge, Gefühle usw. — haben keine Ausdehnung, keine Masse und kein Gewicht; sie lassen sich daher nicht wägen oder messen oder sonstwie mit den Instrumenten der Physik und Chemie in ihrer Größe oder ihrer Kraft bestimmen. *Erlebnisse sind immateriell.*

Ein zweites Merkmal, das die bewußten Erlebnisse von allen anderen Vorgängen in der Natur unterscheidet, ist ihre weitgehende Unabhängigkeit von Raum und Zeit. Der Leser, der diese Zeilen liest, befindet sich als körperliches Wesen zwar an einem bestimmten Ort unserer räumlichen Welt — aber er kann sofort an Orte denken, die weit entfernt sind, ja er kann mit seinem Denken bis in die unsichtbaren Fernen des Weltalls vordringen; und ebenso kann sein Denken, obwohl es sich immer zu einem bestimmten Zeitpunkt abspielt, weit in die Vergangenheit zurückgreifen oder in die Zukunft vorauseilen. Raum und Zeit bedeuten für das bewußte Erleben keine Grenzen, es ist in seinen Inhalten nicht an das Jetzt und Hier gebunden, sondern frei von den Schranken, die in der Welt des körperlichen Geschehens bestehen.

Die Merkmale »Immaterialität« und »weitgehende Unabhängigkeit von Raum und Zeit« unterscheiden das psychische Geschehen von allen übrigen Vorgängen in der Natur. Dazu kommt als drittes und wichtigstes Merkmal aber noch der Zustand, den wir als »*Bewußtsein*« bezeichnen und erleben, ohne ihn näher beschreiben zu können. Vielleicht wird die große Bedeutung dieses Merkmals klarer, wenn man feststellt: kein Atom und kein Molekül, aber auch keine Zelle und kein Organ unseres Körpers weiß von sich selbst (zum mindesten haben wir nicht den geringsten Hinweis, so etwas anzunehmen). Atome und Moleküle, Zellen und Organe können nicht wahrnehmen oder denken, sie können nicht glücklich oder traurig sein — sie wissen nichts von ihrer eigenen Existenz; sie haben kein Erleben, weil in ihnen bewußte Vorgänge nicht auftreten können. Den Zustand, den wir alle aus eigener Erfahrung als »bewußtes Erleben« kennen, gibt es nur im psychischen Geschehen; genauer gesagt, das psychische Geschehen *besteht* aus den bewußten Vorgängen und Zuständen.

Die Untersuchung dieser Vorgänge und Zustände (d. h. der bewußten Erlebnisse) ist die Aufgabe der Psychologie. Man kann daher sagen: Psychologie ist die Wissenschaft, welche die bewußten Erlebnisse zu untersuchen hat. Das Attribut »bewußt« kann man weglassen, weil alle Erlebnisse bewußt sind (es gibt keine unbewußten Erlebnisse); aber man kann die Definition ein wenig klarer und präziser machen, wenn man formuliert: *Psychologie ist die Wissenschaft von den bewußten Vorgängen und Zuständen.* Eine Erweiterung wird später noch vorgeschlagen werden.

Um kein falsches Bild der gegenwärtigen Psychologie entstehen zu lassen, muß ausdrücklich betont werden, daß die dargestellte Auffassung der Psychologie keineswegs allgemein anerkannt ist. Unter den Vertretern dieses Faches besteht leider noch immer keine Einigkeit darüber, ob die bewußten Erlebnisse zum Forschungsbereich der Psychologie gehören oder nicht. Die gegenwärtige Situation läßt sich, da sie sich in Entwicklung befindet, nur mit ungefährer Richtigkeit beschreiben; es ist ungefähr richtig, wenn man behauptet, daß von den Psychologen in Europa (einschließlich Osteuropa und Rußland) die Erforschung der menschlichen Erlebnisse als Aufgabe der Psychologie betrachtet wird (außerdem aber auch noch die Untersuchung des Verhaltens). Amerikanische Psychologen hingegen vertreten auch heute noch mehr oder weniger — viele weichen einer klaren Stellungnahme aus — den Standpunkt, daß die Psychologie *nur* das Verhalten zu untersuchen habe und daß sie das bewußte Erleben gar nicht untersuchen könne, weil es »subjektiv« ist. »Subjektiv« bedeutet, daß von den bewußten Vorgängen und Zuständen, die sich in einem Menschen abspielen, nur er selbst etwas weiß; diese Vorgänge sind daher nicht von außen her, »objektiv«, erforschbar wie ein physikalischer oder chemischer Prozeß, den viele Menschen gleichzeitig beobachten und beschreiben können. Aus diesem Grund sei das bewußte Erleben — so behaupten amerikanische »Psychologen« — wissenschaftlich überhaupt nicht erforschbar, daher müsse es aus dem Forschungsbereich der Psychologie ausgeschaltet werden; die Psychologie habe sich auf das sichtbare oder sonstwie registrierbare »Verhalten« (behavior) zu beschränken, zu welchem nicht nur das sichtbare Handeln der Menschen, sondern z. B. auch die elektrischen Spannungsschwankungen im Gehirn oder Änderungen der Pulsfrequenz oder der Schweiß-Sekretion gehören. Allerdings mußten gerade die bedeutendsten Vertreter dieses »Behaviorismus« zur Erklärung ihrer experimentellen Resultate Begriffe verwenden, die sie nur aus ihrer eigenen »inneren Erfahrung«, d. h. aus ihrem Erleben gewonnen haben können (Begriffe wie »Bedürfnis«, »Triebreduktion«, »Belohnung« und »Bestrafung« usw.). WATSON hingegen, der Begründer des radikalen Behaviorismus, hatte behauptet: »Es ist möglich, eine Psychologie zu schreiben und niemals die Begriffe Bewußtsein, seelischer Zustand, Geist, Inhalt, Wille, Phantasie u. dgl. zu gebrauchen« (WATSON 1914).

Von den Vorzügen und Nachteilen der »bewußtseinsfreien« Forschungsweise des Behaviorismus wird später — bei der Darstellung der psychologischen Methoden — noch gesprochen werden. Hier mußte er erwähnt werden, um zu zeigen, daß es außer der »Erlebnis-Psychologie« auch noch eine andere, sehr mächtige Richtung gibt, die sich ebenfalls als »Psychologie« bezeichnet, obwohl sie die psychischen Vorgänge und Zustände ausdrücklich aus ihrem Forschungsbereich ausschaltet. Im Gegensatz dazu wird in diesem Buche konsequent der Standpunkt vertreten, daß die Psychologie die Erlebnisse des Menschen zu untersuchen habe — die Wahrnehmungen, Denkvorgänge, Triebe, Gefühle usw. An der Existenz dieser Erlebnisse ist ein Zweifel nicht möglich — es gibt in der ganzen Natur nichts, an dessen Wirklichkeit wir weniger zweifeln können als an der Wirklichkeit unserer eigenen Erlebnisse. Wer daran zweifeln wollte, ist durch seinen eigenen Zweifel widerlegt; denn auch der Zweifel ist ein bewußtes Erleben.

Die Psychologie hat die verschiedenen Arten des bewußten Erlebens — Empfindungen, Erinnerungen, Gedanken, Triebregungen, Willensvorgänge usw. — zu beschreiben, die Beziehungen zwischen ihnen festzustellen und die Gesetzmäßigkeiten aufzufinden, nach denen unsere Erlebnisse entstehen und ablaufen. Mit diesen Vorgängen ist aber nur der engste Forschungsbereich der Psychologie umschrieben; sie hat nicht nur die Erlebnisse selbst, sondern auch ihre Ursachen und Wirkungen zu untersuchen. Die *Ursachen* der bewußten Erlebnisse bestehen aus Vorgängen in unserem Gehirn, die durch äußere Reize oder durch Gedächtniswirkungen ausgelöst wurden; um diese Vorgänge zu verstehen, ist eine gründliche Kenntnis der Anatomie und Physiologie des Nervensystems unerläßlich. Die *Wirkungen* der bewußten Erlebnisse sind sehr vielfältig: jede neue Erkenntnis, jede Entdeckung und Erfindung, jedes Kunstwerk, jede religiöse oder soziale Idee ist aus psychischen Vorgängen entstanden, ebenso jedes Verbrechen, jeder Krieg und jede Revolution. Aber auch die einfachen Handlungen der Menschen im täglichen Leben entstehen aus Trieben, Gefühlen und Willenserlebnissen — ein sehr großer Teil des Verhaltens der Menschen ist das Ergebnis psychischer Prozesse.

Hier ergibt sich ein Problem, das zu einer Erweiterung der oben vorgeschlagenen Definition der Psychologie zwingt. Sicher ist das Verhalten der Menschen das Resultat von Erlebnissen wie Trieben, Interessen, Entschlüssen — aber daß in einem Menschen in einer Situation, die eine Entscheidung fordert, gerade diese bestimmten Triebe, Interessen und Willensakte auftreten, hängt mit seiner *Persönlichkeit* zusammen. Die Untersuchung der Persönlichkeit gehört daher zweifellos auch zu den Aufgaben der Psychologie — Persönlichkeit ist aber weder ein bewußtes Erlebnis noch ist sie eine Ursache oder Wirkung von Erlebnissen, wenn man diese Begriffe genau nimmt (Ursachen von Erlebnissen sind äußere Reize und Gehirnvorgänge, Wirkungen von Erlebnissen sind Reaktionen und Verhaltensweisen). Da es von der Persönlichkeit des einzelnen Menschen abhängt, welche Erlebnisse in einer Wahlsituation in ihm auftreten, ist die Persönlichkeit für seine Entscheidung und damit auch für sein Verhalten mindestens mitbestimmend; dabei ist noch zu bedenken, daß die Persönlichkeit des Menschen nicht von Beginn seines Lebens an fertig vorhanden ist, sondern daß sie sich im Laufe der Kindheit und Jugend entwickelt und sich auch noch im späteren Leben ändern kann, wobei bewußte Erlebnisse — Einflüsse der Umwelt, Konflikte, Erfolge und Niederlagen usw. — eine entscheidende Rolle spielen. Da die Persönlichkeit und ihre Entwicklung zweifellos in das Forschungsgebiet der Psychologie gehört, muß man ihre Definition erweitern: *Psychologie ist die Wissenschaft, welche die bewußten Vorgänge und Zustände mit ihren Ursachen und Wirkungen sowie ihre Rolle bei der Entwicklung der Persönlichkeit zu untersuchen hat.*

Um Mißverständnisse auszuschalten, muß ausdrücklich gesagt werden, daß das Wort »psychisch« im folgenden nie etwas anderes bedeutet als »bewußt«. Psychische Vorgänge sind nur die bewußten Erlebnisse. Die Frage, ob es auch unbewußte psychische Vorgänge gebe, wird später behandelt. An dieser Stelle muß ferner betont werden, daß auch die Worte »seelische« oder »geistige« Vorgänge, sofern sie im folgenden (der sprachlichen Abwechslung wegen) manchmal verwendet werden, immer nur »bewußte Vorgänge« bedeuten. Nicht verwendet wird im folgenden der Begriff »Seele«; nur hier, im Zusammenhang mit den Aufgaben der Psychologie, muß kurz darauf eingegangen werden, damit von Anfang an volle Klarheit darüber besteht, welche Stellung die Wissenschaft heute zur »Seele« einnimmt.

Es gibt kaum einen Gedanken, der sich in der Geschichte der Menschheit so fest erhalten hat wie die Behauptung, daß der Mensch aus Körper und Seele bestehe. In fast allen Religionen — von den primitivsten bis zu den höchstentwickelten — ist die Seelenlehre in irgendeiner Form enthalten. Dabei gilt die Seele meist als unkörperlich und unsterblich; sie verläßt den Körper nach dem Tode und lebt weiter. Sie ist in vielen religiösen Lehren dasjenige, was den Menschen vom Tier unterscheidet und ihn mit dem Göttlichen verbindet. Die Seele wirkt sich nach der Auffassung der meisten Religionen in den bewußten Vorgängen und Zuständen aus, in den Gefühlen, Gedanken und Willenserlebnissen.

Die Wissenschaft hat nicht die Absicht, die Weltanschauungen und Glaubenslehren anzugreifen, die dem Menschen Trost und Hilfe bieten, wenn er in Not gerät. Die Wissenschaft bietet an Trost und Hilfe gar nichts. Die Bedrängnisse des menschlichen Herzens sind für sie eine Naturerscheinung wie alles andere; sie kann sie beschreiben und in ihren Ursachen untersuchen, aber nicht beseitigen. Die Wissenschaft will auch nicht religiöse oder metaphysische Überzeugungen zerstören, die den Menschen zu sozialem und gerechtem Handeln veranlassen; denn auch in dieser Hinsicht ist ihre eigene Leistung äußerst geringfügig. Die Wissenschaft hat ferner keinen Grund, auf die Auffassung, daß es eine unkörperliche und unsterbliche Seele gäbe, geringschätzig und überlegen herabzusehen; denn sie ist selbst keineswegs imstande, das Zustandekommen auch nur der einfachsten psychischen Erscheinungen restlos zu erklären.

Will man Psychologie als Wissenschaft betreiben, so muß man alles, was man behauptet, beweisen, und man muß überdies die Begriffe, die man verwendet, genau bestimmen. Nur mit klaren Begriffen kann man eine Wissenschaft aufbauen. Es ist daher zunächst die Frage zu beantworten, ob man die Existenz einer »Seele« im Sinne der Religionen und Weltanschauungen beweisen kann.

Auf diese Frage läßt sich eine klare Antwort geben: die Existenz einer unkörperlichen und unsterblichen Seele läßt sich wissenschaftlich nicht beweisen, sofern man von einem wissenschaftlichen Beweis verlangt, daß er unwiderlegbare, durch die Erfahrung gesicherte Tatsachen vorbringe. Niemand hat jemals eine Seele gesehen oder auf irgendeine andere Art wahrgenommen; niemand hat ihre Existenz durch Beobachtungen oder Experimente oder andere Methoden, mit denen man unsichtbare Naturkräfte nachweisen kann, zweifelsfrei festgestellt. Damit ist aber keineswegs gesagt, daß es eine unkörperliche und unsterbliche Seele im Sinne der Religion nicht geben könne: was sich mit den Methoden der Wissenschaft nicht beweisen läßt, kann trotzdem existieren. Es steht außer Zweifel, daß es viele Naturkräfte gibt, von denen die Wissenschaft noch nichts weiß, genauso, wie sie vor hundert Jahren noch nichts über die Röntgenstrahlen oder über den Tuberkelbazillus gewußt hat. Für die Wissenschaft ist die Existenz einer unsterblichen, immateriellen Seele weder beweisbar noch widerlegbar; sie ist, wissenschaftlich betrachtet, eine bloße *Annahme;* eine Hypothese, die versucht, die psychischen Vorgänge dadurch zu erklären, daß man sie als Auswirkungen einer unkörperlichen Kraft betrachtet. Gegen eine solche Hypothese ist vom wissenschaftlichen Standpunkt nichts einzuwenden; sie ist vertretbar, weil sie den Tatsachen nicht widerspricht. Es bleibt nur die Frage zu beantworten, ob sie die einzig mögliche Erklärung der psychischen Erscheinungen darstellt oder ob man auch noch andere Hypothesen über das Seelenleben aufstellen kann. Zur Beantwortung dieser Frage ist ein kurzer Rückblick auf die Geschichte des Begriffes »Seele« notwendig.

Den hypothetischen Charakter des Seelenbegriffes hat schon ARISTOTELES erkannt. In seiner Schrift »Über die Seele« (etwa 330 v. Chr.) versuchte er zu zeigen, daß die Entwicklung des lebendigen Organismus die Annahme einer im Körper wirkenden Kraft notwendig mache, die diese Erscheinungen hervorbringt und so zweckmäßig reguliert, daß daraus der lebendige, funktionsfähige Organismus entsteht. Dieses angenommene, das Geschehen im Sinne der Lebenserhaltung steuernde energetische Prinzip ist die »Seele«, von ARISTOTELES als »*Psyche*« oder »*Entelechie*« bezeichnet — ein Wort, das sich schwer übersetzen läßt (es bedeutet »etwas, das seinen Zweck in sich trägt«). Diese Lehre wurde im Mittelalter in engste Beziehung zum Begriff der »Substanz« gebracht, der bei jedem Philosophen eine andere Bedeutung hat; im großen und ganzen scheint damit etwas gemeint zu sein, was bei allen Änderungen seiner Eigenschaften selbst unverändert bleibt (was »aus sich selbst existiert« und seinen Merkmalen als Substrat zugrunde liegt). In der ganzen Scholastik wird die Seelenfrage in Zusammenhang mit dem Substanzproblem behandelt, wobei die Seele als die den bewußten Vorgängen zugrunde liegende Substanz — von manchen als ewig und göttlich bezeichnet — aufgefaßt wird. Auch nach DESCARTES (1596—1650) ist die Seele eine ausgedehnte, unstoffliche, unteilbare und unzerstörbare Substanz; LEIBNIZ (1646—1716) sah in ihr eine immaterielle, strebende Kraft.

Einen gänzlich anderen Standpunkt vertrat der englische Philosoph DAVID HUME (1711—1776), ein Feind aller unbeweisbaren Behauptungen und in seinem Mißtrauen gegen die Metaphysik ein Vorläufer KANTS. Zu richtigen Erkenntnissen kann uns nach seiner Lehre einzig und allein die *Erfahrung* führen, die sowohl äußere wie innere Erfahrung (Sensation und Reflexion) sein kann. Für den Seelenbegriff im bisherigen Sinne war in einer solchen Philosophie kein Platz; denn die Existenz einer solchen Seele kann niemals empirisch, d. h. durch Erfahrung, bewiesen werden. Empirisch beweisbar sind nur die »Perzeptionen« — die Eindrücke, die wir von der Außenwelt und von unserem bewußten Erleben empfangen — und die »Assoziationen«, die Verbindungen zwischen diesen Eindrücken. So reduziert sich das Seelisch-Geistige für HUME zur Gesamtheit von beiden; das bewußte Erleben ist »nichts als ein Bündel oder ein Zusammen verschiedener Perzeptionen, die einander mit unbegreiflicher Schnelligkeit folgen und beständig in Fluß und Bewegung sind« und durch wechselseitige Beziehungen miteinander zu einer Einheit, dem »Ich«, verbunden werden.

Diese Auffassung, die als »*Aktualitätstheorie*« der »*Substanzialitätstheorie*« gegenübergestellt wird, hat sich mit dem Aufschwung der Naturwissenschaften, die ihre Erfolge der streng empirischen Methode (Beobachtung, Beschreibung, Experiment) verdanken, immer mehr durchgesetzt. Der Begriff »Seele« gewinnt nach und nach die Bedeutung des psychischen Geschehens überhaupt, also den Sinn, den im täglichen Sprachgebrauch der Ausdruck »Seelenleben« hat: ein Sammelbegriff für alles, was im subjektiven Erleben feststellbar ist. Die Frage, ob das psychische Geschehen durch eine eigene unkörperliche Substanz oder durch eine Naturkraft, die »Seele« im alten Sinne, hervorgebracht werde, trat zurück; die Psychologie, die »Wissenschaft von der Seele«, wurde nach einem vielzitierten Aperçu F. A. LANGES zur »Psychologie ohne Seele«. Es ist nicht zu leugnen, daß die Befreiung von der belastenden Problematik des Seelenbegriffes erst eine feste Grundlage für die Entwicklung der Psychologie schuf; es ist wichtiger und aussichtsreicher, das Zustandekommen der Wahrnehmungen, die Arbeitsweise des Gedächtnisses oder die Vorgänge bei der Abstraktion und Begriffsbildung zu untersuchen als den fruchtlosen Streit über die Seele fortzusetzen. WILHELM WUNDT, der Begründer der experimentellen Psychologie in Europa, stand ganz auf dem Standpunkt der »Aktualitäts-Psychologie«, wobei er aber dem Wollen eine zentrale Stellung im psychischen Geschehen zuschrieb (voluntaristische Aktualitätspsychologie).

So hat das Wort »Seele« innerhalb der Wissenschaft seinen ursprünglichen Sinn verloren; innerhalb der Religionen und Weltanschauungen hat es ihn aber beibehalten und im täglichen Sprachgebrauch wird es meist auch noch in der Bedeutung einer unkörperlichen, die bewußten Vorgänge erzeugenden Kraft gebraucht. Dieser verschiedene Sprachgebrauch hat dazu geführt, daß man in der Wissenschaft auf die Verwendung des Ausdruckes »Seele« fast gänzlich verzichtete; wird er verwendet, so geschieht dies nahezu immer in der Bedeutung von »Seelenleben«, womit nichts anderes gemeint ist als die Gesamtheit der psychischen Vorgänge.

In diesem Zusammenhang muß auch noch das Wort »psychisch« erklärt werden; es stammt von dem griechischen Ausdruck »Psyche«, den ARISTOTELES in den wissenschaftlichen Sprachgebrauch eingeführt hatte. In der griechischen Mythologie bedeutet dieses Wort den »Lebenshauch«, der beim Tode den Körper verläßt (auch eine wunderbar schöne Geliebte des Eros, mit Schmetterlingsflügeln dargestellt, heißt dort »Psyche«). ARISTOTELES sah sich bei seinen biologischen Überlegungen über die Einheit des Organismus und die zweckmäßige Funktion aller seiner Teile zur Annahme eines Prinzips gezwungen, welches das Geschehen im Organismus steuert und reguliert; für dieses hypothetische Wesen, dessen Wirksamkeit mit dem Tode aufhört, wählte er den Namen »Psyche«, der in der Folgezeit mit dem religiösen Seelen-Begriff in Beziehung gebracht und oft kurzerhand als »Seele« übersetzt wurde. Im wissenschaftlichen Sprachgebrauch wird der Ausdruck »Psyche« nicht mehr verwendet, wohl aber der Stamm dieses Wortes in »Psychologie« und im Adjektiv »psychisch«, das oft in sehr weiter Bedeutung (auch das sog. Unbewußte umfassend) gebraucht wird. Im folgenden ist die Bezeichnung »psychisch« gleichbedeutend mit »bewußt«. »Psychische« Vorgänge sind bewußte Erlebnisse, wobei alle Grade der Bewußtseins-Klarheit möglich sind.

Innerhalb der psychischen Vorgänge wird von manchen Autoren zwischen »seelischen« und »geistigen« Prozessen unterschieden. Der Begriff »Geist« ist noch viel unklarer als der Begriff »Seele«. Man spricht vom menschlichen Geist, vom Geist einer Zeit, vom Geist der Freundschaft und der Kultur, vom Geist der Demokratie. KLAGES sah im Geist den Widersacher der Seele, andere Gelehrte (z. B. GEYSER) hielten ihn für die höchste Leistung der Seele, wobei er vor allem die Vorgänge des Denkens und Wollens umfaßt. Mit dieser letzteren Auffasung stimmt der allgemeine Sprachgebrauch des täglichen Lebens ziemlich überein; in ihm wird der Ausdruck »geistig« in erster Linie für Denkleistungen verwendet: »geistige Arbeit« ist Arbeit mit dem Verstand. Eine wissenschaftliche Entdeckung gilt als geistige, nicht als seelische Leistung; eine Symphonie hingegen, überhaupt jedes Kunstwerk, ist nicht nur eine Leistung des Geistes, sondern auch eine solche der »Seele«. Ein Gemälde, ein Gedicht, eine Erfindung oder eine weltanschauliche Idee ist etwas Geistiges insofern, als es aus der geistigen Tätigkeit eines Menschen hervorgegangen ist — jedoch muß man bei dieser Ausdrucksweise jede Wertung vermeiden: auch ein schlechtes Gedicht oder eine verderbliche Idee ist in diesem Sinne etwas Geistiges, ebenso der gute oder schlechte »Geist einer Zeit«, womit nichts anderes gemeint ist als die vorherrschende weltanschauliche Haltung der Menschen, die in dieser Zeit leben (»der Menschen eigner Geist«, GOETHE).

Für die Psychologie ist die Unterscheidung von seelischen und geistigen Vorgängen ziemlich bedeutungslos. Sie verfügt über bessere Einteilungen des bewußten Erlebens. Lediglich zu dem Zwecke, die folgenden Ausführungen durch die ständige Wiederholung der Ausdrücke »psychisch« und »bewußt« nicht allzu langweilig werden zu lassen, wird an Stelle dieser Begriffe manchmal auch die Ausdrucksweise »seelisch-geistige Vorgänge« verwendet werden; sie bedeutet genau dasselbe wie »bewußte Vorgänge«. Der Ausdruck »Seele« wird wegen seiner Vieldeutigkeit und seiner Belastung durch religiöse und weltanschauliche Einstellungen im folgenden vermieden werden; wenn von »Seelenleben« gesprochen wird, so ist damit immer das bewußte Erleben gemeint.

Daß das *bewußte Erleben* zum psychischen Geschehen gehört, wird von niemandem bestritten. Von manchen Philosophen und Psychologen wird aber die Auffassung vertreten, daß es außerdem noch *unbewußte* psychische Vorgänge gäbe, also Prozesse von gleicher Natur wie die bewußten, nur eben nicht bewußt. Da sie aber nicht bewußt sind, weiß man von ihnen nichts aus der Erfahrung; man kann ihre Existenz empirisch nicht beweisen, sondern nur mit mehr oder weniger Wahrscheinlichkeit erschließen. Unbewußte psychische Prozesse sind daher als *Tatsache* niemals feststellbar; sie sind nur eine *Annahme*, eine Hypothese, mit der man manche Erscheinungen des bewußten Geschehens erklären kann. Ob diese Hypothese notwendig ist oder ob man auch ohne sie das Auslangen findet, ist heute noch eine Streitfrage; an den einschlägigen Stellen dieses Buches wird gezeigt werden, daß sie nicht unbedingt nötig ist.

Es ist leicht zu sehen, daß das Gebiet der Psychologie, wenn man die vorgeschlagene Definition annimmt, ganz außerordentlich groß ist. Zu ihm gehört alles, was Menschen je erlebt haben: von den einfachsten Triebregungen, wie sie schon bei den Tieren vorkommen, bis zu den höchsten Leistungen des menschlichen Geistes. Alles, was sich an bewußten Vorgängen und Zuständen bei Mensch und Tier vorfindet, und alles, was solche Vorgänge erzeugt und was aus ihnen entsteht, gehört in das Forschungsgebiet der Psychologie. In diesem Sinne ist die Psychologie die umfassendste aller Wissenschaften: auch die Weltanschauungen, die philosophischen Systeme und die Religionen sind — als Produkte von Denken, Fühlen und Wollen — psychologischer Untersuchung zugänglich und auch bereits zum Gegenstand psychologischer Betrachtungen gemacht worden. Dieser umfassende Charakter der Psychologie macht es schwierig, ihre Stellung innerhalb der Wissenschaften zu bestimmen. Alle Wissenschaften gehen aus dem menschlichen Denken hervor; die Wissenschaft, die dieses Denken selbst, also die Tätigkeit, die jeder Wissenschaft zugrunde liegt, untersucht, könnte eine überragende Stellung für sich in Anspruch nehmen — wenn sie nicht selbst auch aus dem Denken (nämlich dem Denken über das Denken) entstünde. Sie gleicht in diesem Punkte allen anderen Wissenschaften; ein Recht auf eine Sonderstellung besteht daher nicht. Damit ist aber die Frage, wohin die Psychologie innerhalb der Wissenschaften gehört, noch nicht gelöst.

Es handelt sich dabei um eine alte Streitfrage, in welcher bis heute keine Einigung erzielt wurde. Der Grund hierfür liegt darin, daß dabei wieder die weltanschauliche Einstellung, vor allem zum Leib-Seele-Problem, den Ausschlag gibt. Wer zur Auffassung neigt, daß die bewußten Vorgänge zu einer Seele in Beziehung stehen, die dem Menschen von Gott gegeben wurde oder die von einem allgemeinen Weltgeist stammt, muß die psychischen Prozesse als etwas betrachten, was *außerhalb* der übrigen Natur steht; demnach ist für ihn die Psychologie keine Naturwissenschaft. Wer hingegen in den bewußten Vorgängen und Zuständen natürliche Auswirkungen des organischen Lebens erblickt, ordnet damit das Geschehen in das allgemeine Naturgeschehen ein und bezeichnet die Psychologie mit Recht als Naturwissenschaft. Dazu kommt, daß die Psychologie mit denselben Forschungsmethoden arbeitet wie jede andere Naturwissenschaft, nämlich mit Beobachtung, Experiment und statistischer Auswertung der Resultate. Gegen dieses Argument wurde eingewendet, daß die Psychologie außer Beobachtung und Experiment noch eine andere, viel wichtigere Methode verwende: das *Verstehen*, ein eigenartiges, nur im Bereich des Geistigen anwendbares Verfahren, das unmittelbar, ohne Beteiligung des Denkens, zu Einblicken in das seelische Geschehen führe (DILTHEY). Diese Methode unterscheide sich grundsätzlich von allen naturwissenschaftlichen Forschungsweisen; die Psychologie sei daher eine Geisteswissenschaft, genauso wie alle anderen Wissenschaften, die geistige Leistungen zum Gegenstand haben und daher ein »Verstehen« voraussetzen. Demgegenüber läßt sich aber wieder einwenden, daß das Verstehen selbst ein psychischer Prozeß sei, der sich durch Beobachtung und Experiment untersuchen lasse und von dem wir nur aus Erfahrung wissen. Darauf ist bei der Besprechung der psychologischen Methoden zurückzukommen.

Einen festen Gesichtspunkt im Streite der Wissenschaften um die Psychologie gewinnt man am ehesten noch dann, wenn man zum ursprünglichen Sinn der Natur- und Geisteswissenschaften zurückgreift: demnach haben die ersteren die Dinge und Vorgänge in der Natur, die letzteren die Auswirkungen und Leistungen des menschlichen Geistes zu untersuchen. Das psychische Geschehen selbst ist jedoch an das Vorhandensein eines lebendigen Organismus gebunden und von den Vorgängen in ihm abhängig (davon ist im nächsten Kapitel zu sprechen); der lebendige Organismus ist aber zweifellos ein Teil der Natur, so daß seine Erforschung — wie niemand bestreitet — in die Naturwissenschaft gehört. Es wäre inkonsequent, wenn man das, was in seiner Existenz und in seinen Eigenschaften vom Organismus abhängt, nicht auch als etwas betrachten würde, das zur Natur gehört, mag es auch unkörperlich sein. Von diesem Gesichtspunkt aus ist alles psychische Geschehen eine Naturerscheinung; und damit ist auch schon gesagt, daß die Psychologie, die dieses Geschehen untersucht, eine Naturwissenschaft ist. Man soll bei solchen Überlegungen aber bedenken, daß die Zweiteilung »Natur- und Geisteswissenschaften« fragwürdig geworden ist; wenn eine bessere Einteilung gefunden wird, so wird es sicher eine Gruppe »biologische Wissenschaften« geben, zu welcher dann auch die Psychologie gehören wird.

Es wurde bisher nicht ausdrücklich betont, daß als Psychologie im allgemeinen nur die Wissenschaft von den bewußten Vorgängen und Zuständen des gesunden Menschen bezeichnet wird. Das kranke Seelenleben wird von einem Teilgebiet der Medizin, der *Psychiatrie*, untersucht. Niemand bezweifelt, daß die Psychiatrie wie alle medizinischen Forschungsgebiete zur Naturwissenschaft gehört; ihre Methoden zur Heilung der psychischen Erkrankungen (Medikamente, Schocks usw.) sind ebenfalls rein naturwissenschaftlicher Art. Wenn das kranke Seelenleben in das Forschungsgebiet der Naturwissenschaften gehört, so ist nicht einzusehen, warum das gesunde zu einem grundsätzlich anderen (nämlich zu den Geisteswissenschaften) gehören sollte — am Wesen des »Seelischen« ändert die Erkrankung nichts.

Organische Grundlagen der psychischen Vorgänge

Das Leib-Seele-Problem

Die Annahme, daß die psychischen Vorgänge und Zustände durch das Wirken einer unkörperlichen »Seele« entstünden, hat ihre Wurzel in der unleugbaren, auch für den einfachsten Verstand erkennbaren Verschiedenheit zwischen körperlichen und psychischen Prozessen. Psychische Vorgänge haben nichts von den Eigenschaften der Materie; die Freude an einem Kunstwerk besteht nicht aus Atomen und Molekülen, der Gedanke an die Lebensziele, die man sich gesetzt hat, hat keine Masse und kein Gewicht. Andererseits hat die Materie nichts von den Eigenschaften des Psychischen; die Atome haben kein Bewußtsein, sie können nichts empfinden und wahrnehmen, sie fühlen nichts und sie wollen nichts. Im Menschen sind beide Arten von Vorgängen vereinigt; sein Körper besteht aus Atomen und Molekülen, aber sein bewußtes Erleben ist unkörperlich und weitgehend unabhängig von Raum und Zeit. Zwischen diesen beiden Komponenten des Menschen bestehen enge Beziehungen: Veränderungen im Körper führen zu Veränderungen im bewußten Erleben und umgekehrt. Wie kann man sich diese wechselseitigen Zusammenhänge zwischen ganz verschiedenen Vorgängen erklären? Diese Frage ist das Leib-Seele-Problem. Es ist, wie gleich einleitungsweise betont sei, bis heute ungelöst; man hat zu seiner Lösung vielerlei Hypothesen aufgestellt, ohne zu einer Theorie zu kommen, die als wissenschaftlich gesichert bezeichnet werden könnte. Es ist aber interessant, diese Überlegungen zu verfolgen; sie zeigen, daß es Probleme gibt, zu deren Lösung die geistigen Fähigkeiten des heutigen Menschen offenbar nicht ausreichen; sie zeigen aber auch, daß es im Laufe der Jahrhunderte wenigstens zu einer Klarstellung des Problems selbst gekommen ist.

Zuerst sollen die Theorien kurz dargestellt werden, die auf Grund der dualistischen Auffassung — dem Körper stehe eine von ihm wesensverschiedene, substanzielle Seele gegenüber und beide zusammen machen den lebendigen Menschen aus — aufgestellt wurden. Die einfachste

Theorie, die das gegenseitige Verhältnis dieser zwei zu einer Einheit verbundenen »Substanzen« erklären könnte, ist die Annahme, daß sie wechselseitig aufeinander wirken (*Wechselwirkungstheorie*). Es bestünde dann zwischen ihnen ein kausales Verhältnis: die Seele kann Änderungen im Körper bewirken und der Körper in der Seele; und durch diese gegenseitige kausale Beeinflussung kämen die bewußten Erlebnisse zustande. Diese im wesentlichen von DESCARTES begründete Hypothese hat bis in die Gegenwart viele Anhänger gefunden, wobei allerdings die Annahme einer substanziellen Seele fallengelassen wurde und an ihre Stelle das psychische Geschehen als solches trat; man spricht heute im allgemeinen von der Wechselwirkungstheorie in dem Sinne, daß körperliche Vorgänge die psychischen Prozesse beeinflussen und diese jene. HERMANN LOTZE (1817—1881) hat die Wechselwirkungslehre in dieser Weise vertreten und versucht, sie bis ins einzelne durchzuführen; dabei trat im Zusammenhang mit der Entdeckung des physikalischen Prinzips von der Erhaltung der Energie die Frage auf, ob bei dieser Wechselwirkung Energie verbraucht werde — ein Problem, das zu vielerlei Diskussionen physiologischer und physikalischer Art führte, ohne daß es zu einer Lösung kam. Der Haupteinwand, der gegen die Wechselwirkungslehre schon früh erhoben wurde, stützt sich auf die »Wesens«-Verschiedenheit zwischen körperlichen und psychischen Vorgängen; man könne sich nicht vorstellen, wie zwei in ihrer Art so verschiedene Prozesse wechselseitig aufeinander einwirken könnten. Tatsächlich gelingt es nicht, zu einer einigermaßen klaren Vorstellung darüber zu kommen, wie z. B. das Gefühl des Zorns, also ein psychischer Vorgang, die Blutgefäße des Gesichts erweitern und dadurch den »roten Kopf« des Zornigen hervorbringen könnte; und ebenso unvorstellbar ist es, wie es die organischen Gehirnvorgänge zustandebringen, daß wir den Sinn eines Satzes, den wir gelesen oder gehört haben, verstehen.

Um diesen Schwierigkeiten zu entgehen, hat LEIBNIZ (1646—1716) eine Theorie begründet, die zunächst wie ein schöner mystischer Gedanke und nicht wie eine wissenschaftliche Annahme anmutet. Es gäbe, so lehrt er, eine von Gott von Anfang an festgesetzte Harmonie zwischen den körperlichen und den psychischen Vorgängen; diese »prästabilierte Harmonie« wirke sich so aus, daß der Eindruck entstehe, als ob Seele und Körper aufeinander einwirkten, während in Wirklichkeit jedes von beiden unabhängig vom anderen Teil den eigenen inneren Gesetzen folge. Die gottgeschaffene Ordnung hat das Weltgeschehen so eingerichtet, daß die inneren Gesetze des körperlichen und seelischen Bereiches miteinander übereinstimmen; die körperliche Geschehensreihe verläuft unabhängig von der seelischen, aber den Vorgängen im Körper entsprechen bestimmte Vorgänge der seelischen Reihe, ohne jedoch kausal mit ihnen in Beziehung zu stehen. Sie laufen »parallel«, weshalb diese Theorie »*Parallelismus-Theorie*« genannt wird. Sie wird in der geschilderten Form heute kaum mehr vertreten.

Eine dritte Auffassung, die der Lehre vom Parallelismus ursprünglich sehr nahe kam, ist die »*Identitäts-Theorie*«, die ihr Begründer SPINOZA (1632—1677) klar und deutlich formuliert hat; er lehrte, die körperlichen und seelischen Erscheinungen seien »una eademque res, sed duobus modus expressa«. Der Dualismus von Leib und Seele entsteht nur dadurch, daß uns beide verschieden erscheinen; in Wahrheit seien sie »eine und dieselbe Sache« — ein Standpunkt, der später besonders vom Begründer der Psychophysik, GUSTAV THEODOR FECHNER (1801—1887), vertreten wurde: das Seelische und das Körperliche seien nur die zwei Seiten eines uns unbekannten Geschehens; sie sind »koordinierte Erscheinungsweisen des Seienden, das die kausale Grundlage der Innen- wie der Außenwelt bildet, in unserem Bewußtsein . . . Das Mechanische ist das von außen erfaßte Seelische, das Seelische das von innen erfaßte Mechanische unseres Körpers«, so formulierte der Philosoph BENNO ERDMANN diesen Standpunkt, der heute noch in verschiedenen Modifikationen unter dem Namen »*Zweiseiten-Theorie*« vertreten wird. Vom »Mechanischen« als Gegensatz des Psychischen pflegt man allerdings heute nicht mehr zu sprechen; man betrachtet den Körper nicht mehr als eine Maschine, sondern als lebenden Organismus, der eigenen, nichtmechanischen Gesetzen unterliegt. Es ist das Verdienst von HANS DRIESCH, in seinem »Psychovitalismus« diesen Standpunkt durchgesetzt zu haben; eine Lösung des Leib-Seele-Problems konnte allerdings auch auf diesem Wege nicht erreicht werden.

Beweise für die Gehirnabhängigkeit des bewußten Erlebens

Bevor auf biologische Bewußtseinstheorien eingegangen werden kann, muß dargestellt werden, was man gegenwärtig über die Beziehungen zwischen organischen und psychischen Vorgängen mit Sicherheit weiß. Die medizinische Forschung hat viele Beziehungen zwischen Gehirnvorgängen und subjektivem Erleben festgestellt, die in den philosophischen Theorien nicht beachtet wurden; sie bieten zwar auch keine Möglichkeit, das Leib-Seele-Problem einer klaren Lösung zuzuführen, sie müssen aber, da es sich um erwiesene Tatsachen handelt, jeder künftigen Theorie, die Anspruch auf Wissenschaftlichkeit erheben will, zugrunde gelegt werden.

1. Wird das Gehirn funktionsunfähig, so hört jedes psychische Geschehen auf. Wenige Tropfen Äther oder Chloroform reichen aus, um

das Bewußtsein vollkommen auszulöschen. Eine eigene Wissenschaft — die *Anästhesiologie* — hat die Kunst, durch Pharmaka das Bewußtsein auszuschalten, zu so hoher Entwicklung gebracht, daß der Grad und die Dauer der Bewußtlosigkeit zur Ausschaltung von Schmerzen bei Operationen durch die Dosierung des Narkotikums ziemlich genau vorherbestimmt werden können. Diese Tatsache allein genügt, um alle Behauptungen über die Unabhängigkeit des psychischen Geschehens von organischen Prozessen zu widerlegen. Derselbe Effekt tritt ein, wenn das Gehirn nicht durch Narkotika, sondern durch andere Einwirkungen — z. B. durch einen Schlag auf den Kopf oder durch Unterbindung der Sauerstoffzufuhr — seine Funktionsfähigkeit verliert. Bewußtes Erleben ist nur möglich, solange das Gehirn funktionsfähig ist.

2. Wird die Gehirntätigkeit durch Zufuhr bestimmter Substanzen verändert, so verändert sich auch das subjektive Erleben. Geringe Mengen von Alkohol führen zu charakteristischen psychischen Wirkungen: die Hemmungen fallen, das Denken wird ungeordnet, die Stimmung wird fröhlich und optimistisch. Kokain, Meskalin und die heute viel konsumierten Lysergsäure-Präparate (LSD) erzeugen Zustände hochgradiger Entspannung mit gehobener Stimmung, z. T. auch mit wahrnehmungsähnlichen Vorstellungen, deren Farbenpracht alles Bekannte übertreffen soll. Sie führen dazu, daß der Mensch diese glückhaften Zustände immer wieder erleben will und daher süchtig wird. Das gesamte psychische Geschehen wird verändert, wenn die Gehirnfunktion durch chemische Mittel verändert wird.

3. Bestimmte psychische Einzelleistungen sind an das Vorhandensein bestimmter Hirngebiete gebunden. Werden bei einem Unfall die Gehirnteile zerstört, in denen die von den Augen ausgehenden Nervenleitungen enden (das »Sehzentrum« in den Hinterhauptlappen der Hirnrinde), so ist der Mensch blind, obwohl seine Augen intakt sind (*Rindenblindheit*); für das Hören, Tasten, Riechen und für das Sprechen kennt man ebenfalls solche »Zentren«. Bei Schußverletzungen kommt es manchmal vor, daß zwar die Hirnregion für das Sehen erhalten bleibt, aber Gangliensysteme in ihrer unmittelbaren Nachbarschaft vernichtet werden; in solchen Fällen kann der Kranke zwar noch sehen, aber er kann das Gesehene nicht mehr erkennen (*optische Agnosie:* z. B. wird ein Hund zwar gesehen, aber als solcher erst erkannt, wenn er bellt). Sogar ganz spezielle Wahrnehmungsleistungen wie das Erfassen von Formen können bei umschriebenen Hirnverletzungen ausfallen; wird eine kleine Gehirnwindung am oberen Schläfenlappen (gyrus angularis) verletzt, so kann der Mensch nicht mehr lesen, weil er die Formen der Buchstaben nicht mehr erfaßt (*Alexie*). Am folgenschwersten für die Persönlichkeit des Menschen sind Erkrankungen der untersten Stirnhirnteile; es kommt dann zu Charakterver-

änderungen im Sinne einer Enthemmung (Verlust der Selbstkritik, der Selbstkontrolle sowie des ethischen und sozialen Fühlens).

Auch das Sprachverständnis und die Bildung der Sprachlaute durch die Sprechmuskulatur sind an bestimmte Hirnregionen gebunden; bei Ausfall eines kleinen Gebietes im Schläfenlappen findet der Kranke nicht mehr die Worte, um seine Gedanken auszudrücken, und ist nicht mehr imstande, gehörte Wörter zu verstehen (*sensorische Aphasie*), bei Ausfall der unteren seitlichen Stirnwindung versteht er zwar die Worte, kann aber selbst nicht mehr die Lautverbindungen herstellen, die zum Sprechen notwendig sind (*motorische Aphasie*).

4. Die geistige Entwicklung hängt von der Gehirnentwicklung ab. Dies gilt sowohl für den einzelnen Menschen wie für die ganze Menschheit. Es dauert ungefähr 20 Jahre, bis aus dem kleinen Gehirn des Säuglings das große, voll ausgereifte Gehirn des Erwachsenen entstanden ist; genau parallel dazu erfolgt die geistige Entwicklung von den dürftigen Leistungen des Neugeborenen bis zur vollen Lern- und Denkfähigkeit des reifen Menschen. In der Stammesgeschichte der Menschheit konnte die Größenzunahme des Gehirns einwandfrei nachgewiesen werden; in den etwa 600.000 Jahren seit den Peking-Urmenschen (Sinanthropus) hat sich das Hirngewicht nach Berechnungen aus der Schädelgröße von etwa 1000 Gramm auf das heutige Durchschnittsgewicht von 1350 bis 1400 Gramm erhöht. In dieser Gewichtszunahme liegt die Grundlage für die geistige Entwicklung der Menschheit seit einer halben Million Jahren.

5. Sowohl die geistige Leistung wie die Trieb- und Gefühlserlebnisse des Menschen werden durch die Sekrete der Schilddrüse und der Keimdrüsen in entscheidender Weise beeinflußt. Diese Sekrete gelangen durch den Blutkreislauf in das Gehirn; die Entwicklung und die Funktion dieser beiden Drüsen wird durch eine im Gehirn selbst liegende Drüse (die *Hypophyse*) gesteuert. Bei unzureichender Entwicklung der Schilddrüse bleibt die Ausbildung der geistigen Fähigkeiten weit hinter der Norm zurück (*Kretinismus*), bei Entartung dieser Drüse kommt es neben körperlichen Störungen zu einer Abnahme aller seelisch-geistigen Leistungen (*Myxödem*). Künstliche Zufuhr von tierischer Schilddrüse führt zu Besserungen, die manchmal wie ein Wunder anmuten. Überfütterung mit Schilddrüsensubstanz oder Überfunktion der eigenen Schilddrüse hat Übererregbarkeit zur Folge. Wie weitgehend das gesamte psychische Leben von den Trieben und damit zu einem wesentlichen Teil von der Funktion der Geschlechtsdrüsen abhängt, zeigt im Bereich des Tierischen der Unterschied zwischen einem Stier und einem Ochsen so eindeutig, daß davon nicht weiter gesprochen zu werden braucht. Die menschliche Pubertät mit den bekannten psychischen Auswirkungen ist ein weiteres Beispiel.

Die oben angeführten Tatsachen sind in ihrer Gesamtheit ein unwiderlegbarer Beweis dafür, daß jedes bewußte Erleben von Gehirnvorgängen abhängt. Der Ausdruck »abhängt« bedeutet dabei, daß bewußte Erlebnisse nicht auftreten können, wenn nicht bestimmte Gehirnvorgänge stattfinden; Gehirnprozesse sind daher die unerläßliche Voraussetzung für bewußtes Erleben. Damit ist nicht gesagt, daß sie auch die *ausreichende* Voraussetzung sind — es könnte sein, daß noch andere Bedingungen erfüllt sein müssen, damit bewußte Erlebnisse entstehen. Darauf ist hier nicht einzugehen (dazu ROHRACHER 1967). Man mag die Gehirnabhängigkeit des psychischen Geschehens höchst unerfreulich finden — sie ist ein gesichertes Ergebnis der wissenschaftlichen Forschung, denn sie ergibt sich mit zwingender Konsequenz aus den dargestellten physiologischen und klinischen Tatsachen.

Trotz der erwiesenen Gehirnabhängigkeit des bewußten Erlebens läßt sich aber — dies muß der Vollständigkeit wegen ausdrücklich gesagt werden — die dualistische Theorie vieler Religionen und Philosophen weiterhin vertreten; wenn man zu dieser Theorie neigt, kann man trotz der Gehirnabhängigkeit des psychischen Geschehens immer noch annehmen, daß es in der Natur eine immaterielle Kraft gebe, die durch ihre Wirkung auf das Gehirn das bewußte Erleben hervorbringt. Eine solche »Seele« kann allerdings nicht mehr leisten als ihr der Körper durch seine Beschaffenheit ermöglicht. Im Gehirn des Kindes kann die Seele nicht mehr an geistiger Leistung hervorbringen als man eben am Kind beobachtet; und im Körper eines Menschen, dessen Schilddrüse unterentwickelt ist, kann die Seele nur die psychischen Vorgänge eines Kretins zustande bringen. Anders ausgedrückt: die dualistische Leib-Seele-Hypothese ist nur vertretbar, wenn man zugibt, daß das Wirken der Seele von der Beschaffenheit des Körpers, vor allem des Gehirns und der inneren Drüsen, abhängig ist, d. h. wenn man den Körper als »Werkzeug« oder »Instrument« der Seele auffaßt (*Werkzeug-Hypothese*); dabei kann man sich die Seele nach Belieben als eine allgemeine »Weltseele« oder als eine Kraft denken, die jedem mit besonderen individuellen Eigenschaften mitgegeben wird. Die Mannigfaltigkeit der menschlichen Charaktere und die individuellen Unterschiede im subjektiven Erleben sind durch die Unterschiede im »Werkzeug« — kein menschliches Gehirn gleicht einem anderen vollkommen — befriedigend erklärt.

Es wurde bereits gesagt, daß die Wissenschaft keine Tatsachen kennt, welche die Auffassung, der Mensch bestehe aus Körper und Seele, unmöglich machen. Man kann aber noch andere Hypothesen aufstellen. So hat die Abhängigkeit des psychischen Geschehens von der Gehirntätigkeit einige Naturforscher veranlaßt, das Psychische in den Bereich des Materiellen einzugliedern. Von philosophischer Seite hatten in der zweiten Hälfte des 18. Jahrhunderts JOSEF PRIESTLEY in England (Psychologie ist Physik des Nervensystems), DIETRICH VON HOLBACH in Deutschland (alles ist Anziehung und Abstoßung von Atomen, im Menschen als Liebe und Haß erscheinend) und vor allem der Arzt JULIEN OFFRAG DE LA METTRIE in Frankreich (»L'homme machine«, die Seele ist ein Teil des Gehirns) solche Auffassungen vorbereitet. Um die Mitte des vergangenen Jahrhunderts brach auf einer Naturforscherversammlung (1854) in den Reihen der Naturwissenschaft ein »Materialismus-Streit« aus; dabei wurden Meinungen vertreten wie: die Gedanken stünden etwa im selben Verhältnis zum Gehirn wie die Galle zur Leber oder der Harn zu den Nieren (so erklärte der Zoologe C. VOGT). Der Arzt LUDWIG BÜCHNER, der bekannteste unter den Materialisten, war viel gemäßigter; er erklärte ausdrücklich, daß die Seele oder ein Gedanke nichts Materielles sei, sondern »der Effekt eines Zusammenwirkens vieler mit Kräften oder Eigenschaften begabter Stoffe«, so ähnlich wie die unsichtbare Kraft einer Dampfmaschine den Effekt der sichtbaren Teile darstelle.

Man hat den Materialismus im allgemeinen zu leicht genommen; sofern er nicht in der groben Form auftritt wie bei VOGT, muß man zugeben, daß materialistische Auffassungen in der Art der BÜCHNERschen durch die Forschung nahegelegt werden. Man hat es dabei, wie so oft in der Geschichte der Wissenschaften, mit einer einseitigen, aus dem ehrlichen Streben nach möglichst einfachen Erklärungen entstandenen Betrachtungsweise zu tun, die den Menschen als Einheit aufzufassen suchte. Einseitig sind alle diese materialistischen Erklärungsversuche deshalb, weil sie eine Tatsache übersehen, die allerdings leicht übersehen werden kann, weil sie so banal ist, daß man sie nicht mehr bemerkt: die Tatsache, *daß Körperliches und Psychisches von Grund aus verschieden sind.* Keine Materie denkt oder will, sie empfindet nichts und hat kein Gedächtnis. Nicht das Gehirn des Lesers liest diese Zeilen und erfaßt den Sinn der geschriebenen Worte, sondern der Leser als ganzer lebendiger Mensch; nicht seine Ganglienzellen sind überzeugt von der Richtigkeit dieser oder jener Ansicht, sondern er selbst ist es. Nirgends in der Materie gibt es Erscheinungen, wie wir sie in uns selbst als psychische Vorgänge, d. h. als bewußtes Erleben, feststellen. Das Psychische ist immateriell.

Und doch sind solche Vorgänge nur möglich, wenn ein funktionsfähiges Gehirn, also eine materielle Grundlage von bestimmter Beschaffenheit, gegeben ist. Woher wissen wir aber von dieser materiellen Grundlage? Wieder nur durch psychische Vorgänge, nämlich durch unsere Wahrnehmungen: wir sehen die Dinge, die in unserer Umgebung vorhanden sind, wir können sie greifen und spüren dann, daß sie hart oder weich, warm oder kalt sind. Dies gilt nicht nur für die Dinge unserer Umwelt, sondern auch für unseren eigenen Leib — auch das »Körpergefühl« und das Raumbild der Körpergestalt entsteht durch psychische Prozesse, durch das Sehen und Tasten und durch die Empfindungen aus unserer Haut und aus der Muskulatur. Aber nicht nur alle Wahrnehmungen, sondern auch alle Gedanken entstehen aus Vorgängen im Gehirn — auch alles das, was je über Seele, Materie und Bewußtsein gedacht wurde, hat seinen Ursprung in Gehirnvorgängen. Wie will man wissen, daß uns das Hirngeschehen, das dem Wahrnehmen und Denken zugrunde liegt, ein wahres Bild der Wirklichkeit vermittelt? Auf diese Frage kann niemand eine Antwort geben, deren Richtigkeit sich wissenschaftlich einwandfrei beweisen ließe (nur über die Wahrnehmung der Außenwelt gibt es, wie noch zu zeigen ist, einige sichere Erkenntnisse). Bei dieser Unsicherheit über das »Wesen« der Materie ist die Frage erlaubt, ob dasjenige, was wir mit diesem Wort bezeichnen, wirklich Materie ist; vielleicht sind die Atome und ihre Bestandteile gar nicht »körperlich« in der Art, wie wir sie als Körper erleben — vielleicht bestehen sie überhaupt nicht aus Materie, sondern aus konzentrierten Energien unbekannter Art. Solche Überlegungen sind nicht erst aus der modernen Atomforschung hervorgegangen, die die scharfen Grenzen zwischen Masse und Energie aufgehoben hat; sie spielten in der Philosophie schon früh eine Rolle, wobei allerdings als letzte Grundlage dessen, was uns als Materie erscheint, nicht physikalische, sondern geistige Kräfte angenommen wurden.

Dieser *Spiritualismus*, der das »an sich« der Dinge in etwas Geistigem sieht, wurde seit Leibniz in den verschiedensten Formen vertreten; Leibniz nahm bekanntlich als letzte Elemente die »Monaden« an, unter denen er unausgedehnte, unzerstörbare und unwandelbare Kraftzentren seelischer Art verstand. Auch ein sehr zu mechanistischem Denken neigender Philosoph wie Hermann Lotze glaubte an die Geistigkeit aller Realität; im weiteren Sinn ist Schopenhauer, dessen »Wille zum Leben« als allgemeines Prinzip ebenfalls immaterieller, strebender Art ist, ebenso ein Spiritualist wie Eduard v. Hartmann, für den das »Unbewußte« das »Ding an sich« darstellt. Im Rahmen des Spiritualismus läßt sich die Hypothese der individuellen Seele besonders leicht unterbringen: der Körper ist dann nur die Erscheinung der seelischen Individualität, dasjenige, was wir von ihr mittels der Wahrnehmung bemerken.

Dem Geiste der Naturwissenschaft entspricht weder die materialistische noch die spiritualistische Auffassung. Die erste übersieht den unleugbaren Unterschied zwischen körperlichen und psychischen Vorgängen, die zweite macht sich die Lösung der Frage nach der Existenz und Beschaffenheit der Materie zu leicht. Es mag richtig sein, daß wir niemals erkennen können, was und wie die Materie unabhängig von unserer Wahrnehmung ist; daß sie etwas anderes ist als das Psychische, scheint aber doch sicher zu sein. Zum mindesten müssen wir annehmen, daß das, was uns so verschieden erscheint wie etwa ein Gefühl der Freude und ein Straßenstein, auch objektiv etwas Verschiedenes ist. Und schließlich: mögen die Sterne, Pflanzen, Moleküle und Atome in Wirklichkeit, unabhängig von der menschlichen Sinneswahrnehmung, auch ganz andersartig sein als sie in dieser Wahrnehmung erscheinen — die Zusammenhänge und Beziehungen, welche die Wissenschaft an ihnen festgestellt hat, müssen in irgendeiner Form doch bestehen, wenn Ordnung im Weltall herrschen soll. Die Naturforschung hat aus zahllosen Einzelergebnissen ein Weltbild aufgebaut, das durch seine Bewährung in der Technik und Medizin den Beweis dafür erbracht hat, daß es auf die Wirklichkeit in einem hohen Grade zutrifft. Nach diesem Weltbild bestehen alle Körper aus Atomen und Molekülen, die sich in Bewegung befinden. Dies gilt auch für den menschlichen Körper; und die Chemiker haben sich mit Erfolg bemüht, die Stoffe, aus denen unser Leib besteht, quantitativ bis auf einige Dezimalstellen genau zu bestimmen.

Das Leib-Seele-Problem scheint dadurch aber keineswegs klarer zu werden. Der alte Gegensatz bleibt weiter bestehen: auf der einen Seite der Körper, aus Atomen und Molekülen zusammengesetzt wie die gesamte übrige Materie, auf der anderen Seite das Psychische, seiner Natur nach vom Körperlichen grundverschieden, trotzdem aber von ihm abhängig. Es ist nicht schwer, den Fehler zu sehen, der in dieser Gegenüberstellung liegt: *der menschliche Körper darf nicht ohne weiteres mit bloßer Materie gleichgesetzt werden.* Er unterscheidet sich von bloßen Atom- und Molekülsystemen sehr wesentlich: er ist *lebendig.* Die lebendige Materie besitzt Eigenschaften und Fähigkeiten, die man an der toten nirgends findet und — das ist noch wichtiger — die aus den chemisch-physikalischen Verhältnissen nicht erklärt werden können. Man braucht nur drei dieser Fähigkeiten zu erwähnen, um den Unterschied zwischen toter Materie und lebendigem Organismus schlagend zu beweisen: *Entwicklung* (der lebende Körper wächst aus sich selbst heraus und verfällt im Alter wieder), *Fortpflanzung* (er ist imstande, aus ganz wenigen Einzelzellen neue Körper gleicher Art hervorzubringen) und *Regeneration* (er kann verlorene Teile bis zu einem gewissen Grad ersetzen und beschädigtes Gewebe verheilen). Kein Atom oder Molekül weist Kindheit, Jugend und Alter auf, keines erzeugt junge Atome gleicher Art und keines kann ein Elektron, das ihm abhanden gekommen ist, aus der eigenen Substanz wieder aufbauen. Wie der lebendige Körper diese wunderbaren Leistungen zustande bringt, weiß man nicht; ihre Existenz ist aber unbestreitbar und begründet den Unterschied zwischen Organismus und Materie, der nicht weniger groß ist als derjenige zwischen Organismus und Seelenleben. Mit anderen Worten: es ist falsch, den Leib der Seele einfach als Materie gegenüberzustellen; der »Leib« ist nicht bloß Materie, sondern ein lebendiger Organismus mit ganz neuen, von der Physik und Chemie nicht erklärbaren Eigenschaften und Fähigkeiten. Diese Feststellung ist von größter theoretischer Bedeutung: sie zeigt, daß man es beim Leib-Seele-Problem nicht mit einem unversöhnlichen Gegensatz von zwei ganz verschiedenen Geschehensreihen zu tun hat, sondern mit zwei Gruppen von Tatsachen, die bei aller Verschiedenheit vielerlei Ähnlichkeiten aufweisen. So grundverschieden nämlich das bewußte Erleben von Atom- und Molekülbewegungen ist, so ähnlich ist es manchen Erscheinungen des organischen Geschehens: wie der Organismus sich entwickelt, so auch das Seelenleben; in beiden gibt es charakteristische Erscheinungen für Kindheit, Jugend, Reife, Alter und Verfall. Vor allem aber: das Psychische steht selbst im Dienste des Lebens, indem es mit seinen stärksten Kräften, dem Nahrungs- und dem Geschlechtstrieb, für die Sicherung des körperlichen Daseins und für die Erhaltung der Art sorgt.

Natürlich ist mit diesem neuen Gesichtspunkt das Leib-Seele-Problem in keiner Weise gelöst; es ist nur ein Geheimnis auf ein anderes — das Rätsel des Psychischen auf das Rätsel des Organischen — zurückgeführt. Damit ist aber doch auch etwas gewonnen: das psychische Geschehen wird als Lebenserscheinung aufgefaßt und damit in eine Reihe von Tatsachen eingeordnet, in die es seiner Natur nach hineingehört und welcher es sich zwanglos einfügt. Der lebendige Organismus ist nach dieser Auffassung nicht nur imstande, sich fortzupflanzen, sich zu entwickeln und Schäden von sich aus zu beseitigen, sondern er kann auch Triebe, Gefühle, Gedanken usw. hervorbringen, die im Dienste der Lebens- und Arterhaltung stehen. Auf welche Weise bewußtes Erleben aus organischen Prozessen entsteht, weiß man nicht, so wenig man weiß, wie der Organismus es zustande bringt, die Bewegung dieser Atome und Moleküle so zu steuern, daß daraus Fortpflanzung, Entwicklung und Regeneration entstehen.

Diese Auffassung, die man als »*biogenetische Hypothese* des Psychischen« bezeichnen kann, ist weder materialistisch noch spiritualistisch; sie betrachtet weder das Seelische als materiellen Vorgang noch das Körperliche als psychischen. Sie ist aber auch nicht dualistisch oder monistisch, sondern, wenn man einen Namen dafür haben will, »trialistisch«: sie unterscheidet drei Grundformen des Daseins — Materie, Organismus, Bewußtsein — und sieht darin eine aufsteigende Entwicklungsreihe vom atomaren und molekularen Geschehen über die organischen Lebensvorgänge zu den höchsten geistigen Leistungen des Menschen. Sie leugnet nicht den grundsätzlichen Unterschied zwischen seelisch-geistigen und körperlichen Vorgängen, sie behauptet sogar, daß aus bloßen materiellen Prozessen niemals ein bewußtes Erleben entstehen könne. Der Gegensatz zwischen Seelenleben und Materie verliert seine Schärfe, sobald die Materie die Eigenschaften des Lebens erhält, die sich aus Atom- und Molekülbewegungen nicht erklären lassen. Der lebendige Organismus ist zwar zweifellos auch von allem bewußten Erleben noch sehr verschieden, aber ihm doch verwandter als die reine Materie, zu welcher ein Organismus erst durch den Tod wird, mit dem auch das bewußte Erleben aufhört. Gerade der Tod macht den Unterschied zwischen Materie und Organismus klar; noch niemals hat man, wenn man nicht den unbewiesenen Behauptungen mancher Okkultisten glauben will, irgendwo bewußtes Erleben feststellen können, das nicht an das Vorhandensein eines Organismus gebunden gewesen wäre. Die Abhängigkeit des bewußten Erlebens vom Leben des Organismus läßt die Annahme zu, daß es aus dem organischen Geschehen hervorgehe; eine Annahme, die durch die oben angeführten Tatsachen — gleichzeitige körperliche und psychische Entwicklung, Triebe im Dienste der Fortpflanzung — noch wahrscheinlicher wird. Es wird später gezeigt werden, daß es im Bewußtsein des Menschen noch andere triebähnliche Erlebnisse gibt — die Interessen —, von denen man annehmen darf, daß sie im Dienste der Kulturentwicklung der Menschheit stehen.

Es gibt also genug Tatsachen, welche den engen Zusammenhang zwischen Leben und Bewußtsein beweisen. Daß das letztere aus dem ersteren entstehe, ist allerdings nur eine Hypothese; aber angesichts des Umstandes, daß es Bewußtsein ohne Organismus nicht gibt, eine sehr wahrscheinliche. Auf Einzelheiten ist später in verschiedenem Zusammenhang zurückzukommen; hier ist nur noch einmal zu betonen, daß die »biogenetische Auffassung« des Psychischen keine Lösung des Leib-Seele-Problems darstellt (so wenig wie die übrigen Lösungsversuche), sondern nur die Einordnung des psychischen Geschehens in die Reihe der Lebenserscheinungen vollzieht, in die es nach vielen seiner Eigenschaften hineingehört.

Das Leib-Seele-Problem im alten Sinne — materieller Körper im Gegensatz zu einer immateriellen Seele — gilt gegenwärtig nicht mehr als naturwissenschaftliche, sondern eher als theologische Fragestellung. Aber auch die rein naturwissenschaftliche Frage nach der Art des Zusammenhanges zwischen organischen und psychischen Prozessen wird kaum noch gestellt, weil beim gegenwärtigen Stand unseres Wissens nicht die geringste Aussicht besteht, einen Ansatz zu einer Lösung zu finden. An die Stelle dieser hoffnungslos unlösbaren Probleme traten mit den Fortschritten der Gehirnforschung andere, aussichtsreichere Fragestellungen, deren Bearbeitung später vielleicht einmal neue Wege zum alten Leib-Seele-Problem eröffnet. Diese Fragen lauten: Was geschieht im Gehirn, wenn wir etwas erleben? Wie hat man sich die Vorgänge im Gehirn vorzustellen? Wie können in unserem kleinen Gehirn so viele verschiedene Vorgänge stattfinden, daß daraus die unübersehbare Vielfältigkeit unseres bewußten Erlebens entsteht? Auf welche Weise werden diese Vorgänge in solcher Art gesteuert, daß daraus die Ordnung des psychischen Geschehens hervorgeht? Um diese Fragen zu beantworten — soweit eine Antwort möglich ist —, muß zuerst das Notwendigste über Aufbau und Leistung des Nervensystems gesagt werden.

Aufbau und Leistung des Nervensystems

1. Die Feinstrukturen des Gehirns

Im menschlichen Gehirn hat die Natur ihre höchste Leistung erreicht. Kein anderes Organ hat so viele und so komplizierte Aufgaben zu bewältigen wie das Gehirn; alles, was im Organismus geschieht, wird von Impulsen aus dem Gehirn gesteuert. Außerdem entstehen im Gehirn die bewußten Erlebnisse, aus denen alles hervorgegangen ist, was an menschlicher Kultur jemals geschaffen wurde.

Das Gehirn bildet zusammen mit dem Rückenmark das »zentrale Nervensystem«. Die Gesamtheit der Nervenleitungen, die das Gehirn und das Rückenmark mit den einzelnen Körperteilen verbinden, bezeichnet man als »peripheres Nervensystem«. Diese Einteilung ist verwirrend; in Wirklichkeit bilden Gehirn, Rückenmark und alle Nervenleitungen — sowohl die »afferenten«, die von den Sinnesorganen in das Gehirn, wie die »efferenten«, die vom Gehirn zu den Organen führen — ein einheitliches Gesamtsystem, dessen Zellen und Fasern die anatomische und funktionelle Grundlage für die Ordnung des nervösen und psychischen Geschehens bilden.

Der Feinaufbau des Gehirns ist äußerst kompliziert. Es besteht aus Milliarden von mikroskopisch kleinen, überaus zarten Zellen mit vielen fadenförmigen Ausläufern, die zu anderen Zellen führen und dadurch das unübersehbar vielfältige Zusammenwirken der Nervenprozesse ermöglichen, die das gesamte Geschehen im Organismus steuern und außerdem das bewußte Erleben hervorbringen. Die fadenförmigen Ausläufer der Zellen — die Nervenfasern — sind Leitungsorgane; sie leiten etwas von Zelle zu Zelle oder zu anderen Organen. *Was* sie leiten, weiß man heute noch nicht genau; man nennt es die »*Erregung*«. Von der Erregung weiß man nicht viel mehr, als daß sie ein elektrochemischer Vorgang ist; immer dann, wenn eine Erregung durch eine Faser fließt,

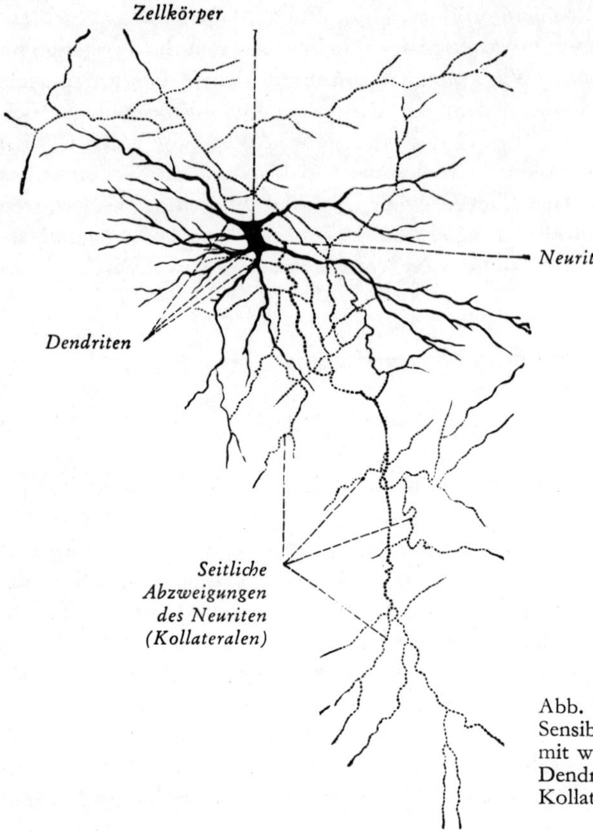

Abb. 1.
Sensible Ganglienzelle mit weitverzweigten Dendriten und Kollateralen.

entstehen elektrische und chemische Prozesse, die man mit sehr feinen Methoden ziemlich genau feststellen kann. Die Geschwindigkeit, mit welcher die Erregungen durch die Fasern fließen, ist je nach der Dicke der Faser verschieden; sie liegt zwischen wenigen Zentimetern und 120 m pro Sekunde, beträgt also nur wenige Millionstel der Geschwindigkeit, mit welcher sich die Elektrizität fortpflanzt. Aus der geringen Geschwindigkeit der Erregungsleitung ergibt sich, daß die Erregung nicht eine rein elektrische Kraft sein kann.

Die Anatomie bezeichnet die Nervenzellen als »*Ganglienzellen*«. In der Physiologie nennt man die Ganglienzelle mit allen ihren Fortsätzen auch ein »Neuron«; man will damit sagen, daß es sich um eine funktionelle und genetische Einheit handelt. Eine Ganglienzelle ist ein winziges Körperchen von sehr verschiedener Form und Größe (der Durchmesser schwankt von einigen Hundertstel- bis etwa einem Zehntelmillimeter;

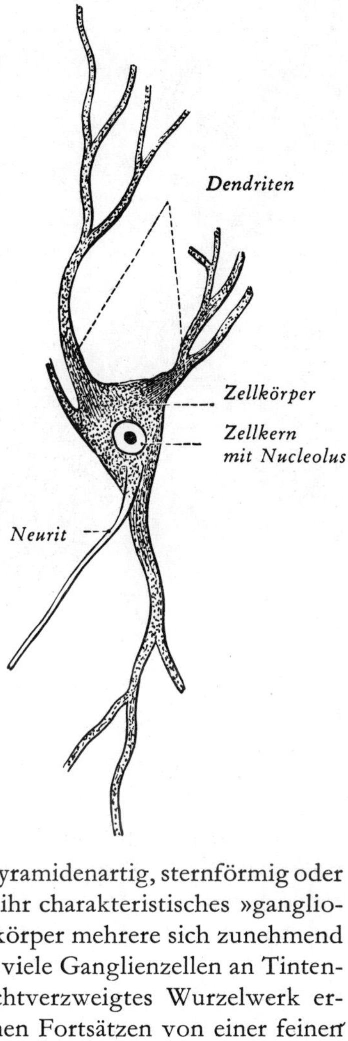

Abb. 2.
Motorische Ganglienzelle aus menschlichem Rückenmark.

Abb. 1 u. 2). Die Form, die kugelig, oval, pyramidenartig, sternförmig oder ganz unregelmäßig sein kann, bekommt ihr charakteristisches »ganglionäres« Aussehen dadurch, daß vom Zellkörper mehrere sich zunehmend verdünnende Fortsätze ausgehen, so daß viele Ganglienzellen an Tintenfische oder Seesterne oder auch an dichtverzweigtes Wurzelwerk erinnern. Der Zellkörper ist mit allen seinen Fortsätzen von einer feinen Membran begrenzt, die sich von der Zellmembran der übrigen tierischen oder pflanzlichen Zellen nicht unterscheidet.

Das Innere der Ganglienzelle ist mit flüssigem Plasma ausgefüllt, in welchem der Zellkern liegt; er ist von einer Doppelmembran umgeben, die feinste Poren aufweist, durch welche ein Austausch von Kernmaterial mit dem Zellplasma stattfinden kann. Innerhalb des Kernes finden sich Kernkörperchen (Nukleolen), die manchmal eine feinkörnige, manchmal eine fadenförmige Struktur aufweisen sollen. Leider weiß man über

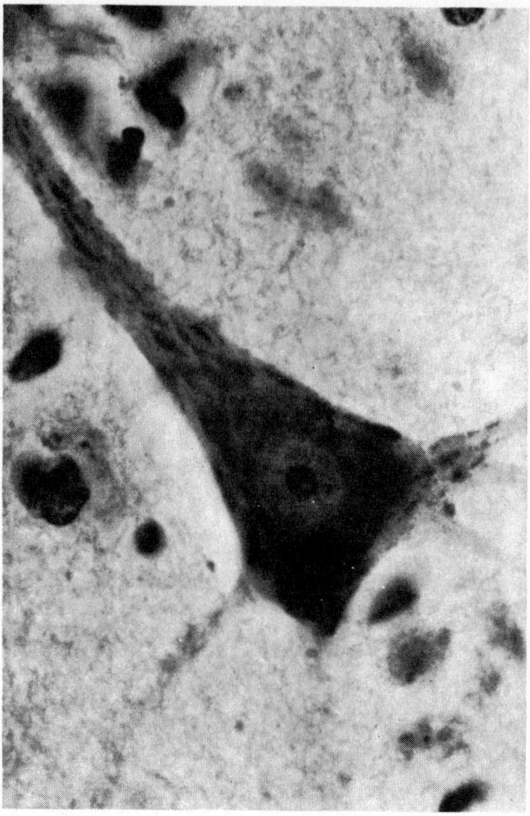

Abb. 3.
Motorische Ganglienzelle aus der vorderen Zentralwindung eines Menschen, 2000fach vergrößert (Pyramidenzelle). Man sieht den Zellkern mit dem Nucleolus und die Nissl-Schollen, die auch noch in den Dendriten vorhanden sind, aber nicht im Neuriten, der nur schwach sichtbar von der Basis der Pyramide nach rechts abgeht (Präparat von Prof. Dr. W. Zenker, Anatomisches Institut der Universität Wien).

diese wahrscheinlich funktional besonders wichtigen Zellkern-Bestandteile noch nichts Genaues. Zu den nicht-spezifischen, auch in vielen anderen tierischen Zellen vorkommenden Innenstrukturen gehören die Mitochondrien (längliche Gebilde, die mit der Sauerstoffversorgung der Zelle zusammenhängen) und netzartig angeordnete Hohlräume (Golgi-Komplexe); ihre Funktion ist unbekannt.

Spezifische, nur in den Ganglienzellen vorkommende Gebilde sind die Nissl-Schollen (Abb. 3) und die — allerdings umstrittenen — Neurofibrillen. Die schon 1894 von F. Nissl entdeckten »Schollen« sind unregelmäßig im Zellplasma verteilt; sie verleihen der Zelle ein »getigertes« Aussehen, weshalb sie auch als »Tigroid« bezeichnet werden. Lange Zeit waren sie Gegenstand lebhafter Diskussion, vielfach wurden sie als Kunstprodukte (Farbklumpen) betrachtet. Das Elektronen-Mikroskop hat jedoch ihre Existenz bestätigt und gezeigt, daß sie ein überaus feines System von Hohlräumen (Vakuolen) darstellen, die durch winzige

Kanäle miteinander verbunden sind und durch verdichtetes Zellplasma zusammengehalten werden. Schnittbilder von Nissl-Schollen erinnern in ihrer Struktur an Schweizer-Käse mit vielen Löchern. An der Außenseite ihrer Membran und in der Zwischensubstanz fand man in großer Zahl feinste, rundliche oder stäbchenartige Körperchen, die als Ribonukleinsäure aufgefaßt und als »Ribosomen« bezeichnet werden. Sie spielen in der gegenwärtigen Gedächtnisforschung eine große Rolle, weshalb von ihnen noch ausführlich zu sprechen ist.

Umstritten ist gegenwärtig die Existenz der früher allgemein anerkannten fadenförmigen »Neurofibrillen«, in denen man das erregungsleitende Element innerhalb der Zelle sah. Heute wird angenommen, daß die mit dem normalen Lichtmikroskop sichtbaren Fibrillen im Zellinneren Kunstprodukte der Färbung sind, weil man sie in lebenden Zellen niemals fand. Hingegen zeigt aber das Elektronenmikroskop noch viel feinere fadenförmige Gebilde, die regellos im Plasma in alle Richtungen verlaufen und auch die Nissl-Schollen durchdringen (Filamente). Ihre Funktion ist nicht bekannt.

Man sieht, daß man beim gegenwärtigen Stand unseres Wissens das Innere der Ganglienzelle nur sehr ungenau beschreiben kann; etwa so, wie ein Kind das Innere eines Rundfunk- oder Fernsehgerätes beschreiben würde. Wir sehen fadenartige, netzartige, schollenförmige Gebilde in einer Anordnung, deren Sinn wir nicht verstehen. Über das Geschehen in der lebenden Hirnzelle wissen wir überhaupt nichts; wir können nur sagen, daß sie wahrscheinlich ein unvorstellbar präzis funktionierendes elektro-chemisches System ist, in welchem sich molekulare Prozesse abspielen, von denen heute noch niemand eine Ahnung hat; jene Prozesse, durch welche die Ordnung unseres bewußten Erlebens und die Steuerung unseres gesamten bewußten Verhaltens zustande kommt.

Genauer als über die Ganglienzelle selbst ist man über ihre Fortsätze und Ausläufer informiert. Sie lassen sich eindeutig in zwei Arten einteilen: *Dendriten* und *Neuriten* (Abb. 3). Die Dendriten, deren Zahl von Zelle zu Zelle zwischen einigen wenigen bis zu einem Dutzend und mehr schwankt, sind Fortsetzungen des Zell-Leibes, die sich meist rasch verjüngen und sich dann in feine Ästchen aufzweigen (Telodendrien). Wie beim Zellkörper besteht ihr Inneres aus Plasma mit Mitochondrien. Nach der Art der Verzweigung der Dendriten unterscheidet man gabelförmige, geweihartige und astförmige Ganglienzellen.

Die zweite Art von Fortsätzen der Ganglienzellen sind die *Neuriten*, von denen viele Zellarten nur einen besitzen. Der Neurit ist die Nervenfaser; das leitende Element im Nervensystem. Was man als »Nerven« bezeichnet, sind Bündel oder Stränge von vielen einzelnen Neuriten, von denen jeder in einer Ganglien- oder Sinneszelle seinen Ursprung hat. An der Leiche kann man die größeren Nervenstränge sehr schön herauspräparieren; sie sind weiß glänzende, dünne oder dicke Stränge (z. B. hat der Sehnerv einen Durchmesser von 3 Millimeter). Durch Nervenleitungen stehen alle Teile des Körpers mit dem Gehirn direkt oder über das Rückenmark in Verbindung; diese Leitungen bilden in ihrer Gesamtheit ein umfassendes Informations- und Aktionssystem.

Im Gegensatz zum Aufbau der Ganglienzelle ist man heute über den Aufbau der Nervenfaser so genau informiert, daß man sogar Modelle über die molekulare Struktur ihrer Membranen konstruieren konnte. Von den Dendriten, die wie dicke Äste aus dem Körper der Ganglienzelle herauswachsen, ist der Neurit leicht zu unterscheiden; er verläßt die Zelle in einer kleinen Ausbuchtung (Ursprungskegel) als sehr dünner Faden (1 bis 30 Mikron Durchmesser), der als *Achsenzylinder* oder *Axon* bezeichnet wird und von einer ganz feinen, nur mit dem Elektronenmikroskop erkennbaren Membran, dem *Axolemm*, umhüllt ist. Das Innere des Axons erscheint im Mikroskop als strukturlose Masse mit vereinzelten, länglichen Mitochondrien; ob die an toten Nervenfasern oft beobachteten »Neurofibrillen«, die erst bei Anwendung bestimmter Färbemethoden sichtbar werden, auch in der lebenden Faser existieren, ist unentschieden.

Das dünne, von der zarten Haut des Axolemms umhüllte Axon — der »nackte Nervenfaden« — erhält fast unmittelbar nach seinem Austritt aus dem Körper der Ganglienzelle eine feste, aus fett- und hornhaltigen Substanzen bestehende Außenschicht, die das Axon wie eine Röhre umschließt: die *Markscheide*. Diese Röhre umhüllt den Nervenfaden aber nicht kontinuierlich in seiner ganzen Länge, sondern nur »stückweise«: in Abständen von 1 bis 3 Millimetern ist die Markscheiden-Röhre durch winzige Spalte (Ranvier*sche Einschnürungen*) unterbrochen; an diesen Stellen ist das Axon wieder »nackt«, so daß chemische und elektrische Einflüsse aus dem umgebenden Gewebe wirksam werden können. Die Markscheide besteht aus Proteinen und Lipoiden, die einen sehr hohen elektrischen Widerstand besitzen; das Axon ist daher gegen seine Umgebung elektrisch ausgezeichnet isoliert (außer an den Ranvierschen Einschnürungen).

Die Bildung der Markscheiden vollzieht sich sehr langsam; bei der Geburt des Menschen ist ein großer Teil seiner Nervenfasern noch nicht funktionsfähig, weil sie noch keine Markscheide besitzen. Die Nervenfasern, die der willkürlichen Bewegung dienen, besitzen ihre Markscheiden bei manchen Tieren schon bei der Geburt (z. B. bei den Fohlen, die gleich nach der Geburt stehen und gehen können), während beim Menschen die »Markreifung« (*Myelogenese*) dieser Neuriten bis zum 4. Lebensjahr dauert. In der Hirnrinde des Menschen ist die Markreifung

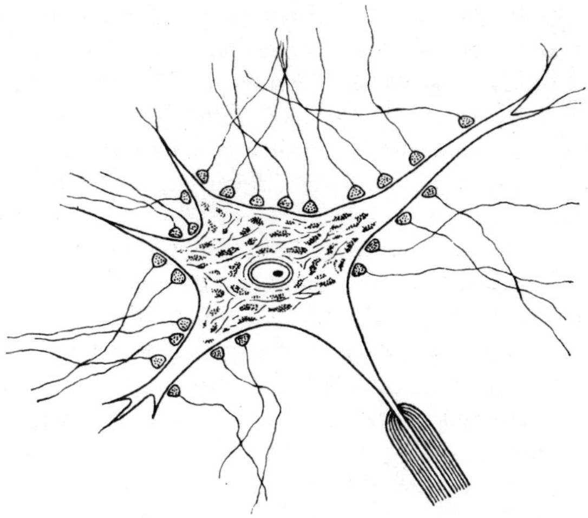

Abb. 4. Grobschematische Skizze einer Ganglienzelle als Aufnahme- und Verarbeitungs-System von Erregungen. Durch die Endknöpfe fließen Erregungen bis zum synaptischen Spalt der Zellmembran, wo sie »Überträgerstoffe« auslösen, die zur Auf- und Entladung der Zelle führen. Der in ihr entstandende Aktionsstrom wird durch ihren Neuriten (rechts unten) zu anderen Zellen oder an die Erfolgsorgane weitergeleitet.

am spätesten vollendet (nach manchen Autoren erst um das 50. Lebensjahr).

Die Neuriten der Ganglienzellen bilden in unserem Körper ein Leitungssystem von unvorstellbarer Ausdehnung und Kompliziertheit. Manche Neuriten sind sehr lang — einen Meter und mehr (z. B. die vom Rückenmark in die Finger und Zehen führenden Fasern), andere sind sehr kurz. Wenn man sich die in einem einzigen Menschen vorhandenen Nervenleitungen aneinandergestückelt denkt, ergibt sich eine Gesamtlänge von 480.000 km. Das ist mehr als die Entfernung des Mondes von der Erde (im Durchschnitt 384.403 km).

Diese Gesamtlänge setzt sich aus Milliarden von einzelnen Neuriten zusammen, von denen jeder in einer Ganglienzelle seinen Ursprung hat. Jeder Neurit hat ein bestimmtes Ziel: er endet entweder an einer anderen Ganglienzelle, auf die er seine Erregung überträgt, oder er umspinnt mit seinen Aufzweigungen Muskelfasern, die er durch seine Erregung in Kontraktion versetzt, oder Drüsenzellen, die er zur Sekretion ihrer Säfte anregt usw. — jedes Organ unseres Körpers ist reich mit Nervenfasern versorgt, von denen es die Impulse für seine Tätigkeit erhält. Dazu kommen noch die Faserleitungen, die von den Sinnesorganen in das Gehirn führen und dort ebenfalls an Ganglienzellen enden, durch deren Neuriten die Sinneserregung schließlich in jene Gangliensysteme gelangt, in denen die bewußte Empfindung und Wahrnehmung entsteht. Es bestehen im Gehirn und im Rückenmark unübersehbar viele Verbindungen zwischen Neuriten und Ganglienzellen — Stellen, in denen die Erregung aus dem Neuriten auf die Ganglienzelle übermittelt wird. Diese Stellen sind die »*Synapsen*« (Abb. 4).

Die anatomische Erforschung der Synapsen hat seit der Erfindung des Elektronen-Mikroskops, das enorme Vergrößerungen ermöglicht, bedeutende Fortschritte gemacht. Die elektronenoptischen Aufnahmen von Neuriten, die an einer Ganglienzelle enden, zeigen, daß der Neurit kurz vorher seine Markscheide verliert und daß sich das Axon in mehrere Äste aufzweigt, an deren Enden sich knopfartige Verdickungen befinden — die »*Endknöpfe*«. Die Endknöpfe, die wie das Axon von der feinen Haut des Axolemms umhüllt sind, schmiegen sich bis auf einen Spalt von $^{2}/_{100.000}$ mm an die Ganglienzelle oder einen Dendriten. Die Zahl der Endknöpfe, die an einer Ganglienzelle aufliegen, ist sehr verschieden; manchmal sind es nur wenige, manchmal einige Hunderte oder Tausende. Es steht außer Zweifel, daß die meisten Ganglienzellen der Hirnrinde Erregungen von vielen anderen Ganglienzellen empfangen und ihre eigene Erregung wieder an viele andere weitergeben; auf diese Weise kommt es dazu, daß in den Zellen und Fasern viele verschiedene Erregungen zusammentreffen, wodurch »*Erregungs-Konstellationen*« entstehen. Davon ist später ausführlich zu sprechen (Abb. 4).

Die Anzahl der Ganglienzellen in der Hirnrinde des erwachsenen Menschen beträgt etwa 12 Milliarden; das ganze Gehirn — die Rinde mit den darunter liegenden, daher »subkortikal« genannten Gangliensystemen — enthält etwa 15 Milliarden Ganglienzellen. Die Anzahl der Ganglienzellen, die ein Mensch besitzt, ist durch die Vererbung unveränderlich festgelegt. »Der Mensch kommt mit einer bestimmten Zahl von Nervenzellen, die nicht vermehrt werden kann, auf die Welt« (Sieglbauer 1963, S. 564). Es gibt bei den Ganglienzellen keine Regeneration; eine abgestorbene oder zerstörte Ganglienzelle ist auf immer verloren. Solche unersetzbare Verluste treten durch das Alter ein.

Die Unveränderlichkeit der Zahl der Ganglienzellen ist für die Gehirntheorie des psychischen Geschehens von größter Bedeutung. Irgendwo in diesen Zellen liegen die Grundlagen unserer Gedächtnisleistungen; würde die Zahl der Ganglienzellen im Laufe des Lebens größer oder kleiner werden, so würde dadurch die Ordnung des Erregungsgeschehens und damit auch die Ordnung der bewußten Erlebnisinhalte, in denen unsere bisherige Erfahrung enthalten ist, in Gefahr geraten. Auch die Kontinuität des Ich-Bewußtseins, die Tatsache, daß man sich während des ganzen Lebens als »derselbe« erlebt, ist nur durch die Konstanz der Ganglienzellen möglich. Nicht weniger wichtig ist eine weitere Schlußfolgerung aus der Unveränderlichkeit der Ganglienzellen: wenn die Zahl dieser Zellen durch Vererbung festgelegt ist, ist es höchstwahrscheinlich, daß auch die Anordnung ihrer Ausläufer, der Neuriten und Dendriten, nach abgeschlossener Entwicklung stabil bleibt, denn sie sind ja Bestandteile der Zelle. Man darf daher bei gehirntheoretischen Überlegungen von der Annahme ausgehen, daß die Faserverbindungen zwischen den Ganglienzellen unseres Gehirns und ebenso die Leitungen von den Sinneszellen in das Gehirn und vom Gehirn zu den Körperzellen ein angeborenes System darstellen, das unter normalen Verhältnissen während des ganzen Lebens unverändert bleibt (durch Krankheiten, äußere Schädigungen oder Altersdegeneration können natürlich Leitungen ausfallen). In der Stabilität der Ganglienzellen und ihrer Faserverbindungen hat man die Grundlage für die Ordnung des Hirngeschehens zu sehen.

Für die Beziehung zwischen den Ganglienzellen und dem psychischen Geschehen gilt ein sehr einfaches Prinzip: je mehr Ganglienzellen, desto höhere Leistungen. Die Richtigkeit dieses Satzes läßt sich aus den Unterschieden zwischen den Gehirnen des Menschen und der Tiere beweisen. Der Mensch hat die dickste Hirnrinde aller Lebewesen; das Stirnhirn, dessen Ganglienzellen nicht nur für die geistigen Leistungen, sondern auch für das ethische und soziale Erleben und für die Selbstkritik von entscheidender Bedeutung sind, ist beim Menschen am größten. Brodmann hat das Größenverhältnis des Stirnhirns zur übrigen Großhirnrinde berechnet; die Ausdehnung der regio frontalis beträgt beim Kaninchen 2,2% der gesamten Großhirnrinde, bei der Katze 3,4%, beim Hund 6,9%, beim Kapuzineraffen 9,2%, beim Schimpansen 16,9%, beim Menschen 29,0%.

Da die Ganglienzellen mikroskopisch klein sind, sieht man von ihnen nichts, wenn man ein Gehirn aus dem Kopf einer Leiche herausnimmt und die Häute, die es umhüllen, entfernt. Man hat dann als Oberfläche des Gehirns eine vielfach gewundene, weißlich glänzende Masse vor sich, welche durch eine tiefe, die ganze Länge durchschneidende Furche in zwei Hälften geteilt ist, die sich im Windungsbild weitgehend gleichen (Abb. 5). Die Ganglienzellschicht der Hirnoberfläche bezeichnet man als *Hirnrinde* oder *Cortex*. Durchschneidet man das Gehirn, so kann man die Rinde als eine dünne graue Schicht leicht erkennen; die Fasern, die von ihr in das Innere des Gehirns ziehen, erscheinen weiß, und wenn man einen Teil herausbricht, so kann man die Faserbündel auch mit freiem Auge recht schön sehen (Abb. 9).

Durch die Zusammenfaltung der Hirnrinde in halbkugelartiger Anordnung wird es möglich, daß im Schädelraum des erwachsenen Menschen eine Gesamtoberfläche von nahezu 1/4 Quadratmeter (220.000 qmm) Platz findet. Der Sinn der Faltung ist kein anderer als der, möglichst viel Rinde, also möglichst viele Ganglienzellen im Schädel unterzubringen. Die Anordnung der Windungen und Furchen ist bei jedem Gehirn anders. Nur in den Hauptzügen gleichen sich die Windungsbilder der menschlichen Gehirne; gewisse Windungen finden sich bei jedem Menschen, aber sie sind bald größer und länger, bald

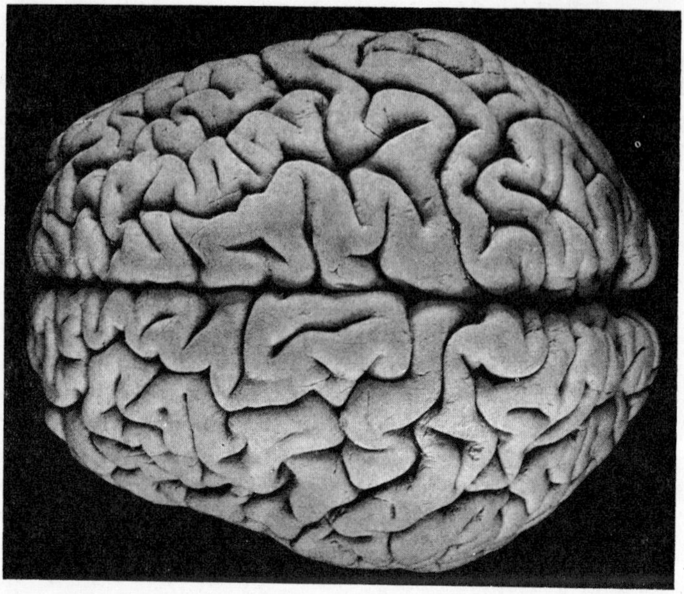

Abb. 5. Menschliches Gehirn. Links Stirn-, rechts Hinterhauptgegend. Ungefähr vor dem letzten Drittel der tiefen Furche, die das Gehirn in zwei Hemisphären teilt, zweigt in jede Gehirnhälfte eine lange Furche ab, die Zentralfurche. Stirnwärts von ihr die vordere, gegen das Hinterhaupt die hintere Zentralwindung.

kleiner und kürzer, von tiefen Furchen mehr oder weniger durchzogen. Es ist wie bei einem menschlichen Gesicht; das Menschliche dabei ist immer vorhanden und auf den ersten Blick zu erkennen, aber trotzdem gleicht keines dem anderen vollkommen. Die Hauptwindungen haben in der Anatomie ihre Namen; sie sind bei jedem Gehirn auffindbar, aber in Größe, Form und Fältelung immer auch individuell. So kann man von einem Gehirn z. B. sagen, es habe eine besonders schöne und gut ausgebildete vordere Zentralwindung, bei einem anderen, es habe eine reiche Faltung des Stirnhirns, bei einem dritten, es sei die sog. HESCHLsche Querwindung besonders stark entwickelt usw.

Das Gewicht des Gehirns, das beim Menschen etwa 1350 bis 1400 Gramm beträgt, ist bei sehr großen Tieren höher; das Elefantenhirn wiegt 4000 bis 6000, das Gehirn des Walfisches 2000 bis 3000 Gramm. Um diese Zahlen richtig zu beurteilen, muß man berücksichtigen, daß zu den Aufgaben der Ganglienzellen auch die Steuerung der Körperbewegungen und die Regulierung der Lebensvorgänge in den einzelnen Organen gehört; Tiere mit sehr viel Muskulatur benötigen daher schon zur Durchführung ihrer Bewegungen beträchtlich mehr Ganglienzellen als der kleinere Mensch. Um ein richtiges Bild von den Größenunterschieden des Gehirns bei Mensch und Tier zu gewinnen, muß man das Hirngewicht zum Körpergewicht in Beziehung setzen und berechnen, wieviel Hirngewicht auf ein Kilogramm Körpergewicht kommt (»relatives Hirngewicht«). Beim Menschen ergibt diese Rechnung ungefähr 21 Gramm Gehirn auf ein Kilogramm Körper, bei einem großen Elefanten (3 Tonnen Körpergewicht mit 4700 Gramm Gehirn) nur 1,6 Gramm, beim Walfisch sogar nur 1,2, beim Pferd ungefähr 1,5 Gramm. Man kennt auch Tiere — nicht viele, aber doch einige Arten —, bei denen das absolute Hirngewicht zwar klein, das relative aber höher ist als beim Menschen; so z. B. beim Macacus-Affen 72 Gramm (1100 Gramm Körper mit 80 Gramm Gehirn). Es ergibt sich daraus, daß das relative Hirngewicht allein kein brauchbares Kriterium für den zerebralen Entwicklungsstand eines Lebewesens ist. Man muß daher beide Hirngewichte, das absolute und das relative, zusammenfassen, um den Stand der Hirnentwicklung zu charakterisieren; er ist um so höher, je höher beide sind. Der Psychologe HERMANN EBBINGHAUS hat diese Verhältnisse in der Formulierung zusammengefaßt, daß »nirgends im Tierreich sich ein so hohes absolutes mit einem so hohen relativen Hirngewicht verbunden vorfindet wie beim Menschen«. Dazu kommt, daß beim Menschen die Oberfläche der Hirnrinde im Verhältnis zur Oberfläche des Körpers größer ist als bei allen Tieren; und daß die menschliche Hirnrinde, in Millimetern gemessen, dicker ist als bei allen anderen Lebewesen.

2. Funktionale Gliederung des Gehirns

Durchschneidet man das Gehirn an irgendeiner Stelle, so sieht man die Rinde als grauen, 0,5 bis 4 mm breiten Streifen deutlich von einer darunterliegenden weißen Masse abgegrenzt (s. Abb. 7, S. 41); diese weiße Masse besteht aus den dichtgedrängten markumhüllten Neuriten, welche die Rinde mit den tieferliegenden Hirnteilen und dem Rückenmark verbinden. Gibt man ein Stückchen Rinde nach entsprechender Färbung unter das Mikroskop, so sieht man mehrere Schichten verschiedener Ganglienzellen. Da ist zuerst eine »Molekularschicht« mit kleinen spindelförmigen Zellen, dann eine »Körnerschicht« mit ebenfalls kleinen, aber mehr rundlichen oder auch vieleckigen Zellen, dann eine »Pyramidenschicht« mit großen, dreieckig erscheinenden Zellen, darauf folgt wieder eine Körnerschicht und auf diese eine solche von großen Spindelzellen usw. Was für Zellen man sieht, hängt aber wieder davon ab, aus welcher Rindengegend man das Stückchen, das man untersucht, genommen hat; verschiedene Rindengegenden zeigen ganz verschiedene Schichtungen, also z. B. die Rinde des Stirnhirns andere als diejenige des

Hinterhauptes. Schon im Jahre 1925 waren so viele Rindenfelder bekannt, daß der Wiener Neurologe CONSTANTIN V. ECONOMO einen »Atlas der Hirnrindenfelder« veröffentlichen konnte. Gegenwärtig kennt man bereits weit über 100 solcher Regionen mit verschiedener »cyto-architektonischer« Anordnung; und man weiß, daß diese Anordnung für die Rindenfelder mit bestimmter Funktion charakteristisch ist. So hat die Sehrinde, die im Hinterkopf liegt und an welcher die von den Ganglienzellen in der Netzhaut des Auges ausgehenden Nervenleitungen enden, eine ganz bestimmte Schichtung von zehn verschiedenen Zellarten; die »vordere Zentralwindung«, von welcher die Impulse zu den willkürlichen Bewegungen der Arme, Hände, Beine usw. ausgehen, ist mikroskopisch an der Schicht der »Riesen-Pyramidenzellen« erkennbar usw. Nach diesen Schichtungsverhältnissen hat man cyto-architektonische »Hirnkarten« aufgestellt.

Die Unterscheidbarkeit geht aber noch weiter. Neben der allgemeinen Einteilung der Ganglienzellen in solche mit einem, zwei oder mehreren Fortsätzen (uni-, bi- und multipolare Ganglienzellen) ließen sich besonders geformte *Spezialzellen* in der Rinde unterscheiden. Außer den schon erwähnten Riesenpyramidenzellen gibt es z. B. die MEYNERTschen Riesensternzellen, die für eine bestimmte Schicht in der Sehregion charakteristisch sind; ferner soll es in der Sehrinde noch besondere Zellarten geben, die HENSCHEN aus Untersuchungen an Tag- und Nachtaffen als *Licht-* und *Farbenzellen* gedeutet hat. Für die Hörregion der Rinde sind die CAJALschen Spindelzellen mit zwei horizontal gestellten Dendriten charakteristisch, für die Riechsphäre sollen es die NGOWYANGschen Gabelzellen sein (DE CRINIS 1938).

Wahrscheinlich kennt man noch bei weitem nicht alle Arten von »Spezialzellen«, die es im Gehirn gibt. Die wenigen, die man bisher gefunden und beschrieben hat, genügen als Beweis dafür, daß es verschiedene solcher Zellen gibt und daß ihnen verschiedene Funktionen zukommen; die Spezialzellen haben Spezialaufgaben. Allerdings darf man sich daraus das Zustandekommen von Spezialbegabungen nicht zu einfach erklären; es ist sicher nicht so, daß es z. B. »Musikzellen« gibt und daß deren Anzahl über die Musikalität eines Menschen entscheidet. An der Anlage für musikalische Begabung sind vielleicht 20 oder 50 verschiedene Zell*arten* beteiligt; und dabei wird es noch sehr darauf ankommen, in welcher Weise diese Zellarten miteinander verbunden sind. Erst wenn alle diese vielen Spezialzellen in entsprechender gegenseitiger Verbindung und in besonders großer Anzahl vorhanden sind, wird die Grundlage für musikalische Begabung vorhanden sein. Ähnlich steht es wahrscheinlich mit allen Talenten; auch ganz spezielle Begabungen, z. B. für Mathematik oder für das Schachspiel, werden in bestimmten Arten von Spezialzellen und in der Verbindung derselben ihre gehirnmäßige Voraussetzung haben.

Das Quantitätsprinzip läßt sich also präzisieren: je mehr Zellen *bestimmter* Art, desto besser die Leistung, die dieser Zellart entspricht. Daß wirklich ein solches Gesetz gilt, scheint sich aus einer Tatsache zu ergeben, die auf den ersten Blick keine Beziehung zum Gehirn aufweist: aus der Vererbung geistiger Eigenschaften. Solche Vererbungen sind in vielen Untersuchungen zweifelsfrei nachgewiesen; sie erstrecken sich auf eine ganze Reihe verschiedener Charaktereigenschaften (ROHRACHER 1969). Vor allem aber wurde die Vererbung der *Intelligenz* einwandfrei festgestellt. Der Gedankengang, der von diesen Ergebnissen zur Annahme einer gehirnmäßigen Fundierung führt, ist folgender: unmittelbar vererbt werden nur die Anlagen zu *körperlichen* Eigenschaften; erst aus diesen ergeben sich die psychischen. Da man nun feststellen kann, daß geistige Eigenschaften von den Eltern auf die Kinder übergehen, muß es offenbar eine organische, vererbbare Grundlage dieser Eigenschaften geben. Diese organische Grundlage besteht aus den Ganglienzellen des Gehirns.

Aus den dargestellten Tatsachen ergibt sich als allgemeine Folgerung: die geistige Leistungsfähigkeit eines Menschen hängt in erster Linie davon ab, was für ein Gehirn er hat; genauer ausgedrückt, wie viele Ganglienzellen und welche Arten von solchen in seinem Gehirn vorhanden sind. Es ist zu betonen, daß in dieser Formulierung nur von der geistigen Leistungs*fähigkeit* die Rede geht; damit eine geistige Leistung wirklich zustande kommt, müssen – von äußeren Umständen abgesehen – noch andere Voraussetzungen erfüllt sein: es muß der *Antrieb* dazu gegeben sein, der allerdings selbst wesentlich gehirnbedingt ist, und es muß das Gehirn seine volle Funktionsfähigkeit besitzen; das *Leben* des Gehirns, vor allem sein Stoffwechsel und die Versorgung mit gewissen Hormonen, hängt vom Allgemeinzustand des Organismus ab. Schließlich wird es äußerst selten sein, daß eine große Leistung unmittelbar aus dem Gehirn, wie es der Mensch in das Dasein mitbekommen hat, hervorgeht; meistens bedarf es hierzu langer, mühsamer Lernarbeit, durch die in den Feinstrukturen der Ganglienzellen dauernde Veränderungen entstehen, so daß sie nun andere Erregungen produzieren als vorher. Auch ein Musiker von höchster Begabung muß viel lernen, bevor er eine Symphonie komponieren kann.

Auf einige Folgerungen aus dem Gesetze von der Gehirnabhängigkeit der geistigen Leistungen ist noch kurz hinzuweisen. Daß es unmöglich ist, aus einem Schwachsinnigen einen intelligenten Menschen zu machen, ist aus ihm ohne weiteres klar; man müßte ihm ein anderes Gehirn geben können. Aber auch wenn jemandem das Lernen fremder Sprachen besonders schwerfällt, wenn er zum abstrakten mathematischen Denken gänzlich unfähig ist oder wenn ihm jeder Sinn für musikalische Schönheiten fehlt, liegt ein Gehirnmangel vor; er hat zu wenig Spezialzellen für diese Leistungen. Die Prozesse, die zum mathematischen Denken oder zum musikalischen Genuß notwendig sind, können sich in seinem Gehirn nicht abspielen, weil die notwendigen Ganglienzellen fehlen. Dadurch sind aber auch die Lern- und Bildungsmöglichkeiten beschränkt; wenn es trotzdem ein allgemeines Bildungsniveau gibt, bis zu welchem sich nahezu jedes Gehirn in einem kultivierten Volke bringen läßt, so liegt dies daran, daß alle diese Gehirne ein gewisses Entwicklungsniveau erreicht haben.

Sicher ist jedenfalls, daß der individuelle Aufbau des Gehirns, die Zahl und Art seiner Zellen, der geistigen und ethischen Entwicklung seines Besitzers eine *unüberschreitbare* Grenze setzt; was außerhalb derselben liegt, ist für ihn absolut unerreichbar. Für den Erzieher folgt daraus: es ist besser, die Sonderbegabungen eines Kindes aufzufinden, als von ihm Leistungen zu fordern, zu denen sein Gehirn nicht imstande ist.

Wie schon angedeutet wurde, finden sich die Spezialzellen des Gehirns in bestimmten Regionen der Hirnrinde; diesen Regionen lassen sich ganz bestimmte psychische oder körperliche Funktionen zuordnen (d. h. wenn diese Zellgebiete der Hirnrinde ausfallen, fallen auch die entsprechenden Funktionen aus). Man bezeichnet solche Regionen der Hirnrinde als »Zentren«: *ein Gehirnzentrum ist ein Ganglіensystem, dessen Funktion für das Zustandekommen einer bestimmten körperlichen oder psychischen Leistung unerläßlich ist.* Ein Beispiel: um die Mitte des vorigen Jahrhunderts lebte in einem Pariser Krankenhaus ein Mann, der nicht sprechen konnte, obwohl seine Sprechorgane gesund waren und es ihm nicht an der notwendigen Intelligenz fehlte. Er starb im Jahre 1861. Der Chirurg P. Broca untersuchte sein Gehirn und fand, daß in der dritten Windung des linken Stirnhirns eine Zerstörung von Gehirnsubstanz vorlag. Broca schloß daraus, daß diese Region des Gehirns mit dem Sprechen zusammenhänge. Bald darauf (1870) berichteten die deutschen Physiologen M. Frisch und E. Hitzig, daß man durch elektrische Reizung bestimmter Teile der Hirnrinde am Tier bestimmte Muskelbewegungen herbeiführen könne; sie schlossen daraus, daß diese Rindenteile (es handelte sich um die vordere Zentralwindung) mit der Kontraktion bestimmter Muskeln im Zusammenhang stehen. Wenige Jahre später (1874) beschrieb der deutsche Neurologe C. Wernicke eine eigenartige Erkrankung: der Patient konnte richtig sprechen, aber er verstand die Sprache der anderen nicht mehr. Als Ursache für diese Erkrankung (»sensorische Aphasie«) fand Wernicke eine Schädigung der Hirnsubstanz im Schläfenlappen (Abb. 6).

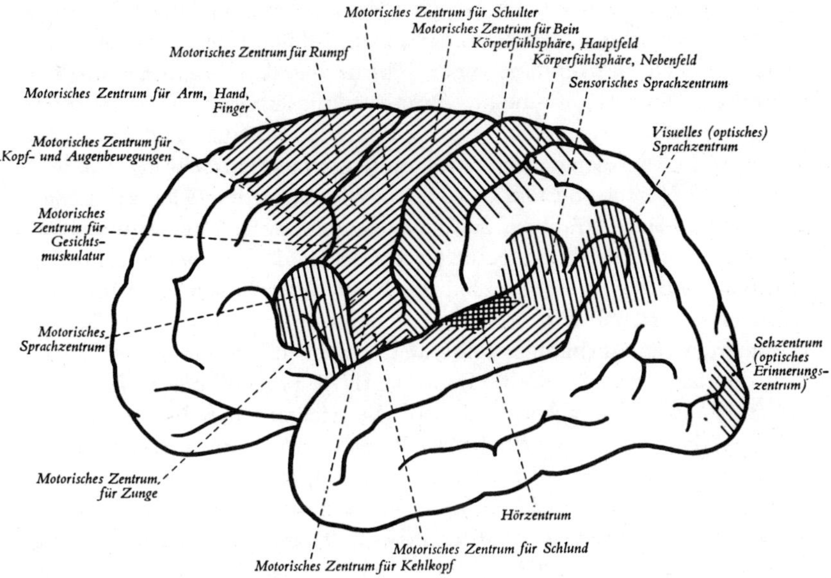

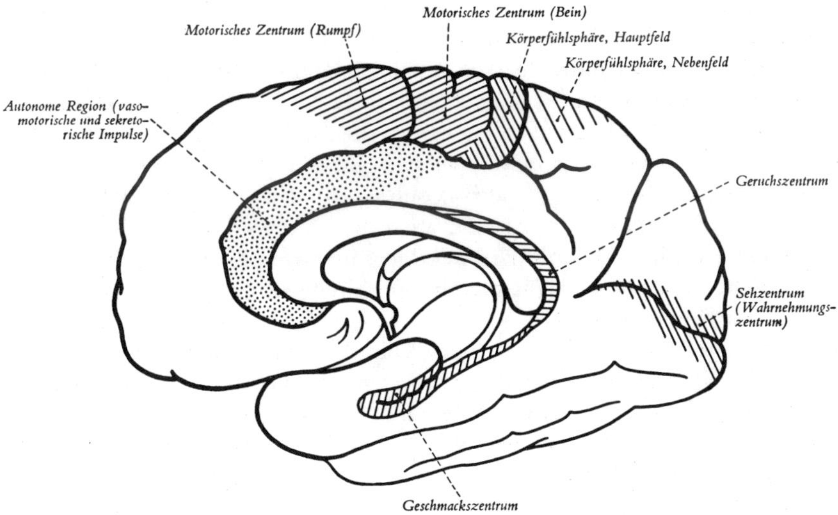

Abb. 6. Oben: Schema der Oberfläche der linken Hemisphäre mit eingezeichneten Zentren. — Unten: Schema der Innenseite der rechten Hemisphäre mit Zentren. Der punktierte Teil ist der Gyrus cinguli (die größte Windung des limbischen Systems). — (Aus Sobotta-Becher, Atlas der Anatomie des Menschen, 3. Teil, Urban & Schwarzenberg, München-Berlin 1962.)

Seither wurden viele Hirnregionen festgestellt, die für bestimmte seelische oder körperliche Funktionen unerläßlich sind; z. B. die Sehregionen im Hinterhauptlappen des Gehirns, die »Körpergefühls-Sphäre« Schmerz-, Temperatur- und Spannungsempfindungen) in der hinteren Zentralwindung, in neuester Zeit die Regionen für Wut- und Angstverhalten und »Aggressivität« in den stammesgeschichtlich ältesten Rindengebieten (limbisches System) usw. Dazu kommen die vielen klinischen Beobachtungen an Kranken, bei denen bestimmte Hirnstellen durch Geschwülste außer Funktion gesetzt waren oder denen operativ einzelne Hirnteile entfernt oder Verbindungen zwischen ihnen unterbrochen wurden (so z. B. bei der »Lobotomie«, bei welcher an einer oder beiden Hirnhälften die Verbindungsleitungen zwischen Thalamus und Stirnhirn durchschnitten werden). Das wichtigste psychologische Ergebnis dieser neuesten Untersuchungen ist die Feststellung, daß die basalen Anteile des Stirnhirns für die *Persönlichkeit* des Menschen von entscheidender Bedeutung sind; schwere Stirnhirnschädigungen führen zum ethischen Verfall, der Mensch wird hemmungslos, schamlos und gewissenlos, er verliert die Selbstkritik, während beidseitige Unterbrechungen der Leitungen zum Stammhirn häufig Antriebsmangel und Verminderung der Selbstkritik zur Folge haben. R. Walch, der die bis 1956 vorliegenden Forschungsergebnisse zusammenfaßte, wobei auch die Charakterveränderungen von Kranken mit Tumoren im Stirnhirn einbezogen wurden, kommt zu dem Schluß: »Bei der Vielfalt der Manifestationsmöglichkeiten der individuellen Persönlichkeitsalteration nach Orbitalhirnschädigung muß das basale Stirnhirn als der Ort der Synthese höchster seelischer Funktionen angesehen werden.« (Walch 1956, 209.) Und H. Spatz, der ebenfalls eine Übersicht über die Orbitalhirnsymptome gab, erklärte: »Man kann also wohl sagen, daß durch doppelseitige Läsionen des Orbitalhirns das höchste seelische Vermögen des Menschen gestört wird. Der Mensch wird in seinem innersten Kern getroffen, eine Einsicht, die wohl auch für die philosophische Anthropologie von Belang ist« (Spatz 1962, 773).

Alle diese Resultate beweisen, daß bestimmte psychische Prozesse an das Vorhandensein bestimmter Zellsysteme im Gehirn gebunden sind; erkranken diese Systeme, so fällt die ihnen entsprechende Funktion aus. Mag die »Lokalisation im Großhirn« und die Annahme von »Gehirn-Zentren« manchmal auch sehr übertrieben worden sein, sicher ist jedenfalls, daß es im Gehirn Zellsysteme gibt, die gesund, d. h. funktionsfähig sein müssen, damit bestimmte bewußte Erlebnisse zustande kommen können. Die Zellsysteme des Sulcus calcarinus im Okzipital-Lappen sind anatomisch die Endstation der in den Netzhäuten beginnenden Sehnervenleitung; wenn diese Zellsysteme zerstört werden, so ist der Mensch trotz intakter Augen blind (*Rindenblindheit*); und wenn Zellsysteme in ihrer unmittelbaren Nachbarschaft ausfallen, so sieht der Mensch zwar, aber er weiß nicht, was das Gesehene ist. Die *Bedeutung* der Gegenstände wird nicht mehr erkannt (*Seelenblindheit* oder Agnosie). Der Kranke sieht einen Hund, aber er erfaßt nicht mehr, daß es ein Hund ist; erst wenn das Tier bellt, wird es als Hund erkannt. Hier sind Ganglienzellen erkrankt, die irgendwie mit der Erinnerung zusammenhängen (»optische Erinnerungsfelder« werden diese Rindengegenden genannt). Das Erstaunlichste ist aber, daß *bestimmte* Erinnerungen in *ganz bestimmten Rindenteilen* »niedergelegt« sind: es gibt eine Gehirnwindung zwischen Hinterkopf und Schläfe, deren Erkrankung die Erinnerung an die Buchstaben auslöscht; der Kranke sieht, aber er kann nicht mehr lesen, er kennt die Schriftzeichen nicht mehr. Ist eine andere benachbarte Rindenstelle durch die Erkrankung betroffen, so ist es möglich, daß der Kranke zwar lesen, aber die Buchstaben nicht mehr selbst formen kann; er kann nicht mehr schreiben. Es gibt die mannigfaltigsten Kombinationen von solchen Störungen.

Ähnlich liegen die Verhältnisse beim *Hören* und bei der *Sprache*. Die Musik klingt zwar scheinbar in den Ohren, aber in Wahrheit liegt dort nur das Instrument zu ihrer Aufnahme; die Melodie entsteht erst im Gehirn (in der Schläfengegend der Rinde). Auch hier kann es wieder sein, daß das Hören erhalten bleibt, aber die gehörten Worte nicht mehr verstanden werden, weil nur jene Rindenpartien erkrankt sind, die mit der Erinnerung zusammenhängen. Ein solcher Kranker kann auch nicht sprechen; es kann aber bei Störungen wieder anderer Rindenteile auch sein, daß ein Mensch zwar noch die Begriffe hat, also um die Bedeutung der Dinge weiß, aber nicht mehr imstande ist, die dazugehörigen Worte zu bilden. Welche Störung auftritt, hängt nur davon ab, welche Rindenstelle durch die Krankheit geschädigt ist; aus der Art der Störung kann der Arzt schließen, wo der Krankheitsherd im Gehirn sitzt. Alle diese funktional verschiedenen Regionen der Hirnrinde sind auch anatomisch-histologisch verschieden aufgebaut; sie unterscheiden sich voneinander durch die Gestalt und die Anordnung der Ganglienzellen.

Angesichts dieser Tatsachen ist es durchaus berechtigt, von »Zentren« zu sprechen, wenn man diesen Begriff vorsichtig definiert: ein Gehirnzentrum ist ein Gangliensystem, dessen Erregungsproduktion für das Zustandekommen einer bestimmten körperlichen oder psychischen Leistung unerläßlich ist. Außer diesen »Zentren« gibt es im Gehirn noch »Integrations-Systeme«, in denen die Erregungen verschiedener Hirngebiete zu komplexen Leistungen verarbeitet werden; das Stirnhirn scheint in seinen basalen Anteilen ein solches System zu sein. Auch für die Regulierung der Muskelkontraktionen und damit für die Koordination der Einzelkontraktionen zu Gesamtbewegungen muß es solche integrative Systeme geben. Das überaus feine und präzise Zusammenspiel der einzelnen Muskeln z. B. in den Händen und Armen eines Feinmechanikers, eines Violinspielers oder eines Zeichners wird nur dadurch möglich, daß in den Muskelfasern Sinneszellen vorhanden sind, aus denen zentripetale Leitungen über das Rückenmark in das Gehirn führen; die Erregungen, die in diesen Leitungen fließen, »informieren« das Gehirn über den jeweiligen Spannungszustand der einzelnen Muskeln und ermöglichen dadurch, daß das Gehirn seinerseits die jeweils benötigten, richtig dosierten Impulse in die Muskulatur hinaussendet. Dieses »Prinzip der Rückkopplung«, auf das der deutsche Physiologe R. Wagner im Jahre 1925 zuerst aufmerksam machte, wurde zur Grundlage einer neuen Auffassung der reflektorischen Nervenprozesse, die sich in Analogie zu technischen Regelsystemen als selbsttätige Regelkreise darstellen lassen; solche Regelkreise bilden die Erregungsgrundlage für die überaus präzise Anpassung unserer Gesamtmotorik an die jeweiligen Verhältnisse.

3. Urhirn und Neuhirn

Die Hirnrinde mit den zugehörigen Faserleitungen (das kortikale System) bezeichnet man als *Großhirn*; es ist der stammesgeschichtlich jüngste, wahrscheinlich noch in Entwicklung begriffene Teil unseres Gehirns. Unter dem Großhirn, wohlgeschützt im Innersten des Schädels liegend, befinden sich weitere Ganglienmassen in Form von rundlichen oder wulstförmigen Gebilden: die *subkortikalen Ganglien*, die in ihrer Gesamtheit den *Hirnstamm* aufbauen. Diese »Zellhaufen« oder »Zellansammlungen«, wie sie manchmal sehr unrichtig genannt werden — denn sie sind in Wahrheit Zell*systeme* mit einem bis in die feinsten Einzelheiten geordneten strukturellen Aufbau —, gehören zu den entwicklungsgeschichtlich ältesten Hirnteilen. Sie werden daher von den Anatomen auch als »*Urhirn*« bezeichnet und dem Großhirn oder »*Neuhirn*« gegenübergestellt. Allerdings darf man nicht glauben, daß im Laufe der Stammesgeschichte die neuen Hirnteile einfach hinzugewachsen sind; man muß sie vielmehr als Entwicklungen aus den älteren Gangliensystemen betrachten. Das Urhirn ist sozusagen die »Stammregion«, aus der die Hirnrinde hervorgegangen ist, man nennt es daher auch »*Hirnstamm*«. Im Hirnstamm liegen die Zellsysteme, die für die Aufrechterhaltung des Lebens unerläßlich sind; Atmung, Blutdruck, Wärmeregulation usw. werden von hier aus gesteuert. Ohne Großhirn kann man leben, ohne Urhirn nicht. Die Gangliensysteme des Hirnstammes finden sich bei allen Wirbeltieren, der Anfang eines Neuhirns nur bei höheren

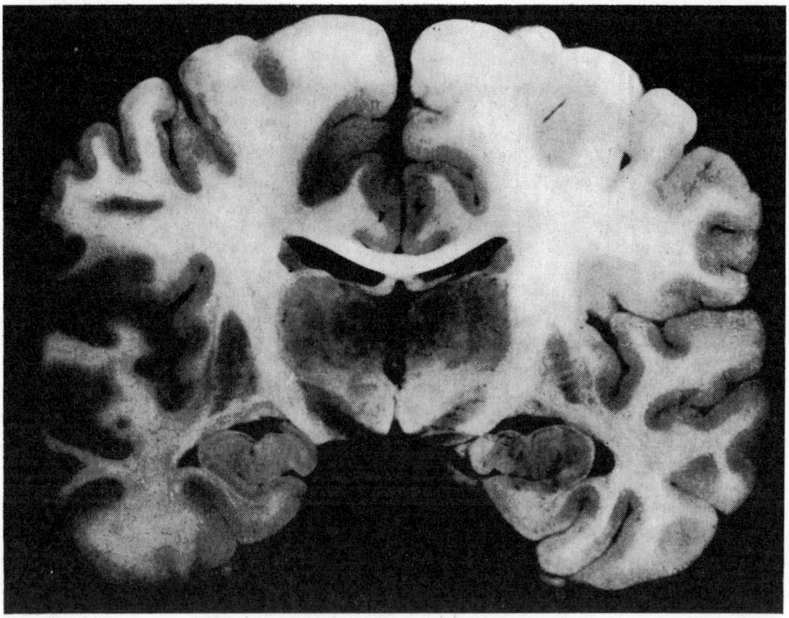

Abb. 7. Querschnitt durch ein menschliches Gehirn. Die beiden grauen Gebilde in der Mitte des Gehirns sind die beiden Thalami, der längliche Spalt zwischen ihnen (schwarz) ist der dritte Ventrikel; die beiden über den Thalami liegenden, ungefähr waagrechten Spalten sind die beiden Seitenventrikel, die darüberliegende weiße Masse ist der Balken, dessen Fasern die beiden Hemisphären des Gehirns verbinden. Die graue Schicht am Rande des Gehirns, die man in den seitlichen und unteren Teilen besonders gut sieht, ist die Hirnrinde (sie ist in den oberen Partien auf dem Foto wegen eines Reflexes nicht sichtbar, besteht aber in gleicher Weise wie an den seitlichen Rändern an der ganzen Oberfläche des Gehirns). Die weißen Massen zwischen Rinde und Thalami sind das Marklager (auf- und absteigende markhaltige Neuriten der Ganglienzellen in der Hirnrinde und im Inneren des Gehirns.

Tieren. Hunde, denen man das Großhirn herausoperierte, konnten stehen, laufen, fressen und zeigten auf Schmerzreize Abwehrbewegungen; man kann daraus schließen, daß sie noch imstande sind, Schmerz zu empfinden. Es spricht viel dafür, daß im Urhirn auch die organischen Grundlagen der *vitalen Triebe*, vor allem des Sexualtriebes, zu suchen sind; davon ist noch zu sprechen.

Es ist unmöglich, auf den äußerst komplizierten Aufbau der Stammhirn-Ganglien näher einzugehen; es seien nur die größten von ihnen kurz erwähnt. Wenn man sich einen Längsschnitt durch den Kopf vorstellt (etwa längs des Nasenrückens), so würde dieser Schnitt ungefähr in der Mitte des Gehirns durch einen schmalen länglichen Spalt führen; dieser Spalt ist die »dritte Hirnkammer« (s. Abb. 7, Tafel I) oder der

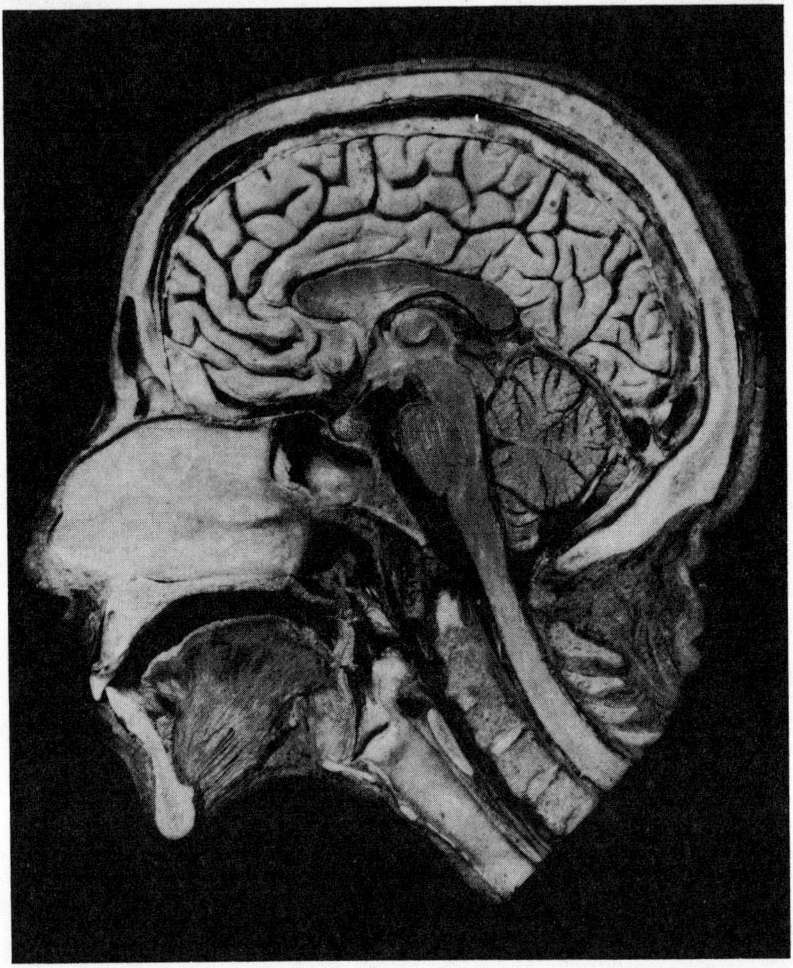

Abb. 8. Längsschnitt durch den Kopf. Das längliche graue Gebilde in der Mitte unmittelbar unter den Windungen ist der (durchschnittene) Balken, darunter liegt der Thalamus; von ihm schräg nach vorne unten in einer Einsenkung des Knochendaches der großen Höhle (Keilbeinhöhle) sieht man den kleinen, rundlichen Körper der Hypophyse. Der lange, vom Thalamus nach unten ziehende, am Halsende durchschnittene Strang ist das Rückenmark, sein verdickter oberer Teil die Medulla oblongata. Hinter diesem verbreiterten Teil liegt, vom Großhirn durch eine Haut getrennt, das Kleinhirn mit seinen feinen, baumförmig verzweigten Verästelungen. Vom oberen Rand des Kleinhirns gegen das Hinterhaupt zieht im Großhirn eine leicht nach unten geschlungene Furche, der Sulcus calcarinus. (Präparat des Anatomischen Instituts der Universität Wien.)

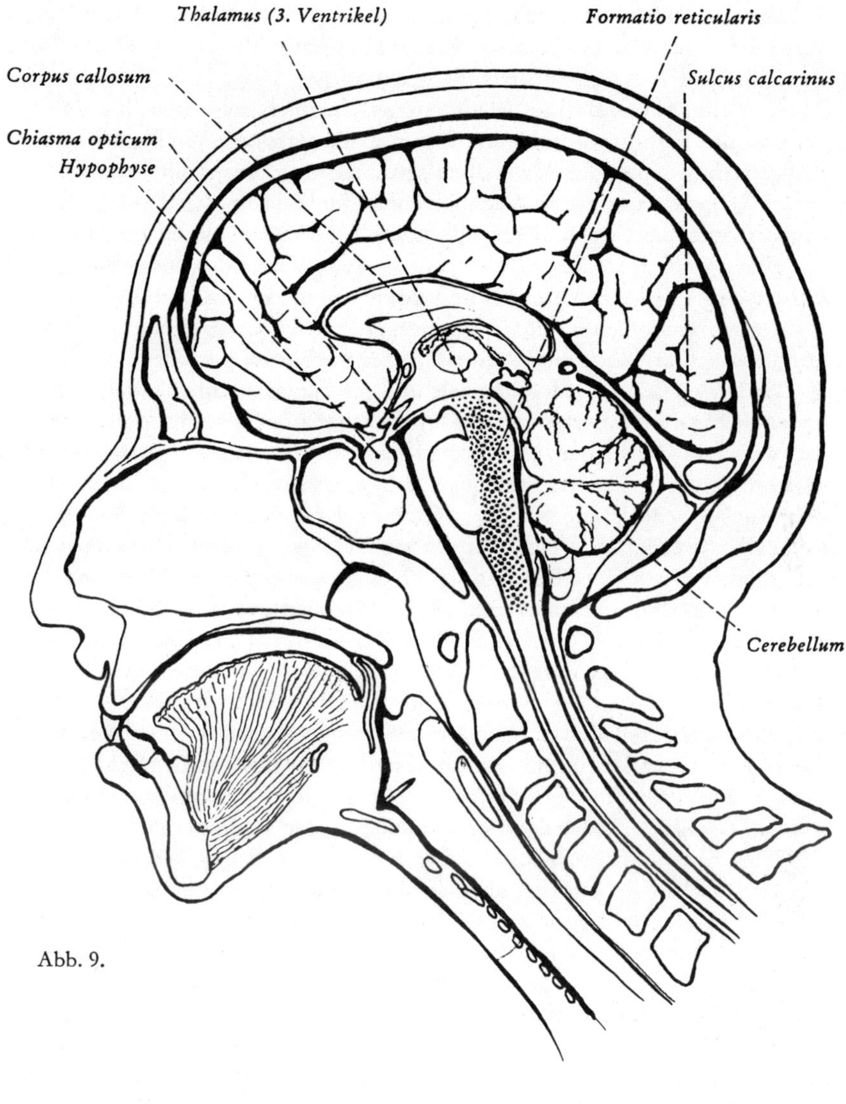

Abb. 9.

dritte Ventrikel. Er wird zu beiden Seiten von zwei walnußgroßen rundlichen Gangliensystemen begrenzt, den *Thalami*. Jedem Thalamus überlagert sich ein langgestreckter Wulst, der »Schweifkern« (Nucleus caudatus), der ebenfalls aus Ganglienzellen besteht. Seitlich von jedem Thalamus gegen die Schläfe liegen weitere Zellformationen, die als »Linsenkern« bezeichnet werden und aus zwei Anteilen (Putamen und

Pallidum) bestehen. Oberhalb der Thalami liegt, vom Balken überdeckt, in jeder Hemisphäre ein langgestreckter Hohlraum, der erste und zweite Ventrikel, auch »Seitenventrikel« genannt (s. Abb. 7). Die beiden Thalami sind Sammel- und Schaltsysteme sensibler Leitungen, die Zellsysteme des Pallidums und Putamens sind von größter Wichtigkeit für das Zusammenspiel der Muskelbewegungen, und eine Reihe von kleineren Zellgruppen in der Nachbarschaft der Thalami sind die ersten Endstationen der Seh- und Hörleitungen. Man müßte ein eigenes Buch schreiben, wenn man die außerordentlich verwickelten Faserbeziehungen zwischen den einzelnen Kernen und ihren Untergruppen im Hirnstamm ausführlich darstellen wollte; von einigen Einzelheiten in der Regulation der vegetativen Funktionen ist später noch kurz zu reden.

Der Boden des dritten Ventrikels und die daran anschließenden Teile seiner Seitenwände bestehen aus kleinen, aber höchst wichtigen Gangliensystemen, die in der Anatomie unter dem Namen »*Hypothalamus*« zusammengefaßt werden. Lebenswichtige organische Funktionen — Blutdruck, Schlagfrequenz des Herzens, Körpertemperatur, Wasserhaushalt — werden von Gangliengruppen des Hypothalamus gesteuert; außerdem werden dort Erregungen erzeugt, aus denen Triebregungen und Gefühlserlebnisse entstehen. Dies weiß man aus zahlreichen Tierexperimenten, die mit der elektrischen Reizmethode des Züricher Physiologen W. R. HESS durchgeführt wurden. Das Verfahren von HESS besteht darin, daß dem Versuchstier feine, bis in die Spitze isolierte Nadeln (Elektroden) durch den Schädelknochen eingestochen werden, so daß die freie Spitze an bestimmte Stellen des Hypothalamus zu liegen kommt (was z. B. unter Röntgenkontrolle sehr genau durchgeführt werden kann). Das Tier erleidet dadurch keinen Schaden und keinen Schmerz. Die Elektroden läßt man im Kopf einheilen, so daß ihr Ende aus dem Schädelknochen herausragt; an diese Elektroden kann man nun jederzeit mit einer Drahtleitung ein Reizgerät anschließen und einen sehr schwachen Strom (0,5—1 V) an die Stellen im Hypothalamus leiten, an denen die Nadelspitze liegt. Auf diese Weise gelingt es, bestimmte Gangliensysteme im Innersten des Gehirns zu reizen, d. h. durch elektrischen Strom die Prozesse auszulösen, die sonst durch natürliche Reizung entstehen. Nach dem Tod des Tieres kann man bei der Hirnsektion ganz genau feststellen, wo die Nadelspitzen lagen (also den Angriffspunkt des elektrischen Reizes genau lokalisieren). Die Methode hat den Vorzug, daß man die Reizversuche am frei beweglichen Tier (die langen dünnen Drähte bilden für die Bewegung kein Hindernis) unter natürlichen Bedingungen durchführen kann; mit winzigen Transistorgeräten kann man den Reizstrom sogar ohne Drahtverbindung durch einen Sender auslösen.

Mit dieser Methode hat Hess im Hypothalamus mehrere vegetative Zentren gefunden (z. B. eine Region, bei deren Reizung das Tier zu trinken beginnt — Durstzentrum —, eine andere, bei deren Reizung das Tier einschläft usw.). Aber auch affektive Verhaltensweisen konnte er auslösen: die elektrische Reizung bestimmter Thalamusregionen erzeugt heftige Wutreaktionen, die Katze sträubt die Haare, beginnt zu fauchen und springt wild jeden Gegenstand an, der sich in seiner Nähe bewegt. R. Hunsperger konnte in Reizversuchen im Züricher Physiologischen Institut zeigen, daß das gesamte »Selbstschutz-Verhalten« der Katze durch Reizung von Gangliensystemen, die sich weit über den Hypothalamus erstrecken, ausgelöst werden kann, wenn das Versuchstier in eine entsprechende Situation gebracht wird, d. h., wenn ihm ein »Feind« geboten wird (z. B. in Form einer ausgestopften Katze). In solchen Situationen kann man Flucht, Abwehr und Angriff durch elektrische Reizung erzeugen, wobei sich das Tier schließlich wütend in den ausgestopften Gegner verbeißt. Die dabei gereizten Hypothalamusgebiete stehen mit Systemen in der Hirnrinde in Verbindung, die der Katze die Wahrnehmung der Umgebung und, unter natürlichen Feinden, die richtige Einschätzung der Gefahrensituation ermöglichen (werden diese Rindenteile entfernt, so kommt es zu schweren Störungen des instinktiven Abwehrverhaltens auf natürliche Reize).

In unmittelbarer Nähe der Thalami liegen die stammesgeschichtlich ältesten Rindenteile (also das am frühesten entwickelte »Neuhirn«). Diese ältesten Rindenteile, die bei allen Säugetieren und beim Menschen mit relativ geringen Abweichungen in gleicher Anordnung vorhanden sind, bezeichnet man als »limbisches« System (»Saum«gebiet). Seine wichtigsten Anteile sind der Mandelkern, der am tiefsten liegt, der Hippocampus (eine einem Seepferdchen ähnliche Windung) und der gyrus cinguli, der sich um die Thalami nach oben herumschlingt und in den innersten Teilen des Stirnpols der Rinde endet. Erst seit einigen Jahrzehnten weiß man aus Experimenten mit elektrischen Reizen und mit operativen Eingriffen, daß das limbische System mit dem instinktiven und affektiven Verhalten zur Umwelt zusammenhängt, vor allem mit den Vorgängen, die wir an uns selbst und an anderen als Ausdruckswirkungen emotionaler Zustände erleben (z. B. Erblassen als Ausdruck von Angst, Sprungbereitschaft als Zeichen von Angriffslust, Zähnefletschen und Haaraufstellen als Symptome der Wut). Diese Vorgänge lassen sich durch elektrische Reizung bestimmter Teile des limbischen Systems auslösen, dazu auch noch Änderungen der Herztätigkeit oder der Darm- und Blasenfunktion, ferner Aktionen, die der Vorbereitung einer Triebbefriedigung dienen; Vorbereitungshandlungen für die Nahrungsaufnahme können im Tierversuch durch Reizung des Mandelkerns ausgelöst werden: das Tier beginnt Leck-, Schluck- und Kaubewegungen auszuführen, auch Speichelfluß tritt auf. Abtragung beider Mandelkerne macht wilde Tiere zahm; ein Puma wurde dadurch so ungefährlich, daß man ihn wie eine Hauskatze im Laboratorium herumspazieren lassen konnte (Akert-Hummel 1963). Es könnte schon in naher Zukunft möglich sein, pathologische Gewalttäter und aggressive Kriminelle operativ zu resozialisieren, d. h. durch Entfernung kleiner Gehirnteile von ihren Triebregungen zu befreien.

Frontal steht der Hypothalamus mit der wichtigsten innersekretorischen Drüse, der *Hypophyse*, in nervöser Verbindung. Der Vorderlappen der Hypophyse produziert Sekrete, die das Wachstum und die Tätigkeit anderer, weit entfernt liegender Drüsen mit innerer Sekretion regulieren: das gonadotrope Hormon für die Entwicklung der Geschlechtsdrüsen, das thyreotrope Hormon, das für die normale Funktion der Schilddrüse unerläßlich ist, die ihrerseits die Intelligenzentwicklung entscheidend beeinflußt, ferner ein Hormon (ACTH) für die Regulation der Nebennierenrindenfunktion, von der ein großer Teil der Stoffwechselregulation abhängt, und das somatotrope Hormon, das für das natürliche Wachstum unbedingt notwendig ist. Mit Recht hat man das Hypothalamus-Hypophysen-System als den eigentlichen Sitz der »vita« bezeichnet; ein großer Teil der körperlichen und psychischen Vorgänge, die für die Erhaltung des Lebens unerläßlich sind, hat hier seine Erregungsgrundlagen.

Der Boden des Hypothalamus bildet bereits den obersten Teil des Überganges vom Gehirn zum Rückenmark, der von der Anatomie »medulla oblongata« (verlängertes Mark) genannt wird; er ist ein konisch geformtes, immer dünner werdendes Gebilde (Abb. 8), das in seinen oberen Anteilen noch Gangliensysteme enthält und dann in die Faserleitungen des Rückenmarks übergeht. Im verlängerten Mark liegt das später zu besprechende Gangliensystem der Formatio reticularis, das für das bewußte Erleben von höchster Bedeutung ist.

Das Rückenmark besteht in erster Linie aus Faserzügen, die im Großhirn und im Hirnstamm entspringen und in die Wirbelsäule einmünden, sowie aus Nervenleitungen, die aus der Oberfläche und dem Inneren des Körpers Erregungen in das Großhirn führen. Die aus dem Rückenmark austretenden und in das Rückenmark hineinführenden Faserleitungen bilden den Hauptteil des weitverzweigten, alle Muskeln und anderen Organe versorgenden *»peripheren Nervensystems«*. Durch dieses ausgedehnte Leitungs-System werden alle Bewegungen unseres Körpers gesteuert; ohne Erregungen aus den Gangliensystemen des Gehirns kommt keine Muskelkontraktion zustande. Die Regulation unserer Motorik, die Ordnung im Zusammenwirken der einzelnen Muskeln und die ungemein feine Abstufung der Muskelspannung ist etwas vom Wunderbarsten in der ganzen Natur. Die *Schönheit* der menschlichen Bewegung, ihre Leichtigkeit und Eleganz und die Sicherheit im Erreichen ihres Zieles — alles das sind letzten Endes *Gehirnphänomene;* Auswirkungen des Zusammenspiels von Kräften, die in den Ganglienzellen entstehen und durch ihre Fasern in den Körper fließen.

4. *Das Leitungs-System des Gehirns*

Die Ganglienzellen in der Hirnrinde darf man sich nicht eng aneinandergepackt vorstellen; sie liegen dort in relativ großer Entfernung voneinander, durch Zwischenräume getrennt, die oft größer sind als der Zelldurchmesser. In diesen Zwischenräumen befinden sich außer feinsten Blutgefäßen auch die steifen Fasern des *Stützgewebes*, die wie ein Gerüst die Zellen und ihre Ausläufer tragen, aber auch mit dem Zellstoffwechsel zusammenhängen und für den Abtransport abgestorbener Teile sorgen (Neuroglia). Vor allem aber sind diese Zwischenräume ausgefüllt durch die Fortsätze der Zellen, also durch die *Neuriten* und *Dendriten*. Während die mit Plasma gefüllten Dendriten nur Fortsetzungen des Zellkörpers sind (sie haben dieselbe Innenstruktur), sind die Neuriten die eigentlichen Leitungsorgane der Ganglienzelle; sie ziehen entweder aus dem Gehirn hinaus zu Muskeln oder anderen Körperteilen oder zu anderen Ganglienzellen innerhalb des zentralen Nervensystems. Im letzteren Falle bilden sie mit diesen Zellen eine »Synapse« (s. S. 29); mehrere solcher synaptischer Zellverbindungen bezeichnet man als »Neuronenketten«. Verfolgt man den Weg eines Neuriten, so ergibt sich im allgemeinen folgendes Bild: schon bald nach dem Austritt sendet der Neurit manchmal sehr dünne, rechtwinklig austretende kurze Seitenäste aus, die ebenfalls zu anderen Zellen führen (»Kollateralen«); solche Kollateralen finden sich nach neuesten Forschungsergebnissen aber auch noch später und besonders zahlreich in denjenigen Hirngebieten, in denen die afferenten (d. h. aus den Sinnesorganen kommenden) Neuriten in die Nähe der Urhirn-Systeme gelangen, von denen die — später zu besprechende — Formatio reticularis Kollateralen aus allen Sinnesleitungen erhält. Endet der Neurit an einer Ganglienzelle, so spaltet er sich meist in ganz feinen Endfasern auf, die in die oben erwähnten »Endknöpfe« auslaufen. Durch diese Endknöpfe oder Endplatten, die sich dicht an den Leib oder an einen Dendriten anderer Ganglienzellen anlegen, erfolgt die Erregungsübertragung vom Neuriten auf die Membran dieser Ganglienzelle und damit auch die Vereinigung verschiedener Einzelerregungen zu Erregungskomplexen oder »Konstellationen«.

Die Neuriten verbinden aber nicht nur die Ganglienzellen der Rinde miteinander, sondern sie ziehen auch von der Rinde in das Innere des

Gehirns und von dort weiter zu den Ganglienzellen des Rückenmarks, deren Neuriten in das Innere des Körpers, zu den Muskeln, Drüsen und anderen Organen führen. Im Schnitt durch das Gehirn erscheint, wie erwähnt (s. Abb. 8), die Hirnrinde als schmaler grauer Streifen, der allen Windungen und Furchen folgt; die weiße Masse, die man unterhalb dieses Streifens sieht, die *Markschicht*, besteht zum größten Teil aus Nervenfäden, welche die tieferliegenden Hirnpartien mit der Rinde in beiden Richtungen verbinden. Die weiße, leicht glänzende Farbe dieser Masse stammt von der Markscheide der Neuriten, einer fettähnlichen Schicht, mit welcher die Fasern umhüllt sind. Diese Umhüllung hat die Aufgabe, die einzelne Faser von den übrigen funktionell zu isolieren, also ein Überspringen dessen, was in der Faser »fließt«, auf andere Fasern zu verhindern.

Es ist schwer, die Fasersysteme der Markschicht so zu beschreiben, daß man davon eine anschauliche Vorstellung bekommt. Da sind zunächst einmal die Neuriten von Rindenzellen, die zu anderen Rindenzellen führen und die vielfach noch in der Rinde selbst verlaufen (U-Fasern, weil sie einigermaßen U-förmig von einer Windung zur anderen ziehen, und »Assoziationsfasern«, die entfernt liegende Rindenteile derselben Hemisphäre miteinander verbinden; man verlegte in sie die hirnphysiologische Grundlage der »Assoziationen«; dann die ausgedehnten Fasermassen, welche die beiden Hemisphären des Gehirns verbinden (Kommissurenfasern) und ein mächtiges, rein weißes Gebilde aufbauen, den *Balken;* und schließlich die Projektionsfasern, welche von der Rinde zu den inneren Ganglienmassen des Gehirns führen.

Alle diese Fasersysteme, bei denen zu jeder einzelnen Faser immer eine Ganglienzelle in der Rinde als Ausgangsort und eine Endaufspaltung an einer anderen Zelle als Endstation zu denken ist, durchziehen das Marklager in schmäleren und breiteren Schichten, bündelartig zusammengefaßt, wobei sich die einzelnen Systeme häufig durchkreuzen oder überschneiden. Bricht man ein gefrorenes Gehirn auseinander, so kann man diese Faserzüge sehr schön erkennen und ihren Weg verfolgen (Abb. 10). Es gibt noch viele solche »Bahnen«, die hier nicht erwähnt werden konnten; überhaupt ist die Anordnung dieser Leitungen sehr kompliziert und auch noch nicht bis in alle Einzelheiten erforscht. Hier mag die Feststellung genügen, daß es Faserverbindungen zwischen den Rindenzellen untereinander, zwischen den Zellen der beiden Hemisphären und zwischen Rindenzellen und subkortikalen Ganglien gibt. Dazu kommen noch wichtige Faserzüge, die von der Rinde aus ohne Unterbrechung zu den Zellen des Rückenmarks führen. Diese Fasern können sehr lang sein, weil sie ja große Entfernungen überbrücken; man denke sich eine Ganglienzelle der Rinde, deren Neurit bis in die

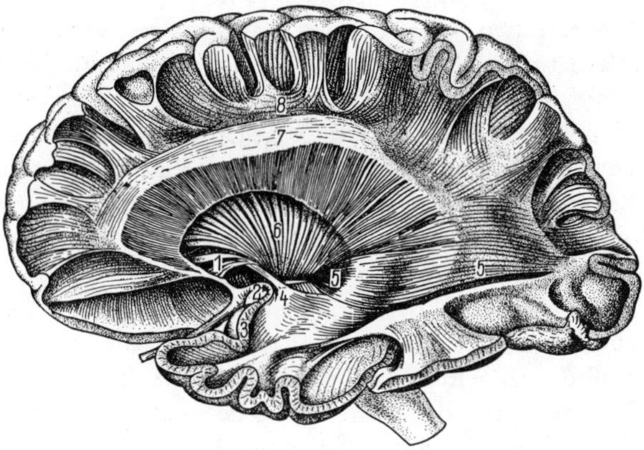

Abb. 10. Beispiele von Faserverbindungen im Neuhirn und Urhirn. 1 vom Stirnhirn zur Brücke, 2 Riechregion, 5 Sehbahn, 6 Pyramidenbahn von vorderer Zentralwindung in das Rückenmark, 7 Balkenfasern zur Verbindung beider Hemisphären, 8 Verbindungen zwischen Windungen der gleichen Hemisphäre. (Aus Benninghoff-Goerttler, Lehrbuch der Anatomie des Menschen, II. Band, München-Berlin 1960.)

untersten Teile des Rückenmarks zieht, also eine Strecke von nahezu einem Meter durchmißt. Diese langen Leitungen, die von Pyramidenzellen der vorderen Zentralwindung ausgehen (daher »Pyramidenbahn« genannt), sind im Rückenmark in Synapsen mit weiteren Fasern verbunden, die zu den Muskeln führen; alle diese »*efferenten*« Bahnen, auf denen die Erregungen vom Gehirn zu den einzelnen Muskeln fließen, bilden das motorische Leitungssystem, dem ein ebenso ausgedehntes System von »*afferenten*« Bahnen gegenübersteht, durch welches die Erregungen aus den Sinnesorganen (einschließlich der Hautsinne), aus den Muskeln und den inneren Organen in die Hirnrinde geleitet werden.

Die Erregungsimpulse, mit denen das Gehirn die Organe des Körpers in Funktion versetzt, werden durch die *Neuriten* übertragen. Die Weiterleitung dieser Erregungen ist ihre einzige Aufgabe. Um sie zu erfüllen, bedarf es allerdings eines außerordentlich hochentwickelten und weitverzweigten Systems von Neuriten; sie müssen in alle Teile des Körpers ziehen und jeden einzelnen Teil ausreichend versorgen. Für einen Muskel z. B. genügt keineswegs eine einzige Faser; denn der Muskel muß sich mehr oder weniger und in seinen Einzelteilen verschieden stark zusammenziehen können, damit die notwendige Feinheit der Bewegung zustande kommt. Ein einzelner Nervenfaden versorgt daher nur etwa 30 bis 50 Muskelfasern; es braucht viele Tausende von Fasern, um einen einzigen Muskel mittlerer Größe richtig funktionieren zu lassen. Der erwachsene Mensch hat etwa 320 Muskeln.

In diesem Leitungs-System von etwa einer halben Million Kilometer Gesamtlänge fließen »Erregungs-Impulse« aus dem Gehirn in alle Teile des Körpers und aus allen Teilen des Körpers in das Gehirn. Durch diese »Erregungen« wird die Ordnung in den Lebensprozessen, in den Bewegungen und in den psychischen Vorgängen aufrechterhalten. Was ist eine »Erregung«? Auf diese Frage gibt es leider keine befriedigende Antwort; man weiß nur, daß die Erregungen in den Zellen der Sinnesorgane und in den Ganglienzellen des Gehirns entstehen und daß sie beim Durchlaufen einer Nervenfaser elektrische und chemische Prozesse erzeugen. Man kann daher definieren: *Erregungen sind elektrochemische Prozesse, die in den Sinnes- und Ganglienzellen entstehen und durch die Nervenfasern weitergeleitet werden.*

Es ist sehr schwierig, den Leitungsvorgang in der Nervenfaser kurz und klar zu beschreiben. Um diese Vorgänge vollkommen zu verstehen, müßte man sehr gründliche Kenntnisse in der Elektrochemie besitzen. Wesentlich ist dabei die Tatsache, daß schon bei der unerregten oder »ruhenden« Ganglienzelle zwischen der Innen- und Außenseite der Zellmembran, deren Dicke nur etwa 8 millionstel Millimeter beträgt, große elektrische Spannungsdifferenzen bestehen (bis zu 80 Millivolt, also fast $^1/_{10}$ Volt.) Diese Spannungen kommen durch große Konzentrations-Unterschiede der beteiligten chemischen Substanzen und durch Verschiedenheiten der Membrandurchlässigkeit für diese Substanzen zustande. Das Innere der Zelle enthält viele positiv geladene Kalium-Ionen, während im feuchten Gewebe außerhalb der Zelle viele positive Natrium-Ionen und viel negatives Chlor vorhanden sind (»Ionen« sind elektrisch geladene Atome oder Moleküle). Gelangt an die Membran über einen an ihrer Außenseite liegenden »Endknopf« einer Nervenfaser eine elektrische Ladung, so wird dadurch die schon vorhandene elektrische Außenladung verändert, was zur Folge hat, daß sich auch die Durchlässigkeit der Zellmembran für die Ionen in sehr hohem Maße (bis zum 500fachen) verändert: die Ionen strömen in das Innere der Zelle und erzeugen dadurch einen sehr kurzen »Aktionsstrom« (etwa $^1/_{1000}$ Sekunde lang), der sich dann über den Neuriten der Zelle fortpflanzt. Diese Fortpflanzung — die »Erregungsleitung« — erfolgt nicht als kontinuierlicher Fluß des elektrischen Stromes durch den Nervenfaden (also nicht wie in einem Draht), sondern viel komplizierter: der Strom fließt immer nur bis zur nächsten RANVIERschen Einschnürung, also zu der Stelle, in welcher das Axon nicht durch die Markscheide von seiner positiv geladenen Umgebung isoliert, sondern von ihr nur durch die dünne Membran des Axolemms getrennt ist. Durch diese Membran kommt es zu einem Ionen-Austausch mit dem Außengewebe, wodurch ein neuerlicher Aktionsstrom mit relativ hoher Spannung (bis 50 Millivolt) entsteht, der nun durch das Axon bis zum nächsten RANVIER-Spalt fließt, wo sich der gleiche Vorgang wiederholt. Auf diese Weise kommt es zu einem »Springen« des Stromes von einer Ranvierschen Einschnürung zur nächsten; man nennt dies »*saltatorische Erregungsleitung*« (für den technisch Gebildeten: der Vorgang ist so ähnlich wie bei hintereinandergeschalteten Kondensatoren, die sich aufeinanderfolgend aufladen und entladen). Durch diese Art der Fortpflanzung wird eine viel höhere Fortpflanzungs-Geschwindigkeit erreicht als sie in einem chemischen Leiter bei kontinuierlichem Fluß möglich wäre. Viele Millionen solcher springender Leitungsprozesse finden in unserem Nervensystem in jedem Augenblick unseres wachen Daseins statt — ein unvorstellbar kompliziertes Geschehen, dessen Ordnung durch die ausgezeichnete Isolation der einzelnen Fasern voneinander aufrechterhalten wird.

Auf Einzelheiten dieser elektrochemischen Vorgänge kann hier nicht eingegangen werden. Erwähnt sei nur noch, daß man die *Geschwindigkeit* des Erregungsflusses ziemlich genau bestimmen konnte. Legt man an zwei Stellen eines freigelegten Nerven je einen Draht an — Versuche, die sich an Tieren in tiefer Narkose nach Freipräparieren der Nerven leicht ausführen lassen — und führt diese Drähte zu einem Galvanometer, so zeigt dieses Instrument einen Ausschlag, wenn man den Nerven durch einen leichten Schlag oder Druck reizt. Es ist also ein elektrischer Strom durch den Nerven geflossen. Genaue Untersuchungen haben es möglich gemacht, die Zeitdifferenz zwischen dem Eintreffen des Stromes an der ersten und an der zweiten Ableitungsstelle exakt zu bestimmen; mißt man die Länge des dazwischenliegenden Nervenstückes, so kann man die Geschwindigkeit berechnen, mit welcher sich der Strom von der ersten zu der zweiten Ableitungsstelle fortgepflanzt hat. Diese Geschwindigkeit ist dann offenbar gleich der Geschwindigkeit der Erregungsfortpflanzung, weil der Strom ja eine Komponente der Erregung ist. Die Leitungsgeschwindigkeit ist je nach der Art der Nervenfaser sehr verschieden; je dicker die Markschicht einer Faser ist, desto größer ist ihre Leitungsgeschwindigkeit. Die »schnellsten« Nerven des Menschen leiten die Erregung mit einer Geschwindigkeit von 80 bis 120 m in der Sekunde (die motorischen Nerven, deren Erregung die Muskelbewegung auslöst), die langsamsten nur mit etwa 0,1 bis 2 m in der Sekunde (die markarmen Nervenleitungen des vegetativen Systems, die zu den Eingeweiden, Drüsen, Blutgefäßen usw. führen).

120 m in der Sekunde erscheint uns nicht besonders schnell. Diese Geschwindigkeit entspricht 432 km in der Stunde, weniger als die Geschwindigkeit eines modernen Flugzeuges. Für Vorgänge im lebenden Organismus ist sie immerhin sehr bedeutend; die Erregungen, die z. B. vom Rückenmark in unsere Hand fließen, legen diese Strecke in $^1/_{100}$ Sekunde zurück. Die Zeit der Leitung von der Hirn*rinde* über das Rückenmark in die Hand läßt sich nicht mehr einfach aus der Leitungsgeschwindigkeit berechnen; der Neurit der Rindenzelle zieht ja nicht direkt

in die Handmuskulatur, sondern nur zu einer Zelle im Rückenmark, deren Neurit erst in den Muskel führt. Hier liegt eine der früher beschriebenen »Synapsen« dazwischen, eine »Umschaltstation«; an solchen Stationen tritt eine Leitungs*verzögerung* ein. Jedenfalls ist die »Fließzeit« der Erregung neben der Dauer der Umschaltung und der Muskelkontraktion einer der Faktoren, die der Schnelligkeit unserer Bewegungen und damit der sogenannten »*Reaktionszeit*« eine obere, absolut unüberschreitbare Grenze setzen.

Woher die Erregung kommt, ist theoretisch leicht zu sagen. Jede Nervenfaser hat ja ihren Ursprung in einer Sinnes- oder Ganglienzelle. Sie bildet mit ihr eine biologische Einheit, sie lebt und stirbt mit dieser Zelle. Die Erregung kommt also zweifellos aus der Zelle. Daß es wirklich so ist, wird durch die *gehirnelektrischen Erscheinungen* bewiesen.

5. *Gehirnelektrische Vorgänge*

In den Ganglienzellen des Gehirns entstehen ständig elektrische Ströme; sie durchdringen die Hirnhäute und den Schädelknochen, so daß man sie auch von der Kopfhaut ableiten kann. Wenn man einem Menschen Elektroden (Metallplättchen) an der Stirn und am Hinterhaupt anlegt und beide Elektroden über einen Verstärker mit einem schreibenden Registriergerät (Oszillographen) verbindet, so erhält man verschiedene Arten von elektrischen Spannungsschwankungen. Hans Berger, ein deutscher Psychiater, hat als erster solche Registrierungen durchgeführt (1924) und festgestellt, daß im Zustand geistiger und körperlicher Ruhe sehr regelmäßige rhythmische Schwingungen von 8 bis 12 Einzelschwankungen pro Sekunde auftreten (er nannte sie »*Alpha-Wellen*«), die bei Einwirkung eines stärkeren Sinnesreizes (z. B. eines Lichtes) verschwinden (s. Abb. 11–14); es zeigen sich dann kleinere, sehr unregelmäßige Schwankungen, die höhere Schwingungszahlen aufweisen (die »*Beta-Wellen*«). Genaue Registrierungen ergaben, daß auch die Alpha-Wellen in ihrem ganzen Verlauf von kleinen Beta-Schwingungen überlagert sind (s. Abb. 13 u. 14). Die Spannung der Alpha-Wellen beträgt im Durchschnitt ungefähr zwei Hunderttausendstel Volt (= 20 Mikrovolt), ist also außerordentlich klein. Berger selbst und später viele andere Physiologen und Psychologen haben durch ausgedehnte Experimente über die Alpha- und Beta-Wellen folgendes festgestellt: die Alpha-Wellen entstehen in den Ganglienzellen; sie sind daher bei Mensch und Tier vorhanden (sogar von den winzigen Gangliensystemen der Käfer konnte E. D. Adrian sie ableiten — Abb. 16); auch an überlebend erhaltenen isolierten Gangliensystemen konnten sie nachgewiesen werden. Beim Menschen zeigen sie erst um das fünfte Lebensjahr ihre Normalfrequenz

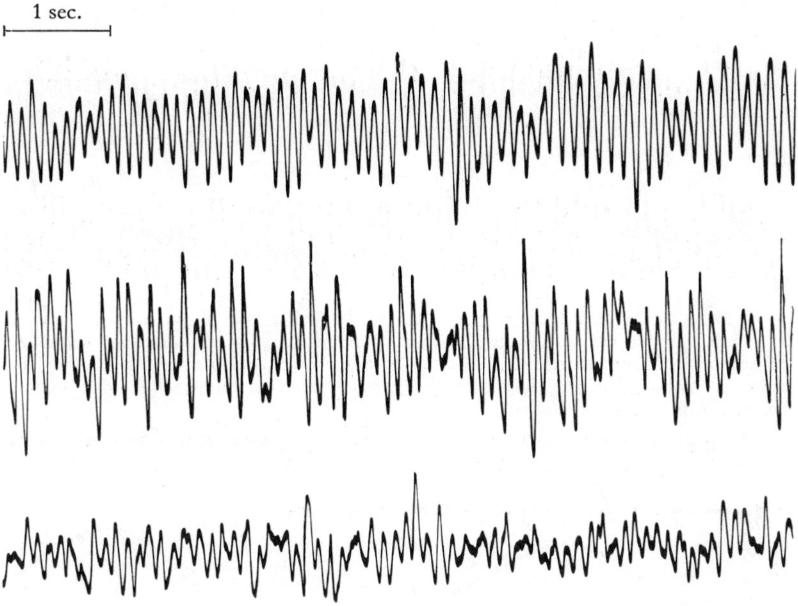

Abb. 11. Alpha-Wellen von drei verschiedenen Personen (Ableitung vom Hinterhaupt gegen ein Ohr). Das Bild zeigt, daß Häufigkeit, Größe und Verteilung der Alpha-Wellen individuell verschieden sind.

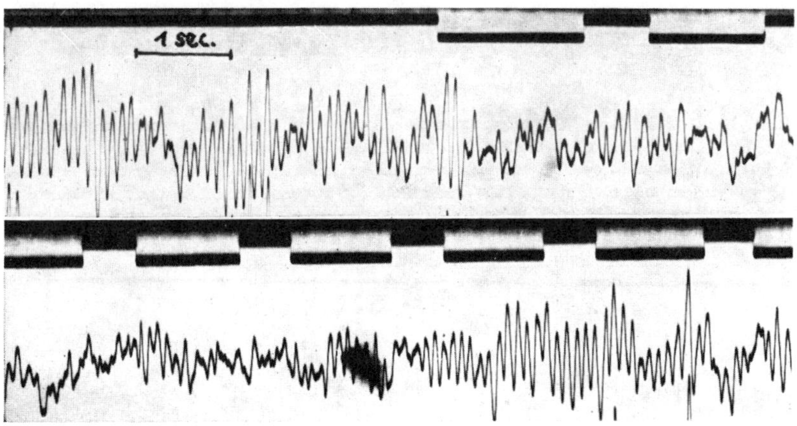

Abb. 12. Verschwinden der Alpha-Wellen bei Lichtreizen. Die Kurve b ist die Fortsetzung von a. Die Dauer der einzelnen Lichtreize ist durch die tieferliegenden Stücke des schwarzen Streifens am oberen Rand bezeichnet. Wie man in b sieht, treten die Alpha-Wellen trotz der Lichtreize nach und nach wieder auf. (Alle Abbildungen sind Originalaufnahmen aus eigenen Untersuchungen des Verfassers.)

a
b

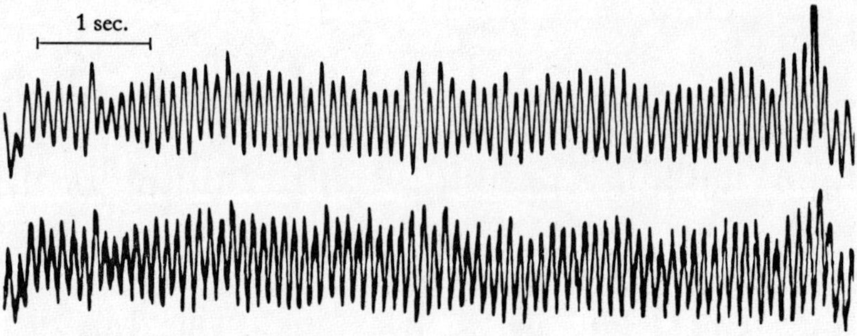

Abb. 13. Gleichzeitige Registrierung von Alpha-Wellen mit einem Apparat, der nur langsame Schwingungen wiedergibt (a), und mit einem Apparat, der auch schnellere Schwingungen aufzeichnet (b). Bei der zweiten Registrierung zeigen sich an den einzelnen Schwingungen kleine Überlagerungen, die hier nur als Verdickungen erkennbar sind, die Beta-Wellen.

b

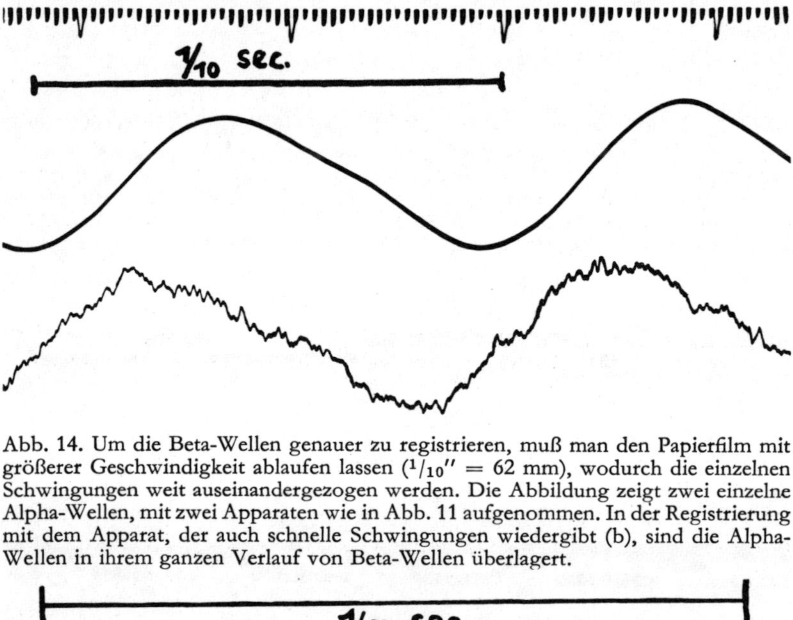

Abb. 14. Um die Beta-Wellen genauer zu registrieren, muß man den Papierfilm mit größerer Geschwindigkeit ablaufen lassen ($^1/_{10}'' = 62$ mm), wodurch die einzelnen Schwingungen weit auseinandergezogen werden. Die Abbildung zeigt zwei einzelne Alpha-Wellen, mit zwei Apparaten wie in Abb. 11 aufgenommen. In der Registrierung mit dem Apparat, der auch schnelle Schwingungen wiedergibt (b), sind die Alpha-Wellen in ihrem ganzen Verlauf von Beta-Wellen überlagert.

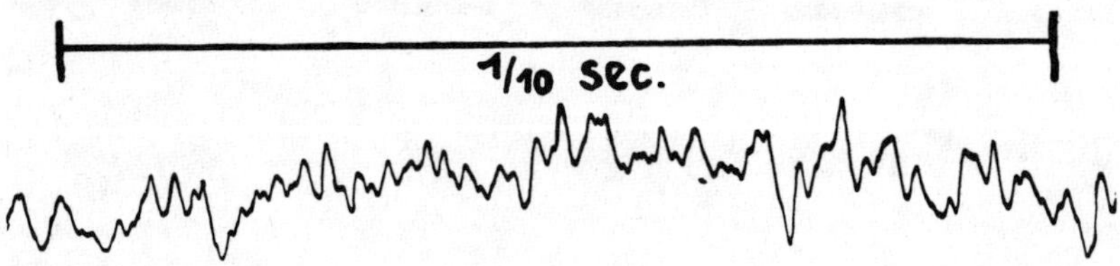

Abb. 15. Beta-Wellen aus einem Versuch mit Kopfrechnen, mit großer Ablaufgeschwindigkeit des Papierfilms aufgenommen ($^1/_{10}'' = 92$ mm). Die Abbildung zeigt Schwingungen bis zu 500 pro Sekunde. Es ist jedoch möglich, daß in diesen Schwingungen auch Muskelströme aus der Kopfmuskulatur enthalten sind. (Alle Abbildungen Originalaufnahmen aus eigenen Untersuchungen des Verfassers.)

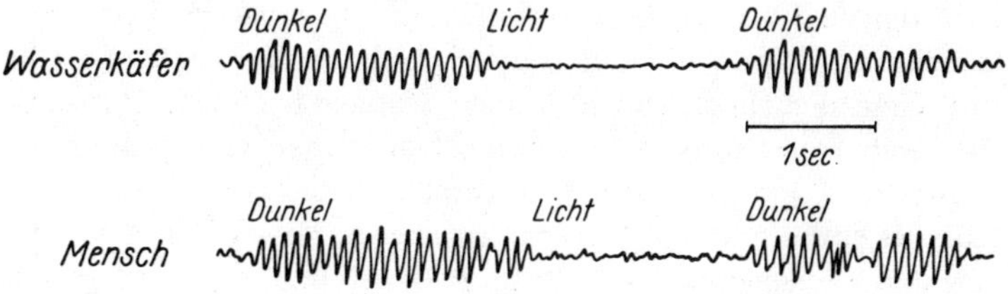

Abb. 16. Alpha-Wellen und Licht-Reaktion bei einem Wasserkäfer und einem Menschen (aus ADRIAN 1935).

von 8 bis 12 Schwingungen pro Sekunde; vorher sind sie langsamer (2 bis 6 pro Sekunde), bis zum zweiten Lebensmonat sind sie überhaupt nicht nachweisbar. Im Schlafe nehmen die Alpha-Wellen an Größe und Häufigkeit ab; im tiefen Schlaf treten an ihre Stelle langsame unregelmäßige Schwankungen von 3 bis 5 pro Sekunde (»*Delta-Wellen*«). Die — unter normalen Bedingungen selten auftretenden — Zwischenfrequenzen von 4 bis 7 pro Sekunde werden als »Theta-Wellen«, die über 20 Schwingungen pro Sekunde liegenden Ausschläge als »Gamma-Wellen« bezeichnet.

Bei Sinnesreizen oder bei geistiger Arbeit verschwinden die Alpha-Wellen nach ungefähr 0,2 bis 0,8 Sekunden zugunsten der Beta-Schwingungen. Wie ich in Experimenten mit aufeinanderfolgenden Reizen und verschiedenen Arten geistiger Tätigkeit zeigen konnte, lassen sich die Alpha-Wellen aber nicht auf beliebig lange Dauer unterdrücken; nach einer individuell verschieden langen Zeit (im Durchschnitt etwa nach 14 Sekunden) treten sie trotz des Reizes oder der geistigen Arbeit wieder in Erscheinung (s. Abb. 12), und zwar um so häufiger, je länger der Reiz dauert. Auf Grund dieser Ergebnisse habe ich 1935 die Hypothese aufgestellt, daß die Alpha-Wellen die elektrischen Auswirkungen des Stoffwechsels der Ganglienzellen darstellen; sie setzen nach dieser Deutung immer dann ein, wenn durch die Erregungsproduktion der Ganglienzellen so viel Energie verbraucht wurde, daß neue Stoffwechselvorgänge stattfinden müssen, um die verbrauchten Substanzen zu ersetzen. Für die Richtigkeit dieser Hypothese spricht auch die Tatsache, daß die künstliche Steigerung des Gehirnstoffwechsels durch Zufuhr bestimmter Pharmaka zu einer Steigerung der Schwingungszahl der Alpha-Wellen führt. Es gibt auch noch andere Argumente für diese Theorie.

Daß die Ganglienzellen einen sehr lebhaften und raschen Stoffwechsel benötigen, ergibt sich schon aus der Tatsache, daß unser Gehirn neben der Schilddrüse den höchsten Sauerstoffverbrauch aufweist. Dies ergibt sich unmittelbar aus der Tatsache, daß das Gehirn als erstes Organ funktionsunfähig wird, wenn man die Sauerstoffzufuhr unterbricht. Drückt man mit dem Daumen auf die Halsarterien, so daß die Blutzufuhr zum Gehirn aufhört, so tritt binnen weniger Sekunden Bewußtlosigkeit ein. Der Sauerstoffverbrauch der Ganglienzellen ist außerordentlich hoch; etwa ein Viertel des gesamten Sauerstoffverbrauches unseres Körpers entfällt auf das Gehirn (das aber nur etwa 3 bis 4% des Körpergewichtes ausmacht.) Es ist festgestellt worden, daß diese großen Mengen von Sauerstoff zu 80% von den Ganglienzellen verbraucht werden, die Nervenfasern und die übrigen Gehirnzellen benötigen nur wenig. In den ersten Lebensjahren, in denen sich das Gehirn in Entwicklung befindet, ist sein Sauerstoffbedarf noch höher; er beträgt beim Kind 5,1 ccm für 100 Gramm Gehirn pro Minute gegenüber 3,5 ccm beim Erwachsenen. Versuche an Affen zeigten, daß Krampfanfälle eine Steigerung des Sauerstoffverbrauches bis zu 100% bewirken, aber auch bei Schreck steigt er meßbar an (um 20 bis 30%), ebenso bei gespannter Erwartung (um 10 bis 20%). Bei Schwachsinnigen ist der Sauerstoffbedarf des Gehirns geringer als beim normalen Menschen (WEH-MALHERBE, 1962; SCHNEIDER-REIN, 1964).

Ebenfalls sehr hoch ist der anoxydative Gehirnstoffwechsel. Von verschiedenen Untersuchern wurde ein beträchtlicher Verbrauch von Zuckerstoffen nachgewiesen, der sich stark erhöhte, wenn das Gehirn künstlich in übernormale Erregung versetzt wurde; dementsprechend steigt auch die Zuckeraufnahme nach solchen Zuständen. Ebenso verhält es sich mit Eiweiß, Kreatin und stickstoffhaltigen Lipoiden; sie werden bei Erregung stärker abgebaut als im Ruhezustand. Sehr beträchtlich ist ferner der Phosphorumsatz; beim Menschen fand man schon nach kurzer geistiger Anstrengung eine 50%ige Abnahme des Phosphors bzw. der Phosphorsäure im Blute. Daraus läßt sich errechnen, daß das menschliche Gehirn schon durch eine halbstündige geistige Anstrengung etwa ein Drittel seines gesamten Phosphors umsetzt. Die Durchblutung des Gehirns, von der die Sauerstoffversorgung abhängt, nimmt im Schlaf nicht ab (wie man früher glaubte), sondern eher zu (BLASIUS 1962, 654).

Die Registrierung der gehirnelektrischen Vorgänge wird heute bereits weitgehend zur klinischen Diagnose von Gehirnerkrankungen verwendet. Man benützt dazu Geräte, die viele gleichzeitige Ableitungen von verschiedenen Stellen des Kopfes ermöglichen (*Elektro-Enzephalographen*), so daß man die Elektrizitätsproduktion der darunterliegenden Hirnstellen miteinander vergleichen kann (Abb. 17). Das Kurvenbild, das diese Geräte liefern, ist das »*Elektro-Enzephalogramm*«, kurz *EEG* genannt (in Deutschland ist auch die Bezeichnung »Hirnstrombild« üblich).

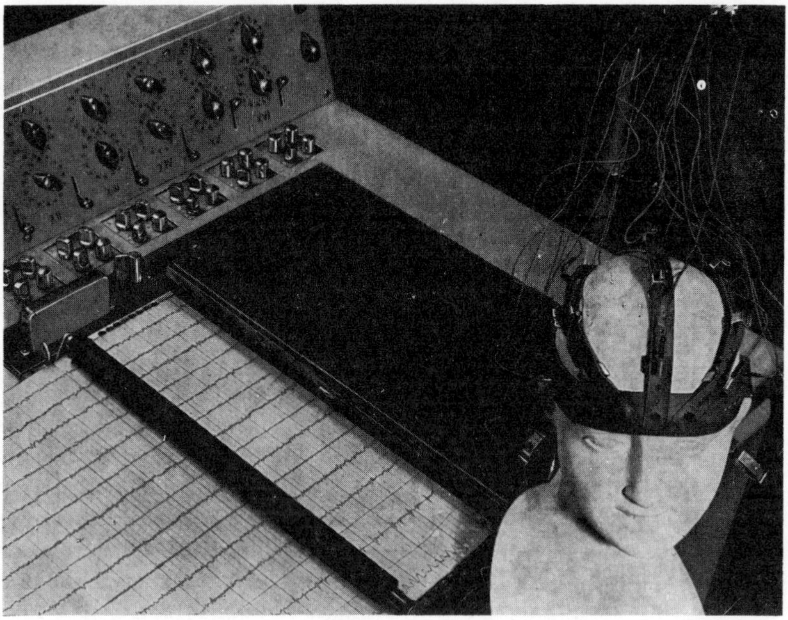

Abb. 17. Elektro-Enzephalograph der Firma F. SCHWARZER, München. Dieses Gerät ermöglicht gleichzeitige gehirnelektrische Ableitungen von 16 Stellen des Kopfes. Die Abbildung zeigt das breite Registrierpapier mit den Kurvenzügen, die Schreibvorrichtung ist verdeckt. Am Kopfmodell ist die Anbringung der Elektroden zu sehen.

Die Alpha-Wellen treten bei Mensch und Tier in gleicher Weise auf und zeigen bei beiden dieselben Reaktionen auf Sinnesreize (Abb. 16 zeigt Alpha-Wellen von einem Nobelpreisträger und einem Wasserkäfer). Aus dieser Gleichheit ergibt sich, daß die Alpha-Wellen sicher nicht die Grundlage des bewußten Erlebens darstellen — die unübersehbare Mannigfaltigkeit unserer Erlebnisinhalte kann nur aus Vorgängen im Gehirn entstehen, die eine ebenso große Vielfältigkeit aufweisen. Man könnte daher annehmen, daß die sehr unregelmäßigen Beta-Wellen die elektrischen Auswirkungen der Gehirnprozesse sind, aus denen das bewußte Erleben hervorgeht (diese Theorie habe ich in einer Diskussion mit HANS BERGER vertreten). Seither wurde durch elektrische Ableitungen von einzelnen Ganglienzellen der Nachweis erbracht, daß an der Zellmembran bei Einlangen einer Erregung von einer anderen Zelle sehr hohe, aber außerordentlich kurze, steil ansteigende Entladungen auftreten (bis 70 Millivolt in einer Tausendstel-Sekunde — s. S. 50). Im Gegensatz zu den Alpha- und Beta-Wellen breiten sich diese raschen Potentialsprünge nicht über das feuchte Hirngewebe bis zur Kopfhaut aus; man kann sie daher mit den Methoden zur Ableitung des EEG nicht registrieren, sondern nur durch direkte Ableitungen von einer Zelle oder ihren Neuriten. Die Tatsache, daß die hohen und schnellen Potentiale auf das Zell-Faser-System beschränkt bleiben und sich nur in ihm in gut isolierten Leitungen ausbreiten, läßt vermuten, daß dadurch die Ordnung im Erregungsablauf und Erregungsaustausch zwischen den Ganglienzellen des Gehirns aufrechterhalten wird. Durch das Zusammentreffen vieler Einzelerregungen in den Zellsystemen der Hirnrinde kommt es zu Erregungskomplexen, denen wegen der Beteiligung sehr vieler Einzelkomponenten ein hoher Grad von Spezifität zugeschrieben werden darf, durch die sie sich von anderen Konstellationen unterscheiden; dadurch wird die Vielfältigkeit von Erregungsvorgängen möglich, die durch die Mannigfaltigkeit unserer Erlebnisinhalte gefordert ist. Elektrische Spannungen haben Eigenschaften, die sie als Grundprozeß für psychische Vorgänge besonders geeignet erscheinen lassen: sie sind außerordentlich fein abstufbare und modulierbare, zu präzisesten Leistungen befähigte Kräfte, die durch Verschiedenheit der Frequenz, der Anstiegzeit, der Amplitude und der Kurvenform die unübersehbare Vielfältigkeit von Komplexbildungen ermöglichen, die man von den Grundlagen des psychischen Geschehens fordern muß. Man kann daher die Theorie vertreten, daß Komplexe von raschen, unter sich verschiedenen elektrischen Spannungsvorgängen die elektrische Auswirkung der Zellprozesse darstellen, aus denen auf unbekannte Weise unsere bewußten Erlebnisse entstehen.

Sicher ist jedenfalls, daß in jedem Augenblick unseres wachen Daseins in unserem Gehirn ein unendlich kompliziertes Wechselspiel von elektrischen Vorgängen stattfindet und daß diese elektrischen Kräfte in irgendeiner Beziehung zu unserem bewußten Erleben stehen. In der Hirnrinde des Lesers, der diese Zeilen liest und ihren Sinn versteht, entstehen in Milliarden von Ganglienzellen in unvorstellbarer Geschwindigkeit relativ sehr hohe elektrische Spannungen, die mit etwa 100 Meter pro Sekunde über die Neuriten zu anderen Zellen fließen und auf diese Weise ständig in ihrer Zusammensetzung wechselnde elektrische Kräfte erzeugen, deren Eigenschaften irgendwie mit dem Vorgang des Lesens und des Sinn-Verstehens zusammenhängen.

Theorie des Bewußtseins

Überraschende Resultate von großer Bedeutung für die Theorie des Bewußtseins wurden in letzter Zeit bei der Erforschung eines Gehirnteiles erzielt, der wegen seiner unübersehbar dichten Verflechtung von

Zellen und Fasern in der Anatomie den Namen »das Netzwerk« (formatio reticularis) erhalten hat. Die Formatio reticularis liegt im Inneren des verlängerten Marks (Abb. 9), sie reicht vom Boden des dritten Ventrikels bis fast zum Übergang in das Rückenmark und besteht aus enggelagerten, filzartig miteinander verwobenen Ganglienzellen mit kurzen, weitverzweigten Faserleitungen, aber auch sehr vielen langen Neuriten, die nach oben direkt oder über die Thalami in die Hirnrinde führen. Seit längerer Zeit war bekannt, daß in der Retikularformation Schaltprozesse stattfinden, die vor allem für die Koordination der Atembewegungen von lebenswichtiger Bedeutung sind; auch an zahlreichen Reflexen wie Husten, Niesen, Blinzeln, Tränensekretion usw. sind Umschaltungen in diesem Gebiet beteiligt. Neu ist die Erkenntnis, daß *alle* Sinnesnerven in die Retikularzone Seitenäste (Kollateralen) abgeben, so daß Impulse aus allen Sinnesleitungen — auch denjenigen der Muskulatur, der Haut und der inneren Organe — in diesem kleinen Gebiet zusammentreffen, von wo sie in die Hirnrinde weitergeleitet werden; aber nicht in die Sinneszentren, in welche ja die direkte Sinnesleitung führt, sondern weit verstreut in alle Regionen der Hirnrinde. Es gibt somit zwei verschiedene Wege, auf denen Erregungen aus den Sinnesorganen in die Rinde gelangen: die direkte Nervenleitung, die in das entsprechende kortikale Zentrum führt, wo die Empfindung entsteht (z. B. die Sehbahn von der Retina bis in die okzipitale Sehregion), und die »retikuläre Umleitung«, die über Seitenverzweigungen der Sinnesnerven in die Formatio reticularis und von dort in die übrigen Rindengebiete, besonders in das Stirnhirn, führt. Man kann die Erregung der Sinneszentren durch die direkt einlangenden Impulse als »spezifische Erregung« und die auf dem Umweg über die Retikularzone entstehenden, aus allen Sinnesorganen stammenden diffusen Erregungsausbreitungen in der übrigen Rinde als »nicht-spezifische Erregung« bezeichnen. Diese vor allem die Stirnhirnregion erfassende, nicht-spezifische Erregungsausbreitung steht nach den Hypothesen der Amerikaner H. W. Magoun und Donald B. Lindsley und des Kanadiers D. O. Hebb u. a. in engster Beziehung zur »Wachheit« des Bewußtseins.

Entstanden ist diese »Bewußtseins-Theorie« aus der Kombination älterer und neuester Versuchsergebnisse. Der erste wichtige Befund stammt von dem belgischen Physiologen F. Bremer, der 1935 feststellte, daß eine Katze, bei der man den Hirnstamm knapp unterhalb des Hypothalamus durchschneidet, bewußtlos wird und nicht mehr geweckt werden kann, obwohl sie einige Wochen weiterlebt. Dieses Resultat wurde mit der Annahme erklärt, daß durch diesen Schnitt alle Sinnesnerven unterbrochen würden, so daß keine Erregungen aus den Sinnesorganen in die Hirnrinde gelangen. Man neigte zu der Annahme, daß

Sinneserregungen — zum mindesten die Erregungen aus dem eigenen Körper, also aus der Muskulatur und den inneren Organen — vorhanden sein müßten, damit bewußte Erlebnisse entstehen können. Diese Vermutung wurde 1948 durch Experimente des amerikanischen Psychologen D. B. LINDSLEY widerlegt, der zeigte, daß die Durchschneidung des Hirnstammes unterhalb des Hypothalamus auch dann zu dauernder Bewußtlosigkeit führt, wenn die Nervenleitungen erhalten bleiben, über welche Erregungen aus den Sinnesorganen der Haut, der Muskulatur und der inneren Organe in die Hirnrinde fließen; die Katze war dauernd bewußtlos und die Ableitung der Gehirnströme ergab nur die großen langsamen Schlaf-Wellen (Delta-Schwingungen). LINDSLEY konnte aber außerdem zeigen — und hierin liegt der entscheidende Fortschritt, der zur Theorie des Bewußtseins führte —, daß das Versuchstier keineswegs dauernd bewußtlos wurde, wenn man alle Sinnesleitungen unterbrach, den Hirnstamm unterhalb des Hypothalamus aber nicht durchtrennte, so daß die von dort in die Rinde führenden Nervenleitungen erhalten blieben. Das Tier war natürlich sensorisch gelähmt, es hatte keine Sinnesempfindungen, aber es zeigte in seinem Verhalten den normalen Rhythmus von Schlaf und Wachsein, und die gehirnelektrische Ableitung ergab normale Alpha-Wellen. Durch diese Befunde war eindeutig festgestellt, daß die unterhalb des Hypothalamus liegenden Gehirnteile irgendwie mit dem Bewußtsein in Zusammenhang stehen. Diese Schlußfolgerung wurde durch direkte elektrische Reizung mit Hilfe von Elektroden, die in die Gangliensysteme unterhalb des Hypothalamus eingestochen wurden, bestätigt; der amerikanische Physiologe H. W. MAGOUN und der mit ihm arbeitende Italiener G. MORUZZI konnten auf diese Weise durch sehr schwache elektrische Ströme schlafende oder leichtnarkotisierte Tiere wecken. Die gehirnelektrische Ableitung von der Rinde bei Reizungen dieser Gangliensysteme am wachen Tier zeigte dieselben Effekte wie ein natürlicher Sinnesreiz (Verschwinden der Alpha-Wellen zugunsten von Beta-Wellen).

Diese Tatsachen führten zu der Theorie, daß durch die Erregungen aus dem retikulären System in der ganzen Hirnrinde ein allgemeiner, weitverbreiteter unspezifischer Erregungszustand entstehe, der die physiologische Grundlage des wachen Bewußtseins bilde. Nur wenn dieser allgemeine, nicht-spezifische Erregungszustand ein bestimmtes Ausmaß erreicht, können durch die spezifische Erregung der Sinneszentren Wahrnehmungen zustande kommen. Sinkt das retikulär verursachte, nicht-spezifische Erregungsgeschehen in der Rinde unter ein bestimmtes Niveau, so kommt es zum Einschlafen. Da die retikulären Erregungen durch die abzweigenden Fasern (Kollateralen) entstehen, die von den Sinnesnerven in die Formatio reticularis führen, vor allem auch über Seitenäste aus den Leitungen, die aus der Muskulatur über das Rückenmark in das Gehirn führen, ist es verständlich, daß die Fernhaltung von Sinnesreizen und die Ruhigstellung des Körpers das Einschlafen fördern.

Durch diese Theorie ist zum ersten Male in der wissenschaftlichen Forschung der Versuch unternommen worden, eine physiologische Grundlage für das »wache Bewußtsein« zu finden. Die Tatsache, daß es zweifellos Grade der Bewußtseinsklarheit oder »Bewußtseins-Helligkeit« (M. Schneider 1960) gibt, läßt sich durch den Grad der nichtspezifischen retikulär bedingten Rindenerregung erklären. Donald B. Lindsley hat diese Funktion des »aufsteigenden retikulären Aktivierungs-Systems« (kurz als ARAS bezeichnet) mit der Hypothese zu präzisieren versucht, daß sich die Beziehung zwischen dem kortikalen Aktivierungsgrad und den bewußten Sinneswahrnehmungen, in denen ja der Grad der Bewußtseinsklarheit zum Ausdruck kommt, durch ein umgekehrtes U darstellen lasse; d. h. daß das Ansteigen der Aktivierung bis zu einem bestimmten Niveau zu optimaler Leistung führe, weiteres Ansteigen (z. B. psychische Erregung) jedoch rasche Leistungsverschlechterung bewirke (Lindsley 1957, zit. nach Malmo 1960). Auch diese Hypothese ist empirisch fundiert; so hat der schwedische Physiologe Ragnar Granit gezeigt, daß die Netzhaut auf Lichtblitze viel empfindlicher reagiert, wenn gleichzeitig die Formatio reticularis elektrisch gereizt wird (Granit 1955). Affen, die gelernt hatten, beim Anblick geometrischer Figuren bestimmte Reaktionen auszuführen, brachten es bei elektrischer Reizung des Retikulums zu besseren Leistungen und kürzeren Reaktionszeiten als ungereizte Tiere; starke Reizung hingegen führte zu Verschlechterung ihrer Leistung (Fuster 1958). Untersuchungen, die sich noch in voller Entwicklung befinden, berechtigen zu der Annahme, daß Erregungen der Hirnrinde auf die retikulären Prozesse zurückwirken und dabei dämpfende Effekte auslösen können, was für die Theorie von Schlafen und Wachen von großer Bedeutung ist.

Daß die ARAS-Theorie mit psychologischen Tatsachen in bester Übereinstimmung steht, weiß jeder Mensch aus eigener Erfahrung. Wenn wir schlafen wollen, schalten wir Sinnesreize soweit wie möglich aus; wir legen uns im dunklen Zimmer ins Bett und entspannen die Muskeln, wodurch die Erregungen aus den Sinnesorganen des Körpers weitgehend reduziert werden, nicht nur auf den direkten Hauptleitungen in die Rinde, sondern auch über die Kollateralen in die Formatio reticularis; dadurch sinkt das unspezifische Aktivierungsniveau der Rinde, und wir schlafen ein. Wenn man dann nach tiefem Schlaf am Morgen erwacht, kann man die nun einsetzende allmähliche kortikale Aktivierung sehr deutlich erleben: man ist sich seiner selbst und seiner Umgebung nicht sofort mit einem Schlage bewußt, sondern es setzt sich das Bewußtsein der eigenen Person und des Milieus sozusagen stückweise nach und nach zusammen, wobei der Klarheitsgrad des Bewußtseins ständig zunimmt. Beim Erwachen auf Reisen in fremder Umgebung läßt sich dieser allmähliche Aufbau der eigenen Person aus nacheinander bewußt werdenden Komponenten besonders gut beobachten. Manchmal dauert es ziemlich lang, bis sich aus dem verschlafenen Organismus wieder die wache Persönlichkeit entwickelt hat — bis man weiß, wer man ist, wo man ist, wie spät es ist und was man heute zu tun hat, und dann beginnt man sich im Bett gähnend zu räkeln und zu strecken, Maßnahmen, durch welche die Sinnesorgane in den Muskeln gereizt werden, so daß ein Strom von Erregungen in die Formatio reticularis fließt und von dort aus die Rindenzellen »aktiviert«. Dann erst ist man ganz wach.

Noch ungeklärt — und hier hätte die Arbeit der Psychologen einzusetzen — sind die *psychischen* Wirkungen der allgemeinen kortikalen Aktivierung durch das retikuläre System. Experimente liegen darüber noch nicht vor; aber schon aus Alltagserfahrungen ergibt sich, daß dabei in erster Linie an das Bewußtwerden jener Inhalte zu denken ist, die in diesem Buche seit seinem ersten Erscheinen (1946) unter dem Namen »das Mitbewußte« zusammengefaßt und in folgender Weise beschrieben wurden: »mitbewußt ist alles, was man weiß, ohne daß man daran denkt, daß man es weiß«. Kein gesunder Mensch ist darüber im Zweifel, wer er ist, welchen Beruf er hat, wer seine Angehörigen sind, wo er wohnt. welche Sorgen ihn gerade plagen, worin seine nächsten Aufgaben bestehen und welche Pläne er verfolgt—alles dies ist im Bewußtsein ständig »mitvorhanden«. Man denkt nicht daran, man weiß einfach immer davon, und wenn man danach gefragt wird, so bedarf es keiner Anstrengung des Gedächtnisses, um eine Antwort zu geben, sondern die Antwort ist sofort aus dem unmittelbaren gegenwärtigen Erleben verfügbar, ohne Nachdenken und ohne die charakteristischen Erscheinungen, die auftreten, wenn man sich an etwas erinnert.

Hierin ist der unwiderlegliche, im Alltagsleben jederzeit durchführbare Nachweis der Existenz von *»mitbewußten«* Inhalten zu sehen: wenn man sie braucht, sind sie da, ohne daß man sich an sie erinnern muß. Das ist ein feiner, aber charakteristischer und leicht feststellbarer Unterschied; wer gefragt wird, wann die Schlacht bei Cannae war, muß lange nachdenken, und ebenso, wenn man wissen will, was er vorgestern abends getan hat; fragt man ihn aber, wer er sei, wo er wohne und welche Arbeit er gegenwärtig habe, so bedarf es keiner Erinnerungsanstrengung, um die Antwort zu geben. Es ist ihm mitbewußt — er braucht nur etwas sprachlich zu formulieren, was unformuliert immer »nebenher« bewußt ist.

Die mitbewußten Inhalte sind echte Bewußtseinsinhalte, aber fast unbemerkte Inhalte, unbemerkt deshalb, weil sie immer vorhanden sind. Ihre Auswirkungen gehen viel weiter, als man gewöhnlich glaubt; das Mitbewußte ist für das tägliche praktische Leben unerläßlich. Wie umständlich wäre es, wenn wir bei allem, was wir für unseren Haushalt, unseren Beruf, unsere Unterhaltung usw. tun, uns immer wieder in Erinnerung rufen müßten, wer wir selbst sind, welchem Zweck die gerade ausgeführte Handlung dient, wie wir uns dabei zu verhalten haben usw.

Das Mitbewußte »erwacht« jeden Morgen, sobald wir zu Bewußtsein kommen — manchmal, besonders nach langem und tiefem Schlaf, kann man geradezu verfolgen, wie sich das Mitbewußte sozusagen stückweise zusammenfügt, bis das ganze gewohnte »Ich« mit dem gesamten vertrauten Erlebnismilieu bewußt geworden ist; dann sinkt dies alles sehr bald in die dunklere Sphäre des Mitbewußten, um den jeweils aktuellen klar bewußten Inhalten, den Plänen und Hoffnungen für den kommenden Tag, Platz zu machen. Aus dem schlafenden Organismus ist ein wacher Mensch geworden; nicht nur ein wacher Mensch, sondern eine individuelle Persönlichkeit mit allen ihren Triebregungen und Interessen, Fähigkeiten und Mängeln. Auch dieses Wiederentstehen der menschlichen Persönlichkeit nach jeder Bewußtlosigkeit — sei es Schlaf, Ohnmacht oder Narkose — muß als Wirkung der allgemeinen unspezifischen Aktivierung der ganzen Hirnrinde betrachtet werden; die ganze Rinde, und in besonderem Ausmaß das Stirnhirn, muß sich im Zustand der Aktivität befinden, um dasjenige hervorzubringen, was wir als eigene Persönlichkeit erleben. Alle diese ständig vorhandenen und wirkenden Komponenten des individuellen Bewußtseins von den Einzelheiten des Mitbewußten bis zur vollentwickelten Persönlichkeit haben ihre Grundlagen nicht nur in angeborenen Eigenschaften der Feinstrukturen des Gehirns, sondern in sehr hohem Maße in Strukturveränderungen durch die bisherige Erfahrung; durch die retikulären Erregungen müssen daher auch die in verschiedenen Rindengebieten liegenden »Gedächtnis-Systeme« der Hirnrinde aktiviert werden. Erst aus solchen Überlegungen versteht man, wie groß die Bedeutung der retikulären Aktivierung der ganzen Rinde für die theoretische Psychologie ist.

Für die psychologische Forschung ergibt sich aus den angeführten Beweisen für die Gehirnabhängigkeit allen psychischen Geschehens eine Reihe von Fragen, die sich nur theoretisch beantworten lassen. Vor allem die Frage: Was geschieht im Gehirn, wenn wir etwas denken, fühlen oder wollen? Eine sehr allgemeine Antwort hat der deutsche Psychologe Georg Elias Müller bereits im Jahre 1896 gegeben. Sie fand merkwürdigerweise wenig Beachtung; in keinem einzigen Lehrbuch der Psychologie ist sie zu finden. Müller stellte fünf »psychophysische

Axiome« auf, deren erstes einfach feststellt: jedem Zustand des Bewußtseins liegt »ein materieller Vorgang, ein sogenannter psychophysischer Prozeß, zugrunde, an dessen Stattfinden das Vorhandensein des Bewußtseinszustandes geknüpft ist«. Die folgenden Axiome MÜLLERS behaupten, daß jeder Gleichheit, Ähnlichkeit, Verschiedenheit und jeder Änderung im psychischen Zustand eine Gleichheit, Ähnlichkeit, Verschiedenheit oder eine Änderung im psychophysischen Geschehen, also in den materiellen Grundlagen, entspreche. Als Beispiele und Beweise verwendet MÜLLER Tatsachen aus der Empfindungslehre; er erklärt aber ausdrücklich, daß die behaupteten Zusammenhänge für *alle* psychischen Zustände zuträfen. Seither hat die medizinische Forschung die Beziehungen zwischen bewußtem Erleben und Hirnprozessen experimentell, klinisch und pharmakologisch so schlagend bewiesen (s. S. 38 ff.), daß jeder Zweifel an der Richtigkeit der MÜLLERschen Axiome unmöglich geworden ist.

Daraus ergeben sich einige zwingende Folgerungen. Wenn allen bewußten Erlebnissen Hirnprozesse zugrunde liegen, so müssen diese Prozesse dieselben allgemeinen Eigenschaften aufweisen, die unsere bewußten Erlebnisse besitzen. Sie müssen daher z. B. gleich schnell verlaufen wie die psychischen Vorgänge; es muß in ihnen dieselbe Mannigfaltigkeit geben, die wir in unseren bewußten Erlebnissen beobachten. Es muß im Hirngeschehen alles genau so präzis und geordnet ablaufen, wie wir es in unserem Denken und Wahrnehmen feststellen können. Mit anderen Worten: der ganzen, fast unübersehbaren Vielfältigkeit dessen, was ein Mensch bewußt erlebt, muß eine ebenso große Vielfältigkeit seiner Hirnvorgänge entsprechen; und ebenso muß dem Zusammenspiel der psychischen Vorgänge, der Ordnung und Geschwindigkeit ihres Ablaufes ein Zusammenspiel, eine Ordnung und eine ebenso große Geschwindigkeit in den Gehirnprozessen entsprechen. Man bedenke, was für eine außerordentliche Leistung mit diesen Forderungen vom Hirngeschehen verlangt wird: es sollen in ihm ebenso viele verschiedene Prozesse stattfinden können, wie wir verschiedene Inhalte in unserem Wahrnehmen, Vorstellen und Denken erleben; jedem einzelnen gesehenen Ding, jedem einzelnen Ton und Geräusch, jedem Geruch und Geschmack, jeder Erinnerung und jedem Gedanken, jedem Wort und jedem Satz muß ein bestimmter Vorgang im Gehirn zugrunde liegen. Eine unübersehbare Anzahl von verschiedenen Hirnprozessen ist notwendig, um diese Mannigfaltigkeit zustande zu bringen; und alle diese gleichzeitig ablaufenden Prozesse müssen präzis und rasch zusammenwirken, damit das geordnete bewußte Erleben entstehen kann.

Eine solche Leistung wird nur möglich, wenn außerordentlich feine, rasch verteilbare und unendlich viele Kombinationen ermöglichende Kräfte zur Verfügung stehen. Diese Kräfte sind offenbar die elektrochemischen Prozesse, die von den Physiologen als »Erregungen« bezeichnet wurden; zum mindesten hat die Wissenschaft bisher nichts anderes gefunden, was die gestellten Forderungen erfüllen könnte. Die nervösen Erregungen sind die letzte faßbare körperliche Grundlage des psychischen Geschehens; und das wenige, was man über sie weiß — rasche Fortpflanzung in isolierten Nervenfasern, Entstehung in verschiedenartigen Zellen —, läßt die Annahme zu, daß es außerordentlich viele verschiedene Erregungskombinationen gibt, ebenso viele wie psychische Inhalte. Diese Annahme mag unwahrscheinlich erscheinen; sie ist es in Wahrheit nicht, denn die Erregung darf man sich ebenso modifizierbar vorstellen wie z. B. die Radiowellen, mit deren Hilfe tausendfältig verschiedene Inhalte übertragen werden können. Nachgewiesen sind die Verschiedenheiten der nervösen Erregungen durch die Verschiedenheiten ihrer elektrischen Auswirkungen, d. h. der oben erwähnten Aktionsströme, die in den Ganglienzellen oder Sinnesorganen entstehen und durch die Nervenfasern weitergeleitet werden. Der englische Physiologe ADRIAN hat als erster mit einer sehr feinen Versuchstechnik die Aktionsströme einzelner sensibler Nervenfasern registriert und dabei gefunden, daß eine Steigerung der Reizstärke nicht zu einer Vergrößerung der einzelnen Impulse (der Amplitude), sondern zu einer Erhöhung der Schwingungszahl (der Frequenz) führt; bei manchen Sinnesnerven steigt die Frequenz dabei bis zu 300 Schwingungen pro Sekunde. Nicht die Größe der einzelnen Impulse, sondern ihre Frequenz ist für die Intensität einer Erregung (und damit auch der Empfindung) bestimmend. Andere Physiologen haben nachgewiesen, daß die Frequenzen der einzelnen Nervenströme in weiten Grenzen variabel sind. Es ist möglich, daß diese Grenzen, die für verschiedene Fasern verschieden zu sein scheinen, den spezifischen Charakter der einzelnen Erregungen darstellen; es ist aber auch möglich, daß zwischen den einzelnen Erregungen Unterschiede der Form bestehen (Genaueres hierüber bei ROHRACHER 1967). Man darf daher hypothetisch von »*spezifischen Erregungen*« sprechen und jedem bestimmten Bewußtseinsinhalt einen bestimmten Komplex solcher »spezifischer Erregungen« zuordnen. Nach dieser Hypothese hat man also anzunehmen, daß sich in unserem Gehirn außerordentlich viele spezifische Erregungsvorgänge abspielen; anders ausgedrückt, daß es für jedes bewußte Erleben und jeden Bewußtseinszustand einen eigenen spezifischen Erregungskomplex gibt und daß diese Erregungen den »materiellen Vorgang« G. E. MÜLLERS darstellen, »an dessen Stattfinden das Vorhandensein des Bewußtseinszustandes geknüpft ist«.

Man kann sich in Analogie zu den Einzelheiten, die sich am psychischen Geschehen beobachten lassen, theoretische Vorstellungen vom Erregungsgeschehen machen. Darauf ist hier nicht einzugehen; an den einschlägigen Stellen, z. B. bei der Behandlung des Gedächtnisses, ist darauf zurückzukommen. In welcher Weise sich die einzelnen spezifischen Erregungen miteinander verbinden, wissen wir nicht. Sicher ist, daß in den Zellen und Fasern des Gehirns ständig viele verschiedene Erregungen zusammentreffen; man muß annehmen, daß hier Ordnungsprinzipien herrschen, die diese unvorstellbar komplizierten Prozesse regulieren. Das erste Ordnungsprinzip ist vermutlich das durch den Feinaufbau des Gehirns festgelegte Leitungssystem, das die einzelnen Erregungen nur in bestimmte Richtungen fließen läßt. Ein zweites Ordnungsprinzip könnte rein dynamischer Art sein (vielleicht so ähnlich wie beim Zusammentreffen elektrischer Schwingungen verschiedener Frequenz und Amplitude in einem Leitersystem). Solche Schwingungen vereinigen sich zu einer neuen Schwingung, in der jede der beteiligten Komponenten enthalten ist. Der Vergleich mit elektrischen Schwingungsverbindungen dürfte den tatsächlichen Erregungsverhältnissen im Nervensystem am nächsten kommen; die Einzelerregungen aus den Sinneszellen der beiden Augen z. B. verbinden sich im Gehirn sowohl miteinander wie auch mit den Erregungen aus den Gedächtniszellen; sie werden dadurch, daß sie im Fasernetz des Gehirns mit anderen Erregungen zusammentreffen, zu Komponenten eines Gesamtprozesses, in welchem sie alle enthalten sind und der in jeder einzelnen der beteiligten Fasern »schwingt«. Leider reicht das menschliche Vorstellungsvermögen nicht aus, um ein einigermaßen anschauliches Bild von Verbindungen vieler solcher Einzelerregungen zu einer »Erregungsganzheit« zu erzeugen; es bleibt uns nur die Möglichkeit des begrifflichen Denkens, um die Tatsache der Vereinigung von vielen Einzelerregungen zu Erregungs*konstellationen* zu erfassen. Jeder Wahrnehmung, jedem Gedanken, jedem Trieb, jedem Gefühl und jedem Willenserlebnis liegt eine spezifische, aus sehr vielen Einzelkomponenten bestehende Erregungskonstellation im Gehirn zugrunde, durch deren Beschaffenheit die Eigenschaften jedes dieser psychischen Vorgänge und Zustände bis in alle Einzelheiten bestimmt sind. Diese Erregungskonstellationen sind physiologische Ganzheiten in dem Sinne, daß sich alle an ihnen beteiligten Einzelerregungen gegenseitig verändern, so daß ihre Gesamtheit andere Eigenschaften aufweist als jede Einzelerregung.

Es wird später bei der Darstellung der Wahrnehmungstheorien gezeigt werden, daß eine »dynamische Selbstregulierung« von Gehirnvorgängen bereits von Wolfgang Köhler angenommen wurde — allerdings unter dem Aspekt der »Gestaltbildung«, wodurch diese Vorgänge in die unklare Terminologie der Gestalttheorie einbezogen wurden. Der Grundgedanke Köhlers war trotzdem ein entscheidender Fortschritt in der Hirntheorie des psychischen Geschehens (W. Köhler 1920).

Ein Vorzug der dargestellten Betrachtungsweise ist darin zu sehen, daß die Verlegung der Ganzheitsbildung in das Hirngeschehen die unbeweisbare Annahme *unbewußter* psychischer Prozesse bei der Entstehung psychischer Ganzheiten unnötig macht. Das Hirngeschehen als solches ist immer unbewußt, aber es ist nichts Psychisches, sondern etwas organisch Körperliches; bewußt wird nur das fertige Resultat der Erregungsprozesse: die *Wahrnehmung* eines Zimmers, die *Vorstellung* eines Hauses, der *Gedanke* an die Menschen, die in ihm leben.

Im folgenden bezeichne ich die Erregungsprozesse, die bewußte Erlebnisse erzeugen, als »*mentale Erregungen*«. Später (bei der Darstellung der Gedächtnishemmungen) wird gezeigt werden, daß man außer den mentalen Erregungsvorgängen auch noch Gehirnprozesse annehmen muß, die ihrer Natur nach ebenfalls bewußte Erlebnisse hervorbringen könnten, jedoch gegenüber den jeweils bestehenden mentalen Erregungen zu schwach sind; ich nenne diese »unterschwelligen« Hirnvorgänge »*submentale Erregungen*«; auf die Tatsachen, die ihre Annahme nahelegen, wird später ausführlich eingegangen werden. Außer den mentalen und submentalen Erregungsprozessen spielen sich in unserem Gehirn ständig noch sehr viele andere Erregungsvorgänge ab, die im allgemeinen keine bewußte Auswirkung haben: die Erregungen, die vom Gehirn in die Muskeln fließen und durch deren Spannung und Entspannung die Bewegungen unseres Körpers regulieren (»*motorische Erregungen*«), und die Erregungen, die den Lebensvorgängen (Atmung, Blutkreislauf usw.) zugrunde liegen (»*vegetative Erregungen*«). Dazu kommen die »*sensorischen*« Erregungen aus den Sinnesorganen.

Mit der hier nur kurz skizzierten Theorie — sie ist an anderer Stelle ausführlich dargestellt (H. Rohracher 1967) — ist die unübersehbare Vielfältigkeit unserer Erlebnisinhalte und die Ordnung im Erlebnisablauf auf anatomische und dynamische Ordnungsprinzipien des Hirngeschehens zurückgeführt; auf physiologische Vorgänge, von denen wir uns im einzelnen keine klare Vorstellung machen können. Der Beweis für die Richtigkeit dieser Annahme ist leicht zu führen: wird die Ordnung im Hirngeschehen gestört — durch Krankheit, Gehirnverletzungen oder durch narkotische oder anregende Gifte —, so kommt es immer auch zu einer Störung der Ordnung im psychischen Geschehen.

Für manche Menschen ist die Abhängigkeit des bewußten Erlebens von den Vorgängen im Gehirn ein widerwärtiger, schwererträglicher Gedanke. Sie erblicken darin eine materialistische Entwürdigung des Menschen: das Seelisch-Geistige, seiner Natur nach von Grund aus verschieden von allem Körperlichen, soll nichts anderes sein als das Produkt von Hirnprozessen — was bleibt da noch übrig von der Sonderstellung des Menschen in der Natur, von seiner Würde und Freiheit?

Solche Zweifel und Bedenken sind, kulturpsychologisch betrachtet, durchaus erfreulich. Sie zeigen, daß der Mensch von der Materie unabhängig sein will. Die Tatsachen werden dadurch aber nicht aus der Welt geschafft; und nichts wäre falscher und des Menschen unwürdiger, als sie zu ignorieren, weil man sie nicht wahrhaben will. Daß das gesamte psychische Geschehen von Gehirnprozessen abhängt, ist sicher — so sicher, wie eine naturwissenschaftliche Erkenntnis überhaupt sein kann. Es ist aber gar nicht einzusehen, warum die Gefühle für Freiheit und Recht oder das Streben nach sozialer Gerechtigkeit dadurch, daß ihnen Erregungsprozesse im Gehirn zugrunde liegen, entwertet werden könnten — so wenig die Schönheit einer Blume dadurch entwertet werden kann, daß sie in der Erde wurzelt.

Wie aus dem Hirngeschehen das bewußte Erleben entsteht, ist uns gänzlich unbekannt; es kann sein, daß dabei eine überindividuelle schöpferische Kraft am Werke ist, die den lebendigen Organismus als Instrument benützt (die oben erwähnte »Werkzeug-Hypothese«). Es kann aber auch ganz anders sein, von Grund aus anders — so, daß der Mensch mit seinen gegenwärtigen Erkenntnismöglichkeiten nicht einmal eine erste Spur des richtigen Denkansatzes finden kann; daß es noch einer langen Entwicklung der Menschheit bedarf, bis die richtige, alles klärende Lösung zustande kommt.

Diese letztere Betrachtungsweise scheint mir dem Geiste der Naturwissenschaften am besten zu entsprechen. Wir Menschen der Gegenwart befinden uns sicher nicht am Ende der Menschheitsentwicklung; wir stehen vielleicht mitten drinnen, vielleicht erst am Anfang. Die Menschen in fernen Jahrhunderten werden über umfassenderes Wissen verfügen und zu klareren Erkenntnissen kommen. Wir Gegenwärtigen dürfen annehmen — nach den Ergebnissen der Entwicklungs-Psychologie —, daß der Menschheit das Ziel gesetzt ist, den höchstmöglichen Kulturstand zu erreichen; die höchste Auswirkung dessen, was am Menschen das »eigentliche Menschliche« ist, des ethischen und sozialen Fühlens. Die Erkenntnis seiner Abhängigkeit von den organischen Grundlagen zeigt uns, inwiefern wir selbst etwas zu seiner Erreichung beitragen können: wir können zwar nicht die im Erbgut jedes Menschen gegebenen Entwicklungsanlagen verändern, aber wir können in seinem Gehirn die Erregungskonstellationen, die dem ethischen und sozialen Fühlen zugrunde liegen, möglichst oft hervorrufen; dadurch bringen wir die vorhandenen Anlagen zur Auswirkung und schaffen in den Ganglienzellen feste organisch-materielle Grundlagen für das, was das Wesentliche an der Kultur darstellt: für ein klarbewußtes Erleben immaterieller Werte.

Einteilung der psychischen Vorgänge und Zustände

Es ist eine unbestreitbare, für jeden Menschen jederzeit in seinem eigenen Bewußtsein feststellbare Tatsache, daß es *verschiedene* bewußte Vorgänge und Zustände gibt. Jedermann erlebt unmittelbar, daß ein Gefühl der Trauer etwas ganz anderes ist als das Nachdenken über eine Rechenaufgabe; oder daß sich das aufmerksame Beobachten eines Flugzeuges wesentlich von einem Konflikt zwischen Trieb und Pflichtbewußtsein unterscheidet. Niemand verwechselt Wahrnehmungen mit Willenserlebnissen, Gefühle mit Denkprozessen, Triebe mit Erinnerungen. Schon seit langem hat die Psychologie versucht, solche charakteristische Arten des bewußten Erlebens in ihrer Eigenart zu beschreiben und sie in der »Klassifikation der psychischen Phänomene« zu großen Gruppen zu vereinigen.

Zu voller Übereinstimmung in der Klassifikation ist es aber unter den Psychologen bis heute nicht gekommen. Wenn auch der »Klassifikations-Streit«, der um die Jahrhundertwende zu leidenschaftlichen Diskussionen führte, schon lange abgeklungen ist, so ist er doch nicht entschieden; man hat den Eindruck, daß man sich verdrossen von einem Fragenkomplex abwandte, dessen Behandlung manche Psychologen viel weiter in die Logik als in die Psychologie geführt hatte. Das Bestreben, ganz scharfe Unterscheidungen zwischen den einzelnen psychischen Phänomenen zu schaffen, verleitete dazu, die bewußten Erlebnisse in vielerlei Klassen und Kategorien aufzuteilen, wobei man sich von der Wirklichkeit immer weiter entfernte — denn in der psychischen Wirklichkeit bestehen keine scharfen Grenzen zwischen den einzelnen Arten der psychischen Erscheinungen. Wundt hat 1910 in einem Aufsatz »Logik und Psychologie« warnend seine Stimme gegen die bloß logische Behandlung psychologischer Fragen erhoben.

Da es aber zweifellos verschiedene Arten von Erlebnissen gibt, muß man versuchen, sie in ein System zu bringen und ihre wechselseitigen Beziehungen festzustellen. In der Zeit vor der experimentellen Psychologie hat man sich die Lösung dieser Aufgabe sehr leicht gemacht: man hat die im allgemeinen Sprachgebrauch bereits vorhandene Klassifizierung — Denken, Fühlen, Wollen — übernommen und diese drei Erlebnisarten als »Fähigkeiten« der Seele aufgefaßt. Man nennt diese Lehre — die schon von ARISTOTELES und vielen Scholastikern vertreten wurde — heute »*Vermögens-Psychologie*« (der Seele, die als eigene Substanz aufgefaßt wird, werden die in der Erfahrung beobachteten Erscheinungen als Fähigkeiten oder »Vermögen« zugeschrieben). Das ist eine sehr primitive Psychologie, die das Zustandekommen der einzelnen Erlebnisse und ihre wechselseitigen Beziehungen vollkommen unbeachtet läßt — sie sind eben Fähigkeiten der Seele. Obwohl sich schon einzelne Scholastiker gegen diese Auffassung gewandt haben, wurde sie im 18. Jahrhundert noch von den Aufklärungs-Philosophen vertreten — wieder mit der Einteilung: Erkennen, Fühlen und Begehren — und sogar von KANT übernommen, der aber wenigstens eine weitere Differenzierung vornahm; er teilte das Erkenntnisvermögen bekanntlich in Sinneswahrnehmung und Verstand und postulierte für die erstere die reinen Anschauungsformen von Raum und Zeit. JOHANN FRIEDRICH HERBART hat sich 1824 als erster scharf gegen die Vermögens-Psychologie gewendet; seither gilt sie als unwissenschaftlich.

In der Überwindung der Vermögens-Psychologie hat man den entscheidenden Fortschritt zu sehen, der die naturwissenschaftlich-experimentelle Psychologie erst möglich machte. Es ist wichtig, daß gerade die jungen Psychologen die Bedeutung dieses Fortschrittes klar erkennen; sie liegt darin, daß man sich nicht mehr mit der einfachen und bequemen Ansicht zufriedengibt, daß der Mensch die Fähigkeiten des Denkens, Wollens und Fühlens usw. besitze, sondern daß man sich bemüht, das *Zustandekommen* der Gedanken, Gefühle, Willensakte usw. genau zu untersuchen. Wie sich die Biologie nicht damit begnügt, den Organismen die Fähigkeiten der Bewegung und der Atmung zuzuschreiben und aus diesen Fähigkeiten alles zu erklären, sondern genau erforscht, wie der Bewegungsapparat arbeitet und wie Herz und Lungen funktionieren, genausowenig darf die Psychologie bei der Annahme von »Fähigkeiten« stehenbleiben. Diese Forderung muß gegenwärtig wieder besonders betont werden, weil die »Seelenvermögen« unter dem Namen »Dispositionen« oder »Grundfunktionen« eine Art von Auferstehung feiern; die Aufmerksamkeit, die Perseveration, die Gefühlserregbarkeit und noch viele andere psychische Erscheinungen werden als »Grundfunktionen« betrachtet — ein Standpunkt, der sich zur Vereinfachung der komplizierten und unübersichtlichen Verhältnisse in der Charakterologie bis zu einem gewissen Grade bewährt hat. Wer sich aber in der allgemeinen Psychologie damit zufriedengibt, die Aufmerksamkeit, Perseveration usw. als »Grundfunktion« einfach hinzunehmen, verdient nicht den Namen eines wissenschaftlichen Psychologen; diese Erscheinungen müssen in ihrer *Entstehung* aufgeklärt und bis in ihre gehirnphysiologischen Grundlagen verfolgt werden.

In den ersten Zeiten der experimentellen Psychologie wurden viele Einteilungen der psychischen Phänomene vorgeschlagen; sie sind zum Teil sehr kompliziert und uneinheitlich. WUNDT unterschied »psychische Elemente« (Empfindungen und einfache Gefühle) und »psychische Gebilde« (Vorstellungen und Gemütsbewegungen, zu den letzteren gehören Affekte und Willensvorgänge); die psychischen Gebilde werden durch Assoziationen und Apperzeptionen miteinander verbunden. Der bedeutendste Theoretiker auf dem umstrittenen Gebiete der psychologischen Klassifikation ist FRANZ BRENTANO (1838—1917), der die Tatsache, daß sich die einzelnen Erlebnisarten durch ihre Beziehung zum Erlebnisinhalt charakteristisch voneinander unterscheiden, zum entscheidenden Gesichtspunkt machte; er kommt zu drei Klassen: 1. Vorstellungen (zu denen auch die Wahrnehmungen gehören), 2. Urteile (in denen zu etwas Vorgestelltem eine anerkennende oder verwerfende Haltung eingenommen wird) und 3. Gemütsbewegungen (Erlebnisse der Liebe und des Hasses — in ihnen wird das Vorgestellte gefühlsmäßig angenommen oder abgelehnt). Das Wesen des Psychischen sieht BRENTANO darin, daß der Gegenstand, auf den sich ein bewußtes Erleben bezieht, in diesem Erleben enthalten ist; das, was man liebt oder haßt oder in einem Urteil anerkennt oder ablehnt, ist als Vorstellung vorhanden (»intentionale Inexistenz« des Gegenstandes der psychischen Akte). Es gibt, besonders aus der Zeit BRENTANOS, noch vielerlei andere Versuche, die psychischen Erscheinungen zu »klassifizieren«, ohne daß dabei ein wesentlicher Fortschritt erzielt worden wäre. Daran hat sich bis heute nicht viel geändert; weder die Ganzheits- und Gestaltspsychologie noch die Auffassung, daß es neben den bewußten noch unbewußte psychische Erscheinungen gebe, hat zu einer klaren Ordnung der bewußten Vorgänge und Zustände geführt — eine Tatsache, die darauf hinweist, daß der richtige Gesichtspunkt, von dem aus eine saubere Einteilung möglich wird, noch nicht gefunden wurde.

Ein neuer Weg, zu einer Einteilung der psychischen Vorgänge zu kommen, die der Wirklichkeit entspricht, scheint sich zu ergeben, wenn man von den einfachsten *Beziehungen* zwischen den verschiedenen Erlebnisarten ausgeht. Die einfachsten Erlebnisse, die jeder Mensch und wahrscheinlich auch viele Tiere kennen, sind die *Triebe*. Was *Hunger* ist, weiß jedes Lebewesen, das bewußte Erlebnisse hat; und ebenso weiß es, wenn es die Reifezeit überlebt, was der Geschlechtstrieb ist. Jedes Lebewesen weiß aber noch etwas anderes: *wenn sich der Nahrungs- oder der Geschlechtstrieb regt, so beginnen die Sinnesapparate nach einer Möglichkeit zu suchen, den Trieb zu befriedigen.* Anders und präziser formuliert: die Wahrnehmung tritt in den Dienst des Triebes und sucht nach Möglichkeiten zu seiner Befriedigung. Dies gilt für den Erwachsenen ebenso wie für den Säugling; und ebenso für jedes Tier, wenn man es für zulässig hält, aus seinem Verhalten auf psychische Vorgänge zu schließen.

Es ist sehr einfach, den geschilderten Sachverhalt für den Bereich des menschlichen Erlebens zu erweitern. Der erwachsene Mensch weiß, daß beim Auftreten eines Triebes nicht nur die Wahrnehmung nach Möglichkeiten zu seiner Befriedigung sucht, sondern daß auch *Vorstellungen* davon auftreten, wie man ihn früher schon befriedigt hat; und außerdem *Gedanken* darüber, wie man die Situation, die seine Befriedigung ermöglicht hat, neuerlich herbeiführen könne. Nicht nur die Wahrnehmung, sondern auch Gedächtnis und Denken treten in den Dienst der Triebbefriedigung. Beim Menschen sind es nicht nur die Triebe, die der Wahrnehmung die Aufgabe stellen, ein bestimmtes Ziel zu erreichen; das *bewußte Wollen* setzt ebenfalls Ziele und zwingt ebenfalls die Sinneswahrnehmungen und das Denken in seinen Dienst.

So ergibt sich auf einfache Weise eine Unterscheidung der psychischen Phänomene in zwei große Gruppen: in solche, die ein Ziel setzen (Trieb und Wille), und in solche, mit deren Hilfe das Ziel erreicht wird (Wahrnehmung, Gedächtnis, Denken). Für die letzteren läßt sich leicht ein Name finden, der ihre Rolle im Ganzen des psychischen Geschehens charakterisiert: sie sind nur Hilfsmittel, sie führen nur die Aufträge durch, die ihnen von den Trieben, Interessen und Willenserlebnissen erteilt werden. Vorgänge, die eine Aufgabe im Dienste des ganzen Organismus erfüllen, bezeichnet die Biologie als *Funktionen:* die Atmungsfunktion der Lunge hat die Aufgabe, dem Organismus den notwendigen Sauerstoff zuzuführen, das Herz hat die Funktion, den Blutkreislauf in Gang zu erhalten usw. Genau im gleichen Sinne kann man die Wahrnehmung, das Gedächtnis und das Denken als *psychische Funktionen* bezeichnen: die Wahrnehmung hat die Aufgabe, in der Außenwelt die Möglichkeiten zur Befriedigung der Triebe festzustellen, Nahrung und Geschlechtspartner zu finden und Gefahren festzustellen; das Gedächtnis hat die Funktion, aus der bisherigen Erfahrung das jeweils Notwendige und Brauchbare zur Verfügung zu stellen; und das Denken hat alles, was die Wahrnehmung und das Gedächtnis liefern, in abstrakte Begriffe zu fassen und die Wege aufzufinden, die am sichersten und schnellsten zum Ziele führen. Daß die Vorgänge des Wahrnehmens, Vorstellens und Denkens psychische Funktionen im vollen Sinne des Wortes sind, wird auch dadurch erwiesen, daß sie für sich allein sinnlos sind: eine Wahrnehmung um des bloßen Wahrnehmens willen, ein Gedächtnis zum bloßen Behalten der bisherigen Erlebnisse, ein Denken nur des Denkens wegen hätte keinen Zweck; Sinn und Bedeutung gewinnen diese Vorgänge erst, wenn sie eine Aufgabe erfüllen, die ihnen von anderen bewußten Erlebnissen gestellt wird. Weder das Wahrnehmen noch das Gedächtnis, noch das Denken setzt sich selbst jemals ein Ziel; sie erhalten es immer von Triebregungen, Wünschen, Interessen, Entschlüssen oder Vorsätzen. Die psychischen Funktionen haben keine eigene »Antriebsenergie«, sie sind »adynamisch« und unselbständig in dem Sinne, daß es einer Aufgabe bedarf, um sie zu aktivieren. Ist die Aufgabe gestellt, so treten Wahrnehmung, Gedächtnis und Denken »in Funktion«; auf jeden Fall und ganz ohne Rücksicht darauf, ob es sich um etwas Gutes oder um etwas Schlechtes, um eine geistige Leistung oder um ein Verbrechen handelt. Sie sind neutral und dienen jedem Herrn, der sie ruft — ein weiterer Beweis für ihren bloß funktionalen Charakter.

Es ist schwierig, für die zweite Gruppe der bewußten Erlebnisse — die »zielsetzenden« psychischen Vorgänge (Trieb und Wille) — einen Namen zu finden, der sie nach ihrer Natur und nach ihrer Stellung im Ganzen des Seelenlebens richtig charakterisiert. Man muß auch hier auf die allgemeinsten und einfachsten Erlebnisse zurückgreifen: Nahrungstrieb und Geschlechtstrieb werden von den Menschen und wohl auch von den Tieren als *drängende Kräfte* erlebt, denen man sich nicht entziehen kann. Sie treten auf wie eine Naturgewalt; und sie zwingen die psychischen Funktionen, sich in ihren Dienst zu stellen. Dies gilt in genau gleicher Weise von den triebähnlichen Erlebnissen, die später als »Interessen« oder »Kulturtriebe« genauer beschrieben werden: der Dichter und der Komponist und ebenso der echte Wissenschaftler werden von einer psychischen Kraft dazu gedrängt, ihr Erleben in Worten und Tönen zum Ausdruck zu bringen oder die Zusammenhänge in der Natur zu erforschen — von einer elementaren Gewalt, gegen die es keinen Widerstand gibt. Etwas anderes ist es beim Wollen; hier setzt nicht ein Trieb, sondern die *menschliche Persönlichkeit* ihre Kraft zur Erreichung eines bestimmten Zieles ein (davon ist später ausführlich zu sprechen) — aber mit »Kraft« hat man es auch hier zu tun, mit der »Willenskraft«, die sich in Ausdauer, Zähigkeit, Unnachgiebigkeit und Geduld auswirkt und, wenigstens bei starken Persönlichkeiten, nicht erlahmt, bevor das Ziel des Entschlusses erreicht ist.

Man kann daher die Triebe, die Interessen und das Wollen mit Recht als *psychische Kräfte* bezeichnen. Ich betone, daß dies nicht etwa bloß eine bildliche Ausdrucksweise oder eine poetische Umschreibung sein soll; Triebe, Interessen und Willenserlebnisse sind Kräfte im vollsten Sinne des Wortes. Sie sind die *einzigen* Kräfte in der Natur, von denen wir unmittelbare Kenntnis haben. In der Physik gilt als Kraft alles, was einen Körper in Bewegung versetzt oder seine Bewegung verändert;

»Kraft« ist dabei zunächst nur die angenommene Ursache dieser Bewegung oder ihrer Änderung. Daß die Triebe und Leidenschaften den Menschen »in Bewegung versetzen«, bedarf keines Beweises; aber dies wäre noch kein vollkommen ausreichender Grund, in ihnen Naturkräfte zu sehen. Es kommt noch etwas hinzu: der Mensch *erlebt* die Triebe und Interessen als Kräfte, die ihn treiben, er spürt unmittelbar, daß sie die Ursache seines Hastens und Jagens im Daseinskampf, seines Verhaltens in Liebe, Haß und Angst sind. Sie sind nicht angenommene, sondern *erlebte* Ursachen seiner »Bewegungen«, nicht nur der körperlichen, sondern auch der seelisch-geistigen, des Vorstellungs- und Gedankenablaufes, des »Kampfes der Motive« bei der Entstehung eines Entschlusses usw. Es spricht vieles dafür, daß der physikalische Kraftbegriff aus der erlebten psychischen Kraft abgeleitet ist; man stellte sich die Kraft, die man dem Sturm, der Meeresbrandung, dem Erdbeben zuschrieb, so ähnlich vor wie die Kraft, die man selbst spürt, wenn man die Fäust ballt oder einen schweren Stein hebt. Alle Leidenschaften, Liebe und Haß, Zorn und Rachsucht, Neid und Machtgier — sie sind psychische Kräfte, die der Mensch auch als solche erlebt und die so stark werden können, daß er blind und ohne Besinnung, wie ein wildes Tier, auf sein Ziel losgeht. Man müßte selbst nie zornig, neidisch oder eifersüchtig gewesen sein, wenn man an der Kraft dieser Erlebnisse zweifeln wollte.

Zorn, Neid und Eifersucht sind aber keine reinen Triebe, sondern zugleich auch *Gefühle*, die zum Triebleben in engster Beziehung stehen und meist unmittelbar aus ihm hervorgehen. Davon ist bei der Behandlung der Gefühle ausführlich zu sprechen; an dieser Stelle müssen sie nur erwähnt werden, weil auch sie *Kraft*erlebnisse darstellen. Das ist nicht bei allen Gefühlen ohne weiteres erkennbar; manche — etwa Rührung, Trauer oder Dankbarkeit — scheinen zu den Trieben in keiner Beziehung zu stehen und nichts von »Kraft« aufzuweisen, ja die Trauer scheint die seelisch-geistigen Prozesse sogar zu lähmen. Trotzdem gehört sie zu den psychischen Kräften: wer jemals erlebt hat, mit welcher Inbrunst man einen Verstorbenen in das Leben zurückwünscht und wie intensiv sich das Denken in der Trauer mit der Frage beschäftigt, wie man den Tod hätte verhindern können, wird daran nicht zweifeln; die psychischen Funktionen stehen dabei ganz und gar unter dem Einfluß des Gefühls. Theoretisch darf man *alle* psychischen Erscheinungen, die das Denken, Vorstellen oder Wahrnehmen in irgendeiner Weise für sich in Anspruch nehmen, als psychische Kräfte bezeichnen — auch dann, wenn ihre Tätigkeit (wie etwa bei der Trauer) sinnlos erscheint, weil objektiv an dem gegebenen Sachverhalt nichts mehr zu ändern ist. Von diesem Gesichtspunkt aus sind alle Gefühle psychische Kräfte, sofern sie

Gedanken oder Vorstellungen auslösen oder die Wahrnehmung beeinflussen. Entscheidender als dieses Kriterium ist aber die unmittelbare innere Erfahrung: und sie zeigt uns klar und eindringlich, daß zum mindesten sehr viele Gefühle, wenn sie stark genug sind, wirklich als Kräfte erlebt werden. Zorn, Haß und Wut, Begeisterung und Freude, Angst und Furcht treiben uns nicht nur zu bestimmten Bewegungen und Verhaltensweisen, sondern werden dabei auch als die treibenden Kräfte erlebt.

Es gibt also zwei Arten bewußter Erlebnisse: die *psychischen Kräfte* (Triebe, Interessen, Gefühle, Willensvorgänge) und die *psychischen Funktionen* (Wahrnehmung, Gedächtnis, Denken); die ersteren erteilen — bildlich gesprochen — die Aufträge, die von den letzteren ausgeführt werden. Diese Einteilung unterscheidet sich von allen anderen Klassifikationen dadurch, daß sie die einzelnen psychischen Vorgänge und Zustände nicht zusammenhanglos nebeneinanderstellt, sondern von ihren gegenseitigen Beziehungen ausgeht; und zwar von einer Grundbeziehung, die bei allen Lebewesen, die psychische Erscheinungen aufweisen, in gleicher Weise besteht: bei Mensch und Tier setzen die Triebe die Ziele fest, die mit Hilfe der Sinneswahrnehmung, der bisherigen Erfahrung und des Denkens erreicht werden sollen. Beim Menschen kommen zu den Trieben noch die Interessen, die Gefühle und die Willensentschlüsse, die ebenfalls die psychischen Funktionen aktivieren und dadurch das menschliche Verhalten steuern.

Die dargestellte Beziehung zwischen den psychischen Kräften und Funktionen ist eine allgemeine Gesetzmäßigkeit des psychischen Geschehens: die psychischen Funktionen bedürfen der Aktivierung durch psychische Kräfte oder durch Sinnesreize. Sinnesreize führen, wenn sie genügend stark sind, ebenfalls zu Wahrnehmungen, Vorstellungen und Denkprozessen; doch besteht auch hier — wenn man von sehr starken Reizen absieht, die unter allen Umständen Empfindungen und Wahrnehmungen hervorrufen — ein Zusammenhang mit den psychischen Kräften: Wahrnehmungsinhalte, die keinerlei Beziehung zu einem Trieb oder einem Interesse aufweisen, finden keine »Resonanz«, sie werden nicht beachtet und werden häufig sogar als Störungen erlebt und abgewehrt. In allgemeiner Formulierung kann man die angedeutete Gesetzmäßigkeit sehr kurz zum Ausdruck bringen: *keine funktionale Aktivität ohne Reiz oder Antrieb.* Ausführlich formuliert behauptet dieses »*Gesetz der funktionalen Aktivierung*«: *Wahrnehmung, Gedächtnis und Denken treten nur in Funktion, wenn sie von äußeren Reizen oder von Trieben, Interessen, Gefühlen oder Willenserlebnissen aktiviert werden.*

Die Einteilung der bewußten Erlebnisse in Kräfte und Funktionen läßt sich auch auf die Entwicklungsgeschichte des psychischen Geschehens anwenden. Die Entwicklung des einzelnen Menschen von der Geburt bis zur vollen Reife und ebenso die Entwicklung des Menschengeschlechtes aus der Tierreihe zeigen in gleicher Weise eine fortschreitende Zunahme und Differenzierung der psychischen Kräfte und Funktionen. Man kann von einer *dynamischen* und einer *funktionalen psychischen Ausstattung* der Lebewesen sprechen und sie für jedes einzelne Entwicklungsstadium feststellen. Beim neugeborenen Säugling ist diese Ausstattung äußerst dürftig: er erlebt wahrscheinlich nichts als den Trieb, Nahrung aufzunehmen, Hunger und Schmerz zum Ausdruck zu bringen und dazu die einfachsten Empfindungen, wie hell und dunkel, kalt und heiß usw. Das niedere Tier kommt vermutlich während seines ganzen Lebens über dieses Stadium nicht hinaus. Die höheren Tiere hingegen erleben wahrscheinlich außerdem den Geschlechtstrieb, dazu einige soziale Triebe, ferner einfache Gefühle wie Angst und Furcht. Sie haben aber überdies eine viel leistungsfähigere funktionale Ausrüstung: außer den Empfindungen aus vielerlei Sinnesorganen auch Wahrnehmungen und Erinnerungsvorstellungen, und manche vielleicht auch erste Ansätze zu Begriffen und Gedanken. Der Mensch durchläuft in seiner Entwicklung alle diese Stadien seiner Stammesgeschichte und erreicht nach der Pubertät in dynamischer wie funktionaler Hinsicht eine psychische Entwicklungshöhe, die diejenige aller Tiere weit übersteigt. Scharfe Grenzen lassen sich, wie bei allen organischen Entwicklungsprozessen, zwischen den einzelnen Stadien nicht feststellen; theoretisch kann man aber von einer gleichlaufenden phylo- und ontogenetischen psychischen Evolution sprechen, die in funktionaler Hinsicht aus folgenden Stadien besteht: Empfindungen — Wahrnehmungen — Vorstellungen — Begriffe — Gedanken (*funktionale* Entwicklungsreihe). Der erwachsene gesunde Mensch kennt *alle* diese funktionalen psychischen Erscheinungen; das Tier je nach seiner Stellung in der Entwicklungsgeschichte nur einzelne. Viel schwieriger ist es, eine *dynamische* Entwicklungsreihe aufzustellen; ihre ersten Stadien sind Instinktregungen, Triebe und Gefühle, beim Menschen außerdem die Interessen, und dann beginnen die komplexen Erlebnisarten, die nur der Mensch allein kennt, weil sie eine *Persönlichkeit* voraussetzen. Hier setzt das *spezifisch Menschliche* ein, das nicht nur im bewußten *Wollen*, sondern noch viel stärker im *religiösen*, *ethischen* und *ästhetischen Erleben* seine Auswirkung findet. Davon ist im zweiten Teil dieses Buches ausführlich die Rede.

Der Ausdruck »Funktionen« wurde in der Psychologie bereits mehrfach verwendet, allerdings in anderer Bedeutung. CARL STUMPF hat die Erlebnis*inhalte* im Begriff »psychische Erscheinungen« zusammengefaßt und ihnen »psychische Funktionen« als die besondere Art, in der die Inhalte erlebt werden, gegenübergestellt (einfachstes Beispiel: an denselben Inhalt kann sich Freude oder Trauer anschließen; das ist dann die »emotionelle Funktion«) (STUMPF 1906). In neuerer Zeit hat der Genfer Psychologe EDOUARD CLAPARÈDE eine »psychologie fonctionnelle« begründet, die den Funktionsbegriff wieder in seinem ursprünglichen Sinne verwendet: die psychischen Erscheinungen werden unter dem Gesichtspunkt ihrer biologischen Zweckmäßigkeit betrachtet, »du point de vue du rôle qu'ils jouent dans la vie«, vom Standpunkt ihrer Aufgabe bei der Erhaltung des Individuums und der Gattung (CLAPARÈDE 1932). Als den Vater dieser Auffassung bezeichnet CLAPARÈDE mit Recht WILLIAM JAMES, als einen ihrer Hauptvertreter nennt er SZYMANSKY mit seiner »Psychologie vom Standpunkt der Abhängigkeit des Erkennens von den Lebensbedürfnissen« (SZYMANSKY 1930).

In der oben vorgeschlagenen Einteilung der bewußten Vorgänge und Zustände hat der Ausdruck »psychische Funktionen« einen anderen Sinn: er umfaßt alle psychischen Vorgänge, die *innerhalb* des bewußten Erlebens eine bestimmte Aufgabe im Dienste anderer, »zielsetzender« Vorgänge (der psychischen Kräfte) zu erfüllen haben. Die Grundlage für diese Unterscheidung ist die Selbstbeobachtung, die eindeutig zeigt, daß ein Trieb oder ein Wollen ein Ziel setzt und daß die Wahrnehmung und das Denken dieses Ziel zu erreichen suchen. Das Kriterium liegt nicht wie bei CLAPARÈDE in der Rolle, die den psychischen Erscheinungen bei der Lebenserhaltung zukommt, sondern in der Rolle, die sie im psychischen Geschehen spielen: die einen wirken als treibende Kräfte, die anderen sind die Hilfsmittel, mit denen diese Kräfte ihre Ziele zu erreichen suchen.

Am nächsten kam dem Grundgedanken der Unterscheidung von psychischen Kräften und psychischen Funktionen der Entwurf einer »Bedürfnis-Psychologie« von DAVID KATZ, dessen grundlegende Untersuchungen über das Triebleben der Tiere später ausführlich behandelt werden. KATZ unterscheidet drei Arten psychischer Phänomene — intellektuelle, emotionelle und volitionale —, die er als »Grundelemente seelischer Abläufe« betrachtet. Bei der Behandlung der Frage, wie die Lebewesen die Mittel zur Befriedigung ihrer Bedürfnisse gewinnen, bezeichnet er die Motorik und Sensorik als »psychophysisches Instrumentarium«, dessen genaue Untersuchung die Aufgabe einer »psychophysischen Instrumentenkunde« sei. Versteht man unter Sensorik die gesamte Wahrnehmung, so stimmt diese Betrachtungsweise mit der Einteilung in Kräfte und Funktionen in diesem Punkte vollkommen überein; außer der Wahrnehmung sind aber noch die Gedächtniserscheinungen und die Denkprozesse als Funktionen aufzufassen, während die Vorgänge, die KATZ als »emotionelle« und »volitionale« den »intellektuellen« an die Seite stellt, zu den psychischen Kräften gehören (KATZ 1933).

Methoden der Psychologie

1. Subjektive und objektive Methoden

Damit man über einen Naturvorgang etwas Sicheres aussagen kann, muß man ihn beobachten. Um etwas über das Verhalten elektrischer Ströme zu erfahren, muß man sie durch Instrumente leiten, an denen ein Zeiger ausschlägt, der die Stärke dieser Ströme anzeigt; um zu erfahren, wie sich eine chemische Substanz verhält, wenn man sie mit einer anderen vermischt, gibt man sie in ein Reagenzglas und gießt die zweite hinzu. Alles dies ist nicht besonders schwierig: den Ausschlag des Zeigers und die Veränderungen im Reagenzglas kann man *sehen*. Über andere Vorgänge geben andere Sinnesfunktionen Aufschluß: die Temperatur einer Flüssigkeit merken wir an der eingetauchten Hand; ob sie süß oder sauer ist, sagt uns unsere Zunge. Die Höhe oder Tiefe eines Tones stellen wir unmittelbar mit dem Gehör fest. Solche Beobachtungen von Naturerscheinungen sind leicht; wie soll man aber *psychische* Vorgänge und Zustände beobachten, die man weder sehen noch hören noch tasten oder riechen kann?

Von der Antwort, die man auf diese Fragen gibt, hängt für die Psychologie *alles* ab. Ob ihr überhaupt der Rang einer Wissenschaft zukommt, ob sie eine Naturwissenschaft oder eine Geisteswissenschaft ist, ob sie hoffen darf, jemals zu so gesicherten Ergebnissen zu kommen, daß man Voraussagen machen kann — alles dies ist durch die Methodik der Psychologie im voraus entschieden. Man muß in dieser Frage zu voller Klarheit kommen, wenn man Psychologie treiben will.

Der grundsätzliche Unterschied zwischen den Forschungsmethoden der Psychologie und der übrigen Wissenschaft läßt sich sehr kurz formulieren: in allen anderen Wissenschaften hat man Dinge oder Vorgänge zu untersuchen, die außerhalb des eigenen Erlebens liegen, während man in der Psychologie gezwungen ist, die eigenen Erlebnisse zu beschreiben. Das Objekt der Psychologie — das bewußte Erleben — findet man nirgendwo anders als in sich selbst; und wenn man die Erlebnisse anderer Menschen untersuchen will, so kann man dies nur tun, wenn man von ihnen etwas darüber erfährt, d. h., wenn sie ihre Erlebnisse schildern, was wieder nur jeder einzelne kann. Die wichtigste Methode der Psychologie ist daher die *Selbstbeobachtung*: die Beschreibung des eigenen bewußten Erlebens. Diese Methode hat aber große Mängel: sie kann immer nur von einem einzigen Menschen durchgeführt werden, sie führt nie zu Resultaten, die sich in Maßen und Zahlen ausdrücken lassen, und sie ermöglicht keine scharfen Definitionen. So läßt sich z. B. die Stärke von Freude oder Trauer nicht in Maßeinheiten angeben, und die Gefühle, die ein Mensch in einer bestimmten Zeit erlebt, lassen sich nicht zählen. Diese Mängel der Selbstbeobachtung — daß sie immer nur von einem einzigen Menschen durchführbar ist und weder zu zahlenmäßigen Resultaten noch zu scharfen Definitionen führt — veranlaßten schon die Mitarbeiter WUNDTS um 1885 dazu, Apparate in die psychologische Methodik einzuführen, mit deren Hilfe zwar nicht die bewußten Erlebnisse selbst, wohl aber ihre Ursachen und Auswirkungen exakt erfaßt werden können, also z. B. die Stärke von Reizen oder die Dauer der Reaktionszeiten genau gemessen werden können. Die ersten Bände der deutschen psychologischen Fachzeitschriften sind voll von Beschreibungen solcher Instrumente, die »objektive«, von der Selbstbeobachtung unabhängige Ergebnisse ermöglichen sollten. Am notwendigsten waren solche Methoden dort, wo man mit der Selbstbeobachtung überhaupt nicht arbeiten konnte: in der Psychologie der Kinder und der Tiere, die über ihre Erlebnisse keine Berichte erstatten können, weil ihnen die Sprache fehlt. Ungefähr gleichzeitig — um 1900 — wurden in England von LLOYD MORGAN, in Amerika von EDWARD THORNDIKE und in Rußland von IWAN PAWLOW Untersuchungen an Tieren durchgeführt, die später zur Grundlage einer »objektiven« Psychologie gemacht wurden. THORNDIKE sperrte einen Hund oder eine Katze in einen »Vexier-Käfig«, dessen Tür durch einen mehr oder weniger komplizierten Mechanismus (z. B. eine Hebelvorrichtung) von innen geöffnet werden konnte. Die Tiere führten zuerst ziellose Bewegungen aus, wobei sie zufällig auch einmal den Öffnungsmechanismus betätigten; diese durch »Versuch und Irrtum« gefundene erfolgreiche Bewegungsweise prägt sich ein und wird später in gleichen oder ähnlichen Situationen wieder durchgeführt. PAWLOW ist der Entdecker der berühmten »bedingten Reflexe«: er führte eine Kanüle zu den Speicheldrüsen von Hunden, so daß der Speichel nach außen abfloß und seine Menge genau gemessen werden konnte; dann ließ er beim Füttern des Hundes gleichzeitig einen neutralen Sinnesreiz wirken (z. B. einen Glockenton), worauf nach einigen Wiederholungen die Sekretion von Speichel auch dann einsetzte, wenn kein Futter gegeben wurde, sondern nur die Glocke ertönte. PAWLOW bezeichnete diesen Vorgang als »psychische Erregung des Speichelflusses«;

ein ursprünglich ganz neutraler Sinnesreiz war durch die Verbindung mit der Fütterung ein auf die Speicheldrüsen wirkender Faktor geworden. Über THORNDIKES und PAWLOWS Untersuchungen wird später ausführlich berichtet.

In allen diesen Fällen hat man Ergebnisse erzielt, ohne mit der mangelhaften Selbstbeobachtungsmethode zu arbeiten; man hätte sie gar nicht anwenden können, weil ja die Tiere weder sich selbst beobachten noch etwas darüber aussagen können. In dem Bestreben, auch bei psychologischen Experimenten an Menschen die Schwierigkeiten und Mängel der Beobachtung des eigenen Erlebens zu vermeiden, kam der Amerikaner JOHN WATSON auf den Gedanken, kurzerhand das bewußte Erleben aus der Psychologie auszuschalten. Er versuchte eine »bewußtseinsfreie« Psychologie zu begründen, die nur mit Methoden arbeitet, in denen nichts von Selbstbeobachtung und Erlebnisbeschreibung vorkommt; also mit »objektiven« Methoden, die nur das von *außen* her Feststellbare erfassen. Weil dabei nicht Erlebnisse, sondern nur das sichtbare Verhalten untersucht wurde, nannte WATSON seine Lehre »*Behaviorismus*«. Er forderte außerdem, daß bei der Beschreibung der Verhaltensweisen alle Ausdrücke, die aus der »Erlebnis-Psychologie« stammen, vermieden werden müßten, so daß man z. B. nicht sagen darf, daß der Mensch Empfindungen oder Vorstellungen habe, sondern nur, daß er auf einen Reiz »reagiere«.

Die Vorzüge und Nachteile einer solchen Beschränkung auf das »Objektive« sind leicht zu erkennen. Man kann jede Einzelbewegung eines bestimmten Verhaltens genau beschreiben, hat also keine sprachlichen und begrifflichen Schwierigkeiten zu überwinden; man kann dabei zählen und messen (man kann z. B. zählen, wie viele Fehler eine Ratte im »Labyrinth« macht — einem Käfig mit Irrwegen, von denen einer zum Futter führt —, bis sie den kürzesten Weg zum Futter gelernt hat, und man kann messen, wieviel Speichel ein Hund beim Ertönen der Glocke produziert). Man hat auf diese Weise interessante Ergebnisse erzielt; so konnte z. B. durch den bedingten Reflex festgestellt werden, daß Luftschwingungen von 30.000 pro Sekunde, von denen wir Menschen nicht das mindeste merken, auf Hunde als Reiz wirken. Man fand dies, indem man eine solche Schwingung erzeugte, so oft man dem Hund Futter gab, worauf bald Speichelsekretion auftrat, wenn man die Schwingungen allein erzeugte, ohne daß Futter gegeben wurde. Der strenge Behaviorist stellt in einem solchen Falle nur fest, daß die Speicheldrüsen des Hundes auf eine Luftschwingung von 30.000 reagieren; andere Forscher schließen daraus, daß der Hund diese Schwingungen als sehr hohen Ton *hört*. Aber der Bereich, in welchem man mit solchen Methoden arbeiten kann, ist äußerst beschränkt; schon einfachste Untersuchungen über die Leistung der Sinnesorgane sind vom behavioristischen Standpunkt nicht möglich. Will man z. B. wissen, wie groß der Stärkeunterschied zwischen zwei Geräuschen sein muß, damit er gerade bemerkt wird, so läßt man nach einer alten Methode zwei Kugeln nacheinander aus verschiedener Höhe auf eine Holzplatte fallen und stellt den Höhenunterschied fest, bei dem gerade noch ein Unterschied in der Stärke des Geräusches beim Aufprall der Kugeln bemerkt wird. Diese überaus einfache Methode zur Bestimmung der Unterschieds-Schwelle ist aber vom Standpunkt des strengen Behaviorismus verboten; denn sie ist unexakt, weil ja dabei der Untersuchte sagen muß, ob ihm das Geräusch beim Aufprall der zweiten Kugel lauter oder gleich stark erschienen ist wie bei der ersten — womit er etwas über sein subjektives Erleben aussagt, das nur ihm selbst zugänglich und von außen her, »objektiv«, nicht kontrollierbar ist. Genauso steht es mit der Untersuchung des Denkens: wenn man einem Menschen die Aufgabe stellt, die Multiplikation »13 mal 27« auszuführen, so kann er nachher berichten, wie er dabei vorgegangen ist (nämlich daß er zuerst »10 mal 27« gerechnet, dann das Resultat »270« abgestellt habe, worauf er »3 mal 27« rechnete und dieses Resultat zum ersten hinzugezählt habe). Für den Behavioristen sind solche Aussagen wertlos, weil sie nur das subjektive Erleben schildern; für ihn gibt es bei diesem Versuch kein Denken im Sinne des üblichen Sprachgebrauches, sondern nur die »Situation« (die gestellte Aufgabe) und die darauf folgende, von außen her festgehaltene Reaktion (das Stirnrunzeln, Schließen der Augen, eventuell leichte Lippenbewegungen) und schließlich das Sprechen, mit dem das Resultat bekanntgegeben wird. Was zwischen dem Stellen der Aufgabe und dem Aussprechen des Resultats liegt, existiert für die Behavioristen entweder überhaupt nicht oder nur als angenommenes »subvokales« Sprechen, denn was man in der Erlebnis-Psychologie »Denken« nennt, ist für den strengen Behaviorismus eine Bewegung der Sprechmuskeln. Daß das Gesprochene einen *Sinn* hat und daß der skizzierte Versuch überhaupt nur möglich ist, wenn der Untersuchte die Frage »wieviel ist 13 mal 27« *verstanden* hat, wird dabei vernachlässigt.

Es ist klar, daß eine solche »Psychologie«, die das Psychische, nämlich das bewußte Erleben, von vornherein ausschließt, nur zu äußerst dürftigen Erkenntnissen über die psychischen Vorgänge des erwachsenen Menschen führen kann; und daß auch die Ergebnisse der Experimente an Tieren und kleinen Kindern unfruchtbar bleiben, solange man sie nicht erlebnispsychologisch interpretiert, d. h. Triebe, Gefühle und Empfindungen als Ursachen des Verhaltens annimmt.

Natürlich soll man in der Psychologie soweit wie nur möglich objektive Methoden anwenden; leider ist ihre Verwendung nur innerhalb sehr enger Grenzen möglich. Man muß daher versuchen, die Mängel der subjektiven Selbstbeobachtungs-Methode möglichst auszugleichen. Gegen die Gefahr, daß der einzelne Mensch Beobachtungsfehlern unterliegt, kann man dadurch aufkommen, daß man viele Menschen in die gleiche Situation bringt und aus ihren Erlebnisberichten feststellt, ob gleiche Erlebnisse aufgetreten sind; man kann 100 Menschen im Einzelversuch unter gleichen Bedingungen zwei Geräusche vorführen und fragen, welches lauter war, oder ihnen die Aufgabe »27 mal 13« stellen und beschreiben lassen, wie sie bei der Lösung vorgegangen sind. Wenn die Berichte übereinstimmen, so hat man das Recht zu der Annahme, daß alle 100 Personen gleichartige Erlebnisse hatten. Der zweite Mangel — daß man Erlebnisse nicht zählen und nicht messen kann — läßt sich allerdings nicht beseitigen, wohl aber abschwächen: man kann von einer Empfindung nicht sagen, wie stark sie war, wohl aber, ob sie stärker oder schwächer war als eine andere; man kann dabei hohe Grade von Genauigkeit erreichen, indem man feststellt, wann eine Empfindung »gerade eben bemerkbar« stärker war als eine andere. Der dritte Mangel — Nichtdefinierbarkeit des Erlebens — läßt sich dadurch weitgehend aufheben, daß man Beispiele verwendet und an ihnen die entscheidenden Merkmale der einzelnen Erlebnisarten demonstriert: das Erlebnis, das auftritt, wenn ein sehr geliebter Angehöriger stirbt, ist allen Menschen als Gefühl der »Trauer« bekannt, die Empfindung in der Haut beim Stich einer Injektionsnadel kennt jedermann als »Schmerz« und den Zustand, der sich einstellt, wenn man lange nichts gegessen hat, als »Hunger«. Soll man auf den Gebrauch dieser Worte verzichten, weil sie Zustände bezeichnen, die der Mensch immer nur an sich selbst und niemals von außen her »objektiv« an anderen feststellen kann? Das wäre eine närrische Beschränkung unserer Erkenntnismöglichkeiten, die nur mit dem philosophischen »Solipsismus« vergleichbar ist, mit dem der strenge Behaviorismus manche Gemeinsamkeiten aufweist. Im praktischen Leben ist ohne die Verwendung von Erlebniswörtern nicht auszukommen, und sie werden ohne Schwierigkeiten verstanden. Wenn ein Mensch sagt: »Ich habe Durst, ich möchte ein Glas Wasser trinken«, so ist dies für jeden anderen Menschen verständlich (sowohl der Zustand »Durst« wie auch das Erlebnis »ich möchte«) — soll es ausgerechnet dem Psychologen unverständlich bleiben? Eine Definition von »Durst« könnte man, so behaupten extreme Behavioristen, nur geben, indem man beschreibt, was der Dürstende tut; man müsse daher definieren: das Verhalten von Menschen, die längere Zeit nichts getrunken haben, besteht in der Aufnahme von Flüssigkeiten. Davon, was »Durst« in der erlebten Wirklichkeit ist, ist in dieser »Definition« überhaupt nichts enthalten.

Solche Übertreibungen des behavioristischen Standpunktes führen nur zu müßigen Diskussionen, aber nicht zu neuen Erkenntnissen. Zweifellos ist der erlebnispsychologischen Methode von manchen psychologischen Richtungen zu viel zugemutet worden; es kam zu Erlebnisbeschreibungen, die wirklich in höchstem Grade unklar und daher unbrauchbar sind. Deshalb braucht man aber die Selbstbeobachtungsmethode nicht überhaupt aufzugeben; wenn man sie mit Sorgfalt und Kritik an genügend vielen Personen unter gleichen äußeren Bedingungen anwendet, führt sie in Verbindung mit den anderen psychologischen Verfahren zu verläßlichen Resultaten. Die Verhaltens-Beobachtung behält in den Bereichen, in denen keine anderen Forschungswege möglich sind, natürlich ihre Bedeutung, vor allem in der Kinder- und Tierpsychologie. Aus der neueren amerikanischen Literatur gewinnt man den Eindruck, daß der radikale Behaviorismus im Sinne WATSONS überwunden ist.

In der europäischen Psychologie wurde — im großen und ganzen — die Auffassung, daß das bewußte Erleben den Hauptgegenstand der psychologischen Forschung bilde, nie aufgegeben. Man hat daher die Methode der Selbstbeobachtung beibehalten, obwohl sie außer den oben erwähnten Mängeln auch noch eine andere »innere« Problematik aufweist. Es soll dabei ja das eigene Erleben beobachtet und beschrieben werden — das Beobachten ist aber selbst auch ein bewußter Vorgang, also ein Erleben. Sollte es möglich sein, daß zwei Erlebnisabläufe sich gleichzeitig abspielen, von denen der eine das Objekt des anderen bildet?

Das Problem läßt sich nur im Zusammenhang mit der *Bewußtseinsfrage* lösen. *Klarbewußtes Erleben ist immer auch schon beobachtetes Erleben.* Es bedarf gar keines zusätzlichen Beobachtens; das bewußte Denken vollzieht sich von Natur aus so, daß der Denkende in jedem Moment weiß, *daß* er denkt und *was* er denkt. Man hat es hier mit einer letzten Tatsache, mit einer nicht weiter auflösbaren Naturerscheinung zu tun, die man so, wie sie ist, hinnehmen muß.

Es wird später gezeigt werden, daß es verschiedene *Grade* der Bewußtseinsklarheit gibt: im Affekt, in der sinnlosen Wut oder im Schreck »weiß man nicht mehr, was man tut«. Der höchste Grad von *Bewußtseinsklarheit* liegt beim Denken vor, wie es z. B. bei konzentrierter mathematischer Arbeit gegeben ist: der Rechner weiß immer, was er gerade denkt — nicht nur den Inhalt, das Zahlenmäßige, sondern auch die Art, das Formale der Operationen, die er gerade durchführt. Er weiß dies ohne jede Absicht, sich selbst zu beobachten — das klarbewußte Denken ist eben schon ein beobachtetes und kontrolliertes Denken, von Natur aus; man kann es zu gar nichts anderem machen. Außer dieser unwillkürlichen, im Wesen des Bewußtseins liegenden Feststellung dessen, was wir jeweils erleben, gibt es noch eine andere Art von Selbstbeobachtung (und diese ist in erster Linie gemeint, wenn man von der »Methode« der psychologischen Selbstbeobachtung spricht): daß wir nämlich einen bewußten psychischen Ablauf auch noch mit voller Absicht beobachten können. Dabei ist es aber keineswegs so, daß sich etwas Psychisches ereignet und daß es von einem *gleichzeitigen* Beobachtungsprozeß, also einem zweiten, nebenher laufenden psychischen Geschehen, erfaßt würde; sondern man hat es dabei immer mit einem *Nacheinander* zu tun, einem psychischen Prozeß, dessen Verlauf immer wieder von einem zweiten — eben dem Beobachtungsvorgang — unterbrochen wird, wobei die Beobachtung jedesmal das eben gerade Abgelaufene zum Gegenstand hat, also aus der frischen Erinnerung schöpft. Ich nenne diese Art der Selbstbeobachtung im folgenden *reversive* (oder auch resumierende) Selbstbeobachtung und unterscheide sie von dem im klarbewußten Erleben von Natur aus vorhandenen Wissen um das Geschehen im eigenen Bewußtsein; dieses Wissen bezeichne ich als *bewußtseinsimmanente* (oder kurz immanente) Selbstbeobachtung.

Die Selbstbeobachtung aus der frischen Erinnerung ist die ergiebigste Methode der Psychologie; gleichgültig, ob es sich dabei um Erlebnisbeobachtungen handelt, die man unwillkürlich aus Interesse am eigenen Seelenleben durchführt, oder um absichtliche, systematisch-wissenschaftliche Selbstbeobachtung. Die erste Art schafft die großen Menschenkenner des täglichen Lebens, aber auch die großen Künstler in der Menschendarstellung; zweifellos aber auch die großen Psychologen wissenschaftlicher Art. Hätten die Fachpsychologen nur dasjenige an Erkenntnissen zur Verfügung, was ihnen die absichtliche Selbstbeobachtung liefert, so wäre dies nichts als ein armseliges Stückwerk von Teilerkenntnissen. Man darf die Behauptung vertreten, daß jeder wirkliche Psychologe den wichtigsten Teil seines Wissens aus der Beobachtung eigenen Erlebens gewonnen hat — aber nicht eines künstlich im Laboratorium erzeugten Erlebens, sondern desjenigen, das sich in seinem privaten Dasein abspielt; des wirklichen, eigenen, persönlichen Erlebens.

2. Das psychologische Experiment

Wie bereits erwähnt wurde, hat das Bestreben, die Subjektivität der Selbstbeobachtung möglichst auszuschalten, schon in den ersten Zeiten der experimentellen Psychologie dazu geführt, daß man sich nicht mit der Erlebnisbeschreibung eines einzelnen Menschen zufriedengab. Wie jedes naturwissenschaftliche Experiment muß auch die Beobachtung eines eigenen Erlebens von vielen Menschen unter gleichen Bedingungen durchgeführt werden, um Zufallsergebnisse auszuschließen. Um die von der Statistik geforderte »genügend große Zahl von Fällen« zustande zu bringen, ist man in folgender Weise vorgegangen: man erzeugt ein bestimmtes Erlebnis gleichzeitig oder nacheinander in vielen Menschen und läßt sie beschreiben, was dabei in ihnen vor sich geht. Diese Menschen sind die »*Versuchspersonen*« (Vp), von denen man in allen psychologischen Zeitschriften liest, und das Ganze ist ein »psychologisches Experiment«. Das »Erlebnis«, das bei solchen Experimenten untersucht wird, besteht oft nur in einer einfachen Sinnesempfindung, die mit genau funktionierenden Apparaten erzeugt wird. Im Laufe der Zeit und durch die Bewährung der Methode auf sinnespsychologischem Gebiet ist man kühner geworden und hat auch einfache Denk- und Willenserlebnisse künstlich hervorgerufen und den Versuchspersonen den Auftrag gegeben, sich dabei zu beobachten. Auch damit hat man, wie noch zu zeigen ist, gute Erfolge erzielt.

Es ist nicht zu leugnen, daß diesem Verfahren — dem »*Erlebnisexperiment*«, wie ich es im folgenden nenne — etwas Gekünsteltes anhaftet. Man hat es dabei aber trotzdem mit echten Experimenten zu tun, mit »wissenschaftlichen Versuchen« im vollen Sinn des Wortes. »Wenn wir die Erfahrungen, welche vor uns gemacht worden sind, die wir selbst oder andere zu gleicher Zeit mit uns machen, vorsätzlich wiederholen und Phänomene, die teils zufällig, teils künstlich entstanden sind, wieder darstellen, so nennen wir dies einen Versuch.« Man kann sich für das psychologische Experiment kaum eine bessere Umschreibung denken als diesen Satz, mit dem GOETHE »den Versuch als Vermittler von Objekt und Subjekt« zu definieren suchte. Will man eine präzisere Definition, so kann man genau formulieren: *ein Experiment besteht in der Herstellung und systematischen Variation von Bedingungen, die es ermöglichen, einen Vorgang möglichst isoliert beliebig oft zu beobachten, wobei die Resultate zahlenmäßig darstellbar sein sollen.*

Von ganz anderer Art als das Erlebnisexperiment ist eine zweite Gruppe psychologischer Experimente, die man »Leistungsexperiment« nennt. Bei ihnen kommt es nicht darauf an, daß die Versuchsperson sich beobachtet, sondern nur darauf, daß sie die Versuchsbedingungen, vor allem die ihr erteilten Aufträge, genau erfüllt. Sie sitzt z. B. vor einem Apparat, an welchem sich kleine Lampen und verschiedene Taster befinden. Auf einen dieser Taster hat sie ihren Finger zu legen, und wenn ein rotes Licht aufleuchtet, hat sie den Taster so rasch wie möglich niederzudrücken. Durch genaue, in die Apparatur eingeschaltete Uhren wird gemessen, wie lange die Zeit vom Aufleuchten der Lampe bis zum Niederdrücken des Tasters ist (Reaktionszeit).

In der gegenwärtigen Psychologie werden beide Methoden häufig kombiniert; man macht ein Leistungsexperiment und läßt nachher die

Versuchspersonen erzählen, was sie während des Versuches an Erlebnissen festgestellt haben. Das Leistungsexperiment liefert exakte Resultate — nicht weniger exakte als jeder andere naturwissenschaftliche Versuch. Aufklärung über Feinheiten des Erlebnisablaufes hingegen gewinnt man nur aus der Selbstbeobachtung; und hier ist man zweifellos Schwierigkeiten ausgesetzt, die es in anderen Naturwissenschaften nicht gibt. Man ist vor allem auf gute Selbstbeobachter angewiesen. Beschreiben sie einen Erlebnisablauf in gleicher Weise, so darf das Ergebnis als richtig betrachtet werden; sagen sie aber Verschiedenes aus, so ist noch keineswegs der Schluß berechtigt, daß einige von ihnen unrichtig und ungenau beobachtet hätten. In derselben äußeren Situation können verschiedene Menschen ganz Verschiedenes erleben; genauso, wie sie im Leistungsexperiment ganz verschiedene Leistungen aufweisen.

Man hat darin den entscheidenden Unterschied zwischen der psychologischen Arbeitsweise und derjenigen aller anderen Naturwissenschaften zu sehen. In der Chemie und Physik hat man es leichter: ein Wasserstoffatom, ein Neutron oder ein Elektron verhält sich so wie alle anderen Wasserstoffatome, Neutronen oder Elektronen; sie sind einander gleich, und mit Recht kann der Chemiker sagen, *das* Wasserstoffatom hat diese und jene Eigenschaften und verhält sich zu anderen Elementen in dieser und jener Weise. Kann man aber auch sagen, *der* Mensch als Gattung hat diese oder jene Eigenschaften und verhält sich in dieser und jener Situation so oder so? Existiert *der* Mensch überhaupt — oder existieren nur Einzelmenschen, die sich in ihrer Persönlichkeit von allen anderen unterscheiden? Über die Antwort kann kein Zweifel sein: jeder einzelne Mensch ist von allen anderen verschieden. Man darf aber aus dieser Tatsache nicht folgern, daß eine allgemeine Psychologie überhaupt nicht möglich sei, sondern nur eine »Psychologie des Einzelnen«. Die Schwierigkeiten lassen sich theoretisch unschwer auflösen, wenn man feststellt, *worin* die Verschiedenheit zwischen den Menschen bestehen — eine Feststellung, die zugleich wieder zeigt, wie ungleich schwerer die Psychologie zu allgemeinen Erkenntnissen kommt als die übrigen Naturwissenschaften.

Das Wesentliche in dieser Frage läßt sich am leichtesten klarmachen, wenn man die medizinische Forschung zum Vergleich heranzieht. Auch sie hat mit den Verschiedenheiten unter den Menschen zu rechnen, beschreibt aber trotzdem in der Anatomie, Physiologie und Histologie *den* Menschen und nicht bestimmte Einzelindividuen. Sie hat es aber leichter; denn jeder Mensch hat ein Herz, zwei Lungen, eine Leber, nur sind diese Organe bei manchen etwas größer, bei anderen kleiner, sie funktionieren bei diesen besser, bei jenen schlechter. Im Prinzip funktionieren sie aber alle in gleicher Weise: die Arbeitsweise des Herzens, die Tätigkeit der Lungen, das Prinzip des Blutkreislaufes sind bei allen Menschen und sogar bei Mensch und Tier gleich. Bis zu einem gewissen Grade gilt dies auch für psychische Eigenschaften: jeder Mensch hat ein bestimmtes Maß von Intelligenz, Willenskraft, Gefühlserregbarkeit — der eine viel, der andere wenig, aber nicht jeder Mensch besitzt künstlerisches Einfühlungsvermögen, mathematische Begabung oder verbrecherische Neigungen. Man wird also zwischen allgemeinmenschlichen Eigenschaften und individuellen Sondereigenschaften unterscheiden müssen. Bei den ersteren (und nur von diesen ist vorläufig zu sprechen) hat man es bei verschiedenen Menschen in erster Linie mit einem Mehr oder Weniger, also mit quantitativen und graduellen Unterschieden zu tun: der eine verfügt über große Intelligenz und besitzt einen hohen Grad von Gefühlserregbarkeit, der andere nur wenig von beiden. Jedenfalls aber gibt es hier obere und untere Grenzen, die im Bereiche des Gesunden nicht überschritten werden. Man könnte also aus dem Durchschnitt der möglichen Grade und Quantitäten Eigenschaften konstruieren, die man als *die* menschliche Intelligenz, *die* menschliche Willenskraft oder Gefühlserregbarkeit bezeichnet. Auf diese Weise lassen sich Maßstäbe gewinnen, an welchen man die individuelle Abweichung vom Durchschnittlichen, also das Über- und Unterdurchschnittliche, feststellen kann.

Die Psychologie will aber natürlich mehr als die Merkmale eines Durchschnittsmenschen feststellen. Wieviel Intelligenz ein bestimmter Mensch besitzt, ist für die allgemeine Psychologie ganz unwichtig; sie möchte wissen, wie der menschliche Verstand *funktioniert*. Was geschieht in uns, wenn ein Gedanke entsteht, ein Begriff gebildet, eine Schlußfolgerung gezogen wird? Wie kommt eine Wahrnehmung zustande, was ereignet sich, wenn ein Entschluß gefaßt, ein Plan geschmiedet wird? Unter welchen Umständen entstehen Gefühle und Triebregungen und wie wirken sie aufeinander? Fragen dieser Art — die Grundfragen der Psychologie — müssen unabhängig von individuellen Verschiedenheiten behandelt werden. Experimentell hat man dieses Ziel zu erreichen versucht, indem man sich bemühte, aus dem Versuch alles Persönliche auszuschalten; durch die Verwendung von neutralem, unpersönlichem Material — z. B. sinnlosen Silben für Gedächtnisversuche — gelang es wenigstens in begrenzten Bereichen, »reine Fälle« eines seelisch-geistigen Ablaufes herzustellen; man kann an ihnen sehr schön die Funktionsweise psychischer Einzeltätigkeiten studieren und darf die Ergebnisse — innerhalb der beobachteten Schwankungsbreite — mit vollem wissenschaftlichem Recht verallgemeinern.

Zusammenfassend darf man sagen: die Funktionsprinzipien des allgemein-menschlichen psychischen Geschehens sind für alle gesunden Menschen dieselben. Unter dem Einfluß der persönlichen Färbung des individuellen Erlebens erfahren sie jedoch vielerlei Veränderungen in der Art ihres Auftretens und Ablaufens. Die Untersuchung der Funktionsweisen selbst wie ihrer Änderungen im Leben des Einzelnen wird in der Psychologie soweit wie möglich experimentell durchgeführt; was durch das Experiment nicht mehr erfaßbar ist, muß mit anderen Methoden untersucht werden. Diese Hilfsmethoden sollen im folgenden zusammen mit den experimentellen Möglichkeiten in einer zusammenfassenden kurzen Übersicht dargestellt und an Beispielen illustriert werden, um die Arbeitsweise und das Arbeitsgebiet der wissenschaftlichen Psychologie so anschaulich wie möglich zu schildern.

Die wichtigsten experimentellen Forschungsmethoden lassen sich in folgender Weise ordnen:

1. *Erlebnisexperimente* (systematische Selbstbeobachtung). Es soll z. B. festgestellt werden, wie groß der Unterschied zwischen zwei Tönen sein muß, damit er gerade bemerkt, oder welche Art von Geräuschen als besonders lästig und unangenehm erlebt wird. Oder man will wissen, ob sich die Inhalte unserer Träume durch bestimmte Substanzen oder durch äußere Reize beeinflussen lassen; oder es soll festgestellt werden, wie es in einer Wahlsituation zu einer Entscheidung kommt oder welche Wirkungen eine »Frustration«, ein Versagen oder ein Mißerfolg, auf das bewußte Erleben ausübt. In allen diesen Fällen kann man nur mit der Selbstbeobachtungsmethode arbeiten, denn man ist ganz auf die Aussagen der Versuchspersonen über ihre Erlebnisse angewiesen. Natürlich gibt es auch für diese Methode Grenzen; wenn die Erlebnisse sehr kompliziert werden (wie z. B. bei der Lösung schwieriger mathematischer Aufgaben), so wird die Situation zu unübersichtlich, um noch genaue Feststellungen zu gestatten. Bei manchen Erlebnisarten scheitert die Selbstbeobachtungsmethode an der Unzulänglichkeit der Sprache; so lassen sich z. B. Gefühlserlebnisse wegen ihrer »bewußtseinserfüllenden Breite« und wegen ihres fließenden Charakters nur ungenau begrifflich fassen und in präzisen Formulierungen schildern.

2. *Leistungsexperimente*. Es soll untersucht werden, ob man einen Lernstoff besser behält, wenn man ihn fortlaufend in einem Zuge bis zur vollständigen Beherrschung wiederholt oder wenn man die Wiederholungen auf längere Zeit verteilt; wie groß der Einfluß der Ermüdung nach einer Stunde Rechnen ist oder in welchem Ausmaß eine geistige Leistung durch Übung gesteigert wird; oder ob jemand leichter etwas lernt, wenn er es liest oder wenn er es hört; oder man will wissen, ob Erfolg oder Mißerfolg auf künftige Leistungen fördernd oder hemmend wirkt oder ob soziale Faktoren zu Leistungssteigerung führen können. Die reinen Leistungsexperimente verzichten auf Selbstbeobachtung; ihr Ziel sind zahlenmäßige Werte, aus denen sich ein Durchschnitt für die

Menschen eines bestimmten Kulturkreises, Alters, Geschlechts oder eines bestimmten Persönlichkeitstypus berechnen läßt. Selbstverständlich kann man auch bei den Leistungsexperimenten auf die Selbstbeobachtung nicht vollkommen verzichten; Angaben der Versuchsperson, daß ihr das Lernen durch Lesen leichter falle als durch Zuhören oder daß sie durch Mißerfolge mehr entmutigt als angespornt werde, gehören auch zum Experiment, sind aber Aussagen über subjektives Erleben. Im Tierversuch sind die Leistungsexperimente die bevorzugte Methode: wenn man z. B. eine Ratte in ein Labyrinth setzt, so kann man die Leistung der Ratte an der Zeit feststellen, die sie zum Auffinden des Futters braucht.

3. *Ausdrucks-Experimente.* Die Ausdrucksmethode hat sich das Ziel gesetzt, die körperlichen Auswirkungen psychischer Vorgänge genau zu erfassen. Es wurden schon sehr früh Untersuchungen über die Veränderung von Atmung, Puls, Schweißsekretion usw. bei verschiedenen Gefühls- und Erregungszuständen durchgeführt. Seither wurde die Ausdrucksmethode durch die Entwicklung neuer technischer Registriermöglichkeiten sehr erweitert. Will man z. B. feststellen, in welcher Weise sich Stimme und Sprechweise in der Erregung, in der Verlegenheit oder beim Lügen verändern, so wird das Gesprochene auf Tonband festgehalten, und dann werden mit anderen Apparaten (Oszillographen) die Schwingungen der Sprachlaute aufgezeichnet und analysiert; oder wenn untersucht werden soll, ob der Gang eines Menschen einen charakteristischen Rhythmus aufweise, so werden die beim Gehen entstehenden Erschütterungen des Fußbodens mit empfindlichen Geräten abgenommen und in Form von Schwingungen registriert; oder es werden zum Studium der unwillkürlichen Ausdrucksbewegungen des Gesichts ohne Wissen der Versuchspersonen in bestimmten gleichartigen Situationen Filmaufnahmen durchgeführt; oder man verändert in schematisch gezeichneten Gesichtern die Stellung der Augenbrauen oder die Entfernung von Nase und Mund so lange, bis der Ausdruck »hochmütig«, »gelangweilt«, »dumm« entsteht; oder man untersucht die Ausdruckswirkung von Farben oder Tönen, indem man von vielen Personen die Gefühle »Übermut«, »Verzweiflung«, »Haß« durch Farben oder Töne darstellen läßt.

4. *Verhaltens-Experimente.* Will man untersuchen, wie sich ein im Brutkasten zur Welt gekommenes Hühnchen in den ersten Lebenstagen benimmt, wenn man es vollkommen isoliert hält, so muß man es in einen geeigneten Käfig geben und beobachten; dasselbe muß man tun, wenn untersucht werden soll, ob ein Affe imstande ist, sich aus Kisten ein Gerüst zum Erreichen einer sonst unerreichbaren Banane zu bauen. Will man wissen, wie sich ein Kind in einer »Problem-Situation«, z. B. gegenüber einem neuen Spiel verhält, muß man es in eine solche Situation

versetzen und genau feststellen, was für Bewegungen das Kind ausführt. Häufig werden Filmaufnahmen gemacht, so daß man die Verhaltensweisen beliebig oft und von sehr vielen Personen untersuchen lassen kann. In allen diesen Fällen kann man nichts anderes tun als beobachten und das Beobachtete beschreiben; allerdings wird es selten sein, daß man nur beobachtet und nicht auch schon die gesehenen Verhaltensweisen *deutet*, was wieder nur auf Grund der eigenen Erlebniserfahrung möglich ist.

3. Statistische Methoden

Die Begründer der klassischen Experimentalpsychologie führten ihre Versuche in erster Linie an sich selbst durch (z. B. G. TH. FECHNER oder H. EBBINGHAUS). Nach der Errichtung von psychologischen Instituten begann man, Versuchsgruppen zusammenzustellen; jedes Gruppenmitglied hatte dieselben Experimente durchzumachen. Diese Gruppen waren meist sehr klein; sie bestanden aus 5 oder 10 Personen, gewöhnlich Mitarbeitern des Instituts, also Professoren, Assistenten oder Studenten. Man legte damals Wert auf »gute Beobachter«; häufig mußten ja Selbstbeobachtungen durchgeführt und zu Protokoll gegeben werden. In den Publikationen aus dieser Zeit sind die Versuchspersonen oft namentlich angeführt; man findet in diesen Listen berühmte Männer. Die Ergebnisse der Experimente wurden in einfacher Form, oft nur in absoluten Zahlen, manchmal in Prozenten, hin und wieder auch in Kurven dargestellt.

Seither hat sich in der Planung und Auswertung von psychologischen Experimenten viel geändert. Manche psychologische Publikationen machen heute fast den Eindruck einer mathematischen Arbeit; lange Berechnungen nach komplizierten Verfahren, schwierige statistische Begriffe und vielerlei Zahlentabellen erschrecken den Leser. Er sieht sich vor die Frage gestellt, ob man heute noch Psychologie betreiben könne, ohne vorher höhere Mathematik studiert zu haben. Man kann es; aber man muß wenigstens die Prinzipien einiger statistischer Rechnungsmethoden kennen, um die ziffernmäßigen Angaben über die Höhe einer Korrelation oder über die Signifikanz eines Versuchsergebnisses richtig einschätzen zu können. Bestimmte Gebiete der Psychologie — z. B. Testkontrollen, Meinungsforschung, Auswertung großer Versuchsreihen zur Auffindung von Einzelkomponenten der Intelligenz oder der Persönlichkeit usw. — erfordern allerdings gründliche Kenntnisse der statistischen Verfahren. Im folgenden soll nur auf die einfachsten Grundsätze der Planung und statistischen Auswertung psychologischer Experimente hingewiesen werden; ich verzichte dabei auf die Darstellung der mathematischen Einzelheiten, über die es gute Spezialwerke gibt (Mittenecker 1968, Hofstätter-Wendt 1966).

Statistische Grundsätze müssen bereits bei der Auswahl der Personen beachtet werden, an denen man ein Experiment durchführt. Die Ergebnisse des Experiments sollen ja für alle Menschen zutreffen (oder wenigstens für alle Menschen gleichen Alters, gleichen Kulturkreises usw.). Daher muß man die Versuchsgruppe so zusammenstellen, daß sie »repräsentativ« ist; sie soll dieselbe Zusammensetzung aufweisen wie die große Gruppe, für welche die erzielten Resultate Geltung haben sollen. Anders formuliert: die Versuchsgruppe (oder »*Stichprobe*«) darf nicht eine einseitige Auslese darstellen, sondern muß ein möglichst getreues Abbild der Gesamtheit sein, für welche die Resultate zutreffen sollen; die Verschiedenheiten der Intelligenz, der Bildung, des Alters, der sozialen Schichten usw., die im Volk bestehen, müssen auch in der Stichprobe in ungefähr gleichem Ausmaß vorhanden sein. Eine richtige Stichprobe ist daher ein »Miniaturvolk«, ein möglichst genau nachgebildetes Modell der ganzen Bevölkerung; untersucht man an diesem Modell z. B. die Intelligenz, den Bildungsstand, die Einstellung zur Regierungspolitik usw., so kann man die Ergebnisse auf das ganze Volk übertragen (»generalisieren«).

In den psychologischen Experimenten ist man auf kleine Stichproben angewiesen. Aus Gründen der Billigkeit und Bequemlichkeit werden dabei auch heute noch in erster Linie Studenten und Schüler verwendet, so daß im Vergleich zur Gesamtbevölkerung fast immer eine »atypische« Stichprobe vorliegt. Man bemüht sich aber in zunehmendem Maße, diesen Fehler dadurch einigermaßen auszugleichen, daß man die gleichen Versuche an einer Kontrollgruppe durchführt, die nicht aus Studenten oder Akademikern besteht. Außerdem wird mehr als früher darauf geachtet, daß innerhalb der Studierenden eine unausgelesene, »zufällige« Zusammensetzung der Versuchsgruppe erreicht wird, d. h., daß z. B. nicht eine Häufung von besonders intelligenten oder besonders dummen Studenten, von philosophisch oder technisch Interessierten, von Reichen oder Armen zustande kommt. Um solche »zufällige« Zusammensetzungen zu erreichen, wurden eigene Methoden entwickelt. Eine Zufallsverteilung läßt sich z. B. gewinnen, indem man aus 100 Studenten die Zahl der Versuchspersonen (z. B. 30) auslost; jeder Student erhält eine Nummer und muß am Versuch teilnehmen, wenn seine Nummer aus einem »Lotteriekasten«, in welchem sich Zettel mit den Nummern 1 bis 100 befinden, gezogen wird. Eine andere Möglichkeit bieten die Tafeln von »ungeordneten Zahlen«, die man in fast jedem statistischen Lehrbuch findet; auf diesen Tafeln sind zweistellige Ziffern »in idealer Unordnung« gereiht, so daß man aus einer großen Zahl vorher mit Nummern bezeichneter Personen nur diejenigen aufzurufen braucht, die in der ungeordneten Zahlenreihe aufeinanderfolgen.

Was für die Versuchsgruppe gilt, gilt auch für das Versuchsmaterial und den Versuchsverlauf; beide sollen »Zufallscharakter« haben. Dies bedeutet für das Versuchsmaterial — z. B. für Worte, deren Einprägung untersucht werden soll, für Farben oder Töne, deren Intensität verglichen werden soll —, daß es in wechselnder Aufeinanderfolge geboten werden muß (d. h. jeder Versuchsgruppe in anderer als bei den übrigen Gruppen). Außerdem soll kein Einzelelement einer Versuchsreihe Eigenschaften aufweisen, die zu einer Bevorzugung oder Benachteiligung gegenüber anderen Einzelelementen führen könnten; alle Fälle sollen, wahrscheinlichkeitstheoretisch formuliert, »gleich möglich« sein. Am besten läßt sich diese Forderung der »Gleichwertigkeit der Elemente« am Beispiel der »sinnlosen Silben« erläutern, die EBBINGHAUS um 1880 zur Untersuchung des Gedächtnisses eingeführt hat; um den Einfluß des Sinnes beim Behalten von Worten auszuschalten, schuf er ein künstliches Gedächtnismaterial, indem er sinnlose Lautgebilde — ein Vokal zwischen zwei Konsonanten (zep, taf, rix usw.) — herstellte. G. E. MÜLLER verbesserte diese sinnlosen Silben, indem er Reihen zusammenstellte, bei denen benachbarte Silben niemals den gleichen Vokal aufwiesen, die End- und Anfangskonsonanten niemals gleich waren usw. Mit der Verbreitung der Kenntnisse fremder Sprachen haben viele in der deutschen Sprache sinnlose Silben ihre Sinnlosigkeit verloren; aber auch die sinnlos gebliebenen scheinen nicht gleichwertig zu sein, es gibt unter ihnen »sympathische«, »gleichgültige« und »unsympathische«. Sonderbarerweise scheint dies auch für Buchstaben-Zahlen-Kombinationen — k 66, r 87, a 14 — zu gelten, die ebenfalls als Gedächtnismaterial benützt wurden. Es gibt heute Listen von »gereinigten« sinnlosen Silben — Beispiele werden später gegeben (s. S. 270) — und Worten, die an größeren Kollektiven überprüft wurden; sie sind nicht ohne weiteres überall verwendbar, weil an jedem Ort andere Dialekteinflüsse eine Rolle spielen.

Von entscheidender Bedeutung ist die *Größe* einer Stichprobe. Daß die Ergebnisse um so eher verallgemeinert werden können, an je mehr Personen sie gewonnen wurden, ist von vornherein klar; ihre Genauigkeit nimmt mit der Quadratwurzel aus der Anzahl der untersuchten Personen zu. Trotzdem können große Stichproben zu falschen und kleine zu richtigen Resultaten führen; dann nämlich, wenn die große »atypisch« und die kleine repräsentativ war. Es ist ein echter methodischer Fortschritt und ein großer praktischer Gewinn, daß es der statistischen Wissenschaft gelungen ist, die Beziehungen zwischen dem repräsentativen Charakter einer Stichprobe und ihrer Größe klarzustellen; daraus konnten einfache Verfahren abgeleitet werden, mit deren

Hilfe sich ziemlich rasch feststellen läßt, in welchem Grade ein Resultat verläßlich ist. Allerdings ist es nicht ganz leicht, das Prinzip dieser Methoden ohne Mathematik verständlich zu machen. Es kommt dabei im wesentlichen auf einen Vergleich der erzielten Resultate mit ihrer Wahrscheinlichkeit an, d. h., man muß berechnen, ob die Ergebnisse in ihrer Verteilung einer berechneten Wahrscheinlichkeitsverteilung entsprechen. Natürlich ist dies nur möglich, wenn man die wahrscheinliche Verteilung tatsächlich berechnen kann. Dazu hilft das von den drei Mathematikern DE MOIVRE, LAPLACE und GAUSS unabhängig voneinander entdeckte »Wahrscheinlichkeits-Gesetz«, das die — auch empirisch vielfach bestätigte — »Normalverteilung« eines Merkmals darstellt. Im Idealfall hat die Normalverteilung, wenn man sie in Kurvenform darstellt, eine symmetrische glockenartige Gestalt; die Häufigkeiten des Auftretens des untersuchten Merkmals verteilen sich gleichmäßig nach rechts und links um einen bestimmten häufigsten Wert, der gleichzeitig der Mittelwert der Verteilung ist.

Wie folgende Überlegung zeigt, kann man die Normalverteilung auch zur *Kontrolle* von Stichproben verwenden: wenn man eine sehr große Zahl von Menschen hinsichtlich eines bestimmten Merkmals — Intelligenzgrad, Sehschärfe, Gedächtnisleistung usw. — untersuchen würde, so könnte man aus den Ergebnissen dieser Untersuchung den Durchschnittswert von Intelligenz, Sehschärfe usw. für die Gesamtheit dieser Menschen feststellen. Würde man nun nicht alle diese vielen Menschen untersuchen, weil dies in der Praxis zu langwierig wäre, sondern aus ihnen eine große Zahl von kleinen Stichproben entnehmen, so würden die Resultate dieser Stichproben (z. B. die Durchschnittswerte für den Intelligenzgrad oder die Gedächtnisleistung) eine Normalverteilung ergeben. Tatsächlich hat man aber nur eine einzige Stichprobe untersucht; aus den Zahlenwerten, die sich bei dieser einen Stichprobe ergeben haben, kann man nun die Normalverteilung bei vielen Stichproben dieser Größe errechnen und dann die relative Häufigkeit (d. h. die Wahrscheinlichkeit) des tatsächlich gefundenen Stichprobenwertes in der Gesamtverteilung feststellen. Je größer diese Wahrscheinlichkeit ist, desto mehr ist man zu der Annahme berechtigt, daß die untersuchte kleine Gruppe in bezug auf Durchschnittswert, Streuung usw. eine brauchbare Stichprobe der Gesamtheit darstellt. Die Abweichung des tatsächlich gefundenen Stichprobenwertes von der errechneten Normalverteilung der gesamten Stichprobenwerte läßt sich in Prozenten ausdrücken; ist sie kleiner als 1%, so kann angenommen werden, daß die tatsächlichen Stichprobenwerte denen der Gesamtheit genügend genau entsprechen. Eine solche Abweichung, deren Wahrscheinlichkeit 1% oder weniger ist, bezeichnet man als »*signifikant*«. Viele Autoren verwenden in diesem

Falle die Bezeichnung »sehr signifikant« und nennen »signifikant« Abweichungen, deren Wahrscheinlichkeit unter 5% liegt.

Es gibt Fragestellungen, bei denen man andere Kontrollmethoden anwenden muß oder bei denen von Anfang an nicht mit einer Normalverteilung gerechnet werden kann. Nicht selten muß man außer der Stichprobe auch noch eine oder mehrere Kontrollgruppen mit denselben Methoden untersuchen und die Ergebnisse aller Gruppen miteinander vergleichen; bei solchen Vergleichen ist auf die »*Homogenität*« der Gruppen zu achten, d. h. die verglichenen Gruppen sollen ungefähr gleich zusammengesetzt sein. Ob zwei Gruppen genügend »homogen« sind, läßt sich durch eigene Methoden (Vergleich ihrer »Streuungen«) feststellen. Auf die Rechnungsverfahren zur Durchführung der skizzierten Kontrollen kann hier nicht eingegangen werden; es gibt darüber genügend Spezialliteratur.

Die hier nur im Prinzip angedeuteten Kontrollmethoden haben — wie auch die meisten anderen — ihre Grundlage in der Annahme, daß eine Untersuchung sehr vieler Stichproben zu einer Normalverteilung führen würde, weil sich dabei die Fehler der Auslese, die bei einer Stichprobe unvermeidlich sind, durch die große Zahl ausgleichen würden. Das hohe Vertrauen in die Normalverteilung oder, wie es auch formuliert wird, in die »Zufalls-Wahrscheinlichkeit«, ist theoretisch und empirisch begründet.

Größte Bedeutung haben die statistischen Methoden bei der Untersuchung von Zusammenhängen zwischen einzelnen psychischen Leistungen oder Merkmalen — manchmal auch als »Variable« bezeichnet — erlangt. Es kommt dabei nicht mehr auf einfache Majoritätsfeststellungen an (also z. B. auf die Frage, in welcher Häufigkeit die verschiedenen Grade der Intelligenz in einer Bevölkerung vorkommen), sondern auf die Beziehungen zwischen psychischen Merkmalen untereinander oder zu körperlichen Eigenschaften (z. B. in welchem Grade mathematische oder musikalische Höchstbegabung gleichzeitig miteinander oder mit hoher allgemeiner Intelligenz vorkommen). Die rechnerischen Verfahren zur Ermittlung solcher Gemeinsamkeiten oder »*Korrelationen*« wurden in England von SPEARMAN und PEARSON entwickelt und in den letzten Jahren in Amerika noch verfeinert. Die Korrelations-Rechnung ist außerordentlich vielseitig verwendbar. Soll z. B. untersucht werden, in welchem Ausmaß sich die Schulintelligenz vererbt, so korreliert man die durchschnittlichen Zeugnisnoten der Eltern mit den Schulzeugnissen ihrer Kinder; will man wissen, mit welchem Sicherheitsgrad sich die Intelligenz von Kindern aus ihrem Aussehen schätzen läßt, so läßt man eine Gruppe von Kindern von genügend vielen Erwachsenen nach ihrem Gesichtsausdruck hinsichtlich des Intelligenzgrades in Intelligenz-

Klassen einstufen und korreliert diese Schätzungen mit den Ergebnissen von Intelligenztests. Bei diesen Korrelations-Rechnungen, die nach bewährten Formeln relativ einfach durchführbar sind, ergibt sich ein — mit r bezeichneter — Koeffizient, der zwischen +1 und —1 liegt; diese Extreme werden praktisch nie erreicht, so daß der Korrelations-Koeffizient immer kleiner als 1 ist — er beträgt z. B. für den Vergleich der Intelligenzschätzung aus dem Gesicht und der Intelligenztestung 0,35. Da über die Bedeutung des Korrelations-Koeffizienten oft falsche Meinungen bestehen — er wird manchmal sehr ungenau als »Übereinstimmungszahl« bezeichnet —, soll sein Zustandekommen kurz dargestellt werden. Man will z. B. wissen, ob zwischen mathematischer und musikalischer Begabung ein Zusammenhang besteht. Dazu muß man zunächst zwei Gruppen (Stichproben) bilden, in denen sicher beide Begabungen vertreten sind, also z. B. 50 Studenten der Musikakademie und 50 Studenten der Mathematik. Alle 100 Personen werden mit Musik- und Rechenbegabungs-Tests geprüft, so daß man jeder von ihnen eine Note zwischen 1 und 5 (=»sehr begabt«, »begabt«, »mittelmäßig begabt«, »mäßig begabt« und »unbegabt«) sowohl in Musik wie in Mathematik zuordnen kann. Hat man alle 100 Personen getestet, dann kann man ein »Strichel-Quadrat« anlegen, in welchem in der Abszisse die fünf Noten für musikalische und in der Ordinate die fünf Noten für mathematische Begabung eingetragen werden; durch diese Einteilung auf diese Weise entstehen »Kästchen«, in welche für jeden einzelnen festgestellten Begabungsgrad in die entsprechenden Kästchen ein Strich eingetragen wird. Das »Strichel-Quadrat« zeigt an, in welcher Häufigkeit die verschiedenen Grade der beiden Variablen »musikalisch begabt« und »mathematisch begabt« gemeinsam oder getrennt auftreten. Wären alle musikalisch Begabten, mittel Begabten usw. in gleicher Weise auch mathematisch begabt, mittel begabt usw., so wären nur die in der Diagonale von links oben nach rechts unten liegenden Kästchen mit Strichen besetzt — die Korrelations-Rechnung ergäbe dann einen Koeffizienten von +1. Wäre keiner von den musikalisch Hochbegabten auch mathematisch hoch begabt (und ebenso gegenteilig in den Zwischenstufen), dann wären nur die Kästchen in der Diagonale von rechts oben nach links unten besetzt, und die Korrelations-Rechnung würde einen Koeffizienten von —1 ergeben (d. h., die beiden Begabungen schließen sich wechselseitig aus). Wären schließlich die Striche unregelmäßig über das ganze Strichel-Quadrat verteilt, so ergibt die Rechnung einen Koeffizienten in der Nähe von 0; dies bedeutet, daß musikalische Begabung vorhanden sein kann, wenn keine mathematische Begabung oder solche verschiedenen Grades vorhanden ist — daß also gleiche Begabungsgrade in beiden ganz unregelmäßig vorhanden sind (tatsächlich beträgt die Korrelation zwischen Musik- und

Mathematik-Begabung nach einer Wiener Untersuchung 0,018 — HAUN 1953). Man sieht, daß man aus dem Strichel-Quadrat mit einem Blick die ungefähre Höhe der Korrelation abschätzen kann; und man versteht jetzt, daß der Korrelations-Koeffizient eine »skalare« Größe darstellt, d. h. einen Wert, der eine Stelle zwischen 0 und 1 bedeutet. Daher ist es auch schwierig, eine ganz präzise Definition zu geben; einigermaßen richtig dürfte die Formulierung sein: *der Korrelations-Koeffizient ist der ziffernmäßige Ausdruck für den Grad der Annäherung an ausnahmslos gemeinsames oder ausnahmslos nicht-gemeinsames Auftreten der beiden Merkmale;* kürzer, aber nicht mehr so eindeutig, könnte man auch sagen: *der Korrelations-Koeffizient ist der Grad des gemeinsamen Auftretens beider Merkmale.* Ein sehr hoher Koeffizient bedeutet daher, daß beide Merkmale sehr häufig, ein sehr niedriger, daß sie sehr selten gemeinsam auftreten; ein Koeffizient um Null zeigt an, daß das erste Merkmal sowohl bei Häufigkeit wie bei Seltenheit des anderen vorhanden sein kann. Auf die Formeln zur Berechnung des Korrelations-Koeffizienten kann hier nicht eingegangen werden; es gibt darüber viele gute Bücher (z. B. MITTENECKER 1968, HOFSTÄTTER-WENDT 1966).

Oft liest man, daß durch die Korrelation der Grad der Abhängigkeit oder des Zusammenhanges der beiden Merkmale voneinander ausgedrückt werde, eine Formulierung, die leicht zu voreiligen Annahmen verleiten kann, weil die Begriffe »Abhängigkeit« oder »Zusammenhang« die Vermutung nahelegen, daß die Merkmale zueinander in einem Kausalverhältnis stehen, d. h., daß das eine das andere hervorbringe oder daß sie sich wechselseitig bedingen. Eine solche Vermutung ist bereits eine Interpretation des Korrelations-Koeffizienten, die auf ihre Richtigkeit erst geprüft werden müßte (es kann z. B. sein, daß beide korrelierenden Merkmale von einem dritten Faktor bewirkt werden oder daß zwischen ihnen überhaupt kein ursächlicher Zusammenhang besteht). Auch die manchmal verwendete Ausdrucksweise, der Korrelations-Koeffizient sage aus, in welchem Ausmaß zwei Merkmale miteinander variieren, d. h. gemeinsam zu- oder abnehmen (wie wahrscheinlich es sei, daß das eine größer werde, wenn das andere größer wird), ist strenggenommen eine Interpretation, doch läßt sich die gleichsinnige Varianz durch eigene Methoden (Berechnung der Regressionslinien) kontrollieren.

Mit besonderen Verfahren kann man die Signifikanz eines Korrelations-Koeffizienten prüfen, wobei wieder die Größe und die Homogenität der Stichproben von entscheidender Bedeutung sind. Die Merkmale, deren Verteilung der Korrelationsberechnung zugrunde gelegt wurde, stammen ja meist aus kleinen Stichproben. Zur Verläßlichkeitskontrolle stellt man die Hypothese auf, daß keine Korrelation bestehe (d. h., die Korrelation gleich Null sei), und berechnet die Wahrscheinlichkeit, mit welcher diese Hypothese zutrifft (»*Nullhypothese*«); ist diese Wahrscheinlichkeit kleiner als 1%, so wird die Nullhypothese verworfen und angenommen, daß es sich um eine tatsächliche Korrelation und nicht nur um ein Zufallsresultat handelt. Auf die Art dieser Berechnung und die dabei maßgebenden Überlegungen kann hier nicht eingegangen werden.

4. Das Verstehen

»Die Natur erklären wir, das Seelenleben verstehen wir.« Dieser im Jahre 1894 niedergeschriebene Satz WILHELM DILTHEYS ist zum Programm einer Bewegung geworden, welche der »erklärenden« naturwissenschaftlichen Psychologie eine »verstehende« geisteswissenschaftliche gegenüberstellte. Es kam zu scharfen Diskussionen zwischen beiden Richtungen, und eine Zeitlang schien es, als ob in der daraus entstandenen »Krise der Psychologie« die naturwissenschaftliche Richtung unterliegen müsse. Die Erwartung, daß die verstehende Psychologie einen neuen Aufschwung herbeiführen und weitreichende Erkenntnisse in den Bereichen des »höheren Seelenlebens« erbringen werde, hat sich aber nicht erfüllt; im Gegenteil, man kann heute mit Sicherheit behaupten, daß das Experiment und die systematische Selbstbeobachtung nach wie vor die verläßlichsten Methoden der Psychologie sind — Methoden, mit deren Hilfe man vielleicht auch das Verstehen erklären und das Erklären verstehen kann. Es war in erster Linie eine begriffliche Verwirrung, die zu dieser Krise führte; man muß froh sein, daß es dazu kam, weil sich aus ihr wichtige Klarstellungen ergaben.

Den Ausgangspunkt des Streites kann man an folgendem Beispiel klarmachen: wenn uns gesagt wird, Anton ist größer als Paul, Paul ist größer als Karl, so ergibt sich daraus unmittelbar, daß Karl der Kleinste und Anton der Größte ist. Das Zustandekommen dieser Schlußfolgerung wird *unmittelbar* erlebt; genauso wie etwa das Zustandekommen eines Entschlusses aus seinen Motiven unmittelbar erlebt wird. Das Hervorgehen des einen aus dem anderen, die Übergänge von einem Zustand in den anderen, »das Einwirken, das von einem zum andern führte« (DILTHEY 1894), ist uns unmittelbar bewußt. Darin sah DILTHEY das Entscheidende: der Zusammenhang zwischen zwei verschiedenen Erlebnissen wird nicht »hinzugedacht oder erschlossen«, sondern eben unmittelbar erfaßt, er fällt in die »innere Erfahrung«.

Dies alles ist richtig. Die Beziehungen zwischen den einzelnen Erlebnissen, das Hervorgehen des einen aus dem anderen, kann man nur in sich selbst feststellen. Nennt man solche Feststellungen »Verstehen« des eigenen Erlebens, so ist nichts dagegen einzuwenden; etwas Neues ist damit aber nicht gesagt: denn die Feststellung, daß ein gewisser Entschluß aus diesen und jenen Motiven gefaßt worden sei, gehört durchaus zur *Beschreibung* eines Vorganges, wie man sie von jeder genauen wissenschaftlichen Beobachtung zu fordern hat. Nur die Eigenart des Psychischen, die Tatsache, daß ausschließlich der Erlebende selbst solche Beobachtungen machen kann, ist durch DILTHEYS Feststellung hervorgehoben.

Das Wesentliche dabei ist — um es noch einmal zu sagen —, daß der *Zusammenhang der Erlebnisse* (von DILTHEY als »*Strukturzusammenhang*« bezeichnet) mit »unmittelbarer Mächtigkeit« erlebt wird, also nicht »hinzugedacht oder erschlossen« ist. Dieses Hinzudenken oder Erschließen wäre nach DILTHEY eine erklärende Tätigkeit, zu deren Durchführung »intellektuelle Prozesse« nötig sind, während das Verstehen »durch Versenkung der Gemütskräfte in das Objekt« erfolgt. Sieht man von dieser letzteren unklaren Ausdrucksweise ab, so stellt sich der Sachverhalt folgendermaßen dar: wenn ich z. B. in das Theater gehen will und mir ein Billett kaufe, so weiß ich unmittelbar, daß die beiden Erlebnisse — das Wollen und der Kauf des Billetts — zusammenhängen; ich weiß überdies, ob ich des Stückes oder eines bestimmten Schauspielers wegen in das Theater gehe oder nur aus gesellschaftlicher Verpflichtung oder aus Langeweile. Alle diese Zusammenhänge sind mir »in der inneren Erfahrung gegeben«. Sehe ich aber einen anderen ein Billett kaufen, so weiß ich gar nichts unmittelbar; ich kann nur erschließen oder hinzudenken, daß der Kauf des Billetts bestimmte Motive hat (z. B. Langeweile oder Interesse), mit deren Hilfe ich mir den Kauf der Karte *erklären* kann. Soweit ist alles ganz klar; und es ergibt sich daraus, daß ein solches Erschließen, also ein Erklären im Sinne DILTHEYS, gegenüber *eigenen* Erlebnissen zumeist — keineswegs immer, dies sei betont — unnötig ist, weil ich ihren inneren Zusammenhang unmittelbar verstehe, während ich denjenigen fremder Erlebnisse nicht so verstehen kann und daher auf Erschließen und Hinzudenken, kurz auf Annahme von Motiven angewiesen bin.

Erzählt mir nun jemand, der auch ein Theaterbillett kauft, daß er ein begeisterter Shakespeare-Verehrer sei und überdies die Kunst eines bestimmten Schauspielers besonders schätze, so *verstehe* ich, falls ich selbst die Dramen Shakespeares auch bewundere, warum er in das Theater geht; und gleichzeitig kann ich es erklären, indem ich seine Vorliebe für Shakespeare und den im Stück auftretenden Schauspieler als Motiv annehme und mir dann den Erlebnisablauf so vorstelle, wie ich ihn von eigenen Entschlüssen kenne. An alldem ist gar nichts Geheimnisvolles; es läßt sich der Unterschied zwischen Verstehen und Erklären an so einfachen Beispielen sogar noch viel klarer machen: wäre ich ein künstlerisch uninteressierter trockener Materialist, so würde ich vielleicht sagen: »Ich verstehe *nicht*, wieso man wegen Shakespeare in das Theater gehen kann (ich selbst tue es vielleicht aus gesellschaftlichen Gründen), wohl aber kann ich es mir *erklären*, wenn ich die mir unverständliche Freude an der Dichtung Shakespeares als Motiv für das Handeln des anderen einsetze.« Das ist dann dasjenige, was DILTHEY als »intellektuellen« Prozeß bezeichnet, mit welchem etwas »hinzugedacht oder erschlossen« wird. Erklären liegt vor, wenn man sich psychische Prozesse bloß vorstellt, ohne sie nachzuerleben; Verstehen hingegen, wenn man sie nacherlebend vorstellt oder wirklich nacherlebt, wodurch alles Erklären natürlich unnötig wird.

Gewiß ist das Verstehen dasjenige, was — wenn man so sagen darf — dem fremden Erleben näherkommt, es unmittelbarer in seiner Ursprünglichkeit erfaßt. Was man an anderen Menschen nicht versteht, wohl aber erklären kann — vor allem Gesinnungen, Einstellungen, ethische und politische Haltungen —, bleibt irgendwie fremd. Dies ist der zweifellos bestehende psychologische Unterschied zwischen Verstehen und Erklären; DILTHEY hat ihn vollkommen richtig gesehen, aber den wissenschaftlich-methodischen Wert des Verstehens weit überschätzt. Die Frage, um die es in der wissenschaftlichen Psychologie geht, ist ja einzig und allein: Ist das Verstehen eine brauchbare Forschungsmethode? Führt es zu allgemein gültigen Erkenntnissen über die seelisch-geistigen Erscheinungen und ihre Gesetze? Es scheint mir darauf nur eine einzige Antwort zu geben: Eine brauchbare Forschungsmethode ist das Verstehen — also das nacherlebende Vorstellen psychischer Prozesse — wohl in *formaler* Hinsicht, nicht aber in *inhaltlicher*. Wer niemals die Entstehung eines Entschlusses selbst erlebt hätte, könnte keinen wie immer gearteten Entschluß eines anderen Menschen verstehen, ja er wüßte nicht einmal, was ein Entschluß ist. In Wirklichkeit hat jeder gesunde erwachsene Mensch selbst schon Entschlüsse gefaßt, er weiß aus eigener Erfahrung, wie es dabei zugeht, und kann daher als Motive auch solche Beweggründe einsetzen, die er nicht nacherleben kann. Mit anderen Worten: aus dem *formalen* Geschehen bei der Entschlußbildung — dem Hervorgehen des Wollens aus Motiven — kann er jeden Entschluß erklären, wenn er nur die richtigen Motive in richtiger Stärke vorstellungsmäßig einsetzt. In diesem Sinne ist das Verstehen — um es noch einmal zu sagen: das vorstellungsmäßige Nacherleben bekannter psychischer Ablaufsformen — nicht nur eine Forschungsmethode wie andere, sondern die wichtigste von allen. Das *inhaltliche* Verstehen hingegen — also z. B. das Nacherleben bestimmter *konkreter* Motive, wie Shakespeare-Begeisterung — ist als Forschungsmethode unbrauchbar und überflüssig. Wer nämlich bestimmte konkrete Erlebnis*inhalte* nacherleben kann, kann sie nur nacherleben, weil er sie aus eigenem Erleben kennt; und die Forschungsmethode dem eigenen Erleben gegenüber ist die Beobachtung dieses eigenen, nicht eines fremden Erlebens. Nur in einem einzigen Falle ist auch das inhaltliche Verstehen methodisch am Platz; dann nämlich, wenn man gerade es selbst, gerade das inhaltliche Verstehen als solches untersuchen will — dann ist es aber natürlich Selbstbeobachtung, was man dabei treibt.

Es ist wichtig, daß dieser Unterschied genau verstanden wird. Ich gebe ein zweites Beispiel: ein Mensch hat die Befürchtung, daß er an einer unheilbaren Krankheit leide; die Folge davon ist, daß seine Stimmung sinkt, daß er verdrossen und interesselos dahinlebt. Das Formale daran ist: aus einer Befürchtung kann eine gedrückte Stimmung entstehen; das Inhaltliche: Herr X. hat die Befürchtung, er sei unheilbar krank. Alle Menschen, die jemals eine Befürchtung erlebten, erlebten sie in ungefähr gleicher Weise — daraus ergibt sich die Berechtigung zu der formalen induktiven Verallgemeinerung: aus Befürchtungen entstehen gedrückte Stimmungen.

Damit dürfte das Wesentliche geklärt sein. Verstehen in formaler Hinsicht ist die vorstellungsmäßige Übertragung von psychischen Ablaufsformen, die man bei sich selbst festgestellt hat, auf fremdes Seelenleben. Dieses Verstehen — aus welchem uns z. B. begreiflich ist, daß aus Motiven ein Entschluß, aus Prämissen eine Folgerung hervorgeht — ist eine unentbehrliche, im täglichen Leben wie in der Psychologie ständig angewandte Methode. Sie ergibt verläßliche Resultate, weil es sich dabei um gleichartige Feststellungen vieler Menschen handelt, also in Wirklichkeit eine induktive Ableitung vorliegt. Verstehen in inhaltlicher Hinsicht hingegen ist keine Forschungsmethode; es ist überhaupt nur dort möglich, wo der Verstehende dasjenige, was er am anderen versteht — also z. B. die Befürchtung einer unheilbaren Krankheit —, schon selbst erlebt hat.

Es ist ein bleibendes Verdienst Diltheys und seiner Nachfolger, eine Diskussion von prinzipieller Bedeutung in Gang gebracht zu haben; prinzipiell deshalb, weil sie gezeigt hat, daß jeder gesunde Mensch, auch ohne jede Absicht, Psychologie zu treiben, schon sehr viel Psychologie kann — einfach deshalb, weil das bewußte Erleben als solches schon ein Wissen um die Erlebnisformen mit sich bringt. Wie lächerlich wäre es, wenn man durch Experimente feststellen wollte, daß ein Entschluß aus Motiven, eine gedankliche Folgerung aus Prämissen hervorgeht; das weiß jedermann aus eigener Erfahrung, aus der bewußtseinsimmanenten Selbstbeobachtung, die der zivilisierte Mensch ständig und während seines ganzen wachen Daseins betreibt, ob er will oder nicht. Die eigentliche Leistung der »Verstehens-Psychologen« besteht darin, daß sie die »Eigenart des Geistigen«, wie es Erismann nennt, die Besonderheiten der psychischen Vorgänge, mehr als jede andere psychologische Richtung betont und sie den Forschungsgegenständen der anderen Naturwissenschaften gegenübergestellt haben.

Der Vollständigkeit halber sei noch erwähnt, daß die begrifflichen Unklarheiten im Streite um das Verstehen noch dadurch sehr vergrößert wurden, daß man das Wort »Sinn« in die Diskussion brachte. Es war allerdings naheliegend, dies zu tun; der Sprachgebrauch des Alltags tut es ebenfalls (man »versteht« den Sinn eines Satzes, wenn man weiß, was damit gemeint ist). In einem ganz anderen »Sinne« wird der Ausdruck »Sinn« bei dem hervorragendsten neueren Vertreter der »geisteswissenschaftlichen Psychologie«, Eduard Spranger, verwendet; man muß heute sagen, daß es in der neueren Geschichte der Wissenschaft kaum ein besseres Beispiel für die Größe und Folgenschwere der Verwirrung gibt, die aus der Verwendung eines feststehenden Begriffes in gänzlich neuer Bedeutung hervorgehen kann, als den Sinnbegriff bei Spranger — allerdings nur, wenn dies in einem Werke geschieht, das wegen seiner übrigen hohen Qualitäten zu den bekanntesten seines Faches gehört.

Spranger erklärte: »Ich fordere das Wort Psychologie für die Wissenschaft vom sinnerfüllten Leben zurück.« Diese Forderung war unnötig; kein Psychologe hat jemals geglaubt, daß das psychische Geschehen sinnlos und ohne Zusammenhang mit dem Leben sei. Seit dem Jahre 1910, in welchem Spranger seine Forderung ausgesprochen hat, sind die Beziehungen zwischen Psychologie und Biologie sehr viel enger geworden. Ich selbst habe von jeher den Standpunkt vertreten, daß alles Psychische eine Lebenserscheinung sei, weil es an der Erhaltung des Daseins in entscheidender Weise mitwirkt und daher einen biologischen »Sinn« hat; wobei »Sinn« nichts anderes bedeutet als »Zweck«. Für Spranger hat dieses Wort eine andere Bedeutung, wie die folgenden Zitate zeigen: »Sinn hat, was in ein Wertganzes als konstituierendes Glied eingeordnet ist«; »eine Handlung hat Sinn, wenn sie in bezug auf Wertverwirklichung erfolgt«. Das »Verstehen ist nicht einfach dem Nacherleben gleichzusetzen. Verstehen in allgemeinster Bedeutung heißt: geistige Zusammenhänge in der Form objektiv gültiger Erkenntnisse als sinnvoll auffassen. Wir verstehen nur sinnvolle Gebilde. Durch das Merkmal des sinnvollen Zusammenhangs unterscheidet sich die Erkenntnisleistung des Verstehens von Begreifen und Erklären, z. B. von der Kausalerklärung aus Gesetzen der äußeren Aufeinanderfolge. Das Verstehen scheint in den inneren Zusammenhang einzudringen. Es erfaßt immer einen Sinn, indem es etwas Geistiges gleichsam mit seinem Leben durchdringt.« »Der andere erlebt mehr, wir aber wissen unter Umständen mehr und können daher auch den Sinn seines Erlebens besser einordnen.« »Eine nur auf Nacherleben gegründete Psychologie wäre eine beschreibende Psychologie.« Die Lehre SPRANGERS mündet in eine Metaphysik des »objektiven Geistes«; darauf ist hier nicht einzugehen. Festgestellt muß aber werden, daß die erwarteten großen Leistungen der geisteswissenschaftlichen Psychologie bis heute ausgeblieben sind. Als Forschungsmethode hat sich die Arbeitsweise dieser Richtung nicht bewährt.

Trotzdem kann man den Bemühungen der geisteswissenschaftlichen Psychologie, soweit sie nicht nur subjektive Überzeugungen in wissenschaftlicher Sprache vorbringt oder schöngeistige Schwärmereien verbreitet, nicht jeden Wert kurzerhand absprechen. In manchen geisteswissenschaftlichen Konzepten finden sich nämlich — leider oft untrennbar mit weltanschaulichen Auffassungen vermischt — beachtenswerte Beiträge zu einer »theoretischen Psychologie«. Bezeichnet man mit »*theoretischer Psychologie*« ein System, das die empirischen Teilresultate zusammenfaßt und daraus allgemeine Gesetze abzuleiten sucht, so darf man behaupten, daß im gegenwärtigen Entwicklungsstadium der Psychologie nichts erwünschter wäre als eine solche Theorie; sie ist geradezu die Forderung des Tages. Es genügt keineswegs, immer neue Einzeluntersuchungen mit immer genaueren Methoden durchzuführen; man erhält auf diese Weise nur Fragmente, niemals ein System. Dazu kommt, daß es in der Psychologie wie in jeder Wissenschaft viele Probleme gibt, die sich experimentell oder statistisch überhaupt nicht behandeln lassen, so daß man darauf angewiesen ist, durch theoretische Folgerungen aus den empirischen Ergebnissen zu einer Lösung zu kommen (wobei nicht nur die Resultate der psychologischen Forschung, sondern auch die einschlägigen Erkenntnisse der biologischen Wissenschaften und die Erfahrungen des täglichen Lebens einbezogen werden müssen). Der erste Ansatz in dieser Richtung — LINDWORSKYS »Umriß-Skizze zu einer theoretischen Psychologie« (1912) — ist leider im Stadium des Entwurfes steckengeblieben. Für einzelne Teilgebiete der Psychologie gibt es heute bereits theoretische Konzepte, die auf rein empirischen Grundlagen aufbauen (»Theorie des Lernens«, »Persönlichkeits-Theorien«, »Aufmerksamkeits-Theorie« usw.).

Natürlich enthält auch jede naturwissenschaftliche Psychologie vielerlei theoretische Annahmen (auch das einleitungsweise dargestellte System der psychischen Kräfte und Funktionen gehört dazu). Diese theoretischen Beiträge sind der wichtigste Teil jeder zusammenfassenden Darstellung, weil sich an ihnen zeigt, welche Gesichtspunkte am besten geeignet sind, *alle* bisherigen empirischen Teilresultate zu einer einheitlichen Theorie des psychologischen Geschehens zu vereinigen.

Die psychischen Funktionen
Die Wahrnehmungen

I. Entstehung von Wahrnehmungen

1. Objektive und subjektive Wirklichkeit

Die Triebe sorgen dafür, daß die Lebewesen ihr eigenes Dasein erhalten und neue Lebewesen erzeugen. Sobald dem Organismus die Stoffe zu fehlen beginnen, deren er zur Erhaltung des Lebens bedarf, tritt das Verlangen nach Nahrung auf; es wächst zu einer unbezwingbaren drängenden Kraft an, die so lange wirkt, bis der Hunger gestillt ist oder der Tod eintritt. Ebenso verhält es sich mit dem Geschlechtstrieb; mit elementarer Gewalt zwingt er Mensch und Tier, nach Möglichkeiten der Befriedigung zu suchen.

Die Befriedigung der Triebe ist nur möglich, wenn die Lebewesen zur *Außenwelt* in Beziehung treten; um den Hunger zu stillen oder einen Geschlechtspartner zu finden, muß man feststellen können, was außerhalb des eigenen Organismus vorhanden ist. Zu diesem Zwecke besitzen die Lebewesen eigene Apparate, die ihnen von den Dingen, die um sie her vorhanden sind, Kenntnis geben: die *Sinnesorgane*. Sinnesorgane oder Rezeptoren sind Einrichtungen, die Mensch und Tier darüber informieren, was außerhalb und innerhalb ihres Körpers vor sich geht; dazu gehören die Augen und Ohren, die Riech-, Tast- und Geschmacksorgane mit den dazugehörigen nervösen Systemen und die kleinen, über den Körper verteilten Organe, deren Reizung Kälte und Wärme, Druck und Schmerz erzeugt. Aber auch die Apparate, die es einem Lebewesen ermöglichen, sich zu bewegen und das, was es braucht, aufzusuchen, dienen zur Triebbefriedigung; und ebenso das Gedächtnis — die Möglichkeit, sich dasjenige, was sich einmal als nützlich oder schädlich erwiesen hat, zu *merken* und sich zu gegebener Zeit wieder daran zu *erinnern*. Am besten ausgerüstet zur Erfassung der Außenwelt sind aber jene Lebewesen, die außerdem noch alles das, was sie bisher erlebt haben, in *Begriffen* zusammenfassen und in *Worten* zum Ausdruck bringen können; sie sind dadurch imstande, die Vorgänge in der Welt rasch und sicher zu überblicken und in ihre bisherige Erfahrung einzuordnen, indem sie sie in *Gedanken* übertragen und diese Gedanken *sprachlich* formulieren. Alle diese Einrichtungen haben funktionalen Charakter; sie haben die Aufgabe, die Ziele zu erreichen, die ihnen von den Trieben, Interessen und Willenserlebnissen gesetzt werden.

Der Ausdruck »Apparate« ist für die Sinnesorgane und für die Organe, mit deren Hilfe wir uns im Raum bewegen können, im vollen Sinne des Wortes anwendbar. Das Auge und das Ohr sind nach bekannten physikalischen Gesetzen aufgebaut wie ein im Laboratorium konstruiertes Instrument; und die Körperbewegungen vollziehen sich nach rein mechanischen Prinzipien durch Verkürzung und Verlängerung der Muskeln. Doch sind Augen und Ohren ebenso wie die Muskeln des Bewegungsapparates nur Teile eines größeren Systems: gesehen und gehört wird nicht im Auge und nicht im Ohr, sondern im Gehirn, und die Muskelkontraktionen werden ebenfalls vom Gehirn gesteuert. Alle diese »Apparate« sind Teile des Organismus; obwohl sie aus lebendiger Substanz bestehen, unterliegen alle ihre Tätigkeiten den Gesetzen der Chemie und Physik. Aber sie erzeugen Erscheinungen, die es in der Physik und Chemie nirgends gibt: *bewußte Empfindungen und Wahrnehmungen.*

Aus den Empfindungen und Wahrnehmungen entsteht unsere *Außenwelt.* Nach den Lehren der Physik besteht das Universum aus Atomen und Molekülen, die sich ständig in Bewegung befinden und dadurch Schwingungen und Strahlungen erzeugen. Atome, Moleküle, Schwingungen und Strahlungen sind an sich weder hell noch dunkel, weder laut noch leise; sie haben keine Farbe, sie tönen nicht, sie riechen nicht, und sie sind auch nicht rauh oder glatt, fest oder weich, kalt oder warm. Hell und farbig, still und laut, hart und weich, rauh und glatt werden die Substanzen und Energien, die um uns vorhanden sind, erst durch die *Empfindungen,* die durch die Reizung der Sinnesorgane entstehen; ja sie werden durch die Sinne überhaupt erst zu *Dingen,* die wirklich existieren und sich zu bestimmten Zwecken verwenden lassen. Auch das *Gedächtnis* ist an diesem Prozeß in hohem Grade beteiligt; in den Wahrnehmungen, die aus dem Zusammenspiel verschiedener Sinneseindrücke entstehen, sind (wie noch gezeigt wird) immer auch Nachwirkungen *früherer* Sinneseindrücke enthalten. Die Sinne machen aus der stummen und farblosen Welt die laute, leuchtende, prächtige Natur, die uns umgibt; und das Gedächtnis bringt in das farbige, tönende und duftende Durcheinander Ordnung, indem es die Erfahrungen, die wir seit unserer frühesten Kindheit damit gemacht haben, zur Verfügung stellt. In der Sprache der Psychologie heißt dies: die Sinnesorgane erzeugen in uns *Empfindungen,* die sich mit den bisherigen Erfahrungen zu *Wahrnehmungen* verbinden, aus denen sich unsere *Außenwelt* aufbaut.

Aus diesen Behauptungen, deren Richtigkeit im folgenden bewiesen werden soll, ergibt sich zweierlei: wenn die Außenwelt aus dem Zusammenwirken von Sinnesempfindungen und bisheriger Erfahrung entsteht, so muß sie für verschiedene Lebewesen verschieden aussehen, je nachdem, welche Sinnesorgane ihnen zur Verfügung stehen. Für einen Hund, der ein viel besseres Geruchsorgan hat als wir Menschen, gibt es Gerüche, von denen wir keine Ahnung haben. Für die Bienen, deren Augen auch für Ultraviolett empfindlich sind, hat die Welt Farben, von denen wir uns keine Vorstellung machen können; und unsere Farben erscheinen ihnen, wie die geistreichen Experimente v. FRISCHS gezeigt haben, anders als uns: rote Mohnblüten sind für die Bienen wahrscheinlich schwarz (FRISCH 1943). Aber diese Unterschiede sind viel unwesentlicher als diejenigen, die durch die verschiedene *Erfahrung* zustande kommen: viele Dinge, die in unserer Welt eine sehr wesentliche Rolle spielen, sind in der Tierwelt als solche überhaupt nicht vorhanden, weil sie für das Tier keine Bedeutung haben; ein Buch, ein Tisch, ein Sessel ist in der Welt der Fliege, des Vogels oder des Wurmes kein Buch, kein Tisch, kein Sessel, sondern nur ein Gegenstand, der ihrem Körper Halt bietet, wenn sie sich darauf niederlassen. Sie wissen nicht, wozu diese Dinge dienen, sie haben für sie nicht dieselbe Bedeutung wie für uns. Dem kleinen Kind geht es nicht besser: in seiner Welt sind diese Dinge ebenfalls unbekannte Gegenstände. *Die verschiedenen Lebewesen haben verschiedene Welten.* Es wird sich noch zeigen, daß dies auch für die einzelnen Menschen gilt: jeder lebt in seiner eigenen, individuellen Welt, die von denen aller anderen Menschen verschieden ist. Die Ursache hierfür liegt darin, daß in den weltgestaltenden Faktoren der Erfahrung die individuellen Triebe und Interessen enthalten sind, so daß es zu einer *Auswahl* nach ganz persönlichen Gesichtspunkten kommt.

Zweitens ergibt sich aus dem früher Gesagten, daß wir aus unserem Erleben über die *wirkliche* Beschaffenheit der Außenwelt *nichts* wissen. Was wir von ihr wissen, entsteht dadurch, daß »irgend etwas« auf unsere Sinnesorgane wirkt; niemals erfahren wir aber durch diese Wirkung, was dieses »Irgendetwas« *unabhängig* von unseren Sinnesempfindungen ist. In der Wissenschaft nennt man es »*Reiz*«; doch bedeutet dieser Name nicht mehr als »Ursache einer Empfindung«. Die Physik hat diese Ursachen näher zu bestimmen versucht; und sie ist bekanntlich zu der Auffassung gekommen, daß sich alle uns bekannten Reizwirkungen am besten dadurch erklären lassen, daß man sich die Außenwelt aus Atomen und Molekülen zusammengesetzt denkt, die durch ihre Bewegungen verschiedene Schwingungen und Strahlungen erzeugen. Alle »Reize«, die auf unsere

Sinnesorgane wirken, bestünden demnach entweder aus bewegten Atomen und Molekülen (die wir als Druck, Stoß und Temperatur empfinden) oder aus Schwingungen und Strahlungen (die in uns durch ihre Wirkung z. B. auf die Netzhäute der Augen die Licht- und Farbempfindungen entstehen lassen). Allgemein ausgedrückt heißt dies: Atom- und Molekülbewegungen und die von ihnen erzeugten Schwingungen bewirken, daß in unseren Sinnesorganen Erregungen entstehen, die in bestimmte Gehirnzellen geleitet werden, in denen sie zu Empfindungen umgewandelt werden; sie sind für uns Sinnesreize»«. *Ob* ein solcher physikalischer Prozeß für uns ein »Reiz« ist, hängt ganz von unseren Sinnesapparaten ab; nur ein winziger Teil der Schwingungsvorgänge, die sich ständig um uns herum abspielen, wird uns als Farbe oder Licht bewußt, weil die Sinneszellen unserer Netzhäute nur für einen kleinen Schwingungsbereich empfindlich sind. Ebenso hängt es ganz und gar von der Art unserer Sinnesapparate ab, *was für* Empfindungen durch einen bestimmten Reiz entstehen: Schwingungen von der Wellenlänge 0,0007 mm erzeugen durch ihre Wirkung auf das gesunde menschliche Auge die Empfindung »rot«; man kann sich aber andere Netzhäute vorstellen, die unter der Einwirkung derselben Schwingung eine ganz andere Farbempfindung liefern (bei Grün-Rot-Blinden z. B. entsteht nur eine Grauempfindung, den Bienen erscheint das reine Rot als Schwarz).

Ganz anders als die objektive physikalische Welt ist die subjektive Welt, in der wir *leben*. Atome, Moleküle, Schwingungen und Strahlungen spielen in ihr keine Rolle; sie sind für die meisten Menschen gar nicht vorhanden, weil sie nichts von ihnen wissen. Dafür sind Dinge da, die man essen kann, Flüssigkeiten zum Trinken, und Menschen, die man gerne hat, verachtet oder haßt; und dazu Berge und Meere, Tiere und Pflanzen, Städte und Dörfer, Autos und Flugzeuge und tausenderlei anderes. Nur in *dieser* Welt — niemals in derjenigen der bewegten Atome und ihrer Schwingungen — sind wir glücklich oder verzweifelt; sie und keine andere ist für uns die wahre Wirklichkeit, in welcher sich unser Schicksal vollzieht. Und doch ist diese Wirklichkeit nur ein ganz kleiner Ausschnitt aus allem, was um uns her vorhanden ist; ein Ausschnitt, der dadurch zustande kommt, daß nur ein winziger Teil des jeweiligen Geschehens in unserer Umgebung einen »Reiz« für unsere Sinnesorgane darstellt und dadurch Empfindungen auslöst, die durch unsere bisherige Erfahrung zu Wahrnehmungen verarbeitet werden. Aus der Gesamtheit der Wahrnehmungen setzt sich unsere Außenwelt zusammen.

Um im folgenden zwischen den eben geschilderten zwei Welten — der Welt der Reize und der Welt der bewußten Wahrnehmungen — sauber unterscheiden zu können, ist es zweckmäßig, die Begriffe »*ob-*

jektive« und *»subjektive« Wirklichkeit* einzuführen. Die objektive Wirklichkeit wird im folgenden gleichgesetzt mit der Welt der chemischen und physikalischen Vorgänge — unabhängig davon, ob wir sie wahrnehmen können oder nicht. Dabei hat man zu bedenken, daß Physik und Chemie bisher bei weitem nicht alles festgestellt haben, was in der objektiven Wirklichkeit vorhanden ist. Es ist nicht daran zu zweifeln, daß es noch vielerlei Naturkräfte gibt, von deren Existenz wir heute genauso nichts ahnen, wie die Menschen vor hundert Jahren von den Röntgenstrahlen oder vom Ultraschall nichts geahnt haben. Die Frage, ob die bisher von den Naturwissenschaften erforschte »objektive Wirklichkeit« wirklich so ist, wie sie von der Physik und Chemie beschrieben wird, muß hier offengelassen werden; das Weltbild der Naturwissenschaft hat sich bisher bewährt und wird daher im folgenden als richtig angenommen (dazu ROHRACHER 1970).

Es wurde bereits betont, daß es in der objektiven Wirklichkeit keine Farben oder Helligkeiten gibt, keine Wärme und keine Töne oder Geräusche — nur Atome und Moleküle in verschiedener Anordnung und die von ihrer Bewegung ausgehenden Kräfte (und wahrscheinlich noch vielerlei andere Energieformen, von denen wir noch nichts wissen). *Unsere* — die subjektive — Wirklichkeit baut sich aus den Empfindungen auf; aus ihnen entstehen durch ihr wechselseitiges Zusammenwirken und durch das Gedächtnis, das frühere Empfindungen mit gegenwärtigen verbindet, die *wahrgenommenen Dinge*.

Jeder, der Philosophie oder Psychologie studieren will, muß diese Tatsachen zur Grundlage seines Denkens machen. Sie bilden das Fundament für jede wissenschaftliche Weltbetrachtung. Atome, Moleküle oder Schwingungen erzeugen in den Sinnesorganen nervöse Erregungen, aus denen die Empfindungen entstehen, die dann im Zusammenwirken mit der bisherigen Erfahrung die Wahrnehmungen hervorbringen. Dies ist das Grundprinzip der Entstehung der subjektiven Welt, in der sich unser Leben abspielt. Es enthält bereits die ganze Problematik des Zusammenhanges zwischen bewußten Erlebnissen und objektiver Wirklichkeit: Empfindungen und Wahrnehmungen sind etwas *Psychisches*, die Sinnesapparate und das Gehirn etwas *Organisches*, die Reize aus der objektiven Welt etwas *Materielles* (im weitesten Sinne des Wortes; die elektromagnetischen Schwingungen, die in uns die Lichtempfindungen erzeugen, sind nicht in strengem Sinne materiell, wohl aber Auswirkungen materieller Prozesse). Aus materiellen Kräften entsteht durch die Tätigkeit des lebenden Organismus das bewußte Erleben.

Es muß an dieser Stelle eindringlich betont werden, daß schon jede einfache Empfindung etwas Psychisches ist; wenn man eine grüne Wiese sieht oder an den Händen kalt spürt, so ist dies ein bewußtes Erleben.

»Grün« und »kalt« bestehen nur als Empfindungen; nur in der subjektiven Welt des Menschen. Unabhängig von unserer Wahrnehmung ist die Wiese nicht grün, sie hat überhaupt keine Farbe; das »Grün« ist ausschließlich unsere Empfindung, die dadurch zustande kommt, daß die Moleküle der Gräser von den elektromagnetischen Schwingungen, die — von der Sonne kommend — auf sie auftreffen, nur eine bestimmte Schwingungsart (nämlich diejenige von 600 Billionen Schwingungen pro Sekunde) zurückwerfen (»reflektieren«). Gelangen diese Schwingungen auf die Netzhaut unserer Augen, so entstehen dort bestimmte elektrochemische Prozesse, die in das Gehirn geleitet werden und dort die Empfindung »grün« entstehen lassen. Die Schwingungen der Luft, die auf unser Ohr treffen, sind nicht laut oder leise; sie sind absolut still — nur durch ihre Wirkung auf die nervösen Apparate im Innenohr entsteht der Straßenlärm oder das Pianissimo einer Geige. Die weitaus meisten Vorgänge, die sich um uns in der objektiven Wirklichkeit abspielen, bleiben, wie noch zu zeigen ist, überhaupt unbemerkt, weil wir keine Sinnesorgane haben, die durch sie gereizt werden.

Die »subjektive Wirklichkeit« besteht nur aus unseren bewußten Erlebnisinhalten. Sie unterscheidet sich von der objektiven Wirklichkeit dadurch, daß sie Eigenschaften aufweist, die in der objektiven Wirklichkeit überhaupt nicht vorkommen — wie die Farben, Töne, Gerüche usw. Die subjektive Wirklichkeit eines Menschen kann man nicht von außen her untersuchen; man weiß darüber nur, was die einzelnen Menschen davon berichten. Aber jeder kennt sie aus eigener Erfahrung; sie ist für alle viel »wirklicher« als die Welt der Atome und Schwingungen.

Der ganze Prozeß, der zur Entstehung unserer Außenwelt führt, läßt sich als Transformierung chemisch-physikalischer Kräfte (der »Reize«) in bewußte Empfindungen betrachten. Dabei darf aber nicht vergessen werden, daß dieser Vorgang in überaus zweckmäßiger Weise auf die Bedürfnisse der Menschen abgestimmt ist: um durch Befriedigung des Nahrungs- und Geschlechtstriebes sich selbst und die Menschheit zu erhalten, braucht kein Lebewesen die Atome und Schwingungen zu kennen, mit denen seine Umgebung erfüllt ist; wohl aber muß es die Dinge, die als Nahrung brauchbar sind, durch Farbe, Geruch und Geschmack feststellen können, um seinen Hunger und Durst zu stillen, und es muß sich fortbewegen können, um einen Geschlechtspartner zu finden. Damit dies möglich werde, wird durch die Sinnesorgane aus der objektiven Wirklichkeit der Physik und Chemie die subjektive Wirklichkeit des bewußten Empfindens und Wahrnehmens geschaffen. *Diese* Wirklichkeit ist das Forschungsgebiet der Psychologie. Es ist daher eine richtige Definition, wenn man formuliert: *Psychologie ist die Wissenschaft von der subjektiven Welt des Menschen und der Tiere.*

Die einzelnen Komponenten, die am Aufbau der Außenwelt mitwirken, sollen im folgenden kurz besprochen werden. Dazu ist es notwendig, daß zuerst die Beziehungen zwischen Reiz und Empfindung einerseits, Empfindung, Erfahrung und Wahrnehmung andrerseits genauer dargestellt werden. Die wichtigste Frage — das Zustandekommen der *Ordnung* im Aufbau der Wahrnehmungswelt — soll am Schluß dieses Abschnittes behandelt werden.

2. *Reiz und Empfindung*

a) Die Reizschwelle

Nur ein sehr kleiner Teil der physikalischen Vorgänge, die sich ständig in unserer Umgebung abspielen, wird von unseren Sinnesorganen erfaßt. Wir spüren z. B. nichts vom Erdmagnetismus, von den Luftdruckschwankungen oder von den kosmischen Strahlen, die ununterbrochen aus dem Universum auf die Erde auftreffen; es kann sein, daß diese Faktoren auf die Organe unseres Körpers wirken und unseren Gesundheitszustand oder unser Wohlbefinden beeinflussen — aber sie erzeugen keine Empfindungen, weil wir keine Sinnesorgane haben, die auf solche Reize ansprechen. Wir spüren auch nichts von den tausenderlei verschiedenen elektrischen und magnetischen Schwingungen, die ständig von den Rundfunk- und Fernseh-Sendern erzeugt werden und daher immer auf unseren Körper auftreffen, ja ihn sogar durchdringen; erst wenn diese Schwingungen durch unsere Radio- und Fernsehapparate in hör- und sichtbare Schwingungen umgewandelt werden, können wir die von ihnen vermittelten Inhalte wahrnehmen. Unser Organismus besitzt nur für wenige Bereiche des physikalischen Geschehens geeignete Empfangsapparate.

Aber auch von dem winzig kleinen Teil der objektiven Wirklichkeit, der uns in Empfindungen bewußt wird, wird keineswegs *alles* bewußt. Viele Reize, für die wir zwar Sinnesorgane besitzen, sind zu schwach, um eine Empfindung hervorzubringen; sie müssen einen bestimmten Grad von Stärke erreichen, damit wir etwas von ihnen bemerken, weshalb man in der Psychologie von einer »Reizschwelle« spricht. Die Reize, die genügend stark sind, um die Sinnesorgane zu reizen und dadurch bewußte Empfindungen zu erzeugen, werden uns aber nur *ungenau* bewußt: damit wir Unterschiede zwischen verschiedenen Reizen bemerken, müssen sie eine bestimmte Größe erreichen; und die Unterscheidbarkeit wird um so geringer, je stärker die Reize sind. Es ergeben sich somit vier Tatsachen, durch die unserer Wahrnehmung *unüberschreitbare* Grenzen gesetzt werden: 1. Wir nehmen die Wirklichkeit nicht so wahr, wie sie ist (wir nehmen nicht Atome, Moleküle oder Schwingungen wahr, sondern Farben, Dinge, Geräusche, Gerüche usw.). 2. Nur ein sehr kleiner Teil der Wirklichkeit wird auf diese Weise wahrnehmbar (für sehr viele Vorgänge der objektiven Wirklichkeit fehlen uns Sinnesorgane, wir bemerken daher von ihnen gar nichts). 3. Von den Vorgängen, für die wir Sinnesorgane besitzen, werden nur jene bewußt, die einen bestimmten Stärkegrad erreichen (die Tatsache der »Reizschwelle«). 4. Diejenigen Vorgänge, die uns bewußt werden, werden uns in ihren Verschiedenheiten nur ungenau bewußt (Unterschiede zwischen Farben, Tönen, Entfernungen, Gewichten usw. müssen eine bestimmte Größe erreichen, damit wir sie bemerken).

Alle diese Beschränkungen unserer Wahrnehmung bedeuten keineswegs Nachteile, sondern Vorteile. Man stelle sich vor, daß man alle Schwankungen des Luftdruckes oder des Erdmagnetismus oder gar die kosmischen Strahlen in Empfindungen spüren würde; man wäre ständig durch Eindrücke gestört, die für den Ablauf des bewußten Lebens ohne Bedeutung sind. Oder man versuche sich auszumalen, welches Durcheinander von Empfindungen entstehen würde, wenn wir alle Radio- und Fernsehwellen, die ständig um uns schwingen, spüren könnten.

Die Beziehungen zwischen Reiz und Empfindung sind ziemlich genau erforscht. Die anatomische Grundlage aller Sinne besteht in einem Empfängerorgan (Rezeptor), von welchem eine Nervenleitung in das Gehirn führt. Durch den »Reiz«, also durch Molekülbewegungen oder durch mechanische oder elektromagnetische Schwingungen, wird in dem Empfängerorgan, also in den Netzhäuten der Augen, den Hörzellen der Ohren, den Tastkörperchen der Haut usw., eine Veränderung erzeugt; diese Veränderung löst in den Ganglienzellen der Rezeptoren eine »Erregung« aus, die durch die Nervenfasern in das Gehirn geleitet wird. Im Gehirn gibt es für jedes Sinnesorgan eine »Endstation« oder ein »Zentrum« (s. S. 36), d. h. ein System von Ganglienzellen, das vorhanden und gesund sein muß, damit Empfindungen entstehen können. Vieles spricht dafür, daß diese »Zentren« die eigentlichen *Entstehungsorte* der Empfindungen darstellen. Im einzelnen ist der anatomische Aufbau der verschiedenen Sinnesapparate, vor allem der Rezeptoren, sehr verschieden; davon ist bei der gesonderten Behandlung des Sehens, Hörens, Tastens usw. zu sprechen. Nach der Art der Reize, für welche das Empfängerorgan eines Sinnesapparates empfindlich ist, hat die Physiologie folgende Grundeinteilung der Sinnesrezeptoren getroffen: Photorezeptoren (empfindlich für Lichtreize), Phonorezeptoren (empfindlich für Schallreize), Chemorezeptoren (für chemische Reize) und Tangorezeptoren (für Berührung, Druck und Stoß), Thermorezeptoren (für Temperaturen) und Statorezeptoren (für das Gleichgewicht). Diese Einteilung wird im folgenden trotz ihrer Vorzüge — sie macht den müßigen Streit um die Zahl der Sinne überflüssig — nicht beibehalten, weil sie sich nur auf die Rezeptoren und die Reize bezieht; die Psychologie hat die Empfindungen und Wahrnehmungen zu behandeln, die Welt des Lichtes und der Farben, des Schalles, des Geruchs, und die Welt der Dinge, die um uns her vorhanden sind, die warm oder kalt sind, schwer oder leicht, und die Welt, in welcher wir uns der Schwerkraft entsprechend bewegen.

Für alle Sinnes-Systeme, d. h. für alle Rezeptoren und die dazugehörigen Gehirnzentren, gilt ein allgemeines Gesetz, das der deutsche Physiologe Johannes Müller schon 1827 unter dem — sehr unklaren — Namen »Gesetz der spezifischen Sinnesenergie« formuliert hat: *jedes Sinnes-System erzeugt ausschließlich seine spezifische Art von Empfindungen, unabhängig von der Art des Reizes.* Ein Schlag auf das Auge, ja schon die mechanische Reizung der Netzhäute durch kräftiges Niesen, erzeugt immer nur Lichtempfindungen; und ebenso die elektrische Reizung.

Die Zusammenhänge zwischen Reiz und Empfindung lassen sich am klarsten an Beispielen darstellen. Die Physiker haben festgestellt, daß sich die elektromagnetischen Schwingungen, die in der Natur vorkommen oder durch die Technik erzeugt werden, nach der Anzahl der Schwingungen pro Sekunde in einer kontinuierlichen Skala ordnen lassen. Diese Skala beginnt mit ganz langsamen Schwingungen, von denen jede einige Sekunden dauert, und endet nach den bisherigen Forschungsergebnissen etwa bei einer Quadrillion Schwingungen pro Sekunde (solche äußerst rasche Schwingungen kommen in der kosmischen Strahlung vor). Zwischen diesen Grenzen der Schwingungsskala liegen die Radio- und Fernseh-Wellen, ferner die von der Sonne ausgehenden Strahlungen, die Röntgenstrahlen und einige Komponenten der Radiumstrahlung (Abb. 23). Nur ein ganz kleiner Teil dieses enormen Frequenzbereiches bis zu einer Quadrillion Schwingungen wirkt auf unser Auge als Reiz; nämlich nur die Schwingungen von etwa 400 bis 800 Billionen Schwingungen pro Sekunde, von denen die ersteren, langsameren, die Empfindung »rot«, die letzteren, rascheren, die Empfindung »violett« erzeugen, wenn sie auf die Netzhaut unserer Augen gelangen. Es erzeugt also z. B. eine Strahlung von 380 Billionen Schwingungen in der Sekunde noch keine Empfindung, erst bei etwa 400 Billionen beginnt sie aufzutreten. Diesen Übergang vom Unmerkbaren zum eben Merkbaren bezeichnet man als »*Reizschwelle*«; und ebenso die Übergänge vom Merkbaren zum nicht mehr Empfindbaren, also z. B. von der Schwingung, die »violett« erzeugt, zu den benachbarten schnelleren Schwingungen der »Ultraviolettstrahlung«, die keine Empfindung mehr bewirkt (wohl aber unsere Haut bräunt). Die *Reizschwelle ist der Übergang vom unmerklichen zum eben merklichen Reiz* (oder auch vom gerade noch merklichen zum unmerklichen). Da somit die Reizschwelle eine Begrenzung nach

»unten« — zu den nicht mehr empfindbaren langsameren Schwingungen — und in analoger Weise nach »oben« — zu den schnelleren Schwingungen — darstellt, spricht man von »unterer« und »oberer« Reiz-(oder Empfindungs-)Schwelle und gibt sie in den Zahlenwerten der Schwingungen an, die gerade noch eine Empfindung auslösen. Die untere Reizschwelle für unser Auge liegt also bei 400, die obere bei 800 Billionen Schwingungen pro Sekunde (oder bei $^{8}/_{10000}$ bzw. $^{4}/_{10000}$ mm Wellenlänge = 380 bzw. 780 Millimikron oder Nanometer).

Daß die Definition »Übergang vom unmerklichen zum eben merklichen Reiz« logisch anfechtbar ist, sei ausdrücklich betont: »unmerklicher Reiz« ist ein Widerspruch — trotzdem ist die Definition klar und verständlich. Wenn man ganz genau sein will, muß man formulieren: die untere Reizschwelle liegt beim gerade eben merklichen, die obere beim gerade noch merklichen Reiz (oder »*die Reizschwelle ist der Übergang vom Unmerklichen zum eben Merklichen*«).

Auch die Empfindungen der Töne und Geräusche werden durch Schwingungen erzeugt, aber nicht durch elektrische, sondern durch mechanische; sie pflanzen sich in der Luft und in festen und flüssigen Körpern fort. Die Physik kennt mechanische Schwingungen von $^{1}/_{1000}$ pro Sekunde bis über eine Million; für den menschlichen Gehörapparat bilden aber nur die Luftschwingungen von etwa 16 pro Sekunde bis 20.000 pro Sekunde einen Reiz; nur was innerhalb dieser beiden Reizschwellen liegt, wird *gehört*.

Die bisher beschriebenen Reizschwellen bezeichnet man als »*Qualitäts*-Schwellen«; sie geben die Art des Reizes an, bei dem gerade eine Empfindung zustande kommt: die Anzahl der elektromagnetischen oder mechanischen Schwingungen, von welcher an oder bis zu welcher eine Seh- oder Hörempfindung auftritt. Außer diesen qualitativen Reizschwellen gibt es noch die »*Intensitäts*-Schwellen«: eine Strahlung von 500 Billionen Schwingungen wirkt zwar an sich als Reiz, aber sie kann so schwach sein, daß keine Empfindung entsteht; erst wenn sie einen gewissen Stärkegrad erreicht hat, kommt es zur Empfindung »blau«. Die Intensitätsschwelle ist der Übergang vom unmerklichen zum eben merklichen Stärkegrad eines Reizes.

b) Die Unterschieds-Schwelle

Die Forschung hat sich vor allem mit der Intensitätsschwelle befaßt. Es kam ihr dabei darauf an, Beziehungen zwischen der Stärke eines Reizes und der Stärke der dadurch ausgelösten Empfindung aufzufinden. Mit anderen Worten: es sollten *Messungen* durchgeführt werden, und zwar nicht nur im Bereich der physikalischen Größen — der Stärke des Reizes —, sondern auch im Gebiete des *Psychischen:* der Stärke der Empfindungen. Reizstärken sind leicht zu messen: die Physik mißt die Stärke der Strahlung, die von einem elektrischen Leuchtkörper ausgeht, am Stromverbrauch in »Watt«, die Größe eines Gewichtes oder Druckes mit Gramm und Kilogramm. Wie aber soll man die Stärke einer Empfindung messen? Das erscheint unmöglich, denn es fehlt offensichtlich die Maßeinheit, mit deren Hilfe sich die Stärke einer Empfindung in Zahlen angeben ließe wie die Stärke eines Gewichtes von 200 g.

Ein Ausweg ergab sich aus einer Entdeckung des Physiologen Ernst Heinrich Weber, über die er im Jahre 1834 berichtete. Er erzählt von Versuchen, bei denen er jemandem verschiedene Gewichte auf den Handrücken legte. Dabei fand er, daß nicht jede Erhöhung des Gewichtes bemerkt wurde, also eine stärkere Empfindung auslöste: das Gewicht mußte vielmehr, um eine gerade merkbar stärkere Empfindung hervorzurufen, um so mehr erhöht werden, je schwerer das vorausgegangene war. War z. B. ein Gewicht 100 g schwer, so wurde ein solches von 110 g, das nach dem ersten auf die Hand gelegt wurde, nicht als schwerer empfunden; ebensowenig ein solches von 120 g. Erst wenn es auf etwa 133 g erhöht wurde, also um 33 g schwerer war als das Vergleichsgewicht, entstand die Empfindung, daß es schwerer sei. Diesen Übergang zur gerade merkbaren Stärkerempfindung bezeichnet man als »*Unterschieds-Schwelle*«; die Unterschiedsschwelle ist der eben merkliche Unterschied zwischen zwei Empfindungen, gemessen an den Reizen (die Unterschiedsschwelle bei einem Vergleichsgewicht von 100 g liegt bei 33 g). Weber fand aber noch mehr: wenn man ein Gewicht von 200 g auf die Hand legte, so wurde eine Erhöhung um 33 g noch nicht bemerkt; es mußten vielmehr etwa 66 g hinzugegeben, also 266 g, auf die Hand gelegt werden, damit eine gerade merkliche Stärkerempfindung auftrat; und bei 500 g war eine Zugabe um etwa 160 g, bei 1000 g eine solche um 320 g notwendig, um eine merkbare Empfindung der Gewichtszunahme, also eine eben merkliche Empfindungsverstärkung zu erzeugen. Ein einfacher Vergleich der Zahlenverhältnisse 100:33, 200:66, 500:160, 1000:320 zeigt, daß das Gewicht immer ungefähr um ein *Drittel* des vorausgegangenen zunehmen mußte, damit es als schwerer empfunden wurde. Analoge Verhältnisse ergaben sich auf anderen Sinnesgebieten; immer mußte der Reiz in einem bestimmten *gleichbleibenden* Verhältnis verstärkt werden, damit eine eben merkliche Stärkerempfindung auftrat. Es liegt hier also eine allgemeine Gesetzmäßigkeit der Sinnesfunktionen vor, die von Gustav Theodor Fechner, der sie mit unendlicher Geduld — z. B. durch 24.576 Gewichtsvergleiche — nachprüfte, zu Ehren Webers als das Weber*sche Gesetz* bezeichnet wurde. Es lautet in allgemeiner Formulierung: *die Reizstärke muß in einem gleichbleibenden Verhältnis steigen, damit aufeinanderfolgende Reize als eben merklich stärker empfunden werden.* Weniger präzis, aber vielleicht verständlicher, läßt sich dasselbe in folgender Weise ausdrücken: bei starken Reizen ist ein großer Zuwachs notwendig, um eine noch stärkere Empfindung hervorzurufen, bei schwachen Reizen genügt ein kleinerer Zuwachs; das Verhältnis zwischen dem Reiz und dem Zuwachs, der zur Erzeugung einer gerade merklichen Empfindungsverstärkung notwendig ist, bleibt aber immer gleich. Gleichbleibend ist also nicht die absolute Unterschiedsschwelle — die Zugabe von 33 g, die bei einem vorausgegangenen Gewicht von 100 g eine eben merkliche stärkere Empfindung erzeugt, ist als Zugabe zu einem Reiz von 200 g wirkungslos (erst ungefähr 66 g führen zu einer Stärkerempfindung) —, sondern das Verhältnis zwischen den Reizen und den Zugaben, die notwendig sind, um eine Stärkerempfindung zu erzeugen; dies ist die »relative Unterschiedsschwelle« — im obigen Beispiel ein Drittel. Man kann das WEBERsche Gesetz daher auch in dem kurzen Satz formulieren: die relative Unterschiedsschwelle bleibt konstant; d. h. noch anders ausgedrückt, bei Reizen, die gerade als verschieden stark empfunden werden, bleibt das Größenverhältnis zwischen Reiz und Reizzuwachs gleich. Die verständlichste Formulierung ist vielleicht: eine Reizverstärkung erzeugt dann eine gerade merkbare Empfindungsverstärkung, wenn zum vorausgegangenen Reiz ein bestimmter Bruchteil seiner Stärke hinzukommt; dieser Bruchteil bleibt immer gleich.

Die außerordentlich große *biologische* Bedeutung des WEBERschen Gesetzes wird erst klar, wenn man seine Auswirkungen für die gesamte Wahrnehmung betrachtet. Es besagt ja zunächst nichts anderes, als daß die Empfindlichkeit unserer Sinnesorgane für Stärkeunterschiede umso gröber wird, je stärker die Reize sind, um so feiner, je schwächer die Reize werden. Das war aus dem Alltag längst bekannt; die Sterne sehen wir bei Tag deshalb nicht, weil der Reizzuwachs, den sie zum Sonnenlicht darstellen, zu klein ist, um eine noch merkliche Empfindung auszulösen; andrerseits hören wir in der Stille der Nacht Geräusche, die im Lärm des Tages unbemerkt bleiben, weil sie zu schwach sind, um unter diesen starken Reizen noch eine Stärkerempfindung auszulösen. Das Geheimnisvolle der WEBERschen Gesetzmäßigkeit liegt aber darin, daß bei einem starken Reiz ungefähr der gleiche Bruchteil — beim Gehör etwa $1/3$, beim Licht etwa $1/100$ — als Zuwachs eine Stärkerempfindung erzeugt, der auch bei einem schwachen Reiz eine solche hervorruft. Dadurch wird erreicht, daß die Unterschiede zwischen hell und dunkel, laut und leise in unserer Welt in einem mittleren Bereich *konstant* bleiben: die Gegenstände unserer Umgebung, deren Formen wir an den Unterschieden von Hell und Dunkel und ihrer Schattenwirkungen erkennen, behalten diese Unterschiede im hellen Sonnenlicht und in der Dämmerung in annähernd gleichem Maße. Der Unterschied zwischen dem Weiß des Papiers und dem Schwarz der Buchstaben erscheint uns im hellen Mittagslicht ungefähr gleich groß wie im Dämmerlicht des Morgens; zum mindesten können wir zu beiden Zeiten mühelos lesen. In Wirklichkeit ist aber, wie HERING gezeigt hat, das *Schwarz* der Buchstaben um die Mittagszeit objektiv ungefähr dreimal *heller* als das Weiß des Papiers am Morgen; die Lichtstärke des weißen Papiers beträgt am Morgen nur etwa ein Drittel der Lichtstärke der Buchstaben zur Mittagszeit. Wäre unsere Unterschiedsempfindlichkeit am hellen Mittag ebenso fein wie am Morgen, so müßten uns die schwarzen Buchstaben weiß und das Papier in seiner Helligkeit so grell erscheinen, daß wir davon geblendet würden; und wäre die relative Unterschiedsempfindlichkeit nicht konstant, so wären das Weiß und das Schwarz zueinander nicht mehr im gleichen Verhältnis, und wir könnten nur bei einer bestimmten Helligkeit lesen, die Gegenstände unserer Umgebung nur zu bestimmten Tageszeiten genau unterscheiden und wiedererkennen. Recht klar werden diese Verhältnisse auch in dem von EBBINGHAUS gegebenen Beispiel des Konzertes: die Stärkeunterschiede zwischen den Tönen bleiben annähernd gleich, ob man bei einer musikalischen Aufführung weiter vorn oder weiter hinten sitzt; auch dies ist nur möglich, weil die relative Unterschiedsschwelle konstant bleibt.

Alles dies gilt aber nur für *mittlere Bereiche* der Reizstärke. In einem sehr grellen Licht können wir ebensowenig lesen wie im schwachen Mondenschein. Die zahlreichen experimentellen Untersuchungen, die über diese Grenzen angestellt wurden, ergaben, daß das WEBERsche Gesetz bei sehr starken und sehr schwachen Reizen nicht mehr gilt; entweder ändert sich die relative Unterschiedsschwelle, oder es wird überhaupt kein Empfindungszuwachs oder keine Abnahme der Empfindungsstärke mehr wahrgenommen.

Aber auch im Bereich mittlerer Reizintensitäten gilt das WEBERsche Gesetz nicht ganz genau. Das war auch nicht zu erwarten; der subjektive Zustand — besonders Aufmerksamkeit, Ermüdung und Übung — spielt bei allen psychischen Vorgängen eine Rolle, was sich natürlich auch im Vergleichen von Empfindungsstärken auswirkt. *Annähernd* aber gilt es in allen Sinnesgebieten, die sich daraufhin untersuchen lassen. Die relative Unterschiedsschwelle beträgt z. B. bei Gewichten, die auf die Hand aufgesetzt werden, $1/2$ bis $1/3$, bei Gewichtheben ist sie viel feiner, nämlich $1/50$ bis $1/70$, beim Gehör nach verschiedenen Autoren ungefähr $1/3$, bei der Lichtempfindung etwa $1/100$ bis $1/120$, beim Geschmackssinn nach KOPERA für süß $1/7$ bis $1/9$, für salzig $1/6$, für bitter $1/4$. Auch *räumliche* Empfindungen unterliegen dem WEBERschen Gesetz: bei Vergleichen von Linien ergibt sich eine relative Unterschiedsschwelle von $1/50$ bis $1/60$ (EBBINGHAUS 1905); d. h., wenn zwei Linien nacheinander gesehen werden und in ihrer Länge verglichen werden sollen, so muß die zweite um $^{1}/_{50}$ bis $^{1}/_{60}$ länger sein als die erste, damit sie gerade als länger erkannt wird.

Man kann sich leicht vorstellen, daß eine so bedeutsame Tatsache wie die Konstanz der Unterschiedsschwellen verlocken mußte, den tieferen Ursachen dieser Gesetzmäßigkeit nachzuspüren. Wenn man in der Natur einmal etwas gefunden hat, was konstant bleibt, so hat man festen Grund betreten; und nirgends wäre dies notwendiger als im Gebiet des Psychischen, in welchem ständig alles in Veränderung begriffen zu sein scheint. Aus der Hoffnung, in der Konstanz der Unterschiedsschwellen endlich ein verläßliches Fundament gefunden zu haben, mit dessen Hilfe sich das bewußte Erleben und die physikalischen Einwirkungen auf die Sinnesorgane in ihren gegenseitigen Beziehungen mathematisch fassen lassen, empfing GUSTAV THEODOR FECHNER (1801—1887) die Antriebe zu seiner »*experimentellen Psychophysik*«, die ihn zu weitgehenden philosophischen Spekulationen führte. Seine Experimente, die ausschließlich im Vergleichen von Empfindungsstärken bestanden, wurden zum Ausgangspunkt der experimentellen Psychologie; ihre Ergebnisse waren im allgemeinen richtig. Aber die Spekulationen FECHNERS gingen trotz der ungeheuren Mühe, die er auf ihren Ausbau und ihre mathematische Formulierung verwendete, in die Irre. Am Morgen des 22. Oktober 1850, so wird berichtet, kam er, »während er noch im Bette lag, auf den Gedanken, daß die Steigerung der subjektiven Intensität eines Gefühls proportional sein müsse der Steigerung der Stärke des Reizes; daß es zwei Reihen geben müsse, die psychische, welche arithmetisch ansteigt auf Grund einer konstanten Differenz, und die physische, welche geometrisch ansteigt auf Grund eines konstanten Multiplikationsfaktors. Diese Eingebung machte ihm aus seiner Logarithmentafel fast ein Evangelium, denn er fand darin die Normen, welche er suchte« (STANLEY-HALL 1914). Das Ergebnis war die »*psychophysische Maßformel*« (auch FECHNERsches Gesetz genannt); sie behauptet, daß die Empfindungsstärke proportional dem Logarithmus der zugehörigen Reizstärke anwachse*).

*) Diese Formel ist abgeleitet aus der Voraussetzung, daß der Anstieg der Reizstärke in geometrischer Ordnung (also z. B. 100:33, 200:66, 500:160, 1000:320, d. h. die Quotienten zwischen aufeinanderfolgenden Reizstärken bleiben konstant) einen Anstieg der Empfindungsstärke in arithmetischer Folge (also 1:2:3:4) bewirkt. Der geometrische Anstieg der Reizstärke läßt sich natürlich leicht herstellen: man braucht nur die Reizstärke entsprechend zu vergrößern. Tatsache ist, daß im mittleren Intensitätsbereich jedem geometrischen Reizanstieg eine eben merkliche Stärkerempfindung entspricht (das ist ja durch das WEBERsche Gesetz zum Ausdruck gebracht); *Annahme* (und zwar unbeweisbare) hingegen ist es, daß die Empfindungszunahmen immer gleichbleiben, also in arithmetischer Folge ansteigen (die zweite Empfindung z. B. doppelt so stark sei als die erste, die dritte dreimal so stark usw.). Diese unbeweisbare Annahme steckt in der FECHNERschen Maßformel: $E = k \cdot \log R$, wobei E die Empfindungsstärke, k die Konstante aus dem Sinnesgebiet (⅓ im

Das Neue gegenüber dem WEBERschen Gesetz ist die Annahme, daß der eben merkliche Empfindungszuwachs (= der Unterschied zur vorausgegangenen Empfindung) immer gleich bleibe, d. h. unabhängig vom Reizzuwachs immer gleich groß sei (in der amerikanischen Literatur beginnt sich für diese »Einheit« als Name »JND« = just noticeable difference einzubürgern). Da nach FECHNERS Annahme die Unterschiede zwischen den eben merklichen Stärkerempfindungen gleichbleiben, ist die zweite Empfindung doppelt so stark wie die erste, die dritte dreimal usw., während die Reizstärken in ungleichen Beträgen zunehmen, nämlich immer um den gleichen Bruchteil des vorausgegangenen Reizes.

Bei starken Reizen muß ein großer Reizzuwachs erfolgen, damit eine Verstärkung der Empfindung spürbar wird. Man kann diese Gesetzmäßigkeit noch allgemeiner formulieren: wo schon viel ist, muß viel hinzukommen, damit man eine Vermehrung bemerkt; wo nur wenig ist, werden schon kleine Zugaben sofort gespürt. Es ist sehr naheliegend, dieses Gesetz auf *finanzielle* Verhältnisse anzuwenden und zu untersuchen, ob es auch dort zutrifft. Wenn jemand meint, daß dies ein moderner Gedanke sei, mit dem man vielleicht eine »Finanz-Psychologie« begründen könne, so ist er im Irrtum; dieser Gedanke wurde schon vor 250 Jahren ausgesprochen — nämlich 1737 von dem Mathematiker DANIEL BERNOULLI, der behauptete, daß der subjektive (d. h. der erlebte) Wertzuwachs, der einem bestimmten objektiven Vermögenszuwachs entspricht, sich zum subjektiven Wert des vorhandenen Gesamtvermögens umgekehrt proportional verhalte. BERNOULLI hat sogar versucht, das subjektive Werterleben als Funktion der objektiven Vermögenswerte in einer logarithmischen Formel darzustellen, die der späteren »psychophysischen Maßformel« FECHNERS sehr nahekommt. An der Diskussion darüber haben sich große Mathematiker wie LAPLACE und POISSON beteiligt, ebenso natürlich FECHNER (z. B. mit dem Hinweis, ein Taler könne einen Bettler glücklich machen, werde aber von einem Millionär als Zuwachs zu seinem Vermögen gar nicht bemerkt — FECHNER 1889, S. 236). Die Diskussion versandete schließlich, weil keine empirischen Untersuchungen vorlagen; die Frage, ob das WEBERsche Gesetz auch für »finanzielle« Erlebnisinhalte gelte, blieb unbeantwortet.

Ein Versuch, dieses methodisch schwierige Problem experimentell zu behandeln, wurde von WALTRAUD KRIECHBAUM im Psychologischen Institut der Universität Wien durchgeführt. Es wurde eine Roulette-

---

obigen Beispiel) und R die Reizstärke bezeichnet. Interessant ist die Feststellung von ADRIAN und MATTHEWS, daß das Verhältnis zwischen der Reizintensität und der Frequenz der Nervenströme im Sehnerven ungefähr dem FECHNERschen Gesetz entspricht, d. h., daß die Schwingungszahl der Opticus-Ströme (und damit die Stärke der „Nervenerregung") bei geometrischem Reizanstieg ungefähr arithmetisch zunimmt. E. ADRIAN, Erg. Physiol. 26, S. 501 (1928).

Spielsituation erzeugt, bei welcher der Lauf des Roulettes und damit Gewinn und Verlust der Versuchsperson vom Versuchsleiter unbemerkt gesteuert werden konnten; man konnte also das Vermögen der Vp. anwachsen lassen und feststellen, ob sie dann einen größeren Betrag als Einsatz für das nächste Spiel riskierte — dann verringerte man das Vermögen durch Verluste und konnte sehen, in welchem Ausmaß sich dadurch auch der riskierte Betrag verringerte (ob also der riskierte Prozentsatz des gesamten Vermögens konstant bleibt). Nach einem genau durchdachten Schaltplan wurde der Spielverlauf bei einer Gewinnwahrscheinlichkeit von 50:50 für alle Vpn. ungefähr gleich gestaltet; für jede Vp. wurden 140 Einsätze ermöglicht. Nach Ausscheiden von Personen, die immer nur den gleichen Einsatz wagten oder systematisch zwischen zwei Beträgen wechselten, blieben 100 Vpn. übrig, bei denen sich in der Risikobereitschaft sehr große Unterschiede — manche riskierten nur $^1/_{20}$, andere fast $^1/_3$ ihres Vermögens — zeigten, so daß auch die Gewinne an Jetons sehr stark variierten (zwischen 200 und 100.000); aber der Prozentsatz des jeweiligen Vermögens, der in das Spiel eingesetzt wurde, blieb annähernd konstant (an der 1%-Grenze signifikant). Diese Versuchsreihe macht es wahrscheinlich, daß das Weberschc Gesetz auch für »Finanz-Erlebnisse« Gültigkeit hat.

Das Fechnersche Gesetz läßt sich empirisch nicht kontrollieren — zum mindesten nicht genau. Sucht man zu einem gegebenen Gewicht ein zweites, das schwerer ist, so entsteht ein Zustand großer Unsicherheit, wenn man nun sagen soll, um *wieviel* schwerer es erscheint — ob doppelt so schwer oder dreimal so schwer. Das Erlebnis »schwerer« gibt auf die Frage »um wieviel schwerer« keine Antwort. Auch noch unsicher, aber in etwas geringerem Grade, ist man, wenn man zu einem vorgegebenen Gewicht eines suchen soll, das halb so schwer oder doppelt so schwer ist; man findet schließlich durch sorgfältiges, immer wieder durchgeführtes Vergleichen aus den Gewichten, die man zur Auswahl hat, eines heraus, von dem man mit einiger Wahrscheinlichkeit behaupten kann, es erscheint ungefähr halb so schwer wie das vorgegebene Gewicht. Versuche dieser Art wurden schon 1888 in Deutschland von Julius Merkel ausgeführt: sie fanden jedoch — offenbar wegen der Schwierigkeiten, die sich bei der theoretischen Auswertung ergaben — nicht die Beachtung, die sie verdient hätten. Wieder aufgenommen wurden diese Experimente 1936 von S. S. Stevens und später von J. P. Guilford in Amerika; in Europa hat sie Gösta Ekman in Stockholm fortgeführt. Die Forschung auf diesem Gebiete ist noch in vollem Gange; auf ihre schwierige Problematik und auf die großen Hoffnungen, die sich daran knüpfen, ist hier nicht einzugehen, es soll nur an einem Beispiel von Guilford und Dingman kurz dargestellt werden, welche Zahlenwerte man bei derartigen Untersuchungen erhält und auf welche Weise man die subjektiven Schätzungen zu den objektiven Reizgrößen in Beziehung setzen kann (J. P. GUILFORD und H. F. DINGMAN 1954).

Es wurde die Aufgabe gestellt, zu vorgegebenen Gewichten halb so schwere Gewichte zu suchen. Dabei ergaben sich folgende Resultate:

Vorgegeben *Gramm*	*als halb so schwer beurteilt* *Gramm*
40	23,3
100	51,6
200	119,9
550	324,0
900	543,0
1400	801,9
2000	1134,0

Um die Möglichkeit zur Gegenüberstellung der objektiven Größen, die subjektiv als Hälften empfunden wurden, mit subjektiven Größen zu schaffen, wurden von den Amerikanern Einheiten für die Stärke der subjektiven Empfindungen auf verschiedenen Sinnesgebieten eingeführt; für die Schwere-Empfindung heißt diese Einheit »Veg«. Ein »Veg« ist die Empfindung beim Heben eines Gewichtes von 100 g. Auf dieser Basis kann man aus den Versuchsresultaten berechnen, wie groß im Durchschnitt ein Gewicht ist, das subjektiv, also in der Empfindung, einem halben Veg oder drei Veg usw. entspricht. Die obigen Resultate ergeben — nach rechnerischer Anpassung der Logarithmen sämtlicher Werte an eine Gerade — für ein halbes Veg 54,6 g, für zwei Veg 176,3 g usw. Allgemein zeigte sich, daß der subjektiven Hälfte-Schätzung objektiv immer mehr als die Hälfte des vorgegebenen Gewichtes entsprach (anders ausgedrückt: ein halb so schweres Gewicht erschien weniger als halb soschwer). Es ist gelungen, dieses Verhältnis zwischen der subjektiven Empfindung und den objektiven Reizgrößen in einer Potenzfunktion auszudrücken: $R = k \cdot S^n$; dabei bedeutet R die subjektive Schätzung, keine von der Größe der subjektiven Einheit (1 veg = 100 g) abhängige Konstante und S den objektiven Reiz (für die obigen Resultate ergibt die Formel $R = 0{,}0034 \cdot S^{1,23}$). Der Exponent n gibt an, ob Unter- oder Überschätzungen vorliegen und in welchem Ausmaß sie ansteigen; ist $n = 1$, so ist die Schätzung vollkommen richtig (bisher annähernd nur bei Streckenvergleichen gefunden), ist n kleiner als 1, so ist der Schätzungsanstieg flacher als der Anstieg der gegebenen Werte (ein doppelt so helles Licht wird weniger als doppelt so hell empfunden), ist n größer als 1, wie im obigen Beispiel, so steigen die geschätzten Werte steiler an als die objektiven Größen (ein halbes Gewicht erscheint weniger als halb so schwer, ein doppelt so lauter Ton erscheint weniger als doppelt so laut).

Ob sich auch für die Potenzfunktion der Nachweis einer biologischen Zweckmäßigkeit erbringen läßt wie für das WEBERsche Gesetz, ist eine offene Frage. Überhaupt muß betont werden, daß die Herstellung von Skalen aus subjektiven Größen und die Ableitung psychophysischer Funktionen in theoretischer Hinsicht noch ziemlich problematisch ist. Die Möglichkeit des Vergleichens subjektiver Größenschätzungen kann aber auch von den schärfsten Kritikern nicht bestritten werden, so daß man die erzielten Skalenwerte immerhin als Vorschläge für psychologische Maße gelten lassen darf.

Ich habe die Bemühungen um eine »Psychophysik« etwas ausführlicher geschildert, weil sie zeigen, daß man auch mit subjektiven Erlebnissen experimentieren kann. Mit den Versuchsreihen, die WEBER und FECHNER durchführten, war die Grundlage für eine experimentelle Psychologie geschaffen. Es wurden bald eigene Apparate zu exakter Reizung der Sinnesorgane konstruiert; und wenn einmal in einer Wissenschaft Apparate vorhanden sind, so steigt sie in der Achtung der anderen Wissenschaften und der übrigen Welt. Die Forderung nach eigenen Forschungsanstalten erscheint von diesem Augenblick an berechtigt. FECHNER hat mit dem Experimentieren — »Vergleichen von Reiz und Empfindung« hieß dies in jener Zeit — begonnen; WILHELM WUNDT, mit dem er sich heftig über seine Psychophysik stritt, hat 1873 das erste psychologische Privatlaboratorium in seiner Wohnung gegründet, aus dem sich das erste Universitätsinstitut für experimentelle Psychologie in Leipzig entwickelte. Neben dieser historischen Bedeutung FECHNERS — er hat außerdem die noch heute angewandten Methoden der Schwellenbestimmung ausgearbeitet — steht seine persönliche: er war der erste, der ein umfassendes psychologisches Weltbild erstrebte und beschrieb — eine Welt, in welcher nicht nur die Pflanzen, sondern auch die Gestirne eine Art von »Seele« besitzen, und Gott und Natur, Geist und Materie, Glaube und Wissenschaft in engem Zusammenhang stehen, ebenso wie Physisches und Psychisches in seiner »Psychophysik«. WUNDT hat diesen Grundzug seines Charakters, der immer nach Vereinigung des scheinbar Gegensätzlichen strebte, in einer Rede am Grabe FECHNERS geschildert: »Zu einem Werke wie den ‚Elementen der Psychophysik' bedurfte es einer Vertrautheit mit den Prinzipien exakt-mathematischer Methodik und zugleich einer Neigung, in die tiefsten Probleme des menschlichen Seins sich zu vertiefen, wie in dieser Vereinigung nur er sie besaß.«

Die Skalierungs-Methode wurde auch auf finanzielle Erlebnisse angewendet. Die Amerikaner GALANTER und STEVENS fragten ihre Vpn.: »Wenn ich Ihnen 10 Dollar schenke, freuen Sie sich — wieviel Dollar müßte ich Ihnen schenken, damit Sie doppelt so glücklich sind?« Die Vpn. gaben zahlenmäßige Antworten, wobei aber nicht die Ausgangszahl verdoppelt, sondern ein Mehrfaches davon genannt wurde (etwa das 3,5- bis 5fache) — und zwar mit ziemlicher Konstanz. Aus solchen und ähnlichen Versuchen darf man annehmen, daß bestimmten Relationen von Geldbeträgen — das Halbe oder das Doppelte — bestimmte Relationen von Geldwert-Erlebnissen entsprechen. Als Einheit für das Werterlebnis, das ein Dollar auslöst, wurde von GALANTER und STEVENS der Name ein »utile« vorgeschlagen; der Exponent für die Potenzfunktion, die für solche Skalierungen einigermaßen zutrifft, soll bei 05 liegen. Es ist klar, daß es sich bei solchen Untersuchungen nur um erste experimentelle Ansätze zu vorläufigen Informationen handeln kann — es müßten umfangreiche Versuchsreihen an sehr vielen Personen durchgeführt werden, um einigermaßen verläßliche Resultate zu erhalten; aussichtslos wäre ein solches Unternehmen aber nicht (zit n. STEVENS 1959).

c) Das Adaptations-Niveau

Bei den Experimenten zur Bestimmung der Unterschiedsschwelle wurde die Vp. gefragt: »Welches Gewicht erscheint Ihnen gerade merklich schwerer als das vorher gehobene Gewicht?«; bei den Skalierungs-Experimenten lautete die Frage: »Welches Gewicht erscheint Ihnen halb so schwer wie das vorher gehobene Gewicht?« Es gibt noch eine dritte Möglichkeit, Fragen über Gewichte zu stellen — eine viel allgemeinere; sie lautet: »Welches Gewicht erscheint Ihnen schwer, welches leicht?« Ebenso könnte man im Alltagsleben fragen: »Erscheint Ihnen dieser Mensch groß oder klein, diese Marmelade süß oder weniger süß, dieser Geldbetrag hoch oder nieder?«

Daß ein subjektives Maß für »schwer«, »leicht«, »groß« usw. existiert, hat man natürlich schon lange gewußt. G. E. MÜLLER hat in einer mit LILLIE MARTIN durchgeführten Untersuchung schon 1899 festgestellt, daß es einen Maßstab gebe, den er als »absoluten Gewichtseindruck« bezeichnete und der bestimmt, »ob uns ein Gegenstand leicht oder schwer erscheint«, wozu MÜLLER vermutete, daß sich dieser Maßstab »in gewissem Grade nach der durchschnittlichen Schwere der betreffenden Art von Gegenständen richte« (MÜLLER-MARTIN 1899, S. 43). Daß mit der Feststellung eines »absoluten Gewichtseindruckes« ein neuer Problemkreis der Psychophysik eröffnet wurde, hat G. E. MÜLLER zwar erkannt, er hat aber, soweit ich die alte Literatur kenne, darüber keine eigenen Experimente durchgeführt. Der »absolute Gewichtseindruck« hat sich vermutlich aus unseren bisherigen Erfahrungen mit Gewichten verschiedener Art als eine Art »Erwartungs-Gewicht« entwickelt, nach welchem wir bei bestimmten Gegenständen mit bestimmten Gewichten rechnen; entspricht ein Gewicht nicht dieser Erwartung — ist z. B. ein dickes Buch nicht schwer —, so sind wir überrascht und suchen nach einer Ursache dieses ungewöhnlichen Gewichtes. In dieser Schätzungs-Skala gibt es die Kategorien »sehr schwer«, »schwer« usw. bis zu den Kategorien »leicht«, »sehr leicht« usw.; wo liegt die Grenze zwischen ihnen? Von welchem Gewicht an erscheint uns ein Gegenstand schon »schwer«, von wo an noch »leicht«? Diese Grenze wurde in den letzten Jahren experimentell untersucht; es zeigte sich, daß es zwischen »schwer« und »leicht« einen neutralen Bereich gibt, in welchem Gewichte liegen, die uns weder schwer noch leicht erscheinen. Dieser schmale »weder-noch-Bereich« liefert uns die Grundlage für unsere Schwer- und Leicht-Urteile. Natürlich lösen auch die Gewichte, die *in* diesem Bereich liegen, Empfindungen aus — aber eben nur solche, die wir nicht als »schwer« und auch nicht als »leicht« erleben. Man nennt diesen neutralen Bereich das »*Adaptations-Niveau*«. Der Name »Adaptations-Niveau« hat sich eingeführt; SARRIS spricht von einem »Punkt subjektiver Indifferenz«.

Das Adaptations-Niveau läßt sich als individuelles Bezugs-System betrachten, das auf Grund bisheriger Erfahrungen entstanden ist, bei dem aber die »Bezüge« nicht mehr bewußt sind, so daß wir ein Ding »auch dann, wenn es nicht in der Serie begegnet, sofort als groß, klein, schwer, leicht und dergleichen erleben und daß wir in diesem Urteil weitgehend übereinstimmen« (WITTE 1966, S. 1021).

Eine Theorie des Adaptations-Niveaus und eine mathematische Formel, mit welcher sich die Lage jedes Reizes zum Adaptations-Niveau bestimmen lassen soll, hat der amerikanische Psychologe HARRY HELSON 1947 geliefert. Die Theorie und die Formel sind noch umstritten, aber die Methode zur Bestimmung des Adaptations-Niveaus (das auch in der deutschen Literatur mit AL = adaptation level abgekürzt wird) hat sich bewährt. Eine kurze Beschreibung der Versuche von V. SARRIS, der in Deutschland die Versuche HELSONS an 160 Personen in präzisierter Form wiederholte, soll einen Eindruck von diesem Verfahren vermitteln. Die Vp. hatte 5 Gewichte — alle in gleich großen Plastikflaschen —, die ihr in Zufallsreihenfolge geboten wurden, mit der rechten Hand kurz in die Höhe zu heben und dann zu sagen, ob ihr die Flasche »sehr, sehr schwer«, »sehr schwer«, »schwer«, »mittel« usw. bis »sehr, sehr leicht« erschienen war. Die Flaschen hatten (genau wie in HELSONS Versuch 1948) Gewichte von 200, 250, 300, 350 und 400 Gramm. Als Mittelwert des Adaptations-Niveaus ergab sich das Gewicht von 259,05 Gramm (= weder schwer noch leicht). Nach 14 Tagen begann die zweite Versuchsreihe, bei welcher dieselben Gewichte wie im ersten Experiment zu beurteilen waren, vor dem Heben jedes Gewichtes aber ein neues Fläschchen aus einer Serie von 10 sehr verschieden schweren Flaschen gehoben werden mußte (von 12,4 Gramm bis 4500 Gramm); nur für das zweite, schon in der früheren Versuchsreihe verwendete Gewicht war ein Urteil von »sehr, sehr schwer« bis »sehr, sehr leicht« abzugeben. Es sollte festgestellt werden, ob sich durch die neuen, vor den beurteilten Gewichten gehobenen Gewichte — man nennt sie in den USA sonderbarerweise »*Anker-Reize*«, SARRIS hat die klarere Bezeichnung »Vor-Reiz« vorgeschlagen — das Adaptations-Niveau geändert habe. Es hatte sich geändert; es wurden für die im ersten Versuch verwendeten Gewichte nun andere »schwer«- und »leicht«-Urteile abgegeben, und zwar waren die Unterschiede um so größer, je größer die Differenz zwischen den konstanten Reizen und den Ankerreizen war. Auf die sehr komplizierten Auseinandersetzungen über die von HELSON vorgeschlagene Formel zur Darstellung und Berechnung des Adaptations-Niveaus kann hier nicht eingegangen werden.

Es war sehr naheliegend, auch in anderen Erlebnis-Bereichen nach einem Adaptations-Niveau zu suchen. Ansätze liegen dazu auf dem Gebiet der Sozialpsychologie vor (so soll z. B. der eigene Beruf als »Anker« für die Einschätzung des Prestiges anderer Berufe dienen). Eine Fragebogenerhebung zur Untersuchung des Adaptations-Niveaus für Geldwerte wurde im Wiener Psychologischen Institut von CHRISTA GOEPEL durchgeführt. Schon bei den Vorarbeiten zeigte sich, daß es keinen Sinn hat, einfach zu fragen, welcher Geldbetrag »hoch« und welcher »nieder« erscheine — es ergaben sich sehr weite Grenzen, und die befragten Personen erklärten, eine einigermaßen verläßliche Antwort lasse sich nur geben, wenn man wisse, wofür der Betrag aufgewendet werden solle: es scheint also ein Adaptations-Niveau für die Preise bestimmter Gegenstände oder Leistungen zu bestehen. Es wurde dann ein anonym zu beantwortender Fragebogen 100 Studenten vorgelegt, in welchem anzugeben war, welcher Geldbetrag für 20 bestimmte Dinge — Theaterkarte, Auto, Mittagessen usw. — »viel«, »wenig« und »weder viel noch wenig« erscheine; außerdem wurde festgestellt, wieviel die befragten Studenten für diese Dinge tatsächlich ausgeben. Als »weder viel noch wenig«, d. h. als durchschnittliches Adaptations-Niveau, ergab sich für die Theaterkarte 47 S (Minimum: Maximum 15:115), Auto 36.000 (2500:80.000), Mittagessen 25 (12:60). Von den gesicherten Ergebnissen dieser Untersuchung — es gab auch viele unsichere — ist die Feststellung am wichtigsten, daß das finanzielle Adaptations-Niveau sicher aus der persönlichen Erfahrung stammt; dies wurde durch die hohe Übereinstimmung mit den Beträgen bewiesen, die von den befragten Studenten für die gefragten Objekte tatsächlich ausgegeben werden.

Obwohl in diesem Kapitel nur die Beziehungen zwischen Reiz und Empfindung behandelt werden sollen, habe ich zu zeigen versucht, daß ähnliche Gesetze auch im Bereich der Wert-Erlebnisse gelten. Es ist wichtig, daß man die Bedeutung dieser Tatsache erkennt und hoch genug einschätzt; denn sie bewirkt, daß unsere Umwelt — die subjektive Wirklichkeit — in sehr hohem Grade von unseren Erlebnissen nicht nur gestaltet, sondern auch bewertet wird. Jeder von uns trägt vielerlei Meßgeräte mit sich herum — subjektive Skalen, die automatisch arbeiten und bestimmen, was »viel« und »wenig« ist, was einen großen Fortschritt bedeutet oder nur einen kleinen Erfolg usw. Immer handelt es sich dabei um Relationen zu einer persönlichen Wertungs-Skala; aber — und darin liegt die enorme psychologische und biologische Bedeutung dieser Skalierungen — die Resultate dieser Messungen erzeugen Gefühle wie Glück und Zufriedenheit, Triumph oder Enttäuschung, Ärger und Depression. Alle diese Gefühle entstehen durch die Relation der Erlebniswirkungen äußerer Ereignisse zum persönlichen Adaptations-Niveau, genauso wie die Empfindung »schwerer« nur in Relation zu einer vorausgegangenen Empfindung und der »absolute« Gewichtseindruck von »schwer« nur in Beziehung zu unserem Adaptations-Niveau für Gewichte entstehen kann. Viele Eigenschaften der Dinge, die in unserer Umwelt vorhanden sind, kommen durch die subjektiven, aus der bisherigen Erfahrung hervorgegangenen Adaptations-Skalen zustande. Nur die Relationen zwischen Reiz und Empfindung — die Reizschwellen und Unterschiedsschwellen — sind bei allen Menschen ziemlich gleich; aber auch sie sind entscheidend am Aufbau unserer subjektiven Wirklichkeit beteiligt, denn sie wählen aus der objektiven Welt dasjenige aus, was in uns Empfindungen erzeugt, und bestimmen die Feinheiten unserer Unterschieds-Empfindlichkeit.

3. Empfindung und Wahrnehmung

Was reine *Empfindungen* sind, kann sich der erwachsene Mensch nur noch rekonstruieren; unmittelbar erleben kann er es nicht mehr. Zwar erzeugt jeder genügend starke Reiz, der eines unserer Sinnesorgane trifft, eine Empfindung; aber sie wird fast niemals für sich allein bewußt, sondern in Verbindung mit anderen Empfindungen und vor allem mit den Veränderungen, welche durch die bisherige Erfahrung entstanden sind. Wenn man die Augen schließt, so sieht man vor sich ein sehr dunkles Grau; aber auch dieses »Augengrau« ist keine reine Empfindung, denn es ist im Augenblick seines Bewußtwerdens bereits in unsere allgemeine Erfahrung eingeordnet: es ist nicht »grau« schlechthin, sondern eben das Grau beim Schließen der Augen, es ist im Raum lokalisiert, nämlich »vor« uns, usw. Am nächsten kommen der reinen Empfindung vielleicht noch ungewohnte, kurzzeitige Schmerzen (z. B. der Stich einer Injektionsnadel) oder Sinneseindrücke wie das Jucken oder Kitzeln oder die Empfindung von Kälte oder Hitze. Die Einordnung der Empfindungen in die allgemeine Erfahrung geschieht im allgemeinen unbewußt, d. h., es liegt ihr ein physiologischer Hirnprozeß zugrunde — ein »Ineinanderwirken« von verschiedenen Erregungen —, von dem wir nichts bemerken. Das ist aber nicht immer so gewesen: in der frühen Kindheit sind die Empfindungen noch isoliert und müssen erst zueinander in Beziehung gebracht werden. Wenn das kleine Kind einen Apfel sieht, so ist er — vermutlich — die ersten Male nichts anderes als ein gelblich-rötlicher Fleck; er muß betastet werden, und dadurch gesellt sich die Empfindung des Rundlichen und Glatten zu derjenigen des Gelblich-Roten. Dann wird er in den Mund gesteckt; neuerlich entstehen die Empfindungen »glatt« und »rundlich«, ferner »hart«, und beim Abschlecken »geschmacklos«. Hat sich dies mehrere Male wiederholt, so ist der Apfel für das Kind nicht mehr nur ein gelblich-rötlicher Fleck, sondern bereits ein »Ding«, mit dem es allerdings nichts anzufangen weiß; es hat in der Welt des Kindes noch keine »Bedeutung«. Bekommt es einen geschälten Apfel in die Hand, so ist dieser nach der Untersuchung durch Tasten und durch den Mund zunächst einmal ein ganz neues Ding, das zu dem früher untersuchten keine Beziehung hat: es ist durch die Empfindungen »rundlich«, »feucht«, »abnagbar«, »süß« charakterisiert. Erst wenn es einmal gelungen ist, einen Apfel mit Schale anzubeißen und festzustellen, daß dadurch aus ihm das »Feuchte« und »Süße« wird, wird aus den zwei Dingen ein einheitliches »eßbares« Ding. Damit ist in der Welt des Kindes der Apfel entstanden — ohne daß es einen Namen dafür hat, weiß es nun, was ein Apfel ist; der runde, gelb-rote Fleck hat eine bestimmte Bedeutung in der Welt des Kindes bekommen. Von nun an kann es nie mehr in seinem Leben beim Sehen des Apfels nur die wenigen Empfindungen haben, die es beim ersten Anblick hatte; treten die Empfindungen auf, die durch seine Wirkung auf die Netzhäute erzeugt werden, so vereinigen sie sich sofort zu dem ganzen Komplex von Seh-, Tast- und Geschmacksempfindungen, der die Wahrnehmung »Apfel« ausmacht. Dies mag im Anfang sogar mit Bewußtsein geschehen; die einzelnen Komponenten werden vielleicht erst nach und nach aus der Erinnerung zusammengeholt — wir wissen darüber nichts Sicheres. Hat sich dieser Prozeß mehrere Male wiederholt, so vollzieht er sich bald so rasch, daß man nichts mehr von ihm bemerkt; die Erregungsprozesse im Gehirn, die durch die Reize erzeugt wurden, verbinden sich sehr schnell mit »Gedächtniserregungen« zu der Konstellation, die dem Erlebnisinhalt »Apfel« zugrunde liegt. Die vom Apfel ausgehenden Reize können nicht mehr reine Empfindungen erzeugen, sondern er wird sofort als Apfel *wahrgenommen*.

Alle unsere Erfahrungen (und ebenso diejenigen der Tiere) sind auf diese Weise zustande gekommen. Aus dem Zusammenwirken verschie-

Abb. 18. Ein einfacher Versuch zur Feststellung der Erfahrungswirkung Diese Figur ist sinnlos; sie bekommt jedoch durch die Abbildung 19 eine bestimmte Bedeutung und kann dann nur noch in dieser Bedeutung gesehen werden.

dener Sinnesempfindungen und dem Wissen, das davon zurückbleibt, entstehen die Dinge, die uns umgeben; dazu kommt noch ihre »Bedeutung«: der Sinn, den sie in unserer Welt haben. Der Apfel ist zum Essen da, das Messer zum Schneiden, das Buch zum Lesen usw. Wissen und Bedeutung, kurz alle bisherigen Erfahrungen, die wir mit einem Gegenstand gemacht haben, sind aber nicht etwa als abstrakte Denk- oder Begriffskomponenten in der Wahrnehmung enthalten, sondern als anschauliche Vorstellung: alles, was wir von einem Gegenstand aus früherer Erfahrung wissen, wird in ihn »hineinempfunden«: wir sehen es dem Apfel an, daß er innen weiß und saftig ist, daß er ein Kerngehäuse hat usw., und wir sehen sozusagen auch die Rückseite des Apfels, von welcher gar keine Lichtstrahlen ausgehen, die als Reiz auf unsere Netzhäute wirken; und ebenso sehen wir in die Klinge des Messers seine Härte, seine Schärfe und seine Kälte hinein, ohne daß wir es berühren. Mit anderen Worten: die Einzelempfindungen, die von einem Reiz erzeugt werden, werden aus der Erfahrung vorstellungsmäßig *ergänzt;* und dadurch wird aus dem jeweils gegebenen Empfindungskomplex das wahrgenommene »Ding«, aus dem gelb-roten Fleck der runde, saftige Apfel. Wesentlich ist bei diesem Vorgang, daß er sich von selbst und unbewußt vollzieht und daß er *zwingenden* Charakter hat: wir können den Apfel gar nicht mehr als das wahrnehmen, was er rein reiz-empfindungsmäßig ist, nämlich als gelb-roten Fleck (Abb. 18 u. 19).

Die Reize und die von ihnen erzeugten Empfindungen spielen im Alltag sehr oft nur noch eine wahrnehmungsauslösende Rolle; die Empfindungen werden von der Wahrnehmung, die sie auslösen, vollkommen überdeckt. Der Tisch in unserem Zimmer erzeugt ganz verschiedene Netzhautbilder und daher auch verschiedene Empfindungen, wenn wir ihn von oben, von vorn oder schräg von der Seite her ansehen (im ersten Fall ist er ein Rechteck, im zweiten ein Rhomboid); wir sehen aber immer nur denselben Tisch — alle Veränderungen, die sein Netzhautbild mitmacht, haben darauf keinen Einfluß. Und genauso geht es uns mit allen Gegenständen des täglichen Lebens; sie bleiben immer dasselbe, mögen sie empfindungsmäßig noch so verschieden aufgefaßt werden. Diese Tatsache wird in der Psychologie als *Dingkonstanz* bezeichnet.

Abb. 19.
Ein Mädchenreigen, in den die Figur Abbildung 18 eingegliedert ist, wodurch sie erst eine Bedeutung gewinnt und nun auch isoliert in Abbildung 18 nur noch in dieser Bedeutung gesehen werden kann.

Damit ist der Unterschied zwischen Empfindung und Wahrnehmung kurz charakterisiert. Definitionen von beiden sind oft genug versucht worden, aber niemals vollkommen gelungen; psychische Vorgänge und Erscheinungen lassen sich nicht definieren, sondern nur durch Beispiele so weit klarmachen, daß jeder aus seinem eigenen Erleben feststellen kann, was mit einem bestimmten Begriff gemeint ist. Umschreibungen, die auf das eigene Erleben zurückgreifen, lassen sich natürlich geben, und zwar solche von zweierlei Art: *genetische*, d. h. solche, die als wesentliches Merkmal die Entstehungsweise eines psychischen Vorganges hervorheben, und *phänomenologische* (oder, um dieses umständliche Wort zu vermeiden, beschreibende), d. s. solche, die das Charakteristische des Erlebens selbst, also die Art und Weise, in welcher ein psychischer Vorgang bewußt ist, anzugeben versuchen. Genetisch betrachtet ist die *Empfindung* eine nicht weiter auflösbare psychische Erscheinung, die durch äußere oder innere Reize erzeugt wird; phänomenologisch ist sie ein nicht weiter auflösbarer Bewußtseinsinhalt von veränderlicher Stärke (Intensität), dessen Art (Qualität) nach Sinnesgebieten verschieden ist. Gewonnen ist mit solchen Umschreibungen gar nichts; wer nicht aus eigener Erfahrung weiß, was eine Empfindung ist, wird es aus ihnen nie entnehmen können. Mehr als eine gewisse begriffliche Klärung kann man auf diese Weise nicht erreichen; und man erreicht sie am besten, wenn man die genetische und phänomenologische Umschreibung vereinigt. Man kann dann sagen: eine Empfindung ist eine nicht weiter auflösbare psychische Erscheinung, die durch äußere oder innere Reize erzeugt wird und in ihrer Intensität von der Reizstärke, in ihrer Qualität von der Art des Sinnesorgans abhängt. Von diesen Abhängigkeiten wurde bereits berichtet; an dieser Stelle sei noch einmal auf den Unterschied zur Wahrnehmung hingewiesen, die sich auf folgende Weise genetisch-phänomenologisch umschreiben läßt: eine Wahrnehmung ist eine komplexe, aus Sinnesempfindungen und Erfahrungskomponenten bestehende psychische Erscheinung, deren Inhalt im Raum lokalisiert wird und dadurch zur Auffassung von Gegenständen der Außenwelt führt. Auf die in dieser Umschreibung enthaltenen, bisher nicht näher besprochenen Merkmale ist später noch einzugehen.

4. *Die Entstehung von »Gestalten«*

Wenn die Empfindungen »nicht weiter auflösbare« psychische Erscheinungen sind, so hat man in ihnen die letzten feststellbaren Grundlagen der Wahrnehmungen und damit unseres Wissens von der Außenwelt zu sehen: die *Elemente* des psychischen Geschehens. Die Experimentalpsychologen des 19. Jahrhunderts setzten sich — unter der Führung von WILHELM WUNDT — das Ziel, diese »psychischen Elemente« genau zu untersuchen. Der Wiener Physiker ERNST MACH (1838—1916) ist dabei am radikalsten vorgegangen, indem er in seiner »Analyse der Empfindungen« alles seelische Geschehen auf die Empfindungen zurückzuführen suchte. Dieses Bemühen, die Wahrnehmungen aus Empfindungen »zusammenzustückeln«, scheiterte jedoch an zwei Tatsachen: an dem Einfluß der Erfahrung auf die Wahrnehmung und an dem Umstand, daß Empfindung und Erfahrung dabei zu einer »Ganzheit« verschmelzen. Die rein zergliedernde Richtung mußte sich durch zwei große deutsche Psychologen, EWALD HERING (1834—1918) und HERMANN VON HELMHOLTZ (1821—1894), davon überzeugen lassen, daß die »Art, in welcher wir die Außendinge sehen, in zuweilen überwältigender Weise durch unsere Erfahrungen mitbestimmt wird« (HERING 1905), so daß es oft »recht schwer werden kann, zu beurteilen, was in unseren durch den Gesichtssinn gewonnenen Anschauungen unmittelbar durch die Empfindung, und was im Gegenteil durch Erfahrung und Einübung bedingt ist« (HELMHOLTZ 1892). Die Ergebnisse, welche die beiden Gelehrten zu diesen Meinungen führten, waren hauptsächlich aus Untersuchungen über das Sehen der Farben gewonnen worden, also durch experimentelle, jeden Zweifel ausschließende Methoden. WUNDT machte noch einen Versuch, die »Elementen«-Lehre zu retten, indem er erklärte, der spezifische Charakter der einzelnen psychischen Erscheinungen sei »durchaus nicht in der Beschaffenheit jener Elemente, sondern in ihrer Verbindung zu zusammengesetzten psychischen Gebilden begründet« (Wundt 1919); diese Verbindung nannte er »schöpferische Synthese« — ein recht unklarer Ausdruck, der mehr einen Verlegenheitsbegriff als eine wissenschaftlich gesicherte Tatsache darstellt.

Die Tatsache, daß die Erfahrung beim Zustandekommen der Wahrnehmungen eine sehr große Rolle spielt, ließ sich nicht mehr bestreiten. Viele Experimente wurden durchgeführt, um ihren Einfluß genau zu untersuchen. Mitten in dieser Arbeit — im Jahre 1890 — wurden die damaligen Psychologen durch eine kleine Schrift des österreichischen Psychologen Christian von Ehrenfels (1850—1932) überrascht, die den sonderbaren Titel »Über Gestaltqualitäten« trug. Darin wurde behauptet, daß in den Wahrnehmungen etwas gegenüber den Empfindungen gänzlich Neues, aus ihnen nicht Ableitbares und daher relativ Selbständiges stecke: die »*Gestaltqualität*«; und zwar sei dies etwas im Ganzen der Wahrnehmung Liegendes, von den Empfindungen weitgehend Unabhängiges. Eine Melodie z. B. könne man in verschiedenen Tonarten, in Dur und Moll, spielen, sie bleibe trotz der verschiedenen Einzeltöne immer die gleiche Melodie; und ebenso, wenn man sie auf dem Klavier, auf der Flöte oder mit der Ziehharmonika spielt oder wenn sie gepfiffen oder gesungen werde. Die »Elemente«, die Empfindungen, sind immer andere, die »Gestalt« bleibt gleich.

Das war eine ganz andere Einstellung zur Wahrnehmung als die der zergliedernden Psychologen: nicht das Einzelne, sondern das Ganze, das »Charakteristische«, wurde zur Hauptsache gemacht. Kein Zweifel, daß Ehrenfels recht hatte. Dies zeigten Beispiele, die später beschrieben werden, ganz eindeutig: wenn man vier Punkte in nebenstehender Weise anordnet so können sie groß oder klein, rot, schwarz oder wie immer gefärbt sein, weite oder geringe Abstände haben — immer bilden sie ein Quadrat. Aus der Empfindung ist dies nicht ableitbar, denn diese liefert uns nur die Farbe, den Abstand, vielleicht die Größe; ebensowenig aus der Erfahrung, denn auch ein Primitiver, der nie mit Quadraten zu tun gehabt hat und nicht einmal den Namen dafür kennt, sieht diese »Gestalt«. Es entstand eine neue und starke Richtung der Psychologie: die *Gestaltpsychologie*. Sie hat bedeutende Leistungen aufzuweisen; aber auch sie hat ihre Gesichtspunkte überspitzt und sie auf Vorgänge angewandt, auf die sie sicher nicht zutreffen.

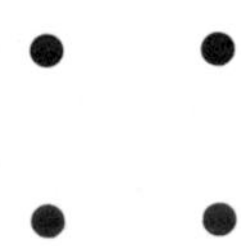

Aber diese Entwicklung ging langsam vor sich. Die Gedanken, die v. Ehrenfels ausgesprochen hatte, beschäftigten zunächst mehr die philosophisch orientierten Forscher; sie begannen eine Diskussion mehr begrifflicher als psychologischer Art. Groß geworden ist die Gestaltpsychologie erst nach dem ersten Weltkrieg durch die sogenannte

»Berliner Schule«, die von MAX WERTHEIMER, WOLFGANG KÖHLER und KURT KOFFKA begründet wurde und heute in Deutschland von WOLFGANG METZGER vertreten wird. »Ganzheitspsychologische« Lehren wurden in Deutschland auch von anderen, nicht der Gestalt-Theorie zugehörigen Autoren vertreten — am extremsten von WALTER EHRENSTEIN; er behauptet, den Empfindungen komme im wirklichen Leben überhaupt keine Bedeutung zu: »Da nicht weiter zerlegbare, einfachste Reizbedingungen im täglichen Leben so gut wie niemals vorkommen, werden Empfindungen nur unter Laboratoriumsbedingungen erlebt; bei Erlebnissen des täglichen Lebens handelt es sich niemals um Empfindungen, sondern stets um sehr komplexe Erscheinungen. Die Empfindungen selbst sind daher in der biologischen Wirklichkeit so gut wie bedeutungslos« (EHRENSTEIN 1934, S. 15).

So löste ein Extrem das andere ab: MACH sah in den Empfindungen die grundlegenden »Elemente« des Seelenlebens, EHRENSTEIN hält sie für bedeutungslos. Beide Behauptungen sind zweifellos falsch. Sicher setzen sich die psychischen Vorgänge nicht nur aus den Elementen der Empfindungen zusammen; sie sind überhaupt nicht zusammengesetzt im Sinne von »zusammengestückelt«, sondern stellen ein »Ineinander« verschiedener Einzelprozesse, ein Zusammenwirken vieler Komponenten dar. Ebensowenig aber sind die Empfindungen in der biologischen Wirklichkeit »so gut wie bedeutungslos«; sie sind die grundlegende — allerdings kaum noch erlebnismäßig isolierbare — Komponente der Wahrnehmungen und spielen als solche innerhalb derselben eine sehr wichtige Rolle. Wenn die Helligkeit einer Lichtwahrnehmung so gesteigert wird, daß unsere Augen sie nicht mehr ertragen können, so liegt dies an der Empfindungskomponente; und ebenso, wenn ein Ton oder Klang in einem Musikstück bis zum feinsten Pianissimo abgeschwächt wird. Ein Schmerz wird nur dadurch, daß die Schmerz*empfindung* immer stärker wird, so stark, daß man ihn kaum noch ertragen kann, und bei Kälte und Hitze ist es nicht anders. Man wird also nicht bestreiten können, daß die Empfindung eine sehr wesentliche Komponente des menschlichen Erlebens darstellt. Wenn die Empfindungskomponenten einer Wahrnehmung sehr stark werden, so können sie auch erlebnismäßig in nahezu reiner Form bewußt werden; bei schweren Krankheiten mit hohem Fieber oder großen Schmerzen, bei denen das Bewußtsein schon getrübt ist, bleibt die Empfindungskomponente oft noch lange deutlich bewußt.

Der Streit zwischen Elementen-, Erfahrungs-, Gestalt- und Ganzheitspsychologen hat aber doch zu wichtigen Ergebnissen geführt. Nicht nur zu einer Klarstellung des Problems — man habe mit den Faktoren Empfindung, Erfahrung und »Gestalt« zu rechnen —, sondern auch zu fruchtbaren Ansätzen zu seiner Lösung. Ich verlasse im folgenden die historische Darstellungsweise — sie würde zu sehr in das Einzelne führen — und versuche, in gedrängter Kürze an den einzelnen Sinnesgebieten zu zeigen, wie man sich das Zustandekommen der Wahrnehmungen und damit den Aufbau unserer Außenwelt vorstellen kann, ohne mit den experimentellen Ergebnissen und den Erfahrungen des täglichen Lebens in Widerspruch zu kommen.

Im folgenden werden die einzelnen psychischen Funktionen — Wahrnehmung, Gedächtnis, Denken — der Reihe nach beschrieben. Bei der Darstellung der Wahrnehmung wird nur auf das Sehen ausführlicher eingegangen, um wenigstens an einem Beispiel zu zeigen, wie aus physikalischen Vorgängen durch physiologische Prozesse die psychischen Erscheinungen hervorgehen und auf welche Art sich gesetzmäßige Beziehungen zwischen diesen drei Bereichen des Naturgeschehens feststellen lassen. Zuerst muß jedoch noch das Wichtigste über die Raum- und Zeitwahrnehmung gesagt werden.

Raum und Zeit

1. Raumwahrnehmung und Orientierung im Raum

Der Lebensraum des Menschen ist nicht mit den Wänden seines Zimmers abgeschlossen; er reicht weit in die Unendlichkeit. Wenn wir in unserem Zimmer sitzen, so ist es fast so, als ob die Wände durchsichtig wären; wir »sehen« auch noch das Nebenzimmer und draußen die Straße. Dann wird alles mehr oder weniger verschwommen, aber nirgends finden wir Grenzen. Und über uns geht es ohne Ende hoch hinauf ins Freie und Weite. Das ist unsere Raumwelt; ihr Mittelpunkt sind wir selbst.

Diese »*relative egozentrische Lokalisation*« beherrscht unser räumliches Wahrnehmen. Jeder erlebt sich als Zentrum seiner Welt. Die Einordnung der Dinge in den Raum, das Nahe und Weite, die Beurteilung der Abstände und Distanzen erfolgt im praktischen täglichen Leben ausschließlich nach dem Gesichtspunkt der egozentrischen Lokalisation. Die Welten, deren Mittelpunkt durch das eigene Ich festgelegt wird, sind allerdings voneinander sehr verschieden; nicht nur in ihrer Art — davon war bereits die Rede —, sondern auch in ihrer Größe. Die Welt des Fliegers, der gewohnt ist, in kurzen Zeiten große Entfernungen zurückzulegen, ist weiter als die des Kleinbürgers oder des Bauern. Unvergleichlich größer ist die Welt der Astronauten und am größten die Raumwelt der Astronomen, die das Weltall mit Lichtjahren messen.

Weder die Physiker noch die Philosophen haben bisher herausgefunden, was der Raum ist. Aber auch die Psychologie hat versagt; sie hat zwar nicht das Wesen des Raumes zu untersuchen, wohl aber das Zustandekommen der *Raumwahrnehmung*. Die Frage, wie es kommt, daß wir räumliche Ausdehnungen erleben können, ist noch unbeantwortet; eine Frage, die geradezu sinnlos erscheint, wenn man zum ersten Male von ihr hört — so selbstverständlich ist uns das Wahrnehmen des Raumes. Am klarsten wird die Problemlage vielleicht, wenn man folgendes bedenkt: damit eine Wahrnehmung entsteht, bedarf es eines »Reizes«; worin aber bestehen die Raum»reize«? Irgendwie muß doch auch das Räumliche durch Einflüsse der Außenwelt zustande kommen — genau wie die übrigen Wahrnehmungen; aber was für Einflüsse können dies sein? Elektromagnetische Schwingungen wie beim Licht, Molekülstöße wie beim Druck oder der Temperatur bestimmt nicht; der Raum ist ja, wenigstens in der Art, wie wir ihn erleben, nichts Körperliches. Dazu kommt noch eine zweite Schwierigkeit: für die Aufnahme der Reize, die uns Licht, Geräusche, Druck und Temperatur vermitteln, besitzen wir eigene Organe; ein Organ, das speziell die Raumwahrnehmung ermöglicht, haben die Anatomen und Physiologen bisher nicht gefunden. Man kennt also weder »Raumreize« noch Raumsinne, daher auch keine Raumempfindung; und doch gehört der Raum zu unserem unmittelbarsten Wahrnehmungsbestand.

Es ist recht schwierig, die vielen Faktoren, die am Zustandekommen der Raumwahrnehmung beteiligt sind, in ihrem Zusammenspiel kurz zu schildern. Denn, das scheint sicher zu sein, es sind in erster Linie indirekte Kriterien, aus denen wir zur Auffassung des Ausgedehnten und Räumlichen kommen. Man hat den Versuch gemacht, eine Vorstellung vom Raumerleben des »sehr jungen Kindes«, also des Neugeborenen in den ersten Lebenstagen, zu geben. Das Sehen und Hören spielt in dieser Welt noch kaum eine Rolle; sehr hell und dunkel wird vielleicht unterschieden, und sehr laute Geräusche mögen als Weckreize wirken. Auch das Tasten und Greifen hat noch keine Bedeutung — es kommt über reflektorische Bewegungen, z. B. Handschließen bei Berühren der Handfläche, kaum hinaus. Mit einer Ausnahme: das Tasten mit dem Mund, das zur Nahrungsaufnahme benötigt wird, ist die einzige ausgebildete Sinnesleistung; und die Berührungsempfindungen, die bei diesem Tasten und bei den Saugbewegungen entstehen, dürften die ersten sein, die so etwas wie einen Ort und einen Raum entstehen lassen — freilich nur einen Ort am eigenen Körper und nur einen Raum, der keine größere Ausdehnung hat als die, die man mit dem Vorstrecken der Lippen durchmißt. Dies ist, nach der Bezeichnung von K. Bühler, der *Mundraum* oder *Ur-Raum*, der etwa in der vierten Woche dem Kinde offenbar auch in seiner Bedeutung klarer bewußt wird; es fängt an, die Dinge, die ihm der Zufall in die Hand gibt, in den Mundraum zu bringen und sie mit den Lippen und der Zunge zu betasten (K. BÜHLER 1918).

Wenn der Arm, die Hände und die Finger bewegt werden, so entstehen Bewegungsempfindungen; man spürt, daß im Arm und in der Hand etwas geschieht. Man spürt damit aber auch neue Orte — außerhalb des Mundraumes. Die Welt wird ein wenig größer; und je besser es dem Kind gelingt, mit seinen ungeschickten Armbewegungen etwas, das es zufällig in die Hand bekommen und reflektorisch festgehalten hat, in den Mund zu bringen, desto fester werden die Beziehungen zwischen den Erregungen im Gehirn, die dieses Geschehen auslöst. Unter der Führung der Tasteindrücke, wie SHINN wahrscheinlich gemacht hat, also wie ein Blinder, entwickelt das Kind einen *Greif-* oder *Nahraum* — etwa im zweiten oder dritten Monat nach der Geburt. Und erst jetzt beginnt auch das Sehen, das sich — nach SHINN — vom planlosen Umherirren der Augen über das ruhige Anstarren heller Gegenstände etwa in der dritten bis vierten Lebenswoche zu reflektorischen Blickeinstellungen auf auftauchende oder verschwindende helle Dinge entwickelt hat. Viel später — frühestens gegen Ende des zweiten Lebensmonats — beginnt das Kind mit den Augen zu suchen; und zwar, wie es scheint, zuerst die Quelle lauter Geräusche, erst nach langer Zeit (etwa im zehnten Monat) nach entfallenen Gegenständen usw. Jedenfalls aber kommt es in dieser Phase zu grundlegenden Verknüpfungen zwischen den Eindrücken verschiedener Sinnesgebiete — das Gesehene wird mit der Hand ergriffen, und die Welt dehnt sich aus; der Raum wird durch die Abstände begrenzt, die man mit dem ausgestreckten Arm überwindet. Er vergrößert sich ständig; das Auge lernt, sich zu akkommodieren und entfernte Gegenstände zu sehen, und schließlich beginnt das Kriechen und damit die Welterweiterung, die zum *Fernraum* führt — zu dem Raum, den man durch Körperbewegungen beherrscht und der sich nach und nach mit »Dingen« füllt, die man essen, trinken, aufstellen, umstoßen kann und die dann immer festere Bedeutungen erlangen; mit der Sprache bekommen sie Namen, man weiß, was und wo sie sind — es gibt nun ein Oben und Unten, Vorn und Hinten, Rechts und Links — die räumliche Ordnung ist hergestellt.

Alles dies geschieht durch das, was man mit dem Wort »Erfahrung« zusammenfassen kann. Eindrücke verschiedener Sinnesorgane treffen zusammen und ergänzen sich — dadurch wird aus einer Vielzahl von Empfindungen und früheren Erfahrungen die einheitliche Wahrnehmung, die mehr »sieht« als das Auge erfaßt — nämlich auch die Schwere, Härte, Festigkeit und Gestalt. So lehrt es uns die Kinderpsychologie; sie vermag aber nicht, das Räumliche an sich zu erklären. Durch Erfahrung kann man wohl lernen, wo im Raum die Dinge sind; der Raum selbst ist aber schon da — er wird durch die Sinne nach und nach wahrgenommen, aber er wird nicht durch sie geschaffen. Aber woher kommt er, wenn es weder Raumreize noch Raumsinne gibt?

Es gibt auf diese Frage nur eine Antwort: spezifische Raumsinne gibt es nicht, aber in jeder Empfindung der vorhandenen Sinne ist auch etwas Räumliches enthalten. Im Sehen steckt immer auch Ausdehnung, im Hören immer eine Richtung, im »Körpergefühl« (den Empfindungen über Lage und Stellung des eigenen Körpers) ist vorn und hinten, oben und unten, rechts und links deutlich vorhanden, ja sogar der Duft einer Blume hat etwas Raumhaftes und Raumerfüllendes.

Mit allen diesen Feststellungen ist aber noch immer die Frage nicht beantwortet, ob die Raumauffassung ausschließlich aus der Erfahrung stamme oder ob sie zu den ursprünglichen, angeborenen Eigenschaften der Sinnesempfindungen gehöre. Der Streit hierüber ist alt; er hat eine interessante Geschichte, denn die zwei gegensätzlichen Behauptungen, die sich in ihm auseinandersetzen — *Empirismus* und *Nativismus* —, gehören zum Grundbestand der großen philosophischen Systeme. Die philosophischen Ahnen des Empirismus sind Engländer (John Locke, George Berkeley, John Stuart Mill); die Raumauffassung entsteht aus der Erfahrung, aus der Verbindung von Tast- und Seheindrücken mit Denkprozessen (so besonders Berkeley, nach dem wir Entfernungen nicht empfinden, sondern erst durch Denken feststellen). Hermann v. Helmholtz hat dann den Empirismus psychologisch zu begründen versucht. Der philosophische Vater des Nativismus ist Kant, der bekanntlich lehrte, der Raum sei »eine notwendige Vorstellung a priori, die allen äußeren Anschauungen zum Grunde liegt«; sein getreuer Apostel in der Naturwissenschaft war der große Physiologe Johannes Müller: »der Begriff des Raumes kann nicht erzogen werden, vielmehr ist die Anschauung des Raumes und der Zeit eine notwendige Voraussetzung, selbst Anschauungsform für alle Empfindungen« (J. Müller 1826). Ewald Hering hat später eine bis in alle Einzelheiten durchgeführte nativistische Lehre für den Raumsinn des Auges aufgestellt. Der Gesichtssinn liefert uns, so behauptet er, nicht nur Grundlagen für die Helligkeits- und Farbempfindungen, sondern auch örtliche Unterscheidungen; jede gereizte Stelle der Netzhaut hat ein »Lokalzeichen«, einen Ortswert, der in die Empfindung eingeht. Der Begriff »Lokalzeichen« war schon vorher von dem Philosophen Lotze eingeführt worden; er hat in der Theorie der Raumwahrnehmung bis in die Gegenwart eine große Rolle gespielt — bis zum heutigen Tage ist aber keine Entscheidung darüber gefallen, ob es solche Lokalzeichen wirklich gibt.

Viel wichtiger als jede Theorie wäre ein Experiment, das eine klare Entscheidung zwischen Nativismus und Empirismus ermöglicht. Solche Experimente gibt es leider nicht; man müßte dabei mit Lebewesen arbeiten, die noch keine Gelegenheit hatten, Erfahrungen über die Raumwahrnehmung zu sammeln. Ein Versuch, der diese Forderung zwar nicht in vollkommener Weise, aber immer noch in höherem Maße erfüllt als jedes andere Experiment, wurde von E. J. GIBSON und R. D. WALK an Kindern von 6 bis 14 Monaten durchgeführt. Die Versuchsanordnung bestand — im Prinzip — aus einer »visuellen Klippe«: auf einem Tisch befanden sich zwei Tücher mit einem Strich- oder Würfelmuster; an der Kante des Tisches gab es bei dem einen Tuch einen Abgrund, d. h., das Tuch fiel senkrecht in die Tiefe, während das zweite mit einem darunterliegenden schrägen Brett einen sanften Abstieg ermöglichte. Über die Tischplatte, und zwar weit über die Kante hinausreichend, lag eine Glasplatte, so daß man vom Tisch gefahrlos sowohl über den darunter sichtbaren Abgrund wie über den allmählichen Abstieg kriechen konnte. Es sollte festgestellt werden, ob die kleinen Kinder den sanften Abstieg oder den Abgrund bevorzugten oder zu vermeiden suchten, wenn man sie auf den Tisch setzte, so daß sie beliebig auf der Glasplatte herumkriechen konnten (auch über die Tischfläche hinaus). Die folgende Tabelle zeigt die Resultate aus einem Versuch mit 36 kleinen Kindern verschiedenen Alters.

Reaktionsart	Alter der Kinder (in Monaten)					
	6—7	8—9	10—11	12—14	Total	%
Verläßt den Tisch nicht	5	2	1	1	9	25
Bewegt sich nur zur seichten Seite	4	7	8	5	24	67
Bewegt sich nur zur tiefen Seite	0	0	0	0	0	0
Bewegt sich nach beiden Seiten	1	1	1	0	3	8
Total	10	10	10	6	36	100

Während des Versuches schauten die Kinder genau durch das Glas, manche legten sich sogar mit dem Gesicht darauf, sie weigerten sich aber, die »Klippe« zum Abgrund auf der Glasplatte zu überqueren — auch dann, wenn auf der Glasplatte andere Gegenstände herumlagen, an denen man sehen konnte, daß sie nicht hinunterfallen. Es ergibt sich somit, daß schon Kinder von 6 bis 7 Monaten die Tiefe visuell erkennen können und daß sie es vermeiden, sich in Absturzgefahr zu begeben.

Es gab, wie die Autoren betonen, keinen Hinweis dafür, daß die Kinder die Tiefenwahrnehmung durch frühere »Fallerfahrungen« gelernt hätten — sie muß also angeboren sein (ebenso wie die Angst vor dem Absturz). Allerdings ist durch diesen Versuch nicht die Angeborenheit der allgemeinen, in jeder Sinnesempfindung irgendwie enthaltenen Raumwahrnehmung nachgewiesen, sondern nur, daß das Tiefensehen schon im frühen Kindesalter funktioniert; das Tiefensehen, das die dreidimensionalen, »plastischen« Raumeindrücke vermittelt, hängt aber mit dem Aufbau unserer Sehorgane, vor allem mit dem zweiäugigen Sehen zusammen, und die anatomischen Eigenschaften unseres Sehapparates sind natürlich angeboren. Abschließend wird man sagen können: das System unserer Sinnesorgane vermittelt schon in frühester Kindheit räumliche Eindrücke; da dieses System zweifellos angeboren ist, darf man auch die Raumwahrnehmung, die es vermittelt, als angeboren bezeichnen, während die Lage der Dinge im Raum durch Erfahrungen festgestellt wird.

Gegenwärtig ist noch alles, was über die Grundlagen der Raumwahrnehmung gesagt wird, reine Hypothese. Nur in einer Hinsicht hat man Fortschritte erzielt; man weiß heute genau, daß die Ortswerte der Netzhaut, falls man solche annehmen will, nichts Festes und Unabänderliches sind und daher nicht angeboren sein können. Man kann nämlich die gesehene Welt auf den Kopf stellen und findet, daß sie sich von selbst wieder »aufrichtet«, wenn man länger dauernde Versuche dieser Art durchführt. Wenn man einen Spiegel waagrecht über die Augen hält, so sieht man darin alles umgekehrt; trägt man ein System, das einen solchen Spiegel enthält und alle anderen Seheindrücke ausschließt, genügend lang, so wird alles wieder normal, also aufrecht, wie es vorher war. Der Amerikaner STRATTON hat solche Versuche schon 1891 ausgeführt (mit einem Linsensystem, das aber nur ein kleines Gesichtsfeld ermöglichte und nur an einem Auge getragen werden konnte); er führte den Versuch eine Woche lang durch und hatte dann den Eindruck, daß die Dinge wieder aufrecht seien (Abb. 20).

Endgültig gesichert wurde die Tatsache, daß es keine unveränderlichen Raumwerte gibt, durch sehr mühevolle Experimente, die IVO KOHLER und HUBERT MARTE unter der Leitung von ERISMANN im Psychologischen Institut in Innsbruck (KOHLER 1951) ausführten. MARTE hat einen Umkehrspiegel 9 Tage lang ununterbrochen (unter Abzug der Schlafzeiten 118 Stunden) getragen; er sah die Welt nach einigen Tagen trotz der Umkehrbrille wieder aufrecht und konnte sich — als Kriegsversehrter mit Beinprothese — in den verkehrsreichen Straßen von Innsbruck sicher und ohne Führung bewegen. Eine andere Versuchsperson (H. KUNDRATITZ) fuhr mit der Umkehrbrille schon am 5. Tag mit dem Fahrrad und machte wenige Tage später ebenfalls mit der Umkehr-

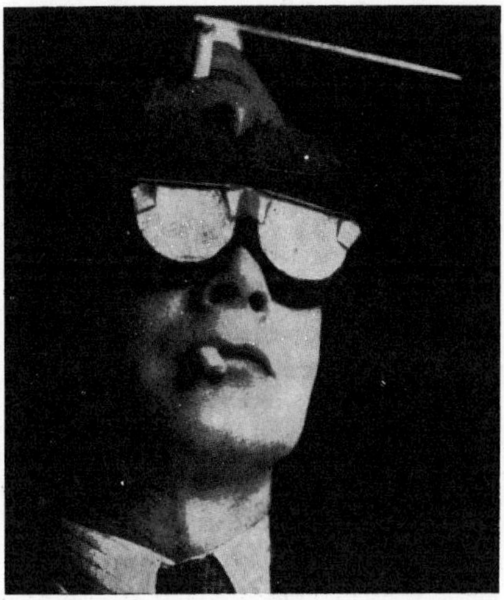

Abb. 20. Umkehrspiegel nach ERISMANN. Über den Augen ist am Kopf ein Metallspiegel befestigt; die Augen sind bis auf einen Schlitz, durch den man nur in den Spiegel sehen kann, abgedeckt (aus I. KOHLER 1951).

brille eine Schitour. MARTE hat, als am 9. Tag die Brille abgenommen wurde, mit größter Überraschung festgestellt, daß nun mit freien Augen »alles vollkommen verkehrt« war: »Die Füße hängen von oben herab.« Als man ihm die Umkehrbrille wieder aufsetzte, erklärte er: »Jetzt ist es wieder im alten, ich fühle mich zu Hause — alles ist aufrecht.« Der negative Nacheffekt — daß *ohne* Umkehrbrille alles umgekehrt gesehen wird — hält in voller Deutlichkeit nur einige Minuten an; umgekehrte Teileindrücke waren aber noch eine Stunde nach Brillenabnahme vorhanden — einzelne Häuser wurden umgekehrt gesehen und ihre Spiegelung in einer Wasserpfütze wurde als aufrecht erlebt.

Experimente, die während des Tragens der Umkehrbrille mit fallenden Gegenständen durchgeführt wurden, führten ERISMANN zu der Hypothese, daß die Richtungen »oben« und »unten« durch die Empfindungen der Schwerkraft zustande kommen und vom Gesichtssinn aus diesen Empfindungen sozusagen »übernommen« wurden; die primäre »oben-unten«-Bestimmung erfolgt »auf Grund der Angaben aller jener Organe, welche uns die Wirkung der Schwerkraft vermitteln, also auf Grund des eindeutigen Strebens unseres Körpers im ganzen und in allen seinen Teilen nach einer Richtung, der Richtung nach dem Erdzentrum, auf Grund der Druckempfindungen, welche daraus entstehen, der Anstrengung, welche wir für das Heben unserer von selbst nach unten fallenden und uns diese Richtung angebenden Gliedmaßen aufwenden müssen usw.... ›Unten‹ wird durch die Richtung der Kraft bestimmt, die uns an den Boden heftet, daher ist auch der Boden unten« (KOHLER 1951).

Noch interessanter, aber auch komplizierter sind die Resultate eines Experimentes von KOHLER, der durch mehr als 4 Monate (genau 124 Tage) ununterbrochen eine Brille mit Prismengläsern trug, die zu Veränderungen der Formen, Richtungen, Größen und Bewegungen der gesehenen Dinge führt. Alle senkrechten Kanten erscheinen gekrümmt, alles Rechteckige wird rhombisch, beim Blick durch die dicke Prismenseite erscheint alles lang und schmal, beim Blick durch die dünne breit und dick, außerdem scheint sich die ganze gesehene Welt bei jeder Kopf- und Körperbewegung in die Gegenrichtung zu bewegen, kurz, es ist eine »Welt von umstürzenden Häusern, schwankenden Straßen und quallenhaft sich bewegenden Menschen« (KOHLER am 1. Tag); dazu kommt, daß die Ränder aller Gegenstände einen farbigen Saum in den Regenbogenfarben bekommen. Die Verzerrungen verschwanden in 124 Tagen nicht vollkommen, die Wände waren noch »leise gebogen«, der Boden leicht schräg, aber alle auffälligen Merkmale waren verschwunden. Nach Abnahme der Brille hingegen zeigte sich ein außerordentlich starker Nacheffekt; die Wände waren stärker als vorher im Brillensehen verbogen, der Boden schräger, die Winkel verzerrter, und alle Ränder zeigten einen buntfarbigen Saum. Bei jeder Kopf- und Körperbewegung bewegte sich der Raum mit; die Welt war »zu einem scheinbar chaotischen Durcheinander veränderlicher Distanzen, Richtungen, Bewegungen und Gestalten geworden . . . nichts ist senkrecht, nichts waagrecht . . . nichts hat eine so bestimmte Größe oder eine so bestimmte Bewegungsform, um nicht im nächsten Augenblick sich zu verkleinern, sich auszudehnen, stehenzubleiben oder sich unerwartet zu beschleunigen; und dies immer im Zusammenhang mit irgendwelchen Bewegungen meines Kopfes und Körpers . . . diese ständigen relativen Bewegungs-, Größen-, Richtungsdiskrepanzen kämpfen alle logischen Anschauungen nieder, sie reißen die Aufmerksamkeit immer wieder auf sich, bedingen auf die Dauer Schwindel- und Depressionsgefühle« (KOHLER 1951, Abb. 21).

Am schwierigsten erwies sich die Anpassung an die Vertauschung von rechts und links. Der längste Versuch dieser Art — 71 Tage — wurde in Innsbruck von HEINRICH KOTTENHOF mit einer aus zwei Prismen bestehenden Brille durchgeführt, die eine vollkommene Rechts-Links-Umkehr bewirkten. Trotz der anfänglich überaus verwirrenden Eindrücke erreichte KOTTENHOF so weitgehende motorische Anpassung, daß er am 39. Tag eine Radtour von 60 km und gegen Ende der Versuchszeit laufen, springen, tanzen, schwimmen, maschineschreiben und mit dem Motorrad fahren konnte und sogar eine längere, mit Klettern verbundene Bergtour durchführte; obwohl er taktil und motorisch die neue Situation restlos bewältigte, fühlte er sich aber »keineswegs in dieser Brillenwelt derart heimisch wie in der Vorbrillenwelt« (KOTTENHOF 1961, 82).

Abb. 21. Ein Beispiel für die optischen Verzerrungen, wie sie beim Sehen durch eine Prismenbrille entstehen (aus I. KOHLER 1951).

Um für die Untersuchung der Nachwirkungen möglichst reine Verhältnisse zu schaffen, übersiedelte er zu Beginn des Versuches in ein Zimmer, das er vorher nicht kannte. Als die Brille abgenommen wurde, befand er sich daher in einem Raum, über den er keinerlei Erfahrungen aus der Vorbrillen-Zeit besaß. Er berichtet über die Eindrücke nach der Brillenabnahme: »Das ganze Zimmer und die ganze Wohnung, ja der ganze Hausgang erschienen mir in ihrer visuellen Lage rechts-links-verkehrt. Das Radio stand auf der falschen Seite, das Bett stimmte nicht usw.« Nur sein eigener Körper erschien ihm visuell richtig, aber nur solange er ruhig stand; sobald er zu gehen begann, bewegte sich der »falsche Fuß«. Stark waren die Nachwirkungen der Bewegungseindrücke: »Die ganze visuelle Welt schwankte und schaukelte, sobald ich den Kopf bewegte.« Diese Mitbewegungen begannen erst am zweiten Tag nach der Brillenabnahme abzunehmen. KOTTENHOF hat in einer umfassenden Darstellung alle bisher durchgeführten Umkehrversuche kritisch beschrieben und fruchtbare theoretische Gesichtspunkte zur Erklärung des Anpassungsprozesses gefunden, auf die hier jedoch nicht eingegangen werden kann (KOTTENHOF 1961).

Alle Ergebnisse der Brillenversuche sprechen für die empiristische Auffassung, aber nur, soweit es sich um die räumliche *Ordnung* handelt; über das Räumliche an sich bekommt man durch solche Experimente keinen näheren Aufschluß. Man kann sich auch gar keine Methoden vorstellen, mit deren Hilfe man den Raum ausschalten könnte, um ihn genauer untersuchen zu können — er scheint also etwas Ursprüngliches, schon in den einfachsten Empfindungen fest Verankertes zu sein.

So ergibt sich, daß hinsichtlich der Raumanschauung als solcher wahrscheinlich der Nativismus, hinsichtlich der Lokalisation innerhalb des Raumes aber sicher der Empirismus im Recht ist. Auf Einzelfragen der Raumwahrnehmung, insbesondere auf die Tatsache, daß sich aus dem Zusammenwirken der beiden Augen das plastische Tiefensehen ergibt, wird bei der Besprechung der Sehleistungen ausführlich eingegangen.

Hier ist noch etwas über die *Orientierung* im Raum zu sagen. Bekanntlich sind in dieser Hinsicht die Tiere dem Menschen weit überlegen, angeblich ebenso die Primitiven den Kulturmenschen. Schwalben, Stare, Störche, Fledermäuse, aber auch Hunde und Katzen leisten Außerordentliches in der »Heimfindung«. Von den vielen experimentellen Untersuchungen seien nur einige Beispiele erwähnt. RÜPPEL hat 1934 aus verschiedenen Gegenden Deutschlands 353 Stare auf dem schnellsten Wege nach Berlin schicken lassen. Die Tiere waren durch Fußringe gekennzeichnet; gleich nach der Ankunft in Berlin wurden sie freigelassen. Von den 353 Staren kehrten 104 in ihr Nest zurück (ein Teil ist vermutlich auf dem Heimflug zugrunde gegangen, ein anderer vielleicht trotz der Heimkehr nicht mehr gefangen worden). Dabei waren Entfernungen bis zu 300 und 400 km zurückzulegen, wozu nicht mehr als zwei Tage benötigt wurden. Zahlreiche andere Untersuchungen — z. B. die von EISENTRAUT, der 2830 Fledermäuse markierte und feststellte, daß nach der Frühlingswanderung fast 50% in ihre Winterquartiere zurückkehrten — bestätigten diese Ergebnisse. RÜPPEL vermutete, daß sich die Vögel nach dem Sonnenstand orientieren. Der Beweis für die Richtigkeit dieser Hypothese wurde von GUSTAV KRAMER erbracht: Stare, die er in einem runden Käfig mit einer runden Sitzstange brachte, begannen zur Zeit des Vogelzuges auf der Stange sitzend mit den Flügeln zu »schwirren«, wobei die Längsachse ihres Körpers die Richtung anzeigte, in der sie fliegen wollten. Um diese Richtung zu finden, genügte der Anblick des Himmels; in einem Versuchsraum mit sechs nach allen Richtungen verteilten Fenstern behielten die schwirrenden Stare ihre Richtung bei — sie änderten sie aber, wenn durch Spiegelvorrichtungen ein anderer Sonnenstand vorgetäuscht wurde. Durch diese (und andere, komplizierte) Versuche ist erwiesen, daß die Stare den jeweiligen Sonnenstand feststellen und daraus die Richtung ihres Fluges nach dem Süden bestimmen können; daraus folgt, daß sie auch über die jeweilige Tageszeit informiert sein müssen, um den Sonnenstand für ihre Richtungsbestimmungen richtig auswerten zu können. Sie müssen daher eine »innere Uhr« besitzen, die es ihnen ermöglicht, aus Zeit und Sonnenstand die

Zugrichtung zu finden. »Innere Uhr« und »Sonnenkompaß« spielen, wie v. FRISCH in seinen Experimenten gezeigt hat, auch bei den Meldungen eine große Rolle, die die Bienen in ihrem Stock über die Lage eines Futterplatzes erstatten; sie sind sogar imstande, das polarisierte Himmelslicht als Hilfsmittel zur Richtungsbestimmung zu verwerten. Im leeren Raum schwingen die elektromagnetischen Felder senkrecht zur Strahlungsrichtung in allen möglichen Ebenen (unpolarisierte Strahlung); durch das Auftreffen auf die Moleküle der Luft wird die Strahlung »polarisiert«, d. h. die Felder schwingen nur mehr in einer Richtung, die sich mit dem Sonnenstand im Laufe des Tages ändert. Das Facettenauge der Biene kann offenbar die Schwingungsrichtung analysieren (einzelne Sehzellen werden je nach ihrer Stellung zur einfallenden Strahlung mehr oder weniger erregt); auf diese Weise kann die Biene auch bei bedecktem Himmel die Tageszeit feststellen (bei dünnen Wolkenschichten dient dazu das Bild der Sonne, das die Biene trotz der Wolken sieht, weil ihr Auge auch für Ultraviolett-Strahlung empfindlich ist).

Über die Möglichkeit der Tageszeit-Feststellung durch die Zugvögel haben mehrere Vogelzug-Forscher eine Hypothese aufgestellt, die KARL BÜHLER »Schattenstabidee« nannte. Im Auge der Vögel findet sich ein dünner Gewebestrang, der vom blinden Fleck der Netzhaut nach vorne zieht und »Kammorgan« (oder »Pekten«) genannt wird. Es wird angenommen, daß dadurch ein scharfer Schattenstrich auf der Netzhaut entsteht, der von BÜHLER als »ein mit der Sonne laufender Uhrenzeiger« aufgefaßt wird — analog den Schattenstrichen der von Menschen gebauten Sonnenuhren. Für diese Hypothese spricht nach BÜHLERS Ansicht auch die Tatsache, daß die Netzhaut des Vogels flacher ist als beim Menschen und daß sie nicht nur in der Fovea, sondern auch in der Peripherie reichlich mit Zapfen ausgestattet ist, also auch dort bei Tag ein scharfes Bild liefert. Auf dieser Fläche — so behauptet diese neue interessante Ergänzung des »Kompaß-Uhr-Modells« der Vogel-Navigation — wandert mit dem Sonnenstand der Schattenzeiger des Kammorgans und informiert dadurch das Vogelhirn über die Tageszeit (BÜHLER 1969, S. 143). Aber auch BÜHLER betont, daß damit noch keine restlose Erklärung der Vogel-Orientierung erreicht ist; offenbar spielen uns unbekannte Sinneseindrücke oder Kombinationen von bekannten Empfindungen, von denen wir uns keine Vorstellungen machen können, dabei eine große Rolle. Ein anderer Vogelforscher, L. TALKINGTON, vermutet auf Grund von Versuchen mit Tauben, die in Gegenden mit charakteristischen erdmagnetischen Kraftlinien gebracht wurden, denen sie folgten, daß das Kammorgan als »Magnetkompaß« funktioniere und für uns unvorstellbare Richtungsempfindungen erzeuge. Das Rätsel der Vogelorientierung ist ungelöst.

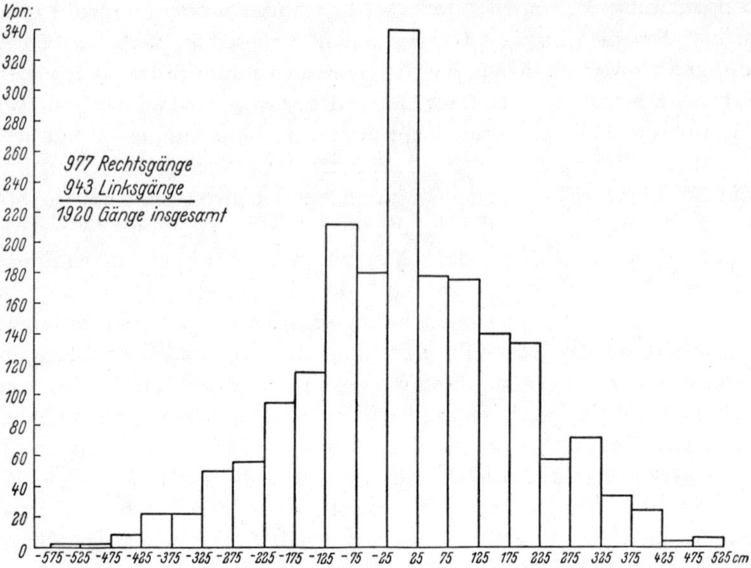

Abb. 22. Verteilung und Ausmaß der Rechts- und Linksabweichungen beim Gehen mit verbundenen Augen. Aus R. Dominik 1953.

Mit Sicherheit weiß man hingegen, wie es möglich ist, daß blinde Fledermäuse sicher herumfliegen, ohne irgendwo anzustoßen (sogar ausgespannten Seidenfäden weichen sie aus). Die Amerikaner Griffin und Galambos konnten den Nachweis erbringen, daß die Fledermäuse im Fluge etwa 30mal pro Sekunde einen für uns Menschen unhörbaren Schall erzeugen (von 50.000 bis 70.000 Schwingungen pro Sekunde, also »Ultraschall«), an dessen Echo sie sich orientieren. Diese Orientierungseinrichtung arbeitet also nach dem »Radar-Prinzip«: die reflektierte Welle wird als Orientierungsmittel benützt. Damit die Fledermäuse durch ihre selbsterzeugten »Ultraschall-Pfiffe« nicht gestört werden, verschließt während der Aussendung des Pfiffes ein Muskel das Gehörorgan. Daß die Vögel zu ihrer Orientierung ein eigenes Organ besitzen, das auf das magnetische Erdfeld und auf die durch die Erddrehung hervorgebrachten Fliehkräfte reagiert — wie der Amerikaner H. L. Yeagley auf Grund einiger experimenteller Befunde behauptet hatte —, wird neuerdings wieder bestritten. Demgegenüber ist die menschliche Orientierungsfähigkeit sehr begrenzt. Es kommt zwar vor, daß man sich im Hochgebirge im Nebel oder auch in einer fremden Stadt nach einem unbestimmten »Gefühl« richtet, um sich zurechtzufinden; aber es ist nichts darüber bekannt, ob man dabei öfter in die Irre geht oder ans Ziel kommt.

Der moderne Mensch ersetzt durch Kompaß und Landkarte, was ihm an natürlichem »Ortssinn« verlorengegangen ist; kommt er in eine Situation, in welcher er auf ursprüngliche Orientierungsfähigkeit angewiesen ist, so entstehen grobe Fehlleistungen. Bei Versuchen, in denen mit verbundenen Augen geradeaus gegangen werden sollte, fand man immer starke Abweichungen, die — nach Untersuchungen von Rita Dominik im Wiener Psychologischen Institut an 640 Kindern von 6 bis 14 Jahren — bei einer Strecke von 15 m im Durchschnitt 1,5 m betragen. Eine Richtungsbevorzugung (wie sie Lenkner für »links« behauptet hatte) besteht bei den Wiener Kindern nicht; auch bei Erwachsenen verteilen sich, wie Hellmut Müller feststellte, die Abweichungen ungefähr gleich auf rechts und links. Rechts- oder Linkshändigkeit sowie die Geschwindigkeit sind ohne Einfluß auf die Abweichung, größer wird sie bei Kopfrechnen während des Blindgehens. Das Tragen einer Last bewirkt eine häufigere Abweichung in die Richtung der Hand, mit welcher getragen wird (Abb. 22).

2. *Die Zeitwahrnehmung*

Etwas anders als beim Raum liegen die Verhältnisse bei der Auffassung der *Zeit.* Die Raumanschauung scheint durch das Zusammenwirken vieler verschiedener Sinneseindrücke zu entstehen. Die Zeitwahrnehmung hingegen ist von der Sinneswahrnehmung viel unabhängiger; ihre Grundlage ist das Gedächtnis. Hätten wir kein Gedächtnis, so könnten wir die vergangenen Ereignisse nicht zeitlich ordnen; es gäbe kein Früher oder Später, ja es ginge überhaupt der Zusammenhang des Vergangenen mit der Gegenwart verloren. Dieser Zusammenhang ist das Wichtigste am »Zeiterleben«; das eben Vergangene muß mit dem gerade Geschehenden verbunden bleiben, damit das Zeitkontinuum möglich wird. Innerhalb des wachen Daseins wird die Verbindung zwischen dem gerade Vergangenen und dem Gegenwärtigen auf andere Art hergestellt; es gibt eine ganz kleine Zeitspanne, in welcher ohne Gedächtnis, also unmittelbar, das eben Vergangene noch bewußt ist: die *»psychische Präsenzzeit«*, wie sie W. Stern genannt hat.

Der Unterschied zwischen der psychischen Präsenzzeit und dem Gedächtnis liegt darin, daß bei der ersteren das eben Vergangene noch bewußt ist, ohne dazwischen in das »Unbewußte« versunken zu sein; es braucht nicht daraus heraufgeholt zu werden, sondern ist noch irgendwie da. Spricht man das Wort »Theater« aus, so braucht man dazu eine gewisse Zeit; ist man bei »ter« angelangt, so ist das »The-a« noch bewußt, zum mindesten ist es dazwischen nicht verschwunden und wieder aufgetaucht. »Dem unbefangenen Beobachter zeigt sich hier nichts als ein über eine kleine Zeitstrecke sich ausdehnendes Kontinuum, welches eben als solches den Inhalt des Bewußtseinsaktes ausmacht und die Wortauffassung auslöst« (STERN 1897). Mit anderen Worten: ein Einzelerlebnis ist nicht punktuell, sondern zeitlich ausgedehnt. Die Größe dieser Präsenzzeit wurde von verschiedenen Forschern mit 6 bis 12 Sekunden angegeben. Man kann sich den grundsätzlichen Unterschied zwischen Präsenzzeit und Gedächtniserscheinung leicht selbst klarmachen: wenn man festzustellen sucht, was man vor einer Stunde oder auch nur vor einer Viertelstunde getan hat, so muß man sich dies »ins Gedächtnis rufen« und aus der Erinnerung *vorstellen;* nichts davon findet sich bei demjenigen, was innerhalb der Präsenzzeit geschieht, denn dieses Geschehen — das eben Vergangene — hat Wahrnehmungscharakter, nicht Vorstellungscharakter. Was man vor fünf, drei oder einer Minute getan hat, ist hingegen bereits Erinnerungsvorstellung, und die Grenze zwischen dem »Präsenten« und dem Erinnerten können wir nicht deutlich feststellen — vermutlich deshalb, weil sie sich ja ständig verschiebt. Die Zeit vergeht, immer sinkt dasjenige, was soeben noch präsent war, in die Vergangenheit.

Um das Wenige, das man über die Zeitauffassung sagen kann, mit gesicherten Ergebnissen zu begründen, müssen noch zwei Untersuchungen erwähnt werden: die Experimente über das subjektive Zeiterleben bei Mensch und Tier und die Versuche, dieses Zeiterleben künstlich zu beeinflussen. J. v. ÜXKÜLL, dem die Biologie die ersten Untersuchungen über die spezifische Umwelt verschiedener Lebewesen zu danken hat, untersuchte auch die Zeitauffassung. Die Frage, die hierbei zu beantworten war, wurde schon 1864 von KARL v. BAER in einem in Petersburg gehaltenen Vortrag aufgeworfen. Er führte den Begriff des »Moments« ein und bezeichnete mit diesem Ausdruck die kürzeste, gerade noch gesondert wahrnehmbare Dauer eines Reizes. Der menschliche Moment beträgt $^1/_{18}$ Sekunde, d. h. aufeinanderfolgende Sinnesreize, von denen jeder weniger als $^1/_{18}$ Sekunde dauert, werden nicht mehr getrennt, sondern miteinander verschmelzend wahrgenommen. 18 Luftschwingungen pro Sekunde hören wir nicht isoliert, sondern als einheitlichen tiefen Ton, und 18 Bilder in der Sekunde rufen, wie das Kino beweist, den Eindruck einer ununterbrochenen Bewegung hervor. Was würde geschehen, wenn unser »Moment« tausendmal kürzer wäre? Es wären dann 18.000 Einzelbilder pro Sekunde notwendig, um die Verschmelzung zu einer kontinuierlichen Bewegung hervorzurufen. Mit Leichtigkeit könnten wir, so erklärte v. BAER, dann den Lauf einer Gewehrkugel verfolgen (wie bei der Zeitdehnung im Film, bei der z. B. 100 Aufnahmen pro Sekunde hergestellt und dann mit 24 pro Sekunde vorgeführt werden); und wäre unser »Moment« tausendmal länger, so könnten wir die Pflanzen mit den Augen wachsen sehen (wie bei der Zeitraffung im Film, bei welcher z. B. jede Stunde eine Aufnahme gemacht und dann der Film mit 24 pro Sekunde vorgeführt wird, so daß man die Wachstumsbewegungen einer Blume sehen kann). G. A. BRECHER hat die Dauer des menschlichen Momentes für das Sehen, für das Hören und für Berührungs-Empfindungen untersucht; es ergab sich für alle diese Sinnesgebiete der Wert von ungefähr $^1/_{18}$ Sekunde. Er schließt daraus, daß der Moment »eine Eigentümlichkeit unseres Nervensystems ist, insofern nämlich, als unsere Ganglienzellen nicht fähig sind, mehr als eine bestimmte Anzahl von Reizen pro Zeiteinheit als voneinander getrennte Reize aufzunehmen« (BRECHER 1933). Durch raffiniert ausgedachte Versuchsanordnungen ist es BRECHER gelungen, den Moment der Schnecke und des Kampffisches festzustellen. Eine Schnecke wurde auf einen Ball gesetzt, der im Wasser schwamm; das Schneckengehäuse wurde durch einen Halter festgehalten, so daß sich bei Kriechbewegungen der Schnecke der Ball unter ihr drehte. An der vordersten Stelle der Kriechfläche war, diese eben berührend, ein Metallstab angebracht, der durch eine besondere Apparatur in sehr kleine meßbare Schwingungen versetzt werden konnte. Man weiß, daß die Schnecke sofort zurückzuckt und sich in ihr Haus begibt, wenn sie am Vorderfuß eine Bewegung spürt; spürt sie dort aber einen festen, ruhig bleibenden Gegenstand, so bekriecht sie ihn. Es zeigte sich, daß die Schnecke ruhig auf den Stab zu kriechen begann, wenn er mit 10 bis 20 Schwingungen pro Sekunde bewegt würde; wurde die Bewegungsfrequenz vermindert, so trat bei etwa vier Schwingungen das typische Zurückzucken und die Rückkehr in das Gehäuse ein — also das Verhalten, mit welchem die Schnecke auf *bewegte* Reize an ihrer Fußsohle reagiert. BRECHER schließt daraus, daß die Verschmelzungsgrenze von taktilen Reizen bei der Schnecke etwa bei vier Schwingungen pro Sekunde liegt; Gegenstände, die sich mit vier und mehr Schwingungen in der Sekunde bewegen, erscheinen in der Schneckenwelt ruhend. In Analogie zu den Ergebnissen am Menschen, dessen Verschmelzungsfrequenz bei 18 liegt, müßte es wenigstens so sein; und dementsprechend würde der »Moment« der Schnecke $^1/_4$ Sekunde betragen, d. h. in ihrer Welt würde sich alles viel rascher vollziehen, als es von der menschlichen Welt aus erscheint. Alle Bewegungen gehen für sie etwa fünfmal schneller vor sich als für uns Menschen. »Es geht also in einer Schneckenwelt gar nicht so langweilig zu, wie wir uns das bisher dachten, da die Schnecken infolge eines anderen subjektiven Zeitmaßes — ihres längeren Momentes — in ein ganz anderes Tempo eingepaßt sind.« Mit einer anderen, ebenfalls sehr klug ausgedachten Versuchsanordnung fand BRECHER beim Kampffisch eine Dauer eines Momentes von ungefähr $^1/_{30}$ Sekunde; d. h., daß in der Welt des Kampffisches, der auf das Erwischen schnell schwimmender Tiere angewiesen ist, die Vorgänge nur etwa halb so schnell (oder doppelt so langsam) ablaufen wie in der Welt des Menschen. Der Moment des Hundes hingegen scheint etwa gleich groß zu sein wie der menschliche; in einem »Hundekino«, in welchem Hunden ein Film mit Fütterungsszenen vorgeführt wurde, zeigten die Tiere die größte Erregung, wenn der Film in derselben Geschwindigkeit abrollte wie im Kino für Menschen (Sarris u. Brecher 1933).

Die Wahrnehmungswelt sieht also für verschiedene Tiere je nach ihrem Moment sehr verschieden aus. Es ist anzunehmen, daß Tiere, die von schnell beweglichen anderen Tieren leben, kurze Momente haben, während der Moment der Pflanzenfresser lang sein kann, ohne daß die Ernährung gefährdet ist. Eine weitere interessante Tatsache ist die Veränderung der Zeitauffassung durch Chemikalien, die auf das Nervensystem oder den Stoffwechsel wirken. Brecher fand bei Untersuchungen an Menschen mit taktilen Reizen, daß sowohl Sedativa (Bromkalium, Morphium) wie Exzitantia (Cola, Coffein, Alkohol) den »Moment« auf $^{1}/_{12}$ Sekunde verlängern; unter der Einwirkung von Giften »scheinen alle Vorgänge in der Umwelt eines Menschen schneller abzulaufen. Falls ein Mensch ständig unter dem Einfluß von Giften steht (z. B. Genußgiften), wird sein Moment stets anormal lang sein, er wird weniger Momente während seines Lebens haben als eine ihm gleichaltrige Person und somit eine geringere Anzahl von Eindrücken während desselben Zeitraumes aufnehmen können« (Brecher). Sterzinger hat untersucht, ob sich die Zeit*schätzung* unter der Einwirkung von Pharmaka (Chinin, Thyroxin, Alkohol u. a.) verändert. Es ergaben sich keine ganz klaren Resultate — d. h. die Wirkung ist verschieden, ob kurze oder längere Zeiten geschätzt werden sollen; Alkohol wirkte in den ersten 15 bis 25 Minuten der Versuchszeit in allen Versuchsreihen verkürzend, d. h. die Zeiten wurden zu kurz geschätzt. Das würde mit den Resultaten Brechers übereinstimmen (Sterzinger 1938). Sterzinger versuchte zu einer Hypothese über die chemische Beeinflußbarkeit des Zeitsinnes zu kommen. Den Ausgangspunkt hierzu bildeten Beobachtungen an Tieren. Man kann Bienen, Ameisen und andere Tiere darauf dressieren, zu einer bestimmten Zeit an eine bestimmte Stelle zu kommen, um das Futter zu empfangen; jedem Bauer ist dies von seinen Hühnern bekannt. Man braucht nur einige Male hintereinander in bestimmten Zeitabständen in der Nähe eines Ameisenbaues etwas Futter auszulegen und man wird bemerken, daß die Tiere schon nach zwei bis drei Tagen immer zur bestimmten Stunde an diesem Ort erscheinen und warten. Zweifellos haben die Ameisen also Zeitgedächtnis. Grabensberger hat in Laboratoriumsversuchen eine große Zahl von Ameisen auf einen bestimmten Rhythmus der Nahrungsaufnahme dressiert: die Tiere kamen pünktlich zur gewohnten Stunde und warteten auf die Fütterung. Nun wurden sie der Einwirkung verschiedener Pharmaka mit bekannter Wirkung ausgesetzt. Eine fünf Stunden dauernde Narkose (Äther und Chloroform wurden mit dem Honigfutter vermischt) blieb ohne Wirkung; die Ameisen erschienen weiterhin pünktlich am Fütterungsort, hatten also die Zeit, in der sie bewußtlos waren, »eingerechnet«. Da die genannten Narkotika auf das Gehirn wirken, kann dieses nicht der Sitz des Zeitgedächtnisses sein; es wurde daher versucht, durch künstliche Beeinflussung der allgemeinen Lebensvorgänge, vor allem des Stoffwechsels, festzustellen, ob vielleicht dieser am »Zeitsinn« der Ameisen beteiligt sei. Und tatsächlich zeigte sich folgendes: wurde dem Futter Chinin beigemischt (Chinin verlangsamt die Lebensvorgänge), so erschienen die Ameisen dreieinhalb Stunden zu spät zur Fütterung; wurde dem Futter hingegen Thyroxin (ein Schilddrüsenpräparat, das die Lebensprozesse beschleunigt) beigeben, so kamen sie um vier Stunden zu früh (Grabensberger 1934). Damit scheint erwiesen zu sein, daß die Ursachen des »Zeitsinnes« der Ameisen im Stoffwechsel liegen; Sterzinger spricht daher von einer »Stoffwechsel-Uhr« dieser Tiere. Dabei bleibt die Möglichkeit offen, daß diese »Uhr« im vegetativen Nervensystem liegt, das den Stoffwechsel reguliert und durch die Narkotika nicht ausgeschaltet wurde (sonst wären die Ameisen gestorben).

Aber auch der Mensch hat eine organische »Uhr« — es ist jedoch noch unentschieden, ob es eine »Stoffwechsel-Uhr« oder eine »Gehirn-Uhr« ist. Die Fälle, die hierher gehören, hat K. Groos bereits 1896 zusammengefaßt: »Es ist bekanntlich eine noch nicht befriedigend aufgeklärte Tatsache, daß viele Personen eine längere Zeitdauer ohne alle bewußten Hilfsmittel mit überraschend großer Genauigkeit zu schätzen vermögen. Am auffallendsten zeigt sich diese Fähigkeit in drei Fällen: 1. im Bestimmen der Stunde sowohl bei Tag als auch besonders, wenn die Person des Nachts zufällig aufwacht, 2. in dem bis auf die Minute genauen Aufwachen zu einer willkürlich oder durch Gewohnheit bestimmten Zeit, 3. bei der posthypnotischen Suggestion mit abstrakter Zeitangabe (›Sie werden eine Stunde nach Ihrem Erwachen das und das tun‹).« Groos schließt seine Arbeit: »Die Erklärung der richtigen Schätzung bleibt nach wie vor rätselhaft« (Groos 1896). Sie ist es bis auf den heutigen Tag geblieben. Nur zu Hypothesen ist man gekommen, in denen von den meisten Forschern eine »primitive« und eine »gnostische« Zeitauffassung unterschieden wird. Dieser Gegensatz wurde am Menschen von H. Ehrenwald in hypnotischen Experimenten bestätigt: wenn man einer hypnotisierten Person den Auftrag gibt, nach jeder Minute ein Zeichen zu geben (natürlich ohne Benützung einer Uhr oder anderer Hilfsmittel), so erweist sich die Zeitschätzung als beträchtlich genauer als im Wachzustand (EHRENWALD 1923). Die Zeitauffassung im Schlafe — die »primitive« Zeitmessung mit der »Körperuhr« (SEMON) — ist also genauer als die des bewußten Erlebens — die »gnostische« Zeitmessung, die sich auf Beobachtung, Urteile, Schlüsse usw. gründet. MACH hat einen ähnlichen Gegensatz gemeint, wenn er die »physiologische« Zeit der »metrischen« Zeit des Physikers gegenüberstellte.

EHRENWALD hat aus seinen Versuchen geschlossen, daß der primitive Zeitsinn an den Ablauf der elementaren Lebensvorgänge gebunden sein müsse und daher nicht von der Hirnrinde, sondern von den älteren Systemen des Mittel- und Zwischenhirns gesteuert werde. Mit dieser Auffassung stimmen ja auch die Tierversuche überein. K. FROBENIUS hat darüber mit 5 Personen zahlreiche Versuche durchgeführt, bei denen sich folgendes ergab: in den 250 Einzelversuchen kam es nur ein einziges Mal vor, daß trotz der Vornahme, zu einer bestimmten Zeit zu erwachen, einfach weitergeschlafen wurde. Die weitaus meisten Versuche führten zum Erwachen zu einer Zeit, die in der kleinen Spanne von fünf Minuten vor der vorgenommenen Zeit und dieser selbst lag; dieses Erwachen war etwa fünfmal so häufig wie das zu Zeiten mit größerem Abstand von der vorgenommenen Zeit, doch häufen sich die ungenaueren »Erwacher« in der Spanne von 50 Minuten vor- und nachher so stark, daß für größere Fehler nur mehr ganz wenige Fälle übrigbleiben. Äußere Reize — es wurden laut schlagende Uhren, die oft ohne Wissen der Personen falsch gestellt wurden und falsch schlugen, aufgestellt — spielten keinerlei Rolle; ebensowenig die Übung — es wurde von den präzis Erwachenden von Anfang an richtig erwacht — noch die Ermüdung; »selbst bei wochenlanger Schlafzeit von nur zweieinhalb Stunden nächtlich erfolgte ebenso promptes Erwachen wie nach einer völlig durchwachten Nacht in der nächsten Nacht promptes Erwachen erfolgte« (FROBENIUS 1927). Nur bei einer Person war absolut kein rechtzeitiges Erwachen, d. h. innerhalb von drei bis zehn Minuten um den gewollten Zeitpunkt, zu erzielen; FROBENIUS betont, daß es sich dabei um einen »vorwiegend überlegenden, vorsichtigen, kritischen Charakter« handelte. Dies ist wichtig, denn bei solchen Leuten ist im allgemeinen der Einfluß der »alten Hirnteile«, in welchen man offenbar die Grundlagen des »Zeitsinnes« zu suchen hat, geringer als bei anderen. SCHNEEVOIGT hat gezeigt, daß »instinktsichere« Personen in der Zeitbeurteilung bessere Leistungen zustande bringen als die vorwiegend rational Veranlagten.

Daß im vorsätzlichen Erwachen sehr große individuelle Unterschiede bestehen, hat in einer neueren Untersuchung G. CLAUSER bestätigt; bei einer Umfrage, die 1080 Personen, darunter 500 Kinder, umfaßte, erklärten 79% der Erwachsenen, aber nur 15% der Kinder, daß sie zu einem vorgenommenen Zeitpunkt erwachen können. Bei Experimenten an 52 guten »Erwachern«, mit denen je drei Versuche mit Zeiten von 3 bis 10 Stunden Schlaf durchgeführt wurden, ergaben sich Fehler bis zu 18 Minuten, wobei das Erwachen häufiger vor als nach dem vorgenommenen Zeitpunkt eintrat. CLAUSER kommt zu der Vermutung, daß die Intelligenz und besonders die Motivierung eine große Rolle beim Terminerwachen spiele; wenn ein wichtiger Anlaß für das Erwachen vorliegt, tritt es verläßlicher auf als bei bedeutungslosen Anlässen (z. B. nur zu Versuchszwecken, G. CLAUSER 1954).

Es ist also eine ganze Reihe von Einzeltatsachen über die Zeitauffassung bekannt: die Verschiedenheit der »Momente« bei Mensch und Tier, die Beeinflußbarkeit des Zeitgedächtnisses durch Gifte bei den Ameisen und der Zeitschätzung beim Menschen und schließlich die Tatsache des rechtzeitigen Aufwachens zur vorgenommenen Stunde. Alle diese Tatsachen weisen auf eine organische Grundlage der Zeitauffassung; und da es sich dabei, wie die Tier- und Schlafversuche zeigen, nicht um Prozesse in den Hirngebieten handeln kann, die mit dem bewußten Erleben zusammenhängen, muß man mit EHRENWALD annehmen, daß der regulierende Faktor in den Stammhirn-Systemen zu suchen ist. Diese Systeme stehen in engster Beziehung zum Stoffwechsel; und Beschleunigung oder Verlangsamung des Stoffwechsels führt zu Über- und Unterschätzung der Zeit schon bei den Ameisen. Für einige der geschilderten Ergebnisse wird man daher tatsächlich eine »Stoffwechsel-Uhr« als Erklärung annehmen können, d. h. eine Reizwirkung von organischen Vorgängen im Körper auf das vegetative Nervensystem. Vielleicht sind diese Zeit»reize« biochemischer Natur (Auswirkungen der Verdauungsvorgänge, Abbau von Ermüdungsstoffen usw., wodurch sich auch das Aufwachen ohne Zeitvornahme, also nur durch die wiederhergestellte Frische und Funktionstüchtigkeit des Organismus erklären ließe). Nicht verständlich ist durch die Annahme einer »Stoffwechsel-Uhr« das Erwachen zu einer vorgenommenen Stunde; es sieht ja so aus, als ob hier eine uns unbekannte »organische Uhr« wie eine Weckeruhr auf eine bestimmte Stunde gestellt werden könnte. Hier liegt einer jener schwer durchschaubaren Fälle vor, in denen das bewußte Wollen auf unbewußte physiologische Prozesse einwirkt. Physiologische »Zählvorrichtungen« gibt es mehrere: den Puls, die Atmung, oder noch viel genauer die elektrischen Spannungsschwankungen (»Alpha-Wellen«) der Ganglienzellen, die sogar noch die Sekunde in acht bis zwölf gleiche Teile trennen (s. S. 52f.). Über die möglichen Beziehungen dieser Prozesse zum »Zeitsinn« liegen noch keine Untersuchungen vor.

Keine befriedigende Erklärung gibt es gegenwärtig für die Tatsache, daß im Alter die Zeit rascher zu vergehen scheint als in der Jugend. Die Unterschiede sind beträchtlich und schon in einfachen Versuchen feststellbar. INGEBORG WILDER ließ 100 Personen von 17 bis 70 Jahren und 30 von 70 bis 90 ruhig liegen mit dem Auftrag, sich zu melden, wenn sie glauben, daß 8 Minuten verstrichen seien; die Greise meldeten sich schon nach 3 bis 5 Minuten, die Jüngeren nach 5½ bis 10½ Minuten. Unabhängig vom Alter spielen der Inhalt und besonders die Gefühlsbetonung der Erlebnisse für die erlebte Dauer eine sehr große Rolle. INGEBORG ZÖHRER bot in einer Versuchsreihe 12 Personen eine Serie von 20 angenehmen und 20 unangenehmen Bildern (fröhliche Szenen der Mecki-Igel-Familie und Fotos von Ermordeten und Selbstmördern); jede Darbietung jedes Bildes durch Projektion dauerte genau 2 Minuten. Auf die Frage, wie lange die Darbietungen gedauert hätten, wurden im Durchschnitt für die erfreulichen Bilder 2,77 Minuten, für die unerfreulichen 4,37 Minuten angegeben.

Das Sehen

1. Aufbau des Sehapparates

Zu den größten Erfolgen des menschlichen Denkens gehört die Auffindung des *elektromagnetischen Strahlenspektrums.* Man versteht darunter die Reihenfolge der in der Natur vorkommenden oder von Maschinen erzeugten elektromagnetischen Feldänderungen oder *Schwingungen.* Ein winzig kleiner Teil dieser Skala umfaßt die Reize, aus denen die *Lichtempfindungen* entstehen. Daß die Strahlen, die in uns Licht- und Farbenempfindungen erzeugen, elektromagnetische Schwingungen sind, wurde schon im Jahre 1864 von ROBERT MAXWELL erkannt. Seither hat eine Folge großartiger Entdeckungen, die auf ewige Zeiten mit den Namen HERTZ, RÖNTGEN, BECQUEREL, CURIE u. a. verbunden sind, zur Feststellung einer ununterbrochenen Reihe von Wellenstrahlungen geführt, die mit ganz langsamen Schwingungen, wie sie durch Maschinen (Dynamos, Oszillatoren) künstlich erzeugt werden können, beginnt und mit solchen von mehreren Quadrillionen Schwingungen pro Sekunde (kosmische Höhenstrahlung) endet. Die Unterschiede zwischen den verschiedenen Strahlungen sind lediglich *quantitativer* Art, nämlich Unterschiede der Schwingungszahl; *qualitativ* sind alle diese Strahlungen gleich, nämlich periodische, sich im Raum fortpflanzende Änderungen elektrischer und magnetischer Felder, also elektromagnetische Schwingungen. Abb. 23 zeigt die ganze Wellenskala.

Nur ein ganz kleiner Ausschnitt dieser Skala — die Strahlung von etwa 400 bis 800 Billionen Schwingungen pro Sekunde (oder von 0,00076 bis 0,00039 mm Wellenlänge) bildet für das *menschliche Auge*

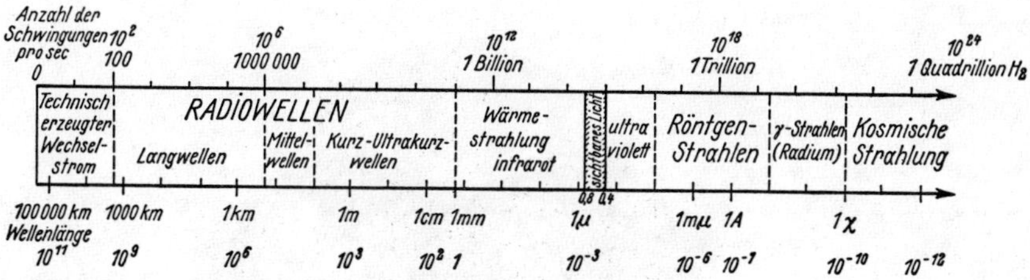

Abb. 23. Elektromagnetisches Wellenspektrum. Am oberen Rand ist die Schwingungszahl, am unteren die Wellenlänge angegeben.

einen Reiz; die ersteren, »langwelligen« Schwingungen erzeugen für uns das *rote*, die letzteren, kurzwelligen das *violette Licht*. Dazwischen liegen die übrigen Farben in der Reihenfolge: rot, orange, gelb, grün, blau, violett. Die Gesamtheit aller sichtbaren Strahlen erzeugt bei gleichzeitiger Einwirkung auf das Sehorgan die *Weiß*empfindung; das Zustandekommen des *Schwarz* ist noch umstritten (s. S. 171 ff.).

Alle übrigen Strahlungen — also die größten Anteile des elektromagnetischen Spektrums — sind für uns unsichtbar. Ständig sind z. B. tausenderlei Schwingungen von den Radio- und Fernseh-Sendern um uns her vorhanden, ohne daß wir etwas von ihnen merken. Andere Strahlen, die ebenfalls keine Licht- oder Farbempfindungen erzeugen, machen sich durch bestimmte Wirkungen auf unseren Körper bemerkbar: die Infrarotstrahlung wird als Wärme empfunden, die ultravioletten Schwingungen führen zu Entzündungen und Bräunung der Haut (im Auge zu Netzhautschädigungen — z. B. bei der »Gletscherblindheit«), die Röntgen- und Radiumstrahlen zerstören bei längerer Einwirkung das lebende Gewebe.

Aus dem kleinen Frequenzband von 400 bis 800 Billionen Schwingungen pro Sekunde läßt unser optisches System die Größe und Herrlichkeit der Natur erstehen, die Pracht der Farben, Licht und Schatten, den blauen hellen Himmel und die reine Bergluft, durch die der Blick bis in die Fernen der Unendlichkeit zu dringen glaubt. Aber nicht nur die Ferne und Weite erschließt uns das Auge in klaren und scharfen Bildern, sondern auch die Dinge in unserer unmittelbaren Nähe; es umspannt einen außerordentlich weiten Bereich verschiedener Entfernungen. Eigene Einrichtungen im Auge bringen diese in vieler Hinsicht wunderbaren Leistungen zustande. Aus diesen Einrichtungen wird eine ganze Reihe von Erscheinungen rein psychischer Art, nämlich ein Teil der Eigenschaften der optischen Erlebnisse, verständlich. Das Sehen ist daher das geeignetste Beispiel, die Zusammenhänge zwischen physikalischen, anatomischen, physiologischen und psychologischen Tat-

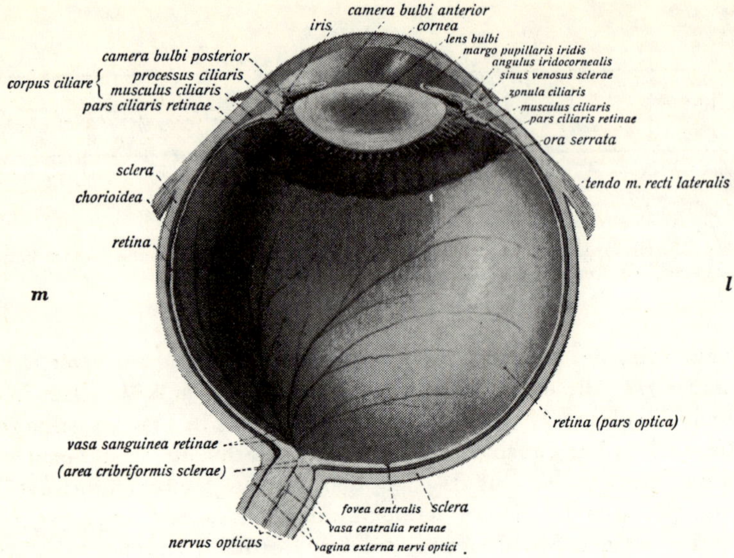

Abb. 24. Augapfel. Erklärung im Text (aus Sobotta-Becher, Atlas der Anatomie des Menschen, 3. Teil, Urban & Schwarzenberg, München-Berlin 1962). *m* = medial (nasenseitig), *l* = lateral (schläfenseitig).

sachen darzustellen. Aus diesem Grund wird im folgenden der Sehapparat ausführlicher besprochen als die organischen Grundlagen der übrigen Sinnesgebiete.

Das Auge der Wirbeltiere ist ein vollendetes, aus lebender Substanz aufgebautes optisches System, das von einer derben, vorne durchsichtigen Haut zusammengehalten wird (Sklera und Cornea) (Abb. 24). Die einfallenden Strahlen werden durch eine Linse gebrochen und auf die strahlungsempfindliche Schicht der Netzhaut geworfen. Die Hauptmasse des Augapfels bildet der große, rundliche Glaskörper, der zu 98% aus Wasser besteht; er liegt zwischen Linse und Netzhaut und hat lediglich den Zweck, die zur Entstehung eines scharfen Bildes notwendige Entfernung zwischen Linse und Netzhaut herzustellen. Die Netzhaut selbst ist anatomisch und entwicklungsgeschichtlich ein vorgeschobener Teil des Gehirns; sie enthält in bestimmter Schichtung verschiedene Arten von Ganglienzellen. In Abb. 25 ist der Aufbau der Netzhaut schematisch dargestellt. Man sieht daraus, daß die Lichtsinneszellen (*Stäbchen* und *Zapfen*), in denen die Reize zu den nervösen, durch den Sehnerven in das Gehirn fließenden »Erregungen« umgewandelt werden, nicht (wie man erwarten würde) die vorderste, der einfallenden Strahlung zuge-

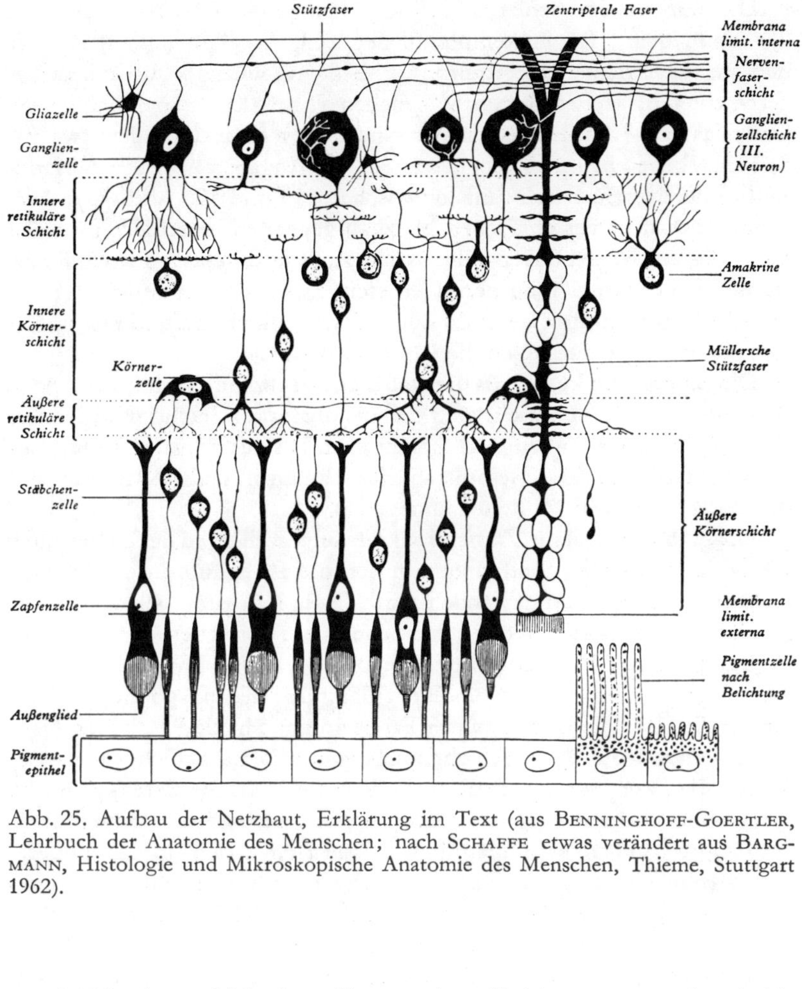

Abb. 25. Aufbau der Netzhaut, Erklärung im Text (aus BENNINGHOFF-GOERTLER, Lehrbuch der Anatomie des Menschen; nach SCHAFFE etwas verändert aus BARGMANN, Histologie und Mikroskopische Anatomie des Menschen, Thieme, Stuttgart 1962).

wandte Netzhautschicht darstellen, sondern die hinterste, von der einfallenden Strahlung am weitesten entfernte Schicht; und die reizaufnehmenden Teile der Stäbchen und Zapfen — die »Außenglieder« — sind der ankommenden Strahlung nicht zugewandt, sondern gegen die Hinterseite des Auges gerichtet. Um die sogenannte »Schichtenanordnung« der Netzhaut (es werden zehn Schichten gezählt) zu verstehen, ist es besser, wenn man nicht nur rein beschreibend-anatomisch vorgeht, sondern die Netzhaut von Anfang an als ein kompliziert gebautes System von Mikroorganen auffaßt und den funktionellen Gesichtspunkt — die Arbeitsweise dieser Organe — in den Vordergrund stellt.

Die *Stäbchen* sind schlanke, zylinderförmige Gebilde (0,06 mm lang, 0,002 mm dick). Ihr lichtempfindlicher Teil, das Außenglied, ist, wie man aus seiner feinen Querstreifung schließt, aus winzigen, übereinandergeschichteten, kreisförmigen Scheibchen von 0,0006 mm Höhe aufgebaut; das ganze Außenglied ist von einer zarten Haut umhüllt. Etwa 500 Stäbchen liegen in 1 mm nebeneinander, die Angaben über ihre Gesamtzahl in der Netzhaut schwanken zwischen 110 und 125 Millionen. Ihre Verteilung ist in verschiedenen Netzhautgegenden verschieden; an der Stelle des schärfsten Sehens, der später zu besprechenden Fovea, fehlen sie überhaupt, am Rande derselben steht zwischen je zwei Zapfen ein Stäbchen, dann nimmt die Zahl der Stäbchen immer zu und erst an der Grenze der Netzhaut gegen die Linse wieder ab.

Die *Zapfen* sind kürzer als die Stäbchen; an ihrem bauchig verdickten Innenglied (0,007 mm dick) sind sie im Mikroskop leicht zu erkennen. Ihr kegelförmiges Außenglied scheint ebenfalls aus feinsten Scheibchen aufgebaut zu sein. Die Gesamtzahl der Zapfen in einer Netzhaut wird mit sechs bis sieben Millionen angegeben.

Die Stäbchen und die Zapfen sind die Sinneszellen, in denen die Energie der eintreffenden Strahlungen in nervöse Erregung d. h. in chemoelektrische Energie umgewandelt wird. Diese Erregung gelangt auf folgendem komplizierten Weg in den Sehnerven: von jedem Stäbchen und Zapfen geht eine Faser aus, die nach vorne zieht und dort von den Aufspaltungen der Faser einer bipolaren Ganglienzelle umsponnen wird; es treffen sich also die Enden zweier Faserleitungen in einem dichten Netzwerk (daher wird diese Schicht »äußere retikuläre Schicht« genannt). Durch die Faser der bipolaren Ganglienzelle fließt die Erregung in die Zelle selbst und von dort durch deren zweite, nach vorn gerichtete Faser weiter; die Endaufspaltungen dieser Faser treffen sich (in der »inneren retikulären Schicht«) mit den Aufspaltungen eines Neuriten, der zu einer großen multipolaren Ganglienzelle gehört — der »Sehnerven-Zelle«. Sehnerven-Zellen heißen diese Ganglien, weil sie neben mehreren kurzen einen langen, besonders kräftigen Neuriten besitzen; diese Neuriten verbinden sich zu einem dichtgebündelten rundlichen Strang, der als Sehnerv (Nervus opticus) durch den Schädelknochen tief in das Innere des Gehirns zieht, wo sich seine Fasern im primären Sehzentrum hinter den Thalami aufspalten.

Nach den mikroskopischen Befunden über die Netzhaut darf angenommen werden, daß die geschilderte Aufeinanderfolge von Sinneszelle, bipolarer Ganglienzelle und multipolarer Sehnervenzelle wohl für jeden Zapfen, nicht aber für jedes Stäbchen zutrifft; jeder Zapfen (zumindest in der Fovea) hat eine eigene, nur ihm zugehörige bipolare Ganglienzelle, dagegen sind bei den Stäbchen meist mehrere — nach Trendelenburg bis zu 400 — an die Faseraufspaltungen einer bipolaren Ganglienzelle angeschlossen, die dann ihrerseits eine ihr zugehörige Sehnervenzelle besitzt.

Es liegen also in der Netzhaut die Sinneszellen, die bipolaren Ganglienzellen und die Ganglienzellen des Sehnerven hintereinander; und weil die Sinneszellen die hinterste, von der Pupille am weitesten entfernte Schicht bilden, müssen die Lichtstrahlen die vor ihnen liegenden Zell- und Faserschichten durchdringen, um zu den Sinneszellen zu kommen. Dies gilt aber nicht für die ganze Netzhaut; an einer Stelle ziehen die Fasern der Sinneszellen nicht nach vorn, sondern radiär nach allen Seiten auseinander und gehen erst seitlich die Verbindungen mit den Ganglienzellen ein; dadurch entsteht eine Vertiefung (die »Netzhautgrube«, Fovea centralis), in welcher die Sinneszellen, nur von einer ganz feinen faserigen Schicht bedeckt, unmittelbar dem einfallenden Licht ausgesetzt sind. Die Fovea enthält als Sinneszellen nur Zapfen, die hier viel schlanker sind als in der übrigen Netzhaut und dicht aneinandergelagert (etwa 140.000 in 1 mm^2) senkrecht zur Einfallsrichtung der Strahlen stehen. Die Ausmaße der oval geformten Fovea des Menschen betragen in der Horizontale 0,2 bis 0,4 mm, in der Vertikalen 0,15 mm; sie liegt an derjenigen Stelle des Augenhintergrundes, auf welche nach der Optik des Augenaufbaues der zentrale Lichtstrahl auftrifft. Sie ist daher die Stelle des schärfsten Sehens.

Im ganzen hat man sich die Netzhaut als eine vorn offene Kugelschale vorzustellen, an deren Innenfläche zuoberst die Sehnervenfasern, dann die dazugehörigen Ganglienzellen, weiter die bipolaren Ganglienzellen und schließlich die Sinneszellen, also Zapfen und Stäbchen, in der geschilderten Anordnung liegen. Die Sehnervenfasern — die Neuriten der großen Ganglienzellen — sammeln sich, aus allen Richtungen kommend, auf der nasenwärts gelegenen Seite der Netzhautschale zum Strang des Sehnerven, der etwa eine Million Fasern enthält; er zieht durch die Netzhaut hindurch zunächst in die Augenhöhle und von dort durch den Schädelknochen gehirnwärts. Die Austritts-Stelle des Sehnerven aus dem Augapfel heißt »Papille« oder auch »blinder Fleck«, weil dort keine Sinneszellen vorhanden sind; davon ist noch zu sprechen (S. 208).

Die Sehnerven der beiden Augen nähern sich nach ihrem Eintritt in das Gehirn einander und vereinigen sich nach etwa 5 bis 6 cm in der Sehnervenkreuzung (Chiasma opticum) in eigenartiger Weise: die Fasern, die aus den inneren, nasenwärts liegenden Hälften der Netzhäute stammen (nasale Fasern), kreuzen einander, während diejenigen, die von den schläfenseitigen Netzhäuten kommen (temporale Fasern), ungekreuzt weitergehen. Als Grenze zwischen nasaler und temporaler Netzhauthälfte ist eine durch die Fovea gehende Linie anzusehen. So kommt es,

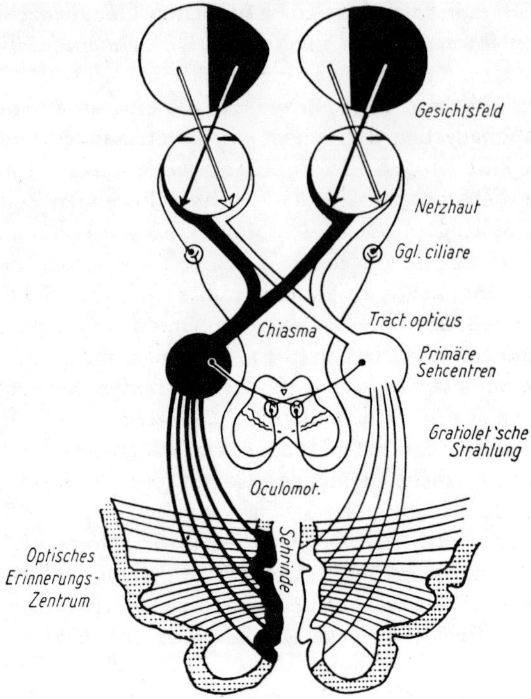

Abb. 26.
Verlauf der Sehleitung (schematisch).
(Aus SCHÜTZ, Physiologie, 11./12. Auflage, Urban & Schwarzenberg, München-Berlin 1969.)

daß jeder der zwei Faserstränge, die von der Sehnerven-Kreuzung weiter in das Innere des Gehirns ziehen (nach der Kreuzung heißen sie »tractus opticus«), Faseranteile aus beiden Augen enthält: der linke Tractus opticus führt die Fasern, die aus den linken Netzhauthälften, der rechte diejenigen, die aus den rechten Netzhauthälften kommen. Die Endaufspaltungen dieser Fasern, die ohne Unterbrechung von den Ganglienzellen in der Netzhaut bis in den Hirnstamm ziehen und daher ziemlich lang sind (etwa 7 bis 8 cm), liegen in zwei Gangliensystemen, den »primären Sehzentren«, an der hinteren Seite der Thalami (»seitliche Kniehöcker«, Corpora geniculata lateralia); dort umspinnen sie neue Ganglienzellen, von denen eine Faserleitung in fächerförmiger Anordnung — die sekundäre Sehbahn oder GRATIOLETsche Sehstrahlung — in Gangliensysteme an der Innenseite des Hinterhauptlappens des Gehirns führt. Die besonderen Zellarten, die sich hier finden (in sehr komplizierter zwölfschichtiger Anordnung), verleihen dieser Rindenregion, die den Namen Sulcus calcarinus trägt, ein eigenartiges, gestreiftes Aussehen; wegen dieser GENNARIschen Streifen nennen die Histologen diese Region Area striata. In ihren Ganglienzellen, also in den beiden

Areae striatae des Hinterhauptgehirns, hat man den *Entstehungsort* der Licht- und Farbenempfindungen zu sehen; Zerstörung dieser Gegenden führt zu vollkommener Erblindung trotz intakter Augen (Rindenblindheit).

Es ist also ein langer Weg vom Einfall der Lichtstrahlen in das Auge bis zu den Entstehungsorten der Lichtempfindung. Nach den beschriebenen anatomischen Verhältnissen ist es klar, daß alles, was die Erregungsleitung auf diesem Weg behindert, zu Störungen des Sehens führen muß; und zwar in genau berechenbarer Weise. Wird z. B. durch Verletzung oder Erkrankung der Mittelteil des Chiasmas zerstört, so können von den nasalen Teilen der Netzhäute keine Erregungen mehr in das Sehzentrum des Gehirns fließen; daher fallen die schläfenseitigen Gesichtsfeldhälften, deren Strahlung auf die nasalen Netzhauthälften fällt, aus. Wird ein Tractus opticus, also eine der beiden Sehleitungen nach dem Chiasma, unterbrochen, so kommt es zum Ausfall einer schläfenseitigen und einer nasalen Gesichtshälfte. Alles dies läßt sich leicht aus den oben dargestellten Leitungsbahnen erklären.

2. *Adaptation und Akkommodation des Auges*

Die Reizwirkung auf die Netzhaut vollzieht sich nicht so, daß die eintreffende Energie der Strahlungsquanten in den Stäbchen und Zapfen unmittelbar eine »Erregung« auslöst, die dann zu den Ganglienzellen der Netzhaut weitergeleitet wird; der Vorgang ist viel komplizierter. Die Reizbarkeit oder Strahlungsempfindlichkeit der Sinneszellen hängt davon ab, ob sie in genügender Menge bestimmte chemische Stoffe enthalten, die unter dem Einfluß der elektromagnetischen Schwingungen zerfallen und — so scheint es — durch diesen Zerfallsprozeß die elektrischen Kräfte erzeugen, welche dann durch die Nervenfaser in das Gehirn fließen. Die strahlungsempfindliche Substanz der Stäbchen ist von Bol im Jahre 1876 entdeckt worden; sie besteht aus einem roten Stoff, der bei Belichtung in Gelb umschlägt und schließlich bis zur völligen Farblosigkeit verbleicht. Kühne, der ihn 1878 genau untersuchte, gab ihm den Namen »*Sehpurpur*« oder *Rhodopsin*; seine chemische Zusammensetzung ist noch nicht genau bekannt, sicher ist nur, daß es sich um ein Kolloid mit hohem Molekulargewicht handelt, zu dessen Bildung Vitamin A notwendig ist. In den Zapfen der Netzhaut hat der Engländer George Wald drei Pigmente festgestellt (Jodopsin, Cyanopsin und Porphyropsin), die auf alle Frequenzen reagieren und die Helligkeits-Empfindungen im Zapfensehen bewirken; ihre Strahlungsempfindlichkeit ist beträchtlich geringer als diejenige des Rhodopsins. Wald hat 1964 noch drei weitere Zapfenpigmente entdeckt, die frequenz-spezifisch reagieren und Farbempfindungen erzeugen; davon ist später zu sprechen. Wald wurde für seine Entdeckungen 1967 mit dem Nobelpreis ausgezeichnet.

Der Vorgang, der in der Netzhaut zur Entstehung von nervösen »Erregungen« führt, die dann nach ihrem Einlangen in den okzipitalen Gangliensystemen der Hirnrinde die Lichtempfindung hervorrufen, spielt sich — wie man annimmt — folgendermaßen ab: die Energie der elektromagnetischen Schwingungen, die auf die Stäbchen und Zapfen treffen, bewirkt eine chemische Zersetzung der Sehsubstanzen; die daraus entstehenden Zersetzungsprodukte wirken auf die nervösen Anteile der Stäbchen und Zapfen und erzeugen dadurch die elektrische Komponente der »Erregung«, die dann durch die Fasern der Stäbchen und Zapfen zu den bipolaren Ganglienzellen und von dort zu den Sehnervenzellen weitergeleitet wird.

Der Psychologe muß die physiologischen Netzhautprozesse kennen, weil sich aus ihnen eine ganze Reihe psychischer Erscheinungen erklären läßt. Die Tatsache, daß die menschliche Netzhaut zwei verschiedene Arten von Sinneszellen aufweist und daß die Stelle des deutlichsten Sehens nur eine von ihnen, nämlich dichtgedrängte Zapfen, enthält, ließ es wahrscheinlich erscheinen, daß den Stäbchen und Zapfen verschiedene Funktionen zukommen. Unabhängig voneinander haben zuerst der Anatom Max Schultze (1866) und dann H. Parinaud (1881) und v. Kries (1896) diese Vermutung zur Grundlage einer Hypothese gemacht, die der letztere als »*Duplizitätstheorie*« bezeichnete; sie behauptet, daß die Zapfen das Sehen bei heller Beleuchtung und damit auch das Farbensehen (zusammengefaßt: das »Tagessehen«) ermöglichen, während die empfindlicheren Stäbchen dem farblosen »Dämmerungssehen« dienen. Dies bedeutet, daß bei herabgesetzter Beleuchtung die Zapfen (und damit die ganze Fovea) nicht funktionieren, weil sie für die vorhandenen Reize zu wenig empfindlich sind, während bei voller Beleuchtung die Stäbchen »blind«, d. h. funktionsunfähig sind, weil sie keinen Sehpurpur enthalten.

Einige aus dem täglichen Leben allgemein bekannten Tatsachen finden durch die Duplizitätstheorie ihre Erklärung; vor allem das Wunder, daß wir sowohl bei sehr starkem wie bei sehr schwachem Licht sehen können (*Adaptation*). Die Breite der Empfindlichkeit unserer Netzhaut ist außerordentlich groß; sie steigt von der hellsten Beleuchtung bis zum Sehen im Dunkeln auf das 270.000fache. Erreicht wird diese Anpassung an die jeweilige Beleuchtung 1. durch Verengung oder Erweiterung der Pupille je nach der Stärke der Beleuchtung (Spielraum 2 bis 8 mm Pupillendurchmesser) und 2. durch den Wechsel zwischen Zapfen-(Tages-) und Stäbchen-(Dämmerungs-)Sehen. Die Zapfen sind weniger empfindlich als die Stäbchen, sie werden daher nur durch relativ starke Strahlungen gereizt; die Stäbchen sind viel empfindlicher, sie werden daher auch durch schwache Strahlungen gereizt, während sie bei starker Strahlung überhaupt nicht mehr funktionieren (diese Grenze liegt nur wenig über der Reizschwelle der Zapfen). Farbempfindungen entstehen nur durch Reizung der Zapfen, die also im Gegensatz zu den Stäbchen auf verschiedene elektromagnetische Schwingungen spezifisch reagieren. Was wir als Wechsel der Beleuchtung von Dunkel zu Hell erleben, entsteht durch den Wechsel zwischen dem Stäbchen- und Zapfenapparat der Netzhaut; zuerst funktionieren nur die Stäbchen, dann ganz kurze Zeit Stäbchen und Zapfen, dann nur noch die Zapfen, womit auch das Farbsehen auftritt.

Der älteste und beste Beweis für die Richtigkeit der Duplizitätstheorie ist die Tatsache, daß sich die Farben mit zunehmender Dunkelheit verändern und schließlich ganz verschwinden, so daß wir — z. B. im Mondlicht — nur noch Helligkeitsunterschiede wahrnehmen. Untersucht man diesen Vorgang genauer, so findet man, daß in der Dämmerung die Farben nicht nur verschwinden, sondern daß gleichzeitig eine Änderung ihrer Helligkeit eintritt: was bei Tage als *helles* Rot erscheint, wird in der Dämmerung zu einem *dunklen* Grau, was bei Tage *dunkelgrün* war, ist in der Dämmerung *hellgrau*. PURKINJE, der diese Erscheinung bereits 1825 untersuchte (sie wird daher als »PURKINJE*sches Phänomen*« bezeichnet), beschreibt sie folgendermaßen: »Objektiv hat der Grad der Beleuchtung großen Einfluß auf die Intensität der Farbenqualität. Um sich davon recht lebendig zu überzeugen, nehme man vor Anbruch des Tages, wo es eben schwach zu dämmern beginnt, die Farben vor sich. Anfangs sieht man nur Schwarz und Grau. Gerade die lebhaftesten Farben, das Rot und das Grün, erscheinen am schwärzesten. Das Gelb kann man von Rosenrot lange nicht unterscheiden. Das Blau war mir zuerst bemerkbar. Die roten Nuancen, die sonst beim Tageslicht am hellsten brennen, nämlich Karmin, Zinnober und Orange, zeigen sich lange am dunkelsten, durchaus nicht im Verhältnis ihrer mittleren Helligkeit. Das Grün erscheint mehr bläulich, und seine gelbe Tinte entwickelt sich erst mit zunehmendem Tage« (PURKINJE 1825).

Die Duplizitätstheorie erklärt diese Erscheinungen mit dem Wechsel zwischen dem spezifisch — also mit Farbempfindungen — reagierenden Zapfenapparat und dem unspezifisch — nur mit Helligkeitsempfindungen — reagierenden Stäbchenapparat. Die Helligkeitsverschiedenheiten erklären sich, wie experimentelle Befunde gezeigt haben, daraus, daß für die Stäbchen Strahlungen von etwa 0,0005 mm Wellenlänge (bei Tag blaugrün erscheinend) den größten Reizwert haben, so daß sie die stärkste Hellempfindung liefern, während für die Zapfen dieser Wert bei etwa 0,00057 mm liegt — der Strahlung, die bei Tage die Gelbempfindung

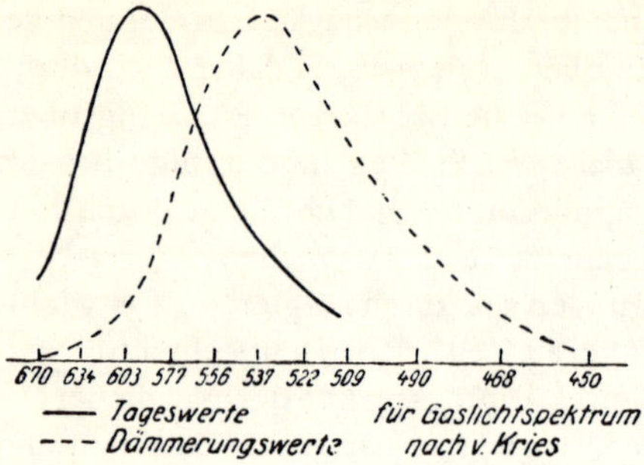

Abb. 27. Helligkeitswerte der Lichtreize bei Tag und in der Dämmerung nach erfolgter Adaptation. Bei Reizung durch die Wellenlänge 670 entsteht die Empfindung rot, bei 603 gelb, bei 522 grün, bei 490 blau.

erzeugt (Abb. 27). Bei höchster Empfindlichkeit, d. h. vollkommener Dunkeladaptation, liegt die zur Schwellenreizung nötige Energie der für die Stäbchen wirksamsten Schwingung (die bei Tag grün erzeugt) nach v. Kries bei $2{,}10^{-10}$ erg/cm²/sec — eine außerordentlich niedere Energie, von der einige Autoren im Zusammenhang mit der Quantentheorie wahrscheinlich gemacht haben, daß dabei im Mittel gerade ein Lichtquant auf ein Stäbchen fällt. Eine noch höhere Empfindlichkeit würde nach Czerny dazu führen, daß bereits die quantenhafte Natur der Lichtemission in Erscheinung träte, also keine gleichmäßig ablaufende Lichtempfindung zustande käme (zit. nach Trendelenburg 1943).

Alle diese Folgerungen aus der Duplizitätstheorie fanden durch zahlreiche experimentelle Einzeluntersuchungen eine glänzende Bestätigung. Experimente mit total farbenblinden Menschen (bei denen der Zapfenapparat nicht funktioniert) und bei nachtblinden Personen (bei denen der Stäbchenapparat nicht in Ordnung ist) sowie Versuche mit Tieren, deren Retina nur Zapfen (Ringelnatter, Schildkröte) oder nur Stäbchen (Katze, Waldkauz) enthält, haben gezeigt, daß das Farbensehen an die Zapfensubstanz, das Dämmerungssehen an die Stäbchensubstanz gebunden ist. Ein direkter Beweis wurde von König dadurch erbracht, daß er den Verlauf der Absorption des Sehpurpurs (also der Stäbchensubstanz) unter der Einwirkung bestimmter Wellenlängen mit ihrem Reizwert (also der Helligkeitsempfindung) bei farbenblinden Menschen und bei normalsichtigen Personen in der Dämmerung verglich; es ergaben sich übereinstimmende Kurven, womit bewiesen ist, daß der Stäbchenapparat das Dämmerungssehen besorgt, denn nur er enthält Sehpurpur und nur er ist bei total Farbenblinden funktionsfähig. Trendelenburg hat dies durch Vergleich der Bleichungswirkung bestimmter Strahlungs-Frequenzen auf den Sehpurpur mit dessen Absorption und mit der Dämmerungskurve bestätigt. Mit diesen Resultaten ist erwiesen, »daß die Stärke der Erregung und *Empfindung* (von mir kursiv) bestimmt wird durch den Grad der Zersetzung, die die lichtempfindlichen Stoffe durch ein Reizlicht erfahren« (TRENDELENBURG 1943).

Das ist eine sehr wichtige Feststellung. Es liegt hier einer der seltenen Fälle vor, in denen eine feste Beziehung zwischen quantitativ faßbaren physikalisch-chemischen Reizvorgängen und psychischen Wirkungen einwandfrei festgestellt ist; obwohl es nicht möglich ist, auch die letzteren, nämlich die Farb- und Helligkeits*empfindungen*, quantitativ zu erfassen, kann man doch sagen: *je mehr Sehpurpur zersetzt wird, desto stärker die Empfindung*. Die Klarstellung dieser Beziehung wurde dadurch möglich, daß die Reizwirkung auf die Zersetzung bestimmter Mengen von Sehpurpur zurückgeführt werden konnte. Hat man sich lange Zeit im Dunkeln aufgehalten, so hat sich in den Außengliedern der Stäbchen viel Sehpurpur angesammelt: der Stäbchenapparat (das »Nachtauge«) ist dadurch hochempfindlich geworden, so daß schon schwache Reize — geringe Strahlungsenergien — ausreichen, um Sehpurpur zu zersetzen und dadurch eine Erregung zu erzeugen. Das Auge ist im höchstmöglichen Grade dunkeladaptiert. Jedermann weiß, was geschieht, wenn man nun in das grelle Sonnenlicht kommt: es entsteht eine so intensive Helligkeitsempfindung, daß sich die Augen reflektorisch schließen und erst nach und nach wieder vorsichtig geöffnet werden. Durch die hohe Strahlungsenergie wird der große Vorrat an Stäbchensubstanz rasch ausgebleicht; und dieser photochemische Prozeß ist die Ursache von starken Erregungen in den Stäbchen, woraus im Gehirn die intensive, fast schmerzhafte Helligkeitsempfindung entsteht. Erst nach längerer Zeit ist man wieder imstande, die Augen zu öffnen und normal zu sehen: die Netzhaut ist nun »helladaptiert«, die Stäbchen funktionieren nicht mehr, weil in ihnen kein Sehpurpur mehr vorhanden ist, die weniger empfindlichen, aber spezifisch reagierenden Zapfen treten in Funktion.

Tritt man mit helladaptierten Augen aus dem Tageslicht in ein halbdunkles Zimmer, so sieht man zunächst gar nichts; die geringe Helligkeit ist zu schwach, um die Zapfen zu reizen, und die Stäbchen funktionieren nicht, weil kein Sehpurpur da ist. Es kommt zunächst zu einer ziemlich rasch verlaufenden Steigerung der Empfindlichkeit der Zapfen (über deren Ursache noch nichts Näheres bekannt ist), dann allmählich zum Funktionieren der Stäbchen; damit dies möglich ist, muß aber Sehpurpur vorhanden sein. Es war daher naheliegend, anzunehmen, daß sich der Sehpurpur im Dunkeln neu bildet; eine solche »Regeneration« wurde tatsächlich von vielen Physiologen an isolierten Augen und Netzhäuten nachgewiesen. Die Bildung des Sehpurpurs vollzieht sich recht langsam und erreicht erst nach zwei Stunden Dunkelaufenthalt ihr Maximum (und damit auch das Auge seinen höchsten Grad von Empfindlichkeit).

Auf einige andere Unterschiede zwischen Stäbchen- und Zapfensehen sei nur kurz hingewiesen. Bekanntlich gibt es eine sogenannte »*Flimmergrenze*«: wenn Hell und Dunkel rasch hintereinander wechseln, so kommt es bei einer bestimmten Zahl dieses Wechsels bekanntlich zu einer Verschmelzung der Eindrücke; sie werden nicht mehr getrennt wahrgenommen, sondern erscheinen als einheitliches »Hell«. Diese Verschmelzungsfrequenz liegt beim Zapfensehen höher als beim Stäbchensehen; die Stäbchen liefern also schon früher — bei 15 bis 25 Einzelreizen pro Sekunde — einen einheitlichen Eindruck als die Zapfen, deren Verschmelzungsfrequenz in mittlerem Tageslicht bei 35 Einzelreizen, bei sehr starker Beleuchtung erst bei 60 bis 70 Einzelreizen pro Sekunde liegt. Daher flimmert ein Film mit der normalen Bildfolge von 24 Einzelbildern in der Sekunde im Dunkeln (Stäbchen-Sehen) nicht, wohl aber im Hellen (Zapfensehen). Beim Fernsehen tritt dieser Effekt nicht oder nicht so deutlich auf, obwohl die Bildfolge auch nur 25 pro Sekunde beträgt; es werden von den 625 Zeilen des Fernsehschirms zuerst die geradzahligen und dann die ungeradzahligen abgetastet (Zeilensprung-Verfahren), wodurch die Darbietung einer Bildfrequenz von 50 pro Sekunde gleichkommt (s. S. 193 Scheinbewegung).

Schließlich scheint noch die *Schärfe des Sehens* zur Verschiedenheit der beiden Sehsubstanzen in Beziehung zu stehen. Man bestimmt die Sehschärfe durch Messung der »Trennschärfe« des Auges, die darin besteht, daß die einzelnen »Sehdinge« getrennt wahrgenommen werden. Dazu benützt man zwei nahe beieinander gelegene Punkte und mißt die Entfernung, aus welcher man sie nicht mehr als getrennt feststellen kann. Man denke sich von jedem dieser Punkte eine Linie durch das Auge in die Netzhaut gezogen und stelle sich vor — wie es den tatsächlichen Verhältnissen entspricht —, daß sich die beiden Linien hinter der Linse schneiden. Dann entsteht ein Winkel, der um so kleiner wird, je weiter man sich von den zwei nahe beieinander gelegenen Punkten entfernt. Je kleiner dieser Winkel wird, desto enger wird der Abstand der von den beiden Strahlen getroffenen Netzhautstellen, der »Bildpunkte«. Getrennt werden zwei Punkte dann gerade noch gesehen, wenn ihr Bildpunkt-Abstand auf der Netzhaut etwa 0,005 mm beträgt. Als Durchmesser eines Zapfens in der Fovea hat man 0,003 mm errechnet. Man nimmt an, daß zwei Punkte dann noch getrennt gesehen werden, wenn zwischen zwei erregten Zapfen mindestens ein unerregter steht (genauer: zwischen zwei stark erregten ein weniger stark erregter, weil die Abbildung auf der Netzhaut nicht ganz scharf ist). Außerhalb der Fovea ist die Sehschärfe viel geringer; die Zapfen stehen dort weit auseinander und sind mit Stäbchen untermischt, die sich bei helladaptiertem Auge am Sehen ja nicht beteiligen. Beim reinen Stäbchensehen beträgt die Sehschärfe nur etwa

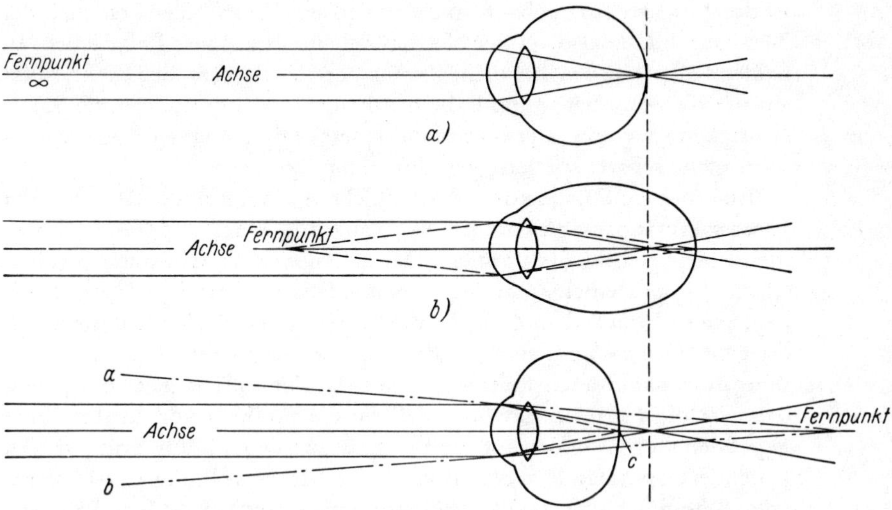

Abb. 28. Bau des normalsichtigen (emmetropen), des kurzsichtigen (myopen) und des übersichtigen (hyperopen) Auges.

ein Fünftel der Tages-Sehschärfe, was v. STUDNITZ damit begründet, daß nicht jedes Stäbchen (wie die fovealen Zapfen) eine eigene Sehnervenzelle besitze, sondern mehrere Stäbchen an eine solche Zelle angeschlossen sind (s. S. 154).

Mit all dem ist aber über die eigentlichen Grundlagen der Sehschärfe noch nichts gesagt; nämlich über die Frage, was auf der Netzhaut geschieht, wenn wir scharf sehen. Zunächst scheint dies ein rein optisch-physikalisches Problem zu sein. Die physikalische Optik des Auges — die Brechung der Lichtstrahlen — kann hier nicht dargestellt werden. Es sei nur festgestellt, daß die von den Gegenständen reflektierten Strahlen beim normalsichtigen Auge in solcher Weise gebrochen werden, daß auf der Netzhaut die Brennpunkte genau in der Fovea liegen; dort entsteht die Reizanordnung, die oft mißverständlich als »Netzhautbild« bezeichnet wird (ein »Bild« wäre die Reizanordnung nur für jemanden, der sie im Auge eines anderen beobachten könnte).

Liegt der Schnittpunkt der Strahlen nicht auf der Netzhaut, so kommt es, wie Abb. 28 zeigt, zu Zerstreuungskreisen; die Folge ist unscharfes, verschwommenes Sehen. Durch drei verschiedene Arten von Augenfehlern kann dies zustande kommen: ist das Auge zu lang gebaut, so kreuzen sich die Strahlen schon vor der Netzhaut und gehen dann gekreuzt weiter, so daß sich auf der Netzhaut nicht die kleinen, fast punktförmigen, sondern mehr oder weniger große Zerstreuungskreise bilden;

ist das Auge zu kurz gebaut, so schneiden sich die Strahlen erst nach der Netzhaut, bilden also *auf* der Netzhaut ebenfalls größere Reizflächen. In beiden Fällen werden viel mehr Zapfen gereizt, als wenn der Brennpunkt auf der Netzhaut liegt; und in beiden Fällen — der erste stellt die Kurzsichtigkeit (Myopie), der zweite die Übersichtigkeit (Hyperopie) dar — wird nicht scharf, sondern verschwommen gesehen.

Eine weitere Störung des scharfen Sehens kommt zustande, wenn der Einstellungsapparat des Auges auf Nähe und Ferne *(Akkommodation)* nicht mehr richtig funktioniert. Dieser Apparat besteht aus der Linse (Abb. 24) und einem sehr fein arbeitenden, ringförmig um die Linse liegenden Muskel, dem *Ciliaris:* dieser Muskel verändert dadurch, daß er mehr oder weniger stark an den Rändern der Linse zieht, ihre Wölbung und damit auch ihre Brechkraft. Ist der Ciliaris ganz entspannt, dann ist die Linse so gewölbt, daß sie die Strahlen von in der Ferne liegenden Gegenständen auf der Netzhaut zur Vereinigung bringt; näher liegende Gegenstände werden bei dieser Linsenwölbung nur unscharf wahrgenommen. Durch die Wölbungsänderungen der Linse kann das Auge auf nahe Gegenstände eingestellt werden, d. h. die optischen Brechungsverhältnisse werden so verändert, daß sich die von nahen Gegenständen ausgehenden Strahlen auf der Retina richtig vereinigen. Man schließe ein Auge und bewege vor dem anderen den Zeigefinger ganz heran und dann wieder weiter weg; man sieht, daß der Finger unmittelbar vor dem Auge unscharf erscheint, bei weiterer Entfernung aber wieder scharf wird und dann scharf bleibt. Der in Augennähe gelegene Ort, bei welchem man bei äußerster Anstrengung gerade noch scharf sehen kann, ist der Nahepunkt des Auges; es besteht dann der Zustand größtmöglicher *Akkommodation.* Der Nahepunkt verändert sich sehr stark mit dem Alter, weil die Linse im Laufe des Alterns an Weichheit und Elastizität verliert und deshalb nicht mehr so weitgehend in ihrer Wölbung verändert werden kann. Die Akkommodationsfähigkeit wird schlechter, so daß Strahlen nahe gelegener Dinge nicht mehr zur Vereinigung gebracht werden: der Nahepunkt rückt hinaus, die Entfernung, in welcher scharf gesehen wird, vergrößert sich, so daß alte Leute die Zeitung weit von sich halten müssen, um sie lesen zu können (Presbyopie = Alterssichtigkeit). Im mittleren Lebensalter liegt der Nahepunkt des gesunden Auges etwa 12 bis 15 cm vom Auge entfernt, bei Kindern von zehn Jahren nur etwa 7 cm, bei hohem Alter manchmal weit über 1 m. Daß die Sehschärfe mit wachsender Lichtintensität, also mit der Helligkeit der Beleuchtung, stark zunimmt, ist jedem aus eigener Beobachtung bekannt; die Ursache hierfür kennt man noch nicht.

Das scharfe Sehen ist ein gutes Beispiel für die Tatsache, daß in manchen Fällen die Reizverhältnisse im Sinnesorgan für den psychischen

Effekt *absolut* entscheidend sind; kein psychischer Einfluß ist imstande, das Sehen scharf zu machen, wenn der Brennpunkt der Strahlen nicht genau auf der Netzhaut liegt.

2. *Die Farbwahrnehmungen*

a) Die bunten Farben

Die Notwendigkeit der Zusammenarbeit von Psychologie, Physiologie und Physik zur Erklärung von biologischen Vorgängen wird kaum in einem anderen Gebiete so klar wie auf demjenigen der *Farbenwahrnehmung*. Johannes Müller hat 1826 behauptet, der alleinige Schlüssel zur physiologischen Wahrheit sei in der Sinnesphysiologie überall in den *subjektiven*, also psychischen Erscheinungen gegeben; und Hering hat 1879 erklärt, diese psychologische Erklärungsweise habe sich um die Physik nicht zu kümmern. Beide Behauptungen sind falsch; der Fortschritt seit dieser Zeit, in der sie gemacht wurden, besteht gerade darin, daß wir heute überall versuchen, die trennenden Klüfte zwischen physikalischen, physiologischen und psychischen Erscheinungen zu überbrücken. Die engen Beziehungen zwischen ihnen werden in der Farbenlehre besonders deutlich.

Man stelle sich vor, daß man aus einem dunklen Zimmer in das grelle Mittagslicht der Sonne trete: die Strahlen fallen ins Auge, der in den Netzhäuten (Stäbchen) im Dunkeln angesammelte Sehpurpur wird in großer Menge rasch zersetzt und daraus entsteht die intensive Weißempfindung, die jeder aus dem Zustand des Geblendetseins kennt. *Physikalisch:* vielfach reflektierte Sonnenstrahlung, d. h. elektromagnetische Schwingungen von 400 bis 800 Billionen als Reiz; *physiologisch:* rasche Zersetzung einer großen Quantität von Sehpurpur in den Netzhäuten und daraus entstehende hochfrequente elektrische Impulse, die durch den Sehnerv in die Sehzentren des Gehirns fließen; *psychologisch:* eine intensive Weißempfindung. Weiß ist eine Farbe; man mag darüber streiten, ob beim Geblendetsein nur eine Hellempfindung oder ein sehr grelles Weiß vorliegt — jedenfalls gehört auch das Helle in den Bereich des Weißen. Genau dasselbe liegt bei allen anderen Farbempfindungen (außer bei Schwarz) vor: immer werden — nach der Theorie — durch elektromagnetische Schwingungen in den Netzhäuten chemische Substanzen zersetzt, wodurch Erregungen entstehen, deren Eintreffen in den Sehsphären der Hirnrinde eine Farbempfindung auslöst; welche Farbe gesehen wird, hängt von der Art der Schwingungen und der durch sie beeinflußten Substanz ab. Nur wenn man alle drei Faktoren — die physikalischen Reize, die physiologischen Netzhaut- und Gehirnprozesse und die bewußten Erlebnisse der Farbempfindungen — berücksichtigt, kann man zu einer Erklärung des Farbensehens kommen; die Untersuchung der bewußten Farbempfindungen allein kann nur zu einer psychologischen Ordnung der Farben und zur Auffindung ihrer gegenseitigen Beziehungen, niemals aber zu einem Einblick in ihr Zustandekommen führen.

Die Strahlung der Sonne kann man bekanntlich zerlegen. Ein Glasprisma hat die Eigenschaft, verschiedene Wellenlängen verschieden stark zu brechen; läßt man das Tageslicht durch ein solches Prisma fallen, so sieht man in kontinuierlicher, streifenförmiger Aufeinanderfolge die Farben von Rot bis Violett (Farbenspektrum). Dieselbe Erscheinung ist jedem als Regenbogen bekannt, der ebenfalls eine Zerlegung des Sonnenlichtes darstellt (er entsteht durch Brechung und Reflexion der Sonnenstrahlung in Regentropfen und wird sichtbar, wenn die im Rücken des Beobachters stehende Sonne eine vor ihm befindliche Regen- oder Wolkenwand bescheint). Die unzerlegte Sonnenstrahlung empfinden wir als sehr helles Weiß; diese Farbe entsteht aus dem Zusammenwirken aller von der Sonne ausgehenden elektromagnetischen Schwingungen, also, wie das Prisma zeigt, aller jener Schwingungen, deren gesonderte Einwirkung auf das Auge die übrigen Farben erzeugt.

Wenn die Strahlung der Sonne auf einen Gegenstand auftrifft, so werden die in ihr enthaltenen Schwingungen entweder absorbiert (»verschluckt«) oder reflektiert (zurückgeworfen). Die absorbierten Strahlen werden in Wärme verwandelt; daher sind schwarze Kleider, die sehr viel absorbieren, wärmer als weiße, die viel reflektieren. Welcher der beiden Vorgänge (Absorption oder Reflexion) eintritt, hängt von der molekularen Beschaffenheit des Gegenstandes ab: gewisse Stoffe reflektieren nahezu die ganze auffallende Strahlung — sie erscheinen uns daher weiß; reflektieren sie nur wenig der auftreffenden Schwingungen, absorbieren sie also viele davon, so ist der Gegenstand für uns schwarz. Es kann aber auch sein, daß bestimmte Schwingungen absorbiert, andere reflektiert werden; die Strahlung erfährt dadurch eine Zerlegung, es treffen nur die reflektierten Schwingungsarten auf die Netzhaut und daraus entstehen, wie uns der Prismenversuch zeigt, die Farbempfindungen: Gegenstände, die nur bestimmte Schwingungsarten reflektieren, erscheinen uns daher farbig, und zwar verschiedenfarbig, je nach der Art der Schwingungen, die sie zurückwerfen. Eine Schwingung von der Wellenlänge 760 millionstel Millimeter (= 400 Billionen Schwingungen pro Sekunde) erzeugt für uns das Rot, eine solche von 577 das Gelb, 500 Grün, 477 Blau, 390 Violett. Diese Werte variieren individuell in mäßigen Grenzen. Eine grüne Wiese erscheint uns daher deshalb grün, weil das Gras nur die in der Sonnenstrahlung enthaltenen Schwingungen von etwa 0,0005 mm reflektiert, während die übrigen absorbiert werden.

Meistens wird die Netzhaut nicht nur von *einer* Schwingungsart (homogenes Licht), sondern gleichzeitig von mehreren getroffen. Die Empfindung, die daraus entsteht, ist ebenfalls eine Farbempfindung, aber ihre Reizgrundlage ist eine *Mischung* verschiedener Schwingungen (physiologische Farbenmischung). Wird von einem Gegenstand nur der blau-violette Teil des Spektrums absorbiert, so entsteht dadurch, daß die reflektierten Rot-Grün-Schwingungen gleichzeitig auf die Netzhaut wirken, die Empfindung »gelb«; und wird nur Grün absorbiert, so ergibt die Mischung von Rot und Blau ein Violett. Ja es kann sogar sein, daß durch die Mischung Farben entstehen, die durch einen bestimmten einzelnen Wellenbereich gar nicht erzeugt werden können; die Mischung von Rot und Violett ergibt die *Purpurfarbe*, die durch eine einzelne Wellenlänge (monochromatisch) nicht hervorgerufen werden kann, also nur polychromatisch entsteht.

Die Untersuchung der Farbenmischungen hat eine Reihe von Gesetzmäßigkeiten aufgedeckt, die für die Theorie der Farbenentstehung von Bedeutung sind. Man kann Farben auf vielerlei Art mischen; z. B. indem man zwei Glasprismen verwendet und sie so einstellt, daß verschiedene Anteile des Spektrums zusammenfallen. Die gebräuchlichste Methode ist die Mischung mit Hilfe des Farbenkreisels; Papierscheiben verschiedener Farben werden so ineinandergesteckt, daß man jedes beliebige Verhältnis verschiedenfarbiger Sektoren herstellen kann; läßt man die Papierscheiben rasch rotieren, so mischen sich die Farben. Auf diese Weise kann man sehr schön zeigen, daß sich eine große Zahl von Farben durch sehr verschiedene Mischung anderer Farben herstellen läßt; vor allem aber auch, daß sich gewisse Farben (z. B. Gelb und Blau) gegenseitig aufheben, so daß ihre Mischung ein *Grau* ergibt. Der Maler mischt Gelb und Blau bekanntlich zu Grün; diese Mischung ist mit derjenigen im Farbenkreis oder Prisma nicht zu vergleichen, weil die blauen und gelben Farbenpulver selbst zusammengesetzt sind und deshalb keine Summenwirkung, sondern komplizierte Sonderwirkungen ergeben.

Die Gesetze, denen die Mischung bunter Farben unterliegt, wurden im wesentlichen bereits von Newton entdeckt; v. Helmholtz und Hering haben sie eingehend untersucht. Hier seien nur die zwei wichtigsten wiedergegeben: 1. Für jede Farbe gibt es eine andere Farbe, die, in bestimmtem Verhältnis mit ihr gemischt, ein Grau erzeugt; solche bunten Farben, deren Mischung eine »unbunte« ergibt (z. B. Rot und Grün, Gelb und Blau), nennt man Ergänzungs- oder *Komplementärfarben.* 2. Die Mischung von zwei nicht komplementären Farben ergibt eine bunte Farbe, die zwischen ihnen liegt und derjenigen ähnlicher ist, von welcher mehr im Gemisch enthalten ist. Die Ausdrucksweise »die zwischen ihnen liegt« bezieht sich auf den »Farbenkreis« von HERING, in welchem die Farben in ihrer spektralen Aufeinanderfolge (wie z. B. im Regenbogen) kreisförmig angeordnet sind, so daß sich das langwellige Ende (rot) und das kurzwellige Ende (violett) treffen.

Aus dem zweiten Farbenmischgesetz ergibt sich eine wichtige Folgerung: wenn man drei Farben hat, bei denen die komplementäre von jeder zwischen den beiden anderen liegt, so kann man durch Mischung *alle* Farbentöne, die es gibt, herstellen. Rot, Grün und Blauviolett eignen sich hierzu am besten. Man denke sich diese Folgerung selbst durch — sie ist experimentell bewiesen und läßt sich auch theoretisch aus dem Farbenkreis und dem zweiten Gesetz ableiten. Was es heißt, daß *alle* Farbentöne aus der Mischung von nur drei »Grundfarben« erzeugt werden können, wird erst klar, wenn man die Anzahl der bekannten Farben berücksichtigt: v. KRIES gab sie mit 230 an, OSTWALD mit 500.

Wichtig ist diese Tatsache für die Theorie des Farbensehens. Wenn man aus drei Grundfarben alle anderen Farben herstellen kann, so liegt die Annahme nahe, daß sich auch in der Netzhaut bei der »physiologischen Farbenmischung« etwas Ähnliches vollzieht — daß also in ihr aus einigen wenigen Prozessen durch »Mischung«, d. h. durch ihr gleichzeitiges Auftreten infolge der Einwirkung bestimmter Schwingungen, die ganze Farbenreihe entsteht. YOUNG (1807) und v. HELMHOLTZ (1852) haben eine solche »Dreikomponenten-Theorie« der Farbentstehung aufgestellt (Theorie des »trichromatischen Sehens«); sie hat sich aber nicht halten lassen. Genau genommen kann man nämlich aus Rot, Grün und Blauviolett wohl alle Farbtöne erzeugen, nicht aber den hohen Grad von *Sättigung*, den reine ungemischte Farben aufweisen (»Fülle und Klarheit«) — eine Eigenschaft, die sich nicht beschreiben, sondern nur unmittelbar im Sehen oder durch Vergleich (etwa von Prismen- und Papierfarben) feststellen läßt. Das Gelb, das man aus Rot und Grün herstellen kann, erreicht nie die Sättigung des Spektralgelb; dasselbe gilt vom Blau, das aus Grün und Violett erzeugt wird. Dazu kommt, daß eine Reihe von Erscheinungen auf innere Zusammenhänge zwischen den Farben*paaren* Rot-Grün und Blau-Gelb hinweist; so ist bei der teilweisen Farbenblindheit stets das Farben*paar* betroffen. Es gibt eine Rot-Grün-Blindheit und eine Blau-Gelb-Blindheit (die erstere ist sehr häufig; betrifft jedoch fast nur Männer und ist — wie auch die Blau-Gelb-Blindheit — vererbbar); es gibt aber keine gesonderte Rotblindheit bei intakter Grünempfindung oder Blaublindheit bei intakter Gelbempfindung. Die Farbenblinden sehen das Rot und Grün oder Gelb und Blau entweder *farblos*, also grau, oder andersfarbig (gelblich oder bläulich), doch haben sie gelernt, diese Farben an Nebenumständen (Sättigung, Helligkeit) trotzdem zu unterscheiden, so daß sie oft von ihrem Sehfehler gar nichts wissen.

Eine zweite Erscheinung, die auf enge Beziehungen zwischen Rot-Grün einerseits und Blau-Gelb andrerseits hinweist, ist das *negative Nachbild.* Wenn man einen roten Gegenstand längere Zeit anschaut und dann auf eine graue Fläche blickt, sieht man sein Abbild in Grün (und umgekehrt); blaue Gegenstände ergeben ein gelbes Nachbild und umgekehrt. Analoge Effekte treten bei den später zu besprechenden Kontrastphänomenen auf.

All diese Tatsachen sprechen dafür, daß die *vier* Farben Rot, Grün, Blau und Gelb die Grundfarben darstellen, aus denen sich die übrigen durch Mischung bilden. Der wichtigste Beweis für die Sonderstellung der Farben Rot, Blau, Gelb und Grün ergibt sich aus *rein psychologischen* Feststellungen. Versucht man nämlich, aus der Fülle aller Farben diejenigen herauszufinden, in denen auch nicht die geringste Spur einer anderen Farbe enthalten ist, so zeigt sich, daß nur Rot, Blau, Gelb und Grün diese Bedingung erfüllen; in allen anderen Farben sind mehrere Komponenten enthalten (in Orange Gelb und Rot, in Violett Rot und Blau usw.). Es gibt also nur vier »reine« Farben: ein »Ur-Rot«, ein »Ur-Blau«, ein »Ur-Gelb« und ein »Ur-Grün«. Diese vier Ur- oder Grundfarben, die schon Leonardo da Vinci als solche erkannte und als »einfache Farben« bezeichnete, lassen sich nach den oben dargestellten wechselseitigen Beziehungen — Farbenpaar-Blindheit und Komplementarität — in zwei Urfarben-Paare — Rot-Grün und Blau-Gelb — zusammenfassen. Es fehlen aber noch *Weiß* und *Schwarz*. Diese beiden Farben — zusammen mit den dazwischenliegenden Graustufen als »unbunt« bezeichnet — verhalten sich im Nachbild genau so wie die oben erwähnten Farbenpaare: auf eine intensive Weißempfindung folgt ein schwarzes (genauer: graues) Nachbild. Es liegt also auch hier offenbar ein innerer Zusammenhang vor. Trotzdem könnte man zweifeln, ob man es hier mit Urfarben derselben Art zu tun hat wie bei Rot-Grün und Blau-Gelb; denn das Weiß ist aus diesen Farben durch Mischung herstellbar und das Schwarz scheint überhaupt nicht die Wirkung eines Reizes, also einer Strahlung, sondern vielmehr der Effekt des Fehlens einer solchen zu sein. Daraus ergibt sich eine Sonderstellung dieser beiden Farben, zu deren Erklärung recht komplizierte Hypothesen notwendig sind.

Die Erklärung des Farbensehens hat sich als ein außerordentlich zähes Problem erwiesen. Geniale Männer — Newton, Goethe, Schopenhauer — haben sich um eine Theorie bemüht und sich dabei gegenseitig bekämpft; und ebenso besteht noch heute keine Einigkeit bei den Farbentheoretikern, obwohl ihnen ein unvergleichlich größeres empirisches Material zur Verfügung steht, so vor allem Registrierungen der elektrischen Prozesse in der Netzhaut und in den Sehzentren sowie chemische Untersuchungen über Absorptionsvorgänge in den Zapfen.

Die Aufgabe einer befriedigenden Farbentheorie bestünde in der Erklärung aller bisher bekanntgewordenen Tatsachen des Farbensehens; Erklärung der Farbenmischung, der Unterschiede in der Sättigung und der Beziehungen zwischen Rot-Grün und Blau-Gelb im Nachbild, im Kontrast und in der Farbenblindheit. Die Dreikomponenten-Theorie scheitert an den beiden letzten Aufgaben; also sind vielleicht zu wenig Komponenten angenommen worden. In der Frage, worin diese Komponenten bestehen, herrscht Einigkeit unter den Farbentheoretikern: in »*Sehstoffen*« oder »*Zapfen-Pigmenten*«, die durch die einfallende Strahlung in ihrer chemischen Struktur verändert werden, und zwar spezifisch, d. h. nur durch Strahlungen jener Schwingungszahl (Frequenz), die der gesehenen Farbe entspricht. Experimentelle Untersuchungen über die Bleichung von Zapfen-Pigmenten wurden vor allem von dem Engländer W. A. H. RUSHTON mit einer sehr eleganten, aber schwierigen Methode durchgeführt, die sich auch auf das menschliche Auge anwenden läßt. Das Prinzip besteht darin, daß Strahlen bestimmter Wellenlänge (»monochromatisches Licht«) in solcher Weise in das Auge geschickt werden, daß sie nur die eine Hälfte der künstlich erweiterten Pupille passieren; von dort treffen sie auf die Fovea der Netzhaut, erzeugen Veränderungen in den Zapfenpigmenten und werden dann zu einem kleinen Teil von der Rückseite des Auges (mittlere und äußere Augenhaut) reflektiert. Dieser kleine Teil kommt durch die zweite Hälfte der Pupille heraus, wird von einem vor dem Auge befindlichen Spiegel aufgefangen und auf eine Photozelle reflektiert, mit welcher sich die zurückgekommene Strahlungsmenge genau messen läßt; sind die der hineingeschickten Schwingung entsprechenden Sehstoffe durch vorausgegangene Belichtung gebleicht worden, so wird mehr Strahlung reflektiert als im umgekehrten Falle. Auf diese Weise konnte RUSHTON durch Vergleich von Normalsichtigen und Farbenblinden wahrscheinlich machen, daß mindestens drei »Sehstoffe« existieren. Tatsächlich wurden im Jahre 1964 von G. WALD und P. K. BROWN (und ungefähr gleichzeitig auch von anderen Physiologen) drei Zapfen-Pigmente gefunden, deren Absorptions-Maxima bei den Strahlungsfrequenzen liegen, aus denen die Empfindungen blau, grün und gelb entstehen (zit. n. H. J. FREUND 1968).

Diese Resultate lassen sich im Sinne einer Dreikomponenten-Theorie interpretieren, doch bleiben dabei die Entstehung der Rot-Empfindung und die Tatsache der Komplementarität von Rot-Grün und Gelb-Blau ungeklärt. Es gibt daher auch heute noch keine befriedigende Farbentheorie; die Verhältnisse sind komplizierter, als man bisher angenommen hat.

b) Die Schwarz-Weiß-Empfindungen

Natürlich sind durch die Feststellung von Seh-Substanzen in der Netzhaut die Farbenprobleme noch lange nicht gelöst. Zu den Fragen, die man bisher nur mit Theorien beantworten konnte, gehört auch die *Schwarz-Weiß-Empfindung*.

Das Weiß entsteht durch Strahlung; und zwar durch das Zusammenwirken aller oder vieler Schwingungsarten. Nun weiß man aber, daß die Farbenempfindungen durch Veränderung der Zapfensubstanz entstehen und daß die Zapfen bei herabgesetzter Beleuchtung — im Dämmerungssehen — nicht mehr funktionieren; Weiß — wenigstens in der Form verschiedener Helligkeiten und Graustufen — sieht man aber auch noch in der Dämmerung, also bei einer Beleuchtung, in welcher das Sehen nur mehr vom Stäbchenapparat besorgt wird. Es liegt im Anschluß an die Duplizitätstheorie (s. S. 158) nahe, die Zersetzung des Sehpurpurs für diese Weiß- bzw. Hellempfindungen verantwortlich zu machen. Im Tagessehen hingegen ist der Sehpurpur der Stäbchen ausgebleicht, die auftretenden Weißempfindungen müssen daher durch die Zapfen entstehen und man nimmt an, daß sie durch Mischung der farbigen Lichter zustande kommen. Mit dieser Annahme läßt sich aber die Tatsache nicht erklären, daß in den Farben selbst außer ihrer Farbigkeit eine Weiß-Komponente, nämlich ihre Helligkeit, enthalten ist. Es gibt eine totale Farbenblindheit, bei welcher auch im Tagessehen nur Hell und Dunkel unterschieden wird (meist mit geringen Farbresten). Man nimmt daher — seit HERING — an, daß jeder farberzeugende Reiz immer auch eine Hellempfindung erzeuge und daß diese für die Sättigung der Farbe entscheidend sei. Daß die Farben eine »spezifische«, d. h. an ihre Eigenart gebundene Helligkeit besitzen, hat HILLEBRAND nachgewiesen; die Farbenreihe ist also zugleich eine Helligkeitsreihe, wobei die Helligkeit von Gelb über Rot und Grün zu Blau abnimmt. Es müßten also die von der Zapfenerregung stammenden Helligkeitsempfindungen erklärt werden; außerdem aber die Empfindung von »schwarz«.

Tatsache ist, daß »schwarz« nicht etwa bloß die Empfindung des Fehlens von Reizen ist — wäre es so, müßte man »nichts« empfinden, d. h. die Stellen, die uns schwarz erscheinen, überhaupt nicht sehen. Zweifellos ist »schwarz« eine eigene Empfindung, was am deutlichsten wird, wenn man die Augen schließt, also Reizwirkungen von außen her absperrt. Man sieht dann nicht »nichts«, sondern eine graue Farbe, die man als das *subjektive Augengrau* bezeichnet. Beobachtungen an Blinden und Augenkranken, bei denen die Nervenleitung vom Auge zum Gehirn unterbrochen ist, haben ergeben, daß sie immer noch das Augengrau sehen. Mit dem Augengrau füllen sich bei offenen Augen alle Stellen des Gesichtsfeldes, von denen keine oder nur schwache Reize ausgehen; also

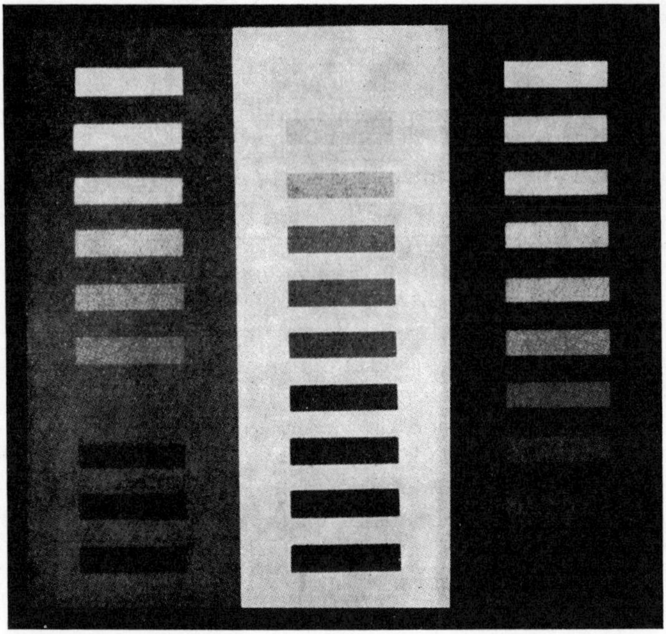

Abb. 29. Graukontrast nach HERING in einer Darstellung von FLEISCHER. Die auf gleicher Höhe in einer Reihe liegenden (je drei) kleinen Rechtecke innerhalb der Abbildung sind immer gleich grau; die Unterschiede der Helligkeit entstehen durch die hellere oder dunklere Umgebung. (E. FLEISCHER 1939, S. 50.)

die Stellen jener Gegenstände, welche die Strahlung zum größten Teil absorbieren und nur wenig reflektieren. Zur Empfindung des tiefen Schwarz kommt es dabei durch Kontrastwirkungen; je heller die Umgebung solcher Stellen ist, desto dunkler empfindet man sie selbst. Die HERINGsche Grauskala (Abb. 29) beweist dies in eindrucksvoller Weise; die auf gleicher Höhe liegenden Rechtecke haben objektiv alle dieselbe Grauqualität, erscheinen aber durch die Umgebung bald hell, bald fast schwarz. Das Schwarz wird also nicht durch äußere Reize erzeugt, sondern in die »reizarmen« Stellen des Gesichtsfeldes hineingesehen und durch äußere Reize im Wege des Kontrastes nur verstärkt oder abgeschwächt. Das »Eigengrau« wird sozusagen »hinausgesehen« und liefert den Untergrund, auf welchem sich unser optisches Wahrnehmen abspielt; Orte, die keine Reize aussenden, bleiben grau und werden lediglich in ihrer Helligkeit durch den Einfluß der Umgebung verändert.

Eine unerwartete Objektivierung des subjektiven Augengrau durch die Feststellung seiner physiologischen Grundlage ergab sich aus Registrierungen der elektrischen Vorgänge, die sich beim Sehen in der Netzhaut und in den Sehnerven abspielen. Legt man eine kleine Elektrode auf den Augapfel und eine zweite an die Schläfe, so erhält man bei Belichtung des dunkeladaptierten Auges eine charakteristische Spannungsschwankung (*Elektroretinogramm*, ERG), die als »Massenpotential« aufgefaßt wird, d. h. als Resultierende zahlreicher, in verschiedenen Schichten der Netzhaut ablaufender Vorgänge. Viel interessanter und aufschlußreicher waren Ableitungen von einzelnen Ganglienzellen der Netzhaut und von einzelnen Fasern der Sehnerven mit Hilfe von Mikroelektroden (haardünne Nadeln, die bis zur Spitze isoliert sind, so daß nur die elektrischen Vorgänge an der Stelle erfaßt werden, an welcher die Spitze liegt). Auf diese Weise konnte der Amerikaner H. K. HARTLINE feststellen, daß bestimmte Zellen der Netzhaut auf Belichtung des Auges mit raschen Entladungen reagieren (*»on-Effekt«*); überraschend war aber, daß es auch Zellen gibt, die erst dann elektrische Spannungen produzieren, wenn die Belichtung *abgeschaltet* wird, wobei dann während der vollkommenen Dunkelheit die Spannungsproduktion weitergeht (*»off-Effekt«*). Schließlich gibt es noch Zellen, die nur gleich nach Beginn, aber auch gleich nach Ende der Belichtung kurze Potentiale, aber keine andauernden Entladungen zeigen (*»on-off-Effekt«*).

Für die Theorie des Farbsehens wurde aus diesen Feststellungen vor allem der Schluß gezogen, daß auch bei voller Dunkelheit in bestimmten Netzhaut-Zellen Erregungsprozesse stattfinden. Das »subjektive Augengrau«, dessen Entstehung man bisher nicht erklären konnte, hat nun eine objektive empirische Grundlage in den Off-Potentialen erhalten. Zur Frage der Schwarz-Weiß-Empfindung kann man daher gegenwärtig sagen: das »schwarz« ist einigermaßen erklärt, das »weiß« entsteht durch Mischung aller Wellenlängen beim Zapfensehen und durch Reizung mit beliebiger Wellenlänge beim Stäbchensehen, d. h. beim Zerfall des Rhodopsins.

c) Kontrast und Konstanz der Farben

Aber auch für das Sehen der bunten Farben ergaben sich aus den Registrierungen mit Mikroelektroden wichtige neue Hinweise. Der schwedische Physiologe RAGNAR GRANIT faßte die Ergebnisse seiner Ableitungen, bei denen er elektrische Reaktionen bestimmter Netzhaut-Zellen auf bestimmte Frequenzen fand (also auf Schwingungen, die bestimmte Farbempfindungen erzeugen), in folgender — hier nur kurz skizzierter — Theorie zusammen; es gibt zwei Arten von Netzhautreaktionen auf elektromagnetische Strahlung — eine, die bei jeder beliebigen Frequenz nur Helligkeitsempfindungen erzeugt, und eine zweite, die auf bestimmte Schwingungen spezifische, d. h. farbige Eindrücke

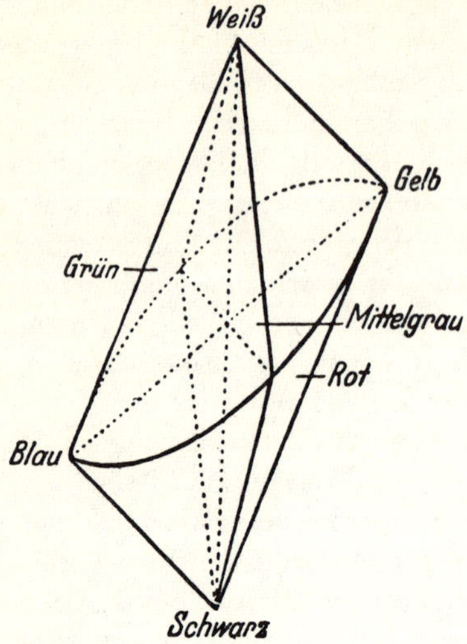

Abb. 30. Farbenkörper von PODESTÁ (Zschr. angew. Psychologie 60).

erzeugt. Die helligkeitserzeugenden Systeme nannte GRANIT »*Dominator-Systeme*«; eines davon sind die Stäbchen, die mit ihrem Rhodopsin überhaupt nur Helligkeitsempfindungen ermöglichen (*skotopischer* Dominator), ein zweites besteht in den Zapfen (vielleicht ist das »Jodopsin« die entsprechende Substanz) — der »*photopische* Dominator«. Außerdem gibt es im Zapfensehen aber noch die »*Modulator-Systeme*«, d. h. Zapfen, die nur auf schmale Bereiche des sichtbaren Frequenz-Spektrums mit Entladungen reagieren, wobei durch einen bestimmten Frequenzbereich manchmal auch zwei Modulatoren gleichzeitig erregt werden können. Drei Modulator-Systeme (für Rot-Grün, Gelb-Blau und Violett) haben sich bisher ergeben, es können aber noch mehr existieren. Werden alle Modulator-Zapfen gleichzeitig gereizt, ergibt sich die helle Weiß-Empfindung. GRANIT erhielt 1967 den Nobelpreis für Medizin.

Man sieht, daß durch die Resultate der elektrischen Netzhaut-Forschung sowohl die verschiedene Helligkeit der verschiedenen Farben (durch den Zapfen-Dominator) wie auch die Entstehung der Empfindungen »schwarz« und die Helligkeitsverteilung im Stäbchensehen erklärbar wird. Auf die — z. T. sehr komplizierten — Einzelheiten kann hier nicht eingegangen werden; es sei nur erwähnt, daß die elektrischen Registrierungen GRANITS mit den Ergebnissen der früher dargestellten Absorptions-Messungen RUSHTONS in guter Übereinstimmung stehen.

Die natürliche Ordnung der Farben läßt sich am besten durch den Farben-Doppelkegel von PODESTÁ darstellen (Abb. 30). Die vertikale Achse führt von Weiß über alle Graustufen zu Schwarz; die vier »Urfarben« Rot, Grün, Gelb, Blau sind als Pole einer Ellipse dargestellt, die schräg um die Vertikalachse gelegt ist, so daß jede Farbe in jener Höhe zwischen Weiß und Schwarz liegt, die ihrer Helligkeit entspricht — die Ellipse steht daher schief, Gelb liegt viel höher als Blau. Die Verbindungslinien muß man sich mit allen dazwischenliegenden Farben ausgefüllt denken, die Farbe jedes auf ihnen liegenden Punktes ist durch ihre Abstände von den Endpunkten bestimmt. Auf diese Weise kann man alle denkbaren Farben nach ihrer psychologischen Ordnung in dem Doppelkegel unterbringen (Podestá 1941).

Zwischen den Farben, die bei dieser Anordnung einander gegenüberliegen, bestehen bestimmte, biologisch bedeutsame Beziehungen, die sich subjektiv in den *Kontrasterscheinungen* auswirken. Die Grundtatsachen sind folgende: jede Farbe, sei sie bunt oder unbunt, erzeugt in ihrer unmittelbaren Umgebung die Komplementärfarbe; und zwar wechselseitig. Die Heringsche Grauskala (Abb. 29) zeigt dies für die neutralen Farben mit aller Deutlichkeit. Für bunte Farben hat man besondere Versuche ausgedacht. Legt man über ein farbiges Papier, z. B. grün, einen grauen Papierstreifen, so bekommt das Grau eine rötliche Tönung — es verfärbt sich in der Gegenfarbe der Grundlage (besonders, wenn man die Körnung durch aufgelegtes Seidenpapier unsichtbar macht — »*Florkontrast*«). Beleuchtet man eine Wand mit zwei Scheinwerfern — einem weißen und einem farbigen, z. B. blauen —, so entsteht an der Wand ein aufgehelltes Blau; gibt man nun einen Stock in den Lichtkegel beider Scheinwerfer, so entstehen zwei Schattenbilder: eines durch die weiße Lichtquelle, das natürlich blau erscheint, weil es nur vom blauen Licht beleuchtet wird, und ein zweites durch die blaue Lichtquelle, das innerhalb des bläulichen Umfeldes nur vom weißen Licht beleuchtet wird — es erscheint in der Komplementärfarbe, also in einem kräftigen Gelb. Durch geeignete Vorrichtungen kann man die Kontrastfarbe sogar intensiver machen als die andere (*farbige Schatten*). Wer einmal bei aufgehender Sonne im frischen Schnee zu einer Schitour aufgebrochen ist, wird sich vielleicht gewundert haben, daß sein Schatten im goldenen Morgenlicht blau geworden ist.

Außerordentlich groß ist die Bedeutung des Kontrastes für das *scharfe Sehen*. Das Auge ist zwar in der Vielheit seiner automatisch arbeitenden Funktionen ein wunderbarer Apparat — aber so genau und präzis aufgebaut wie ein feingeschliffenes Linsensystem ist es doch nicht; mit lebendem, einer ständigen Erneuerung bedürftigen und auf den Stoffwechsel angewiesenen Gewebe läßt sich ein so hoher Grad an Exaktheit, daß ganz scharfe Abbildungen entstehen, nicht erreichen. Die Krümmungs- und Zentrierungsfehler der strahlenbrechenden Medien, vor allem des Glaskörpers, sowie die Mängel in der Reinheit der brechenden

Substanz (des Linsenkörpers und des Kammerwassers) sind immerhin so groß, daß auf der Netzhaut kein scharfes Bild entsteht; von einem Lichtpunkt aus wird auch bei optimaler Akkommodation nicht ein einzelner Zapfen, sondern wegen dieser Fehler eine ganze Gruppe von solchen gereizt; der Punkt wird als kleine Fläche abgebildet. Dieser Mangel wird durch den Kontrast weitgehend ausgeglichen, die Grenzen zwischen Hell und Dunkel werden durch ihn verschärft. Die Grenzen zwischen dem Weiß des Papiers und dem Schwarz eines gedruckten Buchstabens wären nach den rein optischen Arbeitsbedingungen des Auges unscharf und verschwommen; erst dadurch, daß in der weißen Umgebung das Schwarz dunkler wird, werden die Konturen schärfer. »Besäße unser Auge nicht ein solches physiologisches Korrektionsmittel gegen seinen physikalischen Astigmatismus, ... so wäre ein Lesen wohl unmöglich, da die einzelnen Buchstaben durchaus unscharf und mit ihren Randsäumen übereinandergreifend erscheinen würden« (TSCHERMAK 1942).

Zur Erklärung des Kontrastes wurden sehr umständliche Theorien aufgestellt, wobei die Entstehung der Kontrastwirkung meist in die Hirnrinde verlegt wurde. Heute ist kaum noch daran zu zweifeln, daß sie bereits in den Netzhäuten zustande kommt, und zwar durch die »*laterale Hemmung*«, die der oben genannte H. K. HARTLINE am Facettenauge einer Krebsart entdeckte. Er fand, daß bei Reizung einer einzelnen Zelle die elektrischen Spannungs-Schwankungen bei Verstärkung des Reizes zunächst zunehmen, bei weiterer Verstärkung aber beträchtlich abnehmen; derselbe Effekt tritt auf, wenn eine benachbarte Zelle gereizt wird. Es müssen daher zwischen den Zellen Verbindungen bestehen, die zu Hemmungen der Erregbarkeit führen; solche seitliche Fasern wurden später auch nachgewiesen. Wenn bei Erregung einer Zelle die Erregbarkeit benachbarter Zellen herabgesetzt wird, lassen sich der Kontrast und die dadurch gesteigerte Sehschärfe leicht verstehen. HARTLINE erhielt für seine Forschung 1967 zusammen mit GRANIT und WALD den Nobelpreis.

Es wurde bereits früher (s. S. 115) erwähnt, daß das Schwarz der gedruckten Buchstaben auf weißem Papier in der Mittagsbeleuchtung etwa dreimal heller ist als das Weiß des Papiers am Morgen; trotzdem erscheinen uns die Buchstaben schwarz — eine Tatsache, die viel Kopfzerbrechen verursacht hat. Der Kontrast bleibt ungefähr gleich, trotz Änderung der Beleuchtung. Zuerst noch einige Beispiele, wie sie HERING beschrieben hat: wenn für die Farbe eines Gegenstandes die Reizwirkung der Eigenfarbe und der Beleuchtung entscheidend wäre, so würde ein »Stück Kreide an einem trüben Tage dieselbe Farbe zeigen wie ein Stück Kohle an einem sonnigen Tage, und im Laufe eines Tages würde es alle möglichen zwischen schwarz und weiß liegenden Farben annehmen müssen. Ebenso würde eine unter grünem Laubdache gesehene weiße Blume dieselbe Farbe zeigen wie ein grünes Baumblatt unter freiem Himmel, und ein bei Tage weißer Zwirnknäuel müßte bei Gaslicht die Farbe einer Orange zeigen« (HERING 1905). In Wirklichkeit ist es aber *nicht* so; die Kohle ist für uns auch im hellen Sonnenlicht schwarz, die Kreide auch in der fahlen Beleuchtung eines Nebeltages weiß, der Zwirnknäuel ändert seine Farbe nicht, weder am Morgen noch am Mittag oder in der Nacht bei künstlichem Licht. Diese Tatsache — das Gleichbleiben der Farbe trotz verschiedener Beleuchtung — nennt man »*Farbenkonstanz*«; und das in ihr liegende Problem lautet: wie kommt es, daß trotz der Änderung der Reizbedingungen die dadurch hervorgerufene Änderung der Farben und Helligkeiten nicht gesehen wird? Es ist ja geradezu so, als ob diese Änderung irgendwie »in Abzug gebracht« würde.

Die Theorie dieser Erscheinungen bewegt sich in Überlegungen, die aus den früheren Ausführungen über Nativismus und Empirismus bereits bekannt sind. HERING spricht von »*Gedächtnisfarben*«. »Alle Dinge, die uns bereits aus Erfahrung bekannt sind, oder die wir für etwas uns nach seiner Farbe schon Bekanntes halten, sehen wir durch die Brille der Gedächtnisfarben und deshalb vielfach anders, als wir sie ohne dieselbe sehen würden« (HERING 1905). HELMHOLTZ, der Empirist, hat die Erfahrung schon vor HERING zur Erklärung verwendet. Seine Lehre ist klar und sauber: ein schwach beleuchtetes weißes und ein stark beleuchtetes schwarzes Papier senden das gleiche physikalische Strahlengemisch in das Auge und erzeugen auch gleiche Empfindungen; diese werden aber als solche gar nicht bewußt, sondern nur in der durch die Erfahrung modifizierten Form der Wahrnehmung, in welcher uns — eben wegen des Erfahrungseinflusses — trotz gleicher Reizbedingungen das weiße Papier weiß und das schwarze schwarz erscheint. Gleiche Reize, gleiche Empfindungen, aber verschiedene Wahrnehmungen — deshalb verschieden, weil in die Wahrnehmung unsere bisherigen Erfahrungen »hineinverarbeitet« sind. Der Grund hierfür ist ein biologischer: wir sollen die Dinge trotz verschiedener Beleuchtung wiedererkennen. HELMHOLTZ geht von der Meinung aus, daß die Farben »ihre wichtigste Bedeutung für uns haben, insofern sie Eigenschaften der Körper sind und als Erkennungszeichen der Körper benutzt werden können«, weshalb er die konstant bleibenden Farberscheinungen als »*Körperfarben*« bezeichnet.

Im großen und ganzen gewinnt man den Eindruck, daß die Farbenkonstanz von manchen Autoren etwas übertrieben wurde; es scheint, daß ein wirkliches Gleichbleiben der Farben angenommen wird. Ein solches liegt aber bei unbefangener Betrachtung keineswegs vor: ein Stück Kohle erscheint uns zwar sowohl in der fahlen Morgendämmerung wie im hellen Sonnenlicht des Mittags schwarz, obwohl es im letzteren Falle ein Vielfaches der Helligkeit und damit an Reizwert besitzt wie im ersteren; aber *gleich* schwarz erscheint es uns in diesen beiden Beleuchtungen *nicht*. Genau dasselbe gilt vom weißen Papier: es ist beide Male weiß, aber durchaus nicht *gleich* weiß, ebenso wie ein Teil eines Papierblattes, der im Schatten liegt, zwar auch weiß, aber nicht gleich weiß ist wie ein von der Sonne beschienener. Wenn HERING sagt, eine weiße Blume unter einem grünen Laubdache müßte uns grün erscheinen wie das Laub, so ist dies richtig; richtig ist aber auch, daß sie uns nicht gleich weiß erscheint wie im Sonnenschein ohne Laubdach. Es ist wichtig, dies festzustellen; denn von einer *absoluten* »Konstanz« der Farben trotz verschiedener Beleuchtung kann keine Rede sein.

Die *Unterschiede*, die tatsächlich vorliegen, sind begrifflich schwer zu beschreiben. Eine vollkommen klare und eindeutige Ausdrucksweise für die Unterschiede in der Farbigkeit der Dinge bei verschiedener Beleuchtung wurde noch nicht gefunden (es wird von Ausgeprägtheit, Intensität, Dichte, Eindringlichkeit usw. gesprochen). Sicher ist, daß etwas an dieser Farbigkeit ungefähr gleichbleibt und dadurch eben die »Konstanz«frage aufwirft, sicher ist aber auch, daß diese sogenannte Konstanz nicht unter allen Umständen besteht; wer jemals im Rotlicht einer photographischen Dunkelkammer gearbeitet hat, weiß, daß dort zuerst alles stark rötlich getönt ist. Im Morgen- und im Abendrot des Hochgebirges kann man ähnliche Beobachtungen machen. Keinerlei Konstanz besteht ferner — was besonders zu betonen ist — überall dort, wo Kontrasterscheinungen auftreten: bei der HERINGschen Grauskala (Abb. 29) sind je drei Rechtecke in Wirklichkeit immer gleich grau (d. h. sie schicken alle gleich viel Strahlung ins Auge), trotzdem erscheinen sie aber bald ganz hell, bald fast schwarz — es liegt also gerade das Gegenteil von Konstanz *trotz* objektivem Gleichbleiben vor; hingegen bleibt der Kontrast als solcher konstant, denn jedes Rechteck ist bei jeder Beleuchtung durch sein Umfeld in derselben Weise aufgehellt oder verdunkelt.

Die wichtigste Ursache der Farbenkonstanz ist wahrscheinlich in der Geltung des WEBERschen Gesetzes zu suchen, das ja selbst eine Konstanzerscheinung zum Inhalt hat, nämlich das Gleichbleiben der Unterschiedsempfindlichkeit. Daß die schwarzen Buchstaben auf dem weißen Papier in der Mittagssonne sich in ungefähr gleicher Weise abheben wie in der Morgendämmerung, beruht auf der Geltung des WEBERschen Gesetzes; das Verhältnis zwischen Weiß und Schwarz bleibt dasselbe (ungefähr 1 : 15), obwohl das Schwarz der Buchstaben mittags etwa dreimal heller ist als das Weiß des Papiers am Morgen. Das Gleichbleiben der Unterschiedsempfindlichkeit bei Helligkeitszuwachs führt zum Gleichbleiben des Kontrastes zwischen Weiß und Schwarz; es führt, kurz gesagt, zu einer *Konstanz des Kontrastes*. Dasselbe gilt von der Grauskala, die ebenfalls bei allen Beleuchtungen ungefähr gleiche Helligkeitsunterschiede aufweist. Diese Tatsachen legen eine Hypothese nahe, die einen sehr großen Teil der sogenannten Konstanzerscheinungen auf das Webersche Gesetz und damit auf physiologische Faktoren, wie sie schon Hering angenommen, aber nicht näher präzisiert hat, zurückführen kann.

Bestehen bleibt als problematischer Rest das Gebiet jener Erscheinungen, für welche wir,wie oben dargelegt, keine treffenden sprachlichen Ausdrücke besitzen — also z. B. das Weißbleiben einer Blume unter grünem Laubdach oder eines Papiers im Schatten, wobei aber doch ein — wenn auch schwer beschreibbarer — Unterschied zum sonstigen »normalen« Weiß besteht.

Solche Schwierigkeiten des genauen Beschreibens bestehen bei vielen Wahrnehmungen (z. B. im Gebiete des Bewegungssehens; s. S. 190f.). Sie haben, so scheint mir, in der Psychologie bisher zu wenig Beachtung gefunden; ich möchte, um ihre Bedeutung hervorzuheben, ein eigenes Wort einführen und vom »*Unbestimmtheits-Charakter*« der Wahrnehmung sprechen — ein umständliches Wort, das ich aber durch kein besseres zu ersetzen weiß. Gemeint ist damit die eigenartige Unsicherheit vieler Wahrnehmungen, die besonders dann deutlich wird, wenn man über Vergleiche — also z. B. über das Konstantbleiben der Größe bei verschiedener Entfernung, das Konstantbleiben der Farbe bei verschiedener Beleuchtung usw. — genaue Rechenschaft geben soll. Ein solcher Unbestimmtheits-Charakter ist überall dort feststellbar, wo die empfindungs- oder reizmäßigen Grundlagen der Wahrnehmung mit der Erfahrung in Widerspruch geraten. Wir wissen aus Erfahrung, daß ein Mensch oder ein Gegenstand seine Größe beibehält, wenn er sich entfernt; nach der Wirkung der Reize hingegen — des Sehwinkels und der davon abhängigen Größe des Netzhautbildes — müßte er um so kleiner erscheinen, je weiter er entfernt ist. Ein anderes Beispiel: wir wissen aus Erfahrung, daß die Häuser und Berge an ihrer Stelle bleiben; gehen wir aber an ihnen vorbei, so bewegen sie sich über die Netzhäute und müßten bewegt erscheinen — die »Ruhe der Objekte bei Blickbewegungen« ist also auch ein Fall von Widerspruch zwischen Erfahrung und Reizgrundlagen. Genau dasselbe liegt bei der sogenannten Konstanz der Farben vor: aus der Erfahrung wissen wir, daß das Papier, auf welchem wir schreiben, weiß ist; fällt ein Schatten darauf, so entsteht eine Reizwirkung, welche die Empfindung »grau« zur Folge hat — was im Widerspruch zu der Erfahrung steht. Es erscheint uns trotzdem noch weiß, wenn auch nicht genau so wie ohne Schatten — es tritt das »Unbestimmtheits-Phänomen« auf, die Unsicherheit, in welcher aber im täglichen Leben die Erfahrung siegt, so daß wir nicht daran zweifeln, es auch beim beschatteten Papier mit einem weißen Papier zu tun zu haben. Allerdings — wenn die Beleuchtung eine gewisse Stärke erreicht (wie etwa beim roten Licht in der Dunkelkammer), dann erscheint uns auch das weiße Papier rötlich verfärbt, *obwohl* wir wissen, daß es weiß ist. Die Erfahrung wirkt sich nur bis zu einem gewissen Grade aus; und wo sie sich auswirkt, besteht »Konstanz« der Farbe, der Größe, der Form usw. Kurz und präzis ausgedrückt: weil wir wissen, womit wir es zu tun haben, deshalb behalten die Gegenstände ihre Farbe und ihre Größe; nicht *damit* wir sie wiedererkennen (wie HELMHOLTZ meinte), sondern *weil* wir sie wiedererkennen, erscheint ihre Farbe und Größe trotz Änderung der reizmäßigen Grundlagen ungefähr gleich. Als Beweis hierfür läßt sich die Tatsache anführen, daß bei Gegenständen, deren Farbe man aus Erfahrung nicht kennt, auch keine Konstanz auftritt: ein blaues Abendkleid z. B. sieht in der rötlichen Beleuchtung eines Tanzlokales für diejenigen, die es nie bei Tage sahen, wesentlich anders aus als für seine Besitzerin, die seine Farbe genau kennt. Daß wir zum Wiedererkennen der Dinge die Farbe nicht benötigen, beweist der Umstand, daß wir sie auch im Dämmerlicht, in welchem man keine Farben sieht, mühelos an ihrer Form wiedererkennen.

Kurz gesagt: die Farbenkonstanz ist die Folge des Gleichbleibens der Dinge, deren Bedeutung wir aus Erfahrung kennen, also eine Folge der früher erwähnten allgemeinen *Dingkonstanz*. Wir wissen, was ein Tisch ist; und deshalb erkennen wir ihn bei jeder Beleuchtung wieder. Weil es derselbe Tisch ist, den wir schon öfter gesehen haben, und weil wir überhaupt schon viele Tische wahrgenommen haben, deshalb bleibt ein einmal gesehener Tisch in Farbe, Form und Größe für uns ungefähr gleich, mag sich auch die Beleuchtung und Entfernung und damit die retinale Abbildung verändern.

4. *Die Wahrnehmung von Entfernung und Tiefe*

Man drücke mit dem Finger gegen das untere Augenlid auf den Augapfel; dann sieht man, daß sich aus dem Schriftbild dieser Buchseite ein unscharfes, schemenhaftes Abbild herauslöst, das sich gegenüber der »wirklichen« Buchseite hin und her bewegt, wenn man den Druck auf den Augapfel stärker oder schwächer macht. Gibt man den Finger weg, so kann man sehr schön beobachten, wie das schemenhafte zweite Bild mit dem wirklichen wieder zu einem einheitlichen Eindruck verschmilzt. Dieser Versuch zeigt, daß jedes unserer beiden Augen die Erregungsgrundlagen für je ein Bild liefert; die Verschiebung des einen von ihnen durch den Druck auf den Augapfel trennt die beiden Bilder, die sich im normalen zweiäugigen Sehen zu einer einzigen Wahrnehmung vereinigen.

Man könnte im Notfall auch mit einem einzigen Auge leben und im Lebenskampf bestehen. Daß der Mensch, alle höheren und die meisten niederen Tiere zwei Augen besitzen, hat vor allem den Vorteil, daß immer noch eines von diesen biologisch wichtigsten Sinnesorganen vorhanden ist, falls das andere verlorengeht. Es hat aber noch andere Vorteile: man schließe das linke Auge und merke sich, was man mit dem rechten, geradeaus blickend, am Rande noch sieht; dann schließe man das rechte und mache dieselbe Beobachtung mit dem linken. Es zeigt sich, daß der Inhalt der beiden Gesichtsfelder am schläfenseitigen Rande nicht gleich ist; mit dem rechten Auge sieht man Dinge, die das linke allein bei gleicher Blickrichtung nicht mehr sieht. Das zweiäugige Sehen bedeutet also auch eine Vergrößerung des Gesichtsfeldes. Der größte Gewinn, den das einheitliche Sehen mit zwei Augen (»*binoculares Einfach-Sehen*«) bringt, besteht aber darin, daß dadurch neue, zusätzliche Informationen über die Außenwelt geliefert werden: das Gesehene erscheint *plastisch*, *körperhaft*, *dreidimensional*, *in die Tiefe gestaffelt*; die Verschiedenheit der Entfernungen der einzelnen Sehdinge wird unmittelbar sichtbar. Man kann sich von dieser Tatsache sofort unmittelbar überzeugen: man halte die Hand ziemlich nahe vor das Gesicht, strecke die gespreizten Finger den Augen entgegen, schließe ein Auge und mache es dann wieder auf; der Unterschied zwischen einäugigem und zweiäugigem Sehen wird dann sehr eindringlich klar: nur wenn man mit beiden Augen sieht, erscheint die Hand dreidimensional. Bekanntlich kann man solche Tiefeneindrücke künstlich — sogar stärker als beim natürlichen Sehen — durch das Stereoskop erzeugen; jedem der beiden Augen wird gesondert eine Photographie geboten; die beiden Photographien sind (mit einer Stereokamera, die zwei Objektive besitzt) von zwei verschiedenen Standpunkten aufgenommen, deren Abstand ungefähr dem Abstand unserer Augen entspricht. Bei gleichzeitiger Betrachtung der beiden Bilder entsteht eine vollkommen plastische Wahrnehmung.

Aus diesen Tatsachen — Einfachsehen trotz zweier getrennter Aufnahmeapparate und unmittelbare Tiefenwahrnehmung — ergibt sich eine Reihe schwieriger Probleme, die bisher nur theoretisch gelöst werden konnten. Zur Erklärung des binokularen Einfachsehens hat man angenommen, daß zwischen den Netzhautelementen, also den Stäbchen und Zapfen der beiden Augen, eine »*Korrespondenz*« in solcher Weise bestehe, daß jeder Sinneszelle des rechten Auges eine bestimmte Sinneszelle des linken Auges zugeordnet ist und daß beide denselben »Ortswert« besitzen. Unter »Ortswert« und »Lokalzeichen« versteht man seit LOTZE, HERING und TSCHERMAK eine eigene, nicht näher aufklärbare

Funktion lokalisierender Art, vermöge welcher jedes Netzhautelement (also jeder Zapfen und jedes Stäbchen) die von ihm vermittelten Eindrücke in einer bestimmten Richtung erscheinen läßt. »*Korrespondierende Netzhautstellen*« nennt man solche einander zugeordnete Zapfen oder Stäbchen, die — obwohl das eine im rechten, das andere im linken Auge liegt — *gleiche* Raumwerte oder Lokalzeichen haben, so daß ihre gleichzeitige Reizung einen Eindruck in *derselben* Sehrichtung vermittelt. Man denkt sich jedem Stäbchen und Zapfen der *linken* Netzhaut ein bestimmtes Stäbchen oder einen bestimmten Zapfen mit gleichem Lokalzeichen der *rechten* zugeordnet; man kann dann von einem »Stäbchen*paar*« mit gleichem Ortswert sprechen. Zwischen den Stäbchen oder Zapfen, die zu einem solchen Paar gehören, besteht also eine »Sehrichtungsgemeinschaft« (TSCHERMAK); und daß wir die Dinge trotz zweier getrennter Aufnahmeapparate einfach sehen, beruht darauf, daß die gleichzeitige Reizung korrespondierender Zapfen der beiden Netzhäute die gleiche Sehrichtung und daher einen einheitlichen Eindruck ergibt. Werden nicht-korrespondierende Stellen gereizt, so entstehen, wie die Verschiebung des Augapfels beweist, sofort Doppelbilder.

Erklärt ist dadurch natürlich nicht das Tiefensehen, sondern nur das »Einfachsehen trotz zweier Augen«; und diese Erklärung ist reine Theorie. Streng beweisen läßt sich ihre Richtigkeit nicht; aber weil sie imstande ist, die uns bekannten Tatsachen des einheitlichen Sehens mit beiden Augen widerspruchslos zu erklären, ist sie ziemlich allgemein angenommen. Natürlich ergibt sich aus ihr sofort die Frage: wie machen es die beiden Augen, daß die Lichtstrahlen immer auf korrespondierende Netzhautstellen fallen? Dies wird durch Bewegungen der Augäpfel erreicht; ein sehr kompliziertes und außerordentlich fein und präzis arbeitendes Zusammenspiel der Muskelapparate der beiden Augen sorgt dafür, daß sich die Augäpfel immer in jener Stellung befinden, die die Reizung korrespondierender Sinneszellen und damit das binokulare Einfachsehen ermöglicht, d. h. diese Bewegungen müssen auf etwa $^1/_{1000}$ Millimeter genau sein, weil die Zapfen in der Fovea nur etwa $^1/_{1000}$ mm dick sind. Schauen wir in die Ferne, so stehen unsere Augen annähernd parallel; betrachten wir den etwa 15 cm vor den Augen gehaltenen, ausgestreckten Zeigefinger, so stehen die Augen schräg zueinander. Diese »*Konvergenz*bewegungen« müssen natürlich wie alle Muskelbewegungen durch Erregungen, die den Augenmuskeln durch ihre Nerven aus dem Gehirn zufließen, ausgelöst und gesteuert werden; man muß annehmen, daß diese Steuerung von den Erregungen der Netzhäute selbst ausgeht, und zwar so, daß Doppelbilder sofort einen »*Verschmelzungs- oder Fusionsreflex*« in dem motorischen System der Augenmuskeln auslösen, der die richtige Konvergenz herstellt. Dies geschieht im allgemeinen so rasch und sicher, daß wir nichts davon spüren; bewegt man den Zeigefinger aus der Ferne zum Auge und dann wieder weg und achtet man dabei auf Augenbewegungen, so werden sie deutlich spürbar. Es liegt hier ein Musterbeispiel für eine exakt funktionierende *»sensomotorische Regulierung«* vor: jedes Auftreten von Doppelbildern führt reflektorisch zu Erregungen der Augenmuskulatur, welche die Augäpfel in solche Stellungen bringen, daß die Strahlen auf korrespondierende Zapfen fallen, wobei es sich beim Tagessehen natürlich in erster Linie um Zapfen der Fovea handelt.

Man muß sich vorläufig mit dieser Erklärung des »binocularen Einfachsehens« zufriedengeben (eine andere liegt nicht vor und über die Erregungsprozesse in der Sehregion der Hirnrinde, in welcher die »codierten« Informationen aus den beiden Netzhäuten zu Empfindungen verarbeitet werden, weiß man nichts Genaues). Wie steht es aber mit dem Tiefensehen? Es ist noch viel schwerer zu erklären als das Einfachsehen. Die Strahlen, die von den Dingen in jener Entfernung ausgehen, auf die unsere Augen jeweils akkommodiert sind, treffen nach der dargestellten Theorie auf korrespondierende Zapfen; die Fläche, auf deren Entfernung die Augen gerade eingestellt sind, bezeichnet man als »Fixationsebene« oder »Kernfläche«. Alles, was vor oder hinter dieser Fläche liegt, wird auf nicht-korrespondierenden oder »disparaten« Netzhautstellen abgebildet; es müßte daher doppelt erscheinen. Davon ist bekanntlich nichts zu bemerken; wir sehen vielmehr verschieden entfernte Gegenstände trotz ihrer Abbildung auf nicht-korrespondierenden Stellen scharf und einfach. Befinden sich die gereizten, nicht-korrespondierenden, also disparaten Netzhautelemente in beiden Netzhäuten in gleicher Höhe, aber verschiedener Breite, weichen sie also in der Horizontalen von den korrespondierenden Stellen ab, so spricht man von *»Querdisparation«*, bei Abweichung in der Vertikalen von »Längsdisparation«. Tiefeneindrücke treten, wie Fr. Hillebrand zeigte, nur bei Querdisparation auf. Zu erklären bleiben die Tatsachen, daß wir 1. auch Dinge einfach sehen, obwohl die von ihnen ausgehenden Strahlen auf nicht-korrespondierende Zapfen treffen, und 2. warum wir diese Dinge räumlich gestaffelt, d. h. vor oder hinter der Kernfläche sehen.

Zur Beantwortung dieser Fragen wurden seit Hering viele Untersuchungen angestellt. Ihr Hauptergebnis läßt sich am besten an den Experimenten mit dem »Haploskop« darstellen, einem Apparat, in welchem jedem Auge gesondert feine, vertikal gespannte Fäden geboten werden, die sich in ihrer Lage in kleinsten Abständen verschieben lassen. Man stellt diese Fäden zunächst so ein, daß sie in einer Ebene liegen und gleich weit entfernt sind; die von ihnen ausgehenden Strahlen fallen auf korrespondierende Netzhaut-Stellen. Wenn man nun einen Faden für ein

Auge verschiebt, alle anderen in der früheren Lage beläßt, so fallen die Strahlen des verschobenen Fadens nicht mehr auf korrespondierende Punkte; er müßte also doppelt gesehen werden. Dies trifft aber bei kleinen Verschiebungen nicht zu; es entstehen keine Doppelbilder, die Fäden werden einfach gesehen, aber sie erscheinen in verschiedener Entfernung, weiter vorn oder weiter hinten, je nach der Art der Verschiebung. Man sieht in die Tiefe; erst wenn die Verschiebung eine bestimmte Größe erreicht, wird doppelt gesehen. Mit anderen Worten: die Reizung querdisparater Netzhautstellen, die von den korrespondierenden nur wenig abweichen, ergibt einfache, jedoch in ihrem Tiefenabstand verschiedene Bilder. Gereizt werden dabei außer den korrespondierenden Stellen, auf denen sich die unveränderten Fäden abbildeten, die querdisparaten Stellen, auf denen sich der verschobene Faden abbildete, d. h. Zapfen, die den korrespondierenden Zapfen in der Breitenlage unmittelbar benachbart sind. Da die weitere Verschiebung der Fäden bald Doppelbilder ergibt, muß es in der unmittelbaren Nachbarschaft der korrespondierenden Zapfen eine Grenze geben, von der an doppelt gesehen wird. Man nennt die Bereiche der Netzhaut, innerhalb welcher bei Reizung disparater Zapfen nicht Doppelbilder, sondern Tiefeneindrücke entstehen, nach einem deutschen Physiologen »PANUM*sche Empfindungskreise*«; man kann sie sich als liegende Ellipsen vorstellen, deren Längsdurchmesser der Ausdehnung mehrerer Zapfen entspricht, von denen der in der Mitte stehende der korrespondierende ist. Die Grenzen der Empfindungskreise liegen dort, wo das Einfachsehen in Doppeltsehen übergeht.

Es ist klar, daß durch diese Hypothese die schöne Ordnung, welche die Lehre von den korrespondierenden Zapfenpaaren aufgestellt hat, nahezu vollkommen zerstört wird: nicht die Reizung korrespondierender, sondern gerade nicht-korrespondierender Zapfen soll das Tiefensehen bewirken, ohne daß dadurch das Einfachsehen aufgehoben wird. Natürlich entstehen daraus theoretische Schwierigkeiten: z. B. die Konsequenz, daß von den zwei Zapfen, die bei bestimmter Augenstellung korrespondieren, bei Verschiebung der Augen einer von beiden zu einem nicht-korrespondierenden wird. TSCHERMAK hat versucht, dieses Dilemma durch die Annahme stabil- und temporär-korrespondierender Zapfen zu lösen (TSCHERMAK 1931). Es werden sehr komplizierte Zusatzhypothesen notwendig, um das Tiefensehen mit der Querdisparations-Theorie zu erklären; trotzdem steht es außer Zweifel, daß die Querdisparation wirklich besteht und daß ihr Ausmaß für das Tiefensehen von größter Bedeutung ist. Das Bestehen der Abweichung von den korrespondierenden Netzhautstellen läßt sich aus den physikalisch-optischen Gesetzen für jede Fixationsebene berechnen, wobei die Abweichung nach der Schläfenseite der Netzhaut den Eindruck »näher als das Angeblickte« und die Abweichung nach der Nasenseite den Eindruck »ferner«, »weiter weg« als das Angeblickte vermittelt. Sicher ist ferner, daß das zweiäugige Sehen viel feinere Tiefenunterschiede erfaßt als das einäugige; H. J. HOWARD, der einen Test für Distanzschätzen entwickelte, fand bei einer Entfernung von 6 m, daß bei hintereinander aufgestellten Stäbchen mit zweiäugigem Sehen noch Unterschiede von 14,4 mm erfaßt werden konnten, mit einäugigem Sehen hingegen nur solche von 285 mm. Die Schwelle des Tiefensehens ist daher für das einäugige Sehen 20mal höher als für das zweiäugige (H. J. HOWARD 1919).

Die Mängel der bisherigen Theorie des binokularen Einfach- und Tiefensehens — daß Einfachsehen durch Korrespondenz von Zapfen beider Augen zustande komme, aber doch auch bei Nicht-Korrespondenz besteht, obwohl dann Doppelbilder auftreten müßten, was nicht zutrifft, wofür aber der Tiefeneindruck entsteht —, diese Mängel werden noch durch die Folgerung aus der dargestellten Theorie vermehrt, daß wir ständig viele Doppelbilder sehen müßten, weil durch die Strahlen von näher und ferner gelegenen Dingen die PANUMschen Empfindungskreise ständig überschritten werden, wenn wir auf dazwischen gelegene Gegenstände akkommodieren. Es müßten alle Gegenstände im Raum, die vor oder hinter den jeweils fixierten (d. h. »angeblickten« Dingen = hinter der Fixations-Ebene) liegen, doppelt gesehen werden. An der Richtigkeit dieser Behauptung ist nicht zu zweifeln, sie ergibt sich zwingend aus dem Aufbau des Auges und dem Strahlengang. Zur Erklärung der ebenso unzweifelhaften Tatsache, daß wir nicht doppelt sehen, ist zu betonen, daß man die »nicht-angeblickten« Dinge nicht beachtet — ja, daß es sogar außerordentlich schwierig ist, sie zu beachten. Will man es absichtlich tun, so muß man einen Gegenstand fixieren und »nebenher« dasjenige anblicken, was vor und hinter ihm liegt, ohne die Fixation zu verändern; das gelingt nicht, weil sich die Augen sofort auf das willentlich »Angeblickte« akkommodieren. Nur wenn man ganz nahe gelegene Dinge verwendet, kann man den Blick für kurze Zeit auf einen bestimmten Punkt festhalten (wahrscheinlich, weil dabei wegen der starken Konvergenz die Kontraktionen der Augenmuskeln spürbar und dadurch auch kontrollierbar werden). Man mache folgenden Versuch: beide Zeigefinger werden in einem Abstand von etwa 20 cm hintereinander vor die Nase gehalten, wobei die Kuppe des hinteren etwas höher liegen soll als die des vorderen; blickt man den näher liegenden an, so wird der ferner liegende doppelt gesehen, blickt man diesen an, verdoppelt sich der näher liegende Zeigefinger. Auf korrespondierende Netzhautstellen fallen nur die Strahlen, die von dem jeweils einfach gesehenen Finger ausgehen — die vom anderen Finger ausgehenden Strahlen fallen auf querdisparate Stellen, wobei die Grenzen der PANUMschen Empfindungskreise überschritten werden, so daß Doppelbilder entstehen. Man kann bei diesem Versuch auch leicht feststellen, von welchem Auge jedes der Doppelbilder stammt, indem man ein Auge schließt. Dieser Versuch beweist, daß größere Abweichungen von den korrespondierenden Stellen zu Doppelbildern führen. Es steht aber auch fest, daß wir in unserer Wahrnehmungswelt Doppelbilder nur unter unnatürlichen Bedingungen (wie im obigen Versuch) vorfinden; unter natürlichen Verhältnissen ist alles in bester Ordnung — wir sehen die Dinge, die wir jeweils gerade anblicken, scharf in bestimmter Entfernung und sehen mit aller Deutlichkeit, daß sich vor und hinter ihnen andere Dinge befinden, die wir ebenfalls scharf und genau sehen können, wenn wir unseren Blick auf sie richten. Nichts ist doppelt, alles ist klar sichtbar, jedes Ding befindet sich an seinem bestimmten Ort und die Dinge haben voneinander bestimmte Abstände, die man auch noch in hundert Meter Entfernung auf 2,5 Meter genau feststellen kann (MICKO 1956).

Andere Erklärungsversuche des Tiefensehens — z. B. daß nicht die Disparation einzelner Punkte, sondern ganzer »Gestalten« zu Tiefeneindrücken führe (WILDE 1949, TAUSCH 1953) — dürfen als fragwürdig gelten, weil die Hypothesen WILDES nicht bestätigt werden konnten (LINSCHOTEN 1956, ZAJAC 1964).

Es könnte aber sein, daß man bei der Behandlung des Tiefenseh-Problems eine bekannte Tatsache zu wenig beachtet hat: immer dann, wenn eine Augenstellung entstanden ist, die zu Doppelbildern führen könnte, setzt sofort eine automatische Steuerung ein — so rasch, daß die dabei ablaufende Zeit zu kurz ist, um das Doppelbild bewußt werden zu lassen. Die außerordentlich große Bedeutung von Augenbewegungen für das Tiefensehen wurde sogar im Stereoskop (also bei Darbietung je eines gesonderten Bildes für jedes Auge) nachgewiesen; die Tiefenschärfe (d. i. der Grad der Plastizität) ist viel höher, wenn Augenbewegungen durchgeführt werden können, als wenn eine konstante Fixation auf ein Objekt gefordert wird (OGLE 1962).

Erste empirische Hinweise für die Möglichkeit, daß Augenbewegungen, die durch querdisparate Reizungen ausgelöst werden, an der Entstehung des Tiefensehens beteiligt sein könnten, scheinen sich aus Forschungen über ständig ablaufende, feinste Augenbewegungen zu ergeben, die das Sehen nicht als statischen, sondern als dynamischen Prozeß erscheinen lassen (»dynamische Sehtheorien«).

Bis in die jüngste Zeit hat man allgemein angenommen, daß die Reizanordnung auf der Netzhaut stabil sei, d. h., daß bei ruhigem Blick auf einen Gegenstand ständig dieselben Zapfen der Fovea gereizt würden. In Wirklichkeit bleiben die Augäpfel und der Kopf niemals in vollkom-

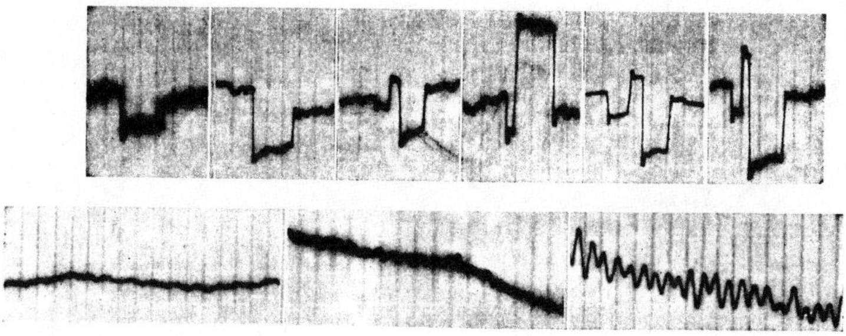

Abb. 31. Die zwei Hauptarten der unwillkürlichen Augenbewegungen. Oben Ruckbewegungen, unten rhythmische Schwankungen (a des Kopfes, b des Augapfels, c des Augapfels bei möglichster Fixierung des Kopfes). Aus H. Drischel und C. Lange 1956.

mener Ruhe; sie führen, wie amerikanische und deutsche Physiologen gezeigt haben, auch bei möglichster Blickfixierung ständig ruckartige Bewegungen aus, die eine Dauer von etwa $^2/_{100}$ Sekunden haben und in unregelmäßigen Intervallen von 0,03 bis 5 Sekunden auftreten (80% der Intervalle sind kürzer als 1 Sekunde — H. Drischel 1956). Die Größe dieser Rucke liegt zwischen 2 und 25 Bogenminuten des Sehwinkels, was mehreren Zapfenbreiten der Foveazapfen entspricht. Außer diesen Augapfelbewegungen führt aber auch der Kopf ständig eine Mikrobewegung von ungefähr 10 Schwingungen pro Sekunde aus (Rohracher 1946, Drischel 1956), die sich auf die Augen überträgt (Abb. 31). Man kann daher keineswegs von einer »Ruhe« der Netzhäute sprechen; die von den Strahlen eines Gegenstandes getroffenen Netzhautelemente bleiben auch nicht $^1/_{10}$ Sekunde lang dieselben — es werden immer andere Zapfen gereizt. Am interessantesten ist aber die Feststellung, daß dieser rasche Wechsel der gereizten Netzhautstellen zum Sehen notwendig ist. Ditchburn und Ginsborg sowie Riggs, Ratcliff und Cornswett ist es 1953 unabhängig voneinander gelungen, durch sinnreiche Verfahren das Netzhautbild zu »stabilisieren«, d. h. zu erreichen, daß trotz der unvermeidlichen Fixationsbewegungen sich das Bild eines angeblickten Objektes nicht verschiebt; die Folge war, daß vorübergehende Blindheit auftrat, die nur gelegentlich blitzartig unterbrochen wurde, wahrscheinlich infolge leichter Stellungsänderungen des Auges. »Es muß daraus der Schluß gezogen werden, daß unwillkürlichen Augenbewegungen eine wichtige Funktion beim Zustandekommen des normalen Sehaktes zukommt« (Drischel 1956, S. 330). Diese Tatsache führte zur Aufstellung »dynamischer« Sehtheorien, die von der Annahme ausgehen, daß die unwillkürlichen Mikrobewegungen der Augen die Aufgabe haben, die Strahlen innerhalb der Fovea zu halten und auf immer

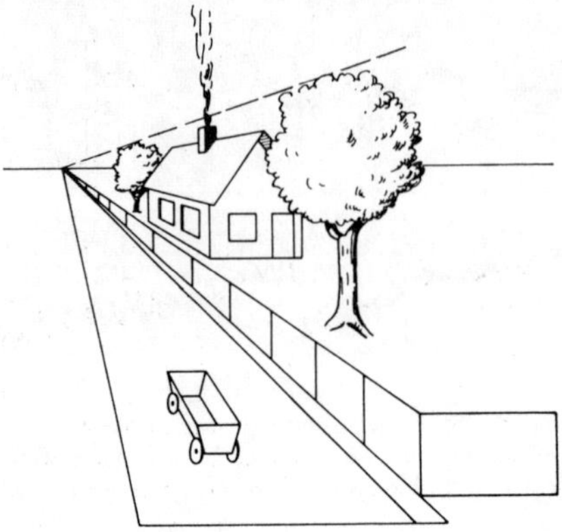

Abb. 32.
Tiefenwirkung durch Perspektive, teilweise Verdeckung und Verkleinerung. (Aus LANDOIS-ROSEMANN, Lehrbuch der Physiologie des Menschen, Bd. II; Urban & Schwarzenberg, München-Berlin 1962.)

neue, durch vorausgehende Reizungen noch nicht ermüdete Zapfen auftreffen zu lassen.

Diese Feststellungen eröffnen neue Denkmöglichkeiten. Unsere Augen sind nicht ruhende optische Apparate, die passiv die einlangenden Strahlungen aufnehmen, sondern Organe, die sich in ständiger Bewegung befinden und die Gegenstände sozusagen optisch betasten. Es war naheliegend, diese Tatsache zur Erklärung des Tiefensehens heranzuziehen; es gibt darüber bereits eine Reihe verschiedener Hypothesen. Im großen und ganzen stellt man sich vor, daß die Tiefeneindrücke nicht durch die Querdisparation als solche — die Tatsache der Querdisparation bleibt natürlich bestehen — zustande kommen, sondern durch rasche Augenbewegungen innerhalb der PANUMschen Kreise, so daß in schnellem Wechsel korrespondierende und disparate Zapfen gereizt werden. Die von ihnen ausgehenden verschiedenen Erregungen, die nacheinander in den Sehregionen einlangen, könnten als Grundlage der Tiefeneindrücke betrachtet werden. In welcher Weise dabei die Bewegungen der beiden Augäpfel einander zugeordnet sein müßten, läßt sich noch nicht sagen; die Forschung auf diesem Gebiete ist in vollem Gange. Vielleicht ergeben sich dabei auch neue Erklärungsmöglichkeiten für das Zustandekommen des Kontrastes; die Unschärfe der optischen Abbildung auf der Netzhaut könnte dadurch korrigiert werden, daß z. B. der Rand zwischen einer weißen und einer schwarzen Fläche durch die Hin- und Herbewegungen der Augen »abgetastet« wird und auf diese Weise eine rasche Folge von Erregung und Nicht-Erregung erzeugt. Die Tatsache, daß Längsdisparation keine Tiefeneindrücke liefert, läßt sich mit der Feststellung erklären, daß sich die unwillkürlichen Augenbewegungen in erster Linie in horizontaler Richtung abspielen.

Abb. 33. Man betrachte dieses Bild zuerst mit beiden Augen und dann nur mit einem Auge; die Ausdehnung in die Tiefe tritt bei einäugiger Betrachtung deutlicher hervor.

So sicher es ist, daß man binokular viel feinere Tiefenunterschiede erfassen kann als monokular, so sicher ist es auch, daß man auch einäugig ausgeprägte Tiefeneindrücke hat und sich sicher im Raum bewegen kann. Das ist auf die *Erfahrung* zurückzuführen, deren außerordentlich starken Einfluß auf die Wahrnehmung viele andere Erscheinungen beweisen (s. S. 209). Wir *wissen*, daß sich die Gegenstände in verschiedenen Entfernungen von uns befinden und *sehen* sie daher so, auch wenn der unmittelbare, physiologisch durch das binokulare Verschmelzen zweier Bilder erzeugte Tiefeneindruck fehlt. Die *Perspektive* spielt dabei eine sehr große Rolle; die Maler und Zeichner rufen mit ihrer Hilfe durch flächenhafte Darstellungen dreidimensionale, also in die Tiefe gehende Eindrücke hervor. Die Verteilung von Licht und Schatten deutet uns die Räumlichkeit von Körpern an, auch wenn sie flächenhaft dargestellt sind. Die Luft, die zwischen uns und einem ferneliegenden Gebirgszug liegt, verändert dessen Farbe; die Maler wissen dies und legen Luft in ihre Gemälde, indem sie dem Gebirge die bläuliche Fernfarbe geben und dadurch den Eindruck eines großen Zwischenraumes zwischen Vordergrund und Hintergrund hervorrufen. Nahe liegende Gegenstände sind größer als weit entfernte, die ersteren verdecken oft die letzteren, so daß man nur einen Teil von ihnen sieht — solche Beobachtungen (zusammengefaßt in Abb. 32) sind für uns Kriterien von

Abstand, Entfernung und Tiefe, denn wir wissen aus unserer Alltagserfahrung, daß sie nur im Raume und nicht in der Fläche möglich sind. Hierher gehört die paradoxe Tatsache — der Anatom Elze hat besonders darauf hingewiesen —, daß Gemälde oder Photographien, die stark in die Tiefe gehende Räume darstellen, plastischer, also mehr in die Tiefe gestaffelt wirken, wenn man sie mit *einem* Auge anschaut; ich erkläre dies dadurch, daß beim zweiäugigen Sehen, das die Empfindungsgrundlagen der Tiefenwahrnehmung liefert, auch das Nicht-Tiefe, also das Flächenhafte der Photographie, deutlicher herauskommen muß (*weil* eben das binokulare Sehen Tiefe und Fläche besser unterscheidet, so daß die bei einäugiger Betrachtung wirksamen empirischen Tiefenkriterien — Perspektive, Licht, Schatten usw. — nicht so stark zur Geltung kommen (Abb. 33).

Unter den Erfahrungseinflüssen auf die Distanzschätzung spielt die Verkleinerung der Dinge mit zunehmender Entfernung eine sehr große Rolle. Der schwedische Psychologe T. Künnapas hat in mehreren Versuchsreihen in vollkommener Dunkelheit die Distanzen phosphoreszierender Kreisflächen in sieben Abständen zwischen 0,25 und 3,95 Metern unter verschiedenen Bedingungen schätzen lassen. Dabei wurden monocular (d. h. ohne Querdisparation und Konvergenz, also nur auf Grund der Netzhautbild-Größe und der — fast wirkungslosen — Akkommodation) im Durchschnitt 58% Richtigkeit erreicht (100% sind dabei die Schätzungen unter optimalen Bedingungen, d. h. binocular bei hellem Licht); dieser Wert stieg im Dunkeln bei binocularer Schätzung auf 89%, womit neuerlich die große Bedeutung der Querdisparation erwiesen ist (Künnapas 1968).

5. Das Wahrnehmen von Bewegung

Wenn durch denselben Reiz nacheinander verschiedene Stellen der Netzhaut gereizt werden, so erscheint uns der Gegenstand, von dem der Reiz ausgeht, *bewegt*. Die meisten Bewegungen, die wir im Alltagsleben wahrnehmen, entstehen auf diese Weise; die Lichtstrahlen, die von einem gehenden Menschen, einem fahrenden Auto, einem fliegenden Vogel ausgehen, treffen nacheinander auf verschiedene Stellen unserer Netzhaut und erzeugen dadurch den Eindruck der Bewegung. Wenn man mit der Hand von rechts nach links durch das Gesichtsfeld fährt, ist die Hand bewegt; hält man aber die Hand ruhig vor das Gesicht und bewegt den Kopf hin und her, so bleibt sie unbewegt. Dieser einfache Versuch zeigt, daß die eingangs aufgestellte Behauptung nicht allgemein gilt; denn auch im zweiten Falle — bei ruhig gehaltener Hand und Hinundherbewegen des Kopfes — treffen die Lichtstrahlen, die von der Hand ausgehen, nacheinander verschiedene Netzhautstellen; sie müßte also bewegt erscheinen. Trotz gleicher physiologischer Situation können — so wurde aus diesem Versuch geschlossen — ganz verschiedene, ja entgegengesetzte Empfindungen zustande kommen. Auf die Lösung dieses Widerspruches — der als »Problem der Ruhe der Objekte bei Kopf- und Blickbewegung« bezeichnet wird — haben die Psychologen viel Zeit und Mühe verwendet, ohne zu einer befriedigenden Erklärung zu kommen.

Vom Standpunkt einer Theorie, die aus den früher dargestellten Gründen als Grundlage jeder Wahrnehmung von vornherein das Zusammenwirken vieler verschiedener Faktoren annimmt, läßt sich der aufgezeigte Widerspruch leicht lösen. Es ist nämlich nicht richtig, wenn man behauptet, in beiden Fällen liege dieselbe physiologische Situation vor; gleich ist die Situation — wenigstens ungefähr — auf den Netzhäuten (in beiden Fällen werden nacheinander verschiedene Netzhautstellen gereizt), nicht aber im Gehirn und daher auch nicht im Bewußtsein. Die Muskelkontraktionen, die das Bewegen der Hand bewirken, reizen die Muskelsinne, so daß kinästhetische Empfindungen entstehen. Durch diese Muskelempfindungen *weiß* man, ob man die Hand bewegt oder ob man sie ruhig hält. Dieses Wissen geht in die Gesamtwahrnehmung ein (die nervösen Erregungen, die diesem Wissen zugrunde liegen, verbinden sich mit den von den Netzhäuten ausgehenden Erregungsprozessen), es läßt sich nicht ausschalten, sondern bildet eine Komponente des bewußten Erlebens, die sich mit den übrigen, gleichzeitig vorhandenen Erlebniskomponenten, also vor allem mit den Gesichtsempfindungen, verbindet. Mit anderen Worten: die Hand erscheint uns bei Kopfbewegungen ruhig, obwohl die von ihr ausgehenden Lichtstrahlen nacheinander verschiedene Netzhautstellen reizen, weil wir aus den Muskelempfindungen wissen, daß wir die Hand ruhig halten. Auf den Netzhäuten vollzieht sich ein Prozeß, der zu einem Bewegungseindruck führen müßte; durch das gleichzeitig bewußte Wissen, daß der gesehene Gegenstand sich in Ruhe befindet, wird der Bewegungseindruck verhindert.

Aber — *ganz* ruhig ist die Hand doch nicht; man muß nur sehr genau beobachten und man wird bemerken, daß eine leichte Bewegungstendenz, zum mindesten ein vorübergehendes Unschärferwerden der Hand auftritt (mitunter so stark, daß plötzlich die Muskelempfindungen aus dem Unterarm, der die Hand gestreckt hält, deutlicher hervortreten). Dies gilt ganz allgemein; wenn wir die Gegenstände unserer Umgebung während einer Kopfbewegung genau beachten, so sehen wir leichte Bewegungen in die Gegenrichtung. Achtet man nicht darauf, so bleiben sie vollkommen ruhig, obwohl bei den vielerlei Kopf- und Augenbewegungen, die wir immerfort im täglichen Leben ausführen, immer ein

Gleiten der jeweils wirksamen Reize über verschiedene Netzhautstellen stattfindet, also gerade der Prozeß, der einen klaren und eindeutigen Bewegungseindruck erzeugt, sobald der Gegenstand selbst sich bewegt. Bei Änderungen der optischen Gesamtsituation (z. B. bei den Innsbrucker Brillenversuchen) werden bei jeder Kopfbewegung sehr starke Bewegungen der Wahrnehmungsinhalte gesehen.

Die Erklärung dafür, daß wir im allgemeinen immer genau feststellen können, ob sich z. B. ein Tisch bewegt oder nicht, liegt wieder in der Tatsache, daß das *Wissen um die eigene Körperbewegung* in das Ganze der Wahrnehmung eingeht. Wenn wir den Kopf bewegen, so ist uns dies bewußt; und aus der Erfahrung wissen wir, daß ein Tisch in unserem Zimmer sich nicht selbständig bewegen kann. Beide — das Bewußtsein von der eigenen Körperbewegung und unsere bisherige Erfahrung von den Gegenständen, die um uns her vorhanden sind — gehen in die Wahrnehmung ein; und wenn sich auf den Netzhäuten Vorgänge abspielen, die an sich zu einem Bewegungseindruck führen müßten, so wird zwar bei genauer Beobachtung die Tendenz zur Bewegung noch deutlich wahrgenommen, aber das vollständige Zustandekommen des Bewegungseindruckes durch die erwähnten gleichzeitigen Komponenten des bewußten Erlebens aufgehoben. Man sieht aus solchen einfachen Beispielen, daß man es auch im Psychischen mit einem Widerstreit von Kräften zu tun hat, in welchem die stärkeren siegen; denn wenn im Bewußtsein nichts anderes vorhanden wäre als die Empfindungen, die bei Kopfbewegungen von den Netzhäuten ausgehen, so würden uns die gesehenen Gegenstände zweifellos bewegt erscheinen. In Zuständen, in denen das Bewußtsein getrübt ist und die eigenen Körperbewegungen nicht mehr deutlich erlebt werden, ist es bekanntlich wirklich so, daß die Gegenstände sich zu bewegen beginnen und dadurch die schon vorhandene Verwirrung noch vergrößern: für den Betrunkenen führen die Gegenstände, die um ihn herum vorhanden sind, allerlei Bewegungen aus und erschweren ihm dadurch die Orientierung im Raum.

Daß im Widerstreit zwischen den von den Netzhautvorgängen erzeugten Bewegungseindrücken und dem gleichzeitig vorhandenen Bewußtseinskomplex aus Erfahrung und Körperempfindung tatsächlich das Stärkere siegt, zeigt sich beim Fahren in der Eisenbahn. Wenn man im Expreßzug aus dem Fenster schaut, so scheinen bekanntlich die Bäume und Häuser, die man gerade sieht, vorüberzufliegen. Auf den Netzhäuten spielt sich ein ständiges Gleiten von Reizen ab, das viel stärkere Eindrücke erzeugt als die schwachen Empfindungen, welche die Bewegung des Zuges in uns hervorruft (und je schwächer diese sind — z. B. in einem gut gefederten und gepolsterten Waggon —, desto mehr kommen die Seheindrücke zur Geltung, desto deutlicher wird daher das Vorbeifliegen der Landschaft); wir *wissen* aber, daß nicht die Bäume und Häuser sich bewegen, sondern daß sich der Zug mit uns bewegt, und bezweifeln keinen Augenblick, daß die Landschaft »eigentlich« stillsteht — obwohl sie uns bewegt erscheint. Das Wissen kommt gegen die intensiven bewegungserzeugenden Prozesse in den Netzhäuten nicht auf, so daß der Widerspruch bestehenbleibt und als solcher erlebt wird. Bei weitem nicht so stark ist der Bewegungseindruck, wenn man nicht mit dem Zug fährt, sondern mit einem Fahrrad oder Motorrad; in diesen Fällen sind die Empfindungen der Eigenbewegung deutlicher als in der Eisenbahn, so daß den von den Netzhäuten ausgehenden Empfindungen stärkere Körperempfindungen gegenüberstehen. Alle diese Fälle sind Beispiele für den früher (s. S. 179 f.) erwähnten »Unbestimmtheits-Charakter« mancher Wahrnehmungen.

Allgemein ausgedrückt kann man sagen: jedes Gleiten eines Reizes über die Netzhäute erzeugt Erregungen, die zum Sehen von Bewegung führen; diese Sehempfindungen können aber durch gleichzeitige Bewußtseinsvorgänge anderer Art — Empfindungen des Muskelsinnes, der Körperbewegung, oder durch Erfahrungen — teilweise oder ganz ausgeglichen werden, so daß in der *Wahrnehmung*, die aus dem Zusammenwirken aller dieser Prozesse entsteht, nur eine schwache oder überhaupt keine Bewegung gesehen wird. Im Widerstreit der Empfindungen, die am Ganzen einer Wahrnehmung beteiligt sind, siegt die stärkere Komponente: die Gegenstände, die um uns her vorhanden sind, bleiben unbewegt, obwohl die von ihnen ausgehenden Lichtstrahlen bei jeder Kopf-, Blick- und Körperbewegung über unsere Netzhäute wandern, weil wir durch die Körperempfindungen wissen, daß in diesem Fall *wir* uns bewegt haben (und ferner, weil uns aus der Erfahrung bekannt ist, daß sich die Möbel, die Häuser und die Landschaft nicht von selbst bewegen können).

Geradezu spannend wird die Situation, wenn man die Verhältnisse künstlich so verändert, daß sie aller Erfahrung widersprechen. Welche der Komponenten des Wahrnehmens — die Seh-Empfindung, die Körper-Empfindung oder die Erfahrung — setzt sich durch, wenn sich tatsächlich unsere ganze Umgebung um uns herum bewegt? Dieser Fall ist in der sogenannten »H e x e n s c h a u k e l« gegeben, die auf Jahrmärkten gerne gezeigt wird: Man wird in ein kleines Haus geführt, dessen Innenwände nach Art einer Zimmereinrichtung bemalt sind; durch den Giebel des Hauses geht eine Achse, an welcher mitten im Zimmer eine Bank hängt. Auf diese Bank setzt man sich nieder, nicht ahnend, daß das ganze Haus so an der Achse befestigt ist, daß es ganz herumgedreht werden kann. Plötzlich beginnen die Wände zu schwanken, alles, was man sieht, schwingt auf und ab — und mit einem Male fühlt man sich selbst bewegt, immer mehr und immer stärker, so daß man sich krampfhaft an den Lehnen der Bank festhält; mit Schrecken bemerkt man, daß das Schaukeln immer mehr zunimmt und sich schließlich so sehr steigert, daß man mit dem Kopf nach unten zu hängen glaubt und alle Kraft aufwendet, um durch Festhalten zu verhindern, daß man von der Bank herunterfällt. In Wahrheit ist man während der ganzen Zeit vollkommen ruhig gesessen; nur das Haus wurde herumgedreht. Diese Täuschung ist zwingend; es bedarf langer Zeit, bis man ihr nicht mehr unterliegt. Dabei spielt — dies ist besonders zu beachten — das *Wissen* um die Wirklichkeit, also die Kenntnis des ganzen Vorganges, gar keine Rolle; man mag sich immer wieder denken, daß sich in Wahrheit das Haus bewegt, man spürt trotzdem mit wahrnehmungsmäßiger Deutlichkeit, daß man selbst sich in Bewegung befindet.

Hier findet wiederum ein Gleiten von Reizen über die Netzhäute statt; aber nicht die Gegenstände, von denen die Reize ausgehen — die Wände des Hauses —, werden bewegt gesehen, sondern es entsteht der Eindruck einer starken und sehr unangenehmen Eigenbewegung. Welche der Wahrnehmungskomponenten hat sich durchgesetzt? Die Seh-Empfindung gewiß nicht; denn dann müßte man die Wände bewegt sehen, wie es der Wirklichkeit entspricht. Die Körper-Empfindung ebenfalls nicht; denn dann müßte man merken, daß man in Wahrheit vollkommen ruhig auf einer Bank sitzt. Also muß es die Erfahrung sein, die in diesem Widerstreit am stärksten wirkt; und man kommt tatsächlich zu einer Erklärung der Täuschung, wenn man ihr den stärksten Einfluß zuschreibt: es ist gegen alle Erfahrung, daß sich ein Zimmer um mich herum bewegt — eher ist es noch möglich, daß mein Körper bewegt wird. Da nun von den Seh-Empfindungen — vom Gleiten der Reize über die Netzhäute — der unabweisbare Eindruck erzeugt wird, daß sich etwas bewegt, da aber das ganze Zimmer sich nach unserer Erfahrung nicht bewegen kann, so entsteht der Eindruck, daß der eigene Körper in Bewegung gerät. Im Zusammenwirken von Seh-Empfindungen, Körper-Empfindungen und bisheriger Erfahrung erweist sich die letztere als der stärkste Faktor, wenn es zu einem Widerstreit dieser Komponenten kommt: bei einem Geschehen, das ihr in so krasser Weise widerspricht wie das Herumkreisen eines ganzen Zimmers um meinen Körper, setzt sie sich mit der Auffassung durch, daß nicht das Zimmer, sondern mein Körper sich in Bewegung befindet.

Eine andere Erklärung wurde von der Gestaltpsychologie vorgeschlagen: es gebe ein »*Gesetz der Umschlossenheit*«, nach welchem im Zweifelsfall »das umschließende Gebilde ruhend, das umschlossene bewegt« wahrgenommen werde. Außer durch Laboratoriumsversuche werde dieses Gesetz dadurch bestätigt, daß der Mond im sturmbewegten

Wolkenfeld dahinzueilen scheine und daß ein Brückenpfeiler, von dem aus man in einen großen Strom blickt, sich plötzlich scheinbar wie ein Schiff zu bewegen beginne. Auf Erfahrung sei dieses »Gesetz der Umschlossenheit« nicht zurückführbar (METZGER 1953, S. 451). Gegen diese letztere Behauptung läßt sich allerdings einwenden, daß wir aus Erfahrung geneigt sind, etwas Kleines (das Umschlossene) eher bewegt zu erleben als etwas sehr Großes (das Umschließende). Am Beispiel der Landschaft, die wir bei der Fahrt in der Eisenbahn an uns vorbeifliegen sehen, scheitert dieser Erklärungsversuch (es bewegt sich das Größere, Umschließende); in diesem Falle sind offenbar die ständig über die Netzhäute gleitenden Reize so stark, daß sie eine zwar gesehene, aber nicht geglaubte Bewegung erzeugen. Wenn vor einem stillstehenden Zug eine künstliche Landschaft vorbeigeführt würde, so würde man zweifellos glauben, daß sich der Zug bewege; daß sich die Landschaft *wirklich* bewegt, ist so sehr gegen alle Erfahrung, daß eine analoge Täuschung von Eigenbewegung entstehen würde wie bei der Hexenschaukel. Tatsächlich hat man in einem stillstehenden Zug, an welchem ein anderer langsam vorüberfährt, nicht selten den Eindruck, der eigene Zug habe sich in Bewegung gesetzt.

Man muß also unterscheiden zwischen Bewegungstäuschungen, denen man zwar unterliegt, an die man aber nicht glaubt (das Vorbeifliegen der Landschaft am Schnellzug), und solchen, denen man vollkommen unterliegt, ob man sie glaubt oder nicht (Eigenbewegung in der Hexenschaukel). In allen diesen Fällen hat man es mit einem Widerstreit der Komponenten zu tun, aus denen sich die Bewegungswahrnehmung zusammensetzt; also mit einem Widerstreit zwischen Gesichtsempfindung, Körperempfindung und Erfahrung. Es wurde bereits oben angedeutet, daß sich in diesem Widerstreit die »stärkere« Komponente durchsetzt; der Ausdruck »stärker« ist aber in diesem Zusammenhang recht unklar.

Schließlich ist noch ein besonders interessanter Fall von Bewegungswahrnehmung zu besprechen, der theoretisch noch nicht restlos geklärt ist, praktisch aber bereits eine sehr große Rolle spielt. Ein einfacher Versuch zeigt den Sachverhalt: man halte den ausgestreckten Daumen der rechten Hand ziemlich nahe vor die Nase und mache bald das linke, bald das rechte Auge zu; dann scheint sich der Daumen sprunghaft hin- und herzubewegen. Diese Erscheinung — der »*Daumensprung*« — wird beim Militär zum Zwecke rascher Orientierung im Gelände verwendet; man bringt den Daumen in Deckung mit einem Gegenstand und kann dann mit Hilfe des Daumensprunges Entfernungen angeben (»einen Daumensprung links von dem großen Baum liegt ein feindliches Geschütz«). Viel wichtiger ist eine andere Anwendung dieser »Scheinbewegung«, die zu einem einflußreichen Faktor des kulturellen Lebens geworden ist: das *Kino*.

Der Bewegungseindruck im Kino kommt bekanntlich dadurch zustande, daß stehende Bilder in rascher Aufeinanderfolge — 18 bis 24 in der Sekunde — auf die Leinwand projiziert werden; zwischen jedem Bildwechsel wird durch eine malteserkreuzförmige Blende eine Verdunklung von $^1/_{100}$ Sekunde eingeschaltet, in welcher der Vorschub des nächsten Bildes erfolgt; jedes der Bilder ist vom vorausgegangenen ein wenig verschieden, so daß zwischen ihnen eine Scheinbewegung entsteht, die im ganzen die bewegte Handlung ergibt. Im Laboratorium läßt sich das Zustandekommen dieses Bewegungseindruckes mit einfachen Hilfsmitteln sehr schön untersuchen; wenn man im Dunkelraum zwei Lichtpunkte nacheinander aufleuchten läßt, zeigt sich, daß es optimale Bedingungen für das Auftreten der Scheinbewegung gibt, also des Eindruckes, daß nur *ein* Lichtpunkt vorhanden ist, der hin und her springt; es darf die Zeit zwischen dem Aufleuchten der beiden Punkte nicht zu lange sein, die Entfernung zwischen ihnen darf nicht zu groß, der Abstand des Beobachters von den Punkten nicht zu klein sein. Alle diese Bedingungen sind individuell etwas verschieden, so daß sich zahlenmäßige Grenzen nicht leicht angeben lassen. Die genaueren Zusammenhänge zwischen verschiedenen Wahrnehmungstypen und dem Sehen von Scheinbewegung sind noch nicht untersucht; sicher ist aber, daß manche Personen der Bewegungstäuschung sehr leicht unterliegen, während sie bei anderen nur innerhalb enger Grenzen auftritt.

Zahlreiche Psychologen haben sich um die Erklärung dieser Erscheinungen bemüht; trotzdem weiß man bis heute nicht genau, wie sie zustande kommen. HILLEBRAND hat die Verlagerung der Aufmerksamkeit und eine hypothetische, dadurch bedingte Umwertung der retinalen Lokalwerte zur Erklärung herangezogen (HILLEBRAND 1922). WERTHEIMER und seine Mitarbeiter KOFFKA und KORTE sind von der Annahme ausgegangen, daß jede Erregung, die im Gehirn durch einen Lichtreiz entsteht, ein »Umfeld« habe und daß sich im Falle der Scheinbewegung die Umfelder der beiden, von den aufeinanderfolgenden Lichtreizen ausgehenden Erregungen sozusagen berühren, so daß es zu einem »Kurzschluß« komme (KOFFKA 1926, WERTHEIMER 1923). VAN DER WAALS und RÖLOFS vertreten auf Grund eingehender Untersuchungen ebenfalls die Meinung, daß Gehirnvorgänge — und zwar unbewußte —, bei denen eine gegenseitige Beeinflussung der zwei Reize stattfindet, zu unrichtiger Lokalisation der dem Reiz entsprechenden Objekte führen; der psychophysische Prozeß, der durch den ersten Reiz entstanden ist, soll in seinem Abklingen den im Entstehen begriffenen Hirnprozeß, den der zweite Reiz erzeugt, in solcher Weise beeinflussen, daß daraus eine unrichtige

Lokalisation und in ihrem Gefolge der Bewegungseindruck entsteht. Die beiden holländischen Forscher berufen sich zum Beweis ihrer Hypothese auf die Tatsache, daß sich bei einem einzelnen aufleuchtenden Lichtpunkt eine »Auftauch-« und eine »Erlöschbewegung« (von WERTHEIMER als »phi-Phänomen« bezeichnet) feststellen lassen; die Scheinbewegung bei zwei nacheinander aufleuchtenden Reizen setzt sich nach ihrer Meinung aus der »Erlöschbewegung« des ersten und der »Auftauchbewegung« des zweiten Reizes zusammen, und durch die gegenseitige Beeinflussung entstehe die Scheinbewegung, denn die Netzhautstellen hätten keine stabilen, sondern variable Lokalwerte. Es habe daher der italienische Psychologe BONAVENTURA recht, wenn er sagt: Bewegungsempfindung ist nicht die Empfindung einer Lageveränderung, sondern die Lageveränderung einer Empfindung (v. D. WAALS und RÖLOFS 1930). Die abschließende Theorie, die alle Einzeltatsachen widerspruchslos zu vereinigen sucht, stammt von THEODOR ERISMANN, der auf Grund ausgedehnter Experimente zu der Meinung kam, daß die Scheinbewegung durch Einordnung der dabei auftretenden Einzelempfindungen in unsere allgemeine Erfahrung entstehe. Auf den »Daumensprung« angewandt, behauptet diese Hypothese folgendes: es widerspricht unserer ganzen Erfahrung, daß ein Gegenstand von einem bestimmten Ort zu einem anderen Ort gelange, ohne daß er sich dorthin bewegt habe; es widerspreche daher auch unserer Erfahrung, wenn wir den Daumen zuerst mehr rechts, dann mehr links sehen würden, ohne daß er sich inzwischen bewegt hätte: er *muß* sich bewegt haben, sonst könnte er nicht auf einmal viel mehr links sein als vorher. Dieses »Muß«, das uns die Erfahrung und das Kausalbedürfnis aufzwingen, ist so stark, daß wir uns nicht nur denken, der Daumen habe sich bewegt, sondern die Bewegung direkt wahrnehmen, in den Vorgang »hineinsehen« und daher sogar die Zwischenstadien der Bewegung verfolgen können, also den Daumen an Orten sehen, wo er nie war, weil er sich ja in Wahrheit überhaupt nicht bewegt hat. Allgemein ausgedrückt: Erfahrung und Kausalbedürfnis fordern, daß jedes Ding, das jetzt hier und gleich darauf an einer anderen Stelle gesehen wird, sich dorthin bewegt habe; diese Bewegung wird wahrgenommen, obwohl sie in Wirklichkeit gar nicht stattfindet, weil dies die einfachste Art ist, sich mit der Situation abzufinden (ERISMANN 1938, LEHMANN 1939). Hier gilt ein Gesetz, das der italienische Psychologe GEMELLI als das »Gesetz des geringsten Mittels« bezeichnet hat: beim Zustandekommen jeder Wahrnehmung bestehe eine Tendenz zur »Ökonomie« insofern, als die Einordnung des jeweils wahrgenommenen Geschehens in die Welt unserer Erfahrung auf die *einfachste* Weise (d. h. mit geringstem Aufwand an Energie) erfolge; bei zwei nacheinander aufleuchtenden Lichtpunkten besteht die einfachste

Art der Einordnung darin, daß man nur *einen* Lichtpunkt sieht, der sich hin und her bewegt.

In allgemeiner Ausdrucksweise kann man die Scheinbewegung als eine Tatsache bezeichnen, die durch das Zusammenspiel verschiedener Komponenten — Gesichtsempfindungen, Erfahrung, Kausalbedürfnis — zustande kommt, wobei sich die Erfahrung durchsetzt; beim »Daumensprung« ist noch eine weitere Komponente vorhanden — die von der Handmuskulatur ausgehende Körperempfindung, welche uns darüber unterrichtet, daß der Daumen ruhig gehalten wird —, aber auch sie wird von der Erfahrung unterdrückt, so daß die Bewegung trotz dieser »Ruheempfindung« wahrgenommen wird.

6. Form- und Gestaltwahrnehmung

Ein Ton ist entweder hoch oder tief oder er liegt irgendwo zwischen hoch und tief; immer ist es aber ein Ton. Eine Alpenrose ist zuerst nach dem Aufblühen dunkelrot, vor dem Verwelken wird sie hellrot; immer ist sie farbig. Man nennt diejenigen Eigenschaften einer Empfindung, die sich verändern lassen, ohne daß die Empfindungskategorie — Ton, Farbigkeit — sich verändert, die *Qualitäten* der Empfindung. Qualität ist also eine Eigenschaft der Empfindungsgrundlage unserer Wahrnehmungen, nicht etwa eine solche der Reize, aus denen die Empfindung entsteht. Die von der Alpenrose reflektierten Strahlen sind weder hell- noch dunkelrot, sie sind überhaupt nicht farbig, sondern elektromagnetische Schwingungen von der Frequenz 400 Billionen Schwingungen pro Sekunde.

Mit der Beschreibung der Qualitäten der einzelnen Empfindungsarten hat sich die Psychologie sehr eingehend beschäftigt. Es ist wichtig, daß man über den Begriff der Qualität — als des Veränderlichen bei Gleichbleiben der Empfindungskategorie — im klaren ist, um die Größe der Wirkung zu verstehen, die von der bereits erwähnten kleinen Untersuchung des Österreichers Christian v. Ehrenfels »Über Gestaltqualitäten« (1890) ausging. Darin behauptete v. Ehrenfels, daß es noch eine weitere, bisher unbeachtete Qualität der Wahrnehmungen gäbe: die »*Gestalt*«. Diese Qualität kommt nach Ehrenfels allerdings nicht nur den Wahrnehmungen zu, sondern auch den Vorstellungen; sie ist nicht eine Eigenschaft der Einzelempfindungen, sondern eine Eigenschaft des »Komplexes«. Sie sei »ein über dem Komplex schwebendes Etwas« — wie er sich höchst unklar ausdrückte.

Ehrenfels ist aber nicht bei solchen Unklarheiten stehengeblieben. Er hat vielmehr zwei Kriterien aufgestellt, an denen man die Gestaltqualitäten erkennen könne. Das erste verlangt ein kompliziertes Gedankenexperiment: man soll sich vorstellen, daß die Töne einer Melodie nicht von einem einzelnen Menschen, sondern von ebensoviel Menschen als Töne in ihr vorhanden sind in solcher Weise gehört würden, daß jeder nur einen Ton hört; dasjenige, was die Melodie ausmacht, geht dabei verloren — gerade darin liege aber die »Tongestalt«. Dieses gekünstelte Beispiel soll darstellen, was eine bloß »summenhafte« Verbindung im Gegensatz zur Melodie-»Gestalt« wäre. Das zweite Kriterium wurde bereits 1886 von MACH angeführt: eine Melodie kann man beliebig in andere Tonarten transponieren, man kann sie singen, pfeifen, summen, auf jedem Instrument spielen—sie bleibt immer dieselbe Melodie, mögen auch die Einzelempfindungen immer ganz verschiedene sein. »Gleiche Melodien von verschiedener Lage können als Tongebilde von gleicher Tongestalt . . . bezeichnet werden« (MACH 1886). Die Melodie ist zum klassischen Beispiel der »Gestalt« geworden. HÖFLER hat das Gleichbleiben der Gestalt bei Übertragung in verschiedene Empfindungsgrundlagen als das Kriterium der »Transponierbarkeit« bezeichnet (HÖFLER 1897). Es trifft in gleicher Weise auf optische Erscheinungen zu: ein Quadrat bleibt ein Quadrat, ob es groß oder klein, rot oder blau, gezeichnet, gedruckt oder strichliert ist. Die Gestaltqualität bleibt gleich trotz Veränderung der Empfindungsgrundlagen.

Die unbestreitbare Tatsache der Transponierbarkeit optischer und akustischer Wahrnehmungen bei Gleichbleiben ihrer Gestalt ist der Ausgangspunkt einer Lehre geworden, die den Gestaltbegriff auf nahezu alle Erscheinungen des Seelenlebens übertrug. Diese Richtung, geführt von M. WERTHEIMER, W. KÖHLER, K. KOFFKA und W. METZGER, ist unter dem Namem »*Gestaltpsychologie*« in die Geschichte der Psychologie eingegangen. Definiert wird dabei »Gestalt« (von KÖHLER im engen Anschluß an die v. EHRENFELSsche Definition) als: »Solche Gebilde (Melodien, Raumgestalten, Gedanken), die als *Ganze* spezifische Eigenschaften haben und deshalb mit gutem Recht als Einheiten aufzufassen sind, meinen wir also mit dem Namen ›Gestalten‹« (KÖHLER 1933). Damit wird der Begriff des »Ganzen« in die Psychologie eingeführt; und er wird in der gestaltpsychologischen Richtung ständig als der Gegensatz von »bloß summenhaften« Verbindungen verwendet, die häufig auch als »Und-Verbindungen« oder »Aggregate« bezeichnet werden. Der Satz »Das Ganze ist mehr als die Summe seiner Teile« wird zum Grundprinzip gemacht, wobei es allerdings unklar bleibt, was eine solche Summe wäre und ob solche Summen im Bereiche des Psychischen überhaupt vorkommen. Aus Beispielen kann man entnehmen, daß dabei in erster Linie an ein Nebeneinander von isolierten Einzelheiten gedacht ist; dies meint vermutlich auch WERTHEIMER, wenn er erklärt: »Ich höre eine Melodie, 17 Töne, mit ihrer Begleitung 32 Töne. Ich höre Melodie und

Begleitung, nicht einfach 49, oder wenigstens nicht normaliter oder ganz nach Belieben 20 plus 29« (WERTHEIMER 1923); oder wenn KÖHLER eine physikalische »Und-Verbindung« mit »der Stein in Australien, der in Afrika und der in den Vereinigten Staaten« illustriert. An dem Beispiel mit den Steinen ist offenbar das Wesentliche, daß sie miteinander keinerlei Zusammenhang haben, also in keiner Weise zusammengehören; und mit dem Beispiel »20 plus 29 Töne« soll offenbar die Meinung widerlegt werden, daß sich die Wahrnehmung der Melodie aus isolierten Einzelempfindungen zusammensetze. Offenbar soll mit den Worten »Summe« oder »Und-Verbindung« etwas gänzlich Ungeordnetes, beziehungslos nebeneinander Bestehendes bezeichnet werden (auch von »summenhaften Haufen« wird in der Gestalt-Psychologie gesprochen — METZGER 1969, S. 7).

WERTHEIMER erklärte ferner, daß auch die Erregungsprozesse, die den Gestaltwahrnehmungen zugrunde liegen, »nicht als Summen einzelner Erregungen, also als Und-Verbindungen, sondern als gestaltete Gesamtprozesse angesehen werden müßten« (WERTHEIMER 1927). Diese Behauptung ist der entscheidende Punkt der *physiologischen* Gestalttheorie geworden; KÖHLER hat darüber eigene theoretische Untersuchungen veröffentlicht, deren wesentliches Ergebnis in der Hypothese besteht, daß es bereits im physischen Geschehen, vor allem in den Hirnprozessen, »Gestalten« gäbe und daß die »Hirngestalten« die Grundlage der psychischen Gestalten darstellen. Sie bilden sich in einer »freien, dynamischen Ordnung«, die sich von den starren mechanischen Verläufen grundsätzlich unterscheidet. KÖHLERS Argumente für das Bestehen einer »inneren Dynamik der Systemkräfte« oder einer »gegenseitigen Kräftewirkung sämtlicher Bereiche« waren überaus fruchtbar für die Entwicklung der Gehirntheorie des bewußten Erlebens; außer bei den Grundgedanken von MACH und v. EHRENFELS liegt in diesen Hypothesen KÖHLERS wahrscheinlich das größte Verdienst der Gestalt-Theorie — zukunftsweisend vor allem dadurch, daß bei KÖHLER bereits der Begriff »dynamische Selbstregulierung« vorkommt (1925 — lange vor der »Kybernetik«, in welcher bekanntlich selbsttätige, durch Rückmeldungen gesteuerte biologische Regelprozesse die Hauptrolle spielen).

Hingegen wurden in der Klärung und psychologischen Verwendung des Begriffes »Gestalt« seit KÖHLER und WERTHEIMER (1925) kaum Fortschritte erzielt. Auch in der neuesten gestaltpsychologischen Literatur (z. B. METZGER 1968, RAUSCH 1966) findet man keinen Vorschlag für eine Begriffsbestimmung, die in einer zusammenfassenden Formulierung einigermaßen präzis angibt, was eine »Gestalt« ist (wohl aber findet man viele Seiten über ebenfalls sehr schwierige und noch ungeklärte Begriffe wie »Ganz- und Teilqualität«, »Summenhaftigkeit«, »Übersummativität«, »Gesamtfeldphänomene« usw.). Dazu kommt, daß die Gestalt-Theorie den Gestaltbegriff auf fast alle psychischen Vorgänge angewendet hat (auf Vorstellungen, Gedanken, Willenserlebnisse), ja sogar auf außerpsychische Gebilde (so versucht METZGER den Gestaltbegriff an Ausführungen des Generals v. CLAUSEWITZ über die »absolute Gestalt des Krieges« zu illustrieren — METZGER 1968, S. 7).

Unter diesen Umständen bleibt nichts übrig, als unabhängig von den Vertretern der Gestalttheorie den Versuch zu unternehmen, den eigentlichen, ursprünglichen Sinn des Gestaltbegriffes (etwa im Sinne von MACH, v. EHRENFELS, HÖFLER) präziser zu fassen als es bisher geschah, wobei seine Anwendung auf diejenigen Erlebnisinhalte beschränkt werden soll, auf die er sicher zutrifft (nämlich auf manche, aber keineswegs alle Wahrnehmungsinhalte — man kann z. B. Gestalt nicht riechen oder schmecken oder sie als Hitze, Kälte oder Schmerz empfinden). Bei einem so unscharfen und umstrittenen, dabei aber wichtigen Begriff empfiehlt es sich, genau und streng nach den Regeln der Logik vorzugehen, wenn man ihn definieren will. Als Oberbegriff sei vorläufig »Wahrnehmungsinhalt« angenommen, wobei die Frage, ob es außerhalb der Wahrnehmung auch noch Gestalten gibt, offenbleiben soll. Versucht man zu bestimmen, worin sich die Gestalten von anderen Wahrnehmungsinhalten (z. B. Farben, Gerüchen, Schmerz- oder Temperaturempfindungen) unterscheiden, so ergibt sich zunächst, daß sie transponierbar sind. Ein weiteres unerläßliches Merkmal besteht darin, daß die Gestalt sich von ihrer Umgebung abhebt: eine einförmig graue Fläche ist keine Gestalt, wohl aber ein Wahrnehmungsinhalt. Auch mit diesem zweiten Merkmal ist die Gestalt noch nicht vollständig bestimmt: zeichnet man eine Menge von Strichen in ziemlicher Entfernung voneinander auf ein Papier, so ist das Ganze transponierbar und von seiner Umgebung abgehoben, aber trotzdem keine Gestalt. Es fehlt hier etwas, was wahrscheinlich das Wichtigste an den Gestalten darstellt: ihre Einzelheiten müssen als *zusammengehörig* erlebt werden. Dieses Merkmal fehlt z. B. auch bei dem früher angeführten Beispiel KÖHLERS vom Stein in Australien, Afrika und in den Vereinigten Staaten; die Vorstellungen dieser Steine bilden keine Gestalt. Sagt man hingegen jemandem, er solle sich ein Dreieck denken, das von einem Punkt in Australien ausgeht und über einen solchen in Afrika und in den Vereinigten Staaten geschlossen wird, so entsteht in der Vorstellung die Gestalt eines weltweiten sphärischen Dreiecks. Auch im Akustischen ist die erlebte Zusammengehörigkeit der Töne ein wesentlicher Faktor bei der Gestaltbildung; zwei Töne brauchen nur zeitlich etwas weiter auseinander zu liegen und werden schon nicht mehr als zusammengehörig aufgefaßt.

Abb. 34.

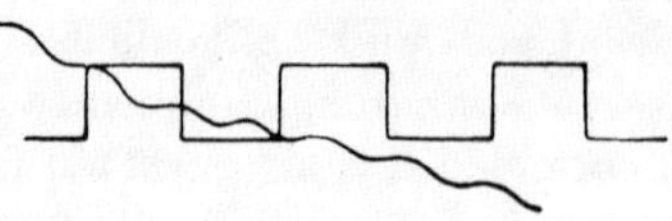

Abb. 35.

Aus dem Gesagten ergibt sich eine präzise Formulierung der Wahrnehmungsgestalten: *Gestalten sind von der Umgebung abgehobene, transponierbare Wahrnehmungsinhalte, deren Einzelheiten als zusammengehörig aufgefaßt werden.* Diese Definition läßt sich sehr leicht verallgemeinern: ein Gedanke z. B. hebt sich auch vom übrigen Bewußtseinsgeschehen ab, er ist in andere Sprachen und Formulierungen transponierbar, ohne daß sich sein Sinn ändert, und seine Einzelheiten werden als zusammengehörig erlebt. Es fragt sich nur, ob mit solchen Verallgemeinerungen etwas gewonnen ist — das Entscheidende am Denken ist damit, wie später gezeigt werden wird, nicht getroffen.

Die ganze bisher verwendete Ausdrucksweise ist aber nur für einen sehr begrenzten Teil unserer Wahrnehmungen richtig; nämlich für jene, bei denen die Gestalt das Entscheidende darstellt, also vor allem für geometrische Figuren, Ornamente, Kurvenzüge, Melodien, kurz für alles, was in erster Linie durch Zusammengehörigkeit charakterisiert ist (solche Beispiele werden in der Gestaltpsychologie hauptsächlich verwendet).

An einfachen Wahrnehmungsgestalten läßt sich zeigen, welche Faktoren an der Gestaltbildung beteiligt sind; genauer gesagt, welche Umstände dazu führen, daß *Einzelheiten als zusammengehörig aufgefaßt werden.* Schon G. E. Müller, ein scharfer Gegner der erweiterten Gestaltlehre, hat solche Faktoren nachgewiesen: er bezeichnet sie als »*Kohärenzfaktoren*« (G. E. Müller 1923).

Als ersten Kohärenzfaktor führt Müller die räumliche Nachbarschaft an. Ein Beispiel Wertheimers macht klar, was damit gemeint ist: es besteht die Möglichkeit, jeden Punkt in Abb. 34 gesondert aufzufassen oder zwei entfernte oder zwei nahe Punkte als zusammengehörig aufzufassen. Diese dritte Möglichkeit drängt sich bei unbefangener Betrachtung von selbst auf. R. Hamburger, ein geistvoller Kritiker der Gestaltlehre, sieht darin einen Beweis für seine Theorie des minimalen Energieaufwandes: diejenige Möglichkeit, bei welcher im Gehirn möglichst viele Erregungen mit dem geringsten Energieaufwand zu einer Einheit zusammengefaßt werden, wird realisiert. Hamburger bemerkt dabei, daß die Gestalttheoretiker, die hier von einem »Faktor der Nähe« sprechen, damit die Erscheinung nur beschreiben, nicht aber die Ur-

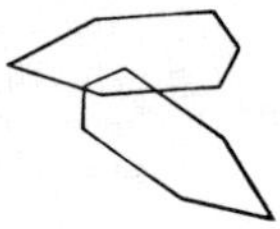

Abb. 36.

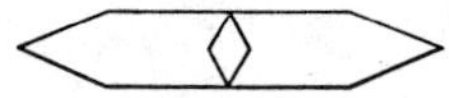

Abb. 37.

sachen angeben, aus denen sie gerade in dieser Weise zusammengefaßt wird. Der zweite Kohärenzfaktor MÜLLERS ist Gleichheit, der dritte Ähnlichkeit der gesehenen Einzelheiten, der vierte die Symmetrie. Der letzte MÜLLERsche Kohärenzfaktor ist die »Kontur«; es handelt sich dabei vor allem um den Grad der Abhebung von einem Grund; je schärfer die Kontur, desto abgehobener das von ihr Eingeschlossene und desto fester die Kohärenz.

WERTHEIMER hat in einer Reihe von Figuren, aus welcher Abb. 35 ein Beispiel zeigt, zu beweisen versucht, daß es eine Zusammenfassung »nach Richtung und Kurve« gäbe; daher sieht man in Abb. 35 nicht eine einzige Gestalt, sonden zwei verschiedene Kurven mit verschiedener Richtung. An diesen Figuren werde es »anschaulich bald klar, worauf es ankommt; das zeigt sich schnell darin, daß man beim Entwerfen von Mustern, bei systematischer Variation eines Bestandstückes bald mit großer Sicherheit voraussagen kann, wie die Resultierung ausfallen wird. Will man vorläufigerweise formulieren, so liegt es nahe zu sagen: Es kommt auf die ›gute‹ Fortsetzung an, auf die ›kurvengerechte‹, auf das ›*innere Zusammengehören*‹, auf das Resultieren in ›guter Gestalt‹, die ihre bestimmten ›inneren Notwendigkeiten‹ zeigt« (HAMBURGER 1927).

Es scheint mir, daß man in diesen Fällen von einem Kohärenzfaktor der Kontinuität sprechen und die Erklärung für seine Wirkung wieder im »Prinzip des Energieminimums« von HAMBURGER sehen könnte. Ein weiterer Kohärenzfaktor ist die »Geschlossenheit«, die ebenfalls mit geringerem Energieaufwand zu einer Wahrnehmung führt als die Trennung innerhalb einer geschlossenen Figur, wie sie WERTHEIMER in der Abb. 36 dargestellt hat.

Über den interessanten Fall der Vereinigung zweier Figuren zu einer einzigen (Abb. 37) führt HAMBURGER gegen WERTHEIMER folgendes aus: »In den Figuren 36 und 37 werden die gleichen Linienelemente in verschiedene Lagen zueinander gebracht. WERTHEIMER schreibt dazu: ›Die Lageabbildung 36 ist günstig für das Resultieren der beiden Figuren. Die Lageabbildung 37 ergibt aber meist ganz anderes. Typischer Fall: Das eine lange Sechseck mit der kleinen Viereckfigur in der Mitte.‹ Nach unserer Erkenntnis ist die Auffassung in beiden Fällen aus der gleichen Notwendigkeit herzuleiten. Im ersten Fall ist der Auffassung lediglich

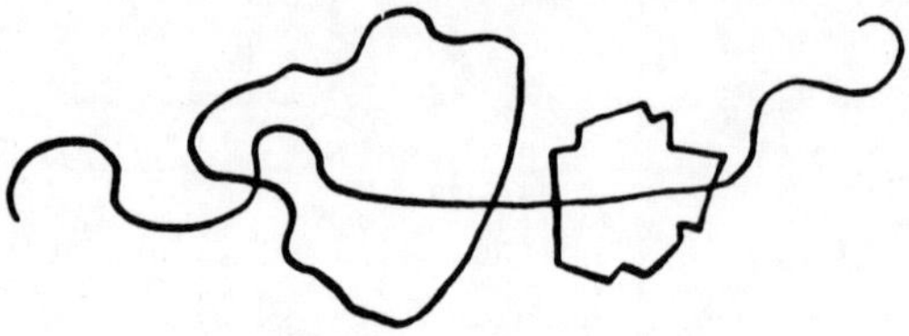

Abb. 38. Die Figur enthält eine versteckte »4«, gebildet aus den Grenzlinien der beiden geschlossenen Figuren in der Mitte des Bildes; das Mittelstück der durchlaufenden Linie bildet den Querstrich in der Ziffer »4«.

der Faktor der Gleichheit gegeben. Infolgedessen heben sich zwei gleiche Figuren heraus, die noch durch den Faktor der Geschlossenheit unterstützt werden. Dieser hingegen wirkt auch für andere Auffassungsmöglichkeiten. Die Figuren an sich sind symmetrisch. In Abb. 37 hingegen würde die Auffassung nach den gleichen Linienzügen mehr dem Energieminimum entsprechen. Die Symmetrie (sogar Doppelsymmetriewirkung) wirkt nunmehr für ein Ganzes (das langgestreckte Sechseck), für das außerdem noch der Faktor der Geschlossenheit hinzutritt. Es ist daher die Auffassung der Ganzfigur aus den gleichen Gründen mit geringerem Kraftaufwand möglich, wie in Abb. 36 die Auffassung von getrennten Teilen gegeben war« (HAMBURGER 1927).

Von solchen einfachen Beispielen ausgehend, an denen man die »Stärke« der einzelnen gestaltbildenden Faktoren studieren kann, hat die gestalt-theoretisch eingestellte Psychologie in sehr fruchtbarer und vielseitiger Art zu experimentieren begonnen. Da es sich um eine einseitige, eben ganz auf »Gestalt« eingestellte Betrachtung handelt, sind vielerlei Diskussionen entstanden, die sich aber in erster Linie auf die Deutung der Resultate, nicht auf die Tatsachen selbst bezogen; es steht außer Zweifel, daß eine Reihe von neuen Tatsachen gefunden und beschrieben wurde, die für die Psychologie ganz unabhängig von ihrer gestalt-theoretischen Interpretation von großem Wert waren. Die wichtigsten, bis 1927 durchgeführten Experimente hat SANDER in einem berühmt gewordenen Sammelreferat geschildert (SANDER 1927). Am interessantesten ist bis heute die Diskussion über die Frage geblieben, ob »Gestalt« etwas Ursprüngliches, von Natur aus Gegebenes sei, oder ob bei der Entstehung von Gestalten die Erfahrung eine Rolle spiele. Ein Beweis für die Ursprünglichkeit der Gestaltwahrnehmung und zugleich dafür, daß die Erfahrung nicht entscheidend ist, wird in Versuchen GOTTSCHALDTS gesehen, bei denen eine Teilgestalt in eine Gesamtgestalt eingeordnet wird (GOTTSCHALDT 1926). KÖHLER hat dies an Buchstaben und Ziffern gezeigt: an der Gestalt in Abb. 38 findet man nicht ohne weiteres die 4, und ebenso waren in GOTTSCHALDTS Experimenten die

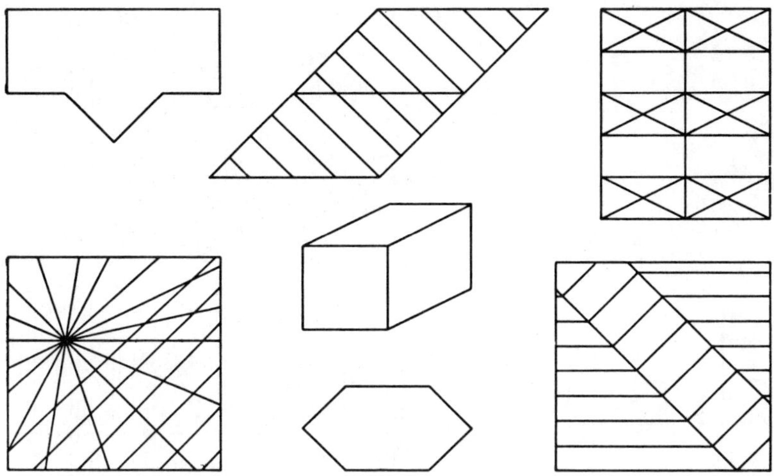

Abb. 39. Versteckte Figuren. Die Figur mit dem nach unten weisenden Winkel ist in der darunter abgebildeten und in der unten rechts abgebildeten Figur enthalten, der Quader in der oben rechts abgebildeten, das Sechseck in der schrägliegenden Figur in der Mitte der oberen Reihe. (Aus K. Gottschaldt, Psych. Forschg. 8, 1926.)

drei Einzelfiguren in Abb. 39 in den zusammengesetzten Figuren im unwissentlichen Verfahren nicht aufzufinden, obwohl sie vorher durch häufige, bis fünfhundertmalige Darbietung geläufig gemacht worden waren.

Der italienische Psychologe Gaetano Kanizsa hat einige neue Beispiele veröffentlicht, bei denen man unmittelbar erleben kann, wie die Gestalt sich auflöst, wenn sie in eine neue, größere Gestalt eingegliedert wird (Abb. 40).

Durch Abb. 38 und 39 sollte die »formende Vorherrschaft des Ganzen« erwiesen und die Behauptung widerlegt werden, daß die Gestaltbildung durch Erfahrung zustande komme. In Wahrheit ist in diesen Experimenten ein wesentliches Merkmal der Gestaltqualität — nämlich die Abgesondertheit — aufgegeben worden, indem man Formen, die nur in dieser Abgehobenheit aus der Erfahrung bekannt sind, in eine neue Figur in solcher Weise einbettet, daß die Abgehobenheit verschwindet und eine neue Gestalt entsteht, die man nun wegen ihrer Kontinuität als zusammengehörig auffaßt. Durch Beseitigung eines wesentlichen Merkmals der Gestalt — der Abgesondertheit — kann man jede aus der Erfahrung bekannte Gestalt vernichten; der Einfluß der Erfahrung ist damit in keiner Weise widerlegt.

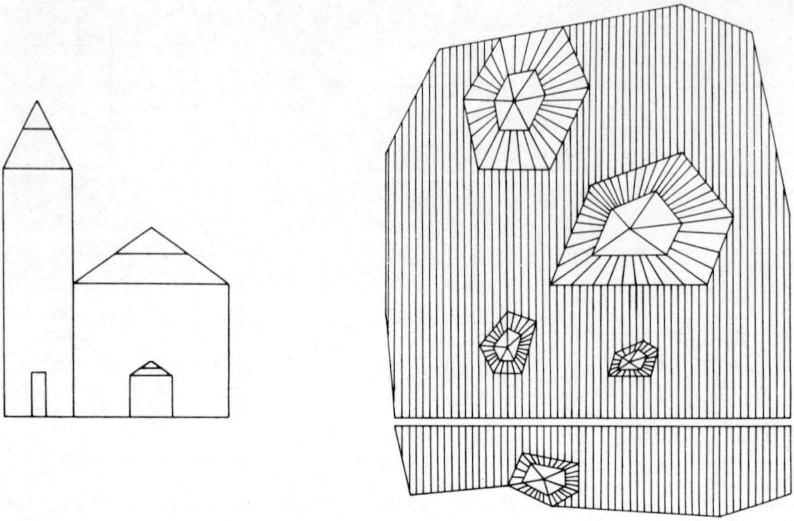

Abb. 40. Die versteckte Kirche von Gaetano KANISZA (man versuche, die Kirche aus der Strichzeichnung herauszusehen). Aus KANISZA, Ricerche sperimentali sulla percezione, Triest 1968.

7. *Reizunabhängige Einflüsse in der optischen Wahrnehmung*

Wie scharf wir etwas sehen, wie genau wir Tiefenunterschiede wahrnehmen und ob uns die Dinge farbig oder farblos scheinen, hängt ausschließlich von den Netzhautprozessen ab. Kein psychischer Einfluß ist imstande, bei einem kurzsichtigen Auge scharfe Seheindrücke, bei einäugigem Sehen genaue Tiefenunterschiede oder beim Mondlicht Farbenwahrnehmungen zustande zu bringen. In allen diesen Fällen besteht eine klare Kausalbeziehung zwischen den retinalen Reizverhältnissen und den Empfindungsgrundlagen der Wahrnehmung.

Bei einer ganzen Reihe von anderen Erscheinungen im Gebiete der optischen Wahrnehmung sind die retinalen Reizverhältnisse nur in sehr geringem Maße oder überhaupt nicht maßgebend. Dies gilt vor allem für die Ausfüllung des Sehraumes, der auf der Netzhaut dem »blinden Fleck« entspricht. Es verhält sich damit folgendermaßen: wie schon (s. S. 155) erwähnt wurde, vereinigen sich die Nervenfasern der großen Ganglienzellen der ganzen Netzhaut auf der nasenwärts gelegenen Netzhauthälfte zu einem runden Faserstrang, dem Sehnerven, der vom Auge durch den Schädelknochen in das Gehirn zieht. An der Stelle, an welcher der Sehnerv als ein kompaktes, leicht ovales Bündel von fast 2 mm Durchmesser das Auge verläßt, sind natürlich keine Zapfen oder Stäb-

Abb. 41. Man betrachte das Bild aus etwa 25 cm Entfernung, schließe das linke Auge und blicke mit dem rechten auf das kleine Kreuz. Dann kann man das Auge unschwer so einstellen, daß die weiße Kreisfläche verschwindet; sie fällt dann auf den blinden Fleck.

chen; diese Stelle ist also unempfindlich für Reize, weshalb sie »blinder Fleck« (Papille) genannt wird. Ihr Mittelpunkt ist etwa 4 mm nasenwärts von der Fovea. Daß diese Stelle tatsächlich blind ist, wurde bereits im Jahre 1666 von Mariotte durch den in Abb. 41 dargestellten Versuch nachgewiesen, der so großes Aufsehen erregte, daß er dem König von England vorgeführt werden mußte. Wie dieser Versuch zeigt, sind Gegenstände, die auf den Mariotteschen Fleck fallen, unsichtbar, und zwar Gegenstände von relativ großem Umfang; der verschwindende Kreis in Abb. 41 entspricht in 25 cm Entfernung einem kreisförmigen Netzhautbereich, wie er von einem 2 m entfernten menschlichen Gesicht oder aus unendlicher Entfernung von elf nebeneinanderliegenden Vollmonden ausgefüllt wird; das Gesicht wie die elf Monde würden verschwinden, wenn sie auf den blinden Fleck fallen.

Es steht also fest, daß der blinde Fleck für Lichtreize unempfindlich ist. Trotzdem sehen wir an den Raumstellen, die ihm entsprechen, nicht *nichts* — also nicht ein »Loch im Raum« —, sondern wir sehen diese Stelle, wie der Versuch zeigt, mit der Farbe der Umgebung ausgefüllt (auch bei geschlossenen Augen sehen wir eine einheitliche, lückenlose dunkelgraue Fläche). Der blinde Fleck, mit dem wir nach den physiologischen Verhältnissen nichts sehen sollten, scheint also doch zu sehen, denn die ihm entsprechende Stelle im Raum ist ausgefüllt; womit sie ausgefüllt ist, hängt von der Umgebung ab: in Abb. 41 sieht man ein einheitliches Schwarz, bringt man die Raumstelle des blinden Flecks auf eine Druckschrift, so glaubt man, ihn mit Druckschrift ausgefüllt zu sehen, »die man freilich nicht lesen kann« (Volkmann u. Helmholtz, S. 174). Bringt man den inneren Teil einer geraden Linie auf den blinden Fleck, so bemerkt man keine Unterbrechung, bringt man ein Ende der Linie darauf, so erscheint sie verkürzt, d. h. man sieht es nicht. Dasselbe, was sich am blinden Fleck beobachten läßt, findet man übrigens, wie SCHÄFER zeigte, in der Fovea beim Dämmerungssehen: da sie nur Zapfen enthält, ist sie in der Dämmerung blind, doch wird sie ebenfalls ergänzend und angleichend ausgefüllt, so daß wir keine Lücke im Sehfeld bemerken (SCHÄFER 1915).

Zweifellos ist es sehr bemerkenswert, daß eine Stelle von relativ großer Ausdehnung (1,8 mm im horizontalen Durchmesser) blind ist, ohne daß man es bemerkt; daß die viel kleinere Stelle des schärfsten Sehens (die Fovea hat eine Ausdehnung von 0,2 bis 0,4 mm), die in der Dämmerung blind wird, ebenfalls ausfällt, ohne daß wir etwas davon merken, ist nicht weniger interessant — aber hier kann man wenigstens darin eine Erklärung finden, daß in diesem Falle ein ganz anderer Apparat, eben der Stäbchenapparat, in Funktion tritt. Andrerseits darf man nicht übersehen, daß der blinde Fleck sehr peripher liegt, also in einer Netzhautgegend, deren Eindrücke wir wenig beachten (interessieren sie uns, so entsteht sofort eine Augenbewegung, die sie auf die Fovea bringt). Tritt in der Gegend des deutlichsten Sehens durch Krankheit eine blinde Stelle auf, so ist die Ausfüllung nicht mehr so vollkommen; wir haben hierüber eine Beobachtung von sehr kompetenter Seite, nämlich von W. WUNDT, an dessem rechtem Auge nach einer Krankheit an der Fovea ein kleines Skotom zurückblieb. Er bemerkte »sehr deutlich die Ausfüllung mit dem gleichförmigen Licht der Umgebung, während dagegen mit dem Hereinreichen irgendwelcher näher differenzierter Bilder, Teilen geometrischer Figuren, Druckschriften u. dgl., das Bild an der Grenze der blinden Stelle scharf abbricht«. Die Ausfüllung hat also ihre Grenzen; wo keine Reize aufgenommen werden, entstehen keine Empfindungen, und was im Ganzen der Wahrnehmung an ihre Stelle tritt — die Farbe der Umgebung — wird zweifellos durch psychische Vorgänge ergänzt, wobei vielleicht so etwas wie eine »totalisierende Gestaltauffassung« mitbeteiligt ist. Die letzte Ursache der Ausfüllung liegt aber in einem *biologischen* Faktor: es wäre für uns sehr störend, wenn sich in unserem Gesichtsfeld ständig eine Lücke oder ein schwarzer Fleck befände, der bei jeder Augenbewegung an einem anderen Ort erscheint. Die Einheitlichkeit und Geschlossenheit des Sehfeldes ist eine biologische Forderung; und sicherlich ist das biologisch-nervöse Erregungsgeschehen so eingerichtet, daß es die biologischen Forderungen erfüllt, ja schon das rein Anatomische, also die periphere Anordnung des Sehnerven-Austrittes, entspricht bereits der geforderten Zweckmäßigkeit. Das ist natürlich keine Erklärung für die Ausfüllung des blinden Flecks; was im Gehirn geschieht, um sie zustande zu bringen, wissen wir nicht. *Daß* es sich dabei um Gehirnvorgänge und nicht um Netzhautprozesse handelt, darf als sicher angenommen werden; das oben geschilderte Auf-

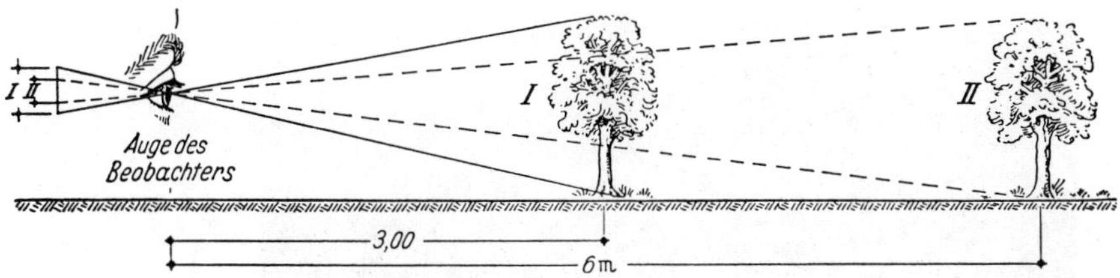

Abb. 42. Größenkonstanz. Obwohl — wie die Abbildung zeigt — mit zunehmender Entfernung eines Gegenstandes der gereizte Netzhautbezirk beträchtlich kleiner wird, erscheinen uns die Gegenstände ungefähr gleich groß. Aus R. Tausch 1955.

treten und Ausbleiben der Ergänzung läßt retinale Prozesse mit Gewißheit ausschließen.

Ein zweiter Fall, in welchem ebenfalls die Netzhautverhältnisse nicht für die Art der optischen Wahrnehmung entscheidend sind, ist uns allen aus der Alltagserfahrung bekannt. Wenn sich ein Mensch von uns entfernt, so wird das Netzhautbild, das die von ihm ausgehenden Strahlen erzeugen, immer kleiner, weil der Sehwinkel kleiner wird (Abb. 42); trotzdem scheint der Mensch selbst in einem weiten Bereiche gleich groß zu bleiben. Man kann sich von dieser »*Größenkonstanz bei Entfernungswechsel*« sehr leicht überzeugen: man betrachte irgendeinen entfernten Gegenstand, z. B. das Fenster eines gegenüberliegenden Hauses, halte den ausgestreckten Zeigefinger vor die Augen und messe daran die Größe des Fensters; man sieht, daß das ganze Fenster nicht höher ist als z. B. der Nagel des Zeigefingers, daß es sich also in gleicher Größe wie dieser auf den Netzhäuten abbildet. *Gesehen* wird das Fenster jedoch beträchtlich größer. In Experimenten, wie sie Egon Brunswik in Wien durchgeführt hat, läßt sich der Grad der Größenkonstanz leicht zahlenmäßig bestimmen und zeigen, daß dabei die »Einstellung« (Einstellung auf reinen Größenvergleich, auf Perspektive oder naive, unbefangene Einstellung) eine wesentliche Rolle spielt. Wie groß die Wirkung der Größenkonstanz ist, wird klar, wenn man bedenkt, daß das Netzhautbild eines Menschen in 200 m Entfernung nicht größer ist als dasjenige eines Schreibmaschinenbuchstabens in normaler Leseentfernung; niemals aber erscheint uns der entfernte Mensch so klein wie ein solcher Buchstabe.

Die Erklärung ist wieder in der Erfahrung zu suchen. Wir *wissen*, daß sich die Größe des Menschen in Wirklichkeit nicht verändert, wenn er sich von uns entfernt; dieses Wissen wirkt sich in der Wahrnehmung aus. Solange die Erfahrung noch nicht so gefestigt ist wie beim erwachsenen Menschen, scheint es tatsächlich zu Größenwahrnehmungen zu kommen, die der Größe des Netzhautbildes entsprechen. Ich beobach-

Abb. 43. Photographie des untergehenden Mondes. Er ist objektiv viel kleiner als er uns erscheint. (Originalaufnahme des Verfassers.)

tete einmal ein Kind, das auf dem Lande aufgewachsen war, wie es zum erstenmal in der Stadt von einem hochgelegenen Fenster auf die belebte Straße blickte; es war entzückt über die vielen »Puppen«, die dort herumliefen.

Zu den Tatsachen der Inkongruenz zwischen Netzhautbild und Wahrnehmung gehören auch einige Erscheinungen am Himmel; z. B. daß uns der Himmel nicht als eine konkave Halbkugel, sondern als eine in den mittleren Regionen abgeplattete Kugelplatte erscheint; ferner die scheinbare Größe des Mondes, der bekanntlich am Horizont beträchtlich größer gesehen wird als im Zenit (Abb. 43). Seit ARISTOTELES haben sich zahlreiche Philosophen, Psychologen, Physiologen und Meteorologen mit diesen Fragen beschäftigt. Es gibt etwa 50 Hypothesen über die Mondtäuschung, von denen aber keine allgemeine Zustimmung gefunden hat. Experimentell gesichert soll nach Versuchen von O. ZOTH (1905) und von HOLWAY und BORING (1940) der Einfluß der Blickrichtung sein; wenn man den Zenit-Mond am Boden liegend mit gerade in den Himmel gerichtetem Blick, den Horizont-Mond aus gleicher Lage mit nach hinten verdrehtem Kopf beobachtet, soll er am Horizont kleiner erscheinen als im Zenit. Nun ist der Mensch aber daran gewöhnt, mit erhobenem Kopf horizontal geradeaus zu blicken; und bei dieser beschriebenen Blickrichtung wird die früher beschriebene Größen-Konstanz voll wirksam, d. h. die gesehenen Dinge erscheinen uns viel größer als sie erscheinen würden, wenn nur der Blickwinkel (d. i. die Größe des Netzhautbildes) bestimmend wäre. Diese Vergrößerung tritt in erster

Linie bei Dingen ein, die wir aus Erfahrung kennen; es scheint aber auch das uns noch Unbekannte größer gesehen zu werden, wenn es gleichzeitig mit bekannten Dingen wahrgenommen wird. Wird der Horizont durch ein Gebirge abgeschlossen, an dessen Hängen sich Häuser und Bäume befinden, so wird das Gebirge größer gesehen als es dem Netzhautbild entspricht (wenn wir davon ein Photo machen, erscheinen die Berge enttäuschend nieder und klein). Ebenfalls einleuchtend ist die Vermutung, die E. Claparède schon 1905 ausgesprochen hat: am Horizont werde der Mond durch Einordnung in die Gesamtheit der gleichzeitig wahrgenommenen anderen Dinge als »irdisches Objekt« aufgefaßt und erscheine daher näher als im Zenit; und weil er näher erscheint, erscheint er — wie alles Nähere — auch größer.

Aus allem, was uns über die scheinbare Größe oder »Sehgröße« aus dem täglichen Leben und aus experimentellen Untersuchungen bekannt ist, ergibt sich mit voller Sicherheit nur eine — allerdings sehr wichtige — Tatsache: für das Größensehen sind *nicht* die physiologischen Verhältnisse (Sehwinkel oder Größe des Netzhautbildes) allein entscheidend, sondern auch andere Faktoren, vor allem die *Erfahrung*. Nach den rein physiologischen Bedingungen müßte der Vollmond immer gleich groß erscheinen, denn in Wirklichkeit ist er am Horizont natürlich nicht größer als im Zenit, und auch nicht näher oder weiter entfernt, so daß er immer denselben Sehwinkel (etwa einen halben Grad) einnimmt und auf der Netzhaut immer ein gleich großes Bild erzeugt; und andrerseits müßte der Mensch, der 20 m von uns entfernt ist, sehr viel kleiner erscheinen als wir ihn tatsächlich sehen, denn seine Abbildung auf der Netzhaut ist um ein Vielfaches kleiner als in einer Entfernung von 5 m, und doch sehen wir ihn in beiden Abständen ungefähr gleich groß.

Um die Mitte des 19. Jahrhunderts entdeckten einige Physiker (J. J. Oppel 1854, F. Zoellner 1869, J. C. Poggendorf 1860), daß bei manchen einfachen Strichzeichnungen die tatsächlichen Größen-, Längen- oder Lageverhältnisse nicht richtig wahrgenommen werden; es kommt zu »optischen Täuschungen«, die zwingenden Charakter haben (d. h., trotz des Wissens um die tatsächlichen Verhältnisse ist man nicht imstande, die Länge, Größe oder Lage richtig zu sehen). Die »*geometrisch-optischen Täuschungen*« wurden zuerst von den Physikern, dann von Physiologen und schließlich von Psychologen genau untersucht — und man untersucht sie noch immer, denn es ist bisher nicht gelungen, zweifelsfreie Erklärungen zu finden. Edwin Rausch, der 1966 eine ausgezeichnete und umfassende Übersicht gab, führt in seinem Literatur-Verzeichnis Publikationen über geometrisch-optische Täuschungen an, wobei die Literatur vor 1930 nur zum kleineren Teil aufgenommen wurde.

Rausch gruppiert die wichtigsten bisher vorgeschlagenen Erklärungsversuche in folgender Weise: 1. die ungleichmäßig gekrümmte Form der Netzhaut führe dazu, daß — z. B. bei der Oppelschen Täuschung — vertikale Strecken größer erscheinen als horizontale (diese Erklärung ist dadurch widerlegt, daß die Täuschung auch beim Betasten entsprechend geformter Körper mit geschlossenen Augen auftritt — »Haptik-Argument«); 2. die geringere Ausdehnung des Gesichtsfeldes in der Vertikalen gegenüber der Horizontalen (»Gesichtsfeld« ist das Gebiet, innerhalb dessen bei ruhendem Auge alles wahrgenommen werden kann; diese Erklärung ist ebenfalls durch Tastversuche widerlegt); 3. dreidimensionale Auffassung der zweidimensionalen Figuren (bei der Betrachtung der Täuschungsfiguren würden Erfahrungen mit körperlichen, tiefenerstreckenden Gebilden aktiviert — Tausch 1954, oder es werde sogar auf den Netzhäuten durch die in der Zeichnung liegende Perspektive die Querdisparation bewirkt — Klix 1962); dagegen spricht nach Rausch wieder die Tatsache, daß die Täuschungen auch im nicht-optischen Bereich auftreten; 4. gestaltpsychologische Erklärungsversuche. Die zahlreichen, unter sich recht verschiedenen Erklärungsversuche von Anhängern der Gestalt-Theorie sind nicht kurz darstellbar, weil dabei Begriffe wie »Gestaltausprägung«, »Gefügequalität«, »Leitfigur«, »Prägnanzform«, »Diffusion«, »Abfärbung«, »Angleichung« usw., die sich schwer präzis fassen lassen, eine große Rolle spielen. Rausch selbst vertritt zur Erklärung einiger Täuschungen einen »Zweifaktorensatz«: z. B. werde bei der Oppelschen Täuschung die Senkrechte als »anschaulich variable«, die Horizontale als »anschaulich konstante« Größe erlebt. »Die eine, anschaulich variable, erscheint dabei als verwirklichter Wert aus einem ganzen Kontinuum von möglichen, während bei der anderen, anschaulich konstanten, die gegebene Größe ›sich selbst genug‹ ist« (Rausch 1966, S. 813). Der Variabilitäts-Konstanz-Faktor soll zusammen mit einem Vertikalitäts-Horizontalitäts-Faktor, der viel schwächer wirkt, die Täuschung entstehen lassen.

Da die geometrisch-optischen Täuschungen auch heute noch viel Interesse finden, soll an einigen Beispielen noch ausführlicher gezeigt werden, wie vielfältig die Versuche zu ihrer Erklärung sind. Aus dem Bereich des Farbsehens wurde die »Kontrast-Hypothese« übernommen; wie jede Farbe in ihrer Umgebung die Gegenfarbe erzeugt, so erzeugt jede Größe eine Art »Gegengröße«, so daß von zwei objektiv gleich großen Figuren diejenige größer erscheine, die von kleineren Nebenfiguren umgeben ist (z. B. Abb. 51); der Kontrast zwischen »klein« und »groß« führe zu dieser Vergrößerung. Sicher richtig ist die »Kontrast-Hypothese« bei den Aufhellungs- oder Verdunklungstäuschungen, von

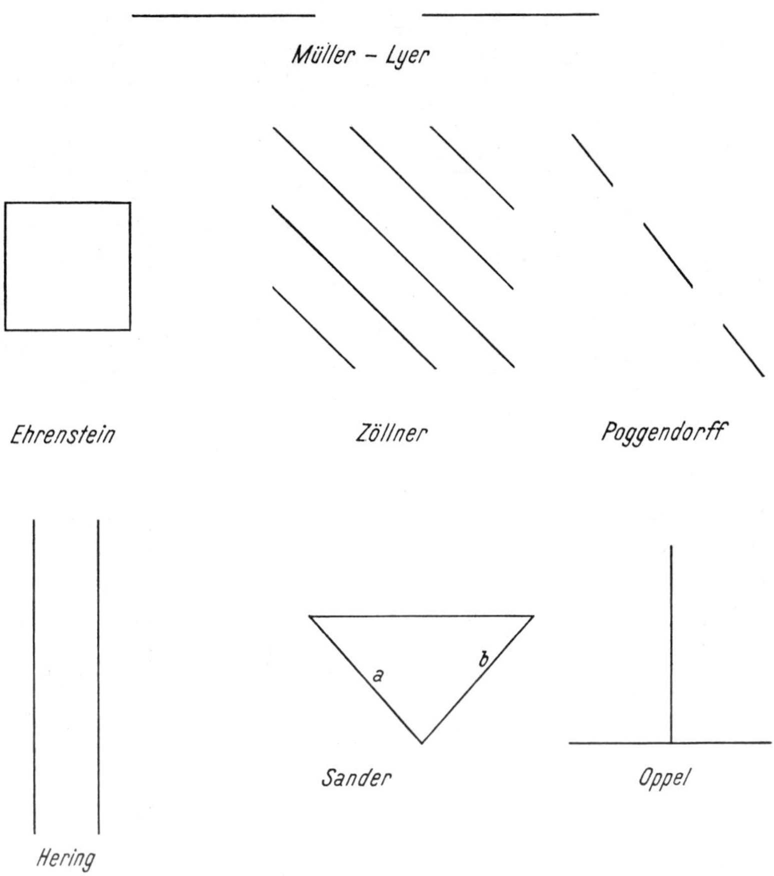

Abb. 44—50. Geometrisch-optische Täuschungen, benannt nach ihren Konstrukteuren. Man halte das Blatt gegen das Licht.

denen Abb. 52 und 53 zwei von Ehrenstein stammende Beispiele zeigen.

Schumann hat darauf hingewiesen, daß man oft unbewußt einen Vergleichsmaßstab für Größen mitbringe, der sich im Sehen auswirke: wer ständig unter hohen Bergen lebt, sieht in einem Hügelland nur kleine Erhebungen, der Flachländer hingegen große; solche »Einstellungen« würden durch die Gegenüberstellung von großen und kleinen Figuren erzeugt, und von ihr gehe daher die als »Kontrast« bezeichnete Täuschungswirkung aus. Ferner spielt, wie ebenfalls Schumann zeigte, die

Aufmerksamkeit eine große Rolle: die Teile einer Figur, die jeweils besonders ins Auge gefaßt und beachtet werden, erscheinen größer als die anderen. Wenn man z. B. bei der besonders häufig untersuchten Müller-Lyerschen Figur (Abb. 44) durch Übung es so weit bringt, daß man die Aufmerksamkeit nur auf die geraden Hauptlinien richtet und die angesetzten Schenkel unbeachtet läßt, so verschwindet die Größentäuschung fast vollkommen; faßt man aber die ganze Figur ins Auge, so kann sich niemand ihrem Zwange entziehen.

Eine gewisse Art des Betrachtens ist manchmal durch die Umstände so fest gefordert, daß man von Anfang an nur mit ihr zu rechnen hat. Dies gilt z. B. von Bauwerken, die derjenige, der sie auf ihre architek-

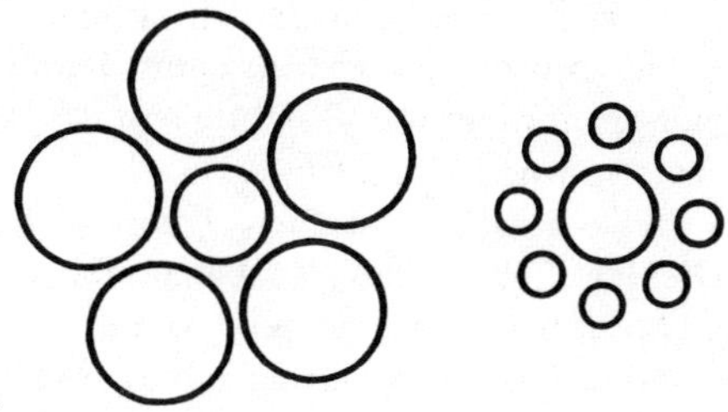

Abb. 51.

tonische Schönheit beurteilt, aus größerer Entfernung mit leicht erhobenem, vom Ganzen auf das Einzelne wanderndem Blick betrachtet. Der Parthenon auf der Akropolis wirkt bei dieser Betrachtungsweise wunderbar harmonisch. In Wahrheit gibt es, wie der österreichische Architekt HOFFER auf Grund genauer Messungen 1838 feststellte, am ganzen Parthenon kaum eine gerade Linie. Ähnliche Feststellungen wurden an anderen antiken Bauwerken gemacht. FRANZISKA MAYER-HILLEBRAND hat gezeigt, daß gerade die Abweichungen von der geometrischen Bauweise, also vom Lot, von der Horizontalen und Vertikalen, dazu führen, daß das Bauwerk lotrecht und ebenmäßig erscheint. Es werden dabei die Erscheinungen berücksichtigt, die wir aus den optischen Täuschungen kennen: damit eine frontalparallele Fläche frontalparallel erscheint, muß sie leicht konkav sein, Säulen, die gleich-

Abb. 52 u. 53. Entstehung von Täuschungen durch Kontrast. Die Stellen, an denen die schwarzen Striche zusammentreffen, erscheinen aufgehellt; bei den weißen Strichen (rechts) verdunkelt. (Aus EHRENSTEIN, Ganzheitspsychologische Wahrnehmungslehre, Leipzig 1938.)

artig vertikal erscheinen sollen, müssen in Wirklichkeit nach oben konvergieren usw. Die griechischen Baumeister haben diese optischen Gesetze gekannt und sie absichtlich und weitgehend berücksichtigt (MAYER-HILLEBRAND 1942, 1966).

Bei einem griechischen Tempel ist der Eindruck des Ganzen entscheidend. Dies gelte, so behaupten die Gestaltpsychologen, auch für die optischen Täuschungen. An der SANDERschen Täuschung (Abb. 49) läßt sich besonders klar zeigen, daß sich der Größeneindruck unter dem Einfluß des Ganzen, dem die Einzelstrecke angehört, stark verändert. Man kann in dieser Figur zwei Parallelogramme, getrennt durch die Strecke E—F, »heraussehen«: A—F erscheint dann zwingend beträchtlich kleiner als die — objektiv gleich große — Strecke F—D. Die Größeneigenschaften des Gestaltganzen, so erklären die Gestaltpsychologen, bestimmen die Größe des Einzelnen: im großen Parallelogramm muß daher die Diagonale größer erscheinen als im kleinen Parallelogramm. Man kann in die SANDERsche Figur aber noch etwas anderes hineinsehen: nämlich ein gleichschenkeliges Dreieck A—F—D. »Die Folge in dem neuen Gefüge der veränderten Gestaltbildung ist ein veränderter *Sinn* der Strecken in dem neuen Gefüge. Als Seiten eines gleichschenkeligen Dreiecks A—F—D nämlich nähern sich die beiden Strecken wiederum der Gleichheit. Vorher als Glieder zwei verschiedenen Teilganzen zugehörig, werden sie als gleich gewichtige Stücke einer neuen Teilgestalt entsprechend ihrer neuen Gestaltfunktion nahezu größengleich, nahezu nur, sofern nicht durch besondere Bedingungen die Einbettung des Dreiecks in das umfassende Parallelogramm aufgehoben wird« (SANDER 1927). Man sieht, daß hier ein neuer Begriff eingeführt wird: das »Gewicht« und die »Gleichgewichtigkeit« innerhalb einer Gestalt. »Gestalten können beschrieben werden nach der Verteilung von Akzenten, Gewichten. Das Ganze kann eindringlich sein, die Glieder ungewichtig und umgekehrt. Die Glieder unter sich sind wiederum abgestuft nach Gewichtigkeiten. Einzelne Glieder oder Stellen einer Gestalt sind akzentuiert, tragen einen Hauptteil gegenüber anderen, die sich unterordnen« (SANDER). Soviel als Beispiel einer gestaltpsychologischen Erklärungs- und Ausdrucksweise.

Eine ganz andere, auf die Erfahrung aufbauende Hypothese hat kürzlich R. TAUSCH aufgestellt. Er ließ sich von einem Gesichtspunkt leiten, den v. ALLESCH 1949 aufgestellt hatte: »Die psychischen Vorgänge bis hinauf zu den komplexesten müssen auf ihre biologische Basis bezogen werden, um in ihrem Wesen erfaßt zu werden« — eine Forderung, die leider viel zu wenig beachtet wird. TAUSCH erbrachte den Nachweis, daß die figuralen Konstellationen, die bei den gezeichneten optischen Täuschungen vorliegen, wie Reizkomplexe wirken, »die sich laufend bei der

Abb. 54.

Abb. 55.

Abb. 56.

Abb. 57.

Abb. 58.

Abb. 59.

Abb. 54 bis 59. Grundformen optischer Täuschungen in der natürlichen Umwelt. Beispiele von R. TAUSCH. Der erste Teil der MÜLLER-LYERschen Täuschung (Abb. 44) ist in den Abb. 54 bis 56 gegeben (nach außen gespreizte Schenkel), in Abb. 57 bis 59 die zweite Hälfte (nach innen gespreizte Schenkel). R. TAUSCH 1954.

natürlichen Umweltwahrnehmung auf der Netzhaut ergeben«. In einer Reihe von Photos zeigt TAUSCH, daß ähnliche Reizanordnungen, wie sie bei den Täuschungszeichnungen vorliegen, in der natürlichen Umwelt des Menschen sehr häufig vorkommen (Abb. 54 bis 59); sie haben in unserer dreidimensionalen Umwelt den Zweck, »eine besser an die Wirklichkeit angenäherte Gegenstandswahrnehmung« zu ermöglichen. Diese durch das Tiefensehen entstandenen plastischen Figurationen wirken, auf zweidimensionale Zeichnungen übertragen, als Täuschungen. Mit dieser Theorie ist ein neuer, sehr fruchtbarer Ansatz zur Erklärung vieler Täuschungen gewonnen; er läßt sich sehr leicht in eine allgemeine Wahrnehmungstheorie einbauen (R. TAUSCH 1954 und 1965).

Außer den geometrisch-optischen Täuschungen gibt es noch Größentäuschungen, die ihre Grundlage in unserer Erfahrung haben. Der Mann in der Mitte der Abb. 60 erscheint größer als der Mann im Vordergrund, obwohl er genau gleich groß gezeichnet ist. Ursache ist die Größenkonstanz bei Entfernungsänderung (S. 209); durch die perspektivische

Abb. 60. Perspektivische Größentäuschung. Obwohl der Mann in der Mitte gleich groß gezeichnet ist wie der Mann im Vordergrund, erscheint er größer, weil er weiter entfernt erscheint und daher kleiner gezeichnet werden müßte, wenn er gleich groß erscheinen sollte.

Zeichnung wird ein in die Tiefe gestaffelter Raum vorgetäuscht, so daß der Mann in der Mitte für den Betrachter weiter entfernt ist als der Mann im Vordergrund. Weil wir die Erfahrung, daß die Menschen mit zunehmender Entfernung nicht kleiner werden, obwohl sie rein optisch (nach dem Sehwinkel oder dem Netzhautbild) kleiner gesehen werden, in den Wahrnehmungsprozeß »einkalkulieren«, erscheint bei gleicher objektiver Größe der Mann, der weiter entfernt ist, beträchtlich größer; er müßte kleiner gezeichnet werden, damit er gleich groß erscheint wie der Mann im Vordergrund.

Bei vielen optischen Eindrücken spielt die *Einstellung* eine entscheidende Rolle; man sieht, was man zu sehen erwartet oder sehen will, obwohl die Reizfiguration auch andere Möglichkeiten zuläßt. Am deutlichsten wir dies bei den sogenannten »*Umspringbildern*«: bei gleicher retinaler Reizanordnung wird ganz Verschiedenes gesehen. Die Abb. 61 bis 64 geben einige Beispiele. Hier entscheiden wirklich die Einstellung und der Wille; man kann bald dieses, bald jenes sehen *wollen*, und sieht es dann wirklich — mit mehr oder weniger großer Anstrengung. An der Anordnung der Reize auf den Netzhäuten ändert sich dadurch gar nichts; und ebensowenig an den Erregungen, die von den Netzhäuten durch die Sehnerven in die kortikale Sehregion führen. Daß trotzdem in Abb. 61 bald ein aufrechtes, bald ein schräges Kreuz gesehen wird, kann daher nur dadurch zustande kommen, daß zu den gleichbleibenden Sinneserregungen aus den Augen andere Erregungen aus anderen Hirngebieten

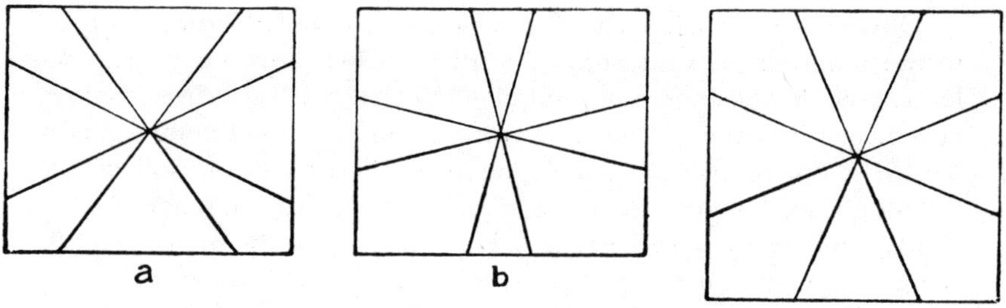

Abb. 61. Umspringbilder. Bei c ist es am leichtesten, bald ein aufrechtes, bald ein schräges Kreuz zu sehen, weil alle Winkel gleich groß sind.

Abb. 62. Schachbrett, das einfachste Umschlagmuster. Man sieht bald weiße, bald schwarze Felder.

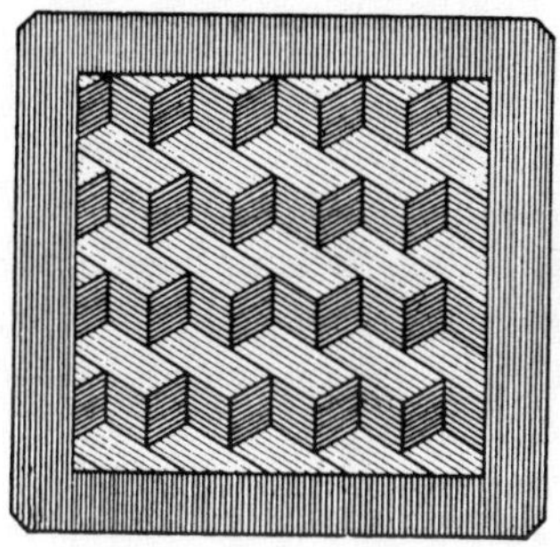

Abb. 63. Balkenmuster. Man kann die Stirnfläche der Balken nach rechts unten oder links oben gerichtet sehen.

Abb. 64. Schrödersche Treppe. An Stelle der Treppe kann man auch eine überhängende Treppenform sehen. Man drehe das Buch um 180 Grad — das Umspringen wird dann deutlicher, wobei die Art der Schraffierung eine Rolle spielt.

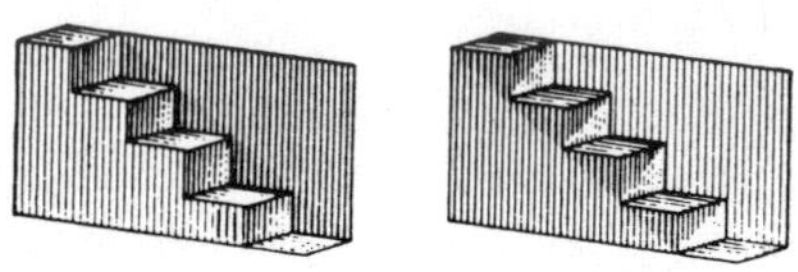

und zwar bald diese, bald jene hinzukommen; eben die Erregungen, die den psychischen Vorgängen der Einstellung oder des Wollens zugrunde liegen. Anders ausgedrückt: die retinale Reiz- und Erregungsgrundlage bleibt dieselbe, aber das Zusammenspiel der Erregungsprozesse wird ein anderes, wenn man das Bild in verschiedener Einstellung — »ich will jetzt das schräge Kreuz heraussehen und jetzt wieder das aufrechte« — betrachtet. Noch anders formuliert: die gleichbleibenden Sinneserregungen werden in verschiedene zerebrale Erregungskonstellationen eingeordnet.

Obwohl gegenwärtig keine allgemein anerkannte Erklärung der geometrisch-optischen Täuschungen vorliegt, kann man aus ihnen viel lernen; sie demonstrieren uns auf einfache Art vier Tatsachen, die von allgemeiner Bedeutung sind: 1. Wahrnehmungsinhalte beeinflussen sich wechselseitig, so daß sie anders erscheinen als wenn sie isoliert auftreten; gleiche Längen erscheinen ungleich, gerade Linien schräg, rechte Winkel spitz usw. — wechselseitige Beeinflussungen, die wahrscheinlich schon im kortikalen Erregungsgeschehen vor dem Bewußtwerden der Wahrnehmung stattfinden. 2. Das Wissen um die tatsächlichen Verhältnisse ist wirkungslos; wir wissen genau und können es jederzeit feststellen, daß die zwei Geraden in Figur 48 parallel oder die Winkel in Figur 45 rechte sind — trotzdem ist es nach Hinzukommen der schrägen Linien ganz unmöglich, sie weiterhin parallel oder rechteckig zu sehen. Die Feststellung der Machtlosigkeit des Wissens ist wichtig, weil sie auch an viel komplizierteren Erlebnissen wiederkehrt; so ist z. B. die Einsicht in die Grundlosigkeit der Angstzustände bei manchen Neurosen ebenfalls ganz wirkungslos. 3. Das Netzhautbild ist für die Wahrnehmung nicht allein entscheidend; es besteht z. B. kein Anlaß zur Annahme, daß sich in der retinalen Reizanordnung der zwei Parallelen in Figur 48 etwas ändert, wenn die schrägen Linien hinzukommen. 4. Bei gleicher Reizanordnung auf der Netzhaut können verschiedene Wahrnehmungen entstehen, dies beweisen die »Umspringbilder«.

Das Hören

1. Die Hör-Schwellen

Wieviel schwieriger und komplizierter die Aufgabe der Psychologie im Vergleich zu vielen anderen Naturwissenschaften ist, läßt sich besonders klar am Beispiel des *Hörens* zeigen. Die *Physik* hat dabei die verschiedenen Arten der Luftdruckschwankungen und ihre Fortpflanzung zu untersuchen; sie hat diese Aufgabe glänzend gelöst und der Technik die theoretischen und experimentellen Grundlagen für die Erzeugung, Wiedergabe und Aufbewahrung von Klängen, Geräuschen und Tönen mit allen ihren Feinheiten geliefert. Die *Physiologie* hat nur einen Teil der Probleme des Hörens, die in ihr Gebiet fallen, beantwortet; die Vorgänge im inneren Ohr, durch welche die Schwingungen von Membranen und »Sinneshaaren« in nervenelektrische Impulse transformiert werden, sind noch nicht geklärt, so daß darüber mehr Theorien als gesicherte Ergebnisse vorliegen. Die *Psychologie* des Hörens steht erst am Anfang der Riesenarbeit, die sie auf diesem Gebiet zu leisten hat; die einfacheren

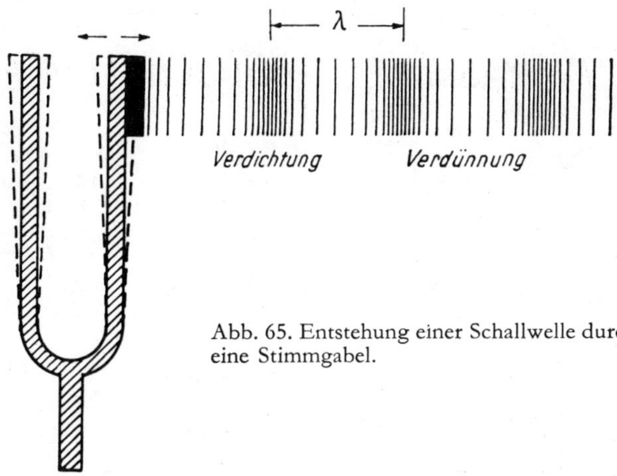

Abb. 65. Entstehung einer Schallwelle durch eine Stimmgabel.

Tatsachen — Hörschärfe, Richtungshören, absolutes Gehör usw. — sind gut erforscht, die *Gefühlswirkungen* der Gehörseindrücke jedoch — der »Wohllaut« einer Stimme, die Harmonie der Töne und Klänge, Konsonanz und Dissonanz, Rhythmus und Melodie — sind noch voll von Geheimnissen, wie alles, was mit den Beziehungen zwischen Empfindung und Gefühl zusammenhängt.

Jede Gehörsempfindung entsteht durch periodische Druckschwankungen, die sich in der *Materie*, vor allem in der *Luft*, fortpflanzen und auf das Trommelfell des Ohres treffen. Die Schallquelle — z. B. eine schwingende Saite — versetzt die Moleküle der umgebenden Luft in Bewegung; die Moleküle stoßen an ihre Nachbarmoleküle und diese wieder an die nächsten, so daß die Moleküle der Luft in rhythmischer Bewegung um ihre Ruhelage »schwingen« und die Schwingung immer weitergeben (Abb. 65). Da sich diese Schwingungsbewegung in alle Richtungen fortpflanzt, erhält das Schwingungsfeld einer freihängenden Schallquelle die Gestalt einer sich ständig vergrößernden schwingenden Kugelschale. Im Gegensatz zu den elektromagnetischen Feldschwingungen, die durch ihr Auftreffen auf die Netzhäute die Lichtempfindungen erzeugen, bestehen die schallerzeugenden Schwingungen aus periodischen Verdichtungen und Verdünnungen der Luft, die auf das Gehörsorgan mechanische Wirkungen — rhythmische Stöße — ausüben, wodurch die Membran des Trommelfells und die dahinter liegenden Organe ebenfalls zu schwingen beginnen. Damit wir etwas hören, müssen Luftstöße (oder andere Schallträger) unser Trommelfell in Bewegung versetzen. Im luftleeren Raum gibt es keinen hörbaren Schall; bei einer elektrischen Klingel, die in einem luftleer gepumpten Glasgefäß

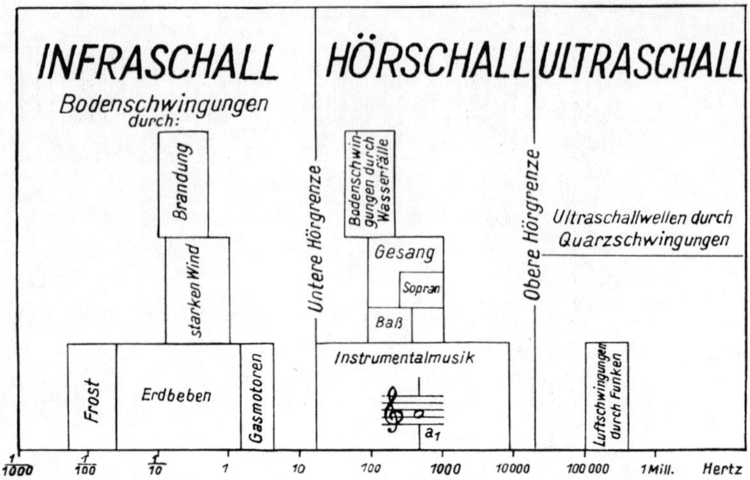

Abb. 66. Übersicht über die verschiedenen Schallarten nach der Schwingungszahl. (Aus F. Scheminzky, Welt des Schalles, 1935.)

liegt, sehen wir den Klöppel schlagen, ohne einen Ton zu hören; wir hören den Ton erst wieder, wenn man Luft in das Gefäß läßt, so daß die Schwingungen zu den Glaswänden weitergeleitet und von ihnen weitergegeben werden können.

Wie das sichtbare Licht nur durch einen kleinen Teil des elektromagnetischen Wellenspektrums vermittelt wird, so wird auch der hörbare Schall nur durch einen kleinen Ausschnitt aus dem Schallspektrum erzeugt. Das menschliche Ohr spricht nur auf Schwingungen von etwa 16 pro Sekunde (tiefste Töne) bis gegen 20.000 pro Sekunde (höchste Töne) an. Die übrigen mechanischen Schwingungen bleiben unhörbar; die langsameren (»Infraschall« von $^{1}/_{1000}$ bis etwa 16 Schwingungen pro Sekunde), wie sie durch vibrierende Instrumente oder, noch viel langsamer, durch Erdbeben, Wind, Meeresbrandung oder, am langsamsten, durch den Winterfrost erzeugt werden, hören wir nicht. Die rascheren — von 20.000 bis über eine Million Schwingungen pro Sekunde (»Ultraschall«) — erzeugen unmittelbar überhaupt keine Empfindungen; aber sie haben, wie besonders amerikanische Forscher zeigten, eigenartige chemische und biologische Wirkungen. Kleine Lebewesen werden durch solche Schälle, die man auf elektrischem Wege durch Quarzplatten erzeugt, getötet (»Todesstrahlen«); durch die ungeheuer rasche Erschütterung werden chemisch gebundene Gase im Organismus frei, die eine Schaumbildung bewirken, welche durch Gasbläschen zu »Explosionen«

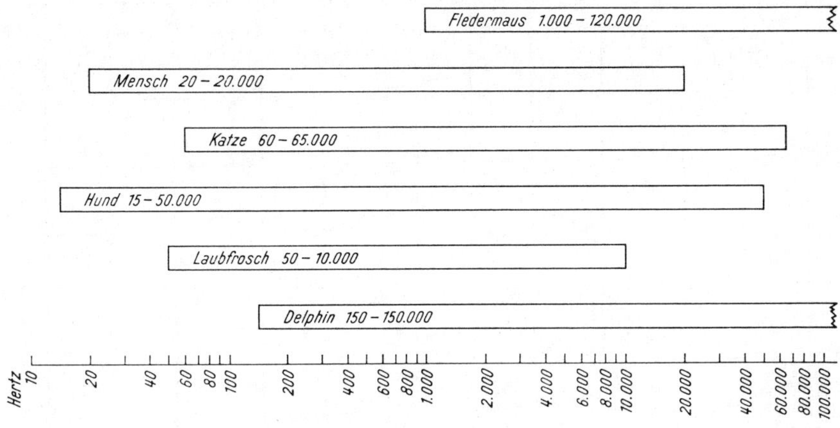

Abb. 67. Hörgrenzen verschiedener Lebewesen.

im lebenden Gewebe und damit zu seiner Zerstörung führt. Abbildung 66 zeigt die verschiedenen Schälle mit Angabe der Erzeugungsart.

Die meisten Säugetiere besitzen ein dem menschlichen sehr ähnliches Gehörsorgan. Durch sinnreiche Versuche der PAWLOWschen Schule in Leningrad hat sich zeigen lassen, daß das Hörvermögen einiger Tiere weit über dasjenige des Menschen hinausgeht; der Hund und viele andere Tiere hören noch viel höhere Töne als wir — Abbildung 67 gibt für einige Tiere die oberen Grenzen an. Festgestellt wurde dies mit Hilfe der »*bedingten Reflexe*«: man erzeugt beim Füttern eines Hundes immer eine Schwingung von 38.000 Hz — also einen für uns unhörbaren »Ton«; erzeugt man nach einiger Zeit diese Schwingungen, ohne gleichzeitig Futter zu geben, so tritt trotzdem beim Hund die »Erwartungs-Sekretion« des Speichels auf — er hört also das Tonzeichen, das bisher immer mit der Fütterung verbunden war. Über die bedingten Reflexe wird später ausführlich berichtet (s. S. 301 ff.).

Mit dem Alter nimmt das menschliche Hörvermögen für die hohen Töne stark ab. Mit 35 Jahren ist die obere Hörgrenze bereits auf 15.000, bei 60 Jahren auf 8000 bis 5000 Hz gesunken. Das ist aber kein sehr großer Nachteil; denn diese hohen Töne sind biologisch für den Menschen nur von geringer Bedeutung — alte Leute hören das Zirpen der Grillen nicht mehr, wohl aber noch Musik in befriedigender Weise (die handelsüblichen Rundfunkapparate und Plattenspieler geben ebenfalls nur die Schwingungen bis etwa 7000 Hz wieder).

Der biologisch wichtigste Frequenzbereich für das Hören ist das Gebiet von 100 bis 7000 Schwingungen pro Sekunde; in diesem Bereich

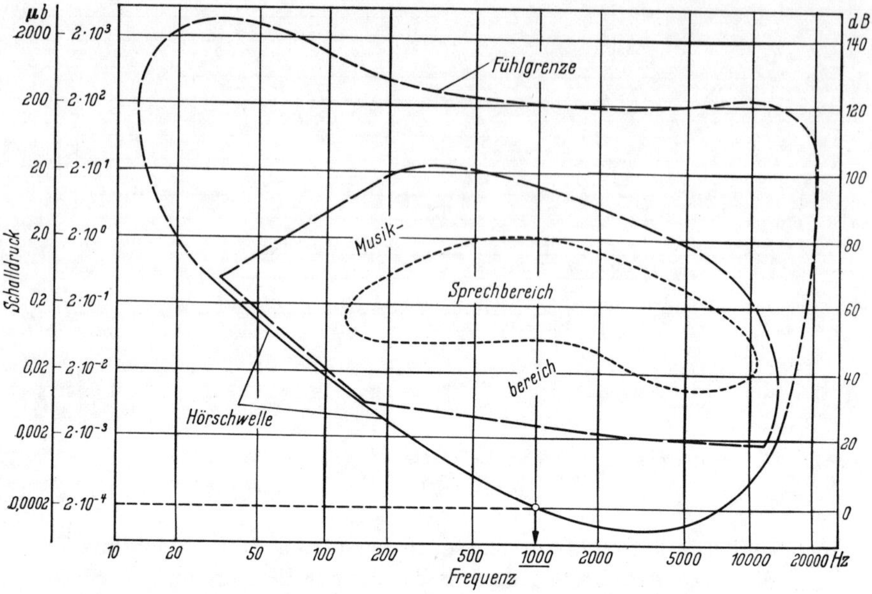

Abb. 68. Hörflächen des menschlichen Ohrs. In der Waagrechten die Schwingungszahlen, in der Senkrechten die Schallstärke als Schalldruck in Mikrobar.

liegen die menschlichen Sprach-, Sing- und Schreilaute. Das menschliche Ohr ist diesen Frequenzen besonders angepaßt: es ist nicht für alle Schwingungen *gleich* empfindlich, sondern für die biologisch wichtigsten — also für die von etwa 100 bis 7000 Hz — viel empfindlicher als für die ganz langsamen oder sehr raschen (für die ganz tiefen oder sehr hohen Töne). Anders formuliert: die untere Reizschwelle — und zwar die Intensitäts-Schwelle — liegt bei verschiedenen Frequenzen verschieden hoch, bei den biologisch wichtigsten am tiefsten (Abb. 68). Man bestimmt die Reizschwelle, indem man den *Schalldruck* (= der durch die Schallschwingung erzeugte wechselnde Druck) mißt. Als Einheit für den Schalldruck wurde das »*Mikrobar*« eingeführt: ein Mikrobar ist der Druck von 1 Dyn ($\triangleq {}^{1}/_{981}$ Gramm) pro Quadratzentimeter (in Amerika wird dieser Druck oft als »1 Bar« bezeichnet). Damit eine Schwingung von 16 Hz als Ton gehört wird — dies ist die tiefste Frequenz, die wir Menschen hören können —, muß ein Schalldruck von etwa 1 Mikrobar auf das Ohr einwirken; bei den Schwingungen von 1000 bis gegen 5000 Hz genügen aber schon ${}^{2}/_{10.000}$ Mikrobar — das Ohr ist also für diese Schwingungen sehr viel empfindlicher. Abb. 68 zeigt die Kurve der Empfindlichkeit für verschiedene Frequenzen. Der Druck von ${}^{2}/_{10.000}$ Mikrobar ist außerordentlich klein — nämlich nur $^{4}/_{10.000.000.000}$ des normalen Luftdruckes. Mit anderen Worten: bei hohen und tiefen Frequenzen muß der Schalldruck hoch sein, damit sie gehört werden, mittlere Frequenzen werden auch bei sehr geringem Schalldruck als Töne oder Geräusche gehört.

Erhöht man die Größe (Amplitude) einer Schwingung, so wird der Ton *lauter*. Diese Erhöhung kann man so weit treiben, daß die Schallempfindung in *Schmerz* umschlägt: den Grad der Lautstärke, bei welchem diese eigenartige »flatternde« und sehr unangenehme Schmerzempfindung auftritt, bezeichnet man als *Schmerz*- oder *Fühlschwelle* der Gehörsempfindung. Bei der Frequenz von 1000 Hz liegt sie beim Schalldruck von etwa 200 Mikrobar; diese Frequenz ist, wie erwähnt, bereits bei einem Schalldruck von $^{2}/_{10.000}$ Mikrobar gerade hörbar (hier liegt also seine Hörschwelle), so daß sich der Druck des leisesten Tones zu demjenigen des lautesten, bereits an der Fühlschwelle liegenden Tones in diesem Falle wie 1 : 1,000.000 verhält — ein außerordentlich weiter Spielraum des Gehörsorgans in der Verarbeitung von Schalldruck-Schwankungen. Bei den hohen und tiefen Tönen ist dieser Spielraum beträchtlich kleiner.

Ein zweites Maß ist die »*Schallstärke*«, für die man eine Einheit mit dem Namen »Bel« einführen wollte (zu Ehren von ALEXANDER GRAHAM BELL, dem Erfinder des Telefons), die sich aber als zu grob erwiesen hat, so daß man nur ein Zehntel davon, das »*Dezibel*« (= dB), in der Praxis verwendete. Wahrscheinlich sollte die Schallstärke ursprünglich eine psychologische Skala der Lautstärke sein, denn ihr Nullpunkt ist die Hörschwelle bei 1000 Hz und ihr Aufbauprinzip ist die von FECHNER behauptete logarithmische Beziehung zum Schalldruck (10facher Schalldruck der Hörschwelle = 0,002 Mikrobar entspricht 20 dB, 100facher entspricht 40 dB, 1000facher 60 dB, bei 120 dB liegt die »Schmerzschwelle«). Das Dezibel ist, da das FECHNERsche Gesetz nicht gilt, ein physikalisches Verhältnismaß und deshalb schwer zu definieren (am besten vielleicht: relativer Energiezuwachs bei Anstieg des Schalldruckes); es wird aber als physikalisches Schallstärke-Maß im Sinne »Schalleistung pro Flächeneinheit« viel verwendet, weil es dafür gute Meßinstrumente gibt (die eigentlich Leistungsmesser in Watt sind).

Um auch ein wirklich psychologisches akustisches Maß zu schaffen, wurde die »*Phon-Skala*« vorgeschlagen, mit welcher der Grad der *Lautheit* bestimmt werden soll (= Lautstärke = subjektive Lautintensitäts-Empfindung). Man ist dabei wieder von der Hörschwelle bei 1000 Hz ausgegangen und hat sich in der Skalierung an die Dezibel-Skala angepaßt; bei 1000 Hz entsprechen die Abstände von 10 zu 10 Phon genau der Dezibel-Skala. Dies gilt aber nur für 1000 Hz — bei den übrigen hörbaren Frequenzen bestehen ganz andere Lautheits-Beziehungen; die-

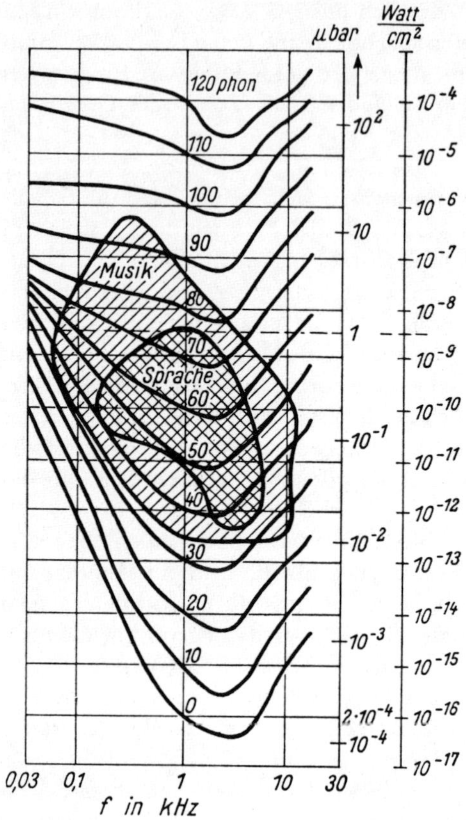

Abb. 69. Lautstärke-Kurven bei verschiedenen Frequenzen (»Phon-Skala«). (Aus Siemens-Formel- und Tabellenbuch, Erlangen 1964.

selbe Steigerung der Lautstärke, die bei 1000 Hz durch den 100fachen Schalldruck entsteht, entsteht z. B. bei 100 Hz schon durch den 10fachen Schalldruck. Die Lautstärke-Kurven verlaufen daher bei verschiedenen Frequenzen im Verhältnis zum Schalldruck keineswegs parallel, so daß man durch Schwellenbestimmungen die »*Isophonen*« (Kurven gleicher Lautstärke bei verschiedenen Frequenzen) feststellen mußte; ihre Kenntnis ist für die Wiedergabetechnik bei Rundfunk, Fernsehen und Schallplatten natürlich von größter Bedeutung. Abb. 69 zeigt ein Beispiel, Tabelle 1 gibt die Phonwerte für Alltagsgeräusche.

Tabelle 1. Lautstärke in Phon

leises Blätterrauschen	10	lauter Straßenlärm	80
Flüstern	20	Motorrad	100
gedämpfte Unterhaltung	40	Flugzeug-Propeller aus der Nähe	120
lautes Sprechen	60	schmerzender Lärm	130

In Entwicklung begriffen ist die empirische Fundierung einer neuen Art von Messung der subjektiven Lautstärke, wobei die Methode der Verhältnis-Skalierung (s. S. 118 ff.) angewendet wurde. Der Begründer dieses Verfahrens, der Amerikaner S. S. STEVENS, hat als Basis wieder die Lautstärke eines Tones von 1000 Hz mit 40 Dezibel gewählt und diese Lautstärke als ein »*Sone*« bezeichnet. Vielerlei Experimente — »Stellen Sie einen doppelt so lauten Ton her«, »... einen halb so lauten«, »Geben Sie für die jetzt gehörte Lautstärke eine Zahl an, die ihre Intensität ausdrücken soll« usw. — führten zwar zu sehr verschiedenen Resultaten, sie zeigten aber schließlich doch, daß — wie bei den übrigen Skalierungs-Ergebnissen — die Beziehung zwischen Reizstärke und Lautheits-Empfindung durch eine Potenzfunktion ausdrückbar ist, wobei der Exponent bei 0,3 liegen dürfte. Steigt die Schallstärke um 10 Dezibel, so steigt die Lautstärke um $10^{0,3}$ — also viel langsamer als die Reizstärke, was biologisch höchst zweckmäßig ist, weil der Schalldruck manchmal das Billionenfache des gerade noch hörbaren Druckes ausmacht. Mit einer Sone-Skala kann man, wenn sie aus sehr vielen Einzelangaben gewonnen wurde, wahrscheinlich genauere Lautheits-Messungen durchführen als mit der Phon-Skala, weil diese nur auf Schwellenbestimmungen aufbaut, während mit den Sone-Schätzungen die Lautheit in allen Graden erfaßt wird (was z. B. für die Lärmbekämpfung ein großer Vorteil ist).

2. *Aufbau und Arbeitsweise des Gehör-Apparates*

In mancher Hinsicht leistet das Ohr mit den zugehörigen Gangliensystemen im Gehirn beträchtlich mehr als jeder physikalische Apparat: es trifft eine Einteilung der Töne (z. B. nach Oktaven, Quinten, Terzen; siehe unten) und führt zu einer Ordnung des Gehörten — Wort, Satz, Melodie —, die durch technische Instrumente nicht hergestellt werden kann. Mit diesen Hinweisen soll natürlich nicht bestritten werden, daß das Ohr selbst nach rein physikalischen Gesetzen arbeitet. Daran zweifelt niemand; aber es ist noch unklar, wie es dabei eigentlich zugeht.

Der Vorgang der Schwingungs-Fortpflanzung im Ohr ist komplizierter als man noch vor kurzer Zeit annahm. Die Forschungsarbeiten des Ungarn G. v. BÉKÉSY und des Deutschen O. F. RANKE haben zu neuen Erkenntnissen und dadurch auch zu einer neuen Theorie des Hörens geführt. Die Luftschwingungen treffen auf das Trommelfell, eine trichterförmig gestaltete, ziemlich steife Haut, an deren Rändern sich mit Ausnahme des obersten Teiles eine feine Falte befindet; dadurch besteht Bewegungsfreiheit des Trommelfells wie bei einem am oberen Rand fixierten konischen Lautsprecher. Von diesem oberen Rand bis

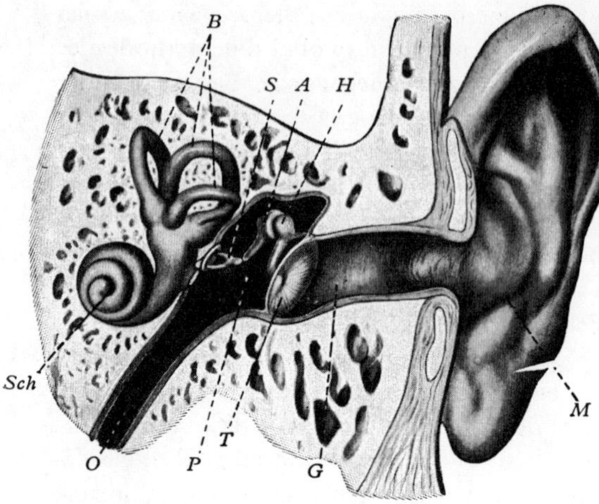

M = Ohrmuschel
G = Äußerer Gehörgang
T = Trommelfell
P = Paukenhöhle
H = Hammer
A = Amboß
S = Steigbügel
B = Bogengänge
Sch = Schnecke
O = Ohrtrompete

Abb. 70.
Die Lagebeziehungen des Vestibularapparates zum Gehörorgan.

zur Spitze des Konus ist das Trommelfell an seiner Rückseite im Mittelohr fest mit dem »Hammer« gekoppelt, einem feinen, kompliziert gebauten Knöchelchen, das seinerseits mit dem ebenso feinen »Amboß«-knöchelchen in sattelförmiger gelenkiger Verbindung steht. Der Amboß ist mit einer Art Kugelgelenk mit dem winzigen »Steigbügel« verbunden, dessen plattenförmiges Ende in eine elastische Membran, das »ovale Fenster«, durch eine Ringmembran wie durch eine Gummidichtung eingelagert ist; hinter dem ovalen Fenster liegt das »Innenohr« mit der »Schnecke«, die mit Flüssigkeit ausgefüllt ist. Auf diese Flüssigkeit übertragen sich die Schwingungsbewegungen des ovalen Fensters (Abb. 70). Die Bewegungsmöglichkeiten der Gehörknöchelchen bestehen nicht nur in Hin- und Herbewegungen, sondern auch in Kippbewegungen und begrenzten Drehbewegungen; es ist unmöglich, dieses komplizierte Schwingsystem im einzelnen zu beschreiben. Zum Verständnis seiner Funktion genügt die Feststellung, daß durch dieses System die Kraft der Schwingungen des großen Trommelfells (55 mm^2) auf die viel kleinere Fläche der Steigbügelplatte (etwa 3,5 mm^2) konzentriert wird, so daß eine rund 20fache Druckverstärkung zustande kommt. Die Eigenschwingung der Einzelteile des Gesamtsystems ist so abgestimmt, daß die für den Menschen wichtigsten Frequenzen — nämlich die Sprachfrequenzen von 200 bis etwa 2000 Hz — am meisten verstärkt werden; dies gilt in besonderem Maße vom Trommelfell, das nur bei Frequenzen bis etwa 2000 Hz technisch einwandfrei schwingt, dann aber infolge von Eigenschwingungen als Schwingungsempfänger unbrauchbar wird. Es gilt heute als sicher, daß Frequenzen über 2000 Hz nicht mehr über das

Trommelfell, sondern durch Knochenleitung, d. h. durch Schwingungen der Schädelknochen zustande kommen; die genauere Wirkungsweise ist aber noch nicht bekannt.

Die Umwandlung der mechanischen Schwingungen in nervöse Erregungen spielt sich im Innenohr ab, in welchem sich die Schnecke mit der Basilarmembran und dem System der Sinneszellen (CORTIsches Organ) befindet. Das ganze Innenohr ist mit einer Flüssigkeit, der Endolymphe, ausgefüllt. Die Endolymphe wird durch die Bewegungen der Steigbügelplatte im ovalen Fenster in Schwingungen versetzt, die sich auf die Basilarmembran in der Schnecke übertragen.

Die Transformation der mechanischen Schwingungsenergie in nervöse Erregungen erfolgt in der Schnecke. Ihr Aufbau ist höchst kompliziert; es ist nicht möglich, durch eine kurze Beschreibung eine richtige Vorstellung des Inneren der Schnecke zu vermitteln, so daß hier nur das Aufbauprinzip skizziert werden soll. Man denke sich den Hohlraum im Inneren eines Schneckengehäuses durch eine quergestellte Membran ungefähr in der Hälfte geteilt; diese Membran — die »Basilarmembran« — besteht an der Innenseite der Schnecke aus feinstem Knochengewebe und geht gegen die Schneckenwand in elastisches Gewebe über, wobei der elastische Anteil gegen die Schneckenspitze immer breiter wird. Dadurch ergeben sich vom Eingang der Schnecke bis zu ihrer Spitze verschiedene Elastizitätsgrade der Basilarmembran; der schmale Anteil an der Basis ist straffer gespannt und hat daher eine hohe Eigenschwingung, der breite Anteil an der Schneckenspitze ist nachgiebiger und hat eine tiefere Eigenschwingung. An der Schneckenspitze endet die Basilarmembran frei, so daß dort ein kleiner Raum (Helicotrema) entsteht, der für die Schneckenflüssigkeit einen Übergang zwischen den beiden Schneckenhälften schafft. Das ganze Innere der Schnecke ist luftblasenfrei mit Flüssigkeit (Endolymphe) ausgefüllt. Außer der Basilarmembran befindet sich im Inneren der Schnecke noch eine zweite, schräg zu ihr gestellte, äußerst zarte Trennwand (REISSNERsche Membran), die mit der Basilarmembran einen spitzen Winkel bildet.

Es ist schwierig, sich dieses häutige System im Schneckeninneren richtig vorzustellen; noch viel schwieriger ist es, die Vorgänge anschaulich darzustellen, die sich in der Schnecke abspielen. Die Trommelfell-Schwingungen werden durch die Gehörknöchelchen verstärkt auf die Steigbügelplatte übertragen, die sie ihrerseits an die Endolymph-Flüssigkeit der Schnecke weitergibt. Die Flüssigkeitsschwingungen pflanzen sich durch die ganze Schnecke fort und bewirken infolge der verschiedenen Elastizitätsgrade der Basilarmembran, daß diese je nach der Frequenz der eintreffenden Schwingungen an verschiedenen Stellen selbst in Schwingung gerät (je niederer die Frequenz, desto näher bei der

Schneckenspitze). Es entstehen daher im Schneckeninneren Schwingungsmaxima der Endolymphe und der Basilarmembran, deren Ort von der Frequenz abhängt. Dabei wird die Auf- und Abbewegung der Flüssigkeitsschwingungen infolge der ungleichen Elastizität von Basilarmembran und REISSNERscher Membran (das Bewegungsmaximum der ersteren liegt mehr an der Schneckenwand, der letzteren mehr an der Schneckenachse) in eine Hin- und Herbewegung verwandelt; ungefähr senkrecht zu dieser Bewegung stehen auf der Basilarmembran die Sinneszellen, die an ihrem obersten Ende feinste Härchen besitzen. Diese Härchen werden an der Stelle des Schwingungsmaximums im Rhythmus der Schwingung verbogen; und diese feinsten Mikrobewegungen bilden den Reiz für die Sinneszellen, die ihrerseits mit bipolaren ungefähr in der Schneckenachse liegenden Ganglienzellen verbunden sind. Von diesen Ganglienzellen ziehen die Fasern (die zweiten Neuriten der bipolaren Zellen) als Hörnerv (Nervus cochlearis) zunächst in das verlängerte Mark und von dort auf komplizierten Wegen nach vielen Umschaltungen in die erste Schläfenwindung der Hirnrinde (dem Hörzentrum). Jede der beiden Schnecken ist mit den Hörregionen der beiden Hemisphären verbunden. In den Ganglienzellen dieser Regionen läßt sich eine genaue Zuordnung zu den einzelnen Schneckengebieten feststellen (hohe Frequenzen werden in den frontalen, tiefe in den okzipitalen Teilen der ersten Schläfenwindung in Tonempfindungen umgewandelt). Ungeklärt sind noch viele Einzelheiten (z. B. wie bei den Frequenzen über 2000 Hz durch die Schwingungen des Schädelknochens Schwingungen der Endolymphe zustande kommen, wie die überaus feinen Reizabstufungen entstehen, die das hohe Tonunterscheidungsvermögen des Menschen ermöglichen usw.).

Die Resonanz-Theorie von HELMHOLTZ, nach welcher die Sinneszellen des CORTIschen Organs abgestimmte Resonatoren von verschiedener Länge darstellen, die durch die jeweilige Frequenz der Endolymph-Bewegung in Resonanz geraten, gilt als widerlegt. Die neue »hydrodynamische Hörtheorie« von BÉKÉSY und RANKE, nach welcher sich durch die physikalischen Eigenschaften der vorhandenen Membranen je nach der Frequenz der Endolymph-Schwingung an bestimmten Stellen Schwingungsmaxima bilden, steht mit den neuen Forschungsergebnissen in besserer Übereinstimmung, läßt aber die Frage offen, ob nicht doch für bestimmte Frequenzen spezifische Sinneszellen bestehen. Damit die subjektive Ordnung der Töne möglich wird, müssen offenbar ganz bestimmte, für gleiche Frequenzen immer gleichbleibende Stellen des CORTIschen Organs gereizt werden, d. h. die Schwingungsmaxima für jede Frequenz müssen immer am genau gleichen Ort der Schnecke zustande kommen (sogenannte »Einorts-Theorie«). Dies bedeutet, daß die Transformation der mechanischen Flüssigkeitsschwingungen in nervöse Erregung mit einem Präzisionsgrad stattfinden muß, von dessen technischer Realisierung man sich keine Vorstellung machen kann; auf der Basilarmembran-Spirale von etwa 30 mm Länge muß der ganze hörbare Frequenzbereich von 20 bis 20.000 Hz (bei manchen Tieren das Vielfache) transformierbar sein.

3. Die akustischen Empfindungen

Besser als mit der Physiologie des Hörens steht es mit seiner Psychologie. Die wichtigsten Eigenschaften der Gehörs*empfindungen* lassen sich den physikalisch-physiologischen Verhältnissen eindeutig zuordnen. An den *Tönen* unterscheidet man Höhe, Stärke und Klangfarbe; die erstere hängt von der Schwingungszahl ab, die zweite von der Größe (Amplitude) der Schwingungen, die dritte, also die Klangfarbe (damit ist die Eigenart der Töne gemeint, wie sie von bestimmten Instrumenten — Geige, Flöte, Orgel usw. — hervorgebracht wird), von der Art und Zahl der Teilschwingungen, die einen bestimmten Ton zusammensetzen, also von den »Oberschwingungen« der Schallwellen; doch spielt bei der Klangfarbe auch die Höhe und Stärke der Töne eine Rolle, sie ist das Resultat aller in einem Ton enthaltenen Faktoren.

Mit der einfachen Zuordnung zu den physikalischen Eigenschaften der Schallwellen sind aber bei weitem nicht alle Probleme der Tonempfindung gelöst. Die psychologische Tonforschung wurde von C. Stumpf in seiner »Tonpsychologie« begründet und von G. Revesz, in neuerer Zeit von A. Wellek weiterentwickelt (Wellek 1938). Schon die *Tonhöhe* enthält interessante Probleme. Daß man einen Ton als »hoch« oder »tief« bezeichnet, ist nach Ebbinghaus nicht bloß eine assoziativ zustande gekommene räumliche Metapher, sondern etwas ursprünglich Empfundenes; die Tonreihe von den tiefsten zu den höchsten Tönen bildet ein einsinnig gerichtetes Kontinuum, in welchem sich jedoch eigenartige, unmittelbar empfundene Ordnungen finden. Die bekannteste dieser Ordnungen ist die *Oktave:* erzeugt man, von einem bestimmten Ton ausgehend, immer höhere Töne, so findet sich einer, der dem Ausgangston zwar nicht gleich, aber doch deutlich verwandt ist; soll man einen Ton nachsingen und die eigene Stimme ist dazu nicht tief oder hoch genug, so findet man leicht in einer anderen Höhenlage einen »verwandten« Ton, der dann mit dem vorgesungenen zusammenklingt (beim »Unisono« eines gemischten Chores, an dem Frauen, Männer und Kinder beteiligt sind, hat man es mit diesem harmonischen Zusammenklingen zu tun). Am klarsten zeigt sich diese »Verwandtschaft« verschieden hoher Töne dort, wo sich ihre Schwingungszahlen wie 2 : 1 verhalten (also z. B.

32:16 Hz oder 880:440 Hz; 440 ist der »Kammerton oder das »Normal-a«, nach welchem seit 1939 in den meisten europäischen Ländern die Instrumente gestimmt werden). Das Verhältnis der Schwingungszahlen 2 : 1 nennt man eine Oktave; es gehört zu den rätselhaften Tatsachen der Sinnesempfindungen, daß dieses Verhältnis auch subjektiv empfunden und als »Verwandtschaft« zweier Töne erlebt wird. Für unmusikalische Menschen klingen Töne im Oktaven-Intervall überhaupt gleich (nach STUMPF wurden von solchen Menschen in 100 Fällen 75mal zwei Töne im Oktavenunterschied als gleich bezeichnet).

Zur Erklärung hat HELMHOLTZ die Tatsache herangezogen, daß die Oktave bereits physikalisch fundiert sei; in jedem Ton ist nämlich eine Oberschwingung mit der doppelten Schwingungszahl (oder auch mehrere solcher »Harmonischen«) enthalten, so daß ein schwingungsfähiger Körper nicht nur durch seine Eigenschwingungen, sondern auch durch deren Oktaven-Schwingung in Resonanz gerät, allerdings wesentlich schwächer. Diese, auf den ersten Blick bestechende Erklärung ist durch den Umstand widerlegt, daß die Oktaven-Ähnlichkeit auch bei obertonfreien Tönen, wie man sie künstlich erzeugen kann (sie klingen viel häßlicher als die anderen), in gleicher Weise auftritt. BRENTANO hat versucht, durch eine Scheidung der Tonhöhe in zwei verschiedene Eigenschaften einen Ausweg zu finden: die Tonhöhe enthalte einerseits die Qualität des Tones, die in jeder Oktave wiederkehrt, also gleichbleibt, andrerseits die »Helligkeit« des Tones, die mit der Höhe wechselt, nämlich ansteigt (hohe Töne seien »heller« als die tiefen »dunklen«, BRENTANO 1907). REVESZ hat an pathologischen Fällen die Berechtigung dieser Unterscheidungen nachgewiesen: er fand bei bestimmten Gehörsleiden, daß die »Helligkeit« vom zweigestrichenen g bis zum viergestrichenen cis normal anstieg, die Töne aber immer die Qualität des cis behielten, u. ä. m. (REVESZ 1946).

Daß die Tonhöhe eine zusammengesetzte Eigenschaft ist, scheint nach alledem nicht mehr zweifelhaft; die musikalische Qualität kehrt in jeder Oktave wieder, die Helligkeit steigt fortlaufend an. *Erklärt* ist aber damit die Tatsache der Oktaven-Empfindung nicht; es bleibt nichts übrig als die Annahme, daß man es dabei mit einer letzten Eigenschaft des Gehörsinnes zu tun habe oder daß dabei Faktoren eine Rolle spielen, die wir noch nicht kennen (was mir wahrscheinlicher erscheint). Wie wichtig die Oktaven-Empfindung ist, ergibt sich aus der Tatsache, daß die Oktave die Grundlage des Aufbaues der Musik aller Völker bildet; verschieden ist nur der Aufbau der Tonleitern, die zum Fundament einer Melodie gemacht werden und die Oktave in verschiedene Tonstufen unterteilen. So ist die Oktave in der abendländischen Musik durch die C-Dur-Tonleiter in acht Töne unterteilt, deren letzter natürlich immer die Oktave des ersten ist (dazu kommen innerhalb der Tonleiter noch die halben Töne).

Ihre große Bedeutung erweist die Oktave ferner in der Tatsache der *Konsonanz*. Erklingen zwei Töne gleichzeitig, so können daraus angenehme oder unangenehme Empfindungen entstehen; im ersteren Fall spricht man von der Konsonanz der Töne, im letzteren von Dissonanz. Die vollkommenste Konsonanz entsteht durch Töne, die im Verhältnis der Oktave stehen (deren Schwingungszahlen sich also wie 1 : 2 verhalten). Von diesem Verhältnis sinkt die Konsonanz über die Quinte (2 : 3), Quart (3 : 4), große Terz (4 : 5) zu den dissonanten Intervallen der Sekunde (8 : 9) und Septime (8 : 15). Konsonanz und Dissonanz sind unmittelbare psychische Gegebenheiten — charakterisiert durch zwei Merkmale: durch das Gefühl des Angenehmen und Unangenehmen und durch ein eigenartiges »Zusammengehören« oder »Auseinandertreten«. Die beiden Töne einer Dissonanz scheinen weiter auseinander zu treten als die einer Konsonanz, bei welcher man im Falle der Oktave geradezu von einer »Verschmelzung« sprechen kann; auch das feinste Ohr kann gleichzeitig erklingende Oktaventöne nicht in demselben Maße auseinanderhalten wie die Töne einer Dissonanz. Die »Verschmelzung« ist bei allen Versuchen, zu einer Theorie der Konsonanz zu kommen, der entscheidende Tatbestand geblieben; STUMPF sieht in ihr eine letzte Tatsache, für die es keine psychologische, sondern nur noch eine physiologische Erklärung gebe — für welche uns allerdings gegenwärtig noch der Ansatz fehlt. Verschmelzung ist dabei nach ihm dasjenige Verhältnis zweier Empfindungsinhalte, »wonach sie nicht eine bloße Summe, sondern ein Ganzes bilden«, was sich nur an erlebten Beispielen, nicht aber durch Beschreibung zeigen lasse. Die Ursache hierfür ist in Gehirnprozessen zu suchen; »nur eine physische Veranstaltung im Zentralorgan kann den unmittelbaren Grund der Verschmelzung enthalten« schrieb STUMPF im Jahre 1890 — eine Behauptung, der man sich auch noch heute anschließen muß. Und auch heute sind wir noch nicht in der Lage, über diese physische »Veranstaltung« im Gehirn mehr zu sagen als STUMPF bereits angedeutet hat: daß vermutlich als Wirkung der beiden konsonierenden Töne »eine in der Hirnstruktur gründende bestimmte Art des Zusammenwirkens zweier nervöser Gebilde« ausgelöst wird, aus welcher sich die Verschmelzung ergibt. Daß die früher dargestellte allgemeine Hypothese der »spezifischen Erregungskonstellationen« neue Denkmöglichkeiten ergibt, sei nur nebenher erwähnt; sie muß aber auch angeborene Strukturen, welche diese spezifischen Erregungen produzieren, annehmen. Die eigentlichen Ursachen der Konsonanz bleiben vorläufig ein Rätsel, das überdies durch ein Zahlengeheimnis — die Entsprechung zu bestimmten Schwingungsverhältnissen — verhüllt wird. LEIBNIZ hat ja angenommen, daß der Wohlklang der Töne auf einem unbewußten Zählen ihrer Schwingungen und deren richtigem Verhältnis beruhe.

Daß diese Zahlenverhältnisse nichts Festes sind, bewies H. Werner durch seine Experimente über »Mikromelodik und Mikroharmonik«. Er konnte in dem kleinen Intervall von nur fünf Schwingungen — das Halbtonintervall unseres normalen Systems in mittlerer Tonlage ist bereits durch 20 Schwingungen getrennt — das Halbtonintervall erzeugen und dadurch aus kleinsten Tonschritten Melodien aufbauen; allerdings geht dies nur sehr langsam: »nur durch anhaltende, durch viele Monate und möglichst täglich immer wieder unternommene Versuche ist der Ausbau eines solchen Mikrosystems für den ausdauernden Beobachter erreichbar«. Unendlich viele solcher Mikrosysteme sind möglich, auf jedes sind die Menschen »dressierbar«, aber bei keinem von ihnen beträgt das Frequenzverhältnis der Oktaven 1 : 2 — ein Hinweis, daß diese Proportion in unserem Normalsystem nicht auf irgendwelcher Zahlenmagie beruht, sondern seine Alleinherrschaft gegenüber den anderen möglichen (Makro- und Mikrosystemen) vermutlich seiner Einfachheit und der Tatsache verdankt, daß in jedem Grundton die Oktave als Oberschwingung bereits enthalten ist (Werner 1926).

Auf ganz andere Art haben amerikanische Untersuchungen das Bestehen fester gleichbleibender Frequenz-Zuordnungen zur empfundenen Oktave widerlegt. Ähnlich wie bei der »Sone-Skala« (S. 227) wurden in vielen Experimenten Halbierungs- oder Verdoppelungs-Schätzungen durchgeführt, aber nicht hinsichtlich der Lautstärke wie bei den Sone-Versuchen, sondern hinsichtlich der Tonhöhe: »Suchen Sie einen Ton, der halb so hoch ist, wie der eben gehörte«, — »einen Ton, der doppelt so hoch ist« usw. Als Maßeinheit wurde das »*Mel*« eingeführt und ein Ton von 1000 Hz bei 40 Dezibel als 1000 Mel definiert. Es zeigte sich, daß ein Ton von 1000 Hz ungefähr doppelt so hoch klingt wie ein Ton von 500 Hz, aber ein Ton von 10.000 Hz nicht doppelt so hoch wie einer von 5000 Hz, sondern doppelt so hoch wie ein Ton von 2000 Hz (Thompson S. 260). Die Beziehung zwischen den Mels und der Frequenz ist bei hohen Tönen anders als bei tiefen, die subjektive Oktave entspricht keineswegs immer der Verdoppelung der Frequenz (Stevens, Volkmann und Newman 1937). Um herauszufinden, wie groß *ein* Mel ist, wurde es der absoluten Unterschieds-Schwelle für Tonhöhen gleichgesetzt; es zeigte sich, daß bei 1000 Hz unter günstigen Hörbedingungen schon ein Zuwachs von 3 Hz bemerkt wird (ein Mel entspricht somit bei 1000 Hz 3 Hz), während bei 10.000 Hz ein Zuwachs von 20 Hz notwendig ist, um eine eben merkliche »Höher«-Empfindung zu erzeugen (daher bei 10.000 Hz ein Mel = 20 Hz; Thompson 1967). Dadurch ist natürlich auch die Anzahl der unterscheidbaren Tonhöhen-Schritte in den tiefen und hohen Oktaven sehr verschieden. Deutsche Schallforscher — R. FELDTKELLER und E. ZWICKER — haben als Bezugston für das »Mel« an Stelle von 1000 Hz den Ton C mit 131 Hz vorgeschlagen, wodurch unter 500 Hz die Frequenz und die Mel-Zahl ungefähr den gleichen Zahlenwert bekommen. Zur Diskrepanz zwischen subjektiver und objektiver (=frequenzverdoppelter) Oktave schreiben sie: »Transponiert man eine Melodie aus tiefer Lage harmonisch korrekt in eine hohe Tonlage, so wird sie melodisch zu eng. Transponiert man sie aber melodisch korrekt, so wird sie harmonisch unbrauchbar. Diese Diskrepanz stört aber beim Musizieren nicht, weil, offenbar in unbewußter Rücksicht auf diese Sachlage, Grundtöne weit oberhalb 1 kHz nicht oder nur sehr selten verwendet werden.« (FELDTKELLER-ZWICKER 1956.)

Die Konsonanz wird dadurch noch geheimnisvoller. STUMPF hat recht, wenn er behauptete, durch die Verschmelzung würden die beiden konsonierenden Töne zu einem »Ganzen«, nicht zu einer Summe. Ein solches »Ganzes« ist auch die Melodie; und gerade die Melodie ist bekanntlich das klassische Beispiel, das CHR. v. EHRENFELS für die Existenz der von ihm entdeckten »Gestaltqualitäten« angeführt hat. Man kann eine Melodie in die verschiedensten Tonarten transponieren, man kann sie singen, pfeifen, summen oder sie sich auch nur vorstellen, man kann sie auf den verschiedensten Instrumenten spielen und ihre Klangfarbe abändern — sie bleibt immer dieselbe Melodie, dieselbe »Gestalt«. Die gestaltpsychologische Richtung hat sich mit den Tonproblemen eingehend befaßt; mit dem, was dabei herausgekommen ist, hat sich die zweite »ganzheitspsychologische« Schule — die Strukturpsychologie KRÜGERS — sehr gründlich auseinandergesetzt, wobei sich eine Sonderung und Präzisierung der schwierigen Begriffe vollzog, die beide Schulen (und zum Teil noch eine dritte, nämlich die geisteswissenschaftliche Richtung SPRANGERS) verwenden. A. WELLEK, der Ton- und Musikpsychologe der KRÜGERschen Richtung, hat hier säubernde und ausgleichende Arbeit geleistet; heute liegt ein in den Grundzügen abgeschlossenes und festes System von Begriffen vor, mit dessen Hilfe eine weitgehende Differenzierung der Tonerlebnisse möglich wurde. Im folgenden sei davon nur das Wichtigste erwähnt — man beachte dabei, wie vielerlei in einem einzigen Wahrnehmungsgebiet durch bloße *Analyse* des Erlebens feststellbar ist. Es gibt kaum ein besseres Beispiel für die außerordentlich große Mannigfaltigkeit von Einzelzügen, die in einem einheitlichen Wahrnehmungsvorgang enthalten sein können und von denen jeder einzelne gesondert variierbar ist, so daß sich ein unübersehbarer Reichtum von Verschiedenheiten (und damit von musikalischen Ausdrucksmöglichkeiten) ergibt.

Gesungene Töne sind naturgemäß immer mit irgendwelchen Sprachlauten vermengt; dabei werden die *Vokale* gegenüber den Konsonanten stark bevorzugt. Daß in den Vokalen von vornherein etwas Tonähnliches enthalten ist, zeigt ein einfacher Versuch; wenn man einen Vokal durch längere Zeit ununterbrochen ausspricht, entsteht ein gesungener Ton. Andrerseits kann man Vokale künstlich erzeugen; STUMPF hat dies mit Pfeifen erreicht und Vokale hervorgebracht, die von gesprochenen nicht zu unterscheiden waren. Zwischen Vokal und Ton scheint also eine Beziehung zu bestehen; KÖHLER hat zu zeigen versucht, daß in einfachen Tönen eine vokalähnliche Eigenschaft (»Vokalität«) enthalten sei, die deutlich herausgehört werden könne und in der Reihenfolge der Vokale u—o—a—e—i oktavenmäßig ansteige (KÖHLER 1923). Von anderen Tonforschern, z. B. auch von STUMPF, ist dieses Resultat nachgeprüft und die von KÖHLER behauptete Klarheit und Oktavenverschiedenheit bestritten worden; unbestritten aber blieb, daß in den Vokalen, und zwar auch in den gesprochenen, etwas Tonähnliches vorhanden sei, wobei das u am tiefsten, das i am höchsten »klingt«. Diese »Tonigkeit« (die von STUMPF in Teiltöne aufgelöst wurde) ist jedoch bei den Vokalen mit anderen akustischen Eigenschaften vermischt. Die physikalische Grundlage dieser Eigenschaften hat GEMELLI in seinen großangelegten sprachanalytischen Untersuchungen aufgedeckt (GEMELLI 1939); mit einer an Genauigkeit nicht mehr zu übertreffenden Methodik hat er die Schwingungsbilder der gesprochenen Laute registriert und gezeigt, daß eine Konstruktion der einzelnen Vokale aus Tonelementen unmöglich ist; jeder einzelne Vokal hat seine eigene spezifische Struktur, die von denen der Töne ganz verschieden ist. Damit ist gezeigt, daß Töne und Vokale keineswegs gleichartig sind; die Vokale stehen zwischen den Tönen und den *Geräuschen* — der zweiten großen Gruppe akustischer Eindrücke, von denen noch kurz das Wichtigste zu sagen ist.

Der physikalische Unterschied zwischen Tönen und Geräuschen besteht darin, daß die einzelnen Schwingungs-Komponenten der Geräusche in keinem gesetzmäßigen Zusammenhang miteinander stehen und daß ihr gegenseitiges Verhältnis wechselt. Gewiß sind in den Geräuschen auch Töne enthalten; im ungedämpften Klavier antworten fast auf jedes Geräusch einige Saiten mit Resonanz. Trotzdem ist der empfindungsmäßige Unterschied ganz klar, wenn auch sprachlich schwer zu beschreiben; doch hat die Sprache eine große Zahl von nachbildenden Wörtern ausgebildet, aus denen deutlich die verschiedene *Höhe* der einzelnen Geräusche zu entnehmen ist, so daß man sie in einer Reihe ordnen kann: Brummen, Murmeln, Schnurren, Knurren, Poltern, Rollen, Sausen, Rauschen, Hauchen, Rasseln, Knarren, Klappern, Knattern, Schmettern, Wehen, Kreischen, Knistern, Klirren, Ticken, Knipsen,

Zischen, Zwitschern. HELMHOLTZ hat gemeint, daß die Geräusche immer eine Summe gleichzeitiger Töne seien, STUMPF und WUNDT hingegen halten sie für Empfindungen besonderer Art. Eine eindeutige Entscheidung zwischen beiden Meinungen ist heute noch nicht möglich; sicher ist die Grundlage der Unterschiede zwischen Ton und Geräusch in den Erregungsvorgängen zu suchen, aus denen die Gehörsempfindungen hervorgehen. Die Ordnung bzw. Unordnung und das gegenseitige Verhältnis der daran beteiligten Einzelerregungen könnte hypothetisch als eine solche Ursache angesehen werden.

4. Das Richtungshören

Für alle bisher besprochenen Gehörserlebnisse genügt zur Not *ein* Ohr. Alle hörenden Lebewesen haben aber *zwei* Ohren; und zwar symmetrisch angeordnet. Der Zweck dieser Einrichtung ist derselbe wie bei den zwei Augen: es soll dadurch die *räumliche* Wahrnehmung verbessert und präzisiert werden. Das Gehör ist, biologisch betrachtet, ja ein Apparat, der den Menschen und Tieren von Dingen, Lebewesen und Vorgängen Kenntnis gibt, die weit entfernt sein können und die man oft weder sehen noch tasten kann — ein Fernsinn, der ebensosehr der Feststellung von Gefahren wie von Möglichkeiten zur Triebbefriedigung dient. Um diesen Zweck zu erfüllen, ist es sehr wichtig, daß auch die *Richtung*, in der sich ein Feind befindet oder in welcher man Nahrung oder einen Geschlechtspartner erwarten kann, feststellbar ist; das Richtungshören ist daher für die Tiere von größter Bedeutung. Über sein Zustandekommen hat man vielerlei Theorien aufgestellt; durchgesetzt und bewährt hat sich die — im wesentlichen von v. HORNBOSTEL stammende — »Zeittheorie«, nach welcher die Richtungslokalisation einer seitlichen Schallquelle dadurch zustande kommt, daß der Schall nicht beide Ohren gleichzeitig trifft, sondern das eine früher, das andere später. Diese Zeitdifferenz — es genügen schon außerordentlich kleine Differenzen, die Schwelle liegt bei $^{3}/_{100.000}$ Sekunden — hat sich auch experimentell als das Entscheidende erweisen lassen; in erster Linie bei kurzdauernden Geräuschen, z. B. einem Knall oder Pfiff, aber auch bei langdauernden Geräuschen hat sich die Theorie bestätigt, nur scheint dort der Phasenunterschied die Rolle der eigentlichen Zeitdifferenz zu übernehmen (die auf die Ohren treffenden Wellen sind »phasenverschoben«, d. h., während das eine Ohr von einem Schwingungsbauch getroffen wird, wird das andere von einem Schwingungsabfall getroffen, woraus sich ebenfalls ein Zeitunterschied ergibt). Bei genau gleichzeitigem Eintreffen des Schalles auf beide Ohren erscheint die Schallquelle in der Mitte. Die Horchgeräte der Fliegerabwehr arbeiten nach diesem Prinzip.

Auf welche Weise aus der Zeitdifferenz die »Richtungsempfindung« entsteht, wissen wir nicht. Tatsache ist jedenfalls, daß die Schallwellen, die zuerst das eine und nach äußerst kurzer Zeit das zweite Ohr treffen, nicht als zwei Schälle, sondern als ein einziger, aus bestimmter Richtung kommender Schall empfunden werden. Daß eine Vereinigung der aus den beiden Ohren kommenden Erregungen stattfindet, ergibt sich schon aus den anatomischen Verhältnissen; jedes Ohr ist mit beiden Hirnhemisphären — die Hörregion liegt in der Rinde der Schläfenlappen — verbunden.

Natürlich kann man auch mit *einem* Ohr vielfach die Richtung eines Schalles bestimmen (jedoch nur viel ungenauer); sekundäre Faktoren aus der Erfahrung — die Art des Schalles, das Wissen um den Ort der Schallquelle usw. — sowie die Mithilfe anderer Sinnesorgane spielen dabei eine große Rolle. Fest steht, daß die Richtungswahrnehmung zweiohrig viel präziser erfolgt als einohrig und daß Täuschungen über rechts und links zweiohrig fast nie vorkommen; wohl aber (bei Ausschaltung aller anderen Sinneshilfen) über vorn und hinten sehr häufig, weil die Zeitdifferenz bei von vorn kommenden Wellen genau gleich sein kann wie bei von hinten kommenden. Geräusche werden genauer lokalisiert als Töne, nicht nur in ihrer Richtung, sondern auch in ihrer Entfernung.

Schon die gewöhnliche Alltagssprache verwendet zur Beschreibung von Tonerlebnissen Ausdrücke, die aus dem Gebiet des *Sehens* stammen. Bereits die Bezeichnungen »hoch« und »tief« gehören hierher; in Experimenten ARGELANDERS wurden die tiefen Töne als dunkel, unrein, samtartig, dick, schwer, die hohen als silbern, lichtvoll, stechend, scharf, dünn und spitz bezeichnet. HORNBOSTEL zieht auch noch andere Sinnesgebiete zur Beschreibung heran: die tiefen Töne sind groß, undicht, unfest, diffus, weich, stumpf, behäbig, dickflüssig, schwerbeweglich, die hohen sind klein, dicht, fest, konzentriert, hart, spitz, lebhaft, beweglich, leicht. WELLEK nennt solche Zuordnungen, die er schon in antikem und mittelalterlichem Schrifttum vorfand, »Ursynästhesien« (WELLEK 1931). Solche Beschreibungen haben zweifellos etwas Richtiges; sie erfassen tatsächlich Eigenschaften der Töne, die auf andere sprachliche Art nicht zu fassen sind. Mit solchen Analogien und Metaphern nicht zu vergleichen ist das *Farbenhören* — besser gesagt: das farbige Hören (in Frankreich seit langem als »audition colorée« bekannt). Bei ihm hat man es mit dem Entstehen echter Farbempfindungen durch Töne oder Klänge oder auch Sprachlaute zu tun, also mit dem Ansprechen des visuellen Systems auf akustische Reize — präziser ausgedrückt, mit der Tatsache, daß aus *einem* Reiz zwei Sinneseindrücke, der adäquate akustische und der dem Reiz nicht adäquate Farbeneindruck, entstehen. Solche Miterregungen eines zweiten Sinnes bezeichnet man als *Synästhesie;* JAENSCH hat zu zeigen versucht, daß es sich dabei um eine typologisch wichtige, vom Aufbau der Persönlichkeit abhängige Eigenart handle, die ihn zur Aufstellung eines eigenen Typus, des »Synästhetikers«, veranlaßte.

Die sehr große Literatur über Farberscheinungen beim Hören (ANSCHÜTZ, ARGELANDER, ZIETZ u. v. a.) gibt kein einheitliches Bild. Von einer Gesetzmäßigkeit in dem Sinne, daß bestimmten Tönen immer bestimmte Farben zugeordnet wären, kann man anscheinend nicht sprechen; es bestehen große individuelle Schwankungen nicht nur in der Art, sondern auch in der Stärke und Deutlichkeit der Farberlebnisse — ja sogar darin, daß ihre psychische Qualität ungleich ist: bei manchen haben die Farben richtigen Empfindungscharakter, sie werden *gesehen*, bei anderen treten sie nur als Vorstellungen auf. Natürlich ist bei labilen Personen, die gefragt werden, ob sie nicht bei einem bestimmten Ton oder Vokal oder auch beim Hören einer bestimmten Zahl eine Farbe sehen, die Gefahr von Selbsttäuschungen gegeben. Von echter Synästhesie darf man daher nur dort sprechen, wo akustische Eindrücke unwillkürlich, regelmäßig und konstant mit denselben Farberlebnissen verbunden werden. Diese Erscheinung ist relativ selten; verläßliche Zahlenangaben über ihre Häufigkeit liegen noch nicht vor.

Eine befriedigende Erklärung des farbigen Hörens gibt es noch nicht. Zuerst sah man in dieser Erscheinung etwas Pathologisches, dann wurde die Ansicht vertreten, daß ein »Überspringen« von Erregungen im Gehirn (von den akustischen Gangliensystemen in die visuellen) vorliege, schließlich wurde die Meinung vertreten, daß alle Menschen die Anlage zu Synästhesien besäßen, allerdings nicht in gleichem Maße; denn ursprünglich seien die einzelnen Sinnesgebiete nicht so differenziert gewesen wie beim heutigen Entwicklungsstand des Menschen — vielmehr seien die Sinneswahrnehmungen miteinander in engstem Zusammenhang gestanden, wie es bei Kindern und Primitiven auch heute noch der Fall sei. Diese von H. WERNER aufgestellte Hypothese kann sich auf die Tatsache berufen, daß die Seh- und Hörleitung zuerst in das Urhirn führt und dort (in der Vierhügelgegend) in Ganglienzellen endet, von denen dann neue Fasern in die Seh- und Hörregion der Hirnrinde führen.

Das Riechen und Schmecken

In allen Kulturländern gibt es große, mit den modernsten technischen Mitteln arbeitende Industrien, die ausschließlich Sinnesreize für die Zunge, den Gaumen und die Nase herstellen. Tausende von Schiffen tragen aus den fernsten Ländern die erlesensten Früchte, Gewürze und Blumen über die Weltmeere. Die Delikatessenindustrie, die Schokoladen- und

Bonbonerzeugung, die Konditoreien, die Wein-, Likör- und Champagnerkellereien, die großen Hotelküchen mit ihren gelehrten Köchen, die das Edelste und Feinste aus allen Erdteilen in der raffiniertesten Weise miteinander kombinieren — sie alle dienen der Reizung der Zunge und des Gaumens und der Riechschleimhaut der Nase, die am Geschmack einer Speise sehr wesentlich mitbeteiligt ist. Wer einen starken Schnupfen hat, spürt fast nichts vom Wohlgeschmack eines Weines, Bratens oder Kuchens: der Zugang zur Riechschleimhaut, zu welcher die Moleküle der Speisen und Getränke durch die engen Gänge des Nasen-Rachen-Raumes hinaufsteigen, ist verstopft. Der Geschmackssinn selbst bietet nur sehr beschränkte Genußmöglichkeiten; er kann nur die Empfindungen: süß, sauer, bitter und salzig erzeugen. Der Geruchssinn hingegen ist so reich an Qualitäten, daß eine einigermaßen vollständige Ordnung und Einteilung noch nicht möglich war; am häufigsten angeführt wird immer noch der zweifellos sehr reformbedürftige Einteilungsversuch HENNINGS, der unter den einfachen Gerüchen die Qualitäten: blumig, fruchtig, würzig, harzig, brenzlig, und faulig unterscheidet (HENNING 1924). Neuere Autoren haben noch weitere hinzugefügt, so AMOORE, JOHNSTON und RUBIN »ätherisch, minzig, stechend, kampfer- und moschusartig« (AMOORE 1964).

Was Geruch und Geschmack beim Kulturmenschen leisten, ist zum weitaus überwiegenden Teile eine ausgesprochene Luxusleistung, die lediglich dem Genuß dient. Ihre biologische Aufgabe erfüllen diese beiden Sinnesgebiete beim Menschen nur noch in seltenen Fällen — etwa in der Abneigung, die der Geruch und Geschmack verdorbener Speisen erweckt. Bei den Tieren hingegen kommt dem Geruch, aber auch dem Geschmack eine sehr hohe vitale Bedeutung zu: der Schmetterling findet über weite Entfernungen mit Hilfe seiner Geruchsfühler ein Weibchen, der Hund erkennt die Hündin an ihrem Geruch, und viele niedere Tiere riechen ihre Feinde schon von weitem, so daß sie rechtzeitig fliehen können. Daß der Geruchssinn die Raubtiere bei der Nahrungssuche, die Haus- und Polizeihunde bei der Heimfindung und Menschenverfolgung leitet, zeigt schon ihr Verhalten: mit der Nase am Boden folgen sie einer unsichtbaren Spur.

Das Sinnesorgan für das Riechen liegt in den obersten Gebieten des Naseninnern, das dort durch die Nasenscheidewand in zwei Teile geschieden wird. In jeder dieser beiden engen Spalten — den Riechspalten — liegt an den Wänden ein bräunlich gefärbtes, unregelmäßig begrenztes, etwa 250 mm² umfassendes Gebiet, die Regio olfactoria; sie enthält das Riechepithel, das aus den Riechzellen sowie aus Stützzellen und Flimmerhärchen besteht. Die Riechzellen sind bipolare Sinnesnervenzellen, die mit länglichen Ausläufern, den *Riechstäbchen*, in der Riechschleimhaut endigen. Die Riechstäbchen sehen wie winzige, verschieden lange Fingerchen aus; ihre Zahl in der Nase ist groß, denn wir besitzen etwa 10 Millionen Riechzellen, von denen jede 6—12 solche dünne Fingerchen von $^{1}/_{10.000}$ mm Dicke und etwa $^{2}/_{1000}$ mm Länge besitzt (bei Hunden fand man mehr als die zwanzigfache Anzahl, etwa 240 Millionen Riechzellen). Der zentripetale Anteil der Riechzellen besteht aus sehr dünnen marklosen Nervenfasern, die sich zu feinen Bündeln (fila olfactoria) zusammenschließen und durch den Schädelknochen (Siebbein) in die unmittelbar darüber liegenden bulbi olfactorii führen, wo sie in komplizierten Synapsen auf Leitungen umgeschaltet werden, die in den »Riechsphären« der Hirnrinde im Mandelkern (nucleus amygdalae) und dessen Umgebung endigen. Vom Riechepithel läßt sich im Tierversuch bei Geruchsreizen eine sehr langsame elektrische Spannungsschwankung (4—6 Sekunden) nachweisen (»*Elektro-Olfaktogramm*«, EOG).

Über die Reizung der Riechzellen besteht sonderbarerwesie noch keine Klarheit. Sicher ist, daß sie durch die Luft erfolgt, die durch die Nase oder durch die Verbindungsgänge aus dem Rachenraum zu den Riechspalten gelangt und am Riechepithel vorüberstreicht; auf welche Weise aber die in dieser Luftströmung enthaltenen Duftstoffe das Epithel reizen, ist noch unbekannt, ja schon die Frage, wie die Reizstoffe in die hochgelegenen Riechspalten befördert werden, ist umstritten. Man hat Druckdifferenzen angenommen, die Luftwirbel erzeugen, und sich die Reizung der Sinneszellen mit der Annahme erklärt, daß die Riechstoffe ultraviolette Strahlen oder elektrische Schwingungen verschiedener Frequenz aussenden, welche die Riechzellen durch Resonanz in Erregung versetzen. Am verbreitetsten ist die Hypothese, daß der Riechstoff in der Nasenflüssigkeit gelöst und dann direkt an die Sinneszellen herangebracht wird; daß also die Reizung *chemischer* Art ist, wobei der Bau der Moleküle — ihre Größe und Struktur — eine entscheidende Rolle spielen soll; es wird angenommen, daß bestimmte Molekülformen bestimmten Zellstrukturen der Riechstäbchen zugeordnet seien, so daß sie ineinander passen (stereochemische Geruchstheorie, AMOORE 1952). Die chemische Einwirkung scheint die *einzige* Reizungsart zu sein, auf die das Geruchsorgan anspricht; inadäquate — mechanische, thermische, elektrische — Reize lösen keine Geruchsempfindung aus, wie jedermann aus dem Alltag weiß; sonst wäre das Schneuzen und Niesen von Geruchsempfindungen begleitet, weil in beiden Fällen eine mechanische Reizung vorliegt. Bei starkem Niesen wird ja sogar die Netzhaut so stark mechanisch gereizt, daß man Lichtblitze sieht. Durch die Wirkung auf das Riechepithel erzeugen die in der eingeatmeten oder vom Mund aufsteigenden Luft enthaltenen Moleküle die Erregungen der Riechzellen, aus denen im Gehirn die Geruchsempfindungen entstehen. Die Zahl der verschiedenen

Gerüche konnte bisher nicht festgestellt werden; ja nicht einmal über die Anzahl der »Grundgerüche« konnte man sich einigen. »Grundgerüche« sind solche, die nur auf dem Geruchssinn beruhen und nicht — wie die meisten Gerüche des täglichen Lebens — auf der Reizung mehrerer Sinne; so wirkt die Ameisensäure außer auf das Riechepithel auf den Geschmackssinn, nämlich als sauer, ebenso Chloroform, nämlich als süßlich, Menthol und Kampfer reizen auch den Kältesinn, Alkoholverbindungen den Wärmesinn, Paprika, Pfeffer, Senf usw. Geruchs-, Geschmacks- und außerdem den Schmerzsinn, der aber in diesem Falle das prickelnde Lustempfinden auslöst, das der Feinschmecker nicht vermissen möchte.

Es mag sein, daß die ungeheure Mannigfaltigkeit der Gerüche durch solche Nebenwirkungen auf andere Sinne zustande kommt; zweifellos sind aber schon die Grundgerüche selbst sehr vielfältig, ja es kann sogar derselbe Stoff verschiedene Gerüche erzeugen, wenn er in verschiedener Konzentration in die Nase gelangt. So soll Schwefelwasserstoff nur bei mittlerer Intensität den bekannten fauligen Geruch besitzen, bei ganz schwacher hingegen den von Schweinsbraten und bei sehr starker den von Orangen. Es ist daher begreiflich, daß die Ordnung und Systematisierung der Gerüche so große Schwierigkeiten bereitet.

Die Beziehung zwischen Reiz und Empfindung ist beim Riechen viel unklarer als bei den übrigen Sinnesgebieten. Eine eindeutige Zuordnung wie etwa zwischen elektromagnetischer Schwingungszahl und Farbe, Luftschwingungsfrequenz und Ton ist zwischen den Geruchsreizen und Geruchsempfindungen nicht durchführbar. Von den chemischen Elementen besitzen nur 7 einen Geruch: Fluor, Chlor, Brom, Jod, Phosphor, Arsen, Sauerstoff (als Ozon). Allgemein bekannt ist die Tatsache, daß schon erstaunlich geringe Mengen von Riechstoffen ausreichen, um das Riechepithel zu reizen: Vanillin wird noch gerochen, wenn in einem Liter Luft der millionste Teil eines Milligramms enthalten ist, bei Kampfer genügen 0,000002, bei Pfefferminzöl 0,0007, bei Rosenöl 0,0002, bei Moschus und Buttersäure 0,001 millionstel Gramm pro Liter Luft. Diese Leistung (Reizschwelle) des Riechapparates übertrifft an Feinheit die meisten chemischen Reagenzien; das Geruchsvermögen vieler Tiere ist aber noch viel feiner.

Im großen und ganzen hat die Reizung der Geruchsstoffe etwas Unmittelbareres als diejenige der übrigen Sinne; sie ähnelt bereits der Wirkungsart von Substanzen, die in den Körper aufgenommen werden, z. B. pharmakologischen Präparaten oder Giften. Diese Ähnlichkeit ist nicht ohne Bedeutung; sie zeigt, daß man sich an der Grenze zwischen Sinnesorgan und Rezeptionsorgan im engeren Sinne befindet — beim Riechen wird ein Stoff in den Körper hineingenommen genau wie beim Atmen oder Essen oder Rauchen. Zu allen diesen Funktionen stehen Geruch

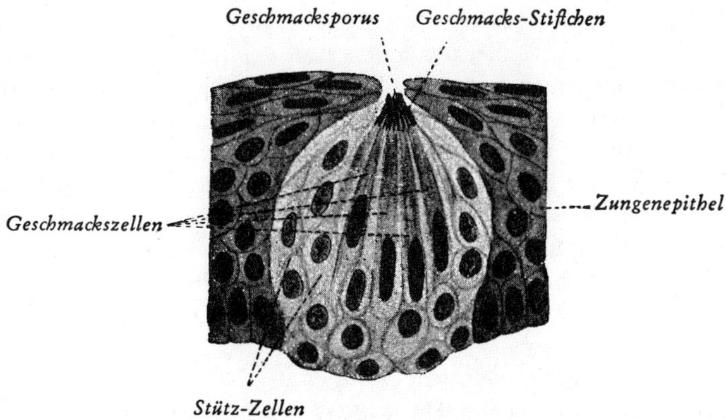

Abb. 71. Geschmacksknospe. Der Porus ist die reizempfindliche Stelle. Aus J. WALLRAFF, Leitfaden der Histologie des Menschen, Urban & Schwarzenberg, München-Berlin 1962.

und Geschmack ja in enger Beziehung: die ursprüngliche Aufgabe dieser »chemischen Sinne« besteht neben der Geschlechts- und Feindwitterung zweifellos darin, das Ungenießbare vom Genießbaren zu unterscheiden. Die Wichtigkeit dieser Funktion ergibt sich schon daraus, daß viele niedere Tiere ohne Seh- oder Gehörsorgan sind, während alle bekannten Tiere irgendeinen chemischen Sinn besitzen.

Wie bereits erwähnt wurde, steht der Geruch in enger Beziehung zum *Geschmack*. Die von den im Munde befindlichen Speisen durch die Rachengänge in die Nasenhöhlen aufsteigende Luft enthält die Riechstoffe dieser Speisen; die Geruchsempfindungen, die dadurch ausgelöst werden, mischen sich mit den Geschmacksempfindungen, die von der Zunge und vom Gaumen ausgehen, und ergeben auf diese Weise die Gesamtempfindung, die man im Alltag als den Geschmack einer Speise bezeichnet. Geschmack im engeren, wissenschaftlichen Sinne ist etwas anderes: man meint damit nur die Empfindungen, welche aus der Reizung der Sinnesorgane auf der Zunge und im Gaumen entstehen; sie besitzen vier Qualitäten: süß, bitter, sauer und salzig.

Man betrachte einmal die eigene Zunge im Spiegel. Zu beiden Seiten der Spitze, besonders an den Zungenrändern, sieht man kleine, sich gelblich vom roten Untergrund abhebende Tüpfelchen in unregelmäßiger Anordnung; das sind die Papillen, von denen es verschiedene Arten gibt. Diese Papillen sind die Träger der Geschmacksknospen — winziger Gebilde (0,06 bis 0,08 mm hoch, 0,04 mm dick); manche Papillen enthalten 100 bis 150, andere nur 5 bis 20 Geschmacksknospen; insgesamt finden sich bei Erwachsenen mittleren Alters etwa 2000 Geschmacksknospen.

Papillenhaltig und damit geschmacksempfindlich ist von der Zunge der vordere Teil ihrer Oberfläche, die Spitze und der Rand sowie ein Teil des Zungengrundes, an welchem die Papillen besonders dicht angeordnet sind; ferner der weiche Gaumen, die hintere Rachenwand in der Höhe des Zungengrundes und sonderbarerweise auch der Kehldeckel und einzelne Teile des Kehlkopfes. Es wird behauptet, daß für süß und salzig die Zungenspitze, für sauer der Zungenrand und für bitter der Zungengrund am empfindlichsten sei. Die Zungen*mitte* ist geschmacks*unempfindlich*. Mit zunehmendem Alter verlieren viele Papillen ihre Empfindlichkeit; Achtzigjährige sollen nur mehr etwa ein Drittel der Papillen besitzen, die ein Kind hat.

Sehr kompliziert sind die Nervenleitungen des Geschmackssinnes. Es gibt kein einheitliches Faserbündel für die von den Geschmacksknospen ausgehenden Leitungen; diese folgen vielmehr verschiedenen anderen Nerven, ihre Bahn ist teilweise noch ungeklärt. Ein erstes Zentrum bildet ein Gangliensystem im verlängerten Mark (der Kern des Nervus glossopharyngeus); das Rindenzentrum für den Geschmack liegt wahrscheinlich im untersten Anteil der hinteren Zentralwindung.

Die Beziehung zwischen Reiz und Empfindung ist beim Geschmack in kein System zu bringen: bitter und süß können durch die verschiedensten Substanzen erzeugt werden, sauer setzt die Anwesenheit von Wasserstoff-Ionen voraus und salzig wird einzig und allein durch Kochsalz erzeugt. Die unbedingte Voraussetzung dafür, daß eine Substanz einen Geschmack erzeugt, ist ihre Wasserlöslichkeit; daher sind manche Metalle, wie z. B. Gold oder Platin, geschmacklos. Der »Schmeckstoff« muß sich im Speichel lösen oder fein verteilen und in dieser Form auf die Geschmacksknospen gebracht werden; dies geschieht vor allem durch Zungenbewegungen, wobei sich die Papillen auspressen und dadurch für die Aufnahme der neuen Flüssigkeit bereitmachen. Läßt man die Zungenspitze unbewegt in eine schmeckende Flüssigkeit hineinhängen, so spürt man fast nichts vom Geschmack; die Papillen sind vom Speichel verlegt.

Nicht alle Geschmacksknospen liefern alle vier Qualitäten; manche können nur die Empfindung sauer, andere nur süß und bitter, wieder andere auch alle vier Empfindungen erzeugen. Es ist noch unentschieden, ob dies auf einer Eigenart der Geschmacksknospen oder außerdem noch darauf beruht, daß es im zerebralen Geschmackszentrum für die einzelnen Qualitäten Sondersysteme gibt, zu denen nicht alle Geschmacksknospen Nervenleitungen besitzen. Im Gegensatz zum Geruchssinn ist es möglich, Geschmäcke auch durch inadäquate Reize auszulösen. Legt man die Zungenspitze an die Pole einer Taschenlampenbatterie, so spürt man bekanntlich einen säuerlich-prickelnden Geschmack. Auch durch

Beklopfen der Papillen mit feinen Platinhämmerchen soll etwas Ähnliches zustande kommen; nur durch Wärme- oder Kältereize entsteht kein Geschmack.

Die Gefühlsnuance, die in den Geschmäcken enthalten ist, hat zur Übertragung ihrer Bezeichnungen auf Dinge geführt, die ähnliche Gefühle auslösen: man spricht vom süßen Schlaf, einer süßen Melodie, auch die Liebe ist süß, manchmal bittersüß; bitter ist auch manche Lebenserfahrung, ebenso die Kälte, in welcher uns die Arbeit sauer wird.

Die Haut- und Muskelsinne

1. *Die Berührungs- und Druckempfindungen*

Die Organe für das Sehen, Hören, Riechen und Schmecken liegen alle im Inneren des Kopfes; ihre Nervenleitungen sind kurz und führen direkt in das Gehirn. Im Gegensatz dazu sind die *Sinnesorgane der Haut* über den ganzen Körper verteilt; dazu gehören: die Sinne für die Empfindungen von Wärme und Kälte, von Berührung, Druck und Schmerz, von Bewegung und Kraft, dazu kommen noch die Rezeptoren für die Vorgänge im Inneren des Körpers (Harndrang, Geschlechtsempfindungen, Verdauungsempfindungen, Schluckempfindungen, Atemempfindungen usw.) und die Sinne für die Lage unseres Körpers im Raum. Man sieht, daß es nicht leicht ist, eine bestimmte Zahl von Sinnen anzugeben; wohin soll man die Empfindungen zählen, wie sie etwa beim Husten oder Niesen, beim Lachen und Weinen entstehen?

Leicht unterscheiden lassen sich die Sinne, die in der Haut liegen; sie machen die ganze Körperoberfläche zu einem empfindlichen Organ. Das einfachste Beispiel hiefür ist das Tasthaar oder der Fühler, ein Apparat, durch dessen Vermittlung die Gegenstände der Außenwelt auf die Haut einen Druck ausüben. Die Hautstelle, in welcher das Haar sitzt, wird dadurch ein wenig eingedrückt (deformiert); und diese Deformierung oder die dadurch bewirkte Zerrung der Haut bildet, so scheint es wenigstens, den Reiz für die Endungen der feinen Nervenfäden, deren Erregung die Tastempfindung auslöst. Die Reizempfänger scheinen die sogenannten MEISSNER*schen Körperchen* zu sein – winzige Kapseln, in deren Innerem sich die freien Aufzweigungen zweier oder mehrerer Nervenfasern befinden. Das Haarkleid des Menschen ist im Vergleich zur Behaarung der meisten Säugetiere sehr dürftig; die Deformierung der Haut durch Druckwirkung erfolgt daher bei ihm häufig ohne Vermittlung von »Fühlern«, also durch direkte mechanische Einwirkung auf die Haut. Diese Wirkung ist nicht genau die gleiche wie beim Vorhandensein von Haarfühlern; neben der Druckempfindung entsteht dadurch auch eine Temperaturempfindung. Außerdem erfahren wir dabei, ob der Gegenstand hart oder weich, trocken, feucht oder naß, rauh oder glatt und spitz oder stumpf ist.

Alle diese Tatsachen zeigen, daß die Hautempfindungen — dieser Sammelname scheint mir besser zu sein als die Ausdrücke »haptische« Empfindungen oder »Gemeingefühl«, wie man früher sagte — eine ganze Reihe von Funktionen erfüllen, die zum Teil in enger Beziehung zur Persönlichkeit stehen. Daß die körperliche Konstitution des Menschen auch in der Haut zum Ausdruck kommt, ist bekannt; die Haut ist auch ein Exkretions- und Atmungsorgan, sie spielt eine große Rolle im Energiehaushalt, vor allem im Wasser- und Wärmehaushalt des Körpers.

Auch in der unbehaarten Haut gibt es MEISSNERsche Körperchen, außerdem scheibenförmige und zwiebelschalenartige Gebilde (MERKEL*sche Scheiben* und PACINI*sche Körperchen)* und dazu viele »freie Nervenendigungen« ohne korpuskuläre Gebilde, die ebenfalls auf Druck oder Berührung reagieren. Diese Mechano-Rezeptoren bilden die Stellen, die man früher als die »Druckpunkte« der Haut bezeichnet hat. Die Forschungen von H. HENSEL in Deutschland und Y. ZOTTERMANN in Schweden haben den Beweis erbracht, daß man es dabei wirklich mit spezifischen Druckaufnehmern zu tun hat, die auch empfindungs-spezifisch reagieren (d. h. auch auf durch elektrische oder thermische Reize entstehende Druckempfindungen). Abb. 72 zeigt alle Hautsinne.

Nicht alle Druckpunkte haben gleiche Empfindlichkeit. Wenn man zwei Grade der Empfindlichkeit unterscheidet, so ergibt die Auszählung kleiner Hautstücke und die Umrechnung auf die ganze Körperoberfläche etwa 80.000 hochempfindliche und etwa 640.000 weniger empfindliche Druckpunkte für den ganzen Körper mit Ausnahme der behaarten Kopfhaut. Die mittlere Schwelle der meisten Körpergegenden liegt zwischen 1 und 2 g pro Quadratmillimeter; Temperatur und Spannung der Haut haben auf ihre Größe sehr starken Einfluß. Daß die Anpassung beim Drucksinn sehr rasch vor sich geht, weiß jeder aus eigener Erfahrung; wir spüren den Druck, den unsere Kleider ausüben, im allgemeinen gar nicht, ebensowenig den Druck der Körperteile aufeinander, etwa bei verschränkten Armen oder gekreuzten Beinen. Das Wegfallen eines Druckes, an den man sich adaptiert hat, erzeugt unter Umständen eine Entlastungsempfindung. Die Tatsache der raschen und vollständigen Adaptation an den Druck der Kleider oder sich berührender Körperteile war der Anlaß, Berührungsempfindungen von Druckempfindungen zu unterscheiden; die ersten sind durch die schnelle und vollkommene Adaptation charakterisiert, die zweiten dadurch, daß keine oder nur eine scheinbare Adaptation erfolgt (von den Nervenfasern solcher Rezep-

1 freie Nervenendigungen in der Epidermis (Schmerz)
2 Merkelsche Körperchen
3 Ruffinisches Körperchen (Wärme)
4 Golgi-Mazzonisches Körperchen (Tiefensensibilität)
5 Meißnersches Tastkörperchen (Tastempfindung)
6 Krausesches Körperchen (Kälte)
7 Vater-Pacinisches Lamellenkörperchen (Druck)

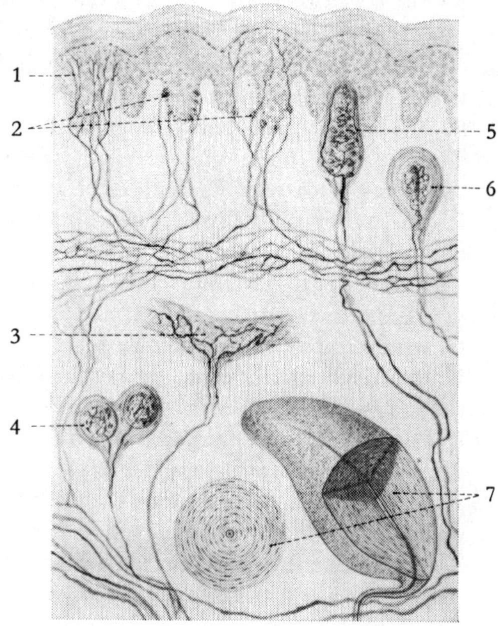

Abb. 72.
Die Sinnesorgane der Haut (schematisch nach KAHN).
(Aus SCHÜTZ-ROTSCHUH, Bau und Funktion des menschlichen Körpers, Urban & Schwarzenberg, München-Berlin-Wien 1968).

toren können während der ganzen Zeit der Reizung elektrische Potentiale abgeleitet werden).

Setzt man die gespreizten Spitzen eines Zirkels bei geschlossenen Augen auf die Haut, so entsteht erst bei einer bestimmten Entfernung der beiden Zirkelspitzen der Eindruck von zwei Druckempfindungen; sonst hat man nur eine Empfindung. Die Werte des notwendigen Abstandes zur Entstehung von zwei Empfindungen liegen zwischen 1 mm (Zungenspitze) und 68 mm (Rücken); dies ist die räumliche Unterschiedsschwelle oder »Raumschwelle«, die schon E. H. WEBER fand und v. FREY genau bestimmte. Die Ursache ist noch nicht bekannt.

2. *Die Tastempfindungen*

Wer Wert auf gutes Schreibpapier legt, sieht sich im Papiergeschäft die verschiedenen Sorten nicht nur genau an, sondern er nimmt die Probeblätter zwischen Daumen und Zeigefinger; mit diesen beiden Fingern macht er prüfende Hinundherbewegungen und achtet genau darauf, was er dabei spürt. Die ganz billigen Papiere sind ihm zu rauh und zu grob, das ganz feine ist ihm für die Schreibmaschine zu glatt und zu stark, aber die gute Mittelsorte — das ziemlich dicke, leicht aufgerauhte, dabei aber faserfreie, griffige und nicht allzu steife Papier — paßt ihm. Will er für seine persönliche Korrespondenz, also für Handschrift, ein Papier kaufen, so wählt er wieder mit den Fingern; das gehämmerte, harte, behagt ihm nicht, weil die Feder an der unregelmäßigen Oberfläche leicht hängen bleibt, das ganz glatte mag er auch nicht, weil es die Tinte zu wenig aufsaugt — er bleibt bei einem ziemlich weichen, fast wie ein feines Tuch anfühlbaren, leicht geriffelten Leinenpapier. Alle diese Eigenschaften stellt er mit seinen Fingern fest; die Augen braucht er gar nicht dazu.

Es ist ein großer Unterschied zwischen diesen Alltagsereignissen und den Experimenten, bei denen man mit einem Haar, einer Borste oder einer sehr feinen Nadel einen einzelnen Druckpunkt zu reizen sucht: der Unterschied zwischen der praktischen Wirklichkeit und dem analysierenden wissenschaftlichen Laboratorium. Man kann an solchen Beispielen die Eigenart der psychischen Phänomene und die Sonderstellung der Psychologie studieren; mit der Analyse allein, mit dem Vordringen zu den einzelnen »Elementen« der Empfindung ist bei weitem nicht alles getan, was zur Untersuchung der Wahrnehmung getan werden muß. Zweifellos werden beim Betasten eines Papiers die Druckpunkte gereizt — und zwar, um es genau zu sagen, sukzessiv, an verschiedenen Fingerstellen nacheinander, wobei sich Reiz und Sinnesorgan gegenseitig verschieben. Ist damit aber der Unterschied von rauh und glatt feststellbar? Mit den Druckpunkten allein sicher nicht — diese werden nur stärker oder schwächer gereizt; es kommt vielmehr sehr wesentlich auf den Widerstand an, den die bewegten Finger finden. Dieser Widerstand wird in erster Linie durch die bewegenden Organe, also durch die Muskeln und Gelenke, dem Bewußtsein übermittelt; aber natürlich ist auch der Drucksinn daran beteiligt, insofern nämlich, als er abwechselnd mehr oder weniger gereizt wird. Wie außerordentlich fein das Unterscheidungsvermögen der betastenden Hand ist, weiß jeder aus eigener Erfahrung. Auch die »Dickenempfindlichkeit«, an der ebenfalls die oben genannten Organe beteiligt sind, ist erstaunlich. KATZ, der die »Erscheinungsweisen der tastbaren Welt« als erster genauer untersuchte, fand, daß bei dünnen Papieren Dickenunterschiede von $^{1}/_{100}$ mm noch mit überraschender Sicherheit erkannt wurden; bei dickeren Papieren sinkt diese Empfindlichkeit, doch liegt sie bei kartonähnlichem Papier noch immer bei $^{1}/_{25}$ mm.

Im übrigen ist aber die Leistung des Tastens noch in vieler Hinsicht ungeklärt. Der Erfahrung wird bei den Empfindungen des Trockenen und Nassen, des Fettigen und Öligen, des Spröden und Flaumigen, des Festen und Elastischen usw. eine entscheidende Bedeutung zukommen, obwohl nicht zu bestreiten ist, daß alle diese Empfindungen charakteristisch sind, also eigene Tastqualitäten darstellen, die sich nicht einfach wie Farben und Töne ordnen lassen. Mit Druckpunkten, Gelenkempfindungen und Muskelsinn allein kann man diese Erscheinungen nicht erklären. KATZ hat das Problem mit einem ganz neuen Gedanken zu lösen gesucht: Menschen ohne Gehör haben schon sehr früh (z. B. ROUSSEAU im »Emil«) festgestellt, daß man durch Auflegen der Finger auf schwingende Gegenstände, z. B. das Holz einer Violine, nicht nur hohe und tiefe Töne unterscheiden, sondern bei längerer Übung »vermittels der Finger ganze Lieder vernehmen« kann. HELEN KELLER berichtet, daß sie durch Auflegen der Finger auf die Membrane eines Lautsprechers »nicht nur jede Schwingung fühlen konnte, sondern auch die Leidenschaftlichkeit des Rhythmus, das Pulsieren und Anschwellen der Musik«, und der taube Schweizer SUTERMEISTER ist seit der Entdeckung, daß er die Tonwellen spüren könne, Musikenthusiast geworden. Die Empfindungen, die hier vorliegen, bezeichnet man als *Vibrationsempfindungen*, und ihre Grundlage sah man in einem eigenen Sinn, dem Vibrationssinn. Wie W. D. KEIDEL gezeigt hat, läßt sich die »Vibrationsrezeption« aus dem Zusammenwirken der Druckrezeptoren in der Haut und der sensiblen Muskelspindelzellen erklären, so daß die Annahme eigener »Vibrations-Rezeptoren« nicht berechtigt ist (KEIDEL 1956). KATZ vertritt die Ansicht, daß bei den Tasteindrücken die Vibrationsempfindungen eine sehr große Rolle spielen; beim Betasten von rauhen und glatten Papieren entstehen nach seiner Meinung Schwingungen — dies schließt er aus den dabei entstehenden Geräuschen —, die den Vibrationssin in verschiedenem Grade reizen und dadurch die Feinheit der Unterscheidung ermöglichen. Die untere Schwelle des Vibrationssinns liegt nach Untersuchungen von KNUDSEN bei 15 Schwingungen pro Sekunde (langsamere werden als Einzelstöße wahrgenommen), die obere bei 1600 (schnellere werden nicht mehr als Vibration empfunden); zwischen ihnen kann man nur 25 bis 30 Stufen verschiedener Frequenz unterscheiden, die Unterschiedsempfindlichkeit für Vibration ist also sehr gering (erst Frequenzänderungen von 10 bis 20% führen zu neuen Vibrationsempfindungen). Ungefähr gleiche Werte gelten für die Amplituden. Hingegen ist die absolute Vibrationsempfindlichkeit sehr hoch; die Schwelle liegt an der Fingerspitze nach KEIDEL bei einer Deformation der Haut von nur $^{1}/_{10.000}$ mm.

Auf die außerordentlich große Bedeutung des Tastsinnes — also der Zusammenarbeit von Haut- und Muskelsinnen — sei nur kurz hingewiesen. Er ist — im Gegensatz zu Auge und Ohr, die uns Eindrücke aus der Ferne vermitteln — der wichtigste *Nahsinn*, der uns die Realität der Dinge am eindringlichsten zu Bewußtsein bringt. Was man greifen kann, läßt sich in seiner Existenz nicht bezweifeln; und in fast allen Sprachen

Europas ist das »Begreifen« zum Ursprungswort für das geistige Erfassen eines Sachverhaltes geworden — so im »Begriff«, in »comprehendere«, »grasp« usw., ferner in allen Worten, die vom lateinischen capere stammen. Seine Höchstleistungen zeigt der Tastsinn bei Menschen, die ihn besonders gepflegt und geübt haben; so bei Blinden, deren Schrift ja auf das Abtasten von Gestalten aufgebaut ist, bei Tucherzeugern und -händlern, die geringfügige Qualitätsunterschiede mit den Fingern erkennen, bei Ärzten, die Schwellungen und Verhärtungen durch die Haut ertasten usw.

3. Die Bewegungs- und Kraftempfindungen

Will man das Gewicht eines Gegenstandes, z. B. eines Briefes, abschätzen, so legt man ihn nicht etwa auf die ruhende Hand, sondern man legt ihn auf die Hand und bewegt diese mit dem Unterarm auf und ab. Man benützt also nicht den Drucksinn, sondern einen anderen — einen Sinn, der die Schwere mit Hilfe von Muskelbewegungen empfindbar macht. Das ist ein sehr eigenartiger Sinn; die Eindrücke, die er liefert, haben etwas Unklares an sich, sie sind nicht scharf begrenzt und hängen in ihrem Bewußtwerden sehr davon ab, ob man auf sie eingestellt ist oder nicht (tausenderlei Einzelbewegungen von Muskeln bemerken wir im Alltagsleben überhaupt nicht). Trotzdem ist dieser Sinn — der »Kraftsinn« (E. H. WEBER) oder »*Muskelsinn*« (CH. BELL) — imstande, auch sehr feine Feststellungen zu treffen; so fand v. FREY, daß bei Schleuderbewegungen noch Gewichtsunterschiede von 800 zu 804 g konstatiert werden können, was eine relative Unterschieds-Schwelle von $^1/_{200}$ ergibt — eine enorm hohe Empfindlichkeit, aus der z. B. die Feinheiten des Violinspiels durch die Feinregulation des Druckes bei der Bogenführung verständlich werden. Bei solchen Bewegungen ist immer ein sehr großer Teil der Muskulatur, ja manchmal der ganze Körper beteiligt; beim Speer- und Diskuswurf nimmt man automatisch eine bestimmte Haltung ein, die im Grade ihrer Spannung auf das feinste abgestuft werden kann und für den Erfolg des Wurfes von entscheidender Bedeutung ist. Es ist oft beschrieben worden, wie sehr die Schädigung eines kleinen Teiles einer Extremität die Funktion des gesamten übrigen Bewegungsapparates beeinträchtigt — eine Tatsache, die darauf hinweist, daß der »Muskelsinn« nur eine bewußte Komponente eines im großen und ganzen unbewußt bleibenden Erregungskomplexes darstellt, der die richtige, für die jeweilige Aufgabe zweckmäßigste Körperhaltung und -spannung reguliert. Plötzliche, unwillkürliche Abwehrbewegungen zeigen das unbewußte, reflexähnliche Wirken dieser Spannungsregulationen besonders deutlich. Eigene Gangliensysteme im Hirnstamm —

Putamen, Pallidum, Nucleus ruber — sind für diese Aufgaben vorhanden; erkranken sie, so werden die Bewegungen eckig, ungelenk, langsam.

Über die Sinnesorgane für die Kraft- und Bewegungsempfindungen besteht noch Unsicherheit. Man kennt in den Muskeln Rezeptoren, die auf Dehnung reagieren, die »Muskelspindeln« — 2 bis 3 mm lange, oben und unten spitz zulaufende Gebilde, in deren Innern sich einige Muskelfasern befinden, die von einer sensiblen Nervenfaser umsponnen sind und durch Dehnung des Muskels erregt werden; diese Erregung fließt durch die Nervenfaser in das Rückenmark. Die Muskelspindeln erhalten aber auch Impulse aus dem Rückenmark über das sogenannte gammamotorische System; diese Impulse verändern ihre Empfindlichkeit, was für die reflektorische Muskelregulation und damit für die Feinheit unserer Bewegungen von größter Bedeutung ist. Die Meinung, daß die Erregungen, die durch Reizung der Muskelspindeln entstehen, in das Gehirn fließen und dort die Kraft-Empfindungen erzeugen, gilt heute als falsch, weil bei Erregung von Muskelspindeln keine elektrischen Potentiale in der Hirnrinde nachgewiesen werden konnten. Gegenwärtig neigen die Physiologen dazu, die »Sehnenspindeln« (nach ihrem Entdecker auch »Golgi-Organe« genannt) für die Kraft- und Bewegungsempfindungen verantwortlich zu machen; sie bestehen aus »blütendoldenartigen« Endigungen dünner Nervenfasern am Übergang des Muskels in die Sehnen. In Wahrheit sind es nicht, wie es in den Lehrbüchern heißt, »freie Endigungen« von Nervenfasern, sondern Sinnesorgane, die mit einer Ganglienzelle im Rückenmark verbunden sind, also »Anfänge« eines Erregungsleitungs-Systems. Die Sehnenspindeln — so wird angenommen — reagieren sowohl auf Dehnung wie auch auf Kontraktion des Muskels, sind also echte Anzeige-Instrumente für Spannungsänderungen in der Muskulatur.

4. Die Temperaturempfindungen

Untersuchungen der Warm- und Kaltempfindungen sind überaus schwierig, weil dabei viele Komponenten eine Rolle spielen; die bestehende Außen- und Körpertemperatur, die Geschwindigkeit und das Ausmaß des Temperaturwechsels, die Größe der betreffenden Hautfläche und die Anzahl der darauf befindlichen Rezeptoren sowie die Adaptation an die Temperatur. H. Hensel und Y. Zottermann haben in den letzten Jahrzehnten über die elektrischen Auswirkungen der Reizung der Temperatur-Rezeptoren weitgehende Klarheit geschaffen, allerdings sind die Verhältnisse ziemlich kompliziert. Die Rezeptoren bestehen nicht nur aus den schon lange bekannten Krauseschen Kolben für Kälte und den Ruffinischen Spindeln für Wärme, sondern zu einem großen Teil

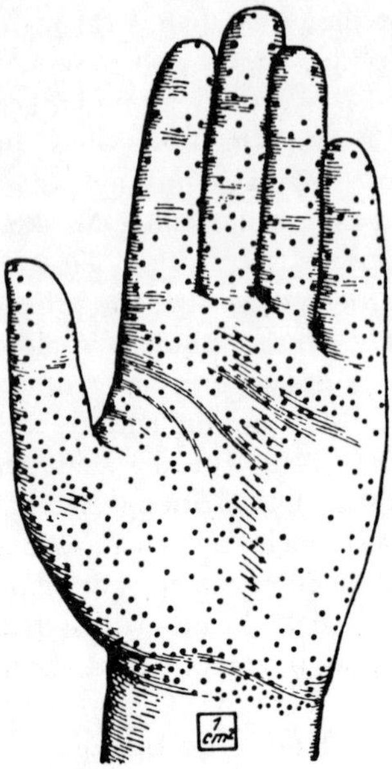

Abb. 73.
Kältepunkte
der
Handfläche.

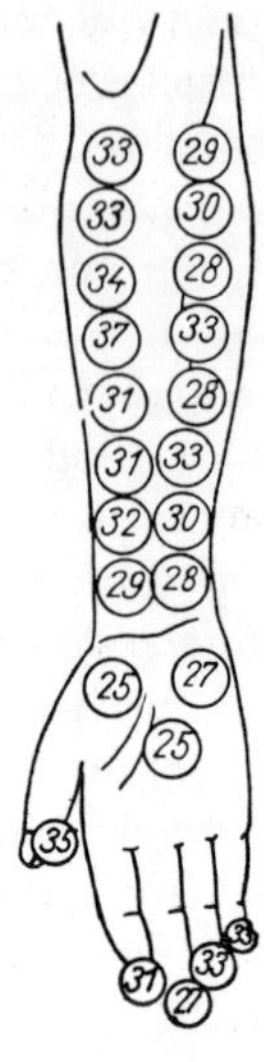

Abb. 74.
Wärmepunkte
am Arm.

auch aus »freien Nerven-Endigungen« (= Leitungs-Anfängen). Jedes Sinken der Temperatur unserer Haut bewirkt, daß die Kalt-Rezeptoren elektrische Impulse produzieren (nachgewiesen an den zugehörigen Nervenfasern), wobei aber verschiedene Rezeptoren bei verschiedener Temperatur mit ihren Entladungen beginnen und aufhören. Es scheint dabei eine einfache Beziehung zur Frequenz zu gelten: je niedriger die Temperatur, desto höher die Impulsfrequenz der Kälterezeptoren (und zwar als dauernde Entladung); sie wird mit steigender Temperatur langsamer und hört bei 38 Grad Celsius auf, es steigt dann die Frequenz der Wärme-Rezeptoren, die bei etwa 25 Grad einsetzt. Die Anstiege sind um so größer, je mehr Rezeptoren daran beteiligt sind, sie erreichen in ihrer Gesamtheit bei 20 Grad Kälte die Grenze von 100 Entladungen pro Sekunde. Man kann die Gesamtheit der jeweils gereizten Rezeptoren als ein sehr empfindliches Elektro-Thermometer betrachten, das mit Hilfe der Entladungsfrequenz die Gangliensysteme im Gehirn über die einwirkende Temperatur informiert; diese Gangliensysteme haben dann die geeigneten Maßnahmen einzuleiten, damit die Körpertemperatur konstant bleibt (eines der besten Beispiele für einen biologischen Regelkreis). Bei plötzlich einsetzenden hohen Temperaturen beginnen die Kälte-Rezeptoren wieder zu entladen, wodurch die sogenannte »paradoxe Kälteempfindung« entsteht (z. B. beim Einstieg in ein heißes Bad). Wie es bei der Reizung der Thermo-Rezeptoren eigentlich zugeht, weiß man nicht; »über den Erregungsmechanismus der Thermorezeptoren ist bis heute praktisch nichts bekannt« (Hensel 1966, S. 186).

Am menschlichen Körper finden sich in sehr verschiedener Verteilung insgesamt etwa 250.000 Kälte- und 30.000 Wärmepunkte (Abb. 73, 74). Der zahlenmäßige Unterschied sowie die Tatsache, daß am Rumpf und am Rücken die Kältepunkte besonders dicht sind, ist biologisch zu erklären: die Kälte ist für den Menschen der wichtigere Reiz als die Wärme, gegen sie muß er sich schützen; und Kälteeinwirkungen auf Rumpf und Rücken würden bald zu einem Sinken der Blutwärme und damit zu weiteren Schädigungen führen, daher müssen diese Gegenden besonders kälteempfindlich sein. Aus demselben Grunde haben starke Kältereize auch verschiedene reflektorische Wirkungen: die Hautkapillaren verengen sich, damit möglichst wenig Blutwärme entweichen kann, und die Muskulatur beginnt rhythmisch zu zucken, der ganze Körper zittert und schlottert, wodurch beträchtliche Wärmemengen erzeugt werden, die den Übergang der Kältewirkung auf die inneren Organe verhindern. In der Hitze tritt die gegenteilige Reaktion auf: die Hautkapillaren erweitern sich, die Muskeln sind schlaff, es entsteht das Bedürfnis, sich auszustrecken und sich ganz ruhig zu verhalten, um nicht durch Eigenbewegung die Wärme noch zu steigern.

Diese verschiedenartigen Auswirkungen von Kälte und Wärme lassen es verständlich erscheinen, daß für jeden der beiden Reize gesonderte, eigene Rezeptoren bestehen. Man findet sie mit feinen, erwärmten oder abgekühlten Tastspitzen; und man konnte zeigen; daß die Wärmepunkte auf jeden beliebigen Reiz — z. B. auf Elektrizität — immer nur mit einer Wärmeempfindung und ebenso die Kältepunkte nur mit Kälteempfindungen antworteten. Trifft also eine warme Nadel einen Kältepunkt, so entsteht auch eine Kälteempfindung (paradoxe Kälteempfindung v. Freys). Aber auch andere nichtadäquate Reize — mechanische (z. B. Durchschneiden der Wärme- oder Kältenerven) oder chemische (Menthol, Alkohol, Kampfer usw.) — erzeugen immer nur die der Funktion des Punktes entsprechende Empfindung (»spezifische Sinnesenergie«, s. S. 111 f.). A. Goldscheider hat mit einem gleichbleibenden Reiz 12 Stufen der Kälte- und 8 Stufen der Wärmeempfindlichkeit unterscheiden können (das Maß war die Intensität die entstehenden Empfindung). Die Reizschwelle ist in verschiedenen Körpergegenden sehr verschieden.

5. *Die Schmerzempfindungen*

Man könnte meinen, daß die Steigerung von Wärmereizen schließlich durch Vermittlung der Wärmepunkte zum Hitzeschmerz führe; und ebenso anwachsende Kälte zum Kälteschmerz. In Wahrheit sind aber sowohl die Wärme- wie die Kältepunkte schmerz- und druck*unempfindlich;* der Schmerz bei Hitze und Verbrennungen — und jeder andere Hautschmerz — entsteht durch die Reizung besonderer Nervenendigungen (so wenigstens nach der Lehre v. FREYS), denen bestimmte Stellen an der Hautoberfläche entsprechen, die sogenannten »*Schmerzpunkte*«; sie sind viel zahlreicher als die Druckpunkte und liegen tiefer in der Haut, weshalb man bei Verbrennungen zuerst die Berührung, dann erst den Schmerz spürt. Sicher ist, daß sich an der Haut bestimmte Punkte auffinden lassen (besonders in ihren Furchen), deren Reizung mit Spitzen, Insektenstacheln usw. — Reizinstrumente, die man als »Algesimeter« bezeichnet — weder Kälte noch Wärme noch Druckempfindung auslöst, sondern eine eigene Empfindung: Stechen, Jucken, Brennen, Schneiden. Dies muß noch nicht »Schmerz« im eigentlichen Sinne sein; es gibt an diesen Punkten auch die Möglichkeit »unterschmerzlicher« Empfindungen, deren Summation oder Intensivierung erst zum Schmerz führt. Dieser selbst kann verschiedene Eigenarten haben: schneidend, bohrend, stechend, brennend, spannend usw. — Bezeichnungen, die zwar nur Vergleiche enthalten, trotzdem aber das Charakteristische recht gut treffen; ein Zahnschmerz z. B. ist weder schneidend noch stechend noch brennend, sondern ausgesprochen bohrend. Als Rezeptoren werden wieder freie Nerven-Endigungen angenommen, wobei die Möglichkeit besteht, daß ihnen mehrfache Funktionen zukommen und die Art oder Stärke eines Reizes darüber entscheidet, ob eine Druck- oder eine Schmerzempfindung entsteht. Theoretisch muß man fordern, daß nur starke Reize Schmerzen erzeugen, sonst würden wir ständig zu leiden haben. Der Reiz ist unspezifisch: man kann Schmerzen durch mechanische, chemische, elektrische und thermische Reize erzeugen.

Die Amerikaner HARDY, WOLFF und GOODELL haben an drei Personen in je 800 Einzelversuchen Schwellenbestimmungen für den dumpfen Druckschmerz durchgeführt (mit einem Algesimeter von 0,78 cm^2 Fläche, das mit wechselndem Druck für 2 Sekunden auf die Stirnhaut aufgesetzt wurde). Die Tabelle 2 zeigt die Resultate und die Skala der von den genannten Autoren durchgeführten Schmerzempfindungs-Einheit »dol«, wobei ein dol jeweils zwei der 14 unterscheidbaren Schmerzstufen umfaßt.

Worin der adäquate Reiz für die Schmerz-Rezeptoren besteht, ist noch nicht bekannt; manche Autoren nehmen an, daß durch Schädigung der Gewebe chemische Stoffe frei werden (»Schmerz-Substanzen«), die auf die freien Nerven-Endigungen als Reiz wirken (Brennessel-, Wespen- und Bienengift soll dieselben Substanzen enthalten). Sehr genau kennt man hingegen die biologische Funktion der Schmerz-Empfindungen: sie melden Störungen im Betrieb des Organismus, daher werden ihre

Rezeptoren auch als »Nocirezeptoren« bezeichnet, weil sie ohne Bevorzugung auf alle schädigenden Reize ansprechen.

Tabelle 2. Unterschiedsschwellen für Druckschmerz an der menschlichen Stirn (Reizfläche 0,78 cm²). (Nach HARDY, WOLFF und GOODELL 1952.)

Reizintensität I g	Reizstärkenzuwachs Δ I g	Unterschiedsschwelle Δ I/I	Zahl der Unterschiedsstufen	Empfindungsstärke in „dol"
540	—	—	0	Schwelle
665	125	0,19	1	
790	125	0,16	2	1
915	125	0,14	3	
1040	125	0,12	4	2
1165	125	0,11	5	
1290	125	0,10	6	3
1465	175	0,12	7	
1640	175	0,11	8	4
1940	300	0,15	9	
2400	460	0,21	10	5
3200	800	0,25	11	
4200	1000	0,24	12	6
5200	1000	0,19	13	
6600	1400	0,21	14	7

6. Die Lage- und Gleichgewichts-Empfindungen

Kurz hingewiesen sei noch auf das Sinnessystem, das uns über die Lage des Körpers im Raum informiert: also dasselbe System, das gereizt wird, wenn man sich z. B. schnell um die eigene Achse dreht, so daß man schwindlig wird, oder mit dem Auto oder Fahrrad eine Kurve fährt, auf einem schaukelnden Schiffsdeck steht oder auch nur den Kopf oder Körper rasch in seiner Lage verändert. Das Organ für diesen *Lagesinn* (statischer Sinn) ist der im inneren Ohr in unmittelbarer Verbindung mit der Schnecke (s. S. 229) stehende Vestibularapparat, bestehend aus den Bogengängen und den Ampullen (die zusammen mit der Schnecke das Labyrinth bilden). Die Beschreibung dieses Apparates ist schwierig; er ist sehr kompliziert gebaut. Sein zartes, knöchernes Kanalsystem enthält drei feine halbkreisförmige Röhren, die Bogengänge, deren Ebenen zueinander ungefähr im rechten Winkel stehen — also so, wie sich z. B. die Wände und der Boden eines Zimmers in der Ecke treffen (zwei Bogengänge stehen vertikal, der dritte horizontal). Sie entspringen mit einer flaschenförmigen Erweiterung — den Ampullen — aus einem elliptisch geformten Säckchen, dem Utriculus, das wieder mit einem zweiten, rundlicheren Säckchen, dem Sacculus, in Verbindung steht. Alle diese Organe sind mit einer wässerigen Flüssigkeit (Endolymphe) ausgefüllt; in den Ampullen sind Haarzellen vorhanden, die mit den Fasern eines

Nerven (Nervus vestibuli) in Verbindung stehen. Wird nun der Kopf in irgendeine Richtung plötzlich bewegt, so bewegen sich die in ihm fest eingeschlossenen Bogengänge mit, die Endolymphe bleibt jedoch ihnen gegenüber infolge der Trägheit — wie das Wasser in einer ruckweise bewegten Schüssel — etwas zurück; dadurch kommt es zu einer Strömung, welche die Haarzellen in den Ampullen in Bewegung versetzt. Diese Bewegung der Haarzellen ist der Reiz, der die Erregungen erzeugt, die durch den Nerven in das Gehirn fließen und dort die Empfindung der Kopfbewegung hervorrufen. Wird die Kopfbewegung plötzlich abgebremst, so wird die Endolymphe sich, wieder wegen der Trägheit, noch etwas weiterbewegen und dadurch neuerlich die Haarzellen in Bewegung versetzen, jedoch in anderer Richtung: wir spüren dann eine Bewegung im entgegengesetzten Sinne (Drehschwindel), was sich an jedem Klaviersessel einfach nachprüfen läßt. Bei gleichförmiger Bewegung, bei welcher sich Kopf, Labyrinth und Endolymphe gleich schnell bewegen, spüren wir, wie das Experiment zeigte, überhaupt keine Bewegung (wenn alle anderen Anhaltspunkte für ihre Feststellung ausgeschlossen werden). Die Bogengänge mit den Ampullen sind also das Organsystem, das uns die Empfindungen ungleichförmiger Kopfbewegungen vermittelt; die Richtung, in der wir den Kopf bewegt empfinden, hängt davon ab, in welchem der drei Bogengänge eine Strömung der Endolymphe stattfindet. Für die Ruhelage, die wir ja auch empfinden, bilden vielleicht die früher erwähnten, ständig vorhandenen Mikrobewegungen des Kopfes (siehe S. 187) die sich auf die Endolymphe übertragen, adäquaten Reiz für die Haarzellen.

Eine ganz andere Aufgabe und Funktionsweise haben die beiden Säckchen (Utriculus und Sacculus). Auch in ihnen befinden sich Sinneshaare, aber sie werden nicht durch Flüssigkeitsbewegungen gereizt, sondern durch winzige Steinchen ($^{1}/_{1000}$ bis $^{15}/_{1000}$ mm große Kalkkristalle), die auf den Sinneshaaren liegen und durch eine gallertartige Masse mit ihnen verbunden sind. Diese Steinchen — die Otolithen — *drücken* auf die Sinneshaare durch ihr Gewicht, wenn der Kopf aufrecht gehalten wird; und sie *ziehen* an diesen Haaren, wenn der Kopf nach hinten hängt. Dazwischen gibt es, je nach der Lage des Kopfes im Raum, alle möglichen Variationen von Druck und Zug, also auch von Reizen für die Sinneshaare; außerdem bleiben sie infolge ihrer Trägheit bei geradlinigen raschen Kopfbewegungen — die die Bogengangsflüssigkeit nicht bewegen — etwas zurück, wodurch ebenfalls Erregungen entstehen, die durch die Nervenfasern der Sinneshaare in das Gehirn fließen.

Aus dieser Arbeitsweise des Vestibularapparates, also der Bogengänge und der Säckchen, ergibt sich ziemlich einfach, auf welche Weise wir über die Richtung von Kopfbewegungen und über die Lage des

Kopfes im Raum unterrichtet werden. Zu den Nachrichten aus dem Labyrinth kommen ja noch diejenigen aus der Hals- und Kopfmuskulatur — es liegt auch hier wieder ein ganzer Komplex von Erregungen vor, dessen einzelne Komponenten aus verschiedenen Nerven stammen und sich in streng gesetzmäßiger Art zu Konstellationen vereinigen. Der Vestibularapparat leistet jedoch mehr als uns zu Bewußtsein kommt: er reguliert *reflektorisch*, also unmittelbar, ohne Mithilfe bewußter Empfindungen, die Erhaltung des Gleichgewichtes, die Spannung der Muskulatur und bestimmte Augenbewegungen, die bei Änderungen der Kopflage die Ruhestellung der Augen beibehalten helfen (kompensatorische Augenbewegungen). Das Kleinhirn, in welches der Nervus vestibularis Abzweigungen sendet, ist der zentrale Apparat für diese Regulationen.

Psychologisch interessant ist beim Lage- und Gleichgewichtssinn vor allem der Umstand, daß die von ihm gelieferten Eindrücke organmäßig nicht lokalisiert sind, obwohl er gerade für die richtige Lokalisation im Raum wesentlich beiträgt. Daß wir mit den Augen sehen, mit den Ohren hören oder irgendwo am Körper kalt oder warm empfinden, unterliegt keinem Zweifel; aber daß wir mit dem Labyrinth die Lage des Kopfes und die Richtung seiner Bewegungen empfinden, weiß nur derjenige, der es gelernt hat, und auch er spürt die Lageempfindungen keineswegs im inneren Ohr, sondern in einer sonderbar verteilten, allgemeinen Art am ganzen Körper. Die Empfindungen selbst wechseln von höchster Eindringlichkeit bis zu schwächsten Graden an der Grenze des Bewußten; wenn man irgendwo herunterfällt, am Eis ausgleitet und das Gleichgewicht verliert, so ist uns klar bewußt, daß die Körperlage nicht in Ordnung ist; aber z. B. von der Schwerkraft, die ständig als Reiz auf das Vestibularsystem wirkt, merken wir im allgemeinen nichts — obwohl sie zweifellos am Aufbau unseres Raumbildes, in welchem sie das »oben« und »unten« bestimmt, entscheidend beteiligt ist. Es scheint, daß man es hier mit einem Organ zu tun hat, dessen Erregungen bei allen Leistungen anderer Sinne, sofern sie zu Lage, Richtung, Bewegung, kurz zum Räumlichen, irgendwelche Beziehung haben, beteiligt sind, ohne daß dies gesondert zu Bewußtsein käme; nur bei groben Störungen oder Veränderungen werden die von ihm erzeugten Empfindungen eindringlich genug, um als deutliche Lageempfindung bewußt zu werden — ohne daß man genau einen Körperteil angeben könnte, an welchem man die Lage im Raum empfindet. Immer handelt es sich dabei mehr um ein Wissen als um ein Empfinden — ein klares Zeichen, daß andere Sinne sowie das ganze, in der bisherigen Erfahrung gewordene Wahrnehmungssystem dabei mitwirken.

Das Gedächtnis

Einprägen und Behalten einfacher Inhalte

1. Entwicklung der experimentellen Gedächtnisforschung

Alles, was wir sehen oder hören oder sonstwie wahrnehmen, läßt sich als Produkt von Sinnesempfindungen und bisheriger Erfahrung auffassen. »Erfahrung« bedeutet dabei die Gesamtheit der Eindrücke, die wir in unserem bisherigen Leben von den Dingen und Lebewesen in unserer Umwelt empfangen haben. In jeder Wahrnehmung, die durch einen Sinnesreiz ausgelöst wird, sind solche frühere Eindrücke enthalten. Daß ein Apfel innen weiß und saftig ist und daß in seiner Mitte ein Kerngehäuse liegt, haben wir seit unserer Kindheit so oft festgestellt, daß wir diese Eigenschaften bei jedem Apfel erwarten und sie von außen in ihn »hineinsehen«. Die kleinen schwarzen Zeichen, die auf dieses Blatt Papier gedruckt sind, sind Buchstaben nur für denjenigen, der mit ihnen bereits Erfahrungen gemacht hat; vorher waren sie sinnlose Figuren — was sie für das Kind oder den Analphabeten noch jetzt sind. Genau dasselbe gilt von allen anderen Dingen unserer Umgebung; in der Wahrnehmung des Bleistiftes, der Tischlampe, der Uhr oder des Fernsehgerätes sind die Erfahrungen enthalten, die wir bisher mit diesen Dingen gemacht haben. Aber nicht nur wie ein Bleistift, eine Uhr, ein Fernsehgerät aussieht, wissen wir aus Erfahrung, sondern auch, wozu sie dienen. Auf diese Weise gewinnt jeder Gegenstand eine bestimmte *Bedeutung*. So kommt es, daß wir in einer wohlgeordneten Welt leben: wir sind nicht von Sinnesreizen umgeben, sondern von Dingen mit bestimmter Bedeutung.

Bereits im vergangenen Jahrhundert haben HERING und HELMHOLTZ die überaus wichtige Rolle der Erfahrung bei der Entstehung von Wahrnehmungen eindringlich betont. Erfahrung ist immer eine Nachwirkung vergangener Erlebnisse. Die Tatsache, daß gegenwärtige Erlebnisse nicht spurlos verschwinden, sondern später wieder wirksam werden, ist der Sinn des Begriffes »*Gedächtnis*«.

Gedächtnis wird heute oft als Speicherung von Informationen definiert, doch ist diese Begriffsbestimmung zu eng, wenn man die Gesamtheit aller Gedächtniserscheinungen berücksichtigt; denn Gedächtnis besteht nicht nur im Behalten von Erlebnisinhalten, sondern auch im Einprägen von Verhaltensweisen und in der Wiederentstehung des Eingeprägten in neuen, sinnvollen Zusammenhängen, wobei Triebe, Bedürfnisse, Interessen und Gefühle eine große Rolle spielen. Ein wesentlicher Teil der Gedächtnisleistung ist nicht nur Speicherung von Information, sondern auch Informationsverarbeitung (das gespeicherte Material wird geordnet und richtig eingegliedert). Es ist sehr schwierig, »Gedächtnis« präzis zu definieren; vom Standpunkt der Erlebnis-Psychologie erfaßt man die Vielfältigkeit der Gedächtniserscheinungen vielleicht am besten, wenn man sagt: *Gedächtnis ist die Wirkung früherer, in der Zwischenzeit nicht bewußter Erlebnisse und Verhaltensweisen auf späteres Erleben und Verhalten.* Gehirntheoretisch formuliert, bedeutet diese Definition: Gedächtnis besteht in der Wirkung früherer Erregungen auf spätere Erregungsprozesse, ohne daß aus diesen Erregungen inzwischen bewußte Erlebnisse oder Verhaltensweisen entstanden sind.

Mit dieser Begriffsbestimmung lassen sich nicht nur konkrete Einzelheiten des Wissensgedächtnisses (z. B. in welchem Jahr ist Goethe geboren?) sowie des Verhaltensgedächtnisses (das Erlernen des Schifahrens oder der konditionierte Speichelfluß) erfassen, sondern auch die allgemeinsten Gedächtniswirkungen (z. B. die Wirkung von früh erworbenen weltanschaulichen Überzeugungen, politischen Gesinnungen usw.). Noch allgemeiner und umfassender ist eine Gedächtniswirkung, die trotz ihrer enormen biologischen Bedeutung bisher in der Wissenschaft nur sehr wenig Beachtung gefunden hat (wahrscheinlich weil sie zu den gewohnten Selbstverständlichkeiten des menschlichen Erlebens gehört): die Kontinuität der Persönlichkeit (subjektiv: des Ichbewußtseins). Wenn wir am Morgen aufwachen, so erleben wir uns als denselben, der am Abend eingeschlafen ist; ja durch das ganze Leben erleben wir uns immer als die gleiche Person. Nach jedem Schlaf finden wir den Anschluß an das Erleben vor dem Einschlafen — auch dann, wenn wir unter ungewohnten Verhältnissen eingeschlafen sind und uns erst besinnen müssen, wie wir an diesen Ort gekommen sind. Die Grundlage für diese Kontinuität ist die Unveränderlichkeit der Zahl und Anordnung unserer Ganglienzellen; würde in der Zwischenzeit durch äußere Einflüsse auf irgendeine Weise Unordnung in den Ganglienzellen entstehen, so würden wir den Anschluß an das frühere Erleben nicht herstellen und nicht erklären können, wie wir an diesen Ort gelangt sind. Nach Unfällen mit Gehirnerschütterungen kommt es zu solchen Erlebnissen; man wacht im Krankenhaus auf und weiß nicht, wie und warum man dorthin gekommen ist, weil die Gangliensysteme durch die Erschütterung vorübergehend nicht funktionsfähig waren.

Besonders klar wird die Wirkung vergangener Erlebnisse dann, wenn etwas, was wir vor langer Zeit gesehen oder gehört haben, als Bild oder Ton wieder bewußt wird, ohne daß die entsprechenden Sinnesreize vorhanden sind: in den anschaulichen Vorstellungen, die zwar niemals die vielen Einzelheiten, die volle Pracht der Farben oder den ganzen Klangreichtum eines Orchesters wiedergeben, aber immerhin soviel von Farben und Klängen enthalten, daß man von »anschaulichen« Gedächtnisinhalten sprechen kann. Eine zweite, besonders charakteristische Gedächtnisleistung ist die Tatsache, daß Wahrnehmungen, die einmal gleichzeitig aufgetreten sind, sich später als Vorstellungen wechselseitig in das Bewußtsein rufen. Diese Tatsache bezeichnet man bekanntlich als »*Assoziation*«.

Die Untersuchung der Assoziationen hat eine interessante Geschichte. Eingeführt wurde dieser Begriff von dem englischen Philosophen John Locke, der ihn schon im Jahre 1690 verwendete, um die Verbindung zweier Bewußtseinsinhalte durch den Vergleich mit einer »Gesellschaft« zu illustrieren: wenn mehrere psychische Inhalte — Empfindungen, Vorstellungen, Gedanken usw. — einmal gleichzeitig bewußt waren, haben sie die Tendenz, immer in derselben Gesellschaft zu bleiben; tritt ein Gesellschafter wieder in das Bewußtsein, so folgen die anderen nach. Die Vorstellung z. B. eines bestimmten Ortes weckt die Vorstellung der Freunde, mit denen man früher einmal an diesem Ort war, der Anblick einer Speise die Vorstellung ihres Geschmacks, das Hören einer Stimme das Bild ihres Besitzers usw. Es ist natürlich verlockend, auf diese unleugbaren Tatsachen eine Theorie des Gedächtnisses aufzubauen; dies ist geschehen, ja man ist noch viel weiter gegangen und hat das gesamte Denken auf Assoziationen zurückgeführt (Herbart) oder sogar versucht, das ganze Seelenleben auf Empfindungen und Assoziationen zu reduzieren (Mach) — ein Bestreben, das schon bei den französischen und englischen Positivisten (Comte und Mill) deutlich zu spüren ist. Dagegen waren die Fachpsychologen, die um 1890 mit Experimenten über die Assoziationen begannen, wesentlich zurückhaltender und vorsichtiger; von Ebbinghaus, G. E. Müller, Schumann, Pilzecker u. a. liegen keine Äußerungen vor, nach denen die Assoziation die einzige Grundlage des Denkens darstelle. Leider wurden sowohl die Forscher, die sich mit der experimentellen Untersuchung der Assoziationen beschäftigten, wie auch diejenigen, die aus Assoziationen das ganze Denken ableiten wollten, unter dem Namen »Assoziations-Psychologen« zusammengeworfen — ja noch mehr, sie wurden zu »Elementen-Psychologen« gestempelt; teils, weil auch von ihnen die

Einzelkomponenten, die sich in einer Assoziation vereinigen, als »Elemente« der Assoziation bezeichnet wurden, teils, weil die eben genannten Theoretiker HERBART und MACH das ganze psychische Geschehen aus den Empfindungen als seinen »Elementen«, die durch Assoziationen miteinander verbunden werden, aufbauen wollten. So entstand ein ganz verzerrtes Bild der Richtung, die sich in erster Linie der Erforschung der Assoziationen widmete — also der Psychologen unter der Führung von HERMANN EBBINGHAUS und seinem Nachfolger GEORG ELIAS MÜLLER. Gerade diese Männer, deren Arbeit zu vielen grundlegenden Ergebnissen führte, wurden zur Zielscheibe der Angriffe, die sich gegen HERBART und MACH allein hätten richten müssen. Die Angriffe gingen von zwei Seiten aus: von WILHELM DILTHEY, dem Begründer der »geisteswissenschaftlichen« Psychologie, und von der Gestaltpsychologie, deren Wortführer in diesem Falle K. KOFFKA war. Die Antworten blieben nicht aus: EBBINGHAUS richtete an DILTHEY, G. E. MÜLLER an die Gestaltpsychologen scharfe Entgegnungen, die viel zur Klärung der gegenseitigen Standpunkte beitrugen, ohne daß es aber zu einer Versöhnung gekommen wäre. Erfolgreich blieb von den damaligen Strömungen der Gedächtnispsychologie nur die experimentelle Forschung im Sinne von EBBINGHAUS und G. E. MÜLLER, deren Ergebnisse als gesichertes Wissen in die Lehrbücher eingingen.

Etwa 20 Jahre nach den ersten deutschen Untersuchungen gewann die experimentelle Gedächtnisforschung auch in Amerika größte Bedeutung. Allerdings wurde sie dort unter ganz anderen Gesichtspunkten betrieben als in Europa: die Europäer untersuchten in erster Linie das »verbale« Lernen, d. h. die Einprägung sprachlich formulierter Inhalte durch Wiederholung und Assoziation; die Amerikaner hingegen untersuchten vor allem — und zwar zunächst in Tierversuchen — das »Lernen von Verhaltensweisen«, d. h. die Einprägung komplexer Handlungen zur Erreichung eines Erfolges. Die entscheidenden Fortschritte, die in Amerika schon sehr früh, nämlich um die Jahrhundertwende von EDWARD LEE THORNDIKE erzielt wurden, bestehen in dem Nachweis, daß die Befriedigung von Trieben bei der Einprägung eine außerordentlich große Rolle spielt; davon ist später ausführlich zu berichten.

Die Behauptung, daß sich die europäische Gedächtnisforschung in erster Linie mit dem verbalen Lernen beschäftigte, gilt nur für das westliche Europa; im Osten, nämlich in Rußland, begründete der Physiologe IWAN PAWLOW durch zahlreiche Tierversuche eine ganz neue Richtung der Gedächtnisforschung; er zeigte, daß man jeden beliebigen Sinnesreiz zum Auslöser bestimmter vegetativer Funktionen machen kann und daß solche »bedingte Reaktionen« sogar zur Erklärung der sprachlichen Verständigung herangezogen werden können. In Amerika wurden die Ideen PAWLOWS mit Begeisterung aufgenommen; in vielen Theorien wurde versucht, die bedingten Reaktionen mit dem »Lernen durch Erfolg« in Beziehung zu setzen. Dabei zeigte sich sehr eindrucksvoll, daß auch die aus Tierversuchen gewonnenen Resultate nur mit Hilfe von Hypothesen interpretiert werden können, in denen Komponenten aus der menschlichen Selbstbeobachtung, nämlich Begriffe wie Bedürfnis, Belohnung und Bestrafung, Lust und Unlust usw. enthalten sind.

2. Unmittelbare Reiz-Nachwirkungen (Nachbild, Eidetik, Pseudohalluzination)

Man fixiere eine halbe Minute lang das weiße Kreuz in Abb. 75 a und blicke dann auf das schwarze Kreuz in b; man wird dort einen grauen Kreis sehen, der in seiner Größe dem weißen Kreis in a entspricht. Diese unmittelbare Nachwirkung optischer Reize bezeichnet man als »negatives Nachbild« (negativ, weil es in der komplementären Helligkeit oder Farbe erscheint); man nimmt an, daß an den gereizten Netzhautstellen eine Nacherregung besteht, die mit der Regeneration der zersetzten Sehstoffe zusammenhängt. Mit besonderen Methoden kann man nachweisen, daß unmittelbar nach dem Reiz ein sehr kurzes positives Nachbild auftritt, dem dann das langdauernde negative folgt (oft unterbrochen von kurzzeitigen positiven). Das Nachbild wurde manchmal als die primitivste Gedächtniserscheinung bezeichnet.

Eine andere Art der unmittelbaren Nachwirkung von Sinnesreizen ist deshalb besonders interessant, weil sie nicht bei allen Menschen auftritt: die nachbildartige Vorstellung der »Eidetiker«. Es handelt sich dabei um Vorstellungsbilder, die fast den Charakter von Wahrnehmungen haben; es werden sämtliche Einzelheiten genau gesehen, mit scharfen Konturen und satten Farben, manchmal mit Details, die in der Wahrnehmung unbemerkt blieben. Entdeckt wurden diese »Anschauungsbilder« von dem Wiener Arzt VIKTOR URBANTSCHITSCH, der sie als »subjektive Anschauungsbilder« bezeichnete und sie 1907 zusammenfassend beschrieb. Später nannte JAENSCH diese Vorstellungen *»eidetische Phänomene«*, und die Menschen, bei denen sie auftraten ,»Eidetiker«. Eidetiker finden sich vor allem unter Kindern und Jugendlichen, ferner bei Personen mit gesteigerter Schilddrüsenfunktion (Basedowoiden), aber auch bei gesunden erwachsenen Menschen, die dann auf Grund ihrer eidetischen Anlage oft künstlerische Begabungen aufweisen.

Nach den sorgfältigen Untersuchungen von O. KROH treten optische Anschauungsbilder am häufigsten im Alter von 10 bis 18 Jahren auf; unter den von ihm untersuchten Gymnasiasten waren in diesem Alter ungefähr ein Drittel »eidetisch«. Die Prüfung auf Eidetik ist sehr einfach:

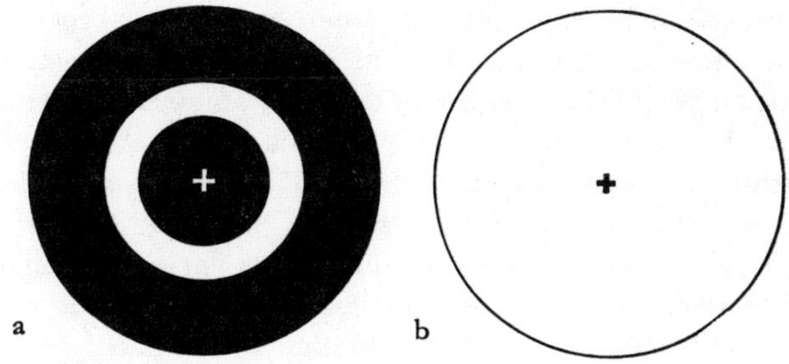

Abb. 75. Nachbild. Man fixiere das weiße Kreuz in a etwa ½ Minute und blicke dann auf das schwarze Kreuz in b.

man läßt ein Bild mit vielen Details (z. B. Abb. 76) 10 bis 15 Sekunden lang betrachten und nimmt es dann weg; darauf wird die Versuchsperson aufgefordert, sich die Vorlage möglichst genau in Erinnerung zu rufen. Bei den Eidetikern ergibt die Beschreibung dieses Erinnerungsbildes eine enorme Fülle von Einzelheiten, wie sie bei nicht-eidetischen Vorstellungen nicht vorkommt; der Eidetiker verhält sich bei der Beschreibung so, als ob er das Bild wieder wie früher vor sich sähe, die Aufmerksamkeit ist nach außen gerichtet und die jeweils zu schildernden Einzelheiten treten wie bei einem Wahrnehmungsgegenstand deutlicher hervor. Bei Farben kommt es nach Untersuchungen von HERWIG sogar dazu, daß sich die eidetisch vorgestellte Farbe mit der Farbe der Wand, auf welche der Eidetiker hinblickt, nach den Mischgesetzen vermischt, so daß bei einem eidetisch vorgestellten Gelb und dem Blau der Wand Grau entsteht (HERWIG 1921). Die eidetischen Bilder fallen ferner durch ihre Beständigkeit auf; minutenlanges Verharren in gleichbleibender Deutlichkeit ist dabei nichts Seltenes, so daß genaue Schilderungen möglich werden. Mit zunehmendem Alter bildet sich die eidetische Anlage rasch zurück; manchmal bleibt sie aber bestehen (unter 180 Hochschülern fand KROH noch 7% Eidetiker).

Die Untersuchungen von JAENSCH, KROH und HERWIG wurden um das Jahr 1920 durchgeführt. 40 Jahre später hat WERNER TRAXEL an 1571 Schülern im Alter von 9 bis 14 Jahren aus denselben Landkreisen, in denen JAENSCH seine Eidetiker gefunden hatte, neuerlich eidetische Experimente durchgeführt, wobei er sehr genaue Methoden verwendete. Geboten wurde durch 30 Sekunden ein Ziffernquadrat mit 36 Ziffern und in einem zweiten Versuch ein sinnloses Bild; nach der Wegnahme der Vorlage mußten die Kinder die Ziffern aufschreiben, die sie behalten hatten, und das Bild nachzeichnen. Das Resultat war erstaunlich: es fand sich kein einziger Eidetiker. Die Leistungen im Ziffernversuch waren durchweg gering (im Durchschnitt 6,6, beste Einzelleistung 16); kein einziger Schüler behauptete, die Vorlage »wahrnehmungsmäßig« vor sich gesehen zu haben, auch nicht »nachbildartig« (es wurden zum Vergleich Nachbilder erzeugt). TRAXEL kam daher zu dem Schluß, »daß in den Fällen, in denen bestimmte psychische Phänomene als Anschauungsbilder bezeichnet wurden bzw. Gedächtnisleistungen durch die Annahme von Anschauungsbildern erklärt wurden, tatsächlich andersartige Erscheinungen vorlagen, und zwar in der Regel Vorstellungen, die namentlich im Jugendalter große Intensität erreichen können« (TRAXEL 1962, S. 330). H. DÜKER meint dazu: »aus der Ablehnung der Lehre JAENSCHS folgt nicht, daß auch die Phänomene abzulehnen sind, die JAENSCH als subjektive Anschauungsbilder bezeichnet. Dies sei ausdrücklich hervorgehoben. Es wird keineswegs die Möglichkeit außerordentlich klarer und intensiver Bildreproduktionen, wie sie URBANTSCHITSCH, KROH u. a. beschrieben haben, bestritten. Nach diesen Darlegungen sind die ›Eidetiker‹ JAENSCHS nichts anderes als Personen, die imstande sind, außerordentlich lebhafte und intensive Vorstellungsbilder zu reproduzieren. Solche Individuen kommen bei Jugendlichen in einem bestimmten Entwicklungsstadium häufig vor« (DÜKER 1965, S. 247). Dazu muß gesagt werden, daß DÜKER und TRAXEL bei ihren Urteilen mit außerordentlicher Strenge vorgingen. DÜKER zitiert eine unter seiner Leitung durchgeführte Untersuchung von H. LIPPERT, in welcher Abbildung 76a als Vorlage verwendet wurde; es fand sich ein 9jähriger Knabe, der unmittelbar nach der Darbietung (von 2 Minuten Dauer) Abb. 76b und 6 Wochen nachher Abb. 76c zeichnete. Trotzdem wurde er nicht als Eidetiker anerkannt, weil er die Frage, »ob er beim Zeichnen ein mehr oder weniger deutliches Bild der Vorlage wieder vor sich gesehen habe«, entschieden verneinte; »aus allen Antworten auf Fragen dieser Art geht eindeutig hervor, daß Wolfgang das Bild der Vorlage nicht ›im buchstäblichen Sinne gesehen‹ hat, sondern daß er sich die Vorlage eingeprägt und aufgrund der Vorstellung seine Zeichnung ausgeführt hat« (DÜCKER 1965, S. 246). Man steht vor der Frage, ob man die Aussage eines neunjährigen Knaben oder die Genauigkeit der Wiedergabe, die allen bisher als »eidetisch« klassifizierten Leistungen mindestens gleichkommt, höher bewertet. Eine empirisch gesicherte Antwort gibt es nicht — die Frage der Eidetik ist daher nach wie vor offen.

Daß es wahrnehmungsähnliche Vorstellungen gibt, steht außer Zweifel; sie treten allerdings nur unter abnormen Verhältnissen auf und haben zwangshaften Charakter, d. h. sie kommen von selbst und meist gegen den Willen: die *Halluzinationen* und *Pseudohalluzinationen*. Halluzinationen sind »Trugwahrnehmungen«; sie sind so deutlich wie Wahrnehmungen, ohne daß sie aber durch einen Sinnesreiz erzeugt werden. Halluzinationen kommen nur bei Geisteskranken vor, und auch bei

a = Vorlage

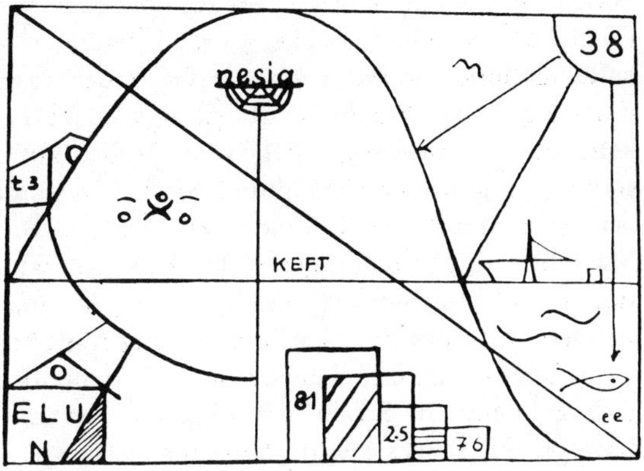

b = Wiedergabe durch einen Neunjährigen, unmittelbar nach der Vorgabe

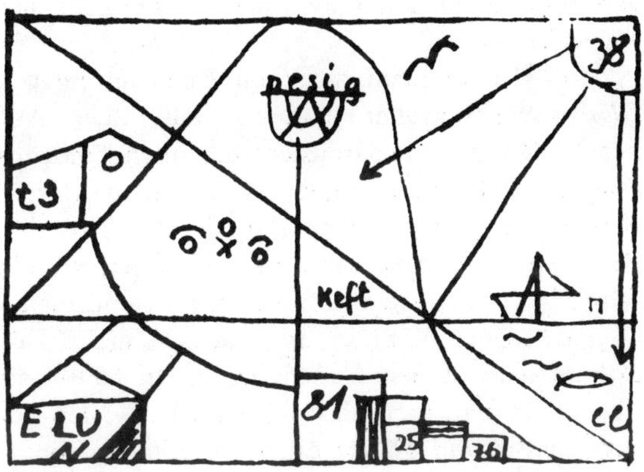

c = Wiedergabe durch denselben Knaben nach 6 Wochen.

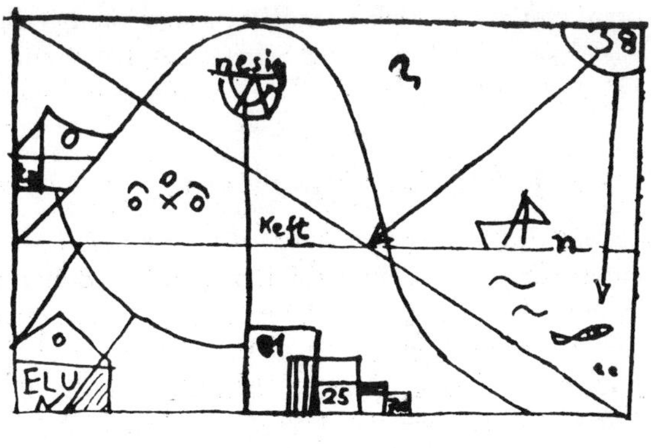

Abb. 76. Ein Test aus den Marburger-Untersuchungen zur Eidetik. (Aus H. DÜKER, Psychologische Beiträge 8, 244, 1965.)

diesen sind sie selten, besonders auf optischem Gebiet. Gehörseindrücke, Gerüche und Geschmäcke werden häufiger »halluziniert«. Pseudohalluzinationen kennt auch der Gesunde: man bezeichnet damit Erinnerungs- und Phantasievorstellungen von besonderer Eindringlichkeit, die ohne und sogar gegen den Willen auftreten, vor allem im Zustand hochgradiger Ermüdung. Sie haben dann dasjenige zum Inhalt, was man durch lange Zeit erlebt hat, z. B. sportliche Betätigung, Marschieren, Mikroskopieren. Ich habe einmal solche Pseudohalluzinationen sehr eindrucksvoll erlebt; nach einer mehrtägigen, sehr anstrengenden Autotour fuhr ich in schwer ermüdetem Zustand bei sehr starkem Verkehr die Glocknerstraße und erlebte dann bei der Rast am Ziel, daß nicht nur die Straße mit ihren Kurven immer wieder bildhaft und bewegt, wie man sie vom Auto aus sieht, vor mir auftauchte, sondern daß auch die Körperempfindungen des Fahrens und dazu deutlich spürbare Ansätze zu den Reaktionen des Lenkens auf die »gesehenen« Kurven auftraten.

Von den halluzinatorischen Erscheinungen unterscheiden sich die *Illusionen* (Pareidolien) dadurch, daß ihnen Außenweltreize zugrunde liegen, daß aber die daraus entstehenden Eindrücke umgedeutet werden. Solche »Selbsttäuschungen« kommen im Bereiche des Gesunden und Kranken vor: unter dem Einfluß einer Einstellung, z. B. einer affektiv betonten Erwartung oder in der Angst, werden objektive Ereignisse falsch gedeutet. »Jetzt kommt er!« — und man sieht ihn —, aber wenn er ganz in der Nähe ist, ist er es gar nicht. Bei den Bombenangriffen konnte man in den Luftschutzkellern häufig solche Täuschungen beobachten; man hatte das unheimliche Rollen der einschlagenden Bomben gehört und glaubt es nun wieder zu hören — in Wahrheit war es ein Magenknurren bei einem der geängstigten Nachbarn. Bei Geisteskranken und im Fieber sind Illusionen häufig: die Wolken am Himmel, das Muster der Tapete, die Schatten an der Wand werden zu teuflischen Fratzen, zu Geistern oder Märchenfiguren umgedeutet.

3. Anschauliche Vorstellungen; Wiedererkennen; Gefühlsgedächtnis

Bei allen bisher erwähnten Erscheinungen — optischen Nachbildern, eidetischen Anschauungsbildern und Pseudohalluzinationen — hat man es mit *unmittelbaren* Nachwirkungen vorausgegangener Eindrücke zu tun; sie treten sofort nach dem Aufhören der Sinnesreize auf und sind um so stärker, je länger und intensiver die Reize waren. Von ihnen unterscheiden sich die *anschaulichen Vorstellungen* durch folgende Merkmale: sie sind gegenüber den Wahrnehmungen eigenartig blaß und durchsichtig, sie haben keine vollen und satten Farben und keine scharfen

Abgrenzungen nach den Seiten; sie sind überdies unbeständig und flüchtig, man kann sie nicht beliebig lange festhalten, und sie sind nicht fest im Raume lokalisiert. Man schließe die Augen und stelle sich die eben wahrgenommenen Dinge — das offene Buch, den Tisch, das Fenster usw. — vor; man wird sofort bemerken, daß das Vorstellungsbild viel ärmer an Einzelmerkmalen ist als die Wahrnehmung und daß ihm der »Wirklichkeits-Charakter« vollkommen fehlt. Dazu kommt noch ein weiterer wichtiger Unterschied: Vorstellungen kann man von lange vergangenen Eindrücken, die inzwischen nie oder nur vorübergehend bewußt waren, erzeugen, während die Nachbilder, Pseudohalluzinationen und eidetischen Anschauungsbilder nur unmittelbar oder sehr kurze Zeit nach der Einwirkung der Reize auftreten; die letzteren treten unwillkürlich auf, während man die Vorstellungen absichtlich hervorrufen kann.

Es ist schon hier zu betonen, daß in der *Anschaulichkeit* der Vorstellungen außerordentlich große individuelle Unterschiede bestehen. Empirisch nachgewiesen wurden diese Verschiedenheiten zuerst im Jahre 1880 von dem englischen Gelehrten FRANCIS GALTON: er sandte an eine große Zahl von Leuten die Aufforderung, sich ihren Frühstückstisch vorzustellen und zu beschreiben, was sie dabei beobachten. Es ergab sich, daß manche Menschen sich an alle Details erinnern und sie deutlich und farbig vor sich »sehen«, während andere nahezu keine derartigen Bilder zustande bringen; zu diesen bilderarmen Menschen gehörten vor allem die Mitglieder der Royal Society, also geistig hervorragende Menschen. Damit ist aber nicht gesagt, daß sie sich schlechter erinnern können; sie »wissen«, wie ihr Frühstückstisch aussieht und können oft genaue Details angeben, aber sie haben kein anschauliches Bild davon. Dieses »Wissen« ist natürlich auch eine Gedächtniserscheinung; an die Stelle der Anschauung treten in solchen Fällen sofort die Worte und Begriffe für das, was sonst in Bildern erscheint. Von dieser Art der Erinnerungen kann sich jeder leicht überzeugen, wenn er *abstrakte Begriffe* denkt: Idee, Kultur, Geschichte, Recht und Gerechtigkeit — in allen diesen Fällen treten Inhalte in das Bewußtsein, die überhaupt keine anschauliche Grundlage haben. Genauso kann es aber auch bei Erinnerungen sein, für die eine anschauliche Grundlage zur Verfügung stünde; während der eine bei der Vorstellung des Frühstückstisches die Kaffeekanne bildhaft »sieht«, kommt beim anderen nur der Begriff »Kaffeekanne« in das Bewußtsein, ohne daß ein Bild von ihr auftritt. Dies kann so weit gehen, daß auch ganz individuelle Gegenstände — »unsere Kaffeekanne, die braune, mit dem kleinen Sprung am Deckel« — abstrakt, unanschaulich gedacht werden. Menschen, die viel denken, denken meist in bilderlosen Erinnerungen; es ist daher begreiflich, daß sich in der GALTONschen Rundfrage die geistig höherstehenden Personen, die an abstraktes Denken gewöhnt sind, als die bilderärmsten erwiesen haben.

Die Behauptung, daß es unanschauliche Vorstellungen gebe, hat Diskussionen über die Unterschiede zwischen Vorstellung und Gedanken ausgelöst, die bis heute zu keinem allgemein anerkannten Ergebnis führten. Sicher ist, daß man sich auch an rein gedankliche, unanschauliche Zusammenhänge, die früher einmal bewußt waren, erinnern kann; wenn man sich die Gedankenkomplexe »Quantentheorie«, »Seelenwanderung« oder »materialistische Geschichtsauffassung« bewußt macht, so ist dies in erster Linie eine Gedächtnisleistung: etwas das bereits einmal früher bewußt war, wird neuerlich bewußt. Es mag sein, daß dabei anschauliche Hilfen benützt werden — die Vorstellung von springenden Elektronen, von Verwandlungen der Menschen in Tiere oder von Revolutionen, die durch wirtschaftliche Not ausgelöst werden —, aber der Gedanke selbst, die »Idee«, ist unanschaulich. Bei der Darstellung der Begriffsentstehung ist auf diese Tatsache zurückzukommen.

Das Charakteristische aller Gedächtniserscheinungen besteht darin, daß etwas, was einmal bewußt war, später als anschauliche Vorstellung oder als Begriff wieder bewußt wird, ohne daß es in der Zwischenzeit bewußt war; oder, anders formuliert, daß Erlebnisinhalte nach ihrem Aufhören wieder bewußt werden. Dies gilt nicht für alle bewußten Vorgänge in gleicher Weise; es bestehen große Unterschiede in der Vorstellbarkeit der Eindrücke aus verschiedenen Sinnesgebieten. Viele Menschen können optische und akustische Eindrücke am leichtesten in Vorstellungen wieder bewußt machen, bei Tast- und Bewegungseindrücken ist es schon beträchtlich schwieriger, und bei Geruchs- oder Geschmackswahrnehmungen sowie Wärme- und Kälteempfindungen gelingt es vielen Menschen überhaupt nicht. Auch körperliche Schmerzen oder komplexe Organempfindungen (z. B. die Hungerempfindung) können wir uns nur sehr undeutlich vorstellen.

Es gibt also Erlebnisse, deren Inhalt später nicht als Vorstellung bewußt wird; trotzdem aber kann man sich an sie erinnern: daß es irgendwo stark nach Fisch gerochen hat, daß die Luft von Fliederduft erfüllt war, daß man entsetzliche Zahnschmerzen hatte usw. Am deutlichsten wird die Wirkung solcher Eindrücke beim *Wiedererkennen*: Fliederduft, Fischgeruch, den Geschmack von Erdbeeren oder Lebertran erkennt man sofort wieder, wenn die entsprechenden Sinnesreize auftreten, aber auch Personen und Gegenstände, die man sich willentlich nicht mehr in Erinnerung rufen kann, erkennt man wieder, wenn man sie sieht. Experimentell wurde das Wiedererkennen an Worten, Figuren, Tönen usw. untersucht, wobei sich ergab, daß die Zahl der wieder-erkennbaren Inhalte immer viel größer war als die Zahl der reproduzierbaren. ADAMS faßte die Resultate vieler Versuche in der Feststellung zusammen, daß die Wiedererkennungs-Rate etwa dreimal so hoch ist wie die Reproduktionsrate (ADAMS 1967). Das Wiedererkennen ist daher die empfindlichste Methode zur Auffindung von Gedächtnisinhalten, deren Einprägungsgrad so gering ist, daß sie eine Reproduktion nicht ermöglichen. Der dänische Psychologe HARALD HÖFFDING hat das charakteristische Merkmal des Wiedererkennens als »Bekanntheits-Qualität« bezeichnet. Vollkommen unerklärt ist die Tatsache, daß diese Bekanntheits-Qualität auch in Situationen auftreten kann, die man noch nie erlebt hat; diese »Scheinbekanntheit« — auch Paramnesie oder *»déja vu«* genannt — kann mit krankhafter Häufigkeit auftreten, so daß der Eindruck entsteht, alles jetzt Gegenwärtige bereits früher einmal erlebt zu haben.

Ebenfalls nicht vorstellbar sind frühere Gefühle; wir können uns wohl erinnern, daß wir zornig, verliebt oder traurig waren, aber wir können und diese Zustände nicht vorstellen. Wohl aber können diese Gefühle in schwächeren Graden neuerlich auftreten, wenn wir uns den Anlaß, der sie auslöste, anschaulich vorstellen; dann erleben wir aber die Gefühle als wirkliche, neuerlich entstandene Gefühle und nicht als Vorstellungen.

Unlustbetonte Eindrücke scheinen besser behalten zu werden als lustbetonte. In einer Untersuchung des Wiener Psychologischen Institutes über früheste Kindheitserinnerungen fand E. HAIKER, daß unter den Inhalten von 520 Erinnerungen (217 von männlichen, 303 von weiblichen Personen) 49% unlustbetont waren (Unfälle, Krankheiten, Kriegserlebnisse, Missetaten, Tod). Als Durchschnittsalter frühester Erinnerungen ergab sich bei den männlichen Personen 3,8, bei den weiblichen 2,9 Jahre (E. HAIKER 1956).

4. *Umfang und Dauer des Behaltens*

Man möchte glauben, daß die anschaulichen Vorstellungen der wissenschaftlichen Untersuchung am leichtesten zugänglich seien. Das Gegenteil ist richtig; die anschaulichen Erinnerungen sind einerseits stark persönlich gefärbt, sie enthalten vor allem das private Milieu, in welchem jeder Einzelmensch lebt, sind also schon aus diesem Grunde für Untersuchungen an vielen Menschen nicht geeignet. Die methodischen Schwierigkeiten der Gedächtnisforschung bestanden daher in erster Linie in der Auffindung eines Lernmaterials, das den Menschen, mit denen man experimentieren will, sicher noch unbekannt ist; man sollte dafür einfache psychische Inhalte zur Verfügung haben, die in keiner Beziehung zu den persönlichen Erinnerungen stehen.

Diese Schwierigkeit wurde von dem Begründer der experimentellen Gedächtnispsychologie, HERMANN EBBINGHAUS, überwunden; er schuf ein unanschauliches und unpersönliches Material, indem er *sinnlose* Silben bildete, die aus einem zwischen zwei Konsonanten gesetzten Vokal bestanden (tuk, lap, sif, lom usw.). Die deutsche Sprache erlaubt die Herstellung von etwa 2300 derartigen Silben; man hat sie später von allen irgendwie an Sinnvolles anklingenden Elementen gereinigt, wodurch sich ihre Anzahl sehr verringerte, vor allem wegen der zunehmenden Fremdsprachen-Kenntnisse. Will man mit solchen Silben Versuche durchführen, so muß man vorher ihre »Sinnlosigkeit« kontrollieren; je nach den örtlichen Einflüssen können Silben, die anderswo sinnlos sind, einen Sinn besitzen (vor allem durch Einflüsse des Dialektes oder der Fremdsprachen). In einer Wiener Dissertation von ADRIENNE MILER wurden 200 Silben an 100 Studenten auf ihre Sinnlosigkeit »geeicht«; als sinnlos galten nur solche Silben, mit denen nicht mehr als 0 bis 5% der Studenten einen Sinn verbanden. Dieses Kriterium traf nur auf 39 der 200 Silben zu (zu 0% nur »mub« und »nuf«, zu 1 bis 2%: »fap«, »fep«, »jis«, »mib«, »mef«, »rov«, »vef«, »wef«, »zaf«, »zab«). Außer der Eichung auf Sinnlosigkeit müßte für sehr genaue Experimente noch eine Eichung auf gleiche »Merkbarkeit« durchgeführt werden; auf alle Fälle müssen Silben, in denen die Buchstaben C, Q, X, Y sowie Umlaute vorkommen, weggelassen werden, weil die in der Sprache seltener vorkommenden Laute die Silben »markanter« machen. Für die Zusammenstellung der Einzelsilben zu einer Lernreihe gelten die allgemeinen methodischen Regeln (verschiedene Reihenfolge bei verschiedenen Versuchsgruppen, Vermeidung gleicher Vokale bei aufeinanderfolgenden Silben usw.). Mit größter Gründlichkeit und Genauigkeit führte EBBINGHAUS an sich selbst mit sinnlosen Silben die ersten Gedächtnisexperimente durch, über die er im Jahre 1885 zusammenfassend berichtete. Die Silben wurden durch wiederholtes lautes Lesen so weit eingeprägt, daß sie gerade eben willkürlich reproduziert werden konnten, d. h. bis sie ohne Stocken fehlerlos auswendig hergesagt werden konnten. »Durchlesen und Hersagen geschahen stets mit gleichförmiger Geschwindigkeit, nämlich im Takt von 150 Metronom-Schlägen auf die Minute ... Erhebungen der Stimme wurden möglichst vermieden. Das Lernen erfolgte rein durch die Einwirkung der bloßen Wiederholungen auf das natürliche Gedächtnis.«

»Das natürliche Gedächtnis« — EBBINGHAUS meinte damit die reine Funktion des Einprägens, Behaltens und Reproduzierens; diese Funktion wollte er möglichst isoliert unter den einfachsten Bedingungen untersuchen. Er war sich bewußt, daß seine Versuchsbedingungen von den Verhältnissen des gewöhnlichen Alltags wesentlich abwichen.

Zwischen dem monotonen Hersagen von sinnlosen Wörtern und den tausendfältig wechselnden, bis ins kleinste persönlich gefärbten, sinnvollen Eindrücken des wirklichen Lebens ist ein großer Unterschied. Die Sphäre des Laboratoriums hat etwas Gekünsteltes und Unnatürliches an sich und mag wenig geeignet erscheinen, das »natürliche« Gedächtnis zu untersuchen. Trotzdem war das, was EBBINGHAUS tat, das einzig Richtige: das reine Gedächtnis, das Geschehen von der Wahrnehmung bis zur Reproduktion, läßt sich nur studieren, wenn man alle anderen Einflüsse möglichst ausschaltet. Es ist viel gegen das lebensferne wirklichkeitsfremde Experimentieren in den psychologischen Instituten eingewendet worden; es ist genauso notwendig wie die Untersuchung des herausgeschnittenen Herzens oder des isolierten Nerven notwendig war, um Einblick in die reine Funktion dieser Organe zu bekommen. Dabei hat EBBINGHAUS mit seiner Methode etwas erreicht, was seit jeher als Ideal der wissenschaftlichen Psychologie galt: es ist ihm gelungen, bis zu einem gewissen Grade *Maß und Zahl* in die Gedächtnispsychologie einzuführen.

Die wichtigsten Zahlenergebnisse sind folgende: unmittelbar nach *einmaligem* Lesen oder Hören können etwa 6 bis 7 sinnlose Silben fehlerfrei wiedergegeben werden; bei sinnvollen einsilbigen Wörtern steigt die Zahl auf 8 bis 9, bei Ziffern und Buchstaben auf 10 bis 12. Ist das ganze gebotene Material sinnvoll, enthält es also gedankliche Zusammenhänge zwischen den einzelnen Wörtern, so ergeben sich beträchtlich höhere Werte: bei Gedichtstrophen kommen Geübte auf 24, bei Prosa auf 36 Wörter. Alle angegebenen Zahlen sind Durchschnittswerte; die Unterschiede zwischen verschiedenen Menschen sind sehr groß.

Wieviel man behält, hängt wesentlich von der Größe des dargebotenen Materials ab. Werden 6 sinnlose Silben vorgesagt oder in einem der zahlreichen Gedächtnisapparate zum Lesen ruckweise nacheinander sichtbar, so werden alle eingeprägt; die meisten erwachsenen Menschen können sie schon nach einmaliger Darbietung fehlerfrei wiederholen (wobei sehr deutlich das Gefühl des gerade noch Möglichen aufzutreten pflegt). Bietet man aber 12 Silben nacheinander, so bleiben nicht etwa die ersten 6 haften, sondern nur 2 oder 3, und zwar meist die ersten und die letzten. Sehr interessant sind die Feststellungen über die Anzahl der Wiederholungen, die zum Erlernen einer Silbenreihe nötig sind: 6 bis 7 Silben behält man schon nach einmaliger Darbietung; um 12 Silben fehlerfrei hersagen zu können, waren bei EBBINGHAUS aber bereits (im Durchschnitt) 16,6 Darbietungen nötig; diese Silben mußten also 16,6mal wiederholt werden, damit sie fehlerfrei reproduziert werden konnten. Dieser gewaltige Anstieg wird bei weiterer Vergrößerung des Materials nur wenig kleiner; bei 15 Silben waren 30, bei 24 waren 44, bei 36 waren 55 Darbietungen notwendig, bis die Silben so fest eingeprägt waren, daß sie fehlerfrei wiedergegeben werden konnten. Die Tatsache, daß die Vergrößerung des Lernmaterials eine unverhältnismäßig große Steigerung der Lernzeit notwendig macht, bezeichnet man als das »*Gesetz von Ebbinghaus*«.

Auch bei Rechenkünstlern, die über ein außergewöhnliches Zahlengedächtnis verfügen, ließ sich die große Zunahme der Einprägungszeit bei relativ geringer Zunahme des zu merkenden Materials nachweisen. Ich gebe im folgenden einige Lernzeiten der Rechenkünstler DIAMANDI und ARNOULD (untersucht von BINET) und RÜCKLE (untersucht von G. E. MÜLLER); die Zeiten umfassen die Lern- und Hersagezeit:

	Zahl der Ziffern	DIAMANDI	ARNOULD	RÜCKLE
	10	17 Sek.	20 Sek.	
	20	135 Sek.	150 Sek.	24 Sek.
	30	260 Sek.	165 Sek.	
(bei R. 48)	50	7 Min.	165 Sek.	zwisch. 58 und 85 Sek.
(bei R. 102)	100	25 Min.	15 Min.	zwisch. 5′17″ und 6′28″
(bei R. 204)	200	75 Min.	45 Min.	zwisch. 19′ 28″ und 22′

Man sieht aus diesen Zahlen, daß sowohl die inter- wie die intraindividuellen Schwankungen (die letzteren sind nur bei RÜCKLE aus mehreren Versuchen bekannt) sehr groß sind. Es dürfte also wohl nicht möglich sein, ein allgemeines Gesetz, wonach die Lernzeit proportional zum Quadrat des Lernmaterials anwachse, experimentell zu begründen (FOUCOLT und RÜCKLE versuchten, ein solches Gesetz aufzustellen).

Die bisher beschriebenen Ergebnisse waren mit einfachen Methoden zu erreichen. Man bietet einem Menschen, dessen Gedächtnis man untersuchen will, durch einen Gedächtnisapparat oder auch nur durch Vorsagen z. B. vier sinnlose Silben. Er kann sie sofort fehlerfrei wiederholen. Nach einer kleinen Pause bekommt er fünf neue Silben; auch diese wiederholt er ohne Schwierigkeiten. Bei sechs Silben hat er schon den Eindruck, daß es nur noch mit Mühe geht; aber es geht noch. Bei sieben hingegen gerät er schon in der Mitte des Wiederholens ins Stocken, eine Silbe fällt ihm nicht mehr ein, die ersten und letzten kann er. Bei acht oder neun oder zehn Silben fällt bereits ein großer Teil der mittleren Silben aus, was den Prüfling recht entmutigt, so daß er bei elf oder zwölf Silben schon gar keine Hoffnung mehr hat, sie richtig wiedergeben zu können. Diese simple Methode, bei der das Maß der Gedächtnisleistung in der Anzahl der behaltenen Silben nach einmaliger Darbietung besteht, nannte EBBINGHAUS die »*Methode der behaltenen Glieder*«.

Ebenso einfach ist eine zweite Methode — als »*Erlernungsmethode*« bezeichnet —: man läßt eine Reihe mit einer bestimmten Silbenzahl, z. B. zwölf, so oft darbieten, bis sie die Versuchsperson fehlerfrei hersagen oder aufschreiben kann. Das Maß der Gedächtnisleistung ist die Zahl der notwendigen Darbietungen bis zum fehlerfreien Behalten.

Nehmen wir an, es brauche jemand 15 Darbietungen, um eine Reihe von zwölf Silben zu behalten. In einem neuen Versuch bekommt er zwölf neue Silben geboten, aber nur fünfmal; auf die Aufforderung, sie herzusagen, wird er vielleicht vier oder fünf oder sechs wiederholen können, die restlichen weiß er nicht. Fünf Silben haben sich eingeprägt — die übrigen scheinen wirkungslos geblieben zu sein, er kann sie nicht wiederholen. In Wahrheit blieben sie durchaus nicht wirkungslos. Dies zeigt ein Versuch nach der »*Ersparnismethode*«: wir bieten dieselben zwölf Silben nach einer Stunde (die mit mathematischen Aufgaben oder einem Spiel ausgefüllt war) wieder; und zwar so lange, bis sie fehlerfrei wiederholt werden können. Hierzu — also zum Erlernen der bereits einmal gehörten, aber nicht behaltenen Silben — sind weniger Wiederholungen nötig als zum Erlernen einer gleichen Anzahl ganz neuer Silben. Man hat Wiederholungen *gespart*, weil von der früheren Darbietung auch von den nicht willkürlich reproduzierbaren Silben doch etwas haftengeblieben ist (»unterwertige Spuren«).

5. »Kurzzeit«- und »Langzeit«-Gedächtnis

Das menschliche Gedächtnis wird oft mit dem »Gedächtnis« der elektronischen Rechenmaschinen verglichen, d. h. mit den Platten, Trommeln oder Bändern der Computer, auf denen die einlangenden »Informationen« durch Stromimpulse in Form von Magnetisierungen gespeichert werden. In manchen elektronischen Datenverarbeitungsmaschinen gibt es Magnetspeicher für kurzfristig benötigte Informationen, die nach ihrer Verwertung automatisch gelöscht werden, und Speicher für dauernd gebrauchte Daten (Kurz- und Langspeicher). Diese Zweiteilung der magnetischen Speicher hat amerikanische Psychologen dazu verführt, auch im menschlichen Gehirn zwei Arten von »Speichern« anzunehmen und daher von einem »*Kurzzeit*«- und einem »*Langzeit-Gedächtnis*« zu sprechen (short-term und long-term-memory = STM und LTM).

Die psychologischen Tatsachen, die durch diese »*dichotomische Speicherhypothese*« erklärt werden sollen, sind seit langer Zeit bekannt. Das beliebteste Beispiel aus dem Alltagsleben ist das kurzzeitige Behalten von Telefon-Nummern: man sucht im Telefonbuch eine Rufnummer, prägt sie ein und dreht nun aus dem Gedächtnis die Wahlscheibe in der richtigen Folge der Ziffern — dann hat man die Nummer wieder vergessen; sie wurde nur für eine kurze Zeit benötigt und wird nachher »gelöscht« — genau wie im Kurzspeicher des Computers. Denselben Vorgang kann man unter klareren Bedingungen im Experiment erzeugen, wenn man jemandem z. B. acht einstellige Ziffern langsam vorsagt und feststellt, wieviel er unmittelbar nachher wiedergeben kann. EBBINGHAUS nannte dieses Experiment »Reproduktion aus dem unmittelbaren Gedächtnis« (er beschrieb diesen Versuch schon im Jahre 1885); der Amerikaner J. JACOBS führte dieses Verfahren 1887 als »Methode der Gedächtnis-Spanne« ein, woraus sich eine klare Definition entwickelte: *die Gedächtnis-Spanne umfaßt die Inhalte, die unmittelbar nach einmaliger Darbietung richtig reproduziert werden* (etwa 6 – 7 Einheiten des gebotenen Materials). MEUMANN bezeichnete denselben Sachverhalt als »unmittelbares Behalten« (1905).

Genau dasselbe, was bisher als »Gedächtnis-Spanne« bezeichnet wurde, wird heute unter anderen Aspekten oft »*Kurzzeit-Gedächtnis*« genannt. »Die operationale Unterscheidung zwischen Kurzzeit- und Langzeit-Gedächtnis ist alles andere als genau. Es besteht jedoch weitgehende Übereinstimmung darüber, daß das Kurzzeit-Gedächtnis untersucht wird, wenn das Lernmaterial einmal dargeboten und das Behalten weniger als 30 Sekunden nachher geprüft wird; das Langzeit-Gedächtnis wird untersucht, wenn die Lernreihe mehrmals geboten ... und die Prüfung nach Minuten, Stunden oder Tagen durchgeführt wird« schreibt ein amerikanischer Hauptvertreter der Zweispeicher-Theorie W. A. WICKELGREN (1965, zit. n. SOMMER 1968). Die 30 Sekunden, die WICKELGREN als Grenze vorschlägt, sind empirisch nicht begründet; ohne diese willkürlich angeführte Zeitspanne läßt sich der Begriff »Kurzzeit-Gedächtnis« präziser definieren: das Kurzzeit-Gedächtnis umfaßt die Zeitspanne, innerhalb welcher ein Lernstoff nach einmaliger Darbietung richtig wiedergegeben wird. Es ist sonderbar, daß in der fast unübersehbaren Literatur über »short-term-memory« konkrete Zeitangaben über die Dauer des Kurzzeit-Gedächtnisses sehr selten und — wenn vorhanden — sehr verschieden sind. Davon ist noch zu sprechen.

In der Diskussion um das Kurzzeit-Gedächtnis geht es aber gar nicht in erster Linie um eine genaue Messung der Dauer des kurzzeitigen Behaltens, sondern um die theoretische Frage, ob dafür ein eigener »Speicher« angenommen werden müsse, also eine besondere kurzzeitige Einprägung im Gehirn, die sich von der Einprägung für lange Zeiten unterscheidet. Offenbar denken dabei manche Autoren tatsächlich an Analoga zu den Magnetband-Speichern der elektronischen Rechenmaschinen, weil sie von einer Überführung von Material aus dem Kurzzeit- in das Langzeit-Gedächtnis sprechen (z. B. MURDOCK 1967). Diese Unterschiede hat am klarsten der Kanadier D. O. HEBB durch die Annahme zweier aufeinanderfolgender Gehirnprozesse begründet: bei der Aufnahme eines neuen Lernmaterials komme es zuerst zu kurzfristig bestehenden Erregungs-Zirkulationen in den beteiligten Ganglienzellen (»reverberating circuits«), die entweder aufhören oder in dauernde Einprägungen, d. h. in Zellveränderungen, übergehen: die »Erregungskreise« entsprechen dem Kurzzeit-Gedächtnis, die abgelagerten Residuen in den Zellen dem Langzeit-Gedächtnis. HEBB hat aber diese Hypothese auf Grund eigener Experimente aufgegeben (er konnte wahrscheinlich machen, daß auch schon die Erregungskreise strukturelle Veränderungen erzeugen — HEBB 1961, dazu ROHRACHER 1968). Ein ebenfalls sehr beweiskräftiges Experiment zur Widerlegung der Zwei-Speicher-Hypothese wurde in jüngster Zeit von MICHAEL M. GRUNEBERG in England durchgeführt. 120 seltene, aber immerhin bekannte Worte wurden 20 Studenten von einem Tonband langsam vorgesagt; die Studenten waren beauftragt, die Worte nur anzuhören und sie nicht absichtlich einzuprägen. Unmittelbar nachher wurde ihnen eine Liste mit 120 Wörtern vorgelegt, unter denen in Zufallsfolge 60 Worte aus dem Tonband und 60 neue Worte vorhanden waren. Bei jedem Wort mußte angegeben werden, ob das Wort alt (= aus dem Tonband) oder neu war. Im Durchschnitt wurden 30,1 Worte richtig wiedererkannt. Dann wurde die Tonband-Wortliste einer zweiten Gruppe von 19 anderen Studenten geboten und unmittelbar nachher festgestellt, wieviel der 120 Worte sie richtig reproduzieren (aufschreiben) konnten; im Durchschnitt waren es 10,53 Worte. Dann mußten diese 19 Studenten an einem halbstündigen Seminar teilnehmen, worauf ihnen die zweite Wortliste aus dem ersten Versuch — die gemischten alten und neuen Worte — mit dem Auftrag vorgegeben wurde, die Worte aus der ersten Liste anzuzeichnen; es wurden im Durchschnitt 37,79 Worte richtig wiedererkannt (GRUNEBERG 1969).

Diese Resultate beweisen, daß zwar die Wiedergabe-Kapazität nach einmaligem Hören der 120 Worte gering war (10,53 Worte), daß aber viele Worte mit schwächeren Spuren »gespeichert« worden sind — und zwar in einem Langzeit-Speicher —; nämlich diejenigen, die nach 30 Minuten wiedererkannt wurden (37,79 Worte). Der rasche »Wiedergabe-Verlust«, d. h. die Unfähigkeit, nach kurzer Zeit richtig zu reproduzieren, ist daher kein ausreichendes Kriterium für die Ablehnung eines Speichers; das Wiedererkennen nach langer Zeit beweist, daß eine Speicherung stattgefunden hat, nur eben mit schwachen Residuen, die zur Reproduktion nicht ausreichen. Es gibt nur einen einzigen Speicher, nämlich den für das Langzeit-Gedächtnis. Das Kurzzeit-Gedächtnis — wenn es überhaupt existiert — funktioniert ohne Speicherung.

Daß es das Kurzzeit-Gedächtnis wirklich gibt, steht außer Zweifel. Jeden Tag erleben wir viele Bewußtseinsinhalte, die wir nach ihrem Aufhören rasch und für immer vergessen, so daß keine Möglichkeit einer späteren Reproduktion oder eines Wiedererkennens besteht; offenbar hat keine Einprägung stattgefunden — hätte eine solche stattgefunden, so müßte später mindestens ein Wiedererkennen möglich sein. »Einprägung« bedeutet, daß irgendwo im Gehirn durch die Erregungsvorgänge bleibende Strukturänderungen erzeugt wurden, aus denen Reproduktionen und Wiedererkennen entstehen (darüber wird bei der Darstellung der Gedächtnistheorie ausführlich berichtet). Vielleicht kann man mit dem Begriff der Einprägung den Unterschied zwischen den beiden Gedächtnisarten am klarsten darstellen: *Kurzzeit-Gedächtnis ist Wiedergabe ohne Einprägung, Langzeit-Gedächtnis ist Wiedergabe auf Grund von Einprägung.* Wenn man will, kann man statt von »Einprägung« von »Speicherung« sprechen.

Zwei Fragen sind noch offen: wenn das Kurzzeit-Gedächtnis ohne Einprägung Wiedergaben vergangener Erlebnisinhalte ermöglicht — wie kommen solche Wiedergaben zustande und worin bestehen ihre physiologischen Grundlagen? Beide Fragen lassen sich nur theoretisch beantworten: man kann annehmen, daß das Kurzzeit-Gedächtnis sich aus der »psychischen Präsenzzeit« (s. S. 143, d. h. das gerade Vergangene ist noch eine kurze Zeit bewußt) und aus der oben erwähnten »Gedächtnis-Spanne« zusammensetzt; die physiologischen Grundlagen bestehen aus den nachdauernden Erregungen (davon ist später ausführlich zu sprechen), die aber so rasch abklingen, daß keine Einprägung zustande kommt. Die Erlebnisinhalte, die zum Kurzzeit-Gedächtnis gehören, sinken in der Zeit zwischen Aufnahme und Wiedergabe nicht ganz in das Unbewußte (d. h. in das submentale Erregungsgeschehen) ab, sondern bleiben fast „mitbewußt". Die Telefonnummer, die man wählen will, läßt man nicht ganz aus dem Bewußtsein entschwinden — sobald diese Gefahr besteht, wiederholt man sie, um sie wieder klarbewußt zu machen.

Wie lange ist das Kurzzeit-Gedächtnis? Es läßt sich dafür keine Anzahl von Sekunden angeben, weil man nicht weiß, wie lange ein Erregungsvorgang dauern muß, damit er eine Einprägung hinterläßt. Bei Experimenten von Helga Sommer mit sinnlosen Silben und sehr intensiver Ausfüllung der Zwischenzeit zwischen Darbietung und Prüfung hat sich gezeigt, daß nach 6 Sekunden die Reproduktionsleistung um ungefähr 40% der vollkommen richtigen Reproduktion gesunken ist; aus solchen und ähnlichen Resultaten könnte man mit Vorsicht das Kurzzeit-Gedächtnis auf maximal 8 bis 10 Sekunden schätzen.

Man darf bei Überlegungen über die Dauer des Behaltens und über die Abnahme der Wiedergabe-Leistung nicht vergessen, daß man es dabei mit einem stetig und ununterbrochen ablaufenden Prozeß zu tun hat, der auch während der Reproduktion weitergeht. Wenn man nacheinander 10 Ziffern gehört hat, die man unmittelbar danach wiedergeben soll, kann man die zuletzt gehörten Ziffern noch aus der »psychischen Präsenzzeit« wiedergeben (das eben Vergangene ist noch bewußt); aber während man sie ausspricht, vergeht Zeit und die vor ihnen gehörten Ziffern versinken in den Bereich des Submentalen, man kann sie aus der »frischen Erinnerung« (d. h. aus starken postmentalen Erregungen) reproduzieren, was aber schon eine echte Gedächtnisleistung, d. h. eine Aktivierung nicht mehr bewußter Erlebnisinhalte darstellt. Das sog. Kurzzeit-Gedächtnis besteht aus der psychischen Präsenzzeit und aus den gerade in das Submentale entschwindenden und entschwundenen Erregungen kurz vorher bewußter Erlebnisinhalte.

Der Begriff »Kurzzeit-Gedächtnis« wäre entbehrlich, weil die Annahme eines eigenen »Kurz-Speichers« mit begrenzter Kapazität nicht bewiesen und überdies überflüssig ist. Man wird diesen Begriff aber nicht mehr aus der Psychologie verbannen können — halbrichtige verwirrende Begriffe mit Schlagwortcharakter halten sich mit erstaunlicher Kraft. Wenn man ihn verwendet, dann am besten in der Bedeutung »Gedächtnis ohne Einprägung«.

6. Das Vergessen

Den Verlauf des Vergessens hat als erster HERMANN EBBINGHAUS mit der Ersparnis-Methode untersucht. Er lernte 8 Reihen von je 13 sinnlosen Silben (durch diese große Zahl von Silben sollte statistische Verläßlichkeit erreicht und die Wirkung der Übung ausgeschaltet werden) bis zum fehlerfreien Hersagen. Nach 20 Minuten hatte er einen Teil davon vergessen; er lernte die Silbenreihen noch einmal, benötigte aber hierzu nur mehr 42% der Wiederholungen, die er beim ersten Lernen benötigt hatte (58% Ersparnis). Dann lernte er 8 neue Reihen von je 13 Silben, die er nach einer Stunde prüfte; wieder war ein Teil vergessen, das neuerliche Lernen erfolgte mit 44% Ersparnis. Dann wurden wieder 8 neue Reihen gelernt und nach 9 Stunden geprüft (36% Ersparnis) usw., immer wieder 8 neue Reihen für Intervalle von 1, 2, 6 und 31 Tagen. Die folgende Tabelle zeigt die »Ersparnisse« an Lernarbeit:

	nach 20 Min.	1 Std.	9 Std.	24 Std.	2 Tg.	6 Tg.	31 Tg.	
Lernarbeit von	58%	44%	36%	34%	28%	25%	21%	erspart.

Je länger die Zeiten zwischen den einzelnen »Erlernungen« waren, desto geringer war die Ersparnis, desto größer also die Lernarbeit, um

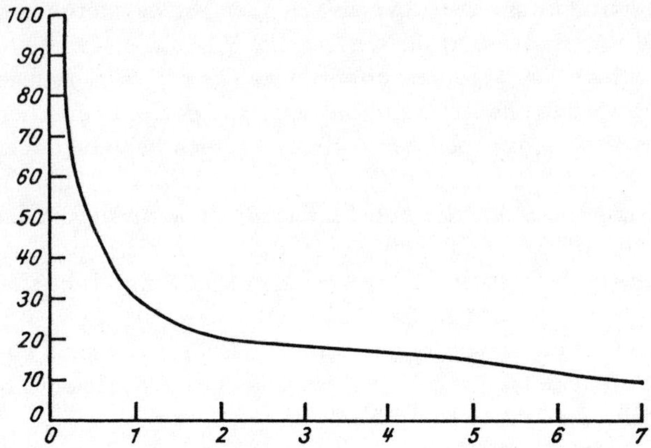

Abb. 77. Vergessenskurve. In der Waagrechten die Zahl der Tage, in der Senkrechten die Zahl der behaltenen Worte in Prozenten. (STRONG, Psychol. Review, 1913.)

sie wieder vollkommen zu beherrschen; aber die Differenzen zwischen den Größen dieser Lernarbeiten werden immer kleiner, obwohl die Zwischenzeiten größer wurden. Dies bedeutet, daß nun ein Zustand erreicht ist, bei welchem mit ungefähr gleichbleibender Lernarbeit immer wieder die volle Beherrschung des Lernstoffes erreicht werden kann; diese Lernarbeit beträgt bei sinnlosen Silben etwa 80% derjenigen, die zum ersten Erlernen notwendig war. Anders ausgedrückt: das Vergessen vollzieht sich zuerst sehr rasch, dann langsam und dann hört es überhaupt auf; d. h. was man nach einigen Tagen von einem Lernstoff noch weiß, vergißt man durch sehr lange Zeit nicht. EBBINGHAUS hat die oben angeführten Zahlen in eine Kurve eingetragen, die als »*Vergessenskurve*« berühmt wurde, obwohl EBBINGHAUS ausdrücklich betont, daß er seine Versuche »unter ganz besonderen und unvorteilhaften Bedingungen« durchgeführt habe, »so daß sie nicht verallgemeinert werden dürfen«. Abb. 77 zeigt eine Vergessenskurve aus einer neueren Untersuchung. Spätere Untersuchungen — von RADOSSAWLEWITSCH, ferner von dem Amerikaner STRONG und dem Griechen BOREAS — haben aber die Richtigkeit der Kurve so weit bestätigt, daß sie als Wiedergabe einer allgemeinen Gesetzmäßigkeit gelten kann. Auch wenn man den Verlauf des Vergessens nicht an einzelnen Personen, sondern an größeren Gruppen und an verschiedenem Gedächtnismaterial untersucht, ergibt sich, wie ILSE HOMOLKA in einer Untersuchung des Wiener Psychologischen Institutes nachgewiesen hat, dieselbe Kurve (Abb. 78).

Sinnvolles Gedächtnismaterial wird langsamer vergessen. Stanzen aus BYRONS Don Juan, die EBBINGHAUS an vier aufeinanderfolgenden Tagen, jedesmal bis zur ersten fehlerfreien Reproduktion, auswendig gelernt hatte, lernte er nach 17 Jahren mit einer Ersparnis von 20%

Abb. 78. Verlauf des Vergessens von Farben, Formen und Zahl-Buchstaben-Kombinationen im Verlauf von 8 Wochen. Aus HOMOLKA ILSE, Gruppenuntersuchungen über die Vergessenskurve, unveröffentlichte Phil.-Diss. Wien 1953.

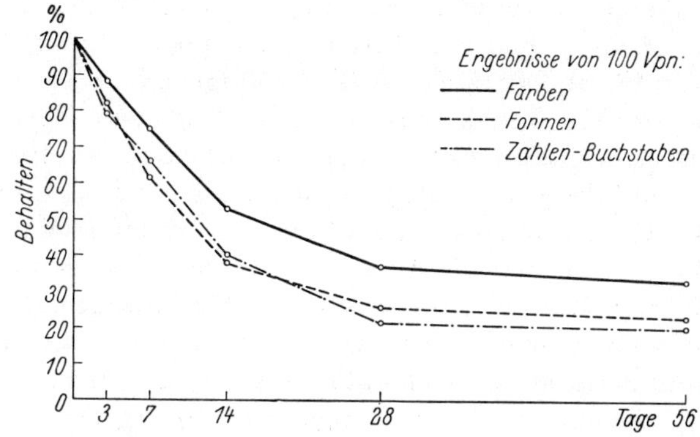

gegenüber neuen Stanzen wieder. Auch bei Tieren hat sich die Richtigkeit der Vergessenskurve nachweisen lassen: bei einer Katze, die auf bestimmte Worte verschiedene Reaktionen gelernt hatte, fand THORNDIKE nach acht Tagen eine Ersparnis von 87%.

Die Erklärung des Vergessens ist noch umstritten. Sicher sind als wichtigste Ursache physiologische Prozesse in den Ganglienzellen anzunehmen, durch welche die dort in irgendeiner Form abgelagerten »Residuen« geschädigt oder zerstört werden (»Theorie des Spurenverfalls«). Es könnte sein, daß bei der Bildung von aufeinanderfolgenden Strukturveränderungen in den Ganglienzellen auch »Interferenzen« — ähnlich wie bei den Gedächtnis-Hemmungen — eine Rolle spielen (daß z. B. hinzukommende Veränderungen in einem Molekül dort bereits vorhandene Gedächtnisgrundlagen aufheben). Wahrscheinlich kennt man noch nicht alle Ursachen des Vergessens; z. B. konnte die Tatsache, daß von der Alters-Vergeßlichkeit zuerst die Eigennamen betroffen werden, bisher nicht befriedigend erklärt werden (man hat angenommen, daß die Assoziationen zwischen den Namen und den von ihnen bezeichneten Inhalten um so schwächer seien, je besser sich die Inhalte anschaulich vorstellen lassen — Personen lassen sich leicht anschaulich vorstellen, daher benötigt man zum Behalten den Namen nicht so sehr wie bei abstrakten Inhalten, so daß nur schwache Assoziationen entstehen, die im Alter entschwinden).

EBBINGHAUS zeigte auch, daß »*Kumulierungen*« gegen das Vergessen wenig helfen: wenn man einen Lernstoff, um ihn ja ganz verläßlich dem Gedächtnis einzuprägen, beträchtlich öfter wiederholt als zu seiner Beherrschung nötig ist, so erreicht man damit nicht viel. Um eine Reihe von 12 Silben fehlerfrei aufsagen zu können, benötigte EBBINGHAUS 17 Wiederholungen; zum Wiedererlernen 24 Stunden später 12 Wiederholungen. Er wiederholte nun eine andere Reihe von 12 Silben viermal so oft als zu ihrer Beherrschung unbedingt nötig ist, nämlich viermal 17, also 68mal; 24 Stunden später benötigte er, um sie wieder fehlerfrei aufsagen zu können, immer noch sieben Wiederholungen, also viel mehr, als bei dem großen Aufwand an Lernarbeit zu erwarten gewesen wäre.

Auf dieser Grundlage versuchten in Amerika C. W. LUH und später W. C. F. KRUEGER ein Maß für den »Erlernungs-Grad« zu gewinnen. LUH bezeichnete die Anzahl der Wiederholungen, die zur vollständigen Beherrschung eines Lernstoffes notwendig waren, als 100%iges Lernen; zusätzliche Wiederholungen, für die er den Ausdruck »*Überlernen*« einführte, lassen sich dann in Prozenten ausdrücken (waren zur fehlerfreien Wiedergabe 15 Wiederholungen nötig, so ergeben 10 zusätzliche Wiederholungen einen Lerngrad von 166%). Gelegentlich wird dabei auch von »Unterlernen« gesprochen (LUH 1922, KRUEGER 1929, 1930).

Es gibt auch ein Gegenteil des Vergessens — eine Verbesserung der Gedächtnisleistung durch Pausen, in denen man sich nicht mit dem Lernmaterial beschäftigt. Im Alltag erlebt man beim Tanzen, Schilaufen, Maschinschreiben und anderen Fertigkeiten oft die erfreuliche Überraschung, daß man es auf einmal besser kann als bei der letzten Übung, obwohl man in der Zwischenzeit nicht trainierte. Man bezeichnet diesen Leistungsanstieg nach einer Lern-Pause als »*Reminiszenz-Effekt*«. Die Größe des Reminiszenz-Effektes hängt von der Länge der Pausen ab — er nimmt mit der Pausendauer zu —, ferner von der Anzahl und Verteilung der vorausgegangenen Übungsperioden; am günstigsten scheinen massierte, aber nicht allzu zahlreiche Übungsphasen vor der Pause zu sein (FOPPA 1965), in welcher sich der Reminiszenz-Effekt — auf ganz unbekannte Weise, vielleicht durch postmentale Erregungen — entwickelt.

7. *Einfluß von Persönlichkeit und Alter*

Schon früh zeigte sich, daß die Art der Sinneswahrnehmungen, mit deren Hilfe ein Eindruck aufgenommen wird, für das Behalten nicht gleichgültig ist. Hier spielen individuelle Unterschiede eine große Rolle; manche Menschen behalten am besten, was sie gelesen haben, andere, was sie hörten, und wieder andere dasjenige, was sie sich »nachsprechend« einprägten. Festgestellt wurden diese Unterschiede zuerst von dem französischen Psychiater CHARCOT; er berichtete, daß bei einem Kaufmann, der besonders lebhafte visuelle Vorstellungen hatte (er konnte sich z. B. Briefe so genau vorstellen, daß er sie nur abzulesen brauchte, war also ein »Eidetiker«), nach einem Unfall die visuellen Bilder nicht mehr auftraten, dafür aber besonders lebhafte akustische Vorstellungen:

bei der Erinnerung an eine Person sah er nicht mehr ihr Vorstellungsbild, sondern hörte ihre Stimme. Französische und englische Psychologen stellten daraufhin genauere Untersuchungen an Gesunden an und unterschieden einen *visuellen, akustischen und motorischen Vorstellungstypus.* Eine Reihe von Experimenten deutscher Psychologen versuchte, diese Unterschiede für den Unterricht auszuwerten — also die Darbietungsart eines Lernstoffes dem Typus des Lernenden anzupassen —, wobei sich im großen und ganzen zeigte, daß man die Bedeutung dieser Typen, an deren Existenz nicht zu zweifeln ist, nicht überschätzen darf; außerdem findet fast jeder Schüler bald von selbst heraus, auf welche Weise er am leichtesten lernt.

Für *alle* Typen geeignet müßte ein Verfahren sein, welches die visuelle, akustische und motorische Komponente *gleichzeitig* verwendet, z. B. lautes Lesen oder Nachschreiben des Gehörten. Auch darüber liegen Untersuchungen vor, von denen die mit besonders genauen Methoden durchgeführte Arbeit von Port (in Zusammenarbeit mit dem Münchner Psychologen Pauli) am aufschlußreichsten ist. Port kam zu einer Rangordnung des Einprägungswertes verschiedener, gleichzeitig verwendeter Wahrnehmungsfunktionen; darin nimmt das Diktatschreiben die erste Stelle ein (es umfaßt drei Wahrnehmungsgebiete: das akustische beim Hören des Diktates, das motorische beim Niederschreiben — mit Handschrift, nicht mit Maschine — und das optische beim Sehen des Geschriebenen). Fast gleich gute Ergebnisse wurden beim zuhörenden Lesen erzielt (jemand liest vor und man liest mit — akustische und optische Wahrnehmungskombination), dann folgt das Lautlesen (akustisch, optisch, sprechmotorisch), darauf das Lesen (nur optischer Eindruck), das Nachsprechen (akustisch-sprechmotorische Kombination) und das bloße Zuhören. Das Abschreiben (zwei optische und ein motorischer Eindruck) steht zwischen Lesen und Lautlesen, benötigt aber wegen der notwendigen Kopfbewegungen — ständige Blickwendungen vom Buch zum Papier, auf dem man schreibt — beträchtlich mehr Zeit. Die Kombination akustisch, optisch, motorisch ist die günstigste — eine Feststellung, die für die Pädagogik von großer Bedeutung ist (Port 1932).

Ebenfalls wichtig für die Pädagogik sind die zahlreichen Untersuchungen über die *Entwicklung des Gedächtnisses* im Jugendalter. Die aufschlußreichste Arbeit über die Entwicklungszeit vom 6. bis zum 18. Lebensjahr stammt von Goldscheider und Pilek aus der Bühlerschen Schule in Wien. Es wurden drei Gedächtnisarten unterschieden: Materialgedächtnis (das mechanische Gedächtnis, untersucht mit sinnlosen Silben), Gestaltgedächtnis (Behalten geordneter und gegliederter Inhalte, untersucht mit Gedichten und Figuren) und Sinngedächtnis

(Behalten sinnvoller Beziehungen, untersucht mit Bilderordnen, Aufträgemerken und »Gedankenpaar-Versuchen«) (s. S. 353). Es zeigte sich, daß das Materialgedächtnis in der Zeit vor der Pubertät am besten ist (bei Knaben etwa im 13., bei Mädchen im 11. Lebensjahr); das Gestaltgedächtnis hat bei Knaben im 15., bei Mädchen im 14. Lebensjahr einen Höhepunkt, der Kurvenverlauf läßt aber vermuten, daß die Maximalleistung erst nach dem 18. Lebensjahr erreicht wird. Das Sinngedächtnis zeigt einen Höhepunkt im 14. und 17. Lebensjahr bei Knaben, im 15., bei Mädchen, doch dürfte der eigentliche Höhepunkt erst nach dem 20. Lebensjahr liegen. Aus den gegebenen Altersangaben (die natürlich nur für Entwicklungsverhältnisse gelten, die denen der untersuchten Wiener Kinder gleichen) läßt sich auf einen Entwicklungsvorsprung der Mädchen schließen, der sich aber später ausgleicht. Mädchen schienen mehr mechanisch, Knaben mehr gestalt-sinnvoll zu merken. Nach einer Formulierung von Brunswik, der die Ergebnisse der Wiener Untersuchungen zusammenfaßte, sind die Mädchen den Knaben »stets eher auf dem niedrigeren Gebiete (Material, Anschauung) überlegen«. Als praktisch wichtige Folgerung stellt Goldscheider fest, daß zwischen dem 12. und dem 14. Lebensjahr die Umstellung vom mechanischen auf das sinnvoll-logische Gedächtnis erfolge; die Jahre vor dieser Umstellung sind die geeignetsten, den Kindern im fremdsprachlichen Unterricht einen reichen Wortschatz zu vermitteln; nach dem 12. Jahre soll eine vollständige Umstellung des Sprachunterrichts auf sinnvolle Beziehungen erfolgen (Brunswik, Goldscheider, Pilek 1932).

Die Assoziationen

1. Einfache Assoziationen

Gesetzmäßigkeiten wie beim einfachen Behalten lassen sich auch an einer komplizierteren, für das psychische Geschehen ungemein wichtigen Gedächtniserscheinung nachweisen: bei den *Assoziationen.* Die Inhalte unserer Erlebnisse werden nicht nur eingeprägt, sondern auch miteinander verbunden; dies gilt vor allem für Erlebnisinhalte, die gleichzeitig oder nacheinander bewußt waren oder die in einer sinnvollen Beziehung zueinander stehen. Einfachstes Beispiel: man macht sich einen Knoten in das Taschentuch, um etwas nicht zu vergessen. Sooft man das Taschentuch in die Hände nimmt, bemerkt man den Knoten, und dann erinnert man sich gewöhnlich auch an das, woran er erinnern sollte. Für die Tatsache der Verbindung zweier oder mehrerer Gedächtniseindrücke aneinander hat sich die Bezeichnung »Assoziation« eingeführt. Dieses

Wort will durch das Bild einer Gesellschaft — englisch »association« — zum Ausdruck bringen, daß die Gedächtnisinhalte nicht isoliert, jeder für sich existieren, sondern in Verbindungen; wird ein Teil einer solchen Verbindung in der Erinnerung bewußt, so tritt auch sein »socius« in das Bewußtsein.

Natürlich trat die Tatsache der Assoziation schon in den beschriebenen einfachen Experimenten mit sinnlosen Silben in Erscheinung: vor allem schon in der Schwierigkeit, wirklich sinnlose Silben zu finden. Wenn man etwa die Reihe: tuk, sap, nol, rin lernen soll, mag »tuk« als sinnlos gelten; »sap« erinnert an den lateinischen Wortstamm »sapere, sapiens«, »nol« an den von »nolle« und »rin« mag mancher mit »rinnen« in Beziehung bringen. Alles das beruht bereits auf Assoziationen; mit diesem Wort soll ja die Tatsache erfaßt weden, daß eine bewußt gewordene Vorstellung weitere Vorstellungen entstehen läßt.

Die Methode, mit deren Hilfe der assoziative Vorstellungsablauf zuerst untersucht wurde, stammt von den zwei deutschen Psychologen G. E. Müller und A. Pilzecker. Als Material dienten wieder sinnlose Silben. Die Methode ist sehr einfach: man läßt eine Reihe von sinnlosen Silben lernen und ruft der Versuchsperson eine von ihnen zu; sie wird mit derjenigen antworten, die in der gelernten Reihe auf die gebotene folgte. Noch deutlicher wird diese Bindung der Silben aneinander, wenn man sie von vornherein in Gruppen zu zwei oder drei lernen läßt: tus-ral, bol-lin, gan-hif usw. Bietet man im Gedächtnisapparat die erste Silbe einer solchen Gruppe, so wird die zweite bewußt. Bietet man mehrere solcher Glieder früher gelernter Gruppen, so treten natürlich auch Fehler auf; manchmal wird die zweite Silbe nicht bewußt werden. An der Zahl der richtigen Reaktionen, der »Treffer«, kann man die »Assoziationsfestigkeit« der ganzen Reihe messen; die Methode hat daher den Namen »*Treffermethode*« erhalten (Müller u. Pilzecker 1900). Man kann diese Methode natürlich auch auf nicht-paarweise gelernte Silben anwenden, indem man irgendeine Silbe aus einer gelernten Reihe nennt und feststellt, ob die folgende reproduziert werden kann.

Die Assoziationen, die sich in jedem Menschen von früher Kindheit an im Laufe seines Lebens bilden, sind von unübersehbarer Vielfältigkeit. Einen sehr großen Anteil bilden assoziative Verbindungen zwischen Begriffen untereinander und zwischen ihnen und den Worten, mit denen wir die Begriffsinhalte bezeichnen. Die Tatsache, daß sich bestimmte gleiche Begriffe mit gleichen Lautgebilden assoziativ verbinden, bildet die Grundlage der Verständigung durch die Sprache. Bei Experimenten mit »freiem Assoziieren«, bei denen auf ein Reizwort das nächst einfallende Wort zu nennen ist, zeigt sich sehr bald, daß es geläufige und weniger geläufige Begriffsverbindungen gibt und daß die Zeit zwischen

Reizwort und Reaktionswort als Maß für die Geläufigkeit einer Assoziation verwendet werden kann. THUMB und MARBE haben schon 1901 ein »Geläufigkeitsgesetz« aufgestellt, das seither vielfach bestätigt wurde: je geläufiger eine Begriffsassoziation ist, desto kürzer ist die Reaktionszeit (und umgekehrt). Untersuchungen von KARWOSKI und SCHACHTER (1948) über die Sinnbeziehungen zwischen den geläufigsten Assoziationen haben ergeben, daß der Kontrast (weiß-schwarz, Tag-Nacht) mit großem Abstand an der Spitze steht; es folgen Ähnlichkeit (schlecht-böse), Kausalbeziehungen (Vogel-Ei) und logische Kategorien (Blume-Pflanze).

Im Institut von G. E. MÜLLER hat ADOLF JOST 1895/96 mit der Treffermethode ausgedehnte Untersuchungen durchgeführt, bei denen auch die Reproduktionszeiten, d. h. die Zeit vom Beginn der Darbietung einer Silbe bis zum Beginn des Aussprechens der mit ihr assoziierten Silbe, genau gemessen wurden. Ich beschreibe die Versuchsanordnung etwas genauer, weil sie für die damalige Arbeitsweise charakteristisch ist und weil aus ihren Ergebnissen die bekannten »JOSTschen Sätze« abgeleitet wurden. Die Versuchsperson saß vor einem Gedächtnisapparat, der durch einen fallenden Schirm die Silbe sichtbar werden ließ; im gleichen Augenblick, in dem der Schirm fiel, wurde ein HIPPsches Chronoskop in Gang gesetzt (ein Apparat, der Zeitmessungen auf Tausendstelsekunden erlaubt.) Vor dem Mund der Versuchsperson befand sich ein »Schalltrichter« — ein Apparat, bei dem durch den Luftstoß, der beim Sprechen entsteht, ein elektrischer Kontakt gelöst wurde. Der Schalltrichter war mit dem Chronoskop in solcher Weise verbunden, daß der erste Luftstoß des Sprechens den Zeiger des Chronoskops, der bei der Darbietung der Silbe zu laufen begonnen hatte, zum Stehen brachte. So konnte JOST die Zeit vom Sichtbarwerden der Silbe bis zum Aussprechen der mit ihr assoziierten Silbe genau messen; diese Zeit enthält natürlich nicht nur die Reproduktionszeit (die Zeit vom Auffassen der ersten Silbe bis zum Bewußtwerden der zweiten), sondern außerdem die Zeit der Bewegung der Lippenmuskeln, des Erregungsverlaufes in den Nervenfasern vom Gehirn in die Sprechmuskulatur usw. Immerhin erhält man auf diese Weise vergleichbare Reaktionszeiten. Abb. 79 zeigt eine Skizze dieser Versuchsanordnung, die auch für Experimente mit freier Assoziation auf sinnvolle Worte (auf ein gebotenes Wort ist mit dem nächst einfallenden Wort zu antworten) geeignet ist.

Die erste Frage, die JOST mit dieser Versuchsanordnung untersuchte, ist auch für das praktische Lernen von Bedeutung. Es handelt sich dabei um *die für das Behalten günstigste Verteilung des Lernstoffes*. Eine Reihe von sinnlosen Silben kann man z. B. an zwei aufeinanderfolgenden Tagen 12mal hintereinander wiederholen, an drei Tagen je 8mal oder an vier

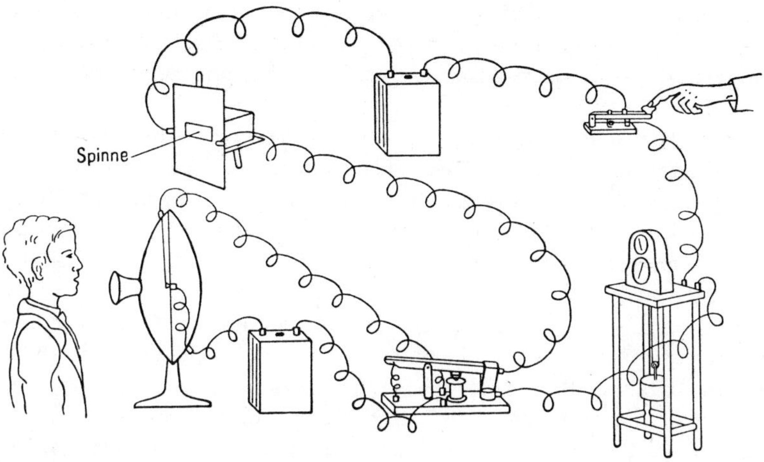

Abb. 79. Schematische Darstellung eines klassischen Gedächtnisversuches. Die Versuchsperson sitzt vor einem Apparat, in welchem auf genau bestimmte kurze Zeit ein Wort (z. B. »Spinne«) geboten wird (ACHscher Kartenwechsler). In dem Augenblick des Beginns der Darbietung beginnt eine Tausendstelsekundenuhr (HIPPsches Chronoskop) zu laufen. Sobald die Versuchsperson das Wort laut liest, wird durch die Schallwirkung auf einer Membran (Schalltrichter) ein Kontakt gelöst und das HIPPsche Chronoskop dadurch zum Stillstand gebracht.

Tagen je 6mal usw. — immer hat man dann 24 Wiederholungen im ganzen. Der Erfolg ist aber trotz gleicher Wiederholungszahl keinesweg derselbe, wie jeder Lehrer aus seiner Erfahrung weiß. Bei einem solchen Versuch an zwei Studenten ergab sich ein eindeutiges Resultat:

Bei Silbenreihen, die an	3	6	12	aufeinanderfolgenden Tagen
jedesmal	8mal	4mal	2mal	wiederholt wurden,
waren die Trefferzahlen	18	39	53	

Die Zahl der Wiederholungen ist immer wieder dieselbe, nämlich 24 im ganzen; aber sie sind auf verschieden lange Zeiten verteilt, wobei sich die längste Verteilung mit 53 Treffern — der dreifachen Reproduktionsleistung — als die günstigste für das Behalten erwies. Dieses Resultat ist interessant und für die Pädagogik von Bedeutung; ein Lernstoff wird besser behalten, wenn man das Lernen auf längere Zeit verteilt. Seither wurden zu dieser Frage mehr als 100 Untersuchungen durchgeführt, die im allgemeinen die JOSTschen Resultate bestätigten. Dabei zeigte sich, daß schon sehr kurze Pausen zwischen einzelnen Lernphasen viel bessere Leistungen ergeben als das pausenlose »massierte« Lernen;

werden z. B. beim Lernen von sinnlosen Silben zwischen den Darbietungen der einzelnen Silben nicht eine, sondern zwei Sekunden Pause eingeschaltet, so verbessert sich die Lernleistung sehr beträchtlich (Hovland 1949).

Jost versuchte, das Ergebnis seiner Experimente aus dem »Alter« der Einprägungen zu erklären. Silbenreihen, die man durch 12 Tage jeden Tag zweimal lernt, sind zeitlich älter als solche, die man an 3 Tagen je 8mal lernt. Um diese Hypothese zu überprüfen, verglich er in sehr mühsamen Versuchen »alte« Silbenreihen, d. h. solche, die vor 24 Stunden mit 30 Wiederholungen gelernt worden waren, mit extrem »jungen« Reihen, d. h. solchen, die vor einer Minute mit nur vier Wiederholungen gelernt worden waren (also nicht bis zur Beherrschung der ganzen zwölfsilbigen Reihe). Mit der Treffermethode geprüft, ergaben die jungen Reihen beträchtlich bessere Resultate (durchschnittlich 2,7 Treffer) als die alten (0,9 Treffer); sie hatten trotz der geringen Zahl der Wiederholungen eine größere »Präsenzstärke«. Um die Reihen aber vollständig, also bis zum fehlerfreien Hersagen, zu erlernen, waren bei den jungen 9,6 Wiederholungen nötig, bei den alten hingegen nur 5,8. In Wirklichkeit waren also die alten Silben besser eingeprägt als die jungen. Auf Grund seiner Untersuchungen hat Jost zwei Behauptungen aufgestellt, die als »Jostsche Sätze« durch lange Zeit in allen Lehrbüchern zu finden waren; der erste Jostsche Satz lautet: »Sind zwei Assoziationen von gleicher Stärke, aber verschiedenem Alter, so fällt die ältere in der Zeit weniger ab« (was bereits aus dem Verlauf der Vergessenskurve von Ebbinghaus bekannt war); der zweite Satz von Jost behauptet: »Sind zwei Assoziationen von gleicher Stärke, aber verschiedenem Alter, so hat für die ältere eine Neuwiederholung einen größeren Wert« — eine sehr problematische Behauptung, weil die Messung der »Stärke«, die sich aus den oben angeführten Zahlenresultaten ergibt, im Treffer- und im Ersparnisverfahren verschiedene Werte liefert. Die Jostschen Versuche wurden 1958 in Wien von H. Burdis wiederholt; es ergaben sich — und zwar mit sehr hoher statistischer Signifikanz — die gleichen Unterschiede zwischen alten und jungen Reihen wie bei Jost; bei den mit wenigen Wiederholungen nur ungenügend gelernten jungen Reihen wurde eine Minute nach dem Lernen eine höhere Trefferzahl erreicht als bei den gut gelernten alten Reihen. Aber — und hier liegt die Aufklärung dieses scheinbaren Paradoxons — diese Unterschiede bestehen nur kurze Zeit nach dem Lernen der jungen Reihe; prüft man sie nicht eine Minute nach dem Lernen, sondern 10 Minuten später, so ist der Unterschied vollkommen verschwunden, alt und jung liefern ungefähr gleich schlechte Resultate. Was Jost »jung« nannte, ist die »Reproduktion aus der frischen Erinnerung«, die aber nur kurze

Zeit anhält. Theoretisch läßt sich dies leicht erklären: die Erregungen im Gehirn, die dem Lernen zugrunde liegen, hören nicht gleichzeitig mit dem Lernvorgang auf, sondern dauern noch eine Weile an, so daß die Reproduktion wenigstens zum Teil aus noch bestehenden Erregungen und nicht, wie bei den alten Reihen, aus der Aktivierung einer abgeschlossenen Einprägung erfolgt. Darauf ist noch zurückzukommen.

Mit diesen kritischen Bemerkungen soll aber das große Verdienst JOSTS um die Gedächtnisforschung nicht geschmälert werden — zumal er auch noch eine Frage aufgeworfen und behandelt hat, die besonders für das Lernen eines Stoffes für Prüfungen, bei denen man über ein ganzes großes Gebiet Kenntnisse besitzen soll, von Bedeutung ist. Soll man den Stoff in kleine »Lernportionen« aufteilen oder soll man ihn in großen Quantitäten aufnehmen (globales Lernen)? JOST tritt für das globale Lernen mit oftmaliger, gut verteilter Wiederholung des ganzen Stoffes ein und erklärt, es sei unökonomisch, die Sache Stück für Stück zu lernen, sondern es sei zweckmäßig, den ganzen Stoff möglichst gleichmäßig im Gehirn fest werden zu lassen, also die Wiederholungen ausgiebig zu verteilen.

Die günstige Wirkung möglichst ausgiebiger Verteilung wurde auch beim Lernen der Tiere nachgewiesen, so von YERKES für Tanzmäuse, von KATZ und REVESZ für Hühner und von PIERON für Schnecken (zit. n. OFFNER, S. 49).

Daß es günstiger ist, einen Stoff nicht Stück für Stück, sondern »im ganzen« zu lernen, gilt aber nicht allgemein, sondern nur für Lernmaterial, das ungefähr gleichmäßig schwierig ist. Hier ist das »Ganz-Lernverfahren« dem Lernen in kleinen Teilen sicher überlegen; dies wurde in vielen Versuchen bestätigt, und zwar auch, wenn die Versuchspersonen anderer Ansicht waren und lieber in Teilen gelernt hätten. Bei Kindern bestehen allerdings Unterschiede; nur besonders Begabte scheinen »global« leichter zu lernen, während bei anderen das Teil-Lernverfahren bessere Resultate ergibt, wahrscheinlich weil der Stoff für sie nur selten gleichmäßig schwierig ist. Bei Vorhandensein solcher Ungleichmäßigkeiten lernt auch der Erwachsene schneller im Teil-Lernverfahren, nämlich durch gesondertes Lernen der besonders schwierigen Stellen, worauf dann das Ganze im globalen Verfahren gelernt werden soll. Auf jeden Fall soll man sich zuerst einen Überblick über den ganzen Lernstoff verschaffen — also z. B. ein Lehrbuch zuerst vom Anfang bis zum Ende durchlesen — und dann für das eigentliche Lernen eine Aufgliederung in solcher Weise durchführen, daß sich sinnvoll zusammenhängende Teile ergeben.

Dieses Ergebnis wurde von den zahlreichen späteren Untersuchungen im großen und ganzen bestätigt; die Art des Lernmaterials und vor allem der Intelligenzgrad des Lernenden scheinen jedoch dabei von großer Bedeutung zu sein.

Noch eine andere Einschränkung des Gesagten muß erwähnt werden: das globale Lernen führt zu sicherem Gedächtnisbesitz auf längere Dauer, das Teil-Verfahren führt schneller zu vorübergehendem Gedächtnisbesitz. Es hängt also auch von der Absicht des Lernenden ab, ob das Ganz- oder das Teilverfahren vorzuziehen ist: will man dauerndes Wissen, so muß man global lernen, will man rasche Aneignung auf kurze Zeit, so ist das Teil-Verfahren zu empfehlen, wobei man die Größe der Teile nach dem eigenen Auffassungsvermögen festsetzen muß. Daß in Fällen, in denen es auf Verbindungen zwischen Einzelinhalten ankommt (z. B. beim Vokabellernen), das Ganz-Verfahren sinnlos ist, braucht nicht betont zu werden.

2. Die Ähnlichkeits-Assoziation

Am häufigsten entstehen Verbindungen von Erlebnisinhalten dadurch, daß diese Inhalte gleichzeitig oder kurz nacheinander bewußt waren; die zeitliche Nachbarschaft oder, wie man sich auch ausgedrückt hat, die zeitliche »Berührung« (Kontiguität) ist hier das Entscheidende. Assoziationen scheinen aber auch auf ganz andere Weise zustande zu kommen: man sieht ein Gesicht, und sofort fällt uns Herr X. ein, dem dieses Gesicht *ähnlich* ist; man hört eine Melodie und muß gleich an eine andere denken; man sieht ein Bild und wird dadurch an die Darstellungsweise eines anderen Künstlers erinnert, der ähnlich malte. Die *Ähnlichkeit* scheint also auch Assoziationen zu stiften; eine Tatsache, die bereits ARISTOTELES feststellte, die aber bis heute nicht vollkommen geklärt werden konnte, obwohl sich viele Untersuchungen mit ihr befaßten.

Man versuchte es durch eine scharfe Bestimmung des Begriffes »Ähnlichkeit«; sie sei nichts als teilweise Gleichheit, also Gleichheit der Teile; und die gleichen Teile rufen die ganze Assoziation hervor. Gegen diese Hypothese, die von HÖFFDING vertreten wurde, läßt sich einwenden, daß es auch Ähnlichkeiten ohne gleiche Teile gibt: blau und violett oder gelb und orange sind einander ähnlich, aber nicht teilweise gleich; auch ein Gesicht kann einem anderen ähnlich sein, ohne einen gleichen Teil zu haben, ja sogar bei einem großen und kleinen Kreis, die einander gewiß sehr ähnlich sind, kann man nicht von teilweiser Gleichheit sprechen, weil das Kreisförmige kein Teil ist. Es ist naheliegend, an Stelle der teilweisen Gleichheit von Details teilweise Gleichheit der Beziehungen zwischen den Teilen anzunehmen, also — wie schon der Schweizer Psychologe CLAPAREDE betont hatte —, eine Gleichheit der räumlichen oder zeitlichen Anordnung, der »*Gestalt*«. Die Photographie des Herrn X. und der Herr X. selbst haben keine gleichen Bestandteile, sondern »die gleiche räumliche Verteilung der einzelnen Bestandteile« (zit. n. PETERS 1910). Wenn wir nun einen Menschen wahrnehmen und dadurch an einen anderen, ihm »ähnlichen« erinnert werden, so ist es vielleicht die relative Lage von Augen, Nase, Mund usw., die teilweise gleich ist und dadurch den Ähnlichkeitseindruck erzeugt. Von gestaltpsychologischer Seite wurde dies bestritten; nach Experimenten von E. GOLDMEIER ist »Ähnlichkeit nicht als ›Übereinstimmung in Teilen‹ zu fassen, noch als ›Übereinstimmung in den Relationen‹«; sie bestehe vielmehr in der »Übereinstimmung der prägnanten Ganzeigenschaften«. Diese Ausdrucksweise suchte E. RAUSCH auf Grund eigener Versuche (Vergleich von Rechtecken) zu präzisieren; für Rechteck-Vergleiche kam er zu dem Ergebnis, daß der maßgebende Ähnlichkeitsfaktor »die Übereinstimmung in der anschaulich konstanten Erstreckung« sei, er betont jedoch, daß auch die relative Lage von Figuren zueinander im Rahmen der Gesamtfiguration von Bedeutung sei, die man noch untersuchen müsse (GOLDMEIER 1937, RAUSCH 1951).

So bleibt die »Ähnlichkeits-Assoziation« vorläufig ein ungelöstes Problem. Vielleicht ist es so, daß sich »Ähnlichkeit« überhaupt nur aus ihrer assoziativen Wirkung bestimmen läßt: zwei Dinge erscheinen uns dann ähnlich, wenn das eine an das andere erinnert. Diese Möglichkeit hat W. BUTOLLO in einer Wiener Dissertation verfolgt, indem er die »subjektive« (= erlebte) Ähnlichkeit mit der objektiven Ähnlichkeit (gemessen an der Zahl gleicher Teile) verglich. Um genügend Variationsmöglichkeiten zu haben, verwendete BUTOLLO nicht Trigramme, sondern Tetragramme (sinnlose Silben aus 4 Buchstaben wie z. B. arut, ekol, okuz, rizu usw.), die er auf ihre Sinnlosigkeit eichen ließ, wobei von 8200 Quadrigrammen nur 220 übrig blieben; diese 220 Silben wurden mit genauen Methoden nach ihrer erlebten Ähnlichkeit geordnet (»skaliert«). Es ergaben sich große Divergenzen zwischen der objektiven und der erlebten Ähnlichkeit; die psychologischen Ähnlichkeitswerte sind aus der objektiven Ähnlichkeit (= Zahl gleicher Elemente) nicht vorhersagbar (BUTOLLO 1968).

3. Komplexe Assoziationen

Wenn wir uns an den Inhalt eines Vortrages oder eines Berichtes in einer Zeitung zu erinnern suchen, so tritt das Gesuchte in größeren oder kleineren, zusammenhängenden Gedankenverbänden in das Bewußtsein — wir wissen schließlich mehr oder weniger genau, was wir im Vortrag gehört oder in der Zeitung gelesen haben. Mit den bisher dargestellten Assoziationsgesetzen ist dies nicht vollkommen zu erklären;

denn wir erinnern uns dabei nicht nur an Dinge oder Ereignisse, die zeitlich einander unmittelbar folgten, sondern an die ganze frühere Situation und oft an viele Situationen, die voneinander zeitlich durch lange Zwischenstadien getrennt waren. Der Student, der während eines ganzen Semesters einer Vorlesungsreihe aufmerksam gefolgt ist, kann einen Überblick über den Gesamtinhalt aller Einzelvorlesungen geben. Die dabei beteiligten Assoziationen können weder durch das zeitliche Nacheinander der Ereignisse noch durch Ähnlichkeit gestiftet worden sein. Die Erklärung, die jeder Mensch aus seinen Alltagserfahrungen bereit hält, lautet vielmehr: wir erinnern uns, weil die einzeln in längeren Zwischenzeiten angehörten Vorlesungen ein bestimmtes, umschriebenes Thema zum Gegenstand hatten; das »Dazugehörige« fällt uns ein, wenn uns eine Einzelheit vom Thema der Vorlesung bewußt geworden ist. Allgemein ausgedrückt: das dem »Sinn« oder der »Bedeutung« nach Zusammengehörige wird nach und nach bewußt, wenn ein Teil von ihm aus irgendeinem äußeren Anlaß bewußt geworden ist.

Es gibt nur wenige Experimente zu dieser Frage; sie stammen aus der Denkpsychologie und werden dort besprochen. Aber es bedarf gar keiner experimentellen Bestätigung, um die assoziative Wirkung von »Sinnzusammenhängen« als gesicherte Tatsache betrachten zu können; der Alltag beweist sie uns auf Schritt und Tritt. Was die exakte Gedächtnisforschung über das Zustandekommen solcher »komplexer Assoziationen« festgestellt hat, ist im Verhältnis zu ihrer Bedeutung im wirklichen Leben äußerst dürftig: sie konnte lediglich zeigen, daß es schon bei den einfachen Versuchen mit sinnlosen Silben ohne jede Absicht, ja gegen den Willen der Versuchspersonen zur Bildung von »Komplexen« kommt, deren Einzelheiten miteinander fester assoziiert sind als die Komplexe untereinander. Bietet man einer Versuchsperson nacheinander zwölf sinnlose Silben, so läßt sich meist feststellen, daß sich einzelne aufeinanderfolgende Silben fester miteinander verbunden haben; es bilden sich Zweier- oder Dreiergruppen, die sich in der Reproduktion leicht erkennen lassen. Tritt die erste Silbe einer solchen Gruppe in das Bewußtsein, so folgen die zwei anderen rasch und leicht nach, dann kommt es zu einer Stockung, bis wieder die erste Silbe einer solchen Gruppe bewußt wird und die übrigen Gruppenmitglieder nach sich zieht.

G. E. Müller, der diese Gliederung schon in seinen ersten, zusammen mit Schumann 1888 bis 1892 durchgeführten Experimenten feststellte, suchte sie durch Schwankungen der Aufmerksamkeit zu erklären. Die Aufmerksamkeit sei eine »intermittierende Tätigkeit«, die »wellenartig vor sich geht«; es muß daher bei sukzessiver, gleichmäßiger Darbietung von einzelnen Silben dazu kommen, daß manche dieser Silben in ein Stadium fallen, in welchem die Aufmerksamkeit gerade ihren tiefsten Stand erreicht hat. Dieses Erlahmen der Aufmerksamkeit wird von der Versuchsperson bemerkt, sie strengt sich daher wieder mehr an, und die nächste Silbe fällt bereits wieder in eine Phase zunehmender Aufmerksamkeit. So entstehen trotz genau gleichmäßiger Darbietung durch das verschiedene Verhalten der Aufmerksamkeit Ungleichmäßigkeiten der Auffassung und dadurch die Gruppenbildung innerhalb der Silbenreihe. Solche Gruppen nennt MÜLLER »*Komplexe*«; sie kommen entweder durch die geschilderte »kollektive Sukzessiv-Auffassung« zustande oder, wenn die Silben schon in der Darbietung gruppenmäßig gegliedert sind (also zu zweien oder zu dreien geboten werden), durch »kollektive Simultan-Auffassung« (G. E. MÜLLER 1923).

Das Charakteristische eines Komplexes besteht darin, daß seine Einzelglieder »fester miteinander assoziiert sind als dann, wenn sie Bestandteile verschiedener Komplexe sind« (G. E. MÜLLER 1911, S. 253). Das Ergebnis seiner Feststellungen faßt MÜLLER in dem Satz zusammen: »Das Lernen einer Reihe von Ziffern, Konsonanten, Silben u. dgl. vollzieht sich wesentlich in der Weise, daß die Reihenglieder durch kollektive Auffassung zu in sich festen Komplexen vereint werden« (G. E. MÜLLER 1924, S. 25); ein solcher Komplex besitzt die Fähigkeit, »als ein einheitliches Ganzes psychische Wirkungen zu entfalten und zu erfahren«. Die Untersuchungen G. E. MÜLLERS gehören trotz der Weitläufigkeit und Umständlichkeit seiner Ausdrucksweise — die »Analyse der Gedächtnistätigkeit und des Vorstellungsverlaufes« umfaßt in ihren drei Bänden mehr als 1600 Druckseiten — zu den größten Leistungen der experimentellen Psychologie. Möge die Arbeitsweise G. E. MÜLLERS aller künftigen Forschung ein Beispiel sein! Auch denen, die den Geist der »Vorstellungsmechanik« ablehnen — mögen sie aus ihr lernen, was Sauberkeit der Begriffsbildung bedeutet, die nirgends notwendiger ist als in einem Gebiete, in welchem man es mit flüchtigen und fließenden, in ihrer Stärke nur indirekt meßbaren Erscheinungen zu tun hat.

In scharfem Gegensatz zu MÜLLERS Lehren vertrat die *Gestalt*-Psychologie die Auffassung, daß nicht die räumliche oder zeitliche Nachbarschaft (die »Berührung« oder »Kontiguität«, wie es manche nannten) für die Bildung von Assoziationen entscheidend sei, sondern die innere Beziehung der Einzelheiten zueinander, die Organisation der Einzelglieder zu einer »Gestalt«, für deren Entstehung allerdings die räumliche oder zeitliche Nachbarschaft begünstigend wirke. KÖHLER hat diese Auffassung ausführlich dargestellt; er beruft sich z. B. auf Experimente von NAGEL, die folgendes zeigten: wird eine Reihe von sinnlosen Silben durch wiederholte gleichmäßige Darbietung bis zum vollständigen Behalten gelernt und dann mit dem »Trefferverfahren« geprüft —

man bietet hier eine beliebige Silbe der Reihe und stellt fest, ob die nachfolgende bewußt wird —, so konnte kaum ein Drittel der vollständig gelernten Silben reproduziert werden. »Isoliert dargeboten ist eine Silbe offenbar nicht ganz dasselbe wie im Ablauf einer bestimmt gestalteten Reihe; deshalb wird sie durch Isolierung (die ja das Trefferverfahren herbeiführt) relativ ungeeignet, eine Reproduktion zu veranlassen, die innerhalb des Reihenganzen sofort von ihr ausgehen würde« (KÖHLER 1933, S. 180). Dieser Sachverhalt ist aber auch durch die MÜLLERsche Komplextheorie verständlich; nicht verständlich hingegen wird durch sie die Entstehung von Assoziationen zwischen Einzelgliedern, in denen das Einzelne erst durch das Ganze, dem es zugehört, seine Bedeutung bekommt. Die aufeinanderfolgenden Töne einer Melodie gewinnen ihren ästhetischen Wert nur aus ihrer Stellung im Ganzen; in solchen Fällen kann man mit Recht von einer »Organisation« im Sinne KÖHLERS sprechen und den Ausdruck »Gestaltbildung« verwenden: die Einzelheiten werden durch das Ganze der Melodie zusammengehalten. Es wäre hier alles zu wiederholen, was bei der Beschreibung der Form- und Gestaltwahrnehmungen (s. S. 198 ff.) ausgeführt wurde; es steht außer Zweifel, daß Gestalten im Sinne der dort abgeleiteten Umschreibung — von der Umgebung abgehobene, transponierbare Wahrnehmungsinhalte, deren Einzelheiten als zusammengehörig erlebt werden — leichter behalten werden als nichtzusammengehörige Inhalte. Der assoziationsstiftende Faktor ist die Zusammengehörigkeit der Einzelheiten — also wohl das, was KÖHLER mit »Organisation« meinte.

Eine solche Zusammengehörigkeit wird auch durch den »*Sinn*« der Erlebnisinhalte geschaffen. »Sinnvoll« ist ein Gedankensystem überhaupt nur dann, wenn es das Zusammengehörige in eine bestimmte Ordnung bringt. In solchen Fällen auch noch von »Gestalt« zu sprechen, bedeutet eine unnotwendige und irreführende, gegen jeden Sprachgebrauch verstoßende Ausweitung des Gestaltbegriffes; der Sinn eines Gedankens ist etwas von Grund aus anderes als eine durch Wahrnehmung entstandene Beziehung zwischen Einzelheiten. Daß die Forschung in der Untersuchung der Gedächtniswirkungen des »Sinnes« noch sehr viel zu leisten hat, ergibt sich aus der Dürftigkeit der dargestellten Resultate von selbst.

Immerhin läßt sich zusammenfassend als bisher gesichertes Ergebnis feststellen: komplexe Assoziationen entstehen aus der gestaltmäßigen oder sinnhaften Zusammengehörigkeit ihrer Einzelheiten; gestaltmäßige Zusammengehörigkeit liegt vor, wenn die Einzelheiten wegen ihrer räumlichen oder zeitlichen Nachbarschaft oder wegen ihrer Eingliederung in eine Einheit als zusammengehörig erlebt werden; sinnhafte Zusammengehörigkeit ist gegeben, wenn die Bedeutung der Einzelheiten die gegenseitige Beziehung herstellt. Das letztere ist das Ordnungsprinzip unseres gesamten begrifflichen Denkens: der Sinn eines Gedankens steuert die Reproduktion anderer Gedanken. Darauf ist in der Denkpsychologie zurückzukommen.

Die Perseveration

Müller und Pilzecker verfolgten das Ziel, »mit Konsequenz die Ermittlung der Gesetze einer Vorstellungsmechanik anzustreben«. Zu diesem Zwecke haben sie eine große, sehr mühsame Versuchsreihe durchgeführt, »bei der mehr als 20.000 Vorzeigungen von Silben und fast ebenso viele chronometrische Bestimmungen stattgefunden« haben. Das wichtigste Ergebnis dieser Experimente bestand in der Feststellung, daß die Vorstellungen außer der Tendenz, andere Vorstellungen (nämlich die mit ihnen assoziierten) in das Bewußtsein zu rufen, noch eine zweite, ganz andere Tendenz besitzen: nämlich diejenige, »frei in das Bewußtsein zu steigen«, also wieder aufzutreten, *ohne* daß sie assoziativ in das Bewußtsein gerufen wurden. Schon das tägliche Leben zeigt diese Erscheinung: »Wer die Fähigkeit der geistigen Konzentration besitzt, weiß, wie sehr Vorstellungen und Gedankenreihen, die man längere Zeit hindurch mit lebhaftem Interesse verfolgt hat, hinterher noch geraume Zeit hindurch auch ganz gegen Wunsch das Bewußtsein heimsuchen können, falls letzteres nicht durch anderweitige Dinge stark in Anspruch genommen ist.« Man denke an die Melodie, die man »nicht loswerden« kann, an ungelöste Probleme, die uns bis in den Schlaf verfolgen, oder an das Nachklingen von Eindrücken, die uns besonders interessant erschienen. Ferner »kommen zahlreiche Fälle, wo wir uns versprechen, verlesen oder verschreiben, dadurch zustande, daß soeben oder vor kurzem gesprochene, gehörte, geschriebene oder gelesene Laute, Silben oder Wörter sich von selbst wieder geltend machen (»nachklingen«) und die Aussprache, Auffassung oder Schreibung der nachfolgenden Wörter stören« (Müller-Pilzecker S. 61). Das Wesentliche dabei ist, daß diese Vorstellungen »von selbst«, ohne Anregung von außen her, wieder bewußt werden. Den Irrenärzten war diese Erscheinung aus Beobachtungen an Kranken, bei denen sie manchmal in sehr gesteigertem Maße auftritt, seit langer Zeit bekannt; sie nannten sie »*Perseveration*«. Diesen Namen hat Müller auch für das normale Seelenleben übernommen; er bezeichnet die eben geschilderte Erscheinung als »Perseverations-Tendenz« und versteht darunter »eine im allgemeinen schnell abklingende Tendenz der Vorstellungen, frei in das Bewußtsein zu steigen«. Bei den Versuchen mit sinnlosen Silben zeigte sich die Perseverations-Tendenz vor allem darin, daß die Versuchspersonen Mühe hatten, nach der Darbietung der Silben an etwas anderes zu denken, außerdem aber auch in unrichtigen Reaktionen, bei denen eine vor kurzem gebotene Silbe an Stelle der richtigen, früher gebotenen genannt wurde. Auf Einzelheiten kann hier nicht eingegangen werden; erwähnt sei nur, daß MÜLLER auch bereits die großen individuellen Unterschiede im Perseverieren der Vorstellungen feststellte und damit jenen Punkt berührte, der 30 Jahre später zu einem wichtigen Faktor der charakterologischen Typologie wurde. Das Schlußergebnis seiner Untersuchung war, »daß unser Vorstellungsverlauf von zwei Grundfaktoren bestimmt wird, von den Assoziationen und den Perseverationstendenzen«.

Die Behauptungen MÜLLERS wurden nicht ohne Widerspruch hingenommen. WUNDT und EBBINGHAUS erklärten, daß vermutlich doch irgendwelche Assoziationen am Werke seien, wenn eine Vorstellung »von selbst« und »frei« in das Bewußtsein steige; es seien unbemerkte mittelbare Assoziationen als Ursache anzunehmen (EBBINGHAUS 1905, WUNDT 1911). KIESOW, der zunächst denselben Standpunkt vertrat, hat dann einen unfreiwilligen Beweis für die Existenz von Perseverationen erbracht; er untersuchte 892 Fälle von Perseverationen, die er bei sich und seiner Frau im täglichen Leben feststellte — also Fälle, in denen plötzlich eine Erinnerungsvorstellung auftauchte, ohne daß man sofort wußte, wodurch sie ausgelöst war. Von den 892 Fällen wurde bei 193 (22%) die auslösende Assoziation gefunden, bei 152 (17%) war sie nur unsicher feststellbar und bei 547 (61%) konnte keine assoziative Grundlage aufgefunden werden (KIESOW 1906). In genauen experimentellen Untersuchungen von PASSARGE, KÜHLE und PRANDTL aus der Schule von N. ACH wurde die Existenz von Perseverationen einwandfrei sichergestellt. Dabei zeigte sich, daß nicht nur Vorstellungen und Gedanken perseverieren können, sondern auch geistige Tätigkeiten und ebenso Gefühle und Stimmungslagen; ferner, daß freisteigende Vorstellungen nicht nur dann in das Bewußtsein treten, wenn »die anderweiten dasselbe bestürmenden Faktoren nicht von besonderer Stärke und Nachhaltigkeit sind« (MÜLLER), als z. B. im Ruhezustand, sondern auch bei starker Beanspruchung des Bewußtseins. Die individuellen Unterschiede, die dabei zu beobachten sind, haben PRANDTL zur Aufstellung zweier Menschentypen — solcher mit flüchtigen und solcher mit hartnäckigen Perseverationen — veranlaßt (ACH 1926).

Perseveration ist Reproduktion ohne Reiz oder assoziativen Anlaß. Erlebt wird sie als stetige Wiederkehr der gleichen Gedächtnisinhalte, wofür natürlich eine ständige Wiederkehr gleicher Erregungen als Ursache angenommen werden muß. Ein Ansatz zu einer Erklärung ergab sich aus den Untersuchungen über Gedächtnis-Hemmungen, die zu einer Theorie der „nachdauernden Erregungen“ führten.

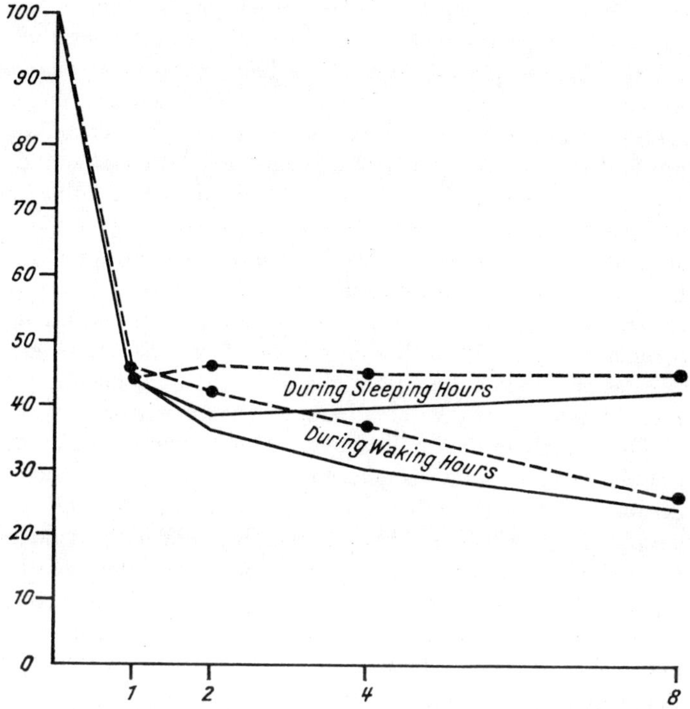

Abb. 80. Unterschiede im Vergessen im Wach- und Schlafzustand. In der Waagrechten die Stunden nach dem Lernen, in der Senkrechten die behaltenen Worte in Prozenten. (v. ORMER, Psychology and life, 1941.)

Störungen der Einprägung und Reproduktion (Gedächtnis-Hemmungen)

Von entscheidender Bedeutung für die Einprägung eines Lernstoffes ist das Verhalten *nach* dem Lernen. ROSA HEINE hat schon 1914 festgestellt, daß Silbenreihen, die unmittelbar vor dem Schlafengehen gelernt wurden, trotz der schlechteren Bedingungen (Ermüdung von der Tagesarbeit) besser behalten werden als im Laufe des Tages gelernte Reihen, nach deren Erlernung die Versuchspersonen ihrer gewohnten Arbeit nachgingen. Amerikanische Forscher haben dies bestätigt und die Resultate in einer Kurve gegenübergestellt (Abb. 80).

Die Erklärung für diese Tatsache liegt darin, daß die Einprägung der gelernten Silben offenbar durch die darauffolgenden Erlebnisse gestört wird (was beim Schlafen wegfällt). Dies wurde experimentell in vielfacher Weise festgestellt. Schon MÜLLER und PILZECKER fanden bei ihren Versuchen, daß die Gedächtnisleistung schlechter wurde, wenn auf eine eben gelernte Silbenreihe sofort eine zweite gelernt werden mußte. Sie nannten diese Tatsache *»rückwirkende (oder ›retroaktive‹) Hemmung«*: zwei Gruppen von Personen erhielten zunächst dieselbe Silbenreihe gleich oft geboten und wurden dann mit dem Trefferverfahren geprüft; darauf wurde eine Gruppe in Ruhe gelassen, während die zweite eine neue Silbenreihe lernen mußte. Als dann die erste Silbenreihe neuerlich geprüft wurde, erzielte die Gruppe, die zusätzlich neue Silben gelernt hatte, nur halb soviel Treffer wie die erste Gruppe, die nach dem Lernen der ersten Reihe ruhen durfte. Die rückwirkende Hemmung ist am stärksten, wenn die nacheinander aufgenommenen Inhalte einander ähnlich sind (was schon HERBART feststellte und RANSCHBURG in Ungarn 1905 experimentell bestätigte, weshalb diese Ähnlichkeits-Hemmung auch »RANSCHBURGsche Hemmung« genannt wird).

Diese Verhältnisse sind auch aus dem Alltag wohlbekannt. Hat man sich die Telephonnummer eines Freundes eingeprägt und soll man gleich darauf auch noch die Nummer eines zweiten Bekannten behalten, so geraten sie durcheinander, und dasselbe geschieht, wenn man zuerst englische und dann französische Vokabeln lernt. Beim hastigen Lernen eines größeren Stoffes wirkt sich die gegenseitige Hemmung katastrophal aus — man weiß zum Schluß überhaupt so gut wie gar nichts, weil jede gerade entstandene Assoziation durch die folgende »geschwächt« wurde. Ähnliche Hemmungen treten auf, wenn zwei Tätigkeiten gleichzeitig durchgeführt werden. OFFNER weist darauf hin, »daß viele wörtlich nachstenographierende Studenten von der Vorlesung kaum mehr nach Hause nehmen als das Stenogramm; daß der Erwachsene, wenn er laut vorliest, von dem Gelesenen viel weniger behält als wenn er still liest, vorausgesetzt, daß er es überhaupt versteht« (OFFNER S. 81). Die neben dem Auffassen des Inhaltes durchgeführte Tätigkeit — das Stenographieren oder laute Lesen — beeinträchtigt die Einprägung.

Natürlich ist die »rückwirkende Hemmung« in Wahrheit keineswegs eine »*Rückwirkung*« eines späteren Lernprozesses auf einen früheren, bereits vergangenen Lernvorgang. GEORG ELIAS MÜLLER hat dafür schon im Jahre 1900 eine Erklärung vorgeschlagen, die seither durch eine Reihe weiterer Tatsachen an Wahrscheinlichkeit sehr gewonnen hat: er nahm an, daß die einem Lernvorgang zugrunde liegenden Gehirnprozesse nicht gleichzeitig mit dem bewußten Lernen aufhören, sondern noch eine Weile »nachdauern«; diese nachdauernden Hirnprozesse, die für die Einprägung von großer Bedeutung sind, werden durch einen dem ersten Lernprozeß folgenden zweiten Lernvorgang gestört, wobei die Art dieser Störung nicht weiter erklärt wurde. Genauer gesagt: die nachdauernden Erregungsvorgänge aus dem ersten Lernen werden durch die nun auftretenden Erregungen des nachfolgenden zweiten Lernens irgendwie in ihrer einprägenden Wirkung geschädigt. Man kann diesen Sachverhalt klar und einfach formulieren, wenn man sich an die Begriffe hält, die in der Einleitung vorgeschlagen wurden. Wie dort (S. 67) erwähnt wurde, muß man außer den zerebralen Erregungsprozessen, die dem jeweiligen bewußten Erleben zugrunde liegen (»mentale Erregungen«), auch noch solche annehmen, die ihrer Natur nach bewußte Erlebnisse erzeugen könnten, jedoch zu schwach sind oder aus anderen Gründen nicht im Bewußtsein zur Auswirkung kommen: »submentale Erregungen«. Ein Spezialfall dieser submentalen Erregungsvorgänge sind die nachdauernden, nach dem Aufhören eines Erlebens noch vorhandenen Erregungen, die auch noch Einprägungswirkung ausüben; ich nenne sie im folgenden »*postmentale Erregungen*«. In diesen Begriffen läßt sich die MÜLLERsche Theorie der rückwirkenden Hemmung kurz formulieren: die Einprägungswirkung der postmentalen Erregungen aus dem ersten Lernvorgang wird durch die mentalen Erregungen aus dem nachfolgenden zweiten Lernvorgang beeinträchtigt.

Aus der Tatsache, daß die rückwirkende Hemmung bei ähnlichen Inhalten besonders stark ist, läßt sich eine einfache Hypothese ableiten, die über die Annahmen MÜLLERS hinausführt und das Zustandekommen der retroaktiven Hemmung verständlich macht. »Ähnlichkeit von Erlebnisinhalten« — was ist das? Es wurde schon bei der Darstellung der Ähnlichkeits-Assoziation betont, daß es auf diese Frage noch keine allgemein anerkannte Antwort gibt (S. 288). Hingegen ist die Frage, worin die Ähnlichkeit von Erregungskonstellationen bestehe, leicht zu beantworten: sie besteht in der Beteiligung gleicher Einzelerregungen, d. h. zwei Erregungskonstellationen sind einander um so ähnlicher, je mehr gleiche Erregungen an ihnen beteiligt sind. Bei aufeinanderfolgenden ähnlichen Erregungskonstellationen (wie sie aufeinanderfolgenden Lernprozessen zugrunde liegen) ergeben sich dadurch *Erregungs-Kollisionen:* wenn z. B. die spezifischen Erregungen eines bestimmten Gangliensystems an einer jetzt bestehenden postmentalen, aus einem vergangenen Erlebnis noch nachdauernden Erregungskonstellation beteiligt sind, so können diese an der postmentalen Konstellation beteiligten Erregungen nicht gleichzeitig an einer anderen, neuen mentalen Konstellation mitwirken. *Die Erregung ist unteilbar* (so behauptet diese Theorie), sie kann daher jeweils immer nur an einer einzigen spezifischen Erregungskonstellation beteiligt sein, oder, anders formuliert, eine Ganglienzelle kann ihre Erregung nicht zu gleicher Zeit zwei verschiedenen Konstellationen zur Verfügung stellen. Wird eine Erregungskomponente, die an einer noch bestehenden postmentalen Konstellation beteiligt ist, für eine neue mentale Konstellation benötigt, so muß sie der postmentalen

Konstellation sozusagen »entrissen« werden, wodurch diese Konstellation zerfällt oder so weitgehend geschädigt wird, daß sich ihre einprägende Wirkung vermindert. Allgemein behauptet dieses »*Prinzip der partiellen Erregungs-Kollision*«: wird eine spezifische Einzelerregung gleichzeitig für zwei Konstellationen (z. B. eine mentale und eine submentale) benötigt, so bleibt eine dieser Konstellationen unvollständig. Ein gutes Beispiel für die Schwierigkeiten, die entstehen, wenn gleiche Erregungen rasch nacheinander an einer mentalen und einer postmentalen Konstellation mitwirken sollen, sind die schwer aussprechbaren Sätze: die Erregung, die z. B. dem Aussprechen des Lautes »i« zugrunde liegt, ist beim Aussprechen des Wortes »fischen« in die Konstellation »fischen« eingeordnet, daher nicht sofort für neue Konstellationen verfügbar. Es bereitet daher Schwierigkeiten, den Satz »Fischers Fritz fischt frische Fische« sehr schnell fehlerlos auszusprechen, weil die »i«-Erregung und ebenso die »f«-Erregung rasch nacheinander einer postmental noch bestehenden Konstellation entrissen und für eine neue Konstellation verwendet werden muß (ebenso bei »in Ulm, um Ulm und um Ulm herum« usw.). Es ist anzunehmen, daß bei der Entstehung der Sprachen die Tendenz zur Vermeidung solcher »Erregungskollisionen« eine Rolle spielte.

Viele Gedächtnishemmungen lassen sich nach dieser Hypothese aus *partiellen Erregungskollisionen* erklären. Dies gilt z.B. auch für die Hemmung, die als »Wort auf der Zunge« bekannt ist (ich nenne sie »*linguale Hemmung*«): sie besteht darin, daß ein Name oder ein anderes Wort nicht einfällt, obwohl man ganz genau zu wissen glaubt, wie es heißt. Forscht man genauer nach, so findet man fast immer, daß man beim Suchen des Wortes mit falschen Anfangslauten, die aber den richtigen ähnlich sind, begonnen hat — diese falsche Konstellation enthielt Einzelerregungen, die für die richtige Konstellation benötigt worden wären, aber wegen ihrer Bindung in der falschen Konstellation nicht zur Verfügung standen. Wartet man eine Weile, bis die postmentalen Erregungen abgeklungen sind, so fällt der richtige Name bald ein. In allgemeiner Formulierung kann man sagen: wenn an aufeinanderfolgenden Erlebnisinhalten gleiche Erregungskomponenten beteiligt sind, kommt es zu Störungen der Einprägung oder der Reproduktion *(Hypothese der partiellen Erregungs-Kollision)*.

Über die Dauer der postmentalen Erregungen kann man etwas erfahren, wenn man feststellt, innerhalb welcher Zeit eine solche Beeinträchtigung stattfindet, d. h. welche Zeitspanne zwischen einem Lernen und einem nachfolgenden Lernvorgang liegen muß, damit der erste durch den zweiten in seiner einprägenden Wirkung noch oder gerade nicht mehr geschädigt wird. Solche Experimente wurden im Wiener

Psychologischen Institut von Elfriede Hofmann durchgeführt, indem sie bei 10 Versuchspersonen nach dem Lernen von 5 Paaren sinnloser Silben in Abständen von 2, 5, 10, 20, 30, 60, 90, 120 und 240 Sekunden eine zweite, gleich lange Silbenreihe lernen ließ und nach 20 Minuten die *erste* Reihe prüfte. In diesen 100 Experimenten (nämlich je ein Versuch mit 10 Personen mit je einem der oben angeführten Zeitabstände und ein Kontrollversuch ohne zweite Reihe) zeigte sich, daß die Hemmung durch die zweite Reihe in den Abständen von 2, 5, 10, 20, 30, 60 und 90 Sekunden fast gleich war: nur ein Drittel der Silben des Kontrollversuches konnte reproduziert werden. Bei den Abständen 120 und 240 Sekunden stieg die Trefferzahl auf 56% des Kontrollexperimentes (sie war bei beiden Zeiten genau gleich). Für die Theorie ergibt sich daraus, daß die postmentalen Erregungen mindestens 90 Sekunden nach Aufnahme des Lernmaterials fast unvermindert andauerten und dann langsam abklangen, aber sicher 4 Minuten (240 Sekunden) lang so stark waren, daß nur die Hälfte der Einprägung entstand, die bei den Personen des Kontrollversuches, also ohne zweites Lernen, zustandekam.

Neben der »rückwirkenden Hemmung«, bei der eine Einprägung durch einen nachfolgenden zweiten Lernvorgang geschädigt wird, gibt es auch eine »*proaktive Hemmung*«, bei welcher der erste Lernprozeß einen zweiten nachfolgenden beeinträchtigt; nach der Theorie schädigen in diesem Fall die postmentalen Erregungen des ersten die mentalen und postmentalen des zweiten Lernens. Die daraus entstehende Hemmung wurde 1938 von Ilse Müller nachgewiesen. Als »*assoziative Hemmung*« bezeichnet man die Schwierigkeit, einen Gedächtnisinhalt, der mit einem anderen assoziativ verbunden ist, mit einem neuen Inhalt zu verbinden (Ebbinghaus bezeichnete diese Art als »reproduktive Hemmung«). Eine weitere, bisher nicht beachtete Hemmungswirkung wurde in der oben erwähnten Untersuchung von Elfriede Hofmann gefunden: sie ließ 5 Paare sinnloser Silben bis zum vollständigen Behalten lernen und prüfte sie nach 20 Minuten; *vor* dieser Prüfung — und zwar 5, 10, 30, 60 und 240 Sekunden vorher — mußte eine zweite gleich lange Reihe gelernt werden (wobei für das Lernen die aus früheren Versuchen bekannten Zeiten eingerechnet wurden). Der Vergleich mit einer Kontrollgruppe, die vor der Prüfung nichts zu lernen hatte, ergab, daß bei 5 Sekunden Zwischenzeit nur 25% der Treffer der Kontrollgruppe erzielt wurden, bei 10 Sekunden 18%, bei 30 und 60 Sekunden je 43% und bei 240 Sekunden 32%. Die Störung der Reproduktion der früher gelernten Silben war somit am stärksten, wenn kurz (5 bis 10 Sekunden) vor der Reproduktion eine neue Reihe gelernt wurde. Nach der oben skizzierten Hypothese kann man folgende Erklärung annehmen: zu der Zeit, in welcher der früher (vor 20 Minuten) gelernte Stoff reproduziert werden soll, sind noch postmentale Erregungen aus dem kurz (10 Sekunden) vorher stattgefundenen Lernprozeß vorhanden; sie stören die Entstehung der Erregungen, die zur Reproduktion nötig sind. Der Unterschied zur »rückwirkenden Hemmung« liegt theoretisch somit darin, daß nicht postmentale Erregungsabläufe durch neue mentale Erregungen gestört und dadurch in ihrer Einprägungsleistung beeinträchtigt werden, sondern daß postmentale Erregungen (nämlich diejenigen aus dem kurz vor der Reproduktion stattgefundenen Lernen) als störender Faktor auftreten; dabei wird aber nicht die *Einprägung* beeinträchtigt, sondern die Entstehung neuer, zur Reproduktion notwendiger Erregungen. Ich nenne diese Hemmung im Anschluß an die Terminologie SEMONS »*ekphorische*« Hemmung, weil sie das »Ekphorieren« von Gedächtnisresiduen behindert. Es wäre hier der Ausdruck »reproduktive« Hemmung am Platze, doch ist dieser Begriff, wie oben erwähnt, bereits vergeben.

Eine weitere, bisher nicht beachtete Gedächtnishemmung entsteht durch affektive Schockerlebnisse. Diese »*affektive Hemmung*« wurde ebenfalls im Wiener Psychologischen Institut untersucht. A. BROSCH machte in vielen Schulklassen — insgesamt an 395 Kindern von 6 bis 10 Jahren — folgendes Experiment: es wurde ein Märchen vorgelesen, in welchem ein Waldgeist einem gefangenen Kind die Freiheit versprach, wenn es sich 6 Wörter merken könne; nach dem Vorlesen dieser Wörter (Regenwetter, Suppentopf, Wiesenblume usw.) stürzte eine Hilfsperson in die Klasse und rief: »Im Nebenhaus brennt es, die Klasse muß geräumt werden.« Die Schüler liefen auf den Flur, wo ihnen mitgeteilt wurde, der Brand sei gelöscht, sie sollten in das Klassenzimmer zurückgehen. Dort hatten sie unmittelbar nachher auf einem Zettel alles aufzuschreiben, was sie von den 6 Wörtern, die das Kind im Märchen behalten sollte, gemerkt hatten. Es ergab sich ein Durchschnitt von 1,3 Worten; in einem Kontrollversuch mit 215 gleichaltrigen Knaben, denen das Märchen ungestört vorgelesen wurde (auf die entscheidenden Wörter folgten noch 6 Sätze, dann die Prüfung), betrug der Durchschnitt 3,5 Worte. Bei Zeugenaussagen vor Gericht über Vorgänge, die der Zeuge in affektiver Erregung beobachtet hat, muß mit solchen »*affektiven* rückwirkenden Hemmungen« gerechnet werden.

Es ergeben sich somit 7 Arten von Gedächtnishemmungen: 1. die retroaktive oder rückwirkende Hemmung (ein nachfolgender Lernprozeß schädigt die Einprägung eines vorher gelernten Stoffes), 2. die proaktive Hemmung (ein Lernprozeß schädigt die Einprägung eines nachher gelernten Stoffes), 3. die Ähnlichkeits- oder RANSCHBURGsche Hemmung (aufeinanderfolgendes Lernen ähnlicher Inhalte schädigt die Einprägung besonders stark), 4. die linguale Hemmung (ein Wort fällt nicht ein, obwohl der dazugehörige Begriff bewußt ist — »Wort auf der Zunge«), 5. die assoziative oder reproduktive Hemmung (ist ein Inhalt bereits mit einem anderen assoziiert, so läßt er sich mit einem neuen schwerer verbinden als ein nicht assoziierter), 6. die ekphorische Hemmung (ein Lernprozeß unmittelbar vor der Reproduktion eines früher gelernten Stoffes erschwert die Reproduktion) und 7. die affektive Hemmung (starke Gefühlserlebnisse schädigen das Behalten unmittelbar vorher aufgenommener Lerninhalte). Wahrscheinlich gibt es noch andere Einflüsse, die die Einprägung stören (z. B. allgemeine Zustände wie Müdigkeit, Krankheit, schlechte Laune usw.).

Bedingte Reaktionen

Die Tatsache der assoziativen Verbindung gleichzeitiger Erlebnisinhalte wurde von vielen Psychologen als »Assoziations-Gesetz« bezeichnet und als Grundgesetz des psychischen Geschehens betrachtet (z. B. schon von den schottischen Psychologen Thomas Brown und James Mill, die um 1830 die ersten englischen Lehrbücher der Psychologie verfaßten). Für das Assoziations-Gesetz wurden verschiedene Formulierungen vorgeschlagen; kurz ausgedrückt, behauptet es: *Erlebnisinhalte, die einmal gleichzeitig oder nacheinander bewußt waren, aktivieren sich wechselseitig.* Die Begründer der experimentellen Gedächtnisforschung, Hermann Ebbinghaus und Georg Elias Müller, haben den Assoziationen außerordentlich große Bedeutung als Ordnungsfaktoren des Erlebnisablaufes zugeschrieben. Dieser Umstand hat dazu geführt, daß sie von ihren Gegnern — vor allem von den »Gestalt«-Theoretikern — als »Assoziations-Psychologen« deklariert wurden — ein Ausdruck, der einen herabsetzenden Beigeschmack hatte (es war ungefähr gemeint, daß die »Assoziations-Psychologie« eine altmodische, durch die Gestaltforschung überholte Richtung darstelle, die nur noch historisches Interesse beanspruchen könne). In Wahrheit haben sich Ebbinghaus und G. E. Müller vor überspitzten Verallgemeinerungen des Assoziations-Prinzips sehr gehütet; im Gegensatz zu manchen Richtungen der modernen Assoziations-Psychologie, wie sie in Amerika und Rußland gelehrt wird. In diesen Ländern ist nämlich in den letzten Jahrzehnten eine sehr erweiterte, mit neuen Begriffen arbeitende Assoziations-Psychologie zur beherrschenden Richtung geworden. Der Hauptbegriff der neuen Richtung heißt »*bedingte Reaktion*«.

Auch die bedingte Reaktion ist, wie gezeigt werden wird, eine Assoziation, d. h. eine Verbindung zwischen verschiedenen Vorgängen auf Grund von Gleichzeitigkeit oder Nacheinander. Aber es gibt Unterschiede: die Assoziationen der klassischen Psychologie sind Verbindungen von *Erlebnis*inhalten; man kann sie daher nur *subjektiv* an sich selbst feststellen. »Bedingte Reaktionen« hingegen sind durch Erfahrung entstandene Verbindungen von Sinnesreizen mit körperlichen Vorgängen oder mit ganzen Verhaltensweisen; diese Verbindungen kann man *objektiv*, durch Beobachtung »von außen her« feststellen. Daher kann man bedingte Reaktionen auch an Tieren oder kleinen Kindern untersuchen; man ist nicht auf Erlebnisberichte von Versuchspersonen angewiesen. Die Möglichkeit der objektiven Feststellbarkeit war die Ursache des enormen Aufschwunges, den die Gedächtnisforschung durch die bedingten Reaktionen erfahren hat.

Entdecker der bedingten Reaktionen ist bekanntlich der russische Physiologe Iwan Pawlow, der sich gegen Ende des vergangenen Jahrhunderts mit Untersuchungen über die Sekretion der Speicheldrüsen und der Verdauungssäfte befaßte. Dabei fand er, daß die Speicheldrüsen ihr Sekret nicht nur abgeben, wenn sich das Futter im Maul eines Hundes befindet, sondern schon beim Anblick des Fleisches. Diese Beobachtung war nicht neu; viele Hundeliebhaber vor Pawlow hatten gesehen, daß dem Hund der Speichel aus dem Maul tropft, wenn er Fleisch sieht. Neu hingegen war Pawlows Feststellung, daß irgendein beliebiger, ganz neutraler Reiz, der mit dem Futter gar nichts zu tun hat, ebenfalls die Speichelsekretion auslöst, wenn er öfter gleichzeitig mit der Fütterung auftrat. Leuchtet z. B. bei der Fütterung ein rotes Licht auf oder ertönt ein Glockenschlag, so beginnt der Speichel nach einiger Zeit auch zu fließen, wenn das rote Licht oder der Glockenschlag ohne Futter geboten wird. Der Reflex der Speichelsekretion, der auf den natürlichen »biologischen« Reiz, d. h. Futter im Maul, von selbst auftritt, tritt nun auch auf unnatürliche »neutrale« Reize (Licht oder Glockenschlag) auf, weil sie öfter gleichzeitig mit dem biologischen Reiz geboten wurden. Pawlow nannte solche Reflexe »*bedingte Reflexe*« (die angeborenen, durch den natürlichen Reiz ausgelösten Reflexe bezeichnete er als »unbedingt«). Will man eine vorläufige Definition, so kann man sagen: *bedingte Reflexe sind solche, die durch ursprünglich wirkungslose Reize, die öfter gleichzeitig mit dem natürlichen Reiz geboten wurden, ausgelöst werden.*

Bedingte Reflexe sind objektiv feststellbar und bis zu einem gewissen Grade quantitativ meßbar. So wurde in den ersten Experimenten Pawlows die Stärke des bedingten Reflexes an der Zahl der Speicheltropfen gemessen, die auf den bedingten Reiz auftraten. Die folgende Tabelle von Anrep gibt ein Beispiel; der bedingende Reiz bestand in einem Ton von 637,5 Hertz (zit. n. Gottschick, S. 652).

Bald zeigte sich, daß man auch bedingte Reflexe »zweiter Ordnung« erzeugen kann: wenn die Speichelsekretion auf einen Lichtreiz «bedingt« wurde, so kann man nun gleichzeitig mit dem Licht einen Ton bieten,

Nachdem Ton und Fütterung zugleich erfolgt waren	*traten auf den Ton allein in 30 Sekunden Speicheltropfen auf*	*Latenz des Reflexes in Sekunden*
1mal	0	—
9mal	18	15
15mal	30	4
31mal	65	2
41mal	69	1
51mal	64	2

worauf nach einigen Wiederholungen auf den Ton allein der Speichel zu fließen beginnt.

Die Ergebnisse PAWLOWS wurden in den Vereinigten Staaten von Amerika mit Begeisterung aufgenommen; sie entsprachen der Lehre des Behaviorismus, daß die Verhaltensweisen von Mensch und Tier in erster Linie durch Umwelteinflüsse und nicht durch angeborene Triebregungen geprägt werden. Der »bedingte Reflex«, der nur eine einzelne Organreaktion (z. B. Speichelsekretion) umfaßt, wurde zur »bedingten Reaktion« erweitert. Dabei entstanden neue Begriffe; den Gesamtvorgang, der zur Entstehung einer bedingten Reaktion führt, bezeichnet man als »*Konditionierung*«, den natürlichen Reiz, der die Reaktion als biologische Wirkung auslöst (z. B. das Futter beim Speichelfluß), als »*unkonditionierten*« Reiz, den ursprünglich wirkungslosen neutralen Reiz (z. B. den Glockenton) als »konditionierten« oder »konditionellen«, manchmal auch als »bedingten« Reiz. Die englischen Bezeichnungen haben sich international als Abkürzungen eingebürgert: UCS = unconditioned stimulus. CS = conditioned stimulus, CR = conditioned response.

In den vielen Tausenden von Konditionierungsexperimenten, die seither in Rußland und Amerika durchgeführt wurden, ergaben sich zahlreiche Einzelresultate über die Entstehung bedingter Reaktionen bei Mensch und Tier. Es zeigte sich, daß PAWLOWS ursprüngliche Annahme, daß Gleichzeitigkeit von neutralem und konditionellem Reiz am raschesten zur Konditionierung führe, nicht richtig war; der konditionelle Reiz muß dem natürlichen Reiz vorausgehen, wobei sehr kurze Zwischenzeiten zu den günstigsten Ergebnissen führen (mindestens 0,2 Sekunden). Ist die Konditionierung hergestellt, so kann man sie wieder zerstören, indem man den konditionellen Reiz in rascher Folge bietet (gibt man durch längere Zeit schnell hintereinander immer wieder den Glockenton, dann tritt sehr bald keine Speichelsekretion mehr auf); es gibt jedoch eine »Spontanerholung« (einige Stunden später führt ein einzelner Glockenton wieder zur Speichelabgabe). Diese Art der Vernichtung von bedingten Reaktionen bezeichnet man als »*Löschung*«

oder »*Extinktion*«. Am Widerstand gegen die Extinktion, d. h. an der Anzahl der Darbietungen des konditionellen Reizes, die zum Aufhören der bedingten Reaktion führen, kann man die Stärke der Konditionierung messen (Extinktions-Widerstand = Anzahl der konditionellen Reize, die zum Verschwinden der konditionierten Reaktion führt).

Man bezeichnet die einzelnen gemeinsamen Darbietungen des biologischen und neutralen Reizes in der amerikanischen Literatur als »*Verstärkungen*« (reinforcements), in der russischen als »Bekräftigung«. Die Anzahl (oder »Frequenz«) der Verstärkungen läßt sich variieren, indem man z. B. nicht jedes Mal beide Reize bietet, sondern nur jedes zweite Mal, so daß immer ein »nicht-verstärkter« Reiz (z. B. Glocke ohne Futter) dazwischen liegt. Der Amerikaner L. G. HUMPHREYS hat 1939 die überraschende Tatsache festgestellt, daß solche »50%ige Verstärkungen«, gemessen am Löschungs-Widerstand, bessere Resultate ergeben als 100%-Verstärkung (= bei jedem neutralen Reiz auch der biologische). Zur Erklärung dieses »HUMPHREYS-Paradoxons« gibt es viele Theorien, von denen aber noch keine allgemeine Zustimmung gefunden hat.

Für die Anwendung des Modells der bedingten Reaktion auf das Verhalten im Alltag (z. B. auf das Zeremoniell, das bei Kindern — aber auch oft bei Erwachsenen — eingehalten werden muß, damit biologische Vorgänge wie Einschlafen, Darmfunktion usw. eintreten) ist von besonderer Bedeutung die »*sekundäre Verstärkung*«. Man versteht darunter die Tatsache, daß nicht nur der neutrale Reiz (z. B. der Glockenton) konditioniert wird, sondern auch die Nebenumstände, unter denen sich die Konditionierung vollzieht. PAWLOW stellte schon in den Anfängen seiner Experimente fest, daß beim Hund bereits das Hereinführen in den Versuchsraum, in welchem er immer Futter bekam, Speichelsekretion auslöst, ebenso der Anblick des Laboranten, der das Futter bringt. Es ließ sich sogar erreichen, daß ein Hund in einem Versuchsraum auf ein bestimmtes Tempo von Metronom-Schlägen einen bedingten Speichelreflex entwickelte, in einem anderen Versuchsraum mit einem anderen Versuchsleiter auf dasselbe Metronom-Tempo einen bedingten Abwehr-Reflex durch Heben der Hinterpfote (erzeugt durch elektrische Reize) (PICKENHAIN 1959, S. 28).

Über die Anzahl der Darbietungen des natürlichen und konditionellen Reizes, die zur Entstehung eines bedingten Reflexes notwendig sind, werden sehr verschiedene Angaben gemacht; es bestehen in dieser Hinsicht große Unterschiede zwischen den verschiedenen Tierarten (Ratten und Mäuse sind schwer konditionierbar, Kaninchen, Katzen, Ziegen, Schweine und Affen leichter, am leichtesten der Hund). An Menschen wurde am häufigsten der Blinzelreflex (reflektorisches Schließen der Augenlider) konditioniert, wobei als natürlicher Reiz meist ein Luftstoß verwendet wurde; ferner die Schweiß-Sekretion (registriert mit dem psychogalvanischen Reflex, s. S. 484 f.), das Zurückziehen der Hand bei einem elektrischen Schlag, das Auftreten von Muskelaktionsströmen und von Änderungen in den gehirnelektrischen Vorgängen (Blockade der Alpha-Wellen). Im allgemeinen wird man nach den Angaben in der Literatur mit Vorsicht sagen dürfen, daß ein einfacher bedingter Reflex beim Hund durch 5 bis 20 Darbietungen beider Reize, beim erwachsenen Menschen durch 40 bis 60 Darbietungen gebildet werden kann. In höherem Alter nimmt die Konditionierbarkeit ab (Braun u. Geiselhart, zit. n. Olechowski, S. 63), während die Löschungsresistenz steigt (Olechowski 1969, S. 65).

Durch lange Zeit wurden die aufeinanderfolgenden Darbietungen der beiden Reize als gleichwertig betrachtet, obwohl schon ein einfache Überlegung zeigt, daß dies sicher nicht richtig ist. Es ist — sofern man aus dem menschlichen Erleben auf die Vorgänge im Tier schließen darf — höchst unwahrscheinlich, daß beim Hund schon bei der ersten Darbietung von Futter und Glockenton eine Beziehung zwischen beiden Eindrücken hergestellt wird; der Mensch würde den ersten Glockenton als zufällig auffassen — und ebenso vielleicht auch noch den zweiten oder dritten. Beim vierten Mal könnte ihm die Gleichzeitigkeit auffallen (»immer diese Glocke, wenn ich das Essen bekomme!«); und nun verfolgt er mit Interesse, ob die beiden Ereignisse auch weiterhin zusammen auftreten, bis er dessen sicher ist. Beim Hund spielt sich dieser Vorgang wahrscheinlich nicht in dieser klarbewußten Weise ab; aber irgend etwas Ähnliches muß sich auch bei ihm vollziehen — einmal muß es ihm auffallen, daß die beiden Ereignisse regelmäßig einander folgen. Erst wenn die »Nicht-Zufälligkeit« festgestellt ist, beginnt die eigentliche Konditionierung, weil erst von diesem Zeitpunkt an eine Beziehung zwischen den beiden Reizen angenommen wird. Es muß somit eine Art von »Wahrscheinlichkeits-Überlegung« bei jeder Konditionierung eine Rolle spielen — ein Problem, das gegenwärtig unter dem Namen »Wahrscheinlichkeits-Lernen« viel untersucht wird, ohne daß es bisher zu klaren Resultaten gekommen wäre. Nach den bisher vorliegenden, teilweise widerspruchsvollen Resultaten scheint der Mensch bei der Bewältigung seiner Umwelt durch Vorsorge für die Zukunft, die eine Prognose kommender Ereignisse und ihrer Zusammenhänge notwendig macht, eine »intuitive Statistik« zu benützen, die ihm über viele Unsicherheiten hinweghilft (Peterson 1967).

Um die Tragweite der Konditionierungsforschung zu verstehen, muß man sich über die theoretische Bedeutung im klaren sein, die der Entdeckung der bedingten Reflexe zukommt. Sie liegt vor allem darin, daß sie zu einer physiologischen Erklärung zwingt und jede »psychistische«

Gedächtnistheorie ausschließt. Damit die Speicheldrüsen ihr Sekret absondern, müssen in ihnen nervöse Impulse einlangen, die ihnen über bekannte Nervenbahnen aus einem Gangliensystem im verlängerten Mark (dem Nucleus salivatorius) zufließen. Wenn auf einen Glockenton Speichelabgabe erfolgt, so muß zwischen den akustischen Erregungen, die die Glocke auslöst, und den Ganglienzellen des Speichelzentrums irgendeine Verbindung entstanden sein. Tatsächlich hat PAWLOW zur Erklärung der bedingten Reflexe die Entstehung direkter, temporärer Nervenverbindungen zwischen den beteiligten Gehirnzentren (in unserem Beispiel zwischen Gehör- und Speichelzentrum) angenommen. Es ist aber nicht bewiesen und wahrscheinlich auch nicht beweisbar, daß die durch den Glockenton erzeugten Gehirnprozesse *unmittelbar* das Zentrum für die Speichelsekretion anregen — es könnte auch sein, daß die Glockenton-Erregung in der Hirnrinde eine Erregungskonstellation »jetzt kommt Futter!« (»Erwartungs-Erregung«) auslöst, die dann ihrerseits wie jede Futter-Vorstellung bei einem hungrigen Tier den Speichelfluß herbeiführt. Es ist schwer zu entscheiden, ob sich diese Auffassung mit der »Signal-Theorie«, die PAWLOW später vertrat, vereinbaren läßt; der Begriff »Signal« hat bei PAWLOW eine sehr allgemeine Bedeutung — Signal ist ein reflexauslösender Faktor, mit dem kein bewußtes Erleben (z. B. Verstehen der Bedeutung des Signals) verbunden sein muß.

Bei der Konditionierung erwachsener Menschen bestehen auch noch andere Probleme. Es handelt sich dabei vor allem um die »kognitive Komponente«, d. h. um die Tatsache, daß ein erwachsener Mensch, der zwanzigmal hintereinander nach einem Lichtblitz einen Luftstoß auf ein Auge erhielt, so daß er blinzeln mußte, beim 21. Mal auf den Lichtblitz den Luftstoß bewußt erwartet und daher das Auge absichtlich schließt. Ein solcher »konditionierter Lidschluß-Reflex« kann nicht ohne weiteres mit der Konditionierung von Vorgängen, die man nicht willentlich erzeugen kann (wie z. B. Speichelfluß oder Schweiß-Sekretion) gleichgesetzt werden, weil hier die angeblich bedingte Reaktion durch eine bewußt erlebte Reaktion und nicht unmittelbar durch den konditionellen Reiz ausgelöst wird. Es ist eine offene Frage, ob nicht bei allen sog. Konditionierungen an Erwachsenen ein psychischer Zwischenprozeß (d. h. eine bewußte Erwartung bzw. die ihr zugrunde liegende Erregungskonstellation im Gehirn) eine vermittelnde Rolle spielt. Vielleicht hängt es damit zusammen, daß eine eindeutige Konditionierung der Speichelsekretion bei Erwachsenen bisher nicht gelungen ist (BYKOW 1960). Man kann aber das Konditionierungs-Schema trotz solcher ungelöster Probleme theoretisch aufrecht erhalten — man muß nur annehmen, daß nicht die körperliche Reaktion unmittelbar konditioniert wurde, sondern ein psychischer Prozeß bzw. die ihm zugrunde liegende cerebrale Erregungskonstellation, die dann ihrerseits die bedingte Reaktion auslöst. Kognitive Vermittlungen können auch bei der Konditionierung höherer Tiere eine Rolle spielen.

Konditionierungen psychischer Inhalte mit Sinnesreizen, aber auch psychischer Inhalte untereinander (was bereits einer Assoziation im alten Sinne nahekommt) spielen in der russischen Psychologie eine sehr große Rolle bei der Erklärung der Sprache und ihrer Beziehungen zum Denken; die menschliche Sprache wird in Rußland bekanntlich als das »zweite Signalsystem« bezeichnet. Ein Experiment von Frau W. D. Wolkowa soll zeigen, auf welchen Ergebnissen und Überlegungen solche Generalisationen vom Gegenstand auf den Begriff und von diesem auf seine sprachliche Bezeichnung beruhen. Frau Wolkowa erzeugte bei 5—6jährigen Kindern einen bedingten Speichelreflex mit Hilfe gezuckerter Heidelbeeren auf fünf Vogelnamen (Eule — Krähe — Huhn — Adler — Möwe), so daß sowohl auf jeden einzelnen Namen wie auf den ganzen Komplex Speichelsekretion auftrat. Wurde nun als Reiz das Wort »Vogel« geboten, so trat starke Speichelsekretion auf, nicht aber auf »Sperling«. Der Allgemeinbegriff wirkte als Reiz, nicht aber ein Vogelname. Dann wurde auf »Sperling« zusätzlich zu den fünf anderen Vogelnamen die bedingte Reaktion geschaffen — nun trat auf alle, auch bisher nie vorgekommene Vogelnamen Speichelsekretion auf, offenbar aus der Erfahrung, daß es nur ein Vogelname sein muß, unabhängig davon, ob er bei der Konditionierung genannt wurde oder nicht. Es entstand somit eine Generalisation auf den Begriffsbereich »Vogel«, also eine *semantische abstrahierende Generalisation* (Wolkowa 1956, zit. n. Pickenhain, S. 144).

Diese Beziehungen nennen die Russen das »*zweite Signalsystem*«, d. h. es umfaßt die Signale für die ersten Signale, die aus den Umweltreizen bestehen, auf welche bedingte Reaktionen entstanden sind. Anders formuliert: das zweite Signalsystem enthält die Worte, mit denen die Begriffe bezeichnet werden, die in der bisherigen Erfahrung entstanden sind, darunter auch die Bezeichnungen der Reize, durch welche bedingte Reaktionen geschaffen wurden.

Lernen durch Erfolg

Pawlows Ergebnisse wurden in Amerika vom Begründer des strengen Behaviorismus John B. Watson mit Begeisterung aufgenommen; die Methode der Konditionierung erlaubte Experimente am Tier, bei denen jede Introspektion (= Selbstbeobachtung) und damit jede subjektive Komponente ausgeschlossen war. Die Lehre von den bedingten

Reflexen wurde in manchmal sehr naiver Art vereinfacht und verallgemeinert; es entstand eine Verhaltenstheorie, in welcher es nur ganz wenig angeborene, aber außerordentlich viele bedingte Verhaltensweisen gibt, aus denen die ganze menschliche Persönlichkeit erklärt wird. Aus dem »bedingten Reflex«, bei dem auf einen bestimmten Einzelreiz ein bestimmter Organprozeß einsetzt, wurde die »bedingte Reaktion«, bei welcher eine komplexe Situation ein komplexes Verhalten auslöst. Das Grundprinzip ist aber auch hier das gleichzeitige oder aufeinanderfolgende Auftreten beider Vorgänge: weil man öfter angewiesen wurde, in bestimmten Situationen in bestimmter Weise zu handeln, bildet sich zwischen Situation und Verhalten eine Verbindung, so daß nun bei Auftreten der gleichen Situation »reflektorisch« die gelernte Verhaltensweise einsetzt. Alles, was ein Mensch denkt, fühlt und tut, ist nach WATSON zum größten Teil »gelernt«, d. h. durch Wiederholung von Situationen und Reaktionen entstanden: er behauptet sogar, »daß es keine Vererbung von Fähigkeiten, Talent, Temperament, seelischer Konstitution und Charaktereigenschaften gibt. Auch diese Dinge hängen von der Übung ab, die schon in der Wiege beginnt« (WATSON 1930).

Natürlich haben sich die amerikanischen Psychologen mit dieser primitiven Verallgemeinerung des Reiz-Reaktions-Modells nicht zufriedengegeben, zumal schon zur Zeit der ersten PAWLOWschen Untersuchungen eine Tatsache bekannt wurde, die ebenfalls den Vorzug objektiver Feststellbarkeit aufwies, sich aber mit der groben Reflex-Hypothese nicht erklären ließ. E. L. THORNDIKE berichtete 1898 über Experimente, mit denen er ursprünglich den Intelligenzgrad verschiedener Tiere bestimmen wollte. Dabei fand er etwas, was er gar nicht gesucht hatte, nämlich eine neue Gesetzmäßigkeit des Einprägens und Behaltens: Tiere, z. B. Katzen, die in einen Käfig gesperrt waren, den man von innen öffnen konnte, fanden durch »Versuch und Irrtum« schließlich zufällig den Öffnungsmechanismus und wiederholten von nun ab immer die Bewegungen, die zur Öffnung führen, also die »erfolgreiche Verhaltensweise«. Versuche von E. R. GUTHRIE, bei denen eine Katze im Augenblick der Türöffnung automatisch photographiert wurde, zeigten, daß die Tiere im allgemeinen genau die Bewegungsweisen beibehalten, die beim ersten zufälligen Finden des Mechanismus zur Befreiung geführt hatten. Aus dem ziellosen Probieren entsteht durch »Versuch und Irrtum« schließlich das erfolgreiche Verhalten, und dieses Verhalten wird für die Zukunft beibehalten. Der kürzeste Weg zum »Effekt«, d. h. zur zielerreichenden Art der Bewegung, prägt sich am besten ein. Diese Tatsache hat THORNDIKE als »*Gesetz des Effektes*« bezeichnet: die erfolgreiche Verhaltensweise bleibt im Gedächtnis haften, die erfolglosen werden vergessen. In ausführlichen Formulierungen dieses Gesetzes, die

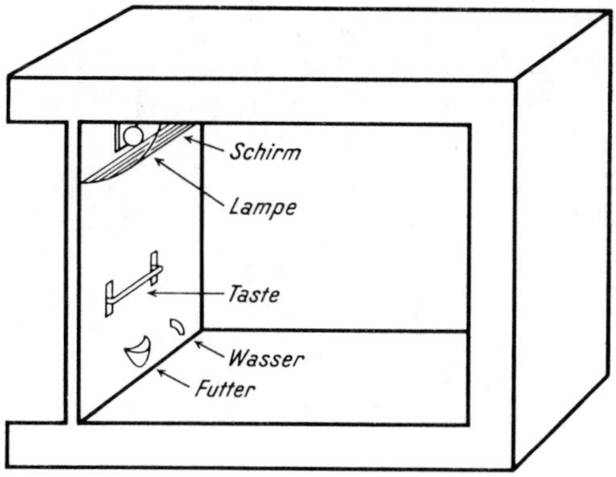

Abb. 81. »Skinner-Box« (genannt nach B. F. Skinner 1932). Wenn das Versuchstier die Taste drückt, fällt eine Futterpille in den Napf, oder es fließt Wasser in den Käfig. Die Lampe ermöglicht Konditionierungen auf Lichtreize.

Thorndike in den Jahren 1911 und 1932 veröffentlichte, behauptete er, daß ein Zusammenhang zwischen der Einprägung eines Verhaltens und der durch dieses Verhalten erreichten Befriedigung eines Triebes bestehe. Diese Behauptungen waren soweit als möglich behavioristisch formuliert, d. h. unter Ausschaltung erlebnispsychologischer Begriffe; z. B. »Handlungen, auf die Zustände folgen, welche ein Lebewesen nicht vermeidet und die es zu erhalten und herbeizuführen sucht, werden ausgewählt und fixiert« (Thorndike 1932).

Seit den ersten Versuchen Thorndikes wurden viele »Problemkäfige« konstruiert, die dem Versuchstier die Möglichkeit bieten, durch Herumprobieren ein »erfolgreiches Verhalten« zu finden, d. h. zu einer Bedürfnisbefriedigung zu gelangen. Als Standardmodell gilt die »Skinner-Box« (Abb. 81), in welcher das Tier durch Drücken einer Taste Futter oder Wasser erhält.

Das Gesetz des Effektes behauptet, daß Lernen und Behalten nicht nur auf Wiederholung gleicher Reize und gleicher Reaktionen beruht, sondern auch auf dem Erfolg eines Verhaltens, d. h. auf *Befriedigung von Trieben.* Von den bedingten Reflexen Pawlows unterscheidet sich das »Lernen durch Erfolg«, so behauptete Thorndike, grundsätzlich dadurch, daß die Verbindung zwischen Situation und Reaktion nicht durch die zeitliche »Kontiguität« (= »Berührung« durch das rasche Nacheinander) entsteht, sondern vor allem durch den Erfolg des Verhaltens, d. h. durch eine Trieb-Befriedigung. In der amerikanischen Lernpsychologie hat sich für diese Art von Lernen die Bezeichnung *»instrumentelle Konditionierung«* eingebürgert (= Konditionierung durch erfolgreiches Verhalten). Sie unterscheidet sich von der »klassischen Konditionierung« Pawlows dadurch, daß es dabei eine unkonditionierte Reaktion wie den Speichelfluß bei Futtergabe nicht gibt und daß nicht eine Organreaktion,

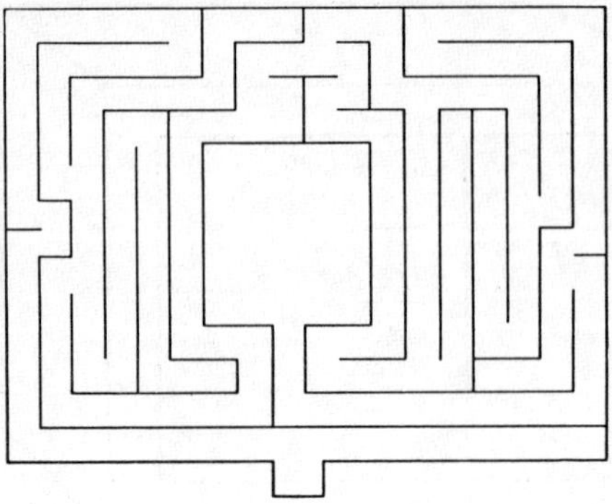

Abb. 82. Plan des Hampton-Court-Labyrinths.

sondern ein komplexes Verhalten erzeugt und eingeprägt wird. Manche Autoren sprechen richtiger von »instrumentellem« und »konditionellem« Lernen.

THORNDIKES Experimente und seine »Effekt-Theorie« waren der Anlaß zu zahllosen Tierversuchen, in denen außer »Erfolg« und »Mißerfolg« sehr bald die Begriffe »Belohnung« und »Bestrafung« eine Rolle spielten (die natürlich nur auf Grund eigener Erlebniserfahrungen eingeführt werden konnten). Als »Belohnung« gilt im Tierversuch Futter oder Befreiung aus einem Käfig, im Menschen-Versuch ein Lob oder auch nur das Urteil »richtig« bei einer bestimmten Reaktion, während das Urteil »falsch« als Bestrafung gewertet wird. Einfache Experimente THORNDIKES an Menschen — z. B. mit einer Liste von 200 spanischen Wörtern, bei der für jedes Wort aus fünf danebenstehenden englischen Wörtern die richtige Bedeutung erraten werden sollte — führten zu dem Eindruck, daß Belohnungen (das Urteil »richtig«) viel wirksamer zu einer Einprägung führten als Bestrafungen (das Urteil »falsch«).

Sehr viel benützt wurde zur Kontrolle des »Effekt-Gesetzes« auch die »Labyrinth-Methode«; das Versuchstier (meist eine Ratte) wird in ein aus Holz gebautes Irrweg-System gebracht, in welchem irgendwo Futter liegt. Es wird festgestellt, wie lange das Tier braucht, bis es den kürzesten Weg zum Futter gefunden hat und ihn beibehält, d. h. keine Umwege mehr macht. Das Vorbild für diese Versuchsanordnung ist das Garten-Labyrinth im Hampton-Court Palast in London (Abb. 82); der Amerikaner SMALL hat nach diesem Modell im Jahre 1901 das erste Versuchslabyrinth gebaut.

Der Erfolg einer Verhaltensweise bewirkt nicht nur die Einprägung der Situation, in der sie sich bewährt hat, sondern auch ihre Übertragung (»transfer«) auf ähnliche Situationen. Für diese Tatsache hat sich der Begriff »*Generalisation*« eingebürgert; er hat seinen Ursprung in der von PAWLOW zuerst festgestellten »Irradiation« oder »Erregungsausbreitung«. Wenn bei einem Hund ein bedingter Speichelreflex auf den Ton »c« erzeugt wurde, so fließt der Speichel auch, wenn die benachbarten Töne »d« oder »h« geboten werden, was PAWLOW aus einer Erregungsausbreitung in Gangliensysteme erklärte, die den ursprünglich mit dem Ton »c« erregten Systemen benachbart sind. Im Prinzip liegt eine »Ähnlichkeits-Assoziation« vor (die von KRIES schon 1898 durch »Generalisation« erklärt wurde). BLACKWELL und SCHLOSSBERG konnten zeigen, daß bei Ratten die Oktaven des Tones, mit dem der bedingte Reflex erzeugt wurde, wirksamer sind als die in ihrer Frequenz benachbarten Töne. Seither wird unter »Generalisation« im allgemeinen das Auftreten einer bedingten Reaktion in Situationen verstanden, die der Situation, in welcher die Reaktion entstand, irgendwie ähnlich sind. Es kommt dabei zu Überschneidungen mit einem anderen Begriff, den die amerikanische Lernpsychologie aus der europäischen Forschung übernommen und mit dem neuen Namen »*positiver Transfer*« bezeichnet hat. Es handelt sich dabei um die Übertragung eines Übungserfolges auf ähnliche Situationen. Die deutschen Psychologen EBERT und MEUMANN haben schon 1905 darauf hingewiesen, daß die Übung im Lernen von sinnlosen Silben, Gedichten, Zahlen usw. sich auf das Lernen anderer Inhalte günstig auswirkt. Diese Experimente wurden von verschiedenen Autoren mit besseren Methoden wiederholt, wobei sich zwar nur ziemlich geringe, aber immerhin statistisch gesicherte Übungsübertragungen ergaben; so verbesserte sich z. B. in den Versuchen von W. G. SLEIGHT durch das vorhergehende Lernen von Gedichten und Zahlentabellen das folgende Lernen von sinnlosen Silben (was an Kontrollgruppen geprüft wurde; W. G. SLEIGHT 1911). Zahlreiche Untersuchungen wurden über Übungsübertragung bei motorischen Leistungen durchgeführt; z. B. steigert Ballwerfen mit der linken Hand die Geschicklichkeit für dieses Spiel mit der rechten Hand und umgekehrt. Daß sich sogar die Übung in der Feststellung von Empfindungs-Schwellen von einer Körperstelle auf andere, meist symmetrische, überträgt, hat der deutsche Physiologe A. W. VOLKMANN im Zusammenhang mit WEBERS Untersuchungen bereits im Jahre 1858 beobachtet; wenn z. B. an einem Finger durch wiederholte Versuche eine Leistungserhöhung in der sogenannten Raumschwelle (es wird dabei die Distanz zweier Zirkelspitzen bestimmt, von welcher an gerade nicht mehr ein einziger, sondern zwei Berührungspunkte empfunden werden) erreicht wurde, so bestand dieser Übungserfolg auch an anderen Fingern, nicht aber z.B. an der Haut des Unterarms.

Besonders interessant sind die Resultate von Experimenten, bei denen ein positiver Transfer dadurch erreicht wurde, daß bestimmte sensomotorische Fertigkeiten nicht wirklich, sondern nur in der Vorstellung geübt wurden (»mentales Training« wird dieses Verfahren von E. Ulich genannt). Ulich und seine Mitarbeiter zeigten an 75 Schülern, »daß beim Lernen von Schreibmaschineschreiben durch mentales Training im Mittel 65% der Leistung erreicht werden konnten, die bei gleichdauernder täglicher Übung nach fünf Tagen erzielt wurde. Weitere Untersuchungen mit der Methode des Zielwurfes führten zu ganz ähnlichen Ergebnissen« (Ulich 1964). In einer Wiener Dissertation hat A. Ivath gefunden, daß schon kurzzeitiges Vorstellungs-Training bei einer visuellmotorischen Koordinationsaufgabe (mit Hilfe eines Hebels einen Lichtpunkt auf einem Fernsehschirm an die Kreuzungsstelle eines springenden Fadenkreuzes dirigieren) einen sehr beträchtlichen Übungsanstieg ergibt; bei einer Gruppe, die vor dem Fernsehschirm nur viermal je eine halbe Minute vorstellungsmäßig trainierte, war die Leistungszunahme so hoch, daß zum Übungsgewinn einer wirklich am Gerät trainierenden Gruppe kein signifikanter Unterschied bestand. Sonderbarerweise fehlte dieser Gewinn bei einer Gruppe, die beim Vorstellungstraining den Steuerhebel wirklich bedienen durfte (zur Verfolgung eines vorgestellten Lichtpunktes) (Ivath 1964).

Allgemein läßt sich die Übungsübertragung als fördernder Einfluß eines Lernprozesses auf spätere Lernprozesse ähnlicher Inhalte bestimmen. Die Amerikaner sprechen in diesen Fällen von *»positivem Transfer«*; unter *»negativem Transfer«* verstehen sie die verschiedenen oben beschriebenen Gedächtnishemmungen, also den störenden Einfluß eines Lernprozesses auf andere Lernvorgänge (s. S. 295 ff.).

Die amerikanischen Lerntheorien

Um Mißverständnisse zu vermeiden, muß betont werden, daß der Begriff »Lernen« in der amerikanischen Psychologie viel weiter gefaßt wird als im europäischen Sprachgebrauch; »Lernen« bedeutet in Amerika jede Art von Einprägung und Behalten, nicht nur die Aneignung von Wissen, Kenntnissen, Fertigkeiten. Am deutlichsten läßt sich dieser Unterschied am Begriff des *»inzidentellen Lernens«* illustrieren: in Amerika versteht man darunter die Einprägung von Inhalten, die man gar nicht einprägen will — zufälliges Einprägen (z. B. der Gegenstände, die man in die Hand bekommt, wenn man die Brille oder den Autoschlüssel sucht, also Fälle, in denen man in Europa nicht von »Lernen« spricht). Das inzidentelle Lernen ist Einprägen und Behalten ohne Absicht (in Amerika, wo der Begriff »Absicht« nicht in Definitionen aufgenommen werden darf, weil man von Absichten nur aus der Selbstbeobachtung weiß, wird definiert »inzidentelles Lernen ist Lernen ohne Instruktion«).

Die absichtliche Einprägung heißt »*intentionales Lernen*« (z. B. das Auswendiglernen von Vokabeln einer fremden Sprache). Es scheint, daß die weite Bedeutung »Lernen« auf uns überzugehen beginnt — so z. B. wenn man sagt, »er hat nie gelernt, Enttäuschungen zu überwinden, er muß noch lernen, daß Geld allein nicht glücklich macht« usw. Während in der europäischen Psychologie der Lern-Erfolg in erster Linie an der Reproduzierbarkeit von verbal formuliertem Wissen festgestellt wurde, gilt in Amerika das Auftreten bestimmter Reaktionen als Kriterium des Lernens, das rein »operationalistisch« definiert wird; so z. B. von E. R. Hilgard mit der Formulierung: »Veränderungen in der Wahrscheinlichkeit, mit der Verhaltensweisen in bestimmten Situationen auftreten, bezeichnet man als Lernen, sofern diese nicht durch Verletzung eines Organismus oder spontan auf frühere Begegnungen mit dieser oder ähnlichen Reizsituationen zurückgehen« (zit. n. P. Hofstätter 1957). Nicht weniger weit, aber mehr dem Geiste der europäischen Psychologie entsprechend ist die Definition, die ich für den Begriff »Gedächtnis« und damit auch für das Lernen jeder Art vorgeschlagen habe: eine Gedächtnisleistung ist jede Wirkung vergangener, inzwischen nicht bewußter Vorgänge auf gegenwärtiges Erleben oder Verhalten.

Einen Versuch, die zahlreichen Versuchsresultate über Verhaltens-Lernen mit anderen Ergebnissen der Gedächtnisforschung in einer systematischen Theorie des Lernens zu vereinen, hat Clark L. Hull unternommen. Er übernahm von Thorndike die Hypothese eines engen Zusammenhanges zwischen Einprägung und Trieb-Befriedigung, wobei er eine Präzisierung zu erreichen hoffte, indem er statt von Trieb-Befriedigung von »Bedürfnis-Reduktion« sprach; ein durch einen Trieb entstandenes Bedürfnis wird durch die Befriedigung schwächer, bei voller Befriedigung hört es überhaupt auf. Hull wollte auf diese Weise wenigstens theoretisch eine quantitative Behandlung des Lernproblems erreichen und seine Auffassung in mathematischen Formulierungen darstellen. Zu diesem Zweck führte er einige neue Begriffe ein, die sich am besten an einem Experiment von Miller und Dollard illustrieren lassen: einem sechsjährigen Mädchen, das gerne Bonbons ißt, wird mitgeteilt, daß hinter einem Buch in einem vollen Schrank gleich aussehender Bücher Bonbons versteckt sind, die es essen darf. Das Kind fand beim ersten Versuch die Bonbons, nachdem es 37 Bücher herausgenommen hatte (210 Sekunden). Beim zweiten Versuch gelang dies bereits nach dem Herausnehmen von 12 Büchern (87 Sekunden), im dritten Versuch war schon das zweite Buch das richtige (11 Sekunden). Nach einigen weiteren Versuchen, bei denen eine vorübergehende Verschlechterung eintrat, ging das Kind direkt zum richtigen Buch. Die Bonbons waren immer hinter demselben Buch versteckt.

An diesem Beispiel lassen sich die vier Hauptbegriffe Hulls demonstrieren. Es war ein Trieb (drive) vorhanden (nämlich nach den Bonbons), ferner ein Hinweis (cue) auf die Möglichkeiten (»hinter einem der Bücher«), dann kam es zu einer Reihe von Reaktionen (responses), nämlich dem Herausnehmen der Bücher, worauf der Erfolg eintrat, der als »Belohnung« (reward) aufgefaßt wurde (das Finden der Bonbons). Durch die Wiederholung in mehreren Versuchen hatte sich ein »*habit*« ausgebildet (ein Wort, das sich nicht vollkommen sinngemäß übersetzen läßt — vielleicht ist der Ausdruck »Verhaltensprägung« noch am besten). Man sieht schon aus diesem Begriffssystem, daß dabei die Forderungen des strengen Behaviorismus nicht mehr erfüllt sind; der Begriff »Trieb«, auch wenn man ihn rein physiologisch als »inneren Reiz« definiert, ist kein Verhaltensbegriff. Triebe sind psychische Vorgänge, von denen man nur aus dem eigenen Erleben Kenntnis haben kann. Der Standpunkt des Behaviorismus wird aber auch in der Erklärung verlassen, die Hull für das »Gesetz des Effektes« gibt: die Belohnung (im obigen Beispiel das Essen der Bonbons) vermindert die Triebstärke; und diese »Trieb-Reduktion« ist das Wesentliche an der »Belohnung«. Weder Triebstärke noch Trieb-Reduktion sind objektiv beobachtbar. Die durch den Erfolg des Verhaltens eintretende Bedürfnis-Reduktion verursacht nach Hull »automatisch« die Einprägung desselben, das Entstehen des »habit«. Darüber hat Hull 16 Postulate aufgestellt, von denen die ersten zwei die nerven- und muskelphysiologischen Grundlagen behandeln; das dritte behauptet, daß die Organismen von Geburt an eine Hierarchie von bedürfnisbefriedigenden Reaktionen besitzen, die durch Reiz und Bedürfnis ausgelöst werden.

Am wichtigsten ist das vierte Postulat, weil es den Kern der Hullschen Lerntheorie enthält. Es verbindet längst bekannte Tatsachen mit der Erfolgs-Theorie. Im wesentlichen behauptet dieses Postulat: die Stärke einer Einprägung wächst, wenn sich die Abläufe »Situations-Reaktion« in enger zeitlicher Nachbarschaft wiederholen, vorausgesetzt, daß sie mit einer Trieb-Reduktion und daher mit einer Verhaltenseinprägung verbunden sind (also mit einem Erfolg). Dieses Postulat wird durch Ergänzungen präzisiert, die zum Teil experimentell fundiert sind. Die Habit-Stärke ist vor allem abhängig von der Anzahl der erfolgten Einprägungen; sie steigt mit der Anzahl der Wiederholungen desselben erfolgreichen Verhaltens zuerst rasch und dann langsam an (in einer Kurve, die der von deutschen Psychologen bereits um 1900 aufgestellten Übungskurve entspricht); sie ist ferner abhängig von der Größe der Trieb-Reduktion (z. B. von der Menge oder Qualität des gefundenen Futters) und von der Zeit, die zwischen der Reaktion und dem Erfolg liegt; wurden hungrige Ratten, die im Labyrinth den kürzesten Weg zum

Futter gelernt hatten, gezwungen, auf ihrem Weg in einem Warteraum zu warten, so sank die Einprägung mit der Wartezeit. Die Stärke eines »habit« ist maximal, wenn die angeführten bestimmenden Faktoren am günstigsten sind: also bei oftmaliger Wiederholung des erfolgreichen Verhaltens, großer Trieb-Reduktion und kurzer Zeit zwischen Reaktion und Erfolg. HULL hat zur Messung der Habit-Stärke die Einheit »*hab*« vorgeschlagen (1 hab ist $^1/_{100}$ der unter günstigen Bedingungen erreichbaren Habit-Stärke). Diese Einheit hat lediglich theoretischen Wert, weil sie nicht meßbar ist.

Auf die übrigen Postulate HULLS kann hier nicht eingegangen werden; sie behandeln das Zustandekommen eines Handlungsablaufes unter dem Einfluß der Verhaltensprägung und der hemmenden Faktoren, die alle in Maßeinheiten ausgedrückt werden, wobei die Triebstärke eine große Rolle spielt (Maßeinheit: maximale Triebstärke ist 100 »motes«). Es wird ausdrücklich betont, daß die Triebe in diesem System einen nicht beobachtbaren hypothetischen Faktor darstellen, der aus meßbaren Daten (z. B. den Stunden, die ein Tier gehungert hat) erschlossen wird. Anders formuliert: die Triebe werden als etwas betrachtet, was im Organismus entsteht und das Tier zu einem bestimmten Verhalten veranlaßt. Da solche angenommenen Triebe im System HULLS den entscheidenden Faktor bilden — ohne sie kommt es überhaupt zu keinem Verhalten und die Einprägung erfolgt nur durch die Reduktion der Triebstärke —, ist seine Lehre nicht mehr als »behavioristisch« zu bezeichnen (obwohl er sie selbst so nennt). Seine wichtigsten Begriffe sind der Erlebnispsychologie entnommen; und wenn die damit bezeichneten Faktoren in seinem System nur hypothetisch sind, so besteht der Unterschied zur Erlebnispsychologie doch nur mehr darin, daß sie in dieser als gesicherte, aus dem eigenen Erleben jederzeit feststellbare Tatsachen gelten.

HULL hat seine Theorie außerordentlich sauber und konsequent durchgeführt; es gelang ihm, sie mathematisch zu formulieren, wobei die dabei verwendeten Zahlen natürlich nur für Tiere zutreffen, die gleich alt, gleich intelligent und unter gleichen Umständen aufgewachsen sind wie diejenigen, mit denen HULL experimentierte (ein »hab« ist nicht für jedes Tier gleich groß). Praktische Bedeutung haben solche Maßeinheiten nicht.

In sehr glücklicher Weise werden die Einseitigkeiten des strengen Behaviorismus in der Lerntheorie von EDWARD C. TOLMAN überwunden; er bricht mit der Forderung, das Verhalten in Muskelbewegungen, Drüsensekretionen und Nervenprozesse aufzulösen, indem er Reflexe, Reflexketten und sogar die starr gewordenen Instinkthandlungen aus dem Arbeitsgebiet der Psychologie ausschließt. Alle diese Vorgänge

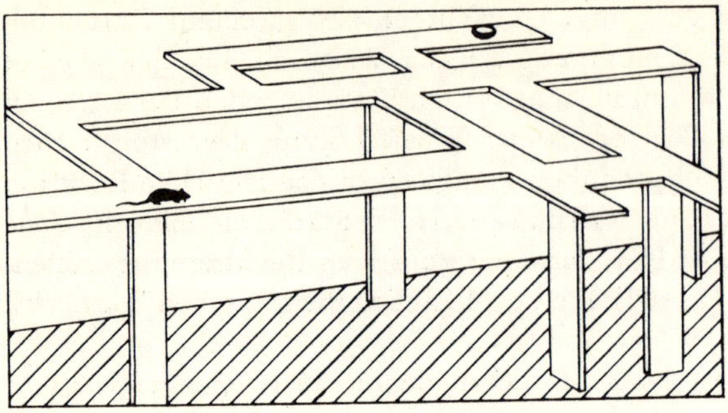

Abb. 83.
Latten-Labyrinth.

spielen nur eine vermittelnde Rolle — das Entscheidende am menschlichen und tierischen Verhalten ist, daß es ein Ziel hat, dessen Erreichung durch verschiedene »Variable« gesteuert wird. Diese Variablen sind Faktoren, die aus der Erlebnis-Psychologie längst bekannt sind und von ihr vielfach untersucht wurden: Absicht (purpose), Erkenntnis (cognition), Erwartung (expectation) und viele andere (TOLMAN 1932). Aber TOLMAN ist — und hierin liegt die Grundlage dafür, daß er sich als Behaviorist bezeichnet — Gegner der Selbstbeobachtung und damit der erlebnispsychologischen Begriffsbildung. Er behauptet, daß sich die oben angeführten Begriffe rein verhaltenspsychologisch bestimmen ließen; z. B. sei »Erwartung« dasjenige, was sich in Verwirrung äußert, wenn eine Ratte in einem Labyrinth, in welchem sie bisher immer Futter fand, einmal kein Futter findet; und die »Verwirrung« erkennt man z. B. am Herumsuchen oder plötzlichen Weglaufen. Die Verwendung dieser Begriffe ohne erlebnispsychologische Grundlage hat zu Diskussionen geführt, in denen TOLMAN seinen Standpunkt — so scheint es mir — nicht mit Erfolg vertreten konnte.

Seine Lerntheorie nähert sich sehr weitgehend den Auffassungen europäischer Tierpsychologen. Kurz formuliert, behauptet TOLMAN, das Verhalten der Ratte im Labyrinth sei nicht von blinden (unbedingten oder bedingten) Reflexen gesteuert, sondern von einem Ziel (aus dem Käfig herauszukommen, Futter zu finden usw.). Bei dem Verhalten, das zur Erreichung dieses Zieles führen soll, lassen sich die Lebewesen von der Erkenntnis der Bedeutung leiten, welche die jeweils vorhandenen Reize für die Zielfindung besitzen: diese Reize haben eine »Zeichenbedeutung«, z. B. als Hindernis oder als Mittel zum Zweck. Das Verhalten ist daher nicht nur zielgerichtet (purposive), sondern auch erkennend (cognitive); und es ist überdies »belehrbar« (docile): wenn das bisher gelernte erfolgreiche Handeln nicht mehr zum Erfolg führt, so wird ein neues gelernt. Es ist so, als ob dem Verhalten eine »Hypothese« über die gegebenen Möglichkeiten zugrunde läge — eine Ausdrucks-

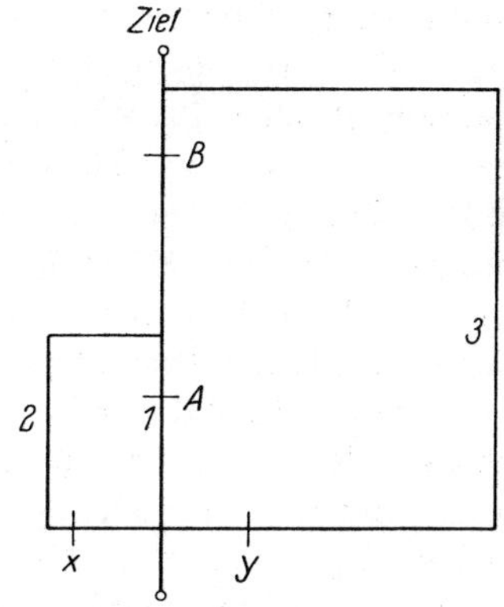

Abb. 84.

weise, die von Tolmans Schüler Krechevsky stammt (Krechevsky 1932).

Alle diese Behauptungen wurden experimentell kontrolliert. Daß die Ratten »Raumeinsicht« besitzen, zeigten Tolman und Honzik an einem Labyrinth nach Abb. 83, das aus erhöht angebrachten Latten gebaut war, so daß das Tier beim Laufen auf diesen Latten die ganze Anordnung überblicken konnte. Bei A, X und Y (Abb. 84) sind Türen angebracht; in der Übungszeit war von diesen Türen abwechselnd immer nur eine geöffnet, so daß die Ratten die Wege 1, 2 und 3 kennenlernten. Sie wählten je nach der Situation den kürzesten Weg 1, wenn dieser versperrt war, den Weg 2, und nur wenn 1 und 2 gesperrt waren, den längsten Weg 3. Wurde nun einmal bei B abgesperrt, so eilten die Ratten auf dem Weg 1 hin und versuchten nach der Rückkehr zum Ausgangspunkt gar nicht den Weg 2, sondern gleich den einzig erfolgreichen Weg 3. Sie hatten also Einsicht in die Situation (daß nämlich 1 und 2 eine gemeinsame Endstrecke zu B haben).

Natürlich ist diese »Einsicht« begrenzt; und zwar, wie der ungarische Psychologe Ludwig Kardos im Anschluß an amerikanische Labyrinthversuche zeigte, dadurch, daß die Ratten mit einem bestimmten Gedächtnisinhalt — z. B. einem Ort oder einer Bewegungsweise — nur einen einzigen zweiten Inhalt verbinden können, nicht aber wechselnde Inhalte. Hungernde und dürstende Ratten lernten in den Versuchen von Kardos sehr leicht (in durchschnittlich 20 Versuchen) zwischen zwei verschiedenen Gängen immer den rechten zu wählen, der zu Futter führte, wenn sie Hunger hatten, und immer den linken, der zu Wasser führte, wenn sie durstig waren. Wurden die Gänge aber so angelegt, daß sie einen gemeinsamen Eingang hatten und zum gleichen Endstück führten, an welches Futter gelegt wurde, wenn die Ratten den rechten, und Wasser, wenn sie den linken Weg gewählt hatten, so waren auch nach 200 Versuchen noch nicht alle Wahlen richtig, sondern nur 80%. Daß am gleichen Platz bald Futter, bald Wasser war, je nachdem, ob man von rechts oder von links zu diesem Platz kam, erschwerte das Lernen außerordentlich — ein sehr interessanter Befund, der sich verschieden interpretieren läßt. KARDOS schließt daraus, daß das Tier aufeinanderfolgende Verhaltensweisen (z. B. einen bestimmten Weg zum Futter laufen) nur dann leicht lernen kann, wenn die einzelnen Verhaltenselemente *örtlich* stabil verteilt sind; Verhaltensreihen, die am gleichen Ort in wechselnder Folge auszuführen sind, lernt es nach KARDOS nur in sehr beschränktem Maße. Die »Ortseindrücke« scheinen somit von größter Bedeutung für das Lernen einer Handlungsfolge zu sein.

Diese Annahme steht in guter Übereinstimmung mit Ergebnissen TOLMANS, die ihn zum Begriff des »*latenten Lernens*« führten. Mit diesem Ausdruck ist ein Lernen gemeint, das rein aus den aufgenommenen Sinneseindrücken — vielleicht aus einem »Explorations-Drang« — entsteht, ohne daß dabei eine Trieb-Befriedigung stattfindet (also »Lernen ohne Trieb-Reduktion«). Nicht-hungrige Ratten, die am Ende eines Labyrinths kein Futter finden, lernen den kürzesten Weg sehr langsam; gibt man dann an das Ende des Labyrinths Futter, so steigt die Lerngeschwindigkeit sehr stark an, wobei offenbar das vorher stattgefundene »latente« Lernen der Labyrinth-Wege eine beträchtliche Erleichterung bedeutet. ELLIOT ließ drei Gruppen von Ratten — eine Gruppe, die vorher dursten, eine zweite, die vorher hungern, und eine dritte, die dursten und hungern mußte — durch dasselbe Labyrinth laufen, wobei aber allen drei Gruppen in den ersten neun Tagen am Ende des Labyrinths nur Futter geboten wurde, dann nur Wasser. Die Fehlerkurve entsprach dem Befriedigungswert des »Zieles«: zuerst war die Fehlerzahl bei den hungrigen Ratten klein und bei den durstigen größer, dann (nachdem nur Wasser geboten wurde) bei den durstigen klein und bei den hungrigen größer, während sie bei der hungrigen und durstigen Gruppe ungefähr gleichblieb. Damit ist gezeigt, daß die Belohnung nur in ihrer Beziehung zu den jeweils bestehenden Trieben die Lernleistung beeinflußt (ELLIOT 1928). Diese und andere Versuche haben TOLMAN veranlaßt, das Gesetz des Effektes von THORNDIKE neu zu interpretieren: nicht der Erfolg als solcher steigert die Lernleistung, sondern seine Wirkung als »Akzentuierer« (emphasizer); die auf den Labyrinthwegen auftretenden Reize erhalten dadurch, daß sie auf dem Weg zum Futter liegen oder nicht, einen »Akzent«, der dazu führen kann, daß sogar Hindernisse oder »Bestrafungen« (elektrische Schläge), die auf dem erfolgreichen Weg auftreten, als »erfolgsbetonte Hinweise« wirken und nicht vermieden werden. Kurz formuliert, behauptet TOLMANS Theorie, daß unter dem Einfluß eines Triebes die einzelnen Wahrnehmungsinhalte, die auf dem Weg zur Trieb-Befriedigung auftreten, eine bestimmte Bedeutung erhalten und dadurch »Erwartungen« hervorrufen; so bekommt der Glockenton während der Konditionierung die Bedeutung, daß nun Futter folgt — er wird ein »Zeichen« für Futter und erzeugt dadurch die Futter-Erwartung (»activated expectation«, TOLMAN 1955). Im Prinzip ist mit dieser Auffassung, die viel früher aufgestellte »Signal-Theorie« PAWLOWS übernommen, nach welcher der konditionelle Reiz (der Glockenton) den bevorstehenden unkonditionierten Reiz (das Futter) »signalisiert«. Vom Standpunkt der Erlebnispsychologie läßt sich diese Theorie noch präzisieren: wird ein biologischer Reiz, der eine Triebregung weckt (Futter), gleichzeitig mit einem neutralen Reiz geboten (Glockenton), so erzeugt nach oftmaliger Wiederholung auch der neutrale Reiz die Vorstellung des Futters und den Trieb zum Fressen, die ihrerseits die natürlichen Organreaktionen (Speichelfluß) zur Folge haben. Die konditionierte Reaktion besteht nicht in der Verbindung von Glockenton mit Speichelfluß, sondern in der Assoziation zwischen Glockenton und Futtervorstellung, die ihrerseits den Freßtrieb aktiviert, woraus sich als natürliche Folge der Speichelfluß ergibt.

TOLMAN hat sich mit seiner Theorie sehr weit von den Forderungen des Behaviorismus entfernt; zweifellos ist gerade darin der Grund für den großen Erklärungswert seiner Lehre zu finden. Die Forderung, nur objektive, »von außen her« verifizierbare Tatsachen gelten zu lassen, ist in seiner Theorie nicht mehr erfüllt; schon THORNDIKE ist von dieser Linie abgewichen. Die Grenze zur Erlebnis-Psychologie wurde überschritten, indem man Faktoren einführte, die der Mensch nur aus seinem eigenen Erleben kennen kann. Hätte THORNDIKE nicht aus eigener »innerer« Erfahrung gewußt, daß als »Erfolg« einzig und allein eine Trieb-Befriedigung erlebt wird, so hätte er sein Gesetz des Effektes nie aufstellen können; ebenso konnte HULL nur aus eigenem Erleben wissen, daß die Trieb-Befriedigung zu einer Reduktion der Triebstärke führt, und TOLMAN hätte nie von »Absicht« und »Erwartung« sprechen können, wenn er diese Tatsachen nicht aus seiner subjektiven Erfahrung gekannt hätte. Die amerikanische Lerntheorie ist daher längst nicht mehr »objektiv«. Es wäre an der Zeit, das Versagen des Behaviorismus in der Theorienbildung auch in Amerika endlich zuzugeben und sich zur Zusammenarbeit von »objektiver« und »subjektiver« Psychologie zu bekennen, aus der allein eine umfassende »allgemeine« Psychologie sich entwickeln kann. In der amerikanischen Lerntheorie war nichts so fruchtbar wie die Herstellung eines Zusammenhanges zwischen Gedächtnis und Triebleben; in dieser Wendung zum Dynamischen liegt der echte und große Fortschritt gegenüber der klassischen Gedächtnisforschung der Europäer und der Reflexologie der Russen. Zwar war den europäischen Begründern der experimentellen Gedächtnis-Psychologie wohl bekannt, daß das »Interesse« und der Wille zum Lernen für das Behalten von größter Bedeutung sind, aber diesen dynamischen Faktoren wurde nie die entscheidende Rolle zugewiesen, die ihnen tatsächlich zukommt.

Vollkommen vernachlässigt ist in der amerikanischen Lernforschung diejenige Art des Lernens, die in Europa in der Psychologie und Pädagogik am höchsten geschätzt wird: das *einsichtige* Lernen. Jeder gute Lehrer ist bemüht, den Schülern nicht nur einen Stoff durch Wiederholung einzudrillen, sondern ihn dadurch einprägsam zu machen, daß den Schülern die Sinnbeziehungen innerhalb des Lerninhaltes verständlich werden. Hier liegt gegenüber »zeitlicher Nachbarschaft«, »bedingter Reaktion«, »erfolgreichem Verhalten« etwas ganz Neues vor: das *Lernen durch Verstehen der Sinnzusammenhänge*. Diese Art des Lernens soll das Ziel jeder Schule sein; erwünscht ist nicht das Herunterleiern auswendig gelernter Inhalte, sondern das Erfassen der Beziehungen zwischen den einzelnen Komponenten des Lernstoffes.

Die Phantasie

Versuchen wir, uns an das zu erinnern, was wir vor einer Stunde getan haben, so bereitet es uns keine Schwierigkeiten, das Wesentliche davon in das Bewußtsein zu rufen. Werden wir aber gedrängt, genaue Einzelheiten anzugeben — z. B. über den Inhalt eines Gespräches, das wir vor einer Stunde führten —, so läßt sich leicht feststellen, daß wir kleine Lücken unserer Erinnerung ausfüllen, Eindrücke statt Tatsachen wiedergeben, manches hinzufügen, manches weglassen. Diese Umformungen sind den Psychologen schon früh aufgefallen; Wundt hat betont, daß es eine unveränderte Erneuerung früherer Vorstellungen überhaupt nicht gebe, und Selz erklärte, daß jede Reproduktion »schon eine Metamorphose des ursprünglich Gegebenen« darstellt (Wundt, Grundriß, S. 269; Selz 1913). Auch experimentelle Untersuchungen darüber liegen in großer Zahl vor; das Alter spielt dabei eine Rolle, der Persönlichkeitstypus, ja sogar die nationalen Eigenarten: der Engländer F. C. Bartlett fand, daß ein Text von 200 Worten nach 15 Minuten Pause von Engländern stark vereinfacht und gekürzt wiedergegeben wurde, von Indern hingegen erweitert und ausgeschmückt (Bartlett 1932).

Die Vorstellungen, die frühere Erlebnisse zum Inhalt haben, entstehen aus dem Gedächtnis; die Vorstellungen, die nicht Reproduktionen früherer Erlebnisse darstellen, entspringen der *Phantasie*. Die Phantasie ist dasjenige, was die Erinnerungsvorstellungen umgestaltet, zu neuen Kombinationen zusammenfaßt und dadurch Vorstellungsverbindungen entstehen läßt, die nie als Wirklichkeit erlebt wurden. Man könnte trotzdem meinen, daß ein grundsätzlicher Unterschied zwischen Erinnerungs- und Phantasievorstellungen gar nicht bestehe; denn auch in den »phantastischsten« Phantasien sind immer noch vielerlei Erinnerungen nachweisbar. KAINZ hat das Dilemma terminologisch sauber gelöst, indem er Gedächtnis im engeren Sinn die bewahrende Funktion nennt, »die zur möglichst getreuen Wiedergabe einmal gehabter Vorstellungen tendiert«, während Phantasie die ihr entgegenwirkende Funktion ist, »die auf Veränderung und Neubildung gerichtet ist«. Das ist eine treffende Charakterisierung, die übersichtliche Verhältnisse schafft (KAINZ 1925). Daß sowohl Erinnerungs- wie Phantasievorstellungen trotz des »Neuen«, das in den letzteren enthalten ist, Gedächtniserscheinungen darstellen, steht außer Zweifel; auch die produktivste Phantasie und selbst ihre krankhaften Übersteigerungen beziehen ihr gesamtes Material aus dem, was im Gedächtnis durch das bisherige Erleben niedergelegt wurde. Die englische Philosophie und Psychologie von HOBBES bis JAMES hat sich mit dieser Frage beschäftigt und sie eindeutig beantwortet — einer der Gründe dafür, daß diese Forscher als die »großen Empiristen« in die Geschichte eingegangen sind. Es besteht daher kein Anlaß, die Phantasie als eigene Funktion in die Einteilung der psychischen Phänomene aufzunehmen: *Phantasievorstellungen sind Gedächtniserscheinungen, in denen das aus der Erfahrung stammende Material zu Kombinationen zusammengefaßt wird, die selbst nicht aus der Erfahrung stammen.* Hierin liegt das »Neue«; und es ist neu im vollen Sinne des Wortes — genauso neu wie ein Bauwerk, das man aus den Ziegeln, Hölzern und sonstigen Bestandteilen eines alten Hauses errichtet.

Nicht irreführen darf man sich durch den Sprachgebrauch lassen, der die Phantasie als eine Art von eigener Kraft hinstellt, als ein besonderes Vermögen des Psychischen. In Wahrheit bezeichnet das Wort »Phantasie« nur die Tatsache, daß sich die Erinnerungsvorstellungen zu neuen Gebilden zusammenschließen können — in der Jugend mehr als im Alter und beim Künstler geordneter als bei einem »Phantasten«. »Phantasie« ist keine eigene Quelle von Vorstellungen, sondern der Vorgang ihrer Verbindung. Die oben gebrauchte Ausdrucksweise »Vorstellungen, die nicht Reproduktionen früherer Wahrnehmungen darstellen, entspringen der Phantasie«, ist in diesem Sinne ungenau; korrekt ausgedrückt muß man sagen: mit Phantasie bezeichnet man die Tatsache, daß sich Erinnerungsvorstellungen zu Vorstellungskomplexen verbinden können, die in der bisherigen Erfahrung niemals vorkamen.

Auf die zahlreichen Untersuchungen über die Phantasie im Kindes- und Jugendalter und beim künstlerischen Schaffensprozeß ist hier nicht einzugehen. Es ist bekannt, daß im kindlichen Spiel Phantasievorstellungen eine große Rolle spielen, daß man im Zweifel ist, ob ihre Inhalte nicht manchmal von den Kindern für Wirklichkeit gehalten werden. Zu erwähnen ist aber eine Erscheinung, die man auch bei Erwachsenen sehr häufig beobachten kann: Berichte über aufregende oder ungewöhnliche Ereignisse werden sehr häufig übertrieben, sie werden schrecklicher und furchtbarer geschildert als sie waren, wobei der Erzählende an der Richtigkeit seiner Schilderungen nicht im geringsten zweifelt. Ein Kaminbrand wird zu einem riesigen Feuer mit haushohen Flammen, ein Hagelschauer hat die Äcker mit nußgroßen Hagelkörnern zerstört, ein Verunglückter war von oben bis unten voll Blut — die Phantasie schmückt die Erinnerung in der Richtung des Schrecklichen aus, vergrößert das Unheil und läßt Gefahrensituationen noch viel gefährlicher erscheinen als sie waren. Für diese Tatsache hat sich der Name »*Steigerungsphänomen*« eingebürgert; wie STERZINGER, KAINZ u. a. gezeigt haben, spielen solche Steigerungen in der künstlerischen Produktion eine große Rolle (STERZINGER 1938, KAINZ l. c.). Im Alltagsleben entstehen Übertreibungen oft durch den Trieb, sich interessant zu machen, die anderen Menschen dadurch zu übertreffen, daß man größere Gefahren bestanden und ungewöhnlichere Erlebnisse mitgemacht hat als sie; ferner natürlich durch Gefühle und Affekte — der Neidische oder Eifersüchtige übertreibt meist die Bevorzugung des anderen.

Die Träume

Am interessantesten und geheimnisvollsten erschien den Menschen seit jeher das Spiel der Phantasievorstellungen im *Traum*. Was ein Traum ist, weiß jeder; man kann sich eine Definition daher sparen — zumal man keine wirklich zutreffende findet. Auch diejenige des dänischen Traumforschers MOURLY VOLD, Träume seien alle Bewußtseinsvorgänge, die sich im Schlafe abspielen, gibt nur *ein* Merkmal an, nämlich den Zustand, in welchem man träumt (VOLD 1912). Der Psychiater ALFRED HOCHE hat in mehr als 20 Jahren gegen tausend seiner Träume aufgeschrieben und untersucht; in der Darstellung seiner Ergebnisse verwertet er außerdem die Resultate einer Rundfrage an etwa 100 Universitätslehrer. Zwar nicht so zahlreiche, aber ebenfalls sehr genaue Beobachtungen an eigenen Träumen hat ein zweiter Psychiater, K. LEONHARD, angestellt. Faßt man die wichtigsten Ergebnisse beider Forscher zusammen, so ergibt sich vor allem, daß weitaus die meisten Träume aus bildhaften Vorstellungen bestehen; dann folgen — in weitem Abstand — »Empfindungsvorstellungen« der Tastsphäre und des Körpergefühls (z. B. freies Fliegen oder Schweben), darauf Gehörsvorstellungen und dann die besonders seltenen Geruchs- und Geschmacksvorstellungen (HOCHE 1927, LEONHARD 1939). In Träumen von Blindgeborenen fehlen visuelle Inhalte vollkommen — ein klarer Beweis dafür, daß alle Trauminhalte aus der Erfahrung stammen (RAMSEY 1953).

Über die Ursache des Träumens und den Ursprung der Trauminhalte sind ebenfalls einige Tatsachen festgestellt. Nicht die häufigste, aber die am verläßlichsten beobachtbare Ursache des Träumens sind Sinnesreize, die im Traum umgedeutet und dadurch in seinen Inhalt eingegliedert werden; man träumt von einem Wasserfall und hört sein Rauschen — im Aufwachen bemerkt man, daß ein Zug am Fenster vorbeifährt und ähnliche Geräusche verursacht (Beispiel von LEONHARD). Das Rasseln des Weckers, Druck auf bestimmte Körperstellen beim Liegen, besondere Organzustände, ein überfüllter Magen usw. können als »Traumreize« wirksam werden. VOLD hat experimentell durch Beeinflussung der Schlaflage und durch Einbinden der Arme oder Beine eine Häufung von motorischen und kinästhetischen Träumen erzielt; so führte die Bandagierung eines Fußes zu Träumen von Schwimmen, Schweben oder Skifahren.

HOCHE hat für die Wirkung der Sinnesreize auf das Traumerleben ein »Gesetz der Multiplikation« aufgestellt: geringfügige Reize werden zu eindrucksvollen, oft affektiv betonten Trauminhalten verarbeitet. Der eigene, in bestimmter Körperlage spürbare Pulsschlag wird zu ausspritzendem Blut, eine Falte des Leintuches auf den Beinen zu einer Straßenbahn, die darüberfährt, der Druck des Hemdkragens zum Strick des Galgens.

Daß viele sexuelle Träume durch Reizwirkungen aus den Geschlechtsorganen zustande kommen, bedarf keines Beweises; sie sind in der Pubertät besonders häufig, wobei das sexuelle Moment im Trauminhalt eindeutig in Erscheinung tritt (also nicht, wie FREUD in seiner Traumlehre behauptet hat, in harmlosen Maskierungen und Verkleidungen). Auf die Traumdeutungen der Psychoanalyse ist hier nicht einzugehen, weil bisher keinerlei Beweise für ihre Richtigkeit erbracht wurden.

Eine zweite häufige Ursache von Träumen sind affektbetonte Erlebnisse, wobei unangenehme und peinliche Inhalte stark überwiegen (Examenstraum). GOTTLOB SCHMID sieht im »emotionalen Gedächtnis« die Grundtatsache des Traumerlebens; an zahlreichen Beispielen zeigt er, »daß der Traum nur hinsichtlich seiner Gefühlsseite (Affektfolge) mit dem Ur-Erlebnis übereinstimmt, daß aber seine Vorstellungsseite eine starke Verschleierung erfährt« (SCHMID 1946). Ob diese Behauptung für alle Affektträume zutrifft, müßte noch untersucht werden. Daß im Traume sehr starke Affekte entstehen können, steht außer Zweifel (nicht nur Angst, die vielleicht am häufigsten auftritt, sondern auch Trauer, Wehmut, Sorge); nicht selten kommt es im Traume zum Weinen mit heftigem Schluchzen und Tränenfluß.

Eine äußerst wichtige, große Gruppe von traumbestimmenden Ursachen sind die »Tagesreste«; und zwar sowohl solche aus dem klarbewußten Tageserleben wie solche aus dem »Unbemerkten«. Von den tausendfältigen Reizen, die während des Tages auf uns einwirken, erzeugt nur ein kleiner Teil bewußte Wahrnehmungen. Wir warten z. B. an einer belebten Straße auf den Autobus. Viele Menschen gehen vorüber, die Reize, die von ihnen auf unsere Netzhäute fallen, erzeugen Erregungen, die in die Sehzentren des Gehirns fließen — aber keineswegs aus allen diesen Erregungen entstehen bewußte Wahrnehmungen. Vielleicht ist unter den Vorbeigehenden ein Bekannter, dessen Abbild wie dasjenige aller anderen über unsere Netzhäute gleitet und von dort Erregungen in die Sehregionen fließen läßt; wir nehmen ihn nicht wahr, wir wissen nicht, daß wir ihn »gesehen« haben, aber im Traum »erscheint« er uns. So kann ein unbemerkter Eindruck zum Inhalt eines Traumes werden. Der Wiener Psychiater Otto Pötzl hat solche Nachwirkungen schon im Jahre 1917 untersucht; von kurzzeitig dargebotenen Bildinhalten wurde gerade dasjenige, was von ihnen nicht in der bewußten Erinnerung geblieben war, zum Inhalt von Träumen — also das »Unbemerkte« (Pötzl 1917). Allerdings haben neue amerikanische Untersuchungen mit genaueren Methoden die Ergebnisse Pötzls nicht bestätigt; es zeigten sich keine signifikanten Unterschiede in den Trauminhalten (einschließlich Tagträume) zwischen einer Gruppe, die vorher tachistoskopisch zwei Bilder geboten bekam, und einer zweiten Gruppe ohne Bilddarbietung. Die Darbietungszeit war allerdings mit 0,02 Sekunden so kurz, daß nur eine »unbewußte Aufnahme« möglich gewesen wäre, während Pötzl an bewußte, aber nicht bemerkte Bilderfassung dachte (Shevrin u. Luborsky 1958, Johnson u. Eriksen 1961).

Das Auffälligste an den Träumen sind die Beziehungen zwischen den geträumten Inhalten und Ereignissen. Die vom wachen Erleben her gewohnte Ordnung ist aufgehoben; was zusammengehört, wird auseinandergerissen, erscheint in Teilen und Einzelkomponenten, und zwischen diesen »Stücken« werden ganz neue, oft unsinnige Verbindungen hergestellt. Dies gilt besonders auch, wie Hoche an vielen eindrucksvollen Beispielen gezeigt hat, von der Sprache; Bestandteile verschiedener Wörter werden zu einem neuen Wort vereinigt. Hoche spricht in solchen Fällen von »Amalgamierung«; Leonhard betont, daß die Voraussetzung dazu in einem »Erlebniszerfall« bestehe, und beide vertreten, wenn auch in etwas verschiedener Art, die Meinung, daß die Ursache dieser Unordnung darin liege, daß die verschiedenen Gehirngebiete nicht im gleichen Maße durch den Schlaf ausgeschaltet werden. »Das physiologische Wesen des Traumes besteht darin, daß nicht das gesamte Seelenorgan gleichmäßig tief schläft, daß vielmehr in einzelnen Abschnitten Vorgänge ablaufen, die im Schlafenden in gewissem Umfang ein bewußtes Geschehen entstehen lassen« (HOCHE); »eine verschiedene Schlaftiefe verschiedener seelischer Gebiete ist sicher eine Voraussetzung für die Vorgänge des Schlafes, vor allem für das Träumen« (LEONHARD). Der Physiologe VERWORN hat diese Traumtheorie — die Träume gehen aus einem »partiellen Wachzustand des Gehirns« hervor — schon im Jahre 1907 ausgesprochen.

Während man früher in der Traumforschung fast ausschließlich auf Berichte der Träumenden nach dem Erwachen angewiesen war, kann man heute das Auftreten von Träumen — allerdings ohne etwas über den Trauminhalt zu erfahren — *objektiv* feststellen. Die amerikanischen Psychologen ASERINSKY und KLEITMANN fanden im Jahre 1953, daß bei kleinen Kindern im Schlaf oft ruckartige, in beiden Augen symmetrische Bewegungen der Augäpfel auftreten, die man durch die geschlossenen Augenlider recht gut wahrnehmen kann. Die genannten Autoren entwickelten ein Verfahren zur elektrischen Registrierung der Augenbewegungen (mit Hilfe von aufgeklebten Elektroden werden die dabei am Augapfel auftretenden elektrischen Spannungsschwankungen erfaßt und über einen Verstärker einem schreibenden Registriergerät zugeführt, wobei auch die Richtung der Bewegungen festgestellt werden kann). Solche Registrierungen des »*Elektro-Okulogramms*« (EOG) haben ergeben, daß die raschen Augenbewegungen (= rapid eye movements = REM) einen normalen Vorgang im Schlaf des gesunden Menschen — auch der Erwachsenen — und der Tiere darstellen; sie treten während eines 7- bis 8stündigen Nachtschlafes etwa 3- bis 6mal auf. Ihre höchste Frequenz liegt bei 2 pro Sekunde. Die Dauer der REM-Stadien schwankt in einem großen Spielraum — 3 bis 60 Minuten —, ebenso die Abstände, in denen sie auftreten (1 bis 3 Stunden); gegen Ende des Nachtschlafes werden sie länger und häufiger. Gehirnelektrisch sind die REM-Phasen meist durch ein flaches Schlaf-EEG (4- bis 6-Hz-Wellen mit geringer Amplitude) charakterisiert. Die erste REM-Phase tritt etwa 50 bis 60 Minuten nach dem Einschlafen auf.

Aus Versuchen, in denen schlafende Personen während oder nach einem REM-Stadium geweckt wurden, ergab sich, daß sie meist gerade geträumt hatten. Nach einem zusammenfassenden Bericht von H. ERKE ergibt sich folgende Statistik: DEMENT und KLEITMANN fanden bei Wecken während der REM-Perioden in 80% von 191 Fällen, daß gerade ein Traum abgelaufen war, beim Wecken außerhalb der REM-Phasen nur in 7% von 160 Fällen; bei GOODENOUGH und Mitarbeitern war dieses Verhältnis 70% zu 35%. FOULKES untersuchte die Unterschiede zwischen Träumen und anderen im Schlaf auftretenden Bewußtseinserscheinungen und stieß in 84% der REM-Phasen auf einen echten Traum, aber in 74% der nicht-REM-Phasen auf andere bewußte Fragmente — Gedanken und Erinnerungen vager Art.

Es hat natürlich nicht an Bemühungen gefehlt, diese Resultate, die in der Traumforschung eine ganz neue Situation geschaffen haben, zu interpretieren. Wichtig ist dabei vor allem die Tatsache, daß Blindgeborene oder sehr früh Erblindete nur Träume mit akustischen oder taktilen, nicht aber mit optischen Inhalten kennen; dies war seit langer Zeit bekannt — neu ist die Feststellung, daß bei solchen Blinden auch keine REM-Phasen feststellbar sind. Daraus ergibt sich, daß die raschen Augenbewegungen im Schlaf wirklich mit optischen Trauminhalten in Zusammenhang stehen — so als ob der Träumende mit seinen Augen den geträumten Vorgängen folgen würde wie er es im Wachzustand tut. Diese Deutung ist aber nicht unbestritten geblieben. Auch die Annahme von W. C. DEMENT, daß das Träumen zur Erholung im Schlaf notwendig sei, ist noch nicht gesichert; er hatte bei acht jungen Männern sog. »Traum-Deprivationen« durchgeführt, d. h. die Schlafenden nach Beginn der REM-Phasen geweckt, worauf bei den Versuchspersonen in der nächsten ungestörten Nacht die Traumphasen verlängert waren (auf 27% der Schlafzeit gegenüber 20% in den normalen Nächten), außerdem seien Reizbarkeit und Konzentrations-Schwierigkeiten aufgetreten. Diese viel beachteten Resultate sind aber noch umstritten; so fanden VOGEL und TRAUB bei je 5 schizophrenen und depressiven Geisteskranken, bei denen der Traumentzug durch 7 aufeinanderfolgende Nächte durchgeführt wurde, keinerlei ungünstige Folgen (bei 2 Depressiven zeigten sich sogar signifikante Besserungen — VOGEL und TRAUB 1968). Man muß mit Schlußfolgerungen aus der großen REM-Literatur noch sehr vorsichtig sein und sollte dabei auf die psychologischen Traum-Merkmale nicht vergessen. Dazu gehört vor allem die Tatsache, daß die Trauminhalte in außerordentlich hohem Grade flüchtig sind — nur unmittelbar nach dem Erwachen kann man noch einige Einzelheiten erfassen und darüber berichten. Diese überaus geringe Einprägungswirkung hat man oft aus der kurzen Dauer der Träume zu erklären versucht, doch müßten Träume, wenn sie den REM-Phasen entsprechen, 3- bis 6mal in jedem Nachtschlaf auftreten und oft 20 Minuten und länger dauern. Wenn dies stimmt, so ist die völlige Erinnerungslosigkeit für den größten Teil dieser Traumerlebnisse eine sehr rätselhafte Tatsache, für die noch keinerlei Erklärungsversuch vorliegt; aus unserem wachen

Erleben kennen wir nur eine einzige mögliche Ursache eines sehr raschen Entschwindens von Erlebnisinhalten: nur sehr kurze, rasch wechselnde Eindrücke hinterlassen keinerlei Spuren.

Man könnte daher auch auf Grund der neuen Forschungsergebnisse auf die oben angedeutete »Theorie des partiellen Wachseins« von VERWORN zurückkommen und annehmen, daß im Schlaf einzelne Komplexe von Ganglienzellen für sehr kurze Zeit aktiviert werden und ihre Erregungen erzeugen. Als Ursache kann man z. B. zufällige chemische oder physikalische Zellreizungen durch rasch vorübergehende geringfügige Blutdruckänderungen in den feinen Gefäßen oder durch kurzzeitige Konzentrationen bestimmter chemischer Stoffe annehmen; die dadurch entstehenden Erregungen erzeugen die zusammenhanglosen, wegen ihres isolierten und zufälligen Auftretens ungeordneten Inhalte, die man dann im Traum — oder im nachfolgenden Bericht darüber — in irgendeinen Zusammenhang zu bringen sucht. Da der weitaus größte Teil aller Träume aus optischen Inhalten besteht, ist es verständlich, daß dabei auch Gangliensysteme für die Augenbewegungen in Miterregung geraten; daß die *optischen* Systeme in der Nacht leichter als andere in zufällige Aktionsphasen geraten können, könnte man mit der Vermutung erklären, daß in ihnen der Schlaf-Erholungsprozeß in höherem Grade stattfinden muß als in den meisten anderen Systemen, weil die optischen Ganglien während des ganzen Wachseins ununterbrochen beansprucht werden (sie haben daher auch die höchste Alpha-Produktion).

Theorien über Wahrnehmung und Gedächtnis

An jeder Wahrnehmung ist das Gedächtnis entscheidend beteiligt. Wir sehen in die Dinge hinein, was wir von ihnen aus Erfahrung wissen: die Klinge eines Messers ist auch optisch hart und scharf, ein Stück Butter weich und fettig, ein Apfel saftig und ein Stein schwer. Die engen Beziehungen zwischen Wahrnehmung und Gedächtnis machen es notwendig, die Theorie beider Vorgänge gemeinsam zu behandeln. Dazu kommt aber noch folgendes: jedes wahrgenommene Ding wird nicht nur wahrgenommen, sondern außerdem begrifflich erfaßt und mit dem Wort, das wir als Namen dieses Dinges gelernt haben, bezeichnet; auf diese Weise wird jeder Wahrnehmungsinhalt in die gewohnte Welt unserer Erfahrung eingeordnet. Das begriffliche Erfassen ist aber bereits ein Denkvorgang, so daß die Theorie der Wahrnehmung eigentlich erst nach der Darstellung der denkpsychologischen Forschungsergebnisse behandelt werden könnte. Streng genommen wäre aber auch dies nicht der richtige Ort; es kommt nämlich innerhalb der begrifflich geordneten Wahrnehmungsinhalte noch zu einer weiteren Aufgliederung, in welcher jeder einzelne Inhalt durch die im Wahrnehmenden gerade wirksamen Triebregungen, Interessen, Bedürfnisse, Wünsche, Hoffnungen usw. eine besondere positive oder negative Bedeutung erhält, die dazu führt, daß er besonders stark hervortritt oder nur nebenher wahrgenommen wird. Es sind also auch psychische Kräfte am Wahrnehmungsprozeß beteiligt — und zwar in entscheidender Weise; man müßte daher die Wahrnehmungstheorie an das Ende des Buches stellen, weil sowohl die psychischen Funktionen wie die psychischen Kräfte am Zustandekommen der Ordnung innerhalb der Wahrnehmung beteiligt sind. Trotzdem habe ich es vorgezogen, die Wahrnehmungs- und Gedächtnistheorie an dieser Stelle — in unmittelbarem Anschluß an die Darstellung der einschlägigen Einzelresultate — zu behandeln, weil sonst der Zusammenhang mit diesen Ergebnissen verlorengehen könnte; allerdings wird es dadurch notwendig, einiges aus der Psychologie des Denkens und der psychischen Kräfte vorwegzunehmen.

Theorie der Wahrnehmung

Alles, was wir sehen, hören, riechen, tasten und schmecken, kommt dadurch zustande, daß unsere Sinnesorgane durch Reize in Erregung versetzt werden; aus diesen Erregungen entsteht im Gehirn die wahrgenommene Welt. Die Reize — elektromagnetische Schwingungen für das Auge, Luftdruckschwankungen für das Ohr, Molekülstöße für die Tastkörperchen, Gase und Flüssigkeiten für die Nase und Zunge — alle diese Reize sind nach den Erkenntnissen der Physik Bewegungen von Atomen und Molekülen oder elektrische Auswirkungen solcher Bewegungen. Dies ist die »objektive Welt«.

Die subjektive Welt, in der wir leben, ist ganz anders. Nur ein kleiner Teil dessen, was an Erregungen in unseren Sinnesorganen entsteht, wird zu einer bewußten Wahrnehmung; und innerhalb dieser Wahrnehmung bestehen große Ungleichmäßigkeiten: manches von ihnen steht im Mittelpunkt, anderes wird kaum beachtet, vieles ist uns gleichgültig, lästig oder störend. Man hat das Auge oft mit einem Photoapparat verglichen, bei dem die Netzhaut die Stelle des lichtempfindlichen Films einnimmt. Das Bild, das man von einer Landschaft mit einem Photoapparat aufgenommen hat, enthält bis in die kleinsten Details alles, was in dieser Landschaft vorhanden war. Dieselben Lichtstrahlen, die dieses Photo hervorbrachten, wirken auch auf die Netzhäute der Augen; auch dort werden alle Einzelheiten abgebildet, die in der Landschaft vorhanden sind. Aber keineswegs alles wird zu einer bewußten Wahrnehmung; es erfolgt eine *Auswahl*, und das Ausgewählte wird in bestimmter Weise nach seiner Bedeutung geordnet.

Es ist nicht schwierig, für diese Behauptung Beweise zu liefern, die jedermann an sich selbst feststellen kann. Jeder findet, wenn er sich genug Mühe gibt, in seiner gewohnten Umgebung, in seinem Arbeitszimmer, an den täglichen Gebrauchsgegenständen, ja sogar am Aussehen oder an der Kleidung der Menschen, mit denen er zusammenlebt, vielerlei Einzelheiten, die er bisher nie gesehen hat, obwohl die von ihnen ausgehenden Lichtstrahlen seine Netzhäute Tag für Tag reizten. Bei neuen Eindrücken wird dies besonders deutlich. Man erinnere sich z. B. an die Erlebnisinhalte, die bei der Ankunft in einer fremden Stadt bewußt werden: man tritt auf den Bahnhofsplatz und ist zunächst verwirrt, man sieht Häuser, Menschen, Autos, Straßen, aber es dauert ziemlich lange, bis sich das Ganze einigermaßen ordnet. Obwohl — wie auf dem Film des Photoapparates — auf den Netzhäuten unserer Augen alles bis ins Detail erregungsmäßig abgebildet wird, wird keineswegs alles, sondern nur das Auffälligste wahrgenommen. Unsere Wahrnehmung ist gar nicht imstande, alle einlangenden Erregungen sofort zu einem wirklichkeitsgetreuen Bild der Umgebung zu verarbeiten. Dies ist auch nicht ihre Aufgabe; statt wie ein Photoapparat alles, was da ist, gleichmäßig genau wiederzugeben, soll die Wahrnehmung aus der Fülle der eingelangten Eindrücke möglichst schnell diejenigen herausfinden, die für uns wichtig und interessant sind. Man steht am Bahnhofsplatz der fremden Stadt, verwirrt von der neuen Umgebung — wo ist ein Taxi oder eine Straßenbahn, die uns in das Hotel bringt, in dem wir wohnen? Unsere Blicke schweifen umher, tasten das Gesichtsfeld ab, hier ist nichts und dort auch nicht — aber da drüben, etwas abseits, stehen Automobile, die wie Taxis aussehen, also schnell dorthin! Alles, was sonst noch da ist, ist nun nahezu verschwunden, es ist nur noch Hintergrund und Kulisse, ganz nebensächlich, man sieht nur noch den Taxistand und den Weg, auf dem man zu ihm gelangt. Man steigt ein, man fährt ab — vom Bahnhofsplatz und seinen Einzelheiten hat man fast nichts wahrgenommen, und man wird ihn niemals wiedererkennen, wenn man später ein Bild davon zu sehen bekommt.

Kurz formuliert: die Wahrnehmung liefert kein photographisches Abbild unserer Umgebung, sondern sie sucht dasjenige heraus, was wir gerade brauchen. Wir sind nicht passive Reizempfänger wie ein Film, sondern es gibt in uns einen Vorgang, der das jeweils Wichtige heraushebt und das Nebensächliche zurückdrängt. Es findet eine Auswahl statt, die dazu führt, daß die Einzelheiten mit sehr verschiedenem Klarheitsgrad wahrgenommen und viele Erregungen überhaupt nicht bewußt werden. Wenn eine Auswahl erfolgt — nach welchen Gesichtspunkten wird ausgewählt? Wer bestimmt, was wichtig und was nebensächlich ist? Und *wann* erfolgt die Auswahl — vor dem Bewußtwerden oder nachher? Man sieht aus diesen Fragen, daß hier Probleme vorliegen, deren Lösung für die Wahrnehmungsforschung von entscheidender Bedeutung ist (und ebenso für die Gedächtnisforschung, denn eingeprägt und behalten wird im allgemeinen nur, was wahrgenommen wurde). Da empirisch gesicherte Antworten beim gegenwärtigen Stand unseres Wissens noch nicht möglich sind, lassen sich nur theoretische Lösungen vorschlagen. Dazu müssen die offenen Fragen zuerst genau formuliert werden. Vielleicht ist das Hauptproblem einigermaßen richtig und präzis formuliert, wenn man es in zwei Fragen aufteilt: auf welche Weise werden unter den tausendfältigen jeweils einlangenden Erregungen diejenigen ausgewählt, die zu klarbewußten Wahrnehmungen werden, und wie entsteht innerhalb dieser ausgewählten Wahrnehmungen die Gliederung in zusammengehörige, voneinander gesonderte Einzelinhalte? Die erste Frage kann man als das »*Selektions-Problem*«, die zweite als das »*Ordnungs-Problem*« der Wahrnehmungstheorie bezeichnen. Versucht man auf Grund der allgemeinen täglichen Erfahrung zu einer Hypothese über den Vorgang der Selektion in der Wahrnehmung zu kommen, so kann man von folgenden Feststellungen ausgehen (wobei in erster Linie die optische Wahrnehmung in Betracht gezogen wird): 1. auffällige Inhalte werden auf jeden Fall gesehen (z. B. die Häuser, Straßen und Autos am Bahnhof, weil sie große Teile des Gesichtsfeldes ausfüllen); 2. die gesehenen Dinge werden nicht nur gesehen, sondern sofort begrifflich geordnet (man weiß schon während des Wahrnehmens, daß man Häuser, Straßen und Autos vor sich hat); 3. die Wahrnehmungsinhalte, die einer vorhandenen Einstellung entsprechen, werden als solche erfaßt und treten schärfer hervor als alle übrigen (sucht man ein Taxi, so treten alle anderen Inhalte zurück, sobald man einen Taxistand entdeckt hat). Diese Tatsachen dürften kaum bestritten werden; jeder kann sie aus eigener Erfahrung bestätigen. Es ist aber mit ihrer Feststellung nicht erklärt, warum wir viele Einzelinhalte, die sich auf unseren Netzhäuten abbilden, überhaupt nicht wahrnehmen. Die einzelnen Fenster der Häuser, die Schaufenster in den Straßen, die Menschen in den Autos — alles dies und hunderterlei anderes erzeugt auf unseren Netzhäuten Erregungen, die genau so in das Gehirn fließen wie die Erregungen der Dinge, die wir wirklich sehen. Daß wir solche Einzelheiten nicht wahrnehmen, falls wir nicht besonders darauf eingestellt sind, hängt mit dem zweiten Problem der Wahrnehmungstheorie, dem Ordnungs-Problem zusammen.

Das Ordnungs-Problem läßt sich genau so wie das Selektions-Problem unter biologischen Gesichtspunkten behandeln. Biologisch zweckmäßig arbeitet ein Wahrnehmungsapparat nur dann, wenn er erreicht, daß wir uns *rasch* und *sicher* in der jeweils wahrgenommenen Situation zurechtfinden. Dazu ist es notwendig, daß wir möglichst schnell erkennen, was für Dinge um uns her vorhanden sind. Das schnellste Verfahren zur Erreichung dieses Zieles besteht darin, daß zunächst einmal eine ganz grobe Ordnung hergestellt wird: da sind Straßen, da sind Häuser, da sind Automobile. Dies läßt sich in außerordentlich kurzer Zeit — im wahren Sinn des Wortes mit wenigen »Augenblicken« — feststellen; damit ist aber für das Zurechtfinden schon ungemein viel gewonnen. Von nun an sehen wir nicht nur, was uns umgibt, wir wissen es auch; und dieses Wissen, in welchem alles enthalten ist, was wir je über Häuser, Straßen und Automobile erfahren haben, ist die Grundlage der Wahrnehmungsordnung, die nun durch Einzelfeststellungen ergänzt und verfeinert werden kann. Anders ausgedrückt: die Ordnung der ersten Eindrücke erfolgt durch begriffliche Eingliederung des Gesehenen in die bisherige Erfahrung; findet sich dabei etwas, was einer gerade wirksamen Einstellung entspricht, so wird es aus der Gesamtwahrnehmung herausgehoben und klarer wahrgenommen als alles übrige. Auf diese Weise entsteht innerhalb der groben, begrifflich geschaffenen Ordnung eine Gliederung nach der *subjektiven Bedeutung* der einzelnen Inhalte: hat man den gesuchten Taxistand gefunden, so treten die Straßen und Häuser zurück, sie sind unwichtig, wichtig ist nur das nächste Taxi, das uns ins Hotel bringt. Alles andere wird nur noch ganz nebenher gesehen. Es ist eine »*Bedeutungsordnung*« entstanden, geschaffen durch den Wunsch, schnell ins Hotel zu kommen. Die zuerst rasch in wenigen Augenblicken zustande gekommene funktionale Ordnung durch begriffliche Eingliederung in die bisherige Erfahrung — Häuser, Straßen, Automobile — ist durch dynamische Faktoren in Inhalte von positiver und negativer Bedeutung aufgegliedert: dort das Taxi und dazwischen die Autos und Passanten, denen man ausweichen muß, um es zu erreichen.

Subjektive Bedeutungsordnungen innerhalb des Wahrnehmungsfeldes entstehen nicht nur durch Triebregungen oder Gefühle; jede Art von Bedürfnissen, Wünschen, Hoffnungen, Interessen, aber auch von Gesinnungen, Geisteshaltungen, Willensentschlüssen führt zu Einstellungen, die in der jeweiligen, funktional grob geordneten Wahrnehmungswelt eine Aufgliederung der Einzelheiten nach ihrer subjektiven Bedeutung für den Wahrnehmenden herbeiführen. Wirklich wahrgenommen wird dann nahezu nur mehr das, was eine solche Bedeutung hat; alles andere ist höchstens mitbewußt. Da es sich dabei immer um eine subjektive Bedeutungsordnung handelt, entstanden aus den jeweiligen persönlichen Einstellungen, wird *dieselbe Wirklichkeit von verschiedenen Menschen ganz verschieden wahrgenommen.*

»Persönliche Einstellungen« — das ist ein sehr ungenauer Ausdruck; es wird später versucht werden, ihn genauer zu fassen. Hier soll mit diesem Begriff nur die Tatsache bezeichnet werden, daß Triebe, Bedürfnisse, Willensentscheidungen usw. den Erlebnisablauf in eine bestimmte Richtung lenken — in die Richtung des vorgestellten Zieles, das zur Befriedigung von Trieb und Bedürfnis führt. Jede psychische Kraft ist, wie früher ausgeführt wurde, »zielgerichtet«; und die Tatsache, daß dieses Ziel zugleich mit dem Trieb oder dem Willensentschluß bewußt wird und während des ganzen nun einsetzenden Erlebnisablaufes, der der Erreichung des Zieles dient, zum mindesten »mitbewußt« bleibt, wird durch den Begriff »Einstellung« zum Ausdruck gebracht. Mit der Behauptung, daß die Aufgliederung des jeweiligen Wahrnehmungsganzen in Einzelheiten von verschiedener Bedeutung durch persönliche Einstellungen zustande komme, soll gesagt sein, daß diejenigen Inhalte, die einem gerade vorhandenen Bedürfnis entsprechen (d. h. zu seiner Befriedigung geeignet erscheinen), klarer wahrgenommen werden als diejenigen, die in keiner Beziehung zu diesem Bedürfnis stehen; und genauso wie mit den jeweiligen Bedürfnissen verhält es sich mit Interessen, Wünschen, Hoffnungen, Entschlüssen und anderen Zielsetzungen — sie alle schaffen Einstellungen, die innerhalb des Wahrnehmungsganzen eine Auswahl treffen und dadurch die »Bedeutungsordnung« herstellen.

Daß die Einstellungen selektive Wirkung haben, war längst bekannt. Ihr besonderer Einfluß auf die Wahrnehmung wurde, wenn man von orientierenden frühen Versuchen KÜLPES in Würzburg absieht, erst nach dem Zweiten Weltkrieg von amerikanischen Psychologen experimentell untersucht. J. S. BRUNER und L. POSTMAN haben eine Forschungsrichtung begründet (BRUNER u. POSTMAN 1947), die sich die Aufgabe stellt, die Motivation in der Wahrnehmung oder die »social perception«, d. h. die Wechselwirkung zwischen der Persönlichkeit und ihren Wahrnehmungsinhalten, zu untersuchen. Die bereits recht zahlreichen Versuchsreihen sind methodisch jedoch noch umstritten. Es handelt sich dabei z. B. um Experimente, bei denen die Interessenbereiche der Vpn. durch einen Test festgestellt und ihnen dann in kurzzeitigen Darbietungen (aufsteigend von $^1/_{100}$ Sekunde) Wörter gezeigt wurden, die aus verschiedenen Interessengebieten stammen. Es zeigte sich, daß diejenigen Wörter am raschesten erfaßt wurden, die dem speziellen Interessenbereich der Vpn. angehören. Es scheint somit außer der Selektivität sogar noch eine »Sensitivierung« zu bestehen, die bewirkt, daß das Interessante schneller aufgefaßt wird als andere Inhalte. Gegen die Hypothese, daß eine »unbewußte Selektion« vorliege, wurde von C. F. GRAUMANN, der darüber in deutscher Sprache berichtete, mit Recht eingewendet, daß man sich nicht vorstellen könne, wie eine Sensitivierung zustande kommen könne, bevor die gebotenen Wörter überhaupt erfaßt werden und die Vp. weiß, ob sie zum eigenen Interessengebiet gehören oder nicht (GRAUMANN 1957). VANDERPLAS und BLAKE zeigten in einer anderen Versuchsreihe, daß für Worte aus den Interessengebieten der Vp. bei akustischer Darbietung geringere Lautintensität ausreicht als bei anderen Worten (was wahrscheinlich dadurch möglich wird, daß diese Wörter vertrauter sind als uninteressante Ausdrücke — VANDERPLAS u. BLAKE 1949). BRUNER und POSTMAN glauben auch so etwas wie eine »Wahrnehmungs-Abwehr« gefunden zu haben: kurzzeitig gebotene Worte aus uninteressanten oder abgelehnten Sachbereichen werden oft falsch aufgefaßt und haben sehr lange Erfassungszeiten.

Kurz zusammengefaßt behauptet die skizzierte Wahrnehmungstheorie folgendes: Aufgabe der Wahrnehmung ist nicht eine gleichmäßige Erfassung aller Einzelheiten der Wirklichkeit, sondern rasches Zurechtfinden in neuer Umgebung und Heraushebung des jeweils Wichtigen. Beides wird dadurch erreicht, daß die Wahrnehmungsinhalte begrifflich erfaßt und in die bisherige Erfahrung eingegliedert werden;

auf diese Weise wird eine grobe Ordnung geschaffen, innerhalb welcher diejenigen Inhalte, die einer gerade vorhandenen Einstellung entsprechen, infolge dieser Einstellung herausgehoben und daher klarer und schärfer wahrgenommen werden. Anders formuliert: auf Grund der bisherigen Erfahrung wird mit Hilfe der Begriffe zunächst in einem Schnellverfahren eine grobe funktionale Ordnung, d. h. ein Wissen um das, was vorhanden ist, hergestellt; schon im Verlaufe dieser Ordnungsbildung oder unmittelbar nachher werden die einzelnen festgestellten Dinge vom Standpunkt der jeweils bestehenden Einstellungen als wichtig, uninteressant oder störend beurteilt. Dadurch erhalten bestimmte Inhalte eine besondere Bedeutung, die dazu führt, daß sie in der Wahrnehmung deutlicher hervortreten, während die übrigen nur mehr ungenau oder überhaupt nicht mehr wahrgenommen werden. Es ist eine »Bedeutungsordnung« entstanden, durch welche die objektiv gegebene Wirklichkeit nach subjektiven Gesichtspunkten aufgegliedert wird.

Gliederungen des Wahrnehmungsfeldes wurden in der europäischen Psychologie schon früh von der Gestalttheorie festgestellt und in vielfachen Experimenten untersucht; man begnügte sich dabei aber mit der Annahme, daß eine »Tendenz zur guten Gestalt« bestehe, bei deren Wirkung außer der Erfahrung die früher erwähnten Kohärenzfaktoren (Nähe, Nachbarschaft, Kontinuität usw.) eine entscheidende Rolle spielen. Alles dies ist sicher richtig; doch vollziehen sich solche Gestaltbildungen vor allem in der frühen Kindheit und fast immer in Verbindung mit der Begriffsbildung und Namengebung. Der Erwachsene hat zur wahrnehmungsmäßigen Bewältigung der Wirklichkeit bereits einen festen Bestand von Begriffen zur Verfügung, mit deren Hilfe er im allgemeinen das Auslangen findet, um das jeweils Wahrgenommene rasch und sicher in die bisherige Erfahrung einzuordnen. Die weitere, für die Ordnung der einzelnen Inhalte entscheidende Aufgliederung erfolgt unter dem Einfluß der subjektiven dynamischen Faktoren, durch welche Einstellungen auf bestimmte Inhalte geschaffen werden; durch diese Einstellungen entsteht die »subjektive Bedeutungsordnung«, die darüber bestimmt, was klar und deutlich und was nur nebenher oder gar nicht wahrgenommen wird.

Die Theorie der Wahrnehmung befindet sich gegenwärtig in einer Entwicklung, die einerseits in die Richtung einer »Signal-« oder »Auslösertheorie«, andererseits in die Richtung »Informationstheorie« zu führen scheint. Die Auslösertheorie wird von dem österreichischen Psychologen Ivo Kohler vertreten; er nimmt an, daß bestimmte Reizsituationen oder Reizänderungen als Signale zur Auslösung ganz bestimmter typischer Wahrnehmungsinhalte wirken (dazu gehören z. B. die »Gradienten« des Amerikaners J. J. Gibson — das sind Reizanord-

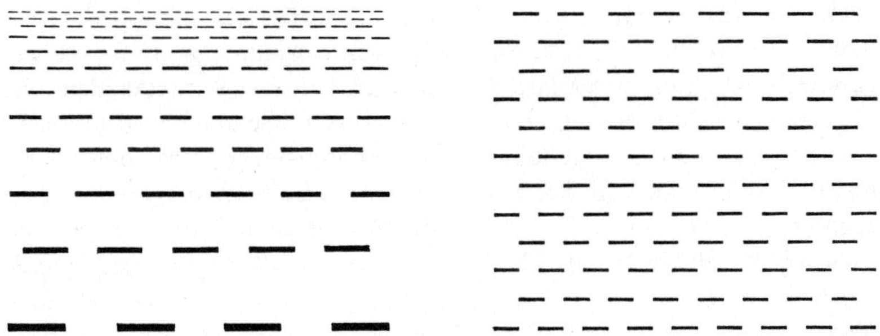

Abb. 85 und 86. Die Anordnung der Striche in Abbildung 85 erzeugt den Eindruck von Tiefe, der bei der Anordnung Abbildung 86 vollkommen fehlt. J. J. GIBSON nennt Reizanordnungen, »die von der Wahrnehmung in einer besonderen einheitlichen Weise beantwortet werden« (Formulierung I. KOHLER 1968), »Gradienten« (in Abbildung 85 ist ein »Tiefengradient« wirksam).

nungen oder -änderungen, »die von der Wahrnehmung in einer besonderen einheitlichen Weise beantwortet werden« [KOHLER 1968], wie z. B. die Anordnung der Striche in Abb. 85, die einen klaren Tiefeneindruck erzeugt). Die informationstheoretische Auffassung betrachtet die Wahrnehmung als Empfänger von »Nachrichten« aus der Außenwelt, wobei der Informationsgehalt durch die Sinneserregungen in »codierter« Form dem Gehirn übermittelt wird (z. B. durch die Höhe der verwendeten Frequenzen); dabei wird angenommen, daß der Code die Umwandlung der Erregungen in Erlebnisinhalte ermöglicht, die trotz weitgehender Abweichungen von der physikalischen Wirklichkeit »gegenstandsgerechte« Wahrnehmungen darstellen. Vergleiche mit technischen Modellen sind bei informationstheoretischen Wahrnehmungsauffassungen sehr beliebt (z. B. die sog. »lesende Maschine«). Ich habe den Eindruck, daß durch solche Überlegungen höchstens Teilprozesse des Hirngeschehens, nicht aber Wahrnehmungsgesetze erfaßt werden können, während die — auch von Ivo KOHLER sehr betonte — Tendenz zur Ordnungsbildung von viel größerer Bedeutung ist (KOHLER meint, daß sogar die Flimmerbewegungen auf dem Fernsehschirm in sendungsfreien Zeiten — das »Schneegestöber« — Ordnungsbildungen zulassen, so daß man Wellen, Täler und Figuren hineinsehen könne).

Man könnte in der Theorie noch einen Schritt weiter gehen und die Frage stellen, auf welche Weise die Organisation der Wahrnehmungsinhalte entsteht und worin ihre biologische Bedeutung liegt. Eine klare, empirisch gesicherte Antwort läßt sich auf diese Frage nicht geben; im Rahmen der gegenwärtigen Gedächtnisforschung kann man aber annehmen, daß sich schon in früher Kindheit die Wahrnehmungsinhalte nach den früher dargestellten Kohärenzfaktoren *von selbst* ordnen — d. h., daß z. B. die nahe zusammenliegenden Einzelheiten als zusammengehörig erlebt werden, ebenso die sich kontinuierlich fortsetzenden oder die in sich geschlossenen Gebilde. Auf diese Weise entstehen gesonderte, von der Umgebung abgehobene, zusammengehörige Wahrnehmungsinhalte (wenn man will, kann man sie als »Gestalten« bezeichnen, man kommt aber auch ohne diesen Begriff aus und gerät dann nicht in Versuchung zu glauben, daß die Gestalten etwas »Letztes«, nicht weiter Auflösbares seien). Einige dieser wahrgenommenen, durch Nachbarschaft, Kontinuität, Geschlossenheit usw. entstandenen Gebilde erhalten wahrscheinlich schon in früher Kindheit eine bestimmte Bedeutung, weil sie zur Befriedigung von Trieben beitragen (z. B. die Milchflasche), andere, weil sie Furcht erregen (der bellende Hund) oder weil man ihren Zweck kennenlernt (die Uhr, der Spiegel). Man kann die Entstehung der Ordnung in der Wahrnehmungs-Organisation in drei Phasen einteilen: 1. die Kohärenz-Ordnung (das Benachbarte, Geschlossene, Kontinuierliche wird als zusammengehörig erlebt), 2. die Bedeutungsordnung (manche Wahrnehmungsinhalte werden zu Dingen von bestimmter Bedeutung, weil sie zur Triebbefriedigung beitragen oder weil man weiß, wozu sie dienen) und 3. die Persönlichkeits-Ordnung. Diese dritte, im Laufe des Lebens wechselnde Ordnungsbildung ergibt sich aus den individuellen Triebregungen und Interessen; sie führt zur Bevorzugung jener Wahrnehmungsinhalte, die den Bedürfnissen der Persönlichkeit entsprechen.

Mit solchen — sehr allgemeinen und sehr groben — Einteilungsversuchen ist die Frage nach dem biologischen Sinn der Wahrnehmungs-Organisation noch nicht beantwortet. Am ehesten wird man die richtige Antwort finden, wenn man feststellt, was durch die Ordnung der Wahrnehmungsinhalte erreicht wird. Erreicht wird vor allem, daß man sich in der Umwelt leicht zurechtfindet, weil sie von lauter bekannten Dingen ausgefüllt ist; erreicht wird ferner — und dies ist noch wichtiger —, daß man sich in ihr *sicher* fühlt. Wenn man sich unter vertrauten Menschen und Dingen befindet, braucht man sich nicht zu fürchten; daher fühlt man sich in einer bekannten Umgebung, in der sich alles an seinem gewohnten Platz befindet, ruhig und sicher. Dies gilt für das Kind und für den älteren Menschen; die Jugend kennt noch andere Triebe — sie will sich in neuen Umwelten bewähren und gefahrvolle Situationen bewältigen, daher drängt sie zu Abenteuer und Risiko und zu Fahrten in fremde Länder.

Entscheidend für die Wahrnehmungs-Organisation sind daher in erster Linie Triebregungen und Interessen; wahrgenommen wird vor allem, was unsere Bedürfnisse befriedigt oder was uns bedrohen könnte.

Theorie des Gedächtnisses

Aus der skizzierten Theorie der Wahrnehmung ergibt sich die Annahme, daß in erster Linie solche Inhalte eingeprägt werden, die innerhalb der Wahrnehmung ein hohes Maß von subjektiver Bedeutung besitzen. Man kann kurz formulieren: eingeprägt werden die Wahrnehmungsinhalte in der *subjektiven Bedeutungsordnung*, die zur Zeit der Wahrnehmung besteht. Für die Richtigkeit dieser Behauptung lassen sich alle experimentellen Resultate anführen, die zum »Gesetz des Effektes« führten; diese Resultate bewiesen, daß die Einprägungsstärke davon abhängt, ob und in welchem Maße ein Wahrnehmungsinhalt an einer Triebbefriedigung beteiligt war. Dieses Maß ist aber auch für die Stellung der Einzelinhalte innerhalb des ganzen Wahrnehmungsfeldes entscheidend; klar und deutlich wahrgenommen wird nur dasjenige, was der jeweiligen, durch Triebe, Interessen usw. geschaffenen Einstellung entspricht.

Man könnte glauben, daß durch diese Feststellungen das alte Assoziationsgesetz seine Bedeutung verloren habe. Dies ist jedoch keineswegs der Fall: wird ein Erlebnisinhalt bewußt, der früher an einer Wahrnehmung beteiligt war, so werden nach dem Prinzip der Gleichzeitigkeits-Assoziation auch andere Einzelheiten der damaligen Wahrnehmung bewußt — aber nicht wahllos, sondern in der damaligen Bedeutungsordnung. Es kann geschehen, daß bei dem Bemühen, sich die sinnlosen Silben in Erinnerung zu rufen, die man vor längerer Zeit in einem Gedächtnisexperiment lernen mußte, nicht die sinnlosen Silben bewußt werden, sondern der Raum, in dem der Versuch stattfand, oder die Studentin, die das Experiment leitete. Die subjektive Bedeutungsordnung schafft eine Rangreihe für die Einprägung; am stärksten eingeprägt werden Einzelheiten, die durch die jeweils wirksamen psychischen Kräfte am stärksten herausgehoben wurden.

Die Einprägung selbst ist ein hirnphysiologisches Problem: 1. Die physiologische Forschung hat festgestellt, daß das Auftreten bestimmter Gedächtnisinhalte an die Funktionsfähigkeit bestimmter Hirnregionen gebunden ist. In der unmittelbaren Umgebung der Hirngebiete, in denen die Sehleitung endet, gibt es Gangliensysteme, die von den Physiologen als »optisches Erinnerungsfeld« bezeichnet werden. Die Zerstörung dieser Ganglien erzeugt die *visuelle Agnosie* oder *Seelenblindheit:* die Gegenstände werden zwar noch nach ihrer Form und Farbe deutlich und scharf gesehen, sie machen aber dem Kranken einen fremdartigen Eindruck; sie werden wegen der Vernichtung der »Gedächtnis-Spuren« nicht wiedererkannt. »Eine besondere Form der Seelenblindheit ist die *Wortblindheit (Alexie)*, die darin besteht, daß der Erkrankte die Schriftzeichen nicht mehr erkennt« (also nicht mehr lesen kann). Das akustische Erinnerungsfeld »umgreift die äußere Fläche des Schläfenlappens, besonders der oberen (und mittleren?) Schläfenwindung. Dabei werden die Erinnerungsbilder der gesprochenen Worte an einer anderen Stelle abgelagert als die der musikalischen Töne und Harmonien. Der Abschnitt des akustischen Erinnerungsfeldes, in dem die Erinnerungsbilder gesprochener Worte zur Ablagerung kommen, ist das *sensorische Sprachzentrum* oder WERNICKEsche Zentrum; es liegt in dem hinteren Drittel oder der hinteren Hälfte der linken oberen Schläfenwindung und dem angrenzenden Bezirk der mittleren Schläfenwindung; das Feld für die musikalischen Erinnerungsbilder liegt mehr nach vorn. Zerstörung des akustischen Erinnerungsfeldes bedingt *auditive Agnosie* oder *Seelentaubheit;* je nach der geschädigten Stelle entsteht Worttaubheit, kortikale sensorische Aphasie, oder Musiktaubheit, Amusie« (LANDOIS 1944).

2. Schädigung des Gehirns durch Unfälle — Verletzungen, Erschütterungen, Vergiftungen — führen dazu, daß der Patient nicht nur von den Erlebnissen *nach* dem Unfall nichts weiß, sondern daß auch die Erinnerung an eine mehr oder weniger lange Zeit vorher geschwunden ist. Der Motorradfahrer, der durch Zusammenstoß eine Gehirnerschütterung erleidet, weiß nach dem Erwachen aus der Bewußtlosigkeit oft auch von seiner Abfahrt und von den Ereignissen während der Fahrt nichts mehr. Diese *»retrograde Amnesie«* beweist, daß die Erregungen eine gewisse, über die Zeit des bewußten Erlebens hinausreichende Zeit benötigen, um in den Erinnerungszellen »ihre Spuren einzugraben« (»postmentale Erregungen«).

3. Kein Beweis für die physiologische Natur der Gedächtnisspuren, wohl aber ein wichtiger Hinweis für die Physiologie des Gedächtnisses ist die Tatsache, daß die Zahl der Ganglienzellen im Laufe des Lebens keine Vermehrung erfährt. Dies ergibt sich unmittelbar aus der Feststellung, daß die Ganglienzellen nicht regenerieren, d. h. sich nach Zerstörung nicht neu bilden. Wenn in den Ganglienzellen die Spuren der Erregung zurückbleiben und dadurch die Grundlage der Erinnerung bilden, so müssen diese Zellen mit diesen Spuren das ganze Leben erhalten bleiben, wenn eine Reproduktion möglich sein soll. Diese theoretische Forderung ist durch die Tatsache der Nichtvermehrbarkeit erfüllt. Jede Ganglienzelle hat ein individuelles Leben; und wird sie zerstört, so ist sie und mit ihr alles, was in ihr »niedergelegt« war, auf immer verloren. Ein Teil der Ganglienzellen degeneriert im Greisenalter; mit ihnen schwindet auch ein Teil der Erinnerungen.

Auf diesen Grundlagen kann man eine physiologische Gedächtnis-Theorie aufstellen. Der erste Versuch einer solchen Theorie stammt von dem großen Wiener Psychiater THEODOR MEYNERT; er stellte die

Hypothese der »ausgeschliffenen Bahnen« auf. Sie behauptet (in der Formulierung von EBBINGHAUS): wenn in verschiedenen Hirnstellen gleichzeitig Erregungen entstehen, so werden »die zwischen den betreffenden Rindenstellen hinwärts und herwärts verlaufenden Faserzüge für einige Zeit leitungsfähiger, durchlässiger gemacht als die von jenen Stellen anderswohin führenden zahlreichen Bahnen«. »Wird nun auf der einen Stelle die früher dagewesene Erregung wieder erzeugt, so verläuft sie jetzt nicht mehr nach allen möglichen Richtungen, sondern entlädt sich vorwiegend in der Richtung auf die andere Stelle und versetzt hier die früher von außen erregten Zellen in Miterregung« (EBBINGHAUS, Grundzüge, S. 156). Die Erklärung liegt also in der »zunehmenden Wegsamkeit« der Nervenfasern oder, wie man sich auch ausdrückte, in der »Ausschleifung« dieser Bahnen. Werden diese Nervenbahnen durch eine Krankheit oder Verwundung zerstört, so ist auch die Assoziation vernichtet.

In einer berühmt gewordenen Rektoratsrede »Über die materiellen Grundlagen der Bewußtseinserscheinungen« hat v. KRIES schon im Jahre 1898 unwiderleglich bewiesen, daß diese Hypothese zur Erklärung der Assoziation nicht ausreicht. Die Strahlen, die von einer Rose ausgehen, reizen, je nachdem, ob sie groß oder klein, weit oder nahe entfernt ist, ganz verschiedene Sinneszellen der Netzhäute, deren Erregungen zweifellos auf verschiedenen Fasern von den Augen in das Gehirn fließen; wie soll von den verschiedenen Endstationen dieser Fasern immer der Anschluß an die ausgeschliffene Bahn zustande kommen, die zur Sprachregion führt, wo das Residuum für das Wort »Rose« niedergelegt ist? ERICH BECHER hat noch einfachere Gegenargumente angeführt: wenn man denselben Gegenstand einmal fixiert, ein anderes Mal aber seitlich, also mit peripheren Netzhautregionen ansieht, so werden verschiedene Netzhautelemente gereizt; es fließen also die Erregungen auch durch verschiedene Fasern in die Sehregion des Gehirns, wo sie in beiden Fällen an verschiedenen Endstationen einlangen; wie soll dann die Erregung von dort immer in die ausgeschliffene Bahn zum Residuum des Wortes »Rose« fließen, wenn sie bald an diesen, bald an jenen optischen Endganglien ankommt? Das wäre offenbar nur von *bestimmten* Zellen aus möglich, nämlich von denjenigen, von denen die ausgeschliffene Bahn in die »Begriffsregion« weitergeht; eine Assoziation könnte nur zustande kommen, wenn die optische Erregung gerade in diesen bestimmten optischen Endganglien ankommt — in Wahrheit kommt sie aber immer zustande, mag man noch so verschiedene Fasern der Sehleitung dazu benutzen. BECHER ist soweit gegangen, daß er eine »psychistische Gedächtnishypothese« aufstellte; die Residuen der Sinneseindrücke, die Gedächtnis»spuren«, sind nach dieser Auffassung nicht körperlicher Natur, also nicht Veränderungen in den Ganglienzellen, sondern unbewußt-psychischer Natur (BECHER 1916).

Die »psychistische« Gedächtnishypothese BECHERS hat ihr Gegenstück in der gehirnphysiologischen Gestalttheorie KÖHLERS; BECHER hat sie in einer historisch interessanten Auseinandersetzung mit KÖHLER scharf kritisiert. Der Ursprung der KÖHLERschen Theorie liegt in einer Annahme MAX WERTHEIMERS, der erklärt hatte, daß die Erregungsprozesse, die den Gestaltwahrnehmungen zugrunde liegen, »nicht als Summen einzelner Erregungen, also als Undverbindungen, sondern als gestaltete Gesamtprozesse angesehen werden« müßten. Mit anderen Worten: die Erregungsprozesse im Gehirn sind »physiologische Gestalten« (WERTHEIMER in SAUPE 1927).

Diese kühne und wenig präzise Annahme versuchte KÖHLER im einzelnen zu beweisen. Er beginnt mit der Behauptung, daß »Gestalten« schon im Bereich des physikalischen Geschehens vorkommen: eine Gestalt liege überall dort vor, wo ein Geschehen durch das bloße Wechselspiel der vorhandenen Kräfte geschaffen werde; z. B. im Planetensystem, in welchem die einzelnen Planeten ihre Bahnen nur unter der Wirkung der Anziehungs- und Abstoßungskräfte einhalten. Es handelt sich dabei also um eine rein dynamische Ordnung — die Planeten hängen nicht an Drähten und laufen nicht in Röhren, sondern ziehen ihren Weg einzig und allein infolge der Wechselwirkung der vorhandenen Kräfte. Genauso sei es im atomaren Geschehen. Alles dies ist richtig; und jeder bewundert diese dynamische Ordnung. Ganz unnotwendig ist es aber, einen Sachverhalt, den die Astronomie und die Physik mit ihren Begriffen genau beschrieben haben, mit dem unpräzisen Ausdruck »Gestalt« zu bezeichnen; es ist damit gar nichts gewonnen, sondern höchstens das Klare wieder unklarer gemacht. Ein Bedürfnis nach dem Begriff »Gestalt« wurde in der Physik nie empfunden; sie ist mit ihren sauberen Begriffen dem Tatbestand vollkommen gewachsen.

Wie im Bereiche des Physikalischen, so gäbe es »Gestalten« auch im Bereiche des physiologischen Geschehens; und zwar in den Erregungsprozessen des Gehirns, die den Wahrnehmungen zugrunde liegen. Wenn Lichtreize die Netzhäute treffen, so liegt dort zunächst »nur ein Mosaik gegeneinander indifferenter Reizpunkte vor«. Von diesen Reizpunkten fließen Erregungen in das Gehirn, wo sie aber nicht »summenhaft« zusammentreten, sondern eine Erregungsgestalt bilden, welche die Grundlage der wahrgenommenen Gestalt bildet. So kommt KÖHLER zu dem »allgemeinen Satz, daß anschauliche Raumordnung die getreue Wiedergabe einer entsprechenden Ordnung im zugrunde liegenden dynamischen Prozeßzusammenhang« des Hirngeschehens darstelle (KÖHLER 1933). KÖHLER sagt nicht gerade, daß die Erregungen, die der

Wahrnehmung eines Kreises zugrunde liegen, selbst kreisförmig gestaltet seien; aber seine Ausführungen — z. B. daß einem anschaulichen »zwischen« auch ein »zwischen« in der Erregungsgestalt entspreche — lassen vermuten, daß er dies annimmt. Ich glaube, LINDWORSKY hat einmal darauf hingewiesen, daß, wenn die KÖHLERschen Annahmen zuträfen, es konsequenterweise im Gehirn warm sein müßte, wenn wir Wärme, und kalt, wenn wir Kälte empfinden.

Nach der Theorie KÖHLERS — die hier nur ganz umrißhaft skizziert werden konnte — werden also die Erregungen, die aus dem »Reizmosaik« auf den Netzhäuten entstehen und in das Gehirn fließen, im Gehirn zu einer Erregungsgestalt vereinigt, die dann die unmittelbare Grundlage der Wahrnehmung darstellt; diese Umwandlung vom Mosaik zur Gestalt, von der Summe der Reize zu einer »sensorischen Organisation« sei »eine charakteristische Leistung des nervösen Geschehens«. In den Einzelheiten bestehe, wie KÖHLER selbst zugibt, noch keine Klarheit; »im Gegenteil, in dieser Gegend beginnt das Reich des milden Nebels; das muß gesehen werden und man muß versuchen, den Nebel zu beseitigen«.

Seit diesen Ausführungen KÖHLERS sind viele Jahre vergangen; man hat nicht den Eindruck, daß in dieser Zeit der »milde Nebel« beseitigt oder daß von der Gestalttheorie auch nur ein ernsthafter Versuch gemacht worden wäre, im Einklang mit den physiologischen Forschungsergebnissen zu einer klareren Auffassung zu kommen. Es ist noch immer nicht genau gesagt worden, wie man sich eine »Undverbindung« oder eine »bloße Summe« von Erregungen eigentlich vorzustellen habe und worin der Gegensatz zur »Gestalt« bestehe — immer hört man nur dieses geheimnisvolle Wort und weiß doch nie genau, was man sich dabei denken soll. Trotzdem muß eindringlich und rühmend darauf hingewiesen werden, daß die Theorie KÖHLERS einen sehr wesentlichen Fortschritt darstellt: sie hat die Schwierigkeiten der »Ausschleifungshypothese« überwunden und mit aller Entschiedenheit die Theorie von der *dynamischen Selbstverteilung* der Erregungen eingeführt, die auch von physiologischer Seite — z. B. von BETHE — gefordert wurde. Überflüssig und störend ist an der Theorie nur eines — und das ist der unklare Begriff »Gestalt«, der KÖHLER zu der Auffassung verführte, daß das, was wir als Gestalt wahrnehmen, bereits in den Erregungsprozessen als Gestalt vorhanden sei.

Ähnlich steht es mit der *Gedächtnistheorie* KÖHLERS. Assoziationen entstehen, wie oben dargestellt wurde, nach seiner Meinung dadurch, daß die assoziierten Inhalte zu Gliedern einer Gestalt werden; dies vollziehe sich in einem Organisationsprozeß. Über das Hirngeschehen bei der Einprägung und Erinnerung erfährt man von KÖHLER lediglich, daß auch hier wieder Erregungsgestalten das Entscheidende seien: was gestaltet aufgenommen wird, wird auch in dieser Gestalt eingeprägt und reproduziert.

Ich habe an anderer Stelle (ROHRACHER 1939, 1967) den Versuch gemacht, zu klareren Vorstellungen über die Gehirnvorgänge zu kommen, die den Wahrnehmungen und dem Gedächtnis zugrunde liegen. Dabei ergab sich folgende Ausgangsstellung für die Hypothesenbildung: 1. Die Einprägung von Erlebnisinhalten erfolgt auf dreierlei Art, nämlich durch Wiederholung (z. B. verbales Lernen), durch Gleichzeitigkeit oder Nacheinander (Assoziation, bedingter Reflex) oder durch Trieb-Befriedigung (nach dem Gesetz des Effektes); 2. durch diese Vorgänge werden in bestimmten Ganglien dauernde Veränderungen geschaffen (dies ist durch die Tatsache erwiesen, daß die Erkrankung oder der Verlust bestimmter Gangliensysteme zum Verlust bestimmter Gedächtnisinhalte führt — Agnosie, Alexie, Aphasie). Aus diesen Feststellungen entsteht das Problem, auf welche Weise *psychische* Prozesse (nämlich das bewußte Erleben) zu *materiellen* Veränderungen im Gehirn führen. Eine unmittelbare Einwirkung des *Erlebens* auf die Gehirnstrukturen ist unwahrscheinlich; zum mindesten können wir uns davon keine Vorstellung machen. Eine mittelbare Einwirkung hingegen ist — wenigstens im Prinzip — denkbar, wenn man annimmt, daß die den bewußten Erlebnissen zugrunde liegenden Erregungsvorgänge (die elektrischen und chemischen Gehirnvorgänge) bleibende Veränderungen in den Zellen oder Fasern bewirken. Wie schon früher ausgeführt wurde, müssen zwischen den zerebralen Erregungsprozessen und den Erlebnissen, die aus ihnen hervorgehen, vollkommene »Entsprechungen« bestehen, so daß jedem Erlebnisinhalt eine bestimmte »spezifische Erregungskonstellation« zugrunde liegt. Um zu einem ersten Ansatz einer Gedächtnistheorie zu kommen, darf man annehmen, daß die spezifischen Erregungskonstellationen durch ihre elektrischen und chemischen Komponenten in den Feinstrukturen des Gehirns spezifische Veränderungen herbeiführen, so daß diese Strukturen — man wird dabei in erster Linie an die Mikroelemente in den Ganglienzellen denken — nach dieser Veränderung andere Erregungen produzieren als vorher; eben diejenigen, deren bewußte Auswirkungen wir als Gedächtnisleistungen erleben. Besondere Bedeutung kommt bei dieser Strukturveränderung, die den eigentlichen »Einprägungsvorgang« darstellt, den früher erwähnten nachdauernden oder »postmentalen« Erregungen zu, die auch noch nach Aufhören des ihnen entsprechenden Erlebens durch ihre chemischen und elektrischen Kräfte auf die Feinstrukturen der Ganglienzellen verändernd einwirken.

Die »Theorie der spezifischen Strukturveränderungen«, die ich im Jahre 1939 zum ersten Mal publiziert habe, hat in letzter Zeit an Wahrscheinlichkeit sehr gewonnen, weil die Frage, welche Feinstrukturen der Ganglienzellen durch die Erregungen verändert werden können, zunächst durch chemische Hypothesen, dann aber auch durch biochemische Forschungen beantwortet werden konnte. Es ist heute kaum noch daran zu zweifeln, daß bestimmte, in den Ganglienzellen vorhandene Moleküle die »Gedächtnis-Spuren« aufnehmen und behalten. Solche Moleküle müssen durch elektrische oder chemische Kräfte in ihrer Struktur verändert werden können, sie dürfen aber nur einen *mittleren* Grad von Veränderbarkeit aufweisen: ihre Struktur darf nicht allzu leicht veränderlich sein, weil die entstandenen Veränderungen von Dauer sein sollen, also gegenüber äußeren Einflüssen eine gewisse Resistenz aufweisen müssen, sie dürfen aber auch nicht allzu schwer zu verändern sein, weil im Gehirn nur schwache Kräfte (nämlich die elektrischen Zellprozesse) als »Struktur-Veränderer« zur Verfügung stehen. Der schwedische Biochemiker Holger HYDÉN hat das Verdienst, auf Grund solcher Überlegungen mit überaus subtilen chemischen Methoden eine Reihe von Resultaten erzielt zu haben, aus denen sich mit hoher Wahrscheinlichkeit ergibt, daß die »Gedächtnis-Substanz« in unseren Ganglienzellen aus *Ribonukleinsäure* (RNS) besteht; die RNS-Moleküle sind in ihrer Struktur ziemlich labil, so daß sie durch relativ schwache elektrische oder chemische Kräfte in ihrem Aufbau modifiziert werden können, diese Modifikation dann aber mit einer gewissen Resistenz beibehalten. Für die Richtigkeit dieser Annahme sprach zunächst die Feststellung von PALAY und PALADE (1955), daß im Inneren der Nervenzellen Ribonukleinsäure in höherer Konzentration vorhanden ist als in jeder anderen Körperzelle, ausgenommen Pankreas- und Eizellen. Elektronenoptisch ist die RNS in Form von feinen Körnchen (Ribosomen), die weit verstreut im Zytoplasma und in den Nissl-Schollen liegen, erkennbar. Man weiß heute auch, daß der RNS-Gehalt der verschiedenen Ganglienzellen sehr große Unterschiede aufweist; in den Rückenmarksganglien ist er sehr viel höher als z. B. in den Ganglien der Netzhaut.

H. HYDÉN gelang es, mit geistreichen Verfahren die methodischen Schwierigkeiten zur Bestimmung kleinster Mengen von RNS zu überwinden. Die wichtigsten Resultate seiner Arbeit sind folgende: 1. Der RNS-Gehalt motorischer Rückenmarkszellen steigt vom 3. bis zum 40. Lebensjahr an, bleibt dann mehr oder weniger konstant und beginnt mit dem 60. Jahr zu sinken. 2. Bei Sinnesreizung (Vestibularreizung bei Kaninchen durch Rotation) steigt der RNS-Gehalt der Ganglienzellen in den entsprechenden Sinneszentren; 3. Unterbrechung sensorischer Leitungen im Tierversuch (der optischen und akustischen Bahnen) führt zu einer Abnahme des RNS- und Proteinspiegels in den betreffenden

Sinneszentren. Auf Grund dieser (und anderer, wegen ihrer chemischen Kompliziertheit hier nicht referierter) Ergebnisse kommt HYDÉN zu der Auffassung, daß Ribonukleinsäure als »Gedächtnismolekül« in Betracht komme. Er stellte eine Hypothese auf, die der oben dargestellten Theorie der Entstehung spezifischer Strukturänderungen in den Ganglienzellen durch die elektrische Komponente der Erregungsprozesse vollkommen entspricht und genauere Vorstellungen über das Zustandekommen solcher Strukturänderungen entwickelt. Der erste Schritt zur Erzeugung einer Einprägung besteht nach der Hypothese HYDÉNS im Eindringen spezifischer elektrischer Ströme (z. B. der Aktionsströme der Sinnesnerven) in den Zellkörper, wobei er sich die »Spezifität« der Aktionsströme als Frequenz-Modulation vorstellt. Dadurch wird das Ionengleichgewicht im Zytoplasma beeinflußt, was zu einer Änderung der Struktur von RNS-Molekülen durch Positionsverschiebungen ihrer Basen führen soll. In solchen Lageänderungen innerhalb der Molekülstruktur besteht die »Spezifikation« in der Nervenzelle, die dann dauernd bestehenbleibt. Die Einprägung ist damit beendet. Die Modifikation der RNS-Struktur bewirkt, daß von nun an in der Zelle die molekularen Prozesse anders verlaufen als bisher. Die veränderte Struktur hat nach HYDÉNS Hypothese die Eigenschaft, daß sie auf das elektrische »Erregungsmuster«, durch das sie zustande gekommen ist, »antwortet«, d. h. mit eigener Erregungsproduktion reagiert. Die Reproduktion entsteht also nicht durch Bevorzugung bestimmter Bahnen, sondern durch die Spezifität der Erregung: die Erregungen, die beim Anblick einer Rose in die optischen Gehirnregionen fließen, fließen von dort in vielerlei andere Gangliensysteme; aber nur jene Zellen, in denen RNS-Moleküle durch die spezifischen, bei der Wahrnehmung von Rosen entstandenen Erregungen in ihrer Struktur verändert wurden, sprechen auf die jetzt auftretenden »Rosen«-Erregungen an — vielleicht auf Grund eines Resonanz-Prinzips, wie man es aus vielen physikalischen Prozessen kennt; diese spezifizierten Zellstrukturen produzieren dann ihre eigene Erregung, woraus das Wiedererkennen oder die Vorstellung der Rose entsteht. Nicht Spezifität der Leitungen, sondern Spezifität der Erregungen ist das Prinzip dieser Theorie.

Auf den Spezialfall des *Lernens* angewendet, behauptet die dargestellte Hypothese: das Lernen besteht darin, daß durch Wiederholung derselben Bewußtseinsinhalte und damit durch die wiederholte Einwirkung gleicher Erregungsprozesse auf die beteiligten Ganglienzellen bleibende Strukturveränderungen geschaffen werden; oder, noch schärfer formuliert: Lernen heißt, durch wiederholtes Bewußtmachen desselben Inhaltes gleiche Erregungsprozesse erzeugen, die in bestimmten Ganglienzellen bestimmte strukturelle Veränderungen erzeugen; diese

Veränderungen sind um so dauerhafter, je öfter derselbe Erregungsvorgang auf die Zellstrukturen einwirkte. Noch anders ausgedrückt: etwas gelernt haben bedeutet, bestimmte Ganglienzellen durch wiederholtes Erzeugen bestimmter gleicher Erregungsprozesse so verändert haben, daß sie von nun an Erregungen produzieren, aus denen das Gelernte bewußt wird.

Neuere Untersuchungen machen es wahrscheinlich, daß der chemische Speicherungsvorgang komplizierter ist als ursprünglich angenommen wurde, weil dabei noch mindestens ein anderes Protein beteiligt ist. Moore und Mitarbeiter hatten gefunden, daß es ein Protein gibt, das nur im Nervengewebe vorkommt, wo es sich 10 Tage nach der Geburt zu entwickeln beginnt (bei der Ratte); wegen seiner Löslichkeit in Ammonium-Sulfat wurde es »S-100 Protein« genannt (Moore 1965). Um festzustellen, ob diese — mehrfach bestätigte — Substanz beim Lernen eine Rolle spielt, gingen Hydén und Lange von Behauptungen Penfields aus, daß ohne Hippocampus — ein Gangliensystem in jedem Seitenventrikel, das entfernt einem Seepferdchen (hippocampus) ähnlich ist — der Erwerb neuer Erfahrungen unmöglich sei, weil bei beidseitiger Erkrankung dieser Gangliensysteme die Menschen die Lernfähigkeit verlieren. Es wurde ein Verhaltensexperiment durchgeführt, das die Rechts- und Linkshändigkeit bei Ratten ausnützt. Wie die Menschen bevorzugen die Ratten eindeutig entweder die rechte oder die linke Vorderpfote bei ihren Manipulationen (nur ein kleiner Prozentsatz ist beidhändig). Es wurde eine Glasröhre konstruiert, aus welcher die Ratte mit der Vorderpfote Futterpillen entnehmen konnte, wobei aber das Ende der Glasröhre so geformt war, daß die Pillen nur entweder mit der rechten oder mit der linken Pfote herausgenommen werden konnten. Nachdem die Ratten auf ihre Händigkeit getestet worden waren, mußten die »Linkspfoter« lernen, die Pille mit der rechten Pfote herauszunehmen, und umgekehrt, und zwar zweimal an jedem Tag durch 25 Minuten. Die Leistungen, gemessen an der Zahl der in 25 Minuten herausgeholten Pillen, stieg linear (z. B. von ca. 50 auf 120 in 5 Tagen). Am 5. Tag nach dem letzten Training wurden die Tiere getötet und Ganglienzellen aus dem Hippocampus auf ihren S-100-Protein-Gehalt untersucht; er war bei den trainierten Tieren sehr signifikant höher als bei einer Kontrollgruppe, die nichts lernen mußte. Bei Ratten, deren Ganglienzellen 5 Tage, 14 Tage und 30 Tage nach dem Training untersucht wurden, zeigte sich, daß nur bei den ersten zwei Gruppen die Protein-Bildung signifikant höher war als bei Kontrolltieren — d. h. wenn das neue Verhalten bereits beherrscht wird (was nach 14 Tagen zutrifft, weil die Leistung nicht mehr steigt), so erfolgt keine weitere Protein-Synthese im Hippocampus. Hydén schließt daraus, daß die S-100-Protein-

Bildung im Hippocampus für den Lern*vorgang* spezifisch sei, sich also *während* des Lernens vollziehe (HYDÉN und LANGE 1969). Ein eindrucksvolles Argument für diese Hypothese wurde durch folgendes Experiment gewonnen: bei 6 Ratten, die 3 Tage das gegenhändige Verhalten trainiert hatten, wurde am 4. Tag ein Antiserum gegen die S-100-Protein-Synthese (gewonnen an Affen) in die Gegend des Hippocampus injiziert, worauf das weitere, durch noch 3 Tage durchgeführte Training keine weitere Leistungssteigerung erbrachte (d. h. die Zahl der Futterpillen blieb gleich wie am 3. Tag), während eine Kontrollgruppe beträchtliche Verbesserungen ihrer Leistung erreichte. Offenbar war die Lernfähigkeit dadurch, daß die Protein-Synthese verhindert wurde, verlorengegangen (HYDÉN und LANGE 1970). Wo dann die endgültige Speicherung erfolgt, ist eine andere Frage, möglicherweise in RNS-Molekülen in anderen Zellgebieten der Hirnrinde. Wie immer die Forschung auf diesem Gebiete sich weiterentwickeln wird — an der entscheidenden Beteiligung spezifischer Proteine an der Entstehung dauernder Residuen in der Hirnrinde kann schon heute nicht mehr gezweifelt werden. *Unsere Gedächtnisleistungen ergeben sich aus molekularen Strukturänderungen in bestimmten kortikalen Ganglienzellen.* Fragwürdig hingegen sind die Behauptungen, daß die durch einen Lernprozeß modifizierten Gedächtnis-Stoffe übertragbar seien; die bereits sehr zahlreichen Transfer-Experimente — Gehirnextrakte trainierter Tiere wurden auf nicht-trainierte durch Injektion oder Fütterung in der Erwartung übertragen, daß die nicht-trainierten das trainierte Verhalten ohne Lernen durchführen — ergaben widersprechende Resultate (GUROWITZ 1969).

Die Strukturänderungs-Theorie läßt sich im Prinzip auf jede Art von Einprägung — nicht nur auf das Lernen durch Wiederholung — anwenden. Auch für die Entstehung von Assoziationen und bedingten Reaktionen sowie für das Lernen durch Erfolg und Mißerfolg müssen Strukturveränderungen in bestimmten Gangliensystemen angenommen werden, doch sind zur Erklärung dieser Gedächtnisleistungen einige Zusatzannahmen nötig, die hier nur angedeutet werden können. Assoziation bedeutet, daß Erlebnisinhalte, die gleichzeitig oder nacheinander bewußt waren, sich später wechselseitig in das Bewußtsein rufen, wenn einer von ihnen auftritt. Für die Gehirntheorie der Assoziation folgt daraus, daß gleichzeitig oder aufeinanderfolgend auftretende Erregungskonstellationen miteinander eine Verbindung eingehen, die dazu führt, daß das Auftreten einer ihrer Komponenten die ganze Verbindung und damit die ihr entsprechenden bewußten Inhalte entstehen läßt. Nach den früheren Ausführungen ist dies nichts anderes als der Vorgang einer neuen »Konstellations-Bildung«: verschiedene gleichzeitige Erregungen (bzw. Konstellationen) treffen sich in den Faser- und Zellsystemen der

Hirnrinde und verbinden sich in wechselseitiger Beeinflussung zu einer neuen Konstellation, die durch ihre elektrochemischen Wirkungen in bestimmten Ganglienzellen dauernde spezifische Strukturveränderungen hinterläßt. Wird durch einen äußeren Reiz eine Erregung erzeugt, die eine Komponente dieser Konstellation darstellt, so werden die »spezifizierten« Zellstrukturen auf diese Erregung ansprechen und die ganze Konstellation wird auftreten. Daraus entsteht das Bewußtwerden der Inhalte, deren Erregungen sich beim ersten gleichzeitigen Auftreten zur Konstellation verbunden haben.

Man kann in diesen Überlegungen noch einen Schritt weiter gehen und annehmen, daß nicht nur gleichzeitige mentale Erregungsprozesse eine Assoziation begründen, sondern daß auch gleichzeitige mentale und submentale Konstellationen sich zu einer neuen Konstellation verbinden können. Eine solche Hypothese ließe sich vielleicht zu einer Erklärung mancher Neurosen oder Phobien ausbauen, bei denen bestimmte Erlebnisinhalte bestimmte vegetative Vorgänge — Erröten, Zittern, Schweißausbruch — oder einfach Angstgefühle auslösen, ohne daß ein verständlicher Zusammenhang ersichtlich ist. Auch zur Erklärung der bedingten Reaktionen könnte eine Hypothese über mental-submentale Assoziationsbildung beitragen (Rohracher 1948).

Die größten theoretischen Schwierigkeiten bereitet die Erklärung der Einprägung durch Trieb-Befriedigung nach dem »Gesetz des Effektes«; hier bleibt kaum eine andere Möglichkeit als die Vermutung, daß dabei Erregungskomponenten aus den »Urhirn-Systemen« der Thalamusregion beteiligt sind und daß diese Erregungen besonders rasch zu starken Strukturveränderungen führen, so daß schon das einmalige Auffinden des richtigen Verhaltens zur Trieb-Befriedigung eine dauernde Einprägung bewirkt.

Das Zustandekommen optischer Wahrnehmungen aus Empfindungen und bisheriger Erfahrung und das Erkennen des gesehenen Dinges vollzieht sich nach dieser »Theorie der spezifischen Erregungskonstellationen« ungefähr folgendermaßen: von den Sinneszellen der Netzhäute fließen Erregungen in die optischen Gangliensysteme der Hirnrinde, von wo aus sie in viele andere Hirngebiete weitergeleitet werden; viele Zellen, in denen diese Erregungen einlangen, werden untätig bleiben, diejenigen aber, deren Strukturen durch frühere gleichartige Sinneserregungen verändert wurden, werden zur Produktion ihrer eigenen spezifischen Erregung angeregt. Diese spezifischen Erregungen verbinden sich mit den Sinneserregungen zu einer Konstellation, die nun ihrerseits wieder alle jene Ganglienzellen zum Ansprechen bringt, deren Erregungen bereits einmal an dieser Konstellation beteiligt waren; darunter auch die Zellen, in denen die dem Namen des Sehdinges entsprechenden

Erregungen entstehen. Die *bewußte* Wirkung aller dieser Erregungsprozesse ist die Wahrnehmung des Dinges — des ganzen Dinges mit allen Eigenschaften, die wir an ihm von früher her kennen, mit seinem Namen und seinen Beziehungen zu anderen Dingen.

Ich weiß, daß diese Theorie kompliziert ist; aber die Vorgänge, die sie erklären soll, sind auch kompliziert und mit den groben Ausdrücken unserer Sprache in ihren Feinheiten, ihrer Präzision und ihrer Geschwindigkeit überhaupt nicht adäquat zu beschreiben. Die Theorie der »spezifischen Erregungskonstellationen« hat den Vorzug, daß sie die wichtigsten Tatsachen der Wahrnehmung und des Gedächtnisses erklären kann: sie macht das Zusammenwirken von Empfindung und Erfahrung verständlich, sie erklärt den Ausfall der Merkfähigkeit bei Schädigung bestimmter Gangliensysteme, das Verschwinden bestimmter Gedächtnisinhalte bei Zerstörung dieser Zellen, die individuellen Unterschiede im Gedächtnis, die Minderung seiner Leistung im Alter und das Zustandekommen aller Assoziationen; die Theorie der spezifischen Erregungskonstellationen bietet ferner — und dies ist das wichtigste — eine Möglichkeit, die wunderbare Ordnung im Ablauf unserer Vorstellungen und Gedanken zu verstehen.

Das Denken

Entwicklung der experimentellen Denkforschung

Die natürliche Entwicklung hat den Menschen so hoch geführt, daß er imstande ist, das Geschehen im Weltall und die Vorgänge in den Atomen in mathematischen Formeln darzustellen. In wenigen symbolischen Zeichen kann er die Regeln zum Ausdruck bringen, nach denen sich die Elektronen und die Himmelskörper bewegen. Diese Leistung ist durch die Fähigkeit des abstrakten, begrifflichen Denkens möglich geworden.

Man kann hier wieder einmal zeigen, wie groß die Aufgabe der Psychologie ist: auch das Denken, das die Astronomen zur Berechnung der Entfernung kaum sichtbarer Sterne und die Physiker zur Messung der elektrischen Ladung ewig unsichtbarer Atomteilchen geführt hat, gehört zu den Vorgängen, welche die Psychologie zu untersuchen hat. Die höchsten geistigen Leistungen, die uns alle zu größter Bewunderung und Begeisterung zwingen — sie sind immer auch ein psychologisches Problem, genauso wie die Bewunderung und Begeisterung, die sie in uns auslösen. Ein abstrakterGedanke, der in verbaler oder mathematischer Formulierung z. B. ein allgemeines, immer gültiges Naturgesetz enthält — er ist das Ergebnis vielfältiger und langwieriger psychischer Prozesse. Die Psychologie hat zu untersuchen, wie es im Menschen zu diesen Prozessen gekommen ist, wie sie verlaufen sind und auf welche Weise sich aus ihnen die Formulierung ergab, in der eine ewige Wahrheit über Vorgänge in der Natur festgestellt wird.

Es braucht nicht betont zu werden, daß die Psychologie noch sehr weit von der Lösung solcher Fragen entfernt ist. Aber erste Ansätze zur Erforschung des menschlichen Denkens liegen bereits vor. Sie wurden — im großen und ganzen — von zwei verschiedenen Richtungen aus gewonnen: aus Experimenten über das Lösen von Problemen und aus Untersuchungen über die Entwicklung des Denkens bei Tieren und Kindern. Was dabei herausgekommen ist, ist im Verhältnis zur Größe des Problems wenig, im einzelnen aber doch sehr viel: nämlich die Erkenntnis, daß sich das Denken nach eigenen Gesetzen vollzieht — nicht etwa bloß nach den Assoziationsgesetzen — und daß seine Grundlagen in den Begriffen bestehen, über deren Entstehung die experimentelle Psychologie schon ziemlich sichere Auskunft geben kann.

Nicht durch Experimente und auch nicht durch Spekulationen oder Analysen, sondern durch die einfache Alltagsbeobachtung ist ferner eine wichtige, wenn auch bisher wenig beachtete Feststellung gesichert: das Denken hat *funktionalen* Charakter, es ist ein Hilfsmittel im Dienste anderer psychischer Vorgänge. Neben dem Wahrnehmen und dem Gedächtnis ist das Denken die wichtigste und leistungsfähigste Methode zur Erreichung der Ziele, die von den Trieben, Interessen und Willenserlebnissen gesetzt werden. Der Beweis für diese Behauptung läßt sich nur aus der Selbstbeobachtung erbringen; sie zeigt uns bei jedem Denkprozeß, daß er darauf ausgeht, eine Aufgabe zu lösen, die ihm von einem Trieb oder einem Entschluß gestellt wurde. Das Denken setzt immer dann ein, wenn irgend etwas erreicht werden soll: die Befriedigung einer Leidenschaft, die Erfüllung eines Wunsches, die Ausführung einer Pflicht, die Erledigung eines Auftrages, die Lösung einer Aufgabe. Es befindet sich — wie alle psychischen Funktionen — immer in dienender Stellung; und welche Dienste es verrichtet — gute oder böse, edle oder gemeine — ist ihm gleichgültig, es erfüllt wie ein williger, neutraler, mechanischer Sklave jeden Auftrag, so gut es ihn eben erfüllen kann. Das Denken ist eine psychische Funktion — nicht mehr; aber eine Funktion von höchster Leistungsfähigkeit. Auch wenn es zu großen Erkenntnissen führt, ist es nur ein Diener, der die Aufträge des Erkenntnisdranges ausführt.

Die Funktionsweise des Denkens läßt sich natürlich nur in der Selbstbeobachtung studieren. Es ist nicht leicht, dabei zu sicheren Feststellungen zu kommen; das Denken verläuft rasch, und vieles an ihm ist nicht klar bewußt. Zahlreiche Einzelkomponenten wirken in ihm zusammen, und manche von ihnen sind sprachlich sehr schwer zu fassen. Die Selbstbeobachtung beim Denken erfordert überdies, daß man imstande sei, den Denkprozeß selbst denkend festzuhalten und zu beschreiben; alle denkpsychologischen Aussagen sind ja »Gedanken über das Denken«, d. h. dasjenige, womit man das Denken untersucht, ist selbst wieder ein Denken. Diese komplizierte Situation methodisch bewältigt zu haben, ist das Verdienst der *experimentellen Denkpsychologie*.

Daß man das menschliche Denken experimentell untersuchen könne, wurde zunächst für unmöglich gehalten. Als eine Gruppe junger Psychologen — Bühler, Marbe, Messer und Watt — unter der Führung von Oswald Külpe in den Jahren 1902—1908 in Würzburg mit Experimenten über das Denken begann, erregte dies in der älteren Generation der Experimentalpsychologen großes Mißtrauen und schwere Bedenken. Kein Geringerer als der Altmeister des Faches WILHELM WUNDT hat vor der »neuen Methode« eindringlich gewarnt. BÜHLER hat ihm geantwortet und die Arbeitsweise der Würzburger klar beschrieben; die neue Methode, so erklärte er, »versucht, die psychischen Tatsachen des Denkens unmittelbar selbst zu erfassen. Sie hält sich an das hic et nunc beim Denken Erlebte, sucht es zu bestimmen und dadurch zu einer Erkenntnis der Realgesetze zu gelangen, unter denen es steht. Ihr Instrument ist die Selbstbeobachtung; aber sie unterscheidet sich wesentlich von den älteren Bemühungen der Selbstbeobachtung an zufällig gebotenen oder durch ein inneres Experiment hervorgerufenen Erlebnissen. Zufälligkeit und Willenseinfluß des Erlebenden, die beiden Mißstände aller älteren Beobachtungen, hat sie durch eine einfache Arbeitsteilung beseitigt. Es wird nämlich dem Beobachter ein Versuchsleiter beigegeben, der die Erlebnisse hervorruft und die Beobachtungen zu Protokoll nimmt, so daß die Versuchsperson nur mit ihrem Erlebnis und seiner Beschreibung beschäftigt ist.« Genauer formuliert BÜHLER: »Wir stellen uns also die allgemeine Frage: *Was erleben wir, wenn wir denken?* Dann versuchen wir uns gar nicht erst an einer vorläufigen Bestimmung des Begriffes Denken, sondern wählen für die Analyse nur solche Vorgänge, die jedermann als Denkvorgänge bezeichnen wird. Wenn jemand das nicht tun sollte, so mag er sich unsere Frage so umdenken: Was erleben wir, wenn wir diese bestimmten Aufgaben lösen? Was für Aufgaben? Das mußte sich aus den mitgeteilten Erwägungen schon fast von selbst ergeben. Wir wollten unsere Versuchspersonen denken lassen. Nun ist die natürlichste Art, einen anderen zum Denken zu veranlassen, die, daß man eine Frage an ihn richtet. Wenn man diese Frage so einrichtet, daß er sie mit ja oder nein beantworten kann, daß er sich also nicht erst um eine Formulierung seiner Antwort zu bemühen braucht, dann wird er uns nachträglich sagen können, wie er zu dem Ja oder Nein gekommen ist, d. h. was er auf unsere Frage hin gedacht hat. Was für Fragen das sein dürfen? Solche, die keine allzu lange Überlegung, aber doch eine kleine Anspannung von der Versuchsperson fordern. Was stofflich dazu fähig ist, wird natürlich ganz von der Versuchsperson abhängen; denn was etwa einen Primaner in Verlegenheit zu bringen vermag, wird vielleicht auf einen geübten Denker weniger Eindruck machen« (BÜHLER 1908).

WUNDT hatte behauptet, »daß jeder Denkakt in der Form bestimmter Einzelvorstellungen unserem Bewußtsein gegeben sein muß«. Diese der landläufigen Meinung entsprechende Behauptung war durch keinerlei Experimente bewiesen. BÜHLER ließ seine Versuchspersonen so genau wie möglich beschreiben, was sie während des Denkens erlebt hatten, indem er ihnen Sprichwörter, Sentenzen oder Zitate vorlegte und das Erleben beim Verstehen ihres Sinnes schildern ließ. Die Versuchsperson wurde z. B. gefragt: »Verstehen Sie den Satz: Soll die Frucht vom Baum dir fallen, darf es nicht die Blüte tun?« Nach 7,5 Sekunden antwortete die Versuchsperson »Ja« und beschrieb dann ihr Erleben folgendermaßen: »Verständnis war gleich beim Anhören da. Besonders hervorgehoben waren dabei die Begriffe Frucht und Blüte. Daran schloß sich der Gedanke an die Kausalität, die zwischen beiden besteht, und ihr Zeitverhältnis, ferner das Bewußtsein, daß das auf menschliche Verhältnisse übertragen werden kann. Von irgendwelchen Vorstellungen konnte ich gar nichts bemerken« (BÜHLER 1908).

BÜHLER kam aus vielen solchen Experimenten zu der Überzeugung, daß es »Gedanken ohne jede nachweisbare Spur irgendeiner Anschauungsgrundlage« gebe; eine Behauptung, die schon lange vorher der französische Intelligenzforscher BINET aus Untersuchungen an Kindern aufgestellt hatte. BÜHLER schloß daraus, daß die Gedanken nicht auf andere Erlebnisse zurückführbar seien und daher »letzte Erlebniseinheiten« darstellen. Auch auf ein »Beziehungsbewußtsein« oder eine »Transzendenz« lassen sich nach BÜHLER die Gedanken nicht zurückführen. »Es gibt Gedanken, in denen das Was vollständig klar bestimmt ist, ohne daß sich etwas Anschauliches oder so etwas wie ein Regel- oder Beziehungsbewußtsein in ihnen nachweisen ließe. Vor diesen Erlebnissen stehen alle Versuchspersonen zunächst verblüfft stille.«

Allerdings — und dies hat BÜHLER in einem Kongreßvortrag 1908 klar herausgestellt — eine vorherrschende Rolle kommt dem Herstellen von Beziehungen beim Denken doch zu, wenn es auch nicht sein Wesen darstellt; wohl aber stellt die Schaffung von Beziehungen einen wesentlichen Faktor beim Verstehen eines Satzes (das ja auch ein Denken ist) dar. Ich sehe in diesen Ergebnissen BÜHLERS einen entscheidenden Fortschritt und zugleich einen sehr wichtigen, aber zu wenig beachteten Beitrag zur Psychologie des Verstehens; ich gebe daher die einschlägige Stelle aus dem Vortrag BÜHLERS vollständig wieder. Wurde der Versuchsperson ein Satz vorgelegt, z. B. die Frage: Verstehen Sie den Satz: Das Denken ist so außerordentlich schwer, daß manche es vorziehen zu urteilen?, so lautete die Antwort (im wesentlichen): »Nach dem Auffassen der Frage wußte ich zwar, um was es sich dabei handelt, doch war das Denken darüber ganz unklar. Ich wiederholte den Satz langsam und dann wußte ich: Urteilen heißt dabei, eine Angelegenheit gedankenlos abtun, nur um mit ihr fertig zu werden, anstatt über sie nachzudenken. Außer den gehörten und von mir reproduzierten Worten des Satzes war nichts Vorstellungsmäßiges (d. i. Anschauliches im Bewußtsein).« Das Geschehen bei vielen ähnlichen Versuchen faßt BÜHLER folgendermaßen zusammen: »Es war ein alter, der Vp. geläufiger Gedanke reproduziert worden, und nun wurde eine bestimmte logische Beziehung zwischen diesem alten und dem zu verstehenden neuen Gedanken bewußt. Diese Beziehung war sehr mannigfaltig: Identität, Ähnlichkeit, Gegensatz, Subsumption, Begründung usw. Der Gedanke wird dadurch . . . ideal eingeordnet, er erhält, bildlich gesprochen, seinen logischen Platz in der Gedankenwelt des Hörers und *dadurch* wird er verstanden« (BÜHLER 1908). Die »logische Platzanweisung« ist also die Grundlage des Verstehens der Bedeutung eines Satzes (d. h. seines Sinnes); sie vollzieht sich langsam oder rasch »mit einem inneren Ruck« und löst bei vielen Menschen ein befriedigtes »Aha, so ist es« aus. Das ist das berühmt gewordene BÜHLERsche »*Aha-Erlebnis*«.

Die Feststellung, daß die Gedanken unanschauliche Erlebniseinheiten seien, die nach ihrer Bedeutung in die bisherige Gedankenwelt eingeordnet und auf diese Weise »verstanden« werden, wirft neue Fragen auf. Wodurch kommt es zur »logischen Platzanweisung«? Wie kommt überhaupt die Ordnung im Gedankenablauf zustande? Die Antwort der klassischen Psychologie lag bereit: selbstverständlich geht alles Denken auf Assoziationen zurück — zwar auf ein sehr kompliziertes Zusammenspiel von Assoziationen, aber im wesentlichen doch auf sie; denn sie regeln den Ablauf der Vorstellungen, mögen diese nun anschaulich oder unanschaulich sein. Es ist eine unleugbare Tatsache, daß bei jedem Denken die bisherige Erfahrung eine ausschlaggebende Rolle spielt — vielleicht kann man den gesamten Denkverlauf in ein sehr komplexes Zusammenwirken vieler früherer Eindrücke auflösen und als regulierendes Prinzip die Assoziationen betrachten?

Daß man mit dieser Auffassung den geordneten Denkverlauf nicht erklären kann, hat BÜHLER in sehr schönen Experimenten nachgewiesen. Zu den bewährtesten Methoden der Assoziations-Forschung gehört die MÜLLER-PILZECKERsche »Treffermethode« (s. S. 283); man läßt Paare von sinnlosen Silben — tuk-lap, vem-tol usw. — lernen und bietet dann in zufälliger Reihenfolge immer die erste Silbe; man kann dann feststellen, in wie vielen Fällen die zweite behalten wurde, wie viele »Treffer« die Versuchsperson zustande bringt. Genau dasselbe machte BÜHLER nicht mit sinnlosen Silben, sondern mit ganzen Gedanken (Gedankenpaar-Versuche): der Versuchsperson wurden nacheinander 20 Paare von Gedanken, mit gleichem oder ähnlichem Sinn, in Wortgruppen formuliert, vorgelesen (z. B.: »Das goldene Kalb als Naturgesetz — Der Ruf nach Metaphysik«; »Der Punkt des Archimedes — Das Ei des Kolumbus«; »Spinozas Ethik — Segen und Gefahren der Einsamkeit« usw.). Nach einmaligem Vorlesen wurde nach der Treffermethode geprüft, also der erste Gedanke jedes Paares geboten und festgestellt, in wie vielen Fällen die Versuchsperson den zweiten Gedanken (dem Sinn und Ausdruck nach) reproduzieren konnte. Der Durchschnitt waren 17 bis 18 Treffer, während bei nur 6 Paaren sinnloser Silben kaum 3 Treffer erzielt werden (Ergebnisse von JOST, S. 284). Um dem Einwand zu begegnen, daß durch die unmittelbare Aufeinanderfolge der Gedankenpaare eine Assoziation zustande komme, machte BÜHLER eine zweite Reihe von Versuchen: es wurden 20 Sprichwörter nacheinander geboten (z. B. »Keine Suppe ist teurer als die man umsonst ißt«, »Einer Wand, die fallen will, gibt jeder gern einen Stoß« usw.). Dann wurde der Versuchsperson eine zweite Reihe von Sprichwörtern vorgelesen, wobei sie den Auftrag hatte, festzustellen, ob in der ersten Reihe ein ähnlicher Gedanke vorhanden und in welche Worte er gekleidet war. In der zweiten Reihe kamen nun Formulierungen mit analogem Sinn vor (z. B. »Wohltat annehmen ist Freiheit verkaufen«; »Eine tote Katze beißen selbst die Mäuse« usw.). Man kann sich leicht vorstellen, daß die Versuchspersonen beim Vorlesen der zweiten Reihe unschwer das analoge Sprichwort aus der ersten reproduzierten — obwohl in diesen Fällen jede Bindung durch zeitliches Nacheinander, jede »Kontiguität« wegfiel. Aus 882 solchen und ähnlichen Versuchen, bei denen die Versuchspersonen ihr Erleben ganz genau zu beschreiben hatten, kommt BÜHLER zu der Feststellung, daß das Primäre bei der Erinnerung das Bewußtwerden der logischen Beziehung, also das *Verstehen des Sinnes* war und nicht die Assoziation. Dies wurde besonders klar in solchen Fällen, in denen die Versuchsperson wohl wußte, daß in der ersten Reihe etwas Sinngleiches vorgekommen war, aber die sprachliche Formulierung nicht rasch oder überhaupt nicht reproduzieren konnte. Das wesentliche Ergebnis war also: der *Sinn* von Gedanken wirkt in viel höherem Grade verbindend als das zeitliche Nacheinander; und die Worte, in denen ein Gedanke ausgedrückt ist, sind gegenüber dem Gedanken selbst für die Reproduktion nur von nebensächlicher, sekundärer Bedeutung. Der Gedanke kann wiederentstehen ohne die Worte, in denen er früher formuliert war.

Natürlich ist mit all dem nicht gesagt, daß das, was die Assoziationsforscher erarbeitet hatten, falsch ist; sondern nur, daß sich mit diesen Ergebnissen allein das Denken nicht erklären läßt. Man wird sagen dürfen, daß beide Prinzipien nebeneinander wirken: sowohl die Assoziation wie auch der Sinn der Gedanken wirken regulierend im Reproduktionsgeschehen. Was »Sinn der Gedanken«, »Bedeutung eines Wortes«, »logische Einordnung« im Grunde ist, bleibt vorläufig eine offene Frage; sicher aber ist mit allen diesen Ausdrücken ein realer Sachverhalt getroffen, also etwas, was es wirklich gibt und von dessen Existenz wir uns ja auch jederzeit unmittelbar überzeugen können.

Mit den drei wichtigsten Ergebnissen BÜHLERS — daß die Gedanken unanschauliche, selbständige Erlebniseinheiten sind, daß die Beziehungen zwischen ihnen durch ihren Sinn hergestellt werden und daß das Verstehen in der Einordnung des Neuen in die bisherige Erfahrung besteht — ist die experimentelle Denkforschung in Europa zu einem vorläufigen Abschluß gekommen. Sie hat seither — abgesehen von den Untersuchungen über die Entstehung der Begriffe, von denen gleich zu sprechen ist — nur mehr Teilresultate erzielt; aber auch diese Teilresultate stellen nur Tatsachen fest, ohne sie erklären zu können. Am wichtigsten sind unter ihnen die zahlreichen Untersuchungen über den Vorgang des Vergleichens. SCHUMANN, KATONA und andere fanden, daß der Vergleich zweier anschaulicher Inhalte — z. B. zweier verschieden langer Linien, die nacheinander geboten werden — sehr häufig ebenfalls »unanschaulich« zustande kommt; es ist nicht so, daß man sich die vorher gesehene Linie anschaulich vorstellt und ihr Erinnerungsbild messend unter die gegenwärtig wahrgenommene Linie legt, um festzustellen, ob sie länger oder kürzer sei (Vorstellungsbild-Theorie), sondern man »weiß irgendwie«, ob sie länger oder kürzer ist (KATONA 1924). BRUNSWIG hat zur Erklärung dieser vielfach bestätigten Tatsache ein »latentes Wissen« angenommen; doch ist dies reine Hypothese — in Wirklichkeit ist der Vorgang des Vergleichens und damit der ganze Bereich der Erfassung von Beziehungen (»Relationserkenntnis«) noch ein ungelöstes Problem. Von einem »latenten Wissen« könnte man auch bei einem Teilprozeß des Denkens sprechen, den L. BOLTERAUER in Wien untersucht und als »Abstellen« bezeichnet hat. Wenn man eine schwierigere Rechnung im Kopf durchführen soll (z. B. 17 mal 23), so rechnet man zuerst ein Teilresultat (10 mal 23), das man »abstellt« und erst wieder in das Bewußtsein ruft, wenn man es später braucht (BOLTERAUER 1945). Man weiß jedoch, *daß* man ein Teilergebnis abgestellt hat, ohne daß dieses selbst klar bewußt ist. Ich nenne solche »nebenher« bewußte Inhalte »mitbewußt«; davon war bereits die Rede (S. 62).

Das Material, mit dem das menschliche Denken arbeitet, sind die Begriffe; ihre Entstehung hat sich experimentell weitgehend aufklären lassen.

Entstehung der Begriffe

Begriffe sind sehr eigenartige psychische Tatsachen; sie erfassen die wesentlichen Merkmale sehr vieler verschiedener Dinge, indem sie dasjenige abstrahieren, was allen gemeinsam ist. Der Begriff »Baum« umfaßt Nadel- und Laubbäume, solche, die eßbares Obst tragen, und solche, die nur Holz liefern, große und kleine, alte und junge — alle Bäume, die es gibt, mögen sie untereinander noch so verschieden sein, sie sind auf jeden Fall: Bäume. Das ist ein großer Vorteil für das Denken; überall dort, wo es auf Einzelheiten nicht ankommt, kann es sich mit der Feststellung begnügen: das ist ein Baum. Man braucht sich nicht weiter mit dem Problem zu befassen, die Sache ist in die eigene Gedankenwelt eingeordnet, die Aufgabe, die gestellt war (das Ding zu erkennen), ist gelöst. Was ist das, was man dort ganz in der Ferne sieht? Es ist ein Haus. Das genügt — ob es ein altes oder neues, ein großes oder kleines, ein schönes oder häßliches, ein hölzernes oder gemauertes, ein weißes oder ein graues Haus ist —, es ist ein Haus, damit ist zunächst einmal das Wesentliche festgestellt. Es ist ungemein praktisch, daß wir solche Gedanken haben, die nur das Wesentliche enthalten; wir ersparen uns damit viel geistige Arbeit, sie entlasten uns und machen uns das Denken und Verstehen leichter. Denn daß es sich bei all diesen Begriffen auch um ein Verstehen handelt, ist klar: mit einem einzigen Erlebnisinhalt, dem Begriff, ist das Ding, das wir nicht kannten, eingeordnet in unsere gewohnte Erfahrungswelt. Diese Einordnung ist, wie in den oben beschriebenen Versuchen BÜHLERS gezeigt wurde, eine wesentliche Komponente des Verstehens; erleichtert wird das Verstehen dadurch, daß wir für fast jeden Begriff ein Wort zur Verfügung haben.

Mit dieser Behauptung ist bereits ein sehr wichtiges begriffspsychologisches Problem gestellt: wir denken in Begriffen, und die Begriffe sind dabei eigenartige Erlebnisse, mit deren Inhalt etwas Bestimmtes gemeint und in seinen wesentlichen Merkmalen erfaßt ist; für diese Begriffe haben wir Namen, d. h. Wörter, die sie bezeichnen. Wenn wir an große Pflanzen mit hölzernem Stamm denken, so denken wir zumeist auch den Namen dieses Begriffes dazu: Baum; und genauso wenn wir an Unterkünfte zum Wohnen denken: Haus. Zwischen den Begriffen und ihren Namen besteht also zweifellos eine sehr enge Beziehung; und der Name muß dabei irgendeine Funktion haben, also eine Aufgabe erfüllen. Worin besteht sie? Schon die ersten grundlegenden begriffspsychologischen Arbeiten — die Untersuchung des Engländers AVELING (1912) und die des Deutschen ACH »Über Begriffsbildung« — gingen von dieser Beziehung aus und untersuchten außer der Entstehung von Begriffen auch den Prozeß, in welchem ein zuerst sinnloses Wort eine Bedeutung erhält, also zum Namen für einen Begriff wird. AVELING ließ sinnlose Wörter mit bestimmten Bildern und Figuren (Kegelschnitte in verschiedener Perspektive) assoziieren; ACH benützte nach diesem Vorbild geometrische Körper (ACH 1921).

Die Versuche waren sehr einfach: es wurden Körper aus Pappe hergestellt — Würfel, Zylinder, Pyramiden —, die verschiedene Größen und Gewichte hatten: ein großer schwerer und ein großer leichter Würfel, ein kleiner schwerer und ein kleiner leichter Würfel usw. Auf jedem Körper war ein Zettel mit einem sinnlosen Wort befestigt; und zwar an allen großen schweren Körpern dasselbe Wort (z. B. Gazun), an allen großen leichten wieder dasselbe (z. B. Ras), dann an allen kleinen leichten z. B. fal usw. (die Namen der großen Körper waren groß, die der kleinen klein geschrieben, die Namen der schweren waren zweisilbig, die der leichteren einsilbig). Die Versuchspersonen mußten die Körper aufheben und das Wort lesen; dann wurden die Zettel mit den Wörtern weggegeben und die Versuchsperson mußte bestimmte Körper heraussuchen: z. B. einen Körper Gazun oder einen Ras. Dann wurde gefragt, worin der Unterschied zwischen Gazun und Ras, Ras und fal usw. bestehe und ob diese Wörter nun einen bestimmten Sinn bekommen hätten. Es zeigte sich, daß die zuerst ganz sinnlosen Lautkomplexe nun wirklich zu Namen geworden waren (Gazun — das sind die großen Schweren, fal — die kleinen Leichten), wobei beim Nennen des Namens nicht mehr die einzelnen Würfel usw. bewußt wurden, sondern nur mehr das ihnen Gemeinsame (also groß und schwer, klein und leicht usw.). Es war eine »allgemeine und abstrakte Vorstellung« von Gazun, fal usw. entstanden. Die Allgemeinheit dieser Vorstellungen hat Ach im »Warenhaus-Versuch« nachgewiesen: er ging mit seinen Versuchspersonen in ein Warenhaus, um Einkäufe zu machen: ohne weiteres wurden die großen schweren Kochtöpfe aus Eisen als »Gazuns«, die kleinen leichten Teekannen aus Aluminium als »fal« bezeichnet, und ebenso große, schwere Bildrahmen als Gazun und kleine Photorähmchen als fal. Es waren also wirklich neue Begriffe entstanden: alles, was groß und zugleich schwer ist, wird in einem Begriff zusammengefaßt, und ebenso alles Kleine und Leichte. Gedacht werden diese neuen Begriffe als Gedanken — unanschaulich — und immer tritt beim Denken auch ihr Name ins Bewußtsein. Ist der Name nur eine Nebensache oder hat er eine bestimmte Funktion?

Eines steht dabei fest, und es ist wichtig, darauf zu achten: die Verbindung zwischen dem Gedanken und dem Wort ist assoziativ entstanden. Die Versuchsperson hat die großen, schweren Gegenstände in die Hand genommen und dabei immer »Gazun« gelesen — hier liegt Gleichzeitigkeit der Eindrücke, »Berührung« im Sinne der klassischen Assoziationslehre vor, und diese Berührung wirkt in die Zukunft weiter: »Gazun« — das ist groß und schwer. Der Begriff hat einen Namen bekommen, indem zwischen dem Gedankeninhalt und einem Lautkomplex eine Assoziation gestiftet wurde. Vollzogen hat sich der Prozeß genau nach den Gesetzen, welche die Assoziationsforschung schon längst untersucht hatte. Ich betone dies ausdrücklich, weil in der jünge-

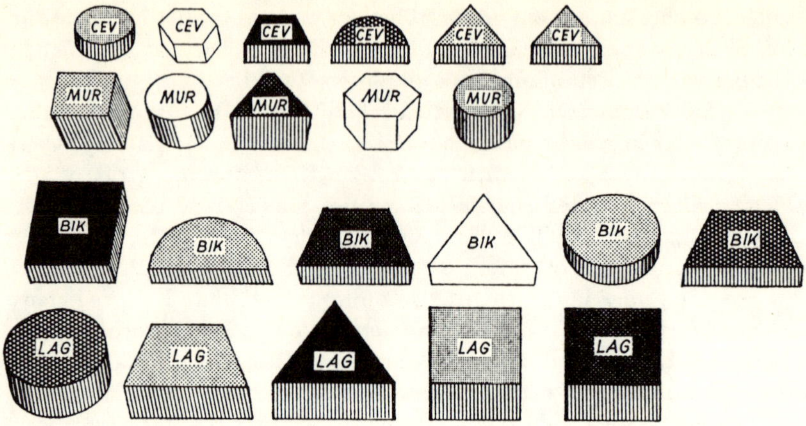

Abb. 87. Wygotski-Blöcke. Erklärung im Text. (Aus Wygotski L. S., Denken und Sprechen, Berlin 1964.)

ren Denkpsychologie die Neigung besteht, der Assoziation jede Bedeutung für Denkprozesse abzusprechen.

Ein besonders scharfer Gegner der Assoziations-Theorie war der russische Psychologe Lew Semjonowitsch Wygotski, der durch seine Experimente mit den »Wygotski-Blöcken« (die aber, soweit ich mich informieren konnte, von seinem Mitarbeiter L. S. Sacharow entwickelt wurden) bekannt wurde. Es handelt sich dabei um 22 Körper von verschiedener Form, Höhe, Größe und Farbe (Abb. 87); alle hatten auf der Unterseite eine sinnlose Silbe als Namen eingezeichnet, und zwar die 6 kleinen und niederen den Namen »CEV«, die 5 kleinen hohen die Silbe »MUR«, die 6 großen niederen »BIK« und die 5 großen hohen »LAG«, während die 6 verschiedenen Formen und die 3 Farben für die Begriffsbildung nicht relevant waren. Alle Klötze lagen ungeordnet mit dem Namen nach unten vor der Versuchsperson; ein Klotz wurde aufgehoben, der Name an der Unterseite gezeigt und dazu wurde gesagt, daß es vier Gruppen von Klötzen mit vier Namen gebe — die Versuchsperson solle die Klötze heraussuchen, die nach ihrer Meinung denselben Namen haben werden wie der gezeigte. Hebt sie einen falschen auf, so wird ihr der Name auf dessen Rückseite gezeigt, wodurch die Versuchsperson nach und nach das richtige Ordnungsprinzip findet. Man nannte dieses Verfahren »Sortiermethode« der Begriffsbildung im Gegensatz zur einfachen »Erfahrungsmethode« Achs; das Grundprinzip — gemeinsame Merkmale bei Körpern, die sich in anderen Merkmalen unterscheiden — ist beibehalten, jedoch die Begriffsbildung erschwert, weil sie mit »Problemlösen« verbunden wurde, nämlich mit der Auffindung des Ordnungsprinzips der Gruppenbildung. Es war zu erwarten, daß die Resultate mehr Aufschlüsse über Problemlösung als über Begriffsbildung erbringen werden — sie zeigten verschiedene Verfahren der Versuchspersonen (»Strategien«) zur Auffindung des Ordnungsprinzips sowie die dabei erfolgende, auf die Informationen (»Rückmeldungen«) des Versuchsleiters aufgebaute Hypothesenbildung der Versuchspersonen zur Erreichung dieses Zieles. Die Interpretation der Ergebnisse durch WYGOTSKI ist sehr vielseitig — er wendete sie vor allem auf die Entwicklung des begrifflichen Denkens beim Kinde an und behauptete, »daß die Wörter, ohne bereits die Stufe vollentwickelter Begriffe zu erreichen, deren Funktion übernehmen und als Verständigungsmittel zwischen sprechenden Menschen dienen können« (WYGOTSKI 1964, S. 135).

Auf die vielen, unter sich sehr verschiedenen Meinungen über die kindliche Begriffsbildung kann hier nicht eingegangen werden; zugegeben wird von den meisten Begriffsforschern, daß die Assoziation zum mindesten immer mitbeteiligt ist, wenn ein neuer Begriff entsteht — mag sie auch keineswegs entscheidend sein, denn: »die Begriffsbildung oder die Tatsache, daß ein Wort eine Bedeutung annimmt, ist das Resultat einer komplexen aktiven Tätigkeit, an der alle intellektuellen Funktionen in einem spezifischen Zusammenhang beteiligt sind« (WYGOTSKI, S. 116). Es entstehe nicht nur eine assoziative, sondern auch eine logische Beziehung.

Mag man die Bedeutung der assoziativen Verbindung zwischen Begriff und Wort hoch oder gering einschätzen — sicher ist, daß diese Assoziationen die Grundlage der sprachlichen Verständigung bilden. Zwischen Begriff und Wort besteht ja eine *wechselseitige* Abhängigkeit: das Wort tritt nicht nur in das Bewußtsein, wenn der dazugehörige Begriff aufgetreten ist, sondern es tritt auch der Begriff auf, wenn das Wort, das ihn bezeichnet, gehört oder gelesen wird. Darauf beruht die Möglichkeit der Verständigung unter den Menschen: der eine nennt den Namen eines Begriffes, im anderen, der den Namen hört, wird der zugehörige Gedanke bewußt. Mit diesen Feststellungen befindet man sich schon mitten in der Sprachpsychologie: man benützt das Wort, um dem anderen einen eigenen Gedanken mitzuteilen (BÜHLERS »Darstellungs«-Funktion), aber auch — und dies ist für das Denken das wichtigste — um im eigenen Erleben den Gedanken (um es zunächst bildlich auszudrücken) einen festen Halt zu geben. Wir denken meist in Worten, mit Hilfe einer inneren »Sprache«; welche Funktion hat dabei der »Lautkomplex«, der einen Gedankeninhalt bezeichnet?

Es gibt über diese Frage allerlei Experimente. An Taubstummen hat W. FROHN gezeigt, daß trotz guter Intelligenz manchmal auftretende

Abstraktionsschwierigkeiten dieser Menschen zu einem wesentlichen Teil im Mangel eines Wortschatzes ihre Grundlage haben. Es scheint also, daß die Abstraktion durch das Vorhandensein von Worten erleichtert wird (zit. n. FRÖBES 1920). Als Hilfen des Denkens erweisen sich die Worte aber auch schon in der gewöhnlichen Alltagsbeobachtung: WILLWOLL, der die Begriffsbildung ebenfalls experimentell untersuchte, nennt sie einmal Kristallisationspunkte, um die sich die Einzelelemente des Bedeutungskomplexes gruppieren (WILLWOLL 1929). Man kann sich bei einiger Mühe eine ungefähre Vorstellung davon machen, wie das Denken verliefe, wenn es vollkommen wortlos wäre: es geriete alles leicht durcheinander, Überblick und Ordnung kämen in Gefahr; wie ein Lufthauch wäre ein solcher Gedanke, ohne Halt und Festigkeit und äußerst flüchtig. Daß es wortloses Denken wirklich gibt, wissen wir alle aus dem Erlebnis des raschen Einfalls, der durch den Kopf fährt und meist schon dahin ist, wenn man ihn in Worte fassen will. Diese Höhepunkte des abstrakten geistigen Erlebens — unanschauliche und überdies noch wortlose Gedanken — sind von solcher Flüchtigkeit, daß sie sich nur ganz kurze Zeit halten können; daher spricht man vom blitzartigen Aufleuchten eines Gedankens, dessen Formulierung nachher oft die größten Schwierigkeiten bereitet.

Es scheint mir, daß aus diesen Tatsachen eine der Funktionen des Wortes als Name für einen Begriff klar wird: *das Wort gibt den Gedanken im Ablauf der Erlebnisse einen festen Halt.* Ein Begriff ist etwas Unanschauliches, aber er leistet viel mehr als die einzelne anschauliche Vorstellung (der Begriff »Baum« trifft auf *alle* Bäume zu und erfaßt ihr Wesentliches). Diese Unanschaulichkeit hat aber auch ihre Nachteile, nämlich die Flüchtigkeit, die alles Unanschauliche im Gegensatz zu den Vorstellungsbildern aufweist. Um sie auszugleichen, ist es zweckmäßig, daß man den unanschaulichen Gedanken nun wieder an etwas Anschauliches — Hörbares, Sprechbares, Lesbares —, also Sinnfälliges bindet. Dazu sind Lautkomplexe außerordentlich geeignet. Man kann aus den Lauten beliebig viele Kombinationen, also Worte, herstellen, man kann sie aussprechen, schreiben und lesen, und man kann sie, was besonders wichtig ist, *vorstellen.* Es ist also höchst zweckmäßig, die unanschaulichen Gedanken an ein Wort zu binden: man kann dann den flüchtigen Gedanken jederzeit herbeirufen, indem man sich das Wort, das zu ihm gehört, vorstellt, ohne daß der Gedanke von seiner Allgemeinheit und damit von seiner entlastenden Funktion das geringste einbüßt.

Man hat hier also eine ungemein praktische Einrichtung vor sich, an welcher man vielerlei studieren kann; vor allem auch den Wert einer funktionalen Betrachtungsweise des psychischen Geschehens. Ich fasse noch einmal zusammen: aus den anschaulichen Vorstellungen und

Wahrnehmungen, also aus demjenigen, was wir bildhaft vor uns haben, wird das Wesentliche herausgezogen; das Wesentliche ist das, was einer größeren oder kleineren Gruppe von unter sich verschiedenartigen Dingen, Beziehungen usw. gemeinsam ist. Dadurch verliert das Denken an Anschaulichkeit: wenn man das allen Bäumen Gemeinsame vorstellen will, so kann man sich nicht alle Arten von Bäumen einzeln vorstellen, sondern nur einen unanschaulichen Begriff »Baum« abstrahieren. Der Vorteil, den man damit gewinnt, ist außerordentlich groß: man ist nicht mehr auf das Einzelne, Dinghafte, Konkrete angewiesen, in welchem immer das Allgemeine mit individuellen Besonderheiten gemischt ist und daher das Wesentliche nicht hervortritt, sondern man kann das Wesentliche *allein* fassen. Erkauft ist dieser Vorteil aber durch einen großen Nachteil: das Unanschauliche ist flüchtig, es hat keine scharfen Formen, es ist vage und ungenau. Dieser Nachteil muß ausgeglichen werden, wenn der Wert des unanschaulichen, allgemeinen »abstrakten« Denkens erhalten bleiben soll; die Flüchtigkeit muß eine Festigung erfahren, die es ermöglicht, mit diesen unanschaulichen Erlebnissen genau so sicher zu operieren wie mit den anschaulichen Vorstellungen. Dies wird erreicht, indem man sie wieder an etwas Sinnlich-Vorstellbares, jederzeit leicht Reproduzierbares bindet: an Lautkomplexe, an Worte und Namen. Solche Lautkomplexe kann man aussprechen, niederschreiben, hören und vorstellen. Ihre Aufgabe besteht darin, den unanschaulichen Gedanken eine feste, sinnlich wahrnehmbare Form zu geben und dadurch ihre Flüchtigkeit zu beseitigen. Die Bindung zwischen Gedanke und Wort ist dabei eine rein assoziative: weil öfters beide gleichzeitig bewußt waren, rufen sie sich wechselseitig hervor.

Eine keineswegs vollkommene, aber einigermaßen das Wesentliche treffende Umschreibung von »Begriff« wäre nach dem Gesagten: Begriffe sind unanschauliche Gedanken, die sich zu ihrer Festigung im Erlebnisablauf assoziativ mit einem Wort verbunden haben. Wenn man den Wert der Wortbindung unserer Gedanken noch klarer machen will, braucht man nur auf solche Gedankeninhalte hinweisen, die von vornherein vollkommen unanschaulich sind: Begriffe wie Recht, Sinn, Energie, Weltanschauung usw. haben überhaupt keine anschauliche Grundlage; würde man sie nicht an eine solche, nämlich an ein Wort binden, so wäre es gar nicht möglich, mit ihnen zu denken. Es scheint — und dies ist eine zweite Funktion des Wortes beim Denken — geradezu so zu sein, daß Gedanken, die nicht an eine sprachliche Formulierung gebunden sind, im Gedächtnis überhaupt nicht oder nur schwer haftenbleiben; es spricht viel dafür, daß ein gewisser Grad von anschaulicher, also z. B. sprachlicher Bindung notwendig ist, um die Einprägung zu ermöglichen. Man kann daher auch von einer »*Gedächtnisfunktion*« des

Wortes beim Denken sprechen. Damit ist nur eine — und zwar eine wenig beachtete — Funktion der Sprache beschrieben; die Sprachpsychologie kennt noch viele andere, auf die hier nicht eingegangen werden kann. Kainz hat sie in einem ausgezeichneten sechsbändigen, umfassenden Werk dargestellt (Fr. Kainz »Psychologie der Sprache« 1946—1970).

Ein Begriff ist also — und diese Feststellung ist wichtig — nicht der Name dessen, was der Begriff erfassen soll, sondern das Erfaßte selbst. Es ist schwierig, diese Verhältnisse sprachlich klar darzustellen. Ein einfaches Beispiel zeigt, mit was für komplizierten und interessanten psychischen Vorgängen man es dabei zu tun hat: es passiert uns allen häufig, daß uns ein Name für eine Person oder für einen Ort oder für irgend etwas anderes nicht einfällt; was wir dabei erleben, ist der bloße »nackte« Begriff — dasjenige, was wir »meinen«, der unanschauliche oder auch mit anschaulichen Vorstellungen durchsetzte Gedanke (= linguale Hemmung, s. S. 298). An solchen Fällen kann man sehr schön feststellen, daß Begriff und Name nicht dasselbe sind und daß der namenlose Begriff flüchtig und unscharf ist und keinen festen Halt besitzt, solange man ihn nicht an ein Wort binden kann. Was vor sich geht, wenn uns ein Name nicht einfällt — das Auftauchen aller möglichen Einzelmerkmale, nebensächlicher Eigenschaften, geringfügiger Details an dem, was man meint und wofür man den Namen sucht —, hat das Experiment sehr klar herausgestellt; nicht die experimentierenden Psychologen, sondern die Versuchspersonen, die ihre Erlebnisse zu beschreiben hatten, verwendeten dabei einen in der Psychologie ungebräuchlichen Ausdruck: es bilde sich eine *Sphäre*, in der alles enthalten sei, was zum Begriff gehöre. Schon in einer heute noch lesenswerten Untersuchung von Messer aus dem Jahre 1906, in der einfache Assoziationsexperimente mit Selbstbeobachtung beschrieben werden, wurde festgestellt, daß das Verstehen der Bedeutung eines Wortes »in dem Bewußtsein der allgemeinen Sphäre bestehe, in die das Wort gehört«. Auch in den Experimenten von Willwoll und den späteren von Charlotte Bühler verwendeten die Versuchspersonen den Ausdruck »Sphäre«. Bietet man zwei Reizworte (z. B. »mutig — unbedacht«), zu denen ein übergeordneter Begriff gefunden werden soll, dann sei es so: es »strömen von beiden Worten Bedeutungsmomente zusammen, aber die Bedeutung eines jeden einzelnen ist doch wieder eine Sphäre für sich . . .« (Willwoll). Grünbaum nennt diese Bedeutungssphäre eines Vorstellungsinhaltes den »eigentümlichen Hof um den Inhalt, der aus labilen und verschiedentlich in Bereitschaft gesetzten Vergegenwärtigungen der zugehörigen Bedeutungen besteht« (zit. n. Willwoll); und Ch. Bühler versucht eine objektivere Bestimmung: »Die Sphäre ist die Gruppe aller mit einer Bedeutung verträglichen Bedeutungen und Beziehungen« (Ch. Bühler 1931, S. 155). Der Ausdruck »Gruppe« scheint mir das Wesentliche nicht so gut zu treffen wie etwa die umständlichere Formulierung, die Sphäre sei das »Ineinander« aller mit der Bedeutung zusammenhängenden Inhalte und Beziehungen; denn es liegt hier tatsächlich dasjenige vor, was die Versuchspersonen mit dem »Zusammenströmen« ausdrückten: ein Ineinanderfließen alles dessen, was die Erfahrung zu einer bestimmten Vorstellung beizusteuern hat, ja überhaupt alles dessen, was an Vorstellungen, Beziehungen, Wissen, aber auch an Gefühlen und sogar Triebregungen wach wird, wenn ein bestimmter Bewußtseinsinhalt (sei es zunächst auch nur in vager, angedeuteter Form) gegeben ist.

Ein sehr eindrucksvoller objektiver Hinweis auf die Existenz solcher »Begriffs-Sphären« wurde von den russischen Psychologen A. R. Luria und O. S. Vinogradova durch folgendes Experiment gewonnen. An 10 normalen Schulkindern (10—15 Jahre alt) und 15 geistig zurückgebliebenen Jugendlichen wurde außer einigen anderen Reaktionen (Kopf- und Augenbewegungen, sog. Orientierungs-Reflexen) auch Änderungen der peripheren Durchblutung bei Begriffserlebnissen registriert. Wenn ein Begriff — z. B. »Katze« — durch eine Aufgabe (z. B. daß ein Taster gedrückt werden soll, wenn sein Name genannt wird) besonders »interessant« gemacht wird, so treten bei Nennung dieses Namens auch Änderungen in der Blutfüllung der Blutgefäße in den Fingern auf (die Blutgefäße werden enger oder weiter); diese Änderungen der Blutfülle lassen sich mit einem »Finger-Plethysmographen« registrieren (der Finger steckt in einer Glastube, die fest an die Haut anschließt und von welcher ein Gummischlauch die Luftdruckschwankungen, die durch die Volumsänderungen des Fingers infolge der Durchblutungsänderungen auftreten, auf ein empfindliches Schreibsystem überträgt; man sieht dann in der aufgezeichneten Kurve die Pulswellen, außerdem aber auch noch große langsame Schwankungen, die durch die Durchblutungsänderungen entstehen). Im Experiment von Luria und Vinogradova wurde zu diesem Zweck ein Finger der linken Hand in eine fest anschließende Glastube gesteckt, dann wurden den Kindern zur Gewöhnung an die Situation zuerst monoton neutrale Worte vorgesagt, bei denen sich im Anfang Durchblutungsänderungen zeigten, später nicht mehr. Die Kinder erhielten dann den Auftrag, jedesmal, wenn das Wort »Koshka« (= Katze) gesagt wird, mit der rechten Hand einen Taster zu drücken, worauf bei diesem Wort immer auch eine Gefäßreaktion auftrat, auch noch nach oftmaliger Wiederholung (20- bis 40mal), während neutrale Wörter — z. B. Glas, Bleistift, Fenster, Blume — keine Reaktion bewirkten. Wurde aber ein Wort ausgesprochen, das mit »Katze« sinn-

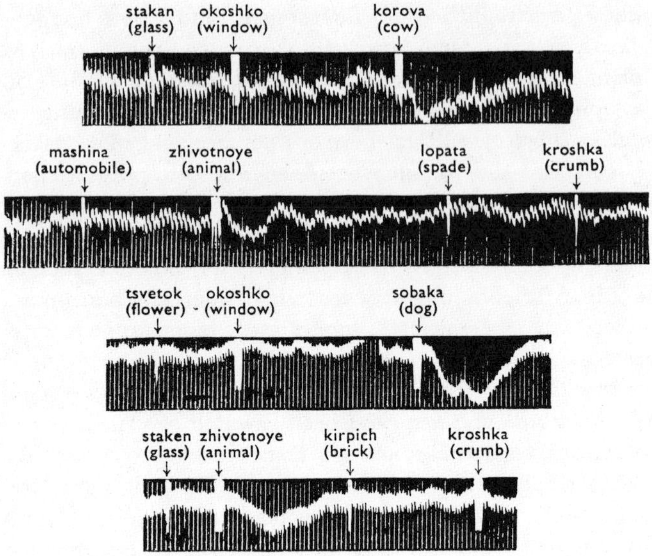

Abb. 88. Reaktionen im Finger-Plethysmogramm auf interessebetonte Worte. Erklärung im Text. Vertikale Linien = Zeitzeichen 1 Sekunde. (Aus Luria-Vinogradova, Brit. J. Psychology 50, 89 (1959).)

verwandt war — z. B. Maus, Tier, Hund —, so erfolgte zwar kein Druck auf den Taster, wohl aber eine Reaktion in der Durchblutung des Fingers (z. B. nach dog in Abb. 88); auf ähnlich klingende Worte, die aber in keinem Sinnzusammenhang zu »Katze« standen — okoshko = Fenster, kroshka = Krume —, erfolgte bei normalen Kindern keinerlei Reaktion, wohl aber bei den Debilen, bei denen oft *nur* die klangähnlichen Worte Reaktionen auslösten. Luria und Vinogradova interpretierten ihre Resultate durch die Hypothese eines »semantischen Systems«: durch das Wort »Katze« werde ein ganzes System von Bedeutungen aktiviert, dessen »Kern« der Begriff »Katze« bildet, während die Peripherie Begriffe enthält, die mit »Katze« in einer Sinnbeziehung stehen. Ebenso kann man in den Ergebnissen dieser schönen Experimente einen Hinweis auf die Existenz der »Begriffs-Sphäre« sehen, in welcher alles enthalten ist, was mit dem Begriff »Katze« zusammenhängt (Luria und Vinogradova 1959).

Auf Grund dieser Resultate, aber auch schon auf Grund einfacher Selbstbeobachtungen scheint die Hypothese erlaubt, daß das, was wir als einzelne Gedanken erleben, im wesentlichen »*sphärische Gesamtheiten*« sind, in die alles, was die bisherige Erfahrung an Dazugehörigem enthält, eingegangen und ineinander verwoben ist. Die Trennung zwischen einem Gedanken und seinem »Sinn«, seiner »Bedeutung«, wird nach dieser Auffassung gegenstandslos: der Gedanke und die Bedeutung sind in der sphärischen Gesamtheit untrennbar miteinander verbunden; die Bedeutung, die ein bestimmter Gedanke für einen bestimmten Menschen hat, ergibt sich aus allem, was seine bisherige Erfahrung an »sphärischen Komponenten« beigetragen hat. Kommen neue hinzu, so kann sich die bisherige Bedeutung ändern, erweitern, präzisieren und sogar eine ganz andere werden.

Ich bin mir bewußt, daß die Einführung des Ausdruckes »sphärische Gesamtheit« leicht zu Unklarheiten führen kann. Es ist aber nun einmal so, daß unsere Sprache, die ja selbst ein Produkt psychischer Vorgänge ist, so komplexe Erscheinungen wie Gedanken und Gefühle nicht vollkommen beschreiben kann. Besser als ein einziges inhaltsarmes Wort ist in solchen Fällen immer eine umschreibende Ausdrucksweise wie »sphärische Gesamtheit«. Für Tatsachen, die selbst nicht scharf begrenzt und abgesondert im Bewußtsein stehen, kann es auch keinen scharf präzisierenden Namen geben. Durch die Einführung der »Sphäre« wird auch die Formulierung BÜHLERS, daß Gedanken »unanschauliche Erlebniseinheiten« seien, etwas reicher und voller; diese Erlebniseinheiten haben sphärischen Charakter, es ist in ihnen vieles aus verschiedenen psychischen Bereichen zusammengeflossen.

Abschließend muß noch einmal eindringlich auf die biologische Funktion der Begriffe hingewiesen werden; sie besteht in der Aufgabe, in unserer Umwelt Ordnung zu schaffen, so daß wir uns in ihr sicher fühlen und nicht ständig von unbekannten Dingen beunruhigt werden, (für die begriffliche Ordnung genügen sehr oberflächliche Kenntnisse). Der in früher Kindheit einsetzende Vorgang der Begriffsbildung führt dazu, daß sich die Dinge und Lebewesen um uns her in große Klassen und Kategorien gliedern, in denen das Gemeinsame vieler, unter sich verschiedener Wahrnehmungsinhalte zusammengefaßt und in einem einzigen Begriff eingefangen wird; jeder Begriff bekommt überdies einen Lautkomplex als Namen, so daß man ihn aussprechen, hören, lesen und schreiben kann. So ordnet sich die Welt durch unsere Begriffe von selbst in Himmel und Erde, in Häuser, Bäume, Autos, Menschen und Tiere usw. und in ihre Unterarten. Auf diese Weise entsteht eine Welt, in der wir uns auskennen und zurechtfinden, obwohl wir von vielen, ja den meisten Dingen gar nichts Genaues wissen. Wer kann genau sagen, wie ein Dieselmotor, ein Fernsehgerät oder die Zentralheizung in unserer Wohnung funktioniert oder wie der Muskelapparat der Lebewesen ihre Bewegungen ermöglicht — trotzdem sind uns alle diese Dinge und Vorgänge wohl vertraut. Die Begriffe ordnen unsere Welt durch radikale Vereinfachungen, sie nehmen den Dingen, sobald sie einmal als ungefährlich erkannt sind, ihre Problematik. Begriffe sind Simplifikatoren und »Problem-Absorber«.

Sie haben aber überdies noch eine Sicherungsfunktion. Nicht nur, weil Ordnung überhaupt Sicherheit verleiht, sondern weil in den Begriffen auch enthalten ist, inwieweit und auf welche Weise uns ein Ding gefährlich werden könnte; wir können unser Verhalten entsprechend einrichten und fühlen uns daher auch im objektiv gefährlichen Zeitalter der Autos, Flugzeuge und hunderterlei anderer technischer Geräte relativ wohl und sicher.

Das Lösen von Problemen

Die Begriffe sind das Material, mit denen das menschliche Denken arbeitet. Mit ihrer Hilfe kann man alle Probleme — abstrakte und konkrete — unabhängig von Wahrnehmung und Vorstellung behandeln. Probleme sind Situationen, in denen man nicht weiß, wie man ein Ziel erreichen soll, oder abstrakte Aufgaben, für die man keine Lösung kennt. Es kann sich dabei um einfache Alltags-Situationen handeln — welches Auto soll ich kaufen? — oder um komplizierte theoretische Fragen — ist eine Währung besser durch eine Gold-Deckung gesichert oder durch die Arbeitsleistung des Volkes? —. In jedem dieser Fälle geschieht etwas in uns, um auf die gestellte Frage eine Antwort zu finden; dieses Geschehen ist das Denken. Es führt oft aus einfachen Überlegungen rasch zu einer Lösung oder es beschäftigt einen Unternehmer, Wissenschaftler, Künstler oder Politiker viele Monate oder Jahre. Die Logik hat für einen Teil der Prozesse, die sich dabei abspielen, eigene Begriffe und Namen entwickelt: Induktion und Deduktion, Urteilen und Schließen, Kombinieren und Abstrahieren; und alle diese Denk-Operationen sollen zu einem wahren Urteil, zu einer neuen Erkenntnis führen.

Über die Vorgänge, die sich beim Lösen eines Problems abspielen, weiß die Psychologie nur sehr wenig. Man hat schon bei den früher dargestellten Selbstbeobachtungs-Experimenten BÜHLERS den Eindruck, daß vieles von dem Geschehen, das zur Lösung eines Problems führt, auch von sehr guten Beobachtern nicht erfaßt werden kann; »entgegen der populären Meinung ist das eigentliche Denken nicht mit einem besonders hohen Grad von Bewußtsein ausgestattet; es gelangt vielmehr zu seinen Resultaten, ohne daß die einzelnen Zwischenstufen auch wirklich im Erleben deutlich würden« (HOFSTÄTTER 1957, S. 89). Der größte Teil der Denkvorgänge spielt sich offenbar im submentalen Erregungsgeschehen ab, so daß es im bewußten Denk-Erleben oft zu Pausen kommt, in denen man nichts anderes feststellen kann, als daß man auf

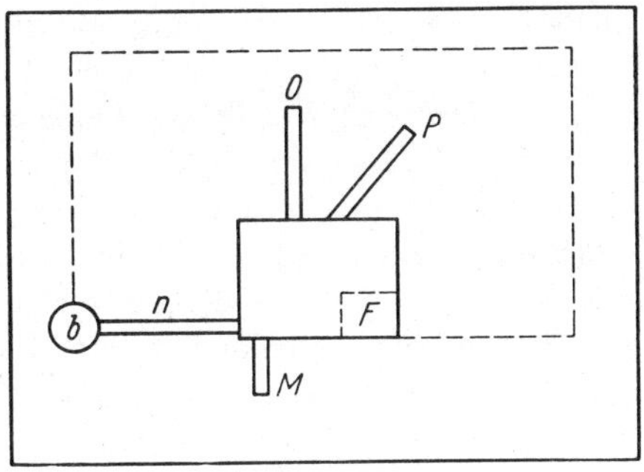

Abb. 89. NORMAN MAIERS Rattenversuch über die Kombination getrennt erworbener Erfahrungen.

einen »Einfall« wartet, wobei man unklar spürt, daß sich im Gehirn ein Vorgang abspielt, den man nicht durch andere Vorgänge stören darf. Für die Gehirntheorie des Denkens ist diese Tatsache sehr wichtig, doch kann hier darauf nicht eingegangen werden, auch nicht auf die theoretisch gut fundierte Hypothese, daß auch die Gesetze der Logik in Wahrheit Gesetze des zerebralen Erregungsgeschehens sind (ROHRACHER 1967, S. 115 ff.).

Um einen möglichst klaren Überblick über die wichtigsten experimentellen Resultate zu bieten und zugleich die Entwicklung des Denkens darzustellen, wird im folgenden zunächst das Vorgehen der Tiere beim Lösen von Problemen beschrieben.

1. Problemlösung bei Tieren

Zahlreich sind die Arbeiten, die sich mit der Frage befassen, ob eine Erkenntnis von Beziehungen oder Zusammenhängen — oft als »Einsicht« bezeichnet — schon bei Tieren bestehe. Von den vielen Untersuchungen, die darüber angestellt wurden, seien nur einige — die berühmten Experimente WOLFGANG KÖHLERS mit Menschenaffen mit Ergänzungen aus jüngster Zeit und die Rattenversuche von NORMAN R. MAIER — erwähnt. MAIER begann seine Experimente während seiner Studienzeit in Berlin; drei Ratten wurden einige Stunden auf einem Tisch in einem Zimmer sich selbst überlassen, sie lernten während dieser Zeit die Tischplatte mit vier blind endenden, vom Tisch ausgehenden Laufstegen (M, O, P und n; Abb. 89) genau kennen (Erfahrung 1). Dann wurde an den Wänden des Zimmers eine (in der Abbildung strichlierte) Laufbahn von einem runden Tischchen b zu einem Futterplatz F an einer Ecke der Tischplatte angebracht. Eine der drei Ratten lernte nun in drei Versuchen, von b zum Futterplatz F zu kommen (Erfahrung 2). Dann wurde das runde Tischchen b durch einen Laufsteg n mit der großen Tischplatte verbunden; und gleichzeitig wurde der Futterplatz F an der Ecke der Tischplatte durch ein Gitter so abgeschlossen, daß er von der Tischplatte nicht erreichbar war, sondern nur auf der großen Laufbahn. Nun wurden die drei Ratten in Einzelversuchen auf die Tischplatte gesetzt; die Ratte, die den Weg von b zum Futter gelernt hatte, machte vier Versuche, den Tisch in Richtung M, O oder P zu verlassen, und kam nach 98 Sekunden auf den richtigen Weg n, auf welchem sie zum Futter lief. Die beiden anderen Ratten machten nur zwei Versuche zum Verlassen des Tisches und gaben dies nach 300 Sekunden auf, ohne den Weg n zu benützen. Als man dann die zweite Ratte den Weg b zu F lernen ließ, kam sie schon nach 80 Sekunden, in denen sie vier Versuche in falscher Richtung gemacht hatte, auf den Weg n und über b zum Futter. Es scheint also, daß die Ratten imstande sind, zwei getrennt gemachte Erfahrungen zueinander in Beziehung zu setzen und dadurch ihr Ziel zu erreichen. In anderen, in Michigan durchgeführten analogen Experimenten mit zwei Gruppen von je drei Ratten ergab sich für die Ratten, die beide Erfahrungen (die Tischplatte und den Weg b bis F) gelernt hatten, eine Durchschnittszeit von 48,6 Sekunden, während welcher sie sich auf dem Tisch aufhielten; bei denjenigen, die den Weg b zu F nicht gelernt hatten, eine Durchschnittszeit von 207,3 Sekunden (N. Maier 1929).

Katzen und Hunde haben schon bei leichten Aufgaben versagt. Wenn an einem Stück Fleisch eine Schnur angebunden war, deren Ende sich in Reichweite des Tieres befand, so waren weder Katzen noch Hunde imstande, das Fleisch mit Hilfe dieser Schnur heranzuziehen. Affen bedienen sich in derselben Situation ohne weiteres der Schnur; sie leisten aber, wie Köhler zeigte, noch beträchtlich mehr. Sie ziehen nicht nur eine Banane, die, mit den Händen nicht erreichbar, außerhalb des Käfigs liegt, mit einem Stock heran, sondern brechen, wenn kein Stock in der Nähe ist, von einem Baum einen Ast ab, um ihn als Werkzeug zum Heranholen zu benützen. Köhlers Schimpansen türmten leere Kisten aufeinander, um eine hoch hängende Banane zu erreichen; einige von ihnen räumten, wenn man die Kiste durch hineingelegte Steine so schwer machte, daß sie nicht unter die Banane gezerrt werden konnte, die Steine heraus und zogen dann die Kiste unter die Frucht. Sie stellten sich also selbst die Hilfsmittel zur Erreichung der Früchte her. Das Höchstmaß in dieser Hinsicht leistete der Klügste von Köhlers Schimpansen namens »Sultan« in folgender Situation: eine Banane befand sich so weit außerhalb des Käfigs, daß sie mit keinem von zwei im Käfig liegenden hohlen Schilfrohren erreichbar war. Diese Schilfrohre waren so ausgehöhlt, daß man eines in das andere stecken und auf diese Weise einen Stab von doppelter Länge herstellen konnte. Der Schimpanse probierte über eine Stunde, bald mit dem einen, bald mit dem anderen Stock die Frucht heranzuziehen. Über das weitere Verhalten berichtet der Wärter der Tiere: »Sultan hockt zuerst gleichgültig auf der Kiste, die etwas rückwärts vom Gitter stehengeblieben ist; dann erhebt er sich, nimmt die beiden Rohre auf, setzt sich wieder auf die Kiste und spielt mit den Rohren achtlos herum. Dabei kommt es zufällig dazu, daß er vor sich in jeder Hand ein Rohr hält, und zwar so, daß sie in einer Linie liegen; er steckt das dünnere ein wenig in die Öffnung des dickeren, springt auch schon ans Gitter, dem er bisher halb den Rücken zukehrte, und beginnt eine Banane mit dem Doppelrohr heranzuziehen. Ich rufe den Herrn; inzwischen fällt dem Tier das eine Rohr vom andern ab, da es sie sehr wenig ineinandergeschoben hat, und sogleich setzt es sie wieder zusammen« (KÖHLER 1921).

Es ist wichtig, aus dieser Darstellung hervorzuheben, daß Sultan die Lösung zufällig gefunden hat — beim »achtlosen Herumspielen« mit den beiden Stöcken. Er hat in seinem Verhalten nicht etwas verwirklicht, was er sich vorher ausgedacht hatte, sondern er ist durch spielerische Betätigung zu einem verlängerten Stock gekommen, den er dann sofort richtig benützte. Es scheint, daß Problemlösungen erst möglich werden, wenn Erfahrungen mit dem beteiligten Material vorliegen. Solche Erfahrungen werden durch Herumspielen oder durch »Versuch und Irrtum« gewonnen. Dies hat sich besonders klar in Experimenten von BIRCH im berühmten Yerkes-Affenlaboratorium in Amerika ergeben. Er untersuchte fünf Schimpansen, die im Alter von zwei Wochen von der Mutter getrennt worden waren; sie hatten bisher keine Gelegenheit gehabt, mit Stöcken zu hantieren. Diese Tiere waren nicht in der Lage, einfache Stockprobleme zu lösen (Banane heranholen, 30 Minuten Zeit); nur eines von ihnen, das im Herumspielen zufällig die Banane mit dem Stock berührte, löste die Aufgabe. Man gab ihnen dann Gelegenheit, in drei Tagen viermal eine halbe Stunde mit den Stöcken zu spielen und stellte sie dann vor die gleiche Aufgabe; sie wurde von allen Tieren in 20 Sekunden gelöst (BIRCH 1945). Aus diesen und anderen Experimenten entstand der Eindruck, daß höhere Tiere imstande sind, die Erfahrungen, die sie mit bestimmten Materialien gemacht haben, richtig zur Problemlösung zu verwenden. Auch KÖHLERS Sultan hat dies getan; sobald er einmal das Verfahren zur Stockverlängerung durch Zufall gefunden hatte, wendete er es in verschiedenen Kombinationen an. Gab man ihm z. B. ein hohles Schilfrohr und eine Holzlatte, die so breit war, daß sie nicht in die Öffnung des Schilfrohres gesteckt werden konnte, so bearbeitete er die Latte an einem Ende mit den Zähnen, und zwar in der richtigsten Weise, nämlich von beiden Kanten nach der Mitte zu. »Wenn er eine Weile von dem sehr harten Holz abgebissen hat, probiert er, ob das Brett nun in die Öffnung des Rohres hineinpaßt, und so arbeitet er weiter — hier muß man von ›wirklichem Arbeiten‹ sprechen —, bis das Holz etwa 2 cm tief in die Öffnung hineingeht« (KÖHLER, S. 91).

Russische Forscher haben diese Ergebnisse an Schimpansen bestätigt und ergänzt. LADYGINA-KOTS (1959) stellte fest, daß Schimpansen zwar die Eigenschaften von Gegenständen zur Benützung für bestimmte Zwecke richtig beurteilen können (z. B. dünne Späne von Brettern losreißen oder Seitentriebe eines Astes abreißen, damit er in ein Loch gesteckt werden kann); werden aber solche Aufgaben ein wenig komplizierter — sollen z. B. nicht nur zwei, sondern mehrere kurze Bambusstöcke zusammengesetzt werden —, so kommt es nur in Einzelfällen zur richtigen Lösung. In Leningrad wurde ein Schimpanse namens »Rafael«, ein kräftiges, 12jähriges Tier von stürmischem Temperament, von E. G. VATSURO besonders genau untersucht. In ziemlich komplizierten Diskriminierungsexperimenten zeigte sich, daß ihm Unterscheidungen von Gewichten leichter fielen als solche von visuellen Eindrücken (Formen oder Farben), die aber nach längerer Zeit auch erlernt wurden. Das Zusammenstecken von Stäben, das Rafael im Spiel zufällig entdeckte, benützte er nicht sofort zum Futterholen, er nahm die Stöcke wieder auseinander und lernte erst in einigen Tagen, den zusammengesteckten langen Stab zum Heranholen einer Frucht zu verwenden. Bot man zusätzlich andere, praktisch nutzlose Möglichkeiten zum Zusammenstecken — z. B. seitliche Öffnungen — so wurde keineswegs immer sofort die früher schon verwendete richtige Lösung zum Verlängern gefunden. In Umwegversuchen wurde nach Schaffung kürzerer Futterwege der lange Umweg beibehalten (solche Fixierungen an bewährte, aber unnötig umständliche Methoden sind auch von Versuchen an Menschen bekannt — LUCHINS 1942).

In Deutschland hat der Zoologe B. RENSCH mit einer 5jährigen Schimpansin »Julia« Experimente über den Gebrauch von Werkzeugen (Zange, Schraubenzieher) beim Öffnen von 14 komplizierten Kisten-Verschlüssen durchgeführt, wobei es Julia gelang, »die Öffnungsweise ihr bisher unbekannter Verschlüsse selbständig zu finden und ihr von früheren Versuchen her bekannte Werkzeugtypen, auch in sehr weitgehender Abwandlung in Gestalt und Größe, sinngemäß bei neuen Aufgaben einzusetzen« (RENSCH-DÖHL 1967). In einer anderen, noch schwierigeren Versuchsreihe zeigte die Schimpansin ein Verhalten, das von RENSCH als »Abwägen und Planen« interpretiert wurde. Das Tier wurde in 2215 Versuchen vor die Aufgabe gestellt, bei 100 Labyrinthen von zunehmender Schwierigkeit den kürzesten Weg zum Ausgang zu finden (die Labyrinthe waren z. T. so kompliziert, daß 6 Studenten im Durchschnitt für die Lösung fast die halbe Zeit der Schimpansin benötigten, bei einigen Aufgaben sogar 3 bis 6 Sekunden mehr). Am interessantesten bei diesen Experimenten war die Tatsache, daß Julia lernte, »die Bahnsysteme des Labyrinths erst eine Zeitlang zu überblicken und den zum Ziele führenden Weg auszuwählen, ehe sie mit Hilfe eines Magneten einen Eisenring in dieser Bahn entlang führte«; dabei »setzte sich Julia fast stets erst an die rechte Seite des Labyrinths, hielt den Magneten oberhalb des Eisenringes auf die Plexiglasscheibe (mit der das Labyrinth zugedeckt war — Anm. d. Verf.) und überblickte eine Zeitlang das Gangsystem«. »Für die Zeit des Abwägens und Planens vom Niedersitzen neben dem Labyrinth bis zum Beginn des Ringziehens benötigte die Schimpansin bei schwierigen Bahnverläufen bis zu 75 Sekunden« (Rensch-Döhl). Daß wirklich ein »Abwägen und Planen« im Sinne von »Nachdenken« stattfand, läßt sich mit Sicherheit natürlich nicht beweisen; gegen die Annahme solcher psychischer Prozesse bestehen jedoch keine wissenschaftstheoretischen Bedenken. Man kann bei der Interpretation des Verhaltens von Tieren nach einem Kriterium vorgehen, das ich als »*Prinzip der Isotropie*« bezeichne: wenn sich ein Tier so verhält wie ein Mensch in gleicher Situation und wenn dieses Verhalten bei beiden zum gleichen Resultat führt, darf angenommen werden, daß sich beim Tier ähnliche psychische Prozesse abgespielt haben wie beim Menschen.

Auf Grund der bisher vorliegenden Resultate darf man behaupten: höhere Tiere — Schimpansen, aber auch schon Ratten — sind imstande, einfachste, getrennt erworbene Erfahrungen zu kombinieren oder zufällig gemachte Erfahrungen zur Problemlösung zu verwenden. Die Interpretation der Tierversuche über Problemlösen hängt davon ab, was man unter »Denken« versteht: Liegt ein Denkprozeß vor, wenn ein Affe, der eine Banane wegen zu großer Entfernung nicht erreicht und, wenn er durch spielerisches Zusammenstecken zweier Stäbe plötzlich einen langen Stab in den Händen hält, sofort mit diesem Gerät die Banane holt? Oder liegt ein Denkprozeß erst dann vor, wenn der Schimpanse die beiden Stäbe in den Händen hält und nicht durch einen spielerischen Zufall, sondern durch die Überlegung »aus zwei kurzen Stäben kann man einen langen machen, wenn man sie verbindet« den langen Stab herzustellen sucht?

Eine allgemein anerkannte Definition von »Denken« gibt es noch nicht; allen Denktheorien gemeinsam (s. S. 379) ist aber die Behauptung, daß das Auffinden oder Herstellen von Beziehungen zwischen den im Problem enthaltenen Inhalten dabei eine entscheidende Rolle spielt. Eine solche Beziehung zwischen dem Inhalt »weit entfernte Banane« und dem Inhalt »mit langem Stock holen« wurde von den Affen, die einen zufällig aus zwei Stöcken zusammengesteckten Stab als Gerät benützten, zweifellos hergestellt — also darf man behaupten, daß ein Denkprozeß vorliegt; im Bereiche des menschlichen Handelns wäre ein solches Verhalten nur durch einen Denkvorgang möglich. Auch die Auffindung von Beziehungen zwischen gesehenen Dingen kann schon als einfacher Denkvorgang, nämlich als Feststellung einer Tatsache, betrachtet werden. KATZ und TOLL haben gezeigt, daß Hühner imstande sind, solche Beziehungs-Feststellungen durchzuführen und ihr Verhalten darnach einzurichten. Hühner fressen lieber Gerstenkörner als Reiskörner. In den Versuchen von KATZ wurde ihnen Futter aus beiden Körnerarten vorgesetzt, jedoch waren die Gerstenkörner auf der Unterlage festgeklebt, so daß sie nicht aufgepickt werden konnten. Bei 5 Hühnern wurde gezählt, wie lange es dauert, bis das Huhn gar nicht mehr versucht, die Gerstenkörner zu picken, sondern nur mehr die weniger beliebten Reiskörner aufnimmt: das klügste Huhn hörte schon nach 7maligem vergeblichen Picken auf, das dümmste versuchte es 47mal, bis es den Versuch aufgab. Bei einem zweiten, schwierigeren Versuch wurden Gerstenkörner in einer Reihe dargeboten, wobei jedes zweite Korn angeklebt war; es sollte festgestellt werden, ob die Hühner diese Ordnung herausfinden und mit der Zeit jedes zweite Korn gar nicht mehr zu picken versuchen. Das intelligenteste Huhn pickte nach 25maligem vergeblichen Picken nur mehr die freien Körner, ließ also die angeklebten aus; das dümmste versuchte es 101mal.

Zusammenfassend darf man auf Grund der vorliegenden Versuchsergebnisse behaupten, daß bei verschiedenen Wirbeltieren Leistungen festgestellt wurden, die bei uns Menschen nur durch Denkprozesse zustande kommen können; es ist daher wahrscheinlich, daß auch bei den Tieren Denkvorgänge stattfinden. Ein entscheidender Unterschied zwischen menschlichem und tierischem Denken scheint darin zu bestehen, daß das Tier nur dann zu einer Problemlösung gelangt, wenn das Problem wahrnehmungsmäßig gegeben ist, während der Mensch mit Hilfe der abstrakten Begriffe auch ohne Wahrnehmung und Vorstellung zur Lösung gelangt. Daß mit dem begrifflichen Denken höchst komplizierte Probleme zur Lösung gebracht werden können, bedeutet aber gegenüber den einfachen Denkprozessen der Tiere wahrscheinlich keinen prinzipiellen, sondern nur einen — allerdings enormen — graduellen Unterschied. Der prinzipielle Unterschied zwischen Mensch und Tier liegt in den Bereichen der Gefühle und Interessen, von denen später gesprochen wird.

2. Problemlösung beim Menschen

Es steht außer Zweifel, daß höhere Tiere imstande sind, zufällig erworbene Erfahrungen zur Lösung von Problemen zu verwenden; und es wäre gewagt, die Behauptung zu vertreten, daß Tiere keinerlei Begriffe besitzen, weil Hunde, Katzen, Affen, aber auch Pferde und angeblich auch manche Vögel zum mindesten auf bestimmte Worte, die man als ihre Namen verwendet, eindeutig reagieren. Befindet sich ein Tier in einer Problemsituation, so benützt es die »Versuch und Irrtum«-Methode, um zu einer Lösung zu kommen.

Viele Menschen machen es genauso. Sie wiederholen sogar — wie das Tier — immer wieder dieselben erfolglosen Handlungen, bevor sie erschöpft aufgeben. Alle gesunden Menschen können aber auch mit anderen Methoden arbeiten; z. B. einfache logische Schlußfolgerungen durchführen: Karl ist größer als Paul, Paul ist größer als Hans — wer ist der Größte, wer der Kleinste? Dazu ist kein Tier imstande; sicher spielt dabei die Tatsache eine große Rolle, daß die Tiere keine oder nur eine sehr dürftige Sprache besitzen, aber sicher ist auch, daß ihnen die Fähigkeit fehlt, logische Schlußfolgerungen zu erleben, d. h. daß sich in ihrer Hirnrinde die Vorgänge, aus denen solche Denkerlebnisse entstehen, nicht abspielen können. Es scheint somit zwei Hauptmethoden des menschlichen Problemlösens zu geben: Versuch-Irrtum (wie beim Tier) und logische Schlußfolgerung (von manchen Autoren als »analysierendes Denken« bezeichnet); dazu kommt, daß der Mensch seine Probleme mit abstrakten Begriffen durch Nachdenken lösen kann (und zwar auch die Probleme, die mit konkreten Dingen oder mit anderen Menschen zusammenhängen), während das Tier nur zu einer Lösung gelangt, wenn die Problemsituation wahrnehmungsmäßig gegeben ist. Das spezifisch menschliche Denken scheint in der Verwendung und logischen Verarbeitung von Begriffen zu bestehen; diese Art des Denkens ermöglicht es uns, auch sehr komplexe Probleme — d. h. solche, an denen sehr viele verschiedene Komponenten beteiligt sind — und sehr komplizierte Aufgaben, — d. h. solche, bei denen die Beziehungen der Einzelkomponenten zueinander schwer zu erkennen sind — zu lösen. Eine Feststellung der Komplexitäts- und Kompliziertheitsgrenzen des menschlichen Denkens wurde bisher nicht durchgeführt; sie wäre wichtig und auch gehirntheoretisch von Bedeutung, weil dadurch auch die Begrenzung der Bildung von Erregungs-Konstellationen aus Teilkomponenten und der äußerste Ordnungsgrad des zerebralen Erregungsgeschehens festgestellt wäre.

Das aufschlußreichste Experiment über die Hauptmethoden des menschlichen Problemlösens stammt von Frau Helen E. Durkin, die durch eine Gegenüberstellung von »Versuch-Irrtum-Methode« und

»analysierendem Verhalten« die Leistung der beiden Verfahren untersuchte. 15 Personen mußten zunächst aus 32 sehr verschieden geformten Stücken eines Puzzle-Spieles ein Quadrat zusammensetzen (vorher 2 Minuten überlegen, ohne etwas zu berühren), dann — als Hauptaufgabe — aus den durcheinandergeworfenen Stücken ein großes Kreuz herstellen. Über das Vorgehen der Versuchspersonen und ihre Äußerungen während des Versuches wurden Protokolle aufgenommen, aus denen sich drei Verhaltensweisen ergaben: Versuch-Irrtum (= Herumprobieren), Analyse der Situation und plötzliche Erkenntnis des richtigen Vorgehens (von Durkin »plötzliche Reorganisation« genannt, oft mit Änderung des bisherigen Vorgehens verbunden). Folgende — von R. Meili aus den Resultaten Durkins zusammengestellte — Tabelle zeigt die Hauptresultate.

Versuch-Irrtum-Verfahren und analysierendes Verhalten
(Nach Durkin 1937)

	Durchschnittliches Verhalten	
Kriterien	Typus Versuch-Irrtum (9 Vpn)	Analysierender Typus (6 Vpn)
1. Zeit bis zur Lösung	12,5 Minuten	38 Sekunden
2. Zahl der Bewegungen	40 (1 Vp: viele)	4
3. Ausmaß der Voraussicht	8 Vpn: letzte zwei Bewegungen 1 Vp: letzte Bewegung	für alle Bewegungen
4. Aufmerksamkeit auf das Ziel konzentriert	8 Vpn: nein	ja
5. Scheinbar ungerichtetes Suchen	5 Vpn: ja 3 Vpn: unentsch. 1 Vp: nein	nein
6. Plötzliche Lösung (P) Graduelle Lösung (G)	5 Vpn: P 4 Vpn: G	4 Vpn: P 2 Vpn: G
7. Art des verbalen Berichtes	mager und stückhaft	logisch
8. Zahl der Folgerungen	7 Vpn: keine 2 Vpn: wenige	mehrere

Man sieht daraus, daß von den 15 Personen 9 »Probierer« und 6 »analysierende Denker« waren und daß die durchschnittliche Lösungszeit beim Versuch-Irrtum-Vorgehen 12,5 Minuten, beim analysierenden

Denken hingegen nur 38 Sekunden betrug. Besonders zu beachten ist, daß bei 9 Personen die Lösung plötzlich erkannt wurde, was wieder für die Hypothese spricht, daß submentale Erregungsprozesse dabei eine entscheidende Rolle spielten.

Die Erfolge der experimentellen Denkforschung waren im Anfang groß und wurden dann immer geringer. Zweifellos hängt diese Tatsache mit der Ablehnung der Selbstbeobachtung durch die amerikanische Psychologie zusammen; Denkforschung läßt sich ohne sehr genaue Selbstbeobachtung und Erlebnisbeschreibung nicht betreiben — außer man begnügt sich damit, die Schwierigkeit eines Problems zu skalieren und die Leistung des Denkens daran zu messen. Für die Psychologie ist es aber viel interessanter, zu erfahren, wie diese Leistung zustande kommt; wir wollen wissen, was beim Denken im Menschen vor sich geht, und auf diese Weise erfahren, worin das Denken besteht. Eine Psychologie der Problemlösung müßte sagen können, was *zwischen* Aufgabe und Lösung geschieht, damit man versteht, auf welche Weise die Lösung entstanden ist. Diese Forderung läßt sich nur mit Selbstbeobachtung erfüllen; es wäre sehr zu wünschen, daß die introspektiven Methoden, mit denen die Psychologen der Würzburger-Schule um 1910 ihre Erfolge erzielten und denen auch Frau Durkin ihre Resultate zu danken hat, mit umfassenderen Versuchen wieder aufgenommen würden.

Das produktive Denken (»Kreativität«)

Noch ungeklärter als die Lösung von Problemen durch die bisherige Erfahrung ist die Frage des *produktiven Denkens*. Gemeint ist mit diesem Ausdruck die Tatsache, daß im Menschen Gedanken entstehen können, die vorher noch nie ein Mensch gedacht hat; Gedanken, die etwas *Neues* enthalten und daher aus dem Gedächtnis nicht erklärt werden können. Es ist nicht leicht, sichere und klare Fälle von neuen Gedanken zu finden; man muß die großen wissenschaftlichen Entdeckungen heranziehen, von denen sich nachweisen läßt, daß sie nicht aus der Erfahrung stammen können. Das Gesetz von der Erhaltung der Energie, das biogenetische Grundgesetz, die Ideen der Atom- und Quantentheorie sind solche Fälle. An ihnen läßt sich leicht zeigen, daß die psychischen Grundlagen der großen Einfälle auf das engste mit der Erfahrung zusammenhängen: sie entstehen immer aus intensivem und konzentriertem Nachdenken über Vorgänge, für die bisher keine befriedigende Erklärung gefunden wurde. »Eine jede wissenschaftliche Idee, die dem Gehirn eines Forschers entspringt, knüpft stets an ein konkretes Erlebnis an, an eine Entdeckung, eine Beobachtung, eine Feststellung irgendwelcher Art, ob es sich um eine physikalische oder astronomische Messung, eine chemische oder biologische Beobachtung, einen archivalischen Fund oder um ein ausgegrabenes Kulturdenkmal handelt, und der Inhalt der Idee besteht darin, daß sie dies Erlebnis in Zusammenhang und in Vergleich bringt mit gewissen bereits vorliegenden andersartigen tatsächlichen Erlebnissen, daß sie also eine Brücke schlägt von einem zum andern und dadurch die zunächst lose nebeneinanderstehenden Tatsachen durch eine feste Beziehung miteinander verbindet.« So schreibt MAX PLANCK (1944).

Wie es bei der Entstehung einer solchen neuen Idee zugeht, können uns nur die Männer beschreiben, die es selbst erlebten. BUMKE hat eine Reihe von Äußerungen genialer Künstler und Philosophen zusammengestellt, in denen das *Unbewußte* als der Ursprung des Einfalles bezeichnet wird (BUMKE 1944). Er zitiert GOETHES bekanntes Wort »All unser redlichstes Bemüh'n glückt nur im unbewußten Moment« und seine Äußerungen zu ECKERMANN: »Jede Produktivität *höchster* Art, jedes bedeutende Aperçu, jede Erfindung, jeder große Gedanke, der Früchte bringt und Folge hat, steht in niemandes Gewalt und ist über aller irdischen Macht erhaben. Dergleichen hat der Mensch als unverhoffte Geschenke von oben, als reine Kinder Gottes zu betrachten, die er mit freudigem Dank zu empfangen und zu verehren hat. Es ist dem Dämonischen verwandt, das übermächtig mit ihm tut, wie es ihm beliebt, dem er sich bewußtlos hingibt, während er glaubt, er handle aus eigenem Antriebe.« BEETHOVEN schreibt an SCHLOSSER: »Sie werden mich fragen, woher ich meine Ideen nehme? Das vermag ich mit Zuverlässigkeit nicht zu sagen; sie kommen ungerufen, mittelbar, unmittelbar, ich könnte sie mit Händen greifen, in der freien Natur, im Walde, auf Spaziergängen, in der Stille der Nacht, am frühen Morgen, angeregt durch Stimmungen, die sich beim Dichter in Worten, bei mir in Tönen umsetzen, klingen, brausen, stürmen, bis sie endlich in Noten vor mir stehen.« Von SCHUBERT berichtet ANITA SILVESTRELLI: »Er bedachte ja nie, was er schrieb. Es sah aus, als schriebe er, ohne zu denken. Das bezeugen alle, die ihn je komponieren sahen. Er schrieb so rasch nieder, als seine Hand gehorchte, als das Diktat kam, das unsichtbare, geheimnisvolle Diktat.« »Ich, der ich hier sitze«, schreibt SCHOPENHAUER, »und den meine Freunde kennen, begreife die Entstehung meines Werkes nicht, wie die Mutter nicht die des Kindes in ihrem Leibe begreift. Mein Geist nimmt Nahrung aus der Welt durch Verstand und Sinne, diese Nahrung gibt dem Werk einen Leib; doch weiß ich nicht wie, noch warum bei mir und nicht bei anderen, die dieselbe Nahrung haben.« Ähnliche Äußerungen gibt es von JEAN PAUL: »Das Mächtigste im Dichter ... ist gerade das Unbewußte« und von PFITZNER: »So wie das Wesen der Kunst in der Konzeption, so liegt das Wesen der Konzeption im Unwillkürlichen, Unbewußten.« »Wenn ich recht für mich bin und guter Dinge«, schreibt MOZART, »etwa auf Reisen oder beim Spazieren oder in der Nacht, wenn ich nicht schlafen kann, kommen mir die Gedanken stromweise und am besten. Woher und wie, das weiß ich nicht; kann auch nichts dazu. Alles geht in mir wie in einem starken Traum vor sich.« NIETZSCHE: »Wie ein Blitz leuchtet ein Gedanke auf mit Notwendigkeit, — ich habe nie die Wahl gehabt . . . Alles geschieht im höchsten Grade unfreiwillig, aber wie im Sturm von Freiheitsgefühl, von Unbedingtsein, von Macht, von Göttlichkeit.« Sogar ein Gelehrter wie HELMHOLTZ schreibt: »Günstige Zufälle und Einfälle sind da, ohne daß man weiß, woher. In anderen Fällen treten sie plötzlich ein, ohne Anstrengung, wie eine Inspiration.«

Solche Berichte haben größere Bedeutung als alle Hypothesen über das produktive Denken. Faßt man das Gemeinsame zusammen, so ergibt sich, daß der neue Einfall nicht aus klarbewußten Vorgängen entsteht, sondern daß er plötzlich aus dem »Unbewußten« herausspringt »wie ein geheimnisvolles Diktat«. Es ist keine Herabwürdigung des genialen Schaffens, wenn man feststellt, daß auch die kleinen Einfälle des Alltags auf ähnliche Art zustande kommen. Es ist ein grundsätzlicher Irrtum und ein Zeichen von schlechter Beobachtungsgabe, wenn man meint, daß die Lösungen der Aufgaben, die uns das Leben stellt, klarbewußt und in allen Stadien genau verfolgbar aus logischen Schlüssen hervorgehen; auch die Frage, wie man am besten eine Beziehung zu einem anderen Menschen herstelle oder am erfolgreichsten ein Geschäft aufbaue, wird in Einfällen gelöst, die nicht aus dem klarbewußten logischen Denken hervorgehen, sondern aus der intensiven Beschäftigung mit dem Problem — daraus, daß es tagelang »mitbewußt« neben dem klarbewußten Erleben vorhanden ist. Auch hier ist der Einfall auf einmal da — nicht in bewußten Einzelstadien, Schritt für Schritt verfolgbar, vom »Ich« hervorgebracht, sondern herausgewachsen aus unbekannten Prozessen, von denen uns nur einzelne Phasen — die Aufgabe, die Feststellung der einzelnen Möglichkeiten zu ihrer Lösung, das Für und Wider, Hin und Her — bewußt werden. Häufig ist es dabei sogar so, daß wir zu einer Lösung kommen, von deren Richtigkeit wir unmittelbar überzeugt sind, ohne daß wir sie auch schon klar begründen können. Nichts wäre falscher, als wenn man glauben würde, daß sich der neue Gedanke — der große geniale Einfall wie die kleinen Problemlösungen des Alltags — in absichtlicher und systematischer Anwendung der logischen Denkgesetze entwickle; er ist auf einmal da, wenn man sich lange und intensiv genug mit der Aufgabe beschäftigt hat.

Es ist also nicht zu bestreiten, daß dabei das »Unbewußte« eine große Rolle spielt. Damit ist aber keineswegs gesagt, daß dieses Unbewußte etwas Psychisches sei; es bereitet keinerlei Schwierigkeiten, die Ursprünge des produktiven Denkens theoretisch in das Erregungsgeschehen im Gehirn zu verlegen — in das »Ineinander« der Erregungskonstellationen, die sich ihrer Spezifität entsprechend vereinigen müssen, damit das Richtige herauskommt und bewußt wird. Darüber wissen wir im einzelnen noch gar nichts.

Die wissenschaftliche Untersuchung des produktiven Denkens — in der amerikanischen Psychologie als »kreatives« Denken oder »creativity« bezeichnet — hat erst spät eingesetzt. Das Verdienst, den Anfang gemacht zu haben, gebührt der Gestalt-Psychologie; in sehr gemäßigter Befolgung ihrer Prinzipien hat 1923 OTTO SELZ seine Theorie entwickelt (sie wird später dargestellt — S. 379), während MAX WERTHEIMER 1945 zwar sehr geistreich, aber leider mit den oft unklaren Begriffen der Gestaltspsychologie den Denkverlauf zu analysieren suchte (auf Grund von Befragungen von Künstlern und Wissenschaftlern). Aktuell geworden ist die Kreativitäts-Forschung durch die Forderung der Wirtschaft und Politik, Menschen zu finden, die imstande sind, Erfindungen zu machen oder bisher ungelöste Probleme zu bewältigen. Diese Forderung veranlaßte im Jahre 1950 den amerikanischen Persönlichkeitsforscher JOY PAUL GUILFORD zu einem Aufruf, das Problem »Kreativität« intensiv zu bearbeiten. GUILFORD zählte die Kreativität zu den intellektuellen Fähigkeiten im weitesten Sinne; andere Autoren betrachten sie als Merkmal der Persönlichkeit. Wahrscheinlich sind beide Behauptungen im Recht: sicher hat jede produktive Leistung eine intellektuelle Sonderbegabung zur Voraussetzung, durch welche das Spezialgebiet der schöpferischen Arbeit bestimmt wird, außerdem muß aber auch ein sehr starkes Interesse dafür vorhanden sein, das als »psychische Kraft« die Anstrengungsbereitschaft, Ausdauer und Geduld bewirkt, ohne die keine große Leistung möglich ist.

GUILFORDS Aufruf führte dazu, daß einerseits Bemühungen zur experimentellen Untersuchung des kreativen Denkens einsetzten, die aber nur dürftige Ergebnisse brachten, und daß andererseits zahlreiche Tests zur Auffindung kreativer Persönlichkeiten entwickelt wurden, die aber auch die Hoffnungen ihrer Urheber nicht zu erfüllen scheinen; dasselbe scheint von den Anweisungen zur Stimulation des produktiven Denkens zu gelten. Die Wirkung der Erziehungsmaßnahmen zur Förderung des kreativen Denkens, die in Deutschland vorgeschlagen wurden (BERGIUS 1969), muß noch abgewartet werden. Gesicherte empirische Forschungsergebnisse, die wesentlich zur Aufklärung des Erlebnisablaufes beitragen, aus dem eine neue Idee, eine große Problemlösung, ein künstlerischer oder wissenschaftlicher Einfall entsteht, liegen noch nicht vor.

Bei der enormen Kompliziertheit der Denkprozesse ist es nicht verwunderlich, daß es bis heute keine einigermaßen befriedigende *Theorie des Denkens* gibt, die imstande wäre, die Ordnung des Gedankenablaufes zu erklären. Jeder Begriff ist mit vielen anderen assoziativ verbunden; sie müßten alle bewußt werden, wenn ein mit ihnen assoziierter Begriff bewußt geworden ist. Wie kommt es, daß trotzdem nur bestimmte, zum jeweiligen Gedankenablauf passende Begriffe in das Bewußtsein treten? Georg Elias Müller versuchte, die Ordnung im Bewußtwerden der Assoziationen mit seiner »*Konstellations-Theorie*« zu erklären: die Aufgabe, die durch einen Denkprozeß gelöst werden soll, verstärke bestimmte Assoziationstendenzen und hemme die anderen (dieses System von Hemmung und Förderung bezeichnet er als »Konstellation«); die Aufgabe wirke als »Richtungsvorstellung«. Otto Selz hat dagegen eingewendet, daß dadurch das Zustandekommen neuer Gedanken, die mit keinen anderen assoziiert sind, nicht erklärt werden könne. Er hat auf Grund von sehr zahlreichen Protokollen über Aufgabelösungen eine andere Theorie aufgestellt, die man »*Antizipations-Theorie*« nennen könnte. Ihr Grundgedanke ist, daß jede Aufgabe (z. B. zu »Jagd« einen nebengeordneten Begriff finden) einen Zustand schaffe, in welchem die Lösung schematisch vorweggenommen (antizipiert) wird; in diesem Schema ist der Platz, an dem die Lösung zu stehen hat, unausgefüllt — aber das Lösungsschema selbst ist gegeben und die Aufgabe besteht in der Ausfüllung des leeren Platzes, wodurch der Denkprozeß eine ganz bestimmte Richtung erhalte (im obigen Beispiel paßt in das Schema von den vielen einfallenden Begriffen nur »Fischerei« hinein). Der Sinn der Antizipations-Theorie wird vielleicht am deutlichsten, wenn man sich die Vorgänge beim Lösen eines Kreuzworträtsels in Erinnerung ruft. Man sucht den Namen einer römischen Göttin mit 5 Buchstaben, der dritte und der letzte müssen ein a sein — viele Namen fallen uns ein, bis schließlich »Diana« bewußt wird und die leere Stelle im Schema ausfüllt. Interessant ist die Tatsache, daß die Denktheorie von Selz ziemlich weitgehend mit Bemühungen übereinstimmt, den menschlichen Denkvorgang durch Computer-Programme nachzuahmen; dazu bedarf es nicht nur einer Analyse der einzelnen Teilprozesse des Lösungsvorganges, sondern auch einer schematischen Antizipation des Lösungs-Schemas. Bei der Entstehung neuer Gedankenkombinationen, vor allem wissenschaftlicher Entdeckungen, spielt, wie Selz an historischen Beispielen zeigte, sehr oft der Zufall die entscheidende Rolle bei der Ausfüllung des leeren Platzes (Selz 1922).

Sehr schwierig ist es, die *gestaltpsychologische* Denktheorie kurz darzustellen, weil sie mit unpräzisen Begriffen arbeitet und immer dann, wenn die Probleme unlösbar werden, mit dem Zauberwort »Gestalt« operiert. Trotzdem muß ausdrücklich betont werden, daß die Gestaltpsychologen W. Köhler, M. Wertheimer und K. Duncker in der Problemstellung der Denkpsychologie viel weiter vorgedrungen sind als alle anderen Denkforscher. Es handelt sich dabei vor allem um die Behauptung, daß das Denken in einer »strukturellen Dynamik« bestehe; sie führe dazu, daß aus einer unvollständigen oder ungeordneten Struktur (die die ungelöste Aufgabe darstellt) durch »Umstrukturierung« eine bessere, sachgemäße Struktur entstehe (wodurch oft erst das Problem klargestellt wird). Dieser dynamische Prozeß vollzieht sich unter dem Einfluß der Einstellung, die Aufgabe zu lösen; auf der Seite des Denkenden ist »eine Willigkeit, den Problemen gerade ins Gesicht zu sehen, eine Bereitschaft, sie mutig und gewissenhaft zu verfolgen, ein Verlangen nach Verbesserung« vorausgesetzt. Wertheimer schlägt folgenden Vergleich vor: »Wenn man eine Problemlage erfaßt, erzeugen ihre strukturellen Züge und Forderungen in dem Denker gewisse Spannungen, einen gewissen Zug oder Druck. Was nun wirklich im Denken geschieht, ist, daß diesem Zug oder Druck gefolgt wird, daß sie Vektoren hervorbringen in Richtung auf eine Verbesserung der Situation, und diese entsprechend ändern« (Wertheimer 1957, S. 226). Der einfachste Fall ist eine Situation »mit einer strukturellen Lücke«, die sich schließen läßt, indem »man einfach die Dinge in die Reihe bringt« (Wertheimer 1957, S. 225). Eingekleidet sind diese Behauptungen Wertheimers in die allgemeinen sogenannten »Gestaltgesetze«, unter denen in diesem Falle die »*Prägnanz-Tendenz*« oder die »Tendenz zur guten Gestalt« die Hauptrolle spielt. Experimente (vor allem die Versuchsreihen von Duncker) führten zu Erlebnisberichten der Versuchspersonen, die sich im Sinne einer Klärung des Problems durch Umstrukturierung und eines dynamischen »Organisationsvorganges« interpretieren lassen, ohne daß sie aber zwingende Beweise dafür erbracht hätten (Duncker 1935).

Gemäßigte Anhänger der Gestalt-Theorie haben Präzisierungen in begrifflicher Hinsicht gesucht, die den Grundgedanken dieser Lehre klarer hervortreten lassen. Der Schweizer Psychologe Richard Meili meint, man spreche statt von Gestalten »besser von geistigen oder intellektuellen Organisationen oder Ordnungen« (Meili 1968, S. 195). In diesem Vorschlag ist zweifellos ein großer Fortschritt zu sehen, weil der Ordnungsbegriff dem Erleben, wie man es bei jedem Denkprozeß beobachten kann, besser entspricht. Es gibt »Kriterien der guten Ordnung«, wozu in erster Linie die logischen Grundsätze gehören (z. B. nach Gleichheit, Analogie, Über- und Unterordnung von Begriffen). Die Inhalte unserer Erfahrung, die Dinge unseres täglichen Lebens lassen sich nicht beliebig gruppieren, sondern gehören ihrer Bedeutung nach zusammen oder nicht zusammen; bei der Wortreihe — um ein Beispiel von MEILI anzuführen — Katze, Hund, Pferd, Schwebebahn ist es evident, daß die ersten drei zusammengehören und daß die Schwebebahn nicht dazu paßt. MEILI geht so weit, den »Sinn« eines Begriffes aus der intellektuellen Ordnung abzuleiten; »Sinn und ausgezeichnete Ordnungen sind einfach zwei Begriffe, die von verschiedenen Gesichtspunkten aus dieselbe Tatsache bezeichnen« (MEILI 1951, S. 162). Man mag dies für richtig halten oder nicht — jedenfalls ist aus der unklaren »Tendenz zur prägnanten Gestalt« bei MEILI eine »Tendenz zur guten intellektuellen Ordnung« geworden, wodurch zweifellos eine wichtige Präzisierung erzielt wurde; zum mindesten wurde dadurch das Grundproblem der Denkpsychologie klarer formuliert, denn die Frage, auf welche Weise sich die Begriffe zu sinnvollen Zusammenhängen verbinden, ist experimentell leichter zu bewältigen wie die Frage, wodurch die Prägnanz einer Gedanken-Gestalt entstehe.

Intelligenzforschung

In den historischen Darstellungen der Anfänge der naturwissenschaftlichen Psychologie wird oft ein Engländer nicht genannt, der zu den Begründern der europäischen experimental-psychologischen Forschung gehört: FRANCIS GALTON. Er hat umfassende Erhebungen über die Vererbung geistiger Eigenschaften durchgeführt und die ersten Versuche unternommen, den Grad der geistigen Begabung zu messen. Im Jahre 1883 veröffentlichte er darüber ein Buch, in welchem er eine Reihe von Fragen und Aufgaben (englisch: *tests*) vorschlug, mit deren Hilfe der Begabungsgrad festgestellt werden könne. Der Amerikaner MC-KEEN CATTELL, der bei WUNDT in Leipzig studiert hatte, besuchte auf der Heimreise GALTON in London und berichtete kurz darauf (1896) in Amerika zusammen mit L. FARRAND über »Messungen« der geistigen Leistung von Studenten. Diese Publikation wurde die Grundlage der amerikanischen *Test-Psychologie*.

Die Grundlage der europäischen Test-Psychologie war schon vorher von dem Franzosen ALFRED BINET geschaffen worden, der im Jahre 1894 ein Verfahren entwickelte, um die geistige Entwicklung der Kinder zu untersuchen. Dieses Verfahren hat BINET zehn Jahre später zusammen mit JULES SIMON sehr verbessert, indem sie eine »Normung« der Aufgaben durchführten: sie stellten für jedes Lebensjahr eine Gruppe von Aufgaben zusammen und überprüften sie an vielen Kindern jeder Altersstufe; wenn drei Viertel aller Kinder eines Jahrganges die Aufgaben lösen konnten, so galten sie als »geeicht« (d. h. diesem Jahrgang in ihrer Schwierigkeit gerade entsprechend). Für jedes Lebensjahr wurde eine Serie von fünf Tests auf diese Weise zusammengestellt; z. B. für die Zehnjährigen: 1. Fünf Gewichte vom leichtesten zum schwersten ordnen (das schwerste war 18, das leichteste 6 g); 2. eine Zeichnung aus dem Gedächtnis wiedergeben (eine komplizierte geometrische Figur); 3. mit drei vorgegebenen Wörtern zwei Sätze bilden (z. B. aus »Schnee, spielen, Schlitten«); 4. Kritik absurder Sätze (»Ich habe drei Brüder — Paul, Ernst und ich«, kann man so sagen?); 5. fünf sog. Verstandesfragen (Was muß man machen, wenn man in die Schule geht und man merkt unterwegs, daß es schon später ist als gewöhnlich? Was muß man tun, ehe man etwas Wichtiges unternimmt? Stelle dir vor, es fragt dich jemand nach deiner Meinung über einen anderen Menschen, den du nur wenig kennst, was würdest du dann sagen? Warum entschuldigt man eine böse Tat, die im Zorn ausgeführt wird, eher als eine böse Tat, die nicht im Zorn ausgeführt wird? Warum soll man einen Menschen mehr nach seinen Handlungen als nach seinen Worten beurteilen?).

Das »*Intelligenzalter*«, d. h. das Alter, in welchem das Kind seiner Intelligenz nach steht, läßt sich nicht einfach dadurch berechnen, daß man feststellt, welche Aufgabengruppe ein Kind noch vollständig lösen kann. Die Leistungen der Kinder streuen nämlich meist über mehrere Alters-Stufen: ein Sechsjähriger kann z. B. nicht alle Aufgaben für die Sechsjährigen, wohl aber noch einige der Tests für die Siebenjährigen lösen. Diese Schwierigkeiten suchten Binet und Simon dadurch zu überwinden, daß sie von dem Jahr ausgingen, bis zu welchem das Kind alle Aufgaben lösen konnte, und bei den Testserien für die späteren Jahre für jeden gelösten Test ein Fünftel dazuzählten (weil jede Teststaffel fünf Einzeltests enthielt); dann wurde die Differenz dieser Zahl, die als »Intelligenzalter« bezeichnet wurde, zum Lebensalter festgestellt. Beispiel: Ein zehnjähriges Kind hat alle Aufgaben bis zum achten Lebensjahr gelöst, daher war acht der Ausgangspunkt. Von den Tests für das neunte Lebensjahr konnte es drei, von denen für das zehnte alle fünf, von denen für das elfte drei und von denen für das zwölfte Lebensjahr einen Test lösen, insgesamt also 12. Nun wurden zum Ausgangspunkt 8 zwölf Fünftel hinzugezählt; es ergibt sich 10 2/5 oder 10,4, und diese Zahl bedeutet das Intelligenzalter; da es höher ist als das Lebensjahr, besteht ein »Intelligenz-Vorsprung« von 0,4 (Intelligenzalter minus Lebensalter); wäre die Differenz »Intelligenzalter minus Lebensalter« negativ, so läge ein »Intelligenz-Rückstand« vor, der sich ebenfalls durch die Größe der Differenz zahlenmäßig angeben läßt.

Gegen diese Berechnungsmethode hat William Stern berechtigte Einwände erhoben und eine bessere Methode vorgeschlagen, den »*In-*

telligenz-Quotienten«. Bei seinen Untersuchungen mit der Berechnungs-Methode BINET-SIMONS, so schreibt STERN, habe sich gezeigt, daß die Differenz zwischen Lebensalter und Intelligenzalter »keinen eindeutigen Sinn hat, sondern ganz verschiedenes bedeutet, je nach der Altersstufe des geprüften Kindes«. »Ein Rückstand von zwei Jahren ist beim sechsjährigen Kind ein Zeichen starker geistiger Minderwertigkeit, er verrät beim neunjährigen einen sehr viel geringeren Schwachsinnsgrad; und für das zwölfjährige Kind braucht die durch ihn ausgedrückte Schwäche überhaupt noch nicht jenseits der Grenze der Normalität zu liegen. Ein bestimmter Differenzwert hat also um so geringere Bedeutung, je höher das Alter des Kindes ist. Oder anders ausgedrückt: bei gleichem Intelligenzgrad muß die Differenz wachsen, wenn das Lebensalter wächst. Die Abhängigkeit der Differenz vom Lebensalter legt es nahe, es mit einem anderen Maßwert für die Intelligenz zu versuchen. Die rechnerisch einfachste Annahme ist doch die, daß zwischen dem Intelligenzalter und dem Lebensalter eine *proportionale* Beziehung besteht, derart, daß etwa Intelligenzalter 4 für das sechsjährige Kind dasselbe bedeutet wie Intelligenzalter 6 für Lebensalter 9 und wie Intelligenzalter 8 für Lebensalter 12.« Dieser Gedanke veranlaßte STERN, in seinem Sammelbericht über Intelligenzprüfungen vom Jahre 1912 versuchsweise als Maß den *Intelligenz-Quotienten* (I.Qu.) zu empfehlen:

$$\text{I.Qu.} = \frac{\text{Intelligenzalter}}{\text{Lebensalter}}$$

Dieser Wert beträgt bei dem Kind, das auf dem Niveau seines Alters steht, 1, bei Kindern mit schwächerer Intelligenz ist er kleiner, bei vorgeschrittenen Kindern größer als 1.

Der »Intelligenz-Quotient« STERNS ist zur allgemein bevorzugten Methode der »Intelligenz-Messung« geworden. Er wird meist mit 100 multipliziert; ist er bei einem Menschen größer als 100, so weist dies auf überdurchschnittliche, ist er kleiner, so auf unterdurchschnittliche Begabung hin. Gewiß wurde die Bedeutung des Intelligenz-Quotienten — vor allem in Amerika — weit überschätzt; zweifellos ist er aber bei vorsichtiger Anwendung ein überaus praktisches Maß für die geistige Leistung eines Menschen. Es ist klar, daß er um so richtigere Aufschlüsse geben wird, je besser die Tests sind, die seine Grundlage bilden. In dieser Hinsicht haben die Amerikaner sehr wertvolle Arbeit geleistet: LEWIS TERMAN hat die BINET-SIMON-Tests sehr verbessert und genau geeicht (seine »Stanford-Revision« dieser Tests hat auch in Europa allgemeine Anerkennung gefunden), und A. GESELL hat für das Kindesalter neue Tests entwickelt, die auf Beobachtungen in natürlichen Spielsituationen aufbauen.

Auf die weitere Entwicklung der praktischen Intelligenzforschung ist hier nicht einzugehen. Wohl aber muß die Frage beantwortet werden, was die »Intelligenz« eigentlich ist. Was wird »gemessen«, wenn man ein Kind testet, und worüber sagt der Intelligenzquotient »108« etwas aus? Auf diese Frage gibt es trotz der enormen Entwicklung der Intelligenz-Testung bis heute keine allgemein anerkannte Antwort. Man hat natürlich schon in den ersten Anfängen der Intelligenzuntersuchungen bemerkt, daß an jeder Intelligenzleistung viele verschiedene Faktoren beteiligt sind: das Gedächtnis, die Phantasie, das Tempo des Denkens, die Kombinationsfähigkeit, die Umstellbarkeit und viele andere; man hat nach dem Vorwiegen solcher Komponenten von »Intelligenz-Typen« gesprochen (z. B. einem logischen und einem intuitiven Typus). Das Gemeinsame an der Intelligenzleistung, die »allgemeine Intelligenz«, haben die erfahrensten Intelligenzforscher — William Stern in Deutschland und Eduard Claparède in der Schweiz — unabhängig voneinander als »die allgemeine Fähigkeit, das Denken bewußt auf neue Forderungen einzustellen, die allgemeine geistige Anpassungsfähigkeit an neue Aufgaben und Bedingungen des Lebens« (Formulierung von Stern 1912) definiert. Ausdrücklich ist dabei von »neuen« Aufgaben die Rede, weil die Lösung bereits bekannter Aufgaben keine Intelligenz-, sondern nur eine Gedächtnisleistung erfordert. Von vielen anderen Versuchen, zu einem Intelligenzbegriff zu kommen, sei die Definition von Aloys Wenzl erwähnt, nach welcher die Intelligenz in der Fähigkeit zur Erfassung und Herstellung von Bedeutungen, Beziehungen und Sinnzusammenhängen besteht (Wenzl 1934).

Diese Definitionen der Intelligenz sind für den praktischen Gebrauch vollkommen ausreichend. Der Berufsberater oder der Kinderpsychologe stellt mit Tests fest, ob der Prüfling »fähig« ist, die Aufgaben seiner Altersstufe zu lösen. Wissenschaftlich sind die oben angeführten Definitionsversuche aber unbefriedigend; die Psychologie darf sich nicht damit begnügen, den Lebewesen psychische »Fähigkeiten« zuzuschreiben (wie dies die alte »Vermögens-Psychologie« — s. S. 70 — getan hat). Das Wort »Fähigkeit« ist nur ein vereinfachter und verkürzter Ausdruck für die Tatsache, daß sich in einem Menschen bestimmte psychische Vorgänge abspielen, die zu bestimmten, von außen feststellbaren Verhaltensweisen führen; die Fähigkeit selbst ist kein seelischer Vorgang oder Zustand, kein bewußtes Erleben, sondern nur der angenommene Ursprung von Leistungen, die in Wirklichkeit das Ergebnis vieler einzelner psychischer Prozesse sind. Wenn man einen Menschen als »sehr intelligent« bezeichnet, so schreibt man ihm die Eigenschaft zu, daß er Aufgaben von durchschnittlicher Schwierigkeit leicht und rasch lösen kann; genauer formuliert, daß sein Denken schnell und sicher zur

Lösung von Problemen führt. Es steht außer Zweifel, daß an allen Denkvorgängen in hohem Maße Gedächtnisleistungen beteiligt sind (jeder Begriff ist eine solche) und daß bei sehr vielen Problemlösungen auch Wahrnehmungen mitwirken (z. B. bei der schriftlichen Fixierung der Aufgabe). Es liegt also bei der Lösung von Problemen fast immer eine Zusammenarbeit von Wahrnehmung, Gedächtnis und Denken vor — ein Zusammenwirken der psychischen Funktionen. Daraus ergibt sich eine einfache Begriffsbestimmung der Intelligenz, die nicht auf »Fähigkeiten« aufbaut: *Intelligenz ist der Leistungsgrad der psychischen Funktionen bei der Lösung neuer Probleme.*

Natürlich sind mit dieser Formulierung keineswegs alle Intelligenz-Probleme gelöst. Ein solches Problem liegt z. B. in der — selten gestellten — Frage, ob das intelligente Verhalten angeboren oder erlernt sei. Aus amerikanischen Lerntheorien gewinnt man den Eindruck, daß sie es als selbstverständlich betrachten, daß alles intelligente Verhalten auf Lernprozesse zurückgehe; und der Sprachgebrauch in Europa legt ebenfalls diese Ansicht nahe, weil man in der Wissenschaft wie im Alltag gerne dem angelernten intelligenten Handeln das angeborene »*instinktive*« Verhalten gegenüberstellt. Von den Instinkten ist später ausführlich die Rede; hier sei nur darauf hingewiesen, daß ihre Unterscheidung von der Intelligenz keineswegs so einfach ist, wie man gewöhnlich meint. Die Spinne, die ihr Netz genau der jeweiligen örtlichen Situation entsprechend baut, handelt im höchsten Grade intelligent; sie konstruiert ein freischwebendes Gewebe, das der Mensch erst nach langem Studium in gleicher technischer Vollendung zustande brächte. Man kann noch einen Schritt weitergehen und behaupten, auch der Organismus führe ohne jedes Bewußtsein, also ohne jedes Lernen, vielerlei Verhaltensweisen durch, die ebenfalls »intelligent« sind, weil sie eine Problemsituation in überaus zweckmäßiger Weise bewältigen: wenn sich in der grellen Sonne unsere Pupillen verengen, damit die Netzhäute nicht geschädigt werden, oder wenn sich der Körper durch Schweißabgabe der Hitze, durch Gefäßverengung und Zittern der Kälte anpaßt, so ist dies ein sehr intelligentes Verhalten. Der psychologische Intelligenz-Begriff ist enger; er bezieht sich auf Verhaltensweisen, die durch Denkprozesse zustande kommen.

Ein zweites, in den letzten Jahren sehr intensiv bearbeitetes Intelligenz-Problem besteht in der Frage, ob es überhaupt eine »allgemeine« Intelligenz gibt; es könnte sein, daß sich dasjenige, was wir als »Intelligenz« bezeichnen, in Wirklichkeit aus zahlreichen Komponenten zusammensetzt und daß die verschiedenen Grade der Intelligenz dadurch zustande kommen, daß die verschiedenen Komponenten verschieden gut entwickelt sind. Geschwindigkeit der Auffassung, rasches Denken,

Umstellbarkeit, Erfassung des Wesentlichen, klare Begriffsbildung, schnelle Reaktion, hohe Vorstellungsfähigkeit, reicher Wortschatz, Flüssigkeit des Gedankenablaufes — das sind Eigenschaften, in denen unter den Menschen große Unterschiede bestehen und die alle zusammen für das intelligente Verhalten ein große Rolle spielen. Die Frage »allgemeine Intelligenz oder Spezial-Komponenten« wurde schon früh gestellt; und zwar 1904 von dem Engländer C. SPEARMAN, der folgende Theorie vertrat: es gibt einen allgemeinen Intelligenz-Faktor (general factor, kurz g genannt) und viele spezifische Faktoren (s-Faktoren). Der g-Faktor ist an jeder Intelligenzleistung beteiligt, die Menschen unterscheiden sich in ihm dem Grade nach; außerdem aber ist an jeder Leistung mindestens ein s-Faktor beteiligt. SPEARMAN wurde durch die Entwicklung einer mathematisch-statistischen Methode, mit welcher er seine Theorie zu beweisen suchte, der Begründer der »Faktoren-Schule«, die später in Chicago unter der Leitung von L. L. THURSTONE ein Zentrum der Intelligenzforschung schuf. Der Grundgedanke ist folgender: untersucht man eine große Zahl von Personen mit verschiedenen Testaufgaben, so kann man die Leistungen in den Tests miteinander vergleichen (am besten, indem man sie miteinander korreliert — s. S. 94 f.); sind darunter zwei Testaufgaben, in denen sehr viele Personen ungefähr gleich gute Leistungen aufweisen, so nimmt man an, daß diese Aufgaben dieselbe Intelligenz-Komponente erfassen (z. B. »Blick für das Wesentliche«). Von diesen zwei Aufgaben scheidet man eine aus, weil man in einer Testreihe nicht zwei Einzelaufgaben braucht, die dasselbe feststellen. Sind die Leistungen bei verschiedenen Testaufgaben hingegen sehr verschieden, so darf man vermuten, daß sie verschiedene Intelligenzkomponenten feststellen. Auf diese Weise kann man eine Reihe von Einzeltests zusammenstellen, von denen jeder eine *andere* Intelligenzkomponente mißt als alle übrigen. Die Höhe der Korrelationskoeffizienten ist hierfür ein verläßliches Maß; eine gute Testreihe soll aus Einzeltests bestehen, die wenig miteinander korrelieren. Ein kompliziertes statistisches Verfahren — die »Faktoren-Analyse« — soll noch genauere Bestimmungen von Einzelfaktoren ermöglichen (doch bestehen dabei noch allerlei Probleme).

Im großen und ganzen hat man aus den bisherigen Untersuchungen den Eindruck, daß es so etwas wie einen »g-Faktor« im Sinne von SPEARMAN (= allgemeine Intelligenz) wirklich gibt (die Korrelation zwischen den Einzeltests ist auch bei den besten Testreihen immer noch ziemlich hoch, woraus man schließen muß, daß in jedem von ihnen ein gemeinsamer, bei allen Intelligenzleistungen beteiligter Faktor mitwirkt — wie es SPEARMAN behauptet hatte). Außer dem allgemeinen g-Faktor gibt es aber sicher auch Spezialfaktoren; ihre Existenz wird nicht nur durch die Sonderbegabungen für Sprachen, Mathematik, Musik, Schachspiel usw. erwiesen, sondern auch durch zahlreiche faktorenanalytische Untersuchungen. Allerdings sind sich die Faktorenanalytiker über die Anzahl der s-Faktoren bis heute nicht einig geworden; Thurstone nimmt zwanzig an, der Schweizer Psychologe Meili hingegen hat nur vier gefunden, die er mit den Namen »Komplexität«, »Flüssigkeit«, »Ganzheit« und »Plastizität« bezeichnete. »Komplexität« ist die Fähigkeit, bei komplizierten Aufgaben die ordnenden Gesichtspunkte zu finden; »Flüssigkeit« bedeutet etwas Ähnliches wie »Umstellbarkeit«, d. h. die Möglichkeit des leichten Wechsels von einem Inhalt zum anderen (z. B. bei der Aufgabe, zu einem Wort möglichst viele Reime zu finden); »Ganzheit« ist der Intelligenzfaktor, der die Erfassung und Herstellung von Beziehungen zwischen Inhalten, die bisher als zusammenhanglos erlebt wurden, ermöglicht (z. B. Erfinden eines Titels zu einem Bild); »Plastizität« ist die Fähigkeit zur Umstrukturierung im Sinne der Gestalttheorie des Denkens (s. S. 380), d. h. die Einzelheiten der Aufgabe werden unter neuen Gesichtspunkten geordnet, woraus sich der Weg zur Lösung ergibt. Meili behauptet, daß jeder Mensch jeden dieser Intelligenzfaktoren in einem bestimmten Grade besitze; nimmt man für jeden Faktor nur fünf Stärkegrade an, so ergeben sich bereits 625 verschiedene Varianten (R. Meili 1961). Die Möglichkeit, durch die verschiedene Beteiligung der einzelnen Spezialfaktoren viele verschiedene »Intelligenzformen« oder, genauer formuliert, »*Faktorenstrukturen der Intelligenz*« aufzubauen, bedeutet einen sehr großen Fortschritt, der sich auch in der Praxis auswirken wird; eine richtige und genaue Intelligenzbeurteilung wird erst möglich sein, wenn die verwendeten Testserien die individuelle Intelligenzart mit ihren Spezialkomponenten erfassen (bei manchen Intelligenztests ist dies bereits in hohem Grade möglich). Eine Kontrolluntersuchung von R. Schaedeli mit 23 Aufgabenserien (Rechen-, Sprach-, Figuren- und Zeichentests) hat die vier Faktoren Meilis bestätigt; obwohl verschiedene faktorenanalytische Verfahren verwendet wurden, ergaben sich keine neuen Faktoren.

Die Zahl und Art der gefundenen Faktoren hängt natürlich in hohem Maße von der Zahl und Art der Tests ab, die der Analyse zugrunde gelegt werden. Einen Versuch, alle erreichbaren Arten von Intelligenztests für die Faktorensuche zu verwerten, hat Adolf Otto Jäger unternommen. Er sammelte alle in der test- und denkpsychologischen Literatur auffindbaren Typen von Testaufgaben — es fanden sich mehr als 400 — und bildete daraus nach ihrer Ähnlichkeit 69 Aufgabengruppen (also dreimal soviel wie Schaedeli); von jeder Gruppe wurden mehrere Einzelaufgaben in die Testungen aufgenommen, wodurch sich für den

Hauptversuch 234 Einzelaufgaben ergaben. Diese Aufgaben wurden 300 Mittelschülern im Alter von 16 bis 20 Jahren vorgelegt; den Schülern wurde versichert, daß die Resultate der Schulleitung nicht bekanntgegeben werden. Die Auswertung wurde durch das Deutsche Rechenzentrum nach den üblichen Verfahren der Faktorenanalyse auf Grund von 27.261 Korrelationen mit 123.084 Berechnungen von Faktorenladungen durchgeführt. Es ergaben sich 6 Hauptfaktoren, die von JÄGER in folgender Weise interpretiert wurden: 1. anschauungsgebundenes Denken (mit Tendenz zur Transponierung abstrakten Materials in anschauliche Inhalte), 2. Einfallsreichtum und Produktivität (dabei auch Erfassen eines Problems von vielen Gesichtspunkten), 3. Konzentrationskraft und Tempo-Motivation (führt zu rascher Auffassung und geringer Störbarkeit), 4. Verarbeitungskapazität, logisches Denken und Urteilsfähigkeit (Verbindung vielfältiger Informationen zu Überblick und sachentsprechende Beziehungen), 5. zahlengebundenes Denken, 6. sprachgebundenes Denken (Verfügbarkeit der erlernten Zahl- und Sprachsysteme). Eine enge Verwandtschaft zu den funktionalen Faktoren MEILIS scheint zwischen dessen »Flüssigkeit« und »Komplexität« und den JÄGERschen Faktoren 2 und 4 zu bestehen, während »Plastizität« nur manchmal als spezieller Faktor für bestimmte Formaufgaben und der Faktor »Ganzheit« überhaupt nicht bestätigt werden konnte. Diese Divergenzen zeigen, daß in der Frage der Faktorenstruktur von Intelligenzleistungen eine endgültige Klärung noch keineswegs erreicht ist. Für die Denkpsychologie kommt es dabei auch noch darauf an, die angenommenen Faktoren in den Erlebnisablauf einzuordnen, der zur Problemlösung führt — also in die Denkprozesse, in denen je nach der Aufgabe verschiedene »Faktorenphasen« auftreten, daneben aber auch noch andere, bisher nicht erfaßte Teilvorgänge. Hier liegen noch offene Probleme, die nur im Zusammenhang mit der denkpsychologischen Forschung behandelt werden können; dazu kommt noch, daß auch über die statistischen Verfahren zur Auffindung von Faktoren noch sehr verschiedene Meinungen bestehen und von manchen Vertretern der mathematischen Methodenlehre ganz andere, neue Wege vorgeschlagen werden (z. B. in der Testtheorie von G. FISCHER 1968).

Amerikanische Autoren haben viel mehr Intelligenzfaktoren gefunden als die europäischen Faktorenforscher (z. B. CRONBACH 29, FRENCH 60, GUILFORD 47). Schon diese großen Differenzen, deren Ursache bisher nicht befriedigend aufgeklärt werden konnte, beweisen, daß sich die Forschung auf diesem Gebiete noch in voller Entwicklung befindet.

Wie für alle psychischen Funktionen gilt auch für das Denken das »Aktivierungs-Gesetz«; Denkprozesse setzen nur ein, wenn ein Antrieb wirksam wird, und sie bleiben nur solange im Gang, solange der Antrieb weiterwirkt. Es hängt vom Grade des Antriebs oder der »Motivation« ab, ob und in welchem Ausmaß ein Mensch sich mit Denken anstrengt; dabei sind Persönlichkeits-Eigenschaften wie Interesse oder Willenskraft von entscheidender Bedeutung. Von ihnen ist bei der Darstellung von Trieb und Wille zu sprechen.

Die Einstellungen

1. Steuerung des Erlebnisablaufes durch Einstellungen

Im Sprachgebrauch des täglichen Lebens versteht jeder Mensch, was mit dem Begriff »Einstellung« gemeint ist. »Ich bin schon ganz auf die Ferien eingestellt« bedeutet, daß in meinem Denken Fahrpläne, Wetterprognosen, Autostraßen, Sonne und Freiheit die Hauptrolle spielen und daß es mir schwerfällt, mich noch für die Berufsarbeit zu interessieren. »Er ist ganz auf Geldverdienen eingestellt« heißt, daß er bei allem, was er tut, auf Gewinn bedacht ist. Ebenso kann man gegen die Todesstrafe oder gegen die Studentenehen eingestellt sein oder für eine bestimmte politische Partei oder für die abstrakte Kunst. Wir alle sind uns vollkommen darüber im klaren, daß unser Denken und Handeln in hohem Maße durch solche Einstellungen beeinflußt wird, und jeder von uns weiß aus seinem eigenen Erleben, wie rasch und präzis solche Einstellungen wirksam werden, wenn eine entsprechende Situation gegeben ist; keineswegs klar hingegen ist die Entstehung und die Wirkungsweise solcher Einstellungen, ja nicht einmal die Frage, ob Einstellungen bewußte Erlebnisse oder unbewußte Gehirnvorgänge seien, ist eindeutig beantwortbar. Daher ist es bisher auch nicht gelungen, eine allgemein anerkannte Definition von »Einstellung« oder eine Theorie der Einstellungswirkung zu finden.

Dies ist nicht verwunderlich. Einstellung ist ein sehr komplexes psychisches Geschehen, dessen experimentelle Untersuchung große methodische Schwierigkeiten bereitet. Daher ist auch die Einstellungs-Forschung noch nicht alt; sie wurde um die Jahrhundertwende nicht von einem Psychologen, sondern von dem Physiologen JOHANNES VON KRIES begründet, der 1895 in einer Publikation »Über die Natur gewisser mit den psychischen Vorgängen verknüpfter Gehirnzustände« den Begriff »Einstellung« in die Wissenschaft einführte. Was darunter zu verstehen sei, illustrierte er am Beispiel der Musiknoten; je nachdem, ob am Anfang der Notenzeile ein Violin- oder ein Baßschlüssel steht, hat dasselbe Notenzeichen verschiedene Bedeutung. Der Klavierspieler sei auf Violin- oder Baßschlüssel »eingestellt« und diese Einstellung bewirkt, daß er die Notenzeichen in ihrer jeweils richtigen Bedeutung erfaßt und die richtigen Fingerbewegungen ausführt. Es liege, so erklärt v. Kries, ein Wechsel von Assoziationsbeziehungen vor, den man, so meint er, »in einem wohl nicht zu kühnen Bilde etwa mit einer veränderlichen Weichenstellung vergleichen« könne. Heute, im Zeitalter der Kybernetik, werden Vergleiche mit anderen technischen Vorrichtungen, nämlich mit Regel- und Steuerungssystemen vorgezogen, wobei nicht selten vergessen wird, daß es sich nur um einen Vergleich handelt; immerhin ist die Situation richtig beschrieben, wenn man behauptet, die Einstellung steuere den Erlebnisablauf in eine bestimmte Richtung. Dies dürfte auch gemeint sein, wenn Einstellungen als »Reaktionsbereitschaften« definiert werden (Hiebsch und Vorwerg 1966).

Man kann das, was mit »Einstellung« gemeint ist, noch einfacher illustrieren; am Samstag und Sonntag sind die meisten Menschen auf Ruhe, langes Schlafen, Ausflüge oder Sport eingestellt, am Montag auf den Beginn einer neuen Arbeitswoche. Jeder, den die Kriegszeiten zum Tragen einer Uniform gezwungen haben, weiß, daß sich dadurch seine Einstellung zum Straßenleben von Grund aus geändert hat: er sieht auf einmal die verschiedenen Ränge — Soldaten, Unteroffiziere, Offiziere —, die er als Zivilist überhaupt nicht bemerkt hat.

Irgendwie eingestellt sind wir wahrscheinlich immer. Wenn wir in höchster Eile durch die Straßen hasten, um einen Zug zu erreichen, eine Verabredung einzuhalten oder rechtzeitig ins Theater zu kommen, oder wenn wir gemächlich dahinschlendern, weil wir gerade Zeit haben und die Sonne so schön scheint — in beiden Fällen nehmen wir trotz der Gleichheit der äußeren Reize ganz andere Eindrücke auf: in der Eile schauen wir auf alle Uhren, Straßenbahnen oder Autotaxis, beim Dahinschlendern bemerken wir alles dies gar nicht, sondern nehmen die angenehmen Eindrücke auf, das Blühen der Bäume, das fröhliche Treiben der Spatzen im Stadtpark, das geschäftige, bunte Straßenleben. Kauft man sich dann eine Zeitung, so liest man sie in der Einstellung der Partei, zu der man gehört; und gehört man zu keiner Partei, so liest man sie in der Einstellung des Parteilosen, der überlegen und objektiv seine Urteile zu fällen glaubt. Geht man als Student in eine Vorlesung, so kann man dies in der Einstellung tun, dort zu hören, was man für die Prüfung braucht; aber auch in der Einstellung, etwas zu erfahren, was weltanschaulich von Bedeutung ist, unabhängig von allen Prüfungen. Sehr deutlich sind ferner die motorischen Einstellungen: der Läufer am Start ist in allen Muskeln auf das Kommando »Los« eingestellt, der Autolenker, der seinen Wagen durch einen Engpaß im Straßenverkehr durchzubringen hat, ist mit allen Sinnen und Bewegungen auf richtiges und rasches Reagieren eingestellt, der Redner, der zu einer feierlichen

Festrede die Tribüne besteigt, ist in seinen Bewegungen bis zum Mienenspiel seines Gesichtes auf »feierlich« eingestellt.

Der Gebrauch des Wortes »Einstellung« ist in allen diesen Fällen üblich, doch liegt dabei nicht immer eine Einstellung in dem strengen Sinne vor, in welchem dieser Begriff in der Psychologie verwendet wird. Wer zum Bahnhof eilt, um einen Zug zu erreichen, oder wer eine Festrede halten soll, weiß ganz genau, was er tut und warum er es tut; was der Sprachgebrauch des Alltags in diesen Beispielen »Einstellung« nennt, ist in Wirklichkeit die Ausführung einer Willenshandlung, durch welche die psychischen Funktionen auf die Erreichung eines bestimmten Zieles gelenkt werden (als »Einstellung« erlebt man dabei die Auswahl bestimmter Wahrnehmungsinhalte oder Verhaltensweisen — davon ist später noch zu sprechen). Anders ist die Situation in Fällen, in denen man nicht genau weiß, daß das eigene Erleben oder Verhalten unter dem Einfluß einer Steuerung der Aufmerksamkeit auf bestimmte Inhalte steht; aber auch in solchen Fällen kann eine genaue Analyse der psychischen Situation zeigen, daß keine echte Einstellung vorliegt.

Ein gutes Beispiel für solche scheinbare Einstellungswirkungen, bei denen nachweisbare Steuerungen des Erlebnisablaufes vorliegen, bietet eine experimentelle Wiener Dissertation von Viktoria Brandner. 440 Mädchen und Knaben im Alter von 10 bis 14 Jahren mußten in ihren Schulklassen ein einfaches Gedicht (»Blättlein Naseweis«) abschreiben und gut auswendiglernen. Dann wurde unauffällig ein sehr guter und ein sehr schlechter Schüler jeder Klasse in folgender Weise instruiert: »Wenn in der Klasse gefragt wird, wer das Gedicht vortragen wolle, dann meldet ihr euch; ihr werdet dann herausgerufen, dürft aber nicht das Gedicht vortragen, wie ihr es gelernt habt, sondern müßt es von dem Zettel, den ihr jetzt bekommt, vorlesen. In diesem Gedicht, das auf dem Zettel aufgeschrieben ist, sind 15 Fehler; diese Fehler dürft ihr nicht verbessern, sondern ihr müßt das Gedicht *mit* den Fehlern lesen. Damit eure Mitschüler nicht merken, daß ihr das Gedicht lest, werden wir in der Klasse einen Vorhang spannen, hinter dem ihr stehen müßt. Lest euch das Gedicht ganz genau durch, damit ihr es mit allen Fehlern vortragen könnt. Ihr dürft aber niemandem etwas sagen, daß ihr ein fehlerhaftes Gedicht vorlest.« In der Klasse wurde dann das Gedicht noch einmal von allen Schülern wiederholt und von allen gemeinsam auswendig aufgesagt, dann wurde ein Vorhang gespannt und gefragt, wer bereit sei, es hinter dem Vorhang stehend vorzutragen, worauf sich viele meldeten, darunter auch der vorher instruierte sehr gute und sehr schlechte Schüler, die dann vom Lehrer zum Vortragen bestimmt wurden. Den Schülern wurde nun gesagt, daß sie ganz genau achtgeben sollen, wieviele Fehler jeder mache; diese Fehler müßten aufgeschrieben werden. An Beispielen (Wortverschiebungen, Auslassungen usw.) wurde gezeigt, was als Fehler zu rechnen ist. Dann wurden die Gedichte, jedes mit 15 Fehlern, von dem sehr guten und dem sehr schlechten Schüler hinter dem Vorhang in der Klasse vorgelesen. Die Auswertung der aufgeschriebenen Fehler ergab, daß im Mittel von 240 Mitschülern bei dem Vortragenden, der ihnen als sehr schlechter Schüler bekannt war, 14,24 Fehler gefunden wurden (also nahezu alle), bei dem Vortragenden, der ihnen als sehr guter Schüler bekannt war, hingegen nur 9,35 Fehler. Zur Kontrolle mußten die beiden Schüler das Gedicht mit den Fehlern auch in Klassen vorlesen, in denen sie nicht als sehr guter und sehr schlechter Schüler bekannt waren; auch diesmal wurden von den 201 Schülern, die die Fehler zu beurteilen hatten, bei dem sehr schlechten Schüler mehr Fehler gefunden (12,00) als bei dem sehr guten Schüler (9,05), offenbar weil der Schlechte im Vortrag ungeschickter war als der Gute. Die Differenz zwischen den Fehlerzahlen ist aber in dieser Kontrollgruppe viel geringer als in der Versuchsgruppe, nämlich 2,95 gegen 4,89. Der Unterschied zwischen den beiden Differenzen ist statistisch sehr signifikant.

Die übliche Erklärung lautet: Die Mitschüler waren darauf »eingestellt«, daß der schlechte Schüler mehr Fehler machen würde als der gute; daher haben sie beim guten mehr Fehler übersehen. Natürlich darf man sich mit dieser Interpretation nicht zufriedengeben; man muß fragen, wodurch das Übersehen der Fehler zustande kam. Die Antwort ist einfach: zweifellos durch eine Reduktion der Aufmerksamkeit. Hätte man dem sehr guten Schüler mit dem gleichen Grad von Aufmerksamkeit zugehört wie dem sehr schlechten, so hätte man gleich viele Fehler finden müssen. »Aufmerksamkeit« bedeutet dabei — später wird dies ausführlich begründet (S. 533 f.) — den Grad, in welchem die psychischen Funktionen zur Erreichung eines bestimmten Zieles eingesetzt werden. Dieser Grad war beim Anhören des guten Schülers offenbar geringer als beim Anhören des schlechten; als Grund dafür dürfen Motive angenommen werden, die jedermann aus seiner eigenen Erfahrung kennt. Weil die Schüler erwarteten, daß der sehr gute Mitschüler viel weniger Fehler machen werde als der sehr schlechte, haben sie sich mit dem Achtgeben auf Fehler beim guten Schüler weniger angestrengt als beim Anhören des schlechten. Das Achten auf Fehler, die dauernde Anspannung der Aufmerksamkeit, d. h. der ständige Höchsteinsatz der psychischen Funktionen, bedeutet zweifellos eine Anstrengung; und sich nicht mehr anzustrengen als es die Situation erfordert, ist eine allgemeine Tendenz der Menschen überhaupt und vielleicht der Schüler im besonderen. Es wird hier das Ökonomie-Prinzip wirksam, dessen Einfluß wir auch aus anderen psychischen Tatsachen kennen, nämlich die Tendenz, mit möglichst geringem Aufwand an Energie das Auslangen zu finden — ein Prinzip, das man auch als Trägheits-Prinzip bezeichnen könnte.

Steuerung des Verhaltens durch Einstellung bedeutet also in diesem Falle nichts anderes als Steuerung durch Erwartungen, zu denen die bisherige Erfahrung berechtigt; gesteuert wurde der Grad der Aufmerksamkeit, wobei die Frage, ob dies bewußt oder unbemerkt geschah, vorläufig offenbleiben muß (die Schüler in den Versuchen BRANDNERS hätten darüber keine verläßlichen Auskünfte geben können). Jedenfalls läßt sich auch dieser Fall von Einstellung erlebnispsychologisch in Wirkungen der bisherigen Erfahrung auf die Aufmerksamkeit, d. h. auf den Einsatzgrad psychischer Funktionen, auflösen.

Aus den bisherigen Ausführungen muß man den Eindruck gewinnen, daß der Begriff »Einstellung« nur eine verkürzte und vereinfachte Ausdrucksweise für komplizierte, aber immerhin einigermaßen erklärbare Zusammenhänge darstellt. Um die Frage zu beantworten, ob dies für alle Einstellungsarten gilt, muß man auch Fälle von Einstellungswirkungen untersuchen, die sich der experimentellen Forschung entziehen, die aber im Alltag besonders klar und häufig beobachtbar werden; also Beispiele, in denen eine Einstellung besonders rein und stark zur Auswirkung gelangt. Dies ist offenbar dann der Fall, wenn ganze Erlebnisabläufe immer wieder von den gleichen Einstellungen gesteuert werden, wobei der Erlebende gar nicht immer bemerken muß, daß er unter dem Einfluß einer Einstellung steht. Von solcher Art ist die Einstellungswirkung, die durch religiöse, weltanschauliche oder politische Überzeugungen und Gesinnungen entsteht, durch ethische Prinzipien oder durch künstlerische und wissenschaftliche Strömungen und Richtungen. Als echte Einstellungen dürfen solche Gesinnungen und Überzeugungen deshalb bezeichnet werden, weil sie unser Denken in ganz bestimmte Richtungen lenken, und zwar sofort und automatisch, sobald eine entsprechende Situation gegeben ist. Einige Beispiele: wir alle sind gegen die Vernichtung menschlichen Lebens, manche von uns sind bürgerlich, andere sind sozialistisch oder liberal eingestellt, manche sind für und manche sind gegen einen Atombombenstopp, für oder gegen radikale Hochschulreformen usw.; viele von uns sind überzeugt, daß es ein Fortleben nach dem Tode gibt, andere zweifeln nicht daran, daß der Tod das endgültige Ende bedeutet, manche glauben, daß wir unsere Entscheidungen in voller Freiheit treffen, andere halten nichts von der Willensfreiheit. Die Psychologie hat sich mit solchen Überzeugungen und geistigen Haltungen noch nicht viel beschäftigt; man weiß daher auch nichts Sicheres über ihre Entstehung. Wahrscheinlich spielt dabei das Milieu eine entscheidende Rolle; oft werden Gesinnungen einfach aus der sozialen und kulturellen Umgebung, in der man aufwächst, übernommen, oft werden sie aber auch durch intensive geistige Beschäftigung erarbeitet oder in immer wieder auftretenden, zu einer endgültigen Stellungnahme drängenden Konflikterlebnissen, nicht selten in Diskussionen und Auseinandersetzungen mit anderen Menschen erkämpft und dadurch mit affektiven Ladungen versehen. Kurz und etwas ungenau formuliert: der Ursprung von Gesinnungen, geistigen Haltungen und weltanschaulichen Überzeugungen liegt wahrscheinlich entweder im Milieu, aus dem sie ziemlich unkritisch als eigene Meinung übernommen wurden, oder er liegt in persönlichen Entscheidungen, zu denen man sich in echter Auseinandersetzung mit der Problemsituation durchgerungen hat.

Von einigen Autoren wird besonders die Gefühlskomponente der Einstellungen betont — so z. B. von THURSTONE, der unter »Einstellung« den Grad oder die Intensität des positiven oder negativen Gefühls versteht, das mit einem sogenannten »psychologischen Objekt« verbunden ist (THURSTONE 1946, zit. n. SÜLLWOLD). Die Frage, ob es nicht auch rein kognitive Einstellungen ohne jede Gefühlsbetonung gibt, ist noch nicht entschieden; es wird behauptet, daß man in solchen Fällen nicht mehr von Einstellungen sprechen dürfe, sondern nur von »Meinungen«. »Unter einer Meinung« — so definiert Fritz SÜLLWOLD — »wird üblicherweise das Fürwahrhalten von etwas verstanden, das nicht hinreichend begründet oder bewiesen ist«, so daß man mit einer Meinung zwar eine bestimmte Ansicht vertritt, »jedoch gleichzeitig weiß, daß auch andere Ansichten möglich sind«, wobei im Gegensatz zu einer Einstellung »der affektive Einfluß relativ schwach oder gar nicht vorhanden ist.« SÜLLWOLD verweist auf die amerikanischen Sozialpsychologen SECORD und BACKMAN, die diese Unterscheidung vorschlugen; sie ist experimentell nicht bewiesen, steht aber mit der Alltagserfahrung in guter Übereinstimmung. Unter diesem Gesichtspunkt könnte man formulieren: Einstellungen sind gefühlsbetonte Stellungnahmen. Es liegen viele Vorschläge über Verfahren vor, mit deren Hilfe sich die Stärke einer Einstellung »messen« lasse (hauptsächlich durch Skalierungen, d. h. durch Einstufung des eigenen Standpunktes zwischen zwei Extremen); HOFSTÄTTER und SÜLLWOLD haben darüber in sehr guten Zusammenfassungen berichtet (HOFSTÄTTER 1956, SÜLLWOLD 1969).

Man kann in der Beschreibung der Einstellungen aber noch einen Schritt weiterkommen, wenn man ihre Wirkungen auf den Ablauf der Erlebnisse beobachtet. Überzeugungen und Gesinnungen *steuern* unseren Erlebnisablauf mit größter Präzision in solcher Weise, daß man fast von einer »reflexartigen« Lenkung des Denkens sprechen könnte: wird irgendwo von moderner Kunst, Todesstrafe, Kapitalismus oder Sozialismus gesprochen — sofort ist die Stellungnahme bewußt, die man dazu einzunehmen hat, genau wie beim Klavierspieler, der beim Anblick von Violin- oder Baß-Schlüssel sofort weiß, wie er in die Tasten zu greifen hat. In dieser Automatik liegt die enorme biologische Bedeutung der Einstellungen: in entsprechenden Problemsituationen werden sie sofort als fertige, in ihrer Richtigkeit außer Zweifel stehende Entscheidungen bewußt, ohne daß sich der Entscheidungsvorgang neuerlich abspielen müßte; sie ermöglichen Problemlösungen, über die man, wenn die Einstellung nicht bestünde, lange nachdenken müßte. Überzeugungen, Prinzipien, geistige Haltungen — kurz, alle Gesinnungs-Einstellungen ersparen uns viel Denkarbeit; dies ist die Berechtigung dafür, daß sie als Problemlöser und Situationsbewältiger ersten Ranges bezeichnet werden dürfen. Was wäre ein erwachsener Mensch ohne solche Einstellungen — er wäre ständig der Ratlosigkeit und Unsicherheit preisgegeben, er müßte sich ununterbrochen in lange mühsame und schwierige Überlegungen einlassen, er wüßte nicht, wo er in der geistigen Wirklichkeit steht.

Zusammenfassend kann man präzisieren: Gesinnungs-Einstellungen sind Reproduktionen früherer Entscheidungen, die in entsprechenden Problemsituationen automatisch auftreten und den Erlebnisablauf in bestimmte Richtungen steuern. Wenn dies richtig ist, dann haben wir daraus zu lernen, daß in unserem Gedächtnis nicht nur einzelne Inhalte wie Wörter oder Sinneseindrücke und ihre Beziehungen aufbewahrt sind, sondern auch die Ergebnisse dynamischer Vorgänge wie Wahlentscheidungen, Willensentschlüsse, gefühlsgeladene Stellungnahmen. Daher ist es richtiger, die Gesinnungs-Einstellungen nicht als Reproduktionen, sondern als *Reaktivierungen* früherer Entscheidungen zu bezeichnen, die den Erlebnisablauf automatisch in bestimmte Richtung steuern.

Viel untersucht wurde die Frage, ob und mit welchen Methoden sich Gesinnungen ändern lassen; es zeigte sich, daß dabei Gruppeneinflüsse eine große Rolle spielen (weshalb das Thema »Einstellungsänderung« vor allem in der Sozial-Psychologie behandelt wird). Es gibt auch bereits Theorien der Einstellungsänderung, die aber — nach L. LANGE — »nicht mehr mit den vorliegenden experimentellen Resultaten zu vereinen sind« (LANGE 1970).

Eine zweite biologische Bedeutung der Gesinnungen und Überzeugungen, überhaupt aller »geistigen« Einstellungen liegt darin, daß sie uns Sicherheit und Entschiedenheit verleihen, denn sie bewirken, daß wir in den geistigen Problemen des Alltags und unseres Berufes sofort und mit höchster Überzeugung erklären können: das ist richtig, das ist falsch. Man könnte diese Gesinnungen in ihrer Einstellungswirkung geradezu als Stabilisatoren der Persönlichkeit bezeichnen; auf jeden Fall sind sie Situationsbewältiger ersten Ranges, ohne die wir im täglichen

Leben, in der Politik, in der Kunst und in der Wissenschaft nicht bestehen könnten. Der Mann mit festen Grundsätzen und klaren Ansichten, der im öffentlichen und privaten Leben imstande ist, sofort und mit Überzeugung eindeutige Entscheidungen zu treffen, bezieht den größten Teil seiner Problemlösungen aus reaktivierten Entschlüssen oder früher erworbenen Gesinnungen, Überzeugungen, geistigen Haltungen — kurz aus Einstellungen. Einstellungen sind in diesem Sinne nicht nur Problemlöser, Arbeitsparer und Situationsbewältiger, sondern auch »Sicherheits-Spender«.

In das System »psychische Kräfte — psychische Funktionen« sind diese Einstellungen schwer mit einem einzigen Begriff einzuordnen; am ehesten könnte man sie als *»sekundäre dynamisierte Funktionen«* bezeichnen — sekundär, weil sie eine primäre Funktion, nämlich das Denken, ersetzen, und dynamisiert, weil dieser Denkersatz fast immer gefühlsgeladen ist.

2. *Bewußtheitsgrad der Einstellungen*

Ist »Einstellung« ein bewußtes Erleben? Diese schwierige Frage läßt sich experimentell am ehesten beantworten, wenn die Versuchspersonen zu einem Einstellungs*wechsel* — einer »Umstellung« — gezwungen werden; und die Fähigkeit zu raschen Umstellungen — die Umstellbarkeit — hat sich in ganz anderen Untersuchungen, nämlich in typenpsychologischen Experimenten, als ein wesentliches Merkmal der Persönlichkeit erwiesen. Die aufschlußreichsten Ergebnisse über die Umstellung stammen aus Experimenten von RICHARD STROHAL, der in erster Linie die Frage zu beantworten suchte, ob die Einstellung etwas Bewußtes oder — wie v. KRIES behauptet hatte — etwas Unbewußtes sei (STROHAL 1933). Unter seinen Versuchen befand sich folgender: an einem kleinen Fenster, vor dem die Versuchsperson saß, wurden fortlaufend verschiedene Worte sichtbar: Hut, Kind, Feld, Rad, Mund, Lied usw.; dann erschien ein R — das bedeutete, es soll ein Reim auf jedes gelesene Wort gefunden werden — und nach einigen Worten ein T — das bedeutete, es soll ein Teil des Dinges, dessen Namen man gelesen hatte, angegeben werden. Reimen und Teilangeben wechselten miteinander ab; und dazwischen ertönte manchmal das Geräusch eines Schnarrens — das bedeutete, die Darbietung der Worte wird unterbrochen, die Versuchsperson hat jetzt zu beschreiben, was sie bei der Umstellung erlebte (diese Methode stammt von BAADE und wird »Unterbrechungsmethode« genannt) (Abb. 90).

Die Versuchspersonen STROHALS fanden, daß das »Eingestelltsein« ein charakteristisches Erlebnis sei; kein klarbewußtes, sondern mehr im

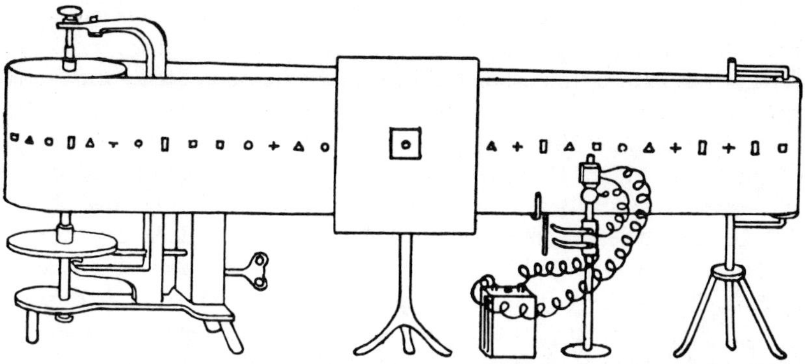

Abb. 90. STROHALS Versuchsanordnung. In dem kleinen Fenster werden Worte oder Zeichen sichtbar, die je nach dem Versuchsauftrag zu behandeln sind (auf Worte einen Reim bilden, dann einen Oberbegriff oder einen Teil nennen oder auf sie mit gelernten Silben reagieren). Die »Einstellung« auf eine bestimmte Reaktionsart wechselt im Laufe des Versuches. Wenn der Kontakt (auf der rechten Bildseite) durch den Umlauf geschlossen wird, ertönt eine Glocke, und die Versuchsperson hat über ihre Beobachtungen zu berichten (BAADEsche Unterbrechungsmethode).

Bewußtseins»hintergrund« liegend, aber immerhin etwas, wovon man wisse. Ich habe die STROHALschen Versuche selbst mitgemacht: es bestand dabei niemals ein Zweifel darüber, ob ich ein Reimwort zu finden oder einen Teil anzugeben hätte, — ich habe gewußt, was ich zu tun hatte, aber dieses Wissen war »nebenher« vorhanden, neben allem, was sich außerdem und bei klarem Bewußtsein abspielte. Später habe ich für diese Art des Bewußthabens den Ausdruck »*mitbewußt*« eingeführt: mitbewußt ist alles, was man weiß, ohne daß man daran denkt, daß man es weiß. Davon war schon früher die Rede (S. 62 ff.); die ganze »private Sphäre«, in der wir leben, mit allen ihren Sorgen, Hoffnungen und Freuden ist uns immer »mitbewußt«. Aber auch Komponenten des jeweils aktuellen Erlebens — was wir heute noch alles zu tun haben, z. B. einen Brief schreiben, den wir schon lange aufgeschoben haben, jemanden anrufen, ein Geburtstagsgeschenk besorgen usw. — können durch lange Zeiten »nebenher« bewußt sein.

In der Tatsache des Mitbewußten scheint mir auch die Lösung des Problems der »Einstellung« zu liegen. Dem Klavierspieler ist es mitbewußt, ob am Anfang der Notenzeile der Violin- oder der Baß-Schlüssel stand. Im täglichen Leben gibt es hunderterlei Fälle von solchen Einstellungen, die oft sehr weitgehende Wirkungen auf den Gedankenablauf, das Urteil und auf die Stimmungslage haben.

Die Einstellungen beeinflussen das bewußte Erleben in einem Maße, das kaum überschätzt werden kann; dies gilt für den Ablauf des Denkens und der Erinnerungsvorstellungen ebenso wie für die Wahrnehmung. Bei allen diesen Funktionen üben die Einstellungen eine »selektive Wirkung« aus: sie lassen nur bestimmte Inhalte oder Bedeutungen bewußt werden oder Beachtung finden. Um zu einem Überblick über die verschiedenartigen Wirkungen der Einstellungen zu kommen, empfiehlt es sich, noch einige Beispiele anzuführen und festzustellen, was ihnen allen gemeinsam ist. Bei den »Umspringbildern« bewirkt die Einstellung, daß bei denselben retinalen Reizverhältnissen Verschiedenes wahrgenommen wird: in Abb. 61 bald das schräge, bald das aufrechte Kreuz, in Abb. 62 bald die weißen, bald die schwarzen Felder (S. 219). Bei den Noten, die unter dem Baß-Schlüssel eine andere Bedeutung haben als unter dem Violin-Schlüssel, liegt die Wirkung der Einstellung darin, daß *dieselben* Notenzeichen je nach dem Schlüssel beim Klavierspieler andere Handbewegungen auslösen. Schwieriger ist die Wirkung der Einstellung bei rein theoretischen Fällen zu beschreiben: man kann z. B. das Verhalten eines Menschen, der im Hunger gestohlen hat, vom juristischen, vom ethischen und vom sogenannten »rein menschlichen« Standpunkt aus beurteilen — immer in anderer Einstellung und mit anderem Ergebnis. In solchen Fällen führen die verschiedenen Einstellungen zu verschiedenen Beurteilungen und Stellungnahmen. Noch schwerer ist es, die Wirkung der Einstellungen zu schildern, die aus dem allgemeinen Lebensmilieu, dem Beruf und der Erziehung hervorgehen: ein Bauer, der über das Feld geht, sieht dabei ganz andere Dinge als der Tourist aus der Großstadt, der Maler ganz andere als der Geologe. Hier bewirkt die Einstellung, daß verschiedene Dinge wahrgenommen werden, obwohl die Reize, die auf die Netzhäute fallen, bei allen dieselben sind.

Versucht man, die Wirkungen einer Einstellung in allgemeiner Form zu beschreiben, so kann man sagen: *die Wirkung der Einstellung besteht darin, daß aus den objektiv gegebenen Erlebnismöglichkeiten nur bestimmte Erlebnisinhalte bewußt werden oder daß sie nur in bestimmter Bedeutung aufgefaßt werden.* Aus den objektiv gegebenen Erlebnismöglichkeiten werden nur bestimmte Inhalte bewußt: der Bauer, der über das Kornfeld hinblickt, sieht nur, ob die Ähren voll und die Körner reif sind, der Maler sieht beim gleichen Blick nichts von der kommenden Frucht, sondern nur das wogende, goldene Ährenfeld. Der zweite Fall der Einstellungswirkung — die Erlebnisinhalte werden in bestimmter Bedeutung aufgefaßt — gilt für die Umspringbilder und für den Bedeutungswechsel der Notenbilder, aber auch für unzählige Fälle des Alltagslebens.

Die Einstellungen haben also auswählende und steuernde Wirkungen auf das bewußte Geschehen. Dadurch werden sie zu wichtigen Faktoren beim Zustandekommen der *inhaltlichen Ordnung* im Erlebnisablauf; sie führen dazu, daß das Denken sich in bestimmter Richtung bewegt und sie beibehält, daß die entsprechenden Vorstellungen auftreten und daß aus der Mannigfaltigkeit des Wahrnehmbaren immer gerade dasjenige ausgesucht und klar bewußt wird, was man gerade braucht.

Mit der Beschreibung der Wirkungen, welche von den Einstellungen ausgehen, ist aber noch nicht gesagt, was die Einstellungen sind. Das ist eine äußerst schwierige Frage, auf die sich heute eine klare Antwort noch nicht geben läßt. Die einzige Möglichkeit, hier zu einigermaßen sicheren Feststellungen zu kommen, besteht in der Untersuchung der *Ursachen* der Einstellungen und in der Beschreibung des Einstellungs*erlebens*. Über den Ursprung der Einstellungen sagt uns das Alltagsleben mehr als die spärlichen, auf bestimmte Fälle abgestellten Experimente. Einstellungen entstehen aus Triebregungen (der Hungernde sieht nur mehr die Möglichkeiten, den Hunger zu stillen), aus Interessen (der Künstler sieht eine Landschaft anders als der Geschäftsmann), aus Willenserlebnissen (wer morgen eine lange Autofahrt unternehmen will, beurteilt die Wetteraussichten aufmerksamer als jemand, der daheim bleibt), aus Gefühlen (wer in Angst vor Einbrechern lebt, deutet die Geräusche der Nacht anders als der Furchtlose), aus dem Beruf (der Verleger und Buchdrucker beurteilt ein Manuskript anders als der Autor), aus der sozialen Stellung (der Fabriksherr sieht seinen Betrieb anders als der Arbeiter), aus dem allgemeinen Lebensmilieu (der Bergbauer sieht die Welt anders als der Großstädter) und noch aus vielen anderen Faktoren. Wie soll man alle diese verschiedenartigen Ursachen von Einstellungen zusammenfassen, ohne die Wirklichkeit zu verfälschen? Ich sehe keine andere Möglichkeit als die Betonung der besonderen Existenzweise dieser Einstellungsursachen im Bewußtsein: sie sind *neben* dem aktuellen bewußten Einzelerleben vorhanden, sie bilden die »Sphäre«, in der sich alles abspielt, sie sind »mitbewußt« im oben dargelegten Sinn — in solcher Weise bewußt, daß man immer von ihnen weiß, ohne daß man davon besonders Kenntnis nimmt. Vielleicht gelingt es der künftigen Forschung, zu größerer Klarheit zu kommen; die Schwierigkeit dabei liegt darin, daß oft viele von den oben genannten Ursachen einer Einstellung gleichzeitig am Werk sind und in ihrer Gesamtheit das »*persönliche Erlebnismilieu*« bilden, in dem sich alles Einzelne abspielt.

In welcher Weise eine Einstellung bewußt erlebt wird, haben die Versuchspersonen in den verschiedenen Experimenten beschrieben; sie sind dabei — und das ist bezeichnend — über bildliche Ausdrucksweisen nicht hinausgekommen. Es ist vom Erlebnis»hintergrund« die Rede, von der »Sphäre«, die das aktuelle, klarbewußte Erleben umhülle, es wird erklärt, daß die Einstellung »mitfließe«, bis eine Umstellung erfolge usw. Es ist interessant, daß hier der Ausdruck »Sphäre« wieder auftaucht — ein Wort, das schon bei der Schilderung der Begriffserlebnisse verwendet wurde (S. 356); tatsächlich läßt sich die Einstellung mit nichts anderem so gut vergleichen wie mit dem, was als »Atmosphäre« nebenher und rundherum in der Außenwelt immer vorhanden ist und auf alles Einzelne abfärbt wie eine Gewitterstimmung oder die frische, saubere Luft auf den Bergen.

Das sind höchst unpräzise Ausdrucksweisen, für die sich als neutrale wissenschaftliche Bezeichnung gegenwärtig kein anderes Wort verwenden läßt als »mitvorhanden«; wie bei den meteorologischen Untersuchungen Luft und Wolken, Sonne und Wind als gleichzeitig wirkende Faktoren angenommen werden müssen, so ist bei psychologischen Überlegungen vielerlei Verschiedenes als gleichzeitig wirksam anzunehmen — das Wissen davon, wer man ist, in welchen Verhältnissen man lebt, die Zufriedenheit oder Unzufriedenheit mit ihnen, die Absichten und Pläne, die man gerade verfolgt, die Stimmungen und die Interessen und Triebe, alles dies und noch vieles andere dazu ist im psychischen Geschehen »mitvorhanden«. Nicht nur mitvorhanden, sondern *»mitbewußt«*, wenn auch nur als Hülle und Sphäre für dasjenige, was sich an klarbewußten Erlebnissen gerade abspielt. Daß man es dabei nicht mit unbewußten Tatsachen zu tun hat, ist dadurch vollkommen sichergestellt, daß man eben von ihnen weiß: man weiß, wer man ist, was man will, warum man verärgert oder gut aufgelegt ist — man weiß es, ohne daß dieses Wissen begrifflich oder sprachlich formuliert bewußt ist.

Die zukünftige Forschung hat auf diesem Gebiete noch sehr viel zu leisten. Gegenwärtig zeigen sich erst vorläufige Ansätze zu einer Theorie der Einstellung und ihrer Wirkungen auf den Erlebnisablauf. Schwierig sind diese Probleme deshalb, weil sie auf das engste mit der *inhaltlichen* Ordnung des bewußten Geschehens zusammenhängen: eine Einstellung bewirkt, daß nur *bestimmte* Gedanken auftreten, nur *bestimmte* Dinge wahrgenommen oder die durch die Außenreize aufgezwungenen Eindrücke in *bestimmter* Bedeutung aufgefaßt werden. Es wird noch sehr eifriger Forschungsarbeit bedürfen, bis das außerordentlich große Gebiet der Einstellungswirkungen einigermaßen differenzierbar und in den Einzelheiten faßbar sein wird.

Die psychischen Kräfte (Triebe, Interessen, Fühlen und Wollen)

Einleitung

Wahrnehmung, Gedächtnis und Denken sind die Hilfsmittel, mit denen sich die Lebewesen in der Welt zurechtfinden. Das Sehen und Hören, das Riechen, Schmecken und Tasten, das Behalten der aufgenommenen Eindrücke und ihre begriffliche Verarbeitung im Denken — alles dies dient in erster Linie dazu, Nahrung zu beschaffen, Geschlechtspartner zu finden, Feinde abzuwehren, Gefahren zu vermeiden, kurz, das Dasein möglichst zu sichern. Dies gilt für alle Lebewesen in gleicher Weise: Mensch und Tier verfügen über eine gewisse psychische Ausrüstung zur Erkundung und Bewältigung der Außenwelt; die niederen Tiere haben nur einfache Wahrnehmungsapparate, die höheren haben dazu noch das Gedächtnis, um die bisherigen Erfahrungen zu verwerten, und der Mensch besitzt überdies das begriffliche Denken, mit dessen Hilfe er die wirksamsten Methoden zur Erhaltung seines Daseins herausfinden kann. Die ganze Gruppe der psychischen Prozesse, die nur Hilfsmittel darstellen, habe ich unter dem Namen »psychische Funktionen« zusammengefaßt. Mit diesem Wort sollte gesagt sein, daß diese Vorgänge im System der psychischen Prozesse nicht selbständig sind, sondern *dienenden Charakter* haben; sie haben das auszuführen, was ihnen von anderen psychischen Vorgängen aufgetragen wird: Nahrung zu suchen, Geschlechtspartner zu finden, Feinde abzuwehren. Für sich allein sind die psychischen Funktionen sinnlos; sie wären wie ein Instrument, das niemand benützt. Wahrnehmung, Gedächtnis und Denken sind — im großen und ganzen — solche Instrumente, die erst dann ihren Zweck erfüllen, wenn sie durch andere psychische Prozesse »aktiviert« und in den Dienst einer Aufgabe gestellt werden. Wer stellt die Aufgabe? Wer gibt die Aufträge, wer setzt das Ziel, das erreicht werden soll?

Die Antwort ist leicht; man braucht nur einige ganz einfache Beobachtungen an sich selbst zu machen, um sie zu finden. Was geschieht, wenn man Hunger hat? Man hält Ausschau, wo man etwas zu essen bekäme, man denkt nach, wie man am schnellsten und besten den Hunger stillt. Wahrnehmung und Denken treten in den Dienst des Nahrungstriebes. Der Seh-Apparat stellt fest, wo der nächste Gasthof ist, der Denkapparat prüft, ob er unseren Wünschen entspricht, die Wahrnehmung zeigt uns den schnellsten Weg. Das ist ein sehr einfaches Beispiel, und das Schema der Zusammenarbeit von Trieben und Funktionen, das es illustrieren soll, ist sehr grob; trotzdem reicht es aus, um die meisten Handlungen der Tiere und sehr viele Verhaltensweisen der Menschen zu erklären.

Es wäre aber äußerst primitiv, wenn man nun kurzerhand für alles menschliche Tun und Lassen einen Trieb annehmen wollte, der die psychischen Funktionen in Gang setzt und auf diese Weise eine Handlung zustande bringt (es hat allerdings Psychologen gegeben, die in dieser Weise vorgegangen sind und lange Tabellen von Trieben zusammengestellt haben). Man darf selbstverständlich nur solche Triebe anerkennen, die man wirklich als Triebe erlebt — die man selbst gespürt hat oder von denen andere, die sie spürten, berichteten. Davon ist später noch zu sprechen; dabei ist auch von den Interessen, den »geistigen Trieben«, zu reden. Hier ist auf etwas anderes hinzuweisen: so klar aus der Selbstbeobachtung hervorgeht, daß Wahrnehmung, Gedächtnis und Denken im allgemeinen funktionalen, d. h. dienenden Charakter haben, so klar zeigt das eigene Erleben die dynamische Natur der Triebe. Man braucht sich nur an starke Trieberlebnisse zu erinnern und man wird nicht bestreiten können, daß die Triebe Kräfte im wahrsten Sinn des Wortes sind — vitale Kräfte, die uns mit elementarer Gewalt antreiben und zu bestimmten Verhaltensweisen zwingen. Der dynamische Charakter des Trieblebens steht außer Zweifel; deshalb wurden die Triebe (und Interessen) schon in der Einleitung den psychischen Funktionen als psychische Kräfte gegenübergestellt. Damit ist eine Grundeinteilung erreicht, die mit der Wirklichkeit übereinstimmt und den ganzen Streit um die »Klassifikation« der psychischen Phänomene überflüssig macht.

Natürlich kann man mit dem einfachen Schema: »Auftreten eines Triebes — Einsetzen der psychischen Funktionen — daraus entstehende Handlung« nicht das ganze psychische Geschehen erklären. Es gibt noch andere Erlebnisarten, die im Schicksal jedes Menschen eine sehr große Rolle spielen: *Fühlen* und *Wollen*. Beide stehen zu den Trieben in enger Beziehung, sie lassen sich zum Teil unmittelbar aus ihnen ableiten: das Lustgefühl bei der Befriedigung eines Triebes, das quälende Verlangen, solange er unbefriedigt bleibt, sind einfache Gefühlserlebnisse, die wahrscheinlich bei Mensch und Tier in gleicher Weise auftreten. Das ist aber nur *ein* Bereich des Gefühlslebens; außer ihm gibt es noch solche, die nur der Mensch kennt. Damit ist ein entscheidender Punkt der allgemeinen Psychologie erreicht; es gibt Gefühle, die den Menschen grundsätzlich, nicht nur dem Grade nach, von allen Tieren unterscheiden; Gefühle, die ihn hoch über jedes Tier stellen. Religiöse Gefühle, Takt-, Anstands- und Gerechtigkeitsgefühl — das sind Erlebnisse, die auch die höchstentwickelten Affen nicht kennen. Sie sind etwas gänzlich Neues, spezifisch Menschliches, ja noch mehr: sie sind Erlebnisse, die nicht einmal alle Menschen kennen, sondern nur die menschlichsten unter ihnen. Auch in den Kulturvölkern gibt es »Menschen«, die sehr wenig von den Gefühlen besitzen, die das »eigentlich Menschliche« ausmachen: Gefühle der Ehrfurcht und Verehrung vor großen menschlichen Leistungen, Gefühl für Recht und Gerechtigkeit, Mitleid und Taktgefühl. Die Tatsache, daß solche Gefühle auch heute noch relativ selten sind, wie die Kriege der jüngsten Zeit mit furchtbarer Eindringlichkeit tausendfach erwiesen haben, weist darauf hin, daß es auch für diese Gefühle eine Entwicklung gibt; daß auch sie ihre Geschichte haben, die sich noch in vollem Fluß befindet.

Man kann die schwierige Frage nach der Stammesgeschichte der religiösen, ethischen und ästhetischen Gefühle zunächst offenlassen; unbedingt notwendig hingegen ist es, daß man weiß, welche Rolle ihnen im Ganzen des psychischen Geschehens zukommt. Ein System der Psychologie muß darüber Aufschluß geben können; sonst bleibt man bei dem bisher unbefriedigenden Vorgehen der Lehrbücher, die die sogenannten »höheren Gefühle« ohne inneren Zusammenhang mit anderen psychischen Vorgängen behandeln (sofern von Gefühlen überhaupt gesprochen wurde, was keineswegs in allen Lehrbüchern der Fall war). Der Schlüssel zu einer solchen Einordnung in das System liegt in einer sehr einfachen Einsicht, die jedermann in sich selbst leicht gewinnen kann: jedes Gefühl enthält eine Stellungnahme positiver oder negativer Art; »dies ist angenehm«, »dies ist häßlich«, »dies ist gut«, »dies ist abscheulich« — alle diese Gefühle sind im Grunde Beurteilungen eines Sachverhaltes, aber nicht von seiten des Verstandes, sondern von irgendwo anders her — viel unmittelbarer und viel eindringlicher als es ein verstandesmäßiges Urteil je sein könnte. Jedes Gefühl enthält eine unwillkürliche Stellungnahme, die bewußt wird, ohne daß man sie suchte; man spürt sie unmittelbar als Zustimmung oder Ablehnung. Gefühle treten von selbst auf, ohne daß man sie ruft, sie sind einfach auf einmal da, und ihr Urteil wird meist gar nicht in Worten formuliert (ist oft überhaupt unausdrückbar), immer aber ist irgendein Urteil — angenehm, schmerzhaft, schön, widerwärtig, erhebend, sympathisch usw. — in ihnen enthalten. *Wer* urteilt da eigentlich?

Für viele Gefühle kann man einfach antworten: es ist der Organismus selbst, der auf äußere Einwirkungen mit Gefühlen reagiert und in ihnen ein klares Urteil über diese Einwirkungen abgibt. So beim Schmerz, bei der Lust, bei der Befriedigung der vitalen Triebe. Das kleine Kind und das Tier, aber auch nicht wenige erwachsene Menschen, kennen überhaupt nur solche Gefühle. Ganz anders ist es aber, wenn uns etwas schön oder häßlich, anständig oder gemein, erhebend oder abscheulich erscheint; bei diesen Gefühlen kann man keineswegs sagen, es sei der Organismus, der in ihnen seine Stellungnahme unmittelbar zum Ausdruck bringt. Unmittelbar aber sind auch diese Gefühle und eine Stellungnahme enthalten sie auch. Wer nimmt in ihnen Stellung? Die Selbstbeobachtung gibt uns darüber keinen rechten Aufschluß: die religiösen, ethischen und ästhetischen Gefühle unterscheiden sich von Schmerz und Lust dadurch, daß sie nicht in so enger Beziehung zu unserem Körper stehen, sie sind abstrakter und häufig mit geistigen Vorgängen, Vorstellungen und Gedanken verbunden. Vor allem aber besteht ein Unterschied, der erlebnismäßig in reinen Fällen sehr klar wird: während bei Schmerz und Lust die Beziehung zum Körper klar erlebt wird, meist sogar an einem bestimmten Körperteil, fehlt diese Beziehung bei den höheren Gefühlen vollkommen. An ihrer Stelle wird eine andere Beziehung spürbar, auf die man allerdings besonders achten muß, um sie zu bemerken (denn sie ist uns so selbstverständlich geworden, daß wir sie im Alltag gar nicht mehr feststellen): die Beziehung zu dem, was wir meinen, wenn wir »*ich*« sagen. Mit dem »Ich« hat sich die Psychologie seit jeher sehr schwer getan; weitaus das meiste, was über »Ichbewußtsein«, Ichgefühl«, »Ich und Du« usw. geschrieben wurde, ist nichts als ein höchst unklares Herumreden. Es ist äußerst schwierig, etwas Genaues über das Erleben der eigenen Person zu sagen; obwohl wir das Wort »ich« tausendmal am Tag gebrauchen und dabei niemals daran zweifeln, was mit ihm gemeint ist, können wir nicht beschreiben, was es eigentlich bezeichnet. Wie immer, wenn die Erlebnisgrundlagen für ein psychisches Phänomen dürftig sind, empfiehlt es sich auch in diesem Falle, sich an Beispiele zu halten, bei denen das Erleben besonders stark wird. Solche Beispiele gibt es auch für das »Ich«; es wird besonders deutlich dann erlebt, wenn wir mit unseren Absichten irgendwo auf Widerstand stoßen. Wenn man sich mit seinen Freunden nicht darüber einigen kann, ob man abends in ein Theater gehen soll, so erklärt man schließlich: »Tut, was ihr wollt, *ich* gehe ins Theater!« Das ist ein klarer Fall von »Ich-Erlebnis«; man setzt sich selbst in scharfen Gegensatz zu andern. Viel aufschlußreicher sind aber Beispiele, bei denen man nicht zu anderen Menschen, sondern zu sich selbst in Gegensatz gerät. Fast jeder Mensch weiß aus eigener Erfahrung, daß es Situationen gibt, in denen der Trieb zu einem Verhalten auftritt, das man eigentlich ablehnt: der Trieb verlangt Befriedigung, und gleichzeitig tritt der Gedanke auf »das will ich nicht, das darf ich nicht tun«. Ist der Trieb besonders stark, so daß die ganze Kraft des Willens gegen ihn eingesetzt werden muß, um nicht zu unterliegen, so erlebt man sehr deutlich die Tatsache, daß das eigene »Ich« nicht alles umfaßt, was im eigenen Seelenleben vorhanden ist: es setzt sich gegen manche psychische Regungen zur Wehr, lehnt sie ab und sucht sie zu unterdrücken. Es gibt hierfür ganz einfache Beispiele: man ist müde und schläfrig, will aber noch etwas erledigen, wozu man sich verpflichtet fühlt — dann kämpft das »Ich« mit dem Schlaftrieb und zwingt sich, die Arbeit fertig zu machen. Man muß ein langweiliges Buch lesen oder eine sehr trockene Vorlesung hören und möchte lieber spazierengehen; aber man braucht den Inhalt der Vorlesung für den Beruf — dann zwingt man sich, aufmerksam zu folgen. Ganz klar wird die Gegnerschaft zwischen dem eigenen Ich und anderen psychischen Vorgängen dann, wenn ein vitaler Trieb mit seiner ganzen Gewalt Befriedigung fordert, das eigene Ich diese Befriedigung aber ablehnt. Viele Pubertätskonflikte entstehen auf diese Weise.

Was man in solchen Situationen als das eigene »Ich« erlebt, nenne ich im folgenden die *Persönlichkeit* des Menschen. Damit gewinnt ein unentbehrlicher, aber sehr schwer definierbarer Begriff einen einigermaßen klaren Sinn. Es sei hier nur nebenher erwähnt, daß die Persönlichkeit des einzelnen immer das Ergebnis einer langen, in der frühen Kindheit beginnenden Entwicklung darstellt — einer Entwicklung, die sich in erster Linie an Trieb-Konflikten vollzieht. An dieser Stelle sollte nur einleitungsweise gezeigt werden, daß auch *innerhalb* des psychischen Geschehens Gegensätze und Widersprüche bestehen können; mindestens einige der »höheren Gefühle« — nämlich die ethischen — werden daraus bis zu einem gewissen Grade erklärlich: das Urteil, das in ihnen enthalten ist, die ablehnende und abwehrende Stellungnahme gegenüber einem eigenen Trieb, ist eine Stellungnahme der Persönlichkeit oder, wenn man diese Ausdrucksweise vorzieht, des eigenen Ich. Diese Erklärung macht es verständlich, warum die ethischen Urteile verschiedener Menschen so verschieden sind und warum der Grad, in welchem etwas abgelehnt oder gebilligt wird, so stark variiert: deshalb, weil jeder Mensch eine andere, von allen übrigen Menschen verschiedene Persönlichkeit ist; und weil der Mensch selbst im Laufe seines Lebens nicht dieselbe Persönlichkeit bleibt, sondern sich ständig in einem bestimmten Entwicklungsstadium befindet, deshalb sind seine Gefühlsurteile zu verschiedenen Lebenszeiten nicht die gleichen. Wenn man der Ansicht zustimmt, daß sich Gefühle als unmittelbare Stellungnahmen der Persönlichkeit auffassen lassen, so kann man folgende Theorie aufstellen: alle höheren Gefühle — nicht nur die ethischen, sondern auch die religiösen, die ästhetischen, die logischen Gefühle — sind spontane, von selbst aus der

Situation entstehende Stellungnahmen der Persönlichkeit; die Gefühle der Bewunderung für ein heldenhaftes Verhalten, der Freude am Schönen usw. sind ein gespürtes, aus der jeweiligen Gesamtsituation hervorgehendes Urteil der Persönlichkeit. So kommt man zu einer Theorie der höheren Gefühle, die auf der Tatsache der individuellen Persönlichkeit aufbaut; die Persönlichkeit selbst, die individuelle Eigenart des einzelnen Menschen, erweist sich, wie ich an anderer Stelle angeführt habe (ROHRACHER 1969), als das Ergebnis einer Entwicklung aus Anlage und Umwelt, wobei als Faktor der Anlage die gesamte körperliche Konstitution bis zum Feinbau der Ganglienzellen betrachtet werden muß.

Daß die Persönlichkeit beim Zustandekommen der Willenserlebnisse eine entscheidende Rolle spielt, wurde schon früh erkannt und nachgewiesen. Bereits in den ersten willenspsychologischen Experimenten zeigte sich, daß das »Ich-Erleben« dabei besonders hervortritt; und in der Theorie des Wollens wurde die Bedeutung der Persönlichkeit immer wieder hervorgehoben. Davon ist bei der Beschreibung der Willenserlebnisse eingehend zu sprechen.

Diese ausführliche Einleitung zum zweiten Teil dieses Buches war notwendig, um zu zeigen, daß sich auch die komplizierten Vorgänge des »höheren Seelenlebens« in das Grundsystem »psychische Kräfte — psychische Funktionen« einfügen lassen — ein Umstand, der neuerlich die Berechtigung dieses Systems erweist und hoffen läßt, daß es der Wirklichkeit entspricht. Die psychischen Funktionen — Wahrnehmung, Gedächtnis und Denken — stehen im Dienste der psychischen Kräfte (Trieb, Gefühl, Wille), die ihnen Aufgaben stellen und Ziele setzen; sie stehen damit aber auch im Dienste der Persönlichkeit des Einzelnen, denn diese entwickelt sich am Widerstreit der psychischen Kräfte und ist im Grunde nichts anderes als das jeweilige Ergebnis ihres gegenseitigen Stärkeverhältnisses. Das skizzierte Modell ist grob und läßt noch viele Fragen offen; aber es ist doch wenigstens ein Grundschema für ein System, in welchem alle psychischen Vorgänge und Zustände zueinander in Beziehung gebracht werden und jeder von ihnen seine bestimmte Rolle spielt — ein System des psychischen Geschehens, aus welchem die menschliche Persönlichkeit in ihrer vollen, einmaligen Individualität bis zu einem gewissen Grade verständlich wird und je nach ihrem Entwicklungsstand die steuernde Grundkraft bildet.

Die Instinkte, Triebe und Interessen

1. Beschreibung und Einteilung der Triebe

Trieberlebnisse sind außerordentlich schwer zu beschreiben. Sie haben nichts scharf Begrenztes, sie heben sich von dem, was gleichzeitig mit ihnen bewußt ist, nicht prägnant ab, sie haben keine klaren Umrisse, sie sind nicht »gestaltet«. Der Trieb *durchzieht* das übrige Erleben, wird nur allmählich bewußt, er wächst langsam heran und erreicht im Alltag nur selten solche Grade, daß er alles andere aus dem Bewußtsein verdrängt. Obwohl sich das Triebleben so schwer beschreiben läßt, weiß doch jeder Mensch, was es ist; man braucht nur an die einfachsten Beispiele zu erinnern. Wenn man viel gearbeitet hat, spürt man abends den Trieb zu schlafen; ist man lange gesessen, so regt sich der Trieb zur Bewegung. Hunger und Durst sind ebenso Trieberlebnisse wie das Bestreben, sich vor Kälte und Nässe zu schützen; jeder Raucher kennt den Trieb zur Zigarette oder Pfeife, und wer sich an Kaffee, Wein oder Schleckereien gewöhnt hat, weiß, wie stark der Trieb dazu werden kann.

Allen Trieben gemeinsam und wesentlich für sie ist der deutlich gespürte *Drang*. Man fühlt sich zu irgend etwas von innen heraus gedrängt — manchmal so, daß man noch gar nicht genau weiß, wozu. In der Pubertät gibt es solche Drangzustände ohne klare Richtung — Erlebnisse der Sehnsucht nach etwas, das man noch gar nicht kennt. Meist ist aber das Ziel des Triebes sehr klar: wenn auf der Straße die Menschen zusammenlaufen und erregt beieinander stehen, so fühlen sich viele gedrängt, sich auch dorthin zu begeben und festzustellen, was los ist; hat man soeben eine große Neuigkeit erfahren, so können die wenigsten dem Drang widerstehen, sie sofort weiterzugeben. Der Drang wird bei allen Trieben und Interessen deutlich erlebt, vom Nahrungstrieb angefangen bis zu den sozialen Trieben, dem Mitteilungsdrang, der Besitzgier, der Machtgier und Herrschsucht. Es gibt aber auch Triebe, die nicht zu einem Handeln drängen, sondern zur Beendigung des Handelns: der Müde, der Schläfrige, der Kranke spürt den Drang, sich hinzulegen, ein Trieb, der so stark werden kann, daß das Wollen nicht mehr gegen ihn aufkommt.

Ein zweites wesentliches Merkmal aller Triebe ist es, daß sie *von selbst entstehen*. Sie können durch Außenweltsreize »geweckt« werden, sie können aber auch ohne Reize in das Bewußtsein treten, wenn sie besondere Stärkegrade erreicht haben; der Trieb nach Nahrung stellt sich ganz von selbst ein, sobald der Körper seine Energiereserven zu verbrauchen beginnt. *Ob* ein Trieberlebnis auftritt oder nicht, hängt nicht von uns ab; die Triebe kommen, ohne daß man sie ruft, sie entstehen *autogen.* Man kann es noch genauer sagen: sie treten ohne Mitwirkung des Bewußtseins auf, unabhängig vom Wollen und Denken. Sie sind auf einmal da, in einer einschleichenden Art, langsam in ihrer Stärke zunehmend bis zu der elementaren Kraft von Naturgewalten, gegen die es keinen Widerstand gibt.

Nicht bei allen, aber bei den meisten Trieben treten begleitende Gefühle auf. Der unbefriedigte Trieb ist gewöhnlich von Unlust begleitet; es kann aber ein starker Trieb, wenn Aussicht auf Befriedigung besteht, auch als ausgesprochen lustvoll erlebt werden. Der gesunde junge Mensch im Vollgefühl seiner Leistungsfähigkeit erlebt viele Triebe als lustvolle Auswirkung seiner jugendlichen Kraft. Allgemein gilt: Befriedigung eines Triebes ist von Lust, der unbefriedigte Trieb von Unlust begleitet. Es ist leicht zu sehen, daß dadurch auf einfache Weise eine Trieb*verstärkung* erreicht wird: Unlust hat immer einen Trieb zur Folge, nämlich den zu ihrer Beseitigung; der Umstand, daß ein originärer, primärer Trieb meist von Unlust begleitet ist, erzeugt einen zusätzlichen Trieb zur Beseitigung dieser Unlust. Es kommt gar nicht selten vor, daß man einen Trieb befriedigt, nicht um ihn an sich zu befriedigen, sondern um die Unlust, die er bereitet, loszuwerden. Unbefriedigte Triebe sind störend und lästig, weil sie sich ständig in den Ablauf des übrigen Erlebens eindrängen und nicht Ruhe geben, bevor man ihre Wünsche erfüllt; um diese Störungen loszuwerden, befriedigt man sie schließlich. Ganz ähnliche Zwecke erreicht die Natur mit dem Lustgefühl, das die Befriedigung bereitet; hat man diese Lust einmal gespürt, so will man sie immer wieder spüren und befriedigt den Trieb, der nach ihr drängt, nicht des Triebes wegen, sondern wegen der Lust, die seine Befriedigung bereitet. In dieser Triebverstärkung liegt der biologische Sinn vieler Gefühle.

Werden die Triebe sehr stark, so führen sie zu einer deutlich merkbaren *Minderung der Bewußtseinsklarheit.* In der wilden Gier, in der Wut des Angriffs, in der hemmungslosen Leidenschaft wird das ganze psychische Geschehen vom Trieb überflutet, von seiner Kraft überwältigt; es ist nichts anderes mehr da als der Trieb, nicht einmal die Sinnesorgane funktionieren noch richtig, das Denken setzt aus — blind und besinnungslos stürzt sich der Wütende auf seinen Gegner, alles um sich her vergessend, getrieben von seinem Haß.

Von den vier angeführten Merkmalen: Erleben eines Dranges, autogene Entstehung, Gefühlsbegleitung und Bewußtseinsminderung, treffen die ersten beiden auf alle Triebe zu; die letzten beiden auf die meisten.

Ebenso schwierig wie die Beschreibung ist die *Einteilung der Trieberlebnisse.* Es gibt keinen Gesichtspunkt, von dem aus sich alle Triebe systematisch in saubere Einzelgruppen ordnen lassen. Eine gewisse

Übersichtlichkeit läßt sich erreichen, wenn man die Triebe nach den Gebieten einteilt, in welchen ihre Ziele liegen. Nach diesem Gesichtspunkt lassen sich die folgenden vier Gruppen unterscheiden:

1. Erhaltungstriebe (vitale Triebe). Zu ihnen gehören der Nahrungs- und der Geschlechtstrieb, aber auch der Fluchttrieb, der Mutter- und Pflegetrieb, der Trieb, der die Tiere zum Nestbau, zum Brüten, zum Vogelzug drängt, der Bewegungstrieb, der Schlaftrieb — kurz alles, was der Erhaltung der Gattung und des eigenen Lebens dient.

2. Gesellschaftstriebe (soziale Triebe). Sie umfassen alle Drangerlebnisse, die mit der Bildung von Gemeinschaften und mit der persönlichen Stellung innerhalb der Gemeinschaft zu tun haben: Geltungsdrang, Machtgier, Herrschsucht, aber auch Habgier, Eifersucht, Gefallsucht und den Vergeltungstrieb, ferner die Triebgrundlagen des Mitleides, der Hilfsbereitschaft, des Opfermutes — kurz alles, was der Entstehung von Gruppen und der Auseinandersetzung innerhalb derselben dient.

3. Genußtriebe (hedonistische Triebe). Der Kulturmensch kennt eine Fülle von Triebregungen, die nicht unmittelbar in seinen organischen Anlagen begründet, sondern aus dem Lustgewinn, den sie bringen, entstanden sind. Das Rauchen, das Alkohol- und Kaffeetrinken, das Schlecken von Süßigkeiten, das Gummikauen, ferner das Essen oder Einspritzen von Rauschgiften — kurz alles, wonach der Mensch *süchtig* werden kann, gehört hierher.

4. Kulturtriebe oder *Interessen.* Von dieser Gruppe ist später ausführlich zu sprechen. Zu ihr gehört alles, was den Menschen zu produktiven psychischen Leistungen drängt: der Erkenntnistrieb, der Künstlerdrang, der Wissensdrang, das metaphysische Bedürfnis, der Gerechtigkeitstrieb — kurz alles, was an schöpferischen Kräften im Menschen vorhanden ist.

Diese Einteilung soll lediglich eine geordnete Übersicht ermöglichen; sie umfaßt in ihren vier Klassen die wichtigsten Einzeltriebe. Es ist unmöglich, alle Triebe so einzuteilen, daß sie, scharf voneinander getrennt, in Gruppen zusammengefaßt sind. Die *Neugier* z. B. kann zu den sozialen Trieben gerechnet werden, wenn sie sich auf die Angelegenheiten anderer Menschen — auf fremde Briefe, Schränke, Schubfächer — bezieht, sie kann aber auch eine Spielart des Wissensdranges sein, wenn ein Kind sein Spielzeug oder ein Techniker ein ihm unbekanntes Instrument zerlegt. Ebenso kann der *Spieltrieb* ein sozialer Trieb sein, wenn es sich um Gesellschaftsspiele handelt, aber auch etwas ganz anderes, was in keine der oben genannten Gruppen hineinpaßt: nämlich der Drang, eine erwachende Funktion zu betätigen, so z. B., wenn die kleinen Mädchen ihre Puppen anziehen und schlafen legen oder für sie in der Puppenküche kochen. Es scheint, daß man eine fünfte Gruppe einführen muß, die *Funktionstriebe*, die danach drängen, eine Funktion zu benützen. Dieser Trieb tritt vor allem bei solchen Funktionen auf, die im Alltag des Menschen zu wenig zur Auswirkung kommen: der Trieb zur Bewegung nach langem Sitzen gehört hierher, der Drang zu reden nach langem Schweigen, der Bewegungstrieb, der in verschiedenen Sportarten, im Schilauf, Bergsteigen oder Schwimmen seine Befriedigung findet.

Viel interessanter und aufschlußreicher als die Einteilung der Triebe — die ja nur eine übersichtliche Zusammenstellung bieten soll — ist die *Entwicklungsgeschichte der Triebe;* sie zeigt, daß man es dabei mit außerordentlich sinnreichen und höchst wirksamen Einrichtungen der Natur zu tun hat, die den Menschen zu Handlungen veranlassen, die nicht nur zur Erhaltung des einzelnen Lebens und der Gattung, sondern auch zur Entstehung der menschlichen Kultur führten.

2. *Entwicklung des Trieblebens (Reflexe und Instinkte)*

Die Arbeitsweise der vitalen Trieberlebnisse ist bei Mensch und Tier im großen und ganzen gleich. Nahrungsaufnahme, Stoffwechsel und Fortpflanzung vollziehen sich, von relativ geringfügigen Verschiedenheiten abgesehen, nach denselben Prinzipien; es ist ein Mund da, durch den die Nahrung aufgenommen und zerkleinert wird, ein Verdauungsapparat, der ihr die lebensnotwendigen Stoffe entnimmt, und ein organischer Apparat, der Eier und Samen bildet. Die weitgehende Gleichheit des Aufbaues und der Funktionsweise der Organe, die der vitalen Triebbefriedigung dienen, berechtigt zu der Annahme, daß auch die psychische Seite des Trieblebens zwischen Mensch und höherem Tier nicht sehr verschieden ist; ohne diese psychische Seite, ohne das Trieb*erleben*, käme es ja niemals zu einer Triebbefriedigung. Erst wenn der Drang auftritt, Nahrung zu suchen oder einen Geschlechtspartner zu finden, können die körperlichen Vorrichtungen ihre Aufgabe erfüllen; ohne den erlebten Trieb bleiben sie nutzlose Organe ohne Sinn und Zweck. Der Trieb bringt erst das ganze Werk in Gang; er ist die Kraft, die Mensch und Tier zum Gebrauch der lebenserhaltenden Funktion im Organismus antreibt.

Damit ist die Funktionsweise der Triebe im wesentlichen schon beschrieben: *jeder Trieb ist ein erlebter Drang zu einer bestimmten Verhaltensweise.* Das Erlebnis des Dranges ist der entscheidende Faktor bei der Selbst- und Arterhaltung; der Faktor, der die beteiligten Organe in Betrieb setzt und so lange in Betrieb erhält, bis das biologische Ziel erreicht ist. Die Methoden, mit denen die Natur für die Fortdauer der Existenz des Einzelnen und der Gattung sorgt, sind einfach, aber höchst wirksam: es wird ein Verdauungs- und Fortpflanzungsapparat geschaffen, der durch starke psychische Kräfte immer dann in Funktion gesetzt wird, wenn es biologisch notwendig ist; diese Kräfte sind die erlebten Triebe.

Mit der einfachen Methode, einen starken Drang, begleitet von kräftigen Unlustgefühlen, in das Bewußtsein zu schicken, erreicht die Natur bei Mensch und Tier ihre Ziele. Beim Menschen und wohl auch beim höheren Tier ist der Trieb und die Unlust klar bewußt; zur Bewußtseinsminderung kommt es erst, wenn der Trieb sehr stark wird — im Rausch der Leidenschaft, in der Raserei der Wut, der Eifersucht oder auch des Hungers. Diese Tatsache ist beachtenswert: sie zeigt, daß die Natur dort, wo sie auf andere Art ihre Ziele nicht erreicht, sogar das Bewußtsein möglichst ausschaltet, um dadurch den Trieb zu ungehemmter Auswirkung kommen zu lassen. Beim Tier dürfte dies oft der Fall sein; je tiefer es in der Entwicklungsreihe steht, desto dumpfer wird sein Trieberleben sein.

Die Methode der Ausschaltung des Bewußtseins benützt die Natur aber auch noch beim Menschen, und zwar nicht nur beim kleinen Kind, sondern auch beim Erwachsenen. Überall dort, wo es auf rasche Reaktionen ankommt, um das Leben zu schützen, setzen zweckmäßige Bewegungen ein, ohne daß das Bewußtsein dabei mitwirkt. Diese Vorgänge setzen von selbst ein, sobald ein bestimmter Reiz auftritt, und laufen dann in immer gleicher Weise ab. Man nennt sie »*Reflexe*«. Ein einfaches Beispiel: wenn jemand aus einem dunklen Raum in das helle Licht der Sonne tritt, kann man an seinen Augen beobachten, daß die Pupillen kleiner werden und daß sich die Augenlider rasch schließen (Pupillen- und Lidschluß-Reflex). Diese beiden Reflexe dienen dem Schutz der Augen; durch die Verengerung der Pupillen wird die einfallende Strahlungsmenge verkleinert und durch das Schließen der Lider wird das weitere Eindringen von Strahlen verhindert, so daß die empfindliche Netzhaut, in welcher sich durch den Aufenthalt im Dunkeln viel Sehpurpur angesammelt hat, nicht durch allzu starke Reize geschädigt wird (es setzt nun die Zersetzung des Sehpurpurs ein, wodurch die Netzhaut an Empfindlichkeit rasch verliert, s. S. 161). Die Verengerung der Pupillen erfolgt ohne jede bewußte Begleiterscheinung; es werden dadurch keinerlei Empfindungen ausgelöst, wir spüren nichts von diesem Prozeß und wir würden nichts von ihm wissen, wenn er nicht von außen her beobachtet und in den physiologischen Lehrbüchern beschrieben worden wäre. Das Zustandekommen des Pupillenreflexes ist ziemlich genau bekannt: die durch den Lichtreiz erzeugte Erregung fließt durch den Sehnerven, wird aber im primären Sehzentrum des Stammhirns (Corp. gen. lat., S. 156) auf eine andere Bahn umgeschaltet, die zu Gangliensystemen führt, von denen Leitungen zu den Muskeln der Pupille führen; auf diesen Leitungen gelangen die Erregungen in die Pupillenschließmuskeln — und zwar in beide Augen, weil die beiden Zentren miteinander durch Nervenbahnen verbunden sind. So kommt es zu der »konsensuellen Reaktion« der beiden Pupillen auf Belichtung eines einzigen Auges. Dieser ganze Prozeß dauert etwa 0,2 Sekunden; erst nach dieser »Fließ- und Umschaltzeit« der Erregungen beginnt die Pupillenverengerung einzusetzen. Das ganze Leitungssystem bezeichnet man als »*Reflex-Bogen*«.

In jüngster Zeit wurde für eine Reihe von Vorgängen, die man bisher als Reflexe betrachtete, eine neue Auffassung vertreten: sie seien »*biologische Regelkreise*«. Ein Regelkreis ist in der Technik ein System, in welchem eine physikalische Größe — z. B. Temperatur oder Druck — sich selbst reguliert; dies wird durch einen »Meßfühler« erreicht, z. B. durch ein Bimetall-Thermometer, in welchem durch Temperaturänderungen Bewegungen der Metallstreifen entstehen; diese Metallstreifen schließen oder öffnen elektrische Kontakte, so daß mehr oder weniger Strom in die Heizfäden fließt. Auf diese Weise kann man die Temperatur eines Raumes innerhalb bestimmter Grenzen »selbsttätig« regulieren. Eine solche selbsttätige Regulierung liegt auch beim Pupillenreflex vor: irgendwo im Gehirn befindet sich ein Gangliensystem, das als Meßfühler arbeitet, d. h. auf die einfallende Strahlungsmenge (genauer: auf die dadurch erzeugten Erregungen) reagiert und dafür sorgt, daß die Pupillen enger werden, wenn viel Strahlung, und daß sie sich erweitern, wenn wenig Strahlung vorhanden ist. Der Unterschied zwischen einem Reflex — im strengen Sinne des Wortes — und einem biologischen Regelkreis besteht darin, daß der Meßfühler des Regelkreises über den Zustand des Organs, dessen Tätigkeit er kontrolliert, durch rückfließende Erregungen ständig informiert wird (das Pupillenzentrum im Gehirn über die jeweilige Öffnung der Pupille); der Regelkreis ist daher ununterbrochen in Funktion, während der Reflex eine einmalige Reaktion auf einen Reiz darstellt (z. B. das Hochschnellen des Unterschenkels bei einem Schlag auf die Kniescheibe — Patellarsehnen-Reflex). Für die Psychologie ist die Anwendung des Regelkreismodells auf biologische Vorgänge deshalb interessant, weil psychische Prozesse, also bewußte Erlebnisse, die Rolle des Meßfühlers spielen können. Ob dies für die Pupillenreaktion zutrifft, läßt sich nicht entscheiden (es handelt sich dabei um die Frage, ob die Empfindung des starken Lichtes die unerläßliche Voraussetzung für die Pupillenverengerung bildet, also die Empfindung den Meßfühler darstellt); für den Lidschlußreflex ist es zum mindesten wahrscheinlich, daß die Empfindung des grellen Lichtes auftreten muß, damit die Lider selbsttätig geschlossen werden.

Sicher ist die Mitwirkung bewußter Erlebnisse bei der selbsttätigen Regulation der Muskelkraft: der Violinspieler, der Feinmechaniker oder der Chirurg ist bei seiner Tätigkeit in hohem Maße darauf angewiesen, daß die Arm- und Handmuskeln in sehr feinen Abstufungen das jeweils richtige Ausmaß an Kraft produzieren; es muß daher eine höchst präzise Feinregulierung stattfinden, die nur durch Rückmeldungen, d. h. durch Erregungen, die in den Muskeln entstehen und in das Gehirn fließen, zustande kommen kann. Dabei spürt man aber das jeweils aufgewendete Kraftmaß und man weiß, ob es zu groß oder zu klein ist, so daß man mit Recht das Bild des Regelkreises auf diese Vorgänge anwenden und die Empfindung von Druck und Kraft, die aus den Muskelsinnen entsteht, als »Meßfühler« betrachten kann (ROHRACHER 1960, 1969).

Der Umstand, daß die Reflexe auf bestimmte Reize beim gesunden Menschen immer rasch und sicher auftreten, daß sie in Einzelreaktionen bestimmter Muskeln oder Drüsen bestehen und daß die Erregungsleitung auf bestimmten, ziemlich genau bekannten Nervenleitungen erfolgt, hat dazu beigetragen, daß man die Reflexe oft als »nervöse Mechanismen«, »maschinenartige Prozesse« u. ä. m. bezeichnete. Es gibt aber auch Reflexe, denen dieser »maschinelle Charakter« nicht zukommt, weil an ihnen psychische Vorgänge beteiligt sind. Dies gilt z. B. von den *vegetativen Reflexen*, die als Folge- oder Begleiterscheinungen bestimmter psychischer Zustände auftreten: Schweißausbruch in der Angst, Erstarren und Erblassen im Schreck, Gänsehaut bei Furcht, Zittern, Knieschlottern, Zähneklappern, roter Kopf im Zorn usw. Die Frage, ob diese Reflexe als Wirkung der ihnen entsprechenden Gefühle oder als ihre Begleiterscheinung auftreten, läßt sich empirisch nicht entscheiden; es ist später (S. 462 f.) auf dieses Problem zurückzukommen. Auch die biologische Zweckmäßigkeit dieser Reflexe könnte fragwürdig erscheinen; es bedeutet im Lebenskampf keinen Vorteil, sondern einen Nachteil, wenn man in einer gefährlichen Situation vor Schreck erstarrt und schweißüberströmt tatenlos zusieht, anstatt zu handeln. Die vegetativen Reflexe sind beim heutigen Kulturmenschen nicht mehr biologisch zweckmäßig; aber sie *waren* es einmal — und hierin besteht die einzige Erklärungsmöglichkeit für ihr Auftreten — in sehr hohem Grade, nämlich in den frühen Stadien der Stammesgeschichte. Viele Tiere schützen sich vor ihren Feinden, indem sie sich totstellen; andere verleihen sich ein schreckenerregendes Aussehen, indem sie die Zähne fletschen und die Rückenhaare aufstellen, wieder andere vertreiben ihre Gegner durch Sekretion übelriechender Substanzen. Die vegetativen Reflexe des gegenwärtigen Kulturmenschen sind daher als Reste der stammesgeschichtlichen Entwicklung anzusehen, die noch nicht zur Gänze zurückgebildet wurden; phylogenetische Relikte, wie solche auch in unserem Körper (Blinddarm) vorkommen sollen, die noch nicht vollkommen abgebaut sind, obwohl ihre biologische Zweckmäßigkeit längst nicht mehr besteht. Über einige andere vegetative Reflexe, die sich auch vom stammesgeschichtlichen Standpunkt nicht leicht erklären lassen (Erröten, Weinen), ist an anderer Stelle zu sprechen (S. 467).

Die Tatsache, daß die Reflexe unwillkürlich auftreten, soll im folgenden durch die Formulierung ausgedrückt werden, der Reflex entstehe *»ohne Mitwirkung des Bewußtseins«*. Sicher ist ferner, daß wir die Reflexe nicht gelernt haben; sie sind angeboren. Schließlich steht außer Zweifel, daß die Reflexe — mit einigen später besprochenen Einschränkungen — biologisch zweckmäßig sind; die bisher beschriebenen Reflexe dienen dem Schutz des Auges bei Blendung. Bei Eindringen eines Fremdkörpers in das Auge tritt der Lidschluß-Reflex ebenfalls auf, außerdem aber der Tränensekretions-Reflex, der den Zweck hat, das eingedrungene Staubkörnchen herauszuschwemmen. In diesem Falle besteht der Effekt nicht in einer Muskelkontraktion, sondern in der Anregung der Tränendrüse, also in einer Sekretion. Faßt man diese Merkmale zusammen, so kann man definieren: *Reflexe sind angeborene, biologisch zweckmäßige, ohne Mitwirkung des Bewußtseins auftretende Organreaktionen auf äußere oder innere Reize*. Innere, d. h. im Organismus selbst auftretende Reize liegen z. B. beim Verdauungsvorgang vor: die in den Magen gelangte Nahrung wirkt als Reiz für die Sekretion der Verdauungssäfte; die darauf folgenden Darmbewegungen werden ebenfalls reflektorisch ausgelöst.

Mit Reflexen allein können sich nur Lebewesen erhalten, denen der Zufall Nahrungsstoffe liefert (z. B. im strömenden Wasser); diese Stoffe wirken als Reize und werden reflektorisch aufgenommen. Ob es solche Lebewesen gibt, die reine »Reflexmaschinen« darstellen, scheint noch eine offene Frage zu sein. Der weitaus größte Teil der Tiere überläßt die Versorgung mit Nahrung und die Auffindung von Geschlechtspartnern nicht dem Zufall: sie begeben sich selbständig auf die Suche nach Nahrung und Fortpflanzungsmöglichkeiten und sie treffen sehr wirksame Vorkehrungen zur Versorgung der Nachkommenschaft. Die Handlungen, die zu diesen Zwecken ausgeführt werden, bezeichnet man bekanntlich als *»Instinkthandlungen«*; der Bau von Zellen und Waben durch Bienen und Wespen, die Herstellung von Nestern durch Vögel und Säugetiere oder von Fangnetzen durch Spinnen, die Ablage von Eiern in Tierleichen oder in Erdlöchern, der Vogelzug, die Heimfindung bestimmter Vogel- und Fischarten usw. sind Beispiele instinktiver Handlungen. Zu ihrer Erklärung wurden zahlreiche Theorien aufgestellt; dabei wurden vor allem die Fragen behandelt, ob die Instinkthandlungen den Reflexen gleichzusetzen seien, ob das Tier den Zweck seines Verhaltens kenne und inwieweit sich das instinktive Verhalten den Verhältnissen der Außenwelt anpassen könne. Die »objektive Verhaltensforschung« oder »Ethologie« hat zu diesen drei Hauptproblemen — Reflexcharakter der Instinkthandlung, Zweckbewußtsein, Starrheit oder Plastizität — viele und vielerlei Einzeltatsachen beigebracht, die allerdings noch so fragmentarisch sind, daß sie zur Fundierung einer umfassenden und abschließenden Theorie des instinktiven Verhaltens noch nicht ausreichen.

In manchen Merkmalen gleicht das instinktive Verhalten vollkommen den Reflexen: es ist angeboren und biologisch zweckmäßig. Die Spinne braucht die komplizierten Bewegungen zur Herstellung des Netzes, mit dessen Hilfe sie ihre Nahrung gewinnt, nicht zu lernen; sie kann alles, was dazu nötig ist, von Natur aus, und sie ist auch imstande, sich hierfür geeignete Plätze auszusuchen und die Konstruktion der Netzaufhängung den gegebenen Raumverhältnissen anzupassen. Auch an Säugetieren wurde die Angeborenheit des instinktiven Verhaltens einwandfrei nachgewiesen, meist mit der Methode »Aufzucht unter Erfahrungsentzug«, d. h. unter Bedingungen, die ein Erlernen des Instinktverhaltens vollkommen ausschließen. So hat z. B. I. EIBL-EIBESFELDT Eichhörnchen im Käfig isoliert mit Breinahrung aufgezogen, um festzustellen, ob sie nach entsprechendem Wachstum die Technik des Nüsse-Eingrabens beherrschen, wie sie von freilebenden Eichhörnchen durchgeführt wird (mit den Vorderbeinen wird ein Loch gegraben, die Nuß eingelegt und mit der Schnauze am Boden festgedrückt, dann wird sie mit Erde bedeckt, die mit den Pfoten fest zugedrückt wird). Es zeigte sich, daß die isoliert aufgewachsenen Eichhörnchen, wenn man ihnen eine Nuß gab, genau dieselbe Technik versuchten (mit der Nuß in eine Ecke liefen, Grab-Bewegungen durchführten, die Nuß hinlegten und Zudeck- sowie Festdrück-Bewegungen andeuteten — EIBL-EIBESFELDT 1963).

Viele Instinkthandlungen gleichen den Reflexen auch darin, daß sie durch Reize ausgelöst werden: der Hahn stößt seine Warnrufe aus, sobald ein Raubvogel die Hühnerschar überfliegt; diese Rufe werden aber auch durch harmlose Vögel ausgelöst, wenn sie bestimmte Ähnlichkeiten mit Raubvögeln aufweisen (es kommt dabei, wie K. LORENZ durch Attrappenversuche — vogelähnliche Gebilde aus Pappe glitten an einem Draht über die Versuchstiere — zeigen konnte, auf die »Kurznackigkeit« des Vogels an, während Merkmale der Flügel und des Schwanzes eine geringe Rolle spielen). Eine Gluckhenne reagiert sofort auf den Angstruf eines Kükens und eilt zu Hilfe; ängstliche Bewegungen hingegen sind wirkungslos, wie BRÜCKNER in Versuchen nachwies, bei denen das Küken in eine Glasglocke gesetzt wurde, in der es ängstlich flatterte; seine Klagerufe waren für die Glucke unhörbar, und die Befreiungsbemühungen ihres Kindes ließen sie gänzlich ungerührt. Für solche instinktauslösende Reize hat sich die Bezeichnung »*Schlüsselreize*« oder »*Signalreize*« eingeführt. Von den einfachen Reflexen unterscheidet sich die Reaktion auf einen Schlüsselreiz — von LORENZ als »*angeborener auslösender Mechanismus*« = AAM bezeichnet — schon dadurch, daß nicht eine Einzelreaktion bestimmter Muskelgruppen ausgelöst wird, sondern eine Gesamtreaktion des ganzen Körpers oder doch großer Körperpartien, eben ein »Verhalten«; vor allem aber dadurch, daß dieses Verhalten nicht in automatenartiger, immer gleicher Weise abläuft, sondern daß es in Anpassung an die jeweilige Situation erfolgt: das Huhn, das vor einem Raubvogel Schutz sucht, flieht dorthin, wo es ihn am schnellsten findet — in den Stall, in eine Hecke, unter einen Baum. Beim Reflex werden immer die gleichen Muskelgruppen kontrahiert; jedem reflexauslösenden Reiz ist eine ganz bestimmte, immer gleiche muskuläre oder sekretorische Reaktion zugeordnet. Das instinktive Verhalten auf Schlüsselreize hingegen erfolgt nicht in gleichen Muskelprozessen, sondern in Anpassung an die jeweiligen Verhältnisse, wobei unter ihnen die günstigsten, dem biologischen Zweck optimal entsprechenden Möglichkeiten ausgewählt werden. Aus diesen Gründen kann man das instinktive Verhalten auf äußere Reize nicht einfach als »reflektorische Reaktion« auffassen; es ist zwar durch den Reiz ausgelöst, es hat aber durchaus den Charakter einer »Aktion«, einer vom Lebewesen ausgehenden und gesteuerten Handlung. Es ist nicht bloß eine reflektorische »Reizbeantwortung«, sondern ein variables, den gegebenen Verhältnissen angepaßtes, aktives Vorgehen, das durch den Reiz ausgelöst wurde.

Am deutlichsten wird der »aktive Charakter« des instinktiven Verhaltens in Fällen, in denen ein äußerer Reiz überhaupt nicht vorliegt. Sehr viele Instinkthandlungen beginnen nämlich — was erstaunlicherweise wenig beachtet wurde —, ohne daß sie von einem Reiz ausgelöst werden: die Spinne beginnt einfach mit dem Bau ihres Netzes, sobald sie körperlich ein bestimmtes Entwicklungsstadium erreicht hat, die einzeln lebenden Wespen fangen mit der Nahrungssuche an, sobald sie genügend bewegungsfähig sind. Diese allgemeinste Tatsache des tierischen Verhaltens — daß sie von sich aus, ohne äußeren Reiz nach Nahrung und Geschlechtspartnern zu *suchen* beginnen — ist ein klarer Beweis dafür, daß zwischen reflektorischem und instinktivem Verhalten grundsätzliche Unterschiede bestehen: für das Auftreten eines Reflexes ist der Reiz die unerläßliche Voraussetzung; instinktives Verhalten hingegen tritt sehr oft ohne Reiz auf, ganz spontan, von selbst. Das Tier begibt sich aus eigener Aktivität auf den Weg, um Futter zu suchen, einen geeigneten Platz für die Eiablage zu finden oder einem Geschlechtspartner zu begegnen. In allen diesen Fällen muß man eine spontan auftretende Eigenaktivität des Tieres annehmen, die ein bestimmtes Ziel verfolgt. Hierin liegt der wichtigste Unterschied zum Reflex.

Diese Tatsache haben auch führende Instinktforscher wie K. LORENZ, N. TINBERGEN u. a. veranlaßt, die früher oft gehörte Auffassung abzulehnen, daß die Instinkthandlung zwar nicht ein einheitlicher Reflex, wohl aber eine »Kette« aufeinanderfolgender Reflexe sei. LORENZ verweist in diesem Zusammenhang auch auf die sogenannten »*Leerlauf-Handlungen*«, in denen ein normalerweise nur auf Reize einsetzendes Verhalten ohne Reiz durchgeführt wird; er erzählt, daß sein im Zimmer gehaltener Star auf Insektenjagd ging, ohne daß Insekten vorhanden waren, wobei er den ganzen Handlungsablauf — Beutesuchen, Nachfliegen, Fangen, Töten, Schlucken — durchführte. Als Ursache dieses Verhaltens nimmt LORENZ an, daß das Zentralnervensystem selbständig Impulse erzeuge, die die Instinkthandlung unmittelbar in Gang setzen (»zentralnervöse Automatismen« nach v. HOLST).

Eine große Rolle spielte in der Instinktforschung ein Problem, das manchmal als das »Wunder des Instinktes« bezeichnet wurde. Es handelt sich dabei um die Behauptung, daß das Tier seine Handlungen durchführe, ohne ihren Zweck zu kennen; schärfer formuliert: *obwohl* das Tier den Zweck seiner Handlung nicht kennt, handelt es zweckmäßig. Beweisen läßt sich diese Behauptung natürlich nicht, weil wir nicht feststellen können, ob die Tiere, vor allem die Insekten, Erlebnisse haben wie wir Menschen; ob es so etwas wie »Einsicht«, »Verstehen«, »Wissen« bei ihnen gibt. Daß es dem Tier an Einsicht in den Zweck seines Verhaltens fehle, läßt sich nur aus seinem Verhalten erschließen; und dieser Schluß wurde von vielen Instinktforschern tatsächlich gezogen, weil das Tier in Situationen, in denen der biologische Zweck nicht mehr erreicht werden kann, trotzdem so handelt, als ob es ihn noch erreichen könnte. Wenn man im Boden einer Zelle, die eine Wespe soeben fertiggestellt hat, ein Loch bohrt, so daß alles, was in die Zelle eingebracht wird, unten herausfällt, so trägt die Wespe trotzdem Honig ein. Die Grabwespe gräbt ein Erdloch, in dessen Grund sie ein Ei legt, worauf sie gelähmte Raupen und Grillen hineinschleppt, die der künftigen Brut als Nahrung dienen; sie bringt die Raupen aber auch, wenn man das Ei vorher herausgenommen hat, so daß ihr Handeln sinnlos wird. Daraus schloß man, daß die Grabwespe den Zweck ihres Verhaltens nicht versteht, sonst würde sie ein neues Ei einlegen oder wenigstens kein Futter herbeitragen. Der Instinkt sei »starr« und daher »blind«; instinktives Verhalten sei daher das Gegenteil des »intelligenten« Verhaltens.

Diese Behauptung trifft deshalb nicht zu, weil intelligentes Verhalten einen Denkvorgang voraussetzt; es besteht aber kein Anlaß, bei der Grabwespe oder anderen Tieren Denkprozesse nach Art der menschlichen Denkerlebnisse beim Problemlösen anzunehmen. Man soll daher den Begriff »Intelligenz« auf das instinktive Verhalten nicht anwenden, sondern von der Annahme ausgehen, daß die Tiere — zum mindesten die sog. »niederen« — ihre Handlungen zur Auffindung von Nahrung, zur Versorgung der Eier usw. ohne Denken ausführen können; und daß sie die Ziele, die dabei erreicht werden sollen, und die dazu notwendigen Verhaltensweisen kennen, ohne sie gelernt zu haben; sie sind angeboren.

Der Unterschied zum Problemlösen durch Denken — und damit auch das, was uns als »Wunder« oder »Weisheit« der Instinkte erscheint — besteht also offenbar in der »Ungelerntheit« des instinktiven Verhaltens. Wenn wir Netze spinnen müßten, um mit ihrer Hilfe Tiere für unsere Nahrung zu fangen, so müßten wir es lernen; vorher müßten solche Netze aber erst noch erfunden werden. Beides braucht die Spinne nicht. Hierin liegt das Hauptproblem des Instinktes: wie kann das Tier komplizierte Verhaltensweisen durchführen, ohne sie je gelernt oder auch nur wahrgenommen zu haben? Niemand kann diese Frage mit Sicherheit beantworten. Der einzige Ansatz zu einer Theorie besteht in der Annahme, daß das Nervensystem der Tiere so ausgebildet ist, daß nach vollendeter Entwicklung von selbst die Erregungskonstellationen entstehen, die die Bewegungen zum Bau des Netzes usw. herbeiführen. Es muß Gangliensysteme geben, die schon von Natur aus die Erregungen produzieren, die zu den Bewegungen für den Netz- oder Nestbau, für Brutpflege usw. führen.

Ebenfalls keine auch nur einigermaßen sichere Antwort gibt es auf die Frage, ob die Instinkthandlung abläuft, ohne daß das Tier dabei etwas erlebt. Ist das ganze Dasein des Tieres »bewußtloses« Dasein? Es gibt viele Tatsachen, die gegen eine solche Annahme sprechen, so daß auch rein physiologisch eingestellte Instinktforscher wie z. B. G. Tembrock oder N. Tinbergen in ihre Definitionen von »Instinkt« psychologische Begriffe aufgenommen haben. Tembrock erklärt, daß der Vollzug der ererbten und erworbenen Handlungsdispositionen »durch spezifische Dränge aktiviert« wird; Tinbergen definiert zwar den Instinkt als einen »hierarchisch organisierten nervösen Mechanismus«, verwendet aber bei der Erläuterung des Instinktverhaltens viele psychologische Begriffe, aus denen hervorgeht, daß er den Trieben eine entscheidende Rolle zuweist. Dies wird am deutlichsten in seiner Einteilung der Instinkthandlungen, bei der er im Anschluß an die Ansichten des amerikanischen Biologen Wallace Craig ein »*Appetenzverhalten*«, in welchem das Tier nach Möglichkeiten der Triebbefriedigung sucht, und eine »*Endhandlung*« unterscheidet, in welcher die Befriedigung tatsächlich erfolgt; das Appetenzverhalten »ist zusammengesetzt aus allen erdenklichen Elementen; es enthält Reflexe, alle Gangarten und Fortbewegungsweisen, Erlerntes, ja Einsichtshandlungen und was sonst noch alles«. Die »Endhandlung« hingegen — Kampf, Fressen, Begatten — sei »starr und invariant«. Das Entscheidende aber ist, daß die Endhandlung »triebverzehrenden« Charakter hat, d. h. der Trieb verschwindet, sobald er befriedigt ist. TINBERGEN und LORENZ gehen so weit, die Behauptung aufzustellen, »daß das Ziel zielstrebigen Verhaltens nicht das Objekt oder die Situation als solche, sondern allein der Ablauf der den Trieb verzehrenden Endhandlung ist«. »Selbst Psychologen, die Hunderte von Ratten durchs Labyrinth laufen ließen, haben nur selten verstanden, daß ihre Versuchstiere nicht um des Futters oder um der Jungen willen liefen; das Ziel, der Lohn ihrer Mühen und Schmerzen war vielmehr der Ablauf der Freßbewegungen bzw. des mütterlichen Pflegeverhaltens« (TINBERGEN 1954). Wie früher ausgeführt wurde, ist auch in der Gedächtnistheorie HULLS die »Triebreduktion« der entscheidende Faktor.

Faßt man die Merkmale der Instinkthandlung zusammen, so ergibt sich folgende Definition: *Instinkthandlungen sind angeborene, biologisch zweckmäßige Verhaltensweisen, die als Reaktion auf Reize oder als Spontanaktionen ohne Mitwirkung des Bewußtseins einsetzen.* »Ohne Mitwirkung des Bewußtseins« ist eine Behauptung, deren Richtigkeit bisher nicht erwiesen wurde und bei den Tieren, über deren Seelenleben wir nichts wissen, gar nicht erwiesen werden kann; aber wir wissen aus den Instinkthandlungen der Menschen, daß sie zustande kommen, ohne daß man sich zu ihrer Durchführung entschlossen oder auch nur darüber nachgedacht hat. Wenn uns eine Mücke in die Hand sticht, wird sie sofort von der anderen Hand verjagt oder erschlagen; wenn wir bei einem Brand oder auch nur bei einem Gewitter in Gefahr geraten, setzen Fluchtbewegungen ein, und wenn uns jemand bedroht oder angreift, heben wir den Arm zum Schutz des Kopfes. Alle diese Flucht-, Schutz- und Abwehrhandlungen sind instinktive Verhaltensweisen, die ohne Mitwirkung des Bewußtseins, d. h. ohne vorherige Überlegung und ohne Absicht, von selbst einsetzen. Keineswegs ist dieses Verhalten unbewußt in dem Sinne, daß wir nicht wüßten, was wir tun; wir wissen es und setzen es oft absichtlich fort, weil wir einsehen, daß es sich dabei um zweckmäßige Verhaltensweisen handelt. Dies gilt auch von komplizierteren Beispielen: wenn viele Frauen, ja sogar schon kleine Mädchen, die Babys ihrer Bekannten aufnehmen und zu hätscheln beginnen, so ist dies zweifellos eine Instinkthandlung (als Schlüsselreiz für dieses Verhalten, das mit dem

Pflegetrieb zusammenhängt, hat K. LORENZ das »Kindchenschema« — hohe Stirn bei kurzem Gesicht, große Augen, runde Formen — beschrieben). Viele Leute können, wenn sie in die Nähe von jungen Katzen oder Hunden kommen, nicht widerstehen — sie müssen mit ihnen spielen oder sie necken —, eine Instinkthandlung, deren Sinn nicht ohne weiteres verständlich ist, bei der aber das Auftreten ohne Mitwirkung des Bewußtseins besonders klar erlebt wird. TINBERGEN faßt den Bereich des instinktiven Verhaltens des Menschen noch viel weiter; er behauptet, daß »erstaunlich zahlreiche Verbrechen, auch Morde, unter dem instinktiven Druck begangen worden seien, der Geliebten zu imponieren«, »ebenfalls instinktiv motiviert sind die Rivalenmorde aus Eifersucht« (TINBERGEN, S. 199).

An der spontanen oder »autogenen« Entstehung des instinktiven Verhaltens ist nicht zu zweifeln; sie ist aus unserem eigenen Erleben erwiesen. Ebenfalls aus unserem eigenen Erleben ergibt sich aber noch eine zweite wichtige Feststellung: wird der Ablauf einer Instinkthandlung behindert, so erleben wir deutlich einen *Drang* zu ihrer Durchführung. Wenn man die Mücke auf der linken Hand nicht verjagen kann, weil die rechte Hand einen Koffer trägt, so spüren wir das lebhafte Verlangen, sie auf andere Weise zu vertreiben, bevor sie sticht; und wenn man Kinder mit einer jungen Katze spielen sieht, entsteht in vielen Erwachsenen der Drang, sich zu beteiligen. Solche Beispiele zeigen, daß aus behinderten Instinkthandlungen ein bewußtes Erleben, der *Trieb* zur Durchführung der instinktiven Verhaltensweise, hervorgehen kann; und dieses Erleben nimmt an Stärke zu, je länger die behinderte Handlung nicht ausgeführt werden kann. An die Stelle der instinktiven Schutz-, Abwehr- oder Fluchtbewegungen des Körpers ist ein *psychischer* Zustand getreten, der als Drang nach Ablauf der Schutz-, Abwehr- oder Fluchtbewegung erlebt wird. Man darf annehmen, daß die aus behinderten Instinkthandlungen hervorgehenden Drangerlebnisse die einfachsten und ursprünglichsten Triebregungen darstellen; es ist möglich, daß sich das gesamte bewußte Triebleben aus dem Drang zur Durchführung instinktiver Verhaltensweisen, die aus äußeren Gründen nicht verwirklicht werden konnten, entwickelt hat.

Obwohl — wie noch besprochen wird — die Triebe beim Kulturmenschen eine selbständige, gut abgrenzbare Erlebnisklasse darstellen, gibt es bei ihm auch Zustände, in denen instinktive und triebhafte Komponenten in unauflösbarer Mischung verbunden sind. Wenn ein Mensch im Bombenkrieg oder bei einem Erdbeben in panischer Angst nach Schutz sucht, so verhält er sich instinktiv-triebhaft wie ein Tier in gleicher Situation, von ihm vielleicht nur durch einen höheren Klarheitsgrad des bewußten Erlebens verschieden; die Bewußtseinsklarheit kann aber in solchen Fällen auch beim Menschen sehr stark absinken, so daß er das eigene Handeln nur noch »dumpfbewußt« erlebt. Diese reduzierte Klarheit des Bewußtseins, bei der das eigene Erleben nicht mehr unter der Kontrolle der Persönlichkeit steht, ist vielleicht der Zustand, in welchem menschliche und tierische Erlebnisweisen einander am nächsten kommen; ein dumpfbewußtes, unbegriffliches, unstrukturiertes Erleben, bei dem die Persönlichkeit ausgeschaltet ist und sich alles so abspielt, als ob es von organischen Kräften unmittelbar gesteuert würde.

Dies gilt für den erwachsenen Kulturmenschen nur mehr in Ausnahmefällen, in denen ein Trieb so stark wird, daß er das ganze Bewußtseinsfeld beherrscht; in der sinnlosen Wut, in der Verzweiflung, im panischen Schreck. In solchen Fällen erlebt man die Gemeinsamkeiten und Unterschiede zwischen Trieb und Instinkthandlung am deutlichsten: die Triebe sind nicht Körperbewegungen, sondern psychische Zustände, bewußte Erlebnisse; aber sie treten wie die instinktiven körperlichen Abläufe ohne Mitwirkung des Bewußtseins auf, sie sind auf einmal als immer stärker werdende, drängende Erlebnisse vorhanden, und sie haben ein Ziel, an dessen biologischer Zweckmäßigkeit wenigstens bei den vitalen Trieben (Nahrungs-, Geschlechts-, Pflegetrieb und Schlaftrieb) nicht gezweifelt werden kann. Was bei den niederen Tieren durch autogen einsetzende Instinkthandlungen erreicht wird, wird beim Menschen *auf psychischem Wege*, durch autogen auftretende Drangerlebnisse, erreicht, die zu solchen Stärkegraden anwachsen können, daß sie alle psychischen Funktionen in ihren Dienst zwingen. Mit Hilfe des bewußten Erlebens wird der Mensch gezwungen, die Handlungen auszuführen, die der Erhaltung seines Daseins und des Menschengeschlechtes dienen.

Es ist möglich, daß das bewußte Erleben von Triebregungen den Anfang des psychischen Geschehens in der Natur darstellt; zum mindesten wäre es biologisch zweckmäßig, daß zuerst die Erlebnisse entstehen, die für die Erhaltung des Daseins sorgen. Vielleicht haben sich Empfindung und Gedächtnis erst aus den Trieben entwickelt — als Hilfsmittel zu ihrer Befriedigung. Der Trieb mobilisiert die psychischen Funktionen; er führt nicht unmittelbar zu autogenen, ohne Bewußtsein einsetzenden Handlungen, sondern zunächst zur Aktivierung der *psychischen* Funktionen; autogen, ohne Mitwirkung des Bewußtseins einsetzend, ist nur der Trieb selbst. Er kommt, ohne daß man ihn gewollt hat, und zwingt zunächst die Wahrnehmungen und das Denken in den Dienst seiner Befriedigung. Der Hungrige stürzt sich nicht auf die nächstliegende Nahrung — und wenn er es auch täte, wäre auch hierzu die Voraussetzung, daß er sie wahrgenommen oder nach ihr gesucht hat.

Der normale Fall beim Menschen ist, daß er unter dem Einfluß des Nahrungstriebes zu überlegen beginnt, wie er am schnellsten zu einem Essen käme. Auch das höhere Tier befriedigt seinen Trieb nicht in der Art von Reflexen oder Instinkthandlungen, sondern so, daß es herumsucht, wo es am raschesten etwas zum Fressen findet, also mit Hilfe der Wahrnehmung und meist wohl auch mit Hilfe des Gedächtnisses, das ihm aus früheren Erfahrungen die besten Möglichkeiten bewußt macht. Noch wichtiger als die Feststellung der Unterschiede zwischen Trieb einerseits, Reflexbewegung und Instinkthandlung andererseits ist aber die Erkenntnis ihrer *Gemeinsamkeiten:* alle drei treten ohne Mitwirkung des Bewußtseins auf, alle drei führen zu biologisch zweckmäßigen Handlungen, alle drei sind angeboren. Schlagendere Beweise für die Annahme, daß sich das Triebleben aus Instinkthandlungen und Reflexen entwickelt hat, kann man kaum verlangen. Es ist nicht daran zu zweifeln, daß die Triebe sich im Laufe der menschlichen Stammesgeschichte zu dem entwickelt haben, was sie heute sind: bewußte Drangerlebnisse, mit denen die Natur den Menschen zwingt, das zu tun, was zur Erhaltung seines Lebens und seiner Art und — wie noch zu zeigen ist — zur Kulturentwicklung der Menschheit notwendig ist. Entwicklungsvorgänge, die sich in sehr langen Zeiträumen ohne scharfe Übergänge ganz allmählich vollziehen, sind schwer im einzelnen zu beschreiben; die angeführten Tatsachen müssen genügen, um die Entstehung des menschlichen Trieblebens aus seiner tierischen Vergangenheit verständlich zu machen.

Die phylogenetische und ontogenetische Entwicklungsreihe führt vom Reflex über die Instinktbewegung zum Trieberlebnis; es wird noch gezeigt werden, daß es beim Menschen noch zu einem höheren Stadium der Steuerung des Verhaltens gekommen ist — zur *Willens*handlung. Im allgemeinen gilt für die Entwicklung des Trieblebens der Satz, daß biologisch notwendige Reaktionen, die sehr rasch erfolgen müssen, wenn kein Schaden eintreten soll, vom Organismus in der Form des Reflexes, also ohne Beanspruchung des Bewußtseins, durchgeführt werden; biologisch zweckmäßige Aktionen, die größere Muskelgruppen oder den ganzen Bewegungsapparat in Anspruch nehmen, setzen ohne Mitwirkung des Bewußtseins ein, werden aber dann bewußt fortgesetzt. Und biologisch notwendige Verhaltensweisen, die nicht sofort notwendig sind und die oft größere Aktionen zu ihrer Durchführung erfordern, werden durch Triebe erreicht: durch das Bewußtwerden eines Dranges, der an Stärke so lange zunimmt, bis sich die psychischen Funktionen in seinen Dienst stellen und die notwendigen Wahrnehmungen und Überlegungen durchführen, die schließlich zur Befriedigungshandlung führen.

3. Die vitalen Triebe (Nahrungs-, Schlaf- und Geschlechtstrieb)

Den Instinkthandlungen am nächsten stehen die Maßnahmen zur Befriedigung der *vitalen Triebe*, vor allem des Nahrungs- und des Geschlechtstriebes. Die Befriedigung erfolgt bei Mensch und Tier im großen und ganzen in gleicher Weise durch Handlungen, die er nicht zu lernen braucht. Die Möglichkeiten zur Befriedigung werden allerdings von den Menschen in anderer Weise aufgesucht als von den Tieren: nämlich mit Denken und Planen, während das Tier im wesentlichen auf Herumsuchen und auf die Verwertung seiner dürftigen Erfahrungen angewiesen ist — sofern nicht Fernsinne einspringen, die der Mensch nicht mehr besitzt, etwa ein außerordentlich verfeinertes Geruchsvermögen oder andere Sinnesarten, von denen wir uns gar keine Vorstellung machen können. Das Trieb*erleben* dürfte sich hingegen wohl nur nach dem Grad der Bewußtseinsklarheit unterscheiden; von den ganz dumpfen Trieberlebnissen der niederen Tiere, die kaum den Namen »bewußt« verdienen, bis zum vollkommen klaren, in Begriffen und Worten formulierten Erleben des erwachsenen Kulturmenschen gibt es wahrscheinlich alle denkbaren Abstufungen. Gemeinsam ist allen Trieben, daß sie ohne Mitwirkung des Bewußtseins auftreten; ungerufen, sehr oft gegen den Willen des Menschen drängen sie sich in das Bewußtsein und verlangen um so stürmischer nach Befriedigung, je länger man sie ihnen versagt.

Das Zusammenspiel zwischen den psychischen Kräften, die uns und die Tiere zur Nahrungssuche zwingen, und den organischen Prozessen zur Versorgung des Organismus mit den lebenswichtigen Stoffen ist kompliziert. Die körperliche Seite wurde erst vor kurzer Zeit durch Untersuchungen von KMENT (1956), ANAND (1961) u. a. einigermaßen geklärt, die feststellten, daß die Nahrungsaufnahme zentralnervös gesteuert wird, d. h., daß im Stammhirn Gangliensysteme vorhanden sind, die den Fett-, Zucker- und Aminosäuregehalt des Blutes und den Dehnungsgrad des Magens registrieren; je nach dem Ergebnis dieser Registrierungen werden zwei Zentren im Hypothalamus aktiviert oder gehemmt. Das erste Zentrum wird durch den Mangel der angeführten Stoffe im Blut zur Erregungsproduktion angeregt; man könnte es als »*Freßtrieb-Zentrum*« bezeichnen, weil seine operative Ausschaltung bewirkt, daß das Versuchstier nicht mehr frißt (*Aphagie*), so daß es neben dem vollen Futternapf an Abmagerung und Auszehrung stirbt. Nur zwei Millimeter von diesem Gangliensystem entfernt liegt ein zweites, das man »*Trieb-Stopp-Zentrum*« nennen könnte; seine operative Entfernung führt dazu, daß das Tier weiterfrißt, obwohl es längst satt sein müßte (*Hyperphagie*), so daß solche Tiere abnormal dick und fett werden — man darf daher vermuten, daß dieses Gangliensystem den Freßtrieb hemmt, sobald der Bedarf des Organismus an lebenswichtigen Stoffen gedeckt ist. Der ganze Vorgang kann als Beispiel eines selbsttätigen psycho-physischen biochemischen Regelkreises betrachtet werden, in welchem das Trieberlebnis die entscheidende »effektorische« Komponente darstellt.

Ähnliche Regulationen aktivieren den Trieb, Flüssigkeit aufzunehmen. Es gibt im medialen Hypothalamus ein Gangliengebiet, dessen elektrische Reizung zu erheblicher Wasseraufnahme führt, auch wenn das Tier vorher kein Trinkbedürfnis zeigte; denselben Effekt haben Injektionen einer leicht hypertonischen Kochsalzlösung, so daß man annimmt, daß der Kochsalzgehalt des Blutes den Reiz für das Trinksteuerungssystem im Stammhirn darstellt. Dieses Steuerungssystem, das dafür sorgt, daß der Trinktrieb auftritt, wenn der Organismus Flüssigkeit braucht, soll ebenfalls aus einem Trieb- und einem Stoppzentrum bestehen, doch sind die Verhältnisse noch nicht soweit geklärt wie beim Freßtrieb.

Umfassende experimentelle Untersuchungen über den Nahrungstrieb und seine Auswirkungen wurden von David Katz und seinen Schülern durchgeführt. Dabei ergaben sich Gesetzmäßigkeiten, die wahrscheinlich in analoger Weise auch für den Geschlechtstrieb gelten. Katz hat auf Grund seiner Resultate eine »*Zweikomponenten-Theorie*« des Hungers aufgestellt; sie behauptet, daß das Verhalten der Lebewesen durch den Nahrungstrieb und durch die äußeren Umstände bei der Triebbefriedigung bestimmt werde. Die große Bedeutung der äußeren Umstände wird durch folgende Versuche Bayers bewiesen: setzt man ein Huhn, das 24 Stunden gehungert hat, vor einen Körnerhaufen von 100 g, so frißt es eine bestimmte Menge (durchschnittlich 50 g) und hört dann auf; offenbar ist es satt. Setzt man es aber vor einen Körnerhaufen von 200 g, so frißt es wesentlich (durchschnittlich 64%) mehr. Sogar die Größe der Körner spielt, wie Bayer zeigte, eine Rolle: gibt man einem Huhn bei gleichem Hungerzustand bald ganze Reiskörner, bald Bruchreis (wovon etwa vier Stück ein Reiskorn ausmachen), so nimmt es vom ganzen Reis die zwei- bis dreifache Gewichtsmenge auf wie vom Bruchreis; vielleicht deshalb, weil das Fressen der ganzen Körner bequemer ist, weil das Huhn dabei weniger oft picken muß. Daß die »Pickverhältnisse« für das Nahrungsverhalten von Bedeutung sind, zeigt ein anderes Experiment von Bayer: gibt man die Körner bald auf eine Unterlage aus hartem Holz, bald auf weichen Filz, so werden bei gleichem Hungerzustand im ersten Fall durchschnittlich 40 g genommen, von der Filzunterlage hingegen 80 g und mehr; und läßt man dem Tier die Wahl, so wird die weiche Unterlage immer bevorzugt. Die Annehmlichkeit des

Freßaktes fördert die Freßlust; und die Steigerung des Angebotes steigert, wie der Versuch mit verschieden großen Futterhaufen beweist, die Befriedigungstätigkeit. Dies zeigt auch noch ein anderes Experiment: man läßt ein Huhn so lange fressen, bis es gesättigt vor dem Kornhaufen steht. Dann wird der Rest des Futters zusammengefegt und wieder vorgeworfen; das bereits gesättigte Huhn fängt sofort wieder zu fressen an — bei manchen Hühnern konnte BAYER dieses Experiment achtmal hintereinander durchführen, wobei noch etwa 70% der zum erstenmal aufgenommenen Nahrungsmenge gefressen wurde (BAYER 1929).

Daß die zweite Komponente, nämlich der Nahrungstrieb, nicht weniger bestimmend für das Nahrungsverhalten ist, ergibt sich aus Versuchen über Spezialhunger, wie sie von HELLWALD durchgeführt wurden. Die Hühner brauchen für die Bildung der Eischale in ihrer Nahrung ziemlich viel Kalk (pro Ei etwa 4 g). Es wurde bei 10 Hühnern eine fast kalklose Diät eingeführt, worauf die Schalen der gelegten Eier immer dünner wurden, bis am fünften Tage das Eilegen vollkommen aufhörte. Die Hühner pickten wild nach den Fingernägeln und Knöpfen, offenbar auf der Suche nach Dingen, die Kalk enthalten könnten. Nach neun Tagen kalkarmer Ernährung wurden aus Makkaroninudeln kleine Stücke hergestellt und innen mit zermahlenen Eierschalen ausgefüllt; solche Stücke können von den Hühnern verschluckt werden, ohne daß sie das Füllmaterial schmecken. Von den zehn kalkarm ernährten Hühnern erhielten fünf die Makkaronistücke mit den Eierschalen, fünf leere Makkaronistücke; in der ersten Gruppe hatte auf diese Weise jedes Huhn etwa 17 g Kalk erhalten. Wurden nun beiden Gruppen zerkleinerte Eierschalen angeboten, so fraßen die Hühner der ersten Gruppe durchschnittlich nur noch 5 g, diejenigen der zweiten, mit den kalklosen Makkaroni gefütterten, hingegen durchschnittlich 19 g (HELLWALD 1931). Damit ist erwiesen, daß der Trieb nach bestimmten Nahrungsstoffen durch den Bedarf des Organismus an fehlenden Substanzen entsteht, also biologisch höchst sinnvoll ist. HAUSMANN in Amerika hat mit einem einfachen Experiment an Ratten analoge Resultate erzielt: die Tiere erhielten neben festem Futter eine Zuckerlösung, die dann durch eine Saccharinlösung ersetzt wurde; darauf nahmen sie vom festen Futter mehr zu sich — dem Kalorienausfall entsprechend, der durch den Ersatz des Zuckers durch Saccharin entstanden war (HAUSMANN 1933).

Schon aus dem menschlichen Verhalten bekannt, überdies aber durch Tierversuche erwiesen ist die Tatsache, daß Übersättigung mit einer einzigen Nahrungsart, auch wenn sie an sich sehr gern gegessen wird, zu Abneigung führt. KATZ hat eine Rangordnung der Beliebtheit verschiedener Speisen bei den Kapuzineraffen festgestellt. Die Reihenfolge war: Trauben, Bananen, Äpfel, Brot, Karotten, Kohl, Nüsse. Gab man nun einem Affen zuerst Trauben und ließ ihn davon fressen, wieviel er wollte, so fing er, wenn man ihm nun Trauben mit anderem Futter bot, nicht mehr wie sonst mit den Trauben an, sondern fraß nur die anderen Früchte, und zwar meist durch mehrere Tage. Auch bezüglich der übrigen Früchte trat oft eine Änderung in der Rangfolge ein — es wurden nach Traubenübersättigung Brot und Nüsse, die sonst an letzter Stelle stehen, bevorzugt.

Ebenfalls für Mensch und Tier in gleicher Weise zutreffend ist die Feststellung, daß bei zunehmender Nahrungsnot der Qualitätsanspruch sinkt. Bei Mensch und Tier gibt es hier kaum Grenzen — im Zustand des rasenden Hungers wird alles aufgenommen, was als Nahrung dienen könnte.

Aus den bisher dargestellten Versuchen lassen sich vier allgemeine Gesetze über das Nahrungsverhalten ableiten: 1. Je größer das Nahrungsangebot, desto mehr Nahrung wird aufgenommen; 2. mit wachsender Nahrungsnot sinkt der Qualitätsanspruch; 3. bei Bedarf des Organismus an bestimmten Stoffen entsteht ein Spezialhunger nach diesen Substanzen; 4. bei längerer Befriedigung mit gleicher Nahrung tritt Übersättigung ein. Es wird sich zeigen, daß diese Gesetze (bis auf das dritte) auch für den Geschlechtstrieb gelten.

Die psychischen Wirkungen des Hungerns sind aus Beschreibungen von Menschen, die in Konzentrationslagern gefangen waren, wohl bekannt: es kommt zu einem quälenden Dauerzustand mit krampfartigen Schmerzen im Magen und in der Speiseröhre, verbunden zuerst mit Unruhe und Erregung, dann mit Apathie; das auffälligste Symptom ist die Einengung des bewußten Erlebens auf Essen und Nahrung, die oft auch als Trauminhalte auftreten. Experimentell wurden diese Wirkungen von KEYS und seinen Mitarbeitern an 32 jungen Männern untersucht, die sich freiwillig für ein halbjähriges Hungern zur Verfügung stellten. In diesem — als »Minnesota-Versuch« bekanntgewordenen — Experiment wurde nach 12 Wochen ärztlicher und psychologischer Voruntersuchung 24 Wochen lang die Nahrung auf 1370 Kalorien pro Tag reduziert, wodurch ein durchschnittlicher Verlust von etwa $1/4$ des früheren Körpergewichts eintrat. Die Tagebücher und die Interviews durch drei Psychologen ergaben als Wirkungen: Erregbarkeit, Nervosität, Konzentrationsschwierigkeiten, Depressionen, Tendenz zur Absonderung, Abnahme des Sexualtriebes, vor allem aber, daß Nahrung und Essen zum Hauptthema des bewußten Erlebens wurden; dies ging so weit, daß manche Versuchspersonen Kochbücher zu lesen begannen und sich entschlossen, später selbst kochen zu lernen. Eine Abnahme der Intelligenz konnte nicht festgestellt werden (KEYS und Mitarb. 1950). Diese Resultate sind auch ein eindrucksvoller Beweis für die Aktivierung der psychischen Funktionen durch psychische Kräfte: unter dem Einfluß des ständig vorhandenen unbefriedigten Nahrungstriebes liefert das Gedächtnis Vorstellungen der Mittel, mit denen man ihn befriedigen könnte.

Der Trieb zum *Schlafen* ist von größter biologischer Bedeutung: er sorgt dafür, daß Erschöpfungszustände vermieden werden. Der Zusammenhang mit der Gehirntätigkeit ist experimentell sichergestellt: bei Tieren, die man am Schlafen hinderte (sie sterben nach 5 bis 7 Tagen), zeigten sich in den Ganglienzellen, vorwiegend in den Stirnlappen, degenerative Veränderungen; sie können, wie ebenfalls experimentell festgestellt ist, schon durch einmaliges Ausschlafen zum Verschwinden gebracht werden. Der Schweizer Physiologe Hess konnte in sehr schönen Versuchen zeigen, daß die elektrische Reizung bestimmter Gangliensysteme in der Wand des 3. Ventrikels dazu führt, daß sich das Versuchstier in Schlaflage begibt und einschläft. Seither wurden noch andere Stellen im Zwischenhirn gefunden, deren Reizung Schlafeintritt bewirkt, so z. B. auch in der Formatio reticularis, deren Bedeutung für die Entstehung des Bewußtseins bereits besprochen wurde (S. 59 ff.). Eine auch nur einigermaßen befriedigende Theorie des Schlafes konnte bisher trotz vieler Bemühungen nicht aufgestellt werden; auch die Frage, ob der Schlaf eine Wirkung von »Ermüdungsstoffen« im Blut oder eine aktive Leistung des Gehirns zur Vermeidung von Erschöpfungszuständen ist, ist noch nicht entschieden. Die peripheren Schlafsymptome — Pupillenverengung, Reduktion des Muskeltonus (dadurch z. B. »Einnicken«), Blutdrucksenkung — weisen auf eine Umstellung des vegetativen Nervensystems, die gehirnelektrischen Veränderungen — Delta-Wellen von 1 bis 3 pro Sekunde — auf spezifische zentralnervöse Vorgänge. Ungeklärt sind die Stoffwechseländerungen; entgegen den Erwartungen bleibt die Durchblutung des Gehirns im Schlaf gleich wie im Wachzustand, doch scheint die Sauerstoffverwertung im Hirnstamm anders zu verlaufen als bei wachem Bewußtsein (Hydén und Lange 1965). Eine umfassende Biochemie des Schlafes gibt es noch nicht.

Die von älteren Autoren mit Weckreizen — mit Geräuschen oder mit Nadeln, die mit meßbaren Druckerhöhungen so lange auf die Haut gesetzt werden, bis der Schläfer erwacht, so daß man am dazu nötigen Druck die Schlaftiefe vergleichend abschätzen kann — festgestellten »Schlaftypen« scheinen auch nach Alltagsbeobachtungen zu bestehen; die Extreme sind der »Abendschläfer« (der tiefste Schlaf ist schon 60 bis 90 Minuten nach dem Einschlafen erreicht, nach weiteren 80 Minuten nur mehr $^4/_5$ dieser Schlaftiefe bis zum Aufwachen) und der »Morgenschläfer« (zuerst leichter Anstieg der Schlaftiefe, darauf Absinken und

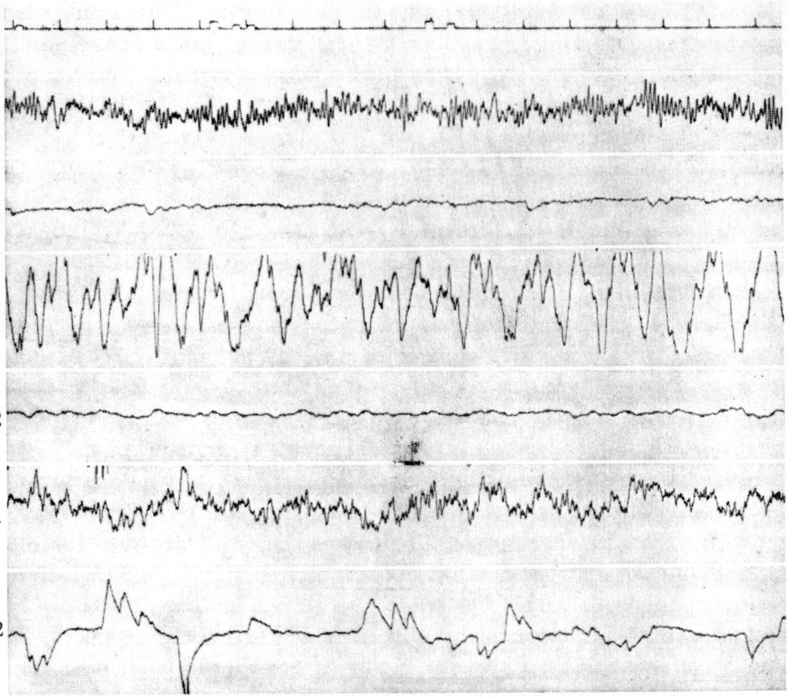

Abb. 91. Gehirnelektrische Aktivität und Augenbewegungen im Wachzustand und im Schlaf (EEG abgeleitet vom Scheitel und der Schläfe links, EOG abgeleitet von der Schläfe neben den Augen). A1 Wachzustand (Alpha-Wellen), B1 tiefer traumloser Schlaf (Delta-Wellen), C1 Traumschlaf (Theta-Wellen, etwas durch Wechselstrom gestört). A2 und B2 keine Augenbewegung, C2 rasche Augenbewegungen (REM). Registrierungen aus dem Psychologischen Institut Wien (Schlafuntersuchung HAIDER-KNAPP).

erst dann Anstieg zur größten Schlaftiefe, die aber nicht denselben Grad erreicht wie beim Abendschläfer).

Ob jemand schläft und wie tief er schläft, kann man durch Registrierung der gehirnelektrischen Vorgänge (mit Elektroden, die an der Kopfhaut angeklebt werden) sehr genau feststellen; und durch Registrierung der Augenbewegungen (ebenfalls mit angeklebten Elektroden, durch welche die Aktions-Ströme der Augenmuskeln erfaßt werden) kann man außerdem feststellen, ob der Schlafende träumt (s. S. 325). Im tiefen traumlosen Schlaf entstehen im Gehirn große, unregelmäßige, sehr langsame Schwingungen von 1 bis 3 pro Sekunde (Delta-Wellen), die während des Träumens von kleineren, ein wenig schnelleren Schwingungen (3 bis 7 Hz, Theta-Wellen) abgelöst werden (Abb. 91). Augenbewegungen treten nur während des Träumens auf (rapid eye-movements = REM, S. 325). Die REM-Phasen des Schlafes mit Theta-Wellen bezeichnet man als »*paradoxen Schlaf*«, weil die Schläfer in diesen Phasen besonders schwer zu wecken sind, sich also im Tief-Schlaf befinden, obwohl die dafür charakteristischen Delta-Wellen fehlen.

In psychischer Hinsicht ist beim Einschlafen am interessantesten der Zerfall der Bewußtseinsinhalte in Teilkomplexe, die nur mehr mit Mühe zum ursprünglichen Ganzen vereinigt werden können. Aufmerksamkeit, Wille und Kritik sind nach EBBECKE die Vorgänge, die durch diese »Dissoziation« der Vorstellungen und Gedanken zuerst reduziert werden. Rätselhaft ist noch immer, warum bei manchen Menschen Übermüdung nicht zu Schlaf, sondern zu Schlaflosigkeit führt; und ebenso geheimnisvoll, wie es der Organismus zustande bringt, durch einen relativ kurzen Schlaf die Ermüdungsschäden zu beseitigen oder, z. B. bei Weltreisen, sich sofort im Wechsel von Schlafen und Wachen den verkürzten oder verlängerten Tagen anzupassen (EBBECKE 1929).

Vollkommen rätselhaft und unerklärbar ist gegenwärtig noch der schlafähnliche Zustand der *Hypnose*. Dieser Zustand steht in keinerlei Zusammenhang mit dem Schlaftrieb oder mit der Erholungsfunktion des Schlafes; es fehlen auch die Schlafmerkmale im EEG. ». . . für den hypnotischen Zustand objektive, spezifische, nur einer Erklärung zugängliche, unerläßliche somatische Symptome lassen sich nicht nachweisen« (STOKVIS 1965, zit. n. ULLMANN 1968). Wohl aber weist der hypnotische Zustand einige psychologische Merkmale des Schlafes auf: Verlust des klarbewußten, beobachtbaren Erlebens und Verlust oder Hemmung der Erinnerung an die Ereignisse während der Hypnose. Erzeugt wird die Hypnose bekanntlich durch Schlaf-Suggestion und ermüdende optische Aufmerksamkeits-Konzentration (z. B. Fixieren eines Lichtpunktes). In tiefer Hypnose ist der hypnotisierte Mensch in so hohem Grade durch Suggestion beeinflußbar, daß man Empfindungslosigkeit der Haut oder enorme Muskelkontraktionen (»Erstarrung« des ganzen Körpers, so daß er, nur am Genick und an den Fußrücken gestützt, freiliegend »schwebt«) erzeugen kann. In der Hypnose erteilte Aufträge für Termine im Wachzustand werden genau zu den befohlenen Zeitpunkten ausgeführt (angeblich bis zu einem Jahr), wobei der Ausführende sich bemüht, für seine Handlungsweise einen vernünftigen Grund zu finden. Es gibt viele Theorien der Hypnose; sie bieten alle so wenig, daß man sie nicht zu erwähnen braucht. Es muß offen zugegeben werden, daß gegenwärtig noch nicht einmal ein erster Ansatz zu einer befriedigenden Erklärung vorliegt; die psychische Zustandsänderung durch die Hypnose, der »Rapport« mit dem Hypnotiseur und die ungewöhnlichen, im Wachzustand nicht erreichbaren Suggestionswirkungen gehören zu den Tatsachen, die auf die Existenz noch unbekannter Kräfte im menschlichen Seelenleben und im Hirngeschehen hinweisen. Umfassende experimentelle Untersuchungen auf diesem Gebiet wären dringend notwendig (dazu ULLMANN et al. 1968).

Am genauesten kennt man die körperlichen Grundlagen des *Geschlechtstriebes*. Hier gilt bei Mensch und Tier der Satz: ohne normal entwickelte Keimdrüsen kein normal entwickelter Geschlechtstrieb. Die Keimdrüsen (Testes beim Manne, Ovarien bei der Frau) produzieren Sekrete, deren chemische Zusammensetzung so genau bekannt ist, daß man einzelne von ihnen künstlich herstellen konnte.

Die Abhängigkeit des Geschlechtstriebes von den Keimdrüsen ist durch vielerlei Tatsachen erwiesen. Die wichtigsten sind folgende:

1. Bei Mensch und Tier ist die Reifung dieser Drüsen notwendig, damit der Geschlechtstrieb sich zu seiner normalen Stärke entwickelt. Die Reifung erfolgt allmählich; ist sie vollendet, so treten außer dem Trieb die sekundären Geschlechtsmerkmale (Brechen der Stimme, Bartwuchs usw.) auf. Die psychischen Begleiterscheinungen der Reifezeit werden in der Entwicklungspsychologie behandelt. Es kommt zur Pubertätskrise, die in mannigfachen Formen verläuft und für die Bildung der Persönlichkeit des jungen Menschen eine entscheidende Rolle spielt. Beachtenswert ist die Tatsache, daß die Geschlechtsreife beim Menschen am spätesten von allen Säugetieren eintritt. Die holländischen Forscher BOLK und DUBOIS haben diese Tatsache zur Grundlage einer Theorie gemacht, nach welcher ein eigenes Hormon — wahrscheinlich von der Thymusdrüse erzeugt — die Reifung verzögert, um dadurch dem Gehirn eine lange Zeit zur Entwicklung zu lassen (*Retardationshypothese*); der frühere Eintritt der Reife, der in den letzten Jahrzehnten zu beobachten gewesen sein soll, wäre nach dieser Lehre vom Standpunkt der geistigen Entwicklung nicht zu begrüßen.

2. Mit der Degeneration der Keimdrüsen im Alter schwindet auch der Geschlechtstrieb. Die Zeit, in welcher die Produktion der Geschlechtshormone aufhört, kann zu einer seelischen Krise (Klimakteriumspsychose) führen, die im allgemeinen bei Frauen stärker auftritt als bei Männern.

3. Experimentelle Ergebnisse. Das älteste Experiment — vielleicht das älteste physiologische Experiment überhaupt — besteht in der Entfernung der Keimdrüsen (*Kastration*). Seit urdenklichen Zeiten werden Stiere und Hähne kastriert, um den Fettwuchs zu fördern oder um ihre psychischen Eigenschaften zu beeinflussen: der wilde, angriffslustige Stier wird durch die Kastration der gutmütige, dumme Ochse, der sich willig als Zugtier verwenden läßt. An Menschen wurde die Kastration im Orient durchgeführt, um den Stimmwechsel zu verhindern. Die Wirkungen auf das Triebleben waren nicht immer eindeutig; jedenfalls

muß man unterscheiden zwischen der Kastration vor und nach Eintritt der Reife (vor- und nachpuberale Kastration). Die vorpuberale Kastration bewirkt, daß es überhaupt zu keiner Triebentwicklung kommt; schwache Triebregungen, die bei solchen Kastraten beobachtet wurden, werden als bloße Nachahmungshandlungen gedeutet. Bei der nachpuberalen Kastration bleibt der Sexualtrieb erhalten, doch ist er deutlich geschwächt. Alle diese Ergebnisse gelten nur für den Mann; für die Frau, bei welcher die Kastration wesentlich schwerer durchzuführen ist, liegen über die psychischen Wirkungen keine klaren Ergebnisse vor.

4. Einen weiteren, sehr eindringlichen Beweis für die Abhängigkeit des Sexualtriebes von körperlichen Vorgängen liefert die Tatsache, daß man den Trieb und sogar seine Richtung mit Geschlechtshormonen therapeutisch beeinflussen kann. Injektion von Sekreten der Keimdrüsen behebt Entwicklungshemmungen (Infantilismen) und führt zum Auftreten der normalen psychischen Triebenerscheinungen. Einpflanzungen von Keimdrüsen junger Affen soll bei alten Menschen zum Wiederentstehen des Triebes (nicht der Fortpflanzungsfähigkeit) geführt haben, doch sei die Wirkung zeitlich sehr beschränkt. Am Hund sind gesicherte Resultate mit solchen Transplantationen erzielt worden (wobei die beim Menschen nicht ausschließbare Suggestion keine Rolle spielt). Dieselbe hemmende Wirkung auf die Entwicklung des Trieblebens wie die Kastration hat die Entfernung des Hypophysenvorderlappens, der das gonadotrope Hormon erzeugt (S. 46).

Das sexuelle Verhalten von Tieren unter verschiedenen Umständen hat Aase Skard an Hühnern im Institut von Katz untersucht. Es zeigte sich, daß dabei analoge Gesetze gelten wie für das Nahrungsverhalten. Ein Hahn wurde einmal mit 2, dann mit 13 und dann mit 26 Hennen zusammengelassen; im ersten Fall kam es zu 24 Kopulationen, bei den 13 Hennen zu 31 und bei den 26 Hennen zu 46. Das gesteigerte Angebot führte also auch hier wie beim Fressen zu gesteigerter Befriedigungstätigkeit. Daß bei sinkender Befriedigungsmöglichkeit der Qualitätsanspruch sinkt, zeigte sich eindeutig in Versuchen, bei denen der Hahn mit zwei gluckenden Hennen, die er bei Vorhandensein anderer Hühner niemals anrührte, allein gelassen wurde; es kam zu 13 Kopulationen. Jeder Hahn hat in seinem Harem Lieblingshennen, denen er sich besonders oft nähert. Ein Hahn wurde mit seinen zwei Lieblingshennen einen Tag allein gelassen und nach zwei weiteren Tagen, an denen er ganz isoliert war, mit seinem früheren Harem zusammengebracht, in dem sich auch die beiden Lieblingshennen befanden. Sie hatten jedoch ihre frühere Anziehungskraft fast ganz verloren. Es war Übersättigung eingetreten wie bei der Ernährung mit gleichem Futter (Skard 1936).

Zu den vitalen Trieben gehört schließlich noch der *Muttertrieb*, der den hilflosen Jungen die Nahrung und Pflege durch die Mutter sichert. Er ist der stärkste aller Triebe; seine organischen Grundlagen sind unbekannt.

4. *Die Stärke der vitalen Triebe*

Die Triebe sind *psychische Kräfte;* Kräfte im vollsten Sinne des Wortes. Der Nahrungstrieb versetzt die Tiere in Bewegung, bis er befriedigt werden kann — oder bis sie so erschöpft sind, daß sie sich nicht mehr bewegen können. Der Geschlechtstrieb läßt den Lebewesen keine Ruhe; er treibt sie umher, bis er Befriedigung findet.

Versuche, die Triebstärke zu *messen*, wurden vor allem in Amerika durchgeführt. Die Methode war einfach: man stellte das Versuchstier vor zwei Wahlmöglichkeiten, z. B. Futter und Weibchen, und stellte fest, was von beiden bevorzugt wurde. Von fünf Ratten haben vier nach 72stündigem Hungern das Futter gewählt, nur eine das Weibchen. Verschiedene Modifikationen dieser Versuche und ihre statistische Auswertung brachten ungefähr dasselbe Resultat; zwei Drittel der Tiere wählten das Futter, ein Drittel das Weibchen. Ein eindeutiger Schluß auf die Triebstärke ist aus diesen Experimenten nicht zu ziehen (zit. n. DE HAAN 1940, S. 63).

Klarer sind die Ergebnisse einer anderen Methode: das Versuchstier mußte, um das Futter zu erreichen, eine elektrisch geladene Platte überqueren, also den Schmerz eines elektrischen Schlages ertragen. Auch hier hat man es mit einer Wahlsituation zu tun: entweder elektrischer Schlag, dann auch Futter, oder kein elektrischer Schlag, dann aber auch kein Futter. Es zeigte sich folgendes:

nach 12 Stunden Hunger lief	von 4 Ratten	keine	über die Platte
nach 24 Stunden Hunger lief	von 4 Ratten	1	über die Platte
nach 48 Stunden Hunger liefen	von 4 Ratten	3	über die Platte
nach 72 Stunden Hunger liefen	von 4 Ratten	alle 4	über die Platte.

Dabei handelte es sich immer um andere Ratten. Die 8 Ratten, die bei diesen Versuchen nicht über die Platte gingen (4 nach 12, 3 nach 24, 1 nach 48 Stunden), wurden mit der gleichen Methode weiter untersucht: 4 von ihnen liefen nach 96 Stunden Hungern, 2 nach 120 Stunden und die letzten 2 erst nach 144 Stunden Hungern (F. A. Moss, zit. n. DE HAAN, S. 65). Es bestehen also große individuelle Unterschiede in der Triebstärke; man darf überhaupt die charakterlichen und intellektuellen Unterschiede zwischen den Tieren, auch gleicher Art, nicht unterschätzen.

Mit derselben Versuchsanordnung wurden noch der Muttertrieb, der Geschlechtstrieb und der Trinktrieb untersucht. Es zeigte sich, daß die Rattenmutter die elektrisch geladene Platte, hinter der sich ihre schreienden Jungen befanden, bedenkenlos sofort und immer wieder überquerte (bei Versuchen mit 10 Rattenmüttern 22 Überquerungen in 20 Minuten). Der Trinktrieb jagte die Tiere früher über die Platte als der Nahrungstrieb, der Geschlechtstrieb hingegen erwies sich als der schwächste von allen; manche Tiere ließen ihn lieber unbefriedigt, als den Schmerz des elektrischen Schlages auf sich zu nehmen.

Ordnet man nach diesen Versuchen die Triebe nach ihrer Stärke, so ergibt sich folgende Reihenfolge: Muttertrieb — Trinktrieb — Nahrungstrieb — Geschlechtstrieb; dabei ist zu beachten, daß der Muttertrieb weitaus an erster Stelle steht, der Abstand zwischen ihm und den folgenden Trieben ist viel größer als der Abstand zwischen den letzteren. Auf den ersten Blick erscheint diese Skala der Triebstärken biologisch unzweckmäßig; man könnte meinen, daß es der Natur in erster Linie auf die Erhaltung der Art ankommen sollte, so daß der Geschlechtstrieb stärker sein müßte als die anderen. In Wahrheit ist diese Reihenfolge doch höchst sinnvoll: die Natur will, daß die bereits vorhandenen, aber noch hilflosen Jungen sicher aufgezogen werden (daher ist der Muttertrieb am stärksten von allen); das Nächstwichtigste ist die Selbsterhaltung des bestehenden, erwachsenen Individuums durch die Ernährung, und erst dann folgt der Geschlechtstrieb, dessen Befriedigung ja nicht absolut sicher die Entstehung neuer Lebewesen garantiert, denn die Zeit von der Zeugung bis zur Geburt ist lang.

5. Die sozialen Triebe

Die Fortpflanzung der Lebewesen macht es notwendig, daß sie sich miteinander vereinigen. Auf diese Weise entstehen die einfachsten sozialen Beziehungen, hergestellt durch den Geschlechtstrieb, bei vielen Tieren aber außerdem durch den Trieb, für die Brut zu sorgen. Eine zweite soziale Beziehung kommt dadurch zustande, daß jedes Tier Feinde abwehren muß, was in der Gruppe leichter möglich ist als im Einzeldasein; und eine dritte dadurch, daß innerhalb eines Verbandes jedes Lebewesen vom Bestreben geleitet wird, am meisten Futter zu bekommen, die beste Schlafstelle zu haben und das schönste Weibchen zu besitzen. Das sind Triebe, die — in den vielfältigsten Variationen — auch noch beim Menschen zu beobachten sind. Die meisten sozialen Triebe des Menschen — ausgenommen die ethischen — lassen sich auf primitive, bereits beim Tier vorhandene Urtriebe zurückführen.

Der Mensch ist von Anfang an in eine bestimmte Gruppe hineingestellt; fast jeder in eine Familie, alle in eine Gemeinschaft, wie sie durch das Dorf, die Stadt, das Volk gebildet worden ist. Innerhalb dieser Gruppen muß er sich behaupten und durchsetzen, er *muß* — seine Triebe zwingen ihn dazu. Es gibt vielerlei tierpsychologische Beobachtungen, die vollkommene Analogien zum menschlichen Verhalten darstellen: so etwa, wenn jeder, der neu in einen geschlossenen Verband hineinkommt, zunächst als Eindringling feindselig behandelt wird. Daß ein »Neuling« zunächst ungern gesehen und unfreundlich aufgenommen wird, weiß man aus mancherlei Kleinigkeiten des täglichen Lebens: in jeder Schulklasse wird ein Schüler, der mitten im Schuljahr hineingerät, fast feindlich aufgenommen, und auch die Erwachsenen, selbst wenn sie sich erst ein paar Stunden kennen, haben es nicht gerne, wenn ein Neuer in ihr Eisenbahnabteil kommt oder sich an ihren Wirtshaustisch setzt. Bei Tieren ist es genauso; das neu hinzukommende Tier wird im Käfig lange Zeit von den bisherigen Insassen verfolgt, so bei den Vögeln, aber, wie die Erfahrungen in Tiergärten zeigen, auch beim Nashorn, bei den Affen und bei den Raubtieren, bei denen es meist zu langen und harten Kämpfen kommt, bis der Neue in die Gemeinschaft aufgenommen wird und sich nun gemeinsam mit ihnen gegen jeden künftigen Eindringling genau gleich verhält.

Eine durchgebildete, auf Triebregungen aufgebaute soziale Ordnung gibt es, wie der dänische Forscher SCHJELDERUP-EBBE gezeigt hat, bei den Hühnern. In diesen Untersuchungen, die ein außerordentlich reiches Beobachtungsmaterial verarbeiten und deren Ergebnisse sich auf viele andere Tiere übertragen lassen, zeigte sich, daß im Hühnerhof kein Huhn dieselbe Stellung einnimmt wie die übrigen Hühner. Schon nach drei- bis viertägiger Beobachtung findet man, daß es ein Huhn gibt, das alle anderen Hühner mit seinem Schnabel hackt, ohne daß diese sich wehren: das »Despothuhn«. Sein Gegenteil ist das Huhn, das von allen anderen gehackt wird, aber selbst keine andere Henne hackt. Es ist schon an seinem Äußeren zu erkennen; es ist zerrupft und abgezehrt, weil es am wenigsten zum Fressen bekommt. SCHJELDERUP nennt es das »Aschenputtel«. Zwischen diesen beiden Hühnern gibt es alle möglichen Zwischenstufen für die übrigen Hühner; es besteht eine geradlinige Rangordnung von unten nach oben: jedes Huhn darf die unter ihm stehenden hacken, selbst aber nur von den ober ihm stehenden gehackt werden. Es wird behauptet, daß sich dabei auch Charaktereigenschaften entwickeln; das »Despothuhn« und die ihm nahestehenden Hühner erweisen sich gegen die unter ihnen stehenden beim Fressen manchmal sogar als großmütig, sie überlassen ihnen freiwillig Futter oder rufen sie herbei. Jene Hühner jedoch, die in der Nähe des »Aschenputtels« rangieren, sind gegen die noch tiefer stehenden oft von brutaler Grausamkeit (SCHJELDERUP-EBBE 1922).

Wie entwickelt sich eine solche Rangordnung? Sie entsteht durch rohe Gewalt; durch Kampf um das tägliche Brot. Ist in der Rangordnung einmal eine beherrschende Stelle erreicht, so wird sie verteidigt — so als ob sich das Huhn seines Ranges in der Schar bewußt wäre. Dies zeigt sich am deutlichsten, wenn ein neues Huhn in den Hof kommt. Es wird zunächst vom Despothuhn angegriffen; weicht es aus — und dies tut es in den meisten Fällen —, so kommt es zu keinem Kampf: der Neuling hat damit den Despoten anerkannt. Die anderen Hühner suchen nun ebenfalls den Kampf mit dem Neuling oder suchen ihn auch nicht; wird gekämpft, dann wird nicht aufgehört, bis die Entscheidung gefallen ist. Nach einigen Tagen hat auch das neue Huhn seinen Platz in der Rangreihe. Meistens suchen die neu angekommenen Hühner den Kampf möglichst zu vermeiden; von 1428 Fällen, die SCHJELDERUP beobachtet hat, wurde 1330mal der Kampf nicht vom Neuangekommenen, sondern von den beheimateten Hühnern gesucht, nur 98mal sind die beheimateten Hennen dem Kampf ausgewichen. Am leidenschaftlichsten sind die Auseinandersetzungen zwischen den Despoten zweier Hühnerscharen, die in einem gemeinsamen Hof zusammengebracht werden; diese Kämpfe enden oft mit dem Tod eines der beiden Rivalen.

Wird das Despothuhn alt, so kann es in der Schar zu einer Revolution kommen. Das alte Tier wird von den ihm am nächsten stehenden Hühnern angegriffen, besteht den Kampf nicht und kann dann sehr rasch im Rang absinken; die übrigen streiten sich dann so lange um die Despotenstelle, bis eine eindeutige Entscheidung gefallen ist.

Ist ein Hahn in einer Hühnerschar, so ist er von vornherein der Despot; bei manchen Rassen gerät er aber in Gefahr, seine Stelle zu verlieren, wenn er alt wird und die Fortpflanzungsfähigkeit einbüßt. Die Hähne unter sich tragen ihre Rangstellung auf dieselbe Weise, nur rascher und wilder aus als die Hühner.

Interessant ist, wie von KATZ und TOLL festgestellt wurde, daß das Despothuhn meist das intelligenteste aller Hühner ist, seine Vorzugsstellung also nicht nur der bloßen Körperkraft verdankt. Dies wurde durch das früher beschriebene Experiment mit den aufgeklebten Futterkörnern festgestellt (S. 372). Der Vergleich der Intelligenzleistungen mit der Stellung im Hühnerhof ergab, daß das klügste Huhn immer der Despot war, während sich das dümmste immer in der Nähe des Aschenbrödels befand. Es scheint also, daß im Kampf, der die Stellung entscheidet, nicht nur die Körperkraft, sondern auch die Intelligenz eine Rolle spielt (KATZ und TOLL 1923).

Auf Anregung von KATZ entstand außerdem eine Reihe von Experimenten, die eine außerordentlich wichtige Tatsache in der Entwicklung des Trieblebens aufzeigten: was ursprünglich nur als Mittel zur Befriedigung eines Triebes diente, wird manchmal ein eigener Trieb. Das Hacken der Hühner, das eigentlich nur den Zweck hat, andere vom Futterplatz zu vertreiben, damit man selbst genug bekommt, entwickelte sich zu einem eigenen Trieb; das Huhn hackt das andere auch dann, wenn es gar nicht nötig ist. Dies zeigten Versuche von REVESZ und BAYER-BECK: ein ausgehungertes Huhn wurde vor einen großen Weizenhaufen gestellt und durfte so lange fressen, bis es nicht mehr konnte und schließlich müde vor dem Haufen stand und schläfrig zu werden begann. Dann wurde ein zweites ausgehungertes Huhn zum Weizenhaufen gebracht: es stürzte sich wie wild auf das Futter und begann gierig zu fressen. Sofort aber fing auch das gesättigte Huhn wieder zu fressen an — 25mal wurde dies wiederholt und immer wieder begann auch das satte Huhn neuerlich zu fressen. Die zusätzliche Nahrungsaufnahme des satten Tieres war außerordentlich groß — oft mehr als die Hälfte der bereits vorher aufgenommenen, zur Sättigung vollkommen ausreichenden Nahrung. Noch interessanter ist folgende Beobachtung, die unmittelbar an analoge Verhältnisse beim Menschen erinnert: war das zweite, ausgehungerte Huhn der Despot und das erste, gesättigte, ein unter ihm stehendes, so fand der hungrige Despot vor dem großen Weizenhaufen — also in einer Situation, in der ihm nichts wichtiger sein sollte als zu fressen — während des Fressens immer noch Zeit, dem anderen Huhn einen Hack zu versetzen und Versuche zu machen, es zu vertreiben. War der Despot das satte Huhn und das ausgehungerte ein unter ihm stehendes, so begann der Despot nicht nur wieder mit dem anderen zu fressen, sondern auch auf es loszuhacken, und zwar so heftig, daß das hungrige Huhn manchmal den Haufen verlassen mußte, um den Hieben zu entgehen (BAYER-BECK 1922). Allgemein formuliert: obwohl man selbst vollkommen gesättigt ist und obwohl genügend Futter vorhanden ist, läßt man den Hungrigen nicht davon essen, sondern vertreibt ihn mit Gewalt.

Die Sprache kennt für diesen Sachverhalt den Ausdruck »Futterneid«. Mit diesem Wort ist aber noch nichts erklärt. Vielleicht liegt nur ein starrer Instinkt vor, Konkurrenten auf jeden Fall zu vertreiben; vielleicht ein Drang, sich das Futter für später zu sichern — wir wissen es nicht. Wahrscheinlich ist nur, daß das ganze Verhalten triebhaft gesteuert wird; und daß dieses Verhalten ursprünglich nur ein Mittel war, um dem Nahrungstrieb zur Befriedigung zu verhelfen. Das bewährte *Mittel* zum Zweck (das Verjagen des Konkurrenten bei Nahrungsnot) wird zum Selbstzweck — es entsteht der Trieb, den Konkurrenten auch dann vom Futterplatz zu verjagen, wenn man selbst bereits übersättigt ist und wenn so viel Futter vorhanden ist, daß sich alle sattessen könnten. Die *Habgier* ist ursprünglich nichts anderes als der Trieb, Mittel zur Befriedigung der vitalen Triebe in solcher Menge aufzuhäufen, wie man sie niemals benötigt, und der Geiz entspringt demselben Trieb. Jeder Mensch findet in seiner Umgebung Beispiele genug: das, was man braucht, um sich Nahrung, Wohnung und Kleidung zu verschaffen, nämlich Geld, wird in solchen Massen angesammelt, wie man sie nie zur Befriedigung aller noch so anspruchsvollen Lebenstriebe benötigt. Anhäufung von Mitteln ohne Zweck — das ist die Grundlage von Habsucht und Geiz und damit auch der meisten wirtschaftlichen und sozialen Mißstände.

Ich nenne die Triebe, die ursprünglich nur der Beschaffung von Mitteln zur Befriedigung der lebenerhaltenden Urtriebe dienten, dann aber selbständig geworden sind, *sekundäre* Triebe. Die Grundformel ihrer Entwicklung ist einfach: die Natur drängt uns zur Befriedigung von Nahrungs- und Geschlechtstrieb (der »primären Triebe«), der Verstand sagt uns, mit welchen Mitteln wir dies am besten erreichen, und daraus ergibt sich der sekundäre Drang, die Mittel zu besitzen, mit denen wir die Urtriebe befriedigen. Leider ist der Trieb, die Mittel zu besitzen, so selbständig geworden, daß er bei vielen Menschen die Hauptrolle spielt: das Ausschalten der Konkurrenz erfolgt in der Geschäftswelt und in der Politik manchmal ebenso rücksichtslos wie unter den Hühnern, Hunden und Raubtieren.

Es gibt beim Menschen eine große Zahl von solchen sekundären Trieben, deren Ziel in der Beschaffung der Mittel besteht, mit denen sich die primären Triebe befriedigen lassen. Wer Macht und Einfluß besitzt, befindet sich gegenüber anderen Menschen im Vorteil: die *Machtgier* ist aus dem Drang nach der Ausnützung anderer Menschen für eigene Zwecke entstanden. Wer in der Gesellschaft eine besondere Stellung einnimmt, anderen Befehle erteilen oder sie auch nur indirekt durch sein Ansehen oder seinen Rang beeinflussen kann, hat sehr wirksame Mittel in der Hand, um seine Triebe leichter zu befriedigen als andere: aus dem Drang nach diesen Mitteln entstand der *Geltungstrieb*, der gesellschaftliche Ehrgeiz, die Karrieresucht.

Von der Tierpsychologie lassen sich noch viele Aufschlüsse über die sozialen Triebe erwarten. Die Wissenschaft der Soziologie wird sich mehr als bisher auf die Grundlagen der Sozialbiologie stützen müssen, wenn sie zu einem richtigen Bild der Gesellschaftsentwicklung kommen will.

Über den Einfluß der sozialen Situation auf den einzelnen Menschen, insbesondere auf seine Einstellung zu den anderen, und über das Zustandekommen sozialer Gruppen wurden in letzter Zeit viele statistische und experimentelle Untersuchungen durchgeführt; sie ergaben erste, allerdings noch fragmentarische Ansätze zu einem neuen Teilgebiet, der »Sozialpsychologie«. Es wäre verfrüht, sie im Rahmen der allgemeinen Psychologie darzustellen. Einen umfassenden, sehr klaren Bericht über diese Bemühungen hat PETER HOFSTÄTTER gegeben (1963).

Die Unterscheidung von primären und sekundären Trieben ermöglicht eine klare Stellungnahme zu einer Frage, auf welche bisher keine eindeutige Antwort gefunden wurde: gibt es einen *Aggressionstrieb* und — wenn ja — wohin gehört er? Die erste Frage läßt sich aus der allgemeinen Erfahrung mit Sicherheit bejahen; jeder Mensch hat den Drang zur Aggression schon selbst erlebt, wenn er beleidigt wurde oder wenn sich jemand in einer Konkurrenz unfair benahm, ein Kind schlecht behandelte, ein Tier quälte usw.; dann regt sich der Drang, gegen solche Handlungsweisen mit Drohung oder Gewalt aufzutreten. Bei Mensch und Tier ist die Aggression zunächst ein Verfahren, andere Lebewesen, die unsere Existenz, unser Eigentum oder unsere Stellung in der Gesellschaft bedrohen, mit Gewalt auszuschalten; die Aggression steht in solchen Fällen im Dienste des Selbsterhaltungstriebes. Dies wird auch von Vertretern der Psychoanalyse, in welcher vielfach die Neigung besteht, jede Aggression auf Frustrationen zurückzuführen, ausdrücklich betont: »Die Aggression ... stand ursprünglich immer im Dienste der Selbsterhaltung und ist daher in allen ihren Formen von entsprechenden Partialtrieben der Selbsterhaltung ableitbar« (BRUN 1953). Aus der Verteidigung des eigenen Lebens oder Eigentums durch Angriff, wobei der Gegner entweder wirklich ergriffen oder mit Gewalt vertrieben oder zum mindesten mit Drohgebärden oder Beschimpfungen in Furcht versetzt wird, entsteht der deutlich erlebte Drang, ihn zu vernichten oder auf andere Art unschädlich zu machen. Erst wenn aus der Aggression als Maßnahme zur Sicherung des Daseins ein Drang zur Vernichtung derjenigen, die es bedrohen, geworden ist, kann man von einem *Aggressionstrieb* sprechen; und es besteht kein Zweifel, daß man es dabei mit einem sekundären Trieb zu tun hat — mit einem Drangerlebnis, das aus Verhaltensweisen zum Schutze des eigenen Lebens, nämlich aus gewaltsamem Vorgehen gegen feindliche Lebewesen, entstanden ist. Es mag sein, daß die Lust, die man bei der Vernichtung eines Gegners oder bei seiner erfolgreichen Vertreibung erlebt, eine Ursache dafür ist, daß sich aus der Aggression als Schutzmethode der Drang entwickelt, auch ohne Anlaß Menschen oder Tiere anzugreifen oder sie zum Angriff zu reizen und sich auf diese Weise den Genuß des Sieges zu verschaffen. Auch andere Komponenten — z. B. funktionale Triebe wie der Drang zur Betätigung der Körperkräfte, oder der soziale Trieb, durch Kampf die eigene Stellung in der Rangordnung zu verbessern — können bei aggressiven Handlungen eine Rolle spielen. Im eigenen Erleben lassen sich diese Komponenten gut unterscheiden. Der Aggressionstrieb ist — dies soll keine Definition, sondern nur eine Beschreibung sein — der Drang, zur Sicherung oder Erreichung von Vorteilen andere Lebewesen zu vernichten, zu schädigen oder zu bedrohen.

Die Diskussion über Ursprung und Wesen der Aggression ist gegenwärtig noch in vollem Gange (ein guter Überblick bei MERZ 1965), wobei das Problem der Verhinderung von Aggressionen eine große Rolle spielt. Der Staat und die Gesellschaft fordern von uns, daß wir unsere aggressiven Triebregungen beherrschen; gelingt uns dies nicht, so werden wir bestraft, wenn daraus eine Körperverletzung entsteht oder wenn es auch nur zu einer gefährlichen Drohung kommt. Allein die Notwendigkeit solcher Strafbestimmungen beweist die Existenz des Aggressionstriebes und der großen psychischen Energie, die in ihm vorhanden sein kann. Leider gibt es keine wirksamen Strafgesetze gegen die Aggressionstriebe von Diktatoren oder von Regierungen mächtiger Staaten; daher sind alle Staaten gezwungen, sich so zu verhalten, als ob sie jeden Augenblick von einer anderen Macht mit atomaren Waffen überfallen werden könnten. Ob dabei wirklich Aggressionstriebe eine Rolle spielen oder ob der Angriff politische Ursachen hat, ist oft unklar; bekannt ist hingegen, daß jeder Aggressor in den Angehörigen seines Volkes Aggressionstendenzen mit allen dazugehörigen Affekten zu erzeugen sucht — meist unter dem Vorwand, daß die Sicherung der eigenen Existenz den Angriff notwendig gemacht habe.

Daß für den Erlebniskomplex »Aggressivität-Furcht-Wut« organische Grundlagen in bestimmten Teilen des limbischen Systems gefunden wurden, wurde bereits erwähnt; von besonderer Bedeutung scheinen dabei die zwei Mandelkerne zu sein, deren beidseitige Abtragung den Aggressionstrieb beseitigt (AKERT und HUMMEL 1963). Russische Forscher haben gefunden, daß es im Hirnstamm Gangliensysteme gibt, deren elektrische Reizung aggressive, mißtrauische Affen zärtlich und aufmerksam gegen die Menschen macht; sie streicheln die Hände des Experimentators, die sie vorher kratzen wollten (BOIKO 1969, S. 102).

6. Die funktionalen Triebe

Wenn der menschliche Körper voll entwickelt ist und der ganze Organismus reichlich mit Energie versorgt wird, dann drängen die Organe nach Betätigung. Der kraftstrotzende junge Mensch sucht nach Gelegenheiten, seine Kräfte zu erproben; spielerisch fordert er die anderen zum Kampf heraus, sucht sie im Sport zu schlagen und bewundert begeistert die Leistungen der großen Sieger im Schwimmen, Schilaufen oder Boxen. Er freut sich über seine Muskelkraft, seine Gelenkigkeit, seine Ausdauer; eine Lust, die unter dem Namen »*Funktionslust*« in die Psychologie eingegangen ist. Der Ausdruck stammt aus den kinderpsychologischen Untersuchungen KARL BÜHLERS; es ist ein ausgezeichneter Name für diese charakteristische Art von Vergnügen an der Funktion der eigenen Organe (K. BÜHLER 1930).

Auch die Tiere haben ihre Spiele. Die jungen Möwen tragen Strohhalme und weiches Gras zusammen, um »Nestbau« zu spielen, die jungen Hunde balgen sich im Scheinkampf, und die Schimpansen erfinden, wie WOLFGANG KÖHLER gezeigt hat, allerlei Arten von Spielen und Neckereien, um sich zu unterhalten: mit einer Keule bewaffnet, gehen sie zum Schein zähnefletschend aufeinander los, sie beschmieren die Wände, belustigen sich mit Stockspringen und necken die Hühner, indem sie ihnen Brot hinhalten und es dann schnell zurückziehen, wenn das Huhn zupacken will (KÖHLER 1921). Der deutsche Psychologe KARL GROOS hat die »*Theorie der Funktionsübung*« aufgestellt, nach welcher das Spiel der Tiere eine Übung für die Tätigkeit darstellt, welche sie später im Lebenskampf brauchen (GROOS 1930). Damit wäre der biologische Sinn der Spiele erklärt; nicht aber ihr Zustandekommen. Die beste Erklärung für die Entstehung des Spieltriebes scheint mir die oben angedeutete Annahme zu sein, daß er aus dem Funktionsdrang der Organe entstehe — einfach daraus, daß die Organe von selbst zu arbeiten beginnen und die Lebewesen dazu treiben, eine ihnen entsprechende Betätigung zu suchen. Das ist der Sinn des Ausdruckes »*Funktionstriebe*«.

Beim Kulturmenschen, der in den großen Städten, in eintönige Berufe eingegliedert, wenig Gelegenheit zur Betätigung seiner körperlichen Fähigkeiten hat, ist der Spieltrieb die Grundlage des *Sports* geworden. Dabei wirkt noch ein zweiter Trieb mit, dem im modernen Leben ebenfalls die Auswirkung versagt bleibt: der *Kampftrieb*, dessen enge Beziehung zum Spiel ja schon bei den Kampfspielen der Tiere und Schulbuben klar wird. Im Sport zeigt sich noch eine interessante Erscheinung: daß nämlich ein Trieb, wenn er nicht vom einzelnen Menschen an sich selbst befriedigt werden kann, sozusagen »in Stellvertretung« befriedigt wird: die vielen Tausende von Menschen, die jedes Wochenende die großen Fußballwettspiele und Boxkämpfe besuchen und leidenschaftlich Partei ergreifen, spielen im Geiste mit; sie befriedigen auf diese Weise den Urtrieb, den Gegner zu schlagen. Siegt die eigene Mannschaft, dann fühlt sich jeder mitbeteiligt — so als ob er selbst gekämpft hätte.

Ein weiterer Trieb, der sich am besten als Funktionsdrang verstehen läßt, ist die *Neugier* — der Drang, alles Neue zu untersuchen. Er zeigt sich schon bei Tieren, vor allem bei den Menschenaffen, am deutlichsten aber beim kleinen Kind. Schon im zweiten Lebensjahr wird alles, was es in die Hände bekommt, betastet, berochen und auf seinen Geschmack geprüft, ein Trieb, der mit der Entwicklung stetig wächst und in der »Zerlegungswut« der kleinen Buben wie auch noch in dem Eifer, mit dem erwachsene Männer einen unbekannten Mechanismus studieren, zum Ausdruck kommt. Die Neugier der kleinen Kinder ist ein äußerst wichtiger Drang; er führt dadurch, daß das noch Unbekannte mit allen verfügbaren Sinnesorganen, von allen Seiten und von außen und innen möglichst genau untersucht wird, zur Bildung von *Begriffen*, zu abstrakten Vorstellungen, in denen alles Wesentliche eines Dinges enthalten ist.

Damit ist auch schon gesagt, daß man es bei der Neugier mit einem Trieb zu tun hat, der sich auch als Drang zur Betätigung der erwachenden geistigen Funktionen auswirken kann: des Wahrnehmens, Erkennens, Begriffebildens. Diese Feststellung ist sehr wichtig; es ist später zu zeigen, daß von solchen »geistigen Trieben« die Entwicklung der Kultur abhängt.

Experimentell wurde die Neugier als spezifischer Trieb (»curiosity drive«) von D. E. Berlyne 1950 im Tierversuch demonstriert, wobei das »exploratische Verhalten« als Indikator für das Auftreten dieses Triebes galt; in Experimenten an Menschen (20 Studenten) fand Berlyne, daß der Grad des explorativen Verhaltens mit dem Problemgehalt von Wahrnehmungsinhalten ansteigt (unter optisch gebotenen Zeichnungen wurden Inhalte, die nicht zueinander passen oder in der Anordnung unregelmäßig waren, länger beachtet). K. C. Montgomery zeigte im Tierexperiment, daß die Befriedigung der Neugier als Belohnung in Lernversuchen wirksam ist (Berlyne 1958, Montgomery 1954). Durch diese Resultate ist die Existenz der Neugierde als Trieb, an welcher schon nach der Selbstbeobachtung kein Zweifel möglich ist, auch experimentell bestätigt.

7. *Die Süchte*

Bisher wurde nur von Triebregungen gesprochen, die dem Menschen angeboren sind: Nahrungstrieb, Geschlechtstrieb, Spieltrieb, Neugier — alles das bringt der Mensch in das Leben mit. In der modernen Welt spielen aber auch noch Triebe eine sehr große Rolle, die erst im Laufe des Lebens entstanden sind: die Süchte.

Fast jeder Mensch lernt schon in der Jugend die Genußgifte kennen: Nikotin, Alkohol, Koffein. Diese Gifte besitzen die Eigenschaft, daß sie vorübergehend zu einer Steigerung der körperlichen und geistigen Leistungsfähigkeit führen; eine Zigarette kann beruhigend oder anregend wirken, eine Flasche Wein macht uns fröhlich und gesprächig, schwarzer Kaffee beseitigt Ermüdung und steigert die Wachheit. Dazu kommt, daß das Einatmen des Rauches, das Aroma des kühlen Weins, der Geschmack von Kaffee ausgesprochene Lustempfindungen erzeugen. Beide, die angenehmen Empfindungen und die anregende Wirkung, führen dazu, daß der Drang nach diesen Giften immer wieder auftritt, wenn man einmal von ihnen gekostet hat. Es steht außer Zweifel, daß auch diese Triebe eine organische Grundlage haben: das Nervensystem, das unter ihrem Einfluß leichter und rascher arbeitet, gewöhnt sich an diese Reize; fehlen sie, so funktioniert es langsamer und schwerfälliger, und dies spürt der Mensch sehr genau — daher verlangt er immer wieder nach den anregenden Reizmitteln. Er betrügt sich damit allerdings selbst; denn die Wirkung ist, besonders beim Alkohol, von kurzer Dauer, dann tritt Erschöpfung ein, man wird schläfrig und müde.

Bei anderen Nervengiften ist die Herabsetzung der Bewußtseinsklarheit mit gleichzeitiger Euphorie (= sorglos heitere Stimmung) die Ursache der Sucht. Die Bewußtseinstrübung ist für Menschen, die nicht die Kraft haben, die Härten des Daseins zu ertragen, ein höchst erwünschter Zustand: man vergißt dabei seine Sorgen, vor allem aber die eigenen Mängel und Schwächen. Opium, Morphium, Kokain und Haschisch (= Marihuana) sowie das LSD (Lysergsäurediäthylamid) sind solche Gifte, die diese angenehmen Dämmerzustände hervorrufen. Man kann darüber streiten, ob der Drang nach den betäubenden, euphorisch wirkenden Giften nur psychische oder auch erworbene organische Grundlagen hat. Vieles spricht für die letztere Annahme; es soll zu einer Gewöhnung der Körpergewebe an die Giftstoffe kommen, so daß man von einem Giftbedürfnis des Organismus sprechen kann, der die Gier, mit der der Morphinist nach seinem täglichen Quantum verlangt, verständlich macht. Erklärlich wird durch diese organische Grundlage auch die Tatsache, daß plötzliche Entziehung zu schweren Krankheitserscheinungen — Schlaflosigkeit, Zittern, körperlichem und seelischem Verfall — führen kann. Die klinische Entziehungskur arbeitet daher mit einem allmählichen Abbau durch immer kleiner werdende Dosen.

Wie der Süchtige seinen erworbenen Drang erlebt, weiß jeder Raucher aus eigener Erfahrung. Das Verlangen nach dem Gift kann stärker sein als der Nahrungstrieb; die Zigarette ist in der ersten Zeit, in der man sie entbehren muß, begehrter als jeder Leckerbissen. Aber auch sonst bestehen zwischen den angeborenen und erworbenen Trieben im Erleben keine Unterschiede: der Drang zu rauchen oder zu trinken tritt ohne Mitwirkung des Bewußtseins auf und schleicht sich wie jeder andere Trieb in das bewußte Geschehen ein, allmählich zu solcher Intensität anwachsend, daß er befriedigt werden muß, wenn der übrige Erlebnisablauf nicht ständig gestört sein soll.

Die starke Zunahme der Rauschgiftsucht unter den Jugendlichen hat zu zahlreichen Untersuchungen über ihre Ursachen geführt. H. HOFF faßt einen Teil dieser Resultate in der Feststellung zusammen, »daß wir unter den Süchtigen keine primär normalen Persönlichkeiten finden«. »Diejenigen Menschen, die ein in ihrem Kulturkreis vorhandenes Genußmittel in der Art eines Suchtmittels gebrauchen, sind schon von vornherein abnorm strukturiert«; in der überwiegenden Mehrzahl seien solche Menschen Psychopathen, die überhaupt keine psychischen Spannungen zu ertragen vermögen, oder Neurotiker, die durch ihre inneren Konflikte ständig unter Spannungen stehen — in beiden Fällen werde die spannungslösende Wirkung der Rauschgifte überaus wohltuend empfunden. Die Süchtigkeit entsteht, weil man in den Rauschgiften »eine äußerst günstige und leicht handhabbare Möglichkeit sieht, mit seinen inneren Spannungen fertig zu werden« (HOFF 1969). Diese Meinung HOFFS, der als Psychoanalytiker auch noch eine »unbewußte Tendenz zur Selbstvernichtung« als Mitursache annimmt, trifft sicher nur auf Personen zu, die dem Suchtgift vollkommen verfallen und aus dieser Abhängigkeit aus eigener Kraft nicht mehr loskommen. E. LÖSCHENKOHL fand unter 59 rauschgiftsüchtigen Jugendlichen in Wien außer 5% Geisteskranken 69% affektlabile, 17% affektverdrängende und 7% depressive Persönlichkeiten (diagnostiziert auf Grund längerer persönlicher Bekanntschaft und Rorschach-Testungen). Als Motive für den Rauschgiftkonsum (dessen Schädlichkeit meist eingesehen wird) stellt LÖSCHENKOHL auf Grund von eingehenden Explorationen vor allem fest: Konflikte mit der Umwelt, Erleichterung der Hemmungsüberwindung durch Gruppenbildung von Gleichgesinnten, Erhöhung des Selbstwertgefühls, Experimentierlust mit der eigenen Persönlichkeit (LÖSCHENKOHL 1970). Man würde es sich wahrscheinlich zu leicht machen, wenn man die Zunahme der Süchtigkeit unter Jugendlichen ausschließlich mit dem Hinweis erklären wollte, es handle sich nur um Neurosen und Psychopathien; wahrscheinlich spielen dabei auch Entwicklungstendenzen zur Bildung neuer Autoritäten (z. B. Persönlichkeitsautorität an Stelle konventioneller Vorgesetzter) oder neuer Gesellschaftsformen eine Rolle, so daß man es auch mit Konflikten zwischen Gesinnungseinstellungen und herrschenden sozialen Formen und Strukturen zu tun hat.

8. *Die Interessen (Kulturtriebe)*

Die vitalen, sozialen und funktionalen Triebe sind bei Mensch und Tier vorhanden. Ihre Entwicklung fügt sich widerspruchslos in die allgemeine Entwicklungsgeschichte des Menschen: in die Geschichte seiner Entstehung aus dem Tierreich. Es ist für das Verständnis des menschlichen Seelenlebens außerordentlich wichtig, daß man sich über diese Entwicklung im klaren ist; es gibt auch heute noch viele Menschen, die sich wie die Tiere nur von brutalem Egoismus leiten lassen.

Die Behauptungen der Abstammungslehre werden häufig als entwürdigend empfunden. Der Mensch will etwas von Grund aus anderes sein als ein hochentwickeltes Tier; er sträubt sich dagegen, sich nur dem Grade nach von den Menschenaffen zu unterscheiden. Dieses Widerstreben ist eine psychische Tatsache, die der Erklärung bedarf; es ist aber auch eine kulturell wichtige Erscheinung. Nichts wäre mehr zu wünschen, als daß die Menschen mit allen Mitteln jene Seiten ihrer Persönlichkeit pflegen, in denen sie sich wirklich *grundsätzlich* von den Tieren unterscheiden. Die Abstammung aus der Tierreihe gilt in der Naturwissenschaft als gut fundierte Theorie, der ein hoher Wahrscheinlichkeitswert zukommt; noch sicherer aber ist es, daß zwischen Mensch und Tier in psychischer Hinsicht ein Sprung besteht, der sich entwicklungstheoretisch bisher nicht hat erklären lassen. So sehr bisher die Gleichheiten und Ähnlichkeiten zwischen uns Menschen und den Tieren betont wurden, so entschieden muß jetzt festgestellt werden: *es ist eine erwiesene und jederzeit neu beweisbare Tatsache, daß im Bereiche des Menschlichen psychische Vorgänge und Zustände auftreten, von denen beim Tier auch nicht die geringste Spur auffindbar ist.* Es gibt etwas »eigentlich Menschliches« am Menschen; Erlebnisse, die nur bei ihm vorkommen und die ihn hoch über alle anderen Lebewesen erheben. Allerdings: das Ausmaß, in welchem solche Erlebnisse auftreten, und der Grad, in dem sie sich im Handeln auswirken, ist außerordentlich verschieden. Es gibt, um es noch einmal zu sagen, auch heute noch genug Menschen, die ihre hochentwickelte geistige Ausrüstung nur dazu benützen, um den vitalen Trieben und ihren Abkömmlingen mit allen Mitteln Befriedigung zu verschaffen.

Der Beweis für das Bestehen grundsätzlicher Unterschiede zwischen Mensch und Tier ist leicht zu führen. Wir haben keinerlei Hinweise aus Verhaltensbeobachtungen, die es wahrscheinlich machen, daß ein Tier das Streben nach Gerechtigkeit kennt oder den Drang nach Erkenntnis oder daß es das Bedürfnis spüre, sich in das Geschehen in der Natur einzuordnen und der Führung einer überirdischen Macht anzuvertrauen. Die Tiere haben keine Kunst, keine Wissenschaft, keine Religion; sie haben keine Moral und kein Recht. Es fehlt ihnen die Beziehung zu allem, was über die unmittelbare Gegenwart hinausgeht — zu Gott, zu ethischen Idealen, zur Erkenntnis. Die Tiere kennen keine abstrakten *Werte*.

Zweifellos liegt die körperliche Grundlage für alles »eigentlich Menschliche« in der enormen Entwicklung des Gehirns, der Hirnrinde, vor allem des Stirnhirns. Die Zahl und die Beschaffenheit der menschlichen Ganglienzellen bieten Möglichkeiten zur Entstehung ganz anderer psychischer Erscheinungen, als sie das tierische Gehirn hervorbringen kann. Damit ist aber, wie schon einleitungsweise hervorgehoben wurde, in Wirklichkeit gar nichts erklärt, sondern nur ein — allerdings höchst wichtiger — Zusammenhang festgestellt. Man kann die Unterschiede zwischen menschlichem und tierischem Nervensystem noch so genau beschreiben — das Wesentliche des Unterschiedes hat man erst erfaßt, wenn man die *psychischen* Verschiedenheiten feststellt: der Mensch kennt religiöse, ethische und ästhetische Werte, das Tier nicht. Das ist eine sehr allgemeine Ausdrucksweise. Man muß sie konkreter fassen, um klarzumachen, daß der entscheidende Unterschied zwischen Mensch und Tier rein psychologischer Art ist; er liegt in den Erlebnissen, aus denen die ganze menschliche Kultur hervorgegangen ist: in den *geistigen Interessen.*

Mit diesem Wort sollen die Kräfte bezeichnet werden, die den einzelnen Menschen dazu drängen, sich Gedanken über den Sinn seines Daseins zu machen, sich zu fragen, welche Gesetze das Geschehen in der Natur beherrschen, sich zu bemühen, für seine Gefühle in Worten und Tönen, in Bildern und Bauten einen vollkommenen Ausdruck zu suchen. Alles dies geschieht unter dem Zwang eines *Dranges;* eines Dranges, der — genau wie die vitalen Triebe — von selbst auftritt, ungerufen und ungewollt, ohne Mitwirkung des Bewußtseins, und das ganze bewußte Geschehen in seinen Dienst zwingt. Es ist schwer, Beispiele zu finden, die sich jeder vorstellen kann; in keiner Hinsicht unterscheiden sich die Menschen voneinander so sehr wie in der Art und in der Stärke ihrer Interessen. Vielleicht erinnert sich mancher, daß er in seiner Jugend, unter dem Einfluß der ersten Triebregungen, auf einmal begann, Gedichte zu machen: er folgte einem zwingenden Drang, das Übermaß seiner Gefühle zum Ausdruck zu bringen, und verwendete Worte und Sprachformen, die er sonst nie gebrauchte. Wenn daraus auch meist kein Kunstwerk entsteht — das Erleben ist dasselbe wie dasjenige, das den echten Dichter zu seinen Werken antreibt. Ein elementares drängendes Interesse ist es auch, das den Naturforscher veranlaßt, seine ganze Kraft darauf zu verwenden, die Entstehung der Krankheiten, die Entfernung der Sterne oder die Bewegungen der Atome und Moleküle zu untersuchen. Es gibt viele Menschen, die solche Drangerlebnisse aus eigener Erfahrung kennen; aber der Trieb ist nicht stark genug, oder andere Triebe sind stärker und lassen ihn nicht zur Auswirkung gelangen — es kommt nichts anderes dabei heraus als eine Liebhaberei: Gelegenheitsverse, kleine Aquarelle, wissenschaftliche Details aus dem Leben der Tiere, kurz, Arbeiten von Amateuren und leider, wenigstens im Gebiete der Wissenschaft, auch viel närrisches Zeug, Erfindungen, Entdeckungen, metaphysische und religiöse Systeme, meist ehrlich erarbeitet, aber wissenschaftlich ganz wertlos, weil sie mit unbrauchbaren Methoden, nur auf Grund von persönlichen Überzeugungen, aufgestellt wurden. Der Drang ist vorhanden, aber meist fehlen die übrigen Eigenschaften des Wissenschaftlers: die Klarheit des Denkens, die Selbstkritik, das Bestreben, für jede Behauptung objektive Beweise zu liefern.

Ist aber der Wissenstrieb oder der Künstlertrieb stark genug, dann stellt der Mensch sein eigenes Leben unter Aufopferung aller persönlichen Vorteile in den Dienst der Forschung oder der Kunst. Keineswegs freiwillig, sondern gedrängt von seinem Trieb, der ihm keine Ruhe läßt, bevor er nicht alles andere aufgibt und sich nur seiner Befriedigung widmet. Die Lebensgeschichte vieler Künstler und Gelehrter beweist, daß ihr Trieb sie zwang, alle anderen Berufe zu verlassen und nur mehr der wissenschaftlichen oder künstlerischen Arbeit zu leben, ja daß sie oft die gewöhnlichsten Angelegenheiten des Alltagslebens vernachlässigten, weil sie dazu nicht mehr Zeit fanden oder im Drange ihrer Arbeit einfach darauf vergaßen.

In der Art des Erlebens gleichen die Interessen vollkommen den Trieben; sie unterscheiden sich von ihnen in ihren Zielen und besonders auch dadurch, daß sie bei vielen Menschen gar nicht oder nur in sehr geringem Grade vorhanden sind. Die Ziele der Interessen sind von denjenigen der Triebe *wesentlich* verschieden: sie haben keine erkennbare Beziehung zum biologischen Geschehen. Ob ein Mensch seinen Wissenstrieb befriedigt, große Kunstwerke schafft oder ein religiöses System begründet, ist für die Erhaltung seines Lebens und für die Erhaltung der Art vollkommen bedeutungslos. Von einer »biologischen Zweckmäßigkeit« kann man in diesen Fällen nicht sprechen. Der Künstler oder Wissenschaftler ist sich — wenigstens der echte Künstler und der reine Forscher — bei seiner Tätigkeit auch gar keines Zweckes bewußt; der Dichter oder Musiker sucht nach einem vollkommenen Ausdruck seiner Gefühle, ohne zu überlegen, ob er damit ein biologisch wichtiges Ziel erreicht; er will nichts anderes als in Worten oder Tönen das, was ihn bewegt, zur Darstellung bringen. Natürlich darf man dabei nicht an Menschen denken, die ihre Begabung benützen, um damit Geschäfte zu machen; daß auch der reine Künstler mit seinen Werken, meist hart genug, sein Brot verdienen muß, liegt einfach daran, daß er sonst verhungern würde. Es gibt Beispiele genug, die zeigen, daß sich große Künstler und Gelehrte mit einem armseligen Dasein zufriedengaben, weil sie nur ihren Werken lebten.

So sicher es ist, daß die Genialen unter dem Zwang eines Triebes handeln und sich, wenigstens in den produktiven Phasen ihres Lebens, keine Gedanken darüber machen, ob ihre Arbeit einem Zweck dient, so unwahrscheinlich ist es, daß sie wirklich zwecklos ist. Die Frage, worin dieser Zweck bestehen könnte, läßt sich nur theoretisch beantworten. Für die Erhaltung des Individuums und für die Fortpflanzung der Art sind die geistigen Interessen ohne Bedeutung; ungemein wichtig — noch mehr: maßgebend und entscheidend — sind sie aber für den *kulturellen Fortschritt der Menschheit*. Wenn man sich fragt, was die Natur tun könnte, um zu verhindern, daß der Mensch als Gattung auf einer bestimmten Entwicklungsstufe stehenbleibt, so ist eine der möglichen Antworten: sie gibt wenigen Exemplaren der Gattung einen unwiderstehlichen Drang ins Leben mit, der sie zwingt, die Natur zu erforschen, soziale Reformen durchzusetzen, die Erlebnisse des Menschen in vollendeten Formen darzustellen, für die Gerechtigkeit einzutreten usw. Tatsächlich ist es ja wirklich so, daß die Entwicklung der Kunst, der Religionen, der Wissenschaft, des Rechts, kurz, alles, was zur menschlichen Kultur gehört, von ganz wenigen Einzelmenschen ausgegangen ist, die dem Fortschritt der ganzen Menschheit dienten, indem sie ihren Interessen folgten.

Einen Hinweis für die Richtigkeit einer solchen naturphilosophischen Überlegung kann man darin sehen, daß die Künstler, Wissenschaftler und Religionsstifter niemals ihre Werke nur für sich allein hervorbrachten, sondern immer das Bedürfnis hatten, sie den anderen zu zeigen, mitzuteilen und zu verbreiten und auf diese Weise die Erlebnisse, die sie selbst hatten, den anderen nacherlebbar zu machen. Es scheint nach den Zeugnissen der Genialen neben dem Drang zur produktiven geistigen Leistung kaum einen stärkeren Trieb zu geben als den, das eigene Werk bekanntzumachen, andere für die eigenen Ideen zu gewinnen und an ihrem Beifall die Größe der eigenen Leistung bestätigt zu sehen. Bleibt der Beifall aus, so bedeutet dies auch für große Geister eine arge Enttäuschung. Der *Mitteilungsdrang*, der ja bei allen Menschen besteht und besonders stark wird, wenn man etwas Ungewöhnliches erlebt hat, wird beim Künstler und Gelehrten zum Hilfsmittel, in anderen Menschen den Sinn für das Schöne zu wecken oder sie zu Erkenntnissen zu führen, die sie selbst nie erreicht hätten.

Man hat in den geistigen Interessen nach der dargelegten Theorie Tatsachen vor sich, die an echte instinktive Verhaltensweisen der Tiere erinnern. Die Schlupfwespe weiß vermutlich nicht, warum sie tote Spinnen auf die Eier häuft, genausowenig wie der Komponist, der eine Symphonie schreibt, weiß, daß er damit dem Fortschritt der Menschheit dient: er folgt einem Drang genauso wie die Wespe und erfüllt dabei eine Aufgabe, die im Sinne der Natur liegt. Man soll in solchen Vergleichen keine Entwürdigung des produktiven Schaffens sehen — die Größe der genialen Leistung wird dadurch nicht verkleinert, daß sie triebmäßig zustande kommt, um den Fortschritt der Kultur zu sichern. Im weitesten Sinne des Wortes kann man also auch bei den geistigen Trieben von einer »biologischen Zweckmäßigkeit« sprechen, nämlich von einer kulturbiologischen; und wenn man will, kann man an die Stelle des ausdrucksarmen Wortes »Interessen« den Begriff »*Kulturtriebe*« setzen, um ihren Sinn im Naturgeschehen klar herauszustellen. Rein psychologisch betrachtet, hat man es dabei mit einem triebmäßigen Verhalten auf geistigem Gebiet zu tun, das ohne Einsicht in seinen Sinn nur aus dem bloßen Drang heraus entsteht und zu dauernden Wirkungen auf die menschliche Kultur führt. Kurz formuliert, bedeutet dies: um die geistige, ethische, religiöse und ästhetische Entwicklung der Menschen anzuregen und in Gang zu bringen, hat die Natur wenigen Menschen einen unwiderstehlichen Trieb eingepflanzt, das zu tun, was zur Hervorbringung von Künsten, Religionen, Wissenschaften und Rechtssystemen notwendig ist.

Es hat wenig Sinn, die »geistigen Triebe« im einzelnen zu untersuchen; sie unterscheiden sich voneinander nur in ihrem Ziel. Man kann von Wissenstrieb und Erkenntnisdrang sprechen, man kann den Künstlerdrang noch unterteilen in einen dichterischen, musikalischen und malerischen — es ist damit wenig gewonnen. Aussichtsreicher scheint es zu sein, nach körperlichen Grundlagen der Interessen zu suchen. Sie liegen im zentralen Nervensystem. Im einzelnen weiß man darüber aber noch wenig; es gilt z. B. als ziemlich sicher — im Verhältnis zu den Schwierigkeiten solcher Untersuchungen —, daß bei musikalisch Begabten eine Windung in der kortikalen Hörsphäre besonders entwickelt ist; auch die Feststellungen der Vererbungsforscher — sind beide Eltern und alle vier Großeltern musikalisch begabt, so ist von den Nachkommen keiner unmusikalisch — sprechen für eine organische Grundlage (KOCH, MJÖEN 1931). Ähnlich wird es bei der Begabung für Mathematik sein, vermutlich bei allen Sonderbegabungen, denn sie sind in hohem Maße vererbbar. Die einzelnen Hirnteile, in denen diese Höchstleistungen zustande kommen, sind aber noch nicht bekannt.

Zum Abschluß dieses Kapitels muß festgestellt werden, daß die ausführliche Behandlung der Interessen eine Besonderheit dieses Buches seit seiner ersten Auflage darstellt. In der gegenwärtigen psychologischen Fachliteratur spielt der Begriff »Interesse« eine überaus geringe und unklare Rolle; in den meisten Lehrbüchern kommt das Wort »Interesse« überhaupt nicht vor (wohl aber bei WILLIAM JAMES 1890 und bei EDUARD CLAPARÈDE 1909). Es ist daher schon ein erfreulicher Fortschritt, daß sich ein Fachvertreter über diese Tatsache wundert und die Meinung äußert, daß mit den Interessen »die Psychologie um eine fundamentale Kategorie bereichert worden wäre« (GRAUMANN 1965, S. 276).

Die Gemütszustände (Gefühle, Stimmungen, Affekte)

1. Beschreibung und Einteilung der Gefühle

Die Untersuchung des menschlichen Gefühlslebens bereitet außerordentlich große Schwierigkeiten. Kein anderer Bereich des seelischen Geschehens weist so viele verschiedene Arten, Nuancen und Stärkegrade auf wie das Gefühl; und nirgends kommt die Persönlichkeit des einzelnen Menschen so entscheidend zur Auswirkung wie in seinen Gefühlen. Der Reichtum an Arten und die unübersehbare individuelle Variation der Gefühle sind die Ursachen dafür, daß die Psychologie des Gefühlslebens noch ganz in ihren Anfängen steckt.

Um einen Überblick zu gewinnen und auf diese Weise zu einer Abgrenzung der Gefühlszustände gegen andere psychische Zustände zu kommen, empfiehlt es sich, zunächst einfach Material zu sammeln, indem man Beispiele aufzählt. Es erscheint fast unmöglich, das Gemeinsame aller Gefühle festzustellen und sie in eine ordnende Einteilung zu zwingen, wenn man sich klarmacht, wie verschieden sie unter sich sind. Eine sehr oberflächliche und wahllose Zusammenstellung der Gefühlszustände aus dem gewöhnlichen Alltagsleben ergibt bereits ein verwirrendes Bild: Zorn, Haß, Eifersucht, Neid, Trauer, Liebe, Sympathie, Mitleid, Schadenfreude, Sehnsucht, Ergriffenheit, Bewunderung, Niedergeschlagenheit, Achtung, Ärger, Ekel, Begeisterung, Zufriedenheit, Scham, Rührung, Dankbarkeit, Verwunderung, Verehrung, Demut, Grauen, Angst, Freude, Kummer, Sorge, Gram — das sind Gefühlszustände, für welche die Sprache einen eigenen Namen besitzt. Für eine sehr große Anzahl von Gefühlszuständen hat unsere Sprache überhaupt noch kein eigenes Wort. Was die Lyriker in ihren Gedichten zum Ausdruck bringen, sind häufig Gefühle, die sich auf andere Art nicht schildern lassen; Stimmungen, die sich selbst in der Sprache des Dichters nicht voll erfassen lassen, kann der Musiker darstellen und hervorrufen — eine Ausdrucksart, die dem Wesen der Gefühle am besten entspricht.

Es liegen vielerlei Versuche vor, das Gefühl zu definieren; sie sind später kurz zu besprechen — keiner von ihnen ist gelungen, obwohl man den ganzen Apparat wissenschaftlicher Begriffsbildung aufbot, wodurch man nicht mehr erreichte als meist sehr gekünstelte Umschreibungen mit leeren Worten. Der einzige Weg, zu einer einigermaßen brauchbaren Schilderung und Abgrenzung der Gefühle zu kommen, ist — wie immer in der Psychologie — die einfache Erlebnisbeschreibung; sie führt zur Feststellung einiger Merkmale, die auf alle Gefühle zutreffen und dadurch eine beschreibende, allerdings unvollständige Begriffsbestimmung ermöglichen.

Die wichtigsten Merkmale sind folgende:

1. Gefühle sind *Zustände*. Sie sind nicht einzelne, vom übrigen gleichzeitigen Erleben abgesonderte Vorgänge (wie z. B. eine Erinnerung); sie sind auch nicht an das Vorhandensein eines äußeren Reizes gebunden wie etwa eine Wahrnehmung, die nur solange besteht, solange der Reiz wirkt. Gefühle sind auch nicht gestaltet, sondern sie breiten sich durch das ganze übrige bewußte Geschehen aus. Alle diese negativen Bestimmungen sollen durch die Ausdrucksweise »Gefühle sind psychische Zustände« erfaßt werden.

2. Gefühle treten ohne Mitwirkung des Bewußtseins auf. Sie kommen ungewollt, ohne jedes bewußte Zutun. Sie gleichen in dieser Hinsicht den Trieben; Triebe und Gefühle entstehen *autogen*.

3. Gefühle sind psychische *Reaktionen* auf äußere oder innere Ereignisse. Ihr Anlaß ist meistens bewußt; man weiß, worüber man sich freut und weshalb man traurig ist, wovor man Angst hat und warum man sich ärgert. Über den Reaktionscharakter der Gefühle ist später noch zu sprechen; es ist nicht von vornherein klar, *wer* in ihnen reagiert, der Organismus oder die Persönlichkeit.

4. Die meisten Gefühle werden als angenehm oder unangenehm erlebt. Man hat darin das Hauptmerkmal der Gefühle gesehen und behauptet, daß jedes Gefühl entweder lustvoll oder unlustvoll sei. Diese Behauptung läßt sich nicht für alle Gefühle beweisen; von dem Gefühl der Rührung oder des Mitleids kann man nicht behaupten, daß es unlustvoll sei, ebensowenig ist es aber lustvoll.

Es ist bloß eine behelfsmäßige Umschreibung, wenn man die angeführten vier Merkmale zu einem Satz zusammenfaßt, um auf diese Weise an Stelle einer klaren Definition wenigstens eine notdürftige Begriffsbestimmung zu erreichen: *Gefühle sind psychische Zustände, die ohne Mitwirkung des Bewußtseins als Reaktion auf ein äußeres oder inneres Geschehen auftreten und meist in irgendeiner, sprachlich nicht faßbaren Art als angenehm oder unangenehm erlebt werden.*

Ebenso große Schwierigkeiten wie die Beschreibung der Gefühle bereitet ihre *Einteilung*. Die oben gegebene wahllose Zusammenstellung verschiedener Gefühle gibt einen Eindruck davon, wie schwer es ist, in diese Mannigfaltigkeit Ordnung zu bringen. Es liegen vielerlei Vorschläge vor; zu den ältesten gehört neben der groben Gegenüberstellung von Lust- und Unlustgefühlen die Unterscheidung von »niederen« und »höheren« Gefühlen, wobei man unter die ersteren die »Organgefühle«, wie z. B. körperlichen Schmerz, unter die letzteren alle anderen rechnet. Diese Einteilung, die in etwas verfeinerter Form z. B. von Ribot durchgeführt wurde (mit einer Zwischengruppe, den »einfachen Gemütsbewegungen« wie Angst oder Zorn), ist zwar auch noch sehr primitiv, aber sie stellt doch schon einen wichtigen Punkt heraus: daß es nämlich Gefühle gibt, die eine leicht erkennbare organische Grundlage haben, und andere, für die eine solche nicht so leicht zu finden ist; und daß die letzteren eine hohe geistige Entwicklung voraussetzen (RIBOT 1903). Einige deutsche Psychologen hofften, von rein phänomenologischen Gesichtspunkten aus zu einer Einteilung zu kommen. So hat SCHELER eine Stufenordnung der Gefühle aufgestellt, deren leitender Gesichtspunkt die »Tiefe« der Gefühle ist. Er unterscheidet: 1. rein sinnliche Gefühle wie Lust und Schmerz, 2. Lebensgefühle wie Frische, Müdigkeit, Mut oder Angst, 3. seelische Gefühle, die auf Wertungen zurückgehen, z. B. ästhetische oder Sympathiegefühle, und 4. die tiefsten Gefühle, bei denen das Ich ganz vom Gefühl erfaßt oder überwältigt wird wie in der Verzweiflung oder Seligkeit (SCHELER 1913). Man sieht leicht, daß diese Einteilung keineswegs einheitlich ist und ganz unpräzise Ausdrücke und verschiedene Gesichtspunkte benützt (so sind alle Gefühle seelische Erscheinungen — der Begriff »seelische Gefühle« sagt daher gar nichts). Eine ganze Reihe von Gefühlen — Mitleid, Dankbarkeit, Taktgefühl — ist in dieser Einteilung nicht unterzubringen. Dasselbe gilt von der — an sich bestechenden — Einteilung von McDOUGALL, der in den Trieben und Instinkten eine sehr brauchbare Grundlage zu einer Gefühlseinteilung gesucht und gefunden hat, aber zu keinem vollständigen System kommen konnte. Er unterscheidet »einfache Gefühle« oder »Grundgefühle«, wie Furcht, Zorn, Widerwille, dann »zusammengesetzte Gefühle«, die aus der Verschmelzung verschiedener Grundgefühle entstehen sollen, z. B. Bewunderung, Dankbarkeit, Verachtung, und schließlich »abgeleitete Gemütsbewegungen«, die auf Triebe zurückgehen, z. B. Sorge, Freude oder Erstaunen (McDOUGALL 1914). Die Ableitung dieser Gefühle aus Trieben und Instinkten ist McDOUGALL aber nicht gelungen und konnte auch nicht gelingen, weil seine Gefühlslehre ebenso wie alle anderen Theorien die Tatsache der menschlichen *Persönlichkeit* unbeachtet ließ.

Schon die Verschiedenartigkeit der Gefühle bei verschiedenen Menschen weist darauf hin, daß die *individuelle Eigenart* des Einzelmenschen dabei eine Rolle spielt. Dasselbe Ereignis löst in verschiedenen Menschen ganz verschiedene Gefühle aus — eine Tatsache, die ihre Ursache nur darin haben kann, daß die Persönlichkeit dieser Menschen in verschiedener Art darauf reagiert. Viele »höhere« Gefühle sind überhaupt nicht allen Menschen bekannt; tiefes religiöses Erleben, echte Kunstbegeisterung, Feinheiten des Gerechtigkeits- oder Taktgefühls gibt es nur bei einem kleinen Teil der Menschen und auch unter diesen wieder in sehr verschiedenen Graden. Außer durch die Individualität der Gefühle nach Art und Stärke läßt sich ihre engere Beziehung zur Persönlichkeit aber noch viel unmittelbarer und schlagender beweisen: in den sogenannten »höheren« Gefühlen ist nämlich immer eine ablehnende oder zustimmende *Stellungnahme* enthalten; und zwar eine Stellungnahme dessen, was man als das eigene »Ich« erlebt, also der Persönlichkeit. Man muß, um sich davon zu überzeugen, Beobachtungen an sich selber anstellen. Wenn der Anblick eines Gegenstandes oder eines Menschen die Gefühle »häßlich, ekelhaft, widerwärtig« auslöst, so steckt darin eine unmittelbare, *von selbst entstandene* Ablehnung; und wenn uns etwas schön erscheint oder ein Mensch sympathisch, so ist dies eine unmittelbare, von selbst entstandene zustimmende Gefühlshaltung. Auf die Frage, *wer* dabei ablehnt oder zustimmt, ist die Antwort äußerst einfach: »ich«. »Ich« — das ist aber nichts anderes als die erlebte, bewußte eigene Persönlichkeit; dasjenige, was sich aus den Trieben und Interessen unter dem Einfluß der Umwelt entwickelt hat und ständig weiter entwickelt, so daß man sich in wenigen Jahren schon darüber wundern kann, daß man früher dies und jenes schön oder häßlich gefunden hat.

Alles dies gilt nur für die »höheren« Gefühle; für das ethische, ästhetische, religiöse Erleben, für das Gerechtigkeits- und Taktgefühl usw. Bei vielen anderen Gefühlen liegt auch eine Stellungnahme vor; aber nicht eine solche der Persönlichkeit, sondern — es läßt sich nicht anders sagen — des *Organismus*. Wenn uns eine Wunde schmerzt, so entsteht ein Zustand, der alle Merkmale des Gefühls aufweist; trotzdem ist über diese Frage ein lebhafter Streit entstanden, ausgelöst durch die Behauptung von C. Stumpf, daß es »Gefühlsempfindungen« gebe: Lust und Unlust seien nur eine besondere Art von Empfindungen und stellen keine eigene Klasse psychischer Phänomene dar. Tatsächlich ist es unmöglich, z. B. bei starken Zahnschmerzen die Empfindung vom Gefühl zu trennen; bis zu einem gewissen Grade ist dies aber bei einem Wohlgeruch oder bei einem schlechten Geschmack möglich. Der Duft einer Nelke erzeugt einen angenehmen Zustand, der Geschmack von Lebertran einen unangenehmen — einen Zustand, der allerdings nur so lange währt, wie der Reiz wirkt, der aber mehr ist als die reine Empfindung. Kälte oder Hitze können sehr unangenehme Zustände hervorrufen, bei denen sich die Empfindung vom Gefühl ganz gut unterscheiden läßt; ebenso kann die Wärme der Frühlingssonne ein wohliges Gefühl hervorrufen, bei dem ebenfalls das Gefühlsmäßige vom Empfindungsmäßigen leicht unterscheidbar ist. Natürlich soll damit nicht bestritten werden, daß diese Gefühle zu den Empfindungen in engster Beziehung stehen und daß diese ihre Grundlage und Ursache darstellen. Störring hat daher mit Recht von »Empfindungsgefühlen« gesprochen (Stumpf 1907, Störring 1922).

Eine dritte Art von Gefühlen läßt sich auf das *Triebleben* zurückführen. Die Befriedigung eines Triebes ist meist von Lustgefühlen begleitet; der Zustand des unbefriedigten Triebes hingegen erzeugt Unlust (darauf beruht die früher erwähnte Triebverstärkung durch Gefühle). Dies gilt für alle Arten von Trieben — für die vitalen und sozialen Triebe ebenso wie für die Süchte und Interessen oder für die Funktionstriebe.

So ergibt sich eine Dreiteilung von Gefühlsarten, deren leitender Gesichtspunkt in der Herkunft der Gefühle liegt:

1. empfindungsbedingte Gefühle (z. B. Schmerz, Lust, Wohlgeschmack, Wohlgeruch, die Gefühle bei Kälte und Wärme usw.),
2. triebbedingte Gefühle, und zwar
   a) vitale Triebgefühle (die Lust bei der Triebbefriedigung, die Unlust des unbefriedigten Triebes, Angst, Grauen, Furcht usw.),
   b) soziale Triebgefühle (Neid, Eifersucht und alle Gefühle, die aus sozialen Trieben und ihrer Befriedigung entstehen),
3. persönlichkeitsbedingte Gefühle. In ihnen wirkt sich die individuelle Persönlichkeit unmittelbar aus; sie enthalten immer eine Stellungnahme der Persönlichkeit. Sie lassen sich folgendermaßen unterteilen:
   a) religiöse Gefühle,
   b) ethische Gefühle,
   c) ästhetische Gefühle,
   d) logische Gefühle,
   e) Sympathie- und Mitgefühle,
   f) Gerechtigkeits-, Takt- und Anstandsgefühle.

Alle diese Gefühle enthalten eine Stellungnahme der Persönlichkeit; und zwar eine unmittelbare, unwillkürliche, von selbst entstehende Stellungnahme zustimmender oder ablehnender Art. Sie sind daher ohne Persönlichkeit nicht möglich und kommen weder beim Tier noch beim Säugling vor. Ihre Wurzeln liegen nicht in Empfindungen oder Trieben, sondern in Interessen oder einfach in der Persönlichkeit selbst. Wie alle Gefühle treten sie ohne Mitwirkung des Bewußtseins auf; sie sind auf einmal da, ohne daß man sie gewollt oder sonstwie bewußt hervorgerufen hat; sie lassen sich auch nicht durch den Willen beseitigen, höchstens vorübergehend unterdrücken — die Persönlichkeit reagiert einfach mit Freude oder Trauer oder Ekel, ohne daß man etwas dazu getan hat oder dagegen tun könnte. Diese Merkmale lassen sich an allen oben angeführten persönlichkeitsbedingten Gefühlsarten beobachten.

In den *religiösen* Gefühlen kommt die Stellung der Persönlichkeit zu Gott und zur Weltordnung zur Auswirkung. Das Gefühl der Andacht, des gläubigen Vertrauens und das Gefühl der Gottesfurcht sind allen Tieren und vielen Menschen vollkommen unbekannt. Es muß in der Persönlichkeit ein starkes Bedürfnis nach einem überirdischen Sinn des Daseins oder nach gerechter Ordnung durch eine übermenschliche Macht vorhanden sein, damit unter dem Einfluß der Umwelt die echte

Frömmigkeit entsteht. Bei den religiösen Gefühlen wird ein Merkmal des Gefühlslebens besonders deutlich, für das die Sprache den Ausdruck »Tiefe« eingeführt hat. Der deutsche Psychologe KRUEGER hat diese Eigenschaft zu bestimmen gesucht und von einer »Tiefendimension« der Gefühle gesprochen. Es liegt hier eine Eigenschaft vor, die sich nicht weiter analysieren läßt; vielleicht trifft man das Wesentliche, wenn man annimmt, daß in der »Tiefe« der Gefühle der Grad zum Ausdruck kommt, in welchem die Persönlichkeit an einem Erleben beteiligt ist.

In den *ethischen* Gefühlen gelangt die Stellung der Persönlichkeit zu eigenen Handlungen und Erlebnissen und zum Verhalten anderer Menschen zur Auswirkung. Der Mensch schämt sich wegen eigener Handlungen, ja schon wegen seiner eigenen Gefühle und Gedanken, er kann sich sogar selbst verachten, weil er der Gewalt eines eigenen Triebes nachgegeben hat. Kein Tier kennt das Gefühl der Scham, der Schuld, der Selbstverachtung; auch nicht das Gefühl der Reue, das ja auch ein eigenes Verhalten zum Anlaß hat, oder das Gefühl der Genugtuung, wenn es gelungen ist, gegen einen abgelehnten Trieb aufzukommen. Alle diese Gefühle enthalten eine zustimmende oder ablehnende Haltung zu *eigenen* Verhaltensweisen; in genau derselben Weise kann sich die Persönlichkeit zu fremden Handlungen einstellen und sie als gemein, abscheulich, niederträchtig oder auch als vornehm und selbstlos empfinden. Immer ist es ein Gefühl, das uns das ethische Urteil eingibt, auch wenn wir es ganz klar in präzisen Worten formulieren und verstandesmäßig zu begründen suchen.

Die *ästhetischen* Gefühle zeigen die Stellungnahme der Persönlichkeit zu Wahrnehmungsinhalten. Sie sind die Grundlage aller künstlerischen Urteile: ob etwas schön oder häßlich ist, bestimmt niemals der Verstand, sondern immer das Gefühl. Die ganze Kunstpsychologie gehört hierher, alle Fragen des guten und schlechten Geschmackes und ebenso das Problem der erzieherischen Wirkung der Kunstwerke. Mit »schön« und »häßlich« sind nur zwei Hauptpole des ästhetischen Fühlens angegeben; zu ihnen gehört auch das Gefühl des Ekels oder das Gefühl der Freude an einer sauber durchgeführten abstrakten Leistung oder einer klar durchgebildeten Theorie.

Die *logischen* Gefühle enthalten Stellungnahmen der Persönlichkeit zu Gedanken und Urteilen. Das Gefühl des Zweifels an der Richtigkeit einer Behauptung, der Unsicherheit über ein Urteil, aber auch die Gefühlsseite der Überzeugung und des Glaubens gehören hierher. Der Ausdruck »logische Gefühle«, der zuerst von LOTZE gebraucht wurde, darf nicht zu eng gefaßt werden. Man kann zu ihnen auch das Gefühl der Verwunderung und der Überraschung rechnen, Gefühle, die dann auftreten, wenn sich die Wirklichkeit nicht so erweist, wie man erwartet hat. Ob man auch das Staunen zu ihnen rechnen soll, ist strittig; an diesem Gefühl läßt sich oft auch eine bewundernde Komponente feststellen, die sich schwer in einer Einteilung unterbringen läßt.

Die *Sympathie-* und *Mitgefühle* umfassen eine große Gruppe von Gefühlen, in denen die Stellung der Persönlichkeit zu anderen Menschen und deren Schicksal zur Auswirkung kommt. Man erlebt in ihnen besonders deutlich den autogenen Charakter der Gefühle: ein Mensch ist uns schon nach kurzer Zeit sympathisch oder unsympathisch, ohne daß wir sagen können, warum; das Gefühl tritt ganz von selbst auf, manchmal gegen das Urteil des Verstandes. Vieles, was die Wirkung des »ersten Eindruckes« ausmacht, gehört hierher. Nicht selten verschmelzen Sympathiegefühle mit Triebgefühlen, oft lassen sie sich erlebnismäßig gar nicht von ihnen trennen. Theoretisch ist die Unterscheidung aber einwandfrei durchführbar; Sympathiegefühle sind Auswirkungen der Persönlichkeit, nicht der Triebe; und sie scheinen in starken, ausgeprägten Persönlichkeiten rascher und klarer aufzutreten und das Urteil über andere Menschen mehr zu bestimmen als in schwachen, die auch in ihren Sympathien unsicher sind und sich daher leicht mit Personen einlassen, die nicht zu ihnen passen.

Der Begriff der Sympathie- und Mitgefühle muß sehr weit gefaßt werden; außer Mitleid und Mitfreude gehören auch die Gefühle der Achtung und Verehrung zu ihnen, weil sie eine gefühlsmäßig zustimmende Einstellung der Persönlichkeit zu anderen Menschen enthalten. Daß in diese Gruppe auch das Gegenteil von Sympathie gehört — Haß, Abneigung, Verachtung — braucht nicht betont zu werden.

Die Gruppe der *Gerechtigkeits-*, *Takt-* und *Anstandsgefühle* stellt, wie ich offen zugebe, eine Verlegenheitsgruppe dar, die alle Stellungnahmen der Persönlichkeit zum *sozialen* Geschehen umfassen soll, sofern sie nicht aus Trieben hervorgehen. Das Gefühl für »gerecht« und »ungerecht« ist die psychologische Wurzel des Naturrechts, auf welchem die meisten staatlichen Rechtsordnungen aufbauen. Das Gerechtigkeitsgefühl ist von größter Bedeutung für die soziale Kulturentwicklung; es ist gerade in unserer Zeit bei vielen Menschen sehr stark entwickelt und beeinflußt in hohem Maße auch die theoretische Einstellung zum Weltgeschehen. Viele revolutionäre soziale Lehren haben ihre Grundlage in diesem Gefühl, das sich zu hoher Empfindlichkeit steigern läßt und Gerechtigkeit nicht nur im privaten Einzelleben, sondern in der ganzen menschlichen Gesellschaft, ja sogar in der natürlichen Weltordnung fordert. Es ist bezeichnend für den Grad, in welchem sich die Psychologie von der Wirklichkeit entfernt hat, daß dieses Gefühl, das die letzte Ursache vieler sozialer Auseinandersetzungen ist, in keinem der psychologischen Lehrbücher auch nur erwähnt wird.

Dasselbe gilt vom Anstands- und Taktgefühl, von denen das erste häufig mit ethischen Gefühlen untrennbar verschmilzt. Viele Menschen unserer Zeit, vor allem junge, ja sogar schon Schulkinder, haben ein feines Unterscheidungsvermögen für »fair« und »unfair«. Bei großen Sportveranstaltungen kann man beobachten, wie sich Tausende sofort gegen den Spieler wenden, der sich unfair gegen den Gegner verhalten hat; und nicht weniger spontan ist die Stellungnahme gegen den Schiedsrichter, der eine ungerechte Entscheidung getroffen hat. Hier spricht das unmittelbare Gefühl; ohne daß man vorher Überlegungen angestellt oder Ethik studiert hat, tritt sofort und von selbst, im Gebildeten wie Ungebildeten, eindeutig und klar das oft gar nicht formulierte Urteil auf: hier wurde unfair vorgegangen, hier ist Unrecht geschehen; und an dieses Gefühl schließt sich ebenso unwillkürlich das Bestreben, den Schuldigen zu bestrafen. Solche gefühlsmäßigen, spontanen Stellungnahmen wären nicht möglich, wenn nicht in der Persönlichkeit sehr vieler Menschen ein Drang nach Gerechtigkeit und Anständigkeit vorhanden wäre — eine höchst erfreuliche Tatsache, von der man hoffen darf, daß sie eine fruchtbarere und wirksamere Grundlage für eine allgemeine Ethik abgibt als die theoretischen moralischen Systeme vieler Philosophen.

Das Taktgefühl ist eine Verfeinerung des Anstandsgefühles. In ihm reagiert die Persönlichkeit auf die Wirkung vorgestellter Gefühle, die das eigene Verhalten in anderen auslöst: es soll vermieden werden, daß der andere in Verlegenheit gerät oder daß vielleicht ein abgeklungenes schmerzliches Gefühl wieder erwacht. Das Taktgefühl ist eines der »höchsten« Gefühle; eines von denen, in welchem sich der Mensch am weitesten vom Tier unterscheidet.

Man könnte darüber im Zweifel sein, ob man es bei den beschriebenen Gefühlen überhaupt noch mit echten Gefühlen, nämlich mit autogen auftretenden, erlebten Stellungnahmen und Zuständen zu tun hat. Der Sprachgebrauch könnte zu Mißverständnissen führen: man sagt von einem Menschen, er habe ein feines Taktgefühl oder ein ausgeprägtes Gerechtigkeitsgefühl, und meint damit nicht, daß dieses Gefühl ständig in ihm als erlebter Zustand vorhanden sei, sondern daß diese Gefühle bei entsprechenden Anlässen in ihm auftreten; bietet sich ein solcher Anlaß, so liegt auch ein echtes Gefühl vor, nämlich ein erlebter Zustand der Zustimmung oder Ablehnung. Die ablehnende Stellungnahme, die man unmittelbar spürt, wenn man Zeuge einer Taktlosigkeit oder Ungerechtigkeit ist, ist ein echtes, aktuelles Gefühl, obwohl die Sprache den Ausdruck »Taktgefühl« mehr für das Vermögen zu solchen Gefühlen als für das Erleben derselben verwendet.

Mit diesen kurzen Ausführungen ist nur ein gedrängter, skizzenhafter Überblick über die Persönlichkeitsgefühle gegeben, um das Wesentliche an ihnen — die Tatsache der Stellungnahme — noch einmal im einzelnen zu zeigen. Es braucht nicht betont zu werden, daß sich diese Gefühle erst im Laufe des Lebens entwickeln und daß ihr Auftreten ganz von der Art der jeweiligen Persönlichkeit abhängt; weil die Persönlichkeiten der Menschen so verschieden sind, deshalb weichen die Menschen auch in diesen Gefühlen so stark voneinander ab — nicht nur darin, *ob* solche Gefühle auftreten, sondern auch in ihrer Stärke und in ihrer Wirkung auf das Handeln. Es ist ein Vorzug der dargestellten Gefühlstheorie, daß sie imstande ist, die Verschiedenartigkeit des persönlichen Gefühlslebens aus der Mannigfaltigkeit der menschlichen Individualitäten zu erklären; und daß es ihr gelingt, die Entwicklung der »höheren Gefühle« aus der Entwicklung der Persönlichkeit verständlich zu machen.

Natürlich ist mit der Einteilung in Empfindungs-, Trieb- und Persönlichkeitsgefühle der Reichtum des menschlichen Gefühlslebens keineswegs vollkommen erfaßt. Gerade die wichtigsten Gefühle, die im Leben jedes Menschen vorkommen und im Alltag die größte Rolle spielen, wurden bisher, wie jeder Leser selbst bemerkt haben wird, überhaupt noch nicht erwähnt: Freude und Trauer, Angst und Sorge, Kummer, Gram und Verzweiflung. Zu beschreiben braucht man diese Gefühle nicht; jeder kennt sie. Sie müßten sich aber, wenn die vorgeschlagene Einteilung der Wirklichkeit entspricht, in das dargestellte System einordnen und damit in ihren Grundlagen verständlich machen lassen. Dazu ist notwendig, daß man zunächst wieder die Tatsachen feststellt; und aus ihnen ergeben sich beträchtliche Schwierigkeiten. Die Anlässe zu Freude und Leid, zu Sorge und Angst im Dasein des Einzelmenschen sind von so verschiedener Art, daß diese Verschiedenheit allein schon den engen Zusammenhang dieser Gefühle mit der individuellen Persönlichkeit beweist; was den einen freut, ärgert den anderen, was für den einen Anlaß zu größter Sorge ist, läßt den anderen vollkommen gleichgültig. Es sind die Ereignisse des privaten Milieus, die hier entscheiden: die Familie, das Wohlergehen der Angehörigen, der Beruf, Erfolg und Mißerfolg — kurz, alles, was unsere persönlichen Verhältnisse betrifft.

So unmöglich es erscheint, alle diese ganz individuellen, unter sich so außerordentlich verschiedenen Gefühle in ein System zu bringen — *ein* Merkmal scheint auf alle zuzutreffen: sie haben andere Gefühle zur Voraussetzung. Kein Mensch sorgt sich um einen anderen, wenn er ihm gleichgültig ist, niemand freut sich über das Glück eines anderen, wenn er ihn nicht leiden kann, niemand ist traurig, wenn ein Mensch stirbt, den er nicht kannte. Politische Ereignisse, die das eigene Rechtsgefühl oder das eigene soziale Empfinden nicht berühren, lassen uns kalt, Änderungen in unserer Umgebung, die unser eigenes Wohlergehen und den eigenen Bekanntenkreis nicht betreffen, berühren uns nicht. Es muß ein Gefühl der Sympathie, der Verehrung oder Liebe für jemanden vorhanden sein, damit man sich um ihn sorgt oder sich über seine Erfolge freut; es muß das Gerechtigkeitsgefühl oder die eigene politische Überzeugung verletzt werden, damit man sich über ein politisches oder soziales Ereignis ärgert; man muß den Lehren einer Partei, einer Konfession oder einer Weltanschauung zustimmen oder sie ablehnen, damit ihre Erfolge oder Niederlagen das Gefühl der Freude oder der Schadenfreude hervorrufen. Es müssen bereits andere Gefühle da sein, damit Freude oder Trauer, Sorge oder Ärger entstehen können.

Das sind banale Feststellungen, die keines weiteren Beweises bedürfen. Sie zeigen aber den einzigen Weg, der zu einer Eingliederung dieser »privaten« Gefühle in das System führt; man kann sie als *sekundäre* persönlichkeitsbedingte Gefühle bezeichnen, weil sie aus anderen, unmittelbar im Triebleben oder in der Persönlichkeit begründeten Gefühlen hervorgehen. *Sekundäre Gefühle sind solche, die ein anderes Gefühl zur Voraussetzung haben;* und persönlichkeitsbedingt sind die sekundären Gefühle — auch wenn das ihnen zugrunde liegende Gefühl ein triebbedingtes ist —, weil in ihnen immer eine persönliche unmittelbare Stellungnahme zum Ausdruck kommt. Die Verschmelzung primärer und sekundärer Gefühle und die Tatsache, daß die letzteren durch ihre Stärke die ersteren oft überdecken, so daß man ihrer gar nicht bewußt wird, ist die Ursache der Schwierigkeiten, die eine saubere Analyse oft unmöglich machen.

Die vorgeschlagene Einteilung der Gefühle und ihre theoretische phylo- und ontogenetische Begründung sind lediglich ein notdürftiger Ansatz zu einem System, das in die schwer übersehbare Mannigfaltigkeit der menschlichen Gefühlserlebnisse eine vorläufige Ordnung bringen will. Gegenüber der Wirklichkeit muß die wissenschaftliche Forschung auf diesem Gebiete immer unzulänglich bleiben; mit trockenen Begriffen lassen sich die befreienden Erlebnisse eines künstlerischen oder wissenschaftlichen Einfalles, das Glück der Liebe, die reinen Freuden an den Schönheiten der Berge, die jubelnde Begeisterung über die Befreiung des eigenen Volkes niemals beschreiben. Alles, was das Leben schön oder unerträglich macht, kommt aus dem Gefühl.

2. Die Affekte; das vegetative Nervensystem

Weder die Psychologie noch die Psychiatrie ist bisher zu einer scharfen, begrifflich eindeutig formulierten Abgrenzung der *Affekte* gegenüber den Gefühlen gekommen. Einstimmig wird hervorgehoben, daß die Affekte Gefühlszustände von besonderer Stärke seien. Kant hat von der »Blindheit« des Affektes gesprochen und damit sagen wollen, daß im Affekt die klare Überlegung schwinde. Einige Psychiater haben auf diese Bewußtseinstrübung im Affekt besonders hingewiesen; für die Psychiatrie ist diese Tatsache und ihre Feststellung von großer Bedeutung, weil sie für die Beurteilung der strafrechtlichen Verantwortlichkeit bei Verbrechen entscheidend sein kann. Mit all dem ist aber nicht bestimmt, wo die Grenze zwischen Gefühl und Affekt liegt; gerade diese Grenze soll aber der Gerichtsgutachter feststellen können.

Der Übergang vom Gefühl zum Affekt ist fließend. Die einzige Möglichkeit, hier einen festen Punkt zu finden, bietet die Tatsache, daß die Affekte, wenn sie eine bestimmte Stärke erreicht haben, sichtbare und spürbare *körperliche Veränderungen* hervorrufen: Erröten, Erblassen, Sträuben der Haare, Schweißausbruch, Schlottern der Knie, Zittern der Kinnmuskeln usw. Würde man aber erklären, daß ein Affekt erst dann vorliege, wenn sichtbare körperliche Veränderungen auftreten, so würde man alle jene Fälle unberücksichtigt lassen, in denen diese Veränderungen zwar aufzutreten beginnen und subjektiv deutlich gespürt werden, aber willentlich unterdrückt werden, also äußerlich gar nicht erkennbar sind. Diese Unterdrückung ist in hohem Grade möglich und in niederen Graden geradezu der Normalfall, wenigstens unter Kulturmenschen; es ist eine Forderung unserer Gesellschaftsordnung, daß man Affekte nicht einfach immer zum Ausbruch kommen lasse, sondern »sich beherrsche«. Die Erziehung und die peinliche Situation, in die man sich bringt, wenn man »sich gehen läßt«, sorgen dafür, daß die Tendenz zur Selbstbeherrschung mehr oder weniger in die Persönlichkeit eingeht. Manche Menschen bringen es darin sehr weit; mit steinerner Miene oder mit lächelndem Gesicht verdecken sie den Sturm in ihrem Inneren. Sie selbst spüren aber, daß sie unter dem Einfluß eines Affektes stehen und seine Auswirkungen nur mühsam unterdrücken; denn die beginnenden Veränderungen im Körper lösen deutliche, sehr charakteristische Empfindungen aus: man spürt die Spannung der Muskeln, das Beben der Stimme, die nahenden Tränen. Zweifellos ist damit bereits ein Affektzustand gegeben, auch wenn sonst noch niemand etwas davon bemerkt. Die Alltagssprache hat für das bewußte Erleben in solchen Augenblicken ein treffendes Wort: *Erregung*. Alle Arten von Erregungen — auch schon solche geringen Grades — führen zu einem Zustand, den man als »*psychische Spannung*« bezeichnet; ein Begriff, der seinen Ursprung vermutlich in der Tatsache hat, daß psychische Spannungen von deutlich erlebten Muskelspannungen begleitet sind. Bei starken Erregungen wird diese Erscheinung auch äußerlich erkennbar: die Fäuste ballen sich, das Gesicht wird starr, der Körper versteift sich. Durch die Registrierung der oben erwähnten »*Mikrovibration*« (s. S. 187) läßt sich zeigen, daß schon sehr geringe Erregungen, von deren körperlicher Auswirkung nichts sichtbar wird, Erhöhungen der Muskelspannung bewirken. In Untersuchungen des Wiener Psychologischen Instituts fand ILSE JÄHNL an 50 Personen, daß schon die Stellung einer Intelligenzaufgabe genügt, um die Muskelspannung gegenüber dem Zustand möglichster Entspannung im Durchschnitt um 34% zu steigern; und HELGA SWAROFSKY stellte an 27 Personen fest, daß leichte affektive Erregung — erzeugt durch Ankündigung eines schwachen elektrischen Schlages — zu einer Erhöhung der Muskelspannung um durchschnittlich 26,3% führte (I. JÄHNL 1957; H. SWAROFSKY 1958; über die Registriermethode s. S. 487; ROHRACHER-INANAGA 1969).

Der fließende Übergang zwischen Gefühl und Affekt macht eine präzise begriffliche Unterscheidung unmöglich. Auf keinen Fall darf man die äußerlich erkennbare »makroskopische« Auswirkung der Affekte als unterscheidendes Kriterium betrachten; man kann selbst sehr deutlich spüren, daß sich eine affektive Erregung einzustellen beginnt, ohne daß ihre körperlichen Wirkungen für andere Menschen bereits sichtbar werden müssen. Man kann daher nur eine subjektive Abgrenzung des Affektbegriffes vorschlagen: *ein Affekt liegt dann vor, wenn ein Gefühl zu solcher Stärke anwächst, daß das Auftreten der Erregung und ihrer körperlichen Begleitvorgänge subjektiv spürbar wird.* Objektiv, nämlich von außen, braucht man davon noch gar nichts zu merken; sehr häufig wird der Affekt unterdrückt — von Affekterlebnissen der Menschen weiß niemand etwas als sie selbst. Mit der gegebenen Definition ist eine einigermaßen scharfe Grenze zwischen Gefühl und Affekt gezogen; allerdings eine Grenze, deren Überschreiten oft nur der Erlebende selbst merkt, so daß sie zur Frage, ob bei einer verbrecherischen Tat ein Affekt vorgelegen habe, nicht viel beiträgt. Sicher liegt ein Affekt vor, wenn die körperlichen Auswirkungen äußerlich erkennbar werden.

Wahrscheinlich können alle Gefühle sich zu Affekten steigern; bei manchen wird dies aber nur selten vorkommen. Empfindungsgefühle: ein körperlicher Schmerz kann so stark werden, daß es zu Schweißausbrüchen kommt und der ganze Körper sich bäumt und windet. Triebgefühle: die Lust der Befriedigung eines sehr starken Triebes löst große Erregung mit heftigen körperlichen Erscheinungen aus; Schreck und Angst führen zum Zittern an allen Gliedern. Persönlichkeitsgefühle: der gerechte Zorn, das leidenschaftliche Eintreten für eine Überzeugung, die Reue, die Scham, die Trauer und Verzweiflung — Tränen fließen, man schlägt die Hände vors Gesicht.

Diese körperlichen Veränderungen stellen die Forschung vor ein äußerst schwieriges Problem: seelische Vorgänge bewirken körperliche Prozesse. Wie ist dies möglich? Wie kann etwas Psychisches auf etwas Organisches wirken — wie macht es das Gefühl der Trauer, um die

Tränendrüsen zur Sekretion zu veranlassen? Diese Fragen lassen sich nur theoretisch beantworten; dazu ist es notwendig, kurz auf die anatomischen und physiologischen Verhältnisse einzugehen.

Der Tränenfluß beim Weinen z. B. entsteht dadurch, daß die Tränendrüsen ihren Inhalt absondern. Damit dies geschieht, müssen durch die Nerven, die zu den Tränendrüsen ziehen, Erregungen fließen; und damit solche Erregungen fließen, müssen sie in den Ganglienzellen, von denen diese Nervenfasern ausgehen, entstanden sein. Dasselbe gilt für die Schweißdrüsen oder für die kleinen Muskeln, deren Kontraktion das Aufstellen der Haare bewirkt, dann vor allem für die glatten Muskeln in den Wänden der Blutgefäße: Kontraktion dieser Muskeln führt zur Verengung der Blutgefäße und dadurch zum Erblassen, Erschlaffung der Gefäßmuskeln bewirkt Erweiterung der Gefäße und damit gesteigerte Blutversorgung, also Erröten der Haut. Wenn man in Verlegenheit kommt oder sich schämt, erweitern sich die Blutgefäße des Gesichtes; damit dies geschieht, müssen in den Nervenfasern, die zu den Muskeln der Gefäßwände ziehen, Erregungen fließen — und ebenso, wenn die Gefäße enger werden, das Gesicht also, wie z. B. im Schreck, blaß wird. Der Angriffspunkt für alle diese (und viele andere) Gefühlswirkungen scheint also in den Gangliensystemen zu liegen, von denen diese Nervenleitungen ausgehen; wie sollen das Scham*gefühl* und das Schreck*erlebnis* — also etwas rein Psychisches — in diesen Gangliensystemen eine Erregung, einen physiologischen, elektrochemischen Prozeß hervorbringen?

Die Gangliensysteme, um die es sich dabei handelt, nehmen im Ganzen des Nervensystems eine Sonderstellung ein: rein anatomisch insofern, als die Nervenfasern sehr dünn und vielfach markarm sind und weil sie nicht ununterbrochen vom Gehirn oder vom Rückenmark zu ihren Endstationen ziehen, sondern außerhalb dieser zentralen Systeme noch eine Umschaltung mitmachen (sich also aufspalten und eine neue Ganglienzelle umspinnen, deren Neurit dann erst zu den Erfolgsorganen zieht). Physiologisch deshalb, weil die Erregungen in ihnen besonders langsam fließen (0,5 bis 30 m in der Sekunde), vor allem aber, weil das Erregungsgeschehen in diesem System einen hohen Grad von Unabhängigkeit von den übrigen Teilen des Zentralsystems, besonders von der Hirnrinde, aufweist: das Erröten und Erbleichen, der Schweißausbruch, die Tränensekretion treten ein, ohne daß man sie gewollt hat, oft gegen den Willen. Diese weitgehende Selbständigkeit hat den englischen Physiologen LANGLEY veranlaßt, das ganze System als »autonomes Nervensystem« dem »somatischen System«, aus dem die Erregungen für unser bewußtes Wollen, Wahrnehmen und Handeln stammen, also der Hirnrinde und großen Teilen des Hirnstammes samt ihren Leitungen gegenüberzustellen. Gebräuchlicher als der Name »autonomes« System ist der Ausdruck »*vegetatives System*« — deshalb, weil die Erregungen dieses Systems auch die lebenswichtigen organischen Prozesse (Herztätigkeit, Stoffwechsel, Wasserhaushalt usw.) regulieren und in Gang erhalten.

Anatomisch und physiologisch ist das vegetative System sehr kompliziert; deshalb war es auch schwierig, eine richtige Einteilung zu finden. Man kann sich davon leicht einen Begriff machen, wenn man seine Aufgaben bedenkt: es soll die Gefäße sowohl verengern wie erweitern, die Herztätigkeit beschleunigen oder verlangsamen, die Drüsenproduktion anregen oder hemmen. Solche gegensätzlichen Funktionen lassen sich nur durch entgegengesetzte Erregungen erreichen: und entgegengesetzte Erregungen können nur zustande kommen, wenn zwei verschiedene Systeme vorhanden sind, die sie erzeugen. So ist es auch tatsächlich: das vegetative System besteht aus zwei Gruppen von Zellen und Nervenleitungen, die vielfach entgegengesetzte Funktionen haben: dem *sympathischen* und dem *parasympathischen System*. Der sympathische Anteil des vegetativen Systems — man spricht auch kurz vom »Sympathikus« (so genannt, weil man schon früh merkte, daß er mit den Äußerungen des Gefühlslebens zusammenhängt) — hat seine Ganglienzellen im Rückenmark; diese Zellen sind besonders groß, sie haben viele Dendriten und bilden in den beiden Hälften des Rückenmarks je eine dünne Säule, die sich fast über das ganze Rückenmark erstreckt. Die Neuriten dieser Ganglienzellen spalten sich bald nach dem Verlassen des Rückenmarks in Endbäumchen auf und umspinnen eine neue Ganglienzelle; dadurch entsteht beiderseits vom Rückenmark eine von oben nach unten verlaufende Reihe von länglichen Knoten, die untereinander durch kurze Leitungen verbunden sind: der *Grenzstrang des Sympathikus*, von dem nun die Nervenfasern auf komplizierten, weitverzweigten Wegen, meist in den Bündeln anderer Nerven, in das Innere und an die Peripherie des Körpers ziehen. Auf die Einzelheiten ist hier nicht einzugehen; es sei nur hervorgehoben, daß in den Feinheiten der sympathischen Nervenversorgung große individuelle Unterschiede bestehen (ebenso beim Parasympathikus); der Anatom Elze hat einmal erklärt, daß sich die vegetativen Faserverzweigungen zweier Menschen nur etwa ebenso gleich sind wie der Wiener Stephansdom und die Lübecker Marienkirche.

Nervenfasern aus dem sympathischen System finden sich in allen Organen. Alles, was überhaupt nervös versorgt wird, ist vom Sympathikus mitversorgt. Hauptgebiete des Sympathikus sind die Blutgefäße, die Eingeweide, das Herz, die Schweißdrüsen und die verschiedenen Schließmuskeln an Blase, Darm, Pupille usw.; Erregungen des Sympathikus bewirken Zusammenziehung der Gefäße in der Haut und im

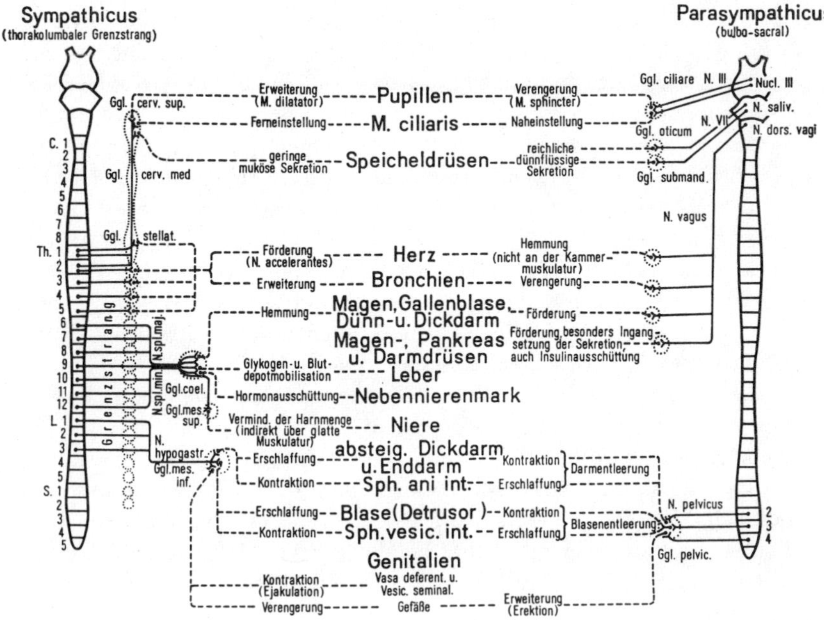

Abb. 92. Gliederung und Funktionen des vegetativen Nervensystems. (Aus Schütz Physiologie 1969.)

Gehirn (also Erbleichen des Gesichtes), der Haarmuskeln (also Gänsehaut), des Blasenverschlusses; sie hemmen die Tätigkeit von Magen, Gedärmen und der Bronchien in den Lungen, fördern aber die Sekretion der Schweißdrüsen (Abb. 92).

Viel uneinheitlicher ist der Ursprung der *parasympathischen Leitungen.* Sie gehen von kleinen Gangliensystemen im Stammhirn, von einigen kleinen Zellkernen an verschiedenen, weit verteilten Stellen im Körperinnern und einem Zellsystem im untersten Teil des Rückenmarks aus. Der größte parasympathische Nerv ist der *Nervus vagus*, der in einem Gangliensystem im verlängerten Mark entspringt, zunächst mit motorischen Leitungen verläuft und sich dann in zahlreiche Äste aufspaltet, die außer Herz und Lungen den gesamten Verdauungstrakt versorgen. Zu seinen Funktionen gehören: Erweiterung der Blutgefäße (Erröten daher parasympathisch), Förderung der Tränensekretion, der Speichelsekretion, der Harnabsonderung, der Verdauungstätigkeit, Verengerung der Pupille, Hemmung der Schweißsekretion. Er hat also Funktionen, die denen des Sympathikus entgegenwirken; man hat daher die beiden Systeme als Antagonisten bezeichnet, aber betont, daß es sich bei ihrem Wirken im Grunde um einen Synergismus, eine Zusammenarbeit im

Interesse des Organismus handle; dadurch, daß sie entgegengesetzte Wirkungen entfalten, immer aber gleichzeitig eingreifen und gesonderte Leitungen zur Verfügung haben, erhalten sie im Organismus das »biologische Gleichgewicht«; jene Mittellage von Aktivität, die dem jeweiligen Zustand am besten entspricht. Es wird noch gezeigt werden, daß sie auch für die Erhaltung des »seelischen Gleichgewichts« viel leisten, indem sie für die Lösung von Spannungen sorgen und die gestauten Energien ableiten.

Der nervöse Apparat, der die körperlichen Veränderungen bei Affekten hervorbringt, ist also ziemlich genau bekannt. Wie wird dieser Apparat aber in Gang gesetzt? Bei Schreck muß in jenen sympathischen Leitungen, die die Gefäße verengern und dadurch das Gesicht erblassen lassen, eine starke Erregung fließen; sie muß in den Ganglienzellen dieser Fasern erzeugt worden sein. Wie dies geschieht, kann man nur theoretisch erklären. Aus den früher dargelegten Gründen (Wesensverschiedenheit des psychischen und körperlichen Geschehens — S. 13 f.) ist es unwahrscheinlich, daß das Schreck*gefühl*, also das »Seelische«, die Ganglienzellen in Erregung versetzt; wahrscheinlicher ist es, daß die dem Schreckaffekt zugrunde liegende Erregungskonstellation spezifische Komponenten enthält, durch welche die Ganglienzellen des Sympathikus in Aktivität versetzt werden, worauf die sympathischen Impulse in die Wände der Blutgefäße fließen und die Kontraktionen herbeiführen, deren Auswirkung wir als »Erblassen« wahrnehmen. Im Sinne der früher (s. S. 65) vorgeschlagenen Ausdrucksweise kann man also sagen, daß bestimmte spezifische Erregungskomplexe auf bestimmte vegetative Zellsysteme als Reiz wirken und in ihnen Erregungen erzeugen, die dann auf dem beschriebenen Wege die körperlichen Veränderungen hervorbringen. Beim Tier scheinen solche Reizwirkungen bereits in der Anlage vorbereitet zu sein: alle Katzen sträuben die Haare, wenn sie einen fremden Hund auf sich loskommen sehen. Beim Menschen hingegen sind diese Reaktionen weitgehend individualisiert; bei einer Schreckensnachricht werden zwar die meisten Menschen bleich, aber eine Nachricht ist nur dann eine Schreckensbotschaft, wenn sie eigene Angehörige, den Verlust des eigenen Vermögens oder der eigenen sozialen Stellung betrifft. Der Herr Müller erbleicht nicht, wenn der ihm gänzlich unbekannte Herr Schmidt verunglückt, wohl aber, wenn der Herr Schmidt sein Freund ist. Die einzige Möglichkeit, zu einer Erklärung dieser individuellen vegetativen Reaktionen zu kommen, besteht in der Annahme, daß an den Erregungskomplexen, die die Grundlage der Persönlichkeit bilden, immer auch Erregungen aus dem Stammhirn und dem vegetativen System beteiligt sind; im obigen Beispiel die Erregungen, die der Sympathie und Freundschaft zugrunde liegen. Kommt es in diesen Komponenten zu starker

Erregungsproduktion, so sprechen bestimmte vegetative Systeme darauf an. Daß es *bestimmte* Systeme sind, die nun ebenfalls, von den zerebralen Erregungsvorgängen »gereizt«, in Erregung geraten, läßt sich nur mit einer weiteren Annahme erklären: es muß das Nervensystem anlagemäßig so eingerichtet sein, daß auf die Erregungskonstellation, die dem Erlebnis »schrecklich« zugrunde liegt, bestimmte sympathische Ganglienzellen (diejenigen, die mit der Gefäßverengerung zu tun haben) in Resonanz geraten. Das Erlebnis »schrecklich« ist mit dem Erlebnis »Gefahr!« aufs engste verwandt; und wie beim Tier bei jeder *wahrgenommenen* Gefahr der Sympathikus reagiert, so reagiert er beim Menschen bereits bei der *vorgestellten* Gefahr: man erinnert sich plötzlich, daß man eine sehr wichtige Besprechung vergessen hat und stellt sich vor, was es für Folgen haben *könnte* — und es geht uns heiß und kalt über den Rücken, das Herz beginnt spürbar zu schlagen und aufgeregt überlegen wir, was man tun muß, um den möglichen Schaden zu verhüten. Die bloße *Vorstellung* der Gefahr reicht aus, um vegetative Reaktionen hervorzurufen; und zwar um so heftigere, je lebhafter die Vorstellung ist (und sie ist um so lebhafter, je mehr die Persönlichkeit durch die vorgestellte Situation berührt wird). Man sieht hier wieder, daß das Intensitätsproblem — Stärke eines Gefühls, Lebhaftigkeit einer Vorstellung, Kraft eines Triebes — überall in der Psychologie hereinspielt und daß es kaum anders zu lösen sein wird als durch die Berücksichtigung organischer Faktoren (z. B. Stärke einer nervösen Erregung).

Es läßt sich nicht bestreiten, daß die vorgeschlagene Auffassung von der Entstehung der vegetativen Affekterscheinungen sehr vage und daher unbefriedigend ist. Sicher ist, daß alle Symptome eines Affektes durch Erregungsprozesse in den autonomen Gangliensystemen zustande kommen; sicher ist auch, daß diese Erregungsprozesse durch andere Erregungen, nämlich solche aus der Hirnrinde, ausgelöst werden (die kortikalen Erregungen, die der bewußten Feststellung der Situation, die das Gefühl des Schreckens auslöst, zugrunde liegen).

Eine *Einteilung* der Affekte ist überflüssig; es würde nur wieder die Einteilung der Gefühle herauskommen, weil fast jedes Gefühl so stark werden kann, daß es vegetative Erscheinungen auslöst und dadurch zum Affekt wird; von den Schauern der Erregung im Theater oder Konzert bis zum Schlottern der Angst und dem kalten Schweiß des Grauens — alles Affekte, die den ganzen Organismus und die ganze Persönlichkeit in Aufruhr versetzen.

Einzelne Gruppen von Affekten, die besonders häufig auftreten, sollen im folgenden kurz beschrieben werden, um ihre Wirkungen auf das übrige psychische Geschehen zu zeigen und den *biologischen Sinn* der vegetativen Erscheinungen zu untersuchen.

I. *Angst und Schreck.* Obwohl jeder Mensch weiß, was Angst ist, gibt es dafür keine befriedigende Definition. W. FRÖHLICH führt in einer zusammenfassenden Darstellung sechs »Definitionsrichtungen« für Angst an, von denen keine zu einem allgemein anerkannten Resultat gelangt ist (FRÖHLICH 1965). Für das Folgende genügt die Formulierung von NEUMANN (1947), Angst und Furcht seien ein »durch die Erwartung eines drohenden Übels erzeugtes Unlustgefühl«. Die Bedrohung oder Gefährdung braucht nicht wirklich zu bestehen; es genügt der subjektive Eindruck, daß sie vorhanden sei. Erblassen, Schweißausbruch, Zittern sind die wichtigsten Symptome; das bleiche Gesicht erstarrt, der Unterkiefer fällt herab, die Zähne klappern, das Herz beginnt zu hämmern, und viele Menschen fangen an zu weinen. Der psychische Zustand ist durch das Wort »Aufregung« charakterisiert: das Denken wird ungeordnet und stockend, einzelne Vorstellungen blitzen auf, wie man der Gefahr begegnen könnte, gefolgt von langen Denkpausen, in denen man »wie gelähmt« einfach abwartet, was nun geschieht.

Es ist eine Streitfrage, ob die Störung des Denkablaufes eine Wirkung der vegetativen Erregung ist oder schon *vor* ihr vorhanden war. Die Selbstbeobachtung gibt darüber keinen eindeutigen Aufschluß; ebensowenig die physiologische Forschung. Es spricht aber doch vieles dafür, daß die vegetativen Erscheinungen die Rindentätigkeit in Unordnung bringen; die verminderte Blutzufuhr durch die Gefäßverengerung, die Störung des Blutkreislaufes durch die Veränderung der Herztätigkeit führen zu einer Störung in der Energieversorgung der Ganglienzellen in der Hirnrinde: man kann nicht mehr richtig denken, die Klarheit des Bewußtseins ist herabgestzt. Psychisch wirkt aber gerade die Feststellung dieser verminderten Denkleistung neuerlich sehr alarmierend: man weiß nicht mehr »wo einem der Kopf steht«, man ist »ganz durcheinander« — eine Feststellung, die wieder auf das vegetative System zurückwirkt. So kommt es zu einer gegenseitigen Steigerung und Verstärkung der seelischen und körperlichen Erregung — ein höchst unangenehmer Zustand, der erst abklingt, wenn die Gefahr vorüber ist oder die verfügbaren Energiereserven verbraucht sind; im letzten Falle entsteht oft ein hoher Grad von Gleichgültigkeit gegenüber der Gefahr: »jetzt ist mir alles egal«. In diesem Zustand der psychischen Erschöpfung entstehen oft Handlungen, die später als »Heldentaten« gepriesen werden: man ist psychisch und physisch so heruntergekommen, daß keine Affekte mehr auftreten und das Denken die Größe der Gefahr nicht erkennt.

II. *Zorn und Wut.* Ihre Symptome sind verschieden; manche Menschen werden blaß, die meisten rot; das Gesicht verzerrt sich, die Muskeln spannen sich, bei den Tieren sträuben sich die Haare und hebt sich die Oberlippe, so daß die angriffsbereiten Zähne sichtbar werden. Viele Menschen beginnen, besonders in der »ohnmächtigen Wut«, zu weinen. Die psychische Situation ist allgemein bekannt: es entsteht der heftige Drang, sich auf den Gegner zu stürzen, ihn zu schlagen und kampfunfähig zu machen. In der »blinden Wut«, aber auch schon im Zorn sinkt die Klarheit des Bewußtseins rapid, man überblickt die Situation nicht mehr, kann nicht überlegen, es wird »rot vor den Augen«, und alles andere Erleben schwindet gegenüber dem Drang nach Vernichtung des Gegners.

Den »roten Kopf« macht der Parasympathikus; seine Erregungen erweitern die Blutgefäße. Das Sinken der Bewußtseinsklarheit kommt daher wahrscheinlich von einem Überdruck im Schädel; vielleicht rühren daher auch die übermäßige Aktivität und das gesteigerte Kraftbewußtsein des Tobenden.

Bei vielen affektiven Zuständen tritt beim Menschen eine Reaktion auf, die es bei den Tieren nicht gibt: das *Weinen.* Der Tränenfluß ist eine spezifisch menschliche vegetative Reaktion, er ist aber unspezifisch in seinem Auftreten: nicht nur im Zorn oder in der Angst beginnen viele Menschen zu weinen, sondern auch in der Trauer, in der Verzweiflung, aber auch im Zustand der Rührung und, was besonders merkwürdig ist, auch bei glücklichen Ereignissen; bei starken freudigen Erregungen sieht man sogar bei sehr beherrschten Menschen oft feuchte Augen. Vielleicht kann man gerade in der Tatsache, daß das Weinen bei sehr verschiedenen Anlässen auftritt, einen Hinweis auf seine biologische Bedeutung finden; es könnte ein *biologischer Regelkreis* vorliegen, der die Aufgabe hat, Erregungsstauungen im Gehirn zu beseitigen. Dadurch, daß die Tränendrüsen zu intensiver Sekretion veranlaßt werden, so daß eine große Menge Flüssigkeit produziert wird, wird viel vegetative Erregung verbraucht. Bei sehr heftigen Affekten werden vom Hirnstamm auch noch zusätzliche Maßnahmen zur Erregungsableitung eingeleitet: der ganze Körper beginnt zu beben, die Zwerchfellmuskulatur führt stoßartige Kontraktionen aus und bringt dadurch das Schluchzen hervor, die Arme und der Oberkörper geraten dabei in Schüttelbewegung — alles Prozesse, die viel nervöse Energie verbrauchen und dadurch die Erregungsstauungen im Gehirn beseitigen, und zwar auf eine für den Organismus ganz unschädliche Weise. Sobald die Erregung verbraucht ist, löst sich auch die aus ihr entstandene psychische Spannung; das Bewußtsein ist wieder klar, das Denken geordnet, man fühlt sich matt, aber viel freier als vorher. Regeltheoretisch könnte man von einer selbsttätigen »Folgeregelung mit Ventilsteuerung« sprechen, weil die Tränensekretion automatisch ausgelöst wird, sobald ein anderer Vorgang — die Erregungsstauung — einen bestimmten Wert erreicht hat; dadurch wird ein biologisch unerwünschter Zustand — die gestaute Erregung mit ihren ungünstigen Wirkungen auf das Denken — beseitigt oder wenigstens gemildert. Im Prinzip hat man es mit demselben Regelprozeß zu tun, der bei jedem Dampfkessel dafür sorgt, daß der Druck bei Erreichen einer gefährlichen Höhe durch Abfluß nach außen reduziert wird. Man sieht an diesem Beispiel, daß kybernetische Überlegungen dazu führen können, daß der biologische Sinn vegetativer Prozesse klarer hervortritt.

An dieser Stelle muß gesagt werden, daß die zweite, spezifisch menschliche Ausdrucksbewegung des Gesichtes — das *Lachen* — psychologisch und gehirntheoretisch noch ganz ungeklärt ist. Vielleicht dient es ebenfalls der Entlastung des Gehirns von Erregungsstauungen, vielleicht ist es aber auch ein Muskelspiel, das sich vor allem zum Zwecke der Herstellung freundlicher Beziehungen zwischen den Menschen entwickelt hat. Der hohe Ausdruckswert der verschiedenen Arten des Lachens — vom leisen Lächeln bis zum fröhlichen oder höhnischen Gelächter — macht es zu einem wichtigen Faktor im sozialen Kontakt.

3. Affekt und Neurose; die Theorien FREUDS

Jeder Mensch gerät im Laufe seines Lebens in Situationen, die ihn in affektive Erregung versetzen, ihm aber verbieten, die Erregung zu zeigen. Die Höflichkeit und die konventionellen Formen des sozialen Lebens fordern Selbstbeherrschung und Zurückhaltung. Die meisten Menschen erleiden durch solche »gestaute Erregungen« keinen Schaden; sie lassen ihrem Zorn, ihrem Ärger oder ihrem Schmerz freien Lauf, sobald sie allein sind oder sich in einer Umgebung befinden, in welcher sie sich keine Hemmungen auferlegen müssen. Manche Menschen werden aber mit ihren affektbetonten Erlebnissen nicht so leicht fertig. Solche Erlebnisse hinterlassen in ihnen verwundbare Gedächtnisspuren, die durch sehr lange Zeit bestehenbleiben und heftige vegetative Erscheinungen hervorrufen, wenn sie wieder bewußt werden; jedes Wort, das nur ganz von fern an eine affektbetonte Situation erinnert oder auch nur möglicherweise das Gespräch darauf hinführen könnte, wird sofort mit starker Erregung beantwortet. In erster Linie handelt es sich dabei um Erinnerungen an Situationen, bei denen man in Verlegenheit geriet oder in denen Triebe, Gefühle oder Konflikte offenbar wurden, die man unbedingt verborgen halten wollte. Die ungeschriebenen Gesetze mancher Lebensformen — z. B. diejenigen des »bürgerlichen Zeitalters« — züchteten geradezu das Bestreben, alles zu verbergen, was den gesellschaftlichen Anschauungen widersprechen könnte, so daß jene Sphäre von Unechtheit und Heuchelei entstand, die SCHOPENHAUER und

Nietzsche und später Ibsen, Dostojewski, Galsworthy, S. Lewis und viele andere Dichter geschildert haben.

Am radikalsten und schonungslosesten wurde dieser Widerspruch zwischen Schein und Wirklichkeit von dem Wiener Psychiater Sigmund Freud (1856—1939), dem Begründer der »*Psychoanalyse*«, aufgedeckt. Er erhob die Kraft des Sexualtriebes (die »Libido«) zum alles bestimmenden Faktor des seelischen Geschehens, wobei er auch den Kindern ein »reichhaltiges Sexualleben« zuschrieb, das sich über alle Schranken der Blutsverwandtschaft, des Ekels, der Gleichgeschlechtlichkeit und der Bindung an bestimmte Körperzonen hinwegsetze; so sei z. B. die Bindung an den andersgeschlechtlichen Elternteil ein regelmäßiger Faktor im kindlichen Sexualleben (»Ödipuskomplex«). Analysen von Träumen durch Assoziationsversuche — die Träume mußten bis in alle Details beschrieben werden, worauf die Namen der darin vorkommenden Dinge oder Personen als Reizworte verwendet wurden, auf die alles gesagt werden mußte, was dazu bewußt wird — solche Versuche hätten ergeben, daß bei bestimmten, scheinbar vollkommen harmlosen Worten Assoziationswiderstände aufträten (es fällt nichts dazu ein); daraus schließt Freud, daß es sich dabei um Symbole für die Sexualorgane oder sexuelle Vorgänge handle, so daß er eine Liste von solchen Symbolen aufstellen konnte. Die Angst, die bei vielen Nervösen eine sehr große Rolle spielt, führe er auf den Geburtsakt zurück; sie sei eine Wiederholung der Unlustempfindungen und Körpersensationen, die der Mensch bei seinem Eintritt in die Welt erlebt. Die Bücher Freuds und in noch höherem Maße diejenigen seiner Schüler und Anhänger strotzen von solchen gewagten Behauptungen, ohne daß der Versuch gemacht wird, für ihre Richtigkeit einen wissenschaftlichen Beweis zu führen; maßlose Übertreibungen, Überspitzungen, Einseitigkeiten und nicht selten auch grobe Geschmacklosigkeiten haben den außerordentlich fruchtbaren Grundgedanken Freuds — die Erklärung des seelischen Geschehens aus der Kraft des Trieblebens und aus dessen Gegensatz zu den Forderungen der Kultur — vielfach so stark überdeckt, daß er auch von rein sachlich eingestellten Kritikern nicht immer erkannt wurde. Heute kann man nicht mehr bezweifeln, daß sein eindringlicher Hinweis auf die triebhaften Grundlagen des bewußten Erlebens neue Gesichtspunkte erbrachte, die zu einer »dynamischen« Auffassung des psychischen Geschehens führten.

Freud selbst hat seine wissenschaftliche Leistung in erster Linie in der *Lehre vom Unbewußten* und von der »*Verdrängung*« gesehen. Es handelt sich dabei, ganz kurz skizziert, um folgende Behauptung: jeder Mensch hat Erlebnisse, die ihm unangenehm sind; er hat etwas nicht erreicht, was er unbedingt erreichen wollte, er unterlag einem Trieb, den seine

Persönlichkeit ablehnt, er hat etwas getan, dessen er sich schämt, er ist in Verlegenheit geraten, man ist ihm auf eine Lüge gekommen oder auf etwas anderes, das er unbedingt verheimlicht haben wollte. In erster Linie handelt es sich dabei um Konflikte, Enttäuschungen, Entgleisungen und unerfüllbare Wünsche sexueller Art. Solche Erlebnisse sind immer gefühlsbetont, und zwar unlustvoll betont; weil sie so unangenehm sind, mag man nicht an sie denken: sie werden »verdrängt«. Wohin? In das Unbewußte. Man möchte meinen, daß das unangenehme Erlebnis damit abgetan sei; wenn es »im Unbewußten« ist, so weiß man eben nichts mehr davon. Nach der Lehre FREUDS kommen die verdrängten Erlebnisse aber wieder in das Bewußtsein zurück; allerdings nicht in ihrer früheren Form, sondern in vielerlei Maskierungen und Verkleidungen: im Traum, im Versprechen, Vergessen und Verschreiben wirken sich die in das Unbewußte abgedrängten Erlebnisse aus, aber auch in mancherlei Hemmungen und oft in lächerlichen Ängsten, die den Menschen das Dasein verleiden; man traut sich nicht mehr eine Straße zu überqueren, man scheut sich in Gesellschaft zu gehen, aus Angst, sich falsch oder ungelenk zu benehmen, man hat Angst zu erröten, in Verlegenheit zu kommen, sich an einer Türklinke zu infizieren, bei einer Rede steckenzubleiben usw. (*Phobien*). Beim Zustandekommen solcher »Zwangsvorstellungen«, von denen später noch ausführlich zu sprechen ist, spielen verdrängte Erlebnisse nach der Theorie FREUDS die entscheidende Rolle.

Um zu einer klaren Stellungnahme zu diesen Behauptungen zu kommen, gibt es nur einen Weg: Feststellung der Tatsachen und Überprüfung der Begriffe. An der Existenz der oben erwähnten Zwangszustände ist kein Zweifel möglich; sie sind sogar viel häufiger als man gewöhnlich glaubt. Sehr angreifbar ist hingegen die Theorie, die FREUD dazu aufgestellt hat, vor allem die Lehre vom *»unbewußten Seelenleben«*. FREUD behauptet, daß es außer den bewußten Erlebnissen noch eine zweite Art von psychischen Vorgängen gebe, die unbewußt ablaufen, d. h. in solcher Weise, daß man es nicht weiß. Es ist klar, daß psychische Vorgänge, die nicht bewußt sind, nicht aus dem eigenen Erleben festgestellt werden können (sonst sind sie nicht mehr unbewußt). Das »unbewußte Seelenleben« ist somit keine aus der Erfahrung gewonnene Tatsache, sondern eine *Annahme*; und zwar eine Annahme, deren Richtigkeit niemals festgestellt werden kann, weil es sich um etwas handelt, dessen entscheidendes Merkmal gerade darin besteht, daß man nichts von ihm weiß. Darüber muß man sich bei allen Diskussionen über die Psychoanalyse im klaren sein: das »Unbewußte« im FREUDschen Sinn ist keine wissenschaftlich festgestellte *Tatsache*, sondern eine *Hypothese*. Natürlich ist gegen solche Hypothesen nicht das mindeste einzuwenden; eine gute Hypothese leistet für die Forschung oft mehr als tausend Tatsachen. Die Hypothese des unbewußten Psychischen besitzt unleugbar den Vorteil, daß man mit ihrer Hilfe sehr viele Erscheinungen einfach und leicht erklären kann. Der Hauptgrund für die Beliebtheit der Lehre vom »Unbewußten« liegt wahrscheinlich darin, daß in ihr noch Reste der »Vermögenspsychologie« stecken, die im psychologischen Denken (auch vieler Wissenschaftler) immer noch eine große Rolle spielt: die Triebe erscheinen dabei als Kräfte, die auch vorhanden sind, wenn nichts von ihnen bewußt ist. In Wirklichkeit sind die Triebe, wenn man sie nicht gerade in irgendeiner Form erlebt, *nirgends* vorhanden; vorhanden sind nur die endokrinen Drüsen und die Ganglienzellen, aus deren Erregungsproduktion das bewußte Trieberleben entsteht.

Damit ist auch schon der wichtigste Einwand gegen die Hypothese unbewußter psychischer Vorgänge angedeutet: die Grundlagen des bewußten Erlebens bestehen, wie wir sicher wissen, in organischen Prozessen im Nervensystem. Es besteht keine Notwendigkeit, zwischen das bewußte Erleben und seine organischen Grundlagen noch ein »unbewußtes Seelenleben« als Zwischenstadium einzuschieben; denn dieses unbewußte psychische Geschehen müßte dann selbst wieder organische Grundlagen haben. Anders formuliert: die Annahme unbewußter seelischer Prozesse ist eine überflüssige Annahme; sie bringt keinen wissenschaftlichen Gewinn, weil sie nicht mehr erklären kann als durch die organischen Grundlagen des bewußten Erlebens — d. h. durch die Erregungsprozesse im Gehirn — bereits erklärbar ist. FREUD selbst hat ausdrücklich zugegeben, daß eine Beschreibung der psychischen Erscheinungen durch Beschreibung ihrer organischen Ursachen klarere Verhältnisse schaffen würde. Man dürfe Theorien, die den analytischen Lehren widersprechen, abweisen, so erklärte er, »und kann dabei doch wissen, daß die Richtigkeit derer, die man (selbst) vertritt, nur eine vorläufige ist«. Er klagt dann über die befremdenden Vorstellungen, zu denen der von ihm behauptete »Todestrieb« führe und fährt fort: »Dies rührt nur daher, daß wir genötigt sind, mit den wissenschaftlichen Terminis, das heißt, mit der eigenen Bildersprache der Psychologie (richtig: der Tiefenpsychologie) zu arbeiten. Sonst könnten wir die entsprechenden Vorgänge überhaupt nicht beschreiben, ja, würden sie gar nicht wahrgenommen haben. Die Mängel unserer Beschreibung würden wahrscheinlich verschwinden, wenn wir anstatt der psychologischen Termini schon die physiologischen oder chemischen einsetzen könnten« (FREUD VI, S. 253).

Seit FREUD diese Sätze geschrieben hat — im Jahre 1920 —, hat die Forschung durch die Entdeckung der gehirnelektrischen Vorgänge, durch Untersuchung der psychischen Ausfallserscheinungen an den

Hirnverletzten zweier Weltkriege und durch vielfältige Experimente über die Leitungsvorgänge im Nervensystem jeden Zweifel daran beseitigt, daß alles bewußte Erleben in nervösen Erregungsprozessen seine Grundlage hat. Die nervösen Prozesse im Gehirn sind unbewußt im strengsten Sinne des Wortes; man bemerkt von ihnen ebensowenig wie von der Tätigkeit der Leber oder der Nieren. Sehr viele von den Erregungsvorgängen in unserem Gehirn erzeugen auch keine bewußten Erlebnisse, sind also auch an ihren Wirkungen nicht erlebbar. Solche »submentalen« (s. S. 67) organischen Prozesse könnten, wenn man sie zur Grundlage einer Theorie macht, die von der Psychoanalyse »erklärten« Neurosen wahrscheinlich ebensogut erklären. Man müßte dann sagen: unangenehme Erlebnisse erzeugen in bestimmten Ganglienzellen molekulare Strukturänderungen, die sich in Platzangst oder Ansteckungsfurcht auswirken können.

Man könnte also eine sachliche und begriffliche Verbesserung erreichen, wenn man das Unbewußte nicht etwas Psychisches, sondern etwas Körperliches sein läßt. Das mag nebensächlich erscheinen; wichtiger ist, daß gegen die Annahme von unbewußten psychischen Vorgängen nicht nur die angeführten wissenschaftstheoretischen Gründe sprechen, sondern auch Tatsachen. Sie ergeben sich aus den Arbeiten der FREUDschen Schule und aus einfachen Alltagsbeobachtungen. Bekanntlich hat FREUD nicht nur seine Theorie des Unbewußten aufgestellt, sondern — auf Grund von Erfahrungen des Wiener Arztes JOSEF BREUER — auch eine neue Heilmethode gegen die oben erwähnten psychischen Krankheiten (Platzangst, Errötungsfurcht usw.) begründet: dadurch, daß man durch geeignete Maßnahmen (freies Assoziieren, genaue Beschreibung von Träumen, Hypnose) das verdrängte Erlebnis, aus dem die Neurose entstanden ist, wieder in das Bewußtsein bringt, wird der Kausalzusammenhang geklärt und die Heilung eingeleitet; dieses Verfahren, die »Analyse«, hat der Lehre FREUDS den Namen »Psychoanalyse« gegeben (FREUD nennt sie auch »Tiefenpsychologie«, ein Ausdruck, der heute als Sammelname für alle Theorien, die sich mit Träumen, Neurosen usw. befassen, gebraucht wird). Aus den zahlreichen Protokollen und Berichten über solche Behandlungen gewinnt man häufig den Eindruck, daß die Ursache der Neurose gar nicht »unbewußt« war: viele Patienten erklären, daß sie von dem Erlebnis, von welchem die seelische Störung ihren Ausgang genommen hat, eigentlich doch gewußt hätten. Man ist einmal beim Überschreiten eines Platzes beinahe überfahren worden und ohnmächtig zusammengebrochen, man hat in einer Gesellschaft eine Ungeschicklichkeit begangen und geriet in gräßliche Verlegenheit, man hat einmal wirklich Grund gehabt, sich mit einer Krankheit angesteckt zu glauben und große Angst ausgestanden usw. Im täglichen Leben unter vollkommen gesunden Menschen kennt man die Nachwirkungen solcher peinlicher oder schreckhafter Erlebnisse ja sehr genau; man mag eine Speise nicht mehr, weil man nach ihrem Genuß einmal erbrechen mußte, man kann im Kino oder Theater nicht in der Mitte einer Sesselreihe sitzen, weil man einmal mitten in der Vorstellung hinaus mußte, man traut sich nicht mehr in ein Konzert, weil man einmal ständig husten mußte und nun fürchtet, daß es wieder so sein werde usw. Der gesunde Mensch weiß meist sehr genau, woher seine Angst kommt; und der zwar gesunde, aber weniger robuste Mensch, dessen vegetatives System sehr empfindlich und labil reagiert, weiß aus hundert Erfahrungen von dieser Labilität und Empfindlichkeit, die ihn durch leichtes Erröten, Erblassen, durch das Beben der Stimme oder Tränenfluß immer wieder in Verlegenheit bringt.

Mit all dem soll aber keineswegs behauptet werden, daß alle Neurosen aus klarbewußten peinlichen oder schreckhaften Erlebnissen hervorgingen. Es mag häufig vorkommen, daß sie nur mehr dumpf bewußt sind oder daß sie, wie z. B. sexuelle Wünsche, die man aus ethischen oder religiösen Gründen streng verurteilt, nur momentweise in das Bewußtsein treten und dann sofort willentlich verdrängt werden, indem man sie bewußt ablehnt und mit Absicht an etwas anderes denkt. Man will nicht, daß solche Regungen auftreten, und tut dann so, als ob sie nie aufgetreten wären. Deshalb sind sie aber nicht unbewußt, sondern nur unterdrückt; keineswegs klarbewußt, aber neben dem klarbewußten Erleben, z. B. neben der Willensanstrengung zu ihrer Unterdrückung, *mitbewußt*. Man weiß, daß etwas da ist, wovon man nichts wissen will; oder wovon man zum mindesten will, daß niemand etwas davon merkt. Jeder Mensch hat verborgene uneingestandene Wünsche und geheime Winkel seiner Seele, die er oft nicht einmal sich selbst zugibt; aber sie sind nicht unbewußt, sondern bewußt, aber ungewollt und uneingestanden.

Soviel zur Frage der »unbewußten psychischen Erscheinungen«. Vielleicht gibt es wirklich solche; ihr Vorhandensein ist weder beweisbar noch widerlegbar. Sie stellen eine äußerst bequeme und praktische Annahme dar, mit der man sehr viel erklären kann; aber man findet auch ohne sie das Auslangen und erhält dann ein einfacheres, saubereres Bild des Menschen und vor allem klarere Begriffe: psychische Vorgänge und Zustände sind immer bewußte oder mitbewußte Vorgänge und Zustände; unbewußt ist nur das Erregungsgeschehen im Gehirn, aus dem sie hervorgehen.

Daß aus dem affektiven Erleben dauernde Nachwirkungen entstehen können, ist den Psychiatern natürlich seit langem bekannt. Schon die *Vorstellung* einer Person oder eines Ereignisses, das einen Affekt ausgelöst hat, löst ihn neuerlich aus oder tritt zumindest mit einer aus dem

Affekt entstandenen »Gefühlsbetonung« in das Bewußtsein. Der deutsche Psychiater WERNICKE hat für solche affektbeladene Vorstellungsinhalte den Begriff »*Komplexe*« eingeführt. Das Wesentliche an ihnen ist, daß sie im Erlebnisablauf eine »überwertige Stellung« einnehmen: alles, was zu ihrem Inhalt auch nur in entferntester Beziehung stehen könnte, wird wirklich dazu in Beziehung gesetzt. Zur Illustration dieser Überwertigkeit wurde oft der Zustand der Verliebtheit herangezogen: die gefühlsbeladene Vorstellung der Geliebten nimmt im Erlebnisablauf eine ganz andere Stellung ein als alle anderen Vorstellungen, und alles, was sich auf sie oder auf die Verliebtheit selbst beziehen könnte, wird mit erhöhter Aufmerksamkeit und Empfindlichkeit aufgenommen. Ein anderes, in der Wirklichkeit häufig vorkommendes Beispiel sind die *Überzeugungen*, für die man sich einmal in der Öffentlichkeit mit Leidenschaft eingesetzt hat; eine religiöse, politische oder auch wissenschaftliche Anschauung, beladen mit den Affekten, die der Kampf um sie mit sich bringt, wird ebenfalls »überwertig«; sobald im Gespräch auch nur von fern daran gerührt wird, tritt der Affekt sofort wieder auf, wobei oft sogar ein Sinken der Bewußtseinsklarheit zu beobachten ist. Solche »Komplexe« sind natürlich harmlos; sie kommen bei jedem gesunden Menschen in irgendeiner Form vor.

Viel lästiger und störender sind die Komplexe, die aus der *Angst* entstehen. Alles, was einmal Angst ausgelöst hat, wird zu einer überwertigen Vorstellung; und hier liegen die Wurzeln vieler Zustände von zwangsartigem Charakter. Man rechnet sie heute zu einer großen Krankheitsgruppe, für die sich der Name »*Neurosen*« eingebürgert hat. Dieser Name stammt von dem schottischen Arzt CULLEN, der ihn schon 1776 gebrauchte und für alle Nervenkrankheiten verwendete, für die eine organische Ursache nicht auffindbar war (also damals auch für Epilepsie oder die BASEDOWsche Krankheit). Seither hat man die Ursachen einiger dieser Krankheiten gefunden; die Bezeichnung »Neurose« wurde aber beibehalten und wird auch heute noch als Sammelbegriff für »Nervenkrankheiten ohne pathologischen Organbefund« gebraucht. Zu diesen Krankheiten gehören alle Zwangsvorstellungen und Zwangshandlungen, alle grundlosen Angstzustände, ferner die körperlichen Vorgänge, die durch Erregungen des vegetativen Systems ausgelöst werden, z. B. auch die nervösen Herzanfälle mit Beklemmung und Angst, dann Störungen der Verdauung, aber auch vorübergehende Lähmungen oder die »hysterische« Blindheit oder Taubheit. Beispiele von ziemlich harmlosen Zwangsvorstellungen und Zwangsgedanken sind die *Zählsucht* (alles, was man sieht — die Pflastersteine, Fenster, Automobile usw. — muß gezählt und das Resultat mit anderen Resultaten multipliziert werden), die *Zweifelsucht* (Unsicherheit, ob man die

Adresse auf einem Brief genügend genau geschrieben, den Gashahn abgedreht, die Wohnung abgesperrt hat), die *Ordnungssucht* (alle Gegenstände auf dem Tisch müssen genau geometrisch ausgerichtet sein), die *Lästersucht* (z. B. obszöne Gedanken über Gott).

Überaus mannigfaltig sind die *neurotischen Angstzustände* und ihre Auswirkungen im Verhalten: der Beamte, der ein wichtiges Geheimnis zu hüten hat, kann durch die Angst, etwas davon zu verraten, sich gezwungen fühlen, jede Gesellschaft zu vermeiden; die Lektüre medizinischer Schriften kann dazu führen, daß man sich aus Angst vor Infektion gedrängt fühlt, sich immer wieder zu waschen oder nur mehr mit Handschuhen die Türklinken anzugreifen; manche Musikliebhaber können nicht mehr ins Konzert gehen, weil sie Angst haben, sie müßten plötzlich laut schreien; andere haben Angst, eine Festrede durch ein unflätiges Wort stören zu müssen. Angsterlebnisse sind oft auch die Grundlagen der »*Phobien*«: man ist einmal aus einem bestimmten Anlaß rot geworden und in tödliche Verlegenheit geraten; man hat Angst vor der Wiederholung dieses Erlebnisses, und dies hat die Wirkung, daß das vegetative System schon auf die *Vorstellung* des Errötens mit wirklichem Erröten reagiert. Die Angst davor (*Erethophobie*) kann einen Menschen unfähig machen, in Gesellschaft zu gehen; ständig ist diese Angst »mitbewußt« und der Hirnstamm bereit, auf den winzigsten Anlaß mit einer kräftigen Erweiterung der Blutgefäße zu reagieren. Es gibt noch vielerlei andere Formen der Angst vor vegetativen Reaktionen, bei denen das Ausgangserlebnis nicht immer klar festzustellen ist. Unter dem Begriff der »Platzangst« (*Agoraphobie*) wurden alle Wirkungen von Angstzuständen zusammengefaßt, die irgendein Versagen vor den Augen der Öffentlichkeit betreffen (wenigstens von einigen Psychiatern scheint dieser Begriff so weit gefaßt zu werden): man kann nicht allein eine Straßenkreuzung überqueren, man muß im Kino oder Theater so sitzen, daß man jederzeit ohne viel Aufsehen hinaus kann, man muß in der Eisenbahn ein Abteil für sich allein oder wenigstens viel Bewegungsfreiheit haben — kurz, jede Situation, die eine an sich natürliche vegetative Reaktion, Schlechtwerden, Erbrechen, Schwindel, Ohnmacht herbeiführen könnte, erzeugt die Angst, daß es wirklich zu solchen Erscheinungen komme, und wenn einmal die Angst da ist, beginnen sie meist auch tatsächlich aufzutreten. Seltenere Phobien sind die *Claustrophobie* (Angst beim Aufenthalt in geschlossenen Räumen, Drang, sich die Möglichkeit zu schaffen, jederzeit ins Freie zu kommen), die *Aichmophobie* (Angst, sich an einem herumliegenden spitzen Gegenstand zu verletzen oder jemand anderen damit zu töten) und viele andere; jede derartige Phobie kann bei empfindsamen Menschen eine sekundäre Form der Angst erzeugen, nämlich die Angst, in Angst zu geraten (*Phobophobie*).

Alle diese Zustände können außerordentlich quälend sein; sie machen unsicher und befangen und zwingen zu ständiger Selbstbeobachtung, aus der sie immer neue Impulse empfangen. Dabei besteht meist volle Krankheitseinsicht, d. h. die Grundlosigkeit der Befürchtungen, die Sinnlosigkeit der Ängste wird eingesehen, aber diese Einsicht ist vollkommen machtlos und jede Willensanstrengung zur Unterdrückung der Zwangsgedanken führt zu intensiven Unlust- und Angstgefühlen. Obwohl eine organische Ursache aller dieser Erscheinungen bisher nicht gefunden werden konnte, liegen in den Augenblicken des neurotischen Verhaltens zweifellos organische Prozesse vor; sie sind in manchen Fällen offensichtlich — Schweißsekretion, Erröten, Herzklopfen kommt nur dadurch zustande, daß sich in den vegetativen Gangliensystemen Erregungsprozesse abspielen, die die Drüsen anregen, die Blutgefäße erweitern, die Herztätigkeit steigern —, in allen anderen Fällen sind sie als sicher anzunehmen; jedem auftretenden Zwangsgedanken liegen Erregungsprozesse im Gehirn zugrunde. Worin die organische Ursache dafür liegt, daß es zu solchen Erregungen kommt, ist noch unbekannt. Man spricht von »neuropathischer Konstitution«, die zu solchen »bloß funktionellen« Störungen disponiere.

Versucht man, die psychischen Merkmale einer Neurose in einer Definition zusammenzufassen, so könnte man sagen: *eine Neurose liegt vor, wenn ohne entsprechenden Anlaß willentlich unbeeinflußbare Angstzustände, Verhaltensweisen oder vegetative Veränderungen von solcher Stärke auftreten, daß dadurch die Ordnung des psychischen oder körperlichen Geschehens gestört wird.* Es ist wichtig, in dieser Begriffsbestimmung den Passus »ohne entsprechenden Anlaß« zu beachten; denn Affekte, die einen ausreichenden Anlaß haben — der Zorn nach einer Beleidigung, die Angst vor einer Prüfung, das Lampenfieber —, sind natürliche, gesunde Reaktionen und nicht neurotische Symptome.

4. *Die »Frustrations«-Gefühle*

Unter den Ursachen, die zu einer Neurose führen, wird in jüngster Zeit besonders oft ein Gefühlszustand angeführt, für den sich der Name »*Frustration*« eingebürgert hat. Man versteht darunter Erlebnisse der Enttäuschung, des Versagens bei einer Aufgabe, deren Lösung man sich zugetraut hat, des Ärgers über die Unerfüllbarkeit von Wünschen usw. Am besten lassen sich die Wirkungen einer Frustration an einem Experiment darstellen, das von TAMARA DEMBO im Jahre 1931 durchgeführt wurde — zu einer Zeit, in welcher der Begriff »Frustration« noch gar nicht gebräuchlich war; da sich aber in diesen Experimenten Verhaltensweisen zeigten, die für das Frustrations-Erlebnis charakteristisch sind, soll an ihnen die (von DEMBO nur teilweise vertretene) gegenwärtige Auffassung von den Wirkungen der Frustration dargestellt werden. DEMBO führte ihre Arbeit im Rahmen der gestaltpsychologischen Schule KURT LEWINS durch, der den Versuch unternahm, die psychischen Kräfte, die bei der Erreichung eines Triebzieles auftreten, in physikalischen Vergleichen zu erfassen; er bezeichnete die Gesamtsituation des Erlebens als das »psychische Feld« und führte »Feldkräfte« ein, unter denen der »Spannungsdruck« und die »Gleichgewichts-Tendenz« eine besonders große Rolle spielen. Unter diesen Gesichtspunkten hat DEMBO folgende Versuchsanordnung aufgebaut: im Versuchsraum wurde mit Holzlatten ein großes Quadrat ausgelegt, in welchem sich ein Sessel befand; außerhalb dieser Latten, die das Arbeitsfeld abgrenzten und daher eine »Barriere« darstellten, befand sich in erreichbarer Nähe auf einem Gestell eine Blume und in mäßiger, aber unerreichbarer Entfernung (1,20 m) ein zweites Gestell, auf dem ebenfalls eine Blume lag. Die Versuchsperson hatte sich in das Arbeitsfeld zu begeben und erhielt den Auftrag, die schwer erreichbare Blume ohne Überschreitung der Lattengrenze zu holen. Dies gelingt nur, indem man sich knapp an der Lattengrenze niederkniet und das Blumengestell mit den Händen heranzieht oder indem man den Sessel zur Verlängerung benützt. Hatte die Versuchsperson diese beiden Lösungsmöglichkeiten gefunden, so wurde ihr gesagt, es gebe noch eine dritte Lösungsmöglichkeit (in Wahrheit gibt es keine mehr). Darauf zeigten sich allerlei Verhaltensweisen, für die man leicht Analogien aus dem Alltag finden kann. So wurde z. B. die leicht erreichbare Blume ergriffen, obwohl dadurch der Auftrag nicht erfüllt war — aber immerhin war eine Blume geholt worden (*Ersatzbefriedigung* mit unzureichenden Mitteln); manche Versuchspersonen suchten ablenkende Beschäftigungen — ein Schmutzfleck am Boden wird beseitigt oder ein Gespräch über irgendwelche persönlichen Angelegenheiten begonnen (*Ablenkung*). Einige wurden böse, sie attackierten den Versuchsleiter mit schnippischen, höhnischen oder sogar drohenden Bemerkungen, oder sie warfen mit Holzringen, die am Rande der Lattengrenze lagen, nach der unerreichbaren Blume (*Aggression*). Andere Versuchspersonen äußerten in spielerischer oder scherzhafter Art Lösungsmöglichkeiten irrealer Art, wie sie sonst nur kleine, märchengläubige Kinder in Betracht ziehen: eine Fee könnte die Blume bringen oder man sollte zu ihr hinausfliegen können (*Regression*). Es hätte auch sein können (um eine weitere häufige Wirkung solcher Situationen zu erwähnen), daß manche Versuchspersonen erklärt hätten, es sei ganz bedeutungslos, ob sie die Blume erreichen oder nicht, es käme darauf in keiner Weise an, der ganze Versuch sei sinnlos usw. — Gedanken, mit denen man das eigene Versagen entschuldigt (*Rationalisierung*).

Heute verwendet man für den Zustand der Versuchspersonen in Dembos Experimenten die Formulierung, sie seien »*frustriert*« worden; die Tatsache, daß sie die Lösung des Problems, das ihnen als lösbar dargestellt wurde, nicht finden konnten, führte zu einem Erlebnis der Enttäuschung, zu einem Gefühl des Versagens und dadurch einer Minderung des Selbstwert-Gefühls. Das Selbstwertgefühl ist für den psychischen Allgemeinzustand von größter Bedeutung; jede geringste Reduktion führt zu Depression, Unruhe und Unsicherheit. Ich habe an anderer Stelle zu zeigen versucht, daß man unter kybernetischen Aspekten die Folgen der Frustration als automatisch einsetzende Regelprozesse zur Wiederherstellung und Konstanthaltung des Selbstgefühls auffassen kann (Rohracher 1968).

Das tierische Verhalten bei Frustrationen hat in Amerika Norman R. F. Maier auf folgende Weise untersucht: Ratten mußten lernen, von einem Podest gegen zwei Kartons zu springen; ein Karton war fixiert, so daß die Ratte, die dagegen sprang, sich die Nase anstieß und in ein darunter angebrachtes Netz fiel. Der zweite Karton fiel um, wenn ihn die Ratte ansprang, wodurch der Weg in einen Käfig frei wurde, in welchem sich Futter befand. Die Ratten lernten bald, nur gegen den »Futter-Karton« zu springen. Nun wurden die beiden Kartons in unregelmäßiger Folge vertauscht: die Ratte sprang gegen den Karton, der bisher immer das Futter freigegeben hatte, aber dieser Karton war nun fixiert, und sie fiel ins Netz. Dann gab dieser Karton wieder einmal Futter frei, dann wieder der andere usw. Das Tier wurde unsicher, wechselte seine Sprungrichtungen und verweigerte schließlich den Sprung überhaupt; wurde es durch einen elektrischen Schlag zum Sprung gezwungen, so sprang es nun immer nur zum gleichen Karton, ohne Rücksicht darauf, daß es dabei oft in das Netz fiel und kein Futter fand. Maier sieht darin ein starres »fixiertes« Verhalten, das er als Wirkung der Frustration interpretiert. Aber was hätte die Ratte eigentlich tun sollen? Es gab in dieser Situation gar keine Mögkeit, sich »angepaßt« zu verhalten — ja man könnte auch den Standpunkt vertreten, daß es am »vernünftigsten« sei, immer gegen den gleichen Karton zu springen, weil dann wenigstens in einem Teil der Fälle (in ungefähr der Hälfte) sicher Futter erreicht wurde. Allerdings gab es andere deutliche Symptome, die auf eine »Neurose« hinwiesen: die Ratten nahmen kein Futter, schrieen bei Berührung und machten einen »gespannten Eindruck«.

In den bisher beschriebenen Experimenten entstand die Frustration durch unlösbare Problemsituationen, mit denen man sich abfinden mußte. Einen wichtigen Sonderfall des Frustrations-Erlebens, der zunächst zu höchstem Kräfteeinsatz führt, hat Karl Mierke untersucht und beschrieben; er arbeitete ebenfalls mit der Methode der »Überforderung«, doch waren die gestellten Aufgaben nicht prinzipiell unlösbar. 20 Studenten und Mittelschüler wurden an einem Reaktionsapparat, bei welchem auf verschiedenfarbige Lichtreize durch Drücken gleichfarbiger Taster zu reagieren war, auf Höchstleistung trainiert; nachdem diese Höchstleistung erreicht und genügend geübt war, wurde das Darbietungstempo der Reize unerwartet gesteigert. Es trat ein »Überforderungs-Schock« auf, der »eine Aggressionsphase im Gefolge hat, die gekennzeichnet ist durch überhastete und ungesteuerte Fehllaufhandlungen, durch affektive Reaktionen und dementsprechend durch auffallende Schwankungen der Leistungskurve«. »Diese Aggressionsphase klingt verhältnismäßig rasch ab und ist um so kürzer, je stürmischer sie verläuft. Die nachfolgende Regressionsphase ist gekennzeichnet durch steilen Abfall der quantitativen Leistungskurve, durch zögerndes Reagieren und überhaupt durch den Ausfall von Gestaltungstendenzen. Sie wird abgelöst durch die Restitutionsphase, die den Neuaufbau eines Übungsprozesses umschreibt« (K. Mierke 1955, S. 149). Es ist verständlich, daß dauernde Überforderungen, bei denen immer wieder das eigene Versagen erlebt wird, schließlich zu schweren psychischen Belastungen führen können, in denen Aggression und Regression in verstärkter Form — z. B. als Übererregung und darauf folgender Lähmung — miteinander abwechseln, ohne daß es zu einer Restitution kommt.

Unter den oben angeführten Wirkungen der Frustration — Ersatzbefriedigung, Ablenkung, Aggression, Regression, Rationalisierung — wurde von psychoanalytischen Schulen die Aggressions-Tendenz als eine überaus gefährliche, angeblich sehr lang und oft spät auftretende Nachwirkung besonders betont. Freud selbst gebrauchte den Ausdruck »Frustration« noch nicht, aber er sprach von »frustraner Erregung« und sah in ihr »die gewöhnlichste Ursache der Angstneurose« (zit. n. R. Heiss 1956, S. 130). Dieser Satz Freuds wurde von den Anhängern seiner Lehre in maßlosen Übertreibungen zur Grundlage der Behauptung gemacht, daß sich frühkindliche Frustrationserlebnisse später in schweren psychischen Störungen auswirken. Die Angst der Eltern vor diesen Folgen führte in manchen Ländern zu einer unheilvollen Umwälzung der Erziehungsmethoden; dem Kind dürfe kein Wunsch versagt werden, weil es sonst zu einem psychischen Trauma komme, aus dem schwere Neurosen entstehen können. Es gibt keine überzeugenden Beweise für die Richtigkeit dieser Behauptung; der einfache pädagogische Hausverstand fordert, daß das Kind lernen soll, sich mit Wunschversagungen abzufinden, weil sie ihm als Erwachsenen niemals erspart bleiben.

Das individuelle Ausmaß, in welchem ein Mensch Frustrationen zu ertragen imstande ist, wird mit dem — von S. Rosenzweig eingeführten — Begriff »*Frustrations-Toleranz*« bezeichnet; gemeint ist damit die

Stärke, die Dauer oder die Menge von Versagungserlebnissen, die jemand ohne Anpassungsstörungen oder neurotische Reaktionen ertragen kann. Es gibt noch keinen Test — und es wird kaum jemals einen solchen geben —, mit dem man die Frustrations-Toleranz messen könnte; aber es gibt genügend Beobachtungen, aus denen hervorgeht, daß das Ausmaß seelischer Belastung, das von den meisten Menschen erlebt werden kann, ohne daß es zu einer Neurose kommt, sehr viel höher liegt als man nach der psychoanalytischen Literatur glauben würde. Man denke nur an die Millionen von Menschen, die in Europa im Bombenkrieg und nachher durch Flucht und Vertreibung überaus schwere, langdauernde Frustrationen ertragen mußten und heute noch ertragen müssen. Hätten diese extrem harten seelischen Belastungen, die mit denen des Alltags überhaupt nicht zu vergleichen sind, zu Neurosen geführt, so müßte ein großer Teil der mitteleuropäischen Bevölkerung neurotisch sein. In Wirklichkeit gab es gerade nach Luftangriffen, bei denen viele Tausende nicht nur ihr Vermögen, sondern auch Angehörige und Freunde verloren, so gut wie keine Zunahme von Neurosen (Panse 1952, Geert-Jörgensen 1942); die häufigste Reaktion war Apathie. Die Literatur über Frustration scheint daher eine ziemlich einseitige Darstellung ihrer Wirkungen zu geben; sie ignoriert die Tatsache, daß es auch ganz »normale« Methoden gibt, mit Frustrationen fertig zu werden; man kann sich mit der Unmöglichkeit, ein Ziel zu erreichen, auch vollkommen vernünftig abfinden, ohne daß diese »Rationalisierung« eine Selbsttäuschung sein muß. Auch bei sehr starken Frustrationserlebnissen kann man sich mit echter Überzeugung sagen »ich habe mir zuviel zugetraut«, »ich bin nicht begabt genug, um diese Aufgabe zu lösen«, »ich habe mich überschätzt« usw.; vielleicht ist dazu aber notwendig, daß man als Kind die »innerseelischen« Verhaltensweisen der Selbstbeherrschung und Selbstüberwindung gelernt hat.

Vielleicht noch tiefgreifender als Mißerfolge bei Überforderungen von außen her sind die Wirkungen des Versagens bei Ansprüchen, die man an sich selbst stellt. Das Erlebnis des Erfolges oder Mißerfolges in Schule, Beruf, Sport usw. hängt in sehr hohem Maße davon ab, welchen Grad von Leistung man sich selber zutraut oder von sich selbst erwartet. Ferdinand Hoppe hat schon im Jahre 1930 für die Gesamtheit der »Erwartungen, Zielsetzungen oder Ansprüche an die zukünftige eigene Leistung« den Namen »*Anspruchsniveau*« eingeführt und Methoden zu seiner Bestimmung vorgeschlagen (F. Hoppe 1930, S. 9); je nachdem, ob eine Leistung das Anspruchsniveau erreicht oder nicht erreicht, wird sie als Erfolg oder Mißerfolg erlebt. Zur Bestimmung des Anspruchsniveaus kann man Aufgaben verschiedenster Art verwenden, wobei man nach Bekanntgabe der Aufgabe die Versuchsperson fragt, in welcher Zeit sie die Lösung zu finden hofft. Dabei kommt es oft zu »Verschiebungen« des Anspruchsniveaus: wird die Aufgabe in kürzerer Zeit als erwartet gelöst (Erfolgsfall), so erhöht sich das Anspruchsniveau, wird längere Zeit benötigt oder die Lösung überhaupt nicht gefunden, so sinkt das Anspruchsniveau. Sozialpsychologische Faktoren (z. B. Konkurrenzmotive) spielen bei der Bildung des Anspruchsniveaus eine große Rolle (R. Bochow 1957).

5. *Statistische und experimentelle Gefühlsforschung*

Daß die *Konstitution* des Menschen — d. h. die individuelle, auf Grund seiner Erbanlagen zustande gekommene Beschaffenheit seines Organismus — für die Art seines Gefühlslebens von entscheidender Bedeutung ist, haben mehrere deutsche Psychiater, vor allem Ernst Kretschmer, empirisch nachgewiesen. Bekanntlich gibt es zwei Arten von Gemütserkrankungen, deren Hauptsymptome in grundloser heiterer oder trauriger Verstimmung bestehen und deren höchste Grade die Psychiatrie als »Manie« und »Melancholie« bezeichnet. Mit diesen beiden Begriffen sind wohlumschriebene, gut abgegrenzte Krankheitsbilder geschaffen, deren erstes durch ausgelassene Heiterkeit und gesteigertes Selbstgefühl mit starkem Auswirkungsdrang charakterisiert ist, während die Melancholie durch die Merkmale ängstlich, niedergeschlagen und gehemmt gekennzeichnet ist. Der entscheidende Unterschied zwischen den heiteren und traurigen Verstimmungen des gesunden Menschen, wie sie als natürliche Reaktion auf freudige oder traurige Ereignisse auftreten, und den genannten Erkrankungen besteht darin, daß der manische oder melancholische Zustand grundlos, ohne äußeren Anlaß, entsteht, also organisch bedingt ist. Äußere Ereignisse können auslösend wirken, doch ist — wie die Statistik zeigt — nur eine sehr geringe Anzahl der pathologischen Verstimmungen, die zur Heilbehandlung in die Anstalten kommen, durch äußere Anlässe entstanden; nach Bumke nur etwa 6%. Alle anderen Fälle dieser Art sind *konstitutionell* bedingt, haben also *körperliche* Ursachen (Bumke 1944).

Kretschmers statistische Untersuchungen haben einwandfrei erwiesen, daß Manie und Melancholie bei einem bestimmten Körperbautypus in viel größerer Häufung auftreten als bei anderen Konstitutionen: nämlich beim »pyknischen Habitus«, der äußerlich durch Neigung zum Fettanzatz, rundliche, proportionierte Formen, kurze Arme und Beine und kleine Hände und Füße charakterisiert ist. Etwa 80% aller Manisch-Depressiven sind — nach einem sehr genau untersuchten, einige Tausende von Fällen umfassenden Material — Pykniker. In sehr schönen Studien an Grenzfällen zwischen gesund und krank und an ganz gesunden Menschen hat KRETSCHMER gezeigt, daß die Bereitschaft zur heiteren und traurigen Verstimmung auch im Bereiche des Normalen beim pyknischen Körperbau in besonders hohem Maße vorhanden ist. Es gibt andere Konstitutionen, die zu anderen Grundgefühlen neigen; so der Leptosome — äußerlich groß, hager, eckig, scharfe Formen, lange, dünne Arme und Beine — zu den Grundgefühlen empfindlich und reizbar oder auch verärgert und griesgrämig.

Durch die Ergebnisse KRETSCHMERS ist erwiesen, daß die Ursachen der Bereitschaft zu bestimmten Grundgefühlen im Körperlichen liegen. Die organischen Kräfte, die dem Körper eine bestimmte äußere Form geben, bringen dadurch auch bestimmte Gefühlsbereitschaften hervor. Es war naheliegend, die Wurzel von beiden — vom Körperbau und vom Temperament — in der inneren Sekretion und im vegetativen Nervensystem zu suchen, kurz im »neurohumoralen System«, das in gegenseitiger Wechselwirkung die Form des Körpers und die Art der Gefühlsreaktionen bestimmt. Der neue Forschungszweig, der sich auf diesem Gebiete zu entwickeln beginnt, führt von der Anatomie der Konstitutionen zu einer Physiologie der Temperamente.

Wie sehr körperliche Prozesse die Stimmung beeinflussen, weiß jeder aus eigener Erfahrung. Eine leichte Erkrankung genügt, um uns mißmutig zu machen, ein voller Magen kann eine behagliche Ruhestimmung hervorbringen. Alkohol macht uns übermütig oder sentimental. Der Ort der Stimmungsbildung im Gehirn scheint im Hypothalamus zu liegen; ein wichtiger Hinweis für diese Annahme ergibt sich aus Beobachtungen des Hirnchirurgen FÖRSTER, der bei Operationen im Hirnstamm feststellte, daß schon eine kurze Berührung mit der Pinzette am vorderen Rande des Hypothalamus genügt, um eine leichte Manie mit Redseligkeit und Witzelsucht auszulösen (FÖRSTER-GAGEL 1934).

Eine Neigung zu bestimmten Stimmungen ist also schon durch die Konstitution gegeben; die Ansprechbarkeit für Grundgefühle bestimmter Art ist bei verschiedenen Konstitutionstypen verschieden, offenbar deshalb, weil die nervösen und endokrinen Vorgänge, die den Gefühlen zugrunde liegen, bei den einen leichter zustande kommen als bei anderen. Wahrscheinlich sind hierfür einfach quantitative Verhältnisse maßgebend, nämlich Größe und Entwicklungsgrad bestimmter Drüsen und Gangliensysteme. Damit ist die Grundlage für einen ersten Ansatz zu einer Hypothese der Wechselwirkung zwischen physischen und psychischen Faktoren gegeben. Ein äußeres Ereignis löst ein Gefühl der Trauer, des Ärgers, der Niedergeschlagenheit aus; wie stark dieses Gefühl wird, hängt von der organischen »Gestimmtheit« des Organismus ab: vom gerade bestehenden Zustand des vegetativen Systems, von der Menge und Verteilung der endokrinen Sekrete, vom allgemeinen Energiezustand.

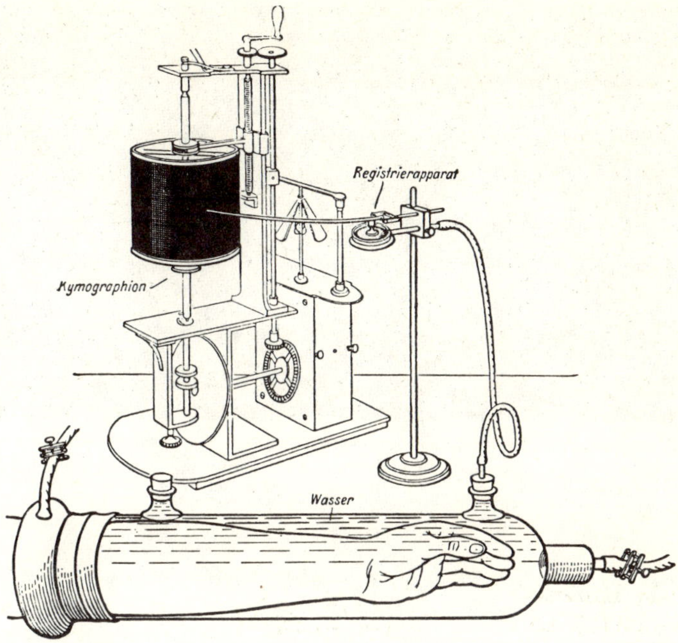

Abb. 93. Plethysmograph. Der Arm wird in ein Gefäß mit Wasser gebracht und mit einer Gummimanschette abgedichtet. Das Wassergefäß ist durch einen Schlauch mit einer luftgefüllten, von einer Gummimembran abgeschlossenen Kapsel verbunden, auf welcher ein Zeiger aufliegt, der auf einer rotierenden Trommel (Kymographion) alle Druckschwankungen, die durch Volumänderungen des Armes bewirkt werden, in Form von Schwingungen registriert.

Recht dürftig sind leider — trotz eines sehr großen Aufwandes von Mühe und Geduld und experimenteller Geschicklichkeit — die Resultate der *experimentellen* Gefühlsuntersuchungen. Die Methodik bestand dabei fast ausschließlich in den Registrierungen der Veränderungen, die im Blutkreislauf, in der Atmung, in der Herztätigkeit und in der Haut bei Gefühlen auftreten. Der Italiener Mosso, der Däne Lehmann und der Deutsche Hans Berger arbeiteten mit Geräten, die es ermöglichten, den Verlauf der Pulskurve und damit die Geschwindigkeit und Höhe der einzelnen Pulsschläge graphisch aufzuzeichnen (Sphygmographen); ferner mit Gummipelotten, die an die Brust angelegt werden und die Registrierung der Atembewegungen ermöglichen (Pneumographen). Mit einem Apparat, der die Volumänderungen einer ganzen Extremität (z. B. des Unterarms) registriert (Plethysmograph), konnte Mosso zeigen, daß geistige Anstrengung das Volumen der Extremitäten vermindert (Abb. 93 und 94). Bei diesen Versuchen ist es zwar im Einzelversuch zu klaren

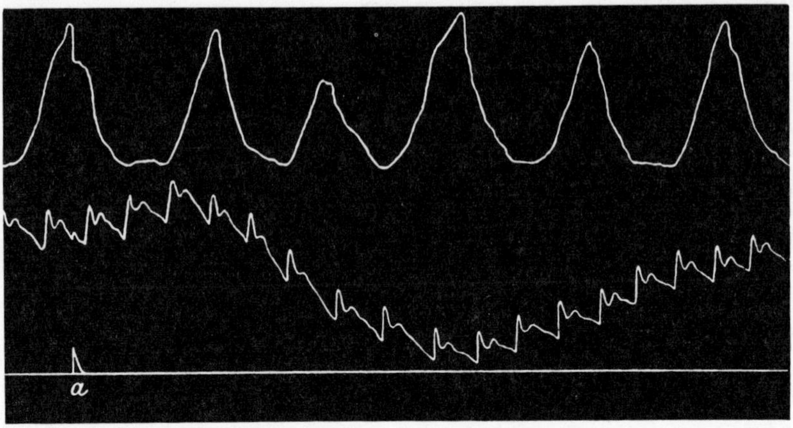

Abb. 94. Oben Atmungs-, unten plethysmographische Kurve mit überlagertem Puls bei einem Schreckaffekt (bei *a* wurde ein Schuß abgegeben). Aus LEHMANN, Die körperlichen Äußerungen psychischer Zustände, 1901.

Resultaten gekommen, doch ist es fraglich, ob man sie verallgemeinern darf. Wenn z. B. BERGER fand, daß bei einem Menschen die Pulsfrequenz und die Atemtiefe zunehmen, sobald er an ein unlustvolles Erlebnis denkt, so ist man noch nicht berechtigt, dies für alle unlustvollen Gefühle zu behaupten, denn sie sind unter sich sehr verschieden (Ärger, Angst, Trauer, Sorge sind unlustvoll, aber z. B. im Grade der dabei auftretenden Spannungen und in der Art der vegetativen Auswirkungen sehr verschieden).

Viel verwendet wird in der Gefühlsforschung das sogenannte »psychogalvanische Phänomen« (in der anglo-amerikanischen Literatur als »psycho-galvanische Reaktion« = PGR oder »galvanic skin response« = GSR, im deutschen Sprachraum manchmal als »galvanische Hautreaktion = GHR bezeichnet). Es handelt sich dabei um die Tatsache, daß sich der elektrische Leitungswiderstand des menschlichen Körpers bei affektiver Erregung verändert. Der französische Physiologe C. FERÉ hat darüber schon im Jahre 1888 berichtet; er schickte über zwei Metallplatten, die irgendwo auf der Haut aufgelegt wurden, einen schwachen Strom durch den Körper und stellte an seinem Meßinstrument fest, daß sich der Widerstand beim Auftreten von Gefühlen verminderte, so daß mehr Strom durch den Körper floß. Heute verwendet man zur Registrierung der psychogalvanischen Reaktion meist schreibende Geräte, welche die Widerstands-Schwankungen in Form einer Kurve aufzeichnen (in Abb. 95 die Kurve h). Der Versuchsperson werden bei solchen Experimenten zwei Elektroden an einem Finger jeder Hand oder sonstwo am Körper

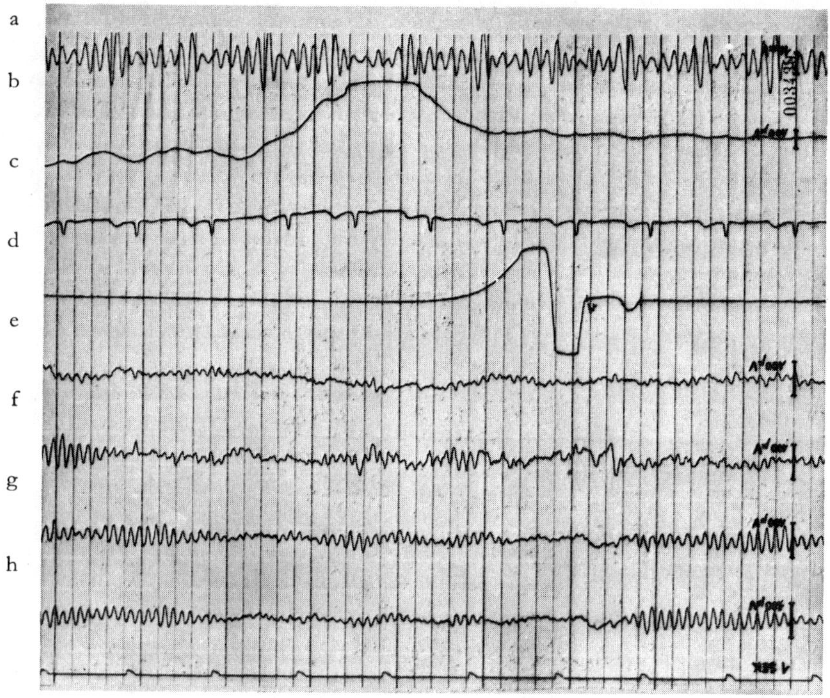

Abb. 95. Beispiel einer gleichzeitigen Registrierung von gehirnelektrischen Vorgängen, Herzaktionsströmen, psychogalvanischem Reflex und Mikrovibration in Ruhe und bei einem Sinnesreiz. a = Zeitmarke (1 Sekunde), b, c, d, e = gehirnelektrische Ableitungen von okzipital links und rechts, von der Scheitelgegend und von der Schläfe, f = Reizmarkierung (bei der kleinen Erhebung Beginn eines Lichtreizes), g = Herzmuskel-Aktionsstrom (Elektrokardiogramm), h = psychogalvanischer Reflex, i = Mikrovibration mit Pulsgliederung. Man sieht das Verschwinden der Alpha-Wellen in den Hirnstromkurven kurz nach Einsetzen des Reizes und die viel langsamere Reaktion des psychogalvanischen Reflexes. (Aus Elisabeth Groll, Experimentelle Untersuchungen über Zusammenhänge zwischen Aufmerksamkeit, Vigilanzleistung und Aktivierungsvorgängen, unveröff. phil. Diss. Wien, 1963.)

angeklebt, durch die ihrem Körper ein Gleichstrom mit einer Spannung von 0,5 bis 2 Volt zugeleitet wird. Die Auswertung des »Psycho-Galvanogramms« ist schwierig; die elektrischen Verhältnisse der Körpergewebe sind komplizierter als man ursprünglich glaubte.

Es scheint festzustehen, daß die Stromschwankungen durch Änderungen des elektrischen Widerstandes infolge der wechselnden Feuchtigkeit der Hautgewebe durch minimale Änderungen der Schweißsekretion zustande kommen. Bei pathologischem Fehlen der Schweißdrüsen tritt das Phänomen nicht auf, bei Herabsetzung ihrer Tätigkeit durch chemische Mittel werden die Schwankungen kleiner. Von den sehr zahlreichen

Versuchen, eine Zuordnung zwischen bestimmten Gefühlen und den psychogalvanischen Schwankungen herzustellen, seien die besonders sorgfältigen Experimente von EBBE LINDE erwähnt. Er ließ von zwei Personen Aufzeichnungen über gelegentlich auftauchende, affektiv gefärbte Erinnerungen durchführen und benützte eine Woche später Einzelheiten dieser Erinnerungen als verbale Reize im psychogalvanischen Versuch; nach dem Versuch mußte die Versuchsperson die Stärke der dabei aufgetretenen Gefühle abschätzen und in eine Skala von 1 bis 4 (»sehr schwach« bis »sehr stark«) einordnen. Diese Stärkeangaben und die Größe der psychogalvanischen Schwankungen wurden verglichen. Die folgende Tabelle zeigt ein Beispiel (EBBE LINDE 1930).

Emotion	*Qualität und Stärke*	*Psychogalv. Phänomen; Ausschlag, rel. Einh.*
Unbehagen, Widerwillen	3	24
Gleichgültige Vornehmheit	1	0
Rührende Wehmut	2	3
Ernst, Trauer	3	16
Zorn	3	24
Resignation, Furcht, Abscheu	3	13
Verachtung	4	36
Neugierde	2	36
Irritation	2	9
Herzlichkeit, Freude	2	3

Man sieht aus dieser Tabelle, daß der psychogalvanische Reflex in seiner Stärke (= Größe der registrierten Stromschwankung) zwar im allgemeinen mit der subjektiven Gefühlsintensität korreliert, aber doch in recht verschiedenem Grade (so finden sich bei der subjektiven Gefühlsstärke 3 Ausschläge von 13 bis 24 Einheiten, bei Gefühlsstärke 2 sogar 36 Einheiten). Solche Widersprüche haben sich in vielen Untersuchungen gezeigt; z. B. auch in einer Versuchsreihe von LÜER und NEUFELDT, die an 51 Personen 8 sehr verschiedene, starke Reize boten und die Resultate mit vielen statistischen Verfahren so genau wie möglich auswerteten; sie kamen zu dem Eindruck, daß ein »Zusammenhang zwischen der galvanischen Hautreaktion und psychologischen Skalen am ehesten dort nachzuweisen ist, wo nach vitalen emotionalen Gesichtspunkten geurteilt worden ist« (etwa im Bereiche »Schreck-Schmerz«). Die gegenwärtige Situation der PGR-Registrierung und -Auswertung wird von den beiden Autoren wahrscheinlich richtig beschrieben, wenn sie formulieren: »Auf Grund der Ergebnisse der zahlenmäßig nicht mehr übersehbaren Veröffentlichungen könnte geschlossen werden, daß das Phänomen der galvanischen Haut-Reaktion für die psychologische Forschung schon fast problemlos geworden ist. Daß dem nicht so ist, möchten wir an zwei Problemen zeigen« (G. LÜER und B. NEUFELDT 1968).

Im Marburger Psychologischen Institut wurde die Methodik der psychogalvanischen Registrierung dadurch verbessert, daß an Stelle des Gleichstroms ein Wechselstrom von 600 Hz mit 1 Volt Spannung verwendet wurde, wodurch die Kontaktströme, die an der Berührungsstelle von Metallelektroden und Haut bei Gleichstrom manchmal auftreten, vermieden werden. Mit dieser neuen, gegen Störungen weniger anfälligen Methodik haben W. TRAXEL und S. BECHER an 19 Personen untersucht, ob zwischen den subjektiven Angaben über die Stärke eines Gefühls und den objektiven Schwankungen des Hautwiderstandes ein Zusammenhang besteht; zwischen den Angaben der Versuchspersonen über die Stärke der Gefühle, die durch affektbetonte Reizworte ausgelöst wurden, und der Größe der Schwankungen ergaben sich hohe Korrelationen (0,61—0,98) (W. TRAXEL und S. BECHER 1957).

Theoretisch kann man an jedem Affekt eine Erregungs- und eine Spannungskomponente unterscheiden. Vielleicht darf man in der psychogalvanischen Reaktion, d. h. in der Änderung der Gewebefeuchtigkeit, in erster Linie eine vegetative Auswirkung der *Erregungs*komponente sehen; die *Spannungs*komponente eines Affektes läßt sich mit der oben kurz erwähnten Registrierung der »*Mikrovibration*« des menschlichen Körpers erfassen. Es handelt sich dabei um Mikrobewegungen von 7 bis 24 Schwingungen pro Sekunde, die wahrscheinlich durch alternierende Kontraktionen von einzelnen Muskelfasern zustande kommen; die dadurch entstehende Bewegung überträgt sich auf den ganzen Körper. Die Größe der Mikrovibration liegt im Zustand möglichster Entspannung beim ruhenden Menschen zwischen 1 und 5 Mikron (= Tausendstelmillimeter). Um diese kleinen Bewegungen registrieren zu können, benötigt man eine sehr empfindliche Versuchsanordnung: am Körper (z. B. am Unterarm) wird ein vibrationsempfindliches Gerät angelegt; dieses Gerät verwandelt die aufgenommenen Bewegungen in elektrische Spannungsschwankungen, die nach entsprechender Verstärkung auf einem abrollenden Papier in Kurvenform aufgezeichnet werden können (i in Abb. 95) (ROHRACHER-INANAGA 1969).

6. Gefühlstheorien

Die dürftigen Ergebnisse der experimentellen Gefühlsforschung haben dazu geführt, daß die Untersuchung der Gefühle im Vergleich zu anderen Gebieten der Psychologie stark zurückgeblieben ist. Dies gilt auch von der theoretischen Bearbeitung des Gefühlslebens; die meisten Gefühlstheorien stammen aus der Zeit von 1880 bis ungefähr 1910 und aus den letzten Jahren, in denen das Interesse am Gefühlsleben im Zusammenhang mit physiologischen Ergebnissen wieder erwachte. Man kann die Gefühlstheorien in zwei große Gruppen einteilen: *physiologische* und *psychologische* Gefühlstheorien.

Das Übergewicht hatten zunächst, dem Aufschwung der medizinischen Forschung entsprechend, die *physiologischen* Theorien. Der Wiener Psychiater THEODOR MEYNERT hielt 1880 auf der Naturforschertagung in Salzburg einen Vortrag »Über die Gefühle«. Lust und Unlust seien, so behauptete er, die psychischen Auswirkungen der Ernährungsverhältnisse im Gehirn; verbesserte Energiezufuhr zu den Ganglienzellen durch reichere Blutversorgung sei die Grundlage des Lustgefühls, verminderte Energieversorgung die Grundlage der Unlust. Wenige Jahre später wurde diesem rein quantitativen Standpunkt ein qualitativer zur Seite gestellt; der deutsche Physiologe KRÖNER vertrat die Meinung, daß die chemische Zusammensetzung des Blutes die Funktionstüchtigkeit der einzelnen Organe bestimme und daß von ihr auch das allgemeine psychische Befinden und damit das Gefühl der Frische, des Wohlbehagens oder der Müdigkeit, der ängstlichen und unzufriedenen Grundstimmung abhänge. Damit sind zwei physiologische Gesichtspunkte aufgestellt, die auch nach den heutigen Anschauungen beide als richtigt aber nicht allein entscheidend angesehen werden können; die Quantitä, der Blutversorgung im Gehirn ändert sich mit jeder Erweiterung oder Verengerung der Gefäße, wie sie vom vegetativen System bei jedem Affekt hervorgerufen wird, und die Qualität der Blutzusammensetzung ändert sich mit jedem Mehr oder Weniger der Drüsensekretion, die ja für die Grundstimmung von größtem Einfluß ist.

Geradezu aufsehenerregend wirkten die radikal physiologischen Theorien des Dänen KARL LANGE (»Über Gemütsbewegungen« 1885) und des Amerikaners WILLIAM JAMES (»What is an emotion?« 1888). Nach LANGE ist die Ursache der Affekterlebnisse in den vasomotorischen Veränderungen (Verengerung und Erweiterung der Blutgefäße) zu sehen. Der Beweis für diese Behauptung werde durch die Tatsache geliefert, daß sich durch chemische Mittel, z. B. Opium, Gemütszustände erzeugen lassen und daß andrerseits bestehende Affekte durch andere Pharmaka, z. B. Brom, in ihrer Stärke herabgesetzt werden können. Das sind zweifellos schwerwiegende Tatsachen, die JAMES durch den Hinweis ergänzte, daß die willentliche Unterdrückung der vegetativen Begleiterscheinungen des Gefühls auch das Gefühl selbst nicht voll zur Auswirkung kommen lasse oder sogar vollkommen zum Verschwinden bringe. Würden die körperlichen Erscheinungen des Affektes überhaupt nicht auftreten, so wäre auch der Affekt selbst nicht da. Schreck und Angst könnten wir nicht erleben, wenn nicht die vegetativen Erscheinungen des Erblassens, Schwitzens, Zitterns auftreten würden. Dieser Standpunkt führte JAMES zu der bekannten Behauptung: wir weinen nicht, weil wir traurig sind, sondern wir sind traurig, weil wir weinen. Unter dem Namen »JAMES-LANGEsche Gefühlstheorie« ist diese Lehre in die Psychologie eingegangen; der Streit um ihre Richtigkeit ist bis heute nicht entschieden. Der erste Vorstoß gegen diese Lehre wurde von dem dänischen Psychologen HARALD HÖFFDING unternommen; er behauptete, daß das Gefühl erlebnismäßig schon *vor* den körperlichen Affekterscheinungen auftrete (HÖFFDING 1901). Ebenfalls ein Däne, ALFRED LEHMANN, hat sehr genaue Untersuchungen über die Veränderungen von Puls und Atmung bei Gefühlen durchgeführt und glaubte, daraus ebenfalls auf das frühere Auftreten des Gefühls und das Nachfolgen der vegetativen Erscheinungen schließen zu können (LEHMANN 1901).

Trotzdem bleibt es unentschieden, ob in der JAMES-LANGEschen Theorie nicht doch ein richtiger Kern steckt. Wir können nicht feststellen, ob Gefühle auftreten könnten, wenn das vegetative System fehlte; wir müssen diese Frage offenlassen. Es erscheint wahrscheinlich, daß bei den Triebgefühlen das vegetative System beteiligt ist, aber unwahrscheinlich, daß es bei den ethischen oder religiösen Gefühlen eine Rolle spiele. Solange man nicht genau weiß, auf welche Art die Erregungen, die einer reinen ästhetischen Freude zugrunde liegen, auf den Hirnstamm wirken, wird man diese Frage nicht beantworten können. Die annehmbarste Hypothese scheint mir die Vermutung zu sein, daß ein wesentlicher Teil der vegetativen Reaktionen atavistische, aus der Stammesgeschichte erklärbare nervöse Maßnahmen darstelle, der Rest hingegen der Ableitung von gestauten Energien diene, wie es oben für den Tränenfluß dargestellt wurde: Erregungsüberschuß wird vom vegetativen System durch Verbrauch in organisch ungefährlichen Reaktionen beseitigt.

In neuerer Zeit wurde die Annahme, daß die Gefühle aus vegetativen Prozessen entstünden, durch die Vermutung ersetzt, daß ihre Grundlage unmittelbar in Gehirnvorgängen zu suchen sei. Schon früh hatte man sich darüber gewundert, daß Tiere, denen man das Großhirn exstirpiert hatte, noch Anzeichen von Wut und Aggression zeigten; so schon F. GOLTZ, der 1892 einen Hund, dem er das Großhirn herausoperiert hatte, längere Zeit am Leben erhalten konnte, und um die Jahrhundertwende der Engländer C. S. SHERRINGTON, der die Wutäußerungen solcher Tiere als »pseudoaffektives Verhalten« bezeichnete; er ging dabei von der Annahme aus, daß ohne Hirnrinde kein bewußtes Gefühl zustande kommen könne, so daß das Knurren des Hundes keine erlebte

Wut zum Ausdruck bringe. In dieser Vermutung folgte ihm der Amerikaner WALTER B. CANNON, der die Affektentstehung in die Thalami verlegte; PHILIP BARD zeigte jedoch, daß auch noch nach Entfernung der Thalami Wutsymptome auftreten, wenn die okzipitalen Anteile des Hypothalamus erhalten bleiben. In neuerer Zeit hat dann der Schweizer Physiologe W. R. HESS den Nachweis erbracht, daß bei elektrischer Reizung bestimmter Hypothalamus-Regionen eindeutige Zeichen von Wut und Angriffsbereitschaft auftreten (Knurren, Fauchen, stark erweiterte Pupillen, zurückgelegte Ohren, gesträubte Rückenhaare). Es ist daher sicher, daß im Hypothalamus Zellsysteme vorhanden sind, deren Erregungsproduktion die Ausdruckserscheinungen der Affekte und wahrscheinlich wohl auch das Affekterleben selbst hervorbringt.

Die psychische Seite wird in diesen physiologischen Hypothesen sehr vernachlässigt. CANNON meinte, daß bei gesunden Lebewesen die Hirnrinde die Aktivität der Thalami hemme, so daß es relativ starker Reize bedürfe, um gegen diese Hemmungen aufzukommen; werden solche Reize wirksam, dann überflute die Thalamus-Erregung die Rinde und lasse die Affekte bewußt werden, außerdem aktiviere sie das vegetative System und bewirke dadurch die Ausdruckserscheinungen der Gefühle.

Neue gehirnphysiologische, vor allem gehirnelektrische Ergebnisse führten zu neuen Gefühlstheorien, in denen nicht mehr die Thalami, sondern die Ganglienzellen des »*limbischen Systems*« als Entstehungsort der Affekte betrachtet werden. »Limbisches System« ist ein von BROCA geprägter Name für die ältesten Anteile der Hirnrinde; dieses System umfaßt die Großhirnwindungen, die unmittelbar an den Balken und an das Thalamus-System anschließen (seine Hauptanteile sind der Gyrus cinguli, der Hippocampus und der Mandelkern jeder Hemisphäre). Auf Grund klinischer Feststellungen — Untersuchungen der Gehirne von Kranken, die an Gefühlsstörungen gelitten hatten, ergaben Schädigungen des limbischen Systems — stellte zuerst der Amerikaner J. W. PAPEZ die Theorie auf, daß das limbische System der kortikale Entstehungsort der Gefühle sei (PAPEZ 1937). K. H. PRIBRAM fand, daß das limbische System reiche Verbindungen mit anderen Rindengebieten, vor allem den sensorischen Feldern, aufweist und daß die Reizung dieser Felder in den limbischen Ganglien Erregungen auslöst (PRIBRAM 1954). Daß die Hirnrinde an der Entstehung der Gefühlserlebnisse entscheidend beteiligt sein müsse, hat MAGDA B. ARNOLD besonders betont und zur Begründung darauf hingewiesen, daß die Stellungnahme der Persönlichkeit zu den Wahrnehmungsinhalten, aus welcher die Gefühle hervorgehen, zweifellos eine Rindenleistung sei; im limbischen System spielen sich nach der Hypothese ARNOLDS die Vorgänge ab, in denen die Beurteilung der Wahrnehmungsinhalte nach ihrem Gefühlswert (angenehm, gefährlich usw.) erfolgt, weshalb sie vorschlägt, das limbische System als »estimative system« zu bezeichnen (ARNOLD 1963).

Mit diesen sogenannten Gefühlstheorien — in Wirklichkeit handelt es sich nur um sehr grobe Ansätze zu vagen Hypothesen — ist das Gefühls*erlebnis* nicht geklärt. Vermutlich ist es überhaupt nicht erklärbar, sondern eine letzte Tatsache wie die Empfindung. Jedenfalls ist es auch den rein psychologischen Bemühungen um eine Gefühlstheorie nicht gelungen, zu einem befriedigenden Ergebnis zu kommen; sie seien daher nur kurz dargestellt.

In die *psychologischen* Gefühlstheorien eine einigermaßen klare Ordnung zu bringen, ist unmöglich. Leider begegnet man in der Literatur — und zwar besonders in der neueren — einer so ungenauen und begrifflich verworrenen Ausdrucksweise, daß man nicht einmal die Meinungen dieser Psychologen kurz wiedergeben kann, ja man hat manchmal den Eindruck, daß sie selbst nicht genau wüßten, was sie eigentlich meinen. Ich gehe auf solche Lehren, die nur geeignet sind, die Psychologie in Mißkredit zu bringen, gar nicht ein. Mit Definitionen wie: Gefühle sind »ein unmittelbares Sichselbsterleben des Ich in seiner Ichheit«, »ein unmittelbares Selbstinnesein des Ich in seiner in sich ungeteilten Zuständlichkeit« (VOLKELT 1930) ist nichts gewonnen; und auch die schon wesentlich bessere Begriffsbestimmung KRÜGERS, Gefühle seien »Komplexqualitäten des jeweiligen Gesamtganzen, des Erlebnistotals«, und sie hätten Tiefe und »erlebnisausfüllende Breite«, ist keineswegs vollständig (KRÜGER 1928).

WILHELM WUNDT hat die schon von KANT betonte Subjektivität zur Charakterisierung des Gefühls wieder aufgegriffen. Daß das Gefühl ein subjektiver Zustand ist, bedeutet, daß es ein Verhalten des erlebenden Subjektes selbst sei; damit soll der individuelle Charakter des Gefühlslebens — die verschiedene Reaktion verschiedener Menschen auf dasselbe Ereignis — hervorgehoben werden. WUNDT spricht von der »Dreidimensionalität« der Gefühle und meint, daß damit ihre ganze Mannigfaltigkeit erfaßt sei: Lust und Unlust (vor allem bei den sinnlichen Gefühlen, d. h. den »empfindungsbedingten Gefühlen«), Erregung und Beruhigung (wobei z. B. die Depression ein besonders intensiver Grad von Beruhigung sein soll), Spannung und Lösung (die vor allem bei Aufmerksamkeit und Erwartung beobachtbar sein sollen); die Gefühle des täglichen Lebens seien gewöhnlich Mischungen aller drei Grundformen. Auch einen »Gefühlsnullpunkt« soll es nach WUNDT geben, nämlich die Mitte jedes Gegensatzpaares (WUNDT 1910).

THEODOR LIPPS hat eine sehr komplizierte Theorie aufgestellt, in welcher Lust und Unlust die Grundlage aller Gefühle bilden, nur die »Gleichgültigkeit« gebe es noch außer diesen beiden. Er unterscheidet

Gegenstands-, Konstellations- und affektive Zustandsgefühle; über die Merkmale dieser Gruppen bin ich mir bei der unpräzisen Begriffsbildung von Lipps nicht klargeworden. Viele andere Psychologen haben ebenfalls ihre ganze Gefühlslehre auf Lust und Unlust als die einzigen Gefühlsgrundlagen aufgebaut; so — im großen und ganzen, mit vielerlei Unterschieden in den Einzelheiten — die Wiener Psychologen Alois Höfler und Friedrich Jodl, der Däne Lehmann, der Amerikaner Titchener u. a. Viel umfassender als diese, manchmal recht wirklichkeitsfern anmutenden Gefühlsauffassungen ist die Lehre von Philipp Lersch, der die Gefühle und Strebungen in eine »Schichtentheorie« der Persönlichkeit einbaute, in der zwei Hauptregionen unterschieden werden: der »endothyme Grund«, der das Lebensgefühl, Selbstgefühl, Affekte und Strebungen umfaßt, und der »Oberbau«, zu dem er den Willen und die intellektuellen Funktionen zählt. Aus dem Zusammenspiel beider Regionen leitet er den individuellen Charakter ab. Auf die interessanten, sprachlich kunstvollen Einzelschilderungen der Gefühle, mit deren Hilfe Lersch eine »phänomenologische Erhellung« versuchte und ihre Beziehungen zu den Trieben aufzeigte, kann hier nur hingewiesen werden (Lersch 1960).

Das Gefühlsleben des *einzelnen* Menschen wird erst dann einigermaßen verständlich, wenn man beachtet, daß jeder Mensch eine individuelle Persönlichkeit darstellt. Erst dann begreift man die verschiedene Gefühlsreaktion verschiedener Menschen in derselben Situation; viele Gefühle sind Auswirkungen der Persönlichkeit, und zwar unmittelbare, d. h. nicht willentlich hervorgerufene, sondern von selbst entstehende Stellungnahmen der Persönlichkeit — Stellungnahmen, die in Zuständen, nicht in einzelnen bewußten Akten der Zustimmung oder Ablehnung zum Ausdruck kommen. Richtig verstanden, kann man es sehr kurz, allerdings sprachlich wenig schön, formulieren, indem man sagt: die »höheren« Gefühle sind unmittelbare autogene Stellungnahmen der Persönlichkeit zu anderen Menschen, zu Dingen, zu äußeren und inneren Ereignissen. Sie enthalten etwas von Zustimmung oder Ablehnung, aber vielfach gar nicht begrifflich oder gar sprachlich gefaßt, sondern eben unmittelbar im Zustand, den man dann als ästhetisches, ethisches oder als Takt- oder Gerechtigkeitsgefühl erlebt. Die Unmittelbarkeit des Gefühls ist die Ursache davon, daß in ihm die Persönlichkeit viel feiner und sicherer reagiert als sie es in einem verstandesmäßigen, scharf formulierten Urteil je tun könnte.

Nur die Einführung der Persönlichkeit in die Gefühlspsychologie macht die unübersehbare Mannigfaltigkeit der menschlichen Gefühle mit allen ihren Nuancierungen, Stärkeunterschieden und subtilen Feinheiten verständlich. Woher kommt dieser Reichtum von Verschiedenheiten? Davon, daß jeder Mensch eine einmalige, einzigartige Individualität darstellt, die nirgends so unmittelbar zur Auswirkung kommt wie in seinen Gefühlen, die ja Stellungnahmen dieser individuellen Persönlichkeit sind. Dies gilt aber nicht für alle Gefühle: ein kranker Zahn oder ein Stoß auf das Schienbein erzeugt in jedem Menschen die Schmerzempfindung und das Schmerzgefühl; und die Befriedigung des Nahrungs- oder Geschlechtstriebes erfüllt jeden gesunden Menschen mit einem Gefühl der Lust — und genauso höchstwahrscheinlich jedes Tier. Bei den Empfindungs- und den vitalen Triebgefühlen sind die individuellen Unterschiede unter den Lebewesen sehr gering. Die Vielfältigkeit und Verschiedenheit des Gefühlslebens wird erst dort möglich, wo seine Grundlage eine hohe Differenzierung aufweist; und dies ist erst bei der Persönlichkeit der Fall. Aus diesem Grunde habe ich als dritte Gruppe die »Persönlichkeitsgefühle« eingeführt; Gefühle religiöser, ethischer, ästhetischer Natur, die nur der Mensch und keineswegs jeder Mensch kennt und in denen er sich von allen anderen Menschen unterscheidet, weil er in seiner Persönlichkeit von allen anderen verschieden ist. Es ist interessant — und die vorgeschlagene Gefühlseinteilung hat darin eine kräftige Stütze —, daß diese hohe Differenzierung des Gefühlslebens aus der Stammesgeschichte verständlich wird: Empfindungen wie Schmerz hat jedes Tier und jeder Mensch, vitale Triebe ebenfalls; soziale Triebe haben nicht einmal alle Tiere, und »Interessen« — »geistige Triebe« — hat nur der Mensch, und innerhalb der menschlichen Gattung sind sie nach Art und Stärke sehr verschieden verbreitet und entwickelt. Daher die Fülle verschiedener Persönlichkeiten und — aus ihren unmittelbaren Stellungnahmen hervorgehend — die Mannigfaltigkeit der Gefühle.

Hätten sich aus der erbmäßigen Mischung der Anlagen zu verschiedenen Trieben und Interessen nicht Persönlichkeiten entwickelt, in denen der Drang zu künstlerischer Darstellung der eigenen Erlebnisse, der Trieb nach Erkenntnis, nach sozialer Gerechtigkeit oder nach einer Weltauffassung, in welcher das Leben des Menschen einen Sinn bekommt, so stark geworden ist, daß er alles andere Erleben und damit das gesamte Denken, Wollen und Handeln in seinen Dienst gezwungen hat, so wäre nie eine menschliche Kultur entstanden. Nur dadurch, daß künstlerisch, wissenschaftlich, philosophisch und sozial produktive Persönlichkeiten entstanden, deren Anlagen sich in starken Gefühlen auswirkten, wurden Werke geschaffen, die auch in anderen, nicht so stark interessierten und begabten Menschen soziale, ästhetische und religiöse Gefühle hervorriefen. Schwache Interessen, die von selbst nie zur Auswirkung gekommen wären, werden durch die Werke großer Persönlichkeiten geweckt und entwickeln sich an ihnen, weil sie starke Gefühle hervorrufen. *An den Persönlichkeitsgefühlen entwickelt sich die menschliche Kultur.*

Diese Ergebnisse der Gefühlspsychologie sind wichtig. Alles andere, was wir über die Gefühle wissen oder annehmen, ist interessant, aber doch nur Stückwerk, das noch vieler Ergänzungen (auch von seiten der Physiologie, Pharmakologie und Psychiatrie) bedarf, bis eine einheitliche, geschlossene Theorie der Gemütsbewegungen (Gefühle, Stimmungen, Affekte) möglich sein wird; sie wird aber nur dann möglich sein, wenn man sich mehr als bisher bemüht, klare Fragen mit klaren Antworten zu lösen und nicht die Lücken unseres Wissens durch leere Worte und gekünstelte Begriffe zu verhüllen.

Will man nach diesen Ausführungen noch einmal den Versuch machen, das sprachlich Faßbare am Gefühl in einer Umschreibung zusammenzufassen und dabei die Tatsache zu betonen, daß die Gefühle unmittelbare, von selbst entstehende Reaktionsweisen darstellen, so könnte man sagen: *Gefühle sind psychische Zustände, die ohne Mitwirkung des Bewußtseins als unmittelbare Reaktionen des Organismus, des Trieblebens oder der Persönlichkeit auf ein äußeres oder inneres Geschehen auftreten und meist in einer sprachlich nicht genau faßbaren Form als angenehm oder unangenehm erlebt werden.* Dies ist keine Definition des Gefühls, sondern lediglich eine Zusammenstellung seiner wichtigsten, nur im unmittelbaren Erleben feststellbaren Merkmale.

Der *biologische Sinn* der Gefühle ist bei den Triebgefühlen leicht zu erkennen: die Lust, welche die Triebbefriedigung erzeugt, bildet einen kräftigen Anreiz, die Befriedigung zu wiederholen. Der Natur ist es gleichgültig, ob die Lebewesen sich unter der Gewalt des Geschlechtstriebes fortpflanzen oder wegen der damit verbundenen Lust. Sie hat die letztere dazugegeben, damit ihr Ziel um so sicherer erreicht werde: Triebverstärkung durch Hinzukommen eines zweiten, durch dieselbe Handlung befriedigbaren Triebes, nämlich des Triebes nach der Befriedigungslust. Es gibt noch eine weitere Art der Triebverstärkung: den Drang zur Beseitigung der Unlust, die aus dem unbefriedigten Trieb entsteht. Dies läßt sich beim Geschlechtstrieb und beim Nahrungstrieb nicht nur theoretisch, sondern wirklich auch oft in der Selbstbeobachtung feststellen. Zur Befriedigung des Hungers können drei verschiedene Triebe führen: 1. der ursprüngliche Nahrungstrieb, 2. der Trieb nach der Lust, die mit der Stillung des Hungers durch eine delikate Mahlzeit verbunden ist, 3. der Trieb nach Beseitigung der Unlust, die aus dem Hungergefühl entsteht.

Es gibt aber eine Reihe von Gefühlen, die gänzlich unbiologisch sind, weil sie gegen die Absichten der Natur wirken. Ethische Gefühle veranlassen uns oft, dasjenige, was im Sinne der Natur wäre, gerade *nicht* zu tun; z. B. einen vitalen Trieb nicht zu befriedigen. Andere, z. B. ästhetische Gefühle, sind biologisch neutral; ob uns ein Bild oder ein

Lied gefällt, hat mit den Zwecken der Natur gar nichts zu tun. Das soziale Gefühl kann uns veranlassen, aus Mitleid oder Hilfsbereitschaft etwas zu tun, wovon wir »gar nichts haben«. Zu einer Erklärung dieser Gefühle kommt man nur, wenn man annimmt, daß die ihnen zugrunde liegenden Triebe und Interessen von der Natur in den Menschen gelegt wurden, um die Entwicklung einer hohen Kultur möglich zu machen. Wären solche Gefühle nicht vorhanden, so würde die Menschheit für immer im Zustand der Barbarei verbleiben, vom Tier nur dadurch verschieden, daß der Verstand leistungsfähiger ist und daher raffiniertere Methoden findet, um die vitalen Triebe ohne Rücksicht auf die Mitmenschen zu befriedigen.

Das Wollen

1. Beschreibung und Einteilung der Willenserlebnisse

In der gegenwärtigen psychologischen Fachliteratur wird von Willenserlebnissen kaum noch gesprochen. Nach dem Beispiel der amerikanischen Psychologie ist man auch in Europa dazu übergegangen, die Motivation als den Ursprung menschlichen Verhaltens zu betrachten und die Tatsache, daß zwischen Motivation und Handlung das Erlebnis der Entscheidung und des Entschlusses liegt, zu vernachlässigen. Dadurch ist eine sehr verworrene Situation entstanden, weil keinerlei Übereinstimmung darüber besteht, was Motivation ist. »Soweit ersichtlich, lassen sich in der gegenwärtigen Diskussion des Motivationsproblems wenigstens sechs Gruppen von materialen Bestimmungen des stets so umfassend wie möglich gemeinten Motivationsbegriffes unterscheiden« (THOMAE 1965, S. 19). Unterschieden wird ein behavioristischer, dekretorischer, direktiver, dynamisch-genetischer, energetischer, ethologischer, globaler, kausaler, kognitiver, operationaler, trieborientierter und willensorientierter Motivationsbegriff. In sehr umfassenden, die internationale Literatur verarbeitenden Überlegungen schlägt H. THOMAE schließlich folgende Definition vor: »Motive bzw. Motivationsprozesse sind Abstraktionen aus dem Sinnzusammenhang der menschlichen Aktivität, die in ihrem (sinnvollen) Zusammenhang mit Veränderungen jener Aktivität in bezug auf Intensität, Richtung und Form gesehen werden« (THOMAE 1965, S. 43).

Man sieht, daß die Motivations-Forschung ein sehr schwieriges Gebiet der Psychologie geworden ist. Ein Grund für diese Komplizierung liegt vielleicht in dem Bemühen, die Selbstbeobachtung möglichst auszuschalten (auch die Scheu vor der Verwendung des Begriffes

»Wollen« hat darin ihre Ursache). Es muß daher klar und eindeutig festgestellt werden: Motiv-Forschung ist ohne Selbstbeobachtung unmöglich. Die Ursachen eines Entschlusses lassen sich nur introspektiv feststellen. Die Selbstbeobachtung zeigt dabei, daß das menschliche Handeln meist nicht *unmittelbar* aus den Motiven hervorgeht, sondern daß die Motive zuerst zu einer Entscheidung für eine bestimmte Verhaltensweise — eben zum »Entschluß« — führen; diese Entscheidung und die aus ihr entstehende Aktivität zur Erreichung eines Zieles ist ein sehr charakteristisches, klarbewußtes Erlebnis, für welches sowohl der Sprachgebrauch des Alltags wie die wissenschaftliche Terminologie das Wort »Wille« oder »Wollen« verwendet. Das Wollen läßt sich durch seine besonderen Merkmale von allen anderen Erlebnisarten abgrenzen und als eigene Erlebnisklasse beschreiben — natürlich auch nur auf Grund der Selbstbeobachtung. Für den Behavioristen existieren daher die Willenserlebnisse nicht; in Wirklichkeit existieren sie aber nicht nur — sie gehören sogar zu den mächtigsten Kräften der Menschheitsgeschichte. Im folgenden werden daher die Willenserlebnisse — im Gegensatz zu den meisten gegenwärtigen Lehrbüchern — ausführlich dargestellt, wie es in der europäischen Psychologie bis zum Zweiten Weltkrieg üblich war (wobei nicht geringere Erfolge erzielt wurden als in der gegenwärtigen »objektiven« Motivations-Forschung).

Um einen Überblick zu gewinnen, ist es am besten, zunächst wieder die wichtigsten Formen des Wollens, soweit die Sprache dafür eigene Ausdrücke besitzt, zusammenzustellen. Hier zeigt sich schon ein bedeutsamer Unterschied zu den Gefühlen: die Sprache verfügt über viele Namen für Gefühle, aber nur über wenige Namen für Willenserlebnisse. Mit den Ausdrücken: Vorsatz, Absicht, Wunsch, Entschluß ist der ganze Wortschatz erschöpft; es kommt höchstens noch das »ich möchte« und »ich mag nicht« hinzu. Es gibt noch einige andere Arten des Wollens, für die man erst eigene Begriffe einführen muß; aber auch nur ganz wenige. Man könnte daher meinen, daß es leicht sei, einen psychischen Vorgang, der so wenig Erlebnisarten aufweist, zu beschreiben.

Trotzdem ist es schwierig. Beginnt man, die Merkmale des Wollens aufzusuchen, so findet man, daß jedes Wollen ein *Ziel* hat, daß es aus mehr oder weniger bewußten »*Motiven*« entsteht, daß man an die Erreichbarkeit des Zieles glaubt — das Entscheidende ist mit all dem nicht erfaßt. Es liegt darin, daß der Ursprung des Wollens auf das engste mit der Individualität des Menschen zusammenhängt — daß im Wollen die Persönlichkeit des Einzelnen in ihrer Eigenart zur Auswirkung kommt, aber nicht passiv wie beim Gefühl, sondern aktiv und daher auch voll und klar bewußt. Hierin liegt vielleicht das wichtigste Merkmal: in dem Erlebnis »*ich* will dies und jenes« wird dem Menschen ganz klar bewußt, welche Ziele *seiner* Persönlichkeit entsprechen; und außerdem, daß er bereit ist, für die Erreichung dieser Ziele seine psychischen und körperlichen Kräfte einzusetzen. Wie soll man dies in einer Definition ausdrücken? Man kann wohl sagen: Willenserlebnisse sind zielgerichtete klarbewußte Zielsetzungen der Persönlichkeit mit der Absicht zu ihrer Verwirklichung; es ist mit einer solchen »Definition« nichts gewonnen, weil sie den Ausdruck »Absicht« enthält, der selbst wieder ein Willenserlebnis bezeichnet.

Ich schlage folgende Umschreibung vor, die zwar weniger präzis ist, aber der Selbstbeobachtung besser gerecht wird: ein Wollen liegt vor, wenn sich ein Mensch in klarbewußtem Erleben und mit voller innerer Zustimmung für ein bestimmtes Ziel entscheidet oder es ablehnt. »Ziel« bedeutet dabei ein Ereignis oder einen Zustand, der noch in der Zukunft liegt, also erst verwirklicht werden muß. Zu den einzelnen Merkmalen der vorgeschlagenen Umschreibung, die nicht mehr sein will als eine notdürftige Begriffsbestimmung — die Sprache bietet keine besseren Ausdrucksmöglichkeiten — ist folgendes zu sagen:

1. Klarbewußtes Erleben. Gefühle treten auf, ohne daß sich die in ihnen enthaltene Stellungnahme der Persönlichkeit bewußt vollzieht: die Zustimmung oder Ablehnung liegt unmittelbar im Gefühl der Freude oder des Ekels. Beim Wollen geht das Stellungnehmen, das Zustimmen oder Ablehnen, *bewußt* vor sich; man erlebt es als ein »Ja« oder »Nein«, und man erlebt ferner, daß dieses Zustimmen oder Ablehnen ein Stellungnehmen der *Persönlichkeit* ist; *ich* stimme zu oder *ich* lehne ab, nicht etwas anderes in mir, etwa ein Trieb oder ein Gefühl, sondern die erlebte eigene Persönlichkeit (die gerade in diesem Erleben klar bewußt wird).

2. Volle innere Zustimmung (oder Ablehnung). Mit diesem Ausdruck soll betont werden, daß man im Stadium des Wollens über die Unsicherheit und das Abwägen von Für und Wider hinausgekommen ist. Ein Unsicherheitsstadium geht vielen Willenserlebnissen voran; es ist der »Kampf der Motive«, von dem noch zu sprechen ist. Ein Wollen liegt erst vor, wenn das Ziel angenommen und gebilligt ist (was durchaus nicht immer einer langen Überlegung bedarf). Dieses Merkmal wird besonders deutlich in jenen Fällen, in denen man sich gegen die eigene Überzeugung zu etwas überreden ließ: man beginnt es auszuführen, weiß aber dabei ganz genau, daß man es eigentlich nicht will — man handelt ohne »volle innere Zustimmung«. Das bewußte Zustimmen oder Ablehnen ist aber noch nicht das Erleben, das man als »Aktivität des Ich« im Wollen bezeichnet hat: es muß die Bereitschaft dazukommen, zur Erreichung des Zieles etwas zu *tun*. Es gibt dabei Feinheiten, die im täglichen Leben oft vorkommen: man kann z. B. als älterer Mensch den

Zielen einer Jugendorganisation voll zustimmen und würde mit ihr arbeiten, wenn man noch jung wäre; in diesem Falle *will* man, daß ihre Ziele erreicht werden, ohne daß man selbst etwas dazu *tut*. Ebenso kann man einer weltanschaulichen Idee, einer Religion oder einem wissenschaftlichen oder ethischen Grundsatz voll zustimmen, ohne daß man etwas zur Erreichung ihrer Ziele beiträgt; auch hier *will* man, daß diese Ziele erreicht werden. Sehr klar wird der Unterschied zwischen Wille und Trieb und damit auch das Merkmal der »vollen inneren Zustimmung« in den Fällen, in denen ein Trieb auftritt, dem man nicht nachgeben will: man hat sich vorgenommen, nicht mehr zu rauchen; *es* (der Trieb) drängt mich, eine Zigarette anzuzünden, aber *ich* (die erlebte, eigene Persönlichkeit) lehne es ab, bewußt und mit eindeutiger innerer Zustimmung, und ich bin bereit, meine ganze Willenskraft dafür einzusetzen.

Einer Kraft, wie es z. B. ein Trieb ist, kann man nur begegnen, wenn man ihr eine andere Kraft entgegensetzt; und ebenso kann man ein Ziel nur erreichen, wenn man die Widerstände, die seiner Erreichung entgegenstehen, beseitigt, wozu ebenfalls eine Kraft erforderlich ist. Hier liegt eines der schwierigsten Probleme der Willenspsychologie: die Willens*kraft* und Willens*stärke*. Alle erdenklichen Standpunkte wurden vertreten: die — ganz unsinnige — Behauptung, »man kann alles, wenn man nur will«, und die gegenteilige: es gibt gar keine Willenskraft (so z. B. LINDWORSKY 1920). Die Wahrheit scheint zu sein, daß das Wollen zwar eine Kraft darstellt, daß man sie aber keineswegs für alles Beliebige einsetzen oder alles mit ihr erreichen kann. Zum Beweis für die Richtigkeit dieser Behauptung sei auf die Selbstbeobachtung hingewiesen, die uns sehr deutlich zeigt, daß das Wollen eine Kraft darstellt: man mache den einfachen Versuch, einen Stuhl mit ausgestrecktem Arm so lange als möglich in die Höhe zu halten, und man wird bald spüren, daß man die Kraft, die gegen die Ermüdung aufkommen muß, klar *erleben* kann; aber leider nicht beschreiben — es steht kein anderes Wort zur Verfügung als der Ausdruck »Kraft«. Sicher ist aber, daß die Kraft, die die Muskeln gespannt erhält, mit der Persönlichkeit in engstem Zusammenhang steht; fordert man die Versuchsperson auf, den Arm sinken zu lassen, so erklärt sie: »nein, ich will nicht«, und bei vielen Menschen tritt im Endstadium der höchsten Kraftanstrengung der sprachlich formulierte Gedanke auf, »ich will einfach nicht nachgeben, ich muß es noch länger zustande bringen«. Daß die Kraft dieses Wollens etwas anderes ist als die Muskelkraft und daß diese nur im Dienste jener steht, bedarf keines Beweises; es ist in der Selbstbeobachtung eindeutig feststellbar.

Es gibt viele Menschen, die glauben, daß »der Wille« irgendwo im Seelenleben oder im Gehirn als eigene Energie vorhanden sei und nur vom »Ich« aufgerufen zu werden brauche, um alles durchzusetzen, was der Verstand für richtig, zweckmäßig oder notwendig erachtet. Das ist eine sehr naive und ganz unwissenschaftliche Auffassung. Es wird später — bei der Besprechung des »Kampfes der Motive« — gezeigt werden, daß die »Willenskraft« keine eigene psychische Energie ist, sondern die von der Persönlichkeit zum Einsatz gebrachte Kraft der Triebe und Interessen. Hier kommt es nur darauf an, eine vorläufige allgemeine Umschreibung der Willenserlebnisse und dadurch eine einigermaßen scharfe Abgrenzung gegen die anderen psychischen Vorgänge und Zustände zu gewinnen. Man kann das oben Ausgeführte zum Ausdruck bringen, wenn man sagt, daß der Mensch im Wollen seine psychischen Kräfte bewußt zur Erreichung eines bestimmten Zieles zum Einsatz bringe.

Willenserlebnisse sind psychische Vorgänge, in denen der Mensch in klarbewußtem Erleben und mit voller innerer Zustimmung seine psychischen Kräfte zur Erreichung eines bestimmten Zieles zum Einsatz bringt. In dieser Umschreibung ist alles Notwendige zur Abgrenzung des Wollens von den übrigen psychischen Erscheinungen gesagt und eine brauchbare Grundlage zur *Einteilung der verschiedenen Formen und Arten des Wollens* gegeben. Man muß dabei verschiedene Gesichtspunkte anwenden. Grundlegend ist eine von dem österreichischen Philosophen FRANZ BRENTANO vorgeschlagene Einteilung in *primäre* und *sekundäre* Willenserlebnisse; primäre sind solche, bei denen man das Ziel selbst unmittelbar anstrebt, sekundäre solche, bei denen man etwas anstrebt, um dadurch ein *anderes* Ziel zu erreichen (FRANZ BRENTANO 1925). Man will bei einer Hochgebirgstour einen schwierigen Gipfel besteigen; dazu ist es notwendig, daß man sich zunächst die Ausrüstung beschafft. Das Wollen, das auf die Anschaffung von Rucksack, Steigeisen und Bergschuhen gerichtet ist, ist ein sekundäres Wollen (»Mittel-Wollen«), der Wille, den Gipfel zu ersteigen, ein primäres. Es ist leicht einzusehen, daß die meisten Willenserlebnisse des täglichen Lebens sekundärer Natur sind: alles, was wir in der Ausübung unseres Berufes, zur Erhaltung unseres Lebens usw. tun, geschieht, um dadurch das eigentliche Ziel — berufliche Erfolge, vor allem aber den zur Erhaltung der eigenen Existenz notwendigen Besitz — zu erreichen. Primäre Willenserlebnisse kommen relativ selten, bei manchen Menschen nur einige Male im ganzen Leben vor: sie haben sich entschlossen, diesen Beruf zu wählen und diese Frau zu heiraten, und damit ist ihr weiterer Lebensplan vorgezeichnet; sie wollen von nun an nichts mehr als die notwendigen Mittel zur Erhaltung ihres Daseins und ihrer Familie. Natürlich gibt es auch »tertiäre« Willenserlebnisse, die der Erreichung eines Zieles sekundärer Natur dienen, und »quartäre« usf.

Außer dieser Einteilung nach dem Gesichtspunkt der Unmittelbarkeit läßt sich leicht eine zweite nach dem Gesichtspunkt der Erreichbarkeit des Zieles durchführen. Die meisten Willenserlebnisse haben ein Ziel, das man wirklich erreichen kann oder wenigstens für erreichbar hält. Es gibt aber auch ein echtes Wollen, das auf unerreichbare Ziele gerichtet ist; man kann wollen — in klarbewußtem Erleben und mit voller innerer Zustimmung —, daß etwas nicht geschehen wäre, was in Wirklichkeit geschehen ist und nicht mehr gutgemacht werden kann. Die Sprache kennt diesen Fall; man sagt dann: »ich wollte, ich könnte es ungeschehen machen«, und die konjunktivische Ausdrucksweise besagt, daß man sich der Unerreichbarkeit dieses Zieles bewußt ist. Man könnte einwenden, ein echtes Wollen liege doch nicht vor, weil der Einsatz der psychischen Kräfte fehle; er ist aber in Wirklichkeit gegeben — man plagt sich trotz der erkannten Unmöglichkeit, das Geschehene rückgängig zu machen, mit Gedanken ab, wie man es vielleicht doch erreichen könne.

Ein anderer Fall ist das bloße *Wünschen.* »Ich wünsche mir ein Landhaus im Gebirge« — das kann ein echtes Wollen sein, klarbewußt und mit voller innerer Zustimmung erlebt, aber auch, wenigstens in den Vorstellungen, die es hervorruft, psychische Kräfte absorbierend (mit der Hoffnung, daß Glück und Erfolg es einmal möglich machen werden, das gegenwärtig unerreichbare Ziel doch zu erreichen). Die deutsche Sprache kennt noch den interessanten Ausdruck *»mögen«*. In der Form von »ich möchte« wird er gebraucht, wenn die Vorstellung einer Handlung auftritt, die man ernsthaft wollen würde, wenn sie nicht gegen die üblichen Sitten, den Anstand oder das Pflichtgefühl verstoßen würde; »ich möchte ihn am liebsten ohrfeigen« heißt, man täte es, wenn es nicht ungehörig wäre; »ich möchte lieber ins Kino als in die Vorlesung« bedeutet, daß man ins Kino ginge, wenn nicht das Pflichtgefühl verlangte, daß man in die Vorlesung geht. Der Sinn ist: ich würde lieber dies und jenes tun und würde es auch wollen, aber man darf es nicht oder man hat keine Zeit dazu. Die Ausdrucksweise »ich mag« wird, soweit sie Willenserlebnisse bezeichnet, nur in der negativen Form gebraucht: »ich mag nicht in diese Gesellschaft gehen«, »ich mag mich auf solche Geschäfte nicht einlassen« — Ablehnungen, die stark gefühlsbetont sind, klarbewußt und mit voller innerer Zustimmung getroffen werden, aber keine spürbare psychische Kraft verbrauchen, solange man nicht gezwungen ist, sie gegen Widerstand durchzusetzen; dann kann das »nicht mögen« in sehr heftigen Ausbrüchen und mit beträchtlicher Energie als echtes Wollen negativer Art zur Auswirkung kommen.

Ein weiterer Gesichtspunkt, der eine Einteilung der Willenserlebnisse möglich macht und in der Sprache bereits durchgeführt ist, ist die Dauer der Zeit, für die ein Entschluß maßgebend sein soll. Die Sprache hat dafür die Ausdrücke »*Vorsatz*« und »*Absicht*« eingeführt. Im Vorsatz liegt ein echtes Wollen vor, das für alle künftigen Situationen bestimmter Art gelten soll: »ich habe mir vorgenommen, nie mehr nach dem ersten Eindruck zu urteilen«, »ich habe mir vorgenommen, nie mehr schlecht vorbereitet zu einer Prüfung zu gehen« — klarbewußte Stellungnahme, volle innere Zustimmung, Bereitschaft zum Einsatz der psychischen Kräfte, sobald wieder eine solche Situation vorliegt. Auch im Augenblick des Vorsatzes selbst liegt ein solcher Einsatz von Kräften vor: dadurch, daß man sich selbst eine Vorschrift macht, die unbedingt gelten soll, zwingt man sich zu etwas, was man nur gegen Widerstände zustande bringt. Der Vorsatz ist ein Gesetz grundsätzlicher Art für die Zukunft; die »Absicht« hingegen bezieht sich auf einzelne, künftige Ereignisse und ist nicht so entschieden und unwiderrufbar, trotzdem aber noch ein echtes Wollen. »Ich habe die Absicht, im nächsten Sommer in die Schweiz zu reisen«, »ich beabsichtige, mir eine neue Armbanduhr anzuschaffen« »ich habe die Absicht, im nächsten Monat Prüfung zu machen« — das sind Willenserlebnisse, klarbewußt und mit voller innerer Zustimmung vollzogen, aber die notwendige Aufwendung der psychischen Kräfte ist verschoben, weil der Zeitpunkt dazu noch nicht gekommen ist. Der Entschluß ist gefaßt, aber die Ausführungshandlung ist noch nicht durchführbar; die Absicht ist ein Zwischenstadium zwischen beiden. Diesen Sinn hat das Wort »Absicht« auch im Strafgesetz.

Eine besondere Betonung der Tatsache, daß ein Wollen aus längerem, gründlichem Überlegen und Abwägen der einzelnen Möglichkeiten hervorgegangen ist, liegt im Wort »*Entschluß*«. »Ich habe mich entschlossen, eine andere Wohnung zu suchen« sagt man, wenn man sich reiflich überlegt hat, ob man es tun soll oder nicht. Häufig werden die Widerstände, gegen die man dabei aufzukommen hatte, noch besonders hervorgehoben: »ich habe mich nun doch entschlossen, in ein Sanatorium zu gehen« — man tut es ungern, man hat lange gezögert, aber jetzt hat man die Notwendigkeit dazu eingesehen. Dabei kommt in dieser Ausdrucksweise auch die Entschiedenheit zur Darstellung, mit der man nun handeln wird; der Entschluß steht fest, es ist nichts mehr daran zu ändern. Das Wort »Beschluß« wird gewöhnlich verwendet, wenn nicht ein einzelner, sondern eine Mehrheit von Menschen zu einer Entscheidung gekommen ist: die Konferenz hat beschlossen, eine neue Vorschrift herauszugeben, das Parlament hat beschlossen, neue Wahlen durchzuführen.

Eine Einteilung, die in der Sprache des täglichen Lebens nicht vorkommt, sich aber als sehr praktisch erweist, ist die Unterscheidung von Entschlüssen mit vorausgegangener gründlicher Überlegung und von Entscheidungen, die sofort getroffen werden. Ich nenne die letzteren im folgenden *Spontanentscheidungen*; z. B. »Wollen Sie mir Ihre Bibliothek verkaufen?« »Ich denke nicht daran, ich brauche meine Bücher selbst!«; »Gehen wir heute ins Kino?« »Gerne, ich weiß ohnehin nicht, was ich abends tun soll.« Klares Bewußtsein und volle innere Zustimmung sind bei solchen raschen Entscheidungen zweifellos gegeben; der Einsatz psychischer Kräfte ist oft nicht nötig, aber die Bereitschaft dazu besteht und die getroffene Entscheidung wird sofort durchgeführt. Im täglichen Leben kommen solche Spontanentscheidungen sehr oft vor; auch in wichtigen Angelegenheiten. Am häufigsten sind sie bei starken, energischen Persönlichkeiten in führenden Stellungen: Staatsmänner, Industrieführer, Leiter großer Organisationen müssen jeden Tag eine Fülle von Spontanentscheidungen treffen; und daß sie dazu imstande sind, ist eine der Ursachen dafür, daß sie es zu beherrschenden Stellungen gebracht haben. Das Richtige sofort zu erkennen und durchzusetzen — das ist eine Eigenschaft, die eine klare Persönlichkeit zur Voraussetzung hat, in welcher ein glatter, rascher Erlebnisablauf schnell und sicher zu richtigen Entscheidungen führt.

Im großen und ganzen gibt es also vier Einteilungen der Willenserlebnisse. Nach dem Gesichtspunkt der Unmittelbarkeit primäre, sekundäre und tertiäre Willenserlebnisse; nach der Erreichbarkeit des Zieles das eigentliche Wollen, das Wünschen und das »Mögen«; nach der Geltungsdauer eines Entschlusses den Vorsatz und die Absicht; und nach der Entstehungsweise den Entschluß und die Spontanentscheidung.

Das ganze psychische und körperliche Geschehen von der Entstehung eines Wollens bis zur Erreichung des Zieles läßt sich in drei große Abschnitte gliedern: der erste umfaßt die Vorgänge bis zur Entscheidung, also den ganzen *Motivationsprozeß;* der zweite die Entscheidung selbst mit allen sekundären Willenserlebnissen und allen intellektuellen Begleiterscheinungen — die *Entscheidung* und *Planung* —; und der dritte die Handlungen, die zur Erreichung des Zieles führen: die *Ausführungshandlung*. Diese Einteilung ist sehr praktisch, weil sie den ganzen Willensprozeß in charakteristische Stadien teilt. Im folgenden ist die Dreiteilung beibehalten; es wird zuerst das Zustandekommen der Willenserlebnisse, dann die Entscheidung und schließlich die Ausführungshandlung besprochen, wobei sich Gelegenheit bietet, die Ergebnisse der willenspsychologischen *Experimente* an den richtigen Stellen einzuordnen.

2. Der Motivationsprozeß

Die unerläßliche Voraussetzung für die Entstehung eines Wollens ist das Bestehen einer Wahlsituation; es müssen mehrere, wenigstens aber zwei Verhaltensmöglichkeiten gegeben sein. Es ist schwer, sich Situationen vorzustellen, in denen diese Voraussetzung *nicht* gegeben wäre: auch wenn jemand mit vorgehaltener Pistole etwas von uns verlangt, besteht immer noch die Möglichkeit, es nicht zu tun und den Tod vorzuziehen; auch in diesem Fall kann man noch *wählen*. Ist eine Wahlsituation entstanden, so *muß* man eine Entscheidung treffen; es kommt dann in jedem Fall zu einem *Wollen*, sei es auch nur zu dem Entschluß, überhaupt nicht zu reagieren oder die endgültige Entscheidung aufzuschieben. Jede Wahlsituation bedeutet einen Wahl*zwang*. Was geht bei solchen Wahlsituationen erlebnismäßig vor?

Man hat versucht, diese Frage *experimentell* zu beantworten. Die früher erwähnte *Würzburger Schule* unter OSWALD KÜLPE (s. S. 350) hatte als erste begonnen, systematische Selbstbeobachtungen im Experiment durchzuführen: die Versuchspersonen hatten möglichst genau zu beschreiben, was sie in einer vorgegebenen Situation in sich selbst an psychischen Vorgängen beobachteten. NARZISS ACH benützte diese Methode als erster zur Untersuchung der Willenserlebnisse; und zwar, der damaligen Tradition entsprechend, zunächst mit Hilfe von sinnlosen Silben. Die Versuchsperson mußte z. B. Silbenpaare — tuk-rin, rof-kel usw. — lernen, hatte aber den Auftrag, im Versuch bei Erscheinen der ersten Silbe nicht mit der assoziierten zweiten, sondern mit einem Reim zu reagieren. Es ist leicht zu sehen, daß diese Versuche über die *Entstehung* eines Wollens keinen Aufschluß geben können, sondern nur über die Ausführung der Willenshandlung; der Entschluß, nicht mit der assoziierten Silbe, sondern mit einem Reim zu reagieren, ist ja schon vor dem Versuch gefaßt, nämlich bei der Übernahme der Instruktion. Die ersten Bemühungen, die Entstehung eines Entschlusses experimentell zu untersuchen und damit etwas über den »Kampf der Motive« zu erfahren, stammen von den belgischen Psychologen MICHOTTE und PRÜM (1911). Die Versuche waren, obwohl sie mit dem ganzen Aufwand genauester Zeitmessung bis zu $^{1}/_{1000}$ Sekunde durchgeführt wurden, außerordentlich einfach: es wurden Ziffern geboten — z. B. 4716, 5832 —, und die Versuchsperson hatte zu wählen, ob sie diese Ziffern addieren, subtrahieren, multiplizieren usw. wollte. Die gewählte Operation brauchte nicht durchgeführt zu werden; die Versuchsperson mußte sofort nach der Entscheidung zu Protokoll geben, was sie dabei erlebt hatte. Es war also eine experimentelle *Wahlsituation* geschaffen, aus der notwendigerweise ein Entschluß entstehen *mußte*. Der Engländer WHEELER hat die Situation lebensnäher zu machen versucht, indem er zwischen Bildern und Musikstücken wählen ließ; ein anderer englischer Psychologe, E. B. BARRET, hat verschieden schmeckende Flüssigkeiten verwendet, zwischen denen gewählt werden mußte; die Flüssigkeit mußte nachher wirklich getrunken werden, und keine schmeckte so angenehm, daß sie einen Genuß bedeutete (zit. n. Lindworsky 1920). Alle diese Versuche stammen aus der Zeit um 1910; später haben Trouet, Skawran, Gies und Kucera den Ergographen (einen Apparat, bei dem ein schweres Gewicht hochgezogen werden muß, wobei die Stärke der Einzelzüge registriert wird; Abb. 96) zu Wahlversuchen benützt: es mußte zwischen einem sehr starken, einem mittleren und einem schwachen Zug gewählt werden. Lindworsky bemühte sich, besonders unlustvolle Aufträge zu erfinden, um den Motivationsvorgang zu untersuchen; seine Versuchspersonen wurden gefragt, ob sie sich ehrenwörtlich verpflichten, daß sie etwas, was er nachher von ihnen fordern werde, auch wirklich ausführen werden; hatten sie sich verpflichtet, so verlangte er z. B., daß sie ein Glas Seifenwasser trinken, vor einer Versammlung ein Lied singen, eine lebende Fliege schlucken usw. Diese Handlungen mußten aber nicht wirklich ausgeführt werden; die Versuchsperson hatte nur zu beschreiben, was sie im Augenblick, in welchem sie den Auftrag hörte, erlebte.

Um starke, persönlich betonte Motive zu erzeugen, habe ich in eigenen Versuchen (1929 bis 1931) die Versuchspersonen die Hand über einen elektrisch geladenen Stab ausstrecken lassen und es ihnen freigestellt, die Hand ausgestreckt zu halten oder sie auf den Stab aufzulegen. Mit zunehmender Ermüdung wurde der Drang, die Hand auf den Stab zu legen, sehr stark, doch wirkte natürlich die Angst vor dem elektrischen Schlag ebenfalls sehr stark in die gegenteilige Richtung. Bei diesen Versuchen, bei denen manche Versuchsperson den Arm über eine Stunde ausgestreckt hielt, besteht der Vorteil, daß *während* des Experimentes Aussagen gemacht werden können, wodurch man ganz unmittelbare Erlebnisbeschreibungen gewinnt.

Bei allen diesen Experimenten, auf deren Ergebnisse hier im einzelnen nicht eingegangen werden kann, zeigte sich, daß in der Wahlsituation zunächst die einzelnen Verhaltensweisen vorgestellt werden: *Feststellung der Wahlmöglichkeiten*. Aber nicht nur die Wahlmöglichkeiten selbst, sondern auch ihre Folgen werden in Vorstellungen und Gedanken bewußt: wenn man den vor Ermüdung schmerzenden Arm auf den geladenen Stab legt, so muß man nicht nur den Strom aushalten, sondern könnte überdies noch für willensschwach gehalten werden usw. Aus dem Alltag kennt man genug Fälle, in denen man die Vorstellung der möglichen Folgen noch viel weiter treibt; wählt man die Möglichkeit A, so tritt vielleicht die Wirkung B ein, und daraus könnte dies und jenes entstehen — so wird bei wichtigen Entscheidungen jede der Wahlmöglichkeiten genauestens auf ihre möglichen Auswirkungen geprüft. Die erste Wirkung einer Wahlsituation besteht also in der Vorstellung der gegebenen Verhaltensmöglichkeiten und ihren Folgen.

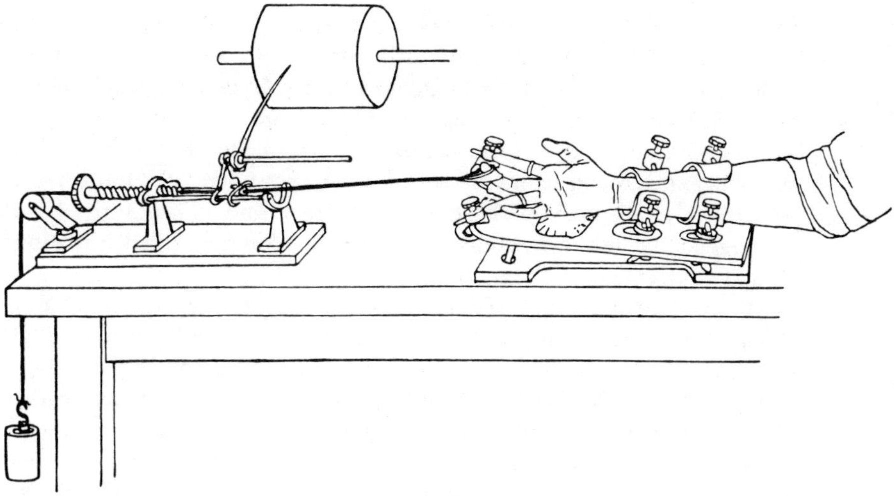

Abb. 96. Ergograph zur Registrierung einer Muskelarbeit (ein bestimmtes Gewicht wird gehoben und die Hubhöhen werden auf einer Rußtrommel registriert).

An diese Vorstellungen schließen sich meist sofort Gefühle und Triebregungen an. Die einzelnen Verhaltensmöglichkeiten und ihre Folgen sind mehr oder weniger angenehm oder unangenehm: wenn ich den Arm länger ausgestreckt halte als die anderen, so wird man mir ungewöhnliche Willensstärke zuschreiben, ich werde in der Achtung steigen. Solche gefühlsbetonten Überlegungen enthalten also bereits eine Stellungnahme zu den einzelnen Wahlmöglichkeiten. Oder: ich werde den Arm auf alle Fälle unter Aufbringung aller meiner Kräfte länger ausgestreckt halten als alle anderen Versuchspersonen, ich will sie übertreffen, sie sollen sehen, daß ich stärker bin als sie. Der Geltungstrieb findet in dieser Verhaltensmöglichkeit eine Gelegenheit zur Befriedigung. Im Alltag ist die Gefühlsbetonung und die Beteiligung der Triebe viel stärker als in den Laboratoriums-Experimenten; es dauert daher oft lange, bis es zu einer Klärung der Wahlsituation vom Standpunkt der Persönlichkeit und ihrer Interessen kommt. Diese Klärung ist ein sehr wichtiges Stadium des Motivationsprozesses: *die Vorstellungen der einzelnen Verhaltensmöglichkeiten und ihrer Folgen lassen Gefühle und Triebregungen entstehen.*

Dies gilt für die meisten, aber nicht für alle Wahlsituationen. Es kann auch sein, daß die vorhandenen Verhaltensmöglichkeiten keinerlei Gefühle oder Triebregungen hervorrufen; sie sind uns alle gleichgültig. Ich habe solche Versuche gemacht, um das — später zu besprechende — Freiheitsbewußtsein zu untersuchen: vor die Versuchsperson wurde eine Zündholzschachtel hingelegt und ihr gesagt, sie könne sie weiter nach rechts oder weiter nach links legen oder sie an ihrem Platz liegen lassen. Jede dieser Verhaltensmöglichkeiten ist für die Versuchsperson gleich unwichtig und uninteressant; es ist ihr vollkommen gleichgültig, ob die Schachtel mehr rechts oder mehr links liegt. Trotz dieser »Motivleere« kommt es zu einem Entschluß; man legt die Schachtel schließlich zur Seite, aber nicht, damit sie jetzt mehr rechts oder mehr links liege, sondern nur, damit die Wahlsituation ein Ende finde. Das Motiv dabei ist ungefähr: ich tue irgend etwas, um mit dieser lästigen Situation Schluß zu machen.

Welche Gefühle und Triebregungen in einer gegebenen Wahlsituation auftreten, hängt ganz von der Art der Persönlichkeit ab. Bei vielen Menschen erfolgt die Beurteilung der Verhaltensmöglichkeiten ausschließlich triebmäßig: wie muß ich mich verhalten, damit der größte Vorteil für mich herauskommt? Bei manchen Menschen kommt es aber zu starken Gefühlen ethischer oder sozialer oder religiöser Art, aus denen ein sehr charakteristisches Erleben hervorgeht; das *Soll*-Erlebnis. Sein Zustandekommen ist schwer zu erklären, weil sehr viele Komponenten an ihm beteiligt sind: man hat seit frühester Kindheit von den Eltern gehört, daß man dies und jenes nicht tun darf, man weiß, daß es den ethischen oder sozialen Grundsätzen widerspricht — alles das tritt in das Bewußtsein, wenn eine entsprechende Situation gegeben ist. Dazu kommt als sehr entscheidender Faktor das unmittelbare gefühlsmäßige Urteil: es wäre nicht anständig, wenn ich mich so benehmen würde, es wäre ungerecht und unfair usw. Aus all dem resultiert der klar formulierte Gedanke »ich soll es nicht tun« mit allerlei Nebenvorstellungen, »schon der Gedanke daran ist verwerflich«, »solche Sachen sollten mir gar nicht einfallen«, »ich muß schon tief gesunken sein, daß ich an so etwas überhaupt denke« usw. Aber — allen diesen Ablehnungen und Abwehrmaßnahmen steht die Gewalt der Triebe gegenüber, die immer von neuem nach Befriedigung verlangen, die Lockung des Gewinnes, der Lust, der Geltung unter den Kameraden; und der Trieb mobilisiert ebenfalls Gedanken und Vorstellungen »gar so arg wäre es nicht, jeder andere an meiner Stelle würde es tun, wahrscheinlich erfährt niemand etwas davon, warum soll ich nicht auch einmal etwas erreichen« usw. So entwickelt sich der »*Kampf der Motive*«: auf der einen Seite steht die Persönlichkeit mit ihrer Forderung »das sollst du nicht tun«, auf der anderen stehen die Triebe, die zum abgelehnten Verhalten drängen. Sieger bleibt, wie überall in der Natur, der stärkere Faktor. Davon ist noch zu sprechen.

»Kampf der Motive« ist ein sehr treffender und anschaulicher Ausdruck. Aber er ist unbefriedigend, solange man nicht weiß, was »Motive« sind. Die Experimente haben darüber keinen klaren Aufschluß gegeben, wohl aber brauchbare Hinweise. Man denke sich in die Situation des oben beschriebenen einfachen Versuches, bei dem man den Arm über einen elektrisch geladenen Stab ausgestreckt hält. Kein Zweifel, daß man den Arm deshalb nicht auf den Stab auflegt, weil man die Unlust des elektrischen Schlages vermeiden will; das »Motiv« ist also Vermeidung der Unlust, genauer gesagt: der Drang, die Unlust zu vermeiden. Es gibt aber noch andere Motive. Wurde der Versuch mit mehreren Personen zugleich gemacht, so beobachtete jede die anderen; und jede hatte das Bestreben, den Versuch länger auszuhalten als die übrigen, zum mindesten nicht als erste den Arm sinken zu lassen. Das »Konkurrenzmotiv«, das Bestreben, die anderen in der Leistung zu übertreffen und als der Stärkste zu gelten oder wenigstens nicht der Schwächste zu sein — wieder ein Drang, der ohne Mitwirkung des Bewußtseins auftritt, also ein Trieberlebnis. Die beiden Motive sind aber nicht für das Zustandekommen des Entschlusses entscheidend: sie treten *während* der Willenshandlung auf und stärken nur das schon vorhandene Wollen, den Arm möglichst lange ausgestreckt zu halten. Welche Motive waren an der Entstehung des Entschlusses beteiligt?

Es scheint sehr einfach zu sein, sie aufzufinden. Man braucht sich ja nur zu fragen: »Warum habe ich diesen Entschluß gefaßt?« »Warum will ich das?« Man möchte meinen, daß jeder erwachsene vernünftige Mensch diese Frage über seine Entschlüsse klar und leicht beantworten könne. In Wirklichkeit ist es bekanntlich nicht so; und der Grund hierfür liegt weniger in der Unfähigkeit zu genauer Selbstbeobachtung als in der mangelnden Aufrichtigkeit sich selbst gegenüber. Die Motive, die einen Studenten veranlassen, an einem Versuch teilzunehmen, sind leicht zu verstehen: er will dem Professor oder seinen Kollegen behilflich, gefällig sein, er ist selbst neugierig, was dabei herauskommt. Alle diese Motive lassen sich aus Trieben und Interessen ableiten: Hilfstrieb, Neugier, Wissensdrang. Man hat den Eindruck, daß dies auch für alle Motive des täglichen Lebens zutrifft: bei allen primären Willenserlebnissen, also bei allen Entschlüssen, die nicht der Durchführung eines früheren Entschlusses dienen, läßt sich, so scheint es, ein Trieb oder Interesse oder eine Mehrheit von solchen als Motiv nachweisen. Es ist schwer, diese Behauptung zu beweisen, weil man nicht alle in der Wirklichkeit vorkommenden Entschlüsse an Beispielen illustrieren kann; aber als Hypothese läßt sich die Auffassung vertreten, *daß die Motive nichts anderes sind als unsere Triebe und Interessen.* Der »Kampf der Motive« ist nach dieser Hypothese ein Kampf verschiedener, oft gegensätzlicher Triebe und Interessen. Zum *Konflikt* wird dieser Kampf, wenn in einer Wahlsituation ein starker, von der Persönlichkeit abgelehnter Trieb auftritt und die Persönlichkeit zwingt, ihn abzuwehren.

Es sei noch einmal betont, daß primäre Willenserlebnisse im Leben der meisten Menschen selten sind. Die Entschlüsse, die sie zu fassen haben, sind fast immer durch vorausgegangene Willenserlebnisse motiviert; auch für viele ethische und soziale Verhaltensweisen bestehen solche Determinierungen durch frühere Entscheidungen, die sich zu »Einstellungen« entwickelt haben und dann als Gesinnungen und Überzeugungen hohe Grade von Motiv-Wirksamkeit erreichen können, weil in ihnen ein Willens-Faktor enthalten ist: wer gegen die Todesstrafe ist, *will*, daß niemand zum Tode verurteilt wird, wer für eine liberale Politik ist, *will*, daß dem einzelnen Menschen möglichst viel Freiheit gewährt wird. Es gibt darüber auch halbexperimentelle Untersuchungen; Toman berichtet über Resultate der Amerikaner Brim und Mitarbeiter, in denen »als erster und stärkster Faktor des Entscheidungsverhaltens Meinungen und Überzeugungen (beliefs) ermittelt wurden« (Toman 1968, 76). Die außerordentlich große Bedeutung von Gesinnungen und Überzeugungen bei der Entstehung von Entscheidungen hat in neuerer Zeit vor allem E. Roth theoretisch und empirisch aufgezeigt und dabei wahrscheinlich gemacht, »daß die individuelle Lebensplanung und Lebensgestaltung tatsächlich weitgehend von meßbaren Einstellungen her verständlich und erklärbar ist«, wobei Einstellungen »als dem Verhalten zugrunde liegende Organisationsformen, die sich aus einem gegebenen Organismus in einer individuellen Lerngeschichte entwickeln« definiert und als »Zentralbegriff der Persönlichkeits-Psychologie« dargestellt werden (E. Roth 1967, 145).

Was für Erlebnisse in Wahlsituationen als Motive wirken können, läßt sich nach diesen Ausführungen kurz und einfach formulieren: als Motive wirken Triebe, Interessen, frühere Entschlüsse sowie Einstellungen verschiedener Art, vor allem Gesinnungen und Überzeugungen.

Bei sehr vielen Entschlüssen entsteht — bei oberflächlicher Betrachtung — der Eindruck, daß das Denken dabei eine entscheidende Rolle spielte. In den Wahlsituationen des täglichen Lebens überlegt man häufig, »was das Gescheitere sei«; gemeint ist damit: man sucht festzustellen, welche der gegebenen Wahlmöglichkeiten am raschesten und sichersten zum Ziel führt und dabei unerwünschte Begleiterscheinungen am besten vermeidet. »Soll ich mit dem Nacht-Flugzeug reisen oder erst morgen früh? Ich gewinne den ganzen Tag, wenn ich in der Nacht fliege, aber wenn ich nicht schlafen kann, bin ich am Tage müde, außerdem sind die Anschlüsse in der Nacht ungünstiger, ich muß vielleicht stundenlang irgendwo warten — ich fliege also doch lieber erst morgen früh.« Man sieht, daß auch in solchen Situationen Triebregungen entscheiden — man will die Unlust eines Nachtfluges und das Risiko des Wartens vermeiden. Das Denken leistet nur Hilfsdienste; es stellt die vorhandenen Möglichkeiten und ihre Vorteile und Nachteile fest. Das Ergebnis dieser Feststellungen wird gewöhnlich so formuliert, als ob es selbst für die Entscheidung maßgebend wäre: es ist gescheiter, wenn ich so tue — das bedeutet nur: ich erreiche meine Ziele sicherer, rascher, mit geringerem Kräfteaufwand, mit weniger Lästigkeiten und unangenehmen Risiken, wenn ich so handle. Das Ziel ist dabei immer schon bestimmt; und die Entscheidung wird von den Trieben und Interessen oder von vorausgegangenen Entschlüssen herbeigeführt, nicht vom Denken, das nur Klarheit über die Möglichkeiten zur Zielerreichung schafft. Natürlich erleichtert die Fähigkeit zu raschem und geordnetem Denken die Entschlußbildung, weil das Denken die gegebene Situation erfaßt, ihre Möglichkeiten erkennt, die Folgen voraussieht und auf diese Weise schnell den Überblick schafft, der zur Entscheidung notwendig ist; die Entscheidung selbst entsteht aus dem Wechselspiel der Triebe und Interessen.

Daß die Willenserlebnisse im täglichen Leben oft sehr kompliziert und unübersichtlich zu sein scheinen, liegt in erster Linie daran, daß es häufig unmöglich ist, alle Folgen der einzelnen Wahlmöglichkeiten zu erkennen. »Wenn ich dies tue, so kann dies und jenes eintreten« — aber man weiß es nicht genau; wüßte man es, so wüßte man auch sofort, wie man sich zu entscheiden hat. Besonders schwierig ist das Voraussehen der Folgen dann, wenn es sich um das Verhalten anderer Menschen handelt.

Zusammenfassend kann man sagen: die Motive für unsere Entschlüsse bestehen in Trieben, Interessen oder früheren Entscheidungen, die im Anschluß an die Vorstellung der Wahlmöglichkeiten und ihrer Folgen bewußt werden. Der »Kampf der Motive« kommt dadurch zustande, daß gegensätzliche Triebregungen, Interessen und Vorsätze auftreten. Kompliziert wird der Motivationsprozeß dadurch, daß es oft nicht möglich ist, alle Folgen einer Verhaltensmöglichkeit vorauszusehen; das Denken leistet dabei Hilfsdienste, indem es auf Grund der bisherigen Erfahrung diese Folgen festzustellen sucht und dadurch zu einer Klärung der Wahlsituation führt. Die einzelnen, nicht scharf voneinander trennbaren Stadien des Motivationsvorganges bestehen 1. in der Feststellung der Wahlmöglichkeiten, 2. im Bewußtwerden von Trieben, Interessen. Vorsätzen, Gesinnungen und Überzeugungen, wobei oft Widersprüche zwischen diesen Erlebnissen bestehen, 3. in der Feststellung der Folgen der einzelnen Verhaltensmöglichkeiten, an die sich neue Triebregungen anschließen.

3. Die Wahlentscheidung

Sonderbarerweise ist weder aus den Experimenten noch aus den Beobachtungen des Alltags etwas Sicheres über das Zustandekommen der *Entscheidung* in einer Wahlsituation zu erfahren. Man hat in der philosophischen, psychologischen und pädagogischen Literatur viel Aufhebens gemacht von den »freien Entschlüssen der freien Persönlichkeit«; es ist viel darüber geschrieben worden, daß der Mensch im Gegensatz zum Tier souverän und unabhängig entscheiden könne, welche der gegebenen Wahlmöglichkeiten er verwirklichen wird. Nicht von Trieben geleitet, sondern geführt von Gründen der Vernunft, der Ethik und des Rechts könne er das Gute wählen und durchführen.

Die Wirklichkeit sieht anders aus. So wenig wir über die Entstehung der Entschlüsse der Menschen auch sagen können, so sicher können wir aus ihrem Handeln den Schluß ziehen, daß bei den meisten Wahlentscheidungen der persönliche Vorteil den Entschluß herbeiführt: Gewinnsucht, Machtgier, Ehrgeiz, Geltungsdrang usw. sind die treibenden Kräfte. Die meisten Entschlüsse sind also durch Triebe bestimmt; allerdings wird dies nicht zugegeben, sondern verheimlicht und getarnt. Die Psychologie der meisten Entschlüsse des täglichen Lebens ist daher außerordentlich einfach: die Situation läßt Triebe erwachen, das Denken stellt fest, wie man sie am schnellsten und sichersten mit dem geringsten Risiko befriedigen könne, und dann entscheidet sich das »Ich« für diejenige Verhaltensmöglichkeit, mit der man den größten Vorteil erzielt: am meisten Geld verdient, am raschesten zu einer einträglichen oder einflußreichen Stellung kommt, den Gegner im Geschäft, in der Liebe oder in der sozialen Rangordnung am sichersten ausschaltet. Es gibt über die Rolle von Nutzen und Gewinn im Entscheidungs-Prozeß auch einige experimentelle Resultate, die sich zum Teil aber widersprechen. TOMAN betont dazu mit Recht, daß Gewinne »in solchen Experimenten nur in Relation zu dem, was die Versuchsperson in den einschlägigen Sparten in Wirklichkeit schon besitzt, verglichen werden können«; »das bezieht sich nicht nur auf materielle Güter, sondern auch auf Prestige und Status, Beliebtheit, Sicherheit, vermutlich auf alle Dimensionen oder Parameter, die von Entscheidungstheoretikern bisher untersucht wurden« (TOMAN 1968, 77).

Wir lernen daraus: werden durch eine Wahlsituation starke Triebe, die eine Komponente der Persönlichkeit bilden, geweckt, so kommt es sofort zur Entscheidung für jene Verhaltensmöglichkeit, die diesen Trieb am besten befriedigt. Dieser Fall gehört zu den bereits erwähnten Spontanentscheidungen. Die »Stellungnahme der Persönlichkeit« besteht dabei nur in der sofortigen Zustimmung, ohne Zögern und ohne

Zweifel; es ist sofort klar, welche der gegebenen Verhaltensmöglichkeiten der Persönlichkeit am meisten entspricht.

Ganz anders verläuft die Entscheidung bei Situationen, in denen es zu einem *Konflikt* kommt. Wenn ein Trieb geweckt wurde, den man *ablehnt*, also das Erlebnis auftritt »ich soll dies nicht tun«, so bedarf es einer wirklichen Anstrengung, um gegen ihn aufzukommen (Selbstüberwindung). In der Literatur sind verschiedene Bilder verwendet worden, um dieses Erlebnis zu beschreiben; es sei ein »innerer Ruck« notwendig, es komme zu einem »Sichsperren gegen die abgelehnte Verhaltensweise«, einer »Abwendung des Ich von ihr«. In solchen Situationen erlebt man wie sonst nie die eigene Persönlichkeit; aber es wäre noch zu wenig gesagt, wenn man erklären würde: die Persönlichkeit (das erlebte »Ich«) lehnt diese Verhaltensweise ab. Bevor nämlich die Entscheidung »ich tue dies nicht« zustande kommt, ist das Willenserlebnis schon gegeben: »ich will dies nicht tun« bedeutet noch nicht, daß man sich nicht trotzdem noch dafür entscheiden wird, sondern zunächst nur, daß man die verfügbaren Kräfte dafür einsetzt, einen Entschluß zur Unterlassung der abgelehnten Verhaltensweise zustande zu bringen (man kann dann immer noch unterliegen). Ganz scharf — schärfer als es sich im bewußten Erleben beobachten läßt — könnte man die Situation so beschreiben: der aufgetretene Trieb, den man ablehnt, ist durch die bloße Ablehnung nicht beseitigt; um ihn zu beseitigen, muß man ihm eine Kraft entgegensetzen, die ihn abwehrt und aus dem Bewußtsein vertreibt. Diese Kraft ist das Wollen; eine Kraft, die man als solche *erlebt* und die man bewußt einsetzt. Diesen Einsatz erlebt man als »Aktivität des Ich« — ein Erlebnis, das auch in den Willensexperimenten klar beobachtet werden konnte.

Aber man braucht gar keine Experimente, um das Erleben beim Wollen festzustellen. Der Alltag bietet Gelegenheit genug. Jeder kennt aus eigener Erfahrung Situationen, in denen er etwas tun soll, was ihm schwerfällt. Man kann hunderterlei derartige Beispiele untersuchen, es ist immer dasselbe: aus dem Gegensatz der Kräfte ergibt sich schließlich der Entschluß. In Tausenden von Menschen geht jeden Morgen der gleiche Kampf vor sich: man soll aufstehen und möchte so gern noch liegenbleiben. Auf der einen Seite der Trieb, weiterhin das warme Bett zu genießen, auf der anderen das »Soll« mit allem, was es unterstützt: die Angst, die Stelle zu verlieren, wenn man nicht pünktlich in das Büro kommt, die ungemütliche Hast und Eile, wenn man zu spät zum Frühstück erscheint usw. Die gespürte Kraft, die man aufwendet, um sich den Entschluß abzuringen und gegen die Faulheit aufzukommen, ist das Wollen. Man sieht, daß die oben gegebene Umschreibung auch auf diese Beispiele zutrifft: Willenserlebnisse sind psychische Vorgänge, in denen der Mensch in klarbewußtem Erleben und mit voller innerer Zustimmung seine Kräfte zur Erreichung eines Zieles einsetzt. Statt »der Mensch« kann man genauer sagen »die Persönlichkeit«; man hat dann eine klarere Formulierung als bei Verwendung des Ausdruckes »das Ich«.

Was für eine Entscheidung schließlich zustande kommt, scheint von zwei Faktoren abzuhängen. Der erste ist leicht zu erkennen: wenn zwei Kräfte gegeneinander wirken, so setzt sich diejenige durch, die stärker ist. Daß dies nicht immer das Wollen ist, sondern ebenso häufig ein abgelehnter Trieb, weiß jeder aus eigener Erfahrung. Schwieriger ist der zweite Faktor zu beurteilen: man setzt keineswegs immer *alle* verfügbaren Kräfte ein, um ein Ziel zu erreichen. Es scheint, daß im Entschluß auch das Maß der Kräfte, die man aufzuwenden bereit ist, ungefähr bestimmt wird. Dies zeigte sich schon im Experiment: jede Versuchsperson hätte ihren Arm trotz der Ermüdung noch länger ausgestreckt halten können, wenn sie ihre Kräfte restlos bis zur völligen Erschöpfung eingesetzt hätte; und sie hätte dies getan, wenn die treibenden Motive stärker gewesen wären als sie eben waren. Wäre das Leben davon abgehangen, daß man noch ein paar Minuten aushält, so hätte es wahrscheinlich jede Versuchsperson zustande gebracht. Hier liegt noch ein ungeklärter, aber wichtiger Faktor vor, der einer genauen experimentellen Untersuchung wert wäre.

Von manchen Psychologen wurde der *Wert* eines Zieles als das Entscheidende im Kampf der Motive angesehen. LINDWORSKY hat diese Auffassung sehr entschieden vertreten und die Existenz einer Willenskraft in Abrede gestellt. Es ist hier nicht der Platz, diese Auffassung genauer zu diskutieren (man lese die ausgezeichnete Kritik, die GEYSER über LINDWORSKY geschrieben hat). Daß im Willenserlebnis eine dynamische Komponente enthalten ist — das klare Erleben einer psychischen Kraft —, ist durch die Selbstbeobachtung in so hohem Grade gesichert, daß keine weiteren Beweise nötig sind. Schwierig ist hingegen die Frage des Wert*erlebens*. Es ist sehr leicht, mit diesem Wort zu operieren und zu erklären: weil etwas als größerer Wert erscheint als etwas anderes, deshalb wird es vorgezogen; damit läßt sich jede Wahlentscheidung erklären. In Wahrheit ist damit gar nichts erklärt, sondern das Problem nur anders formuliert; und zwar in einer Sprache, die nur in Lehrbüchern und niemals im wirklichen Leben vorkommt. Noch nie habe ich jemanden sagen hören »ich erlebe dies als Wert«, und noch nie ist es mir eingefallen, ein eigenes Erleben so zu formulieren. Angewendet wird das Wort »Wert« bekanntlich in erster Linie in sehr materiellem Sinne: ein Bild eines großen Künstlers ist sehr wertvoll, eine Briefmarke oder ein Schmuckstück ebenfalls, und es kann sehr wertvoll sein, etwas zu wissen (z. B., welche Absichten der Gegner hat).

Es gibt also ein »Werterleben«; aber es ist keine letzte, nicht weiter ableitbare Tatsache, sondern eine Wirkung anderer Erlebnisse. Ein Wert ist für einen Menschen alles, was er haben möchte; alles, was er genießen möchte; alles, was er verehrt, schätzt, achtet; schließlich alles, was ihn interessiert. Man sieht, daß Interessen, Gefühle und Triebe die Grundlage des Werterlebens bilden; und daraus erklären sich auch die außerordentlich großen individuellen Verschiedenheiten in den Wertungen der Menschen: was für diesen ein hoher Wert ist, ist für jenen bedeutungslos. Das gilt auch für die ideellen und kulturellen Werte: ein Unmusikalischer wird nicht darunter leiden, daß ein großer Komponist stirbt, ein materialistischer Geschäftsmann empfindet es nicht als Verlust, wenn eine wissenschaftliche Bibliothek zugrunde geht. Allgemein ausgedrückt: *ein Wert ist für einen Menschen dasjenige, was in ihm Gefühle, Triebe oder Interessen weckt.*

Es ist klar, daß man zur Erklärung des Wollens nicht sekundäre Erscheinungen wie das Werterleben heranziehen darf, wenn man in der Lage ist, die primären Erlebnisse (nämlich Gefühle, Triebe und Interessen), die ihm zugrunde liegen, festzustellen. Das wäre ebenso falsch, wie wenn man sich in der physikalischen Wärmelehre damit begnügen würde, als Ursache des Steigens und Fallens des Thermometers die »Wärme« anzusehen, obwohl man weiß, daß ihr die mehr oder weniger schnelle Bewegung der Moleküle zugrunde liegt. Man hat mit den »Werten« in der Philosophie allerlei Spekulationen durchgeführt und sie immer wieder zur Fundierung der Ethik oder der Kulturphilosophie herangezogen; leider hat man sich dabei vielfach mit dem Begriff »Wert« begnügt, ohne dem Wert*erleben* auf den Grund zu gehen. Tut man dies, so kommt zwar ein weniger ideales Bild des Menschen heraus als es viele Philosophen haben wollen, dafür aber eine klare und saubere psychologische Analyse, die dem Ausdruck »Wert« erst einen klaren Sinn gibt: *als »Wert« erscheint für einen Menschen alles, was seinen Trieben und Interessen entspricht.* Daher kommt im individuellen Werterleben die ganze Persönlichkeit zur Auswirkung. Natürlich gilt genau dasselbe für die »Unwerte«; zu ihnen gehört alles, was den Trieben und Interessen widerspricht, ihre Befriedigung verhindert oder erschwert.

Die Motive für die Entscheidung in einer Wahlsituation sind nach der skizzierten Willenstheorie nicht die »Werte«, sondern Triebe und Interessen; und zwar sowohl diejenigen, die im Laufe der Entwicklung in die Persönlichkeit eingegangen sind, wie auch solche, die von der Persönlichkeit abgelehnt werden. Der »Kampf der Motive« ist das Erleben gegensätzlicher Triebregungen und Interessen. Das Wollen besteht im klarbewußten Einsatz von Kräften zur Erreichung eines Zieles, das durch die Zustimmung der Persönlichkeit aus den gegebenen

Verhaltensmöglichkeiten ausgewählt wurde; das bewußte Willenserlebnis ist das Erleben der eigenen Persönlichkeit bei der Überwindung gegensätzlicher Triebregungen bei der Entscheidung oder bei der Überwindung von Schwierigkeiten, die sich erst nach der Entscheidung ergeben. Die Entscheidung in einer Wahlsituation wird durch die Stärke der daran beteiligten Triebe und durch das Maß der Kraft bestimmt, das die Persönlichkeit einzusetzen bereit ist. Dieser letztere Faktor bildet einen noch sehr unklaren Punkt der Willenspsychologie; es scheint, daß das Maß der Kraft, das man zur Zielerreichung aufzuwenden bereit ist, schon in der Entscheidung, also im Entschluß, bestimmt wird. Zur Auswirkung kommt diese Kraft in den Handlungen, die zur Erreichung des Zieles führen sollen.

4. *Die Willenshandlung*

Alles, was der Mensch *tut*, um ein gestecktes Ziel zu erreichen, gehört zur Willens*handlung*. Sie bildet das dritte, abschließende Stadium des ganzen Willensvorganges; sie hat das Ziel zu erreichen, das aus dem Motivationsprozeß als Entschluß hervorgegangen ist.

Die Willenshandlung wurde experimentell in der verschiedensten Weise untersucht. So z. B. schon in den oben erwähnten Willensexperimenten von N. Ach. Die Versuchsperson mußte Paare von sinnlosen Silben — z. B. gan-hep, wak-gor usw. — lernen und erhielt dann den Auftrag, bei der Darbietung der ersten Silbe eines solchen Paares nicht mit der assoziierten, sondern mit einer beliebigen Reimsilbe zu reagieren. Auf Grund der Resultate aus diesen und ähnlichen Versuchen hat Ach eine Hypothese über das Zustandekommen der Willenshandlung aufgestellt: der Wille, den Versuchsauftrag durchzuführen, schaffe eine *unbewußt* wirkende Steuerung (Determination) des Vorstellungsablaufes, die zur Folge hat, daß bei Darbietung der ersten Silbe eines Paares nicht die assoziierte Silbe in das Bewußtsein tritt, sondern eine Reimsilbe. Unbewußte »determinierende Tendenzen«, die vom Willensakt ausgehen, sollen den Handlungsablauf regulieren — eine Behauptung, die von Selz (1913), G. E. Müller und Lindworsky (1920) scharf kritisiert wurde.

Tatsächlich bringt die Achsche Hypothese keine Lösung. Das Problem, mit dem man es bei der Willenshandlung zu tun hat, lautet: welche psychischen Faktoren führen dazu, daß ein Entschluß in Handlungen umgesetzt wird, die der Erreichung des Willenszieles dienen? Auf welche Weise entstehen aus dem Entschluß die Kräfte, die den Menschen zum Handeln veranlassen? Diese Kräfte sind offenbar die Ursache seiner Zähigkeit und Ausdauer bei der Zielerreichung — woher stammen sie? Es ist sehr einfach, dafür »unbewußte Tendenzen« verantwortlich zu

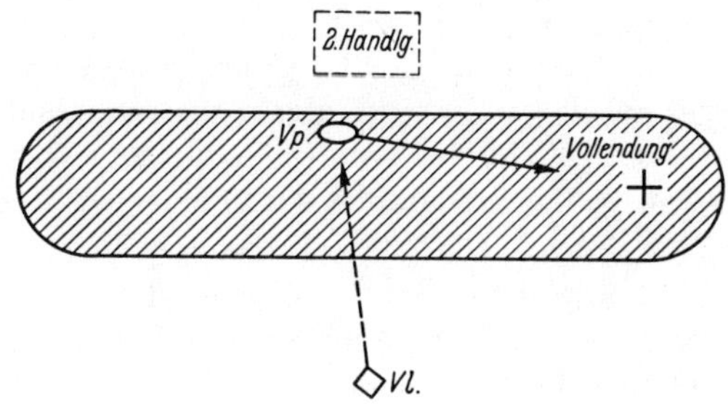

Abb. 97. Darstellung der »Feldkräfte« im Unterbrechungsversuch nach M. OVSIANKINA (Psychol. Forschung 11, 1928): Der schraffierte Teil bildet das »Arbeitsfeld«. — Positiver Aufforderungscharakter der Vollendung bei negativem der 2. Handlung, mit der die Vollendung verhindert wird. »Der gestrichelte Pfeil deutet an, daß die Vp. den Druck auf die 2. Handlung hin als vom Versuchsleiter ausgehend erlebt.«

machen, wie ACH es getan hat; läßt sich aus dem bewußten Erleben wirklich nichts über die Ursachen der Willenshandlung feststellen?

Eine Hypothese, die mit diesen Fragen zusammenhängt, hat der Gestaltpsychologe KURT LEWIN (1926) aufgestellt, wobei er versuchte, die bei der Willenshandlung wirksamen Kräfte in physikalischen und biologischen Bildern zu erfassen. Er führte neue Begriffe ein (Quasibedürfnis, psychische Feldkräfte, Bedürfnisspannung, Gleichgewichtstendenz, dynamische Festigkeit eines seelischen Systems, stabiles Bewußtseinsfeld usw.) und gelangte auf diese Weise zu einer »Topologie der psychischen Situationen«. An vielen Beispielen haben LEWIN und seine Mitarbeiter mit Hilfe von graphisch-schematischen Darstellungen die Wirkung von »Feldkräften« verschiedener Stärke und Richtung zu illustrieren versucht. So wird z. B. ein Experiment von MARIA OVSIANKINA (1928), bei dem die Versuchsperson in einer Arbeit mit der Aufforderung unterbrochen wurde, nun eine andere Handlung durchzuführen, mit dem Schema in Abb. 97 dargestellt. Bei solchen Unterbrechungsversuchen zeigte sich, daß die unerledigte Handlung einen »inneren Drang« erzeugt, sie bei der ersten Gelegenheit zu Ende zu führen; hatte die Versuchsperson z. B. aus bunten Steinen ein Mosaikbild zusammenzusetzen und wurde sie dann durch den Auftrag, ein schriftlich vorgelegtes Rätsel zu lösen, bei ihrer Beschäftigung unterbrochen, so tat sie dies nur sehr ungern und begann nach der Lösung des Rätsels meist wieder von selbst, ihre unterbrochene Mosaikarbeit fortzusetzen; in 115 von 141 Versuchen kam es zu einer solchen Wiederaufnahme der unterbrochenen Handlung, und zwar auch dann, wenn die Handlung für unsinnig oder bedeutungslos gehalten wurde. (»Im Grunde ist mir die Sache ja Wurst, aber fertigmachen muß ich trotzdem«, erklärte eine Versuchsperson.) Das »unbestimmte Drängen«, das zur Wiederaufnahme der unterbrochenen Handlung treibt, nennt LEWIN ein »Quasibedürfnis«, das er den »echten Bedürfnissen«, die »auf Triebe oder zentrale Wollungen von der Art etwa des Berufswillens« zurückgehen, gegenübersteIlt. Solche »Quasibedürfnisse« entstehen aus »Vornahmeakten«, doch sind damit keineswegs nur die Willensentschlüsse gemeint, sondern auch bloße Gedanken, die eine Absicht enthalten (z. B. auf dem Weg ins Büro einen Brief aufzugeben). Die Gesamtheit der in einer bestimmten Situation wirkenden Kräfte bezeichnet LEWIN als das »*psychische Feld*«.

Mit allen diesen Begriffen wollte LEWIN hervorheben, daß jedes Geschehen seine Ursache in psychischen Energien hat und daß Assoziationen allein niemals »den Motor eines psychischen Geschehens abgeben«. Viele Experimente wurden zur Kontrolle dieser Auffassung durchgeführt. B. ZEIGARNIK (1926) zeigte, daß für das Vergessen von Handlungen ganz andere Gesetzmäßigkeiten gelten, als sie die Vergessenskurve darstellt; es werden nämlich *unvollendete* Handlungen um durchschnittlich 50% besser behalten als vollendete. ANITRA KARSTEN (1928) fand, daß es eine »*psychische Sättigung*« gibt: wenn jemand eine monotone Arbeit fortlaufend ausführen muß (z. B. auf ein Blatt Papier kleine Striche zeichnen — »Stricheln«), so kommt es bald zu selbstgewählten Variationen der Aufgabe (z. B. Stricheln in bestimmter Anordnung) und dann zur »Sättigung«: die Versuchsperson »hat genug« von dieser Arbeit. Wird die Arbeit trotzdem weitergeführt, so tritt »Übersättigung« ein (Weigerung, noch weiterzumachen). Die Sättigung erstreckt sich nicht nur auf die durchgeführte Arbeit, sondern auch auf ähnliche Handlungen (vom »Stricheln« z. B. auf Strichzeichnungen), was KARSTEN als »Mitsättigung« bezeichnet. Der Begriff der »Sättigung« wird in der LEWINschen Schule für jede Befriedigung eines Bedürfnisses verwendet; ist ein Bedürfnis gesättigt, so hört die Spannung abrupt auf, und die Gegenstände oder Situationen, die zur Befriedigung geeignet sind, verlieren ihren »Aufforderungscharakter«. So ist die Absicht, auf dem Weg ins Büro einen Brief aufzugeben, durch das Hineinstecken des Briefes in den nächsten Postkasten erledigt, und die weiteren Briefkasten mahnen nicht mehr, die Absicht zu verwirklichen.

Ganz unabhängig davon, ob man die physikalische Darstellungsweise LEWINS für einen Fortschritt hält, muß man zugeben, daß seine Argumente für den *dynamischen* Charakter der Ursachen des menschlichen Handelns realistisch und überzeugend sind. Das triebartige Drangerlebnis, das er »Quasibedürfnis« nennt, ist zweifellos ein entscheidender Faktor bei sehr vielen Handlungen — mag es sich um Durchführung von Entschlüssen oder von »erlebnismäßig schwachen Vorsätzen« (z. B. einen Brief aufgeben) handeln. Das erlebte »innere Drängen« oder der »Spannungsdruck«, von dem LEWIN immer wieder spricht, ließe sich vielleicht überhaupt als die treibende psychische Kraft bei jeder Willenshandlung auffassen; und man könnte die Hypothese aufstellen, daß darin die Energie der Triebe und Interessen, die zum Entschluß geführt haben, zur erlebten Auswirkung kommt.

Neben den Fällen, in denen das Wollen in seiner reinen Form als erlebte, von der Persönlichkeit bewußt eingesetzte Kraft deutlich feststellbar ist, gibt es viele Handlungen, die auch der Erreichung eines Willenszieles dienen, ohne daß das Wollen dabei klar bewußt wäre. Wer eine Reise machen will und sich eine Fahrkarte besorgt, denkt dabei nicht ununterbrochen: ich will nach Salzburg fahren; aber wenn man ihn fragt, warum er sich ins Reisebüro begibt, so antwortet er glatt und ohne Nachdenken — auch wenn er gerade auf dem Weg dorthin an etwas ganz anderes gedacht hat —: weil ich morgen nach Salzburg fahren will. Für solche psychische Sachverhalte wurde eben der Begriff »mitbewußt« eingeführt (S. 62 f., 397 f.).

Allgemein ausgedrückt: bei Ausführungshandlungen, die keinen besonderen Kräfteeinsatz erfordern, ist der Entschluß mitbewußt, bei Handlungen, die den Einsatz stärkerer Kräfte notwendig machen, wird das Wollen klar bewußt.

Damit ist das Wesentliche über die Willenshandlungen gesagt. Sie erfolgen unter der Steuerung des Entschlusses, der dabei mitbewußt oder, bei der Notwendigkeit stärkeren Kräfteeinsatzes, klarbewußt im Sinne der Zielerreichung wirkt. Es ist sehr leicht, solche Willenshandlungen von Triebhandlungen zu unterscheiden, die von der Persönlichkeit abgelehnt werden: dabei erfolgt die Handlung entweder bei herabgesetzter Bewußtseinsklarheit — »ich wußte nicht mehr, was ich tat« — oder, viel seltener, bei klarem, vollem Bewußtsein, aber ohne Zustimmung der Persönlichkeit: »ich weiß, daß ich etwas tue, was man nicht tun soll und was ich nicht will, aber ich kann nicht anders«. Viel häufiger sind die Fälle, in denen zwar nicht voll, aber halb zugestimmt wird: »ich weiß, daß ich das eigentlich nicht tun soll, aber ich tue es ja nur diesmal, die meisten anderen tun es ja auch usw.«; — das sind Situationen, in denen ein ursprünglich abgelehnter Trieb sich in die Persönlichkeit einzuschleichen beginnt, ohne daß sie ihm ihre volle Kraft entgegensetzt.

Nicht jeder Entschluß führt zu einer endgültigen Lösung des gestellten Problems. Es kann sein, daß man eine Entscheidung, die man nach langem Überlegen getroffen hat, nachher bedauert. Eine solche »postdezisionale« Unzufriedenheit ist eine der drei Situationen, an denen der amerikanische Psychologe L. FESTINGER seine Theorie der *»kognitiven Dissonanz«* expliziert. Außer nach einem Entschluß (man hat sich z. B. für eine Automarke entschlossen, die sich nachher als ungünstig erweist) kann kognitive Dissonanz noch durch Konfrontation mit neuen Informationen (man ist starker Raucher und liest immer wieder von neuen Beweisen für die Schädlichkeit des Nikotins) oder nach einem erzwungenen Einverständnis auftreten (man muß der Einberufung zum Militärdienst Folge leisten, obwohl man lieber das Studium beginnen möchte). Der Unterschied zwischen »Konflikt« und »Dissonanz« besteht darin, daß ein Konflikt nur *vor* einer Entscheidung — im Kampf der Motive — besteht, eine Dissonanz hingegen nur nachher auftreten kann. Der Begriff »kognitive Dissonanz« ist nicht präzise definiert worden; FESTINGER rechnet zu »Kognition« alles Wissen und Glauben eines Menschen von sich selbst, von seinem Verhalten und von seiner Umgebung. Die Beziehung solcher »kognitiver Elemente« zu den bestehenden »Verhaltenstendenzen« ergibt »Konsonanz«, wenn keinerlei Gegensätze erlebt werden, und »Dissonanz«, wenn Gegensätze vorhanden sind. Die Stärke der Dissonanz hängt von der Bedeutung der dissonanten Elemente für die erlebende Person und von der Anzahl dieser Elemente ab.

Was FESTINGER »Verhaltenstendenz« nennt, kann — erlebnispsychologisch betrachtet — nichts anderes sein als die Auswirkung eines früheren Entschlusses oder eines Triebes oder Interesses — was sonst sollte eine Tendenz zu einem Verhalten erzeugen? Dies bedeutet, daß an jeder kognitiven Dissonanz Willenserlebnisse oder Triebregungen mitwirken (beim Raucher besteht z. B. die Dissonanz zwischen seiner Sucht, die Zigarette zu genießen, und seinem Drang, sich gesund zu erhalten, bzw. seiner Angst, krank zu werden). »Kognitiv« sind solche Dissonanzen nur insofern, als sie klar bewußt und meist verbal formuliert auftreten und Überlegungen über die Lösung des Dilemmas erzeugen. Es gibt keine kognitive Dissonanz, an der nicht frühere Entschlüsse, Triebe, Interessen oder Gefühle, also psychische Kräfte, beteiligt sind. Ich betone dies besonders, weil H. THOMAE behauptet hat, daß das System »psychische Funktionen im Dienste psychischer Kräfte« auf die kognitive Dissonanz nicht anwendbar sei: »hier setzt das, was ROHRACHER als Mittel klassifiziert, ganz offensichtlich Ziele« (THOMAE 1965, S. 47). Keineswegs; nicht die an der Dissonanz beteiligten Denkprozesse setzen die Ziele, sondern die ebenfalls beteiligten und die Dissonanz überhaupt erst erzeugenden Triebregungen, Interessen oder Gefühle. Die Denkprozesse haben auch in diesem Falle rein funktionalen Charakter; sie sind das Mittel, mit dessen Hilfe die bestehenden Gegensätze klar bewußt gemacht werden und dessen Einsatz zu einer Lösung führen soll. Es ist eine vollkommene Verkennung der psychologischen Situation bei der kognitiven Dissonanz, wenn man annimmt, daß dabei nur Denkprozesse oder Wissenskomponenten eine Rolle spielen.

5. Das Problem der Willensfreiheit

Eine unübersehbare Literatur besteht über die Frage, ob der Wille des Menschen *frei* sei. Die Antwort auf diese Frage sei für jede Weltanschauung von höchster Bedeutung. Metaphysik, Ethik, das Strafrecht, die Pädagogik — für alle diese Gebiete sei es entscheidend, ob sie auf der Willensfreiheit aufbauen können oder nicht. Die Behandlung des Problems gehört, so sehr dies von manchen Philosophen bestritten wird, zu den Aufgaben der Psychologie; wie alle anderen psychischen Erscheinungen muß auch das Wollen von der Psychologie soweit als möglich aus seinen Ursachen erklärt werden. Die Psychologie ist dabei im Streite zwischen Determinismus und Indeterminismus »parteilos«; sie hat nur die Tatsachen festzustellen, ohne Rücksicht auf ihre Konsequenzen.

Um die Tatsachen feststellen zu können, ist es notwendig, zunächst die Frage zu präzisieren. Das ist deshalb sehr leicht, weil sich aus den bisherigen Ausführungen ergeben hat, daß das Wollen aus einer Wahlsituation hervorgeht. Die Frage, ob der Wille des Menschen frei sei, ist daher psychologisch exakt formuliert die Frage, ob der Mensch in einer gegebenen Wahlsituation jede beliebige Verhaltensmöglichkeit wählen könne; oder, noch genauer, die Frage: kann sich der Mensch in einer gegebenen Situation für jede Wahlmöglichkeit entscheiden? Könnte er es, so wäre er *frei;* kann er es nicht, so ist er *nicht* frei. Einen anderen Sinn kann das Wort »Freiheit«, psychologisch betrachtet, kaum haben.

Bei dieser präzisen Formulierung ist die Antwort einfach. Sie lautet: *nein;* der Mensch kann in einer gegebenen Wahlsituation nicht jede beliebige Verhaltensmöglichkeit wählen. Die Triebe, Interessen und Gefühle, die in ihm in dieser Situation auftreten, zwingen ihn, eine bestimmte Verhaltensmöglichkeit allen anderen vorzuziehen und sich für sie zu entscheiden. Hätte er sich aber nicht für eine andere entscheiden *können?* Nur dann, wenn in ihm andere Motive aufgetreten wären.

Trotz dieser klaren Problemlage wird immer wieder der Versuch gemacht, die Freiheit des Wollens nicht nur philosophisch, sondern auch psychologisch zu beweisen. Es werden dazu zwei psychische Tatsachen herangezogen: das *Freiheitsbewußtsein* während des Wählens und das *Verantwortungsgefühl.*

Das Freiheitsbewußtsein ist eine interessante Tatsache. In manchen Wahlsituationen hat man den klaren und eindeutigen Eindruck, daß man sowohl diese wie jene Verhaltensmöglichkeit wählen könne. In solchen Situationen ist also das Wollen *frei:* man kann sich ebensogut für die eine wie für die gegenteilige Verhaltensmöglichkeit entscheiden. Nichts wäre falscher, als wenn man aus dieser Tatsache einen allgemeinen Schluß auf die Freiheit des menschlichen Wollens ziehen würde; denn dieses Freiheitsbewußtsein tritt nur in Wahlsituationen auf, die in Wirklichkeit bedeutungslos sind. In meinen oben erwähnten Versuchen wurde ein einfaches Experiment ausgeführt, in welchem die Versuchsperson den Auftrag hatte, eine vor ihr liegende Zündholzschachtel weiter nach links oder weiter nach rechts zu legen. Man mache den Versuch an sich selbst; und man wird klarer als durch jede Beschreibung erfassen, was das Freiheitsbewußtsein ist: es ist das Erleben des *Fehlens von Motiven.* Man fühlt sich weder zu der einen noch zu der anderen Verhaltensmöglichkeit gedrängt; und die eine löst ebensowenig Gefühle aus wie die andere. Man tut schließlich eines von beiden, um der Situation ein Ende zu machen; dafür — also für das Beenden der Situation — liegen Motive vor, nämlich der Drang, dem Zustand der Unentschiedenheit zu entgehen oder mit ihm nicht weiter Zeit zu verlieren. Ich habe das Erleben bei diesem Versuch mit den Erlebnissen vergleichen lassen, wie sie bei sehr persönlichen, wichtigeren Wahlsituationen auftreten (z. B. ob man eine eigene schlechte Handlung erzählen wolle oder nicht); dabei war nichts davon zu bemerken, daß man das eine ebensogut tun könne wie das andere. Das Freiheitsbewußtsein fehlte (und dieses Fehlen wurde auch von Versuchspersonen festgestellt, die indeterministisch eingestellt waren). Das Freiheitsbewußtsein schwindet um so mehr, je größere persönliche Bedeutung die einzelnen Wahlmöglichkeiten haben; um so stärkere Triebe und Interessen werden dann wirksam (ROHRACHER 1932).

Das Freiheitsbewußtsein ist also kein Beweis für die Willensfreiheit. Es tritt nur in Situationen auf, die für den Menschen ohne Bedeutung sind; und es besteht nur im erlebten Fehlen von genügend starken Motiven. In Situationen, die für den Menschen von Bedeutung sind, fehlt das Bewußtsein, das eine ebensogut tun zu können wie das andere. Die »Freiheit«, die man im Freiheitsbewußtsein erlebt, wäre auch gar nichts Erstrebenswertes, denn sie hat ihre Grundlage darin, daß uns alle Verhaltensmöglichkeiten gleichgültig sind.

Das *Verantwortungsgefühl* ist nie experimentell untersucht worden. Man muß sich daher bei seiner Behandlung an die Erfahrungen des täglichen Lebens halten. Zunächst ist festzustellen, daß es kein reines Gefühl ist wie Trauer oder Verzweiflung, sondern eine viel komplexere Erscheinung, die sich — grob betrachtet — in zwei Hauptkomponenten auflösen läßt: in die Vorstellung, daß eine eigene Handlung oder Entscheidung zur Ursache von Not und Unglück anderer Menschen werden könne, und in die Stellungnahme der Persönlichkeit zu dieser Vorstellung. Die Vorstellung bildet die funktionale, die Stellungnahme die dynamische Grundlage des Verantwortungsgefühls; in dieser Stellungnahme und damit im daraus resultierenden Gefühl liegt die Kraft, die den

Entschluß bestimmt — die Kraft, die den Menschen veranlaßt, auf eigene Vorteile zu verzichten und die Last von Mühen, Opfern oder Gefahren auf sich zu nehmen, wenn dadurch Not und Unheil für andere Menschen vermieden werden kann. *Ob* in einem Menschen vor einer Entscheidung die Vorstellung auftritt, daß sich der Entschluß, den er faßt, für andere Menschen unheilvoll auswirken könne, hängt ganz und gar von der Art seiner Persönlichkeit ab; bei vielen Menschen kommt es gar nicht zu solchen Vorstellungen und Gedanken — teils, weil es an der dazu nötigen Intelligenz fehlt, teils, weil kein Antrieb, kein soziales, ethisches oder religiöses Interesse vorhanden ist. Und ebenso hängt es ganz und gar von der Art der Persönlichkeit ab, ob bei denen, die sich die Folgen ihrer Entschlüsse und Handlungen vorstellen, eine Stellungnahme zustande kommt, die den Namen »Verantwortungsgefühl« verdient. Dieses Wort bezeichnet nämlich eine ganz *bestimmte* Stellungnahme: Verantwortungsgefühl liegt nur vor, wenn die Vorstellung, daß eine Entscheidung zu Not, Unheil oder Gefahr für andere Menschen führen könne, so starke Gegenkräfte weckt, daß diese Entscheidungsmöglichkeit abgelehnt wird.

Man kann darüber streiten, ob hier überhaupt ein echtes Gefühl vorliegt. Triebe und Interessen spielen dabei eine große Rolle; aber ebenso vielerlei Gefühlsarten: die quälende seelische Belastung, die uns die Verantwortung auferlegt, die Angst, schuldig zu werden, Unruhe und Unsicherheit über die möglichen Folgen und nicht zuletzt das fast feierliche Gefühl, wenn man zu einem klaren Entschluß gekommen ist und bewußt die volle Verantwortung für seine Folgen auf sich nimmt. Eine vollständige saubere Scheidung zwischen den einzelnen beteiligten Komponenten ist wie bei allen komplexen Erscheinungen des hochentwickelten Seelenlebens unmöglich.

Viel wichtiger als eine solche Analyse ist die Feststellung, daß man es hier mit einer psychischen Tatsache zu tun hat, deren Bedeutung gar nicht zu überschätzen ist. Mehr als jeder andere psychische Zustand ist das Verantwortungsgefühl entscheidend für das Wohl der Menschheit. Jede staatliche und soziale Ordnung hat in ihm ihre Grundlage. Es gäbe keine Kriege und keine Klassenkämpfe, wenn das Schicksal der Völker nur solchen Staatsmännern anvertraut wäre, die imstande sind, sich alle Folgen ihrer Entschlüsse vorzustellen und bei denen die Vorstellung, ihre Entscheidung könne Menschen in Not und Gefahr bringen, sofort und mit zwingender Gewalt, unmittelbar aus der Eigenart ihrer Persönlichkeit, das Gefühl der Ablehnung und Abwehr hervorriefe. Einzig und allein dieses Gefühl bildet die Grundlage jeder gerechten Ordnung im Zusammenleben der Menschen; eine Grundlage, die durch nichts anderes — weder durch noch so hohe politische Begabung noch durch die größten und weitreichendsten Erfindungen und Entdeckungen — ersetzt werden kann. Diese Grundlage ist ein psychischer Zustand, eben das Verantwortungsgefühl, von dessen Auftreten im entscheidenden Moment das Glück oder Unglück ganzer Völker abhängt; genauso wie das Schicksal des einzelnen Menschen davon abhängen kann, ob im Richter oder Arzt dieses Gefühl mit genügender Stärke auftritt, bevor er seine Entscheidung trifft. Der Naturforscher — nicht gewohnt, Gefühle zu beachten und ihnen besondere Bedeutung beizulegen — stellt mit Erstaunen fest, daß die ordnende Kraft des sozialen Lebens in einem Gefühl liegt, in welchem das eigene Wollen und Handeln im Hinblick auf das Wohl der anderen Menschen beurteilt wird. Mag dieses Gefühl auch nicht in vielen Menschen auftreten — wo es auftritt, ist es eine Tatsache, eine wirkliche, unleugbare und unbezweifelbare Naturerscheinung wie der freie Fall eines Steines, den man in die Luft geworfen hat; eine Naturerscheinung, die es nur im Seelenleben des Menschen und nur bei den »menschlichsten Menschen« gibt — der stärkste Beweis für die Richtigkeit der Annahme, daß sich die Menschheit in ihrer natürlichen Entwicklung auf dem Wege zu immer höherer Kultur befindet.

Es wird oft behauptet, daß dieses Gefühl nicht auftreten könnte, wenn das Wollen nicht frei wäre. Diese Frage läßt sich ganz klar beantworten. Man muß dazu das Stadium im Erlebnisablauf feststellen, in welchem sich die Freiheit auswirken müßte. Die erste Phase ist funktionaler Art: Vorstellung der möglichen Folgen des eigenen Handelns. Welche Vorstellungen und Gedanken durch eine bestimmte Situation ausgelöst werden, hängt von der Art der Persönlichkeit und von ihrer Intelligenz ab; manchem fällt es leicht, sich mögliche Wirkungen vorzustellen und auszumalen, andere sind dazu überhaupt nicht imstande. Es ist ferner bereits eine Wirkung des Verantwortungsbewußtseins — also auch der Persönlichkeit —, wenn sich ein Mensch sagt: ich muß mir sehr genau überlegen, zu welchen Konsequenzen meine Entscheidung führen kann; die Art der Vorstellungen, die aus einer solchen absichtlichen, sorgfältigen Überlegung entstehen, hängt ganz von der Leistungsfähigkeit der psychischen Funktionen ab. Ob ihm dabei viel oder wenig einfällt und was ihm einfällt, liegt nicht in seiner Wahl. Die »Freiheit« müßte sich daher in der zweiten Phase auswirken: in der Stellungnahme zu den auftretenden Vorstellungen. Diese Stellungnahme besteht aus Gefühlen, die in irgendeiner Form Ablehnung oder Zustimmung enthalten — Abscheu und Entsetzen »es wäre fürchterlich, wenn ich diese Folgen herbeiführen würde« oder Befriedigung »mag daraus auch vielleicht für diesen oder jenen ein Schaden entstehen, für viele ist es ein Vorteil«. *Welche* Gefühle auftreten, hängt wieder ganz von der Art der Persönlichkeit ab. Gefühle kann man nicht nach Belieben erzeugen; sie treten auf oder sie treten nicht auf, unabhängig davon, ob man sie haben will oder nicht. Eine Freiheit im Sinne einer Wahlmöglichkeit zwischen verschiedenen Gefühlen angesichts einer bestimmten Vorstellung besteht in keiner Weise; damit ist aber auch festgestellt, daß es in der Stellungnahme zu den vorgestellten Folgen des eigenen Handelns, die ja durch die Gefühle zustande kommt, keine Freiheit gibt.

Genau dasselbe gilt von den Gefühlen der *Schuld* und der *Reue*. Ob sie auftreten und in welchem Grade sie auftreten, hängt von der Persönlichkeit ab. Es gibt hier bekanntlich zwei Extreme: Menschen, bei denen diese Gefühle überhaupt nie, und solche, bei denen sie bei jedem winzigen Anlaß in übersteigertem Ausmaß entstehen. Hier liegt ein überaus komplizierter Sachverhalt vor, zu dessen Klärung — wie auch zur Analyse des Schuldbewußtseins und der Reue — noch sehr viel Arbeit nötig ist. Sicher scheint — nach Alltagsbeobachtungen und Fragebogenuntersuchungen von M. Mörs über die Reue und von N. Ensslen über das Schuldbewußtsein — zu sein, daß bei diesen Gefühlen eine »innere Entzweiung« feststellbar ist: in der eigenen Persönlichkeit zeigt sich eine Komponente, die eine Regung eben dieser eigenen Persönlichkeit ablehnt und verurteilt (Mörs 1926, Ensslen 1932).

Schuldbewußtsein und Reue sind Erlebnisse, die entscheidend zur Entwicklung der Persönlichkeit beitragen. Sie führen entweder dazu, daß man Entschlüsse und Handlungen, welche diese Gefühle neuerlich hervorrufen könnten, vermeidet oder — man unterliegt wieder dem gleichen Trieb, Schuldgefühl und Reue treten wieder auf, aber immer schwächer und schließlich gar nicht mehr. Solche »persönlichkeitsformenden« Erlebnisse, aus der Zwiespältigkeit des Menschen hervorgehend, gibt es in jedem Alter; die Dichter haben diese »Wandlungen« in vielfältiger Weise geschildert.

Von der Art der Persönlichkeit hängt es auch ab, welche Rolle die Vernunft, d. h. die Überlegung, was für eine Stellung in einer gegebenen Situation einzunehmen sei, im Entscheidungsstadium spielt. Von manchen, besonders von den christlich-scholastischen Psychologen, wird erklärt, das Wollen sei nicht durch Motive wie Interessen usw. bestimmt, sondern durch Vernunftgründe, also Erkenntnisse, Einsichten, Überlegungen. Es ist nach allem, was zur Denkpsychologie ausgeführt wurde, vollkommen klar, daß es von der Persönlichkeit abhängt, was für Gedanken und Vorstellungen in einer bestimmten Situation in einem Menschen auftreten; es besteht keine Freiheit im Denken, der Mensch kann sich nicht aussuchen, welche Gedanken ihm in einer bestimmten Lage bewußt werden. Es werden eben nur jene Vorstellungen in das Bewußtsein treten, die nach der bisherigen individuellen Erfahrung und nach der Art der Persönlichkeit durch die gegebene Situation geweckt werden.

Wollte man die Willensfreiheit auf diese Art beweisen (und der Versuch ist oft gemacht worden), so müßte man zuerst die Freiheit im Denken nachweisen. Was man als »Vernunftgründe« bezeichnet, die das Wollen lenken, ist in Wirklichkeit ein Komplex von Gedanken und Vorstellungen, die im wesentlichen aus sprachlich formulierten Interessen und Trieben, Erziehungseinflüssen und Vorsätzen bestehen: ich soll dies nicht tun, es widerspricht meinen Grundsätzen; wenn alle so handeln würden, wäre keine Ordnung möglich, man hat mir oft genug gesagt, daß man es nicht tun darf usw. Der Mensch hat aber nicht die Wahl zwischen Vernunftgründen, er kann sich nicht aussuchen, welchen von ihnen er Folge leistet; die Entscheidung wird vielmehr dadurch bestimmt, wie stark die angeborenen sozialen und ethischen *Interessen* sind, die zur Entstehung dieser begrifflich fixierten Grundsätze führten.

Ein psychologischer Beweis für das Bestehen einer Freiheit in dem Sinne, daß man sich in einer Wahlsituation für jede beliebige Verhaltensmöglichkeit entscheiden könne, läßt sich also nicht erbringen. Es braucht nicht betont zu werden, daß die sehr beliebten populären Argumente: wenn der Wille nicht frei wäre, gäbe es keine Verantwortlichkeit und kein Recht zur Strafe, wissenschaftlich vollkommen bedeutungslos sind. Niemals darf die Wissenschaft sich durch noch so schwerwiegende Konsequenzen davon abbringen lassen, die durch die Tatsachen festgelegte Wahrheit zu vertreten. Es mag hart erscheinen, für die Tatsache, daß man durch die Art der eigenen Persönlichkeit zur Ursache eines Unheils wurde, bestraft zu werden; aber das Strafrecht jedes Kulturstaates unterscheidet genau, ob man das Unheil gewollt hat, ob man es bei durchschnittlicher geistiger Begabung voraussehen konnte oder ob es eingetreten ist, ohne daß man es beabsichtigte. Der Zweck des Strafgesetzes wird von vielen Juristen nur darin gesehen, die Gesellschaft vor Menschen, in denen sozialfeindliche Triebe von besonderer Stärke auftreten, zu schützen, indem man diese Menschen isoliert; an Strafe im Sinne von Vergeltung wird dabei nicht mehr gedacht. Man müßte eigentlich den Begriff »*Strafgesetz*« aufgeben und dürfte nur noch von »Gesetzen zum Schutz der Gesellschaft« sprechen. Gegen diese Änderung läßt sich jedoch eine interessante kulturpsychologische Tatsache anführen: die Gesellschaft selbst steht noch immer auf dem Standpunkt des Vergeltungsprinzips; »man verlangt, daß dem Verbrecher sein böser Wille vergolten werde«, schreibt der Strafrechtler F. NOWAKOWSKI; dieses Vergeltungsbedürfnis habe die Strafe zu befriedigen, obwohl sie an sich nur als Schutzmaßnahme zu rechtfertigen sei (F. NOWAKOWSKI 1957, S. 30).

»Verantwortlichkeit« ist ein ethisches und juristisches Problem; das Verantwortungs*bewußtsein* — nämlich der Gedanke: wenn ich dies tue, können diese und jene Folgen eintreten und ich bin dann daran schuld —

ist eine psychische Erscheinung, die bei den Deterministen in genau gleicher Weise auftritt wie bei den Indeterministen. Überhaupt darf man nicht glauben, daß die deterministische oder indeterministische Einstellung von großem Einfluß auf das Wollen und Handeln sei; das Spiel der Triebe und Interessen im Motivationsprozeß vollzieht sich ganz unabhängig davon und führt naturgesetzlich zu dem Entschluß, der den gegebenen Triebkräften und der Art der Persönlichkeit entspricht. Es gibt »keinen Grund für die Annahme, daß menschliches Verhalten als Erfahrungsgegenstand in Kausalzusammenhängen stünde, die prinzipiell von denen anderer Erfahrungsdinge verschieden wären« (E. ROTH 1969, 77).

Auf andere Versuche, die Willensfreiheit zu beweisen, ist hier nicht einzugehen. Der berühmt gewordene »physikalische Indeterminismus« beruht auf einem logischen Fehlschluß. Sein Begründer HEISENBERG hat aus der von ihm festgestellten Tatsache (und diese Feststellung ist eine der großen Leistungen der modernen Physik), daß es im subatomaren Geschehen prinzipiell unmöglich sei, kausale Beziehungen zu untersuchen, den Schluß gezogen, daß es dort kausale Zusammenhänge nicht gebe (HEISENBERG 1927). In Wahrheit kann man bei dieser Sachlage nur schließen: es wird uns immer unbekannt bleiben, ob im Subatomaren das Kausalgesetz gilt — es kann ebensogut gelten wie nicht gelten.

Logisch vollkommen einwandfreie Lösungen des Freiheitsproblems haben einige Religionen gefunden. So hat die christliche Religion in ihrer Lehre von der »Gnade Gottes«, die dem Menschen im entscheidenden Augenblick hilft, einen außerordentlich schönen Gedanken entwickelt: der Mensch ist im Stadium der Entscheidung nicht allein und verlassen, sondern kann Gott bitten, ihn mit der Kraft der Gnade zu unterstützen, damit er jene Entscheidung trifft, die er aus eigenen Kräften nicht zustande bringt. Unter den alten Kirchenvätern waren ausgezeichnete Psychologen; Paulus, Tertullian und Augustin haben gewußt, daß der Mensch im Kampf gegen die von der Kirche abgelehnten Triebe oft zu schwach ist, um ihnen zu widerstehen. Er braucht dazu die Hilfe Gottes; die »gratia Dei«, die als zusätzliche, von außen kommende Kraft eingreift. Eine andere Lösung liegt in der buddhistischen Religion: damit der Mensch nicht seinen Trieben unterliege, muß er versuchen, sich von ihnen zu befreien; er muß sie durch Askese abtöten. Die indische Religion kennt eine ganze Reihe von Methoden, das Triebleben nach und nach auf ein Minimum herabzumindern und dadurch den Geist für die Erleuchtung, die den Weg zum Guten weist, frei zu machen. Die mohammedanische Religion steht bekanntlich von vornherein auf dem Standpunkt des Determinismus; ihr »Fatalismus« ist aber nicht so oberflächlich, wie man ihn oft schildern hört.

Eine Freiheit in dem Sinne, daß der Mensch in einer Wahlsituation jede Verhaltensmöglichkeit wählen könne, gibt es nur bei den bedeutungslosen Wahlsituationen, bei denen uns jede Wahlmöglichkeit gleichgültig ist. Bei allen Entscheidungen in persönlich bedeutsamen Wahlsituationen ist der Entschluß durch die auftretenden Triebe und Interessen und durch die Art der Persönlichkeit *determiniert;* wie alles andere im Seelenleben, entsteht auch der Entschluß und die aus ihm folgende Handlung nach Naturgesetzen. Diese Feststellung wollen viele Menschen nicht wahrhaben; sie sträuben sich dagegen, daß auch das menschliche Wollen und Handeln strengen Gesetzen unterworfen sein soll. Kein Zweifel, daß dieses Widerstreben, das selbst eine interessante psychische Tatsache darstellt, möglichst gepflegt werden soll: das Verlangen nach Freiheit ist ein wichtiger Faktor in der kulturellen Entwicklung; so wichtig, daß man sich als Psychologe fragen muß, ob man die Tatsache der Determinierung des Wollens durch die Motive überhaupt bekanntgeben soll. Vielleicht sollte man so tun, als ob der Wille frei wäre, um ja nicht das Freiheitsverlangen und das Verantwortungsbewußtsein zu schwächen.

Dieser Gewissenskonflikt löst sich vollkommen, wenn man die Frage der Willensfreiheit von einem anderen Gesichtspunkt aus untersucht als bisher. Es läßt sich nämlich zeigen, daß der bisher verwendete strenge Freiheitsbegriff — in einer Wahlsituation jede beliebige Verhaltensmöglichkeit wählen zu können — sinnlos ist. Man stelle sich einmal genau vor, wie es uns Menschen erginge, wenn wir diese Freiheit besäßen: wir könnten uns dann in jeder Wahlsituation für jede der gegebenen Verhaltensmöglichkeiten gleich leicht entscheiden — aber, da wir vollkommen frei wären, also von keinen Trieben und Interessen geleitet, kämen wir zu gar keiner Entscheidung oder wir würden uns »blind« für irgend etwas entscheiden müssen, nur um aus dieser peinlichen Situation herauszukommen (aber auch dafür würden uns bei vollkommener Freiheit die Motive fehlen).

So ergibt sich das überraschende Resultat, daß der scheinbar so strenge Freiheitsbegriff »jede beliebige Möglichkeit wählen zu können« unhaltbar ist. Biologisch betrachtet, wäre eine solche Freiheit ein Verhängnis; jedes Lebewesen würde dabei zugrunde gehen, weil keine Entscheidungen zustande kämen. Ohne auf philosophische Fragen einzugehen, muß an dieser Stelle doch der Versuch gemacht werden, zu einer Klärung der Frage zu kommen, was »Freiheit« im Wollen noch bedeuten könne; denn es handelt sich ja um eine psychologische Tatsache, wenn man »Willensfreiheit« fordert. Es bleibt dabei nichts anderes übrig als sich wieder an die Erfahrung des täglichen Lebens und an den üblichen Sprachgebrauch zu halten; dabei ergibt sich, daß man die Willenshandlungen nicht so beurteilt, als ob alle Menschen in gleicher Weise imstande wären, das Gute zu tun und das Schlechte zu lassen, sondern daß man dabei einen ganz individuellen und daher relativen Maßstab anlegt: so wie dieser Mensch nun einmal ist, hätte ich ihm nicht zugetraut, daß er diese Handlung zustande bringt (oder daß er sich so schlecht benimmt). Anders ausgedrückt: man berücksichtigt bei der Beurteilung fremder Willenshandlungen die *Persönlichkeit* des Handelnden.

Nicht anders verhält man sich sich selbst gegenüber. Man ist dabei oft ziemlich streng; hat man irgendwo versagt, so sagt man sich mitunter, »das hätte ich eigentlich zusammenbringen müssen«; »wenn ich mich mehr angestrengt hätte, wäre es vielleicht gelungen« usw. War man aber in einer Wahlsituation, die besonders hohe Anforderungen stellte, und hat man vergeblich versucht, sie zu erfüllen, so erklärt man nachher: »ich konnte einfach nicht, beim besten Willen nicht.« »Beim besten Willen nicht« — das bedeutet: auch wenn man sich noch so angestrengt hätte, es wäre nicht gelungen. Die Frage der Freiheit tritt in solchen Fällen nirgends auf; immer nur die Frage des *Könnens*. Dabei wird die eigene Kraft immer eingerechnet: »es überstieg meine Kraft, ich konnte mich einfach nicht entschließen.« Es wird also auch bei der Beurteilung eigener Entschlüsse und Handlungen die Persönlichkeit berücksichtigt; man unterscheidet genau zwischen dem, was der Persönlichkeit zugemutet werden kann, und dem, was ihre Kraft überschreitet.

Der Maßstab, den der Mensch bei der Beurteilung menschlichen Wollens und Handelns anlegt, ist also die Persönlichkeit des Wollenden und Handelnden. Dies gilt in erster Linie für die *nachträgliche* Beurteilung eines Entschlusses. Aber auch *während* des Entschlußprozesses, mitten im Motivationsvorgang, besteht bei vielen klar denkenden Menschen volle Einsicht in das, was man wollen kann, und in das, was man nicht wollen kann: »eigentlich sollte ich ja so tun — aber ich kann mich dazu nicht entschließen«; »eigentlich soll man diese Möglichkeit ja sofort ablehnen, das wäre das Richtige, aber es ist zu verlockend, ich kann doch nicht widerstehen!« usw. Immer »*ich*« — und »ich« ist nichts anderes als die erlebte eigene Persönlichkeit. Ob man frei sei oder nicht — diese Frage tritt im Augenblick des Entschlusses gar nicht auf; sondern immer nur die Frage, was dem »Ich« unter den gegebenen Verhältnissen am besten entspricht.

Aus all dem scheint mit großer Wahrscheinlichkeit hervorzugehen, daß die Entscheidung durch die Eigenart der Persönlichkeit und durch ihre Stellungnahme zu den auftretenden Trieben, Gefühlen und Interessen bestimmt wird. Dies bedeutet Determination durch naturgesetzlich auftretende Prozesse; aber zu diesen Prozessen gehört auch die Stellungnahme der Persönlichkeit, die zwar ebenfalls naturgesetzlich aus der Art der Persönlichkeit in dieser bestimmten Weise hervorgeht — aber eben aus der *Persönlichkeit*, also aus dem, was man selbst ist, was das eigene Wesen ausmacht, aus dem »Ich«. Es ist das *eigene* Gesetz, dem man im Entschluß gehorcht; das individuelle Gesetz des Einzelnen. »Tut, was ihr wollt — *ich* habe mich entschlossen, so zu handeln!« Der Mensch kann bewußt die Stellungnahme seiner eigenen Persönlichkeit vertreten und sich in Gegensatz zu anderen Menschen stellen: er kann als einziges aller Lebewesen sich selbst Gesetze geben und Verhaltensregeln vorschreiben: »*ich* werde mich in Zukunft so verhalten, mögen auch alle anderen dagegen sein«. Solche Entschlüsse und Vorsätze gehen naturgesetzlich, also kausal, aus der Art der Persönlichkeit hervor, aber eben aus der eigenen Persönlichkeit. Dazu kommt noch etwas: die hohe Entwicklung der psychischen Funktionen, vor allem des Gedächtnisses und des abstrakten Denkens, ermöglicht es dem Menschen in unvergleichlich höherem Maße als jedem anderen Lebewesen, die Folgen des eigenen Handelns vorauszusehen, das Risiko zu beurteilen, Gefahren zu erkennen und auf diese Weise die Situation zu klären. Alle diese Prozesse verlaufen ebenfalls naturgesetzlich, also streng kausal; aber sie verhelfen dem Menschen zu einem geordneten Überblick über die gegebenen Möglichkeiten und ihre eventuellen Folgen. Unter diesen Möglichkeiten wird diejenige ausgesucht und zum Entschluß gemacht, die der Persönlichkeit am besten entspricht, ihre Triebe und Interessen am sichersten befriedigt. Es ist fraglich, ob man dies »*freies Wollen*« nennen kann; aber würde der Mensch, wenn er »frei« wählen könnte, etwas anderes wählen als dasjenige, was seiner Persönlichkeit am besten entspricht?

Obwohl also auch bei der Entstehung von Entscheidungen strenge Kausalität besteht, ist es doch eine von der Persönlichkeit ausgehende Kausalität oder, um es noch deutlicher zu sagen, eine Kausalität im Dienste der Persönlichkeit. Aus ihr geht der Entschluß mit Notwendigkeit hervor; aber — und dies ist eine sehr wichtige Tatsache — die Entstehung des Entschlusses vollzieht sich nicht wie das Abschnurren eines mechanischen Uhrwerkes, bei dem der Mensch, in dem sich der Kampf der Motive abspielt, nur zuschauen kann. Der Entschluß entsteht vielmehr unter intensiver Beteiligung der Persönlichkeit; sie ist selbst ein Faktor, und zwar der entscheidende, denn ihre Stellungnahme und ihre Zustimmung ist das, was schließlich den Ausschlag gibt.

Das deterministische Menschenbild ist also nicht so trostlos, wie man es manchmal gezeichnet hat. Es wäre wirklich trostlos und höchst unbefriedigend, wenn sich das Wollen so abspielte wie das mechanische Spiel in einem Leierkasten, dem man nur zuzuhören hat, ohne daß man einen Ton ändern kann. Im Motivationsprozeß tritt aber die Persönlichkeit selbst, das eigene »Ich«, als Ursache auf, als ein aktiver Faktor, der bestimmt, was aus dem ganzen Geschehen als Resultat hervorgeht; die Persönlichkeit ist nicht Zuschauer, sondern Ursache der Entschlußbildung. Sie ist selbst die maßgebende Kraft im Kräftespiel der Motivation; darin liegt alles, was man als »Freiheit« bezeichnen kann: selbst Ursache des künftigen Handelns zu sein. Diese »Selbststeuerung« spielt auch in der modernen philosophischen Behandlung der Willensfreiheit eine entscheidende Rolle (z. B. bei MARGARETE EBERHARDT 1956).

Zusammenfassend läßt sich sagen: Willenserlebnisse sind psychische Vorgänge, in denen die individuelle Persönlichkeit in klarbewußtem Erleben und mit voller innerer Zustimmung ihre psychischen Kräfte und Funktionen zur Erreichung eines bestimmten Zieles zum Einsatz bringt. Das soll keine Definition sein, sondern nur eine Zusammenstellung der Merkmale, deren wichtigstes darin besteht, daß man im Wollen den Einsatz der Kräfte deutlich *erlebt* und genau feststellen kann, wann die Grenze der verfügbaren Energien erreicht ist; dies gilt besonders für jene Fälle, in denen sich dem Wollen schwer überwindbare Hindernisse entgegenstellen. Das *Ziel* des Wollens wird im Entschluß festgelegt; und der Entschluß entsteht aus dem Kampf der Motive: aus dem Widerstreit der Triebe, Interessen und Erziehungseinflüsse, die in der Persönlichkeit wirksam sind oder ihr gegenübertreten. Das Denken leistet dabei nur Hilfsdienste, indem es die bestehenden Verhaltensmöglichkeiten untersucht, ihre eventuellen Folgen feststellt und die Situation begrifflich und sprachlich erfaßt, die Größe des Risikos zu bestimmen sucht und frühere Vorsätze oder allgemeine ethische Prinzipien, wie man sie im Laufe der Entwicklung gelernt hat, klar formuliert in das Bewußtsein schickt. Was für ein Entschluß schließlich zustande kommt, hängt von der Art und Stärke der beteiligten Triebe und Interessen ab. Der Entschluß entsteht aus den vorangegangenen Vorgängen; er ist durch sie bestimmt, er ist ihr notwendiges, naturgesetzliches Resultat. Freiheit in dem Sinne, daß der Mensch bei der gegebenen Situation auch zu einem anderen Entschluß kommen könnte, besteht nicht; das Wollen ist durch die Art der Persönlichkeit determiniert — aber eben durch die Persönlichkeit, also durch das, was man selbst ist. »Freiheit« besteht höchstens in dem Sinne, daß der Mensch nur durch sich selbst, nicht durch äußere Umstände determiniert ist; als Entschluß kommt dasjenige heraus, scwas *ich* will mögen auch alle anderen etwas anderes wollen. Die EntZheidung entsteht kausal, aber sie führt dadurch zur Festsetzung des rieles, das *mir* entspricht — mögen alle anderen ganz andere Ziele anst.eben. Die individuelle Persönlichkeit ist die Ursache des Entschlusses

6. Willenstheorien

Das Wollen ist ein sehr komplizierter psychischer Prozeß. Es steht in engster Beziehung zum Triebleben, aus dem es seine Motive empfängt; es mobilisiert das Vorstellen und Denken zur Feststellung der möglichen Verhaltensweisen, und es ist überdies eine bewußte Auswirkung der Persönlichkeit. Es ist daher nicht zu verwundern, daß viele Psychologen im Wollen keine eigene, von anderen psychischen Erscheinungen deutlich unterschiedene Kategorie von Erlebnissen gesehen haben, sondern den Versuch machten, es aus elementaren Vorgängen abzuleiten. Andere Psychologen hingegen sahen gerade im Wollen die wichtigste Erlebnisklasse, aus der sich viele andere Erscheinungen erklären lassen. Nach diesem Gesichtspunkt kann man die Willenstheorien in zwei große Hauptgruppen einteilen, die ich als »heterogenetische« und »autogenetische« Willenstheorien bezeichne: die heterogenetischen führen die Willenserlebnisse auf andere Vorgänge zurück, die autogenetischen sehen in ihnen ein primäres, originäres Geschehen.

a) Heterogenetische Willenstheorien

Es lassen sich vier heterogenetische Willenstheorien unterscheiden: die Gefühls-, die Vorstellungs-, die Empfindungs- und die intellektualistische Theorie. Als Vertreter der Gefühlstheorie können Fortlage (1885) und Ebbinghaus (1902) gelten, wenn auch der letztere noch Empfindungen und Vorstellungen als Komponenten des Willenslebens annimmt. Bleuler vertritt eine ähnliche Ansicht, indem er den Willen für eine Resultante aller in den Affekten liegenden Tendenzen hält. Die Vorstellungstheorie vertritt z. B. Ziehen (1920), nach welchem der Wille wesentlich »eine bestimmte Verknüpfung von Vorstellungen und den die Assoziation und die Handlung begleitenden Spannungsempfindungen ist«. Hauptvertreter der Empfindungstheorie sind Münsterberg (1888), der das Wollen auf die den erwarteten Bewegungen vorausgehenden Muskelempfindungen zurückzuführen sucht, und Külpe (1893), der im Wollen einen »Komplex von mehr oder weniger lebhaften Organempfindungen« sieht. Ähnlich versuchte, was weniger bekannt ist, auch Simmel den Willen zu erklären, in welchem er »ein bloßes psychisches Mitklingen mit der in sich geschlossenen, in das Handeln mündenden psychischen Reihe« sieht. Die intellektualistische Theorie schließlich wird am eindeutigsten von Meumann (1913) vertreten: »Der Wille ist nichts anderes als ein spezifischer Verlauf intellektueller Vorgänge, durch die sich unsere Zustimmung zu einem Ziele in Handlung umsetzt und mit denen das intellektuelle Seelenleben aus seiner reinen Innerlichkeit zur Einwirkung auf die Umgebung heraustritt.« Zu diesen vier Theorien könnte man als fünfte noch diejenige hinzufügen, die im Wollen ein Zusammenwirken verschiedener Erscheinungen sieht, ohne dabei eine besonders hervorzuheben; zu dieser Richtung gehört z. B. die Theorie STÖRRINGS (1922), der von einem »Willengefühl« spricht, oder diejenige E. WENTSCHERS (1910), nach welcher das Wesen des Wollens in einer charakteristischen Synthese unserer Bewußtseinsinhalte besteht, nicht aber im Hinzutreten eines neuen Bewußtseinselementes.

Eine Mittelstellung zwischen den heterogenetischen und den autogenetischen Willenstheorien nehmen jene Lehren ein, welche das Wollen zwar nicht auf eine andere Tatsache zurückführen, es jedoch mit dem Fühlen einer gemeinsamen Grundklasse zuweisen. BRENTANO gehört hierher, nach welchem Fühlen und Wollen der Klasse der Interessenphänomene zugehören (wobei der Begriff »Interesse« mit den Interessen als Kulturtrieben nichts zu tun hat); später hat MÜLLER-FREIENFELS (1924) eine ähnliche Theorie aufgestellt, nach welcher Fühlen und Wollen »nur Teilerscheinungen komplexer Stellungnahmen des Ich sind, die sich je nach den Umständen mehr als passive Gefühlszustände oder aktive Willenshandlungen darstellen, aber in jedem Fall psychologisch als Ganzheit begriffen werden müssen«.

b) Autogenetische Willenstheorien

In erster Linie ist hier der Begründer der experimentellen Willensforschung N. ACH zu nennen, der zu der Meinung gelangte, »daß der Willensakt als solcher in seinem unmittelbaren Gegebensein wohl charakterisiert ist und als ein spezifisches Erlebnis angesprochen werden muß« (N. ACH 1910). ERISMANN hat sich theoretisch mit der Frage der Selbständigkeit des Wollens eingehend befaßt und kommt ebenfalls zur Ansicht, daß das Wollen ein spezifisches Erlebnis sei, das von allen anderen wesensverschieden ist. »Die einfache Analyse des Willensaktes ergibt ja einleuchtend, daß er sich von einer einfachen Empfindung schon durch seine Transzendenz, sein Gerichtetsein auf eine bestimmte Zukunft hin, unterscheidet; aber auch von einem transzendenten Denkakt unterscheidet er sich, und zwar dadurch, daß er die Zukunft nicht nur zu denken, sondern sie auch zu bestimmen sucht« (TH. ERISMANN 1924).

Wirkungen von Trieb, Gefühl und Wille auf den Erlebnisablauf

1. Aufmerksamkeit (Aktivierung der psychischen Funktionen)

Die psychischen Kräfte (Triebe, Gefühle, Willenserlebnisse) aktivieren die psychischen Funktionen (Wahrnehmung, Vorstellung, Denken).

Sie stellen ihnen die Aufgaben: sucht mir etwas zum Essen, befreit mich von Gefahr, bringt meine Entschlüsse zur Ausführung. Unter diesem Einfluß beginnen die Sinnesorgane zu arbeiten, das Gedächtnis stellt die bisherige Erfahrung in Form von Vorstellungen und Begriffen zur Verfügung, das Denken verarbeitet dieses Material zu Plänen und Überlegungen, aus denen dann das Handeln hervorgeht, durch welches das von den Trieben, Gefühlen und Willensentschlüssen gesetzte Ziel erreicht werden soll. Die psychischen Funktionen sind die Ausführungsorgane der psychischen Kräfte; ein Grundzusammenhang, der bei Mensch und Tier in gleicher Weise besteht.

Die Zusammenarbeit von psychischen Kräften und Funktionen führt zu charakteristischen Erlebnissen, für welche die Sprache eigene Namen besitzt. Drängt ein Trieb, ein Interesse oder ein Willenserlebnis zu einem besonders konzentrierten Einsatz der Wahrnehmung oder des Denkens, so spricht man von *gespannter Aufmerksamkeit:* mit gespannter Aufmerksamkeit verfolgen die Zuschauer ein Fußballspiel oder ein Autorennen, die Studenten die Ausführungen eines Vortragenden, die Gelehrten den Verlauf eines Experimentes; und ebenso sind die Fußballspieler und Autolenker selbst, der Vortragende und der Versuchsleiter mit voller Aufmerksamkeit »ganz bei der Sache«. Die beteiligten psychischen Funktionen, das Sehen und Hören und Denken, arbeiten mit Höchstleistung.

Es gibt eine große Zahl von Aufmerksamkeitstheorien — sie werden später kurz dargestellt —, aber nur wenige Beschreibungen des Aufmerksamkeits*erlebens*. Und auch diese Beschreibungen kommen über Ausdrücke wie »Konzentration, innere Zuwendung, Zentralisierung des psychischen Geschehens, apperzeptive Auffassung, Gerichtetsein auf etwas« usw. nicht hinaus. Alle diese Ausdrücke sind zutreffend; und ebenso richtig ist es, wenn manche Psychologen die Steigerung der Bewußtseinsklarheit beim aufmerksamen Beachten besonders hervorheben. Alle diese Merkmale der Aufmerksamkeit lassen sich leicht in der Selbstbeobachtung feststellen; man kann dabei aber doch noch einen Schritt weiterkommen, wenn man von der Zusammenarbeit zwischen psychischen Kräften und Funktionen ausgeht: dann stellt sich die Aufmerksamkeit als die bewußte Aktivierung der psychischen Funktionen dar, als das *Erleben ihres Aktivitätsgrades*. Den Beweis für diese Behauptung kann man nicht anders erbringen als durch die Aufforderung, sich selbst in einem geeigneten Augenblick zu beobachten: man mache den alten Versuch, eine Armbanduhr dem Ohr allmählich zu nähern und dabei den Augenblick festzustellen, in dem man das Ticken zum ersten Male hört. Das ist ein reines Aufmerksamkeits-Erlebnis; und es besteht in nichts anderem als im bewußten Einsatz einer psychischen Funktion — des Hörens — im Dienste eines Willenszieles (das dabei deutlich mitbewußt ist). Genauso verhält es sich mit allen anderen Fällen von Aufmerksamkeit; immer werden psychische Funktionen bis zum Höchstmaß ihrer Leistungsfähigkeit im Dienste eines Zieles bewußt aktiviert. *Aufmerksamkeit ist der jeweilige Aktivitätsgrad der psychischen Funktionen;* der Wahrnehmung, des Vorstellens oder des Denkens oder aller Funktionen gleichzeitig. Diese Aktivität ist steigerungsfähig: man kann sich mehr oder weniger anstrengen, um etwas zu sehen oder zu hören, sich an etwas zu erinnern oder eine Denkaufgabe zu lösen. Daher spricht man von größerer oder geringerer Aufmerksamkeit: »die Zuhörer folgten den Ausführungen des Vortragenden mit höchster Aufmerksamkeit«, »ich hatte den Eindruck, daß er bei seiner Arbeit wenig aufmerksam war«, »er ist faul und unaufmerksam« usw. In allen diesen Fällen wird zum Ausdruck gebracht, in welchem Grade ein Mensch seine psychischen Funktionen für ein bestimmtes Ziel einsetzt. Höchste Aufmerksamkeit bedeutet, daß er Wahrnehmung, Gedächtnis und Denken bis zur maximalen Leistungsfähigkeit zum Einsatz bringt.

Die bewußte Aktivierung der psychischen Funktionen, das Erleben ihrer Tätigkeit, wird erst dann als Aufmerksamkeit bezeichnet, wenn es — und dies ist eine wichtige Ergänzung — einen gewissen durchschnittlichen Grad überschreitet. »Ich habe diese Arbeit aufmerksam gelesen« bedeutet bereits einen mehr als durchschnittlichen Aufwand von Funktionsleistung; der Maßstab, den man dabei anlegt, scheint der Grad von Funktionseinsatz zu sein, den man im täglichen Leben bei der gewohnten Arbeit anwendet. Ein wenig mehr als dieser gewöhnliche Einsatz bedeutet schon »aufmerksam«; und von hier aus gibt es alle Grade der Steigerung bis zur »angespanntesten Aufmerksamkeit«, dem Maximaleinsatz der psychischen Funktionen.

In das System der psychischen Kräfte und Funktionen läßt sich auch noch eine weitere, viel untersuchte Tatsache im Bereich der Aufmerksamkeit ohne weiteres einordnen. In seltener Übereinstimmung unterscheiden alle Psychologen zwischen »willkürlicher« (aktiver) und »unwillkürlicher« (passiver) Aufmerksamkeit. Über den Ursprung der ersten besteht kein Zweifel; sie besteht darin, daß man das Wahrnehmen, Vorstellen oder Denken *absichtlich* für ein bestimmtes Ziel — Verfolgen eines äußeren Vorgangs, Lösen einer Denkaufgabe — aktiviert. Die treibende Kraft ist das Wollen; und der Einsatz der Funktionen ist die Ausführungshandlung. Auch über den Ursprung der *unwillkürlichen* Aufmerksamkeit bestehen kaum Unklarheiten. Schon HERBART hat betont, daß das *Interesse* dabei eine Rolle spiele; ebenso haben DÜRR (1914) und andere Autoren — z. B. HÖFFDING (1908) — das unwillkürliche Aufmerken auf Triebe und Instinkte zurückgeführt. Daß Triebe und Interessen die psychischen Funktionen zu gesteigerter Tätigkeit veranlassen können, weiß jeder aus eigener Erfahrung. Im Nebenzimmer wird bei einem Gespräch der Name eines Bekannten erwähnt — man horcht nun angestrengt, was über ihn gesagt wird; die Neugier hat der Wahrnehmung eine Aufgabe gestellt.

Eine weitere Gruppe von Fällen unwillkürlicher Aufmerksamkeit ergibt sich aus der Wirkung starker Empfindungen. Ein schlechter Zahn kann so starke Schmerzen verursachen, daß jede Konzentration auf etwas anderes unmöglich wird. Mit Trieb und Wille hat dies nichts zu tun; diese Art von unwillkürlicher Aufmerksamkeit ist sicher rein physiologisch zu erklären: aus dem kranken Zahn fließen ständig starke nervöse Erregungen in das Gehirn, die so intensive Empfindungen erzeugen, daß kein anderer psychischer Vorgang dagegen auf die Dauer aufkommt. Es ist jedoch eine sehr ungenaue Ausdrucksweise, wenn man sagt: »die starke Empfindung lenkt die Aufmerksamkeit auf sich«, denn das Spüren der starken Empfindung *ist* bereits die unwillkürliche Aufmerksamkeit. Man kann es so formulieren: wenn eine Sinnesfunktion von außen her durch einen sehr starken Reiz in Anspruch genommen wird, so erleben wir dies ebenfalls als unwillkürliche Aufmerksamkeit. Die moderne Reklame benützt diese Tatsache in der vielfältigsten Weise, oft, indem sie nicht nur die Sinne reizt, sondern auch noch einen Trieb, z. B. Neugier, weckt und dadurch ebenfalls die psychischen Funktionen in den Dienst ihrer Absichten zwingt.

Außer der Einteilung in »willkürliche« und »unwillkürliche« Aufmerksamkeit gibt es noch eine erstaunlich große Zahl von anderen Einteilungsversuchen, die zum Teil in der Persönlichkeitsforschung zur Charakterisierung verschiedener Typen verwendet wurden. Der deutsche Psychologe MEUMANN (1910) unterschied: 1. intensive und distributive Aufmerksamkeit (die erstere erlaubt hohe Grade von dauernder Konzentration auf einen einzigen Gegenstand, die letztere auf rasch wechselnde, verschiedene Dinge), 2. stabile und labile Aufmerksamkeit (was mit geringer und großer Ablenkbarkeit zusammenfällt), 3. dynamische und statische Aufmerksamkeit (erstere bedarf immer neuer Willensimpulse zu ihrer Erhaltung, letztere bleibt auf einen einzigen Vorsatz hin lange Zeit konstant), 4. sinnliche und intellektuelle Aufmerksamkeit (erstere mehr auf Vorgänge in der Außenwelt, letztere auf das eigene Innenleben gerichtet). Schon MEUMANN hat ferner den wichtigen Unterschied zwischen »fixierender« und »fluktuierender« (starrer und gleitender) Aufmerksamkeit dargestellt, der sich experimentell nachweisen läßt: bietet man durch geeignete Vorrichtungen — am besten mit einem »Tachistoskop«, das einen Text oder ein Bild durch sehr kurze, genau meßbare Zeiten sichtbar werden läßt — eine bestimmte Anzahl von Figuren für ganz kurze Zeit (z. B. $^1/_{100}$ Sekunde), so fassen manche Menschen nur ganz wenige Figuren auf, können sie dann aber genau beschreiben, während andere viel mehr Figuren auffassen, sie aber nur ungenau beschreiben können (enge und weite Aufmerksamkeit). Diese Unterschiede sind so charakteristisch, daß man sie zur Aufstellung von Typen verwenden kann. So haben PFAHLER (1932) und EHRENSTEIN (1942) die fixierende und fluktuierende oder die »ganzheitliche« und »teilinhaltliche« Beachtung für ihre Typologien verwendet; schon vorher hat KRETSCHMER in seiner Typologie diese Unterschiede betont und sie durch die Begriffe »analytische« und »synthetische« Aufmerksamkeit zu fassen gesucht. In Experimenten, die er zusammen mit F. ENKE durchführte, wurde z. B. das Wort »Badevereinsmarke« zehnmal hintereinander kurzzeitig exponiert; Menschen mit analytischer Aufmerksamkeit haben immer nur einen Teil erfaßt und das ganze Wort nach und nach zusammengestückelt, Menschen mit synthetischer Auffassung hingegen suchten »immer gleich auf den Gesamteindruck loszugehen und dieses verschwommene Gesamtbild allmählich und halb ratend zu verbessern«. Der Aufmerksamkeits*umfang* des ersteren Typus ist naturgemäß kleiner als der des letzteren. Über den *durchschnittlichen* Aufmerksamkeitsumfang liegen sehr viele Untersuchungen vor. Alle möglichen Inhalte — Figuren, Striche, Lettern, Ziffern, fallende Kugeln, sinnlose und sinnvolle Wörter — wurden kurzzeitig geboten und dann wurde festgestellt, wie viele davon aufgefaßt werden konnten. Die Zahlenangaben der verschiedenen Autoren gehen ziemlich weit auseinander: Erwachsene erfassen durchschnittlich vier bis sechs Einheiten, zwölfjährige Kinder drei bis vier, sechsjährige nur zwei bis drei.

Experimentell am besten erforscht sind die *Schwankungen* der Aufmerksamkeit. Im Sinne der obigen Definition ist darunter die Tatsache zu verstehen, daß der Grad der psychischen Aktivität nicht gleichbleibt, sondern sich in kurzen Zeiten verändert, indem er absinkt und dann wieder ansteigt. Dieses Schwanken zwischen einem Maximum und einem Minimum wurde mit verschiedenen Methoden schon sehr früh untersucht und theoretisch ausführlich interpretiert; besonderer Wert wurde auf genaue Messungen der Zeitverhältnisse gelegt. Die meisten Messungen beziehen sich auf die »negative Phase« der Aufmerksamkeitsschwankung, d. h. auf die Zeit vom Beginn des Aufhörens der Aufmerksamkeits-Leistung bis zu ihrem neuerlichen Eintreten. V. URBANTSCHITSCH führte schon 1875 in Wien solche Versuche mit einer tickenden Taschenuhr durch, die so weit vom Ohr gehalten wurde, daß man ihr Ticken gerade noch hören konnte; man hört dann das Ticken nicht ständig, sondern nur mit Unterbrechungen. Die Zeit vom Aufhören des Tickens bis zu seinem Wiederauftreten bezeichnete URBANTSCHITSCH als »*Aufmerksamkeits-Schwankung*«; sie dauerte in seinen Experimenten durchschnittlich fünf bis acht Sekunden (Urbantschitsch 1875). Der erste, der lebensnahe Aufmerksamkeitsleistungen und die dabei auftretenden Schwankungen untersuchte, war der italienische Psychologe M. L. Patrizi, der bei Reaktionsversuchen Schwankungen der Leistung feststellte, die er als zerebral bedingte Aufmerksamkeitsschwankungen interpretierte (Patrizi 1897). Seither wurden zahlreiche Untersuchungen ähnlicher Art durchgeführt, wobei die Methode im Prinzip fast immer gleichblieb: es wurden Leistungs-Schwankungen bei länger dauernden gleichförmigen psychischen Leistungen (Kopfrechnen, Zählen usw.) den Aufmerksamkeitsschwankungen gleichgesetzt unter der Annahme, sie seien die Ursache der Leistungs-Schwankungen. Hertha Schalkhammer hat im Psychologischen Institut in Wien an 96 Personen die Leistungsschwankungen beim Registrieren von Morsezeichen untersucht, wobei im Durchschnitt nach 14,4 Sekunden eine Aufmerksamkeitsschwankung auftrat, deren Dauer stark variierte. Eine allgemeine Periodizität konnte nicht festgestellt werden, wohl aber eine Abhängigkeit von der Beanspruchung; wurde z. B. das Darbietungstempo verlangsamt, also die Aufgabe erleichtert, so trat nur noch nach durchschnittlich 36,1 Sekunden eine Aufmerksamkeits-Schwankung auf (Schalkhammer 1952).

Aufmerksamkeitsschwankungen sind die häufigste Ursache von Beobachtungsfehlern. Solche Fehler treten besonders dann auf, wenn gleichbleibende angespannte Aufmerksamkeit durch lange Zeit gefordert wird. In automatisierten Industriebetrieben oder in militärischen Beobachtungsstationen ist es von entscheidender Bedeutung, daß ein Mensch imstande ist, ununterbrochen darauf zu achten, ob bestimmte Signale auftreten oder nicht (z. B. der Beobachter eines Radarschirmes, auf welchem feindliche Flugkörper sichtbar werden, wenn sie in das Land einfliegen). Für diese Art von ständiger Wachsamkeit hat sich der Name »*Vigilanz*« eingeführt (am besten mit »Daueraufmerksamkeit« übersetzt). Zahlreiche Vigilanz-Untersuchungen der letzten Jahre haben ergeben, daß neben der Intensität und der Dauer der Signale vor allem ihre Verteilung und ihre Häufigkeit darüber entscheiden, ob sie leichter oder schwerer übersehen werden. Daß Signale um so eher nicht bemerkt werden, je unregelmäßiger sie auftreten, ist verständlich; sie werden aber auch um so leichter übersehen, je seltener sie sind. In Versuchen von 90 Minuten Dauer hat C. H. Baker 25 Personen im Einzelexperiment 36 ungeordnet verteilte Signale geboten (Lichtpunkte, die auf einer Mattscheibe schwach aufleuchteten); von den insgesamt 900 Signalen wurden 230 nicht bemerkt. Eine zweite Gruppe von 25 Personen erhielt in der gleichen Zeit dieselben Signale in gleicher Zufallsordnung, dazu aber noch eingeschobene Zusatzsignale (22 bis 27 pro Person); von den »echten« Signalen, auf deren Feststellung es ankam, wurden in dieser Gruppe nur 92 nicht gemeldet. Vigilanzleistungen in einförmig-reizarmen Situationen sind somit um so schlechter, je seltener die Reize auftreten (C. H. Baker 1960).

Zur Erklärung der Aufmerksamkeitsschwankungen wurden schon früh Theorien aufgestellt, in denen als Ursache eine »geistige Ermüdung« angenommen wurde (so z. B. von Axel Oehrn 1889). Diese sehr allgemein gehaltenen Erklärungsversuche ließen die Tatsache unberücksichtigt, daß die Schwankungen der Aufmerksamkeit zwar zu einem Absinken der Leistung führen, daß aber nachher sehr bald die frühere Leistungsfähigkeit wiederhergestellt ist. Nach dem Absinken der Leistung kommt es wieder zu einem Anstieg, so daß eine ganze Aufmerksamkeits-Welle aus den Phasen: Leistung — Ermüdung — Erholung — Leistung — usw. besteht, wobei sich der Erholungsprozeß relativ rasch, nämlich in wenigen Sekunden, abspielt. Eine Theorie der Aufmerksamkeitsschwankungen muß nicht nur den Leistungsabfall, sondern auch das Zustandekommen der Erholung erklären.

Einen Ansatz dazu bieten die gehirnelektrischen Prozesse. Bekanntlich gehört es zu den gesicherten Ergebnissen der gehirnelektrischen Forschung, daß die Alpha-Wellen bei Sinnesreizen mit einer Latenzzeit von ungefähr 0,2 Sekunden verschwinden; es sind dann nur mehr Beta-Wellen zu sehen (s. S. 55). In Experimenten, die ich 1936 im Psychologischen Laboratorium der Università Cattolica in Mailand durchführte, zeigte sich, daß sich die Alpha-Wellen nicht auf beliebig lange Zeit unterdrücken lassen. Es ergab sich folgendes:

Gibt man Lichtreize rasch nacheinander — in Abständen von 1 bis 2 Sekunden —, so verschwinden die Alpha-Wellen bei den ersten Reizen; sie treten aber bald wieder auf und bleiben dann eine gewisse Zeit gegen weitere Lichtreize resistent, verschwinden also nicht mehr zugunsten der Beta-Schwingungen. Waren längere Zeit infolge vorausgegangener Lichtreize keine Alpha-Wellen vorhanden, so traten sie nun manchmal mitten im Lichtreiz auf und blieben eine Weile bestehen. Die längsten Zeiten, in denen keine Alpha-Wellen vorhanden waren, betrugen 10 bis 14 Sekunden; nach dieser Zeit traten auf jeden Fall Alpha-Wellen auf, trotz aller gerade einsetzenden Reize. Diese Befunde wurden von Elisabeth Groll an 14 Personen, denen im Abstand von je einer Sekunde 20 Lichtreize geboten wurden, bestätigt; in diesen Experimenten zeigte sich außerdem, daß nach 90 Minuten Vigilanz-Leistung (Reagieren auf unregelmäßig gebotene Reize) die Alpha-Wellen durch Lichtreize viel seltener unterdrückt wurden als vor der Vigilanz-Leistung (Groll 1963). Mit Hilfe der früher (S. 55) skizzierten Theorie, nach welcher die Alpha-Wellen die elektrischen Auswirkungen von

Stoffwechsel-Prozessen in den Ganglienzellen darstellen, lassen sich diese Ergebnisse in folgender Weise interpretieren: ein Absinken der Aufmerksamkeit tritt immer dann ein, wenn die an den vorangegangenen Bewußtseinsvorgängen beteiligten Gangliensysteme einen Stoffwechselprozeß durchmachen; d. h. wenn die Substanzen, die durch die vorausgegangene Erregungsproduktion verbraucht wurden (vor allem Sauerstoff), ersetzt werden müssen, damit die Zellen wieder leistungsfähig werden. Haben die Ganglienzellen die Stoffe erhalten, deren sie zur Erregungsproduktion bedürfen, so beginnen sie wieder Erregungen und mit ihnen auch bewußte Erlebnisse zu erzeugen. Subjektiv wird dies als ein neuerliches Ansteigen der funktionalen Aktivität, d. h. als das Ende der »Aufmerksamkeits-Schwankung« und als Beginn der Erholungs- und Leistungsphase erlebt.

Auch die »geistige Ermüdung«, d. h. das subjektive Erlebnis der nachlassenden Aktivität der psychischen Funktionen nach längerer Beanspruchung, läßt sich durch die angedeutete Theorie einigermaßen verständlich machen, wenn man folgende Zusatzhypothese einführt: bei intensiver geistiger Arbeit werden die Energien, die von den Ganglienzellen durch die Erregungsproduktion verbraucht wurden, in den Erholungsphasen (d. i. Alpha-Phasen) zwar ersetzt, aber nur gerade in dem Ausmaße, das notwendig ist, um die Zelle wieder aktionsfähig zu machen (d. h. neue Erregungsproduktionen zu ermöglichen); eine restlose »Auffüllung« der Ganglienzellen, wie sie wahrscheinlich während des Schlafes stattfindet, ist im Wachzustand während der kurzen Alpha-Perioden nicht möglich. Durch diese nur gerade ausreichende Versorgung werden bei längerer geistiger Beanspruchung nicht nur immer häufigere Alpha-Phasen notwendig, sondern es entsteht auch ein ständig wachsendes Defizit an verbrauchbarer Energie, weil der Nachschub in den Regenerationsphasen nur gerade für eine kurzzeitige Wiederherstellung der Aktionsfähigkeit ausreicht. Der dauernde Verbrauch bei ungenügendem Nachschub führt dazu, daß schließlich ein Zustand eintritt, in welchem die Ganglienzellen nicht mehr genug Erregungen produzieren können. Dann sinkt die objektive Leistung rapid ab; und subjektiv entsteht der Drang nach Beendigung der Arbeit, die man nur mehr mit größter Anstrengung aufrechterhalten kann — eben der Zustand der Ermüdung, der bei weiterer Beanspruchung in Erschöpfung übergeht und dadurch das Ende der Arbeit erzwingt.

2. Die Enge des Bewußtseins (»Maskierung«)

Jedermann weiß, daß dasjenige, was man aufmerksam beobachtet, dadurch *klarer* und *schärfer* wahrgenommen wird. Man versuche, an einzelnen Buchstaben auf dieser Seite festzustellen, ob sie alle gleich sauber gedruckt sind; und man wird sofort bemerken, daß man nun winzige Einzelheiten wahrnimmt, die man vorher nicht gesehen hat. Das ist nicht verwunderlich; die willentliche Steigerung einer Sinnesfunktion bis zu ihrer Maximalleistung — und eben dies ist ja »Aufmerksamkeit« — muß eben eine bessere Leistung ergeben. Aber es kommt dabei noch zu einer anderen Erscheinung, die nicht so einfach zu erklären ist: der Bereich der Wahrnehmung wird dadurch *enger*. Diese Tatsache wird als »*Enge des Bewußtseins*« bezeichnet; doch ist die Verwendung dieses Ausdruckes nicht einheitlich. Manche verstehen darunter nur die Einschränkung des Bewußtseinsumfanges bei konzentrierter Aufmerksamkeit, also bei gesteigerter Leistung einer oder mehrerer psychischer Funktionen, andere hingegen wollen damit betonen, daß immer nur *ein* Inhalt bewußt sein könne, nicht mehrere zugleich. Über diese letztere Behauptung (man denke an das »Mitbewußte«) kann man streiten; auf jeden Fall ist es notwendig, klare Begriffe zu schaffen, indem man zunächst die Tatsachen feststellt.

In erster Linie ist in diesem Zusammenhang auf die Selektion in der Wahrnehmung zu verweisen: ständig wirken auf unsere Sinnesorgane viele Reize, die keinerlei Wahrnehmungen auslösen. Wenn man vom Buch aufsieht und irgendeinen Gegenstand zufällig ins Auge faßt, so liegen im Gesichtsfeld noch viele andere Dinge, die man nicht bemerkt; und wenn man den gesehenen Gegenstand besonders genau beachtet, so wird der Bereich dessen, was man sonst noch bemerkt, noch beträchtlich enger. Daher hat man in der Psychologie schon früh zwischen Bewußtseinsumfang und Aufmerksamkeitsumfang unterschieden; der letztere umfaßt das Beachtete, der erstere das bloß Bemerkte. Der wesentliche Unterschied liegt dabei in der Bewußtseins*klarheit:* das aufmerksam Beachtete erreicht die höchsten Grade von Klarheit, das nebenher Bemerkte nur geringe Klarheitsgrade. Und niemals kommt es vor, daß gleichzeitig *zwei* verschiedene bewußte Prozesse den höchsten Klarheitsgrad aufweisen. Das ist die Tatsache der »Enge des Bewußtseins«: der Mensch kann nicht zu gleicher Zeit aufmerksam einem Gespräch zuhören und aufmerksam ein Buch lesen. In der Formulierung der oben dargelegten Aufmerksamkeits-Auffassung: *die psychischen Funktionen können nicht gleichzeitig für zwei verschiedene Aufgaben aktiviert werden.*

Es wäre auch höchst sonderbar, wenn sie es könnten. Bei jeder Wahrnehmung ist das Gedächtnis und das Denken beteiligt; getrennte gleichzeitige Arbeit verschiedener Wahrnehmungsfunktionen würde bedeuten, daß Gedächtnis und Denken zu gleicher Zeit an zwei verschiedenen Prozessen beteiligt sind. Wir müßten zwei gesonderte »Gedächtnisse«

und zwei gesonderte Denkorgane haben, wenn eine solche Mehrfachleistung möglich werden sollte. Bis zu einem gewissen Grade sind sie aber doch möglich: fast jeder Mensch hat schon einmal telefoniert und gleichzeitig auf einem Papier herumgekritzelt. Man hat solche Mehrfachleistungen experimentell untersucht; der deutsche Psychologe Richard Pauli hat mit einem komplizierten Apparat sehr genaue Experimente durchgeführt, bei denen gleichzeitig zwei verschiedene Reize — ein optischer und ein taktiler — gegeben wurden. Über beide Reize mußte unmittelbar nachher ein Urteil abgegeben werden, aus dem man mit Sicherheit ersehen konnte, ob beide Reize oder nur einer von ihnen wahrgenommen worden war. In tausend Versuchen ergaben sich 90% Fehlleistungen (d. h. es wurde nur ein Reiz wahrgenommen); nur bei 10% gelang die gleichzeitige Lösung (Pauli 1924, 1937). Die Richtigkeit dieser Ergebnisse, die von A. Mager mit etwas veränderter Versuchsanordnung bestätigt wurden (88% Fehlleistungen), wurde von H. Schulze bestritten (Mager 1925, Schulze 1929); die Dauer der beiden Reize sei sehr verschieden gewesen (optisch $^1/_{10}$—$^1/_{25}$, taktil $^1/_5$—$^1/_7$ Sekunden). In tausend Versuchen von Schulze mit fünf Personen traten nur 5% Fehlleistungen auf. Zur Klärung dieser widerspruchsvollen Situation führte K. Port neuerlich weitgehende Verbesserungen am Paulischen Apparat durch, um den technisch höchstmöglichen Grad von Gleichzeitigkeit zu erzielen (Einstellung der taktilen Reizhebel nach Gipsmodellen von den Händen der Versuchspersonen, automatische Messung der Reaktionszeiten, Schwellenbestimmungen usw.). Die genau gleichzeitig gebotenen optischen und taktilen Aufgaben bestanden im Lesen von — in Zehntelsekunden gebotenen — Worten und im Vergleichen von »spitz« und »stumpf« der an den Zeigefingern jeder Hand auftreffenden taktilen Eindrücke. In 1033 Versuchen mit 5 Personen konnten in 636 Fällen (61,6%) nicht beide Aufgaben gelöst werden. Daß dies tatsächlich auf die »Enge des Bewußtseins« zurückzuführen ist, sucht Port aus dem Vergleich der Reaktionszeiten wahrscheinlich zu machen, auf den hier nicht eingegangen werden kann (Port 1955).

Was hier bisher unter dem Aspekt »Enge des Bewußtseins« behandelt wurde, läßt sich auch noch unter einem anderen Gesichtspunkt betrachten: Ausschaltung einer Empfindung durch eine gleichzeitige zweite Empfindung. Wie stark muß ein Reiz sein, damit er einen zweiten unwirksam macht, müssen beide genau gleichzeitig geboten werden, welche Sinnesbereiche wirken am stärksten aufeinander? Diese und andere Probleme wurden in den letzten Jahrzehnten vielfach experimentell behandelt, wobei sich in der anglo-amerikanischen Fachsprache eine neue Terminologie entwickelte: man spricht von »*Maskierung*«

und meint damit die Tatsache, daß man die Wirkung eines Reizes durch einen zweiten Reiz ausschalten oder wenigstens reduzieren kann (in Deutschland hatte Max v. Frey in diesem Zusammenhang 1911 von »Verhüllung« oder »Verdeckung« gesprochen). Wird eine Empfindung durch einen Reiz aus dem gleichen Sinnesgebiet unterdrückt, so liegt eine »intramodale« Maskierung vor, stammt der zweite Reiz aus einem anderen Sinnesbereich, eine »intermodale«: im ersten Fall kann die wechselseitige Beeinflussung schon im Sinnesorgan stattfinden, im zweiten nur im Gehirn. Aus den vielen Einzelresultaten ergibt sich, daß eine Empfindung durch eine andere Empfindung dann unterdrückt werden kann, wenn der zweite Reiz stärker ist und wenn er sehr bald nach oder sehr kurz vor dem ersten Reiz geboten wird (die Grenze scheint bei 30 bis 40 Tausendstel-Sekunden zu liegen). Bei intermodaler Reizung sind die Wirkungen oft einseitig: während z. B. ein Berührungsreiz durch einen Ton leicht unterdrückt werden kann, läßt sich der Ton durch taktile Reize nur in sehr geringem Maße beeinflussen. Es gibt mehrere Theorien der Maskierung; ihre gemeinsame Ausgangsposition besteht in der Annahme, daß die von einem kurzen Reiz erzeugten Erregungsprozesse im Gehirn viel länger dauern als der Reiz selbst, so daß sie sich mit den Erregungen, die ein zweiter Reiz erzeugt, überlappen.

Enge des Bewußtseins bedeutet die Tatsache, daß zwei verschiedene psychische Funktionen nicht gleichzeitig mit ihrer maximalen Leistung arbeiten können. Das bedeutet aber nicht, daß nicht mehrere Inhalte gleichzeitig bewußt sein könnten; man kann sehr vieles zu gleicher Zeit erfassen — eine große Menschenmenge, eine ganze Landschaft, das Spiel eines großen Orchesters —, aber immer nur wenig davon aufmerksam beachten: beobachtet man den Dirigenten, so entgeht uns der Genuß der Musik, beobachten wir einen einzelnen in der Gruppe, so verschwimmen die anderen. Allgemein ausgedrückt: *die Leistungssteigerung einer Funktion führt immer zu einer Leistungsminderung der übrigen.* Vielleicht liegt hierin die Ursache der Verengerung des Bewußtseins. Genau dasselbe wie für die Wahrnehmung gilt für das Denken: wir können uns nur mit *einem* Gegenstand konzentriert beschäftigen, mag dieser Gegenstand auch sehr umfassend sein; was wir denkend behandeln, sind immer nur Einzelheiten, wobei das übrige, das dazu gehört, »mitbewußt« ist. Hier liegt noch viel Rätselhaftes; der geordnete Denkverlauf ist in hohem Maße davon abhängig, daß bei der Behandlung der Einzelfragen das »Dazugehörige« immer mitbewußt sei, damit es im richtigen Augenblick klar bewußt werden kann.

Bedeutet die Enge des Bewußtseins zwar eine Einschränkung der Funktionsleistung hinsichtlich der Breite, so bedeutet sie andrerseits einen Gewinn hinsichtlich der Schärfe. Im Rahmen der vorhandenen Mittel ist das Problem, eine möglichst hohe Leistung zu erzielen, im menschlichen Seelenleben wunderbar gelöst: das enge Aufmerksamkeitsfeld innerhalb des weiten Bewußtseinsumfanges und die Möglichkeit der willkürlichen Leistungssteigerung der einzelnen Funktionen erlauben es, ebensogut das Ganze im Überblick zu erfassen wie das Einzelne genau zu untersuchen. Beides zugleich kann man nicht, aber nacheinander kann man sehr gut alle Details gesondert beachten. Man spricht dann von »Aufmerksamkeitswanderung«. Eine solche sukzessive Beachtung aufeinanderfolgender Einzelheiten liegt z. B. beim *Lesen* vor, worüber zahlreiche Untersuchungen vorliegen. Man muß dabei zwischen Aufmerksamkeitswanderung und Blickwanderung unterscheiden. Beobachtet man die Augen eines Lesenden, so sieht man (z. B. in einem Spiegel, den man so hält, daß man darin die Augen des Lesenden sieht) sehr schön, wie sie sich ruckweise bewegen. Die Dauer dieser Blickbewegungen liegt zwischen 15 und 25 Tausendstelsekunden, dann folgt ein Stillstand von ungefähr 2 Zehntelsekunden, währenddessen das gedruckte Wort aufgefaßt wird (A. Remond 1956). Die Aufmerksamkeitswanderung ist viel schneller als die Blickwanderung; es kann also innerhalb dessen, was man mit einem Blick erfaßt, Verschiedenes nacheinander beachtet werden. Zahlreiche Autoren haben festgestellt, daß bei sehr kurzen Expositionszeiten, die eine Blickwanderung ausschließen ($^1/_{100}$ Sekunde und weniger), eine deutlich erlebbare *sukzessive* Beachtung der gebotenen Einzelheiten stattfindet. Man wählt dazu eine Zusammenstellung von sinnlosen und sinnvollen Figuren (Henning hat solche Experimente ausgeführt) und bietet sie durch ein Tachistoskop. Ich halte jedoch die Frage, ob bei solchen kurzzeitigen Beachtungen nicht doch auch minimale Blickwanderungen stattfinden, noch für unentschieden; man müßte Versuche mit genauerer Registrierung der Augenbewegungen durchführen.

3. Aufmerksamkeits- und Aktivierungs-Theorien

Unter den vielen Aufmerksamkeitstheorien nehmen *physiologische* Hypothesen den ersten und größten Platz ein. Georg Elias Müller hat eine sehr komplizierte Auffassung vertreten, die einen eigenen »attentionellen Prozeß« im Gehirn annimmt, der wie ein chemischer Katalysator die Reizbarkeit steigert und dadurch die nervösen Erregungen verstärkt. Ebbinghaus und E. Dürr vertraten die Hypothese einer Bahnung im Nervensystem, nach welcher oft verwendete Erregungsbahnen besser ausgebildet werden; die Steuerung der Erregungen in oft benützte Bahnen führe zu größerer Stärke und Lebhaftigkeit der Wahrnehmungseindrücke (G. E. MÜLLER 1924, EBBINGHAUS 1905, DÜRR 1914).

Diese vagen, empirisch sehr ungenügend fundierten Vermutungen wurden durch die am Anfang dieses Buches dargestellte Theorie der unspezifischen kortikalen Aktivierung aus der Formatio reticularis (S. 59ff.) abgelöst. Allerdings »wird der Begriff ›Aktiviertheit‹ bislang noch mit außerordentlich verschiedenartigen Bedeutungen versehen« (JANKE 1969), so daß HAIDER ein großes »hierarchisches Schema der Aktivierungsvorgänge« aufstellen konnte, in welchem 18 verschiedene Arten und Verschiebungen der Aktivierung zueinander in Beziehung gesetzt sind (HAIDER 1967). Für die Theorie der Aufmerksamkeit läßt sich ein Vorschlag verwerten, den H. BARTENWERFER mit der Einführung einer unspezifischen Dimension« mit dem Namen »*allgemeine zentrale Aktiviertheit*« (AZA) gemacht hat. Er schreibt dazu: »Dem Zustand jedes Menschen kann in jedem Moment seines Lebens ein Grad auf einer gedachten Skala zugeordnet werden, die vom tiefsten, traumlosen Schlaf bis zu höchster, wachester Angespanntheit reicht. In demjenigen Teil der Skala, der zum Wachbereich gehört, sind die verschiedenen Abstufungen als Grade ›innerer‹ (nicht muskulärer, sondern ›psychischer‹, ›geistig-nervlicher‹) Angespanntheit oder Entspanntheit erlebbar« (BARTENWERFER 1969). In diesen Bereich gehört auch die Aufmerksamkeit als erlebter Grad der Aktivierung der psychischen Funktionen. BARTENWERFER hat gezeigt, daß der Grad der »inneren Angespanntheit« subjektiv skalierbar ist (wofür er eigene Verfahren entwickelt hat) und daß die Skalenwerte mit der Herzschlag-Frequenz ungefähr linear kovariieren ($r = 0{,}78$). Es ist zu erwarten, daß sich aus weiteren Untersuchungen solcher Art Hinweise dafür ergeben werden, wie man aus dem weiten Bereich der Aktivierungs-Erlebnisse das ebenfalls große, aber doch engere Gebiet der Aufmerksamkeitserlebnisse herauslösen kann (vielleicht durch Experimente, bei denen einzelne psychische Funktionen besonders stark aktiviert werden).

Die *psychologischen* Theorien versuchen, die Aufmerksamkeit entweder aus anderen psychischen Erscheinungen abzuleiten (heterogenetische) oder sie als eigene, letzte psychische Tatsache darzustellen (autogenetische). Nach CARL STUMPF ist die Aufmerksamkeit ein Gefühl, nach ERNST MACH ist sie ein Wollen (was auch KANT annahm), nach HÖFFDING geht sie aus Trieben und Instinkten hervor. WUNDT hat in seiner »Apperzeptionslehre« (»Den Eintritt einer Vorstellung in das innere Blickfeld wollen wir die Perzeption, ihren Eintritt in den Blickpunkt oder das Aufmerksamkeitsfeld die Apperzeption nennen«) dem Wollen die Hauptrolle für die Steigerung der Vorstellungen zu voller Klarheit zugeschrieben, ist dabei aber mit seinen »sechs Klarheitsgraden« in innere, unauflösbare Widersprüche geraten. Eine autogenetische Lehre vertrat Benno Erdmann, der in der Aufmerksamkeit eine Grundfunktion des Seelischen sieht und sie als »psychische Energie«, und zwar »*die* psychische Energie«, bezeichnet.

Einen vermittelnden Standpunkt nimmt Henning in seiner »Theorie der Sensibilisierung« ein: durch äußere Reize oder von innen her — durch Vorstellungen, Motive, Absichten, Einstellungen usw. — werden sowohl die Sinnesorgane wie die kortikalen und subkortikalen Nervenbahnen sensibilisiert, wobei man als chemisch-physikalische Grundvorgänge katalytische Prozesse im Gehirn annehmen könnte. Die Sensibilisierung »ist ein selbsttätiges, in sich geschlossenes, dynamisches Geschehen«, »für welches man nicht nach einem handelnden Subjekt suchen soll, das sensibilisiert, aufpaßt, seine Aufmerksamkeit zuwendet, verteilt oder entzieht«; auch das Wollen spielt dabei nicht die große Rolle, die ihm oft zugeschrieben wird (Henning 1925).

Vermittelnd ist auch die oben skizzierte Theorie der »funktionalen Leistungssteigerung«. Aufmerksamkeit ist nach dieser Auffassung das Erleben der Aktivierung von Wahrnehmung, Gedächtnis und Denken. Herbeigeführt wird diese Aktivierung entweder durch starke Sinnesreize oder durch Triebe, Interessen oder Willensakte. Die Aufmerksamkeit ist nach dieser Auffassung kein eigener psychischer Faktor, sondern immer die Wirkung anderer Vorgänge: einer starken Empfindung, eines erwachenden Triebes, eines Willenserlebnisses. Die Schwankungen der Aufmerksamkeit erklären sich aus den Schwankungen in der Erregungsproduktion, die durch die eingeschobenen Phasen der Stoffwechselvorgänge in den Ganglienzellen (nutritive Phasen) herbeigeführt werden (s. S. 55). Die Leistungssteigerung einer psychischen Funktion führt zu einer Leistungsminderung der übrigen, weil Gedächtnis und begriffliches Denken, die am Zusammenwirken der Einzelfunktionen immer mitbeteiligt sind, nicht gleichzeitig verschiedenen Aufgaben dienen können.

Entwicklung der Persönlichkeit

Am Ende einer Übersicht über die wichtigsten Forschungsergebnisse der allgemeinen Psychologie sollte es möglich sein, die Entstehung der *menschlichen Persönlichkeit* verständlich zu machen. Diese Hoffnung bleibt leider unerfüllt; gerade dieses Buch hat sehr klar gezeigt, daß unser gegenwärtiges Wissen über das psychische Geschehen noch ein sehr unvollständiges Stückwerk ist, in welchem hunderterlei Einzelresultate fast zusammenhanglos nebeneinander stehen. Was im folgenden auf dieser unsicheren Grundlage über die Entwicklung der menschlichen Persönlichkeit gesagt wird, ist daher reine Theorie.

Einen ersten Anfang für eine zusammenhängende Betrachtung der Einzelerscheinungen des menschlichen Erlebens erbrachte die Einteilung in psychische Kräfte und psychische Funktionen. Triebe, Interessen, Gefühle und Willenserlebnisse erwiesen sich als die dynamischen Faktoren, welche die funktionalen Prozesse des Wahrnehmens, Vorstellens und Denkens zur Erreichung ihrer Ziele aktivieren. Von diesem Standpunkt aus ergaben sich einfache Lösungen der alten Probleme der Intelligenz und der Aufmerksamkeit: die Intelligenz erwies sich als der Leistungsgrad der psychischen Funktionen, die Aufmerksamkeit als der Grad ihrer Aktivität. Mit diesen Begriffsbestimmungen sind einige der alten vermögenspsychologischen Formulierungen von den »Fähigkeiten der Seele« überflüssig geworden.

Die vorgeschlagene Einteilung bewährt sich aber auch in entwicklungspsychologischen Fragen. Sowohl für die Entwicklung der Menschheit (Phylogenese) wie für die Entwicklung des Einzelnen (Ontogenese) läßt sich eine »funktionale Entwicklungsreihe« aufstellen, die von den niedersten zu den höchsten Leistungen führt: Empfindungen — Wahrnehmungen — Vorstellungen — Begriffe — Gedanken. Dabei zeigt sich, daß das abstrakte begriffliche Denken nur beim erwachsenen Menschen vorkommt; die höchsten Intelligenzleistungen der Menschenaffen scheinen nur auf Grund von Wahrnehmungen möglich zu sein (der Schimpanse muß das Problem optisch vor sich haben, damit er eine Lösung findet). Dieser Unterschied zwischen Mensch und Tier ist zwar überaus groß, aber doch nur gradueller, nicht prinzipieller Art; auch das begriffliche Denken des Menschen entwickelt sich aus den Wahrnehmungen und anschaulichen Vorstellungen.

Viel schwieriger ist es, eine Entwicklungsreihe der psychischen Kräfte aufzustellen. Sie führt von den Instinkten zu den Trieben; aber es fehlt ein Übergang zu den Interessen und den Willenserlebnissen, also zu den Erlebnissen, die wir nur beim Menschen vorfinden. Die religiösen, sozialen, ästhetischen usw. Interessen werden zwar, genau wie die Triebe, als Drang zu bestimmten Verhaltensweisen erlebt, aber sie haben einen hohen Grad von funktionaler Entwicklung zur Voraussetzung; nur ein Lebewesen, das Vorstellungen, Begriffe und Gedanken besitzt, bringt es zu einem religiösen System, einem Kunstwerk oder einer selbstlosen Handlung. Es scheint also ein Entwicklungszusammenhang zwischen Funktionen und Interessen zu bestehen. Ein solcher Zusammenhang besteht aber offenbar auch zwischen den Funktionen und dem *Wollen:* nur ein Lebewesen, das die möglichen Folgen seines Handelns vorstellend und denkend voraussehen kann, kann in einer Wahlsituation zu einer Entscheidung kommen, in der es als »Ich« in klar bewußter Zustimmung eine bestimmte Verhaltensweise bevorzugt.

In der Frage der Entstehung des »Ich« (oder, anders ausgedrückt, der individuellen Persönlichkeit) ist man ganz und gar auf Hypothesen angewiesen. Ich sehe nur eine einzige Möglichkeit, eine empirische Grundlage für eine Theorie der Persönlichkeitsentwicklung zu gewinnen: *die Tatsache, daß der gegenwärtige Kulturmensch zu seinem eigenen Erleben Stellung nehmen kann.* Die Sprache hat dafür eigene, allgemein geläufige Ausdrücke gebildet: Selbstbewußtsein, Selbstbeobachtung, Selbsterkenntnis, Selbstkritik, Selbstbeherrschung, Selbstüberwindung, Selbstverachtung — Begriffe, in denen zum Ausdruck gebracht wird, daß ein psychisches Geschehen ein anderes, *im gleichen Menschen* bestehendes psychisches Geschehen zu seinem Objekt machen und sogar dazu in Gegensatz treten kann (z. B. bei der Selbstüberwindung oder Selbstkritik). Solche Erscheinungen sind nur möglich, wenn es innerhalb des Psychischen *gegensätzliche* Faktoren gibt; *daß* es solche »innerseelische« gegensätzliche Kräfte wirklich gibt, weiß fast jeder Mensch aus eigener Erfahrung. In jedem Trieb- oder Gewissenskonflikt werden sie deutlich bewußt, und die »innere Entzweiung«, die sich bei der Analyse des Schuldbewußtseins und der Reue (s. S. 523) ergab, weist darauf hin, daß das »Gewissen« in der Gegensätzlichkeit von Trieben, Interessen, ethischen Erkenntnissen und moralischen Vorsätzen seine Grundlage hat. Der gegenwärtige Kulturmensch erweist sich bei dieser Betrachtungsweise als ein *zwiespältiges Wesen.*

Die Ursachen dieser Zwiespältigkeit sind leicht aufzufinden. Wir gegenwärtigen Menschen haben keinen Anlaß, uns als das Ende der Menschheitsentwicklung zu betrachten; alles spricht vielmehr dafür, daß wir phylogenetische Zwischenwesen darstellen, in denen noch psychische Kräfte wirken, die aus unserer tierischen Vergangenheit stammen, aber auch schon solche, die bei keinem Tier auch nur andeutungsweise vorkommen. Wie sich im physiologischen Geschehen unseres Körpers noch Erscheinungen finden, die nur im Kampf zwischen Tieren einen Sinn haben — das Sträuben der Haare zur Abschreckung, das Erstarren im Schreck als Totstellen, der Schweißausbruch in der Angst usw. —, ebenso gibt es auch im psychischen Geschehen des heutigen Menschen noch dynamische Faktoren aus der urweltlichen Zeit. Sie gelangen bei vielen Menschen zu unmittelbarer Auswirkung, wenn plötzlich bedrohliche Situationen auftreten. Zahllose Beispiele aus dem Bombenkrieg oder aus Elementarkatastrophen beweisen, daß der gegenwärtige Kulturmensch noch immer bereit ist, mit brutaler Rücksichtslosigkeit vorzugehen, wenn es sich um sein Leben oder auch nur um seinen Besitz handelt. Mit all dem soll nicht behauptet werden, daß man im eigenen Erleben »menschliche« und »tierische« Faktoren scharf trennen könne (obwohl sie manchmal getrennt erlebt werden), sondern daß beide in dem psychischen Komplex, den wir als Trieberlebnis kennen, in engstem, nur theoretisch auflösbarem Zusammenwirken vorhanden sind; und ebensowenig soll damit behauptet werden, daß etwa der Nahrungs- und der Geschlechtstrieb, weil beide bei Mensch *und* Tier vorkommen, einen nur tierischen Anteil darstellen (das »Menschliche« dabei wirkt sich in der Art der Befriedigung und in der Stellungsnahme dazu aus). Man vergleicht die gegenwärtige Menschheit in ihrer phylogenetischen Stellung vielleicht am besten mit einem Jugendlichen in der Pubertätskrise, die ihn zwingt, zu neuen Triebregungen Stellung zu nehmen, wobei sich viel Gelegenheit zu ethischen Konflikten ergibt. Dazu kommt, daß der Grad, in welchem man das »phylogenetische Schisma«, die stammesgeschichtlich bedingte psychische Zwiespältigkeit, erlebt, von Mensch zu Mensch sehr verschieden zu sein scheint. Eine zweite Grundlage der Zwiespältigkeit liegt in der Entwicklung des einzelnen Menschen aus den verschiedenen, oft gegensätzlichen Erbanlagen seiner Eltern und Ahnen; jeder von uns hat Triebe und Interessen verschiedener Art und Stärke in das Leben mitbekommen, die sich bald mehr, bald weniger widersprechen und die unter dem Einfluß der Umwelt mehr oder weniger zur Auswirkung gelangen. Die unübersehbar vielfältigen Einflüsse des langen Erbweges, den jeder Mensch hinter sich hat, müssen zu Diskrepanzen in den Triebanlagen führen, die im bewußten Erleben Disharmonien und Konflikte entstehen lassen.

Die phylogenetische Zwischenstellung des Menschen ist als Ursache seiner Zwiespältigkeit meines Wissens bisher überhaupt nicht, ihre Grundlage in der Vererbung nur selten beachtet worden. Klar erkannt hat die letztere der Psychiater OSWALD BUMKE, der behauptet, »daß beinahe jede Seele in sich widerspruchsvoll ist«; manche disharmonische Menschen wüßten darum, »und sehr kluge führen diese Zerrissenheit mit Recht auf die Verschiedenheit ihrer Ahnen zurück«. »In jedem Menschen fließen zahllose Erbströme zusammen, die natürlich auch Gegensätze enthalten« (BUMKE 1944). Philosophen und Dichter haben diese Widersprüche im eigenen Seelenleben gefühlt; SCHOPENHAUER bemerkt, daß wir bisweilen »etwas zugleich wollen und nicht wollen«, NIETZSCHE deckt die »Falschmünzereien« auf, die man vor sich selbst durchführt. IBSENS »Lebenslüge« meint etwas Ähnliches und »daß GOETHE sowohl den Werther wie den Wilhelm Meister lebendig hat hinstellen können, läßt sich aus den Wandlungen erklären, die seine Persönlichkeit auf den verschiedenen Lebensstufen durchgemacht hat; da wir ihm aber auch Götz und Weislingen, Antonio und Tasso, Faust und Mephisto verdanken, muß er viel Gegensätzliches nicht nur bei anderen, sondern auch im eigenen Bewußtsein haben auffinden können«. Solche Feststellungen seien, meint BUMKE, für die Psychiatrie überaus wichtig. Genau dasselbe gilt für die Psychologie, weil man in der Gegensätzlichkeit der Erbanlagen eine Grundlage für eine Theorie der Persönlichkeitsentstehung finden kann. Man kann annehmen, daß die stärksten Triebe und Interessen sich im Erleben des Menschen durchsetzen und zur »Grundstruktur« der Persönlichkeit werden, die subjektiv als »Ich« erlebt wird. Wie groß dabei der Einfluß der Umwelt ist, ist ebenfalls durch die Stärke der Triebe bestimmt; ein sehr starker Trieb wird trotz gegenteiliger Umwelteinflüsse zur Entwicklung gelangen. Die chronischen Verbrecher, die immer wieder rückfälligen Gewalttäter und sexuell Abnormen bilden einen eindringlichen Beweis für diese Behauptung; bei ihnen besteht die Grundlage der Persönlichkeit im dominierenden Trieb, und Konflikte gibt es nur zwischen ihm und der Angst vor den strafrechtlichen Folgen der Triebbefriedigung. Aber auch ein »Kulturtrieb« kann stärker sein als alle anderen Triebe; auch solche Kräfte behaupten sich gegen alle Widerstände und Hindernisse. Die Kuturgeschichte kennt viele Männer, die als Künstler, Religionsstifter, Gelehrte oder Sozialreformer, von früher Jugend an von einem einzigen Drang beherrscht, alle noch so großen Schwierigkeiten überwanden und ihr Ziel erreichten. Viel häufiger als große Einzelinteressen oder überstarke Triebe kommt das Gegenteil vor: es ist überhaupt kein Trieb oder kein Interesse von genügender Stärke vorhanden, um ein klares Ziel zu setzen. Farblose Durchschnittsmenschen und haltlose, jedem

Einfluß der Umwelt unterliegende Schwächlinge sind das Ergebnis solcher Anlagen. Zwischen diesen extremen Fällen gibt es alle möglichen Zwischenstufen mit allen möglichen Kombinationen im Vorwiegen bestimmter Einzeltriebe und -interessen.

Faßt man die bisher dargestellten Tatsachen und Annahmen zusammen, so ergibt sich folgendes Bild: aus dem Widerstreit der Triebe und Interessen, die in den Erbanlagen eines Menschen vorhanden sind, kommt es zu erlebten Konflikten, in denen sich die stärkeren Kräfte durchsetzen und in langer Entwicklung zu einer Einheit verbinden, die sich im Fühlen und Wollen als »Persönlichkeit« auswirkt. Die Einflüsse der Umwelt und Erziehung können bei dieser Entwicklung eine große Rolle spielen; der Grad, in welchem sie wirksam werden, hängt von der Art und Stärke der Triebe und Interessen ab. Sehr starke psychische Kräfte setzen sich gegen alle Umwelteinflüsse durch.

Dies ist alles, was sich bei vorsichtiger Betrachtungsweise vom naturwissenschaftlichen Standpunkt gegenwärtig über das Zustandekommen der menschlichen Persönlichkeit sagen läßt. Eine vorläufige begriffliche Klärung ist damit immerhin erreicht: *die Persönlichkeit ist das jeweilige Ergebnis der triebhaften Anlagen und der bisherigen Entwicklung*. Sie kann in einem Jahr ganz anders sein als jetzt — ja in ein paar Wochen sich von Grund aus verändern, wenn das Schicksal die bisherigen Lebensgrundlagen zusammenbrechen läßt und dadurch manche der abgelehnten eigenen Triebregungen zur Auswirkung bringt. Diese Möglichkeiten — alle Möglichkeiten, die in der Anlage eines Menschen gegeben sind — faßt das Wort »*Charakter*« zusammen. Der Charakter umfaßt *alle* Triebe und Interessen eines Menschen; die Persönlichkeit besteht nur aus denjenigen von ihnen, die sich in der bisherigen Entwicklung zu einer geschlossenen, das Fühlen und Wollen bestimmenden Einheit verbunden haben. In fast jedem Menschen liegen die Möglichkeiten zu verschiedenen Persönlichkeiten; welche von ihnen Wirklichkeit wird, hängt von der Umwelt ab. Diese Zusammenhänge hat die Charakter- und Persönlichkeitsforschung zu untersuchen.

Literaturverzeichnis

Ach N., Über Begriffsbildung. Bericht 7. Kongreß exp. Psychol. 1921, S. 99.
Ach N., Über den Willensakt und das Temperament. 1910.
Ach N., Über die Willenstätigkeit und das Denken. 1905.
Ach N., Kühle E., Passarge E., Beiträge zur Lehre von der Perseveration. Leipzig 1926.
Adams J. A., Human memory. McGraw-Hill, New York 1967.
Adrian E. D., J. Physiol. 75, 26 (1932).
Akert K., Hummel P., Anatomie und Physiologie des limbischen Systems. Wissenschaftlicher Dienst Roche, Basel 1963.
Allesch J. v., Die Gestalt, 1941; Psychol. Rundschau 1, 14 (1949).
Amoore J. E., Stereochemical specificities of human olfactory receptors, Amer. Perf. Essent. Oil Rev. 43 (1952), zit. n. Exferth K., Die chemischen Sinne des Menschen, Handbuch der Psychologie I, 1. Halbband, S. 272 (1966).
Amoore J. E., Johnston jr. J. W., Rubin M., Die stereochemische Theorie des Geruches. Umschau 64, 600 (1964).
Anand B., Nervous regulation of food intake, Physiol. Rev. 41, 677 (1961), zit. n. Tembrock G., Verhaltensforschung, 2. Aufl., Jena 1964.
Anrep G. V., J. Physiol. 53, 367 (1920).
Anschütz G., Farbe-Ton-Forschungen I. Leipzig 1927.
Argelander A., Das Farbenhören. Jena 1927.
Arnold Magda B., An excitatory theory of emotion. In Feelings and Emotions, ed. M. L. Reymert. New York 1950.
Arnold Magda B., Emotion and Personality, 2 Bde., Columbia University Press, New York 1960.
Aserinsky E., Kleitman N., Two types of ocular motility occuring in sleep. J. Appl. Physiol. 8, 1 (1955).
Aveling A., Brit. Psychol. 4 (1911).
Baer K. E., Reden I, Teil V, Petersburg 1864, neu publ. Beiheft 3, Grundlagenstudien aus Kybernetik und Geisteswissenschaften, Qickborn bei Hamburg 1962.
Baker C. H., Maintaining the level of vigilance by means of artificial signals. J. Appl. Psychol. 4, 336 (1960).
Bard Ph., The neuro-humoral basis of emotional reactions. In: Handbook of gen. exper. Psychology, ed. C. Murchison. Worcester, Mass. 1934.
Bartlett F. C., Remembering. Cambridge Univ. Press 1932.
Bartenwerfer H., Einige praktische Konsequenzen aus der Aktivierungstheorie. Zschr. exper. angew. Psychol. 16, 195 (1969).
Bayer E., Zschr. Psychol. 112, 1 (1929).
Becher E., Gehirn und Seele. Leipzig 1914.
Becher E., Arch. Psychol. 35, 150 (1916).
Beck G., Neue Beiträge zur Zweikomponenten-Theorie des Hungers. Zschr. Psychol. 118, 283 (1930).
Bergius R., Analyse der Begabung: Die Bedingungen des intelligenten Verhaltens. In: Begabung und Lernen, hrsg. v. Roth H., Stuttgart 1969. S. 256 ff.

BERLYNE D. E., The influence of complexity and novelty in visual figures on orienting responses. J. Exper. Psychol. 55, 289 (1958).
BERLYNE D. E., Conflict, arousal and curiosity. New York 1960.
BERNOULLI D., Specimen theoriae novae de mensura sortis, in: Comment Acad. scient. imp. Petropolit. T.V. 1738, zit. n. FECHNER G. Th., Elemente der Psychophysik, 3. Aufl. 1. Teil. Leipzig 1907. S. 235.
BIERENS DE HAAN J. A., Die tierischen Instinkte und ihr Umbau durch die Erfahrung. S. 34 ff., 49, 63 ff. Leiden 1940.
BIRCH H. G., The relation of previous experience to insightful problem-solving. J. comp. Psychol. 38, 367 (1945).
BLACKWELL H. R., SCHLOSBERG H., J. Exper. Psychol. 33, 407 (1943).
BLASIUS W., Allgemeine Physiologie des Nervensystems. In: LANDOIS-ROSEMANN, Lehrbuch der Physiologie, 28. Aufl., München-Berlin-Wien 1962.
BLEULER E., Zschr. Psychol. 69, 61 (1914).
BOCHOW R., Psychol. Forschung 25, 238 (1957).
BOIKO E. I., Gehirn und Psyche (in russischer Sprache). Moskau 1969.
BOLK L., in: Versluys-Pötzl-Lorenz, Hirngröße und hormonales Geschehen bei der Menschwerdung. Wien 1939.
BOLTERAUER L., Denkstörungen bei Hirnverletzten. Unveröffentlichte Arbeit (1945).
BONAVENTURA E., Arch. ital. psicol. 5 (1926).
BOREAS T., Praktika Academica Athen 5, 382 (1930).
BRECHER G. A., Zschr. vergl. Physiol. 18, 210, 217, 313 (1933).
BRENTANO F., Psychologie vom empirischen Standpunkt. Bd. 2, 1925, S. 102.
BRIM O. G. jr., GLASS D. C., LAVIN D. E., GOODMAN N., Personality and decision processes. (Zit. n. TOMAN 1968. Stanford Univ. Press 1962.)
BROSCH A., Die Wirkung abrupter Unterbrechungen auf das Gedächtnis bei Kindern. Phil. Diss. Univ. Wien 1950.
BRÜCKNER G. H., Zschr. Psychol. 128, 1 (1933).
BRÜCKNER G. H., Untersuchungen zur Sinnespsychologie. 1907, S. 101 ff.
BRUN R., Freuds Hypothese zum Todestrieb. Psyche 7, 93 (1953).
BRUNER J. S., POSTMAN L., J. Personality 15, 300 (1947); 16, 69 (1947); 18, 206 (1950).
BRUNSWIG A., Das Vergleichen und die Relationserkenntnis. Leipzig 1910.
BRUNSWIK E., Experimentelle Psychologie in Demonstrationen. Wien 1935.
BRUNSWIK E., GOLDSCHEIDER L., PILEK E., Zur experimentellen Gedächtnisforschung. Leipzig 1932.
BÜHLER Ch., Zschr. Psychol. 80, 155 (1931).
BÜHLER K., Die geistige Entwicklung des Kindes. S. 40 u. 57 ff. Jena 1918.
BÜHLER K., Die geistige Entwicklung des Kindes. 6. Aufl. 1930.
BÜHLER K., Arch. Psychol. 12, 93 (1908).
BÜHLER K., Bericht über den 3. Kongreß für Psychologie 1908.
BÜHLER K., Die Uhren der Lebewesen und Fragmente aus dem Nachlaß, hrsg. v. LEBZELTERN G., Österr. Akademie der Wissenschaften, Wien 1969.
BUMKE O., Lehrbuch der Geisteskrankheiten. 6. Aufl. 179 u. 257. München 1944.
BURDIS H., Experimentelle Untersuchungen zum 1. Jostschen Satz. Unveröff. Phil. Diss. Wien 1960.
BUTOLLO W., Subjektive und objektive Ähnlichkeit im verbalen Lernen. Notring-Verlag, Wien 1968.
BYKOW K. M., Lehrbuch der Physiologie. Berlin 1960.
CANNON W. B., Again the James-Lange-theory and the thalamic theories of emotion. Psychol. Review 42, 566 (1931).
CATTELL McKeen, FARRAND L., Physical and mental measurements of the students of Columbia University. Psychol. Review 3 (1896).
CLAPARÈDE E., La psychologie fonctionelle. X. Internationaler Kongreß für Psychologie 1932.
CLAPARÈDE E., Psychologie de l'enfant et pedagogie experimentále, 2. Aufl. Zit. n. GRAUMANN 1965. Genf 1909.
CLAUSER G., Die Kopfuhr. Stuttgart 1954.

Crinis Max de, Spezialzellen der menschlichen Großhirnrinde, J. Psychol., Leipzig 45, 430 (1933).
Crinis Max de, Anatomie der Sehrinde, Berlin 1938.
Czerny, zit. n. Trendelenburg, Der Gesichtssinn. Berlin 1943. S. 181.
Dartnall H. J. A., The photobiology of visual processes, in The eye. S. 233—532, New York 1962.
Dembo Tamara, Psychol. Forschung 15, 1 (1931).
Dement W. C., The effect of dream deprivation. Science 131, 1705 (1960), zit. n. Vogel-Traub.
Dilthey W., Gesammelte Werke, Bd. I.
Ditchburn R. W., Ginsborg B. L., J. Physiol. 119, 1 (1953).
Dmitriev A. S., Kochigina A. M., The importance of time as stimulus of conditioned reflex activity. Psychol. Bulletin 56, 106 (1959).
Dollard J., Miller N. E., Social Learning and Initiation, New Haven 1941.
Dominik Rita, Die Abweichung beim Blindgehen, Phil. Diss. Wien 1953.
Dougall Mc. W., An introduction to social psychology. 1914.
Drischel H., Lange C., Pflügers Arch. Physiol. 262, 307 (1956).
Düker H., Neue Untersuchungen zum Problem der eidetischen Phänomene. Bericht über den 22. Kongreß der Deutschen Gesellschaft für Psychologie. Marburg 1960.
Düker H., Hat Jaenschs Lehre von der Eidetik heute noch Bedeutung? Psychologische Beiträge VIII, 238 (1965).
Duncker K., Zur Psychologie des produktiven Denkens. Berlin 1935.
Durkin H. E., Trial and error gradual analysis and sudden reorganisation: an experimental study of problem solving. Arch. Psychol. 30, 210 (1937), zit. n. Meili, Lehrbuch der experimentellen Psychologie, Bern 1968.
Dürr E., Die Lehre von der Aufmerksamkeit. 2. Aufl. 1914.
Ebbecke H., Ergebnisse der Physiologie 28, 312 (1929).
Ebbinghaus H., Grundzüge der Psychologie, Bd. 1, S. 563, 1902; Bd. 1, S. 156, 506, 1905; 4. Aufl., S. 732.
Ebbinghaus H., Über das Gedächtnis. Leipzig 1885.
Ebbinghaus H., zit. n. Elsenhaus Th., Lehrbuch der Psychologie, Tübingen 1938.
Eberhardt Marg., Das Handeln. Hamburg 1956.
Ebert E., Meumann E., Arch. Psychol. 4, 1 (1905).
Ehrenfels Chr. v., Über Gestaltqualitäten. Vjschr. wissenschaftl. Philosophie 14 (1890).
Ehrenstein W., Beiträge zur ganzheitspsychologischen Wahrnehmungslehre. Leipzig 1942.
Ehrenstein W., Einführung in die Ganzheitspsychologie, 1934, S. 15.
Ehrenwald H., Arch. Psychol. 45, 144 (1923).
Eibl-Eibesfeldt I., Grundriß der vergleichenden Verhaltensforschung, München 1967, S. 37.
Eisentraut M., Zschr. Morph. u. Dekol. d. Tiere 28 (1934).
Ekman G., Psychophysik und psychologische Meßmethoden, in Meili-Rohracher, Lehrbuch der experimentellen Psychologie, Bern 1963.
Elliot M. H., Univ. Cal. Publ. Psychol. 4, 19 (1928).
Elsenhans Th., Lehrbuch der Psychologie. 3. Aufl. Tübingen 1938.
Elze C., Zschr. Sinnesphysiologie 59, 11 (1928).
Ensslen N., Arch. Psychol. 84, 387 (1932).
Erdmann B., Grundzüge der Reproduktionspsychologie, 1920.
Erdmann B., zit. n. Geyser, Lehrbuch der allgemeinen Psychologie. Bd. 1. Münster 1920.
Erismann Th., Das Werden der Wahrnehmung. Deutscher Psychologenkongreß 1946.
Erismann Th., Die Eigenart des Geistigen. Leipzig 1921; 1924.
Erismann Th., Arch. Psychol. 100, 305 (1938).
Erke H., Der Traum, in Handbuch der Psychologie. Bd. I. (1966).
Exner S., Entwurf zu einer physiologischen Erklärung der psychischen Erscheinungen 1 (1894).

Eysenck H. J., Wege und Abwege der Psychologie. Rowohlts Deutsche Enzyklopädie, Bd. 17, 1956.
Fechner G. Th., Elemente der Psychophysik. 3. Aufl. Leipzig 1907.
Feldtkeller R., Zwicker E., das Ohr als Nachrichtenempfänger, Monographien der elektrischen Nachrichtentechnik. Bd. 19, Stuttgart 1956.
Festinger L., A theory of cognitive dissonance, Evanston 1957.
Fischer G. H., Psychologische Testtheorie. Bern 1968.
Fleischer E., Zschr. Psychol. 145, 50 (1939).
Foppa K., Lernen, Gedächtnis, Verhalten. Köln 1965.
Förster O., Gagel O., Zschr. Neurol. 148, 312 (1934).
Fortlage K., System der Psychologie, Bd. 1, 1885. S. 299 ff.
Foulkes W. D., Theories of dream formation and recent studies of sleep consciousness. Psychol. Bull. 62, 236 (1964).
Freud S., Jenseits des Lustprinzips. Gesammelte Werke, Bd. VI. Wien 1925.
Freund H. J., Photochemie und Neurophysiologie des Auges. Fortschr. Med. 86, 527 (1968).
Frey M. v., Die Tangorezeptoren des Menschen, Handbuch der Physiologie, Bd. XI, hrsg. v. Bethe, 1926.
Frisch K., Naturwissenschaften, 31, 288 (1943).
Frisch K. v., Über die durch Licht bedingte »Mißweisung« bei den Tänzen im Bienenstock, Experientia 18, 49 (1962).
Frobenius K., Zschr. Psychol. 103, 100 (1927).
Fröbes J., Lehrbuch der experimentellen Psychologie, Bd. 1. Freiburg 1923, S. 533, Bd. 2, 1917, S. 52 und 298.
Fröhlich W. D., Angst und Furcht, in Handbuch der Psychologie, Bd. 2, S. 513, Göttingen 1965.
Frohn W., zit. n. Fröbes, Lehrbuch der experimentellen Psychologie, Bd. 1.
Fuster J. M., Effects of stimulation of brain stem on tachistoscopic perception, Science 127, 150 (1958).
Gagel O., Förster O., Zschr. Neurol. 148, 312 (1934).
Galambos R., Griffin D. R., J. Exper. Zool., Philadelphia 89, 475 (1942).
Galanter, Stevens, zit. n. Stevens S. S., Measurement, psychophysics and utility, in Churchman C. W., Ratoosh P. (Eds.), Measurement: Definitions and Theories, Wiley, New York 1959.
Geert-Jörgensen E., Sjaelelige Katastrofereaktioner, Kopenhagen 1952 (zit. n. R. Palas).
Gemelli A., Analisi elletroacustica del linguaggio. Mailand 1939.
Gemelli A., Arch. Psychol. 65, 207 (1928).
Geyser J., Lehrbuch der allgemeinen Psychologie, Bd. 1 u. 2., Münster 1920.
Gibson E. J., Walk R. D., A comparative and analytical study of visual depth perception, in General Psychology, Selected readings, von Nostrand Lt., New York 1967. S. 225.
Gies K., Arch. Psychol. 74, 1 (1930).
Giese F. v., deutsche Übersetzung von J. B. Watson, Behaviorism., 2. Aufl., Stuttgart 1930.
Goepel Ch., Die Beurteilung von »viel« und »wenig« — Geld in Abhängigkeit vom Adaptationsniveau. Unveröff. Diss. Phil. Fak. Wien 1969.
Goldmeier E., Psychol. Forschung 21, 146 (1937).
Goldscheider A., Schmerz. Handbuch der Physiologie, Bd. XI, 1926.
Goldscheider A., Temperatursinn der Menschen. Handbuch Physiologie XI, 1926.
Goldscheider A., Brunswick E., Pilek E., Zur experimentellen Gedächtnisforschung. Leipzig 1932.
Gottschaldt K., Psychol. Forschung 8, 261 (1926).
Gottschick J., Die Leistungen des Nervensystems. 2. Aufl. Jena 1954.
Grabensberger W., Zschr. vergl. Physiol. 20, 1 (1934).
Granit R., Centrifugal and antidromic effects on ganglion cells of retina. J. Neurophysiol. 18, 388 (1955).
Graumann C. F., Social Perception. Zschr. exper. Psychol. 3, 605 (1956).

Graumann C. Fr., Die Dynamik von Interessen, Wertungen und Einstellungen, in Handbuch der Psychologie, 2. Bd., II. Teil, S. 272. Göttingen 1965.
Griffin D. R., Galambos R., J. Exper. Zool., Philadelphia 89, 475 (1942).
Groll Elisabeth, Experimentelle Untersuchungen über Zusammenhänge zwischen Aufmerksamkeit, Vigilanzleistung und Aktivierungsvorgängen. Unveröff. Phil. Diss. Wien 1963.
Groos K., Die Spiele der Tiere, 3. Aufl. Jena 1930.
Groos K., Zschr. Psychol. 9, 321 (1896).
Grünbaum A., Arch. Psychol. 36, 423; 37, 74 (1918).
Grünbaum A., zit. n. Willwoll, Begriffsbildung. Jena 1929.
Gruneberg M. M., The limited capacity Hypothesis and short term memory. Acta Psychologica 31, 326 (1969).
Guilford J. P., Creativity. American Psychologist 5, 444 (1950).
Guilford J. P., Dingman H. F., A validity study of ratio judgement methods. Amer. J. Psychol. 67, 395 (1954).
Gurowitz E. M., The molecular basis of memory. New Jersey 1969.
Guthrie E. R., Horton G. P., Cats in a puzzle-box. New York 1946.
Haan Bierens de J. A., Die tierischen Instinkte und ihr Umbau durch Erfahrung. Leiden 1940.
Haider M., Aktivierung, Aufmerksamkeit und Leistung. Bericht über den 25. Kongreß der deutschen Gesellschaft für Psychologie, Göttingen 1967.
Haiker Emmy, Wiener Arch. Psychol., Psychiatr. Neurol. 6, 1 (1956).
Hamburger R., Neue Theorie der Wahrnehmung und des Denkens. Berlin 1927.
Hardy J. D., Wolff H. G., Goodell H., Studies on Pain: measurements of aching pain threshold and discrimination of differences in intensitiy of aching pain. J. Appl. Physiol. 5, 247 (1952), zit. n. Hensel l. c. S. 197.
Haun R., Zusammenhänge zwischen mathematischer, musikalischer und sprachlicher Begabung. Unveröff. Phil. Diss. Wien 1956.
Hausmann M. F., J. Comp. Psychol. Baltimore 13 (1932); 15 (1933).
Hebb D. O., The organisation of behavior. Wiley, New York 1949.
Hebb D. O., Distinctive features of learning in the higher animal, in »Brain mechanisms and learning«. Blackwell, Oxford 1961.
Heine Rosa, Zschr. Psychol. 68, 161 (1914).
Heisenberg W., Zschr. Physik (1927).
Heiss R., Allgemeine Tiefenpsychologie. Bern-Stuttgart 1956.
Hellwald H., Zschr. Psychol. 123 (1931).
Hellyer S., Frequency of stimulus presentation and short term decrement in recall. J. Exper. Psychol. 64, 650 (1962).
Helmholtz H. v., Optik 3, 10 (zit. n. Gelb, Handbuch der Physiologie, Bd. XII/1. Berlin 1929.
Henning, H., Der Geruch. 2. Aufl. Leipzig 1924.
Henning H., Die Aufmerksamkeit. In Abderhaldens Handbuch der biologischen Arbeitsmethoden, Abt. VI/B, S. 202 ff. Wien 1925.
Hensel H., Allgemeine Sinnesphysiologie, Hautsinne, Geschmack, Geruch, Lehrbuch der Physiologie, hrsg. v. Trendelenburg und Schütz, Berlin-Heidelberg 1966.
Herbart J. F., Psychologie als Wissenschaft, 2 Bde., Kehrbach-Ausgabe 1850, 1. Aufl. 1824/25.
Hering E., Grundzüge der Lehre vom Lichtsinn, 1920 (zit. n. A. Gelb, Handbuch der Physiologie XII/1, S. 605, 606).
Hering E., zit. n. Fr. Hillebrand, Lehre von den Gesichtsempfindungen. Berlin 1929.
Herwig B., Jänsch E. R., Zschr. Psychol. 87, 129 (1921).
Hess W. R., Das Zwischenhirn und die Regulation von Kreislauf und Atmung. Leipzig 1938.
Hess W. R., Hypothalamus und Thalamus. Stuttgart 1956. S. 26.
Hiebisch H., Vorwerg M., Einführung in die marxistische Sozialpsychologie, Berlin 1966, zit. n. Lange L., l. c., S. 48.
Hilgard E. R., Theories of Learning. New York 1948.
Hillebrand Fr., Lehre von den Gesichtsempfindungen. Berlin 1929.

Hillebrand Fr., Über die spezifische Helligkeit der Farben. Sitzungs-Bericht Österreichische Akademie der Wissenschaften 1888.
Hillebrand Fr., Zschr. Psychol. 7, 97 (1894); 89, 209 (1922); 90, 1 (1922).
Hoche A., Das träumende Ich. Jena 1927.
Hoff H., Die Persönlichkeit des Süchtigen. Krim.Pol. SchrR. 2 (II. Teil), 1969 (zit. n. Löschenkohl l. c. S. 470).
Höffding H., Psychologie. Leipzig 1908.
Höffding H., Psychologie in Umrissen. 3. Aufl. Leipzig 1901.
Höfler A., Psychologie, S. 387 ff. Wien 1897.
Hofmann Elfriede, Der Einfluß des Zeitabstandes auf die rückwirkende Hemmung. Phil. Diss. Wien 1952.
Hofstätter P., Einführung in die quantitativen Methoden der Psychologie. München 1953.
Hofstätter P., Einführung in die Sozialpsychologie. Wien 1954.
Hofstätter P. R., Sozialpsychologie (Göschen 104), Berlin 1956.
Hofstätter P. R., Psychologie. Fischer-Lexikon A—Z, Frankfurt 1957. S. 89.
Holway A. H., Boring E. G., The apparent size of the moon as a function of the angle of regard. Amer. Psychol. 55, 537 (1940).
Homolka Ilse, Gruppenuntersuchungen über die Vergessenskurve. Phil. Diss. Wien 1953.
Hoppe F., Psychol. Forschung 14, 1 (1930).
Hornbostel E. M. v., Das räumliche Hören. Handbuch Physiologie Bd. XI, 602. Berlin 1926.
Horton G. P., Guthrie E. R., Cats in a puzzle-box, New-York 1946.
Hovland C. I., Experimental studies in rote-learning theory VIII, J. Exper. Psychol. 39, 714 (1949).
Howard H. J., Amer. J. Ophthalmologie 2 (1919).
Hull C. L., Principles of Behavior. Appleton Century, New York 1943.
Humphreys L. G., The effect of random alternation of reinforcement on the acquisition and extinction of conditioned eyelid reactions. J. Exper. Psychol. 25, 141 (1939).
Hydén H., in Schmitt F. O. (Ed.), Macromolecular specifity and biologic memory. Cambridge, Mass. 1962.
Hydén H., Lange P., Synthesis of acidic proteins in nerve cells during establishment of new behavior. Symp. of the Int. Soc. for cell biology 8, 335 (1969).
Hydén H., Lange P., Correlation of the S 100 brain protein with behavior. Manuskript 1970.
Hydén H., Lange P. W., Rhythmic enzyme changes in neurons and glia during sleep and wakefullness, in Progr. Brain Res. 18, Amsterdam 1965, zit. n. Neurophysiologie und Psychiatrie, von R. Jung, in Psychiatrie der Gegenwart, Bd. I/1A, Berlin 1967.
Ivath A., Training in der Vorstellung. Unveröff. Diss. Wien 1968.
Jaçobs J., Experiments on »prehension«, 1887, zit. n. Sommer H., l. c., S. 7.
Jaehnl Ilse, Der Einfluß von psychischer Entspannung und Belastung auf die Mikrovibration. Phil. Diss. Wien 1957.
Jäger A. O., Dimensionen der Intelligenz. Göttingen 1967.
Jakob E., Arch. Psychol. 51, 459 (1925).
James W., The principles of psychology, New York 1890.
Janke W., Methoden der Induktion von Aktiviertheit, in Methoden der Aktivierungsforschung, hrsg. v. Schönpflug W., Bern 1969.
Jodl F., Lehrbuch der Psychologie, 2. Aufl. Stuttgart 1924.
Johnson H., Eriksen Ch. W., Preconscious perception: a re-examination of the Poetzl-phenomenon. J. Abnorm. Psychol. 62, 497 (1961).
Jost A., Zschr. Psychol. 14, 436, 463 (1897).
Kainz F., Das Steigerungsphänomen als künstlerisches Gestaltungsprinzip. Leipzig 1925.
Kainz F., Das Denken und die Sprache, in Handbuch der Psychologie, Bd. I/2, 2. Halbband, Göttingen 1964.
Kainz F., Psychologie der Sprache. 5 Bände, Stuttgart 1941 bis 1969.

KANISZA G., Ricerche sperimentali sulla percezione, Triest 1968.
KARDOS L., BARKOCI I., Die Bedeutung der äquiterminalen Verhaltenskomponenten im tierischen Lernen. Mitteilung der Ungarischen Akademie der Wissenschaften, biol. Abt. II, 95 (1953).
KARSTEN Anitra, Psychol. Forschung 10, 142 (1928).
KARWOSKY T. F., SCHACHTER J., Psychological studies in semantics III, Reaction times for similarity and difference. J. Soc. Psychol. 28, 103 (1948).
KATONA G., Psychologie der Relationserkenntnis, Leipzig 1924.
KATZ D., Der Aufbau der Tastwelt. Leipzig 1925.
KATZ D., Erscheinungsweise der Farben. Leipzig (1911).
KATZ D., Mensch und Tier. Zürich 1947.
KATZ D., Zur Grundlegung der Bedürfnispsychologie. Zschr. Psychol. 129, 292 (1933).
KATZ D., zit. n. Offner, Das Gedächtnis, Berlin 1924.
KATZ D., TOLL A., Zschr. Psychol. 93, 287 (1923).
KAULFUSS Christa, KLIX F., Experimente zur Rückführungshypothese der Wahrnehmung. Bericht über den 2. Kongreß der Gesellschaft für Psychologie in der DDR, Berlin 1969.
KEIDEL Wolf-Dieter, Vibrationsrezeption. Erlanger Forschungen, Reihe B, Bd. 2, 1956.
KEYS A. und Mitarbeiter, The biology of human starvation. Minneapolis 1950 (zit. n. WEINERT, l. c.).
KIESOW A., Arch. Psychol. 6, 357 (1906).
KLIX F., Elementaranalysen zur Psychophysik der Raumwahrnehmung. Berlin 1962.
KMENT A., Die zentralnervöse Steuerung der tierischen Nahrungsaufnahme. Zschr. Jagdwiss. 2, 109 (1956), zit. n. TEMBROCK G., Verhaltensforschung, 2. Aufl., Jena 1964.
KNAFF P. R., POLLAK I., JOHNSON L., Running memory span. J. Exper. Psychol. 57, 137 (1959).
KNUDSEN V. O., J. gen. Psychol. 1, 320 (1928).
KOCH H., MJÖEN F., Die Erblichkeit der Musikalität. Zschr. Psychol. 121, 104 (1931).
KOFFKA K., Zschr. Psychol. 73, 11 (1915).
KOFFKA K., Psychol. Forschung 8, 222 (1926); 82, 257 (1919).
KOHLER I., Über Aufbau und Wandlungen der Wahrnehmungswelt. Österreichische Akademie der Wissenschaften, Wien 1951.
KOHLER I., Zschr. exper. Psychol. 3, 381 (1957).
KOHLER I., Wahrnehmung, in Lehrbuch der experimentellen Psychologie, hrsg. v. MEILI-ROHRACHER, S. 93 ff., 2. Aufl., Bern 1968.
KOHLER I., Die Zusammenarbeit der Sinne und das allgemeine Adaptationsproblem. Handbuch der Psychologie, hrsg. v. METZGER W., Bd. I, 1. Halbband, S. 617 bis 655, Göttingen 1966.
KÖHLER W., Intelligenzprüfungen an Menschenaffen. 2. Aufl. Berlin 1924.
KÖHLER W., Psychologische Probleme. Berlin 1933, S. 40, III, S. 180.
KÖHLER W., Tonpsychologie. Handbuch der Neurologie des Ohres, Berlin 1923, S. 419.
KÖHLER W., Psychol. Forschung 6, 404 (1925).
KÖNIG A., Physiologische Optik, Harms Handbuch der experimentellen Physik, S. 20. Wien 1929.
KOPERA A., Arch. Psychol. 82, 305 (1931).
KOTTENHOF H., Was ist richtiges Sehen mit Umkehrbrillen, und in welchem Sinne stellt sich das Sehen um? Psychologia universalis 5, Meisenheim am Glan 1961.
KRAMER G., Die Sonnenorientierung der Vögel. Zool. Anzeiger, Suppl. 17 (1953).
KRECHEWSKY J., Psychol. Rev. 39, 516 (1932).
KRETSCHMER E., Körperbau und Charakter. 22. Aufl. Berlin 1955.
KRIECHBAUM W., Die Anwendbarkeit des WEBERschen Gesetzes auf wirtschaftliche Verhältnisse. Unveröff. Diss. Phil. Fak. Univ. Wien 1968.
KRIES J. v., Über die materiellen Grundlagen der Bewußtseinserscheinungen. Freiburg i. Br. 1898.
KRIES J. v., Zschr. Psychol. 8, 3 (1895).
KROH O., Subjektive Anschauungsbilder bei Jugendlichen. Göttingen 1922.

Kröner, Das körperliche Gefühl, Leipzig 1887.
Krueger W. C. F., J. Exper. Psychol. 12, 71 (1929); 13, 152 (1930).
Krüger F., Das Wesen der Gefühle. Leipzig 1928.
Kucera E., Arch. Psychol. 77, 245 (1930).
Kühle E., Ach, Passarge, Beiträge zu der Lehre von der Perseveration. Leipzig 1926.
Külpe O., Grundriß der Psychologie Leipzig 1893, S. 275.
Künnapas T., Distance perception as a function of available visual cues, J. at Exper. Psychol. 77, 523 (1968).
Ladygina-Kots N. N., zit. n. Kostjuk G. S., Fragen der Denkpsychologie, in Ergebnisse der sowjetischen Psychologie, hrsg. v. Hiebisch H., Berlin 1967, S. 288.
Landois A., Lehrbuch der Physiologie. Wien 1944, S. 641 f.
Lange F., Geschichte des Materialismus. Leipzig 1907.
Lange L., Analyse der Einstellungsänderung. Zschr. Psychol. 177, 35 (1970).
Lapp R. E., Schall und Gehör. Life — Wunder der Wissenschaft, Time Inc. 1965.
Lehmann A., Die Hauptgesetze des menschlichen Gefühlslebens. Leipzig 1892.
Lehmann A., Die körperlichen Äußerungen psychischer Zustände. Leipzig 1899 u. 1901.
Lehmann H., Arch. Psychol. 102, 375 (1939).
Lenkner, zit. n. Elsenhans, Lehrbuch der Psychologie, 3. Aufl. S. 282. Tübingen 1938.
Leonhard K., Gesetze des normalen Träumens. Leipzig 1939.
Lersch Ph., Aufbau der Person. 8. Aufl. München 1962.
Lewin K., Vorsatz, Wille und Bedürfnis. Berlin 1926.
Linde E., Zschr. Psychol. 115, 34 (1930).
Lindsley D. B., Psychophysiology and motivation, in Nebraska Symp. on motivation, University Nebr. press 1957.
Lindworsky J., Der Wille, 3. Aufl., Leipzig 1923, S. 46, 193.
Lindworsky J., Umrißskizze zu einer theoretischen Psychologie. 4. Aufl. Leipzig 1932.
Linschoten J., Strukturanalyse der binokularen Tiefenwahrnehmung. Groningen 1956.
Lipps Th., Vom Fühlen und Denken. 2. Aufl. Leipzig 1907.
Löschenkohl E., Persönlichkeitsveränderung bei Jugendlichen durch Drogen. Unveröff. Phil. Diss. Wien 1970.
Lorenz K., Naturwissenschaften 25, 324 (1937); Zschr. Tierpsychol. 5, 235 (1943).
Luchins A. S., Mechanization in problem-solving: the effect of Einstellung. Psychol. Monographs, 54 (1942).
Lüer G., Neufeldt B., Über den Zusammenhang zwischen Massen der galvanischen Hautreaktion und Beurteilungen von Reizen durch Versuchspersonen. Zschr. exper. angew. Psychol. 15, 619 (1968).
Luh C. W., Psychol. monographs 31, 142 (1922).
Luria A. R., Vinogradova O. S., An objective investigation of the dynamics of semantic systems, Brit. J. Psychol. 50, 89 (1959).
Mach E., Analyse der Empfindungen. 5. Aufl. Jena 1906.
Mager A., Arch. Psychol. 74, 163 (1930).
Magoun H. W., The waking brain. Ch. C. Thomas, Springfield 1958.
Maier N. R. F., Comp. psychol. monogr. 6 (1929).
Malmo R. B., Activation: a neuropsychological dimension. Psychol. Rev. 66, 367 (1959).
Martin L. J., Müller G. E., Zur Analyse der Unterschiedsempfindlichkeit. Leipzig 1899.
Mayer-Hillebrand Franziska, Zschr. Psychol. 152, 293 (1942).
Mayer-Hillebrand F., Einführung in die Psychologie der bildenden Kunst. Meisenheim 1966, S. 153 ff.
Meili R., Psychologische Diagnostik. 4. Aufl. Bern 1961.
Meili R., Denken, in Lehrbuch der experimentellen Psychologie, 2. Aufl., Bern 1968, S. 195.
Merkel J., Die zeitlichen Verhältnisse der Willenstätigkeit. Wundts philos. Studien 2, 73 (1885).

MERZ F., Aggression und Aggressionstrieb. Handbuch der Psychologie, 2. Bd., 2. Teil, S. 569, Göttingen 1965.
MESSER A., Arch. Psychol. 8, 1 (1906).
METZGER W., Gesetze des Sehens. Frankfurt 1953.
METZGER W., Psychologie, 4. Aufl., Darmstadt 1968.
MEUMANN E., Die Sprache des Kindes. Zürich 1903.
MEUMANN E., Die Entstehung der ersten Wortbedeutungen beim Kinde. Leipzig 1902.
MEUMANN-EBERT, Arch. Psychol. 4, 1 (1907).
MEUMANN-EBERT, Intelligenz und Wille. Leipzig 1913, S. 347.
MEYNERT Th., Bericht über die Versammlung deutscher Naturforscher und Ärzte in Salzburg 1880.
MEYNERT Th., Klinische Vorlesungen und Psychiatrie. Wien 1890.
MICHOTTE A., PRÜM E., Arch. Psychol. 10, 113 (1911).
MICKO H. C., Untersuchungen der Tiefensehschärfe für größere Entfernungen. Zschr. exper. angew. Psychol. 3, 530 (1956).
MIERKE K., Wille und Leistung. Göttingen 1955.
MILER A., Vergleich der Vergessenskurven für Reproduzieren und Wiedererkennen von sinnlosem Material. Zschr. exper. angew. Psychol. 7, 29 (1957).
MILLER N. E., DOLLARD J., Social Learning und Initation. Yale University Press, New Haven 1941.
MITTENECKER E., Planung und statistische Auswertung von Experimenten, 5. Aufl., Wien 1968.
MOERS M., Arch. Psychol. 55, 297 (1926).
MONTGOMERY K. C., The role of the exploratory drive in learning. J. Comp. physiol. psychol. 47, 60 (1954).
MOORE B. W., Biochem. biophys. Res. Commun. 19, 739 (1965), zit. n. HYDÉN und LANGE l. c. 1969.
MOURLY VOLD J., Über den Traum. 1912.
MOWRER O. H., Psychol. Review 53, 321 (1946).
MÜLLER G. E., Abriß der Psychologie. Göttingen 1924, S. 25, 107 f.
MÜLLER G. E., Komplextheorie und Gestalttheorie. Göttingen 1923.
MÜLLER G. E., Über die Farbempfindungen. 2. Bände, Leipzig 1930.
MÜLLER G. E., Zur Analyse der Gedächtnistätigkeit und des Vorstellungsverlaufes, 3 Bände. Leipzig 1911—1917, S. 187 f., 253 (1911); S. 425 f. (1913).
MÜLLER G. E., Zur Psychophysik der Gesichtsempfindungen. Zschr. Psychol. 10, 1 (1896).
MÜLLER G. E., PILZECKER A., Experimentelle Beiträge zur Lehre vom Gedächtnis. Leipzig 1900, S. 61, 80.
MÜLLER G. E., SCHUMANN F., Zschr. Psychol. 6, 81 (1894).
MÜLLER H., Orientierung beim Blindgehen nach akustischen Reizen. Diss. Wien 1957.
MÜLLER L. R., Lebensnerven und Lebenstriebe. Berlin 1931.
MÜLLER I., Zur Analyse der Retentionsstörung durch Häufung. Psychologische Forschung 22, 180 (1938).
MÜLLER-FREIENFELS R., Grundzüge einer Lebenspsychologie, Bd. 1, S. 71. Leipzig 1923.
MÜNSTERBERG K., Die Willenshandlung, Leipzig 1888.
MURDOCK B. B., Auditory and visual stores in short-term-memory, Acta Psychol. 27, 316 (1967), zit. n. SOMMER, l. c.
NEUMANN M., Über die Angst, Basel 1947.
NOWAKOWSKI F., Freiheit, Schuld, Vergeltung. Festschrift Rittler, Innsbruck 1957.
OEHRN A., Exper. Studien zur Individualpsychologie, 1889, S. 54.
OFFNER M., Das Gedächtnis. 4. Aufl. Berlin 1924, S. 49 ff.
OGLE K. N., Spatial localisation through binocular vision, in The Eye, Vol. 4., ed. by Hugh Davson. Academic Press New York-London 1962, S. 316.
OLECHOWSKI R., Das alternde Gedächtnis. Bern 1969.
OVSIANKINA Maria, Psychol. Forschung 11, 302 (1928).
PALAY S. L., PALADE G. E., zit. n. MAGOUN H. W., The waking brain. Springfield 1963.

Panse F., Angst und Schreck. Stuttgart 1952.
Papez J. W., A proposed mechanism of emotion. Arch. Neurol. Psychiat. 33, 725 (1937).
Passarge E., Ach N., Kühle E., Beiträge zu der Lehre von der Perseveration. Leipzig 1926.
Patrizi M. L., Rivista di Frenologia 23, 257 (1897).
Pauli R., Zschr. Biol. 81, 93 (1924).
Pauling Linus, in The Hyxon Symposium, Brain mechanisms of behavior, 92 ff., New York-London 1951.
Penfield W., Res. Publ., Ass. Res. Nervous mental disease 30, 315 (1952), zit. n. Hyden und Lange, 1969.
Peters A., Fortschritte Psychol. 4, 120 (1911).
Peters W., Zschr. Psychol. 56, 161 (1910).
Peterson C. R., Lee Roy Beach, Man as an intuitive statistican. Psychol. Bull. 68, 29 (1967).
Pfahler G., Vererbung als Schicksal. Leipzig 1932.
Phillips J. L., Shifrin R. M., Atkinson R. C., Effects of list lenght on short term memory. J. verb. Learn., verb. Behav. 6, 303 (1967), zit. n. Gruneberg, l. c.
Piaget J., La construction du réal chez l'enfant. Neuchatel-Paris 1937, S. 218 ff.
Pickenhain L., Grundriß der Physiologie der höheren Nerventätigkeit. Berlin 1959.
Pieron zit. n. Offner, Das Gedächtnis, 4. Aufl., Berlin, S. 49.
Pilek E., Brunswik E., Goldscheider L., Zur experimentellen Gedächtnisforschung. Leipzig 1932.
Pilzecker A., Müller G. E., Experimentelle Beiträge zur Lehre vom Gedächtnis. Leipzig 1900.
Planck M., Wege zur physikalischen Erkenntnis, 4. Aufl., Berlin 1944.
Podesta H., Beiheft 9 des klinischen Monatsblattes für Augenheilkunde. Stuttgart 1941.
Port K., Arch. Psychol. 82, 1 (1932).
Port K., Die Enge des Bewußtseins. Eßlingen 1955.
Postman L., Psychol. Bull. 44, 489 (1947).
Pötzl O., Zschr. Psych. Neurol. 37, 347 (1917).
Prandtl A., Zschr. Psychol. 95 249, (1925).
Pribram K. H., Fulton J., An experimental critique of the effects of anterior cingulate ablations in monkey, Brain, London. 77, 34 (1954).
Prüm E., Michotte A., Arch. Psycho. 10, 113 (1911).
Purkinje J. E., Neue Beiträge zur Kenntnis des Sehens. Berlin 1825.
Radossawljewitsch P., Pädagogische Monographien I., Leipzig 1907.
Ramsey G. V., Psychol. Bull. 50, 432 (1953).
Rausch E., Psychol. Forschung 23, 185 u. 495 (1949/51).
Rausch E., Probleme der Metrik (geometrisch-optische Täuschungen), in Handbuch der Psychologie, hrsg. v. Metzger W., Bd. I, 1. Halbband, Göttingen 1966, S. 776—865.
Remond A., Gabersek V., Lesevre N., Rev. Neurolog. 95, 455 (1956).
Rensch B., Döhl J., Spontanes Öffnen verschiedener Kistenverschlüsse durch einen Schimpansen, Zschr. Tierpsychol. 24, 476 (1967).
Rensch B., Döhl J., Wahlen zwischen zwei überschaubaren Labyrinthwegen durch einen Schimpansen. Zschr. Tierpsychol. 25, 216 (1968).
Revesz G., Zschr. Psychol. 88, 130 (1922).
Ribot Th., Psychologie der Gefühle, übers. v. Chr. Ufer. Altenburg 1903.
Riggs L. A., Ratcliff F., Cornswelt J. C., J. Exper. Psychol. 40, 687 (1950).
Rohracher H., Die Vorgänge im Gehirn und das geistige Leben, Leipzig 1939, 4. Aufl. unter dem Titel: Die Arbeitsweise des Gehirns und die psychischen Vorgänge, München 1967.
Rohracher H., Sogenannte kybernetische Prozesse im psychischen Geschehen. Studium Generale 21, 1144 (1968).
Rohracher H., Kleine Charakterkunde, 12. Aufl., Wien 1969.
Rohracher H., Objektive und subjektive Wirklichkeit. Schweiz. Zschr. Psychol. 29, 41 (1970) — Festschrift für R. Meili).

ROHRACHER H., INANAGA K., Die Mikrovibration. Bern 1969.
RÖLOFS O., VAN DER WAALS H. G., Zschr. Psychol. 114, 241 (1930); 115, 91 (1930).
ROTH E., Einstellung als Determination individuellen Verhaltens, Göttingen 1967.
ROTH E., Persönlichkeitspsychologie, Urban-Bücher 115, Stuttgart 1969.
RÜPPEL W. J., Ornithologie 83 (1935) (Berichte Physiol. 38/290 u. 38/93).
RUSHTON W. A. H., dargestellt nach The eye, Band 2, ed. by Hugh DAVSON, Academic Press 1962, New York-London, und nach Klin. Wschr. 37, 1157 (1959).
SANDER, Bericht über den 10. Kongreß für experimentelle Psychologie 1927, S. 28.
SARRIS E. G., zit. n. Brecher G. A., Zschr. vergl. Physiol. 18, 224 (1933).
SARRIS V., Die Abhängigkeit des Adaptationsniveaus von Ankerreizen. Zschr. exper. angew. Psychol. 14, 1 (1967).
SAUPE, Einführung in die neuere Psychologie. 4. Aufl. Osterwieck 1931.
SCHAEDELI R., Untersuchungen zur Verifikation von Meilis Intelligenzfaktoren. Zschr. exper. angew. Psychol. 8, 213, (1964).
SCHÄFER K., Pflügers Arch. Physiol. 160, 579 (1915).
SCHALKHAMMER H., Experimentelle Untersuchungen über Aufmerksamkeitsschwankungen. Diss. Univ. Wien 1952.
SCHELER M., Zur Theorie und Phänomenologie der Sympathiegefühle und von Liebe und Haß. Bern 1913.
SCHEMINZKY F., Die Welt des Schalles. Graz-Wien 1935.
SCHJELDERUP-EBBE Th., Zschr. Psychol. 88, 225 (1922); 90, 60 (1922).
SCHMID G., Zschr. Psychol. 138, 95 (1936).
SCHNEEVOIGT W., Zschr. Psychol. 131, 217 (1934).
SCHNEIDER M., Physiologie des Menschen, Lehrbuch v. M. REIN, 14. Aufl., Berlin 1960.
SCHULZE H., Kritische Untersuchungen zur Enge des Bewußtseins. Untersuchungen zur Psychologie, Philosophie und Pädagogik, hrsg. v. N. ACH, (1930).
SCHUMANN F., HECHT H., Zschr. Psychol. 94, 153 (1924).
SCHUMANN F., Zschr. Psychol. 119, 257 (1931).
SCHÜTZ E., Physiologie, 11. Aufl., München 1968.
SECORD P. F., BACKMAN C. W., Social Psychology, New York 1964, zit. n. SÜLLWOLD, l. c. S. 476.
SELZ O., Die Gesetze der produktiven und reproduktiven Geistestätigkeit. Bonn 1924.
SELZ O., Über die Gesetze des geordneten Denkverlaufs, 2 Bände, Stuttgart 1913 u. 1922.
SELZ O., Arch. Psychol. 27, 369 (1913).
SELZ O., Zschr. Psychol. 57, 241 (1910); 109, 191 (1929).
SHEVRIN H., LUBORSKY L., The measurement of preconscious perception in dreams and images. J. Abnorm. Psychol. 56, 285 (1958).
SHINN zit. n. BÜHLER, Die geistige Entwicklung des Kindes. Jena 1918.
SIMMEL G., Zschr. Psychol. 9, 206 (1896).
SKARD A. G., Acta Psychologica 2 (1936).
SLEIGHT W. G., Brit. J. Psychol. 4, 386 (1911).
SOMMER H., Experimente zum sogenannten Kurzzeit-Gedächtnis. Phil. Diss. Wien 1968.
SPRANGER E., Lebensformen, 7. Aufl. Halle 1930.
STANLEY-HALL, Die Begründer der modernen Psychologie, S. 115. Leipzig 1914.
STERN W., Psychologie der frühen Kindheit. 1. Aufl. Leipzig 1914.
STERN W., Bericht über den V. Kongreß für experimentelle Psychologie. Leipzig 1912, S. 1.
STERN W., Zschr. ang. Psychol. 11, 1 (1916).
STERN W., Zschr. Psychol. 13, 328 (1897).
STERZINGER O., Kunstpsychologie, Bd. 1. Leipzig 1938.
STERZINGER O., Zschr. Psychol. 143, 391 (1938); 134, 100 (1935).
STEVENS S. S., A scale for the measurement of a psychological magnitude: loudness. Psychol. Review 43, 405 (1936); On the theory of scales of measurement, Science 103, 677 (1946).
STEVENS S. S., DAVIS H., Hearing; its Psychology and Physiology, 3. Aufl., New York 1948, zit. n. CHOCHOLLE R., Handbuch der Psychologie, Bd. I, 1. Halbband, S. 215.

STEVENS S. S., VOLKMANN J., NEWMAN E. B., A scale for the measurement of the psychological magnitude pitch. J. Acoust. Soc. Amer., 8, 185, (1937) zit. n. CHOCHOLLE, l. c. 200 ff.
STOKVIS B., Lehrbuch der Hypnose, 2. Aufl. Zit. n. ULLMANN 1968. Basel-New York.
STÖRRING G., Psychologie des menschlichen Gefühlslebens, S. 164, 2. Aufl., Bonn 1922.
STROHAL R., Zschr. Psychol. 130, 1 (1933).
STRONG E. K., Psychol. Rev. 20, 339 (1913).
STUDNITZ G. v., Physiologie des Sehens. Leipzig 1940.
STUMPF C., Erscheinungen und psychische Funktionen. Abhandlungen der Preußischen Akademie der Wissenschaften 1906.
STUMPF C., Tonpsychologie, 2 Bände. Leipzig 1883—1890, S. 68, 128, 184, 214.
STUMPF C., Zschr. Psychol. 44 (1907).
SÜLLWOLD F., Theorie und Methodik der Einstellungsmessung, in Handbuch der Psychologie, Bd. 7. Göttingen 1969, S. 476.
SWAROFSKY Helga, Die Mikrovibration bei Affekten und Temperaturänderungen. Phil. Diss. Univ. Wien 1959.
SZYMANSKY J. S., Psychologie vom Standpunkt der Abhängigkeit des Erkennens von den Lebensbedürfnissen. Leipzig 1930.
TALKINGTON L., Magnetic-force theory on migration supported, Medical Tribune, 1965, zit. n. DÖRSCHER V., Magie der Sinne im Tierreich, München 1966, S. 280 f.
TAUSCH R., Psychol. Forschung 24, 299 (1954); 25, 28 (1955).
TAUSCH R., Einige Grundannahmen und Gesichtspunkte zur Organisation der Wahrnehmung. Bericht über den 24. Kongreß für Psychologie. Göttingen 1965.
TEMBROCK G., Verhaltensforschung, 2. Aufl., Jena 1964, S. 97.
THOMAE H., Die Bedeutungen des Motivationsbegriffes, in Handbuch der Psychologie, 2. Bd. 2. Teil, Göttingen 1965.
THOMPSON R. F., Foundations of Physiological Psychology. New York 1967.
THUMB A., MARBE K., Experimentelle Untersuchung über die Grundlagen der sprachlichen Analogiebildung. Leipzig 1901.
THURSTONE L. L., Comment, Amer. J. Soc. 52, 39 (1946), zit. n. SÜLLWOLD, l. c. S. 477.
TINBERGEN N., Instinktlehre. Berlin-Hamburg 1952.
TITCHENER, Zschr. Psychol. 19 (1899).
TOLL A., KATZ D., Zschr. Psychol. 93, 287 (1923).
TOLMAN E. C., Purposive Behaviors in animals or men. New York 1932.
TOLMAN E. C., Sehr viele Aufsätze in Zeitschriften (Psych. Review 44, 45, 46, 48).
TOLMAN E. C., HONZIK C. H., Calif. Univ. Publ. Psych. 4, 241 (1930).
TOMAN W., Motivation, Persönlichkeit, Umwelt. Göttingen 1968.
TRAXEL W., Kritische Untersuchungen zur Eidetik. Arch. Psychol. 114, 260 (1962).
TRAXEL W., BECHER S., Zschr. Psychol. 160, 282 (1957).
TRENDELENBURG F., Akustik 2. Aufl. Berlin 1950.
TRENDELENBURG F., Der Gesichtssinn. Berlin 1943, S. 27, 54, 181, 204.
TROUET S., Arch. Psychol. 45, 157 (1923).
TSCHERMAK-SEYSENEGG A. v., Einführung in die physiologische Optik, 2. Aufl. Wien 1947. S. 49, 491.
TSCHERMAK-SEYSENEGG A. v., Handbuch der Physiologie, XII/2 S. 894, Berlin 1931.
ULICH E., Das Lernen sensomotorischer Fertigkeiten, in Handbuch der Psychologie, I. Bd., 2. Halbband, 1964, S. 339.
ULLMANN J. F., ULLMANN Ingeborg M., KLAPP W., Perspektiven psychologisch-experimenteller Hypnoseforschung. Arch. ges. Psychol. 120, 287 (1968).
URBANTSCHITSCH V., Über subjektive optische Anschauungsbilder. Leipzig-Wien 1907.
URBANTSCHITSCH V., Zbl. med. Wissensch. 625 (1875).
URBANTSCHITSCH V., Pflügers Archiv Physiol. 27, 436 (1882).
VANDERPLAS J. M., BLAKE R. R., J. Personality 18, 252 (1950).
VATSURO E. G., Investigations of the higher nervous activity of anthropoids (chimpanzees), Leningrad, Akad. Med. Nauk SSSR, 1948, zit. n. COLE M., MALTZMAN I., A handbook of Contemporary Soviet Psychology, New York 1969, S. 70.
VERWORN M., Mechanik des Geisteslebens. 2. Aufl. Leipzig 1910.

Vogel G. W., Traub A. C., REM-Deprivation. Arch. gen. Psychiat. 18, 287 (1968).
Volkelt J., Versuch über Fühlen und Wollen. München 1930.
Volkmann J., zit. n. Helmholtz, Physiologische Optik, 3. Aufl., Bd. 3, S. 174.
Volkmann A. W., zit. n. Woodworth-Schlosberg, Experimental Psychology. New York 1955, S. 738.
Waals H. G. van der; Rölofs C. O., Zschr. Psychol. 114, 241 (1930); 128, 316 (1933).
Wagner R., Probleme und Beispiele biologischer Regelung. Stuttgart 1954.
Watson J. B., Der Behaviorismus, übers. u. hrsg. v. Giese F., Leipzig 1930.
Waugh N. L., Norman D. A., Primary memory. Psychol. Rev. 72, 89 (1965).
Weber E. H., De pulsu, resorptione, auditu et tactu annotationes anatomicae et physiologicae. Lipsiae 1834.
Weinert F., Hunger und Durst. Handbuch der Psychologie, II. Bd., 2. Teil, Göttingen 1965, S. 489 ff.
Wellek A., Das absolute Gehör und seine Typen. Leipzig 1938.
Wellek A., Arch. Psychol. 80, 120 (1931).
Wentscher E., Der Wille. Leipzig 1910.
Wenzl A., Das Leib-Seele-Problem. Leipzig 1933.
Wenzl A., Theorie der Begabung. Leipzig 1934.
Werner H., Zschr. Psychol. 89, 75 (1926).
Werner H., Wapner S., Psychol. Review 62, 130 (1955).
Wertheimer M., Gestaltpsychologie. In Saupe, Einführung in die neuere Psychologie, 1927.
Wertheimer M., Psychol. Forschung 3, 106 (1923); 6, 301, 324 (1923).
Wertheimer M., Zschr. Psychol. 61, 161 (1912).
Wertheimer M., Produktives Denken. Frankurt 1957.
Wertheimer M., Produktives Denken. Frankfurt 1957 (amerikanische Auflage 1945).
Wheeler, zit. n. Lindworsky J., Der Wille, 3. Aufl. Leipzig, 1923, S. 46.
Wickelgren W. A., Acoustic similarity and retroactive interference in short-term-memory, J. verb. Learn. verb. Behav. 4, 53 (1965), zit. n. Sommer H., l. c., S. 10.
Wilde K., Psychol. Forschung 23, 223 (1949—1951).
Wilder I., Schätzungen von längeren Zeiträumen bei verschiedenen Altersstufen und in verschiedener Einstellung. Unveröffentl. Phil. Diss., Wien 1948.
Willwoll A., Begriffsbildung. In Beiträge zur Problemgeschichte der Psychologie, Jena 1929.
Witte W., Das Problem der Bezugssysteme, in Handbuch der Psychologie, Bd. I/1, S. 1021. Göttingen 1966.
Wundt W., Grundriß der Psychologie, S. 269, 7. Aufl. Leipzig 1905.
Wundt W., Grundzüge der Psychologie 1, 557 (1919).
Wundt W., Psychologische Studien 3, 301 (1927).
Wygotski L. S., Denken und Sprechen. Berlin 1964.
Yeagley H. L., J. Appl. Phys. 18, 1035 (1947).
Yerkes, zit. n. Offner, Das Gedächtnis, S. 49.
Zajac J. L., Is binocular correspondence and disparity still a dominant factor in binocular depth perception. Psychol. Bulletin 62, 56 (1964).
Zeigarnik Bluma, Psychol. Forschung 9, 1 (1926).
Ziehen Th., Leitfaden der physiologischen Psychologie, S. 31, 12. Aufl. Jena 1924.
Zietz K., Zschr. Psychol. 121, 257 (1931).
Zöhrer Ingeborg, Experimente über den Einfluß von Unlusterlebnissen auf Wahrnehmung, Lernen und Denken. Zschr. exper. angew. Psychol. 17, 670 (1970).
Zoth O., Über den Einfluß der Blickrichtung auf die scheinbare Größe der Gestirne. Pflügers Arch. 78, 363 (1899).

Namenregister

Sachregister

Einige gebräuchliche Abkürzungen

AAM angeborene auslösende Mechanismen(LORENZ); Erklärung S. 416

AL adaptation level (HELSON); Erklärung S. 122

AN Anspruchsniveau (HOPPE); Erklärung S. 480

ARAS aufsteigendes retikuläres Aktivierungs-System (LINDSLEY); Erklärung S. 61 f.

AZA allgemeine zentrale Aktiviertheit (BARTENWERFER); Erklärung S. 543

CR conditionelle (= conditionierte) Reaktion; Erklärung S. 303

CS conditioneller Stimulus (= conditionierter Reiz); Erklärung S. 303

EEG Elektroenzephalogramm (BERGER); Erklärung S. 54 ff.

EKG Elektrokardiogramm (=Herzmuskel-Aktionsstrom); Abbildung S. 485

EOG Elektro-Olfaktogramm (= elektrische Spannungen des Riechepithels) oder
Elektro-Okulogramm (= elektrische Spannungen des Augapfels); Erklärung S. 241 und 325

ERG Elektro-Retinogramm (= elektrische Spannungen der Netzhaut bei Belichtung); Erklärung S. 173

GHR galvanischer Haut-Reflex (= elektrische Spannungen bei Widerstandsänderung der Körpergewebe); Erklärung S. 484 f.

GSR galvanic skin response = GHR

I.QU. Intelligenz-Quotient (STERN); Erklärung S. 383 f.

JND just noticeable difference (= ebenmerkliche Unterschiedsempfindung); Erklärung S. 117

LTM long term memory (= Langzeitgedächtnis); Erklärung S. 273

PGR psychogalvanischer Reflex = GHR

REM rapid eye movements; Erklärung S. 325, 428 f.

STM short term memory (= Kurzzeit-Gedächtnis); Erklärung S. 273

UCS unkonditionierter Stimulus (=natürlicher Reiz); Erklärung S. 303

Beispiele von Vorschlägen für psychologische Maßeinheiten

1 DOL	Schmerzempfindung bei einem Druck von 790 Gramm durch 2 Sekunden auf die Stirnhaut; Erklärung S. 254 f.
1 HAB	$^{1}/_{100}$ der unter günstigen Bedingungen erreichbaren Habit-Stärke (HULL); Erklärung S. 315
1 MEL	absoluter Empfindungsunterschied von Tonhöhen (von der Frequenz abhängig, z. B. bei 1000 Hz ca. 3 Hz); Erklärung S. 234
1 MOTES	$^{1}/_{100}$ der maximalen Triebstärke (HULL); Erklärung S. 315
1 PHON	Lautstärke-Empfindung; von der Frequenz abhängig; Erklärung S. 225 f.
1 SONE	Lautstärke eines Tones von 1000 Hz und 40 Dezibel; Erklärung S. 227
1 VEG	Empfindung beim Heben eines Gewichtes von 100 Gramm; Erklärung S. 119

"Einführung in die Psychologie" — Zum Image eines Buches[1)]

Es gibt ganz sicher drei Bücher, deren Texte mir besser gegenwärtig sind, als die Texte meiner eigenen Bücher. Eines davon ist Hubert Rohrachers "Einführung in die Psychologie". Der Leser wird es für übertrieben halten, dennoch ist die Feststellung korrekt: Der Grund liegt weniger darin, daß Rohrachers "Einführung in die Psychologie" die Pflichtliteratur Nr. 1 in meiner Studentenzeit in Innsbruck war, sondern vielmehr darin begründet, daß ich meine deutschen Sprachkenntnisse in den Jahren 1956/57 mit Hilfe der "Einführung in die Psychologie" von Rohracher erwarb. Ich las das Buch in den Wintermonaten 1956/57 dreimal hintereinander, ohne dabei ein deutsch-ungarisches Wörterbuch zu benutzen. Zunächst verstand ich kaum etwas von dem gelesenen Text, dann immer mehr. Nach dem drittmaligen Lesen hatte ich das Gefühl, ich habe den deutschen Text verstanden.

Der psychologische Inhalt war mir aus meiner früheren ungarischen Studienzeit in Budapest weitgehend bekannt (L. Kardos als Lehrer, ein früherer Assistent von Karl Bühler mit Wiener Tradition), und so konnte ich mit Hilfe des Textes und bekanntem Inhalt eine Sprache (genannt: "Pusztadeutsch") und ein psychologisch-deutsches Begriffssystem erlernen. Dabei hatte ich viel Glück. Nach dreißig Jahren weiß ich den stilistischen Glanz, die humanistisch begeisternden Formulierungen und die klare Darstellung selbst komplexer Sachverhalte in Hubert Rohrachers "Einführung in die Psychologie" erst richtig zu schätzen. (Daß ich die deutsche Sprache immer noch nicht ganz beherrsche, liegt also ganz sicher nicht am Buch Rohrachers.)

Eines der Geheimnisse einer guten "Einführung" liegt in der Kunst der kompakten Darstellung. Das geht mit der Notwendigkeit des "Weglassens" einher. Eine "Vereinfachung" des Stoffes wird notwendig und es muß eine "Leitgedanken-" oder "Leitfadentreue" eingehalten werden. Hubert Rohracher ist ein Meister der Klarheit und des didaktischen "Sortierens", "Auswählens" und "Weglassens" von Details. Mit einigen wenigen und klaren Sätzen werden die komplexesten Sachverhalte dargestellt, ohne den Einzuführenden durch Details zu verwirren. Diese Vorzüge werden von Studenten zu Beginn des Studiums schnell erkannt. Das ist ein Grund, weshalb ich die "Einführung" Rohrachers allein sechsmal kaufen mußte, vier davon gingen beim Verleihen

---

[1)](Stellungnahmen und Reminiszenzen von Anton Hajos, Kurt Pawlik, Gustav A. Lienert, Viktor Sarris, Hans Thomae, Wolfgang Schönpflug, Erich Mittenecker, Dirk Wendt.

verloren; derzeit besitze ich die 8. und 12. Auflage. Zum Studienbeginn (Wahrnehmung, Gedächtnis) führe ich stets in der Literaturliste zu meinen Vorlesungen als obligatorische Lektüre die "Einführung in die Psychologie" von Rohracher an.

Dieses Buch ist bis in unsere Tage hinein eines der wenigen deutschsprachigen Originalwerke, das nicht die einseitige gestaltpsychologische Darstellung der allgemeinen Psychologie pflegt. Außer dem Qualitätsaspekt dürfte die elektrophysiologische, allgemein naturwissenschaftliche Orientierung des Buches der Grund für die zweistellige Auflagenzahl sein. Andererseits versteht Hubert Rohracher, das Leitsystem der Psychologie, das Erleben, das Bewußtsein, nicht aus den Augen zu verlieren. Das Buch ist ein Beleg für ein gesundes Maß an Einbeziehung objektiver und phänomenologischer Sachverhalte. Hoffentlich bestätigt sich eine abergläubische Erwartung nicht, die man mit der Zahl 13 verknüpfen könnte: Die 13. Auflage wird nicht die letzte Auflage, was ich dem Buch und Rohrachers Gedenken wünsche.

Vom eigenen Standpunkt aus möchte ich betonen, daß Hubert Rohracher einer der wenigen deutschsprachigen Autoren der fünfziger Jahre ist, der die Ergebnisse der "Adaptationsversuche" (auch "Innsbrucker Brillenversuche" genannt) nicht nur korrekt wiedergibt, sondern auch in sein empirisches Konzept als wesentlichen Bestandteil einbaut.

Man mag mit manchen theoretisch geformten Begriffen wie z.B. "submentalen" und "postmentalen", oder gar "mentalen" Erregungen des Gehirns, oder mit der Grundkonzeption der Teilung der Vorgänge in "Psychische Funktionen und Kräfte", nicht in allen Fällen und in allen Details übereinstimmen. Mögen auch einige der experimentellen Kleinarbeiten der einen oder anderen theoretischen Ausführungen Rohrachers nicht unterzuordnen sein, so ist das immer noch kein Grund — in Übereinstimmung mit Niels Birbaumer ("Vorwort zur 11. Auflage", 1976) — die "Einführung in die Psychologie" von Rohracher einer Revision und noch weniger einer Ergänzung zu unterwerfen. Die Gefahr, daß das Gesamtkonzept und die Klarheit des Buches als Einführung darunter leidet, ist zu groß.

Rohrachers "Einführung in die Psychologie" ist für Studenten des Hauptfaches Psychologie in den ersten zwei Semestern eine äußerst gewinnbringende Lektüre. Es spricht für das Buch, daß es auch für Neben- und Wahlfachstudenten, ja sogar für Laien, ab einer angemessenen Allgemeinbildung als einführende Lektüre bestens empfohlen werden kann. Eine hohe Qualität des Buches kann man in der doppelten Rolle ersehen: Obwohl es als Einführung bestens geeignet ist, gehört es in unseren achtziger Jahren zu den Klassikern.

Gießen, Mai 1987 *Anton Hajos*

Generationen von Psychologiestudenten, Lehrerstudenten und Philosophikums-Kandidaten verdanken der über die Jahre laufend erweiterten und revidierten "Einführung in die Psychologie" von Hubert Rohracher an der Universität Wien ihre allgemeinpsychologische Grundausbildung. Das Buch wurde über die Jahre auch an anderen Universitäten zu *dem* psychologischen Einführungslehrbuch. So ist es überaus dankenswert, daß dieses bewährte Lehrbuch nun nach dem vorzeitigen Ableben Hubert Rohrachers von der Psychologie Verlags Union wieder aufgelegt wurde. Sprachlich klar und didaktisch ausgereift vermittelt die Einführung nach Rohracher ein Verständnis der psychologischen Vorgänge, das erlebnispsychologische, verhaltenspsychologische und physiologisch-psychologische Forschungsansätze und Ergebnisse integriert.

Hamburg, August 1987 *Kurt Pawlik*

Das Erscheinen einer 13. Auflage der "Einführung in die Psychologie" von Hubert Rohracher begrüßen wir — und sicherlich auch viele andere im In- und Ausland — mit besonderer Freude. Immerhin war dieses Lehrbuch bereits in seiner 1. Auflage (1946) der phänomenologisch-philosophischen Psychologie von damals weit voraus. Denn Rohracher stand als Schüler von Erismann (Innsbruck) und Gemelli (Mailand) nicht in der Tradition einer spekulativen "verstehenden Psychologie"; vielmehr war er — mit einem 2. Doktorat in der jurisprudens — von Anfang an biologisch orientiert. Die weiteren Auflagen aller seiner Lehrbücher haben weder die — unkritische — Amerikanisierung der 50er Jahre noch die — modische — Metrifizierung der 60er Jahre und schon gar nicht die alltagsbezogene Soziologisierung der 70er Jahre mitgemacht — sie haben nur jene Tatbestände miteinbezogen, die durch die behavioristische Psychologie und die aufkommende Neuropsychologie in ihren Grundlagen gesichert erschienen. Mit einer solchen biologischen Orientierung hat Hubert Rohracher über 13 Auflagen hinweg seine Grundposition bewahrt und dabei die historische Entwicklung — die lange Tradition der deutschen Psychologie (man denke nur an die Psychologie von Wundt und die Neuropsychologie der Gestalttheoretiker Wertheimer und Köhler) — miteinbezogen.

Die vorliegende Neuauflage der "Einführung in die Psychologie" sollte wie ihre Vorgänger dem Psychologiestudenten die Überzeugung vermitteln, daß sein Fach nicht erst gestern (in "Übersee") entwickelt wurde, sondern vielmehr eine lange Tradition besitzt. Wer Allgemeine Psychologie lehrt bzw. lernt und historisch denkt und wer die 80er Wende von der überwiegend gesellschaftswissenschaftlichen zur mehr neuropsychologischen Orientierung seines Faches für zukunftsträchtig hält, der sollte Rohrachers Lehrbuch auch in seiner 13. Auflage für das Grundstudium heranziehen.

Frankfurt, Mai 1987

Gustav A. Lienert
Viktor Sarris

Rohrachers Konzeption der Psychologie und die zeitgenössische Diskussion

Niels Birbaumer hat in seinem Vorwort zur 11. unveränderten Auflage von Rohrachers "Einführung in die Psychologie" von 1976 mit Recht hervorgehoben, daß dieses Buch die Formulierung einer spezifischen "Theorie bzw. einer Gruppe von theoretischen Vorstellungen der psychischen Kräfte und Funktionen auf der Grundlage der Tätigkeit des Nervensystems" enthalte. Eine zentrale Stellung in dieser Theorie nimmt die Lehre vom Bewußtsein als Funktion "anatomischer und dynamischer Ordnungsprinzipien des Hirngeschehens" ein. Es wird dabei ausdrücklich hervorgehoben, daß es derzeit noch nicht möglich sei, zu erklären, wie das bewußte Erleben aus dem physiologischen Geschehen hervorgehe. Die Aufgabe der Psychologie bestehe im Augenblick in der Erkundung der Voraussetzungen bewußten Erlebens, seiner Abstufungen und qualitativen Varianten.

Rohracher hat diese Auffassung beibehalten, als die deutschsprachige Psychologie glaubte, behavioristischer sein zu müssen als ihre amerikanischen Vorbilder. So sind Einführungen vorgelegt worden, in denen im wesentlichen Konditionierungspläne und –regeln vermittelt wurden. In anderen werden psychische Geschehnisse im Sinne verschiedener spezieller oder allgemeiner Informationsverarbeitungssysteme interpretiert. Rohrachers Einführung blieb eine Psychologie bewußten Erlebens und dessen Einteilung in "Funktionen" und "Kräfte" entspricht im wesentlichen jener in "kognitive" und "motivationale" Prozesse.

Hilgard (Hilgard, E.R. Consciousness in Contemporary Psychology, Annual Review of Psychology 31 (1980), 1-26) hat die Rückkehr der amerikanischen Psychologie zu einer Lehre von den "Bewußtseinszuständen" als eine "neue

Freiheit" bezeichnet, die als solche noch keine Probleme löse, aber die Aufmerksamkeit auf viele vernachlässigte Probleme lenke. Rohracher ist solchen Problemen nie aus dem Weg gegangen, hat sie allerdings auch nur in Angriff genommen, wenn ein naturwissenschaftlich gangbarer Weg zu ihrer Lösung greifbar erschien. In dieser Hinsicht wie in der Anlage des Buches, das bei den Wahrnehmungen beginnt und bei den Willenserlebnissen endet, folgt er deutlich dem Beispiel von Wilhelm Wundt, dessen Institutsgründung im Jahre 1879 die psychologische Welt vor einigen Jahren gedachte.

In der Nachfolge von Herbart und Wundt wendet sich Rohracher verschiedentlich auch gegen die Einflüsse vermögenspsychologischer Denkansätze. Er mahnt den jungen Psychologen, "sich nicht mehr mit der einfachen und bequemen Ansicht" zufriedenzugeben, "daß der Mensch die Fähigkeiten des Denkens, Wollens und Fühlens usw. besitze". Die Mahnung behält ihre Gültigkeit — nicht nur für junge Psychologen. Werden doch unter dem Namen dieses oder jenes Konstrukts immer wieder "vermögensähnliche" Entitäten in die Psychologie eingeführt, sei es unter der Bezeichnung "Leistungsmotiv", sei es unter jener der "Handlungskontrolle" — um nur zwei von vielen möglichen Beispielen zu nennen, welche im Grunde eine Rückkehr in vermögenspsychologische Denkweisen darstellen.

Im übrigen kann auch ein nicht so betont "naturwissenschaftlich" orientierter Psychologe wie ich ohne allzu große Bedenken der neuen Auflage einige gute Worte mitgeben. Denn bei aller Polemik gegen Dilthey und Spranger, die im methodischen Teil des Buches enthalten ist, geht Rohracher bei der Beschreibung etwa der Willenserlebnisse nicht anders vor als etwa diese beiden "geisteswissenschaftlichen" Psychologen oder meine beiden Lehrer Philipp Lersch und Erich Rothacker: "… man braucht gar keine Experimente, um das Erleben beim Wollen festzustellen. Der Alltag bietet Gelegenheit genug. Jeder kennt aus eigener Erfahrung Situationen, in denen er etwas tun soll, was ihm schwerfällt." (S. 511) Glücklicherweise ist die Alltagspsychologie heute doch etwas anspruchsvoller — aber so weit sie das ist, verdankt sie dies dem Einfluß und dem Wirken von Psychologen wie Hubert Rohracher, der nicht umsonst einer großen Zahl sehr bedeutender Psychologen an deutschen und österreichischen Universitäten Lehrer und bleibendes Vorbild war.

Bonn, Juli 1987 *Hans Thomae*

Der lange Abschied vom 19. Jahrhundert und
die Rückkehr zur Weisheit der Alten

Rohrachers "Einführung in die Psychologie" hat mich seit Beginn meines Studiums begleitet. Es war die 5. Auflage, die ich vermutlich im Jahre 1956 erstanden habe und die ich — wie mir eine Eintragung zeigt — im Gepäck hatte, als ich 1957 als Fulbright-Student nach den Vereinigten Staaten fahren durfte. Das ist nun dreißig Jahre her, und noch immer wird "der Rohracher" neu aufgelegt — dem Vernehmen nach nicht etwa als Kultbuch für die stattliche Gemeinde treuer Rohracher-Schüler, sondern für die nachwachsende Studentengeneration, die frei von Nostalgie genau das erwartet, was der Titel verspricht, nämlich eine Einführung in die Psychologie.

Rohrachers Werk will nicht einfach Kenntnisse vermitteln, es will geistigen Halt geben, zur einen und einzigen Wahrheit führen, als gäbe es eine solche Wahrheit und als wäre der Autor in ihrem Besitz. Der Gegenstand der Psychologie wird eindeutig definiert — als "die bewußten Vorgänge und Zustände mit ihren Ursachen und Wirkungen" (S. 4; diese und alle folgenden Zitate nach der für den unveränderten Nachdruck vorgesehenen 12. Auflage). An der Existenz solcher Erlebnisse "ist ein Zweifel nicht möglich" (S. 3), ebensowenig wie an deren hirnorganischen Grundlagen (S. 14 ff.). Auch über die angemessenen Methoden herrscht Gewißheit: Es sind die Selbstbeobachtung und die Leistungsbeobachtung (S. 78 ff.).

Die Psychologie ist freilich eine Wissenschaft, die um ihre Wahrheit und ihre Einheit noch ringt. Sie ist voller Konflikte und Kontroversen, voller Ungewißheiten und Aufgeregtheiten; davon erfährt der Leser nur wenig. Rohrachers Glaube an die eine Wahrheit und den einen Weg macht ihn gleichzeitig zum väterlichen Mentor und zum unerbittlichen Richter. Die großen und bis heute mächtigen theoretischen Systeme des Behaviorismus und der Psychoanalyse werden in seiner Charakterisierung zu Häresien. Es muß dem Leser unerklärlich bleiben, warum Watson sich weigert, Bewußtseinsvorgänge in seine Verhaltenstheorie einzubeziehen, warum seine Nachfolger sich bis heute mit "äußerst dürftigen Erkenntnissen" (S. 81) zufrieden geben. Doch muß man dem Behaviorismus nicht ebenfalls seine Erkenntnisideale zubilligen, welche durch die positivistische Wissenschaftstheorie ihre Rechtfertigung erfahren haben? Dabei war es gerade in Wien, der Stadt von Rohrachers Wirken gewesen, daß ein Kreis von Philosophen und Naturforschern die Fundamente zum Positivismus gelegt hat.

Noch härter ist die Ablehnung der Freud'schen Theorie des Unbewußten. Das Unbewußte sei keine "wissenschaftlich festgestellte Tatsache" (S. 470), die Psychoanalyse eine ebenso bequeme wie überflüssige Theorie (S. 473). Doch hat die Tiefenpsychologie nicht Konzepte und Argumentationsfiguren in die Psychologie hineingetragen, die seitdem zu ihrem festen Bestand oder zumindest zu ihrem beständigen Anregungspotential gehören? Sind ihre Provokationen, ihre "maßlosen Übertreibungen, Überspitzungen und ... Geschmacklosigkeiten" (S. 469) nicht auch der Psychologie zur heilsamen Nötigung geworden, gesellschaftlicher Wirklichkeit und ihren Krisen einen Platz in ihren Forschungen einzuräumen?

Schon in den zwanziger Jahren hat Karl Bühler, Rohrachers Amtsvorgänger in Wien, die Fachwelt mit seiner "Krise der Psychologie" aufgeschreckt. Die Methodendiskussion hat die Psychologie seitdem nicht losgelassen, Selbstzweifel sind zu ihrem Markenzeichen geworden. Dabei haben alle Auseinandersetzungen über Forschungsparadigmata die Psychologie nicht geschwächt; in diesem Jahrhundert war sie durch Orthodoxie mehr gefährdet als durch Pluralismus. Von möglichen Zerreißproben und Ausweglosigkeiten der Psychologie sollte daher der Novize bereits bei seiner ersten Begegnung mit dem Fach erfahren; er sollte vor ihnen gewarnt und gleichzeitig zu der Auseinandersetzung mit ihnen ermutigt sein.

Rohrachers konsequentes Eintreten für eine "naturwissenschaftliche Erlebnispsychologie" (Vorwort zur 4. Auflage) hat Tradition. Es lebt darin die "Physiologische Psychologie" und die "Bewußtseinspsychologie" Wilhelm Wundts weiter; mit der Anwendung der naturwissenschaftlichen Methode auf Bewußtseinsphänomene hat dieser im vergangenen Jahrhundert in Leipzig maßgeblich zur Begründung der modernen Psychologie beigetragen. Auch in seiner Anlage und Thematik steht das Rohracher'sche Werk unverkennbar in der Tradition des 19. Jahrhunderts. Es gab offenbar einen Kanon der "Psychologie vom Standpunkt der Naturwissenschaft" (Beneke im Jahre 1833); dem folgten die Verfechter dieser Richtung in ihrer psychologischen Vorlesung, welche sie dann als Lehrbuch ediert haben. Der Kanon enthielt in dieser Reihenfolge: Eine Festlegung von Gegenstand und Methode, ein ausführliches Kapitel zur Wahrnehmung mit Schwerpunkt in der physiologisch fundierten Sinnespsychologie, dann die Erörterung von Denken und Gedächtnis einerseits sowie Wille und Affekt andererseits, vor allem letztere geprägt durch philosophisch geschulte Bemühungen um Definition und Systematik. So etwa Eduard Beneke (Berlin) und Wilhelm Wolkmann Ritter von Volkmar (Prag) in der ersten Hälfte des vorigen Jahrhunderts, in dessen zweiten Hälfte der alles überragende Wilhelm Wundt (Leipzig) sowie der auch im deutschen Sprachbereich beachtete Harald Höffding (Kopenhagen), nach der Jahrhundertwende August Messer (Gießen) und Johannes Lindworsky (Köln, Prag).

Beachtlich, wie ungebrochen Rohracher in der ersten Auflage seine Buches an die weit zurückreichende Tradition anknüpft, bewundernswert, wie stetig er bis zur zehnten, der letzten von ihm betreuten Auflage den Text fortschreibt.

Freilich: Vom Ansatz der "naturwissenschaftlichen Erlebnispsychologie" rückt er nicht ab. Aber sein Verdikt alternativer Richtungen wird milder. Ungeachtet prinzipieller Bedenken stellt er zunehmend mehr empirische und konzeptuelle Beiträge jener Richtungen dar. Der Leser findet in der neuesten Auflage mehrere Seiten über die Freud'sche Motivations- und Neurosenlehre. Ausführlich behandelt wird nunmehr auch die behavioristische Lerntheorie mit den zugehörigen Untersuchungsbefunden. Aufschlußreich, wie sich das wahrnehmungspsychologische Kapitel verändert: Die sinnesphysiologischen Anteile gehen zurück; dafür nehmen die Anteile der Raum- und Gegenstandswahrnehmung zu. Wesentlich erweitert wird das Gedächtniskapitel. Wäre dem Autor ein längeres Wirken vergönnt gewesen, so hätten sich inzwischen seine Revisionen wohl auch stärker der Kapitel über Denken, über Emotion und Motivation angenommen, in denen völlig neue Befunde und Konzepte zu berücksichtigen wären.

So bekennt sich die Rohracher'sche Einführung in ihrer Konzeption zu dem Erbe unserer Gründerväter und dokumentiert in der Folge ihrer ersten zehn Auflagen zugleich den Prozeß der Ablösung von ihnen. Diese zehn vom Autor betreuten Auflagen spiegeln die Geschichte eines langen Abschieds, eines Abschieds von den Vätern und ihrer Weisheit. Es ist ein Abschied, der nie das Stadium der Trennung erreicht. Das Buch bleibt ein Denkmal der Weisheit der Väter.

Nur ein Denkmal für Vergangenes? Oder auch ein Wegweiser in die Zukunft? Geschichte kennt auch Rückwege, und so kann sich ein Modernitätsrückstand durchaus in einen Modernitätsvorsprung verwandeln. Die Woge des Kognitivismus, die gegenwärtig die psychologische Forschung erfaßt hat, — ist sie nicht eine glänzende Bestätigung derjenigen, die allen behavioristischen und psychoanalytischen Versuchungen und Anfechtungen zum Trotz an der Bewußtseinspsychologie festgehalten haben? Ist nicht die Neuropsychologie gerade dabei, neben der kognitiven Psychologie zum zweiten Bein der Psychologie des Jahres 2000 zu werden? Und in der Neuropsychologie ist die Hirnforschung vorzüglich aufgehoben. Sie ist im Fach wohl wieder unangefochten die "Nummer 1", die "naturwissenschaftliche Erlebnispsychologie" Rohrachers. Herausgeputzt mit der Begrifflichkeit des angehenden Computer- und Biotechnologie-Zeitalters treten die moderne kognitive Psychologie und die moderne Neuropsychologie auf, selbstbewußt führen sie ihre bahnbrechenden Befunde, ihre ausgefeilten Methoden und ihre ausgeklügelten theoretischen Modelle vor. Die Darstellung Rohrachers muß dagegen bejahrt, mitunter verjährt erscheinen. Doch in ihrem Wissenschaftsideal, ihrem Geist und ihrem Pathos gleichen sich neu und alt. Darin sehe ich auch den Wert der Rohracher'schen Einführung für heutige Studierende: Sie bewahrt die Weisheit der Alten und zeigt bis weit in unsere Gegenwart den Weg des Erkenntnisfortschritts, wie er aus jener Weisheit erwachsen ist.

Ich wünsche der neuen Auflage des "Rohracher" Leser, die das Buch zu lesen verstehen.

Berlin, Juni 1977 *Wolfgang Schönpflug*

Klare, präzise Formulierungen, kein Herumreden — dazu bekennt sich Rohracher an vielen Stellen seines Buches ausdrücklich. Diese Art der Darstellung machte alle seine Schriften, insbesondere seine "Einführung" von der ersten Auflage an, so wirkungsvoll und beliebt. In Rohrachers Vorlesungen und Vorträgen kam dazu noch die niemals hastig oder laut werdende, immer gleichmäßig ruhige Sprechweise und die tiefe, sympathisch wirkende, ihre Verwurzelung in der Tiroler Heimat nie verleugnende Stimme. So erlebte ich ihn bei seiner ersten Vorlesung nach dem Krieg, im Oktober 1945. Bald mußte der Hörsaal gewechselt werden; selbst das Auditorium Maximum der Wiener Universität war in den darauffolgenden Jahren immer überfüllt — noch lange vor dem steilen allgemeinen Anstieg der Studentenzahlen. Die große Faszination kann aber nicht nur auf Stil und Form seiner schriftlichen und mündlichen Darstellung zurückgeführt werden. Es ist auch und gerade seine Auffassung vom Gegenstand und von den Inhalten der Psychologie als Naturwissenschaft, die zu Rekordzahlen von Hörern seiner Vorlesungen und von Lesern seiner Bücher geführt hat. Und es ist diese, über Jahrzehnte, über die vielen Auflagen des Buches unveränderte, unbeirrbar und mit Festigkeit vertretene Auffassung, die als Basis der Darstellung erhalten blieb, ja gegenüber den vielen Ergänzungen (Skizzierung anderer, abweichender theoretischer Positionen, Berichte über viele neue empirische Einzelresultate) im Gesamteindruck dominiert.

Was ist das Besondere an der Psychologie, die Rohracher vertritt, wie unterschied sie sich zur Zeit der ersten Auflage, wie unterscheidet sie sich heute von anderen Standpunkten? Nach 1945 war von der ursprünglich von Deutschland ausgegangenen Tradition einer experimentell orientierten Psychologie unter Betonung des bewußten Erlebens als des zentralen Gegenstands der Forschung nicht mehr viel übriggeblieben. Schon in der Zwischenkriegszeit hatten sich Strömungen verstärkt, die auch stark irrationale Elemente enthielten, wie die immer mehr geisteswissenschaftlich orientierte Struktur- und Ganzheits-Psychologie; mit ihr leicht zu integrieren war eine intuitionistische, neuromantische Ausdruckslehre. Diese Richtungen konnten auch zwanglos mit dem

Menschenbild und mit der Rassenideologie des Nationalsozialismus in Einklang gebracht werden. Rohracher war nicht nur politisch-weltanschaulich davon weit entfernt, er distanzierte sich auch nachdrücklich von den Auswüchsen dieser Entwicklung in der Wissenschaft. Er verleugnete auch nach dem Krieg seine Überzeugungen nicht, selbst wenn sie im Widerspruch zur herrschenden Meinung oder Mode waren. Er blieb dabei, daß die Erbanlagen — im Zusammenwirken mit Umweltfaktoren — eine große Rolle in der Entwicklung der Persönlichkeit spielen, auch als dieser Standpunkt nicht mehr "gefragt" war und, vor allem unter dem Einfluß der amerikanischen Psychologie, milieutheoretische Einseitigkeit eher akzeptiert wurde. Unbeirrbar vertrat er auch den erlebnispsychologischen Standpunkt, lange vor Einsetzen der "kognitiven" Welle, als behavioristische und tiefenpsychologische Orientierungen für eine solche Einstellung wenig übrig hatten. Nun, die Zeiten haben sich geändert, sie werden sich weiter ändern; schon kündigt sich eine Strömung an, in der wieder vom "Willen", einem zentralen Begriff in der persönlichkeitspsychologischen Auffassung Rohrachers, die Rede ist, nachdem es für viele von uns jahrzehntelang diesen Begriff "nicht gegeben hat". Betrachtet man die Entwicklungen der letzten Jahrzehnte, so zeigt sich, wie vorsichtig man mit der Beurteilung eines Werkes als "unmodern" sein muß. Sicher ist die Rohrachersche Einführung nicht auf neuestem Stand im Sinne der eben herrschenden Strömungen und der von ihnen veröffentlichten Forschungsergebnisse — was von diesen übrigbleiben wird, vermag ohnehin heute niemand zu sagen; daß es eher wenig sein wird, ist wohl zu erwarten. Sicher ist die Rohrachersche Darstellung in wissenschaftstheoretischer Hinsicht, wie auch in manchen Details kritisierbar; und doch wird seine Einführung auch weiterhin ein ganz gewichtiger Bestandteil der Literatur zur Erstorientierung eines jeden an der Psychologie als Wissenschaft Interessierten sein. Sie offeriert eine Denkweise, die nicht nur eine bestechende "Klarheit", Einfachheit und Verständlichkeit aufweist, sondern die auch schon dem Anfänger des Psychologiestudiums oder dem Vertreter einer anderen Wissenschaftsdisziplin ein solides Fundament an empirischen Resultaten und eine methodische Orientierung vermittelt, die in weiteren Begegnungen mit der Psychologie gegen Pseudotiefe, verbale Verwirrspiele und irrationalistische Verlockungen immunisieren kann.

Graz, Mai 1987 *Erich Mittenecker*

Reminiszenzen an Hubert Rohrachers "Einführung in die Psychologie", oder: Jugenderinnerungen eines alten Mannes, aber nicht von Wilhelm von Kügelgen, sondern von Dirk Wendt

Im Sommersemester 1954 hatte ich, frisch von der Schule, mein Psychologiestudium in Hamburg begonnen, und "der Rohracher" muß eins meiner ersten Fachbücher gewesen sein, eine Empfehlung von Hoyos, soweit ich mich erinnere. Eine große Investition bei meinen damaligen Mitteln, die ich aber auch gut genutzt habe, wie die vielen Unterstreichungen und Bleistiftanmerkungen heute noch bezeugen. Meine Güte, was habe ich damals Banales angestrichen und anscheinend für wichtig gehalten, dafür mir heute wichtig Erscheinendes unberührt gelassen — aber immerhin damit das Vordiplom bestanden!

Beim Durchblättern fallen mir ein paar alte Fotos entgegen — schwarz-weiß, 6 x 9, mit Büttenrand, wie man das damals so hatte: ein Bild von Bondy bei einer Segeltour auf der Alster, ein Bild von Hofstätter hinter seinem übervollen Schreibtisch: Drei Lehrer, die meine Psychologie geprägt haben, in einem Buch; jawohl, drei, auch Rohracher, der Verfasser des Buches, in dem die Bilder der beiden anderen lagen. Ich wußte nicht mehr, daß diese Bilder in dem Buch lagen, geschweige denn, wann ich sie dorthin gelegt hatte. Aber irgend etwas werde ich mir wohl dabei gedacht haben, daß ich sie ausgerechnet in dieses Buch legte.

Ich habe diesen dritten unter meinen "prägenden" Lehrern, Hubert Rohracher, nie persönlich kennengelernt. Gesehen habe ich ihn schon einmal, auf einer Oster-Tagung, ihn aus der Ferne ehrfürchtig bewundert, und ich erinnere mich an seine Kneuberlhose, die mich Norddeutschen als etwas exotisch beeindruckte — aber er hat von meiner Existenz nie erfahren. Was hätte ich ihm auch sagen können, wo er mir in seinen Büchern so viel gesagt hatte!

An seinem experimentellen Ansatz und seiner physiologisch-reduktionistisch bestimmten Sichtweise psychischer Vorgänge halte ich auch heute noch fest, auch wenn humanistisch, kognitiv oder kritisch gewendete Kollegen das gelegentlich als "materialistisch" ins vorige Jahrhundert verbannen wollen.

Anders als seine "Einführung in die Psychologie", die nun in Ehren auf dem Regal verblichen ist, habe ich seine "Kleine Charakterkunde" auch in den letzten Jahren noch öfter zur Hand genommen, wegen der vielen kleinen Wiener Untersuchungen zur Ausdruckspsychologie, die man sonst nirgends findet. Was dagegen aus seiner "Einführung in die Psychologie" noch dem heutigen Kenntnisstand entspricht, findet man nun in vielen neueren Büchern wieder — didaktisch aufbereitet und "upgedated", wie man heute sagt, auf den neuesten Stand gebracht. So ist "der alte Rohracher" allmählich in die Reihe der Klassiker aufgestiegen, der Wundts, Bühlers und Pitchners, die ich gelegentlich antiquarisch kaufe, um mich mal an etwas echtem Alten zu erfreuen. Rohracher ist ein Oldtimer geworden, sozusagen, aber ein Oldtimer, der "noch läuft", wie ich vom Verlag erfahre, und nun eine unveränderte Neuauflage erfahren soll.

Recht so — er hat es verdient, und in einer Zeit, in der viele Bücher sogar aus vergangenen Jahrhunderten Faksimile-Neuauflagen erleben, findet er sicherlich seinen Markt. Ich selber — der Verlag möge mir verzeihen — werde weiterhin, wenn mir danach ist, in der alten Auflage von 1953 blättern, in der mit den vielen Bleistiftanmerkungen und den losen Fotos drin und mit dem ausgeblichenen Rücken, ehedem zu zwanzig Mark.

Kiel, Mai 1987 *Dirk Wendt*